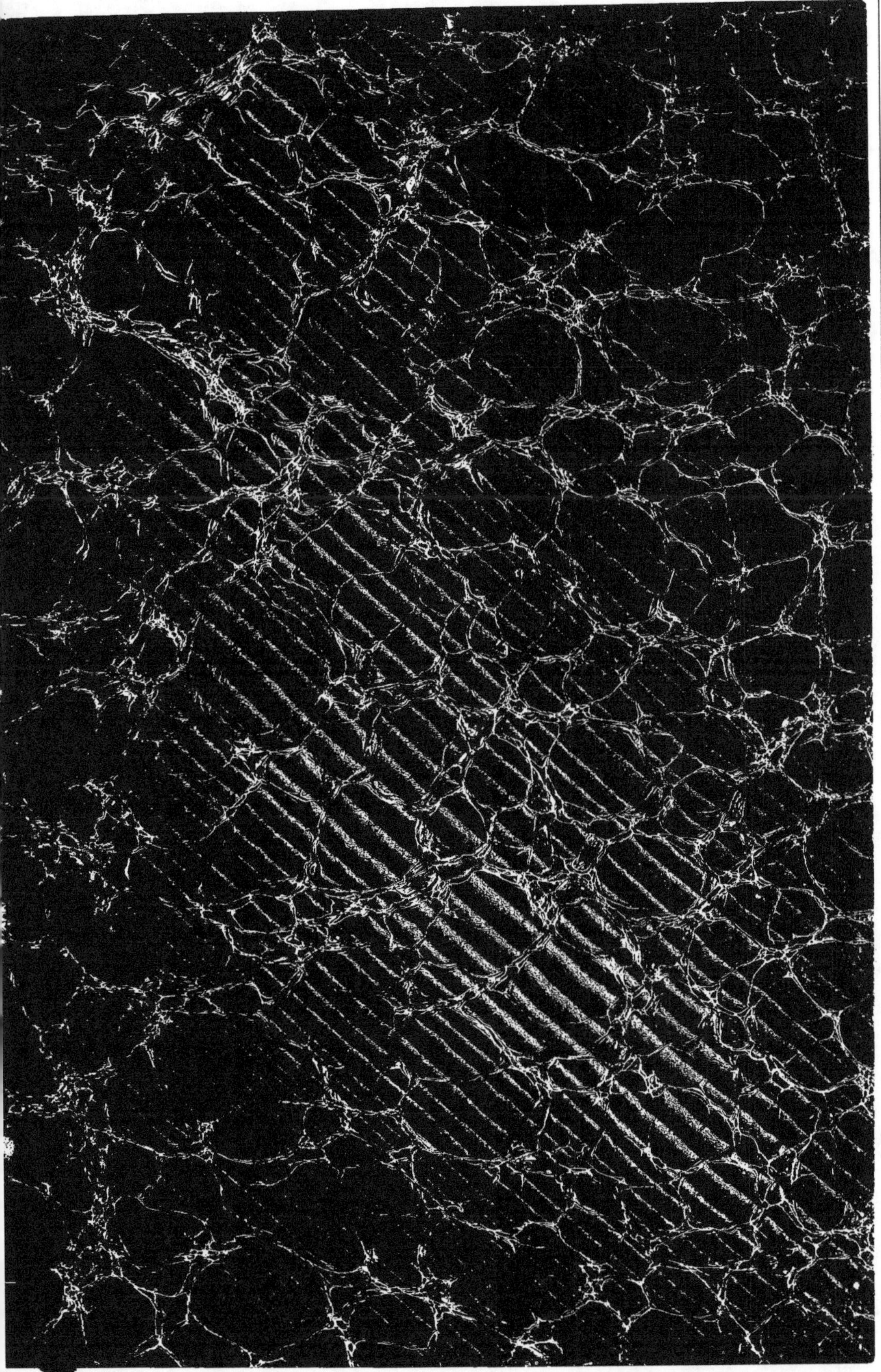

ŒUVRES ILLUSTRÉES

DE

VICTOR HUGO

NOTES ET PRÉFACES PAR L'AUTEUR

DESSINS

PAR J.-A. BEAUCÉ, GAVARNI ET GÉRARD SEGUIN

CE VOLUME CONTIENT

NOTRE-DAME DE PARIS — HAN D'ISLANDE

BUG-JARGAL — LE DERNIER JOUR D'UN CONDAMNÉ — CLAUDE GUEUX

ÉDITION J. HETZEL

LIBRAIRIE MARESCQ ET Cie
5, RUE DU PONT-DE-LODI, 5

1853

PARIS

LIBRAIRIE BLANCHARD
78, RUE RICHELIEU, 78

ŒUVRES ILLUSTRÉES

DE

VICTOR HUGO

CE VOLUME CONTIENT :

NOTRE-DAME-DE-PARIS — HAN D'ISLANDE — BUG-JARGAL
LE DERNIER JOUR D'UN CONDAMNÉ
CLAUDE GUEUX

PARIS. — IMP. SIMON RAÇON ET COMP., RUE D'ERFURTH, 1.

ŒUVRES ILLUSTRÉES

DE

VICTOR HUGO

NOTES ET PRÉFACES PAR L'AUTEUR

DESSINS

PAR J.-A. BEAUCÉ, GAVARNI ET GÉRARD SEGUIN

ÉDITION J. HETZEL

LIBRAIRIE MARESCQ ET Cie
5, RUE DU PONT-DE-LODI, 5

1853

PARIS

LIBRAIRIE BLANCHARD
78, RUE RICHELIEU, 78

LIBRAIRIE MARESCQ ET Cᴱ,
5, rue du Pont-de-Lodi.

J. HETZEL, ÉDITEUR.

LIBRAIRIE BLANCHARD,
78, rue de Richelieu.

OEUVRES DE VICTOR HUGO

NOTRE-DAME DE PARIS

ILLUSTRÉE PAR GÉRARD SEGUIN.

Il y a quelques années qu'en visitant, ou, pour mieux dire, en furetant Notre-Dame, l'auteur de ce livre trouva, dans un recoin obscur de l'une des tours, ce mot gravé à la main sur le mur :

ἈΝΆΓΚΗ.

Ces majuscules grecques, noires de vétusté et assez profondément entaillées dans la pierre, je ne sais quels signes propres à la calligraphie gothique empreints dans leurs formes et dans leurs attitudes, comme pour révéler que c'était une main du moyen âge qui les avait écrites là, surtout le sens lugubre et fatal qu'elles renferment, frappèrent vivement l'auteur.

Il se demanda, il chercha à deviner quelle pouvait être l'âme en peine qui n'avait pas voulu quitter ce monde sans laisser ce stigmate de crime ou de malheur au front de la vieille église.

Depuis, on a badigeonné ou gratté (je ne sais plus lequel) le mur, et l'inscription a disparu. Car c'est ainsi que l'on agit depuis tantôt deux cents ans avec les merveilleuses églises du moyen âge. Les mutilations leur viennent de toutes parts, du dedans comme du dehors. Le prêtre les badigeonne, l'architecte les gratte; puis le peuple survient, qui les démolit.

Ainsi, hormis le fragile souvenir que lui consacre ici l'auteur de ce livre, il ne reste plus rien aujourd'hui du mot mystérieux gravé dans la sombre tour de Notre-Dame, rien de la destinée inconnue qu'il résumait si mélancoliquement. L'homme qui a écrit ce mot sur ce mur s'est effacé, il y a plusieurs siècles, du milieu des générations, le mot s'est à son tour effacé du mur de l'église, l'église elle-même s'effacera bientôt peut-être de la terre.

C'est sur ce mot qu'on a fait ce livre.

Mars 1831.

NOTE AJOUTÉE A LA HUITIÈME ÉDITION.

— 1832 —

C'est par erreur qu'on a annoncé cette édition comme devant être augmentée de plusieurs chapitres *nouveaux*. Il

PARIS — TYP. SIMON RAÇON ET Cᴱ, RUE D'ERFURTH, 1.

fallait dire ***inédits***. En effet, si par nouveaux on entend ***nouvellement faits***, les chapitres ajoutés à cette édition ne sont pas ***nouveaux***. Ils ont été écrits en même temps que le reste de l'ouvrage; ils datent de la même époque, et sont venus de la même pensée; ils ont toujours fait partie du manuscrit de ***Notre-Dame de Paris***. Il y a plus : l'auteur ne comprendrait pas qu'on ajoutât après coup des développements nouveaux à un ouvrage de ce genre. Cela ne se fait pas à volonté. Un roman, selon lui, naît, d une façon en quelque sorte nécessaire, avec tous ses chapitres; un drame naît avec toutes ses scènes. Ne croyez pas qu'il y ait rien d'arbitraire dans le nombre de parties dont se compose ce tout, ce mystérieux microcosme que vous appelez drame ou roman. La greffe et la soudure prennent mal sur des œuvres de cette nature, qui doivent jaillir d'un seul jet et rester telles quelles. Une fois la chose faite, ne vous ravisez pas, n'y retouchez plus. Une fois que le livre est publié, une fois que le sexe de l'œuvre, virile ou non, a été reconnu et proclamé, une fois que l'enfant a poussé son premier cri, il est né, le voilà, il est ainsi fait, père ni mère n'y peuvent plus rien, il appartient à l'air et au soleil, laissez-le vivre ou mourir comme il est. Votre livre est-il manqué? tant pis. N'ajoutez pas de chapitre à un livre manqué. Il est incomplet? Il fallait le compléter en l'engendrant. Votre arbre est noué? vous ne le redresserez pas. Votre roman est phthisique? votre roman n'est pas viable? Vous ne lui rendrez pas le souffle qui lui manque. Votre drame est né boiteux? Croyez-moi, ne lui mettez pas de jambe de bois.

L'auteur attache donc un prix particulier à ce que le public sache bien que les chapitres ajoutés ici n'ont pas été faits exprès pour cette réimpression. S'ils n'ont pas été publiés dans les précédentes éditions du livre, c'est par une raison bien simple. A l'époque où ***Notre-Dame de Paris*** s'imprimait pour la première fois, le dossier qui contenait ces trois chapitres s'égara. Il fallait ou les récrire ou s'en passer. L'auteur considéra que les deux seuls de ces chapitres qui eussent quelque importance par leur étendue étaient des chapitres d'art et d'histoire qui n'entamaient en rien le fond du drame et du roman; que le public ne s'apercevrait pas de leur disparition, et qu'il serait seul, lui auteur, dans le secret de cette lacune. Il prit le parti de passer outre. Et puis, s'il faut tout avouer, sa paresse recula devant la tâche de récrire trois chapitres perdus. Il eût trouvé plus court de faire un nouveau roman.

Aujourd'hui, les chapitres se sont retrouvés, et il saisit la première occasion de les remettre à leur place.

Voici donc maintenant son œuvre entière, telle qu'il l'a rêvée, telle qu'il l'a faite, bonne ou mauvaise, durable ou fragile, mais telle qu'il la veut.

Sans doute ces chapitres retrouvés auront peu de valeur aux yeux des personnes, d'ailleurs fort judicieuses, qui n'ont cherché dans ***Notre-Dame de Paris*** que le drame, que le roman. Mais il est peut-être d'autres lecteurs qui n'ont pas trouvé inutile d'étudier la pensée d'esthétique et de philosophie cachée dans ce livre, qui ont bien voulu, en lisant ***Notre-Dame de Paris***, se plaire à démêler sous le roman autre chose que le roman, et à suivre, qu'on nous passe ces expressions un peu ambitieuses, le système de l'historien et le but de l'artiste à travers la création telle quelle du poëte.

C'est pour ceux-là surtout que les chapitres ajoutés à cette édition compléteront ***Notre-Dame de Paris***, en admettant que ***Notre-Dame de Paris*** vaille la peine d'être complétée.

L'auteur exprime et développe dans un de ces chapitres, sur la décadence actuelle de l'architecture et sur la mort, selon lui, aujourd'hui presque inévitable de cet art-roi, une opinion malheureusement bien enracinée chez lui et bien réfléchie. Mais il sent le besoin de dire ici qu'il désire vivement que l'avenir lui donne tort un jour. Il sait que l'art, sous toutes ses formes, peut tout espérer des nouvelles générations dont on entend sourdre dans nos ateliers le génie encore en germe. Le grain est dans le sillon, la moisson certainement sera belle. Il craint seulement, et l'on pourra voir pourquoi au tome second de cette édition, que la séve ne se soit retirée de ce vieux sol de l'architecture qui a été pendant tant de siècles le meilleur terrain de l'art.

Cependant il y a aujourd'hui dans la jeunesse artiste tant de vie, de puissance, et pour ainsi dire de prédestination, que, dans nos écoles d'architecture en particulier, à l'heure qu'il est, les professeurs, qui sont détestables, font non-seulement à leur insu, mais même tout à fait malgré eux, des élèves qui sont excellents; tout au rebours de ce potier dont parle Horace, lequel méditait des amphores et produisait des marmites. ***Currit rota, urceus exit.***

Mais dans tous les cas, quel que soit l'avenir de l'architecture, de quelque façon que nos jeunes architectes résolvent un jour la question de leur art, en attendant les monuments nouveaux, conservons les monuments anciens. Inspirons, s'il est possible, à la nation l'amour de l'architecture nationale. C'est là, l'auteur le déclare, un des buts principaux de ce livre; c'est là un des buts principaux de sa vie.

Notre-Dame de Paris a peut-être ouvert quelques perspectives vraies sur l'art du moyen âge, sur cet art merveilleux jusqu'à présent inconnu des uns, et, ce qui est pis encore, méconnu des autres. Mais l'auteur est bien loin de considérer comme accomplie la tâche qu'il s'est volontairement imposée. Il a déjà plaidé dans plus d'une occasion la cause de notre vieille architecture, il a déjà dénoncé à haute voix bien des profanations, bien des démolitions, bien des impiétés. Il ne se lassera pas. Il s'est engagé à revenir souvent sur ce sujet. Il y reviendra. Il sera aussi infatigable à défendre nos édifices historiques que nos iconoclastes d'écoles et d'académies sont acharnés à les attaquer. Car c'est une chose affligeante de voir en quelles mains l'architecture du moyen âge est tombée, et de quelle façon les gâcheurs de plâtre d'à présent traitent la ruine de ce grand art. C'est même une honte pour nous autres, hommes intelligents qui les voyons faire et qui nous contentons de les huer. Et l'on ne parle pas ici seulement de ce qui se passe en province, mais de ce qui se fait à Paris, à notre porte, sous nos fenêtres, dans la grande ville, dans la ville lettrée, dans la cité de la presse, de la parole, de la pensée. Nous ne pouvons résister au besoin de signaler, pour terminer cette note, quelques-uns de ces actes de vandalisme qui tous les jours sont projetés, débattus, commencés, continués et menés paisiblement à bien sous nos yeux, sous les yeux du public artiste de Paris, face à face avec la critique que tant d'audace déconcerte. On vient de démolir l'archevêché, édifice d'un pauvre goût, le mal n'est pas grand; mais tout en bloc avec l'archevêché on a démoli l'évêché, rare débris du quatorzième siècle, que l'architecte démolisseur n'a pas su distinguer du reste. Il a arraché l'épi avec l'ivraie; c'est égal. On parle de raser l'admirable chapelle de Vincennes, pour faire avec les pierres je ne sais quelle fortification, dont Daumesnil n'avait pourtant pas eu besoin. Tandis qu'on répare à grands frais et qu'on restaure le Palais-Bourbon, cette masure, on laisse effondrer par les coups de vent de l'équinoxe les vitraux magniques de la Sainte-Chapelle. Il y a, depuis quelques jours, un échafaudage sur la tour Saint-Jacques de la Boucherie; et un de ces matins la pioche s'y mettra. Il s'est trouvé un maçon pour bâtir une maisonnette blanche entre les vénérables tours du Palais de Justice. Il s'en est trouvé un autre pour châtrer Saint-Germain-des-Prés, la féodale abbaye aux trois clochers. Il s'en trouvera un autre, n'en doutez pas, pour jeter bas Saint-Germain-l'Auxerrois. Tous ces maçons-là se prétendent architectes, sont payés par la préfecture ou les menus, et ont des habits verts. Tout le mal que le faux goût peut faire au vrai goût, ils le font. A l'heure où nous écrivons, spectacle déplorable! l'un d'eux tient les Tuileries, l'un d'eux balafre Philibert Delorme au beau milieu du visage, et ce n'est pas, certes, un des médiocres scandales de notre temps, de voir avec quelle effronterie la lourde architecture de ce monsieur vient s'épater tout au travers d'une des plus délicates façades de la renaissance!

Paris, 20 octobre 1832.

NOTRE-DAME DE PARIS

LIVRE PREMIER

I

LA GRAND'SALLE.

Il y a aujourd'hui trois cent quarante-huit ans six mois et dix-neuf jours que les Parisiens s'éveillèrent au bruit de toutes les cloches sonnant à grande volée dans la triple enceinte de la Cité, de l'Université et de la Ville.

Ce n'est cependant pas un jour dont l'histoire ait gardé souvenir que le 6 janvier 1482. Rien de notable dans l'événement qui mettait ainsi en branle, dès le matin, les cloches et les bourgeois de Paris. Ce n'était ni un assaut de Picards ou de Bourguignons, ni une châsse menée en procession, ni une révolte d'écoliers dans la vigne de Laas, ni une entrée de *notredit très-redouté seigneur monsieur le roi*, ni même une belle pendaison de larrons et de larronnesses à la Justice de Paris. Ce n'était pas non plus la survenue, si fréquente au quinzième siècle, de quelque ambassade chamarrée et empanachée. Il y avait à peine deux jours que la dernière cavalcade de ce genre, celle des ambassadeurs flamands chargés de conclure le mariage entre le dauphin et Marguerite de Flandre, avait fait son entrée à Paris, au grand ennui de monsieur le cardinal de Bourbon, qui, pour plaire au roi, avait dû faire bonne mine à toute cette rustique cohue de bourgmestres flamands, et les régaler en son hôtel de Bourbon d'une *moult belle moralité, sotie et farce*, tandis qu'une pluie battante inondait à sa porte ses magnifiques tapisseries.

Le 6 janvier, ce qui *mettait en émotion tout le populaire de Paris*, comme dit Jehan de Troyes, c'était la double solennité, réunie depuis un temps immémorial, du jour des Rois et de la fête des Fous.

Ce jour-là, il devait y avoir feu de joie à la Grève, plantation de mai à la chapelle de Braque, et mystère au Palais de Justice. Le cri en avait été fait la veille à son de trompe dans les carrefours, par les gens de monsieur le prévôt, en beaux hoquetons de camelot violet, avec de grandes croix blanches sur la poitrine.

La foule des bourgeois et des bourgeoises s'acheminait donc de toutes parts dès le matin, maisons et boutiques fermées, vers l'un des trois endroits désignés. Chacun avait pris parti, qui pour le feu de joie, qui pour le mai, qui pour le mystère. Il faut dire, à l'éloge de l'antique bon sens des badauds de Paris, que la plus grande partie de cette foule se dirigeait vers le feu de joie, lequel était tout à fait de saison, ou vers le mystère qui devait être représenté dans la grande salle du Palais, bien couverte et bien close; et que les curieux s'accordaient à laisser le pauvre mai mal fleuri grelotter tout seul sous le ciel de janvier, dans le cimetière de la chapelle de Braque.

Le peuple affluait surtout dans les avenues du Palais de Justice, parce qu'on savait que les ambassadeurs flamands, arrivés de la surveille, se proposaient d'assister à la représentation du mystère et à l'élection du pape des fous, laquelle devait se faire également dans la grand'salle.

Ce n'était pas chose aisée de pénétrer ce jour-là dans cette grand'salle, réputée cependant alors la plus grande enceinte couverte qui fût au monde (il est vrai que Sauval n'avait pas encore mesuré la grande salle du château de Montargis). La place du Palais, encombrée de peuple, offrait aux curieux des fenêtres l'aspect d'une mer, dans laquelle cinq ou six rues, comme autant d'embouchures de fleuves, dégorgeaient à chaque instant de nouveaux flots de têtes. Les ondes de cette foule, sans cesse grossies, se heurtaient aux angles des maisons qui s'avançaient çà et là, comme autant de promontoires, dans le bassin irrégulier de la place. Au centre de la haute façade gothique [1] du Palais, le grand escalier, sans relâche remonté et descendu par un double courant qui, après s'être brisé sous le perron intermédiaire, s'épandait en larges vagues sur ses deux pentes latérales; le grand escalier, dis-je, ruisselait incessamment dans la place comme une cascade dans un lac. Les cris, les rires, le trépignement de ces mille pieds, faisaient un grand bruit et une grande clameur. De temps en temps cette clameur et ce bruit redoublaient; le courant qui poussait toute cette foule vers le grand escalier rebroussait, se troublait, tourbillonnait. C'était une bourrade d'un archer, ou le cheval d'un sergent de la prévôté qui ruait pour rétablir l'ordre; admirable tradition que la prévôté a léguée à la connétablie, la connétablie à la maréchaussée, et la maréchaussée à notre gendarmerie de Paris.

Aux portes, aux fenêtres, aux lucarnes, sur les toits, fourmillaient des milliers de bonnes figures bourgeoises, calmes et honnêtes, regardant le Palais, regardant la cohue, et n'en demandant pas davantage; car bien des gens à Paris se contentent du spectacle des spectateurs, et c'est déjà pour nous une chose très-curieuse qu'une muraille derrière laquelle il se passe quelque chose.

S'il pouvait nous être donné à nous, hommes de 1830, de nous mêler en pensée à ces Parisiens du quinzième siècle et d'entrer avec eux, tiraillés, coudoyés, culbutés, dans cette immense salle du Palais, si étroite le 6 janvier 1482, le spectacle ne serait ni sans intérêt ni sans charme, et nous n'aurions autour de nous que des choses si vieilles, qu'elles nous sembleraient toutes neuves.

Si le lecteur y consent, nous essayerons de retrouver par la pensée l'impression qu'il eût éprouvée avec nous en franchissant le seuil de cette grande salle au milieu de cette cohue en surcot, en hoqueton et en cotte-hardie.

Et d'abord, bourdonnement dans les oreilles, éblouissement dans les yeux. Au-dessus de nos têtes une double voûte en ogive, lambrissée en sculptures de bois, peinte d'azur, fleurdelisée en or; sous nos pieds, un pavé alternatif de marbre blanc et noir. A quelques pas de nous, un énorme pilier, puis un autre, puis un autre; en tout sept piliers dans la longueur de la salle, soutenant au milieu de sa largeur les retombées de la double voûte. Autour des quatre premiers piliers, des boutiques de marchands, tout étincelantes de verre et de clinquants; autour des trois derniers, des bancs de bois de chêne, usés et polis par le

[1] Le mot *gothique*, dans le sens où on l'emploie généralement, est parfaitement impropre, mais parfaitement consacré. Nous l'acceptons donc, et nous l'adoptons, comme tout le monde, pour caractériser l'architecture de la seconde moitié du moyen âge, celle dont l'ogive est le principe, qui succède à l'architecture de la première période, dont le plein cintre est le générateur.

haut-de-chausses des plaideurs et la robe des procureurs. A l'entour de la salle, le long de la haute muraille, entre les portes, entre les croisées, entre les piliers, l'interminable rangée des statues de tous les rois de France depuis Pharamond : les rois fainéants, les bras pendants et les yeux baissés; les rois vaillants et bataillards, la tête et les mains hardiment levées au ciel. Puis aux longues fenêtres ogives, des vitraux de mille couleurs; aux larges issues de la salle, de riches portes finement sculptées, et le tout, voûtes, piliers, murailles, chambranles, lambris, portes, statues, recouvert du haut en bas d'une splendide enluminure bleu et or, qui, déjà un peu ternie à l'époque où nous la voyons, avait presque entièrement disparu sous la poussière et les toiles d'araignée en l'an de grâce 1549, où du Breul l'admirait encore par tradition.

Qu'on se représente maintenant cette immense salle oblongue, éclairée de la clarté blafarde d'un jour de janvier, envahie par une foule bariolée et bruyante qui dérive le long des murs et tournoie autour des sept piliers, et l'on aura déjà une idée confuse de l'ensemble du tableau dont nous allons essayer d'indiquer plus précisément les curieux détails.

Il est certain que, si Ravaillac n'avait point assassiné Henri IV, il n'y aurait point eu de pièces du procès de Ravaillac déposées au greffe du Palais de Justice; point de complices intéressés à faire disparaître lesdites pièces; partant, point d'incendiaires obligés, faute de meilleur moyen, à brûler le greffe pour brûler les pièces, et à brûler le Palais de Justice pour brûler le greffe; par conséquent, enfin, point d'incendie de 1618. Le vieux Palais serait encore debout avec sa vieille grand'salle; je pourrais dire au lecteur : Allez la voir; et nous serions ainsi dispensés tous deux, moi d'en faire, lui d'en lire une description telle quelle. — Ce qui prouve cette vérité neuve : que les grands événements ont des suites incalculables.

Il est vrai qu'il serait fort possible d'abord que Ravaillac n'eût pas de complices, ensuite que ses complices, si par hasard il en avait, ne fussent pour rien dans l'incendie de 1618. Il en existe deux autres explications très-plausibles. Premièrement, la grande étoile enflammée, large d'un pied, haute d'une coudée, qui tomba, comme chacun sait, du ciel sur le Palais, le 7 mars après minuit. Deuxièmement, le quatrain de Théophile :

Certes, ce fut un triste jeu
Quand à Paris dame Justice,
Pour avoir mangé trop d'épice,
Se mit tout le palais en feu.

Quoi qu'on pense de cette triple explication politique, physique, poétique, de l'incendie du Palais de Justice en 1618, le fait malheureusement certain, c'est l'incendie. Il reste bien peu de chose aujourd'hui, grâce à cette catastrophe, grâce surtout aux diverses restaurations successives qui ont achevé ce qu'elle avait épargné, il reste bien peu de chose de cette première demeure des rois de France, de ce palais aîné du Louvre, déjà si vieux du temps de Philippe-le-Bel, qu'on y cherchait les traces des magnifiques bâtiments élevés par le roi Robert et décrits par Helgaldus. Presque tout a disparu. Qu'est devenue la chambre de la chancellerie où saint Louis *consomma son mariage?* le jardin où il rendait la justice « vêtu d'une cotte de camelot, d'un surcot de tiretaine sans manches, et d'un « manteau par-dessus de sandal noir, couché sur des tapis, « avec Joinville? » Où est la chambre de l'empereur Sigismond? celle de Charles IV? celle de Jean-sans-Terre? Où est l'escalier d'où Charles VI promulgua son édit de grâce? la dalle où Marcel égorgea, en présence du dauphin, Robert de Clermont et le maréchal de Champagne? le guichet où furent lacérées les bulles de l'antipape Bénédict, et d'où repartirent ceux qui les avaient apportées, chapés et mitrés en dérision, et faisant amende honorable par tout Paris? et la grand'salle, avec sa dorure, son azur, ses ogives, ses statues, ses piliers, son immense voûte toute déchiquetée de sculptures? et la chambre dorée? et le lion de pierre qui se tenait à la porte, la tête baissée, la queue entre les jambes, comme les lions du trône de Salomon, dans l'attitude humiliée qui convient à la force devant la justice? et les belles portes? et les beaux vitraux? et les ferrures ciselées qui décourageaient Biscornette? et les délicates menuiseries de du Hancy?... Qu'a fait le temps, qu'ont fait les hommes de ces merveilles? Que nous a-t-on donné pour tout cela, pour toute cette histoire gauloise, pour tout cet art gothique? les lourds cintres surbaissés de M. de Brosse, ce gauche architecte du portail Saint-Gervais : voilà pour l'art; et quant à l'histoire, nous avons les souvenirs bavards du gros pilier, encore tout retentissant des commérages des Patru.

Ce n'est pas grand'chose. — Revenons à la véritable grand'salle du véritable vieux Palais.

Les deux extrémités de ce gigantesque parallélogramme étaient occupées, l'une par la fameuse table de marbre d'un seul morceau, si longue, si large et si épaisse, que jamais on ne vit, disent les vieux papiers terriers, dans un style qui eût donné appétit à Gargantua, *pareille tranche de marbre au monde;* l'autre, par la chapelle où Louis XI s'était fait sculpter à genoux devant la Vierge, et où il avait fait transporter, sans se soucier de laisser deux niches vides dans la file des statues royales, les statues de Charlemagne et de saint Louis, deux saints qu'il supposait fort en crédit au ciel comme rois de France. Cette chapelle, neuve encore, bâtie à peine depuis six ans, était toute dans ce goût charmant d'architecture délicate, de sculpture merveilleuse, de fine et profonde ciselure, qui marque chez nous la fin de l'ère gothique et se perpétue jusque vers le milieu du seizième siècle dans les fantaisies féeriques de la renaissance. La petite rosace à jours percée au-dessus du portail était en particulier un chef-d'œuvre de ténuité et de grâce : on eût dit une étoile de dentelle.

Au milieu de la salle, vis-à-vis la grande porte, une estrade de brocart d'or, adossée au mur, et dans laquelle était pratiquée une entrée particulière au moyen d'une fenêtre du couloir de la chambre dorée, avait été élevée pour les envoyés flamands et les autres gros personnages conviés à la représentation du mystère.

C'est sur la table de marbre que devait, selon l'usage, être représenté le mystère. Elle avait été disposée pour cela dès le matin; sa riche planche de marbre, toute rayée par les talons de la basoche, supportait une cage de charpente assez élevée, dont la surface supérieure, accessible aux regards de toute la salle, devait servir de théâtre, et dont l'intérieur, masqué par des tapisseries, devait tenir lieu de vestiaire aux personnages de la pièce. Une échelle, naïvement placée en dehors, devait établir la communication entre la scène et le vestiaire, et prêter ses roides échelons aux entrées comme aux sorties. Il n'y avait pas de personnage si imprévu, pas de péripétie, pas de coup de théâtre, qui ne fût tenu de monter par cette échelle. Innocente et vénérable enfance de l'art et des machines!

Quatre sergents du bailli du Palais, gardiens obligés de tous les plaisirs du peuple les jours de fête comme les jours d'exécution, se tenaient debout aux quatre coins de la table de marbre.

Ce n'était qu'au douzième coup de midi sonnant à la grande horloge du Palais que la pièce devait commencer. C'était bien tard sans doute pour une représentation théâtrale, mais il avait fallu prendre l'heure des ambassadeurs.

Or, toute cette multitude attendait depuis le matin. Bon nombre de ces honnêtes curieux grelottaient dès le point du jour devant le grand degré du Palais : quelques-uns même affirmaient avoir passé la nuit en travers de la grande porte pour être sûrs d'entrer les premiers. La foule s'épaississait à tout moment, et, comme une eau qui dépasse son niveau, commençait à monter le long des murs, à s'enfler autour des piliers, à déborder sur les entablements, sur les corniches, sur les appuis des fenêtres, sur toutes les saillies de l'architecture, sur tous les reliefs de la sculpture. Aussi la gêne, l'impatience, l'ennui, la liberté d'un jour de cynisme et de folie, les querelles qui éclataient à tout propos pour un coude pointu ou un soulier ferré, la fatigue d'une longue attente, donnaient-elles déjà, bien avant l'heure où les ambassadeurs devaient arriver, un accent aigre et amer à la clameur de ce peuple enfermé, emboîté, pressé, foulé, étouffé. On n'entendait que plaintes et imprécations contre les Flamands, le prévôt des marchands, le cardinal de Bourbon, le bailli du Palais, madame Marguerite d'Autriche, les sergents à verge, le froid, le chaud, le mauvais temps, l'évêque de Paris, le pape des fous, les piliers, les statues, cette porte fermée, cette fenêtre ouverte; le tout au grand amusement des bandes d'écoliers et de laquais disséminées dans la masse, qui mêlaient à tout ce mécontentement leurs taquineries et leurs malices, et piquaient, pour ainsi dire, à coups d'épingles la mauvaise humeur générale.

Il y avait entre autres un groupe de ces joyeux démons qui, après avoir défoncé le vitrage d'une fenêtre, s'était hardiment assis sur l'entablement, et de là plongeait tour à tour ses regards et ses railleries au dedans et au dehors, dans la foule de la salle et dans la foule de la place. A leurs gestes de parodie, à leurs rires éclatants, aux appels goguenards qu'ils échangeaient d'un bout à l'autre de la salle avec leurs camarades, il était aisé de juger que ces jeunes clercs ne partageaient pas l'ennui et la fatigue du reste des assistants, et qu'ils savaient fort bien, pour leur plaisir particulier, extraire de ce qu'ils avaient sous les yeux un spectacle qui leur faisait attendre patiemment l'autre.

— Sur mon âme, c'est vous, *Joannes Frollo de Molendino!* criait l'un d'eux à une espèce de petit diable blond, à jolie et maligne figure, accroché aux acanthes d'un chapiteau; vous êtes bien nommé Jehan du Moulin, car vos deux bras et vos deux jambes ont l'air de quatre ailes qui vont au vent. — Depuis combien de temps êtes-vous ici?

— Par la miséricorde du diable, répondit *Joannes Frollo*, voilà plus de quatre heures, et j'espère bien qu'elles me seront comptées sur mon temps de purgatoire. J'ai entendu les huit chantres du roi de Sicile entonner le premier verset de la haute messe de sept heures dans la Sainte-Chapelle.

— De beaux chantres! reprit l'autre, et qui ont la voix encore plus pointue que leur bonnet! Avant de fonder une messe à monsieur saint Jean, le roi aurait bien dû s'informer si monsieur saint Jean aime le latin psalmodié avec accent provençal.

— C'est pour employer ces maudits chantres du roi de Sicile qu'il a fait cela! cria aigrement une vieille femme dans la foule au bas de la fenêtre. Je vous demande un peu! mille livres parisis pour une messe! et sur la ferme du poisson de mer des halles de Paris, encore!

— Paix! vieille, reprit un gros et grave personnage qui se bouchait le nez à côté de la marchande de poisson; il fallait bien fonder une messe. Vouliez-vous pas que le roi retombât malade?

— Bravement parlé, sire Gilles Lecornu, maître pelletier-fourreur des robes du roi! cria le petit écolier cramponné au chapiteau.

Un éclat de rire de tous les écoliers accueillit le nom malencontreux du pauvre pelletier-fourreur des robes du roi.

— Lecornu! Gilles Lecornu! disaient les uns.

— *Cornutus et hirsutus*, reprenait un autre.

— Hé! sans doute, continuait le petit démon du chapiteau. Qu'ont-ils à rire? Honorable homme Gilles Lecornu, frère de maître Jehan Lecornu, prévôt de l'hôtel du roi, fils de maître Mahiet Lecornu, premier portier du bois de Vincennes, tous bourgeois de Paris, tous mariés de père en fils!

La gaieté redoubla. Le gros pelletier-fourreur, sans répondre un mot, s'efforçait de se dérober aux regards fixés sur lui de tous côtés; mais il suait et soufflait en vain : comme un coin qui s'enfonce dans le bois, les efforts qu'il faisait ne servaient qu'à emboîter plus solidement dans les épaules de ses voisins sa large face apoplectique, pourpre de dépit et de colère.

Enfin un de ceux-ci, gros, court et vénérable comme lui, vint à son secours.

— Abomination! des écoliers qui parlent de la sorte à un bourgeois! de mon temps on les eût fustigés avec un fagot dont on les eût brûlés ensuite.

La bande entière éclata.

— Holà-hé! qui chante cette gamme? quel est le chathuant de malheur?

— Tiens, je le reconnais, dit l'un, c'est maître Andry Musnier.

— Parce qu'il est un des quatre libraires jurés de l'Université! dit l'autre.

— Tout est par quatre dans cette boutique, cria un troisième : les quatre nations, les quatre facultés, les quatre fêtes, les quatre procureurs, les quatre électeurs, les quatre libraires.

— Eh bien! reprit Jehan Frollo, il faut leur faire le diable à quatre.

— Musnier, nous brûlerons tes livres.

— Musnier, nous battrons ton laquais.

— Musnier, nous chiffonnerons ta femme.

— La bonne grosse mademoiselle Oudarde.

— Qui est aussi fraîche et aussi gaie que si elle était veuve.

— Que le diable vous emporte! grommela maître Andry Musnier.

— Maître Andry, reprit Jehan, toujours pendu à son chapiteau, tais-toi, ou je te tombe sur la tête!

Maître Andry leva les yeux, parut mesurer un instant la hauteur du pilier, la pesanteur du drôle, multiplia mentalement cette pesanteur par le carré de la vitesse, et se tut.

Jehan, maître du champ de bataille, poursuivit avec triomphe :

— C'est que je le ferais, quoique je sois frère d'un archidiacre!

— Beaux sires, que nos gens de l'Université! n'avoir seulement pas fait respecter nos priviléges dans un jour comme celui-ci! Enfin, il y a mai et feu de joie à la Ville; mystère, pape des fous et ambassadeurs flamands à la Cité; et à l'Université, rien!

— Cependant la place Maubert est assez grande! reprit un des clercs cantonnés sur la table de la fenêtre.

— A bas le recteur, les électeurs et les procureurs! cria Joannes.

— Il faudra faire un feu de joie ce soir dans le champ Gaillard, poursuivit l'autre, avec les livres de maître Andry.

— Et les pupitres des scribes! dit son voisin.

— Et les verges des bedeaux!

— Et les crachoirs des doyens!

— Et les buffets des procureurs!

— Et les huches des électeurs!

— Et les escabeaux du recteur!

— A bas! reprit le petit Jehan en faux-bourdon; à bas maître Andry, les bedeaux et les scribes, les théologiens, les médecins et les décrétistes, les procureurs, les électeurs et le recteur!

— C'est donc la fin du monde! murmura maître Andry en se bouchant les oreilles.

— A propos, le recteur! le voici qui passe dans la place, cria un de ceux de la fenêtre.

Ce fut à qui se retournerait vers la place.

— Est-ce que c'est vraiment notre vénérable recteur maître Thibaut? demanda Jehan Frollo du Moulin, qui, s'étant accroché à un pilier de l'intérieur, ne pouvait voir ce qui se passait au dehors.

— Oui, oui, répondirent tous les autres, c'est bien lui, maître Thibaut le recteur.

C'était en effet le recteur et tous les dignitaires de l'Université, qui se rendaient processionnellement au-devant de l'ambassade, et traversaient en ce moment la place du Palais. Les écoliers, pressés à la fenêtre, les accueillirent au passage avec des sarcasmes et des applaudissements ironiques. Le recteur, qui marchait en tête de sa compagnie, essuya la première bordée; elle fut rude.

— Bonjour, monsieur le recteur! Holà-hé! bonjour donc!

— Comment fait-il pour être ici, le vieux joueur? il a donc quitté ses dés?

— Comme il trotte sur sa mule! Elle a les oreilles moins longues que lui.

— Holà-hé! bonjour, monsieur le recteur Thibaut! *Tybalde aleator!* vieil imbécile! vieux joueur!

— Dieu vous garde! avez-vous fait souvent double-six cette nuit?

— Oh! la caduque figure, plombée, tirée et battue pour l'amour du jeu et des dés!

— Où allez-vous comme cela, Thibaut, *Tybalde ad dados*, tournant le dos à l'Université et trottant vers la ville?

— Il y va sans doute chercher un logis rue Thibautodé! cria Jehan du Moulin.

Toute la bande répéta le quolibet avec une voix de tonnerre et des battements de mains furieux.

— Vous allez chercher logis rue Thibautodé, n'est-ce pas, monsieur le recteur, joueur de la partie du diable?

Puis ce fut le tour des autres dignitaires.

— A bas les bedeaux! à bas les massiers!

— Dis donc, Robin Poussepain, qu'est-ce que c'est donc que celui-là?

— C'est Gilbert de Suilly, *Gilbertus de Soliaco*, le chancelier du collége d'Autun.

— Tiens, voici mon soulier: tu es mieux placé que moi; jette-le-lui par la figure.

— *Saturnalitias mittimus ecce nuces.*

— A bas les six théologiens avec leurs surplis blancs!

— Ce sont là les théologiens? Je croyais que c'étaient six oies blanches données par Sainte-Geneviève à la ville, pour le fief de Roogny.

— A bas les médecins!

— A bas les disputations cardinales et quodlibétaires!

— A toi ma coiffe, chancelier de Sainte-Geneviève! tu m'as fait un passe-droit.

— C'est vrai, cela; il a donné ma place dans la nation de Normandie au petit Ascanio Falzaspada, qui est de la province de Bourges, puisqu'il est Italien.

— C'est une injustice, dirent tous les écoliers. A bas le chancelier de Sainte-Geneviève!

— Ho-hé! maître Joachim de Ladehors! Ho-hé! Louis Dahuille! Ho-hé! Lambert Hoctement!

— Que le diable étouffe le procureur de la nation d'Allemagne!

— Et les chapelains de la Sainte-Chapelle, avec leurs aumusses grises; *cum tunicis grisis!*

— *Seu de pellibus grisis fourratis!*

— Holà-hé! les maîtres ès-arts! Toutes les belles chapes noires! toutes les belles chapes rouges!

— Cela fait une belle queue au recteur!

— On dirait un duc de Venise qui va aux épousailles de la mer.

— Dis donc, Jehan! les chanoines de Sainte-Geneviève!

— Au diable la chanoinerie!

— Abbé Claude Choart! docteur Claude Choart! Est-ce que vous cherchez Marie-la-Giffarde?

— Elle est rue de Glatigny.

— Elle fait le lit du roi des ribauds.

— Elle paye ses quatre deniers; *quatuor denarios.*

— *Aut unum bombum.*

— Voulez-vous qu'elle vous paye au nez?

— Camarades! maître Simon Sanguin, l'électeur de Picardie, qui a sa femme en croupe.

— *Post equitem sedet atra cura.*

— Hardi, maître Simon!

— Bonjour, monsieur l'électeur!

— Bonne nuit, madame l'électrice!

— Sont-ils heureux de voir tout cela! disait en soupirant *Joannes de Molendino*, toujours perché dans les feuillages de son chapiteau.

Cependant le libraire juré de l'Université, maître Andry Musnier, se penchait à l'oreille du pelletier-fourreur des robes du roi, maître Gilles Lecornu.

— Je vous le dis, monsieur, c'est la fin du monde. On n'a jamais vu pareils débordements de l'écolerie; ce sont les maudites inventions du siècle qui perdent tout. Les artilleries, les serpentines, les bombardes, et surtout l'impression, cette autre peste d'Allemagne. Plus de manuscrits, plus de livres! l'impression tue la librairie. C'est la fin du monde qui vient.

— Je m'en aperçois bien au progrès des étoffes de velours, dit le marchand fourreur.

En ce moment midi sonna.

— Ah!... dit toute la foule d'une seule voix.

Les écoliers se turent. Puis il se fit un grand remue-ménage; un grand mouvement de pieds et de têtes; une grande détonation générale de toux et de mouchoirs; chacun s'arrangea, se posta, se haussa, se groupa. Puis un grand silence; tous les cous restèrent tendus, toutes les bouches ouvertes, tous les regards se tournés vers la table de marbre;... rien n'y parut. Les quatre sergents du bailli étaient toujours là, roides et immobiles comme quatre statues peintes. Tous les yeux se tournèrent vers l'estrade réservée aux envoyés flamands. La porte restait fermée, et l'estrade vide. Cette foule attendait depuis le matin trois choses: midi, l'ambassade de Flandre, le mystère. Midi seul était arrivé à l'heure.

Pour le coup, c'était trop fort.

On attendit une, deux, trois, cinq minutes, un quart d'heure; rien ne venait. L'estrade demeurait déserte; le théâtre, muet. Cependant à l'impatience avait succédé la colère. Les paroles irritées circulaient, à voix basse encore, il est vrai. — Le mystère! le mystère! murmurait-on sourdement. Les têtes fermentaient. Une tempête, qui ne faisait encore que gronder, flottait à la surface de cette foule. Ce fut Jehan du Moulin qui en tira la première étincelle.

— Le mystère, et au diable les Flamands! s'écria-t-il de toute la force de ses poumons en se tordant comme un serpent autour de son chapiteau.

La foule battit des mains.

— Le mystère! répéta-t-elle, et la Flandre à tous les diables!

— Il nous faut le mystère sur-le-champ, reprit l'écolier; ou m'est avis que nous pendions le bailli du Palais, en guise de comédie et de moralité.

— Bien dit! cria le peuple, et entamons la pendaison par ses sergents.

Une grande acclamation suivit. Les quatre pauvres diables commençaient à pâlir et à s'entre-regarder. La multitude s'ébranlait vers eux, et ils voyaient déjà la frêle balustrade de bois qui les en séparait ployer et faire ventre sous la pression de la foule.

Le moment était critique.

— A sac! à sac! criait-on de toutes parts.

En cet instant la tapisserie du vestiaire que nous avons décrit plus haut se souleva et donna passage à un personnage dont la seule vue arrêta subitement la foule, et changea comme par enchantement sa colère en curiosité.

— Silence! silence!

Le personnage, fort peu rassuré et tremblant de tous ses membres, s'avança jusqu'au bord de la table de marbre, avec force révérences qui, à mesure qu'il approchait, ressemblaient de plus en plus à des génuflexions.

Cependant le calme s'était à peu près rétabli. Il ne restait plus que cette légère rumeur qui se dégage toujours du silence de la foule.

— Messieurs les bourgeois, dit-il, et mesdemoiselles les bourgeoises, nous devons avoir l'honneur de déclamer et représenter devant Son Eminence monsieur le cardinal une très-belle moralité, qui a nom: *le bon Jugement de madame la vierge Marie.* C'est moi qui fais Jupiter. Son Eminence accompagne en ce moment l'ambassade très-honorable de monsieur le duc d'Autriche, laquelle est retenue, à l'heure qu'il est, à écouter la harangue de monsieur le recteur de l'Université, à la porte Baudets. Dès que l'éminentissime cardinal sera arrivé, nous commencerons.

Il est certain qu'il ne fallait rien moins que l'intervention de Jupiter pour sauver les quatre malheureux sergents du bailli du Palais. Si nous avions le bonheur d'avoir inventé cette très-véridique histoire, et par conséquent d'en être responsable par-devant notre dame la critique, ce n'est pas contre nous qu'on pourrait invoquer en ce moment le précepte classique: *Nec deus intersit.* Du reste, le costume du seigneur Jupiter était fort beau, et n'avait pas peu contribué à calmer la foule, en attirant toute son attention. Jupiter était vêtu d'une brigandine couverte de velours noir, à clous dorés; il était coiffé d'un bicoquet garni de boutons d'argent dorés; et, n'était le rouge et la grosse barbe qui couvraient chacun une moitié de son visage, n'était le rouleau de carton doré, semé de passequilles et tout hérissé de lanières de clinquant qu'il portait à la main et dans lequel des yeux exercés reconnaissaient aisément la foudre, n'étaient ses pieds couleur de chair et enrubanés à la grecque, il eût pu supporter la comparaison, pour la sévérité de sa tenue, avec un archer breton du corps de monsieur de Berry.

II

PIERRE GRINGOIRE.

Cependant, tandis qu'il haranguait, la satisfaction, l'admiration unanimement excitées par son costume se dissipaient à ses paroles; et quand il arriva à cette conclusion malencontreuse : « Dès que l'éminentissime cardinal sera « arrivé, nous commencerons, » sa voix se perdit dans un tonnerre de huées.

— Commencez tout de suite! le mystère! le mystère tout de suite! criait le peuple. Et l'on entendait par-dessus toutes les voix celle de *Joannes de Molendino*, qui perçait la rumeur comme le fifre dans un charivari de Nîmes. Commencez tout de suite! glapissait l'écolier.

— A bas Jupiter et le cardinal de Bourbon! vociféraient Robin Poussepain et les autres clercs juchés dans la croisée.

— Tout de suite la moralité! répétait la foule; sur-le-champ! tout de suite! le sac et la corde aux comédiens et au cardinal!

Le pauvre Jupiter, hagard, effrayé, pâle sous son rouge, laissa tomber sa foudre, prit à la main son bicoquet; puis il saluait et tremblait en balbutiant : Son Eminence... les ambassadeurs... madame Marguerite de Flandre... Il ne savait que dire. Au fond, il avait peur d'être pendu.

Pendu par la populace pour attendre, pendu par le cardinal pour n'avoir pas attendu, il ne voyait des deux côtés qu'un abîme, c'est-à-dire une potence.

Heureusement quelqu'un vint le tirer d'embarras et assumer la responsabilité.

Un individu qui se tenait en deçà de la balustrade, dans l'espace laissé libre autour de la table de marbre, et que personne n'avait encore aperçu, tant sa longue et mince personne était complétement abritée de tout rayon visuel par le diamètre du pilier auquel il était adossé; cet individu, disons-nous, grand, maigre, blême, blond, jeune encore, quoique déjà ridé au front et aux joues, avec des yeux brillants et une bouche souriante, vêtu d'une serge noire, râpée et lustrée de vieillesse, s'approcha de la table de marbre, et fit un signe au pauvre patient. Mais l'autre, interdit, ne voyait pas.

Le nouveau venu fit un pas de plus :

— Jupiter! dit-il, mon cher Jupiter!

L'autre n'entendait point.

Enfin le grand blond, impatienté, lui cria presque sous le nez :

— Michel Giborne!

— Qui m'appelle? dit Jupiter comme éveillé en sursaut.

— Moi, répondit le personnage vêtu de noir.

— Ah! dit Jupiter.

— Commencez tout de suite, reprit l'autre. Satisfaites le populaire; je me charge d'apaiser monsieur le bailli, qui apaisera monsieur le cardinal.

Jupiter respira.

— Messeigneurs les bourgeois, cria-t-il de toute la force de ses poumons à la foule, qui continuait de le huer, nous allons commencer tout de suite.

— *Evoe, Jupiter! Plaudite, cives!* crièrent les écoliers.

— Noël! Noël! cria le peuple.

Ce fut un battement de mains assourdissant, et Jupiter était déjà rentré sous sa tapisserie que la salle tremblait encore d'acclamations.

Cependant le personnage inconnu qui avait si magiquement changé *la tempête en bonace*, comme dit notre vieux et cher Corneille, était modestement rentré dans la pénombre de son pilier, et y serait sans doute resté invisible, immobile et muet comme auparavant, s'il n'en eût été tiré par deux jeunes femmes qui, placées au premier rang des spectateurs, avaient remarqué son colloque avec Michel Giborne-Jupiter.

— Maître, dit l'une d'elles en lui faisant signe de s'approcher...

— Taisez-vous donc, ma chère Liénarde, dit sa voisine, jolie, fraîche, et toute brave à force d'être endimanchée. Ce n'est pas un clerc, c'est un laïque; il ne faut pas dire *maître*, mais bien *messire*.

— Messire, dit Liénarde.

L'inconnu s'approcha de la balustrade.

— Que voulez-vous de moi, mesdamoiselles? demanda-t-il avec empressement.

— Oh! rien, dit Liénarde toute confuse, c'est ma voisine Gisquette-la-Gencienne qui veut vous parler.

— Non pas, reprit Gisquette en rougissant; c'est Liénarde qui vous a dit maître; je lui ai dit qu'on disait Messire.

Les deux jeunes filles baissaient les yeux. L'autre, qui ne demandait pas mieux que de lier conversation, les regardait en souriant.

— Vous n'avez donc rien à me dire, mesdamoiselles?

— Oh! rien du tout, répondit Gisquette.

— Rien, dit Liénarde.

Le grand jeune homme blond fit un pas pour se retirer; mais les deux curieuses n'avaient pas envie de lâcher prise.

— Messire, dit vivement Gisquette avec l'impétuosité d'une écluse qui s'ouvre ou d'une femme qui prend son parti, vous connaissez donc ce soldat qui va jouer le rôle de madame la Vierge dans le mystère?

— Vous voulez dire le rôle de Jupiter? reprit l'anonyme.

— Hé! oui, dit Liénarde, est-elle bête! Vous connaissez donc Jupiter?

— Michel Giborne! répondit l'anonyme; oui, madame.

— Il a une fière barbe! dit Liénarde.

— Cela sera-t-il beau, ce qu'ils vont dire là-dessus? demanda timidement Gisquette.

— Très-beau, madamoiselle, répondit l'anonyme sans la moindre hésitation.

— Qu'est-ce que ce sera? dit Liénarde.

— *Le bon Jugement de madame la Vierge*, moralité, s'il vous plaît, madamoiselle.

— Ah! c'est différent, reprit Liénarde.

Un court silence suivit. L'inconnu le rompit.

— C'est une moralité toute neuve, et qui n'a pas encore servi.

— Ce n'est donc pas la même, dit Gisquette, que celle qu'on a donnée il y a deux ans, le jour de l'entrée de monsieur le légat, et où il y avait trois belles filles faisant personnages...

— De sirènes, dit Liénarde.

— Et toutes nues, ajouta le jeune homme.

Liénarde baissa pudiquement les yeux. Gisquette la regarda, et en fit autant. Il poursuivit en souriant :

— C'était chose bien plaisante à voir. Aujourd'hui c'est une moralité faite exprès pour madame la demoiselle de Flandre.

— Chantera-t-on des bergerettes? demanda Gisquette.

— Fi! dit l'inconnu, dans une moralité! il ne faut pas confondre les genres. Si c'était une sotie, à la bonne heure.

— C'est dommage, reprit Gisquette. Ce jour-là il y avait à la fontaine du Ponceau des hommes et des femmes sauvages qui se combattaient et faisaient plusieurs contenances en chantant de petits motets et des bergerettes.

— Ce qui convient pour un légat, dit assez sèchement l'inconnu, ne convient pas pour une princesse.

— Et près d'eux, reprit Liénarde, jouaient plusieurs bas instruments qui rendaient de grandes mélodies.

— Et pour rafraîchir les passants, continua Gisquette, la fontaine jetait par trois bouches, vin, lait et hypocras, dont buvait qui voulait.

— Et un peu au-dessous du Ponceau, poursuivit Liénarde, à la Trinité, il y avait une passion par personnages, et sans parler.

— Si je m'en souviens! s'écria Gisquette : Dieu en la croix, et les deux larrons à droite et à gauche.

Gringoire.

Ici les jeunes commères, s'échauffant au souvenir de l'entrée de monsieur le légat, se mirent à parler à la fois.

— Et plus avant, à la porte aux Peintres, il y avait d'autres personnes très-richement habillées.

— Et à la fontaine Saint-Innocent, ce chasseur qui poursuivait une biche avec un grand bruit de chiens et de trompes de chasse!

— Et à la boucherie de Paris, ces échafauds qui figuraient la Bastille de Dieppe.

— Et quand le légat passa, tu sais, Gisquette? on donna l'assaut, et les Anglais eurent tous les gorges coupées!

— Et contre la porte du Châtelet, il y avait de très-beaux personnages!

— Et sur le pont au Change, qui était tout tendu par-dessus!

— Et quand le légat passa, on laissa voler sur le pont plus de deux cents douzaines de toutes sortes d'oiseaux; c'était très-beau, Liénarde!

— Ce sera plus beau aujourd'hui, reprit enfin leur interlocuteur, qui semblait les écouter avec impatience.

— Vous nous promettez que ce mystère sera beau? dit Gisquette.

— Sans doute, reprit-il; puis il ajouta avec une certaine emphase :

— Mesdamoiselles, c'est moi qui en suis l'auteur.

— Vraiment? dirent les jeunes filles, tout ébahies.

— Vraiment! répondit le poëte en se rengorgeant légèrement; c'est-à-dire, nous sommes deux : Jehan Marchand, qui a scié les planches, et dressé la charpente du théâtre et la boiserie, et moi, qui ai fait la pièce. — Je m'appelle Pierre Gringoire.

L'auteur du *Cid* n'eût pas dit avec plus de fierté : *Pierre Corneille.*

Nos lecteurs ont pu observer qu'il avait déjà dû s'écouler un certain temps depuis le moment où Jupiter était rentré sous la tapisserie jusqu'à l'instant où l'auteur de la moralité nouvelle s'était révélé ainsi brusquement à l'admiration naïve de Gisquette et de Liénarde. Chose remarquable : toute cette foule, quelques minutes auparavant si tumultueuse, attendait maintenant avec mansuétude, sur la foi du comédien; ce qui prouve cette vérité éternelle et tous les jours encore éprouvée dans nos théâtres, que le meilleur moyen de faire attendre patiemment le public, c'est de lui affirmer qu'on va commencer tout de suite.

Et là il s'était assis, sollicitant l'attention. (Page 10.)

Toutefois l'écolier Joannes ne s'endormait pas.

— Holà-hé! cria-t-il tout à coup au milieu de la paisible attente qui avait succédé au trouble; Jupiter, madame la Vierge, bateleurs du diable! vous gaussez-vous? la pièce! la pièce! commencez, ou nous recommençons!

Il n'en fallut pas davantage.

Une musique de hauts et bas instruments se fit entendre de l'intérieur de l'échafaudage; la tapisserie se souleva; quatre personnages bariolés et fardés en sortirent, grimpèrent la roide échelle du théâtre, et, parvenus sur la plate-forme supérieure, se rangèrent en ligne devant le public, qu'ils saluèrent profondément; alors la symphonie se tut. C'était le mystère qui commençait.

Les quatre personnages, après avoir largement recueilli le payement de leurs révérences en applaudissements, entamèrent, au milieu d'un religieux silence, un prologue dont nous faisons volontiers grâce au lecteur. Du reste, ce qui arrive encore de nos jours, le public s'occupait encore plus des costumes qu'ils portaient que du rôle qu'ils débitaient; et, en vérité, c'était justice. Ils étaient vêtus tous quatre de robes mi-parties jaune et blanc, qui ne se distinguaient entre elles que par la nature de l'étoffe; la première était en brocart or et argent, la deuxième en soie, la troisième en laine, la quatrième en toile. Le premier des personnages portait en main droite une épée, le second deux clefs d'or, le troisième une balance, le quatrième une bêche; et pour aider les intelligences paresseuses qui n'auraient pas vu clair à travers la transparence de ces attributs, on pouvait lire en grosses lettres noires brodées : au bas de la robe de brocart, JE M'APPELLE NOBLESSE; au bas de la robe de soie, JE M'APPELLE CLERGÉ; au bas de la robe de laine, JE M'APPELLE MARCHANDISE; au bas de la robe de toile, JE M'APPELLE LABOUR. Le sexe des deux allégories mâles était clairement indiqué à tout spectateur judicieux par leurs robes moins longues et par la cramignole qu'elles portaient en tête, tandis que les deux allégories femelles, moins court vêtues, étaient coiffées d'un chaperon.

Il eût fallu aussi beaucoup de mauvaise volonté pour ne pas comprendre, à travers la poésie du prologue, que Labour était marié à Marchandise et Clergé à Noblesse, et que les deux heureux couples possédaient en commun un magnifique dauphin d'or, qu'ils prétendaient n'adjuger qu'à la plus belle. Ils allaient donc par le monde cherchant et quêtant cette beauté, et, après avoir successivement rejeté la reine de Golconde, la princesse de Trébisonde, la fille du Grand-Khan de Tartarie, etc., etc., Labour et Clergé, Noblesse et Marchandise, étaient venus se reposer sur la table de marbre du Palais de Justice, en débitant devant l'honnête auditoire autant de sentences et de maximes qu'on en pouvait alors dépenser à la Faculté des arts aux examens, sophismes, déterminances, figures et actes, où les maîtres prenaient leurs bonnets de licence.

Tout cela était en effet très-beau.

Cependant, dans cette foule sur laquelle les quatre allégories versaient à qui mieux mieux des flots de métaphores, il n'y avait pas une oreille plus attentive, pas un cœur plus palpitant, pas un œil plus hagard, pas un cou plus tendu que l'œil, l'oreille, le cou et le cœur de l'auteur, du poëte, de ce brave Pierre Gringoire, qui n'avait pu résister, le moment d'auparavant, à la joie de dire son nom à deux jolies filles. Il était retourné à quelques pas d'elles, derrière son pilier; et là, il écoutait, il regardait, il savourait. Les bienveillants applaudissements qui avaient accueilli le début de son prologue retentissaient encore dans ses entrailles, et il était complétement absorbé dans cette espèce de contemplation extatique avec laquelle un auteur voit ses idées tomber une à une de la bouche de l'acteur dans le silence d'un vaste auditoire. Digne Pierre Gringoire!

Il nous en coûte de le dire, mais cette première extase fut bien vite troublée. A peine Gringoire avait-il approché ses lèvres de cette coupe enivrante de joie et de triomphe, qu'une goutte d'amertume vint s'y mêler.

Un mendiant déguenillé, qui ne pouvait faire recette, perdu qu'il était au milieu de la foule, et qui n'avait sans doute pas trouvé suffisante indemnité dans les poches de ses voisins, avait imaginé de se jucher sur quelque point en évidence, pour attirer les regards et les aumônes. Il s'était donc hissé pendant les premiers vers du prologue, à l'aide des piliers de l'estrade réservée, jusqu'à la corniche qui en bordait la balustrade à sa partie inférieure; et là, il s'était assis, sollicitant l'attention et la pitié de la multitude, avec ses haillons et une plaie hideuse qui couvrait son bras droit. Du reste, il ne proférait pas une parole.

Le silence qu'il gardait laissait aller le prologue sans encombre, et aucun désordre sensible ne serait survenu, si le malheur n'eût voulu que l'écolier Joannes avisât, du haut de son pilier, le mendiant et ses simagrées. Un fou rire s'empara du jeune drôle, qui, sans se soucier d'interrompre le spectacle et de troubler le recueillement universel, s'écria gaillardement :

— Tiens! ce malingreux qui demande l'aumône!

Quiconque a jeté une pierre dans une mare à grenouilles, ou tiré un coup de fusil dans une volée d'oiseaux, peut se faire une idée de l'effet que produisirent ces paroles incongrues au milieu de l'attention générale. Gringoire en tressaillit, comme d'une secousse électrique. Le prologue resta court, et toutes les têtes se retournèrent en tumulte vers le mendiant, qui, loin de se déconcerter, vit dans cet incident une bonne occasion de récolte, et se mit à dire d'un air dolent en fermant ses yeux à demi : — La charité, s'il vous plaît!

— Eh mais... sur mon âme, reprit Joannes, c'est Clopin Trouillefou. Holà-hé! l'ami, ta plaie te gênait donc à la jambe, que tu l'as mise sur ton bras?

En parlant ainsi, il jetait, avec une adresse de singe, un petit blanc dans le feutre gras que le mendiant tendait de son bras malade. Le mendiant reçut, sans broncher, l'aumône et le sarcasme, et continua d'un accent lamentable :

— La charité, s'il vous plaît!

Cet épisode avait considérablement distrait l'auditoire; et bon nombre de spectateurs, Robin Poussepain et tous les clercs en tête, applaudissaient gaiement à ce duo bizarre, que venaient d'improviser, au milieu du prologue, l'écolier avec sa voix criarde et le mendiant avec son imperturbable psalmodie.

Gringoire était fort mécontent. Revenu de sa première stupéfaction, il s'évertuait à crier aux quatre personnages en scène : — Continuez! que diable! continuez! — sans même daigner jeter un regard de dédain sur les deux interrupteurs.

En ce moment, il se sentit tirer par le bord de son surtout; il se retourna, non sans quelque humeur, et eut assez de peine à sourire; il le fallait pourtant. C'était le joli bras de Gisquette-la-Gencienne, qui, passé à travers la balustrade, sollicitait de cette façon son attention.

— Monsieur, dit la jeune fille, est-ce qu'ils vont continuer?

— Sans doute, répondit Gringoire, assez choqué de la question.

— En ce cas, messire, reprit-elle, auriez-vous la courtoisie de m'expliquer...

— Ce qu'ils vont dire, interrompit Gringoire. Eh bien! écoutez.

— Non, dit Gisquette, mais ce qu'ils ont dit jusqu'à présent.

Gringoire fit un soubresaut, comme un homme dont on toucherait la plaie à vif.

— Peste de la petite fille sotte et bouchée! dit-il entre ses dents.

A dater de ce moment-là, Gisquette fut perdue dans son esprit.

Cependant les acteurs avaient obéi à son injonction, et le public, voyant qu'ils se remettaient à parler, s'était remis à écouter; non sans avoir perdu force beautés dans l'espèce de soudure qui se fit entre les deux parties de la pièce, ainsi brusquement coupée. Gringoire en faisait tout bas l'amère réflexion. Pourtant la tranquillité s'était rétablie peu à peu; l'écolier se taisait, le mendiant comptait quelque monnaie dans son chapeau, la pièce avait repris le dessus.

C'était en réalité un fort bel ouvrage, et dont il nous semble qu'on pourrait encore fort bien tirer parti aujourd'hui, moyennant quelques arrangements. L'exposition, un peu longue et un peu vide, c'est-à-dire dans les règles, était simple; et Gringoire, dans le candide sanctuaire de son for intérieur, en admirait la clarté. Comme on s'en doute bien, les quatre personnages allégoriques étaient un peu fatigués d'avoir parcouru les trois parties du monde sans trouver à se défaire convenablement de leur dauphin d'or. Là-dessus, éloge du poisson merveilleux, avec mille allusions délicates au jeune fiancé de Marguerite de Flandre, alors fort tristement reclus à Amboise, et ne se doutant guère que Labour et Clergé, Noblesse et Marchandise, venaient de faire le tour du monde pour lui. Le susdit dauphin donc était jeune, était beau, était fort, et surtout (magnifique origine de toutes les vertus royales!) il était fils du lion de France. Je déclare que cette métaphore hardie est admirable; et que l'histoire naturelle du théâtre, un jour d'allégorie et d'épithalame royal, ne s'effarouche aucunement d'un dauphin fils d'un lion. Ce sont justement ces rares et pindariques mélanges qui prouvent l'enthousiasme. Néanmoins, pour faire aussi la part de la critique, le poëte aurait pu développer cette belle idée en moins de deux cents vers. Il est vrai que le mystère devait durer depuis midi jusqu'à quatre heures, d'après l'ordonnance de monsieur le prévôt, et qu'il faut bien dire quelque chose. D'ailleurs, on écoutait patiemment.

Tout à coup, au beau milieu d'une querelle entre mademoiselle Marchandise et madame Noblesse, au moment où maître Labour prononçait ce vers mirifique,

> Onc ne vis dans les bois bête plus triomphante;

la porte de l'estrade réservée, qui était jusque-là restée si mal à propos fermée, s'ouvrit plus mal à propos encore; et la voix retentissante de l'huissier annonça brusquement : *Son Eminence monseigneur le cardinal de Bourbon!*

III

MONSIEUR LE CARDINAL.

Pauvre Gringoire! le fracas de tous les gros doubles pétards de la Saint-Jean, la décharge de vingt arquebuses à croc, la détonation de cette fameuse serpentine de la tour de Billy, qui, lors du siége de Paris, le dimanche 29 septembre 1465, tua sept Bourguignons d'un coup, l'explosion de toute la poudre à canon emmagasinée à la porte du Temple, lui eût moins rudement déchiré les oreilles, en ce moment solennel et dramatique, que ce peu de paroles tombées de la bouche d'un huissier : *Son Éminence monseigneur le cardinal de Bourbon.*

Ce n'est pas que Pierre Gringoire craignît monsieur le cardinal ou le dédaignât. Il n'avait ni cette faiblesse ni cette outrecuidance. Véritable éclectique, comme on dirait aujourd'hui, Gringoire était de ces esprits élevés et fermes, modérés et calmes, qui savent toujours se tenir au milieu de tout (*stare in dimidio rerum*), et qui sont pleins de raison et de libérale philosophie, tout en faisant état des cardinaux. Race précieuse et jamais interrompue de philosophes auxquels la sagesse, comme une autre Ariane, semble avoir donné une pelote de fil qu'ils s'en vont dévidant depuis le commencement du monde à travers le labyrinthe des choses humaines. On les retrouve dans tous les temps, toujours les mêmes, c'est-à-dire toujours selon tous les temps. Et sans compter notre Pierre Gringoire, qui les représenterait au quinzième siècle si nous parvenions à lui rendre l'illustration qu'il mérite, certainement c'est leur esprit qui animait le père du Breul lorsqu'il écrivait dans le seizième ces paroles naïvement sublimes, dignes de tous les siècles : « Ie suis parisien de nation et parrhisian de « parler, puisque *parrhisia* en grec signifie liberté de par- « ler; de laquelle i'ai vsé mesme enuers messeigneurs les « cardinaux, oncle et frère de monseigneur le prince de « Conty : toutesfois auec respect de leur grandeur, et sans « offenser personne de leur suitte, qui est beaucoup. »

Il n'y avait donc ni haine du cardinal, ni dédain de sa présence, dans l'impression désagréable qu'elle fit à Pierre Gringoire. Bien au contraire; notre poëte avait trop de bon sens et une souquenille trop râpée pour ne pas attacher un prix particulier à ce que mainte allusion de son prologue, et en particulier la glorification du dauphin, fils du lion de France, fût recueillie par une oreille éminentissime. Mais ce n'est pas l'intérêt qui domine dans la noble nature des poëtes. Je suppose que l'entité du poëte soit représentée par le nombre dix; il est certain qu'un chimiste, en l'analysant et pharmacopolisant, comme dit Rabelais, la trouverait composée d'une partie d'intérêt contre neuf parties d'amour-propre. Or, au moment où la porte s'était ouverte pour le cardinal, les neuf parties d'amour-propre de Gringoire, gonflées et tuméfiées au souffle de l'admiration populaire, étaient dans un état d'accroissement prodigieux, sous lequel disparaissait comme étouffée cette imperceptible molécule d'intérêt que nous distinguions tout à l'heure dans la constitution des poëtes; ingrédient précieux, du reste, lest de réalité et d'humanité sans lequel ils ne toucheraient pas la terre. Gringoire jouissait de sentir, de voir, de palper pour ainsi dire une assemblée entière de marauds, il est vrai, mais qu'importe? stupéfiée, pétrifiée, et comme asphyxiée devant les incommensurables tirades qui surgissaient à chaque instant de toutes les parties de son épithalame. J'affirme qu'il partageait lui-même la béatitude générale, et qu'au rebours de La Fontaine, qui, à la représentation de sa comédie du *Florentin*, demandait : *Quel est le malotru qui a fait cette rapsodie?* Gringoire eût volontiers demandé à son voisin : *De qui est ce chef-d'œuvre?* On peut juger maintenant quel effet produisit sur lui la brusque et intempestive survenue du cardinal.

Ce qu'il pouvait craindre ne se réalisa que trop. L'entrée de Son Éminence bouleversa l'auditoire. Toutes les têtes se tournèrent vers l'estrade. Ce fut à ne plus s'entendre. — Le cardinal! le cardinal! répétèrent toutes les bouches. Le malheureux prologue resta court une seconde fois.

Le cardinal s'arrêta un moment sur le seuil de l'estrade. Tandis qu'il promenait un regard assez indifférent sur l'auditoire, le tumulte redoublait. Chacun voulait le mieux voir. C'était à qui mettrait sa tête sur les épaules de son voisin.

C'était en effet un haut personnage, et dont le spectacle valait bien toute autre comédie. Charles, cardinal de Bourbon, archevêque et comte de Lyon, primat des Gaules, était à la fois allié à Louis XI par son frère, Pierre, seigneur de Beaujeu, qui avait épousé la fille aînée du roi, et allié à Charles-le-Téméraire, par sa mère, Agnès de Bourgogne. Or, le trait dominant, le trait caractéristique et distinctif du caractère du primat des Gaules, c'était l'esprit de courtisan et la dévotion aux puissances. On peut juger des embarras sans nombre que lui avait valus cette double parenté, et de tous les écueils temporels entre lesquels sa barque spirituelle avait dû louvoyer, pour ne se briser ni à Louis, ni à Charles, cette Charybde et cette Scylla qui avaient dévoré le duc de Nemours et le connétable de Saint-Pol. Grâce au ciel, il s'était assez bien tiré de la traversée, et était arrivé à Rome sans encombre. Mais, quoiqu'il fût au port, et précisément parce qu'il était au port, il ne se rappelait jamais sans inquiétude les chances diverses de sa vie politique, si longtemps alarmée et laborieuse. Aussi avait-il coutume de dire que l'année 1476 avait été pour lui *noire et blanche;* entendant par là qu'il avait perdu dans cette même année sa mère, la duchesse de Bourbonnais, et son cousin le duc de Bourgogne, et qu'un deuil l'avait consolé de l'autre.

Du reste, c'était un bon homme; il menait joyeuse vie de cardinal, s'égayait volontiers avec du cru royal de Challuau, ne haïssait pas Richarde-la-Garmoise et Thomasse-la-Saillarde, faisait l'aumône aux jolies filles plutôt qu'aux vieilles femmes, et pour toutes ces raisons était fort agréable au *populaire* de Paris. Il ne marchait qu'entouré d'une petite cour d'évêques et d'abbés de hautes lignées, galants, grivois, et faisant ripaille au besoin; et plus d'une fois les braves dévotes de Saint-Germain-d'Auxerre, en passant le soir sous les fenêtres illuminées du logis de Bourbon, avaient été scandalisées d'entendre les mêmes voix qui leur avaient chanté vêpres dans la journée psalmodier au bruit des verres le proverbe bachique de Benoît XII, ce pape qui avait ajouté une troisième couronne à la tiare : — *Bibamus papaliter.*

Ce fut sans doute cette popularité, acquise à si juste titre, qui le préserva, à son entrée, de tout mauvais accueil de la part de la cohue, si mécontente le moment d'auparavant, et fort peu disposée au respect d'un cardinal le jour même où elle allait élire un pape. Mais les Parisiens ont peu de rancune; et puis, en faisant commencer la représentation d'autorité, les bons bourgeois l'avaient emporté sur le cardinal, et ce triomphe leur suffisait. D'ailleurs monsieur le cardinal de Bourbon était bel homme, il avait une fort belle robe rouge qu'il portait fort bien; c'est dire qu'il avait pour lui toutes les femmes, et par conséquent la meilleure moitié de l'auditoire. Certainement, il y aurait injustice et mauvais goût à huer un cardinal pour s'être fait attendre au spectacle, lorsqu'il est bel homme et qu'il porte bien sa robe rouge.

Il entra donc, salua l'assistance avec ce sourire héréditaire des grands pour le peuple, et se dirigea à pas lents vers son fauteuil de velours écarlate, en ayant l'air de songer à tout autre chose. Son cortége, ce que nous appellerions aujourd'hui son état-major d'évêques et d'abbés, fit irruption à sa suite dans l'estrade, non sans redoublement de tumulte et de curiosité au parterre. C'était à qui se les montrerait, se les nommerait; à qui en connaîtrait au moins un; qui, monsieur l'évêque de Marseille, Alaudet, si j'ai bonne mémoire; qui, le primicier de Saint-Denis; qui, Robert de Lespinas, abbé de Saint-Germain-des-Prés, ce frère libertin d'une maîtresse de Louis XI : le tout avec force méprises et cacophonies. Quant aux écoliers, ils juraient. C'était leur jour, leur fête des fous, leur saturnale, l'orgie annuelle de la basoche et de l'école. Pas de turpitude qui ne fût de droit ce jour-là et chose sacrée. Et puis il y avait de folles commères dans la foule : Simone Quatrelivres, Agnès la Gadine, Robine Piédebou. N'était-ce pas le moins qu'on pût jurer à son aise et maugréer un peu le nom de Dieu, un si beau jour, en si bonne compagnie de gens d'église et de filles de joie? Aussi ne s'en faisaient-ils faute; et, au milieu du brouhaha, c'était un effrayant charivari de blasphèmes et d'énormités que celui de toutes ces langues échappées, langues de clercs et d'écoliers contenues le reste de l'année par la crainte du fer chaud de saint Louis. Pauvre saint Louis, quelle nargue ils lui faisaient dans son propre palais de justice! Chacun d'eux, dans les nouveaux venus de l'estrade, avait pris à partie une soutane noire, ou grise, ou blanche, ou violette. Quant à Joannes Frollo de Molendino, en sa qualité de frère d'un archidiacre, c'était à la rouge qu'il s'était hardiment attaqué; et il chantait à tue-tête, en fixant ses yeux effrontés sur le cardinal : *Cappa repleta mero!*

Tous ces détails, que nous mettons ici à nu pour l'édification du lecteur, étaient tellement couverts par la rumeur générale, qu'ils s'y effaçaient avant d'arriver jusqu'à l'estrade réservée; d'ailleurs, le cardinal s'en fût peu ému, tant les libertés de ce jour-là étaient dans les mœurs. Il avait du reste, et sa mine en était toute préoccupée, un autre souci qui le suivait de près et qui entra presque en même temps que lui dans l'estrade; c'était l'ambassade de Flandre.

Non qu'il fût profond politique, et qu'il se fît une affaire des suites possibles du mariage de madame sa cousine Marguerite de Bourgogne avec monsieur son cousin Charles, dauphin de Vienne; combien durerait la bonne intelligence plâtrée du duc d'Autriche et du roi de France; comment le roi d'Angleterre prendrait ce dédain de sa fille : cela l'inquiétait peu, et il fêtait chaque soir le vin du cru royal de Chaillot, sans se douter que quelques flacons de ce même vin (un peu revu et corrigé, il est vrai, par le médecin Coictier), cordialement offerts à Edouard IV par Louis XI, débarrasseraient un beau matin Louis XI d'Edouard IV. La *moult honorée ambassade de monsieur le duc d'Autriche* n'apportait au cardinal aucun de ces soucis, mais elle l'importunait par un autre côté. Il était en effet un peu dur, et nous en avons déjà dit un mot à la deuxième page de ce livre, d'être obligé de faire fête et bon accueil, lui Charles de Bourbon, à je ne sais quels bourgeois; lui cardinal, à des échevins; lui Français, joyeux convive, à des Flamands buveurs de bière; et cela en public. C'était là, certes, une des plus fastidieuses grimaces qu'il eût jamais faites pour le bon plaisir du roi.

Il se tourna donc vers la porte, et de la meilleure grâce du monde (tant il s'y étudiait!), quand l'huissier annonça d'une voix sonore : *Messieurs les envoyés de monsieur le duc d'Autriche.* Il est inutile de dire que la salle entière en fit autant.

Alors arrivèrent, deux par deux, avec une gravité qui faisait contraste au milieu du pétulant cortége ecclésiastique de Charles de Bourbon, les quarante-huit ambassadeurs de Maximilien d'Autriche, ayant en tête révérend père en Dieu, Jehan, abbé de Saint-Bertin, chancelier de la Toison-d'Or, et Jacques de Goy, sieur Dauby, haut bailli de Gand. Il se fit dans l'assemblée un grand silence accompagné de rires étouffés pour écouter tous les noms saugrenus et toutes les qualifications bourgeoises que chacun de ces personnages transmettait imperturbablement à l'huissier, qui jetait ensuite noms et qualités pêle-mêle et tout estropiés à travers la foule. C'était maître Loys Roelof, échevin de la ville de Louvain; messire Clays d'Etuelde, échevin de Bruxelles; messire Paul de Baeust, sieur de Voirmizelle, président de Flandre; maître Jehan Coleghens, bourgmestre de la ville d'Anvers; maître George de la Moere, premier échevin de la kuere de la ville de Gand; maître Gheldolf vander Hage, premier échevin des parchons de ladite ville; et le sieur de Bierbecque, et Jehan Pinnock, et Jehan Dymaerzelle, etc., etc., baillis, échevins, bourgmestres; bourgmestres, échevins, baillis, tous roides, gourmés, empesés, endimanchés de velours et de damas, encapuchonnés de cramignoles de velours noir à grosses houppes de fil d'or de Chypre; bonnes têtes flamandes après tout, figures dignes et sévères, de la famille de celles que Rembrandt fait saillir si fortes et si graves sur le fond noir de sa ronde de nuit; personnages qui portaient tous écrit sur le front que Maximilien d'Autriche avait eu raison de se *confier à plain*, comme disait son manifeste, *en leur sens, vaillance, expérience, loyautez, et bonnes preudomies.*

Un excepté pourtant. C'était un visage fin, intelligent, rusé, une espèce de museau de singe et de diplomate, audevant duquel le cardinal fit trois pas et une profonde révérence, et qui ne s'appelait pourtant que *Guillaume Rym, conseiller et pensionnaire de la ville de Gand.*

Peu de personnes savaient alors ce que c'était que Guillaume Rym. Rare génie qui dans un temps de révolution eût paru avec éclat à la surface des événements, mais qui au quinzième siècle était réduit aux caverneuses intrigues et à *vivre dans les sapes*, comme dit le duc de Saint-Simon. Du reste, il était apprécié du premier *sapeur* de l'Europe; il machinait familièrement avec Louis XI, et mettait souvent la main aux secrètes besognes du roi. Toutes choses fort ignorées de cette foule, qu'émerveillaient les politesses du cardinal à cette chétive figure de bailli flamand.

IV

MAÎTRE JACQUES COPPENOLE.

Pendant que le pensionnaire de Gand et l'Eminence échangeaient une révérence fort basse et quelques paroles à voix plus basse encore, un homme à haute stature, à large face, à puissantes épaules, se présentait pour entrer de front avec Guillaume Rym : on eût dit un dogue auprès d'un renard. Son bicoquet de feutre et sa veste de cuir faisaient tache au milieu du velours et de la soie qui l'entouraient. Présumant que c'était quelque palefrenier fourvoyé, l'huissier l'arrêta.

— Hé! l'ami, on ne passe pas.

L'homme à veste de cuir le repoussa de l'épaule.

— Que me veut ce drôle? dit-il avec un éclat de voix qui rendit la salle entière attentive à cet étrange colloque. Tu ne vois pas que j'en suis?

— Votre nom? demanda l'huissier.

— Jacques Coppenole.

— Vos qualités?

— Chaussetier, à l'enseigne des *Trois Chaînettes*, à Gand.

L'huissier recula. Annoncer des échevins et des bourgmestres, passe; mais un chaussetier, c'était dur. Le cardinal était sur les épines. Tout le peuple écoutait et regardait. Voilà deux jours que Son Eminence s'évertuait à lécher ces ours flamands pour les rendre un peu plus présentables en public, et l'incartade était rude. Cependant Guillaume Rym, avec son fin sourire, s'approcha de l'huissier :

— Annoncez maître Jacques Coppenole, clerc des échevins de la ville de Gand, lui souffla-t-il très-bas.

— Huissier, reprit le cardinal à haute voix, annoncez maître Jacques Coppenole, clerc des échevins de l'illustre ville de Gand.

Ce fut une faute. Guillaume Rym tout seul eût escamoté la difficulté; mais Coppenole avait entendu le cardinal.

— Non, croix-Dieu! s'écria-t-il avec sa voix de tonnerre. Jacques Coppenole, chaussetier. Entends-tu, l'huissier? rien de plus, rien de moins. Croix-Dieu! chaussetier, c'est assez beau. Monsieur l'archiduc a plus d'une fois cherché ses gants dans mes chausses.

Les rires et les applaudissements éclatèrent. Un quolibet est tout de suite compris à Paris, et par conséquent toujours applaudi.

Ajoutons que Coppenole était du peuple, et que ce public qui l'entourait était du peuple. Aussi la communication entre eux et lui avait été prompte, électrique, et pour ainsi dire de plain-pied. L'altière algarade du chaussetier flamand, en humiliant les gens de cour, avait remué dans toutes les âmes plébéiennes je ne sais quel sentiment de dignité encore vague et indistinct au quinzième siècle. C'était un égal que ce chaussetier, qui venait de tenir tête à monsieur le cardinal! réflexion bien douce à de pauvres diables qui étaient habitués à respect et obéissance envers les valets des sergents du bailli de l'abbé de Sainte-Geneviève, caudataire du cardinal.

Coppenole salua fièrement Son Eminence, qui rendit son salut au tout-puissant bourgeois redouté de Louis XI. Puis, tandis que Guillaume Rym, *sage homme et mali-*

cieux, comme dit Philippe de Comines, les suivait tous deux d'un sourire de raillerie et de supériorité, ils gagnèrent chacun leur place, le cardinal tout décontenancé et soucieux, Coppenole tranquille et hautain, et songeant sans doute qu'après tout son titre de chaussetier en valait bien un autre, et que Marie de Bourgogne, mère de cette Marguerite que Coppenole mariait aujourd'hui, l'eût moins redouté cardinal que chaussetier : car ce n'est pas un cardinal qui eût ameuté les Gantois contre les favoris de la fille de Charles-le-Téméraire; ce n'est pas un cardinal qui eût fortifié la foule avec une parole contre ses larmes et ses prières, quand la demoiselle de Flandre vint supplier son peuple pour eux jusqu'au pied de leur échafaud; tandis que le chaussetier n'avait eu qu'à lever son coude de cuir pour faire tomber vos deux têtes, illustrissimes seigneurs Guy d'Hymbercourt, chancelier Guillaume Hugonet!

Cependant, tout n'était pas fini pour ce pauvre cardinal, et il devait boire jusqu'à la lie le calice d'être en si mauvaise compagnie.

Le lecteur n'a peut-être pas oublié l'effronté mendiant qui était venu se cramponner, dès le commencement du prologue, aux franges de l'estrade cardinale. L'arrivée des illustres conviés ne lui avait nullement fait lâcher prise, et, tandis que prélats et ambassadeurs s'encaquaient, en vrais harengs flamands, dans des stalles de la tribune, lui s'était mis à l'aise, et avait bravement croisé ses jambes sur l'architrave. L'insolence était rare, et personne ne s'en était aperçu au premier moment, l'attention étant tournée ailleurs. Lui, de son côté, ne s'apercevait de rien dans la salle; il balançait sa tête avec une insouciance de Napolitain, répétant de temps en temps dans la rumeur, comme par une machinale habitude : « La charité, s'il vous plaît! » Et certes, il était, dans toute l'assistance, le seul, probablement, qui n'eût pas daigné tourner la tête à l'altercation de Coppenole et de l'huissier. Or, le hasard voulut que le maître chaussetier de Gand, avec qui le peuple sympathisait déjà si vivement, et sur qui tous les yeux étaient fixés, vînt précisément s'asseoir au premier rang de l'estrade, au-dessus du mendiant; et l'on ne fut pas médiocrement étonné de voir l'ambassadeur flamand, inspection faite du drôle placé sous ses yeux, frapper amicalement sur cette épaule couverte de haillons. Le mendiant se retourna; il y eut surprise, reconnaissance, épanouissement des deux visages, etc.; puis, sans se soucier le moins du monde des spectateurs, le chaussetier et le malingreux se mirent à causer à voix basse, en se tenant les mains dans les mains, tandis que les guenilles de Clopin Trouillefou, étalées sur le drap d'or de l'estrade, faisaient l'effet d'une chenille sur une orange.

La nouveauté de cette scène singulière excita une telle rumeur de folie et de gaieté dans la salle, que le cardinal ne tarda pas à s'en apercevoir; il se pencha à demi, et ne pouvant, du point où il était placé, qu'entrevoir fort imparfaitement la casaque ignominieuse de Trouillefou, il se figura assez naturellement que le mendiant demandait l'aumône, et, révolté de l'audace, il s'écria : « Monsieur le « bailli du Palais, jetez-moi ce drôle à la rivière. »

— Croix-Dieu! monseigneur le cardinal, dit Coppenole sans quitter la main de Clopin, c'est un de mes amis.

— Noël! Noël! cria la cohue. A dater de ce moment, maître Coppenole eut à Paris, comme à Gand, *grand crédit avec le peuple; car gens de telle taille l'y ont*, dit Philippe de Comines, *quand ils sont ainsi désordonnés*.

Le cardinal se mordit les lèvres. Il se pencha vers son voisin l'abbé de Sainte-Geneviève, et lui dit à demi-voix :

— Plaisants ambassadeurs que nous envoie là monsieur l'archiduc pour nous annoncer madame Marguerite!

— Votre Eminence, répondit l'abbé, perd ses politesses avec ces groins flamands. *Margaritas ante porcos.*

— Dites plutôt, répondit le cardinal avec un sourire : *Porcos ante Margaritam.*

Toute la petite cour en soutane s'extasia sur le jeu de mots. Le cardinal se sentit un peu soulagé; il était maintenant quitte avec Coppenole, il avait eu aussi son quolibet applaudi.

Maintenant, que ceux de nos lecteurs qui ont la puissance de généraliser une image et une idée, comme on dit dans le style d'aujourd'hui, nous permettent de leur demander s'ils se figurent bien nettement le spectacle qu'offrait, au moment où nous arrêtons leur attention, le vaste parallélogramme de la grand'salle du Palais. Au milieu de la salle, adossée au mur occidental, une large et magnifique estrade de brocart d'or, dans laquelle entrent processionnellement, par une petite porte ogive, de graves personnages successivement annoncés par la voix criarde d'un huissier. Sur les premiers bancs, déjà force vénérables figures, embéguinées d'hermine, de velours et d'écarlate. Autour de l'estrade, qui demeure silencieuse et digne, en bas, en face, partout, grande foule et grande rumeur. Mille regards du peuple sur chaque visage de l'estrade, mille chuchotements sur chaque nom. Certes, le spectacle est curieux et mérite bien l'attention des spectateurs. Mais là-bas, tout au haut, qu'est-ce donc que cette espèce de tréteau avec quatre pantins bariolés dessus et quatre autres en bas? Qu'est-ce donc, à côté du tréteau, que cet homme à souquenille noire et à pâle figure? Hélas! mon cher lecteur, c'est Pierre Gringoire et son prologue.

Nous l'avions tous profondément oublié.

Voilà précisément ce qu'il craignait.

Du moment où le cardinal était entré, Gringoire n'avait cessé de s'agiter pour le salut de son prologue. Il avait d'abord enjoint aux acteurs, restés en suspens, de continuer et de hausser la voix; puis, voyant que personne n'écoutait, il les avait arrêtés; et depuis près d'un quart d'heure que l'interruption durait, il n'avait cessé de frapper du pied, de se démener, d'interpeller Gisquette et Liénarde, d'encourager ses voisins à la poursuite du prologue, le tout en vain. Nul ne bougeait du cardinal, de l'ambassade et de l'estrade, unique centre de ce vaste cercle de rayons visuels. Il faut croire aussi, et nous le disons à regret, que le prologue commençait à gêner légèrement l'auditoire, au moment où Son Éminence était venue y faire diversion d'une si terrible façon. Après tout, à l'estrade comme à la table de marbre, c'était toujours le même spectacle : le conflit de Labour et de Clergé, de Noblesse et de Marchandise. Et beaucoup de gens aiment mieux les voir tout bonnement, vivant, respirant, agissant, se coudoyant, en chair et en os, dans cette ambassade flamande, dans cette cour épiscopale, sous la robe du cardinal, sous la veste de Coppenole, que fardés, attifés, parlant en vers, et pour ainsi dire empaillés sous les tuniques jaunes et blanches dont les avait affublés Gringoire.

Pourtant, quand notre poëte vit le calme un peu rétabli, il imagina un stratagème qui eût tout sauvé.

— Monsieur, dit-il en se tournant vers un de ses voisins, brave et gros homme à figure patiente, si l'on recommençait?

— Quoi? dit le voisin.

— Hé! le mystère, dit Gringoire.

— Comme il vous plaira, repartit le voisin.

Cette demi-approbation suffit à Gringoire, et faisant ses affaires lui-même, il commença à crier en se confondant le plus possible avec la foule : — Recommencez le mystère! recommencez!

— Diable! dit Joannes de Molendino, qu'est-ce qu'ils chantent donc là-bas, au bout? (Car Gringoire faisait du bruit comme quatre.) Dites donc, camarades, est-ce que le mystère n'est pas fini? Ils veulent le recommencer, ce n'est pas juste.

— Non, non, crièrent tous les écoliers. A bas le mystère! à bas!

Mais Gringoire se multipliait, et n'en criait que plus fort : Recommencez! recommencez!

Ces clameurs attirèrent l'attention du cardinal.

— Monsieur le bailli du Palais, dit-il à un grand homme noir placé à quelques pas de lui, est-ce que ces drôles sont dans un bénitier, qu'ils font ce bruit d'enfer?

Le bailli du Palais était une espèce de magistrat amphibie, une sorte de chauve-souris de l'ordre judiciaire, tenant à la fois du rat et de l'oiseau, du juge et du soldat.

Il s'approcha de Son Eminence, et, non sans redouter fort son mécontentement, il lui expliqua en balbutiant l'incongruité populaire : que midi était arrivé avant Son Eminence, et que les comédiens avaient été forcés de commencer sans attendre Son Eminence.

Le cardinal éclata de rire.

— Sur ma foi, monsieur le recteur de l'Université aurait bien dû en faire autant. Qu'en dites-vous, maître Guillaume Rym?

— Monseigneur, répondit Guillaume Rym, contentons-nous d'avoir échappé à la moitié de la comédie. C'est toujours cela de gagné.

— Ces coquins peuvent-ils continuer leurs farces? demanda le bailli.

— Continuez, continuez, dit le cardinal; cela m'est égal. Pendant ce temps-là, je vais lire mon bréviaire.

Le bailli s'avança au bord de l'estrade, et cria, après avoir fait faire silence d'un geste de la main :

— Bourgeois, manants et habitants, pour satisfaire ceux qui veulent qu'on recommence et ceux qui veulent qu'on finisse, Son Eminence ordonne que l'on continue.

Il fallut bien se résigner des deux parts. Cependant l'auteur et le public en gardèrent longtemps rancune au cardinal.

Les personnages en scène reprirent donc leur glose, et Gringoire espéra que du moins le reste de son œuvre serait écouté. Cette espérance ne tarda pas être déçue comme ses autres illusions; le silence s'était bien en effet rétabli tellement quellement dans l'auditoire; mais Gringoire n'avait pas remarqué qu'au moment où le cardinal avait donné l'ordre de continuer, l'estrade était loin d'être remplie, et qu'après les envoyés flamands étaient survenus de nouveaux personnages faisant partie du cortége, dont les noms et qualités, lancés tout au travers de son dialogue par le cri intermittent de l'huissier, y produisaient un ravage considérable. Qu'on se figure en effet, au milieu d'une pièce de théâtre, le glapissement d'un huissier jetant, entre deux rimes et souvent entre deux hémistiches, des parenthèses comme celles-ci :

Maître Jacques Charmolue, procureur du roi en cour d'église!

Jehan de Harlay, écuyer, garde de l'office de chevalier du guet de nuit de la ville de Paris!

Messire Galiot de Genoilhac, chevalier, seigneur de Brussac, maître de l'artillerie du roi!

Maître Dreux-Raguier, enquesteur des eaux et forêts du roi notre sire, ès pays de France, Champagne et Brie!

Messire Louis de Graville, chevalier, conseiller et chambellan du roi, amiral de France, concierge du bois de Vincennes!

Maître Denis Le Mercier, garde de la maison des aveugles de Paris! — Etc., etc., etc.

Cela devenait insoutenable.

Cet étrange accompagnement, qui rendait la pièce difficile à suivre, indignait d'autant plus Gringoire qu'il ne pouvait se dissimuler que l'intérêt allait toujours croissant et qu'il ne manquait à son ouvrage que d'être écouté. Il était en effet difficile d'imaginer une contexture plus ingénieuse et plus dramatique. Les quatre personnages du prologue se lamentaient dans leur mortel embarras, lorsque Vénus en personne (*vera incessu patuit dea*) s'était présentée à eux, vêtue d'une belle cotte-hardie armoriée au navire de la ville de Paris. Elle venait elle-même réclamer le dauphin promis à la plus belle. Jupiter, dont on entendait la foudre grondrer dans le vestiaire, l'appuyait, et la déesse allait l'emporter, c'est-à-dire, sans figure, épouser monsieur le dauphin; lorsqu'une jeune enfant, vêtue de damas blanc et tenant en main une marguerite (diaphane personnification de mademoiselle de Flandre), était venue lutter avec Vénus. Coup de théâtre et péripétie. Après controverse, Vénus, Marguerite et la cantonade étaient convenues de s'en remettre au bon jugement de la sainte Vierge. Il y avait encore un beau rôle, celui de dom Pèdre, roi de Mésopotamie; mais à travers tant d'interruptions, il était difficile de démêler à quoi il servait. Tout cela était monté par l'échelle.

Mais c'en était fait; aucune de ces beautés n'était sentie, ni comprise. A l'entrée du cardinal, on eût dit qu'un fil invisible et magique avait subitement tiré tous les regards de la table de marbre à l'estrade, de l'extrémité méridionale de la salle au côté occidental. Rien ne pouvait désensorceler l'auditoire; tous les yeux restaient fixés là, et les nouveaux arrivants, et leurs noms maudits, et leurs visages, et leurs costumes étaient une diversion continuelle. C'était désolant. Excepté Gisquette et Liénarde, qui se détournaient de temps en temps quand Gringoire les tirait par la manche, excepté le gros voisin patient, personne n'écoutait, personne ne regardait en face la pauvre moralité abandonnée. Gringoire ne voyait plus que des profils.

Avec quelle amertume il voyait s'écrouler pièce à pièce tout son échafaudage de gloire et de poésie! Et songer que ce peuple avait été sur le point de se rebeller contre monsieur le bailli, par impatience d'entendre son ouvrage! maintenant qu'on l'avait, on ne s'en souciait. Cette même représentation qui avait commencé dans une si unanime acclamation! Eternel flux et reflux de la faveur populaire! Penser qu'on avait failli pendre les sergents du bailli! Que n'eût-il pas donné pour en être encore à cette heure de miel!

Le brutal monologue de l'huissier cessa pourtant, tout le monde était arrivé : et Gringoire respira; les acteurs continuaient bravement. Mais ne voilà-t-il pas que maître Coppenole, le chaussetier, se lève tout à coup, et que Gringoire lui entend prononcer, au milieu de l'attention universelle, cette abominable harangue :

— Messieurs les bourgeois et hobereaux de Paris, je ne sais, croix-Dieu! pas ce que nous faisons ici. Je vois bien là-bas dans ce coin, sur ce tréteau, des gens qui ont l'air de vouloir se battre. J'ignore si c'est là ce que vous appelez un *mystère*, mais ce n'est pas amusant; ils se querellent de la langue, et rien de plus. Voilà un quart d'heure que j'attends le premier coup; rien ne vient : ce sont des lâches, qui ne s'égratignent qu'avec des injures. Il fallait faire venir des lutteurs de Londres ou de Rotterdam; et, à la bonne heure! vous auriez eu des coups de poing qu'on aurait entendus de la place; mais ceux-là font pitié. Ils devraient nous donner au moins une danse morisque, ou quelque autre momerie! Ce n'est pas là ce qu'on m'avait dit; on m'avait promis une fête de fous, avec élection du pape. Nous avons aussi notre pape des fous à Gand; et en cela nous ne sommes pas en arrière, croix-Dieu! Mais voici comme nous faisons : on se rassemble une cohue, comme ici; puis chacun à son tour va passer sa tête par un trou, et fait une grimace aux autres : celui qui fait la plus laide, à l'acclamation de tous, est élu pape; voilà. C'est fort divertissant. Voulez-vous que nous fassions votre pape à la mode de mon pays? Ce sera toujours moins fastidieux que d'écouter ces bavards. S'ils veulent venir faire leur grimace à la lucarne, ils seront du jeu. Qu'en dites-vous, messieurs les bourgeois? Il y a ici un suffisamment grotesque échantillon des deux sexes pour qu'on rie à la flamande, et nous sommes assez de laids visages pour espérer une belle grimace.

Gringoire eût voulu répondre : la stupéfaction, la colère, l'indignation lui ôtèrent la parole. D'ailleurs, la motion du chaussetier populaire fut accueillie avec un tel enthousiasme par ces bourgeois flattés d'être appelés *hobereaux*, que toute résistance était inutile. Il n'y avait plus qu'à se laisser aller au torrent. Gringoire cacha son visage de ses deux mains, n'ayant pas le bonheur d'avoir un manteau pour se voiler la tête, comme l'Agamemnon de Timante.

V

QUASIMODO.

En un clin d'œil, tout fut prêt pour exécuter l'idée de Coppenole. Bourgeois, écoliers et basochiens s'étaient mis à l'œuvre. La petite chapelle située en face de la table de marbre fut choisie pour le théâtre des grimaces. Une vitre brisée à la jolie rosace au-dessus de la porte, laissa libre un cercle de pierre par lequel il fut convenu que les concurrents passeraient la tête. Il suffisait, pour y atteindre, de grimper sur deux tonneaux qu'on avait pris je ne sais où, et juchés l'un sur l'autre tant bien que mal. Il fut réglé que chaque candidat, homme ou femme (car on pouvait faire une papesse) pour laisser vierge et entière l'impression de sa grimace, se couvrirait le visage et se tiendrait caché dans la chapelle jusqu'au moment de faire apparition. En moins d'un instant, la chapelle fut remplie de concurrents, sur lesquels la porte se referma.

Coppenole de sa place ordonnait tout, dirigeait tout, arrangeait tout. Pendant le brouhaha, le cardinal, non moins décontenancé que Gringoire, s'était, sous un prétexte d'affaires et de vêpres, retiré avec toute sa suite, sans que cette foule, que son arrivée avait remuée si vivement, se fût le moindrement émue à son départ. Guillaume Rym fut le seul qui remarqua la déroute de Son Eminence. L'attention populaire, comme le soleil, poursuivait sa révolution; partie d'un bout de la salle, après s'être arrêtée quelque temps au milieu, elle était maintenant à l'autre bout. La table de marbre, l'estrade de brocart avaient eu leur moment; c'était le tour de la chapelle de Louis XI. Le champ était désormais libre à toute folie. Il n'y avait plus que des Flamands et de la canaille.

Les grimaces commencèrent. La première figure qui apparut à la lucarne, avec des paupières retournées au rouge, une bouche ouverte en gueule et un front plissé comme nos bottes à la hussarde de l'empire, fit éclater un rire tellement inextinguible qu'Homère eût pris tous ces manants pour des dieux. Cependant la grand'salle n'était rien moins qu'un Olympe, et le pauvre Jupiter de Gringoire le savait mieux que personne. Une seconde, une troisième grimace succédèrent, puis une autre, puis une autre : et toujours les rires et les trépignements de joie redoublaient. Il y avait dans ce spectacle je ne sais quel vertige particulier, je ne sais quelle puissance d'enivrement et de fascination dont il serait difficile de donner une idée au lecteur de nos jours et de nos salons. Qu'on se figure une série de visages présentant successivement toutes les formes géométriques, depuis le triangle jusqu'au trapèze, depuis le cône jusqu'au polyèdre; toutes les expressions humaines, depuis la colère jusqu'à la luxure; tous les âges, depuis les rides du nouveau-né jusqu'aux rides de la vieille moribonde: toutes les fantasmagories religieuses, depuis Faune jusqu'à Belzébuth; tous les profils animaux, depuis la gueule jusqu'au bec, depuis la hure jusqu'au museau. Qu'on se représente tous les mascarons du Pont-Neuf, ces cauchemars pétrifiés sous la main de Germain Pilon, prenant vie et souffle, et venant tour à tour vous regarder en face avec des yeux ardents; tous les masques du carnaval de Venise se succédant à votre lorgnette: en un mot, un kaléidoscope humain.

L'orgie devenait de plus en plus flamande. Teniers n'en donnerait qu'une bien imparfaite idée. Qu'on se figure en bacchanale la bataille de Salvator Rosa. Il n'y avait plus ni écoliers, ni ambassadeurs, ni bourgeois, ni hommes, ni femmes; plus de Clopin Trouillefou, de Gilles Lecornu, de Marie Quatrelivres, de Robin Poussepain. Tout s'effaçait dans la licence commune. La grand'salle n'était plus qu'une vaste fournaise d'effronterie et de jovialité où chaque bouche était un cri, chaque œil un éclair, chaque face une grimace, chaque individu une posture : le tout criait et hurlait. Les visages étrangers qui venaient tour à tour grincer des dents à la rosace étaient comme autant de brandons jetés dans le brasier; et de toute cette foule effervescente s'échappait, comme la vapeur de la fournaise, une rumeur aigre, aiguë, acérée, sifflante, comme les ailes d'un moucheron.

— Ho-hé! malédiction!

— Vois-donc cette figure!

— Elle ne vaut rien.

— A une autre!

— Guillemette Maugerepuis, regarde donc ce mufle de taureau, il ne lui manque que des cornes. Ce n'est pas ton mari.

— Un autre!

— Ventre du pape! qu'est-ce que cette grimace-là!

— Holà-hé! c'est tricher. On ne doit montrer que son visage.

— Cette damnée Perrette Callebotte! elle est capable de cela.

— Noël! Noël!

— J'étouffe!

— En voilà un dont les oreilles ne peuvent passer! — Etc., etc.

Il faut rendre pourtant justice à notre ami Jehan. Au milieu de ce sabbat, on le distinguait encore au haut de son pilier, comme un mousse dans le hunier. Il se démenait avec une incroyable furie. Sa bouche était toute grande ouverte, et il s'en échappait un cri que l'on n'entendait pas, non qu'il fût couvert par la clameur générale, si intense qu'elle fût, mais parce qu'il atteignait sans doute la limite des sons aigus perceptibles, les douze mille vibrations de Sauveur ou les huit mille de Biot.

Quant à Gringoire, le premier moment d'abattement passé, il avait repris contenance. Il s'était roidi contre l'adversité. — Continuez! avait-il dit pour la troisième fois à ses comédiens, machines parlantes; puis, se promenant à grands pas devant la table de marbre, il lui prenait des fantaisies d'aller apparaître à son tour à la lucarne de la chapelle, ne fût-ce que pour avoir le plaisir de faire la grimace à ce peuple ingrat. — Mais non, cela ne serait pas digne de nous; pas de vengeance! luttons jusqu'à la fin, se répétait-il; le pouvoir de la poésie est grand sur le peuple; je les ramènerai. Nous verrons qui l'emportera, des grimaces ou des belles-lettres.

Hélas! il était resté le seul spectateur de sa pièce.

C'était bien pis que tout à l'heure. Il ne voyait plus que des dos.

Je me trompe. Le gros homme patient, qu'il avait déjà consulté dans un moment critique, était resté tourné vers le théâtre. Quant à Gisquette et à Liénarde, elles avaient déserté depuis longtemps.

Gringoire fut touché au fond du cœur de la fidélité de son unique spectateur. Il s'approcha de lui et lui adressa la parole en lui secouant légèrement le bras; car le brave homme s'était appuyé à la balustrade et dormait un peu.

— Monsieur, dit Gringoire, je vous remercie!

— Monsieur, répondit le gros homme avec un bâillement, de quoi?

— Je vois ce qui vous ennuie, reprit le poëte; c'est tout ce bruit qui vous empêche d'entendre à votre aise. Mais soyez tranquille : votre nom passera à la postérité. Votre nom, s'il vous plaît?

— Renauld Château, garde du scel du Châtelet de Paris, pour vous servir.

— Monsieur, vous êtes ici le seul représentant des muses, dit Gringoire.

— Vous êtes trop honnête, monsieur, répondit le garde du scel du Châtelet.

— Vous êtes le seul, reprit Gringoire, qui ayez convenablement écouté la pièce. Comment la trouvez-vous?

— Hé! hé! répondit le gros magistrat à demi réveillé, assez gaillarde, en effet.

Il fallut que Gringoire se contentât de cet éloge : car un tonnerre d'applaudissements, mêlé à une prodigieuse acclamation, vint couper court à leur conversation. Le pape des fous était élu.

— Noël! Noël! Noël! criait le peuple de toutes parts.

C'était une merveilleuse grimace, en effet, que celle qui rayonnait en ce moment au trou de la rosace. Après toutes les figures pentagones, hexagones et hétéroclites qui s'étaient succédé à cette lucarne sans réaliser cet idéal du grotesque qui s'était construit dans les imaginations exaltées par l'orgie, il ne fallait rien moins, pour enlever les suffrages, que la grimace sublime qui venait d'éblouir l'assemblée. Maître Coppenole lui-même applaudit; et Clopin Trouillefou, qui avait concouru (et Dieu sait quelle intensité de laideur son visage pouvait atteindre), s'avoua vaincu. Nous ferons de même. Nous n'essaierons pas de donner au lecteur une idée de ce nez tétraèdre, de cette bouche en fer à cheval, de ce petit œil gauche obstrué d'un sourcil roux en broussailles, tandis que l'œil droit disparaissait entièrement sous une énorme verrue; de ces dents désordonnées, ébréchées çà et là, comme les créneaux d'une forteresse; de cette lèvre calleuse, sur laquelle une de ces dents empié-

Quasimodo.

tait comme la défense d'un éléphant; de ce menton fourchu; et surtout de la physionomie répandue sur tout cela; de ce mélange de malice, d'étonnement et de tristesse. Qu'on rêve, si l'on peut, cet ensemble.

L'acclamation fut unanime; on se précipita vers la chapelle. On en fit sortir en triomphe le bienheureux pape des fous. Mais c'est alors que la surprise et l'admiration furent à leur comble; la grimace était son visage.

Ou plutôt toute sa personne était une grimace. Une grosse tête hérissée de cheveux roux, entre les deux épaules une bosse énorme dont le contre-coup se faisait sentir par devant; un système de cuisses et de jambes si étrangement fourvoyées qu'elles ne pouvaient se toucher que par les genoux, et, vues de face, ressemblaient à deux croissants de faucilles qui se rejoignent par la poignée; de larges pieds, des mains monstrueuses; et avec toute cette difformité, je ne sais quelle allure redoutable de vigueur, d'agilité et de courage; étrange exception à la règle éternelle qui veut que la force, comme la beauté, résulte de l'harmonie. Tel était le pape que les fous venaient de se donner.

On eût dit un géant brisé et mal ressoudé.

Quand cette espèce de cyclope parut sur le seuil de la chapelle, immobile, trapu, et presque aussi large que haut; *carré par la base*, comme dit un grand homme; à son surtout mi-partie rouge et violet, semé de campanilles d'argent, et surtout à la perfection de sa laideur, la populace le reconnut sur-le-champ, et s'écria d'une voix :

— C'est Quasimodo, le sonneur de cloches! c'est Quasimodo, le bossu de Notre-Dame! Quasimodo le borgne! Quasimodo le bancal! Noël! Noël!

On voit que le pauvre diable avait des surnoms à choisir.

— Gare les femmes grosses! criaient les écoliers.

— Ou qui ont envie de l'être! reprenait Joannes.

Les femmes en effet se cachaient le visage.

— Oh! le vilain singe! disait l'une.

— Aussi méchant que laid, reprenait une autre.

— C'est le diable, ajoutait une troisième.

— J'ai le malheur de demeurer auprès de Notre-Dame; la nuit je l'entends rôder dans la gouttière.

— Avec les chats.

— Il est toujours sur nos toits.

— Il nous jette des sorts par les cheminées.

— L'autre soir, il est venu me faire la grimace à ma lucarne. Je croyais que c'était un homme. J'ai eu une peur!

Alors il se fit autour de l'étrange personnage un cercle de terreur et d'effroi.

— Je suis sûr qu'il va au sabbat. Une fois, il a laissé un balai sur mes plombs.

— Oh! la déplaisante face de bossu!

— Oh! la vilaine âme!

— Buah!

— Les hommes au contraire étaient ravis, et applaudissaient.

Quasimodo, objet du tumulte, se tenait toujours sur la porte de la chapelle, debout, sombre et grave, se laissant admirer.

Un écolier (Robin Poussepain, je crois) vint lui rire sous le nez, et trop près. Quasimodo se contenta de le prendre par la ceinture, et de le jeter à dix pas à travers la foule, le tout sans dire un mot.

Maître Coppenole, émerveillé, s'approcha de lui.

— Croix-Dieu! Saint-Père! tu as bien la plus belle laideur que j'aie vue de ma vie. Tu mériterais la papauté à Rome comme à Paris.

En parlant ainsi, il lui mettait la main gaiement sur l'épaule. Quasimodo ne bougea pas. Coppenole poursuivit :

— Tu es un drôle avec qui j'ai démangeaison de ripailler, dût-il m'en coûter un douzain neuf de douze tournois. Que t'en semble?

Quasimodo ne répondit pas.

— Croix-Dieu! dit le chaussetier, est-ce que tu es sourd? Il était sourd en effet.

Cependant il commençait à s'impatienter des façons de Coppenole, et se tourna tout à coup vers lui, avec un grincement de dents si formidable que le géant flamand recula comme un bouledogue devant un chat.

Alors il se fit autour de l'étrange personnage un cercle de terreur et de respect, qui avait au moins quinze pas géométriques de rayon. Une vieille femme expliqua à maître Coppenole que Quasimodo était sourd.

— Sourd! dit le chaussetier avec son gros rire flamand. Croix-Dieu! c'est un pape accompli.

— Hé! je le reconnais, s'écria Jehan, qui était enfin descendu de son chapiteau pour voir Quasimodo de plus près, c'est le sonneur de cloches de mon frère l'archidiacre. — Bonjour, Quasimodo.

— Diable d'homme! dit Robin Poussepain encore tout contus de sa chute. Il paraît : c'est un bossu. Il marche : c'est un bancal. Il vous regarde : c'est un borgne. Vous lui parlez : c'est un sourd. — Ah çà : que fait-il de sa langue, ce Polyphéme?

— Il parle quand il veut, dit la vieille, il est devenu sourd à sonner les cloches. Il n'est pas muet.

— Cela lui manque, observa Jehan.

— Et il a un œil de trop, ajouta Robin Poussepain.

— Non pas, dit judicieusement Jehan. Un borgne est bien plus incomplet qu'un aveugle. Il sait ce qui lui manque.

Cependant tous les mendiants, tous les laquais, tous les coupe-bourses, réunis aux écoliers, avaient été chercher processionnellement, dans l'armoire de la basoche, la tiare de carton et la simare dérisoire du pape des fous. Quasimodo s'en laissa revêtir sans sourciller et avec une sorte de docilité orgueilleuse. Puis on le fit asseoir sur un brancard bariolé. Douze officiers de la confrérie des fous l'enlevèrent sur leurs épaules; et une espèce de joie amère et dédaigneuse vint s'épanouir sur la face morose du cyclope, quand il vit sous ses pieds difformes toutes ces têtes d'hommes beaux, droits et bien faits. Puis la procession hurlante et déguenillée se mit en marche pour faire, selon l'usage, la tournée intérieure des galeries du Palais, avant la promenade des rues et des carrefours.

VI

LA ESMERALDA.

Nous sommes ravis d'avoir à apprendre à nos lecteurs que pendant toute cette scène, Gringoire et sa pièce avaient tenu bon. Ses acteurs, talonnés par lui, n'avaient pas discontinué de débiter sa comédie, et lui n'avait pas discontinué de l'écouter. Il avait pris son parti du vacarme, et était déterminé à aller jusqu'au bout, ne désespérant pas d'un retour d'attention de la part du public. Cette lueur d'espérance se ranima quand il vit Quasimodo, Coppenole et le cortége assourdissant du pape des fous sortir à grand bruit de la salle. La foule se précipita avidement à leur suite. — Bon, se dit-il, voilà tous les brouillons qui s'en vont. — Malheureusement, tous les brouillons c'était le public. En un clin d'œil la grand'salle fut vide.

A vrai dire, il restait encore quelques spectateurs, les uns épars, les autres groupés autour des piliers, femmes, vieillards ou enfants, en ayant assez du brouhaha et du tumulte. Quelques écoliers étaient demeurés à cheval sur l'entablement des fenêtres et regardaient dans la place.

— Eh bien, pensa Gringoire, en voilà encore autant qu'il en faut pour entendre la fin de mon mystère. Ils sont peu, mais c'est un public d'élite, un public lettré.

Au bout d'un instant, une symphonie qui devait produire le plus grand effet à l'arrivée de la sainte Vierge manqua. Gringoire s'aperçut que sa musique avait été emmenée par la procession du pape des fous.

— Passez outre, dit-il stoïquement.

Il s'approcha d'un groupe de bourgeois qui lui fit l'effet de s'entretenir de sa pièce. Voici le lambeau de conversation qu'il saisit :

— Vous savez, maître Cheneteau, l'hôtel de Navarre, qui était à M. de Nemours?

— Oui, vis-à-vis la chapelle de Braque.

— Eh bien, le fisc vient de le louer à Guillaume Alixandre, historieur, pour six livres huit sols parisis par an.

— Comme les loyers renchérissent!

— Allons! se dit Gringoire en soupirant; les autres écoutent.

— Camarades, cria tout à coup un de ces jeunes drôles des croisées, *la Esmeralda! la Esmeralda* dans la place!

Ce mot produisit un effet magique. Tout ce qui restait dans la salle se précipita aux fenêtres, grimpant aux murailles pour voir, et répétant : *la Esmeralda! la Esmeralda!*

En même temps on entendait au dehors un grand bruit d'applaudissements.

— Qu'est-ce que cela veut dire, la Esmeralda! dit Gringoire en joignant les mains avec désolation. Ah! mon Dieu! il paraît que c'est le tour des fenêtres, maintenant.

Il se retourna vers la table de marbre, et vit que la représentation était interrompue. C'était précisément l'instant où Jupiter devait paraître avec sa foudre. Or Jupiter se tenait immobile au bas du théâtre.

— Michel Giborne, cria le poëte irrité, que fais-tu là? Est-ce ton rôle? monte donc!

— Hélas! dit Jupiter, un écolier vient de prendre l'échelle.

Gringoire regarda. La chose n'était que trop vraie. Toute communication était interceptée entre son nœud et son dénouement.

— Le drôle! murmura-t-il. Et pourquoi a-t-il pris cette échelle?

— Pour aller voir la Esmeralda, répondit piteusement Jupiter. Il a dit : Tiens, voilà une échelle qui ne sert pas, et il l'a prise.

C'était le dernier coup. Gringoire le reçut avec résignation.

— Que le diable vous emporte! dit-il aux comédiens, et si je suis payé vous le serez.

Alors il fit retraite, la tête basse, mais le dernier, comme un général qui s'est bien battu.

Et tout en descendant les tortueux escaliers du Palais : — Belle cohue d'ânes et de butors que ces Parisiens! grommelait-il entre ses dents; ils viennent pour entendre un mystère, et n'en écoutent rien! Ils se sont occupés de tout le monde, de Clopin Trouillefou, du cardinal, de Coppenole, de Quasimodo, du diable! mais de madame la vierge Marie, point. Si j'avais su, je vous en aurais donné des vierges Marie, badauds! Et moi, venir pour voir des visages, et ne voir que des dos! être poëte et avoir le succès d'un apothicaire! Il est vrai qu'Homerus a mendié par les bourgades grecques et que Nason mourut en exil chez les Moscovites. Mais je veux que le diable m'écorche si je comprends ce qu'ils veulent dire avec leur Esmeralda! Qu'est-ce que c'est que ce mot-là d'abord? c'est de l'égyptiaque!

LIVRE DEUXIÈME

I

DE CHARYBDE EN SCYLLA.

La nuit arrive de bonne heure en janvier. Les rues étaient déjà sombres quand Gringoire sortit du Palais. Cette nuit tombée lui plut; il lui tardait d'aborder quelque ruelle obscure et déserte pour y méditer à son aise, et pour que le philosophe posât le premier appareil sur la blessure du poëte. La philosophie était du reste son seul refuge, car il ne savait où loger. Après l'éclatant avortement de son coup d'essai théâtral, il n'osait rentrer dans le logis qu'il occupait, rue Grenier-sur-l'Eau, vis-à-vis le port au Foin, ayant compté sur ce que monsieur le prévôt devait lui donner de son épithalame pour payer à maître Guillaume Doulx-Sire, fermier de la coutume du pied-fourché de Paris, les six mois de loyer qu'il lui devait, c'est-à-dire douze sols parisis; douze fois la valeur de ce qu'il possédait au monde, y compris son haut-de-chausses, sa chemise et son bicoquet. Après avoir un moment réfléchi, provisoirement abrité sous le petit guichet de la prison du trésorier de la Sainte-Chapelle, au gîte qu'il élirait pour la nuit, ayant tous les pavés de Paris à son choix, il se souvint d'avoir avisé la semaine précédente, rue de la Savaterie, à la porte d'un conseiller au parlement, un marchepied à monter sur mule, et de s'être dit que cette pierre serait, dans l'occasion, un fort excellent oreiller pour un mendiant ou pour un poëte. Il remercia la providence de lui avoir envoyé cette bonne idée; mais comme il se préparait à traverser la place du Palais pour gagner le tortueux labyrinthe de la Cité, où serpentent toutes ces vieilles sœurs, les rues de la Barillerie, de la Vieille-Draperie, de la Savaterie, de la Juiverie, etc., encore debout aujourd'hui avec leurs maisons à neuf étages, il vit la procession du pape des fous qui sortait aussi du Palais, et se ruait au travers de la cour, avec grands cris, grande clarté de torches et sa musique, à lui Gringoire. Cette vue raviva les écorchures de son amour-propre; il s'enfuit. Dans l'amertume de sa mésaventure dramatique, tout ce qui lui rappelait la fête du jour l'aigrissait et faisait saigner sa plaie.

Il voulut prendre le pont Saint-Michel; des enfants y couraient çà et là avec des lances à feu et des fusées.

— Peste soit des chandelles d'artifice! dit Gringoire, et il se rabattit sur le Pont-au-Change. On avait attaché aux maisons de la tête du pont trois drapels représentant le roi, le dauphin et Marguerite de Flandre, et six petits drapelets où étaient *pourtraicts* le duc d'Autriche, le cardinal de Bourbon, et monsieur de Beaujeu, et madame Jeanne de France, et monsieur le bâtard de Bourbon, et je ne sais qui encore; le tout éclairé de torches. La cohue admirait.

— Heureux peintre Jehan Fourbeault! dit Gringoire avec un gros soupir, et il tourna le dos aux drapels et drapelets. Une rue était devant lui; il la trouva si noire et si abandonnée, qu'il espéra y échapper à tous les retentissements comme à tous les rayonnements de la fête; il s'y enfonça. Au bout de quelques instants, son pied heurta un obstacle; il trébucha et tomba. C'était la botte de mai, que les clercs de la basoche avaient déposée le matin à la porte d'un président au parlement, en l'honneur de la solennité du jour. Gringoire supporta héroïquement cette nouvelle rencontre; il se releva et gagna le bord de l'eau. Après avoir laissé derrière lui la tournelle civile et la tour criminelle, et longé le grand mur des jardins du roi, sur cette grève non pavée où la boue lui venait à la cheville, il arriva à la pointe occidentale de la Cité, et considéra quelque temps l'îlot du Passeur-aux-Vaches, qui a disparu depuis sous le cheval de bronze et le Pont-Neuf. L'îlot lui apparaissait dans l'ombre comme une masse noire au delà de l'étroit cours d'eau blanchâtre qui l'en séparait. On y devinait, au rayonnement d'une petite lumière, l'espèce de hutte en forme de ruche où le passeur aux vaches s'abritait la nuit.

— Heureux passeur aux vaches! pensa Gringoire, tu ne songes pas à la gloire et tu ne fais pas d'épithalames! Que t'importent les rois qui se marient et les duchesses de Bourgogne? Tu ne connais d'autres marguerites que celles que ta pelouse d'avril donne à brouter à tes vaches! Et moi, poëte, je suis hué, et je grelotte, et je dois douze sous, et ma semelle est si transparente, qu'elle pourrait servir de vitre à ta lanterne. Merci! passeur aux vaches! ta cabane repose ma vue, et me fait oublier Paris!

Il fut réveillé de son extase presque lyrique par un gros double pétard de la Saint-Jean, qui partit brusquement de la bienheureuse cabane. C'était le passeur aux vaches qui prenait sa part des réjouissances du jour, et se tirait un feu d'artifice.

Ce pétard fit hérisser l'épiderme de Gringoire.

— Maudite fête! s'écria-t-il, me poursuivras-tu partout? Oh! mon Dieu! jusque chez le passeur aux vaches!

Puis il regarda la Seine à ses pieds, et une horrible tentation le prit :

— Oh! dit-il, que volontiers je me noierais, si l'eau n'était pas si froide!

Alors il lui vint une résolution désespérée. C'était, puisqu'il ne pouvait échapper au pape des fous, aux drapelets de Jehan Fourbeault, aux bottes de mai, aux lances à feu et aux pétards, de s'enfoncer hardiment au cœur même de la fête, et d'aller à la place de Grève.

— Au moins, pensa-t-il, j'y aurai peut-être un tison de feu de joie pour me réchauffer, et j'y pourrai souper avec quelque miette des trois grandes armoiries de sucre royal qu'on a dû y dresser sur le buffet public de la ville.

II

LA PLACE DE GRÈVE.

Il ne reste aujourd'hui qu'un bien imperceptible vestige de la place de Grève, telle qu'elle existait alors. C'est la charmante tourelle qui occupe l'angle nord de la place, et qui, déjà ensevelie sous l'ignoble badigeonnage qui empâte les vives arêtes de ses sculptures, aura bientôt disparu peut-être, submergée par cette crue de maisons neuves qui dévore si rapidement toutes les vieilles façades de Paris.

Les personnes qui, comme nous, ne passent jamais sur la place de Grève sans donner un regard de pitié et de sympathie à cette pauvre tourelle étranglée entre deux masures du temps de Louis XV, peuvent reconstruire aisément dans leur pensée l'ensemble d'édifices auquel elle appartenait, et y retrouver entière la vieille place gothique du quinzième siècle.

C'était, comme aujourd'hui, un trapèze irrégulier bordé d'un côté par le quai, et des trois autres par une série de maisons hautes, étroites et sombres. Le jour, on pouvait admirer la variété de ses édifices, tous sculptés en pierre ou en bois, et présentant déjà de complets échantillons des diverses architectures domestiques du moyen âge, en remontant du quinzième au onzième siècle, depuis la croisée, qui commençait à détrôner l'ogive, jusqu'au plein-cintre roman, qui avait été supplanté par l'ogive, et qui occupait encore, au-dessous d'elle, le premier étage de cette ancienne maison de la Tour-Roland, angle de la place sur la Seine, du côté de la rue de la Tannerie. La nuit, on ne distinguait de cette masse d'édifices que la dentelure noire des toits, déroulant autour de la place leur chaîne d'angles aigus. Car c'est une des différences radicales des villes d'alors et des villes d'à présent, qu'aujourd'hui ce sont les façades qui regardent les places et les rues, et qu'alors c'étaient les pignons. Depuis deux siècles, les maisons se sont retournées.

Au centre du côté oriental de la place s'élevait une lourde et hybride construction formée de trois logis juxtaposés. On l'appelait de trois noms qui expliquent son histoire, sa destination et son architecture : la *Maison au Dauphin*, parce que Charles V, dauphin, l'avait habitée; la *Marchandise*, parce qu'elle servait d'Hôtel-de-Ville; la *Maison-aux-Piliers* (*domus ad piloria*), à cause d'une suite de gros piliers qui soutenaient ses trois étages. La ville trouvait là tout ce qu'il faut à une bonne ville comme Paris : une chapelle, pour prier Dieu; un *plaidoyer*, pour tenir audience et rembarrer au besoin les gens du roi; et dans les combles, un *arsenac*, plein d'artillerie. Car les bourgeois de Paris savent qu'il ne suffit pas en toute conjoncture de prier et de plaider pour les franchises de la Cité, et ils ont toujours en réserve dans un grenier de l'Hôtel-de-Ville quelque bonne arquebuse rouillée.

La Grève avait dès lors cet aspect sinistre que lui conservent encore aujourd'hui l'idée exécrable qu'elle réveille et le sombre Hôtel-de-Ville de Dominique Bocador, qui a remplacé la Maison-aux-Piliers. Il faut dire qu'un gibet et un pilori permanents, une justice et une échelle, comme on disait alors, dressés côte à côte au milieu du pavé, ne contribuaient pas peu à faire détourner les yeux de cette place fatale, où tant d'êtres pleins de santé et de vie ont agonisé; où devait naître cinquante ans plus tard cette *fièvre de Saint-Vallier*, cette maladie de la terreur de l'échafaud, la plus monstrueuse de toutes les maladies, parce qu'elle ne vient pas de Dieu, mais de l'homme.

C'est une idée consolante (disons-le en passant) de songer que la peine de mort, qui, il y a trois cents ans, encombrait encore de ses roues de fer, de ses gibets de pierre, de tout son attirail de supplices, permanent et scellé dans le pavé, la Grève, les Halles, la place Dauphine, la Croix du Trahoir, le Marché-aux-Pourceaux, ce hideux Montfaucon, la barrière des Sergents, la Place-aux-Chats, la porte Saint-Denis, Champeaux, la porte Baudets, la porte Saint-Jacques, sans compter les innombrables échelles des prévôts, de l'évêque, des chapitres, des abbés, des prieurs ayant justice; sans compter les noyades juridiques en rivière de Seine; il est consolant qu'aujourd'hui, après avoir perdu successivement toutes les pièces de son armure, son luxe de supplices, sa pénalité d'imagination et de fantaisie, sa torture à laquelle elle refaisait tous les cinq ans un lit de cuir au Grand-Châtelet, cette vieille suzeraine de la société féodale, presque mise hors de nos lois et de nos villes, traquée de code en code, chassée de place en place, n'ait plus dans notre immense Paris qu'un coin déshonoré de la Grève, qu'une misérable guillotine, furtive, inquiète, honteuse, qui semble toujours craindre d'être prise en flagrant délit, tant elle disparaît vite après avoir fait son coup!

III

BESOS PARA GOLPES.

Lorsque Pierre Gringoire arriva sur la place de Grève, il était transi. Il avait pris par le pont aux Meuniers pour éviter la cohue du Pont-au-Change et les drapelets de Jehan Fourbeault; mais les roues de tous les moulins de l'évêque l'avaient éclaboussé au passage, et sa souquenille était trempée; il lui semblait en outre que la chute de sa pièce le rendait plus frileux encore. Aussi se hâta-t-il de s'approcher du feu de joie qui brûlait magnifiquement au milieu de la place. Mais une foule considérable faisait cercle à l'entour.

— Damnés Parisiens! se dit-il à lui-même (car Gringoire, en vrai poëte dramatique, était sujet aux monologues), les voilà qui m'obstruent le feu! Pourtant j'ai bon besoin d'un coin de cheminée; mes souliers boivent, et tous ces maudits moulins qui ont pleuré sur moi! Diable d'évêque de Paris avec ses moulins! Je voudrais bien savoir ce qu'un évêque peut faire d'un moulin! est-ce qu'il s'attend à devenir d'évêque meunier? S'il ne lui faut que ma malédiction pour cela, je la lui donne, et à sa cathédrale, et à ses moulins! Voyez un peu s'ils se dérangeront, ces badauds! Je vous demande ce qu'ils font là! Ils se chauffent; beau plaisir! Ils regardent brûler un cent de bourrées; beau spectacle!

En examinant de plus près, il s'aperçut que le cercle était beaucoup plus grand qu'il ne fallait pour se chauffer au feu du roi, et que cette affluence de spectateurs n'était pas uniquement attirée par la beauté du cent de bourrées qui brûlait.

Dans un vaste espace laissé libre entre la foule et le feu, une jeune fille dansait.

Si cette jeune fille était un être humain, ou une fée, ou un ange, c'est ce que Gringoire, tout philosophe sceptique, tout poëte ironique qu'il était, ne put décider dans le premier moment, tant il fut fasciné par cette éblouissante vision.

Elle n'était pas grande, mais elle le semblait, tant sa fine taille s'élançait hardiment. Elle était brune, mais on devinait que le jour sa peau devait avoir ce beau reflet doré des Andalouses et des Romaines. Son petit pied aussi était andalou, car il était tout ensemble à l'étroit et à l'aise dans sa gracieuse chaussure. Elle dansait, elle tournait, elle tourbillonnait sur un vieux tapis de Perse, jeté négligemment sous ses pieds; et, chaque fois qu'en tournoyant sa rayonnante figure passait devant vous, ses grands yeux noirs vous jetaient un éclair.

Autour d'elle tous les regards étaient fixes, toutes les bouches ouvertes; et en effet, tandis qu'elle dansait ainsi, au bourdonnement du tambour de basque que ses deux bras ronds et purs élevaient au-dessus de sa tête, mince, frêle et vive comme une guêpe, avec son corsage d'or sans pli, sa robe bariolée qui se gonflait, avec ses épaules nues, ses jambes fines que sa jupe découvrait par moments, ses cheveux noirs, ses yeux de flamme, c'était une surnaturelle créature.

— En vérité, pensa Gringoire, c'est une salamandre, c'est une nymphe, c'est une déesse, c'est une bacchante du Mont-Ménaléen!

En ce moment, une des nattes de la chevelure de la « salamandre » se détacha, et une pièce de cuivre jaune qui y était attachée roula à terre.

— Hé non! dit-il, c'est une bohémienne.

Toute illusion avait disparu.

Elle se remit à danser; elle prit à terre deux épées dont elle appuya la pointe sur son front, et qu'elle fit tourner dans un sens tandis qu'elle tournait dans l'autre : c'était en effet tout bonnement une bohémienne. Mais, quelque désenchanté que fût Gringoire, l'ensemble de ce tableau n'était pas sans prestige et sans magie; le feu de joie l'éclairait d'une lumière crue et rouge qui tremblait toute vive sur le cercle des visages de la foule, sur le front brun de la jeune fille, et au fond de la place jetait un blême reflet mêlé aux vacillations de leurs ombres, d'un côté sur la vieille façade noire et ridée de la Maison-aux-Piliers, de l'autre sur le bras de pierre du gibet.

Parmi les mille visages que cette lueur teignait d'écarlate, il y en avait un qui semblait plus encore que tous les autres absorbé dans la contemplation de la danseuse. C'était une figure d'homme, austère, calme et sombre. Cet homme, dont le costume était caché par la foule qui l'entourait, ne paraissait pas avoir plus de trente-cinq ans; cependant il était chauve; à peine avait-il aux tempes quelques touffes de cheveux rares et déjà gris; son front large et haut commençait à se creuser de rides; mais dans ses yeux enfoncés éclataient une jeunesse extraordinaire, une vie ardente, une passion profonde. Il les tenait sans cesse attachés sur la bohémienne, et, tandis que la folle jeune fille de seize ans dansait et voltigeait au plaisir de tous, sa rêverie, à lui, semblait devenir de plus en plus sombre. De temps en temps un sourire et un soupir se rencontraient sur ses lèvres, mais le sourire était plus douloureux que le soupir.

La jeune fille, essoufflée, s'arrêta enfin, et le peuple l'applaudit avec amour.

— Djali! dit la bohémienne.

Alors Gringoire vit arriver une jolie petite chèvre blanche, alerte, éveillée, lustrée, avec des cornes dorées, avec des pieds dorés, avec un collier doré, qu'il n'avait pas encore aperçue, et qui était restée jusque-là accroupie sur un coin du tapis et regardant danser sa maîtresse.

— Djali, dit la danseuse; à votre tour.

Et, s'asseyant, elle présenta gracieusement à la chèvre son tambour de basque.

— Djali, continua-t-elle, à quel mois sommes-nous de l'année?

La chèvre leva son pied de devant, et frappa un coup sur le tambour. On était en effet au premier mois. La foule applaudit.

— Djali, reprit la jeune fille en tournant son tambour de basque d'un autre côté, à quel jour du mois sommes-nous?

Djali leva son petit pied d'or, et frappa six coups sur le tambour.

— Djali, poursuivit l'Egyptienne toujours avec un nouveau manége du tambour, à quelle heure du jour sommes-nous?

Djali frappa sept coups. Au même moment l'horloge de la Maison-aux-Piliers sonna sept heures.

Le peuple était émerveillé.

— Il y a de la sorcellerie là-dessous, dit une voix sinistre dans la foule. C'était celle de l'homme chauve qui ne quittait pas la bohémienne des yeux.

Elle tressaillit, se détourna; mais les applaudissements éclatèrent et couvrirent la morose exclamation.

Ils l'effacèrent même si complétement dans son esprit, qu'elle continua d'interpeller sa chèvre.

— Djali, comment fait maître Guichard Grand-Remy, capitaine des pistoliers de la ville, à la procession de la chandeleur?

Djali se dressa sur ses pattes de derrière, et se mit à bêler, en marchant avec une si gentille gravité, que le cercle entier des spectateurs éclata de rire à cette parodie de la dévotion intéressée du capitaine des pistoliers.

— Djali, reprit la jeune fille enhardie par ce succès croissant, comment prêche maître Jacques Charmolue, procureur du roi en cour d'église?

La chèvre prit séance sur son derrière, et se mit à bêler, en agitant ses pattes de devant d'une si étrange façon, que, hormis le mauvais français et le mauvais latin, geste, accent, attitude, tout Jacques Charmolue y était.

Et la foule d'applaudir de plus belle.

— Sacrilége! profanation! reprit la voix de l'homme chauve.

La bohémienne se retourna encore une fois.

— Ah! dit-elle, c'est ce vilain homme! puis, allongeant sa lèvre inférieure au delà de la lèvre supérieure, elle fit une petite moue qui paraissait lui être familière, pirouetta sur le talon, et se mit à recueillir dans un tambour de basque les dons de la multitude.

Les grands-blancs, les petits-blancs, les targes, les liards à l'aigle, pleuvaient. Tout à coup elle passa devant Gringoire. Gringoire mit si étourdiment la main à sa poche, qu'elle s'arrêta.—Diable! dit le poëte en trouvant au fond de sa poche la réalité, c'est-à-dire le vide. Cependant la jolie fille était là, le regardant avec ses grands yeux, lui tendant son tambour, et attendant. Gringoire suait à grosses gouttes.

S'il avait eu le Pérou dans sa poche, certainement il l'eût donné à la danseuse; mais Gringoire n'avait pas le Pérou, et d'ailleurs l'Amérique n'était pas encore découverte.

Heureusement un incident inattendu vint à son secours.

— T'en iras-tu, sauterelle d'Egypte? cria une voix aigre qui partait du coin le plus sombre de la place. La jeune fille se retourna effrayée. Ce n'était plus la voix de l'homme chauve; c'était une voix de femme, une voix dévote et méchante.

Du reste, ce cri, qui fit peur à la bohémienne, mit en joie une troupe d'enfants qui rôdait par-là.

— C'est la recluse de la Tour-Roland, s'écrièrent-ils avec des rires désordonnés, c'est la sachette qui gronde? Est-ce qu'elle n'a pas soupé? portons-lui quelque reste du buffet de ville!

Tous se précipitèrent vers la Maison-aux-Piliers.

Cependant Gringoire avait profité du trouble de la danseuse pour s'éclipser. La clameur des enfants lui rappela que lui aussi n'avait pas soupé. Il courut donc au buffet; mais les petits drôles avaient de meilleures jambes que lui; quand il arriva, ils avaient fait table rase. Il ne restait même pas un misérable camichon à cinq sous la livre. Il n'y avait plus sur le mur que les sveltes fleurs de lis, entremêlées de rosiers, peintes en 1434 par Mathieu Biterne. C'était un maigre souper.

C'est une chose importune de se coucher sans souper; c'est une chose moins riante encore de ne pas souper et de ne savoir où coucher. Gringoire en était là. Pas de pain, pas de gîte; il se voyait pressé de toutes parts par la nécessité, et il trouvait la nécessité fort bourrue. Il avait depuis longtemps découvert cette vérité, que Jupiter a créé les hommes dans un accès de misanthropie, et que, pendant toute la vie du sage, sa destinée tient en état de siége sa philosophie. Quant à lui, il n'avait jamais vu le blocus si complet; il entendait son estomac battre la chamade, et il trouvait très-déplacé que le mauvais destin prît sa philosophie par la famine.

Cette mélancolique rêverie l'absorbait de plus en plus, lorsqu'un chant bizarre, quoique plein de douceur, vint brusquement l'en arracher. C'était la jeune Egyptienne qui chantait.

Il en était de sa voix comme de sa danse, comme de sa beauté. C'était indéfinissable et charmant; quelque chose de pur et de sonore, d'aérien, d'ailé, pour ainsi dire. C'étaient de continuels épanouissements, des mélodies, des cadences inattendues, puis des phrases simples semées de notes acérées et sifflantes, puis des sauts de gamme qui eussent dérouté un rossignol, mais où l'harmonie se retrouvait toujours; puis de molles ondulations d'octave qui s'élevaient et s'abaissaient comme le sein de la jeune chanteuse. Son beau visage suivait avec une mobilité singulière tous les caprices de sa chanson, depuis l'inspiration la plus échevelée jusqu'à la plus chaste dignité. On eût dit tantôt une folle, tantôt une reine.

Les paroles qu'elle chantait étaient d'une langue inconnue à Gringoire, et qui paraissait lui être inconnue à elle-même, tant l'expression qu'elle donnait au chant se rapportait peu au sens des paroles. Ainsi ces quatre vers dans sa bouche étaient d'une gaieté folle :

Un cofre de gran riqueza
Hallaron dentro un pilar,
Dentro del, nuevas banderas,
Con figuras de espantar.

Et un instant après, à l'accent qu'elle donnait à cette stance :

Alarabes de cavallo
Sin poderse menear,
Con espadas, y los cuellos,
Ballestas de buen echar,

Gringoire se sentait venir les larmes aux yeux. Cependant son chant respirait surtout la joie, et elle semblait chanter comme l'oiseau, par sérénité et par insouciance.

La chanson de la bohémienne avait troublé la rêverie de Gringoire, mais comme le cygne trouble l'eau. Il l'écoutait avec une sorte de ravissement et d'oubli de toute chose. C'était depuis plusieurs heures le premier moment où il ne se sentit pas souffrir.

Le moment fut court.

La même voix de femme qui avait interrompu la danse de la bohémienne vint interrompre son chant.

— Te tairas-tu, cigale d'enfer? cria-t-elle toujours du même coin obscur de la place.

La pauvre *cigale* s'arrêta court. Gringoire se boucha les oreilles.

— Oh! s'écria-t-il, maudite scie ébréchée, qui viens briser la lyre!

Cependant les autres spectateurs murmuraient comme lui : — Au diable la sachette! disait plus d'un. Et la vieille trouble-fête invisible eût pu avoir à se repentir de ses agressions contre la bohémienne s'ils n'eussent été distraits en ce moment même par la procession du pape des fous, qui, après avoir parcouru force rues et carrefours, débouchait dans la place de Grève, avec toutes ses torches et toute sa rumeur.

Cette procession, que nos lecteurs ont vue partir du Palais, s'était organisée chemin faisant, et recrutée de tout ce qu'il y avait à Paris de marauds, de voleurs oisifs, et de vagabonds disponibles; aussi présentait-elle un aspect respectable lorsqu'elle arriva en Grève.

D'abord marchait l'Egypte. Le duc d'Egypte, en tête, à cheval, avec ses comtes à pied, lui tenant la bride et l'étrier; derrière eux, les Egyptiens et les Egyptiennes pêle-mêle avec leurs petits enfants criant sur leurs épaules; tous, ducs, comtes, menu peuple, en haillons et en oripeaux. Puis c'était le royaume d'argot : c'est-à-dire tous les voleurs de France, échelonnés par ordre de dignité; les moindres passant les premiers. Ainsi défilaient quatre par quatre, avec les divers insignes de leurs grades dans cette étrange faculté, la plupart éclopés, ceux-ci boiteux, ceux-là manchots, les courtauds de boutanche, les coquillards, les hubins, les sabouleux, les calots, les francs-mitoux, les polissons, les piètres, les capons, les malingreux, les rifodés, les marcandiers, les narquois, les orphelins, les archisuppôts, les cagoux; dénombrement à fatiguer Homère. Au centre du conclave des cagoux et des archisuppôts, on avait peine à distinguer le roi de l'argot, le grand-coësre, accroupi dans une petite charrette traînée par deux grands chiens. Après le royaume des argotiers, venait l'empire de Galilée. Guillaume Rousseau, empereur de l'empire de Galilée, marchait majestueusement dans sa robe de pourpre tachée de vin, précédé de baladins s'entrebattant et dansant des pyrrhiques; entouré de ses massiers, de ses suppôts, et des clercs de la chambre des comptes. Enfin venait la basoche, avec ses mais couronnés de fleurs, ses robes noires, sa musique digne du sabbat, et ses grosses chandelles de cire jaune. Au centre de cette foule, les grands officiers de la confrérie des fous portaient sur leurs épaules un brancard plus surchargé de cierges que la châsse de

Sainte-Geneviève en temps de peste; et sur ce brancard resplendissait, crossé, chapé et mitré, le nouveau pape des fous, le sonneur de cloches de Notre-Dame, Quasimodo-le-Bossu.

Chacune des sections de cette procession grotesque avait sa musique particulière. Les égyptiens faisaient détonner leurs balafos et leurs tambourins d'Afrique. Les argotiers, race fort peu musicale, en étaient encore à la viole, au cornet à bouquin et à la gothique rubebbe du douzième siècle. L'empire de Galilée n'était guère plus avancé; à peine distinguait-on dans sa musique quelque misérable rebec de l'enfance de l'art, encore emprisonné dans le *ré-la-mi*. Mais c'est autour du pape des fous que se déployaient, dans une cacophonie magnifique, toutes les richesses musicales de l'époque. Ce n'était que dessus de rebec, hautes-contre de rebec, tailles de rebec, sans compter les flûtes et les cuivres. Hélas! nos lecteurs se souviennent que c'était l'orchestre de Gringoire.

Il est difficile de donner une idée du degré d'épanouissement orgueilleux et béat où le triste et hideux visage de Quasimodo était parvenu dans le trajet du palais à la Grève. C'était la première jouissance d'amour-propre qu'il eût jamais éprouvée. Il n'avait connu jusque-là que l'humiliation, le dédain pour sa condition, le dégoût pour sa personne. Aussi, tout sourd qu'il était, savourait-il en véritable pape les acclamations de cette foule qu'il haïssait pour s'en sentir haï. Que son peuple fût un ramas de fous, de perclus, de voleurs, de mendiants, qu'importe? c'était toujours un peuple et lui un souverain. Et il prenait au sérieux tous ces applaudissements ironiques, tous ces respects dérisoires, auxquels nous devons dire qu'il se mêlait pourtant, dans la foule, un peu de crainte fort réelle. Car le bossu était robuste; car le bancal était agile; car le sourd était méchant : trois qualités qui tempèrent le ridicule.

Du reste, que le nouveau pape des fous se rendit compte à lui-même des sentiments qu'il éprouvait et des sentiments qu'il inspirait, c'est ce que nous sommes loin de croire. L'esprit qui était logé dans ce corps manqué avait nécessairement lui-même quelque chose d'incomplet et de sourd. Aussi ce qu'il ressentait en ce moment était-il pour lui absolument vague, indistinct et confus. Seulement la joie perçait, l'orgueil dominait. Autour de cette sombre et malheureuse figure, il y avait rayonnement.

Ce ne fut donc pas sans surprise et sans effroi que l'on vit tout à coup, au moment où Quasimodo, dans cette demi-ivresse, passait triomphalement devant la Maison-aux-Piliers, un homme s'élancer de la foule et lui arracher des mains, avec un geste de colère, sa crosse de bois doré, insigne de sa folle papauté.

Cet homme, ce téméraire, c'était le personnage au front chauve qui, le moment auparavant, mêlé au groupe de la bohémienne, avait glacé la pauvre fille de ses paroles de menace et de haine. Il était revêtu du costume ecclésiastique. Au moment où il sortit de la foule, Gringoire, qui ne l'avait point remarqué jusqu'alors, le reconnut : — Tiens! dit-il, avec un cri d'étonnement, hé! c'est mon maître en Hermès, dom Claude Frollo, l'archidiacre! Que diable veut-il à ce vilain borgne? Il va se faire dévorer.

Un cri de terreur s'éleva en effet. Le formidable Quasimodo s'était précipité à bas du brancard, et les femmes détournaient les yeux pour ne pas le voir déchirer l'archidiacre.

Il fit un bond jusqu'au prêtre, le regarda, et tomba à genoux.

Le prêtre lui arracha sa tiare, lui brisa sa crosse, lui lacéra sa chape de clinquant.

Quasimodo resta à genoux, baissa la tête et joignit les mains.

Puis il s'établit entre eux un étrange dialogue de signes et de gestes, car ni l'un ni l'autre ne parlaient. Le prêtre, debout, irrité, menaçant, impérieux; Quasimodo, prosterné, humble, suppliant. Et cependant il est certain que Quasimodo eût pu écraser le prêtre avec le pouce.

Enfin, l'archidiacre, secouant rudement la puissante épaule de Quasimodo, lui fit signe de se lever et de le suivre.

Quasimodo se leva.

Alors la confrérie des fous, la première stupeur passée, voulut défendre son pape si brusquement détrôné. Les égyptiens, les argotiers et toute la basoche vinrent japper autour du prêtre.

Quasimodo se plaça devant le prêtre, fit jouer les muscles de ses poings athlétiques, et regarda les assaillants avec le grincement de dents d'un tigre fâché.

Le prêtre reprit sa gravité sombre, fit un signe à Quasimodo et se retira en silence.

Quasimodo marchait devant lui, éparpillant la foule à son passage.

Quand ils eurent traversé la populace et la place, la nuée des curieux et des oisifs, voulut les suivre; Quasimodo prit alors l'arrière-garde, et suivit l'archidiacre à reculons, trapu, hargneux, monstrueux, hérissé, ramassant ses membres, léchant ses défenses de sanglier, grondant comme une bête fauve, et imprimant d'immenses oscillations à la foule avec un geste ou un regard.

On les laissa s'enfoncer tous deux dans une rue étroite et ténébreuse, où nul n'osa se risquer après eux, tant la seule chimère de Quasimodo grinçant des dents en barrait bien l'entrée.

— Voilà qui est merveilleux! dit Gringoire; mais où diable trouverai-je à souper?

IV

LES INCONVÉNIENTS DE SUIVRE UNE JOLIE FEMME LE SOIR DANS LES RUES.

Gringoire, à tout hasard, s'était mis à suivre la bohémienne. Il lui avait vu prendre, avec sa chèvre, la rue de la Coutellerie; il avait pris la rue de la Coutellerie.

— Pourquoi pas? s'était-il dit.

Gringoire, philosophe pratique des rues de Paris, avait remarqué que rien n'est propice à la rêverie comme de suivre une jolie femme sans savoir où elle va. Il y a dans cette abdication volontaire de son libre arbitre, dans cette fantaisie qui se soumet à une autre fantaisie, laquelle ne s'en doute pas, un mélange d'indépendance fantasque et d'obéissance aveugle, je ne sais quoi d'intermédiaire entre l'esclavage et la liberté qui plaisait à Gringoire, esprit essentiellement mixte, indécis et complexe, tenant le bout de tous les extrêmes, incessamment suspendu entre toutes les propensions humaines, et les neutralisant l'une par l'autre. Il se comparait lui-même volontiers au tombeau de Mahomet, attiré en sens inverse par deux pierres d'aimant, et qui hésite éternellement entre le haut et le bas, entre la voûte et le pavé, entre la chute et l'ascension, entre le zénith et le nadir.

Si Gringoire vivait de nos jours, quel beau milieu il tiendrait entre le classique et le romantique!

Mais il n'était pas assez primitif pour vivre trois cents ans, et c'est dommage. Son absence est un vide qui ne se fait que trop sentir aujourd'hui.

Du reste, pour suivre ainsi dans les rues les passants (et surtout les passantes), ce que Gringoire faisait volontiers, il n'y a pas de meilleure disposition que de ne savoir où coucher.

Il marchait donc tout pensif derrière la jeune fille, qui hâtait le pas et faisait trotter sa jolie chèvre en voyant rentrer les bourgeois et se fermer les tavernes, seules boutiques qui eussent été ouvertes ce jour-là.

— Après tout, pensait-il à peu près, il faut bien qu'elle loge quelque part; les bohémiennes ont bon cœur. — Qui sait?....

Et il y avait dans les points suspensifs dont il faisait suivre cette réticence dans son esprit, je ne sais quelles idées assez gracieuses.

Cependant de temps en temps, en passant devant les derniers groupes de bourgeois fermant leurs portes, il attrapait quelque lambeau de leurs conversations qui venait rompre l'enchaînement de ses riantes hypothèses.

Tantôt c'étaient deux vieillards qui s'accostaient.

— Maître Thibaut Fernicle, savez-vous qu'il fait froid? (Gringoire savait cela depuis le commencement de l'hiver.)

— Oui, bien, maître Boniface Disome! Est-ce que nous allons avoir un hiver comme il y a trois ans, en 80, que le bois coûtait huit sols le moule?

— Bah! ce n'est rien, maître Thibaut, près de l'hiver de 1407, qu'il gela depuis la Saint-Martin jusqu'à la Chandeleur! et avec une telle furie, que la plume du greffier du parlement gelait, dans la grand'chambre, de trois mots en trois mots! ce qui interrompit l'enregistrement de la justice.

Plus loin, c'étaient des voisines à leur fenêtre avec des chandelles que le brouillard faisait grésiller.

— Votre mari vous a-t-il conté le malheur, mademoiselle La Boudraque?

— Non. Qu'est-ce que c'est donc, mademoiselle Turquant?

— Le cheval de monsieur Gilles Godin, le notaire au Châtelet, qui s'est effarouché des Flamands et de leur procession, et qui a renversé maître Philippot Avrillot, oblat des Célestins.

— En vérité?

— Bellement.

— Un cheval bourgeois! c'est un peu fort. Si c'était un cheval de cavalerie, à la bonne heure!

Et les fenêtres se refermaient. Mais Gringoire n'en avait pas moins perdu le fil de ses idées.

Heureusement il le retrouvait vite et le renouait sans peine, grâce à la bohémienne, grâce à Djali, qui marchaient toujours devant lui; deux fines, délicates et charmantes créatures, dont il admirait les petits pieds, les jolies formes, les gracieuses manières, les confondant presque dans sa contemplation; pour l'intelligence et la bonne amitié, les croyant toutes deux jeunes filles; pour la légèreté, l'agilité, la dextérité de la marche, les trouvant chèvres toutes deux.

Les rues cependant devenaient à tout moment plus noires et plus désertes. Le couvre-feu était sonné depuis longtemps, et l'on commençait à ne plus rencontrer qu'à de rares intervalles un passant sur le pavé, une lumière aux fenêtres. Gringoire s'était engagé, à la suite de l'égyptienne, dans ce dédale inextricable de ruelles, de carrefours et de culs-de-sac qui environne l'ancien sépulcre des Saints-Innocents, et qui ressemble à un écheveau de fil brouillé par un chat. — Voilà des rues qui ont bien peu de logique! disait Gringoire perdu dans ces mille circuits qui revenaient sans cesse sur eux-mêmes, mais où la jeune fille suivait un chemin qui lui paraissait bien connu, sans hésiter et d'un pas de plus en plus rapide. Quant à lui, il eût parfaitement ignoré où il était, s'il n'eût aperçu en passant, au détour d'une rue, la masse octogone du pilori des halles, dont le sommet à jour détachait vivement sa découpure noire sur une fenêtre encore éclairée de la rue Verdelet.

Depuis quelques instants il avait attiré l'attention de la jeune fille; elle avait à plusieurs reprises tourné la tête vers lui avec inquiétude; elle s'était même une fois arrêtée tout court, avait profité d'un rayon de lumière qui s'échappait d'une boulangerie entr'ouverte pour le regarder fixement du haut en bas; puis, ce coup d'œil jeté, Gringoire lui avait vu faire cette petite moue qu'il avait déjà remarquée, et elle avait passé outre.

Cette petite moue donna à penser à Gringoire. Il y avait certainement du dédain et de la moquerie dans cette gracieuse grimace. Aussi commençait-il à baisser la tête, à compter les pavés, et à suivre la jeune fille d'un peu plus loin, lorsque, au tournant d'une rue qui venait de la lui faire perdre de vue, il l'entendit pousser un cri perçant.

Il hâta le pas.

La rue était pleine de ténèbres. Pourtant une étoupe imbibée d'huile, qui brûlait dans une cage de fer aux pieds de la sainte Vierge du coin de la rue, permit à Gringoire de distinguer la bohémienne se débattant dans les bras de deux hommes qui s'efforçaient d'étouffer ses cris. La pauvre petite chèvre, tout effarée, baissait les cornes, et bêlait.

— A nous, messieurs du guet! cria Gringoire, et il s'avança bravement. L'un des hommes qui tenaient la jeune fille se retourna vers lui. C'était la formidable figure de Quasimodo.

Gringoire ne prit pas la fuite, mais il ne fit point un pas de plus.

Quasimodo vint à lui, le jeta à quatre pas sur le pavé d'un revers de la main, et s'enfonça rapidement dans l'ombre, emportant la jeune fille, ployée sur un de ses bras comme une écharpe de soie. Son compagnon le suivait, et la pauvre chèvre courait après tous, avec son bêlement plaintif.

— Au meurtre! au meurtre! criait la malheureuse bohémienne.

— Halte-là, misérables, et lâchez-moi cette ribaude! dit tout à coup, d'une voix de tonnerre, un cavalier qui déboucha brusquement du carrefour voisin.

C'était un capitaine des archers de l'ordonnance du roi armé de pied en cap, et l'espadron à la main.

Il arracha la bohémienne des bras de Quasimodo stupéfait, la mit en travers sur sa selle; et, au moment où le redoutable bossu, revenu de sa surprise, se précipitait sur lui pour reprendre sa proie, quinze ou seize archers, qui suivaient de près leur capitaine, parurent l'estramaçon au poing. C'était une escouade de l'ordonnance du roi qui faisait le contre-guet, par ordre de messire Robert d'Estouteville, garde de la prévôté de Paris.

Quasimodo fut enveloppé, saisi, garrotté; il rugissait, il écumait, il mordait; et, s'il eût fait grand jour, nul doute que son visage seul, rendu plus hideux encore par la colère, n'eût mis en fuite toute l'escouade. Mais, la nuit, il était désarmé de son arme la plus redoutable, de sa laideur.

Son compagnon avait disparu dans la lutte.

La bohémienne se dressa gracieusement sur la selle de l'officier; elle appuya ses deux mains sur les deux épaules du jeune homme, et le regarda fixement quelques secondes, comme ravie de sa bonne mine et du bon secours qu'il venait de lui porter. Puis, rompant le silence la première, elle lui dit, en faisant plus douce encore sa douce voix :

— Comment vous appelez-vous, monsieur le gendarme?

— Le capitaine Phœbus de Châteaupers, pour vous servir, ma belle! répondit l'officier en se redressant.

— Merci, dit-elle.

Et, pendant que le capitaine Phœbus retroussait sa moustache à la bourguignonne, elle se laissa glisser à bas du cheval, comme une flèche qui tombe à terre, et s'enfuit.

Un éclair se fût évanoui moins vite.

— Nombril du pape! dit le capitaine en faisant resserrer les courroies de Quasimodo, j'eusse aimé mieux garder la ribaude!

— Que voulez-vous, capitaine? dit un gendarme; la fauvette s'est envolée, la chauve-souris est restée.

V

SUITE DES INCONVÉNIENTS.

Gringoire, tout étourdi de sa chute, était resté sur le pavé devant la bonne Vierge du coin de la rue. Peu à peu, il reprit ses sens; il fut d'abord quelques minutes flottant dans une espèce de rêverie à demi somnolente qui n'était pas sans douceur, où les aériennes figures de la bohémienne et de la chèvre se mariaient à la pesanteur du poing de Quasimodo. Cet état dura peu. Une assez vive impression de froid à la partie de son corps qui se trouvait en contact avec le pavé le réveilla tout à coup, et fit revenir son esprit à la surface. — D'où me vient donc cette fraîcheur? se dit-il brusquement. Il s'aperçut alors qu'il était un peu dans le milieu du ruisseau.

— Diable de cyclope bossu! grommela-t-il entre ses

Esmeralda.

dents, et il voulut se lever. Mais il était trop étourdi et trop meurtri : force lui fut de rester en place. Il avait du reste la main assez libre; il se boucha le nez et se résigna.

— La boue de Paris, pensa-t-il (car il croyait être sûr que, décidément, le ruisseau serait son gîte;

Et que faire en un gîte à moins que l'on ne songe?)

la boue de Paris est particulièrement puante; elle doit renfermer beaucoup de sel volatil et nitreux. C'est, du reste, l'opinion de maître Nicolas Flamel et des hermétiques...

Le mot d'*hermétiques* amena subitement l'idée de l'archidiacre Claude Frollo dans son esprit. Il se rappela la scène violente qu'il venait d'entrevoir, que la bohémienne se débattait entre deux hommes, que Quasimodo avait un compagnon; et la figure morose et hautaine de l'archidiacre passa confusément dans son souvenir. — Cela serait étrange! pensa-t-il. Et il se mit à échafauder, avec cette donnée et sur cette base, le fantasque édifice des hypothèses, ce château de cartes des philosophes. Puis soudain, revenant encore une fois à la réalité : — Ah çà! je gèle! s'écria-t-il.

La place, en effet, devenait de moins en moins tenable. Chaque molécule de l'eau du ruisseau enlevait une molécule de calorique rayonnant aux reins de Gringoire, et l'équilibre entre la température de son corps et la température du ruisseau commençait à s'établir d'une rude façon.

Un ennui d'une tout autre nature vint tout à coup l'assaillir.

Un groupe d'enfants, de ces petits sauvages va-nu-pieds qui ont de tout temps battu le pavé de Paris sous le nom éternel de *gamins*, et qui, lorsque nous étions enfants aussi, nous ont jeté des pierres à tous le soir au sortir de classe, parce que nos pantalons n'étaient pas déchirés, un essaim de ces jeunes drôles accourait vers le carrefour où gisait Gringoire, avec des rires et des cris qui paraissaient se soucier fort peu du sommeil des voisins. Ils traînaient après eux je ne sais quel sac informe; et le bruit seul de leurs sabots eût réveillé un mort. Gringoire, qui ne l'était pas encore tout à fait, se souleva à demi.

— Ohé! Hennequin Dandèche; ohé! Jean Pince-bourde! criaient-ils à tue-tête; le vieux Eustache Moubon, le marchand feron du coin, vient de mourir. Nous avons sa paillasse, nous allons en faire un feu de joie. C'est aujourd'hui les Flamands!

Un tonneau était près du feu et un mendiant sur le tonneau. (Page 27.)

Et voilà qu'ils jetèrent la paillasse précisément sur Gringoire, près duquel ils étaient arrivés sans le voir. En même temps, un d'eux prit une poignée de paille qu'il alla allumer à la mèche de la bonne Vierge.

— Mort-Christ! grommela Gringoire, est-ce que je vais avoir trop chaud maintenant?

Le moment était critique. Il allait être pris entre le feu et l'eau; il fit un effort surnaturel, un effort de faux monnayeur qu'on va bouillir et qui tâche de s'échapper. Il se leva debout, rejeta la paillasse sur les gamins, et s'enfuit.

— Sainte Vierge! crièrent les enfants; le marchand feron qui revient!

Et ils s'enfuirent de leur côté.

La paillasse resta maîtresse du champ de bataille. Belleforêt, le P. Le Juge et Corrozet assurent que le lendemain elle fut ramassée avec grande pompe par le clergé du quartier et portée au trésor de l'église Sainte-Opportune, où le sacristain se fit jusqu'en 1789 un assez beau revenu avec le grand miracle de la statue de la Vierge du coin de la rue Mauconseil, qui avait, par sa seule présence, dans la mémorable nuit du 6 au 7 janvier 1482, exorcisé défunt Jehan Moubon, lequel, pour faire niche au diable, avait, en mourant, malicieusement caché son âme dans sa paillasse.

VI

LA CRUCHE CASSÉE.

Après avoir couru à toutes jambes pendant quelque temps, sans savoir où, donnant de la tête à maint coin de rue, enjambant maint ruisseau, traversant mainte ruelle, maint cul-de-sac, maint carrefour, cherchant fuite et passage à travers tous les méandres du vieux pavé des Halles, explorant dans sa peur panique ce que le beau latin des chartes appelle *tota via, cheminum et viaria*, notre poëte s'arrêta tout à coup, d'essoufflement d'abord, puis saisi en quelque sorte au collet par un dilemme qui venait de surgir dans son esprit. — Il me semble, maître Pierre Gringoire, se dit-il à lui-même en appuyant son doigt sur son front, que vous courez là comme un écervelé. Les petits drôles n'ont pas eu moins peur de vous que vous d'eux. Il me semble, vous dis-je, que vous avez entendu le bruit de leurs sabots qui s'enfuyait au midi, pendant que vous vous enfuyiez au septentrion. Or de deux choses l'une : ou ils ont pris la fuite; et alors la paillasse, qu'ils ont dû oublier dans leur terreur, est précisément ce lit hospitalier après lequel vous courez depuis ce matin, et que madame la Vierge vous envoie miraculeusement pour vous récompenser d'avoir fait en son honneur une moralité accompagnée de triomphes et momeries : ou les enfants n'ont pas pris la fuite, et dans ce cas ils ont mis le brandon à la paillasse; et c'est là justement l'excellent feu dont vous avez besoin pour vous réjouir, sécher et réchauffer. Dans les deux cas, bon feu ou bon lit, la paillasse est un présent du ciel. La benoîte Vierge Marie qui est au coin de la rue Mauconseil n'a peut-être fait mourir Jehan Moubon que pour cela; et c'est folie à vous de vous enfuir ainsi sur traine-boyau, comme un Picard devant un Français, laissant derrière vous ce que vous cherchez devant, et vous êtes un sot!

Alors il revint sur ses pas, et, s'orientant et furetant, le nez au vent et l'oreille aux aguets, il s'efforça de retrouver la bienheureuse paillasse, mais en vain. Ce n'était qu'intersections de maisons, culs-de-sac, pattes-d'oies, au milieu desquelles il hésitait et doutait sans cesse, plus empêché et plus englué dans cet enchevêtrement de ruelles noires qu'il ne l'eût été dans le dédalus même de l'hôtel des Tournelles; enfin il perdit patience, et s'écria solennellement : — Maudits soient les carrefours! c'est le diable qui les a faits à l'image de sa fourche!...

Cette exclamation le soulagea un peu, et une espèce de reflet rougeâtre qu'il aperçut en ce moment au bout d'une longue et étroite ruelle acheva de relever son moral. — Dieu soit loué! dit-il, c'est là-bas! Voilà ma paillasse qui brûle. Et, se comparant au nocher qui sombre dans la nuit : *Salve!* ajouta-t-il pieusement, *salve, maris stella!*

Adressait-il ce fragment de litanie à la sainte Vierge ou à la paillasse? c'est ce que nous ignorons parfaitement.

A peine avait-il fait quelques pas dans la longue ruelle, laquelle était en pente, non pavée, et de plus en plus boueuse et inclinée, qu'il remarqua quelque chose d'assez singulier. Elle n'était pas déserte : çà et là, dans sa longueur, rampaient je ne sais quelles masses vagues et informes, se dirigeant toutes vers la lueur qui vacillait au bout de la rue, comme ces lourds insectes qui se traînent la nuit de brin d'herbe en brin d'herbe vers un feu de pâtre.

Rien ne rend aventureux comme de ne pas sentir la place de son gousset. Gringoire continua de s'avancer, et eut bientôt rejoint celle de ces larves qui se traînait le plus paresseusement à la suite des autres. En s'en approchant, il vit que ce n'était rien autre chose qu'un misérable cul-de-jatte qui sautelait sur ses deux mains, comme un faucheux blessé qui n'a plus que deux pattes. Au moment où il passa près de cette espèce d'araignée à face humaine, elle éleva vers lui une voix lamentable : — *La buona mancia, signor! la buona mancia!*

— Que le diable t'emporte! dit Gringoire, et moi avec toi, si je sais ce que tu veux dire!

Et il passa outre.

Il rejoignit une autre de ces masses ambulantes, et l'examina. C'était un perclus, à la fois boiteux et manchot, et si manchot et si boiteux, que le système compliqué de béquilles et de jambes de bois qui le soutenait lui donnait l'air d'un échafaudage de maçons en marche. Gringoire, qui aimait les comparaisons nobles et classiques, le compara, dans sa pensée, au trépied vivant de Vulcain.

Ce trépied vivant le salua au passage, mais en arrêtant son chapeau à la hauteur du menton de Gringoire, comme un plat à barbe, et en lui criant aux oreilles : — *Señor caballero, para comprar un pedaso de pan!*

— Il paraît, dit Gringoire, que celui-là parle aussi; mais c'est une rude langue, et il est plus heureux que moi s'il la comprend.

Puis, se frappant le front par une subite transition d'idée : — A propos, que diable voulaient-ils dire ce matin avec leur *Esmeralda?*

Il voulut doubler le pas, mais, pour la troisième fois, quelque chose lui barra le chemin. Ce quelque chose, ou plutôt ce quelqu'un, c'était un aveugle, un petit aveugle à face juive et barbue, qui ramant dans l'espace autour de lui avec un bâton, et remorqué par un gros chien, lui nasilla avec un accent hongrois : *Facitote caritatem!*

— A la bonne heure! dit Pierre Gringoire, en voilà un enfin qui parle un langage chrétien. Il faut que j'aie la mine bien aumônière pour qu'on me demande ainsi la charité dans l'état de maigreur où est ma bourse. Mon ami (et il se tournait vers l'aveugle), j'ai vendu la semaine passée ma dernière chemise; c'est-à-dire, puisque vous ne comprenez que la langue de Cicéro : *Vendidi hebdomade nuper transitâ meam ultimam chemisam.*

Cela dit, il tourna le dos à l'aveugle, et poursuivit son chemin. Mais l'aveugle se mit à allonger le pas en même temps que lui; et voilà que le perclus, voilà que le cul-de-jatte surviennent de leur côté avec grande hâte et grand bruit d'écuelle et de béquilles sur le pavé. Puis, tous trois, s'entre-culbutant aux trousses du pauvre Gringoire, se mirent à lui chanter leur chanson :

— *Caritatem!* chantait l'aveugle.

— *La buona mancia!* chantait le cul-de-jatte.

Et le boiteux relevait la phrase musicale en répétant : *Un pedasó de pan!*

Gringoire se boucha les oreilles. — O tour de Babel! s'écria-t-il.

Il se mit à courir. L'aveugle courut. Le boiteux courut. Le cul-de-jatte courut.

Et puis, à mesure qu'il s'enfonçait dans la rue, culs-de-jatte, aveugles, boiteux, pullulaient autour de lui; et des manchots, et des borgnes, et des lépreux avec leurs plaies, qui sortant des maisons, qui des petites rues adjacentes, qui des soupiraux des caves, hurlant, beuglant, glapissant, tous clopin-clopant, cahin-caha, se ruant vers la lumière, et vautrés dans la fange comme des limaces après la pluie.

Gringoire, toujours suivi par ses trois persécuteurs, et ne sachant trop ce que cela allait devenir, marchait effaré au milieu des autres, tournant les boiteux, enjambant les culs-de-jatte, les pieds empêtrés dans cette fourmilière d'éclopés, comme ce capitaine anglais qui s'enliza dans un troupeau de crabes.

L'idée lui vint d'essayer de retourner sur ses pas. Mais il était trop tard. Toute cette légion s'était refermée derrière lui, et ses trois mendiants le tenaient. Il continua donc, poussé à la fois par ce flot irrésistible, par la peur et par un vertige qui lui faisait de tout cela une sorte de rêve horrible.

Enfin, il atteignit l'extrémité de la rue. Elle débouchait sur une place immense, où mille lumières éparses vacillaient dans le brouillard confus de la nuit. Gringoire s'y jeta, espérant échapper par la vitesse de ses jambes aux trois spectres infirmes qui s'étaient cramponnés à lui.

— *Ondè, vas hombre!* cria le perclus jetant là ses béquilles, et courant après lui avec les deux meilleures jambes qui eussent jamais tracé un pas géométrique sur le pavé de Paris.

Cependant le cul-de-jatte, debout sur ses pieds, coiffait Gringoire de sa lourde jatte ferrée, et l'aveugle le regardait en face avec des yeux flamboyants.

— Où suis-je? dit le poëte terrifié.

— Dans la Cour des Miracles, répondit un quatrième spectre qui les avait accostés.

— Sur mon âme, reprit Gringoire, je vois bien les aveugles qui regardent et les boiteux qui courent : mais où est le Sauveur?

Ils répondirent par un éclat de rire sinistre.

Le pauvre poëte jeta les yeux autour de lui. Il était en effet dans cette redoutable Cour des Miracles, où jamais honnête homme n'avait pénétré à pareille heure; cercle magique où les officiers du Châtelet et les sergents de la prévôté qui s'y aventuraient disparaissaient en miettes; cité des voleurs, hideuse verrue à la face de Paris; égout d'où s'échappait chaque matin, et où revenait croupir chaque nuit ce ruisseau de vices, de mendicité et de vagabondage, toujours débordé dans les rues des capitales; ruche monstrueuse où rentraient le soir avec leur butin tous les frelons de l'ordre social; hôpital menteur où le bohémien, le moine défroqué, l'écolier perdu, les vauriens de toutes les nations, espagnols, italiens, allemands, de toutes les religions, juifs, chrétiens, mahométans, idolâtres, couverts de plaies fardées, mendiant le jour, se transfiguraient la nuit en brigands; immense vestiaire, en un mot, où s'habillaient et se déshabillaient à cette époque tous les acteurs de cette comédie éternelle que le vol, la prostitution et le meurtre jouent sur le pavé de Paris.

C'était une vaste place, irrégulière et mal pavée, comme toutes les places de Paris alors. Des feux autour desquels fourmillaient des groupes étranges y brillaient çà et là. Tout cela allait, venait, criait. On entendait des rires aigus, des vagissements d'enfants, des voix de femmes. Les mains, les têtes de cette foule, noires sur le fond lumineux, y découpaient mille gestes bizarres. Par moments, sur le sol, où tremblait la clarté des feux, mêlée à de grandes ombres indéfinies, on pouvait voir passer un chien qui ressemblait à un homme, un homme qui ressemblait à un chien. Les limites des races et des espèces semblaient s'effacer dans cette cité comme dans un Pandémonium. Hommes, femmes, bêtes, âge, sexe, santé, maladies, tout semblait être en commun parmi ce peuple; tout allait ensemble, mêlé, confondu, superposé; chacun y participait de tout.

Le rayonnement chancelant et pauvre des feux permettait à Gringoire de distinguer, à travers son trouble, tout à l'entour de l'immense place, un hideux encadrement de vieilles maisons dont les façades vermoulues, ratatinées, rabougries, percées chacune d'une ou deux lucarnes éclairées, lui semblaient dans l'ombre d'énormes têtes de vieilles femmes, rangées en cercle, monstrueuses et rechignées, qui regardaient le sabbat en clignant des yeux.

C'était comme un nouveau monde, inconnu, inouï, difforme, reptile, fourmillant, fantastique.

Gringoire, de plus en plus effaré, pris par les trois mendiants comme par trois tenailles, assourdi d'une foule d'autres visages qui moutonnaient et aboyaient autour de lui; le malencontreux Gringoire tâchait de rallier sa présence d'esprit pour se rappeler si l'on était à un samedi. Mais ses efforts étaient vains : le fil de sa mémoire et de sa pensée était rompu; et, doutant de tout, flottant de ce qu'il voyait à ce qu'il sentait, il se posait cette insoluble question : — Si je suis, cela est-il? si cela est, suis-je?

En ce moment, un cri distinct s'éleva dans la cohue bourdonnante qui l'enveloppait : — Menons-le au roi! menons-le au roi!

— Sainte Vierge! murmura Gringoire, le roi d'ici, ce doit être un bouc.

— Au roi! au roi! répétèrent toutes les voix.

On l'entraina. Ce fut à qui mettrait la griffe sur lui. Mais les trois mendiants ne lâchaient pas prise, et l'arrachaient aux autres en hurlant : — Il est à nous!

Le pourpoint déjà malade du poëte rendit le dernier soupir dans cette lutte.

En traversant l'horrible place, son vertige se dissipa. Au bout de quelques pas, le sentiment de la réalité lui était revenu. Il commençait à se faire à l'atmosphère du lieu. Dans le premier moment, de sa tête de poëte, ou peut-être, tout simplement et tout prosaïquement, de son estomac vide, il s'était élevé une fumée, une vapeur pour ainsi dire, qui, se répandant entre les objets et lui, ne les lui avait laissé entrevoir que dans la brume incohérente du cauchemar, dans ces ténèbres des rêves qui font trembler tous les contours, grimacer toutes les formes, s'agglomérer les objets en groupes démesurés, dilatant les choses en chimères et les hommes en fantômes. Peu à peu à cette hallucination succéda un regard moins égaré et moins grossissant. Le réel se faisait jour autour de lui, lui heurtait les yeux, lui heurtait les pieds, et démolissait pièce à pièce toute l'effroyable poésie dont il s'était cru d'abord entouré. Il fallut bien s'apercevoir qu'il ne marchait pas dans le Styx, mais dans la boue; qu'il n'était pas coudoyé par des démons, mais par des voleurs; qu'il n'y allait pas de son âme, mais tout bonnement de sa vie (puisqu'il lui manquait ce précieux conciliateur qui se place si efficacement entre le bandit et l'honnête homme : la bourse). Enfin, en examinant l'orgie de plus près et avec plus de sang-froid, il tomba du sabbat au cabaret.

La Cour des Miracles n'était en effet qu'un cabaret, mais un cabaret de brigands, tout aussi rouge de sang que de vin.

Le spectacle qui s'offrit à ses yeux, quand son escorte en guenilles le déposa enfin au terme de sa course, n'était pas propre à le ramener à la poésie, fût-ce même à la poésie de l'enfer. C'était plus que jamais la prosaïque et brutale réalité de la taverne. Si nous n'étions pas au quinzième siècle, nous dirions que Gringoire était descendu de Michel-Ange à Callot.

Autour d'un grand feu qui brûlait sur une large dalle ronde, et qui pénétrait de ses flammes les tiges rougies d'un trépied vide pour le moment, quelques tables vermoulues étaient dressées çà et là, au hasard, sans que le moindre laquais géomètre eût daigné ajuster leur parallélisme ou veiller à ce qu'au moins elles ne se coupassent pas à des angles trop inusités. Sur ces tables reluisaient quelques pots ruisselants de vin et de cervoise, et autour de ces pots se groupaient force visages bachiques, empourprés de feu et de vin. C'était un homme à gros ventre et à joviale figure qui embrassait bruyamment une fille de joie, épaisse et charnue. C'était une espèce de faux soldat, un narquois, comme on disait en argot, qui défaisait en sifflant les bandages de sa fausse blessure, et qui dégourdissait son genou sain et vigoureux, emmailloté depuis le matin dans mille ligatures. Au rebours, c'était un malingreux qui préparait avec de l'éclaire et du sang de bœuf sa *jambe de Dieu* du lendemain. Deux tables plus loin, un coquillart, avec son costume complet de pèlerin, épelait la complainte de Sainte Reine, sans oublier la psalmodie et le nasillement. Ailleurs, un jeune hubin prenait leçon d'épilepsie d'un vieux sabouleux qui lui enseignait l'art d'écumer en mâchant un morceau de savon. A côté, un hydropique se dégonflait, et faisait boucher le nez à quatre ou cinq larronnesses, qui se disputaient à la même table un enfant volé dans la soirée. Toutes circonstances qui, deux siècles plus tard, *semblèrent si ridicules à la cour*, comme dit Sauval, *qu'elles servirent de passe-temps au roi et d'entrée au ballet royal de la Nuit, divisé en quatre parties et dansé sur le théâtre du Petit Bourbon.* « Jamais, ajoute un témoin oculaire de 1653, les subites métamorphoses de la Cour des Miracles n'ont été plus heureusement représentées. Benserade nous y prépara par des vers assez galants. »

Le gros rire éclatait partout, et la chanson obscène. Chacun tirait à soi, glosant et jurant sans écouter le voisin. Les pots trinquaient, et les querelles naissaient au choc des pots, et les pots ébréchés faisaient déchirer les haillons.

Un gros chien, assis sur sa queue, regardait le feu. Quelques enfants étaient mêlés à cette orgie. L'enfant volé, qui pleurait et criait. Un autre, gros garçon de quatre ans, assis les jambes pendantes sur un banc trop élevé, ayant de la table jusqu'au menton, et ne disant mot. Un troisième étalant gravement avec son doigt sur la table le suif en fusion qui coulait d'une chandelle. Un dernier, petit, accroupi dans la boue, presque perdu dans un chaudron qu'il raclait avec une tuile, et dont il tirait un son à faire évanouir Stradivarius.

Un tonneau était près du feu, et un mendiant sur le tonneau. C'était le roi sur son trône.

Les trois qui avaient Gringoire l'amenèrent devant ce tonneau, et toute la bacchanale fit un moment silence, excepté le chaudron habité par l'enfant.

Gringoire n'osait souffler ni lever les yeux.

— *Hombre, quita tu sombrero!* dit l'un des trois drôles à qui il était; et, avant qu'il eût compris ce que cela voulait dire, l'autre lui avait pris son chapeau. Misérable bicoquet, il est vrai, mais bon encore un jour de soleil ou un jour de pluie. Gringoire soupira.

Cependant le roi, du haut de sa futaille, lui adressa la parole.

— Qu'est-ce que c'est que ce maraud?

Gringoire tressaillit. Cette voix, quoique accentuée par la menace, lui rappela une autre voix qui le matin même avait porté le premier coup à son mystère en nasillant au milieu de l'auditoire : *La charité, s'il vous plaît!* Il leva la tête. C'était en effet Clopin Trouillefou.

Clopin Trouillefou, revêtu de ses insignes royaux, n'avait pas un haillon de plus ni de moins. Sa plaie au bras avait déjà disparu. Il portait à la main un de ces fouets à lanières de cuir blanc dont se servaient alors les sergents à verge pour serrer la foule, et que l'on appelait *boullayes*. Il avait sur la tête une espèce de coiffure cerclée et fermée par le haut; mais il était difficile de distinguer si c'était un bourrelet d'enfant ou une couronne de roi, tant les deux choses se ressemblent.

Cependant Gringoire, sans savoir pourquoi, avait repris quelque espoir en reconnaissant dans le roi de la Cour des Miracles son maudit mendiant de la grand'salle.

— Maître, balbutia-t-il.... Monseigneur... Sire... — Comment dois-je vous appeler? dit-il enfin, arrivé au point culminant de son crescendo, et ne sachant plus comment monter ni redescendre.

— Monseigneur, sa majesté, ou camarade, appelle-moi comme tu voudras. Mais dépêche. Qu'as-tu à dire pour ta défense?

Pour ta défense! pensa Gringoire, ceci me déplait. Il reprit en bégayant : — Je suis celui qui ce matin...

— Par les ongles du diable! interrompit Clopin, ton nom, maraud, et rien de plus. Ecoute. Tu es devant trois puissants souverains : moi, Clopin Trouillefou, roi de Thunes, successeur du Grand-Coësre, suzerain suprême du royaume de l'argot; Mathias Hungadi Spicali, duc d'Egypte et de Bohême, ce vieux jaune que tu vois là avec un torchon autour de la tête; Guillaume Rousseau, empereur de Galilée, ce gros qui ne nous écoute pas et qui caresse une ribaude. Nous sommes tes juges. Tu es entré dans le royaume d'argot sans être argotier, tu as violé les privilèges de notre ville. Tu dois être puni, à moins que tu ne sois capon, franc-mitou ou rifodé, c'est-à-dire, dans l'argot des honnêtes gens, voleur, mendiant ou vagabond. Es-tu quelque chose comme cela? Justifie-toi; décline tes qualités...

— Hélas! dit Gringoire, je n'ai pas cet honneur. Je suis l'auteur...

— Cela suffit, reprit Trouillefou sans le laisser achever. Tu vas être pendu. Chose toute simple, messieurs les honnêtes bourgeois! comme vous traitez les nôtres chez vous, nous traitons les vôtres chez nous. La loi que vous faites aux truands, les truands vous la font. C'est votre faute si elle est méchante. Il faut bien qu'on voie de temps en temps une grimace d'honnête homme au-dessus du collier de chanvre; cela rend la chose honorable. Allons, l'ami, partage gaiement tes guenilles à ces demoiselles. Je vais te faire pendre pour amuser les truands, et tu leur donneras ta bourse pour boire. Si tu as quelque momerie à faire, il y a là-bas dans l'égrugeoir un très-bon Dieu-le-Père, en pierre, que nous avons volé à Saint-Pierre-aux-Bœufs. Tu as quatre minutes pour lui jeter ton âme à la tête.

La harangue était formidable.

— Bien dit, sur mon âme! Clopin Trouillefou prêche comme un saint-père le pape, s'écria l'empereur de Galilée en cassant son pot pour étayer sa table.

— Messeigneurs les empereurs et rois, dit Gringoire avec sang-froid (car je ne sais comment la fermeté lui était revenue, et il parlait résolûment), vous n'y pensez pas; je m'appelle Pierre Gringoire, je suis le poëte dont on a représenté ce matin une moralité, dans la grand'salle du Palais.

— Ah! c'est toi, maître! dit Clopin. J'y étais, par la tête-Dieu! Eh bien! camarade, est-ce une raison, parce que tu nous a ennuyés ce matin, pour ne pas être pendu ce soir?

— J'aurai de la peine à m'en tirer, pensa Gringoire. Il tenta pourtant encore un effort.

— Je ne vois pas pourquoi, dit-il, les poëtes ne sont pas rangés parmi les truands. Vagabond, Æsopus le fut; mendiant, Homerus le fut; voleur, Mercurius l'était...

Clopin l'interrompit : — Je crois que tu veux nous matagraboliser avec ton grimoire. Pardieu, laisse-toi pendre, et pas tant de façons!

— Pardon, monseigneur le roi de Thunes, répliqua Gringoire, disputant le terrain pied à pied. Cela en vaut la peine... — Un moment!... — Ecoutez-moi... Vous ne me condamnerez pas sans m'entendre...

Sa malheureuse voix, en effet, était couverte par le vacarme qui se faisait autour de lui. Le petit garçon raclait son chaudron avec plus de verve que jamais; et, pour comble, une vieille femme venait de poser sur le trépied ardent une poêle pleine de graisse, qui glapissait au feu avec un bruit pareil aux cris d'une troupe d'enfants qui poursuit un masque.

Cependant Clopin Trouillefou parut conférer un moment avec le duc d'Egypte et l'empereur de Galilée, lequel était complétement ivre. Puis il cria aigrement : Silence donc! et, comme le chaudron et la poêle à frire ne l'écoutaient pas et continuaient leur duo, il sauta à bas de son tonneau, donna un coup de pied dans le chaudron, qui roula à dix pas avec l'enfant, un coup de pied dans la poêle, dont toute la graisse se renversa dans le feu, et il remonta gravement sur son trône, sans se soucier des pleurs étouffés de l'enfant, ni des grognements de la vieille, dont le souper s'en allait en belle flamme blanche.

Trouillefou fit un signe, et le duc, et l'empereur, et les archisuppôts, et les cagoux, vinrent se ranger autour de lui en un fer-à-cheval, dont Gringoire, toujours rudement appréhendé au corps, occupait le centre. C'était un demi-cercle de haillons, de guenilles, de clinquant, de fourches, de haches, de jambes avinées, de gros bras nus, de figures sordides, éteintes et hébétées. Au milieu de cette table ronde de la gueuserie, Clopin Trouillefou, comme le doge de ce sénat, comme le roi de cette pairie, comme le pape de ce conclave, dominait, d'abord de toute la hauteur de son tonneau, puis de je ne sais quel air hautain, farouche et formidable qui faisait petiller sa prunelle, et corrigeait dans son sauvage profil le type bestial de la race truande. On eût dit une hure parmi des groins.

— Ecoute, dit-il à Gringoire en caressant son menton difforme avec sa main calleuse; je ne vois pas pourquoi tu ne serais pas pendu. Il est vrai que cela a l'air de te répugner; et c'est tout simple, vous autres bourgeois, vous n'y êtes pas habitués. Vous vous faites de la chose une grosse idée. Après tout, nous ne te voulons pas de mal. Voici un moyen de te tirer d'affaire pour le moment. Veux-tu être des nôtres?

On peut juger de l'effet que fit cette proposition sur Gringoire, qui voyait la vie lui échapper, et commençait à lâcher prise. Il s'y rattacha énergiquement.

— Je le veux, certes, bellement, dit-il.

— Tu consens, reprit Clopin, à t'enrôler parmi les gens de la petite flambe?

— De la petite flambe, précisément, répondit Gringoire.

— Tu te reconnais membre de la franche bourgeoisie? reprit le roi de Thunes.

— De la franche bourgeoisie.

— Sujet du royaume d'argot?

— Du royaume d'argot.

— Truand?

— Truand.

— Dans l'âme?

— Dans l'âme.

— Je te fais remarquer, reprit le roi, que tu n'en seras pas moins pendu pour cela.

— Diable! dit le poëte.

— Seulement, continua Clopin imperturbable, tu seras pendu plus tard, avec plus de cérémonie, aux frais de la bonne ville de Paris, à un beau gibet de pierre, et par les honnêtes gens. C'est une consolation.

— Comme vous dites, répondit Gringoire.

— Il y a d'autres avantages. En qualité de franc-bourgeois, tu n'auras à payer ni boues, ni pauvres, ni lanternes, à quoi sont sujets les bourgeois de Paris.

— Ainsi soit-il, dit le poëte. Je consens. Je suis truand, argotier, franc-bourgeois, petite flambe, tout ce que vous voudrez; et j'étais tout cela d'avance, monsieur le roi de Thunes, car je suis philosophe; *et omnia in philosophia, omnes in philosopho continentur*, comme vous savez.

Le roi de Thunes fronça le sourcil.

— Pour qui me prends-tu, l'ami? Quel argot de juif de Hongrie nous chantes-tu là? Je ne sais pas l'hébreu. Pour être bandit on n'est pas juif. Je ne vole même plus, je suis au-dessus de cela, je tue. Coupe-gorge, oui; coupe-bourse, non.

Gringoire tâcha de glisser quelque excuse à travers ces brèves paroles que la colère saccadait de plus en plus. — Je vous demande pardon, monseigneur. Ce n'est pas de l'hébreu, c'est du latin.

— Je te dis, reprit Clopin avec emportement, que je ne suis pas juif, et que je te ferai pendre, ventre de synagogue! ainsi ce que ce petit marcandier de Judée qui est auprès de toi, et que j'espère bien voir clouer un jour sur un comptoir, comme une pièce de fausse monnaie qu'il est!

En parlant ainsi, il désignait du doigt le petit juif hongrois barbu, qui avait accosté Gringoire de son *facitote caritatem*, et qui, ne comprenant pas d'autre langue, regardait avec surprise la mauvaise humeur du roi de Thunes déborder sur lui.

Enfin monseigneur Clopin se calma. — Maraud! dit-il à notre poëte, tu veux donc être truand?

— Sans doute, répondit le poëte.

— Ce n'est pas le tout de vouloir, dit le bourru Clopin; la bonne volonté ne met pas un oignon de plus dans la soupe, et n'est bonne que pour aller en paradis; or, paradis et argot sont deux. Pour être reçu dans l'argot, il faut que tu prouves que tu es bon à quelque chose, et pour cela que tu fouilles le mannequin.

— Je fouillerai, dit Gringoire, tout ce qu'il vous plaira.

Clopin fit un signe. Quelques argotiers se détachèrent du cercle et revinrent un moment après. Ils apportaient deux poteaux terminés à leur extrémité inférieure par deux spatules en charpente, qui leur faisaient prendre aisément pied sur le sol; à l'extrémité supérieure des deux poteaux ils adaptèrent une solive transversale, et le tout constitua une fort jolie potence portative que Gringoire eut la satisfaction de voir se dresser devant lui en un clin d'œil. Rien n'y manquait, pas même la corde qui se balançait gracieusement au-dessous de la traverse.

— Où veulent-ils en venir? se demanda Gringoire avec quelque inquiétude. Un bruit de sonnettes qu'il entendit au même moment mit fin à son anxiété; c'était un mannequin que les truands suspendaient par le cou à la corde, espèce d'épouvantail aux oiseaux, vêtu de rouge, et tellement chargé de grelots et de clochettes, qu'on eût pu en harnacher trente mules castillanes. Ces mille sonnettes frissonnèrent quelque temps aux oscillations de la corde, puis s'éteignirent peu à peu, et se turent enfin, quand le mannequin eut été ramené à l'immobilité par cette loi du pendule qui a détrôné le clepsydre et le sablier.

— Alors Clopin, indiquant à Gringoire un vieil escabeau chancelant, placé au-dessous du mannequin : — Monte là-dessus!

— Mort-diable! objecta Gringoire, je vais me rompre le cou. Votre escabelle boite comme un distique de Martial; elle a un pied hexamètre et un pied pentamètre.

— Monte! reprit Clopin.

Gringoire monta sur l'escabeau, et parvint, non sans quelques oscillations de la tête et des bras, à y retrouver son centre de gravité.

— Maintenant, poursuivit le roi de Thunes, tourne ton pied droit autour de ta jambe gauche et dresse-toi sur la pointe du pied gauche.

— Monseigneur, dit Gringoire, vous tenez donc absolument à ce que je me casse quelque membre?

Clopin hocha la tête.

— Ecoute, l'ami, tu parles trop. Voilà en deux mots de quoi il s'agit : tu vas te dresser sur la pointe du pied, comme je te le dis; de cette façon tu pourras atteindre jusqu'à la poche du mannequin; tu y fouilleras; tu en tireras une bourse qui s'y trouve; et, si tu fais tout cela sans qu'on entende le bruit d'une sonnette, c'est bien : tu seras truand. Nous n'aurons plus qu'à te rouer de coups pendant huit jours.

— Ventre-Dieu! je n'aurai garde, dit Gringoire. Et si je fais chanter les sonnettes?

— Alors tu seras pendu. Comprends-tu?

— Je ne comprends pas du tout, répondit Gringoire.

— Ecoute encore une fois. Tu vas fouiller le mannequin et lui prendre sa bourse; si une seule sonnette bouge dans l'opération, tu seras pendu. Comprends-tu cela?

— Bien, dit Gringoire; je comprends cela. Après?

— Si tu parviens à enlever la bourse sans qu'on entende les grelots, tu es truand, et tu seras roué de coups pendant huit jours consécutifs. Tu comprends sans doute, maintenant?

— Non, monseigneur; je ne comprends plus. Où est mon avantage? pendu dans un cas, battu dans l'autre.

— Et truand, reprit Clopin, et truand, n'est-ce rien? C'est dans ton intérêt que nous te battrons, afin de t'endurcir aux coups.

— Grand merci! répondit le poëte.

— Allons, dépêchons, dit le roi en frappant du pied sur son tonneau, qui résonna comme une grosse caisse. Fouille le mannequin, et que cela finisse! Je t'avertis une dernière fois que, si j'entends un seul grelot, tu prendras la place du mannequin.

La bande des argotiers applaudit aux paroles de Clopin, et se rangea circulairement autour de la potence, avec un rire tellement impitoyable, que Gringoire vit qu'il les amusait trop pour n'avoir pas tout à craindre d'eux. Il ne lui restait donc plus d'espoir, si ce n'est la frêle chance de réussir dans la redoutable opération qui lui était imposée; il se décida à la risquer, mais ce ne fut pas sans avoir adressé d'abord une fervente prière au mannequin qu'il allait dévaliser, et qui eût été plus facile à attendrir que les truands. Cette myriade de sonnettes avec leurs petites langues de cuivre lui semblaient autant de gueules d'aspics ouvertes, prêtes à mordre et à siffler.

— Oh! disait-il tout bas, est-il possible que ma vie dépende de la moindre des vibrations du moindre de ces grelots? Oh! ajoutait-il les mains jointes, sonnettes, ne sonnez pas! clochettes, ne clochez pas! grelots, ne grelottez pas!

Il tenta encore un effort sur Trouillefou.

— Et s'il survient un coup de vent? lui demanda-t-il.

— Tu seras pendu, répondit l'autre sans hésiter.

Voyant qu'il n'y avait ni répit, ni sursis, ni faux-fuyant possible, il prit bravement son parti; il tourna son pied droit autour de son pied gauche, se dressa sur son pied gauche, et étendit le bras...; mais au moment où il touchait le mannequin, son corps, qui n'avait plus qu'un pied, chancela sur l'escabeau, qui n'en avait que trois, il voulut machinalement s'appuyer au mannequin, perdit l'équilibre, et tomba lourdement sur la terre, tout assourdi par la fatale vibration des mille sonnettes du mannequin, qui, cédant à l'impulsion de sa main, décrivit d'abord une rotation sur lui-même, puis se balança majestueusement entre les deux poteaux.

— Malédiction! cria-t-il en tombant, et il resta comme mort, la face contre terre.

Cependant il entendait le redoutable carillon au-dessus de sa tête, et le rire diabolique des truands, et la voix de Trouillefou, qui disait : — Relevez-moi le drôle, et pendez-le-moi rudement.

Il se leva. On avait déjà décroché le mannequin pour lui faire place.

Les argotiers le firent monter sur l'escabeau. Clopin vint à lui, lui passa la corde au cou, et lui frappant sur l'épaule : — Adieu! l'ami. Tu ne peux plus échapper maintenant, quand même tu digérerais avec les boyaux du pape.

Le mot *grâce* expira sur les lèvres de Gringoire. Il promena ses regards autour de lui; mais aucun espoir : tous riaient.

— Bellevigne-de-l'Etoile, dit le roi de Thunes à un énorme truand qui sortit des rangs, grimpe sur la traverse.

Bellevigne-de-l'Etoile monta lestement sur la solive transversale, et, au bout d'un instant, Gringoire, en levant les yeux, le vit avec terreur accroupi sur la traverse au-dessus de sa tête.

— Maintenant, reprit Clopin Trouillefou, dès que je frapperai des mains, Andry-le-Rouge, tu jetteras l'escabelle à terre d'un coup de genou; François Chante-Prune, tu te pendras aux pieds du maraud; et toi, Bellevigne, tu te jetteras sur ses épaules; et tous trois à la fois, entendez-vous?

Gringoire frissonna.

— Y êtes-vous? dit Clopin Trouillefou aux trois argotiers prêts à se précipiter sur Gringoire. Le pauvre patient eut un moment d'attente horrible, pendant que Clopin repoussait tranquillement du bout du pied dans le feu quelques brins de sarment que la flamme n'avait pas gagnés. — Y êtes-vous? répéta-t-il, et il ouvrit ses mains pour frapper. Une seconde de plus, c'en était fait.

Mais il s'arrêta, comme averti par une idée subite. — Un instant, dit-il; j'oubliais!... Il est d'usage que nous ne pendions pas un homme sans demander s'il y a une femme qui en veut. — Camarade! c'est ta dernière ressource. Il faut que tu épouses une truande ou la corde.

Cette loi bohémienne, si bizarre qu'elle puisse sembler au lecteur, est aujourd'hui encore écrite tout au long dans la vieille législation anglaise. Voyez ***Burington's Observations.***

Gringoire respira. C'était la seconde fois qu'il revenait à la vie depuis une demi-heure. Aussi n'osait-il trop s'y fier.

— Holà! cria Clopin, remonté sur sa futaille, holà! femmes, femelles, y a-t-il parmi vous, depuis la sorcière jusqu'à sa chatte, une ribaude qui veuille de ce ribaud? Holà! Collette-la-Charonne! Elisabeth Trouvain! Simonne Jodouyne! Marie Piédebou! Thonne-la-Longue! Bérarde Fanouel! Michelle Genaille! Claude Rouge-oreille! Mathurine Girorou! Holà! Isabeau la Thierrye! Venez et voyez! un homme pour rien! qui en veut?

Gringoire, dans ce misérable état, était sans doute peu appétissant. Les truandes se montrèrent médiocrement touchées de la proposition. Le malheureux les entendit répondre. — Non! non! pendez-le, il y aura du plaisir pour toutes.

Trois cependant sortirent de la foule et vinrent le flairer. La première était une grosse fille à face carrée. Elle examina attentivement le pourpoint déplorable du philosophe. La souquenille était usée et plus trouée qu'une poêle à griller des châtaignes. La fille fit la grimace. — Vieux drapeau! grommela-t-elle, et s'adressant à Gringoire : — Voyons ta cape. — Je l'ai perdue, dit Gringoire. — Ton chapeau? — On me l'a pris. — Tes souliers? — Ils commencent à n'avoir plus de semelles. — Ta bourse? — Hélas! bégaya Gringoire, je n'ai pas un denier parisis. — Laisse-toi pendre, et dis merci! répliqua la truande en lui tournant le dos.

La seconde, vieille, noire, ridée, hideuse, d'une laideur à faire tache dans la Cour des Miracles, tourna autour de Gringoire. Il tremblait presque qu'elle ne voulût de lui. Mais elle dit entre ses dents : — Il est trop maigre! et s'éloigna.

La troisième était une jeune fille, assez fraîche, et pas trop laide. — Sauvez-moi, lui dit à voix basse le pauvre diable. Elle le considéra un moment d'un air de pitié, puis baissa les yeux, fit un pli à sa jupe, et resta indécise. Il suivait des yeux tous ses mouvements; c'était la dernière lueur d'espoir. — Non, dit enfin la jeune fille, non! Guillaume Longue-Joue me battrait. Elle rentra dans la foule.

— Camarade, dit Clopin, tu as du malheur.

Puis, se levant debout sur son tonneau : — Personne n'en veut? cria-t-il en contrefaisant l'accent d'un huissier priseur, à la grande gaieté de tous : personne n'en veut? une fois, deux fois, trois fois! Et se tournant vers la potence avec un signe de tête : — Adjugé!

Bellevigne-de-l'Etoile, Andry-le-Rouge, François Chante-Prune, se rapprochèrent de Gringoire.

En ce moment, un cri s'éleva parmi les argotiers :

— ***La Esmeralda! la Esmeralda!***

Gringoire tressaillit, et se tourna du côté d'où venait la clameur. La foule s'ouvrit et donna passage à une pure et éblouissante figure. C'était la bohémienne.

— La Esmeralda, dit Gringoire, stupéfait, au milieu de ses émotions, de la brusque manière dont ce mot magique nouait tous les souvenirs de sa journée.

Cette rare créature paraissait exercer jusque dans la Cour des Miracles son empire de charme et de beauté. Argotiers et argotières se rangeaient doucement à son passage, et leurs brutales figures s'épanouissaient à son regard.

Elle s'approcha du patient avec son pas léger. Sa jolie Djali la suivait. Gringoire était plus mort que vif. Elle le considéra un moment en silence.

— Vous allez pendre cet homme? dit-elle gravement à Clopin.

— Oui, sœur, répondit le roi de Thunes, à moins que tu ne le prennes pour mari.

Elle fit sa jolie petite moue de la lèvre inférieure.

— Je le prends, dit-elle.

Gringoire ici crut fermement qu'il n'avait fait qu'un rêve depuis le matin, et que ceci en était la suite.

La péripétie, en effet, quoique gracieuse, était violente.

On détacha le nœud coulant, on fit descendre le poëte de l'escabeau. Il fut obligé de s'asseoir, tant la commotion était vive.

Le duc d'Egypte, sans prononcer une parole, apporta une cruche d'argile. La bohémienne la présenta à Gringoire. — Jetez-la à terre, lui dit-elle.

La cruche se brisa en quatre morceaux.

— Frère, dit alors le duc d'Egypte en leur imposant les mains sur le front, elle est ta femme; sœur, il est ton mari. Pour quatre ans. Allez.

VII

UNE NUIT DE NOCES.

Au bout de quelques instants, notre poëte se trouva dans une petite chambre voûtée en ogive, bien close, bien chaude, assis devant une table qui ne paraissait pas demander mieux que de faire quelques emprunts à un garde-manger suspendu tout auprès, ayant un bon lit en perspective, et tête à tête avec une jolie fille. L'aventure tenait de l'enchantement. Il commençait à se prendre sérieusement pour un personnage de conte de fées; de temps en temps il jetait les yeux autour de lui comme pour chercher si le char de feu attelé de deux chimères ailées, qui avait seul pu le transporter si rapidement du Tartare au paradis, était encore là. Par moments aussi il attachait obstinément son regard aux trous de son pourpoint, afin de se cramponner à la réalité, et de ne pas perdre terre tout à fait. Sa raison ballottée dans les espaces imaginaires, ne tenait plus qu'à ce fil.

La jeune fille ne paraissait faire aucune attention à lui; elle allait, venait, dérangeait quelque escabelle, causait avec sa chèvre, faisait sa moue çà et là. Enfin elle vint s'asseoir près de la table, et Gringoire put la considérer à l'aise.

Vous avez été enfant, lecteur, et vous êtes peut-être assez heureux pour l'être encore. Il n'est pas que vous n'ayez plus d'une fois (et pour mon compte j'y ai passé des journées entières, les mieux employées de ma vie) suivi de broussaille en broussaille, au bord d'une eau vive, par un jour de soleil, quelque belle demoiselle verte ou bleue, brisant son vol à angles brusques et baisant le bout de toutes les branches. Vous vous rappelez avec quelle curiosité amoureuse votre pensée et votre regard s'attachaient à ce petit tourbillon sifflant et bourdonnant, d'ailes de pourpre et d'azur, au milieu duquel flottait une forme insaisissable voilée par la rapidité même de son mouvement. L'être aérien qui se dessinait confusément à travers ce frémissement d'ailes vous paraissait chimérique, imaginaire, impossible à toucher, impossible à voir. Mais, lorsqu'enfin la demoiselle se reposait à la pointe d'un roseau, et que vous pouviez examiner, en retenant votre souffle, les longues ailes de gaze, la longue robe d'émail, les deux globes de cristal, quel étonnement n'éprouviez-vous pas, et quelle peur de voir de nouveau la forme s'en aller en ombre et l'être en chimère! Rappelez-vous ces impressions, et vous vous rendrez aisément compte de ce que ressentait Gringoire en contemplant sous sa forme visible et palpable cette Esmeralda qu'il n'avait entrevue jusque-là qu'à travers un tourbillon de danse, de chant et de tumulte.

Enfoncé de plus en plus dans sa rêverie : — Voilà donc, se disait-il en la suivant vaguement des yeux, ce que c'est que *la Esmeralda!* une céleste créature ! une danseuse des rues ! tant et si peu ! C'est elle qui a donné le coup de grâce à mon mystère ce matin, c'est elle qui me sauve la vie ce soir. Mon mauvais génie ! mon bon ange ! — Une jolie femme, sur ma parole ! — et qui doit m'aimer à la folie pour m'avoir pris de la sorte. — A propos, dit-il en se levant tout à coup avec ce sentiment du vrai qui faisait le fond de son caractère et de sa philosophie, je ne sais trop comment cela se fait, mais je suis son mari !

Cette idée en tête et dans les yeux, il s'approcha de la jeune fille d'une façon si militaire et si galante, qu'elle recula. — Que me voulez-vous donc ? dit-elle.

— Pouvez-vous me le demander, adorable Esmeralda ? répondit Gringoire avec un accent si passionné qu'il en était étonné lui-même en s'entendant parler.

L'Egyptienne ouvrit ses grands yeux.— Je ne sais pas ce que vous voulez dire.

— Eh quoi ! reprit Gringoire, s'échauffant de plus en plus, et songeant qu'il n'avait affaire après tout qu'à une vertu de la Cour des Miracles, ne suis-je pas à toi, douce amie ? n'es-tu pas à moi ?

Et, tout ingénument, il lui prit la taille.

Le corsage de la bohémienne glissa dans ses mains comme la robe d'une anguille. Elle sauta d'un bout à l'autre bout de la cellule, se baissa et se redressa, avec un petit poignard à la main, avant que Gringoire eût eu seulement le temps de voir d'où ce poignard sortait; irritée et fière, les lèvres gonflées, les narines ouvertes, les joues rouges comme une pomme d'api, les prunelles rayonnantes d'éclairs. En même temps la chevrette blanche se plaça devant elle, et présenta à Gringoire un front de bataille, hérissé de deux cornes jolies, dorées et fort pointues. Tout cela se fit en un clin d'œil.

La demoiselle se faisait guêpe, et ne demandait pas mieux que de piquer.

Notre philosophe resta interdit, promenant tour à tour de la chèvre à la jeune fille des regards hébétés.

— Sainte Vierge ! dit-il enfin, quand la surprise lui permit de parler, voilà deux luronnes !

La bohémienne rompit le silence de son côté : — Il faut que tu sois un drôle bien hardi !

— Pardon, mademoiselle, dit Gringoire en souriant. Mais pourquoi donc m'avez-vous pris pour mari ?

— Fallait-il te laisser pendre ?

— Ainsi, reprit le poëte, un peu désappointé dans ses espérances amoureuses, vous n'avez eu d'autre pensée en m'épousant que de me sauver du gibet ?

— Et quelle autre pensée veux-tu que j'aie eue ?

Gringoire se mordit les lèvres.—Allons, dit-il, je ne suis pas encore si triomphant en Cupido que je croyais. Mais, alors, à quoi bon avoir cassé cette pauvre cruche ?

Cependant le poignard de la Esmeralda et les cornes de la chèvre étaient toujours sur la défensive.

— Mademoiselle Esmeralda, dit le poëte, capitulons. Je ne suis pas clerc-greffier au Châtelet, et ne vous chicanerai pas de porter ainsi une dague dans Paris à la barbe des ordonnances et prohibitions de M. le prévôt. Vous n'ignorez pas pourtant que Noël Lescrivain a été condamné, il y a huit jours, en dix sous parisis pour avoir porté un braquemart. Or ce n'est pas mon affaire; et je viens au fait. Je vous jure sur ma part de paradis de ne pas vous approcher sans votre congé et permission ; mais donnez-moi à souper.

Au fond, Gringoire, comme M. Despréaux, était « très-peu voluptueux. » Il n'était pas de cette espèce chevalière et mousquetaire qui prend les jeunes filles d'assaut. En matière d'amour, comme en toute autre affaire, il était volontiers pour les temporisations et les moyens termes; et un bon souper, en tête à tête aimable, lui paraissait, surtout quand il avait faim, un entr'acte excellent entre le prologue et le dénoûment d'une aventure d'amour.

L'Egyptienne ne répondit pas. Elle fit sa petite moue dédaigneuse, dressa la tête comme un oiseau, puis éclata de rire, et le poignard mignon disparut comme il était venu, sans que Gringoire pût voir où l'abeille cachait son aiguillon.

Un moment après, il y avait sur la table un pain de seigle, une tranche de lard, quelques pommes ridées et un broc de cervoise. Gringoire se mit à manger avec emportement. A entendre le cliquetis furieux de sa fourchette de fer et de son assiette de faïence, on eût dit que tout son amour s'était tourné en appétit.

La jeune fille, assise devant lui, le regardait faire en silence, visiblement préoccupée d'une autre pensée à laquelle elle souriait de temps en temps, tandis que sa douce main caressait la tête intelligente de la chèvre mollement pressée entre ses genoux.

Une chandelle de cire jaune éclairait cette scène de voracité et de rêverie.

Cependant, les premiers bêlements de son estomac apaisés, Gringoire sentit quelque fausse honte de voir qu'il ne restait plus qu'une pomme.

— Vous ne mangez pas, mademoiselle Esmeralda ?

Elle répondit par un signe de tête négatif, et son regard pensif alla se fixer à la voûte de la cellule.

— De quoi diable est-elle occupée ? pensa Gringoire, et regardant ce qu'elle regardait :

— Il est impossible que ce soit la grimace de ce nain de pierre sulpté dans la clef de voûte qui absorbe ainsi son attention. Que diable ! je puis soutenir la comparaison !

Il haussa la voix. — Mademoiselle !

Elle ne paraissait pas l'entendre.

Il reprit plus haut encore : — Mademoiselle Esmeralda !

— Peine perdue. L'esprit de la jeune fille était ailleurs, et la voix de Gringoire n'avait pas la puissance de le rappeler. Heureusement la chèvre s'en mêla. Elle se mit à tirer doucement sa maîtresse par la manche.

— Que veux-tu, Djali ? dit vivement l'Egyptienne comme réveillée en sursaut.

— Elle a faim, dit Gringoire charmé d'entamer la conversation.

La Esmeralda se mit à émietter du pain, que Djali mangeait gracieusement dans le creux de sa main.

Du reste, Gringoire ne lui laissa pas le temps de reprendre sa rêverie. Il hasarda une question délicate.

— Vous ne voulez donc pas de moi pour votre mari ?

La jeune fille le regarda fixement, et dit : — Non.

— Pour votre amant ? reprit Gringoire.

Elle fit sa moue, et répondit : — Non.

— Pour votre ami ? poursuivit Gringoire.

Elle le regarda encore fixement, et dit après un moment de réflexion : — Peut-être.

Ce *peut-être*, si cher aux philosophes, enhardit Gringoire.

— Savez-vous ce que c'est que l'amitié ? demanda-t-il.

— Oui, répondit l'Egyptienne; c'est être frère et sœur, deux âmes qui se touchent sans se confondre, les deux doigts de la main.

— Et l'amour ? poursuivit Gringoire.

— Oh ! l'amour ! dit-elle. Et sa voix tremblait, et son œil rayonnait. C'est être deux et n'être qu'un. Un homme et une femme qui se fondent en un ange. C'est le ciel !

La danseuse des rues était, en parlant ainsi, d'une beauté qui frappait singulièrement Gringoire, et lui semblait en rapport parfait avec l'exaltation presque orientale de ses paroles. Ses lèvres roses et pures souriaient à demi ; son front candide et serein devenait trouble par moments sous sa pensée, comme un miroir sous une haleine ; et de ses longs cils noirs baissés s'échappait une sorte de lumière ineffable qui donnait à son profil cette suavité idéale que Raphaël retrouva depuis au point d'intersection mystique de la virginité, de la maternité et de la divinité.

Gringoire n'en poursuivit pas moins.

— Comment faut-il donc être pour vous plaire ?

— Il faut être homme.

— Et moi, dit-il, qu'est-ce que je suis donc ?

— Un homme a le casque en tête, l'épée au poing et des éperons d'or aux talons.

— Bon, dit Gringoire, sans le cheval point d'homme. — Aimez-vous quelqu'un ?

— D'amour ?

Phœbus.

— D'amour.

Elle resta un moment pensive, puis elle dit avec une expression particulière : — Je saurai cela bientôt.

— Pourquoi pas ce soir? reprit alors tendrement le poëte. Pourquoi pas moi?

Elle lui jeta un coup d'œil grave.

— Je ne pourrai aimer qu'un homme qui pourra me protéger.

Gringoire rougit et se le tint pour dit. Il était évident que la jeune fille faisait allusion au peu d'appui qu'il lui avait prêté dans la circonstance critique où elle s'était trouvée deux heures auparavant. Ce souvenir, effacé par ses autres aventures de la soirée, lui revint. Il se frappa le front.

— A propos, mademoiselle, j'aurais dû commencer par là. Pardonnez-moi mes folles distractions. Comment donc avez-vous fait pour échapper aux griffes de Quasimodo?

Cette question fit tressaillir la bohémienne.

— Oh! l'horrible bossu! dit-elle en se cachant le visage dans ses mains. Et elle frissonnait comme dans un grand froid.

— Horrible en effet, dit Gringoire, qui ne lâchait pas son idée; mais comment avez-vous pu lui échapper?

La Esmeralda sourit, soupira et garda le silence.

— Savez-vous pourquoi il vous avait suivie? reprit Gringoire, tâchant de revenir à sa question par un détour.

— Je ne sais pas, dit la jeune fille. Et elle ajouta vivement : Mais vous qui me suiviez aussi, pourquoi me suiviez-vous?

— En bonne foi, répondit Gringoire, je ne sais pas non plus.

Il y eut un silence. Gringoire tailladait la table avec son couteau. La jeune fille souriait, et semblait regarder quelque chose à travers le mur. Tout à coup elle se prit à chanter d'une voix à peine articulée :

Quando las pintadas aves
Mudas estan, y la tierra...

Elle s'interrompit brusquement et se mit à caresser Djali.

— Vous avez là une jolie bête, dit Gringoire.

— C'est ma sœur, répondit-elle.

— Pourquoi vous appelle-t-on *la Esmeralda?* demanda le poëte.

L'an dernier, au moment où nous entrions par la porte Papale, j'ai vu filer en l'air la fauvette des roseaux.

— Je n'en sais rien.

— Mais encore?

Elle tira de son sein une espèce de petit sachet oblong suspendu à son cou par une chaîne de grains d'adrézarach. Ce sachet exhalait une forte odeur de camphre; il était recouvert de soie verte, et portait à son centre une grosse verroterie verte imitant l'émeraude.

— C'est peut-être à cause de cela, dit-elle.

Gringoire voulut prendre le sachet; elle recula. — N'y touchez pas, c'est une amulette. Tu ferais mal au charme, ou le charme à toi.

La curiosité du poëte était de plus en plus éveillée.

— Qui vous l'a donnée?

Elle mit un doigt sur sa bouche, et cacha l'amulette dans son sein. Il essaya d'autres questions, mais elle répondait à peine.

— Que veut dire ce mot : *la Esmeralda?*

— Je ne sais pas, dit-elle.

— A quelle langue appartient-il?

— C'est de l'égyptien, je crois.

— Je m'en étais douté, dit Gringoire. Vous n'êtes pas de France?

— Je n'en sais rien.

— Avez-vous vos parents?

Elle se mit à chanter sur un vieil air :

Mon père est oiseau,
Ma mère est oiselle,
Je passe l'eau sans nacelle,
Je passe l'eau sans bateau.
Ma mère est oiselle,
Mon père est oiseau.

— C'est bon, dit Gringoire. A quel âge êtes-vous venue en France?

— Toute petite.

— A Paris?

— L'an dernier. Au moment ou nous entrions par la porte Papale, j'ai vu filer en l'air la fauvette de roseaux; c'était à la fin d'août. J'ai dit : l'hiver sera rude.

— Il l'a été, dit Gringoire, ravi de ce commencement de conversation; je l'ai passé à souffler dans mes doigts. Vous avez donc le don de prophétie?

Elle retomba dans son laconisme : — Non.

— Cet homme que vous nommez le duc d'Egypte, c'est le chef de votre tribu?

— Oui.

— C'est pourtant lui qui nous a mariés, observa timidement le poëte.

Elle fit sa jolie grimace habituelle. — Je ne sais seulement pas ton nom.

— Mon nom? Si vous le voulez, le voici : Pierre Gringoire.

— J'en sais un plus beau, dit-elle.

— Mauvaise! reprit le poëte. N'importe, vous ne m'irriterez pas. Tenez, vous m'aimerez peut-être en me connaissant mieux; et puis vous m'avez conté votre histoire avec tant de confiance, que je vous dois un peu la mienne. Vous saurez donc que je m'appelle Pierre Gringoire, et que je suis fils du fermier du tabellionage de Gonesse. Mon père a été pendu par les Bourguignons, et ma mère éventrée par les Picards, lors du siége de Paris, il y a vingt ans. A six ans donc, j'étais orphelin, n'ayant pour semelle à mes pieds que le pavé de Paris. Je ne sais comment j'ai franchi l'intervalle de six ans à seize. Une fruitière me donnait une prune par-ci, un talmellier me jetait une croûte par-là; le soir, je me faisais ramasser par les onze-vingts, qui me mettaient en prison, et je trouvais là une botte de paille. Tout cela ne m'a pas empêché de grandir et de maigrir, comme vous voyez. L'hiver je me chauffais au soleil, sous le porche de l'hôtel de Sens, et je trouvais fort ridicule que le feu de la saint Jean fût réservé pour la canicule. A seize ans, j'ai voulu prendre un état. Successivement j'ai tâté de tout. Je me suis fait soldat, mais je n'étais pas assez brave. Je me suis fait moine, mais je n'étais pas assez dévôt; — et puis, je bois mal. De désespoir, j'entrai apprenti parmi les charpentiers de la grande coignée; mais je n'étais pas assez fort. J'avais plus de penchant pour être maître d'école; il est vrai que je ne savais pas lire; mais ce n'est pas une raison. Je m'aperçus, au bout d'un certain temps, qu'il me manquait quelque chose pour tout; et, voyant que je n'étais bon à rien, je me fis de mon plein gré poëte et compositeur de rhythmes. C'est un état qu'on peut toujours prendre quand on est vagabond, et cela vaut mieux que de voler, comme me le conseillaient quelques jeunes fils brigandiniers de mes amis. Je rencontrai par bonheur un beau jour dom Claude Frollo, le révérend archidiacre de Notre-Dame. Il prit intérêt à moi, et c'est à lui que je dois d'être aujourd'hui un véritable lettré, sachant le latin depuis les Offices de Cicéro jusqu'au Mortuologe des pères Célestins; et n'étant barbare ni en scolastique, ni en poétique, ni en rhythmique, ni même en hermétique, cette sophie des sophies. C'est moi qui suis l'auteur du mystère qu'on a représenté aujourd'hui, avec grand triomphe et grand concours de populace, en pleine grand'salle du Palais. J'ait fait aussi un livre qui aura six cents pages sur la comète prodigieuse de 1465, dont un homme devint fou. J'ai eu encore d'autres succès. Etant un peu menuisier d'artillerie, j'ai travaillé à cette grosse bombarde de Jean Maugue que vous savez, qui a crevé au pont de Charenton le jour où l'on en a fait l'essai, et tué vingt-quatre curieux. Vous voyez que je ne suis pas un méchant parti de mariage. Je sais bien des façons de tours fort avenants que j'enseignerai à votre chèvre : par exemple, à contrefaire l'évêque de Paris, ce maudit pharisien dont les moulins éclaboussent les passants tout le long du Pont-aux-Meuniers. Et puis, mon mystère me rapportera beaucoup d'argent monnayé, si l'on me le paye. Enfin, je suis à vos ordres, moi et mon esprit, et ma science, et mes lettres, prêt à vivre avec vous, damoiselle, comme il vous plaira, chastement ou joyeusement; mari et femme, si vous le trouvez bon; frère et sœur, si vous le trouvez mieux.

Gringoire se tut, attendant l'effet de sa harangue sur la jeune fille. Elle avait les yeux fixés à terre.

— *Phœbus*, disait-elle à demi-voix. Puis se tournant vers le poëte : *Phœbus*, qu'est-ce que cela veut dire?

Gringoire, sans trop comprendre quel rapport il pouvait y avoir entre son allocution et cette question, ne fut pas fâché de faire briller son érudition. Il répondit en se rengorgeant :— C'est un mot latin qui veut dire *soleil*.

— Soleil! reprit-elle.

— C'est le nom d'un tel bel archer, qui était dieu, ajouta Gringoire.

— Dieu! répéta l'Egyptienne, et il y avait dans son accent quelque chose de pensif et de passionné.

En ce moment un de ses bracelets se détacha et tomba. Gringoire se baissa vivement pour le ramasser; quand il se releva, la jeune fille et la chèvre avaient disparu. Il entendit le bruit d'un verrou. C'était une petite porte communiquant sans doute à une cellule voisine, qui se fermait en dehors.

— M'a-t-elle au moins laissé un lit? dit notre philosophe.

Il fit le tour de la cellule. Il n'y avait de meuble propre au sommeil qu'un assez long coffre de bois; et encore le couvercle en était-il sculpté; ce qui procura à Gringoire, quand il s'y étendit, une sensation à peu près pareille à celle qu'éprouverait Micromégas en se couchant tout de son long sur les Alpes.

— Allons! dit-il en s'y accommodant de son mieux, il faut se résigner. Mais voilà une étrange nuit de noces. C'est dommage; il y avait dans ce mariage à la cruche cassée quelque chose de naïf et d'antédiluvien qui me plaisait.

LIVRE TROISIÈME

I

NOTRE-DAME.

Sans doute, c'est encore aujourd'hui un majestueux et sublime édifice que l'église de Notre-Dame de Paris. Mais, si belle qu'elle se soit conservée en vieillissant, il est difficile de ne pas soupirer, de ne pas s'indigner devant les dégradations, les mutilations sans nombre que simultanément le temps et les hommes ont fait subir au vénérable monument, sans respect pour Charlemagne, qui en avait posé la première pierre, pour Philippe-Auguste, qui en avait posé la dernière.

Sur la face de cette vieille reine de nos cathédrales, à côté d'une ride on trouve toujours une cicatrice. *Tempus edax, homo edacior;* ce que je traduirais volontiers ainsi : Le temps est aveugle, l'homme est stupide.

Si nous avions le loisir d'examiner une à une avec le lecteur les diverses traces de destruction imprimées à l'antique église, la part du temps serait la moindre, la pire celle des hommes, surtout des hommes de l'art. Il faut bien que je dise des *hommes de l'art*, puisqu'il y a eu des individus qui ont pris la qualité d'architectes dans les deux derniers siècles.

Et d'abord, pour ne citer que quelques exemples capitaux, il est, à coup sûr, peu de plus belles pages architecturales que cette façade où, successivement et à la fois, les trois portails creusés en ogive, le cordon brodé et dentelé des vingt-huit niches royales, l'immense rosace centrale flanquée de ses deux fenêtres latérales comme le prêtre du diacre et du sous-diacre, la haute et frêle galerie d'arcades à trèfle qui porte une lourde plate-forme sur ses fines colonnettes, enfin les deux noires et massives tours avec leurs auvents d'ardoise, parties harmonieuses d'un tout magnifique, superposées en cinq étages gigantesques, se développent à l'œil, en foule et sans trouble, avec leurs innombrables détails de statuaire, de sculpture et de ciselure, ralliés puissamment à la tranquille grandeur de l'ensemble; vaste symphonie en pierre, pour ainsi dire; œuvre colossale d'un homme et d'un peuple, tout ensemble une et complexe comme les Iliades et les romanceros dont elle est sœur; produit prodigieux de la cotisation de toutes les forces d'une époque, où sur chaque pierre on voit saillir en cent façons la fantaisie de l'ouvrier disciplinée par le génie de l'artiste; sorte de création humaine, en un mot, puissante et féconde comme la création divine, dont elle semble avoir dérobé le double caractère : variété, éternité.

Et ce que nous disons ici de la façade, il faut le dire de l'église entière; et ce que nous disons de l'église cathédrale de Paris, il faut le dire de toutes les églises de la chrétienté au moyen âge. Tout se tient dans cet art venu de lui-même, logique et bien proportionné. Mesurer l'orteil du pied, c'est mesurer le géant.

Revenons à la façade de Notre-Dame, telle qu'elle nous apparaît encore à présent, quand nous allons pieusement admirer la grave et puissante cathédrale, qui terrifie, au dire de ses chroniqueurs; *quæ mole sua terrorem incutit spectantibus.*

Trois choses importantes manquent aujourd'hui à cette façade : d'abord le degré de onze marches qui l'exhaussait jadis au-dessus du sol; ensuite la série inférieure de statues qui occupait les niches des trois portails, et la série supérieure des vingt-huit plus anciens rois de France, qui garnissait la galerie du premier étage, à partir de Childebert jusqu'à Philippe-Auguste, tenant en main « la pomme impériale. »

Le degré, c'est le temps qui l'a fait disparaître en élevant d'un progrès irrésistible et lent le niveau du sol de la Cité; mais, tout en faisant dévorer une à une, par cette marée montante du pavé de Paris, les onze marches qui ajoutaient à la hauteur majestueuse de l'édifice, le temps a rendu à l'église plus peut-être qu'il ne lui a ôté, car c'est le temps qui a répandu sur la façade cette sombre couleur des siècles qui fait de la vieillesse des monuments l'âge de leur beauté.

Mais qui a jeté bas les deux rangs de statues? qui a laissé les niches vides? qui a taillé, au beau milieu du portail central, cette ogive neuve et bâtarde? qui a osé y encadrer cette fade et lourde porte de bois sculptée à la Louis XV, à côté des arabesques de Biscornette? Les hommes, les architectes, les artistes de nos jours.

Et, si nous entrons dans l'intérieur de l'édifice, qui a renversé ce colosse de saint Christophe, proverbial parmi les statues au même titre que la grand'salle du Palais parmi les halles, que la flèche de Strasbourg parmi les clochers? et ces myriades de statues qui peuplaient tous les entrecolonnements de la nef et du chœur, à genoux, en pied, équestres, hommes, femmes, enfants, rois, évêques, gendarmes, en pierre, en marbre, en or, en argent, en cuivre, en cire même, qui les a brutalement balayés? Ce n'est pas le temps.

Et qui a substitué au vieil hôtel gothique, splendidement encombré de châsses et de reliquaires, ce lourd sarcophage de marbre à têtes d'anges et à nuages, lequel semble un échantillon dépareillé du Val-de-Grâce ou des Invalides? Qui a bêtement scellé ce lourd anachronisme de pierre dans le pavé carlovingien de Hercandus? N'est-ce pas Louis XIV accomplissant le vœu de Louis XIII?

Et qui a mis de froides vitres blanches à la place de ces vitraux « hauts en couleur » qui faisaient hésiter l'œil émerveillé de nos pères entre la rose du grand portail et les ogives de l'apside? Et que dirait un sous-chantre du seizième siècle, en voyant le beau badigeonnage jaune dont nos vandales archevêques ont barbouillé leur cathédrale? il se souviendrait que c'était la couleur dont le bourreau brossait les édifices *scélérés;* il se rappellerait l'hôtel du Petit-Bourbon, tout englué de jaune aussi pour la trahison du connétable; « jaune après tout de si bonne trempe, dit « Sauval, et si bien recommandé, que plus d'un siècle n'a « pu encore lui faire perdre sa couleur : » il croirait que le lieu saint est devenu infâme, et s'enfuirait.

Et, si nous montons sur la cathédrale sans nous arrêter à mille barbaries de tout genre, qu'a-t-on fait de ce charmant petit clocher qui s'appuyait sur le point d'intersection de la croisée, et qui, non moins frêle et non moins hardi que sa voisine la flèche (détruite aussi) de la Sainte-Chapelle, s'enfonçait dans le ciel plus avant que les tours, élancé, aigu, sonore, découpé à jour? Un architecte de bon goût (1787) l'a amputé, et a cru qu'il suffisait de masquer la plaie avec ce large amplâtrage de plomb qui ressemble au couvercle d'une marmite. C'est ainsi que l'art merveilleux du moyen âge a été traité presque en tout pays, surtout en France. On peut distinguer sur sa ruine trois sortes de lésions, qui toutes trois l'entament à différentes profondeurs : le temps d'abord, qui a insensiblement ébréché çà et là et rouillé partout sa surface; ensuite, les révolutions politiques et religieuses, lesquelles, aveugles et colères de leur nature, se sont ruées en tumulte sur lui, ont déchiré son riche habillement de sculptures et de ciselures, crevé ses rosaces, brisé ses colliers d'arabesques et de figurines, arraché ses statues, tantôt pour leur mitre, tantôt pour leur couronne; enfin, les modes de plus en plus grotesques et sottes, qui, depuis les anarchiques et splendides déviations de la *renaissance*, se sont succédé dans la décadence nécessaire de l'architecture. Les modes ont fait plus de mal que les révolutions. Elles ont tranché dans le vif, elles ont attaqué la charpente osseuse de l'art; elles ont coupé, taillé, désorganisé, tué l'édifice, dans la forme comme dans le symbole, dans sa logique comme dans sa beauté. Et puis, elles ont refait; prétention que n'avaient eue,du moins, ni le temps, ni les révolutions. Elles ont effrontément ajusté, de par le *bon goût*. sur les blessures de l'architecture gothique, leurs misérables colifichets d'un jour, leurs rubans de marbre, leurs pompons de métal : véritable lèpre d'oves, de volutes, d'entournements, de draperies, de guirlandes, de franges, de flammes de pierre, de nuages de bronze, d'amours replets, de chérubins bouffis, qui commence à dévorer la face de l'art dans l'oratoire de Catherine de Médicis, et le fait expirer, deux siècles après, tourmenté et grimaçant, dans le boudoir de la Dubarry.

Ainsi, pour résumer les points que nous venons d'indiquer, trois sortes de ravages défigurent aujourd'hui l'architecture gothique. Rides et verrues à l'épiderme; c'est l'œuvre du temps. Voies de fait, brutalités, contusions, fractures; c'est l'œuvre des révolutions depuis Luther jusqu'à Mirabeau. Mutilations, amputations, dislocation de la membrure, *restaurations;* c'est le travail grec, romain et barbare des professeurs selon Vitruve et Vignole. Cet art magnifique que les Vandales avaient produit, les académies l'ont tué. Aux siècles, aux révolutions, qui dévastent du moins avec impartialité et grandeur, est venue s'adjoindre la nuée des architectes d'école, patentés, jurés et assermentés; dégradant avec le discernement et le choix du mauvais goût; substituant les chicorées de Louis XV aux dentelles gothiques, pour la plus grande gloire du Parthénon. C'est le coup de pied de l'âne au lion mourant. C'est le vieux chêne qui se couronne, et qui, pour comble, est piqué, mordu, déchiqueté par les chenilles.

Qu'il y a loin de là à l'époque où Robert Cenalis, comparant Notre-Dame de Paris à ce fameux temple de Diane à Éphèse, *tant réclamé par les anciens païens*, qui a immortalisé Erostrate, trouvait la cathédrale gauloise « plus excellente en longueur, largeur, hauteur et structure [1]! »

Notre-Dame de Paris n'est point, du reste, ce qu'on peut appeler un monument complet, défini, classé. Ce n'est plus une église romane, ce n'est pas encore une église gothique. Cet édifice n'est pas un type. Notre-Dame de Paris n'a point, comme l'abbaye de Tournus, la grave et massive carrure, la ronde et large voûte, la nudité glaciale, la majestueuse simplicité des édifices qui ont le plein-cintre pour générateur. Elle n'est pas, comme la cathédrale de Bourges, le produit magnifique, léger, multiforme, touffu, hérissé, efflorescent, de l'ogive. Impossible de la ranger dans cette antique familles d'églises sombres, mystérieuses, basses, et comme écrasées par le plein-cintre; presque égyptiennes au plafond près; toutes hiéroglyphiques, toutes sacerdotales, toutes symboliques; plus chargées, dans leurs ornements, de losanges et de zigzags que de fleurs, de fleurs que d'animaux, d'animaux que d'hommes; œuvre de l'architecte moins que de l'évêque; première transformation de l'art, tout empreinte de discipline théocratique et militaire, qui prend racine dans le Bas-Empire, et s'arrête à Guillaume-le-Conquérant. Impossible de placer notre cathédrale dans cette autre famille d'églises hautes, aériennes, riches de vitraux et de sculptures; aiguës de formes, hardies d'attitudes; communales et bourgeoises, comme symboles politiques; libres, capricieuses, effrénées, comme œuvre d'art; seconde transformation de l'architecture, non plus hiéroglyphique, immuable et sacerdotale, mais artiste,

[1] *Histoire gallicane*, liv. II, périoche 5e, fo 130, p. 1.

progressive et populaire, qui commence au retour des croisades, et finit à Louis XI. Notre-Dame de Paris n'est pas de pure race romane, comme les premières; ni de pure race arabe, comme les secondes.

C'est un édifice de la transition. L'architecte saxon achevait de dresser les premiers piliers de la nef lorsque l'ogive, qui arrivait de la croisade, est venue se poser en conquérante sur ses larges chapiteaux romans, qui ne devaient porter que de pleins cintres. L'ogive, maîtresse dès lors, a construit le reste de l'église. Cependant, inexpérimentée et timide à son début, elle s'évase, s'élargit, se contient, et n'ose s'élancer encore en flèches et en lancettes, comme elle l'a fait plus tard dans tant de merveilleuses cathédrales. On dirait qu'elle se ressent du voisinage des lourds piliers romans.

D'ailleurs, ces édifices de la transition du roman au gothique ne sont pas moins précieux à étudier que les types purs. Ils expriment une nuance de l'art, qui serait perdu sans eux. C'est la greffe de l'ogive sur le plein cintre.

Notre-Dame de Paris est, en particulier, un curieux échantillon de cette variété. Chaque face, chaque pierre du vénérable monument est une page non-seulement de l'histoire du pays, mais encore de l'histoire de la science et de l'art. Ainsi, pour n'indiquer ici que les détails principaux, tandis que la petite Porte-Rouge atteint presque les limites des délicatesses gothiques du quinzième siècle, les piliers de la nef, par leur volume et leur gravité, reculent jusqu'à l'abbaye carlovingienne de Saint-Germain-des-Prés. On croirait qu'il y a six siècles entre cette porte et ces piliers. Il n'est pas jusqu'aux hermétiques qui ne trouvent dans les symboles du grand portail un abrégé satisfaisant de leur science, dont l'église de Saint-Jacques-de-la-Boucherie était un hiéroglyphe si complet. Ainsi, l'abbaye romane, l'église philosophale, l'art gothique, l'art saxon, le lourd pilier rond, qui rappelle Grégoire VII, le symbolisme hermétique par lequel Nicolas Flamel préludait à Luther, l'unité papale, le schisme, Saint-Germain-des-Prés, Saint-Jacques-de-la-Boucherie, tout est fondu, combiné, amalgamé dans Notre-Dame. Cette église centrale et génératrice est, parmi les vieilles églises de Paris, une sorte de chimère : elle a la tête de l'une, les membres de celle-là, la croupe de l'autre, quelque chose de toutes.

Nous le répétons, ces constructions hybrides ne sont pas les moins intéressantes pour l'artiste, pour l'antiquaire, pour l'historien. Elles font sentir à quel point l'architecture est chose primitive, en ce qu'elles démontrent (ce que démontrent aussi les vestiges cyclopéens, les pyramides d'Egypte, les gigantesques pagodes indoues) que les plus grands produits de l'architecture sont moins des œuvres individuelles que des œuvres sociales; plutôt l'enfantement des peuples en travail que le jet des hommes de génie; le dépôt que laisse une nation; les entassements que font les siècles; le résidu des évaporations successives de la société humaine; en un mot, des espèces de formations. Chaque flot du temps superpose son alluvion; chaque race dépose sa couche sur le monument, chaque individu apporte sa pierre. Ainsi font les castors, ainsi font les abeilles, ainsi font les hommes. Le grand symbole de l'architecture, Babel, est une ruche.

Les grands édifices, comme les grandes montagnes, sont l'ouvrage des siècles. Souvent l'art se transforme qu'ils pendent encore : *pendent opera interrupta*, ils se continuent paisiblement selon l'art transformé. L'art nouveau prend le monument où il le trouve, s'y incruste, se l'assimile, le développe à sa fantaisie, et l'achève s'il peut. La chose s'accomplit sans trouble, sans effort, sans réaction, suivant une loi naturelle et tranquille. C'est une greffe qui survient, une sève qui circule, une végétation qui reprend. Certes, il y a matière à bien gros livres, et souvent histoire universelle de l'humanité, dans ces soudures successives de plusieurs arts à plusieurs hauteurs sur le même monument. L'homme, l'artiste, l'individu, s'effacent sur ces grandes masses sans nom d'auteur; l'intelligence humaine s'y résume et s'y totalise. Le temps est l'architecte, le peuple est le maçon.

A n'envisager ici que l'architecture européenne chrétienne, cette sœur puînée des grandes maçonneries de l'Orient, elle apparaît aux yeux comme une immense formation divisée en trois zones bien tranchées qui se superposent : la zone romane (1), la zone gothique, la zone de la renaissance, que nous appellerions volontiers græco-romaine. La couche romane, qui est la plus ancienne et la plus profonde, est occupée par le plein cintre, qui reparaît, porté par la colonne grecque, dans la couche moderne et supérieure de la renaissance. L'ogive est entre deux. Les édifices qui appartiennent exclusivement à l'une de ces trois couches sont parfaitement distincts, uns et complets. C'est l'abbaye de Jumiéges, c'est la cathédrale de Reims, c'est Sainte-Croix-d'Orléans. Mais les trois zones se mêlent et s'amalgament par les bords, comme les couleurs dans le spectre solaire. De là les monuments complexes, les édifices de nuances et de transition. L'un est roman par les pieds, gothique au milieu, græco-romain par la tête. C'est qu'on a mis six cents ans à le bâtir. Cette variété est rare. Le donjon d'Etampes en est un échantillon. Mais les monuments de deux formations sont plus fréquents. C'est Notre-Dame de Paris, édifice ogival, qui s'enfonce par ses premiers piliers dans cette zone romane où sont plongés le portail de Saint-Denis et la nef de Saint-Germain-des-Prés. C'est la charmante salle capitulaire demi-gothique de Bocherville, à laquelle la couche romane vient jusqu'à mi-corps. C'est la cathédrale de Rouen, qui serait entièrement gothique, si elle ne baignait pas l'extrémité de sa flèche centrale dans la zone de la renaissance (2).

Du reste, toutes ces nuances, toutes ces différences, n'affectent que la surface des édifices. C'est l'art qui a changé de peau. La constitution même de l'église chrétienne n'en est pas attaquée. C'est toujours la même charpente inférieure, la même disposition logique des parties. Quelle que soit l'enveloppe sculptée et brodée d'une cathédrale, on retrouve toujours dessous, au moins à l'état de germe et de rudiment, la basilique romaine. Elle se développe éternellement sur le sol selon la même loi. Ce sont imperturbablement deux nefs qui s'entrecoupent en croix, et dont l'extrémité supérieure, arrondie en apside, forme le chœur; ce sont toujours des bas-côtés, pour les processions intérieures, pour les chapelles, sortes de promenoirs latéraux où la nef principale se dégorge par les entre-colonnements. Cela posé, le nombre des chapelles, des portails, des clochers, des aiguilles, se modifie à l'infini, suivant la fantaisie du siècle, du peuple, de l'art. Le service du culte une fois pourvu et assuré, l'architecture fait ce que bon lui semble. Statues, vitraux, rosaces, arabesques, dentelures, chapiteaux, bas-reliefs, elle combine toutes ces imaginations selon le logarithme qui lui convient. De là, la prodigieuse variété extérieure de ces édifices, au fond desquels réside tant d'ordre et d'unité. Le tronc de l'arbre est immuable; la végétation est capricieuse.

II

PARIS A VOL D'OISEAU.

Nous venons d'essayer de réparer pour le lecteur cette admirable église de Notre-Dame de Paris. Nous avons indiqué sommairement la plupart des beautés qu'elle avait au quinzième siècle et qui lui manquent aujourd'hui; mais nous avons omis la principale, c'est la vue de Paris qu'on découvrait alors du haut de ses tours.

C'était, en effet, quand, après avoir tâtonné longtemps dans la ténébreuse spirale qui perce perpendiculairement l'épaisse muraille des clochers, on débouchait enfin brusquement sur l'une des deux hautes plates-formes inondées

1 C'est la même qui s'appelle aussi, selon les lieux, les climats et les espèces, lombarde, saxonne et bysantine. Ce sont quatre architectures sœurs et parallèles, ayant chacune leur caractère particulier, mais dérivant du même principe, le plein cintre.

Facies non omnibus una,
Non diversa tamen, qualem, etc.

2 Cette partie de la flèche, qui était en charpente, est précisément celle qui a été consumée par le feu du ciel en 1823.

de jour et d'air; c'était un beau tableau que celui qui se déroulait à la fois de toute part sous vos yeux; un spectacle *sui generis*, dont peuvent aisément se faire idée ceux de nos lecteurs qui ont eu le bonheur de voir une ville gothique, entière, complète, homogène, comme il en reste encore quelques-unes : Nuremberg en Bavière, Vittoria en Espagne; ou même de plus petits échantillons, pourvu qu'ils soient bien conservés, Vitré en Bretagne, Nordhausen en Prusse.

Le Paris d'il y a trois cent cinquante ans, le Paris du quinzième siècle, était déjà une ville géante. Nous nous trompons en général, nous autres Parisiens, sur le terrain que nous croyons avoir gagné depuis. Paris, depuis Louis XI, ne s'est pas accru de beaucoup plus d'un tiers. Il a, certes, bien plus perdu en beauté qu'il n'a gagné en grandeur.

Paris est né, comme on sait, dans cette vieille île de la Cité qui a la forme d'un berceau. La grève de cette île fut sa première enceinte, la Seine son premier fossé. Paris demeura plusieurs siècles à l'état d'île, avec deux ponts, l'un au nord, l'autre au midi, et deux têtes de pont, qui étaient à la fois ses portes et ses forteresses : le Grand-Châtelet sur la rive droite, le Petit-Châtelet sur la rive gauche. Puis, dès les rois de la première race, trop à l'étroit dans son île, et, ne pouvant plus s'y retourner, Paris passa l'eau. Alors, au delà du grand, au delà du petit Châtelet, une première enceinte de murailles et de tours commença à entamer la campagne des deux côtés de la Seine. De cette ancienne clôture il restait encore au siècle dernier quelques vestiges; aujourd'hui il n'en reste que le souvenir et çà et là une tradition, la porte Baudets ou Baudoyer, *porta Bagauda*. Peu à peu, le flot des maisons, toujours poussé du cœur de la ville au dehors, déborde, ronge, use et efface cette enceinte. Philippe-Auguste lui fait une nouvelle digue. Il emprisonne Paris dans une chaîne circulaire de grosses tours, hautes et solides. Pendant plus d'un siècle, les maisons se pressent, s'accumulent et haussent leur niveau dans ce bassin, comme l'eau dans un réservoir. Elles commencent à devenir profondes, elles mettent étages sur étages, elles montent les unes sur les autres, elles jaillissent en hauteur comme toute sève comprimée, et c'est à qui passera la tête par-dessus ses voisines pour avoir un peu d'air. La rue de plus en plus se creuse et se rétrécit, toute place se comble et disparaît. Les maisons enfin sautent par-dessus le mur de Philippe-Auguste, et s'éparpillent joyeusement dans la plaine, sans ordre et tout de travers, comme des échappées. Là, elles se carrent, se taillent des jardins dans les champs, prennent leurs aises. Dès 1367 la ville se répand tellement dans le faubourg, qu'il faut une nouvelle clôture, surtout sur la rive droite : Charles V la bâtit. Mais une ville comme Paris est dans une crue perpétuelle. Il n'y a que ces villes-là qui deviennent capitales. Ce sont des entonnoirs où viennent aboutir tous les versants géographiques, politiques, moraux, intellectuels d'un pays, toutes les pentes naturelles d'un peuple; des puits de civilisation, pour ainsi dire, et aussi des égouts, où commerce, industrie, intelligence, population, tout ce qui est sève, tout ce qui est vie, tout ce qui est âme dans une nation, filtre et s'amasse sans cesse, goutte à goutte, siècle à siècle. L'enceinte de Charles V a donc le sort de l'enceinte de Philippe-Auguste. Dès la fin du quinzième siècle, elle est enjambée, dépassée, et le faubourg court plus loin. Au seizième, il semble qu'elle recule à vue d'œil et s'enfonce de plus en plus dans la vieille ville, tant une ville neuve s'épaissit déjà au dehors. Ainsi, dès le quinzième siècle, pour nous arrêter là, Paris avait déjà usé les trois cercles concentriques de murailles qui, du temps de Julien l'Apostat, étaient, pour ainsi dire, en germe dans le Grand-Châtelet et le Petit-Châtelet. La puissante ville avait fait craquer successivement ses quatre ceintures de murs comme un enfant qui grandit, et qui crève ses vêtements de l'an passé. Sous Louis XI on voyait, par places, percer, dans cette mer de maisons, quelques groupes de tours en ruine des anciennes enceintes, comme les pitons des collines dans une inondation, comme des archipels du vieux Paris submergé sous le nouveau.

Depuis lors, Paris s'est encore transformé, malheureusement pour nos yeux; mais il n'a franchi qu'une enceinte de plus, celle de Louis XV, ce misérable mur de boue et de crachat, digne du roi qui l'a bâti, digne du poëte qui l'a chanté :

Le mur murant Paris rend Paris murmurant.

Au quinzième siècle, Paris était encore divisé en trois villes tout à fait distinctes et séparées, ayant chacune leur physionomie, leur spécialité, leurs mœurs, leurs coutumes, leurs priviléges, leur histoire : la Cité, l'Université, la Ville. La Cité, qui occupait l'île, était la plus ancienne, la moindre et la mère des deux autres, resserrée entre elles (qu'on nous passe la comparaison) comme une petite vieille entre deux grandes belles filles. L'Université couvrait la rive gauche de la Seine, depuis la Tournelle jusqu'à la tour de Nesle, points qui correspondent, dans le Paris d'aujourd'hui, l'un à la Halle-aux-Vins, l'autre à la Monnaie. Son enceinte échancrait assez largement cette campagne où Julien avait bâti ses thermes. La montagne de Sainte-Geneviève y était renfermée. Le point culminant de cette courbe de murailles était la porte Papale, c'est-à-dire à peu près l'emplacement actuel du Panthéon. La Ville, qui était le plus grand des trois morceaux de Paris, avait la rive droite. Son quai, rompu toutefois ou interrompu en plusieurs endroits, courait le long de la Seine, de la tour de Billy à la tour du Bois, c'est-à-dire de l'endroit où est aujourd'hui le Grenier-d'Abondance à l'endroit où sont aujourd'hui les Tuileries. Ces quatre points, où la Seine coupait l'enceinte de la capitale, la Tournelle et la Tour de Nesle à gauche, la tour de Billy et la tour du Bois à droite, s'appelaient par excellence les *quatre tours de Paris*. La Ville entrait dans les terres plus profondément encore que l'Université. Le point culminant de la clôture de la Ville (celle de Charles V) était aux portes Saint-Denis et Saint-Martin, dont l'emplacement n'a pas changé.

Comme nous venons de le dire, chacune de ces trois grandes divisions de Paris était une ville, mais une ville trop spéciale pour être complète, une ville qui ne pouvait se passer des deux autres. Aussi trois aspects parfaitement à part. Dans la Cité abondaient les églises, dans la Ville les palais, dans l'Université les colléges. Pour négliger ici les originalités secondaires du vieux Paris et les caprices du droit de voirie, nous dirons d'un point de vue général; en ne prenant que les ensembles et les masses dans le chaos des juridictions communales, que l'île était à l'évêque, la rive droite au prévôt des marchands, la rive gauche au recteur. Le prévôt de Paris, officier royal et non municipal, sur le tout. La Cité avait Notre-Dame; la Ville, le Louvre et l'Hôtel-de-Ville; l'Université, la Sorbonne. La Ville avait les Halles; la Cité, l'Hôtel-Dieu; l'Université, le Pré-aux-Clercs. Le délit que les écoliers commettaient sur la rive gauche, dans leur Pré-aux-Clercs, on le jugeait dans l'île, au Palais de Justice, et on le punissait sur la rive droite, à Montfaucon; à moins que le recteur, sentant l'Université forte et le roi faible, n'intervînt; car c'était un privilége des écoliers d'être pendus chez eux.

(La plupart de ces priviléges, pour le noter en passant, et il y en avait de meilleurs que celui-ci, avaient été extorqués aux rois par révoltes et mutineries. C'est la marche immémoriale : le roi ne lâche que quand le peuple arrache. Il y a une vieille charte qui dit la chose naïvement, à propos de fidélité : — *Civibus fidelitas in reges, quæ tamen aliquoties seditionibus interrupta, multa peperit privilegia.*)

Au quinzième siècle, la Seine baignait cinq îles dans l'enceinte de Paris : l'île Louvier, où il y avait alors des arbres et où il n'y a plus que du bois; l'île aux Vaches et l'île Notre-Dame, toutes deux désertes, à une masure près, toutes deux fiefs de l'évêque (au dix-septième siècle, de ces deux îles on en a fait une, qu'on a bâtie, et que nous appelons l'île Saint-Louis); enfin la Cité, et à sa pointe l'îlot du Passeur-aux-Vaches, qui s'est abîmé depuis sous le terre-plein du Pont-Neuf. La Cité alors avait cinq ponts : trois à droite, le pont Notre-Dame et le Pont-au-Change, en pierre, le Pont-aux-Meuniers, en bois; deux à gauche, le Petit-Pont, en pierre, le pont Saint-Michel, en bois, tous chargés de maisons. L'Université avait six portes, bâties par Philippe-Auguste; c'était, à partir de la Tournelle, la porte Saint-Victor, la porte Bordelle, la porte Papale, la porte Saint-Jacques, la porte Saint-Michel, la porte Saint-Germain. La Ville avait six portes, bâties par Charles V; c'était, à partir de la tour de Billy, la porte Saint-Antoine, la porte du Temple, la porte Saint-Martin, la porte Saint-Denis, la porte Montmartre, la porte Saint-Honoré. Toutes ces portes étaient fortes, et belles aussi, ce qui ne gâte pas la force. Un fossé large, profond, à courant vif dans les crues d'hiver, lavait le pied des murailles tout autour de Paris; la Seine fournissait l'eau. La nuit on fermait les portes, on barrait la rivière aux deux bouts de la ville avec de grosses chaînes de fer, et Paris dormait tranquille.

Vus à vol d'oiseau, ces trois bourgs, la Cité, l'Université, la Ville, présentaient chacun à l'œil un tricot inextricable de rues bizarrement brouillées. Cependant, au premier aspect, on reconnaissait que ces trois fragments de cité formaient un seul corps. On voyait tout de suite deux longues rues parallèles, sans rupture, sans perturbation, presque en ligne droite, qui traversaient à la fois les trois villes d'un bout à l'autre, du midi au nord, perpendiculairement à la Seine, les liaient, les mêlaient, infusaient, versaient, transvasaient sans relâche le peuple de l'une dans les murs de l'autre, et des trois n'en faisaient qu'une. La première de ces deux rues allait de la porte Saint-Jacques à la porte Saint-Martin; elle s'appelait rue Saint-Jacques dans l'Université, rue de la Juiverie dans la Cité, rue Saint-Martin dans la Ville; elle passait l'eau deux fois sous le nom de Petit Pont et de pont Notre-Dame. La seconde, qui s'appelait rue de la Harpe sur la rive gauche, rue de la Barillerie dans l'île, rue Saint-Denis sur la rive droite, pont Saint-Michel sur un bras de la Seine, Pont-au-Change sur l'autre, allait de la porte Saint-Michel dans l'Université à la porte Saint-Denis dans la Ville. Du reste, sous tant de noms divers, ce n'étaient toujours que deux rues, mais les deux rues mères, les deux rues génératrices, les deux artères de Paris. Toutes les autres veines de la triple ville venaient y puiser ou s'y dégorger.

Indépendamment de ces deux rues principales, diamétrales, perçant Paris de part en part dans sa largeur, communes à la capitale entière, la Ville et l'Université avaient chacune leur grande rue particulière, qui courait dans le sens de leur longueur, parallèlement à la Seine, et en passant coupait à angle droit les deux rues *artérielles*. Ainsi, dans la Ville, on descendait en droite ligne de la porte Saint-Antoine à la porte Saint-Honoré; dans l'Université, de la porte Saint-Victor à la porte Saint-Germain. Ces deux grandes voies, croisées avec les deux premières, formaient le canevas sur lequel reposait, noué et serré en tout sens, le réseau dédaléen des rues de Paris. Dans le dessin inintelligible de ce réseau on distinguait en outre, en examinant avec attention, comme deux gerbes élargies l'une dans l'Université, l'autre dans la Ville, deux trousseaux de grosses rues qui allaient s'épanouissant des ponts aux portes.

Quelque chose de ce plan géométral subsiste encore aujourd'hui.

Maintenant sous quel aspect cet ensemble se présentait-il vu du haut des tours de Notre-Dame, en 1482? C'est ce que nous allons tâcher de dire.

Pour le spectateur qui arrivait essoufflé sur ce faîte, c'était d'abord un éblouissement de toits, de cheminées, de rues, de ponts, de places, de flèches, de clochers. Tout vous prenait aux yeux à la fois, le pignon taillé, la toiture aiguë, la tourelle suspendue aux angles des murs, la pyramide de pierre du onzième siècle, l'obélisque d'ardoise du quinzième, la tour ronde et nue du donjon, la tour carrée et brodée de l'église, le grand, le petit, le massif, l'aérien. Le regard se perdait longtemps à toute profondeur dans ce labyrinthe, où il n'y avait rien qui n'eût son originalité, sa raison, son génie, sa beauté, rien qui ne vînt de l'art, depuis la moindre maison à devanture peinte et sculptée, à charpente extérieure, à porte surbaissée, à étages en surplomb, jusqu'au royal Louvre, qui avait alors une colonnade de tours. Mais voici les principales masses qu'on distinguait lorsque l'œil commençait à se faire à ce tumulte d'édifices.

D'abord la Cité. L'île de la Cité, comme dit Sauval, qui, à travers son fatras, a quelquefois de ces bonnes fortunes de style, l'*île de la Cité est faite comme un grand navire enfoncé dans la vase et échoué au fil de l'eau vers le milieu de la Seine*. Nous venons d'expliquer qu'au quinzième siècle ce navire était amarré aux deux rives du fleuve par cinq ponts. Cette forme de vaisseau avait aussi frappé les scribes héraldiques, car c'est de là, et non du siége des Normands, que vient, selon Favyn et Pasquier, le navire qui blasonne le vieil écusson de Paris. Pour qui sait le déchiffrer, le blason est une algèbre, le blason est une langue. L'histoire entière de la seconde moitié du moyen âge est écrite dans le blason, comme l'histoire de la première moitié dans le symbolisme des églises romanes. Ce sont les hiéroglyphes de la féodalité après ceux de la théocratie.

La Cité donc s'offrait d'abord aux yeux avec sa poupe au levant et sa proue au couchant. Tourné vers la proue, on avait devant soi un innombrable troupeau de vieux toits, sur lesquels s'arrondissait largement le chevet plombé de la Sainte-Chapelle, pareil à une croupe d'éléphant chargée de sa tour. Seulement ici cette tour était la flèche la plus hardie, la plus ouvrée, la plus menuisée, la plus déchiquetée, qui ait jamais laissé voir le ciel à travers son cône de dentelle. Devant Notre-Dame, au plus près, trois rues se dégorgeaient dans le parvis, belle place à vieilles maisons. Sur le côté sud de cette place se penchait la façade ridée et rechignée de l'Hôtel-Dieu, et son toit qui semble couvert de pustules et de verrues. Puis, à droite, à gauche, à l'orient, à l'occident, dans cette enceinte si étroite pourtant de la Cité, se dressaient les clochers de ses vingt-une églises de toute date, de toute forme, de toute grandeur, depuis la basse et vermoulue campanule romane de Saint-Denis-du-Pas (*carcer Glaucini*) jusqu'aux fines aiguilles de Saint-Pierre-aux-Bœufs et de Saint-Landry. Derrière Notre-Dame se déroulaient, au nord, le cloître avec ses galeries gothiques; au sud, le palais demi-roman de l'évêque; au levant, la pointe déserte du Terrain. Dans cet entassement de maisons, l'œil distinguait encore, à ces hautes mitres de pierre percées à jour qui couronnaient alors sur le toit même les fenêtres les plus élevées des palais, l'hôtel donné par la ville, sous Charles VI, à Juvénal des Ursins; un peu plus loin, les baraques goudronnées du marché Palus; ailleurs encore, l'apside neuve de Saint-Germain-le-Vieux, rallongée en 1458 avec un bout de la rue aux Febves; et puis, par places, un carrefour encombré de peuple; un pilori dressé à un coin de rue; un beau morceau du pavé de Philippe-Auguste, magnifique dallage rayé pour les pieds des chevaux au milieu de la voie, et si mal remplacé au seizième siècle par le misérable cailloutage dit *pavé de la ligue;* une arrière-cour déserte avec une de ces diaphanes tourelles de l'escalier comme on en faisait au quinzième siècle, comme on en voit encore une rue des Bourdonnais. Enfin, à droite de la Sainte-Chapelle, vers le couchant, le Palais de Justice asseyait au bord de l'eau son groupe de tours. Les futaies des jardins du roi qui couvraient la pointe occidentale de la Cité masquaient l'îlot du Passeur. Quant à l'eau, du haut des tours Notre-Dame, on ne la voyait guère des deux côtés de la Cité : la Seine disparaissait sous les ponts, les ponts sous les maisons.

Et, quand le regard passait ces ponts, dont les toits verdissaient à l'œil, moisis avant l'âge par les vapeurs de l'eau, s'il se dirigeait à gauche vers l'Université, le premier édifice qui le frappait, c'était une grosse et basse gerbe de tours, le Petit-Châtelet, dont le porche béant dévorait le bout du Petit-Pont; puis, si votre vue parcourait la rive du levant au couchant, de la Tournelle à la Tour de Nesle, c'était un long cordon de maisons à solives sculptées, à vitres de couleur, surplombant d'étage en étage sur le pavé, un interminable zigzag de pignons bourgeois, coupé fréquemment par la bouche d'une rue, et de temps en temps aussi par la face ou par le coude d'un grand hôtel de pierre, se carrant à son aise, cours et jardins, ailes et corps de logis, parmi cette populace de maisons serrées et étriquées, comme un grand seigneur dans un tas de manants. Il y avait cinq ou six de ces hôtels sur le quai, depuis le logis de Lorraine, qui partageait avec les Bernardins le grand enclos voisin de la Tournelle, jusqu'à l'hôtel de Nesle, dont la tour principale bornait Paris, et dont les toits pointus étaient en possession pendant trois mois de l'année d'échancrer de leurs triangles noirs le disque écarlate du soleil couchant.

Ce côté de la Seine, du reste, était le moins marchand des deux; les écoliers y faisaient plus de bruit et de foule que les artisans, et il n'y avait, à proprement parler, de quai que du pont Saint-Michel à la tour de Nesle. Le reste du bord de la Seine était tantôt une grève nue, comme au delà des Bernardins, tantôt un entassement de maisons qui avaient le pied dans l'eau, comme entre les deux ponts.

Il y avait grand vacarme de blanchisseuses; elles criaient, parlaient, chantaient du matin au soir le long du bord, et y battaient fort le linge, comme de nos jours. Ce n'est pas la moindre gaieté de Paris.

L'Université faisait un bloc à l'œil. D'un bout à l'autre c'était un tout homogène et compacte. Ces mille toits, drus, anguleux, adhérents, composés presque tous du même élément géométrique, offraient, vus de haut, l'aspect d'une cristallisation de la même substance. Le capricieux ravin des rues ne coupait pas ce pâté de maison en tranches trop disproportionnées. Les quarante-deux colléges y étaient disséminés d'une manière assez égale, et il y en avait partout. Les faîtes variés et amusants de ces beaux édifices étaient le produit du même art que les simples toits qu'ils dépassaient, et n'étaient en définitive qu'une multiplication au carré ou au cube de la même figure géométrique. Ils compliquaient donc l'ensemble sans le troubler, le complétaient sans le charger. La géométrie est une harmonie. Quelques beaux hôtels faisaient aussi çà et là de magnifiques saillies sur les greniers pittoresques de la rive gauche; le logis de Nevers, le logis de Rome, le logis de Reims, qui ont disparu; l'hôtel de Cluny, qui subsiste encore pour la consolation de l'artiste, et dont on a si bêtement découronné la tour il y a quelques années. Près de Cluny, ce palais romain, à belles arches cintrées, c'étaient les Thermes de Julien. Il y avait aussi force abbayes d'une beauté plus dévote, d'une grandeur plus grave que les hôtels, mais non moins belles, non moins grandes. Celles qui éveillaient d'abord l'œil, c'étaient les Bernardins avec leurs trois clochers; Sainte-Geneviève, dont la tour carrée, qui existe encore, fait tant regretter le reste; la Sorbonne, moitié collége, moitié monastère, dont il survit une si admirable nef; le beau cloître quadrilatéral des Mathurins; son voisin le cloître de Saint-Benoît, dans les murs duquel on a eu le temps de bâcler un théâtre entre la septième et la huitième édition de ce livre; les Cordeliers avec leurs trois énormes pignons juxtaposés; les Augustins, dont la gracieuse aiguille faisait, après la tour de Nesle, la deuxième dentelure de ce côté de Paris, à partir de l'occident. Les colléges, qui sont en effet l'anneau intermédiaire du cloître au monde, tenaient le milieu dans la série monumentale entre les hôtels et les abbayes avec une sévérité pleine d'élégance, une sculpture moins évaporée que les palais, une architecture moins sérieuse que les couvents. Il ne reste malheureusement presque rien de ces monuments où l'art gothique entrecoupait avec tant de précision la richesse et l'économie. Les églises (et elles étaient nombreuses et splendides dans l'Université; et elles s'échelonnaient là aussi dans tous les âges de l'architecture, depuis les pleins-cintres de Saint-Julien jusqu'aux ogives de Saint-Severin), les églises dominaient le tout; et, comme une harmonie de plus dans cette masse d'harmonies, elles perçaient à chaque instant la découpure multiple des pignons de flèches tailladées, de clochers à jour, d'aiguilles déliées dont la ligne n'était aussi qu'une magnifique exagération de l'angle aigu des toits.

Le sol de l'Université était montueux. La montagne Sainte-Geneviève y faisait au sud-est une ampoule énorme; et c'était une chose à voir du haut de Notre-Dame que cette foule de rues étroites et tortues (aujourd'hui le *pays latin*), ces grappes de maisons qui, répandues en tout sens du sommet de cette éminence, se précipitaient en désordre et presque à pic sur ses flancs jusqu'au bord de l'eau, ayant l'air, les unes de tomber, les autres de regrimper, toutes de se retenir les unes aux autres. Un flux continuel de mille points noirs qui s'entrecroisaient sur le pavé faisait tout remuer aux yeux : c'était le peuple vu ainsi de haut et de loin.

Enfin, dans les intervalles de ces toits, de ces flèches, de ces accidents d'édifices sans nombre qui pliaient, tordaient et dentelaient d'une manière si bizarre la ligne extrême de l'Université, on entrevoyait, d'espace en espace, un gros pan de mur moussu, une épaisse tour ronde, une porte de ville crénelée, figurant la forteresse : c'était la clôture de Philippe-Auguste. Au delà verdoyaient les prés, au delà s'enfuyaient les routes, le long desquelles traînaient encore quelques maisons de faubourg, d'autant plus rares qu'elles s'éloignaient plus. Quelques-uns de ces faubourgs avaient de l'importance; c'était d'abord, à partir de la Tournelle, le bourg Saint-Victor, avec son pont d'une arche sur la Bièvre, son abbaye où on lisait l'épitaphe de Louis-le-Gros, *epitaphium Ludovici Grossi*, et son église à flèche octogone flanquée de quatre clochetons du onzième siècle (on en peut voir une pareille à Étampes; elle n'est pas encore abattue); puis le bourg Saint-Marceau, qui avait déjà trois églises et un couvent; puis, en laissant à gauche le moulin des Gobelins et ses quatre murs blancs, c'était le faubourg Saint-Jacques avec la belle croix sculptée de son carrefour; l'église de Saint-Jacques-du-Haut-Pas, qui était alors gothique, pointue et charmante; Saint-Magloire, belle nef du quatorzième siècle, dont Napoléon fit un grenier à foin; Notre-Dame-des-Champs, où il y avait des mosaïques byzantines. Enfin, après avoir laissé en plein champ le monastère des Chartreux, riche édifice contemporain du Palais-de-Justice, avec ses petits jardins à compartiments et les ruines mal hantées de Vauvert, l'œil tombait, à l'occident, sur les trois aiguilles romanes de Saint-Germain des-Prés. Le bourg Saint-Germain, déjà une grosse commune, faisait quinze ou vingt rues derrière; le clocher aigu de Saint-Sulpice marquait un des coins du bourg. Tout à côté on distinguait l'enceinte quadrilatérale de la foire Saint-Germain, où est aujourd'hui le marché; puis le pilori de l'abbé, jolie petite tour ronde, bien coiffée d'un cône de plomb; la tuilerie était plus loin, et la rue du Four, qui menait au four banal, et le moulin sur sa butte, et la maladrerie, maisonnette isolée et mal vue. Mais ce qui attirait surtout le regard, et le fixait longtemps sur ce point, c'était l'Abbaye elle-même. Il est certain que ce monastère, qui avait une grande mine et comme église et comme seigneurie, ce palais abbatial, où les évêques de Paris s'estimaient heureux de coucher une nuit, ce réfectoire, auquel l'architecte avait donné l'air, la beauté et la splendide rosace d'une cathédrale; cette élégante chapelle de la Vierge, ce dortoir monumental, ces vastes jardins, cette herse, ce pont-levis, cette enveloppe de créneaux, qui entaillait aux yeux la verdure des prés d'alentour, ces cours où reluisaient des hommes d'armes mêlés à des chapes d'or, le tout groupé et rallié autour des trois hautes flèches à pleins-cintres, bien assises sur une apside gothique, faisaient une magnifique figure à l'horizon.

Quand enfin, après avoir longtemps considéré l'Université, vous vous tourniez vers la rive droite, vers la Ville, le spectacle changeait brusquement de caractère. La Ville, en effet, beaucoup plus grande que l'Université, était aussi moins une. Au premier aspect, on la voyait se diviser en plusieurs masses singulièrement distinctes. D'abord, au levant, dans cette partie de la ville qui reçoit encore aujourd'hui son nom du marais où Camulogène embourba César, c'était un entassement de palais. Le pâté venait jusqu'au bord de l'eau. Quatre hôtels presque adhérents, Jouy, Sens, Barbeau, le logis de la reine, miraient dans la Seine leurs combles d'ardoises coupés de sveltes tourelles. Ces quatre édifices emplissaient l'espace de la rue des Nonaindières à l'abbaye des Célestins, dont l'aiguille relevait gracieusement leur ligne de pignons et de créneaux. Quelques masures verdâtres, penchées sur l'eau devant ces somptueux hôtels, n'empêchaient pas de voir les beaux angles de leurs façades, leurs larges fenêtres carrées à croisées de pierres, leurs porches-ogives surchargés de statues, les vives arêtes de leurs murs toujours nettement coupés, et tous ces charmants hasards d'architecture qui font que l'art gothique a l'air de recommencer ses combinaisons à chaque monument. Derrière ces palais courait dans toutes les directions, tantôt refendue, palissadée et crénelée comme une citadelle, tantôt voilée de grands arbres comme une

Hôtel Saint-Pol.

chartreuse, l'enceinte immense et multiforme de ce miraculeux hôtel de Saint-Pol, où le roi de France avait de quoi loger superbement vingt deux princes de la qualité du dauphin et du duc de Bourgogne, avec leurs domestiques et leurs suites, sans compter les grands seigneurs et l'empereur quand il venait voir Paris, et les lions, qui avaient leur hôtel à part dans l'hôtel royal. Disons ici qu'un appartement de prince ne se composait pas alors de moins de onze salles, depuis la chambre de parade jusqu'au priez-Dieu, sans parler des galeries, des bains, des étuves et autres « lieux superflus » dont chaque appartement était pourvu; sans parler des jardins particuliers de chaque hôte du roi; sans parler des cuisines, des celliers, des offices, des réfectoires généraux de la maison, des basse-cours, où il y avait vingt-deux laboratoires généraux, depuis la fourille jusqu'à l'échansonnerie; des jeux de mille sortes, le mail, la paume, la bague; des volières, des poissonneries, des ménageries, des écuries, des étables, des bibliothèques, des arsenaux et des fonderies. Voilà ce que c'était alors qu'un palais de roi, un Louvre, un hôtel Saint-Pol. Une cité dans la cité.

De la tour où nous nous sommes placés, l'hôtel Saint-Pol, presque à demi caché par les quatre grands logis dont nous venons de parler, était encore fort considérable et fort merveilleux à voir. On y distinguait très-bien, quoique habilement soudés au bâtiment principal par de longues galeries à vitraux et à colonnettes, les trois hôtels que Charles V avait amalgamés à son palais : l'hôtel du Petit-Muce, avec la balustrade en dentelle qui ourlait gracieusement son toit; l'hôtel de l'abbé de Saint-Maur, ayant le relief d'un château fort, une grosse tour, des machicoulis, des meurtrières, des moineaux de fer, et sur la large porte saxonne l'écusson de l'abbé entre les deux entailles du pont-levis; l'hôtel du comte d'Etampes, dont le donjon, ruiné à son sommet, s'arrondissait aux yeux, ébréché comme une crête de coq; çà et là, trois ou quatre vieux chênes faisant touffe ensemble comme d'énormes choux-fleurs; des ébats de cygnes dans les claires eaux des viviers, toutes plissées d'ombre et de lumière; force cours dont on voyait des bouts pittoresques; l'hôtel des Lions avec ses ogives basses sur de courts piliers saxons, ses herses de fer et son rugissement perpétuel; tout à travers cet ensemble la flèche écaillée de l'Ave-Maria; à gauche, le logis du prévôt de Paris, flanqué de quatre tourelles finement évidées; au mi-

Claude Frollo.

lieu, au fond, l'hôtel Saint-Pol, proprement dit, avec ses façades multipliées, ses enrichissements successifs depuis Charles V, les excroissances hybrides dont la fantaisie des architectes l'avait chargé depuis deux siècles, avec toutes les apsides de ses chapelles, tous les pignons de ses galeries, mille girouettes aux quatre vents, et ses deux hautes tours contiguës, dont le toit conique, entouré de créneaux à sa base, avait l'air de ces chapeaux pointus dont le bord est relevé.

En continuant de monter les étages de cet amphithéâtre de palais développé au loin sur le sol, après avoir franchi un ravin profond creusé dans les toits de la Ville, lequel marquait le passage de la rue Saint-Antoine, l'œil arrivait au logis d'Angoulême, vaste construction de plusieurs époques où il y avait des parties toutes neuves et très-blanches, qui ne se fondaient guère mieux dans l'ensemble qu'une pièce rouge à un pourpoint bleu. Cependant, le toit singulièrement aigu et élevé du palais moderne, hérissé de gouttières ciselées, couvert de lames de plomb où se roulaient en mille arabesques fantasques d'étincelantes incrustations de cuivre doré, ce toit si curieusement damasquiné s'élançait avec grâce du milieu des brunes ruines de l'ancien édifice, dont les vieilles grosses tours, bombées par l'âge comme des futailles, s'affaissant sur elles-mêmes de vétusté et se déchirant du haut en bas, ressemblaient à de gros ventres déboutonnés. Derrière, s'élevait la forêt d'aiguilles du palais des Tournelles. Pas de coup d'œil au monde, ni à Chambord, ni à l'Alhambra, plus magique, plus aérien, plus prestigieux que cette futaie de flèches, de clochetons, de cheminées, de girouettes, de spirales, de vis, de lanternes trouées par le jour, qui semblaient frappées à l'emporte-pièce, de pavillons, de tourelles en fuseaux, ou, comme on disait alors, de tournelles, toutes diverses de formes, de hauteur et d'attitude. On eût dit un gigantesque échiquier de pierre.

A droite des Tournelles, cette botte d'énormes tours, d'un noir d'encre, entrant les unes dans les autres, et ficelées pour ainsi dire par un fossé circulaire; ce donjon beaucoup plus percé de meurtrières que de fenêtres, ce pont-levis toujours dressé, cette herse toujours tombée, c'est la Bastille.

Ces espèces de becs noirs qui sortent d'entre les créneaux, et que vous prenez de loin pour des gouttières, ce sont des canons.

Sous leur boulet, au pied du formidable édifice, voici la porte Saint-Antoine enfouie entre ses deux tours.

Au delà des Tournelles, jusqu'à la muraille de Charles V, se déroulait, avec de riches compartiments de verdure et de fleurs, un tapis velouté de cultures et de parcs royaux, au milieu desquels on reconnaissait, à son labyrinthe d'arbres et d'allées, le fameux jardin Dédalus que Louis XI avait donné à Coictier. L'observatoire du docteur s'élevait au-dessus du dédale comme une grosse colonne isolée ayant une maisonnette pour chapiteau. Il s'est fait dans cette officine de terribles astrologies.

Là est aujourd'hui la place Royale.

Comme nous venons de le dire, le quartier de palais, dont nous avons tâché de donner quelque idée au lecteur, en n'indiquant néanmoins que les sommités, emplissait l'angle que l'enceinte de Charles V faisait avec la Seine à l'orient. Le centre de la ville était occupé par un monceau de maisons à peuple. C'était là en effet que se dégorgeaient les trois ponts de la Cité sur la rive droite, et les ponts font des maisons avant des palais. Cet amas d'habitations bourgeoises pressées comme les alvéoles dans la ruche, avait sa beauté. Il en est des toits d'une capitale comme des vagues d'une mer, cela est grand. D'abord les rues, croisées et brouillées, faisaient dans le bloc cent figures amusantes; autour des halles c'était comme une étoile à mille rais. Les rues Saint-Denis et Saint-Martin, avec leurs innombrables ramifications, montaient l'une auprès de l'autre comme deux gros arbres qui mêlent leurs branches; et puis, des lignes tortues, les rues de la Plâtrerie, de la Verrerie, de la Tixeranderie, etc., serpentaient sur le tout. Il y avait aussi de beaux édifices qui perçaient l'ondulation pétrifiée de cette mer de pignons. C'était, à la tête du Pont-aux-Changeurs, derrière lequel on voyait mousser la Seine sous les roues du Pont-aux-Meuniers, c'était le Châtelet, non plus tour romaine comme sous Julien-l'Apostat, mais tour féodale du treizième siècle, et d'une pierre si dure, que le pic en trois heures n'enlevait pas l'épaisseur du poing; c'était le riche clocher carré de Saint-Jacques-de-la-Boucherie, avec ses angles tout émoussés de sculptures, déjà admirable quoiqu'il ne fût pas achevé au quinzième siècle. (Il lui manquait en particulier ces quatre monstres qui, aujourd'hui encore, perchés aux encoignures de son toit, ont l'air de quatre sphinx qui donnent à deviner au nouveau Paris l'énigme de l'ancien. Rault, le sculpteur, ne les posa qu'en 1526, et il eut vingt francs pour sa peine.) C'était la Maison-aux-Piliers, ouverte sur cette place de Grève dont nous avons donné quelque idée au lecteur; c'était Saint-Gervais, qu'un portail *de bon goût* a gâté depuis; Saint-Méry, dont les vieilles ogives étaient presque encore des pleins-cintres; Saint-Jean, dont la magnifique aiguille était proverbiale; c'étaient vingt autres monuments qui ne dédaignaient pas d'enfouir leurs merveilles dans ce chaos de rues noires, étroites et profondes. Ajoutez les croix de pierre sculptées, plus prodiguées encore dans les carrefours que les gibets; le cimetière des Innocents, dont on apercevait au loin, par-dessus les toits, l'enceinte architecturale; le pilori des Halles, dont on voyait le faîte entre deux cheminées de la rue de la Cossonnerie; l'échelle de la Croix-du-Trahoir dans son carrefour toujours noir de peuple; les masures circulaires de la Halle-au-Blé; les tronçons de l'ancienne clôture de Philippe-Auguste, qu'on distinguait çà et là, noyés dans les maisons; tours rongées de lierre, portes ruinées, pans de murs croulants et déformés; le quai avec ses mille boutiques et ses écorcheries saignantes; la Seine chargée de bateaux, du Port-au-Foin au For-l'Evêque, et vous aurez une image confuse de ce qu'était en 1482 le trapèze central de la Ville.

Avec ces deux quartiers, l'un d'hôtels, l'autre de maisons, le troisième élément de l'aspect qu'offrait la Ville, c'était une longue zone d'abbayes qui la bordait dans presque tout son pourtour, du levant au couchant, et, en arrière de l'enceinte de fortifications qui fermait Paris, lui faisait une seconde enceinte intérieure de couvents et de chapelles. Ainsi, immédiatement à côté du parc des Tournelles, entre la rue Saint-Antoine et la vieille rue du Temple, il y avait Sainte-Catherine avec son immense culture, qui n'était bornée que par la muraille de Paris. Entre la vieille et la nouvelle rue du Temple, il y avait le Temple, sinistre faisceau de tours, haut, debout et isolé au milieu d'un vaste enclos crénelé. Entre la rue Neuve-du-Temple et la rue Saint-Martin, c'était l'abbaye de Saint-Martin, au milieu de ses jardins, superbe église fortifiée, dont la ceinture de tours, dont la tiare de clochers, ne le cédaient en force et en splendeur qu'à Saint-Germain-des-Prés. Entre les deux rues Saint-Martin et Saint-Denis, se développait l'enclos de la Trinité. Enfin, entre la rue Saint-Denis et la rue Montorgueil, les Filles-Dieu. A côté, on distinguait les toits pourris et l'enceinte dépavée de la Cour des Miracles. C'était le seul anneau profane qui se mêlât à cette dévote chaîne de couvents.

Enfin, le quatrième compartiment qui se dessinait de lui-même dans l'agglomération des toits de la rive droite, ce qui occupait l'angle occidental de la clôture et le bord de l'eau en aval, c'était un nouveau nœud de palais et d'hôtels serrés au pied du Louvre. Le Vieux-Louvre de Philippe-Auguste, cet édifice démesuré dont la grosse tour ralliait vingt-trois maîtresses tours autour d'elle, sans compter les tourelles, semblait de loin enchâssé dans les combles gothiques de l'hôtel d'Alençon et du Petit-Bourbon. Cette hydre de tours, gardienne géante de Paris, avec ses vingt-quatre têtes toujours dressées, avec ses croupes monstrueuses, plombées ou écaillées d'ardoises, et toutes ruisselantes de reflets métalliques, terminait d'une manière surprenante la configuration de la Ville au couchant.

Ainsi, un immense pâté, ce que les Romains appelaient *insula*, de maisons bourgeoises, flanqué à droite et à gauche de deux blocs de palais, couronnés, l'un par le Louvre, l'autre par les Tournelles, bordé au nord d'une longue ceinture d'abbayes et d'enclos cultivés, le tout amalgamé et fondu au regard; sur ces mille édifices dont les toits de tuiles et d'ardoises découpaient les uns sur les autres tant de chaînes bizarres, les clochers tatoués, gaufrés et guillochés des quarante-quatre églises de la rive droite; des myriades de rues au travers; pour limite, d'un côté, une clôture de hautes murailles à tours carrées (celle de l'Université était à tours rondes); de l'autre, la Seine coupée de ponts et charriant force bateaux; voilà la Ville au quinzième siècle.

Au delà des murailles, quelques faubourgs se pressaient aux portes, mais moins nombreux et plus épars que ceux de l'Université. C'étaient, derrière la Bastille, vingt masures pelotonnées autour des curieuses sculptures de la Croix-Faubin et des arcs-boutants de l'abbaye Saint-Antoine-des-Champs; puis Popincourt, perdu dans les blés; puis la Courtille, joyeux village de cabarets; le bourg Saint-Laurent avec son église dont le clocher, de loin, semblait s'ajouter aux tours pointues de la porte Saint-Martin; le faubourg Saint-Denis avec le vaste enclos de Saint-Ladre; hors de la porte Montmartre, la Grange-Batelière, ceinte de murailles blanches; derrière elle, avec ses pentes de craie, Montmartre, qui avait alors presque autant d'églises que de moulins, et qui n'a gardé que les moulins, car la société ne demande plus maintenant que le pain du corps. Enfin, au delà du Louvre on voyait s'allonger dans les prés le faubourg Saint-Honoré, déjà fort considérable alors, et verdoyer la Petite-Bretagne, et se dérouler le Marché-aux-Pourceaux, au centre duquel s'arrondissait l'horrible fourneau à bouillir les faux monnayeurs. Entre la Courtille et Saint-Laurent, votre œil avait déjà remarqué, au couronnement d'une hauteur accroupie sur des plaines désertes, une espèce d'édifice qui ressemblait de loin à une colonnade en ruine debout sur un soubassement déchaussé. Ce n'était ni un Parthénon, ni un temple de Jupiter-Olympien; c'était Montfaucon.

Maintenant, si le dénombrement de tant d'édifices, quelque sommaire que nous l'ayons voulu faire, n'a pas pulvérisé, à mesure que nous la construisions, dans l'esprit du lecteur, l'image générale du vieux Paris, nous la résumerons en quelques mots. Au centre, l'île de la Cité, ressemblant par sa forme à une énorme tortue, et faisant sortir ses ponts écaillés de tuiles, comme des pattes, de dessous sa grise carapace de toits; à gauche, le trapèze monolithe, ferme, dense, hérissé, de l'Université; à droite, le vaste demi-cercle de la Ville, beaucoup plus mêlé de jardins et de monuments. Les trois blocs, Cité, Université, Ville, marbrés de rues sans nombre. Tout au travers, la Seine, « la nourricière Seine, » comme le dit le P. Du Breul, obstruée d'îles, de ponts et de bateaux. Tout autour une plaine immense, rapiécée de mille sortes de cultures, semée de beaux villages; à gauche, Issy, Vanvres, Vaugirard, Montrouge, Gentilly avec sa tour ronde et sa tour carrée, etc.; à droite, vingt autres, depuis Conflans jusqu'à la Ville-l'Évêque. A l'horizon, un ourlet de collines disposées en cercle comme le rebord du bassin. Enfin, au loin, à l'orient, Vincennes et ses sept tours quadrangulaires; au sud, Bicêtre et ses tourelles pointues; au septentrion, Saint-Denis et son aiguille; à l'occident, Saint-Cloud et son donjon. Voilà le Paris que voyaient du haut des tours de Notre-Dame les corbeaux qui vivaient en 1482.

C'est pourtant de cette ville que Voltaire a dit qu'*avant Louis XIV, elle ne possédait que quatre beaux monuments :* le dôme de la Sorbonne, le Val-de-Grâce, le Louvre moderne, et je ne sais plus le quatrième, le Luxembourg peut-être. Heureusement Voltaire n'en a pas moins fait *Candide*, et n'en est pas moins, de tous les hommes qui se sont succédé dans la longue série de l'humanité, celui qui a le mieux eu le rire diabolique. Cela prouve d'ailleurs qu'on peut être un beau génie et ne rien comprendre à un art dont on n'est pas. Molière ne croyait-il pas faire beaucoup d'honneur à Raphaël et à Michel-Ange en les appelant : *ces M[illegible]ards de leur âge?*

Revenons à Paris et au quinzième siècle.

Ce n'était pas alors seulement une belle ville; c'était une ville homogène, un produit architectural et historique du moyen âge, une chronique de pierre. C'était une cité formée de deux couches seulement, la couche romane et la couche gothique, car la couche romaine avait disparu depuis longtemps, excepté aux Thermes de Julien, où elle perçait encore la croûte épaisse du moyen âge. Quant à la couche celtique, on n'en trouvait même plus d'échantillons en creusant des puits.

Cinquante ans plus tard, lorsque la renaissance vint mêler à cette unité si sévère et pourtant si variée le luxe éblouissant de ses fantaisies et de ses systèmes, ses débauches de pleins-cintres romains, de colonnes grecques et de surbaissements gothiques, sa sculpture si tendre et si idéale, son goût particulier d'arabesques et d'acanthes, son paganisme architectural contemporain de Luther, Paris fut peut-être plus beau encore, quoique moins harmonieux à l'œil et à la pensée. Mais ce splendide moment dura peu, la renaissance ne fut pas impartiale; elle ne se contenta pas d'édifier, elle voulut jeter bas; il est vrai qu'elle avait besoin de place. Aussi le Paris gothique ne fut-il complet qu'une minute. On achevait à peine Saint-Jacques-de-la-Boucherie, qu'on commençait la démolition du Vieux-Louvre.

Depuis, la grande ville a été se déformant de jour en jour. Le Paris gothique, sous lequel s'effaçait le Paris roman, s'est effacé à son tour; mais peut-on dire quel Paris l'a remplacé?

Il y a le Paris de Catherine de Médicis, aux Tuileries[1]; le Paris de Henri II, à l'Hôtel-de-Ville : deux édifices encore d'un grand goût; le Paris de Henri IV, à la place Royale : façades de briques à coins de pierre et à toits d'ardoise, des maisons tricolores; le Paris de Louis XIII, au Val-de-Grâce : une architecture écrasée et trapue, des voûtes en anse de panier, je ne sais quoi de ventru dans la colonne et de bossu dans le dôme; le Paris de Louis XIV, aux Invalides : grand, riche, doré et froid; le Paris de Louis XV, à Saint-Sulpice : des volutes, des nœuds de rubans, des nuages, des vermicelles et des chicorées, le tout en pierre; le Paris de Louis XVI, au Panthéon : Saint-Pierre de Rome mal copié (l'édifice s'est tassé gauchement, ce qui n'en a pas raccommodé les lignes); le Paris de la République, à l'Ecole-de-Médecine : un pauvre goût grec et romain, qui ressemble au Colisée ou au Parthénon comme la constitution de l'an III aux lois de Minos; on l'appelle, en architecture, le *goût messidor;* le Paris de Napoléon, à la place Vendôme : celui-là est sublime, une colonne de bronze faite avec des canons; le Paris de la Restauration, à la Bourse : une colonnade fort blanche supportant une frise fort lisse; le tout est carré et a coûté vingt millions.

A chacun de ces monuments caractéristiques se rattache, par une similitude de goût, de façon et d'attitude, une certaine quantité de maisons éparses dans divers quartiers, et que l'œil du connaisseur distingue et date aisément. Quand on sait voir, on retrouve l'esprit d'un siècle et la physionomie d'un roi jusque dans un marteau de porte.

Le Paris actuel n'a donc aucune physionomie générale. C'est une collection d'échantillons de plusieurs siècles, et les plus beaux ont disparu. La capitale ne s'accroît qu'en maisons, et quelles maisons! Du train dont va Paris, il se renouvellera tous les cinquante ans. Aussi la signification historique de son architecture s'efface-t-elle tous les jours. Les monuments y deviennent de plus en plus rares, et il semble qu'on les voie s'engloutir peu à peu, noyés dans les maisons. Nos pères avaient un Paris de pierre; nos fils auront un Paris de plâtre.

Quant aux monuments modernes du Paris neuf, nous nous dispenserons volontiers d'en parler. Ce n'est pas que nous ne les admirions comme il convient. La Sainte-Geneviève de M. Soufflot est certainement le plus beau gâteau de Savoie qu'on ait jamais fait en pierre. Le palais de la Légion-d'Honneur est aussi un morceau de pâtisserie fort distingué. Le dôme de la halle au Blé est une casquette de jockey anglais sur une grande échelle. Les tours Saint-Sulpice sont deux grosses clarinettes, et c'est une forme comme une autre; le télégraphe, tortu et grimaçant, fait un aimable accident sur leur toiture. Saint-Roch a un portail qui n'est comparable, pour la magnificence, qu'à Saint-Thomas-d'Aquin. Il a aussi un calvaire en ronde-bosse dans une cave, et un soleil de bois doré. Ce sont là des choses tout à fait merveilleuses. La lanterne du labyrinthe du Jardin des Plantes est aussi fort ingénieuse. Quant au palais de la Bourse, qui est grec par sa colonnade, romain par le plein-cintre de ses portes et fenêtres, de la renaissance par sa grande voûte surbaissée, c'est indubitablement un monument très-correct et très-pur : la preuve, c'est qu'il est couronné d'un attique comme on n'en voyait pas à Athènes, belle ligne droite gracieusement coupée çà et là par des tuyaux de poêle. Ajoutons que s'il est de règle que l'architecture d'un édifice soit adaptée à sa destination de telle façon que cette destination se dénonce d'elle-même au seul aspect de l'édifice, on ne saurait trop s'émerveiller d'un monument qui peut être indifféremment un palais de rois, une chambre des communes, un hôtel-de-ville, un collége, un manége, une académie, un entrepôt, un tribunal, un musée, une caserne, un sépulcre, un temple, un théâtre. En attendant, c'est une Bourse. Un monument doit en outre être approprié au climat. Celui-ci est évidemment construit exprès pour notre ciel froid et pluvieux. Il a un toit presque plat comme en Orient, ce qui fait que l'hiver, quand il neige, on balaye le toit; et il est certain qu'un toit est fait pour être balayé. Quant à cette destination dont nous parlions tout à l'heure, il la remplit à merveille; il est Bourse en France comme il eût été temple en Grèce. Il est vrai que l'architecte a eu assez de peine à cacher le cadran de l'horloge, qui eût détruit la pureté des belles lignes de la façade; mais, en revanche, on a cette colonnade qui circule autour du monument, et sous laquelle, dans les grands jours de solennité religieuse, peut se développer majestueusement la théorie des agents de change et des courtiers de commerce.

Ce sont là sans aucun doute de très-superbes monuments. Joignons-y force belles rues, amusantes et variées, comme la rue de Rivoli, et je ne désespère pas que Paris, vu à vol

[1] Nous avons vu avec une douleur mêlée d'indignation qu'on songeait à agrandir, à refondre, à remanier, c'est-à-dire, à détruire cet admirable palais. Les architectes de nos jours ont la main trop lourde pour toucher à cette délicate œuvre de la renaissance. Nous espérons toujours qu'ils ne l'oseront pas. D'ailleurs, cette démolition des Tuileries maintenant ne serait pas seulement une voie de fait brutale dont rougirait un Vandale ivre, ce serait un acte de trahison. Les Tuileries ne sont plus simplement un chef-d'œuvre de l'art du seizième siècle, c'est une page de l'histoire du dix-neuvième siècle. Ce palais n'est plus au roi, mais au peuple. Laissons-le tel qu'il est. Notre révolution l'a marqué deux fois au front. Sur l'une de ses deux façades, il a les boulets du 10 août; sur l'autre, les boulets du 29 juillet. Il est saint.

Paris, 7 avril 1831.

Note de la cinquième édition.

de ballon, ne présente aux yeux cette richesse de lignes, cette opulence de détail, cette diversité d'aspects, ce je ne sais quoi de grandiose dans le simple et d'inattendu dans le beau, qui caractérise un damier.

Toutefois, si admirable que vous semble le Paris d'à présent, refaites le Paris du quinzième siècle, reconstruisez-le dans votre pensée; regardez le jour à travers cette haie surprenante d'aiguilles, de tours et de clochers; répandez au milieu de l'immense ville, déchirez à la pointe des îles, plissez aux arches des ponts la Seine avec ses larges flaques vertes et jaunes, plus changeante qu'une robe de serpent; détachez nettement sur un horizon d'azur le profil gothique de ce vieux Paris; faites-en flotter le contour dans une brume d'hiver qui s'accroche à ses innombrables cheminées; noyez-le dans une nuit profonde, et regardez le jeu bizarre des ténèbres et des lumières dans ce sombre labyrinthe d'édifices; jetez-y un rayon de lune qui le dessine vaguement et fasse sortir du brouillard les grandes têtes des tours; ou reprenez cette noire silhouette, ravivez d'ombre les mille angles aigus des flèches et des pignons, et faites la saillir, plus dentelée qu'une mâchoire de requin, sur le ciel de cuivre du couchant. — Et puis, comparez.

Et, si vous voulez recevoir de la vieille ville une impression que la moderne ne saurait plus vous donner, montez, un matin de grande fête, au soleil levant de Pâques ou de la Pentecôte, montez sur quelque point élevé d'où vous dominiez la capitale entière, et assistez à l'éveil des carillons. Voyez, à un signal parti du ciel, car c'est le soleil qui le donne, ces mille églises tressaillir à la fois. Ce sont d'abord des tintements épars, allant d'une église à l'autre, comme lorsque des musiciens s'avertissent qu'on va commencer. Puis, tout à coup, voyez, car il semble qu'en certains instants l'oreille aussi a sa vue, voyez s'élever au même moment de chaque clocher comme une colonne de bruit, comme une fumée d'harmonie. D'abord, la vibration de chaque cloche monte droite, pure, et pour ainsi dire isolée des autres, dans le ciel splendide du matin; puis, peu à peu, en grossissant, elles se fondent, elles se mêlent, elles s'effacent l'une dans l'autre, elles s'amalgament dans un magnifique concert. Ce n'est plus qu'une masse de vibrations sonores qui se dégage sans cesse des innombrables clochers, qui flotte, ondule, bondit, tourbillonne sur la ville, et prolonge bien au-delà de l'horizon le cercle assourdissant de ces oscillations. Cependant cette mer d'harmonie n'est point un chaos. Si grosse et si profonde qu'elle soit, elle n'a point perdu sa transparence : vous y voyez serpenter à part chaque groupe de notes qui s'échappe des sonneries. Vous y pouvez suivre le dialogue, tour à tour grave et criard, de la crécelle et du bourdon; vous y voyez sauter les octaves d'un clocher à l'autre; vous les regardez s'élancer ailées, légères et sifflantes, de la cloche d'argent, tomber cassées et boiteuses de la cloche de bois; vous admirez au milieu d'elles la riche gamme qui descend et remonte sans cesse les sept cloches de Saint-Eustache ; vous voyez courir tout au travers des notes claires et rapides qui font trois ou quatre zigzags lumineux, et s'évanouissent comme des éclairs. Là-bas, c'est l'abbaye Saint-Martin, chanteuse aigre et fêlée; ici, la voix sinistre et bourrue de la Bastille; à l'autre bout, la grosse tour du Louvre avec sa basse-taille. Le royal carillon du Palais jette sans relâche de tous côtés des trilles resplendissantes, sur lesquelles tombent à temps égaux les lourdes coupetées du beffroi de Notre-Dame, qui les font étinceler comme l'enclume sous le marteau. Par intervalles vous voyez passer des sons de toute forme qui viennent de la triple volée de Saint-Germain-des-Prés. Puis encore, de temps en temps, cette masse de bruits sublimes s'entr'ouvre et donne passage à la strette de l'Ave-Maria, qui éclate et petille comme une aigrette d'étoiles. Au-dessous, au plus profond du concert, vous distinguez confusément le chant intérieur des églises qui transpire à travers les pores vibrants de leurs voûtes. — Certes, c'est là un opéra qui vaut la peine d'être écouté. D'ordinaire, la rumeur qui s'échappe de Paris le jour, c'est la ville qui parle; la nuit, c'est la ville qui respire : ici, c'est la ville qui chante. Prêtez donc l'oreille à ce tutti des clochers; répandez sur l'ensemble le murmure d'un demi-million d'hommes, la plainte éternelle du fleuve, les souffles infinis du vent, le quatuor grave et lointain des quatre forêts disposées sur les collines de l'horizon comme d'immenses buffets d'orgue; éteignez-y, ainsi que dans une demi-teinte, tout ce que le carillon central aurait de trop rauque et de trop aigu, et dites si vous connaissez au monde quelque chose de plus riche, de plus joyeux, de plus doré, de plus éblouissant, que ce tumulte de cloches et de sonneries; que cette fournaise de musique; que ces dix mille voix d'airain chantant à la fois dans des flûtes de pierre hautes de trois cents pieds; que cette cité qui n'est plus qu'un orchestre; que cette symphonie qui fait le bruit d'une tempête.

LIVRE QUATRIÈME

I

LES BONNES AMES.

Il y avait seize ans, à l'époque où se passe cette histoire, que, par un beau matin de dimanche de la Quasimodo, une créature vivante avait été déposée, après la messe, dans l'église de Notre-Dame, sur le bois de lit scellé dans le parvis, à main gauche, vis-à-vis ce *grand image* de saint Christophe, que la figure sculptée en pierre de messire Antoine des Essarts, chevalier, regardait à genoux depuis **1413**, lorsqu'on s'est avisé de jeter bas et le saint et le fidèle. C'est sur ce bois de lit qu'il était d'usage d'exposer les enfants trouvés à la charité publique. Les prenait là qui voulait. Devant le bois de lit était un bassin de cuivre pour les aumônes.

L'espèce d'être vivant qui gisait sur cette planche le matin de la Quasimodo, en l'an du Seigneur **1467**, paraissait exciter à un haut degré la curiosité du groupe assez considérable qui s'était amassé autour du bois de lit. Le groupe était formé en grande partie de personnes du beau sexe. Ce n'était presque que des vieilles femmes.

Au premier rang et les plus inclinées sur le lit, on en remarquait quatre qu'à leur cagoule grise, sorte de soutane, on devinait attachées à quelque confrérie dévote. Je ne vois point pourquoi l'histoire ne transmettrait pas à la postérité les noms de ces quatre discrètes et vénérables damoiselles. C'étaient Agnès-la-Herme, Jehanne de la Tarme, Henriette-la-Gaultière, Gauchère-la-Violette, toutes quatre veuves, toutes quatre bonnes-femmes de la chapelle Etienne-Haudry, sorties de leur maison, avec la permission de leur maîtresse, et conformément aux statuts de Pierre d'Ailly, pour venir entendre le sermon.

Du reste, si ces braves haudriettes observaient pour le moment les statuts de Pierre d'Ailly, elles violaient, certes, à cœur joie ceux de Michel de Brache et du cardinal de Pise, qui leur prescrivaient si inhumainement le silence.

— Qu'est-ce que c'est que cela, ma sœur ? disait Agnès à Gauchère, en considérant la petite créature exposée qui glapissait et se tordait sur le lit de bois, effrayée de tant de regards.

— Qu'est-ce que nous allons devenir ? disait Jehanne, si c'est comme cela qu'ils font les enfants à présent ?

— Je ne me connais pas en enfants, reprenait Agnès, mais ce doit être un péché de regarder celui-ci.

— Ce n'est pas un enfant, Agnès.

— C'est un singe manqué, observait Gauchère.

— C'est un miracle, reprenait Henriette-la-Gaultière.

— Alors, remarquait Agnès, c'est le troisième depuis le dimanche du *Lætare;* car il n'y a pas huit jours que nous avons eu le miracle du moqueur de pèlerins puni divinement par Notre-Dame d'Aubervilliers, et c'était le second miracle du mois.

— C'est un vrai monstre d'abomination que ce soi-disant enfant trouvé, reprenait Jehanne.

— Il braille à faire sourd un chantre, poursuivait Gauchère. — Tais-toi donc, petit hurleur!

— Dire que c'est monsieur de Reims qui envoie cette énormité à monsieur de Paris! ajoutait la Gaultière en joignant les mains.

— J'imagine, disait Agnès-la-Herme, que c'est une bête, un animal, le produit d'un juif avec une truie; quelque chose enfin qui n'est pas chrétien, et qu'il faut jeter à l'eau ou au feu.

— J'espère bien, reprenait la Gaultière, qu'il ne sera postulé par personne.

— Ah! mon Dieu! s'écriait Agnès, ces pauvres nourrices qui sont là dans le logis des enfants-trouvés qui fait le bas de la ruelle, en descendant à la rivière, tout à côté de monseigneur l'évêque! si on allait leur apporter ce petit monstre à allaiter! j'aimerais mieux donner à teter à un vampire.

— Est-elle innocente, cette pauvre la Herme! reprenait Jehanne; vous ne voyez pas, ma sœur, que ce petit monstre a au moins quatre ans, et qu'il aurait moins appétit de votre tetine que d'un tourne-broche.

En effet, ce n'était pas un nouveau-né que « ce petit monstre. » (Nous serions fort empêché nous-même de le qualifier autrement.) C'était une petite masse fort anguleuse et fort remuante, emprisonnée dans un sac de toile imprimé au chiffre de messire Guillaume Chartier, pour lors évêque de Paris, avec une tête qui sortait. Cette tête était chose assez difforme; on n'y voyait qu'une forêt de cheveux roux, un œil, une bouche et des dents. L'œil pleurait, la bouche criait, et les dents ne paraissaient demander qu'à mordre. Le tout se débattait dans le sac, au grand ébahissement de la foule, qui grossissait et se renouvelait sans cesse à l'entour.

Dame Aloïse de Gondelaurier, une femme riche et noble qui tenait une jolie fille d'environ six ans à la main, et qui traînait un long voile à la corne d'or de sa coiffe, s'arrêta en passant devant le lit, et considéra un moment la malheureuse créature, pendant que sa charmante petite fille Fleur-de-Lys de Gondelaurier, toute vêtue de soie et de velours, épelait avec son joli doigt l'écriteau permanent accroché au bois de lit : ENFANTS-TROUVÉS.

— En vérité, dit la dame en se détournant avec dégoût, je croyais qu'on n'exposait ici que des enfants.

Elle tourna le dos, en jetant dans le bassin un florin d'argent qui retentit parmi les liards, et fit ouvrir de grands yeux aux pauvres bonnes-femmes de la chapelle Étienne-Haudry.

Un moment après, le grave et savant Robert Mistricolle, protonotaire du roi, passa avec un énorme missel sous un bras et sa femme sous l'autre (damoiselle Guillemette la Mairesse), ayant de la sorte à ses côtés ses deux régulateurs, spirituel et temporel.

— Enfant trouvé! dit-il après avoir examiné l'objet, trouvé apparemment sur le parapet du fleuve Phlégéto!

— On ne lui voit qu'un œil, observa damoiselle Guillemette; il a sur l'autre une verrue.

— Ce n'est pas une verrue, reprit maître Robert Mistricolle, c'est un œuf qui renferme un autre démon tout pareil, lequel porte un autre petit œuf qui contient un autre diable, et ainsi de suite.

— Comment savez-vous cela? demanda Guillemette la Mairesse.

— Je le sais pertinemment, répondit le protonotaire.

— Monsieur le protonotaire, demanda Gauchère, que pronostiquez-vous de ce prétendu enfant trouvé?

— Les plus grands malheurs, répondit Mistricolle.

— Ah! mon Dieu! dit une vieille dans l'auditoire, avec cela qu'il y a eu une considérable pestilence l'an passé et qu'on dit que les Anglais vont débarquer en compagnie à Harefleu.

— Cela empêchera peut-être la reine de venir à Paris au mois de septembre, reprit une autre; la marchandise va déjà si mal!

— Je suis d'avis, s'écria Jehanne de la Tarme, qu'il vaudrait mieux, pour les manants de Paris, que ce petit magicien-là fût couché sur un fagot que sur une planche.

— Un beau fagot flambant! ajouta la vieille.

— Cela serait plus prudent, dit Mistricolle.

Depuis quelques moments un jeune prêtre écoutait le raisonnement des haudriettes et les sentences du protonotaire. C'était une figure sévère, un front large, un regard profond. Il écarta silencieusement la foule, examina le *petit magicien*, et étendit la main sur lui. Il était temps, car toutes les dévotes se léchaient déjà les barbes du *beau fagot flambant*.

— J'adopte cet enfant, dit le prêtre.

Il le prit dans sa soutane et l'emporta. L'assistance le suivit d'un œil effaré. Un moment après, il avait disparu par la Porte-Rouge, qui conduisait alors de l'église au cloître.

Quand la première surprise fut passée, Jehanne de la Tarme se pencha à l'oreille de la Gaultière.

— Je vous avais bien dit, ma sœur, que ce jeune clerc, monsieur Claude Frollo, est un sorcier.

II

CLAUDE FROLLO.

En effet, Claude Frollo n'était pas un personnage vulgaire.

Il appartenait à l'une de ces familles moyennes qu'on appelait indifféremment, dans le langage impertinent du siècle dernier, haute bourgeoisie ou petite noblesse. Cette famille avait hérité des frères Paclet le fief de Tirechappe, qui relevait de l'évêque de Paris, et dont les vingt-une maisons avaient été au treizième siècle l'objet de tant de plaidoiries par-devant l'official. Comme possesseur de ce fief, Claude Frollo était un des *sept vingt-un* seigneurs prétendant censive dans Paris et ses faubourgs; et l'on a pu voir longtemps son nom inscrit, en cette qualité, entre l'hôtel de Tancarville, appartenant à maître François Le Rez, et le collége de Tours, dans le cartulaire déposé à Saint-Martin-des-Champs.

Claude Frollo avait été destiné dès l'enfance par ses parents à l'état ecclésiastique. On lui avait appris à lire dans du latin; il avait été élevé à baisser les yeux et à parler bas. Tout enfant, son père l'avait cloîtré au collége de Torchi en l'Université. C'est là qu'il avait grandi sur le missel et le lexicon.

C'était d'ailleurs un enfant triste, grave, sérieux, qui étudiait ardemment et apprenait vite; il ne jetait pas grand cri dans les récréations, se mêlait peu aux bacchanales de la rue du Fouarre, ne savait ce que c'était que *dare alapas et capillos laniare*, et n'avait fait aucune figure dans cette mutinerie de 1463, que les annalistes enregistrent gravement sous le titre de : « Sixième trouble de l'Université. » Il lui arrivait rarement de railler les pauvres écoliers de Montaigu pour les *cappettes* dont ils tiraient leur nom, ou les boursiers du collége de Dormans pour leur tonsure rase et leur surtout tri-parti de drap pers, bleu et violet, *azurini coloris et bruni*, comme dit la charte du cardinal des Quatre-Couronnes.

En revanche, il était assidu aux grandes et petites écoles de la rue Saint-Jean-de-Beauvais. Le premier écolier que l'abbé de Saint-Pierre-de-Val, au moment de commencer sa lecture de droit canon, apercevait toujours collé vis-à-vis de sa chaire à un pilier de l'école Saint-Vendregesile, c'était Claude Frollo, armé de son écritoire de corne, mâchant sa plume, griffonnant sur son genou usé, et, l'hiver, soufflant dans ses doigts. Le premier auditeur que messire Miles d'Islier, docteur en décret, voyait arriver chaque lundi matin, tout essoufflé, à l'ouverture des portes de l'école du Chef-Saint-Denis, c'était Claude Frollo. Aussi, à seize ans, le jeune clerc eût pu tenir tête, en théologie mystique, à un père de l'Église; en théologie canonique, à un père des conciles; en théologie scolastique, à un docteur de Sorbonne.

La théologie dépassée, il s'était précipité dans le décret. Du *Maître des Sentences*, il était tombé aux *Capitulaires de Charlemagne;* et successivement il avait dévoré, dans son appétit de science, décrétales sur décrétales, celles de Théodore, évêque d'Hispale; celles de Bouchard, évêque de Worms; celles d'Yves, évêque de Chartres; puis le décret de Gratien, qui succéda aux capitulaires de Charlemagne; puis le recueil de Grégoire IX; puis l'épître *Super specula* d'Honorius III. Il se fit claire, il se fit familière cette vaste et tumultueuse période du droit civil et du droit canon en lutte et en travail dans le chaos du moyen âge, période que l'évêque Théodore ouvre en 618, et que ferme, en 1227, le pape Grégoire.

Le décret digéré, il se jeta sur la médecine, sur les arts libéraux. Il étudia la science des herbes, la science des onguents; il devint expert aux fièvres et aux contusions, aux navrures et aux aposthumes. Jacques d'Espars l'eût reçu médecin physicien; Richard Hellain, médecin chirurgien. Il parcourut également tous les degrés de la licence, maîtrise et doctorerie des arts. Il étudia les langues, le latin, le grec, l'hébreu, triple sanctuaire alors bien peu fréquenté. C'était une véritable fièvre d'acquérir et de thésauriser en fait de science. A dix-huit ans, les quatre facultés y avaient passé; il semblait au jeune homme que la vie avait un but unique : savoir.

Ce fut vers cette époque environ que l'été excessif de 1466 fit éclater cette grande peste qui enleva plus de quarante mille créatures dans la vicomté de Paris, et entre autres, dit Jean de Troyes, « maître Arnoul, astrologien du roi, « qui étoit fort homme de bien, sage et plaisant. » Le bruit se répandit dans l'Université que la rue Tirechappe était en particulier dévastée par la maladie. C'est là que résidaient, au milieu de leur fief, les parents de Claude. Le jeune écolier courut fort alarmé à la maison paternelle. Quand il y entra, son père et sa mère étaient morts de la veille. Un tout jeune frère qu'il avait au maillot vivait encore et criait abandonné dans son berceau. C'était tout ce qu'il restait à Claude de sa famille; le jeune homme prit l'enfant sous son bras, et sortit pensif. Jusque-là, il n'avait vécu que dans la science; il commençait à vivre dans la vie.

Cette catastrophe fut une crise dans l'existence de Claude. Orphelin, aîné, chef de famille à dix-neuf ans, il se sentit rudement rappelé des rêveries de l'école aux réalités de ce monde. Alors, ému de pitié, il se prit de passion et de dévouement pour cet enfant, son frère; chose étrange et douce qu'une affection humaine, à lui qui n'avait encore aimé que des livres!

Cette affection se développa à un point singulier; dans une âme aussi neuve, ce fut comme un premier amour. Séparé depuis l'enfance de ses parents, qu'il avait à peine connus, cloîtré et comme muré dans ses livres, avide avant tout d'étudier et d'apprendre, exclusivement attentif jusqu'alors à son intelligence, qui se dilatait dans la science, à son imagination, qui grandissait dans les lettres, le pauvre écolier n'avait pas encore eu le temps de sentir la place de son cœur. Ce jeune frère, sans père ni mère, ce petit enfant qui lui tombait brusquement du ciel sur les bras, fit de lui un homme nouveau. Il s'aperçut qu'il y avait autre chose dans le monde que les spéculations de la Sorbonne et les vers d'Homérus; que l'homme avait besoin d'affections; que la vie sans tendresse et sans amour n'était qu'un rouage sec, criard et déchirant. Seulement il se figura, car il était dans l'âge où les illusions ne sont encore remplacées que par des illusions, que les affections de sang et de famille étaient les seules nécessaires, et qu'un petit frère à aimer suffisait pour remplir toute une existence.

Il se jeta donc dans l'amour de son petit Jehan avec la passion d'un caractère déjà profond, ardent, concentré. Cette pauvre frêle créature, jolie, blonde, rose et frisée, cet orphelin sans autre appui qu'un orphelin, le remuait jusqu'au fond des entrailles; et, grave penseur qu'il était, il se mit à réfléchir sur Jehan avec une miséricorde infinie. Il en prit souci et soin comme de quelque chose de très-fragile et de très-recommandé. Il fut à l'enfant plus qu'un frère : il lui devint une mère.

Le petit Jehan avait perdu sa mère, qu'il tetait encore; Claude le mit en nourrice. Outre le fief de Tirechappe, il avait eu en héritage de son père le fief du Moulin, qui relevait de la tour carrée de Gentilly : 'était un moulin sur une colline, près du château de Winchestre (Bicêtre). Il y avait la meunière qui nourrissait un bel enfant; ce n'était pas loin de l'Université. Claude lui porta lui-même son petit Jehan.

Dès lors, se sentant un fardeau à traîner, il prit la vie très au sérieux. La pensée de son petit frère devint non-seulement la récréation, mais encore le but de ses études. Il résolut de se consacrer tout entier à un avenir dont il répondait devant Dieu, et de n'avoir jamais d'autre épouse, d autre enfant, que le bonheur et la fortune de son frère. Il se rattacha donc plus que jamais à sa vocation cléricale. Son mérite, sa science, sa qualité de vassal immédiat de l'évêque de Paris, lui ouvraient toutes grandes les portes de l'Église. A vingt ans, par dispense spéciale du Saint-Siége, il était prêtre, et desservait, comme le plus jeune des chapelains de Notre-Dame, l'autel qu'on appelle, à cause de la messe tardive qui s'y dit, *altare pigrorum*.

Là, plus que jamais plongé dans ses chers livres, qu'il ne quittait que pour courir une heure au fief du Moulin, ce mélange de savoir et d'austérité, si rare à son âge, l'avait rendu promptement le respect et l'admiration du cloître. Du cloître, sa réputation de savant avait été au peuple, où elle avait un peu tourné, chose fréquente alors, au renom de sorcier.

C'est au moment où il revenait, le jour de la Quasimodo, de dire sa messe des paresseux à leur autel, qui était à côté de la porte du chœur tendant à la nef, à droite, proche l'image de la Vierge, que son attention avait été éveillée par le groupe de vieilles glapissant autour du lit des enfants trouvés.

C'est alors qu'il s'était approché de la malheureuse petite créature si haïe et si menacée. Cette détresse, cette difformité, cet abandon, la pensée de son jeune frère, la chimère qui frappa tout à coup son esprit que, s'il mourait, son cher petit Jehan pourrait bien aussi, lui, être jeté misérablement sur la planche des enfants trouvés, tout cela lui était venu au cœur à la fois : une grande pitié s'était remuée en lui, et il avait emporté l'enfant.

Quand il tira cet enfant du sac, il le trouva bien difforme en effet. Le pauvre petit diable avait une verrue sur l'œil gauche, la tête dans les épaules, la colonne vertébrale arquée, le sternum proéminent, les jambes torses; mais il paraissait vivace; et, quoiqu'il fût impossible de savoir quelle langue il bégayait, son cri annonçait quelque force et quelque santé. La compassion de Claude s'accrut de cette laideur : et il fit vœu dans son cœur d'élever cet enfant pour l'amour de son frère, afin que, quelles que fussent dans l'avenir les fautes du petit Jehan, il eût par-devers lui cette charité faite à son intention. C'était une sorte de placement de bonnes œuvres qu'il effectuait sur la tête de son jeune frère, c'était une pacotille de bonnes actions qu'il voulait lui amasser d'avance, pour le cas où le petit drôle un jour se trouverait à court de cette monnaie, la seule qui soit reçue au péage du paradis.

Il baptisa son enfant adoptif, et le nomma *Quasimodo*, soit qu'il voulût marquer par là le jour où il l'avait trouvé, soit qu'il voulût caractériser par ce nom à quel point la pauvre petite créature était incomplète et à peine ébauchée. En effet, Quasimodo, borgne, bossu, cagneux, n'était guère qu'un *à peu près*.

III

IMMANIS PECORIS CUSTOS, IMMANIOR IPSE.

Or, en 1482, Quasimodo avait grandi. Il était devenu, depuis plusieurs années, sonneur de cloches de Notre-Dame, grâce à son père adoptif Claude Frollo, lequel était devenu archidiacre de Josas, grâce à son suzerain messire Louis de Beaumont, lequel était devenu évêque de Paris en 1472, à la mort de Guillaume Chartier, grâce à son patron Olivier le Daim, barbier du roi Louis XI par la grâce de Dieu.

Quasimodo était donc carillonneur de Notre-Dame.

Avec le temps, il s'était formé je ne sais quel lien intime

qui unissait le sonneur à l'église. Séparé à jamais du monde par la double fatalité de sa naissance inconnue et de sa nature difforme, emprisonné dès l'enfance dans ce double cercle infranchissable, le pauvre malheureux s'était accoutumé à ne rien voir dans ce monde au delà des religieuses murailles qui l'avaient recueilli à leur ombre. Notre-Dame avait été successivement pour lui, selon qu'il grandissait et se développait, l'œuf, le nid, la maison, la patrie, l'univers.

Et il est sûr qu'il y avait une sorte d'harmonie mystérieuse et préexistante entre cette créature et cet édifice. Lorsque, tout petit encore, il se traînait tortueusement et par soubresauts sous les ténèbres de ses voûtes, il semblait, avec sa face humaine et sa membrure bestiale, le reptile naturel de cette dalle humide et sombre sur laquelle l'ombre des chapiteaux romans projetait tant de formes bizarres.

Plus tard, la première fois qu'il s'accrocha machinalement à la corde des tours, et qu'il s'y pendit, et qu'il mit la cloche en branle, cela fit à Claude, son père adoptif, l'effet d'un enfant dont la langue se délie, et qui commence à parler.

C'est ainsi que peu à peu, se développant toujours dans le sens de la cathédrale, y vivant, y dormant, n'en sortant presque jamais, en subissant à toute heure la pression mystérieuse, il arriva à lui ressembler, à s'y incruster, pour ainsi dire, à en faire partie intégrante. Ses angles saillants s'emboîtaient (qu'on nous passe cette figure) aux angles rentrants de l'édifice, et il en semblait non-seulement l'habitant, mais encore le contenu naturel. On pourrait presque dire qu'il en avait pris la forme, comme le colimaçon prend la forme de sa coquille. C'était sa demeure, son trou, son enveloppe. Il y avait entre la vieille église et lui une sympathie instinctive si profonde, tant d'affinités magnétiques, tant d'affinités matérielles, qu'il y adhérait en quelque sorte comme la tortue à son écaille. La rugueuse cathédrale était sa carapace.

Il est inutile d'avertir le lecteur de ne pas prendre au pied de la lettre les figures que nous sommes obligé d'employer ici pour exprimer cet accouplement singulier, symétrique, immédiat, presque cosubstantiel, d'un homme et d'un édifice. Il est inutile de dire également à quel point il s'était fait familière toute la cathédrale, dans une si longue et si intime cohabitation. Cette demeure lui était propre. Elle n'avait pas de profondeur que Quasimodo n'eût pénétrée, pas de hauteur qu'il n'eût escaladée. Il lui arrivait bien des fois de gravir la façade à plusieurs élévations et s'aidant seulement des aspérités de la sculpture. Les tours, sur la surface extérieure desquelles on le voyait souvent ramper comme un lézard qui glisse sur un mur à pic, ces deux géantes jumelles, si hautes, si menaçantes, si redoutables, n'avaient pour lui ni vertige, ni terreur, ni secousses d'étourdissement. A les voir si douces sous sa main, si faciles à escalader, on eût dit qu'il les avait apprivoisées. A force de sauter, de grimper, de s'ébattre au milieu des abîmes de la gigantesque cathédrale, il était devenu en quelque façon singe et chamois, comme l'enfant calabrois qui nage avant de marcher, et joue, tout petit, avec la mer.

Du reste, non-seulement son corps semblait s'être façonné selon la cathédrale, mais encore son esprit. Dans quel état était cette âme? Quel pli avait-elle contracté, quelle forme avait-elle prise sous cette enveloppe nouée, dans cette vie sauvage? c'est ce qu'il serait difficile de déterminer. Quasimodo était né borgne, bossu, boiteux. C'est à grande peine et à grande patience que Claude Frollo était parvenu à lui apprendre à parler. Mais une fatalité était attachée au pauvre enfant trouvé. Sonneur de Notre-Dame à quatorze ans, une nouvelle infirmité était venue le parfaire; les cloches lui avaient brisé le tympan : il était devenu sourd. La seule porte que la nature lui eût laissée toute grande ouverte sur le monde s'était brusquement fermée à jamais.

En se fermant, elle intercepta l'unique rayon de joie et de lumière qui pénétrât encore dans l'âme de Quasimodo. Cette âme tomba dans une nuit profonde. La mélancolie du misérable devint incurable et complète comme sa difformité. Ajoutons que sa surdité le rendit en quelque façon muet. Car, pour ne pas donner à rire aux autres, du moment où il se vit sourd, il se détermina résolûment à un silence qu'il ne rompait guère que lorsqu'il était seul. Il lia volontairement cette langue que Claude Frollo avait eu tant de peine à délier. De là il advenait que, quand la nécessité le contraignait de parler, sa langue était engourdie, maladroite, et comme une porte dont les gonds sont rouillés.

Si maintenant nous essayions de pénétrer jusqu'à l'âme de Quasimodo à travers cette écorce épaisse et dure; si nous pouvions sonder les profondeurs de cette organisation mal faite; s'il nous était donné de regarder avec un flambeau derrière ces organes sans transparence, d'explorer l'intérieur ténébreux de cette créature opaque, d'en élucider les recoins obscurs, les culs-de-sac absurdes, et de jeter tout à coup une vive lumière sur la Psyché enchaînée au fond de cet antre, nous trouverions sans doute la malheureuse dans quelque attitude pauvre, rabougrie et rachitique, comme ces prisonniers des plombs de Venise qui vieillissaient ployés en deux dans une boîte de pierre trop basse et trop courte.

Il est certain que l'esprit s'atrophie dans un corps manqué. Quasimodo sentait à peine se mouvoir aveuglément au dedans de lui une âme faite à son image. Les impressions des objets subissaient une réfraction considérable avant d'arriver à sa pensée. Son cerveau était un milieu particulier : les idées qui le traversaient en sortaient toutes tordues. La réflexion qui provenait de cette réfraction était nécessairement divergente et déviée.

De là mille illusions d'optique, mille aberrations de jugement, mille écarts où divaguait sa pensée, tantôt folle, tantôt idiote.

Le premier effet de cette fatale organisation, c'était de troubler le regard qu'il jetait sur les choses. Il n'en recevait presque aucune perception immédiate. Le monde extérieur lui semblait beaucoup plus loin qu'à nous.

Le second effet de son malheur, c'était de le rendre méchant.

Il était méchant en effet, parce qu'il était sauvage; il était sauvage, parce qu'il était laid. Il y avait une logique dans sa nature comme dans la nôtre.

Sa force, si extraordinairement développée, était une cause de plus de méchanceté. *Malus puer robustus*, dit Hobbes.

D'ailleurs, il faut lui rendre cette justice : la méchanceté n'était peut-être pas innée en lui. Dès ses premiers pas parmi les hommes, il s'était senti, puis il s'était vu conspué, flétri, repoussé. La parole humaine pour lui, c'était toujours une raillerie ou une malédiction. En grandissant, il n'avait trouvé que la haine autour de lui. Il l'avait prise. Il avait gagné la méchanceté générale. Il avait ramassé l'arme dont on l'avait blessé.

Après tout, il ne tournait qu'à regret sa face du côté des hommes; sa cathédrale lui suffisait. Elle était peuplée de figures de marbre, rois, saints, évêques, qui du moins ne lui éclataient pas de rire au nez et n'avaient pour lui qu'un regard tranquille et bienveillant. Les autres statues, celles des monstres et des démons, n'avaient pas de haine pour lui, Quasimodo : il leur ressemblait trop pour cela. Elles raillaient bien plutôt les autres hommes. Les saints étaient ses amis, et le bénissaient; les monstres étaient ses amis, et le gardaient. Aussi avait-il de longs épanchements avec eux. Aussi passait-il quelquefois des heures entières, accroupi devant une de ces statues, à causer solitairement avec elle. Si quelqu'un survenait, il s'enfuyait comme un amant surpris dans sa sérénade.

Et la cathédrale ne lui était pas seulement la société, mais encore l'univers, mais encore toute la nature. Il ne rêvait pas d'autres espaliers que les vitraux toujours en fleur, d'autre ombrage que celui de ces feuillages de pierre, qui s'épanouissent chargés d'oiseaux dans la touffe de chapiteaux saxons; d'autres montagnes que les tours colossales de l'église, d'autre océan que Paris, qui bruissait à leurs pieds.

Ce qu'il aimait avant tout dans l'édifice maternel, ce qui réveillait son âme, et lui faisait ouvrir ses pauvres ailes qu'il tenait si misérablement reployées dans sa caverne, ce qui le rendait parfois heureux, c'étaient les cloches. Il les

Alors, suspendu sur l'abîme, lancé dans le balancement formidable de la cloche, il saisissait le monstre par les oreillettes. (Page 49.)

aimait, les caressait, leur parlait, les comprenait. Depuis le carillon de l'aiguille de la croisée, jusqu'à la grosse cloche du portail, il les avait toutes en tendresse. Le clocher de la croisée, les deux tours, étaient pour lui comme trois grandes cages, dont les oiseaux, élevés par lui, ne chantaient que pour lui. C'étaient pourtant ces mêmes cloches qui l'avaient rendu sourd; mais les mères aiment souvent le mieux l'enfant qui les a fait le plus souffrir.

Il est vrai que leur voix était la seule qu'il pût entendre encore. A ce titre, la grosse cloche était sa bien-aimée. C'est elle qu'il préférait dans cette famille de filles bruyantes qui se trémoussait autour de lui, les jours de fête. Cette grande cloche s'appelait Marie. Elle était seule dans la tour méridionale avec sa sœur Jacqueline, cloche de moindre taille, enfermée dans une cage moins grande à côté de la sienne. Cette Jacqueline était ainsi nommée du nom de la femme de Jean Montagu, lequel l'avait donnée à l'église, ce qui ne l'avait pas empêché d'aller figurer sans tête à Montfaucon Dans la deuxième tour il y avait six autres cloches, et enfin les six plus petites habitaient le clocher sur la croisée avec la cloche de bois, qu'on ne sonnait que depuis l'après-dîner du jeudi absolut jusqu'au matin de la veille de Pâques. Quasimodo avait donc quinze cloches dans son sérail; mais la grosse Marie était la favorite.

On ne saurait se faire une idée de sa joie, les jours de grande volée. Au moment où l'archidiacre l'avait lâché et lui avait dit : Allez! il montait la vis du clocher plus vite qu'un autre ne l'eût descendue. Il entrait tout essoufflé dans la chambre aérienne de la grosse cloche; il la considérait un moment avec recueillement et amour, puis il lui adressait doucement la parole; il la flattait de la main, comme un bon cheval qui va faire une longue course. Il la plaignait de la peine qu'elle allait avoir. Après ces premières caresses, il criait à ses aides, placés à l'étage inférieur de la tour, de commencer. Ceux-ci se pendaient aux câbles, le cabestan criait, et l'énorme capsule de métal s'ébranlait lentement. Quasimodo, palpitant, la suivait du regard. Le premier choc du battant et de la paroi d'airain faisait frissonner la charpente sur laquelle il était monté. Quasimodo vibrait avec la cloche. « Vah! » criait-il avec un éclat de rire insensé. Cependant le mouvement du bourdon s'accélérait, et, à mesure qu'il parcourait un angle plus ouvert, l'œil de Quasimodo s'ouvrait aussi de plus en plus,

Jehan Frollo.

phosphorique et flamboyant. Enfin la grande volée commençait; toute la tour tremblait : charpentes, plombs, pierres de taille, tout grondait à la fois, depuis les pilotis de la fondation jusqu'aux trèfles du couronnement. Quasimodo alors bouillait à grosse écume; il allait, venait; il tremblait avec la tour de la tête aux pieds. La cloche déchaînée et furieuse présentait alternativement aux deux parois de la tour sa gueule de bronze, d'où s'échappait ce souffle de tempête qu'on entend à quatre lieues. Quasimodo se plaçait devant cette gueule ouverte; il s'accroupissait, se relevait avec les retours de la cloche, aspirait ce souffle renversant, regardait tour à tour la place profonde qui fourmillait à deux cents pieds au-dessous de lui, et l'énorme langue de cuivre qui venait de seconde en seconde lui hurler dans l'oreille. C'était la seule parole qu'il entendit, le seul son qui troublât pour lui le silence universel. Il s'y dilatait comme un oiseau au soleil. Tout à coup la frénésie de la cloche le gagnait; son regard devenait extraordinaire; il attendait le bourdon au passage, comme l'araignée attend la mouche, et se jetait brusquement sur lui à corps perdu. Alors, suspendu sur l'abîme, lancé dans le balancement formidable de la cloche, il saisissait le monstre d'airain aux oreillettes, l'étreignait de ses deux genoux, l'éperonnait de ses deux talons, et redoublait de tout le choc et de tout le poids de son corps la furie de la volée. Cependant la tour vacillait; lui, criait et grinçait des dents, ses cheveux roux se hérissaient, sa poitrine faisait le bruit d'un soufflet de forge, son œil jetait des flammes, la cloche monstrueuse hennissait toute haletante sous lui; et alors ce n'était plus ni le bourdon de Notre-Dame, ni Quasimodo : c'était un rêve, un tourbillon, une tempête; le vertige à cheval sur le bruit; un esprit cramponné à une croupe volante; un étrange centaure moitié homme, moitié cloche; une espèce d'Astolphe horrible, emporté sur un prodigieux hippogriffe de bronze vivant.

La présence de cet être extraordinaire faisait circuler dans toute la cathédrale je ne sais quel souffle de vie. Il semblait qu'il s'échappât de lui, du moins au dire des superstitions grossissantes de la foule, une émanation mystérieuse qui animait toutes les pierres de Notre-Dame et faisait palpiter les profondes entrailles de la vieille église. Il suffisait qu'on le sût là pour que l'on crût voir vivre et remuer les mille statues des galeries et des portails. Et, de fait, la cathédrale semblait une créature docile et obéissante sous sa main; elle attendait sa volonté pour élever sa grosse voix; elle était possédée et remplie de Quasimodo comme d'un génie familier. On eût dit qu'il faisait respirer l'immense édifice. Il y était partout en effet : il se multipliait sur tous les points du monument. Tantôt on apercevait avec effroi au plus haut d'une des tours un nain bizarre qui grimpait, serpentait, rampait à quatre pattes, descendait en dehors sur l'abîme, sautelait de saillie en saillie, et allait fouiller dans le ventre de quelque gorgone sculptée : c'était Quasimodo dénichant des corbeaux. Tantôt on se heurtait dans un coin obscur de l'église à une sorte de chimère vivante, accroupie et renfrognée : c'était Quasimodo pensant. Tantôt on avisait sous un clocher une tête énorme et un paquet de membres désordonnés se balançant avec fureur au bout d'une corde : c'était Quasimodo sonnant les vêpres ou l'angelus. Souvent la nuit on voyait errer une forme hideuse sur la frêle balustrade découpée en dentelle qui couronne les tours et borde le pourtour de l'apside : c'était encore le bossu de Notre-Dame. « Alors, disaient les voisines, toute l'église prenait quelque chose de fantastique, de surnaturel, d'horrible : des yeux et des bouches s'y ouvraient çà et là; on entendait aboyer les chiens, les guivres, les tarasques de pierre qui veillent jour et nuit le cou tendu et la gueule ouverte autour de la monstrueuse cathédrale. Et, si c'était une nuit de Noël, tandis que la grosse cloche, qui semblait râler, appelait les fidèles à la messe ardente de minuit, il y avait un tel air répandu sur la sombre façade qu'on eût dit que le grand portail dévorait la foule et que la rosace la regardait. Et tout cela venait de Quasimodo. L'Egypte l'eût pris pour le Dieu de ce temple; le moyen âge l'en croyait le démon; il en était l'âme.

A tel point que, pour ceux qui savent que Quasimodo a existé, Notre-Dame est aujourd'hui déserte, inanimée, morte. On sent qu'il y a quelque chose de disparu. Ce corps immense est vide; c'est un squelette; l'esprit l'a quitté, on en voit la place et voilà tout. C'est comme un crâne où il y a encore des trous pour les yeux; mais plus de regard.

IV

LE CHIEN ET SON MAÎTRE.

Il y avait pourtant une créature humaine que Quasimodo exceptait de sa malice et de sa haine pour les autres, et qu'il aimait autant, plus peut-être, que sa cathédrale : c'était Claude Frollo.

La chose était simple. Claude Frollo l'avait recueilli, l'avait adopté, l'avait nourri, l'avait élevé. Tout petit, c'est dans les jambes de Claude Frollo qu'il avait coutume de se réfugier quand les chiens et les enfants aboyaient après lui. Claude Frollo lui avait appris à parler, à lire, à écrire. Claude Frollo enfin l'avait fait sonneur de cloches. Or, donner la grosse cloche en mariage à Quasimodo, c'était donner Juliette à Roméo.

Aussi la reconnaissance de Quasimodo était-elle profonde, passionnée, sans bornes; et, quoique le visage de son père adoptif fût souvent brumeux et sévère, quoique sa parole fût habituellement brève, dure, impérieuse, jamais cette reconnaissance ne s'était démentie un seul instant. L'archidiacre avait en Quasimodo l'esclave le plus soumis, le valet le plus docile, le dogue le plus vigilant. Quand le pauvre sonneur de cloches était devenu sourd, il s'était établi entre lui et Claude Frollo une langue de signes, mystérieuse et comprise d'eux seuls. De cette façon l'archidiacre était le seul être humain avec lequel Quasimodo eût conservé communication. Il n'était en rapport dans ce monde qu'avec deux choses . Notre-Dame et Claude Frollo.

Rien de comparable à l'empire de l'archidiacre sur le sonneur, à l'attachement du sonneur pour l'archidiacre. Il eût suffi d'un signe de Claude, et de l'idée de lui faire plaisir, pour que Quasimodo se précipitât du haut des tours de Notre-Dame. C'était une chose remarquable que toute cette force physique, arrivée chez Quasimodo à un développement si extraordinaire, et mise aveuglément par lui à la disposition d'un autre. Il y avait là sans doute dévouement filial, attachement domestique; il y avait aussi fascination d'un esprit par un autre esprit. C'était une pauvre, gauche et maladroite organisation qui se tenait la tête basse et les yeux suppliants devant une intelligence haute et profonde, puissante et supérieure. Enfin, et par-dessus tout, c'était reconnaissance. Reconnaissance tellement poussée à sa limite extrême, que nous ne saurions à quoi la comparer. Cette vertu n'est pas de celles dont les plus beaux exemples sont parmi les hommes. Nous dirons donc que Quasimodo aimait l'archidiacre comme jamais chien, jamais cheval, jamais éléphant n'a aimé son maître.

V

SUITE DE CLAUDE FROLLO.

En 1482, Quasimodo avait environ vingt ans. Claude Frollo environ trente-six. L'un avait grandi, l'autre avait vieilli.

Claude Frollo n'était plus le simple écolier du collége Torchi; le tendre protecteur d'un petit enfant; le jeune et rêveur philosophe qui savait beaucoup de choses et qui en ignorait beaucoup. C'était un prêtre austère, grave, morose; un chargé d'âmes; monsieur l'archidiacre de Josas, le second acolyte de l'évêque, ayant sur les bras les deux décanats de Montlhéry et de Châteaufort, et cent soixante-quatorze curés ruraux. C'était un personnage imposant et sombre, devant lequel tremblaient les enfants de chœur en aube et en jaquette, les machicos, les confrères de saint Augustin, les clercs matutinels de Notre-Dame, quand il passait lentement sous les hautes ogives du chœur, majestueux, pensif, les bras croisés, et la tête tellement ployée sur la poitrine qu'on ne voyait de sa face que son grand front chauve.

Dom Claude Frollo n'avait abandonné, du reste, ni la science ni l'éducation de son jeune frère, ces deux occupations de sa vie. Mais avec le temps il s'était mêlé quelque amertume à ces choses si douces. A la longue, dit Paul Diacre, le meilleur lard rancit. Le petit Jehan Frollo, surnommé *du Moulin* à cause du lieu où il avait été nourri, n'avait pas grandi dans la direction que Claude avait voulu lui imprimer. Le grand frère comptait sur un élève pieux, docile, docte, honorable. Or, le petit frère, comme ces jeunes arbres qui trompent l'effort du jardinier, et se tournent opiniâtrément du côté d'où leur vient l'air et le soleil, le petit frère ne croissait et ne multipliait, ne poussait de belles branches touffues et luxuriantes que du côté de la paresse, de l'ignorance et de la débauche. C'était un vrai diable, fort désordonné, ce qui faisait froncer le sourcil à dom Claude, mais fort drôle et fort subtil, ce qui faisait sourire le grand frère. Claude l'avait confié à ce même collége de Torchi où il avait passé ses premières années dans l'étude et le recueillement; et c'était une douleur pour lui que ce sanctuaire autrefois édifié du nom de Frollo en fût scandalisé aujourd'hui. Il en faisait quelquefois à Jehan de fort sévères et de fort longs sermons, que celui-ci essuyait intrépidement. Après tout, le jeune vaurien avait bon cœur, comme cela se voit dans toutes les comédies. Mais, le sermon passé, il n'en reprenait pas moins tranquillement le cours de ses séditions et de ses énormités. Tantôt c'était un *béjaune* (on appelait ainsi les nouveaux débarqués à l'Université) qu'il avait houspillé pour sa bienvenue; tradition précieuse qui s'est soigneusement perpétuée jusqu'à nos jours. Tantôt il avait donné le branle à une bande d'écoliers, lesquels s'étaient classiquement jetés sur un cabaret, *quasi classicò excitati*, puis avaient battu le tavernier « avec bâtons offensifs, » et joyeusement pillé la taverne jusqu'à effondrer les muids de vin dans la cave. Et puis, c'était un beau rapport en latin que le sous-moniteur de Torchi apportait piteusement à dom Claude avec cette douloureuse émargination : *Rixa; prima causa vinum opti-*

mum potatum. Enfin on disait, horreur dans un enfant de seize ans, que ses débordements allaient souventes fois jusqu'à la rue de Glatigny.

De tout cela Claude, contristé et découragé dans ses affections humaines, s'était jeté avec plus d'emportement dans les bras de la science, cette sœur qui du moins ne vous rit pas au nez, et vous paye toujours, bien qu'en monnaie quelquefois un peu creuse, les soins qu'on lui a rendus. Il devint donc de plus en plus savant, et en même temps, par une conséquence naturelle, de plus en plus rigide comme prêtre, de plus en plus triste comme homme. Il y a, pour chacun de nous, de certains parallélismes entre notre intelligence, nos mœurs et notre caractère, qui se développent sans discontinuité, et ne se rompent qu'aux grandes perturbations de la vie.

Comme Claude Frollo avait parcouru dès sa jeunesse le cercle presque entier des connaissances humaines, positives, extérieures et licites, force lui fut, à moins de s'arrêter *ubi defuit orbis*, force lui fut d'aller plus loin et de chercher d'autres aliments à l'activité insatiable de son intelligence. L'antique symbole du serpent qui se mord la queue convient surtout à la science. Il paraît que Claude Frollo l'avait éprouvé. Plusieurs personnes graves affirmaient qu'après avoir épuisé le *fas* du savoir humain, il avait osé pénétrer dans le *nefas*. Il avait, disait-on, goûté successivement toutes les pommes de l'arbre de l'intelligence, et, faim ou dégoût, il avait fini par mordre au fruit défendu. Il avait pris place tour à tour, comme nos lecteurs l'ont vu, aux conférences des théologiens en Sorbonne, aux assemblées des artiens à l'image Sainte-Hilaire, aux disputes des décrétistes à l'image Saint-Martin, aux congrégations des médecins au bénitier de Notre-Dame, *ad cupam Nostræ-Dominæ*. Tous les mets permis et approuvés que ces quatre grandes cuisines appelées les quatre facultés pouvaient élaborer et servir à une intelligence, il les avait dévorés, et la satiété lui en était venue avant que sa faim fût apaisée. Alors il avait creusé plus avant, plus bas, dessous toute cette science finie, matérielle, limitée; il avait risqué peut-être son âme, et s'était assis dans la caverne à cette table mystérieuse des alchimistes, des astrologues, des hermétiques, dont Averroès, Guillaume de Paris et Nicolas Flamel tiennent le bout dans le moyen âge, et qui se prolonge dans l'Orient, aux clartés du chandelier à sept branches, jusqu'à Salomon, Pythagore et Zoroastre.

C'était du moins ce que l'on supposait, à tort ou à raison.

Il est certain que l'archidiacre visitait souvent le cimetière des Saints-Innocents, où son père et sa mère avaient été enterrés, il est vrai, avec les autres victimes de la peste de 1466; mais qu'il paraissait beaucoup moins dévot à la croix de leur fosse qu'aux figures étranges dont était chargé le tombeau de Nicolas Flamel et de Claude Pernelle, construit tout à côté!

Il est certain qu'on l'avait vu souvent longer la rue des Lombards, et entrer furtivement dans une petite maison qui faisait le coin de la rue des Ecrivains et de la rue Marivaulx. C'était la maison que Nicolas Flamel avait bâtie, où il était mort vers 1417, et qui, toujours déserte depuis lors, commençait déjà à tomber en ruine, tant les hermétiques et les souffleurs de tous les pays en avaient usé les murs, rien qu'en y gravant leurs noms. Quelques voisins même affirmaient avoir vu une fois, par un soupirail, l'archidiacre Claude creusant, remuant et bêchant la terre dans ces deux caves, dont les jambes étrières avaient été barbouillées de vers et d'hiéroglyphes sans nombre par Nicolas Flamel lui-même. On supposait que Flamel avait enfoui la pierre philosophale dans ces caves; et les alchimistes, pendant deux siècles, depuis Magistri jusqu'au père Pacifique, n'ont cessé d'en tourmenter le sol que lorsque la maison, si cruellement fouillée et retournée, a fini par s'en aller en poussière sous leurs pieds.

Il est certain encore que l'archidiacre s'était épris d'une passion singulière pour le portail symbolique de Notre-Dame, cette page de grimoire écrite en pierre par l'évêque Guillaume de Paris, lequel a sans doute été damné pour avoir attaché un si infernal frontispice au saint poëme que chante éternellement le reste de l'édifice. L'archidiacre Claude passait aussi pour avoir approfondi le colosse de Saint-Christophe, et cette longue statue énigmatique qui se dressait alors à l'entrée du parvis, et que le peuple appelait dans ses dérisions *Monsieur Legris*. Mais, ce que tout le monde avait pu remarquer, c'était les interminables heures qu'il employait souvent, assis sur le parapet du parvis, à contempler les sculptures du portail, examinant tantôt les vierges folles avec leurs lampes renversées, tantôt les vierges sages avec leurs lampes droites; d'autres fois, calculant l'angle du regard de ce corbeau qui tient au portail de gauche et qui regarde dans l'église un point mystérieux où est certainement cachée la pierre philosophale, si elle n'est pas dans la cave de Nicolas Flamel. C'était, disons-le en passant, une destinée singulière pour l'église Notre-Dame à cette époque que d'être ainsi aimée à deux degrés différents, et avec tant de dévotion, par deux êtres aussi dissemblables que Claude et Quasimodo. Aimée par l'un, sorte de demi-homme instinctif et sauvage, pour sa beauté, pour sa stature, pour les harmonies qui se dégagent de son magnifique ensemble; aimée par l'autre, imagination savante et passionnée, pour sa signification, pour son mythe, pour le sens qu'elle renferme, pour le symbole épars sous les sculptures de sa façade comme le premier texte sous le second dans un palimpseste, en un mot, pour l'énigme qu'elle propose éternellement à l'intelligence.

Il est certain enfin que l'archidiacre s'était accommodé, dans celle des deux tours qui regarde sur la Grève, tout à côté de la cage aux cloches, une petite cellule fort secrète où nul n'entrait, pas même l'évêque, disait-on, sans son congé. Cette cellule avait été jadis pratiquée, presque au sommet de la tour, parmi les nids de corbeaux, par l'évêque Hugo de Besançon[1], qui y avait maléficié dans son temps. Ce que renfermait cette cellule, nul ne le savait; mais on avait vu souvent, des grèves du Terrain, la nuit, à une petite lucarne qu'elle avait sur le derrière de la tour, paraître, disparaître et reparaître à intervalles courts et égaux, une clarté rouge intermittente, bizarre, qui semblait suivre les aspirations haletantes d'un soufflet, et venir plutôt d'une flamme que d'une lumière. Dans l'ombre, à cette hauteur, cela faisait un effet singulier; et les bonnes femmes disaient : Voilà l'archidiacre qui souffle! l'enfer pétille là-haut.

Il n'y avait pas dans tout cela, après tout, grandes preuves de sorcellerie, mais c'était bien toujours autant de fumée qu'il en fallait pour supposer du feu; et l'archidiacre avait un renom assez formidable. Nous devons dire pourtant que les sciences d'Egypte, que la nécromancie, que la magie, même la plus blanche et la plus innocente, n'avaient pas d'ennemi plus acharné, pas de dénonciateur plus impitoyable par-devant messieurs de l'officialité de Notre-Dame. Que ce fût sincère horreur ou jeu joué du larron qui crie *au voleur!* cela n'empêchait pas l'archidiacre d'être considéré par les doctes têtes du chapitre comme une âme aventurée dans le vestibule de l'enfer, perdue dans les antres de la cabale, tâtonnant dans les ténèbres des sciences occultes. Le peuple ne s'y méprenait pas non plus : chez quiconque avait un peu de sagacité, Quasimodo passait pour le démon, Claude Frollo pour le sorcier. Il était évident que le sonneur devait servir l'archidiacre pendant un temps donné, au bout duquel il emporterait son âme en guise de payement. Aussi l'archidiacre était-il, malgré l'austérité excessive de sa vie, en mauvaise odeur parmi les bonnes âmes; et il n'y avait pas nez de dévote si inexpérimentée qui ne le flairât magicien.

Et si, en vieillissant, il s'était formé des abîmes dans sa science, il s'en était aussi formé dans son cœur. C'est du moins ce qu'on était fondé à croire en examinant cette figure, sur laquelle on ne voyait reluire son âme qu'à travers un sombre nuage. D'où lui venait ce large front chauve, cette tête toujours penchée, cette poitrine toujours soulevée de soupirs? Quelle secrète pensée faisait sourire sa bouche avec tant d'amertume au même moment où ses sourcils froncés se rapprochaient comme deux taureaux qui vont lutter? Pourquoi son reste de cheveux étaient-ils déjà gris? Quel était ce feu intérieur qui éclatait parfois

1 *Hugo II de Bisuncio*, 1326-1332.

dans son regard, au point que son œil ressemblait à un trou percé dans la paroi d'une fournaise?

Ces symptômes d'une violente préoccupation morale avaient surtout acquis un haut degré d'intensité à l'époque où se passe cette histoire. Plus d'une fois un enfant de chœur s'était enfui effrayé de le trouver seul dans l'église, tant son regard était étrange et éclatant. Plus d'une fois, dans le chœur, à l'heure des offices, son voisin de stalle l'avait entendu mêler au plain-chant *ad omnem tonum* des parenthèses inintelligibles. Plus d'une fois la buandière du Terrain, chargée de « laver le chapitre, » avait observé, non sans effroi, des marques d'ongles et de doigts crispés dans le surplis de monsieur l'archidiacre de Josas.

D'ailleurs il redoublait de sévérité et n'avait jamais été plus exemplaire. Par état comme par caractère, il s'était toujours tenu éloigné des femmes ; il semblait les haïr plus que jamais. Le seul frémissement d'une cotte-hardie de soie faisait tomber son capuchon sur ses yeux. Il était sur ce point tellement jaloux d'austérité et de réserve, que lorsque la dame de Beaujeu, fille du roi, vint, au mois de décembre 1481, visiter le cloître de Notre-Dame, il s'opposa gravement à son entrée, rappelant à l'évêque le statut du Livre Noir, daté de la vigile Saint-Barthélemy 1334, qui interdit l'accès du cloître à toute femme « quelconque, « vieille ou jeune, maîtresse ou chambrière. » Sur quoi l'évêque avait été contraint de lui citer l'ordonnance du légat Odot, qui excepte certaines grandes dames, *aliquæ magnates mulieres, quæ sine scandalo evitari non possunt*. Et encore l'archidiacre protesta-t-il, objectant que l'ordonnance du légat, laquelle remontait à 1207, était antérieure de cent vingt-sept ans au Livre Noir, et par conséquent abrogée de fait par lui. Et il avait refusé de paraître devant la princesse.

On remarquait en outre que son horreur pour les égyptiennes et les zingari semblait redoubler depuis quelque temps. Il avait sollicité de l'évêque un édit qui fît expresse défense aux bohémiennes de venir danser et tambouriner sur la place du Parvis ; et il compulsait depuis le même temps les archives moisies de l'official, afin de réunir les cas de sorciers et de sorcières condamnés au feu ou à la corde pour complicité de maléfices avec des boucs, des truies ou des chèvres.

VI

IMPOPULARITÉ.

L'archidiacre et le sonneur, nous l'avons déjà dit, étaient médiocrement aimés du gros et menu peuple des environs de la cathédrale. Quand Claude et Quasimodo sortaient ensemble, ce qui arrivait maintes fois, et qu'on les voyait traverser de compagnie, le valet suivant le maître, les rues fraîches, étroites et sombres du pâté Notre-Dame, plus d'une mauvaise parole, plus d'un fredon ironique, plus d'un quolibet insultant, les harcelait au passage, à moins que Claude Frollo, ce qui arrivait rarement, ne marchât la tête droite et levée, montrant son front sévère et presque auguste aux goguenards interdits.

Tous deux étaient dans leur quartier comme les « poëtes » dont parle Regnier,

> Toutes sortes de gens vont après les poëtes,
> Comme après les hiboux vont criant les fauvettes.

Tantôt c'était un marmot sournois qui risquait sa peau et ses os pour avoir le plaisir ineffable d'enfoncer une épingle dans la bosse de Quasimodo. Tantôt une belle jeune fille, gaillarde et plus effrontée qu'il n'aurait fallu, frôlait la robe noire du prêtre, en lui chantant sous le nez la chanson sardonique : *Niche, niche, le diable est pris*. Quelquefois un groupe squalide de vieilles, échelonné et accroupi dans l'ombre sur les degrés d'un porche, bougonnait avec bruit au passage de l'archidiacre et du carillonneur, et leur jetait en maugréant cette encourageante bienvenue : « Hum ! en voici un qui a l'âme faite comme l'autre « a le corps ! » Ou bien c'était une bande d'écoliers et de pousse-cailloux jouant aux merelles qui se levait en masse et les saluait classiquement de quelque huée en latin : *Eia! eia! Claudius cum claudo!*

Mais, le plus souvent, l'injure passait inaperçue du prêtre et du sonneur. Pour entendre toutes ces gracieuses choses, Quasimodo était trop sourd et Claude trop rêveur.

LIVRE CINQUIÈME

I

ABBAS BEATI MARTINI.

La renommée de dom Claude s'était étendue au loin. Elle lui valut, à peu près vers l'époque où il refusa de voir madame de Beaujeu, une visite dont il garda longtemps le souvenir.

C'était un soir. Il venait de se retirer après l'office dans sa cellule canonicale du cloître Notre-Dame. Celle-ci, hormis peut-être quelques fioles de verre, reléguées dans un coin, et pleines d'une poudre assez équivoque, qui ressemblait fort à de la poudre de projection, n'offrait rien d'étrange ni de mystérieux. Il y avait bien çà et là quelques inscriptions sur le mur, mais c'était de pures sentences de science ou de piété extraites des bons auteurs. L'archidiacre venait de s'asseoir à la clarté d'un trois-becs de cuivre devant un vaste bahut chargé de manuscrits. Il avait appuyé son coude sur le livre tout grand ouvert d'Honorius d'Autun, *de Prædestinatione et libero Arbitrio*, et il feuilletait avec une réflexion profonde un in-folio imprimé qu'il venait d'apporter, le seul produit de la presse que renfermât sa cellule. Au milieu de sa rêverie, on frappa à sa porte. — Qui est là? cria le savant du ton gracieux d'un dogue affamé qu'on dérange de son os. Une voix répondit du dehors : — Votre ami Jacques Coictier. — Il alla ouvrir.

C'était en effet le médecin du roi; un personnage d'une cinquantaine d'années, dont la physionomie dure n'était corrigée que par un regard rusé. Un autre homme l'accompagnait. Tous deux portaient une longue robe couleur ardoise fourrée de petit gris, ceinturonnée et fermée, avec le bonnet de même étoffe et de même couleur. Leurs mains disparaissaient sous leurs manches, leurs pieds sous leurs robes, leurs yeux sous leurs bonnets.

— Dieu me soit en aide, messieurs! dit l'archidiacre en les introduisant, je ne m'attendais pas à si honorable visite à pareille heure. Et, tout en parlant de cette façon courtoise, il promenait du médecin à son compagnon un regard inquiet et scrutateur.

— Il n'est jamais trop tard pour venir visiter un savant aussi considérable que dom Claude Frollo de Tirechappe, répondit le docteur Coictier, dont l'accent franc-comtois faisait traîner toutes ses phrases avec la majesté d'une robe à queue.

Alors commença entre le médecin et l'archidiacre un de ces prologues congratulateurs qui précédaient à cette époque, selon l'usage, toutes conversations entre savants, et qui ne les empêchaient pas de se détester le plus cordialement du monde. Au reste, il en est encore de même aujourd'hui, toute bouche de savant qui complimente un autre savant est un vase de fiel emmiellé.

Les félicitations de Claude Frollo à Jacques Coictier avaient trait surtout aux nombreux avantages temporels que le digne médecin avait su extraire, dans le cours de sa carrière si enviée, de chaque maladie du roi, opération d'une alchimie meilleure et plus certaine que la poursuite de la pierre philosophale.

— En vérité, monsieur le docteur Coictier, j'ai eu grande joie d'apprendre l'évêché de votre neveu, mon révérend seigneur Pierre Versé. N'est-il pas évêque d'Amiens?

— Oui, monsieur l'archidiacre; c'est une grâce et miséricorde de Dieu.

— Savez-vous que vous aviez bien grande mine le jour de Noël, à la tête de votre compagnie de la chambre des comptes, monsieur le président!

— Vice-président, dom Claude. Hélas! rien de plus.

— Où en est votre superbe maison de la rue Saint-André-des-Arcs? C'est un Louvre. J'aime fort l'abricotier qui est sculpté sur la porte avec ce jeu de mots qui est plaisant : A L'ABRI-COTIER.

— Hélas! maître Claude, toute cette maçonnerie me coûte gros. A mesure que la maison s'édifie, je me ruine.

— Ho! n'avez-vous pas vos revenus de la geôle et du baillage du Palais et la rente de toutes les maisons, étaux, loges, échoppes de la clôture? C'est traire une belle mamelle.

— Ma châtellenie de Poissy ne m'a rien rapporté cette année.

— Mais vos péages de Triel, de Saint-James, de Saint-Germain-en-Laye, sont toujours bons.

— Six-vingts livres, pas même parisis.

— Vous avez votre office de conseiller du roi. C'est fixe, cela.

— Oui, confrère Claude; mais cette maudite seigneurie de Poligny, dont on fait bruit, ne me vaut pas soixante écus d'or, bon an mal an.

Il y avait dans les compliments que dom Claude adressait à Jacques Coictier cet accent sardonique, aigre et sourdement railleur, ce sourire triste et cruel d'un homme supérieur et malheureux qui joue un moment par distraction avec l'épaisse prospérité d'un homme vulgaire. L'autre ne s'en apercevait pas.

— Sur mon âme, dit enfin Claude en lui serrant la main, je suis aise de vous voir en si grande santé.

— Merci, maître Claude.

— A propos! s'écria dom Claude, comment va votre royal malade?

— Il ne paye pas assez son médecin, répondit le docteur en jetant un regard de côté à son compagnon.

— Vous trouvez, compère Coictier? dit le compagnon.

Cette parole, prononcée du ton de la surprise et du reproche, ramena sur ce personnage inconnu l'attention de l'archidiacre, qui, à vrai dire, ne s'en était pas complétement détournée un seul moment depuis que cet étranger avait franchi le seuil de la cellule. Il avait même fallu les mille raisons qu'il avait de ménager le docteur Jacques Coictier, le tout-puissant médecin du roi Louis XI, pour qu'il le reçût ainsi accompagné. Aussi sa mine n'eut-elle rien de bien cordial quand Jacques Coictier lui dit :

— A propos, dom Claude, je vous amène un confrère, qui vous a voulu voir sur votre renommée.

— Monsieur est de la science? demanda l'archidiacre en fixant sur le compagnon de Coictier son œil pénétrant. Il ne trouva pas sous les sourcils de l'inconnu un regard moins perçant et moins défiant que le sien. C'était, autant que la faible clarté de la lampe permettait d'en juger, un vieillard d'environ soixante ans, et de moyenne taille, qui paraissait assez malade et cassé. Son profil, quoique d'une ligne très-bourgeoise, avait quelque chose de puissant et de sévère; sa prunelle étincelait sous une arcade sourcilière très-profonde, comme une lumière au fond d'un antre; et, sous le bonnet rabattu qui lui tombait sur le nez, on sentait tourner les larges plans d'un front de génie.

Il se chargea de répondre lui-même à la question de l'archidiacre : — Révérend maître, dit-il d'un ton grave, votre renom est venu jusqu'à moi, et j'ai voulu vous consulter. Je ne suis qu'un pauvre gentilhomme de province, qui ôte ses souliers avant d'entrer chez les savants. Il faut que vous sachiez mon nom. Je m'appelle le compère Tourangeau.

— Singulier nom pour un gentilhomme! pensa l'archidiacre. Cependant il se sentait devant quelque chose de fort et de sérieux. L'instinct de sa haute intelligence lui en faisait deviner une non moins haute sous le bonnet fourré du compère Tourangeau, et, en considérant cette large figure, le rictus ironique que la présence de Jacques Coictier avait fait éclore sur son visage morose s'évanouit peu à peu, comme le crépuscule à un horizon de nuit. Il s'était rassis morne et silencieux sur son grand fauteuil, son coude avait repris sa place accoutumée sur la table, et son front sur sa main. Après quelques moments de méditation, il fit signe aux deux visiteurs de s'asseoir, et adressa la parole au compère Tourangeau.

— Vous venez me consulter, maître, et sur quelle science?

— Révérend, répondit le compère Tourangeau, je suis malade, très-malade. On vous dit grand esculape, et je suis venu vous demander un conseil de médecine.

— Médecine! dit l'archidiacre en hochant la tête. Il sembla se recueillir un instant, et reprit : — Compère Tourangeau, puisque c'est votre nom, tournez la tête. Vous trouverez ma réponse tout écrite sur le mur.

Le compère Tourangeau obéit, et lut au-dessus de sa tête cette inscription gravée sur la muraille : — *La médecine est fille des songes.* — JAMBLIQUE. —

Cependant le docteur Jacques Coictier avait entendu la question de son compagnon avec un dépit que la réponse de dom Claude avait redoublé. Il se pencha à l'oreille du compère Tourangeau, et lui dit, assez bas pour ne pas être entendu de l'archidiacre : — Je vous avais prévenu que c'était un fou. Vous l'avez voulu voir!

— C'est qu'il se pourrait fort bien qu'il eût raison, ce fou, docteur Jacques! répondit le compère du même ton et avec un sourire amer.

— Comme il vous plaira, répliqua Coictier sèchement. Puis, s'adressant à l'archidiacre : — Vous êtes preste en besogne, dom Claude, et vous n'êtes guère plus empêché d'Hippocratès qu'un singe d'une noisette. La médecine un songe! Je doute que les pharmacopoles et les maîtres-myrrhes se tinssent de vous lapider s'ils étaient là. Donc vous niez l'influence des philtres sur le sang, des onguents sur la chair! Vous niez cette éternelle pharmacie de fleurs et de métaux qu'on appelle le monde, faite exprès pour cet éternel malade qu'on appelle l'homme!

— Je ne nie, dit froidement dom Claude, ni la pharmacie, ni le malade. Je nie le médecin.

— Donc il n'est pas vrai, reprit Coictier avec chaleur, que la goutte soit une dartre en dedans, qu'on guérisse une plaie d'artillerie par l'application d'une souris rôtie, qu'un jeune sang convenablement infusé rende la jeunesse à de vieilles veines; il n'est pas vrai que deux et deux font quatre, et que l'emprostathonos succède à l'opistathonos?

L'archidiacre répondit sans s'émouvoir : — Il y a certaines choses dont je pense d'une certaine façon.

Coictier devint rouge de colère.

— Là, là, mon bon Coictier, ne nous fâchons pas, dit le compère Tourangeau. Monsieur l'archidiacre est notre ami.

Coictier se calma en grommelant à demi-voix : — Après tout, c'est un fou!

— Pasquedieu, maître Claude, reprit le compère Tourangeau après un silence, vous me gênez fort. J'avais deux consultations à requérir de vous, l'une touchant ma santé, l'autre touchant mon étoile.

— Monsieur, repartit l'archidiacre, si c'est là votre pensée, vous auriez aussi bien fait de ne pas vous essouffler aux degrés de mon escalier. Je ne crois pas à la médecine; je ne crois pas à l'astrologie.

— En vérité? dit le compère avec surprise.

Coictier riait d'un rire forcé. — Vous voyez bien qu'il est fou, dit-il tout bas au compère Tourangeau. Il ne croit pas à l'astrologie!

— Le moyen d'imaginer, poursuivit dom Claude, que chaque rayon d'étoile est un fil qui tient à la tête d'un homme!

— Et à quoi croyez-vous donc? s'écria le compère Tourangeau.

L'archidiacre resta un moment indécis, puis il laissa échapper un sombre sourire qui semblait démentir sa réponse : — *Credo in Deum.*

— *Dominum nostrum*, ajouta le compère Tourangeau avec un signe de croix.

— *Amen*, dit Coictier.

— Révérend maître, reprit le compère, je suis charmé

dans l'âme de vous voir en si bonne religion. Mais, grand savant que vous êtes, l'êtes-vous donc à ce point de ne plus croire à la science?

— Non, dit l'archidiacre en saisissant le bras du compère Tourangeau, et un éclair d'enthousiasme se ralluma dans sa terne prunelle; non, je ne nie pas la science. Je n'ai pas rampé si longtemps à plat ventre et les ongles dans la terre à travers les innombrables embranchements de la caverne, sans apercevoir, au loin devant moi, au bout de l'obscure galerie, une lumière, une flamme, quelque chose, le reflet sans doute de l'éblouissant laboratoire central où les patients et les sages ont surpris Dieu.

— Et enfin, interrompit le Tourangeau, quelle chose tenez-vous vraie et certaine?

— L'alchimie.

Coictier se récria : — Pardieu, dom Claude, l'alchimie a sa raison sans doute, mais pourquoi blasphémer la médecine et l'astrologie?

— Néant, votre science de l'homme! néant, votre science du ciel! dit l'archidiacre avec empire.

— C'est mener grand train Epidaurus et la Chaldée, répliqua le médecin en ricanant.

— Ecoutez, messire Jacques. Ceci est dit de bonne foi. Je ne suis pas médecin du roi et Sa Majesté ne m'a pas donné le jardin Dédalus pour y observer les constellations. — Ne vous fâchez pas et écoutez-moi. — Quelle vérité avez-vous tirée, je ne dis pas de la médecine, qui est chose par trop folle, mais de l'astrologie? Citez-moi les vertus du boustrophédon vertical, les trouvailles du nombre ziruph et celles du nombre zephirod.

— Nierez-vous, dit Coictier, la force sympathique de la clavicule et que la cabalistique en dérive?

— Erreur, messire Jacques! aucune de vos formules n'aboutit à la réalité; tandis que l'alchimie a ses découvertes. Contesterez-vous des résultats comme ceux-ci? La glace enfermée sous terre pendant mille ans se transforme en cristal de roche. — Le plomb est l'aïeul de tous les métaux. — Car l'or n'est pas un métal, l'or est la lumière. — Il ne faut au plomb que quatre périodes de deux cents ans chacune pour passer successivement de l'état de plomb à l'état d'arsenic rouge, de l'arsenic rouge à l'étain, de l'étain à l'argent. — Sont-ce là des faits? Mais croire à la clavicule, à la ligne pleine et aux étoiles, c'est aussi ridicule que de croire, avec les habitants du Grand-Cathay, que le loriot se change en taupe et les grains de blé en poissons du genre cyprin!

— J'ai étudié l'hermétique, s'écria Coictier, et j'affirme...

Le fougueux archidiacre ne le laissa pas achever.

— Et moi j'ai étudié la médecine, l'astrologie et l'hermétique. Ici seulement est la vérité (en parlant ainsi il avait pris sur le bahut une fiole pleine de cette poudre dont nous avons parlé plus haut), ici seulement est la lumière! Hippocratès, c'est un rêve; Urania, c'est un rêve; Hermès, c'est une pensée. L'or, c'est le soleil; faire de l'or, c'est être Dieu. Voilà l'unique science. J'ai sondé la médecine et l'astrologie, vous dis-je! néant, néant. Le corps humain, ténèbres! les astres, ténèbres.

Et il retomba sur son fauteuil dans une attitude puissante et inspirée. Le compère Tourangeau l'observait en silence. Coictier s'efforçait de ricaner, haussait imperceptiblement les épaules, et répétait à voix basse : Un fou!

— Et, dit tout à coup le Tourangeau, le but myrifique, l'avez-vous touché? avez-vous fait de l'or?

— Si j'en avais fait, répondit l'archidiacre en articulant lentement ses paroles comme un homme qui réfléchit, le roi de France s'appellerait Claude et non Louis.

Le compère fronça le sourcil.

— Qu'est-ce je dis là? reprit dom Claude avec un sourire de dédain. Que me ferait le trône de France quand je pourrais rebâtir l'empire d'Orient!

— A la bonne heure! dit le compère.

— Oh! le pauvre fou! murmura Coictier.

— L'archidiacre poursuivit, paraissant ne plus répondre qu'à ses pensées. — Mais, non, je rampe encore; je m'écorche la face et les genoux aux cailloux de la voie souterraine. J'entrevois, je ne contemple pas! je ne lis pas, j'épèle!

— Et quand vous saurez lire, demanda le compère, ferez-vous de l'or?

— Qui en doute? dit l'archidiacre.

— En ce cas, Notre-Dame sait que j'ai grande nécessité d'argent, et je voudrais bien apprendre à lire dans vos livres. Dites-moi, révérend maître, votre science est-elle pas ennemie ou déplaisante à Notre-Dame?

A cette question du compère, dom Claude se contenta de répondre avec une tranquille hauteur : — De qui suis-je archidiacre?

— Cela est vrai, mon maître. Eh bien! vous plairait-il m'initier? Faites-moi épeler avec vous.

Claude prit l'attitude majestueuse et pontificale d'un Samuel.

— Vieillard, il faut de plus longues années qu'il ne vous en reste pour entreprendre ce voyage à travers les choses mystérieuses. Votre tête est bien grise! On ne sort de la caverne qu'avec des cheveux blancs, mais on n'y entre qu'avec des cheveux noirs. La science sait bien toute seule creuser, flétrir et dessécher les faces humaines; elle n'a pas besoin que la vieillesse lui apporte des visages tout ridés. Si cependant l'envie vous possède de vous mettre en discipline à votre âge, et de déchiffrer l'alphabet redoutable des sages, venez à moi, c'est bien, j'essayerai. Je ne vous dirai pas, à vous pauvre vieux, d'aller visiter les chambres sépulcrales des pyramides dont parle l'ancien Hérodotus, ni la tour de brique de Babylone, ni l'immense sanctuaire de marbre blanc du temple indien d'Eklinga. Je n'ai pas vu plus que vous les maçonneries chaldéennes construites suivant la forme sacrée du Sikra, ni le temple de Salomon, qui est détruit, ni les portes de pierre du sépulcre des rois d'Israël qui sont brisées. Nous nous contenterons des fragments du livre d'Hermès que nous avons ici. Je vous expliquerai la statue de saint Christophe, le symbole du semeur, et celui des deux anges qui sont au portail de la Sainte-Chapelle, et dont l'un a sa main dans un vase et l'autre dans une nuée...

Ici, Jacques Coictier, que les répliques fougueuses de l'archidiacre avaient désarçonné, se remit en selle, et l'interrompit du ton triomphant d'un savant qui en redresse un autre : — *Erras, amice Claudi.* Le symbole n'est pas le nombre. Vous prenez Orpheus pour Hermès.

— C'est vous qui errez, répliqua gravement l'archidiacre. Dedalus, c'est le soubassement; Orpheus, c'est la muraille; Hermès, c'est l'édifice, c'est le tout. — Vous viendrez quand vous voudrez, poursuivit-il en se tournant vers le Tourangeau, je vous montrerai les parcelles d'or restées au fond du creuset de Nicolas Flamel, et vous les comparerez à l'or de Guillaume de Paris. Je vous apprendrai les vertus secrètes du mot grec *peristera*. Mais avant tout, je vous ferai lire l'une après l'autre les lettres de marbre de l'alphabet, les pages de granit du livre. Nous irons du portail de l'évêque Guillaume et de Saint-Jean-le-Rond à la Sainte-Chapelle, puis à la maison de Nicolas Flamel, rue Marivaulx, à son tombeau, qui est aux Saints-Innocents, à ses deux hôpitaux, rue de Montmorency. Je vous ferai lire les hiéroglyphes dont sont couverts les quatre gros chenets de fer du portail de l'hôpital Saint-Gervais et de la rue de la Ferronnerie. Nous épèlerons encore ensemble les façades de Saint-Côme, de Sainte-Geneviève-des-Ardents, de Saint-Martin, de Saint-Jacques-de-la-Boucherie...

Il y avait déjà longtemps que le Tourangeau, si intelligent que fût son regard, paraissait ne plus comprendre dom Claude. Il l'interrompit : — Pasquedieu! qu'est-ce que c'est donc que vos livres?

— En voici un, dit l'archidiacre.

Et, ouvrant la fenêtre de la cellule, il désigna du doigt l'immense église de Notre-Dame, qui, découpant sur un ciel étoilé la silhouette noire de ses deux tours, de ses côtes de pierre et de sa croupe monstrueuse, semblait un énorme sphinx à deux têtes assis au milieu de la ville.

L'archidiacre considéra quelque temps en silence le gigantesque édifice, puis, étendant avec un soupir sa main droite vers le livre imprimé qui était ouvert sur sa table et sa main gauche vers Notre-Dame, et promenant un triste regard du livre à l'église : — Hélas! dit-il, ceci tuera cela.

Coictier, qui s'était approché du livre avec empressement, ne put s'empêcher de s'écrier : — Hé mais! qu'y a-t-il donc de si redoutable en ceci : Glossa in epistolas D. Pauli. *Norimbergæ, Antonius Koburger*, 1474? Ce n'est nouveau. C'est un livre de Pierre Lombard, le maître des sentences. Est-ce parce qu'il est imprimé?

—Vous l'avez dit, répondit Claude, qui semblait absorbé dans une profonde méditation et se tenait debout, appuyant son index reployé sur l'in-folio sorti des presses fameuses de Nuremberg. Puis il ajouta ces paroles mystérieuses : Hélas! hélas! les petites choses viennent à bout des grandes; une dent triomphe d'une masse. Le rat du Nil tue le crocodile, l'espadon tue la baleine, le livre tuera l'édifice!

Le couvre-feu du cloître sonna au moment où le docteur Jacques répétait tout bas à son compagnon son éternel refrain : *Il est fou*. — A quoi le compagnon répondit cette fois : — Je crois que oui.

C'était l'heure où aucun étranger ne pouvait rester dans le cloître. Les deux visiteurs se retirèrent. — Maître, dit le compère Tourangeau en prenant congé de l'archidiacre, j'aime les savants et les grands esprits, et je vous tiens en estime singulière. Venez demain au palais des Tournelles, et demandez l'abbé de Saint-Martin-de-Tours.

L'archidiacre rentra chez lui stupéfait, comprenant enfin quel personnage c'était que le compère Tourangeau, et se rappelant ce passage du cartulaire de Saint-Martin-de-Tours : *Abbas beati Martini*, scilicet rex franciæ, *est canonicus de consuetudine et habet parvam præbendam quam habet sanctus Venantius et debet sedere in sede thesaurarii.*

On affirmait que depuis cette époque l'archidiacre avait de fréquentes conférences avec Louis XI, quand Sa Majesté venait à Paris, et que le crédit de dom Claude faisait ombre à Olivier-le-Daim et à Jacques Coictier, lequel, selon sa manière, en rudoyait fort le roi.

II

CECI TUERA CELA.

Nos lectrices nous pardonneront de nous arrêter un moment pour chercher quelle pouvait être la pensée qui se dérobait sous ces paroles énigmatiques de l'archidiacre : *Ceci tuera cela. Le livre tuera l'édifice.*

A notre sens, cette pensée avait deux faces. C'était d'abord une pensée de prêtre. C'était l'effroi du sacerdoce devant un agent nouveau, l'imprimerie. C'était l'épouvante et l'éblouissement de l'homme du sanctuaire devant la presse lumineuse de Guttenberg. C'était la chaire et le manuscrit, la parole parlée et la parole écrite, s'alarmant de la parole imprimée; quelque chose de pareil à la stupeur d'un passereau qui verrait l'ange Légion ouvrir ses six millions d'ailes. C'était le cri du prophète qui entend déjà bruire et fourmiller l'humanité émancipée, qui voit dans l'avenir l'intelligence saper la foi, l'opinion détrôner la croyance, le monde secouer Rome. Pronostic du philosophe qui voit la pensée humaine, volatilisée par la presse, s'évaporer du récipient théocratique. Terreur du soldat qui examine le bélier d'airain et qui dit : La tour croulera. Cela signifiait qu'une puissance allait succéder à une autre puissance. Cela voulait dire : La presse tuera l'église.

Mais sous cette pensée, la première et la plus simple sans doute, il y en avait à notre avis une autre, plus neuve, un corollaire de la première, moins facile à apercevoir et plus facile à contester, une vue tout aussi philosophique, non plus du prêtre seulement, mais du savant et de l'artiste. C'était pressentiment que la pensée humaine en changeant de forme allait changer de mode d'expression, que l'idée capitale de chaque génération ne s'écrirait plus avec la même matière et de la même façon ; que le livre de pierre, si solide et si durable, allait faire place au livre de papier, plus solide et plus durable encore. Sous ce rapport, la vague formule de l'archidiacre avait un second sens ; elle signifiait qu'un art allait détrôner un autre art. Elle voulait dire : L'imprimerie tuera l'architecture.

En effet, depuis l'origine des choses jusqu'au quinzième siècle de l'ère chrétienne inclusivement, l'architecture est le grand livre de l'humanité, l'expression principale de l'homme à ses divers états de développement, soit comme force, soit comme intelligence.

Quand la mémoire des premières races se sentit surchargée, quand le bagage des souvenirs du genre humain devint si lourd et si confus, que la parole, nue et volante, risqua d'en perdre en chemin, on les transcrivit sur le sol de la façon la plus visible, la plus durable et la plus naturelle à la fois. On scella chaque tradition sous un monument.

Les premiers monuments furent de simples quartiers de roche *que le fer n'avait pas touchés*, dit Moïse. L'architecture commença comme toute écriture. Elle fut d'abord alphabet. On plantait une pierre debout, et c'était une lettre, et chaque lettre était un hiéroglyphe, et sur chaque hiéroglyphe reposait un groupe d'idées comme le chapiteau sur la colonne. Ainsi firent les premières races, partout, au même moment, sur la surface du monde entier. On retrouve la *pierre levée* des Celtes dans la Sibérie d'Asie, dans les pampas d'Amérique.

Plus tard on fit des mots. On superposa la pierre à la pierre, on accoupla ces syllabes de granit, le verbe essaya quelques combinaisons. Le dolmen et le cromlech celtes, le tumulus étrusque, le galgal hébreu, sont des mots. Quelques-uns, le tumulus surtout, sont des noms propres. Quelquefois même, quand on avait beaucoup de pierre et une vaste plage, on écrivait une phrase. L'immense entassement de Karnac est déjà une formule tout entière.

Enfin on fit des livres. Les traditions avaient enfanté des symboles, sous lesquels elles disparaissaient comme le tronc de l'arbre sous son feuillage; tous ces symboles, auxquels l'humanité avait foi, allaient croissant, se multipliant, se croisant, se compliquant de plus en plus; les premiers monuments ne suffisaient plus à les contenir; ils en étaient débordés de toutes parts; à peine ces monuments exprimaient-ils encore la tradition primitive, comme eux simple, nue et gisante sur le sol. Le symbole avait besoin de s'épanouir dans l'édifice. L'architecture alors se développa avec la pensée humaine; elle devint géante à mille têtes et à mille bras, et fixa sous une forme éternelle, visible, palpable, tout ce symbolisme flottant. Tandis que Dédale qui est la force mesurait, tandis qu'Orphée qui est l'intelligence chantait, le pilier qui est une lettre, l'arcade qui est une syllabe, la pyramide qui est un mot, mis en mouvement à la fois par une loi de géométrie et par une loi de poésie, se groupaient, se combinaient, s'amalgamaient, descendaient, montaient, se juxtaposaient, sur le sol, s'étageaient dans le ciel, jusqu'à ce qu'ils eussent écrit, sous la dictée de l'idée générale d'une époque, ces livres merveilleux qui étaient aussi de merveilleux édifices : la pagode d'Eklinga, le Rhamseïon d'Egypte, le temple de Salomon.

L'idée mère, le verbe, n'était pas seulement au fond de tous ces édifices, mais encore dans la forme. Le temple de Salomon, par exemple, n'était point simplement la reliure du livre saint, il était le livre saint lui-même. Sur chacune de ses enceintes concentriques les prêtres pouvaient lire le verbe traduit et manifesté aux yeux, et ils suivaient ainsi ses transformations de sanctuaire en sanctuaire jusqu'à ce qu'ils le saisissent dans son dernier tabernacle sous sa forme la plus concrète, qui était encore de l'architecture : l'arche. Ainsi le verbe était enfermé dons l'édifice, mais son image était sur son enveloppe comme la figure humaine sur le cercueil d'une momie.

Et non-seulement la forme des édifices, mais encore l'emplacement qu'ils se choisissaient révélait la pensée qu'ils représentaient. Selon que le symbole à exprimer était gracieux ou sombre, la Grèce couronnait ses montagnes d'un temple harmonieux à l'œil, l'Inde éventrait les siennes pour y ciseler ces difformes pagodes souterraines portées par de gigantesques rangées d'éléphants de granit.

Ainsi, durant les six mille premières années du monde, depuis la pagode la plus immémoriale de l'Indoustan jus-

Toute la pensée d'alors est écrite dans ce sombre style roman.

qu'à la cathédrale de Cologne, l'architecture a été la grande écriture du genre humain. Et cela est tellement vrai, que non-seulement tout symbole religieux, mais encore toute pensée humaine, a sa page dans ce livre immense et son monument.

Toute civilisation commence par la théocratie et finit par la démocratie. Cette loi de la liberté succédant à l'unité est écrite dans l'architecture. Car, insistons sur ce point, il ne faut pas croire que la maçonnerie ne soit puissante qu'à édifier le temple, qu'à exprimer le mythe et le symbolisme sacerdotal, qu'à transcrire en hiéroglyphes sur ces pages de pierre les tables mystérieuses de la loi. S'il en était ainsi, comme il arrive dans toute société humaine un moment où le symptôme sacré s'use et s'oblitère sous la libre pensée, où l'homme se dérobe au prêtre, où l'excroissance des philosophies et des systèmes ronge la face de la religion, l'architecture ne pourrait reproduire ce nouvel état de l'esprit humain, ses feuillets, chargés au recto, seraient vides au verso, son œuvre serait tronquée, son livre serait incomplet. Mais, non.

Prenons pour exemple le moyen âge, où nous voyons plus clair parce qu'il est plus près de nous. Durant sa première période, tandis que la théocratie organise l'Europe, tandis que le Vatican rallie et reclasse autour de lui les éléments d'une Rome faite avec la Rome qui gît écroulée autour du Capitole, tandis que le christianisme s'en va recherchant dans les décombres de la civilisation antérieure tous les étages de la société et rebâtit avec ses ruines un nouvel univers hiérarchique dont le sacerdoce est la clef de voûte, on entend sourdre d'abord dans ce chaos, puis on voit peu à peu sous le souffle du christianisme, sous la main des barbares, surgir des déblais des architectures mortes, grecque et romaine, cette mystérieuse architecture romane, sœur des maçonneries théocratiques de l'Egypte et de l'Inde, emblème inaltérable du catholicisme pur, immuable hiéroglyphe de l'unité papale. Toute la pensée d'alors est écrite en effet dans ce sombre style roman. On y sent partout l'autorité, l'unité, l'impénétrable, l'absolu, Grégoire VII; partout le prêtre, jamais l'homme; partout la caste, jamais le peuple. Mais les croisades arrivent. C'est un grand mouvement populaire; et tout grand mouvement populaire, quels qu'en soient la cause et le but, dégage toujours de son dernier précipité l'esprit de liberté. Des nouveautés vont se faire jour. Voici que s'ouvre la période orageuse des Jacque-

L'hiéroglyphe déserte la cathédrale et s'en va blasonner le donjon.

ries, des Pragueries et des Ligues. L'autorité s'ébranle, l'unité se bifurque. La féodalité demande à partager avec la théocratie, en attendant le peuple qui surviendra inévitablement, et qui se fera, comme toujours, la part du lion : *quia nominor leo*. La seigneurie perce donc sous le sacerdoce, la commune sous la seigneurie. La face de l'Europe est changée. Eh bien! la face de l'architecture est changée aussi. Comme la civilisation, elle a tourné la page, et l'esprit nouveau des temps la trouve prête à écrire sous sa dictée. Elle est revenue des croisades avec l'ogive, comme les nations avec la liberté. Alors, tandis que Rome se démembre peu à peu, l'architecture romane meurt. L'hiéroglyphe déserte la cathédrale et s'en va blasonner le donjon pour faire un prestige à la féodalité. La cathédrale elle-même, cet édifice autrefois si dogmatique, envahie désormais par la bourgeoisie, par la commune, par la liberté, échappe au prêtre et tombe au pouvoir de l'artiste. L'artiste la bâtit à sa guise. Adieu le mystère, le mythe, la loi. Voici la fantaisie et le caprice. Pourvu que le prêtre ait sa basilique et son autel, il n'a rien à dire. Les quatre murs sont à l'artiste. Le livre architectural n'appartient plus au sacerdoce, à la religion, à Rome; il est à l'imagination, à la poésie, au peuple. De là les transformations rapides et innombrables de cette architecture qui n'a que trois siècles, si frappantes après l'immobilité stagnante de l'architecture romane qui en a six ou sept. L'art cependant marche à pas de géant. Le génie et l'originalité populaire font la besogne que faisaient les évêques. Chaque race écrit en passant sa ligne sur le livre; elle rature les vieux hiéroglyphes romans sur le frontispice des cathédrales, et c'est tout au plus si l'on voit encore le dogme percer çà et là sous le nouveau symbole qu'elle y dépose. La draperie populaire laisse à peine deviner l'ossement religieux. On ne saurait se faire une idée des licences que prennent alors les architectes, même envers l'église. Ce sont des chapiteaux tricotés de moines et de nonnes honteusement accouplés, comme à la Salle-des-Cheminées du Palais de Justice à Paris. C'est l'aventure de Noë sculptée *en toutes lettres*, comme sous le grand portail de Bourges. C'est un moine bachique à oreilles d'âne et le verre en main, riant au nez de toute une communauté, comme sur le lavabo de l'abbaye de Bocherville. Il existe à cette époque, pour la pensée écrite en pierre, un privilége tout à fait comparable à notre liberté actuelle de la presse. C'est la liberté de l'architecture.

Cette liberté va très-loin. Quelquefois un portail, une façade, une église tout entière présente un sens symbolique absolument étranger au culte, ou même hostile à l'église. Dès le treizième siècle, Guillaume de Paris, Nicolas Flamel au quinzième, ont écrit de ces pages séditieuses. Saint-Jacques-de-la-Boucherie était toute une église d'opposition.

La pensée alors n'était libre que de cette façon; aussi ne s'écrivait-elle tout entière que sur ces livres qu'on appelait édifices. Sans cette forme édifice, elle se serait vu brûler en place publique par la main du bourreau sous la forme manuscrite, si elle avait été assez imprudente pour s'y risquer. Ainsi, n'ayant que cette voie pour se faire jour, elle s'y précipitait de toutes parts. De là l'immense quantité de cathédrales qui ont couvert l'Europe, nombre si prodigieux, qu'on y croit à peine, même après l'avoir vérifié. Toutes les forces matérielles, toutes les forces intellectuelles de la société, convergeaient au même point : l'architecture. De cette manière, sous prétexte de bâtir des églises à Dieu, l'art se développait dans des proportions magnifiques.

Alors, quiconque naissait poëte se faisait architecte. Le génie épars dans les masses, comprimé de toutes parts sous la féodalité comme sous un *testudo* de bouclier d'airain, ne trouvant issue que du côté de l'architecture, débouchait par cet art, et ses Iliades prenaient la forme de cathédrales. Tous les autres arts obéissaient et se mettaient en discipline sous l'architecture. C'étaient les ouvriers du grand œuvre. L'architecte, le poëte, le maître, totalisait en sa personne la sculpture qui lui ciselait ses façades, la peinture qui lui enluminait ses vitraux, la musique qui mettait sa cloche en branle et soufflait dans ses orgues. Il n'y avait pas jusqu'à la pauvre poésie proprement dite, celle qui s'obstinait à végéter dans les manuscrits, qui ne fût obligée, pour être quelque chose, de venir s'encadrer dans l'édifice sous la forme d'hymne ou de *prose;* le même rôle, après tout, qu'avaient joué les tragédies d'Eschyle dans les fêtes sacerdotales de la Grèce, la Genèse dans le temple de Salomon.

Ainsi, jusqu'à Guttemberg, l'architecture est l'écriture principale, l'écriture universelle. Ce livre granitique commencé par l'Orient, continué par l'antiquité grecque et romaine, le moyen âge en a écrit la dernière page. Du reste, ce phénomène d'une architecture de peuple succédant à une architecture de caste que nous venons d'observer dans le moyen âge, se reproduit avec tout mouvement analogue dans l'intelligence humaine aux autres grandes époques de l'histoire. Ainsi, pour n'énoncer ici que sommairement une loi qui demanderait à être développée en des volumes, dans le haut Orient, berceau des temps primitifs, après l'architecture hindoue, l'architecture phénicienne, cette cette mère opulente de l'architecture arabe; dans l'antiquité, après l'architecture égyptienne, dont le style étrusque et les monuments cyclopéens ne sont qu'une variété; l'architecture grecque, dont le style romain n'est qu'un prolongement surchargé du dôme carthaginois; dans les temps modernes, après l'architecture romane, l'architecture gothique. Et, en dédoublant ces trois séries, on retrouvera, sur les trois sœurs aînées, l'architecture hindoue, l'architecture égyptienne, l'architecture romane, le même symbole : c'est-à-dire la théocratie, la caste, l'unité, le dogme, le mythe, Dieu; et, pour les trois sœurs cadettes, l'architecture phénicienne, l'architecture grecque, l'architecture gothique, quelle que soit du reste la diversité de forme inhérente à leur nature, la même signification aussi : c'est-à dire la liberté, le peuple, l'homme.

Qu'il s'appelle bramine, mage ou pape, dans les maçonneries hindoue, égyptienne ou romane, on sent toujours le prêtre, rien que le prêtre. Il n'en est pas de même dans les architectures de peuple. Elles sont plus riches et moins saintes. Dans la phénicienne, on sent le marchand; dans la grecque, le républicain; dans la gothique, le bourgeois.

Les caractères généraux de toute architecture théocratique sont l'immutabilité, l'horreur du progrès, la conservation des lignes traditionnelles, la consécration des types primitifs, le pli constant de toutes les formes de l'homme et de la nature aux caprices incompréhensibles du symbole. Ce sont des livres ténébreux que les initiés seuls savent déchiffrer. Du reste, toute forme, toute difformité même y a un sens, qui la fait inviolable. Ne demandez pas aux maçonneries hindoue, égyptienne, romane, qu'elles réforment leur dessin ou améliorent leur statuaire. Tout perfectionnement leur est impiété. Dans ces architectures, il semble que la roideur du dogme se soit répandue sur la pierre comme une seconde pétrification. — Les caractères généraux des maçonneries populaires au contraire sont la variété, le progrès, l'originalité, l'opulence, le mouvement perpétuel. Elles sont déjà assez détachées de la religion pour songer à leur beauté, pour la soigner, pour corriger sans relâche leur parure de statues ou d'arabesques. Elles sont du siècle. Elles ont quelque chose d'humain qu'elles mêlent sans cesse au symbole divin sous lequel elles se produisent encore. De là des édifices pénétrables à toute âme, à toute intelligence, à toute imagination, symboliques encore, mais faciles à comprendre comme la nature. Entre l'architecture théocratique et celle-ci, il y a la différence d'une langue sacrée à une langue vulgaire, de l'hiéroglyphe à l'art, de Salomon à Phidias.

Si l'on résume ce que nous avons indiqué jusqu'ici très-sommairement, en négligeant mille preuves et aussi mille objections de détail, on est amené à ceci : que l'architecture a été jusqu'au quinzième siècle le registre principal de l'humanité; que dans cet intervalle il n'est pas apparu dans le monde une pensée un peu compliquée qui ne se soit faite édifice; que toute idée populaire comme toute loi religieuse a eu ses monuments; que le genre humain enfin n'a rien pensé d'important qui ne l'ait écrit en pierre. Et pourquoi? c'est que toute pensée, soit religieuse, soit philosophique, est intéressée à se perpétuer; c'est que l'idée qui a remué une génération veut en remuer d'autres, et laisser trace. Or, quelle immortalité précaire que celle du manuscrit! Qu'un édifice est un livre bien autrement solide, durable et résistant! Pour détruire la parole écrite il suffit d'une torche et d'un Turc. Pour démolir la parole construite, il faut une révolution sociale, une révolution terrestre. Les barbares ont passé sur le Colisée, le déluge peut-être sur les Pyramides.

Au quinzième siècle tout change.

La pensée humaine découvre un moyen de se perpétuer non-seulement plus durable et plus résistant que l'architecture, mais encore plus simple et plus facile. L'architecture est détrônée. Aux lettres de pierre d'Orphée vont succéder les lettres de plomb de Guttemberg.

Le livre va tuer l'édifice.

L'invention de l'imprimerie est le plus grand événement de l'histoire. C'est la révolution-mère. C'est le mode d'expression de l'humanité qui se renouvelle totalement, c'est la pensée humaine qui dépouille une forme et qui en revêt une autre, c'est le complet et définitif changement de peau de ce serpent symbolique qui, depuis Adam, représente l'intelligence.

Sous la forme imprimerie, la pensée est plus impérissable que jamais; elle est volatile, insaisissable, indestructible. Elle se mêle à l'air. Du temps de l'architecture elle se faisait montagne et s'emparait puissamment d'un siècle et d'un lieu. Maintenant elle se fait troupe d'oiseaux, s'éparpille aux quatre vents, et occupe à la fois tous les points de l'air et de l'espace.

Nous le répétons, qui ne voit que de cette façon elle est bien plus indélébile? De solide qu'elle était elle devient vivace. Elle passe de la durée à l'immortalité. On peut démolir une masse, comment extirper l'ubiquité? Vienne un déluge, la montagne aura disparu depuis longtemps sous les flots, que les oiseaux voleront encore; et qu'une seule arche flotte à la surface du cataclysme, ils s'y poseront, surnageront avec elle, assisteront avec elle à la décrue des eaux, et le nouveau monde qui sortira de ce chaos verra en s'éveillant planer au-dessus de lui, ailée et vivante, la pensée du monde englouti.

Et, quand on observe que ce mode d'expression est non-seulement le plus conservateur, mais encore le plus simple, le plus commode, le plus praticable à tous, lorsqu'on songe qu'il ne traîne pas un gros bagage et ne remue pas un lourd attirail, quand on compare la pensée obligée pour se traduire en un édifice de mettre en mouvement quatre ou cinq autres arts et des tonnes d'or, toute une montagne de pierres, toute une forêt de charpentes, tout un peuple d'ouvriers, quand on la compare à la pensée qui se fait livre; et à qui il suffit d'un peu de papier, d'un peu d'encre et d'une plume, comment s'étonner que l'intelligence humaine ait quitté l'architecture pour l'imprimerie? Coupez brusquement le lit primitif d'un fleuve d'un canal creusé au-dessous de son niveau, le fleuve désertera son lit.

Ainsi voyez comme à partir de la découverte de l'imprimerie l'architecture se dessèche peu à peu, s'atrophie et se dénude. Comme on sent que l'eau baisse, que la sève s'en va, que la pensée des temps et des peuples se retire d'elle! Le refroidissement est à peu près insensible au quinzième siècle, la presse est trop débile encore, et soutire tout au plus à la puissante architecture une surabondance de vie. Mais, dès le seizième siècle, la maladie de l'architecture est visible; elle n'exprime déjà plus essentiellement la société; elle se fait misérablement art classique; de gauloise, d'européenne, d'indigène, elle devient grecque et romaine; de vraie et de moderne, pseudo-antique. C'est cette décadence qu'on appelle la renaissance. Décadence magnifique pourtant, car le vieux génie gothique, ce soleil qui se couche derrière la gigantesque presse de Mayence, pénètre encore quelque temps de ses derniers rayons tout cet entassement hybride d'arcades latines et de colonnades corinthiennes.

C'est ce soleil couchant que nous prenons pour une aurore.

Cependant, du moment où l'architecture n'est plus qu'un art comme un autre, dès qu'elle n'est plus l'art total, l'art souverain, l'art tyran, elle n'a plus la force de retenir les autres arts. Ils s'émancipent donc, brisent le joug de l'architecte, et s'en vont chacun de leur côté. Chacun d'eux gagne à ce divorce. L'isolement grandit tout. La sculpture devient statuaire, l'imagerie devient peinture, le canon devient musique. On dirait un empire qui se démembre à la mort de son Alexandre et dont les provinces se font royaumes.

De là Raphaël, Michel-Ange, Jean Goujon, Palestrina, ces splendeurs de l'éblouissant seizième siècle.

En même temps que les arts, la pensée s'émancipe de tous côtés. Les hérésiarques du moyen âge avaient déjà fait de larges entailles au catholicisme. Le seizième siècle brise l'unité religieuse. Avant l'imprimerie la réforme n'eût été qu'un schisme, l'imprimerie la fait révolution. Otez la presse, l'hérésie est énervée. Que ce soit fatal ou providentiel, Guttemberg est le précurseur de Luther.

Cependant, quand le soleil du moyen âge est tout à fait couché, quand le génie gothique s'est à jamais éteint à l'horizon de l'art, l'architecture va se ternissant, se décolorant, s'effaçant de plus en plus. Le livre imprimé, ce ver rongeur de l'édifice, la suce et la dévore. Elle se dépouille, elle s'effeuille, elle maigrit à vue d'œil. Elle est mesquine, elle est pauvre, elle est nulle. Elle n'exprime plus rien, pas même le souvenir de l'art d'un autre temps. Réduite à ellemême, abandonnée des autres arts parce que la pensée humaine l'abandonne, elle appelle des manœuvres à défaut d'artistes. La vitre remplace le vitrail. Le tailleur de pierre succède au sculpteur. Adieu toute sève, toute originalité, toute vie, toute intelligence. Elle se traîne, lamentable mendiante d'atelier, de copie en copie. Michel-Ange, qui, dès le seizième siècle, la sentait sans doute mourir, avait eu une dernière idée, une idée de désespoir. Ce Titan de l'art avait entassé le Panthéon sur le Parthénon, et fait Saint-Pierre-de-Rome. Grande œuvre qui méritait de rester unique, dernière originalité de l'architecture, signature d'un artiste géant au bas du colossal registre de pierre qui se fermait. Michel-Ange mort, que fait cette misérable architecture qui se survivait à elle-même à l'état de spectre et d'ombre? Elle prend Saint-Pierre-de-Rome, et le calque, et le parodie. C'est une manie, c'est une pitié. Chaque siècle a son Saint-Pierre-de-Rome; au dix-septième siècle le Val-de-Grâce, au dix-huitième Sainte-Geneviève. Chaque pays a son Saint-Pierre-de-Rome. Londres a le sien. Pétersbourg a le sien. Paris en a deux ou trois. Testament insignifiant, dernier radotage d'un grand art décrépit qui retombe en enfance avant de mourir.

Si, au lieu de monuments caractéristiques comme ceux dont nous venons de parler, nous examinons l'aspect général de l'art du seizième au dix-huitième siècle, nous remarquons les mêmes phénomènes de décroissance et d'étisie. A partir de François II, la forme architecturale de l'édifice s'efface de plus en plus et laisse saillir la forme géométrique, comme la charpente osseuse d'un malade amaigri. Les belles lignes de l'art font place aux froides et inexorables lignes du géomètre. Un édifice n'est plus un édifice, c'est un polyèdre. L'architecture cependant se tourmente pour cacher cette nudité. Voici le fronton grec qui s'inscrit dans le fronton romain et réciproquement. C'est toujours le Panthéon dans le Parthénon, Saint-Pierre-de-Rome. Voici les maisons de brique de Henri IV à coins de pierre; la Place-Royale, la Place-Dauphine. Voici les églises de Louis XIII, lourdes, trapues, surbaissées, ramassées, chargées d'un dôme comme d'une bosse. Voici l'architecture mazarine, le mauvais pasticcio italien des Quatre-Nations. Voici les palais de Louis XIV, longues casernes à courtisans, roides, glaciales, ennuyeuses. Voici enfin Louis XV, avec les chicorées et les vermicelles et toutes les verrues et tous les fungus qui défigurent cette vieille architecture caduque, édentée et coquette. De François II à Louis XV le mal a cru en progression géométrique. L'art n'a plus que la peau sur les os. Il agonise misérablement.

Cependant que devient l'imprimerie? Toute cette vie qui s'en va de l'architecture vient chez elle. A mesure que l'architecture baisse, l'imprimerie s'enfle et grossit. Ce capital de forces que la pensée humaine dépensait en édifices, elle le dépense désormais en livres. Aussi dès le seizième siècle la presse, grandie au niveau de l'architecture décroissante, lutte avec elle et la tue. Au dix-septième elle est déjà assez souveraine, assez triomphante, assez assise dans sa victoire pour donner au monde la fête d'un grand siècle littéraire. Au dix-huitième, longtemps reposée à la cour de Louis XIV, elle ressaisit la vieille épée de Luther, en arme Voltaire, et court, tumultueuse, à l'attaque de cette ancienne Europe dont elle a déjà tué l'expression architecturale. Au moment où le dix-huitième siècle s'achève, elle a tout détruit. Au dix-neuvième elle va reconstruire.

Or, nous le demandons maintenant, lequel des deux arts représente réellement depuis trois siècles la pensée humaine? Lequel la traduit? Lequel exprime, non pas seulement ses manies littéraires et scolastiques, mais son vaste, profond, universel mouvement? Lequel se superpose constamment, sans rupture et sans lacune, au genre humain qui marche, monstre à mille pieds? L'architecture ou l'imprimerie?

L'imprimerie. Qu'on ne s'y trompe pas, l'architecture est morte, morte sans retour, tuée par le livre imprimé, tuée parce qu'elle dure moins, tuée parce qu'elle coûte plus cher. Toute cathédrale est un milliard. Qu'on se représente maintenant quelle mise de fonds il faudrait pour récrire le livre architectural; pour faire fourmiller de nouveau sur le sol des milliers d'édifices; pour revenir à ces époques où la foule des monuments était telle, qu'au dire d'un témoin oculaire « on eût dit que le monde en se secouant avait rejeté ses vieux habillements pour se couvrir d'un blanc vêtement d'églises. » ***Erat enim ut si mundus, ipse excutiendo semet, rejecta vetustate, candidam ecclesiarum vestem indueret.*** (Glaber Radulphus.)

Un livre est sitôt fait, coûte si peu, et peut aller si loin! Comment s'étonner que toute la pensée humaine s'écoule par cette pente? Ce n'est pas à dire que l'architecture n'aura pas encore çà et là un beau monument, un chef-d'œuvre isolé. On pourra bien encore avoir de temps en temps, sous le règne de l'imprimerie, une colonne faite, je suppose, par toute une armée, avec des canons amalgamés, comme on avait, sous le règne de l'architecture, des iliades et des romanceros, des Mahabâhrata et des Nibelungen, faits par tout un peuple avec des rapsodies amoncelées et fondues. Le grand accident d'un architecte de génie pourra survenir au vingtième siècle, comme celui de Dante au treizième. Mais l'architecture ne sera plus l'art social, l'art collectif, l'art dominant. Le grand poëme, le grand édifice, la grande œuvre de l'humanité ne se bâtira plus, elle s'imprimera.

Et désormais, si l'architecture se relève accidentellement, elle ne sera plus maîtresse. Elle subira la loi de la littérature qui la recevait d'elle autrefois. Les positions respectives des deux arts seront interverties. Il est certain que dans l'époque architecturale les poëmes, rares, il est vrai, ressemblent aux monuments. Dans l'Inde, Vyasa est touffu, étrange, impénétrable comme une pagode. Dans l'orient égyptien, la poésie a, comme les édifices, la grandeur et la tranquillité des lignes; dans la Grèce antique, la beauté, la sérénité, le calme; dans l'Europe chrétienne, la majesté catholique, la naïveté populaire, la riche et luxuriante végétation d'une époque de renouvellement. La Bible ressemble aux Pyramides, l'Iliade au Parthénon, Homère à Phidias. Dante au treizième siècle, c'est la dernière église romane; Shakspeare au seizième, la dernière cathédrale gothique.

Ainsi, pour résumer ce que nous avons dit jusqu'ici d'une façon nécessairement incomplète et tronquée, le genre humain a deux livres, deux registres, deux testaments, la maçonnerie et l'imprimerie, la Bible de pierre et la Bible de papier. Sans doute, quand on contemple ces deux Bibles, si largement ouvertes dans les siècles, il est permis de regretter la majesté visible de l'écriture de granit, ces gigantesques alphabets formulés en colonnades, en pilones, en obélisques, ces espèces de montagnes humaines qui couvrent le monde et le passé depuis la pyramide jusqu'au clocher de Chéops à Strasbourg. Il faut relire le passé sur ces pages de marbre. Il faut admirer et refeuilleter sans cesse le livre écrit par l'architecture; mais il ne faut pas nier la grandeur de l'édifice qu'élève à son tour l'imprimerie.

Cet édifice est colossal. Je ne sais quel faiseur de statistique a calculé qu'en superposant l'un à l'autre tous les volumes sortis de la presse depuis Guttemberg on comblerait l'intervalle de la terre à la lune; mais ce n'est pas de cette sorte de grandeur que nous voulons parler. Cependant, quand on cherche à recueillir dans sa pensée une image totale de l'ensemble des produits de l'imprimerie jusqu'à nos jours, cet ensemble ne nous apparaît-il pas comme une immense construction, appuyée sur le monde entier, à laquelle l'humanité travaille sans relâche, et dont la tête monstrueuse se perd dans les brumes profondes de l'avenir? C'est la fourmilière des intelligences. C'est la ruche où toutes les imaginations, ces abeilles dorées, arrivent avec leur miel. L'édifice a mille étages. Çà et là, on voit déboucher sur ses rampes les cavernes ténébreuses de la science qui s'entrecoupent dans ses entrailles. Partout sur sa surface l'art fait luxurier à l'œil ses arabesques, ses rosaces et ses dentelles. Là chaque œuvre individuelle, si capricieuse et si isolée qu'elle semble, a sa place et sa saillie. L'harmonie résulte du tout. Depuis la cathédrale de Shakspeare jusqu'à la mosquée de Byron, mille clochetons s'encombrent pêle-mêle sur cette métropole de la pensée universelle. A sa base on a récrit quelques anciens titres de l'humanité que l'architecture n'avait pas enregistrés. A gauche de l'entrée on a scellé le vieux bas-relief en marbre blanc d'Homère, à droite la Bible polyglotte dresse ses sept têtes. L'hydre du romancero se hérisse plus loin, et quelques autres formes hybrides, les Védas et les Nibelungen. Du reste, le prodigieux édifice demeure toujours inachevé. La presse, cette machine géante qui pompe sans relâche toute la sève intellectuelle de la société, vomit incessamment de nouveaux matériaux pour son œuvre. Le genre humain tout entier est sur l'échafaudage. Chaque esprit est maçon. Le plus humble bouche son trou ou met sa pierre. Rétif de la Bretonne apporte sa hottée de plâtras. Tous les jours une nouvelle assise s'élève. Indépendamment du versement original et individuel de chaque écrivain, il y a des contingents collectifs. Le dix-huitième siècle donne l'*Encyclopédie*, la Révolution donne le *Moniteur*. Certes, c'est là aussi une construction qui grandit et s'amoncelle en spirales sans fin; là aussi il y a confusion des langues, activité incessante, labeur infatigable, concours acharné de l'humanité tout entière, refuge promis à l'intelligence contre un nouveau déluge, contre une submersion de barbares. C'est la seconde tour de Babel du genre humain.

LIVRE SIXIÈME

I

COUP D'ŒIL IMPARTIAL SUR L'ANCIENNE MAGISTRATURE.

C'était un fort heureux personnage, en l'an de grâce 1482, que noble homme Robert d'Estouteville, chevalier, sieur de Beyne, baron d'Ivry et Saint-Andry en la Marche, conseiller et chambellan du roi, et garde de la prévôté de Paris. Il y avait déjà près de dix-sept ans qu'il avait reçu du roi, le 7 novembre 1465, l'année de la comète[1], cette belle charge de prévôt de Paris, qui était réputée plutôt seigneurie qu'office : *Dignitas*, dit Joannes Lœmnæus, *quæ cum non exiguâ potestate politiam concernente, atque prærogativis multis et juribus conjuncta est.* La chose était merveilleuse en 82 qu'un gentilhomme ayant commission du roi et dont les lettres d'institution remontaient à l'époque du mariage de la fille naturelle de Louis XI avec monsieur le bâtard de Bourbon. Le même jour où Robert d'Estouteville avait remplacé Jacques de Villiers dans la prévôté de Paris, maître Jehan Dauvet remplaçait messire Hélye de Thorrettes dans la première présidence de la cour de parlement, Jehan Jouvenel des Ursins supplantait Pierre de Morvilliers dans l'office de chancelier de France, Regnault des Dormans désappointait Pierre Puy de la charge de maître des requêtes ordinaire de l'hôtel du roi. Or, sur combien de têtes la présidence, la chancellerie et la maîtrise s'étaient-elles promenées depuis que Robert d'Estouteville avait la prévôté de Paris? Elle lui avait été *baillée en garde*, disaient les lettres patentes; et certes, il la gardait bien. Il s'y était cramponné, il s'y était incorporé, il s'y était identifié si bien, qu'il avait échappé à cette furie de changement qui possédait Louis XI, roi défiant, taquin et travailleur, qui tenait à entretenir, par des institutions et des révocations fréquentes, l'élasticité de son pouvoir. Il y a plus : le brave chevalier avait obtenu pour son fils la survivance de sa charge, et il y avait déjà deux ans que le nom de noble homme Jacques d'Estouteville, écuyer, figurait à côté du sien en tête du registre de l'ordinaire de la prévôté de Paris. Rare, certes, et insigne faveur! Il est vrai que Robert d'Estouteville était un bon soldat, qu'il avait loyalement levé le pennon contre la *ligue du bien public*, et qu'il avait offert à la reine un très-merveilleux cerf en confitures, le jour de son entrée à Paris en 14... Il avait de plus la bonne amitié de messire Tristan l'Ermite, prévôt des maréchaux de l'hôtel du roi. C'était donc une très-douce et plaisante existence que celle de messire Robert. D'abord, de fort bons gages, auxquels se rattachaient et pendaient comme des grappes de plus à sa vigne, les revenus des greffes civil et criminel de la prévôté, plus les revenus civils et criminels des auditoires d'Embas du Châtelet, sans compter quelque petit péage au pont de Mante et de Corbeil, et les profits du tru sur l'esgrins de Paris, sur les mouleurs de bûches et les mesureurs de sel. Ajoutez à cela le plaisir d'étaler dans les chevauchées de la ville, et de faire ressortir sur les robes mi-parties rouge et tanné des échevins et des quarteniers son bel habit de guerre, que vous pouvez encore admirer aujourd'hui sculpté sur son tombeau, à l'abbaye de Valmont en Normandie, et son morion tout bosselé à Montlhéry. Et puis, n'était-ce rien que d'avoir toute suprématie sur les sergents de la douzaine, le concierge et guette du Châtelet, les deux auditeurs du Châtelet, *auditores Castelleti*, les seize commissaires des

[1] Cette comète, contre laquelle le pape Calixte, oncle de Borgia, ordonna des prières publiques, est la même qui reparaîtra en 1835.

seize quartiers, le geôlier du Châtelet, les quatre sergents fieffés, les cent vingt sergents à cheval, les cent vingt sergents à verge, le chevalier du guet avec son guet, son sous-guet, son contre-guet et son arrière-guet? N'était-ce rien que d'exercer haute et basse justice, droit de tourner, de pendre et de traîner, sans compter la menue juridiction en premier ressort (*in primâ instantiâ*, comme disent les chartes) sur cette vicomté de Paris, si glorieusement apanagée de sept nobles bailliages? Peut-on rien imaginer de plus suave que de rendre arrêts et jugements, comme faisait quotidiennement messire Robert d'Estouteville, dans le Grand-Châtelet, sous les ogives larges et écrasées de Philippe-Auguste, et d'aller, comme il avait coutume chaque soir, en cette charmante maison sise rue Galilée, dans le pourpris du Palais-Royal, qu'il tenait du chef de sa femme, madame Ambroise de Loré, se reposer de la fatigue d'avoir envoyé quelque pauvre diable passer la nuit de son côté dans cette « petite logette de la rue de l'Escorcherie, « en laquelle les prévôts et échevins de Paris soulaient faire « leur prison; contenant icelle onze pieds de long, sept « pieds et quatre pouces de lez et onze pieds de haut [1]? »

Et non-seulement messire Robert d'Estouteville avait sa justice particulière de prévôt et vicomte de Paris; mais encore il avait part, coup d'œil et coup de dent dans la grande justice du roi. Il n'y avait pas de tête un peu haute qui ne lui eût passé par les mains avant d'échoir au bourreau. C'est lui qui avait été querir à la Bastille Saint-Antoine, pour le mener aux Halles, M. de Nemours; pour le mener en Grève, M. de Saint-Pol, lequel rechignait et se récriait, à la grande joie de monsieur le prévôt, qui n'aimait pas monsieur le connétable.

En voilà, certes, plus qu'il n'en fallait pour faire une vie heureuse et illustre, et pour mériter un jour une page notable dans cette intéressante histoire des prévôts de Paris, où l'on apprend que Oudard de Villeneuve avait une maison rue des Boucheries, que Guillaume de Hangest acheta la grande et petite Savoie, que Guillaume Thiboust donna aux religieuses de Sainte-Geneviève ses maisons de la rue Clopin, que Hugues Aubriot demeurait à l'hôtel du Porc-Epic, et autres faits domestiques.

Toutefois, avec tant de motifs de prendre la vie en patience et en joie, messire Robert d'Estouteville s'était éveillé, le matin du 7 janvier 1482, fort bourru et de massacrante humeur. D'où venait cette humeur? c'est ce qu'il n'aurait pu dire lui-même. Etait-ce que le ciel était gris? que la boucle de son vieux ceinturon de Montlhéry était mal serrée, et sanglait trop militairement son embonpoint de prévôt? qu'il avait vu passer dans la rue sous sa fenêtre des ribauds lui faisant nargue, allant quatre de bande, pourpoint sans chemise, chapeau sans fond, bissac et bouteille au côté? Etait-ce pressentiment vague des trois cent soixante-dix livres seize sols huit deniers que le futur roi Charles VIII devait, l'année suivante, retrancher des revenus de la prévôté? le lecteur peut choisir; quant à nous, nous inclinerions à croire tout simplement qu'il était de mauvaise humeur parce qu'il était de mauvaise humeur.

D'ailleurs, c'était un lendemain de fête, jour d'ennui pour tout le monde, et surtout pour le magistrat chargé de balayer toutes les ordures, au propre et au figuré, que fait une fête à Paris. Et puis, il devait tenir séance au Grand-Châtelet. Or nous avons remarqué que les juges s'arrangent, en général, de manière que leur jour d'audience soit aussi leur jour d'humeur, afin d'avoir toujours quelqu'un sur qui s'en décharger commodément, de par le roi, la loi et justice.

Cependant l'audience avait commencé sans lui. Ses lieutenants, au civil, au criminel et au particulier, faisaient sa besogne, selon l'usage; et, dès huit heures du matin, quelques dizaines de bourgeois et de bourgeoises, entassés et foulés dans un coin obscur de l'auditoire d'Embas du Châtelet, entre une forte barrière de chêne et le mur, assistaient avec béatitude au spectacle varié et réjouissant de la justice civile et criminelle, rendue par maître Florian Barbedienne, auditeur au Châtelet, lieutenant de M. le prévôt, un peu pêle-mêle et tout à fait au hasard.

[1] Comptes du domaine, 1383.

La salle était petite, basse, voûtée. Une table fleurdelisée était au fond, avec un grand fauteuil de bois de chêne sculpté, qui était au prévôt et vide, et un escabeau à gauche pour l'auditeur, maître Florian. Au-dessous se tenait le greffier, griffonnant. En face était le peuple; et devant la porte, et devant la table, force sergents de la prévôté, en hoquetons de camelot violet à croix blanches. Deux sergents du Parloir-aux-Bourgeois, vêtus de leurs jaquettes de la Toussaint, mi-parties rouge et bleu, faisaient sentinelle devant une porte basse fermée, qu'on apercevait au fond derrière la table. Une seule fenêtre ogive, étroitement encaissée dans l'épaisse muraille, éclairait d'un rayon blême de janvier deux grotesques figures : le capricieux démon de pierre sculpté en cul-de-lampe dans la clef de la voûte, et le juge assis au fond de la salle sur les fleurs-de-lis.

En effet, figurez-vous à la table prévôtale, entre deux liasses de procès, accroupi sur ses coudes, le pied sur la queue de sa robe de drap brun plain, la face dans sa fourrure d'agneau blanc, dont ses sourcils semblaient détachés, rouge, revêche, clignant de l'œil, portant avec majesté la graisse de ses joues, lesquelles se rejoignaient sous son menton, maître Florian Barbedienne, auditeur au Châtelet.

Or, l'auditeur était sourd : léger défaut pour un auditeur. Maître Florian n'en jugeait pas moins sans appel et très-congrûment. Il est certain qu'il suffit qu'un juge ait l'air d'écouter; et le vénérable auditeur remplissait d'autant mieux cette condition, la seule essentielle en bonne justice, que son attention ne pouvait être distraite par aucun bruit.

De reste, il avait dans l'auditoire un impitoyable contrôleur de ses faits et gestes dans la personne de notre ami Jehan Frollo du Moulin, ce petit écolier d'hier, ce *piéton* qu'on était toujours sûr de rencontrer partout dans Paris, excepté devant la chaire des professeurs.

— Tiens, disait-il tout bas à son compagnon Robin Poussepain, qui ricanait à côté de lui, tandis qu'il commentait les scènes qui se déroulaient sous leurs yeux, voilà Jehanneton de Buisson. La belle fille du Cagnard-au-Marché-neuf! — Sur mon âme, il la condamne, le vieux! il n'a donc pas plus d'yeux que d'oreilles. Quinze sols quatre deniers parisis, pour avoir porté deux patenôtres! C'est un peu cher. *Lex duri carminis.* — Qu'est celui-là! Robin Chief-de-Ville, haubergier! — Pour avoir été passé et reçu maître audit métier! — C'est son denier d'entrée. — Eh! deux gentilshommes parmi ces marauds! Aiglet de Soins, Hutin de Mailly. Deux écuyers, *corpus Christi!* Ah! ils ont joué aux dés. Quand verrai-je ici notre recteur? Cent livres parisis d'amende envers le roi! Le Barbedienne frappe comme un sourd, — qu'il est! Je veux être mon frère l'archidiacre, si cela m'empêche de jouer; de jouer le jour, de jouer la nuit, de vivre au jeu, de mourir au jeu, et de jouer mon âme après ma chemise! — Sainte Vierge! que de filles l'une après l'autre, mes brebis! Ambroise Lécuyère, Isabeau-la-Paynette! Berarde Gironin. Je les connais toutes, par Dieu! à l'amende! à l'amende! Voilà qui vous apprendra à porter des ceintures dorées! dix sols parisis, coquettes! — Oh! le vieux museau de juge, sourd et imbécile! Oh! Florian le lourdaud! Oh! Barbedienne le butor! le voilà à table! il mange du plaideur, il mange du procès, il mange, il mâche, il se gave, il s'emplit. Amendes, épaves, taxes, frais, loyaux coûts, salaires, dommages et intérêts, gehenne, prison et geôle et ceps avec dépens, lui sont camichons de Noël et massepains de la Saint-Jean! Regarde-le, le porc! — Allons, bon! encore une femme amoureuse! Thibaud-la-Thibaude, ni plus, ni moins! — Pour être sortie de la rue Glatigny! — Quel est ce fils? Gieffroy Mabonne, gendarme cranequinier à main. Il a maugréé le nom du Père. — A l'amende la Thibaude! à l'amende le Gieffroy! à l'amende tous les deux! Le vieux sourd! Il a dû brouiller les deux affaires! Dix contre un qu'il fait payer le juron à la fille et l'amour au gendarme! — Attention, Robin Poussepain! Que vont-ils introduire? Voilà bien des sergents! par Jupiter! tous les lévriers de la meute y sont. Ce doit être la grosse pièce de la chasse. Un sanglier. — C'en est un, Robain, c'en est un. — Et un beau encore! — *Hercle!* c'est notre prince d'hier, notre pape des fous, notre sonneur de cloches, notre borgne, notre bossu, notre grimace! C'est Quasimodo!...

Ce n'était rien moins.

C'était Quasimodo, sanglé, cerclé, ficelé, garrotté et sous bonne garde. L'escouade de sergents qui l'environnait était assistée du chevalier du guet en personne, portant brodées les armes de France sur la poitrine et les armes de la ville sur le dos. Il n'y avait rien du reste dans Quasimodo, à part sa difformité, qui pût justifier cet appareil de hallebardes et d'arquebuses; il était sombre, silencieux et tranquille. A peine son œil unique jetait-il de temps à autre sur les liens qui le chargeaient un regard sournois et colère.

Il promena ce même regard autour de lui, mais si éteint et si endormi, que les femmes ne se le montraient du doigt que pour en rire.

Cependant maître Florian, l'auditeur, feuilleta avec attention le dossier de la plainte dressée contre Quasimodo, que lui présenta le greffier, et, ce coup d'œil jeté, parut se recueillir un instant. Grâce à cette précaution qu'il avait toujours soin de prendre au moment de procéder à un interrogatoire, il savait d'avance les noms, qualités, délits du prévenu, faisait des répliques prévues à des réponses prévues, et parvenait à se tirer de toutes les sinuosités de l'interrogatoire sans trop laisser deviner sa surdité. Le dossier du procès était pour lui le chien de l'aveugle. S'il arrivait par hasard que son infirmité se trahit çà et là par quelque apostrophe incohérente ou quelque question inintelligible, cela passait pour profondeur parmi les uns, et pour imbécillité parmi les autres. Dans les deux cas, l'honneur de la magistrature ne recevait aucune atteinte; car il vaut encore mieux qu'un juge soit réputé imbécile ou profond que sourd. Il mettait donc grand soin à dissimuler sa surdité aux yeux de tous, et il y réussissait d'ordinaire si bien qu'il était arrivé à se faire illusion à lui-même, ce qui est du reste plus facile qu'on ne le croit. Tous les bossus vont tête haute, tous les bègues pérorent, tous les sourds parlent bas. Quant à lui, il se croyait tout au plus l'oreille un peu rebelle. C'était la seule concession qu'il fît sur ce point à l'opinion publique dans ses moments de franchise et d'examen de conscience.

Ayant donc bien ruminé l'affaire de Quasimodo, il renversa sa tête en arrière et ferma les yeux à demi, pour plus de majesté et d'impartialité, si bien qu'il était tout à la fois en ce moment sourd et aveugle. Double condition sans laquelle il n'est pas de juge parfait. C'est dans cette magistrale attitude qu'il commença l'interrogatoire.

— Votre nom?

— Or, voici un cas qui n'avait été « prévu par la loi, » celui où un sourd aurait à interroger un sourd.

Quasimodo, que rien n'avertissait de la question à lui adressée, continua de regarder le juge fixement et ne répondit pas. Le juge, sourd et que rien n'avertissait de la surdité de l'accusé, crut qu'il avait répondu, comme faisaient en général tous les accusés, et poursuivit avec son aplomb mécanique et stupide.

— C'est bien : votre âge?

Quasimodo ne répondit pas davantage à cette question. Le juge la crut satisfaite, et continua :

— Maintenant, votre état?

Toujours même silence. L'auditoire cependant commençait à chuchoter et à s'entre-regarder.

— Il suffit, reprit l'imperturbable auditeur quand il supposa que l'accusé avait consommé sa troisième réponse. Vous êtes accusé par-devant nous : *primo*, de trouble nocturne; *secundo*, de voie de fait déshonnête sur la personne d'une femme folle, *in præjudicium meretricis; tertio*, de rébellion et déloyauté envers les archers de l'ordonnance du roi, notre sire. Expliquez-vous sur tous ces points. — Greffier, avez-vous écrit ce que l'accusé a dit jusqu'ici?

A cette question malencontreuse, un éclat de rire s'éleva, du greffe à l'auditoire, si violent, si fou, si contagieux, si universel, que force fut bien aux deux sourds de s'en apercevoir. Quasimodo se retourna en haussant sa bosse avec dédain, tandis que maître Florian, étonné comme lui, et supposant que le rire des spectateurs avait été provoqué par quelque réplique irrévérente de l'accusé, rendue visible pour lui par ce haussement d'épaules, l'apostropha avec indignation :

— Vous avez fait là, drôle, une réponse qui mériterait la hart! savez-vous à qui vous parlez?

Cette sortie n'était pas propre à arrêter l'explosion de la gaieté générale. Elle parut à tous si hétéroclite et si cornue, que le fou rire gagna jusqu'aux sergents du Parloir-aux-Bourgeois, espèce de valets de pique chez qui la stupidité était d'uniforme. Quasimodo seul conserva son sérieux, par la bonne raison qu'il ne comprenait rien à ce qui se passait autour de lui. Le juge, de plus en plus irrité, crut devoir continuer sur le même ton, espérant par là frapper l'accusé d'une terreur qui réagirait sur l'auditoire et le ramènerait au respect.

— C'est donc à dire, maître pervers et rapinier que vous êtes, que vous vous permettez de manquer à l'auditeur du Châtelet, au magistrat commis à la police populaire de Paris; chargé de faire rechercher des crimes, délits et mauvais trains; de contrôler tous métiers et interdire le monopole; d'entretenir les pavés; d'empêcher les regratiers de poulailles, volailles et sauvagines; de faire mesurer la bûche et autres sortes de bois; de purger la ville des boues et l'air des maladies contagieuses; de vaquer continuellement au fait du public, en un mot, sans gages ni espérances de salaire! Savez-vous que je m'appelle Florian Barbedienne, propre lieutenant de monsieur le prévôt, et de plus commissaire, enquesteur, contrerolleur et examinateur avec égal pouvoir en prévôté, bailliage, conservation et présidial!

Il n'y a pas de raison pour qu'un sourd qui parle à un sourd s'arrête. Dieu sait où et quand aurait pris terre maître Florian, ainsi lancé à toutes rames dans la haute éloquence, si la porte basse du fond ne s'était ouverte tout à coup et n'avait donné passage à monsieur le prévôt en personne.

A son entrée, maître Florian ne resta pas court : mais, faisant un demi-tour sur ses talons et pointant brusquement sur le prévôt la harangue dont il foudroyait Quasimodo le moment d'auparavant : — Monseigneur, dit-il, je requiers telle peine qu'il vous plaira contre l'accusé ci-présent, pour grave et mirifique manquement à la justice.

Et il se rassit tout essoufflé, essuyant de grosses gouttes de sueur qui tombaient de son front et trempaient comme larmes les parchemins étalés devant lui. Messire Robert d'Estouteville fronça le sourcil, et fit à Quasimodo un geste d'attention tellement impérieux et significatif, que le sourd en comprit quelque chose.

Le prévôt lui adressa la parole avec sévérité : — Qu'est-ce que tu as donc fait pour être ici, maraud?

Le pauvre diable, supposant que le prévôt lui demandait son nom, rompit le silence qu'il gardait habituellement, et répondit avec une voix rauque et gutturale : — Quasimodo.

La réponse coïncidait si peu avec la question, que le fou rire recommença à circuler, et que messire Robert s'écria rouge de colère : — Te railles-tu aussi de moi, drôle fieffé?

— Sonneur de cloches à Notre-Dame, répondit Quasimodo, croyant qu'il s'agissait d'expliquer au juge qui il était.

— Sonneur de cloches! reprit le prévôt qui s'était éveillé le matin d'assez mauvaise humeur, comme nous l'avons dit, pour que sa fureur n'eût pas besoin d'être attisée par de si étranges réponses. Sonneur de cloches! je te ferai faire sur le dos un carillon de houssines par les carrefours de Paris. Entends-tu, maraud?

— Si c'est mon âge que vous voulez savoir, dit Quasimodo, je crois que j'aurai vingt ans à la Saint-Martin.

Pour le coup c'était trop fort; le prévôt n'y put tenir.

— Ah! tu nargues la prévôté, misérable! Messieurs les sergents à verge, vous me mènerez ce drôle au pilori de la Grève, vous le battrez et vous le tournerez une heure. Il me le payera, tête-Dieu! et je veux qu'il soit fait un cri du présent jugement, avec assistance de quatre trompettes jurés dans les sept châtellenies de la vicomté de Paris.

Le greffier se mit à rédiger incontinent le jugement.

— Ventre-Dieu! que voilà qui est bien jugé! s'écria de son coin le petit écolier Jehan Frollo du Moulin.

Le prévôt se retourna et fixa de nouveau sur Quasimodo ses yeux étincelants. — Je crois que le drôle a dit *ventre-Dieu!* Greffier, ajoutez douze deniers parisis d'amende pour jurement, et que la fabrique de Saint-Eustache en aura la moitié. J'ai une dévotion particulière à saint Eustache.

En quelques minutes le jugement fut dressé. La teneur en était simple et brève. La coutume de la prévôté et vicomté de Paris n'avait pas encore été travaillée par le président Thibaud Baillet et par Roger Barmne, l'avocat du roi; elle n'était pas obstruée alors par cette haute futaie de chicanes et de procédures que les deux jurisconsultes y plantèrent au commencement du seizième siècle. Tout y était clair, expéditif, explicite. On y cheminait droit au but, et l'on apercevait tout de suite au bout de chaque sentier, sans broussailles et sans détour, la roue, le gibet ou le pilori. On savait du moins où l'on allait.

Le greffier présenta la sentence au prévôt, qui y apposa son sceau et sortit pour continuer sa tournée dans les auditoires, avec une disposition d'esprit qui dut peupler, ce jour-là, toutes les geôles de Paris. Jehan Frollo et Robin Poussepain riaient sous cape. Quasimodo regardait le tout d'un air indifférent et étonné.

Cependant le greffier, au moment où maître Florian Barbedienne lisait à son tour le jugement pour le signer, se sentit ému de pitié pour le pauvre diable de condamné, et, dans l'espoir d'obtenir quelque diminution de peine, il s'approcha le plus près qu'il put de l'oreille de l'auditeur, et lui dit en lui montrant Quasimodo : — Cet homme est sourd.

Il espérait que cette communauté d'infirmité éveillerait l'intérêt de maître Florian en faveur du condamné. Mais d'abord, nous avons déjà observé que maître Florian ne se souciait pas qu'on s'aperçût de sa surdité. Ensuite, il avait l'oreille si dure, qu'il n'entendit pas un mot de ce que lui dit le greffier; pourtant il voulut avoir l'air d'entendre, et répondit : — Ah! ah! c'est différent; je ne savais pas cela. Une heure de pilori de plus, en ce cas.

Et il signa la sentence ainsi modifiée.

— C'est bien fait, dit Robin Poussepain, qui gardait une dent à Quasimodo; cela lui apprendra à rudoyer les gens.

II

LE TROU AUX RATS.

Que le lecteur nous permette de le ramener à la place de Grève, que nous avons quittée hier avec Gringoire pour suivre la Esmeralda.

Il est dix heures du matin; tout y sent le lendemain de fête. Le pavé est couvert de débris; rubans, chiffons, plumes de panaches, gouttes de cire des flambeaux, miettes de la ripaille publique. Bon nombre de bourgeois *flanent*, comme nous disons, çà et là, remuant du pied les tisons éteints du feu de joie, s'extasiant devant la Maison-aux-Piliers, au souvenir des belles tentures de la veille, et regardant aujourd'hui les clous, dernier plaisir. Les vendeurs de cidre et de cervoise roulent leur barrique à travers les groupes. Quelques passants affairés vont et viennent. Les marchands causent et s'appellent du seuil des boutiques. La fête, les ambassadeurs, Coppenole, le pape des fous, sont dans toutes les bouches; c'est à qui glosera le mieux et rira le plus. Et cependant quatre sergents à cheval, qui viennent de se poster aux quatre côtés du pilori, ont déjà concentré autour d'eux une bonne portion du *populaire* épars sur la place, qui se condamne à l'immobilité et à l'ennui, dans l'espoir d'une petite exécution.

Si maintenant le lecteur, après avoir contemplé cette scène vive et criarde qui se joue sur tous les points de la place, porte ses regards vers cette antique maison demi-gothique, demi-romane, de la Tour-Roland, qui fait le coin du quai au couchant, il pourra remarquer à l'angle de la façade un gros bréviaire public à riches enluminures, garanti de la pluie par un petit auvent, et des voleurs par un grillage qui permet toutefois de le feuilleter. A côté de ce bréviaire est une étroite lucarne ogive, fermée de deux barreaux de fer en croix, donnant sur la place; seule ouverture qui laisse arriver un peu d'air et de jour à une petite cellule sans porte pratiquée au rez-de-chaussée dans l'épaisseur du mur de la vieille maison, et pleine d'une paix d'autant plus profonde, d'un silence d'autant plus morne, qu'une place publique, la plus populeuse et la plus bruyante de Paris, fourmille et glapit alentour.

Cette cellule était célèbre dans Paris depuis près de trois siècles que madame Rolande de la Tour-Roland, en deuil de son père, mort à la croisade, l'avait fait creuser dans la muraille de sa propre maison pour s'y enfermer à jamais, ne gardant de son palais que ce logis, dont la porte était murée et la lucarne ouverte, hiver comme été, donnant tout le reste aux pauvres et à Dieu. La désolée damoiselle avait en effet attendu vingt ans la mort dans cette tombe anticipée, priant nuit et jour pour l'âme de son père, dormant dans la cendre, sans même avoir une pierre pour oreiller, vêtue d'un sac noir, et ne vivant que de ce que la pitié des passants déposait de pain et d'eau sur le rebord de sa lucarne, recevant ainsi la charité après l'avoir faite. A sa mort, au moment de passer dans l'autre sépulcre, elle avait légué à perpétuité celui-ci aux femmes affligées, mères, veuves ou filles, qui auraient beaucoup à prier pour autrui ou pour elles, et qui voudraient s'enterrer vives dans une grande douleur ou dans une grande pénitence. Les pauvres de son temps lui avaient fait de belles funérailles de larmes et de bénédictions; mais, à leur grand regret, la pieuse fille n'avait pu être canonisée sainte, faute de protections. Ceux d'entre eux qui étaient un peu impies avaient espéré que la chose se ferait en paradis plus aisément qu'à Rome, et avaient tout bonnement prié Dieu pour la défunte à défaut du pape. La plupart s'étaient contentés de tenir la mémoire de Rolande pour sacrée, et de faire reliques de ses haillons. La ville, de son côté, avait fondé, à l'intention de la damoiselle, un bréviaire public qu'on avait scellé près de la lucarne de la cellule, afin que les passants s'y arrêtassent de temps à autre, ne fût-ce que pour prier, que la prière fît songer à l'aumône, et que les pauvres recluses, héritières du caveau de madame Rolande, n'y mourussent pas tout à fait de faim et d'oubli.

Ce n'était pas du reste chose très-rare dans les villes du moyen âge que cette espèce de tombeaux. On rencontrait souvent, dans la rue la plus fréquentée, dans le marché le plus bariolé et le plus assourdissant, tout au beau milieu, sous les pieds des chevaux, sous la roue des charrettes en quelque sorte, une cave, un puits, un cabanon muré et grillé au fond duquel priait jour et nuit un être humain, volontairement dévoué à quelque lamentation éternelle, à quelque grande expiation. Et toutes les réflexions qu'éveillerait en nous aujourd'hui cet étrange spectacle; cette horrible cellule, sorte d'anneau intermédiaire de la maison et de la tombe, du cimetière et de la cité; ce vivant retranché de la communauté humaine et compté désormais chez les morts; cette lampe consumant sa dernière goutte d'huile dans l'ombre; ce reste de vie vacillant dans une fosse; ce souffle, cette voix, cette prière éternelle dans une boîte de pierre; cette face à jamais tournée vers l'autre monde, cet œil déjà illuminé d'un autre soleil; cette oreille collée aux parois de la tombe; cette âme prisonnière dans ce corps, ce corps prisonnier dans ce cachot, et sous cette double enveloppe de chair et de granit le bourdonnement de cette âme en peine; rien de tout cela n'était perçu par la foule. La piété peu raisonneuse et peu subtile de ce temps-là ne voyait pas tant de facettes à un acte de religion. Elle prenait la chose en bloc, et honorait, vénérait, sanctifiait au besoin le sacrifice, mais n'en analysait pas les souffrances et s'en apitoyait médiocrement. Elle apportait de temps en temps quelque pitance au misérable pénitent, regardait par le trou s'il vivait encore, ignorait son nom, savait à peine depuis combien d'années il avait commencé à mourir, et à l'étranger qui les questionnait sur le squelette vivant qui pourrissait dans cette cave, les voisins répondaient simplement, si c'était un homme : — « C'est le reclus; » si c'était une femme : — « C'est la recluse. »

Sœur Gudule, la folle du Trou-aux-Rats.

On voyait tout ainsi alors, sans métaphysique, sans exagération, sans verre grossissant, à l'œil nu. Le microscope n'avait pas encore été inventé, ni pour les choses de la matière, ni pour les choses de l'esprit.

D'ailleurs, bien qu'on s'en émerveillât peu, les exemples de cette espèce de claustration au sein des villes étaient, en vérité, fréquents, comme nous le disions tout à l'heure. Il y avait dans Paris assez bon nombre de ces cellules à prier Dieu et à faire pénitence; elles étaient presque toutes occupées. Il est vrai que le clergé ne se souciait pas de les laisser vides, ce qui impliquait tiédeur dans les croyants, et qu'on y mettait des lépreux quand on n'avait pas de pénitents. Outre la logette de la Grève, il y en avait une à Montfaucon, une au Charnier des Innocents; une autre je ne sais plus où, au logis Clichon, je crois; d'autres encore à beaucoup d'endroits où l'on en retrouve la place dans les traditions, à défaut des monuments. L'Université avait aussi les siennes. Sur la montagne Sainte-Geneviève, une espèce de Job du moyen âge chanta pendant trente ans les sept psaumes de la pénitence sur un fumier au fond d'une citerne, recommençant quand il avait fini, psalmodiant plus haut la nuit, *magna voce per umbras*, et aujourd'hui l'antiquaire croit entendre sa voix en entrant dans la rue du *Puits-qui-parle*.

Pour nous en tenir à la loge de la Tour-Roland, nous devons dire qu'elle n'avait jamais chômé de recluses. Depuis la mort de madame Rolande, elle avait été rarement une année ou deux vacante. Maintes femmes étaient venues y pleurer jusqu'à la mort des parents, des amants, des fautes. La malice parisienne, qui se mêle de tout, même des choses qui la regardent le moins, prétendait qu'on y avait vu peu de veuves.

Selon la mode de l'époque, une légende latine, inscrite sur le mur, indiquait au passant lettré la destination pieuse de cette cellule. L'usage s'est conservé jusqu'au milieu du seizième siècle d'expliquer un édifice par une brève devise écrite au-dessus de la porte. Ainsi on lit encore en France, au-dessus du guichet de la prison de la maison seigneuriale de Tourville : *Sileto et spera*; en Irlande, sous l'écusson qui surmonte la grande porte du château de Fortescue : *Forte scutum, salus ducum;* en Angleterre, sur l'entrée principale du manoir hospitalier des comtes Cowper : *Tuum est.* C'est qu'alors tout édifice était une pensée.

Comme il n'y avait pas de porte à la cellule murée de la

Deux de ces femmes étaient vêtues en bonnes bourgeoises.

Tour-Roland, on avait gravé en grosses lettres romanes, au-dessus de la fenêtre, ces deux mots :

TU, ORA.

Ce qui fait que le peuple, dont le bon sens ne voit pas tant de finesse dans les choses, et traduit volontiers *Ludovico Magno* par *Porte Saint-Denis*, avait donné à cette cavité noire, sombre et humide, le nom de *Trou-aux-Rats*. Explication moins sublime peut-être que l'autre, mais en revanche plus pittoresque.

III

HISTOIRE D'UNE GALETTE AU LEVAIN DE MAÏS.

A l'époque où se passe cette histoire, la cellule de la Tour-Roland était occupée. Si le lecteur désire savoir par qui, il n'a qu'à écouter la conversation de trois braves commères qui, au moment où nous avons arrêté son attention sur le Trou-aux-Rats, se dirigeaient précisément du même côté, en remontant du Châtelet vers la Grève, le long de l'eau.

Deux de ces femmes étaient vêtues en bonnes bourgeoises de Paris. Leur fine gorgerette blanche, leur jupe de tiretaine rayée, rouge et bleue; leurs chausses de tricot blanc, à coins brodés en couleur, bien tirées sur la jambe; leurs souliers carrés de cuir fauve à semelles noires, et surtout leur coiffure, cette espèce de corne de clinquant surchargé de rubans et de dentelles que les Champenoises portent encore, concurremment avec les grenadiers de la garde impériale russe, annonçaient qu'elles appartenaient à cette classe de riches marchandes qui tient le milieu entre ce que les laquais appellent *une femme* et ce qu'ils appellent *une dame*. Elles ne portaient ni bagues, ni croix d'or, et il était aisé de voir que ce n'était pas chez elles pauvreté, mais tout ingénument peur de l'amende. Leur compagne était attifée à peu près de la même manière, mais il y avait dans sa mise et dans sa tournure ce je ne sais quoi qui sent la femme de notaire de province. On voyait, à la manière dont sa ceinture lui remontait au-dessus des hanches, qu'elle n'était pas depuis longtemps à

Paris. Ajoutez à cela une gorgerette plissée, des nœuds de rubans sur les souliers, que les raies de la jupe étaient dans la largeur et non dans la longueur, et mille autres énormités dont s'indignait le bon goût.

Les deux premières marchaient de ce pas particulier aux Parisiennes qui font voir Paris à des provinciales. La provinciale tenait à sa main un gros garçon qui tenait à la sienne une grosse galette.

Nous sommes fâché d'avoir à ajouter que, vu la rigueur de la saison, il faisait de sa langue son mouchoir.

L'enfant se faisait traîner, *non passibus æquis*, comme dit Virgile, et trébuchait à chaque moment, au grand récri de sa mère. Il est vrai qu'il regardait plus la galette que le pavé. Sans doute quelque grave motif l'empêchait d'y mordre (à la galette), car il se contentait de la considérer tendrement. Mais la mère eût dû se charger de la galette. Il y avait cruauté à faire un Tantale du gros joufflu.

Cependant les trois damoiselles (car le nom de *dames* était réservé alors aux femmes nobles) parlaient à la fois.

— Dépêchons-nous, damoiselle Mahiette, disait la plus jeune des trois, qui était aussi la plus grosse, à la provinciale. J'ai grand'peur que nous n'arrivions trop tard; on nous disait, au Châtelet, qu'on allait le mener tout de suite au pilori.

— Ah! bah! que dites-vous donc là, damoiselle Oudarde Musnier? reprenait l'autre Parisienne. Il restera deux heures au pilori. Nous avons le temps. — Avez-vous jamais vu pilorier, ma chère Mahiette?

— Oui, dit la provinciale, à Reims.

— Ah! bah! qu'est-ce que c'est que ça, votre pilori de Reims? une méchante cage où l'on ne tourne que des paysans. Voilà grand'chose!

— Que des paysans! dit Mahiette, au Marché-aux-Draps! à Reims! Nous y avons vu de fort beaux criminels, et qui avaient tué père et mère! Des paysans! pour qui nous prenez-vous, Gervaise?

Il est certain que la provinciale était sur le point de se fâcher, pour l'honneur de son pilori. Heureusement la discrète damoiselle Oudarde Musnier détourna à temps la conversation.

— A propos, damoiselle Mahiette, que dites-vous de nos ambassadeurs flamands? en avez-vous d'aussi beaux à Reims?

— J'avoue, répondit Mahiette, qu'il n'y a que Paris pour voir des Flamands comme ceux-là.

— Avez-vous vu dans l'ambassade ce grand ambassadeur qui est chaussetier? demanda Oudarde.

— Oui, dit Mahiette. Il a l'air d'un Saturne.

— Et ce gros dont la figure ressemble à un ventre nu? reprit Gervaise. Et ce petit qui a de petits yeux bordés d'une paupière rouge, ébarbillonnée et déchiquetée comme une tête de chardon.

— Ce sont leurs chevaux qui sont beaux à voir, dit Oudarde, vêtus comme ils sont à la mode de leur pays!

— Ah! ma chère, interrompit la provinciale Mahiette, prenant à son tour un air de supériorité, qu'est-ce que vous diriez donc si vous aviez vu, en 61, au sacre de Reims, il y a dix-huit ans, les chevaux des princes et de la compagnie du roi? Des houssures et caparaçons de toutes sortes, les uns de drap de Damas, de fin drap d'or, fourrés de martres zibelines; les autres, de velours, fourrés de pennes d'hermine; les autres, tout chargés d'orfévrerie et de grosses campanes d'or et d'argent! et la finance que cela avait coûté! et les beaux enfants pages qui étaient dessus!

— Cela n'empêche pas, répliqua sèchement damoiselle Oudarde, que les Flamands ont de fort beaux chevaux, et qu'ils ont fait hier un souper superbe chez monsieur le prévôt des marchands, à l'Hôtel-de-Ville, où on leur a servi des dragées, de l'hypocras, des épices et autres singularités.

— Que dites-vous là, ma voisine! s'écria Gervaise. C'est chez monsieur le cardinal, au Petit-Bourbon, que les Flamands ont soupé.

— Non pas; à l'Hôtel-de-Ville.

— Si fait; au Petit-Bourbon.

— C'est si bien à l'Hôtel-de-Ville, reprit Oudarde avec aigreur, que le docteur Scourable leur a fait une harangue en latin, dont ils sont demeurés fort satisfaits. C'est mon mari, qui est libraire-juré, qui me l'a dit.

— C'est si bien au Petit-Bourbon, répondit Gervaise non moins vivement, que voici ce que leur a présenté le procureur de monsieur le cardinal: douze doubles quarts d'hypocras blanc, clairet et vermeil; vingt-quatre layettes de massepain double de Lyon doré; autant de torches de deux livres pièce; et six demi-queues de vin de Beaune, blanc et clairet, le meilleur qu'on ait pu trouver. J'espère que cela est positif Je le tiens de mon mari, qui est cinquantenier au Parloir-aux-Bourgeois, et qui faisait ce matin la comparaison des ambassadeurs flamands avec ceux du Prete-Jan et de l'empereur de Trébizonde, qui sont venus de Mésopotamie à Paris, sous le dernier roi, et qui avaient des anneaux aux oreilles.

— Il est si vrai qu'ils ont soupé à l'Hôtel-de-Ville, répliqua Oudarde, peu émue de cet étalage, qu'on n'a jamais vu un tel triomphe de viandes et de dragées.

— Je vous dis, moi, qu'ils ont été servis par le Sec, sergent de la ville, à l'Hôtel du Petit-Bourbon, et que c'est là ce qui vous trompe.

— A l'Hôtel-de-Ville, vous dis-je!

— Au Petit-Bourbon, ma chère! si bien qu'on avait illuminé en verres magiques le mot *Espérance* qui est écrit sur le grand portail.

— A l'Hôtel-de-Ville! à l'Hôtel-de-Ville! Même que Husson-le-Voir jouait de la flûte!

— Je vous dis que non!

— Je vous dis que si!

— Je vous dis que non!

La bonne grosse Oudarde se préparait à répliquer, et la querelle en fût peut-être venue aux coiffes, si Mahiette ne se fût écriée tout à coup: — Voyez donc ces gens qui sont attroupés là-bas au bout du pont! Il y a au milieu d'eux quelque chose qu'ils regardent.

— En vérité, dit Gervaise, j'entends tambouriner. Je crois que c'est la petite Smeralda qui fait ses momeries avec sa chèvre. Eh vite, Mahiette! doublez le pas, et traînez votre garçon. Vous êtes venue ici pour visiter les curiosités de Paris. Vous avez vu hier les Flamands; il faut voir aujourd'hui l'égyptienne.

— L'égyptienne! dit Mahiette en rebroussant brusquement chemin et en serrant avec force le bras de son fils. Dieu m'en garde! elle me volerait mon enfant! — Viens, Eustache!

Et elle se mit à courir sur le quai vers la Grève, jusqu'à ce qu'elle eût laissé le pont bien loin derrière elle. Cependant, l'enfant, qu'elle traînait, tomba sur les genoux: elle s'arrêta essoufflée. Oudarde et Gervaise la rejoignirent.

— Cette égyptienne vous voler votre enfant! dit Gervaise. Vous avez là une singulière fantaisie.

Mahiette hochait la tête d'un air pensif.

— Ce qui est singulier, observa Oudarde, c'est que la sachette a la même idée des égyptiennes.

— Qu'est-ce que c'est que la sachette? dit Mahiette.

— Hé? dit Oudarde, sœur Gudule.

— Qu'est-ce que c'est, reprit Mahiette, que sœur Gudule?

— Vous êtes bien de votre Reims, de ne pas savoir cela! répondit Oudarde. C'est la recluse du Trou-aux-Rats.

— Comment! demanda Mahiette, cette pauvre femme à qui nous portons cette galette?

Oudarde fit un signe de tête affirmatif.

— Précisément. Vous allez la voir tout à l'heure à sa lucarne sur la Grève. Elle a le même regard que vous sur ces vagabonds d'Egypte qui tambourinent et disent la bonne aventure au public. On ne sait pas d'où lui vient cette horreur des zingari et des égyptiens. Mais vous, Mahiette, pourquoi donc vous sauvez-vous ainsi, rien qu'à les voir?

— Oh! dit Mahiette en saisissant entre ses deux mains la tête ronde de son enfant, je ne veux pas qu'il m'arrive ce qui est arrivé à Paquette-la-Chantefleurie.

— Ah! voilà une histoire que vous allez nous conter, ma bonne Mahiette, dit Gervaise en lui prenant le bras.

— Je veux bien, répondit Mahiette; mais il faut que vous soyez bien de votre Paris, pour ne pas savoir cela! Je vous dirai donc, — mais il n'est pas besoin de nous arrêter pour conter la chose, — que Paquette-la-Chantefleurie était une jolie fille de dix-huit ans quand j'en étais une aussi, c'est-à-dire il y a dix-huit ans, et que c'est sa faute si elle n'est pas aujourd'hui comme moi, une bonne grosse fraîche mère de trente-six ans, avec un homme et un garçon. Au reste, dès l'âge de quatorze ans, il n'était plus temps! — C'était donc la fille de Guybertaut, menestrel de bateaux à Reims, le même qui avait joué devant le roi Charles VII, à son sacre, quand il descendit notre rivière de Vesle depuis Sillery jusqu'à Muison; que même madame la Pucelle était dans le bateau. Le vieux père mourut que Paquette était encore tout enfant; elle n'avait donc plus que sa mère, sœur de monsieur Matthieu Pradon, maître dinandinier et chaudronnier, à Paris, rue Parin-Garlin, lequel est mort l'an passé. Vous voyez qu'elle était de famille. La mère était une bonne femme, par malheur, et n'apprit rien à Paquette qu'un peu de doreloterie et de bimbeloterie qui n'empêchait pas la petite de devenir fort grande et de rester fort pauvre. Elles demeuraient toutes deux à Reims, le long de la rivière, rue de Folle-Peine. Notez ceci; je crois que c'est ce qui porta malheur à Paquette. En 61, l'année du sacre de notre roi Louis onzième que Dieu garde, Paquette était si gaie et si jolie, qu'on ne l'appelait partout que la Chantefleurie. — Pauvre fille! — Elle avait de jolies dents, elle aimait à rire pour les faire voir. Or, fille qui aime à rire s'achemine à pleurer; les belles dents perdent les beaux yeux. C'était donc la Chantefleurie. Elle et sa mère gagnaient durement leur vie; elles étaient bien déchues depuis la mort du ménétrier; leur doreloterie ne leur rapportait guère plus de six deniers par semaine, ce qui ne fait pas tout à fait deux liards-à-l'aigle. Où était le temps que le père Guybertaut gagnait douze sols parisis dans un seul sacre avec une chanson? Un hiver, — c'était en cette même année 61, — que les deux femmes n'avaient ni bûches ni fagots, et qu'il faisait très-froid, cela donna de si belles couleurs à la Chantefleurie, que les hommes l'appelaient : Paquette! que plusieurs l'appelèrent Paquerette! et qu'elle se perdit. — Eustache! que je te voie mordre dans la galette! — Nous vîmes tout de suite qu'elle était perdue, un dimanche qu'elle vint à l'église avec une croix d'or au cou. — A quatorze ans! Voyez-vous cela? — Ce fut d'abord le jeune vicomte de Cormontreuil, qui a son clocher à trois quarts de lieue de Reims; puis messire Henri de Triancourt, chevaucheur du roi; puis, moins que cela, Chiart de Beaulion, sergent d'armes; puis, en descendant toujours, Guery Aubergeon, valet tranchant du roi; puis, Mace de Frépus, barbier de monsieur le dauphin; puis, Thevenin-le-Moine, queux-le-roi; puis, toujours ainsi de moins jeune en moins noble, elle tomba à Guillaume Racine, menestrel de vielle, et à Thierry-de-Mer, lanternier. Alors, pauvre Chantefleurie! elle fut toute à tous; elle était arrivée au dernier sou de sa pièce d'or. Que vous dirai-je, mesdamoiselles? Au sacre, dans la même année 61, c'est elle qui fit le lit du roi des ribauds! — Dans la même année!

Mahiette soupira, et essuya une larme qui roulait dans ses yeux.

— Voilà une histoire qui n'est pas très-extraordinaire, dit Gervaise, et je ne vois pas en tout cela d'égyptiens ni d'enfants.

— Patience! reprit Mahiette; d'enfant, vous allez en voir un. — En 66, il y aura seize ans ce mois-ci à la Sainte-Paule, Paquette accoucha d'une petite fille. La malheureuse! elle eut une grande joie; elle désirait un enfant depuis longtemps. Sa mère, bonne femme qui n'avait jamais su que fermer les yeux, sa mère était morte. Paquette n'avait plus rien à aimer au monde, plus rien qui l'aimât. Depuis cinq ans qu'elle avait failli, c'était une pauvre créature que la Chantefleurie. Elle était seule, seule dans cette vie, montrée au doigt, criée par les rues, battue des sergents, moquée des petits garçons en guenilles. Et puis, les vingt ans étaient venus; et vingt ans, c'est la vieillesse pour les femmes amoureuses. La folie commençait à ne pas lui rapporter plus que la doreloterie autrefois : pour une ride qui venait, un écu s'en allait; l'hiver lui redevenait dur, le bois se faisait derechef rare dans son cendrier et le pain dans sa huche. Elle ne pouvait plus travailler, parce qu'en devenant voluptueuse elle était devenue paresseuse, et elle souffrait beaucoup plus, parce qu'en devenant paresseuse elle était devenue voluptueuse. C'est du moins comme cela que monsieur le curé de Saint-Remy explique pourquoi ces femmes-là ont plus froid et plus faim que d'autres pauvresses quand elles sont vieilles.

— Oui, observa Gervaise; mais les égyptiens?

— Un moment donc, Gervaise! dit Oudarde, dont l'attention était moins impatiente. Qu'est-ce qu'il y aurait à la fin, si tout était au commencement? Continuez, Mahiette, je vous prie. Cette pauvre Chantefleurie!

Mahiette poursuivit.

— Elle était donc bien triste, bien misérable, et creusait ses joues avec ses larmes. Mais dans sa honte, dans sa folie et dans son abandon, il lui semblait qu'elle serait moins honteuse, moins folle et moins abandonnée, s'il y avait quelque chose au monde ou quelqu'un qu'elle pût aimer ou qui pût l'aimer. Il fallait que ce fût un enfant, parce qu'un enfant seul pouvait être assez innocent pour cela. — Elle avait reconnu ceci après avoir essayé d'aimer un voleur, le seul homme qui pût vouloir d'elle; mais au bout de peu de temps, elle s'était aperçue que le voleur la méprisait. — A ces femmes d'amour, il faut un amant ou un enfant pour leur remplir le cœur. Autrement elles sont bien malheureuses. Ne pouvant avoir d'amant, elle se tourna tout au désir d'un enfant, et, comme elle n'avait pas cessé d'être pieuse, elle en fit son éternelle prière au bon Dieu. Le bon Dieu eut donc pitié d'elle, et lui donna une petite fille. Sa joie, je ne vous en parle pas; ce fut une furie de larmes, de caresses et de baisers. Elle allaita elle-même son enfant, lui fit des langes avec sa couverture, la seule qu'elle eût sur son lit, et ne sentit plus ni le froid ni la faim. Elle en redevint belle. Vieille fille fait jeune mère. La galanterie reprit; on revint voir la Chantefleurie, elle retrouva chalands pour sa marchandise, et de toutes ces horreurs elle fit des layettes, béguins et baverolles, des brassières de dentelles et des petits bonnets de satin, sans même songer à se racheter une couverture. — Monsieur Eustache, je vous ai déjà dit de ne pas manger la galette. — Il est sûr que la petite Agnès, — c'était le nom de l'enfant : nom de baptême; car de nom de famille, il y a longtemps que la Chantefleurie n'en avait plus; — il est certain que cette petite était plus emmaillotée de rubans et de broderies qu'une dauphine du Dauphiné! — Elle avait entre autres une paire de petits souliers que le roi Louis XI n'en a certainement pas eu de pareils! Sa mère les lui avait cousus et brodés elle-même, elle y avait mis toutes ses finesses de dorelotière et toutes les passequilles d'une robe de bonne Vierge. — C'étaient bien les deux plus mignons souliers roses qu'on pût voir. Ils étaient longs tout au plus comme mon pouce, et il fallait en voir sortir les petits pieds de l'enfant pour croire qu'ils avaient pu y entrer. Il est vrai que ces petits pieds étaient si petits, si jolis, si roses! plus roses que le satin des souliers! — Quand vous aurez des enfants, Oudarde, vous saurez que rien n'est plus joli que ces petits pieds et ces petites mains-là.

— Je ne demande pas mieux, dit Oudarde en soupirant, mais j'attends que ce soit le bon plaisir de M. Andry Musnier.

— Au reste, reprit Mahiette, l'enfant de Paquette n'avait pas que les pieds de jolis. Je l'ai vue quand elle n'avait que quatre mois; c'était un amour! Elle avait les yeux plus grands que la bouche, et les plus charmants fins cheveux noirs, qui frisaient déjà. Cela aurait fait une fière brune, à seize ans! Sa mère en devenait de plus en plus folle tous les jours. Elle la caressait, la baisait, la chatouillait, la lavait, l'attifait, la mangeait! Elle en perdait la tête; elle en remerciait Dieu. Ses jolis pieds roses surtout, c'était un ébahissement sans fin, c'était un délire de joie! elle y avait toujours les lèvres collées, et ne pouvait revenir de leur petitesse. Elle les mettait dans les petits souliers, les retirait, les admirait, s'en émerveillait, regardait le jour au travers, s'apitoyait de les essayer à la marche de son lit, et eût volontiers passé sa vie à genoux, à chausser et à déchausser ces pieds-là comme ceux d'un Enfant-Jésus.

— Le conte est bel et bon, dit à demi-voix la Gervaise; mais où est l'Égypte dans tout cela?

— Voici, répliqua Mahiette. Il arriva un jour à Reims des espèces de cavaliers fort singuliers. C'étaient des gueux et des truands qui cheminaient dans le pays, conduits par leur duc et par leurs comtes. Ils étaient basanés, avaient les cheveux tout frisés, et des anneaux d'argent aux oreilles. Les femmes étaient encore plus laides que les hommes. Elles avaient le visage plus noir et toujours découvert, un méchant roquet sur le corps, un vieux drap tissu de cordes lié sur l'épaule, et la chevelure en queue de cheval. Les enfants qui se vautraient dans leurs jambes auraient fait peur à des singes. Une bande d'excommuniés. Tout cela venait en droite ligne de la Basse-Egypte à Reims par la Pologne. Le pape les avait confessés, à ce qu'on disait, et leur avait donné pour pénitence d'aller sept ans de suite dans le monde, sans coucher dans des lits; aussi ils s'appelaient penanciers et puaient. Il paraît qu'ils avaient été autrefois Sarrasins, ce qui fait qu'ils croyaient à Jupiter, et qu'ils réclamaient dix livres tournois de tous archevêques, évêques et abbés crossés et mitrés. C'est une bulle du pape qui leur valait cela. Ils venaient à Reims dire la bonne aventure au nom du roi d'Alger et de l'empereur d'Allemagne. Vous pensez bien qu'il n'en fallut pas davantage pour qu'on leur interdît l'entrée de la ville. Alors toute la bande campa de bonne grâce près la porte de Braine, sur cette butte où il y a un moulin, à côté des trous des anciennes crayères. Et ce fut dans Reims à qui les irait voir. Ils vous regardaient dans la main et vous disaient des prophéties merveilleuses; ils étaient de force à prédire à Judas qu'il serait pape. Il courait cependant sur eux de méchants bruits d'enfants volés, de bourses coupées et de chair humaine mangée. Les gens sages disaient aux fous : N'y allez pas, et y allaient de leur côté en cachette. C'était donc un emportement. Le fait est qu'ils disaient des choses à étonner un cardinal. Les mères faisaient grand triomphe de leurs enfants depuis que les égyptiennes leur avaient lu dans la main toutes sortes de miracles écrits en païen et en turc. L'une avait un empereur, l'autre un pape, l'autre un capitaine. La pauvre Chantefleurie fut prise de curiosité; elle voulut savoir ce qu'elle avait, et si sa jolie petite Agnès ne serait pas un jour impératrice d'Arménie ou d'autre chose. Elle la porta donc aux égyptiens; et les égyptiennes d'admirer l'enfant, de la caresser, de la baiser avec leurs bouches noires, et de s'émerveiller sur sa petite main, hélas! à la grande joie de la mère. Elles firent fête surtout aux jolis pieds et aux jolis souliers. L'enfant n'avait pas encore un an. Elle bégayait déjà, riait à sa mère comme une petite folle, était grasse et toute ronde, et avait mille charmants petits gestes des anges du paradis. Elle fut très-effarouchée des égyptiennes, et pleura. Mais la mère la baisa plus fort et s'en alla ravie de la bonne aventure que les devineresses avaient dite à son Agnès. Ce devait être une beauté, une vertu, une reine. Elle retourna donc dans son galetas de la rue Folle-Peine, toute fière d'y rapporter une reine. Le lendemain elle profita d'un moment où l'enfant dormait sur son lit (car elle la couchait toujours avec elle), laissa tout doucement la porte entr'ouverte, et courut raconter à une voisine de la rue de la Séchesserie qu'il viendrait un jour où sa fille Agnès serait servie à table par le roi d'Angleterre et l'archiduc d'Ethiopie, et cent autres surprises. A son retour, n'entendant pas de cris en montant son escalier, elle se dit : Bon! l'enfant dort toujours. Elle trouva sa porte plus grande ouverte qu'elle ne l'avait laissée, elle entra pourtant, la pauvre mère, et courut au lit... — L'enfant n'y était plus, la place était vide. Il n'y avait plus rien de l'enfant, sinon un de ses jolis petits souliers. Elle s'élança hors de la chambre, se jeta au bas de l'escalier, et se mit à battre les murailles avec sa tête, en criant : — Mon enfant! qui a mon enfant? qui m'a pris mon enfant? — La rue était déserte, la maison isolée; personne ne put lui rien dire. Elle alla par la ville, elle fureta toutes les rues, courut çà et là la journée entière, folle, égarée, terrible, flairant aux portes et aux fenêtres, comme une bête farouche qui a perdu ses petits. Elle était haletante, échevelée, effrayante à voir, et elle avait dans les yeux un feu qui séchait ses larmes. Elle arrêtait les passants et criait : — Ma fille! ma fille! ma jolie petite fille! celui qui me rendra ma fille, je serai sa servante, la servante de son chien, et il me mangera le cœur s'il veut. — Elle rencontra M. le curé de Saint-Remy, et lui dit : Monsieur le curé, je labourerai la terre avec mes ongles, mais rendez-moi mon enfant! — C'était déchirant, Oudarde; et j'ai vu un homme bien dur, maître Ponce-Lacabre, le procureur, qui pleurait. — Ah! la pauvre mère! — Le soir, elle rentra chez elle. Pendant son absence, une voisine avait vu deux égyptiennes y monter en cachette avec un paquet dans leurs bras, puis redescendre après avoir refermé la porte, et s'enfuir en hâte. Depuis leur départ, on entendait chez Paquette des espèces de cris d'enfant. La mère rit aux éclats, monta l'escalier comme avec des ailes, enfonça sa porte comme avec un canon d'artillerie, et entra... — Une chose affreuse, Oudarde! Au lieu de sa gentille petite Agnès, si vermeille et si fraîche, qui était un don du bon Dieu, une façon de petit monstre, hideux, boiteux, borgne, contrefait, se traînait en piaillant sur le carreau. Elle cacha ses yeux avec horreur. — Oh! dit-elle, est-ce que les sorcières auraient métamorphosé ma fille en cet animal effroyable? — On se hâta d'emporter le petit pied-bot; il l'aurait rendu folle. C'était un monstrueux enfant de quelque égyptienne donnée au diable. Il paraissait avoir quatre ans environ, et parlait une langue qui n'était point une langue humaine; c'était des mots qui ne sont pas possibles. — La Chantefleurie s'était jetée sur le petit soulier, tout ce qui lui restait de tout ce qu'elle avait aimé. Elle y demeura si longtemps immobile, muette, sans souffle, qu'on crut qu'elle y était morte. Tout à coup elle trembla de tout son corps, couvrit sa relique de baisers furieux, et se dégorgea en sanglots comme si son cœur venait de crever. Je vous assure que nous pleurions toutes aussi. Elle disait : Oh! ma petite fille, ma jolie petite fille! où es-tu? et cela vous tordait les entrailles. Je pleure encore d'y songer. Nos enfants, voyez-vous? c'est la moelle de nos os. — Mon pauvre Eustache! tu es si beau, toi! Si vous saviez comme il est gentil! Hier il me disait : Je veux être gendarme, moi. O mon Eustache! si je te perdais! — La Chantefleurie se leva tout à coup, et se mit à courir dans Reims, en criant : — Au camp des égyptiens! au camp des égyptiens! Des sergents pour brûler les sorcières! — Les égyptiens étaient partis. — Il faisait nuit noire. On ne put les poursuivre. Le lendemain, à deux lieues de Reims, dans une bruyère entre Gueux et Tilloy, on trouva les restes d'un grand feu, quelques rubans qui avaient appartenu à l'enfant de Paquette, des gouttes de sang et des crottins de bouc. La nuit qui venait de s'écouler était précisément celle d'un samedi. On ne douta plus que les égyptiens n'eussent fait le sabbat dans cette bruyère, et qu'ils n'eussent dévoré l'enfant en compagnie de Belzébuth, comme cela se pratique chez les mahométans. Quand la Chantefleurie apprit ces choses horribles, elle ne pleura pas, elle remua les lèvres comme pour parler, mais ne put. Le lendemain, ses cheveux étaient gris. Le surlendemain, elle avait disparu.

— Voilà en effet une effroyable histoire, dit Oudarde, et qui ferait pleurer un Bourguignon!

— Je ne m'étonne plus, ajouta Gervaise, que la peur des égyptiens vous talonne si fort!

— Et vous avez d'autant mieux fait, reprit Oudarde, de vous sauver tout à l'heure avec votre Eustache, que ceux-ci aussi sont des égyptiens de Pologne.

— Non pas, dit Gervaise. On dit qu'ils viennent d'Espagne et de Catalogne.

— Catalogne? c'est possible, répondit Oudarde, Pologne, Catalogne, Valogne, je confonds toujours ces trois provinces-là. Ce qui est sûr, c'est que ce sont des égyptiens.

— Et qui ont certainement, ajouta Gervaise, les dents assez longues pour manger des petits enfants. Et je ne serais pas surprise que la Sméralda en mangeât aussi un peu, tout en faisant la petite bouche. Sa chèvre blanche a des tours trop malicieux pour qu'il n'y ait pas quelque libertinage là-dessous.

Mahiette marchait silencieusement. Elle était absorbée dans cette rêverie qui est en quelque sorte le prolongement d'un récit douloureux, et qui ne s'arrête qu'après en avoir propagé l'ébranlement, de vibration en vibration, jusqu'aux dernières fibres du cœur. Cependant Gervaise lui adressa la parole. — Et l'on n'a pu savoir ce qu'est devenue la Chantefleurie? Mahiette ne répondit pas. Gervaise répéta sa question en lui secouant le bras et en l'appelant par son nom. Mahiette parut se réveiller de ses pensées.

Ce qu'est devenue la Chantefleurie? dit-elle en répétant machinalement les paroles dont l'impression était toute fraîche dans son oreille; puis faisant effort pour ramener son attention au sens de ces paroles : Ah! reprit-elle vivement, on ne l'a jamais su.

Elle ajouta après une pause :

— Les uns ont dit l'avoir vue sortir de Reims à la brune par la Porte-Fléchembault; les autres, au point du jour, par la vieille Porte-Basée. Un pauvre a trouvé sa croix d'or accrochée à la croix de pierre dans la culture où se fait la foire. C'est ce joyau qui l'avait perdue, en 61. C'était un don du beau vicomte de Cormontreuil, son premier amant. Paquette n'avait jamais voulu s'en défaire, si misérable qu'elle eût été. Elle y tenait comme à la vie. Aussi, quand nous vîmes l'abandon de cette croix, nous pensâmes toutes qu'elle était morte. Cependant il y a des gens du Cabaret-les-Vautes qui dirent l'avoir vue passer sur le chemin de Paris, marchant pieds nus sur les cailloux. Mais il faudrait alors qu'elle fût sortie par la porte de Vesle, et tout cela n'est pas d'accord. Ou, pour mieux dire, je crois bien qu'elle est sortie en effet par la porte de Vesle, mais sortie de ce monde.

— Je ne vous comprends pas, dit Gervaise.

— La Vesle, répondit Mahiette avec un sourire mélancolique, c'est la rivière.

— Pauvre Chantefleurie! dit Oudarde en frissonnant, noyée!

— Noyée! reprit Mahiette, et qui eût dit au bon père Guybertaut quand il passait sous le pont de Tinqueux au fil de l'eau, en chantant dans sa barque, qu'un jour sa chère petite Paquette passerait aussi sous ce pont-là, mais sans chanson et sans bateau?

— Et le petit soulier? demanda Gervaise.

— Disparu avec la mère, répondit Mahiette.

— Pauvre petit soulier! dit Oudarde.

Oudarde, grosse et sensible femme, se serait fort bien satisfaite à soupirer en compagnie avec Mahiette. Mais Gervaise, plus curieuse, n'était pas au bout de ses questions.

— Et le monstre? dit-elle tout à coup à Mahiette.

— Quel monstre? demanda celle-ci.

— Le petit monstre égyptien laissé par les sorcières chez la Chantefleurie en échange de sa fille. Qu'en avez-vous fait? J'espère vien que vous l'avez noyé aussi.

— Non pas, répondit Mahiette.

— Comment! brûlé alors? Au fait, c'est plus juste. Un enfant sorcier!

— Ni l'un ni l'autre, Gervaise. M. l'archevêque s'est intéressé à l'enfant de l'Egypte, l'a exorcisé, l'a béni, lui a ôté bien soigneusement le diable du corps, et l'a envoyé à Paris pour être exposé sur le lit de bois, à Notre-Dame, comme enfant trouvé.

— Ces évêques! dit Gervaise en grommelant, parce qu'ils sont savants ils ne font rien comme les autres. Je vous demande un peu, Oudarde, mettre le diable aux enfants-trouvés! car c'était bien sûr le diable que ce petit monstre. — Eh bien! Mahiette, qu'est-ce qu'on en a fait à Paris? Je compte bien que pas une personne charitable n'en a voulu.

— Je ne sais pas, répondit la Rémoise; c'est justement dans ce temps-là que mon mari a acheté le tabellionage de Beru, à deux lieues de la ville, et nous ne nous sommes plus occupés de cette histoire; avec cela que devant Beru il y a les deux buttes de Cernay, qui vous font perdre de vue les clochers de la cathédrale de Reims.

Tout en parlant ainsi, les trois dignes bourgeoises étaient arrivées à la place de Grève. Dans leur préoccupation, elles avaient passé, sans s'y arrêter, devant le bréviaire public de la Tour-Roland, et se dirigeaient machinalement vers le pilori, autour duquel la foule grossissait à chaque instant. Il est probable que le spectacle qui y attirait en ce moment tous les regards leur eût fait complétement oublier le Trou-aux-Rats, et la station qu'elles s'étaient proposé d'y faire, si le gros Eustache de six ans, que Mahiette traînait à sa main, ne leur en eût rappelé brusquement l'objet : — Mère, dit-il, comme si quelque instinct l'avertissait que le Trou-aux-Rats était derrière lui, à présent puis-je manger le gâteau?

Si Eustache eût été plus adroit, c'est-à-dire moins gourmand, il aurait encore attendu, et ce n'est qu'au retour, dans l'Université, au logis, chez maître Andry Musnier, rue Madame-la-Valence, lorsqu'il y aurait eu les deux bras de la Seine et les cinq ponts de la Cité entre le Trou-aux-Rats et la galette, qu'il eût hasardé cette question timide : — Mère, à présent puis-je manger le gâteau?

Cette même question, imprudente au moment où Eustache la fit, réveilla l'attention de Mahiette.

— A propos, s'écria-t-elle, nous oublions la recluse! Montrez-moi donc votre Trou-aux-Rats, que je lui porte son gâteau.

— Tout de suite, dit Oudarde, c'est une charité.

Ce n'était pas là le compte d'Eustache.

— Tiens, ma galette, dit-il en heurtant alternativement ses deux épaules de ses deux oreilles, ce qui est en pareil cas le signe suprême du mécontentement.

Les trois femmes revinrent sur leurs pas, et, arrivées près de la maison de la Tour-Roland, Oudarde dit aux deux autres : — Il ne faut pas regarder toutes trois à la fois dans le trou, de peur d'effaroucher la sachette. Faites semblant, vous deux, de lire *Dominus* dans le bréviaire pendant que je mettrai le nez à la lucarne; la sachette me connaît un peu. Je vous avertirai quand vous pourrez venir.

Elle alla seule à la lucarne. Au moment où sa vue y pénétra, une profonde pitié se peignit sur tous ses traits, et sa gaie et franche physionomie changea aussi brusquement d'expression et de couleur que si elle eût passé d'un rayon de soleil à un rayon de lune; son œil devint humide, sa bouche se contracta comme lorsqu'on va pleurer. Un moment après, elle mit un doigt sur ses lèvres et fit signe à Mahiette de venir voir.

Mahiette vint, émue, en silence et sur la pointe des pieds, comme lorsqu'on approche du lit d'un mourant.

C'était en effet un triste spectacle que celui qui s'offrait aux yeux des deux femmes pendant qu'elles regardaient sans bouger ni souffler à la lucarne grillée du Trou-aux-Rats.

La cellule était étroite, plus large que profonde, voûtée en ogive, et vue à l'intérieur ressemblait assez à l'alvéole d'une grande mitre d'évêque. Sur la dalle nue qui en formait le sol, dans un angle, une femme était assise ou plutôt accroupie. Son menton était appuyé sur ses genoux, que ses deux bras croisés serraient fortement contre sa poitrine. Ainsi ramassée sur elle-même, vêtue d'un sac brun qui l'enveloppait tout entière à larges plis, ses longs cheveux gris rabattus par devant, tombant sur son visage, le long de ses jambes jusqu'à ses pieds, elle ne présentait au premier aspect qu'une forme étrange, découpée sur le fond ténébreux de la cellule, une espèce de triangle noirâtre, que le rayon de jour venant de la lucarne tranchait crûment en deux nuances, l'une sombre, l'autre éclairée. C'était un de ces spectres mi-partis d'ombre et de lumière, comme on en voit dans les rêves et dans l'œuvre extraordinaire de Goya, pâles, immobiles, sinistres, accroupis sur une tombe ou adossés à la grille d'un cachot. Ce n'était ni une femme, ni un homme, ni un être vivant, ni une forme définie : c'était une figure, une sorte de vision sur laquelle s'entrecoupaient le réel et le fantastique, comme l'ombre et le jour. A peine sous ses cheveux répandus jusqu'à terre distinguait-on un profil amaigri et sévère; à peine sa robe laissait-elle passer l'extrémité d'un pied nu qui se crispait sur le pavé rigide et gelé. Le peu de forme humaine qu'on entrevoyait sous cette enveloppe de deuil faisait frissonner.

Cette figure, qu'on eût crue scellée dans la dalle, paraissait n'avoir ni mouvement, ni pensée, ni haleine. Sous ce mince sac de toile, en janvier, gisante à nu sur un pavé de granit, sans feu, dans l'ombre d'un cachot dont le soupirail oblique ne laissait arriver du dehors que la bise et jamais le soleil, elle ne semblait pas souffrir, pas même sentir. On eût dit qu'elle s'était faite pierre avec le cachot, glace avec la saison. Ses mains étaient jointes, ses yeux étaient fixes. A la première vue on la prenait pour un spectre, à la seconde pour une statue.

Cependant par intervalles ses lèvres bleues s'entr'ouvraient à un souffle, et tremblaient, mais aussi mortes et aussi machinales que des feuilles qui s'écartent au vent.

Cependant de ses yeux mornes s'échappait un regard, un regard ineffable, un regard profond, lugubre, imperturbable, incessamment fixé à un angle de la cellule qu'on ne pouvait voir du dehors; un regard qui semblait rattacher toutes les sombres pensées de cette âme en détresse à je ne sais quel objet mystérieux.

Telle était la créature qui recevait de son habitacle le nom de *recluse* et de son vêtement le nom de *sachette*.

Les trois femmes, car Gervaise s'était réunie à Mahiette et à Oudarde, regardaient par la lucarne. Leur tête interceptait le faible jour du cachot, sans que la misérable qu'elles en privaient ainsi parût faire attention à elles. — Ne la troublons pas, dit Oudarde à voix basse, elle est dans son extase : elle prie.

Cependant Mahiette considérait avec une anxiété toujours croissante cette tête hâve, flétrie, échevelée, et ses yeux se remplissaient de larmes. — Voilà qui serait bien singulier! murmurait-elle.

Elle passa sa tête à travers les barreaux du soupirail, et parvint à faire arriver son regard jusque dans l'angle où le regard de la malheureuse était invariablement attaché.

Quand elle retira sa tête de la lucarne, son visage était inondé de larmes.

— Comment appelez-vous cette femme? demanda-t-elle à Oudarde.

Oudarde répondit : — Nous la nommons sœur Gudule.

— Et moi, reprit Mahiette, je l'appelle Paquette-la-Chantefleurie.

Alors, mettant un doigt sur sa bouche, elle fit signe à Oudarde stupéfaite de passer sa tête par la lucarne et de regarder.

Oudarde regarda, et vit, dans l'angle où l'œil de la recluse était fixé avec cette sombre extase, un petit soulier de satin rose, brodé de mille passequilles d'or et d'argent.

Gervaise regarda après Oudarde, et alors les trois femmes, considérant la malheureuse mère, se mirent à pleurer.

Ni leurs regards cependant ni leurs larmes n'avaient distrait la recluse. Ses mains restaient jointes, ses lèvres muettes, ses yeux fixes, et, pour qui savait son histoire, ce petit soulier regardé ainsi fendait le cœur.

Les trois femmes n'avaient pas encore proféré une parole; elles n'osaient parler, même à voix basse. Ce grand silence, cette grande douleur, ce grand oubli, où tout avait disparu hors une chose, leur faisait l'effet d'un maître-autel de Pâques ou de Noël. Elles se taisaient, elles se recueillaient, elles étaient prêtes à s'agenouiller. Il leur semblait qu'elles venaient d'entrer dans une église le jour de Ténèbres.

Enfin Gervaise, la plus curieuse des trois, et par conséquent la moins sensible, essaya de faire parler la recluse : — Sœur! sœur Gudule!

Elle répéta cet appel jusqu'à trois fois, en haussant la voix chaque fois. La recluse ne bougea pas; pas un mot, pas un regard, pas un soupir, pas un signe de vie.

Oudarde à son tour d'une voix plus douce et plus caressante : — Sœur! dit-elle, sœur Sainte-Gudule!

Même silence, même immobilité.

— Une singulière femme! s'écria Gervaise, et qui ne serait pas émue d'une bombarde.

— Elle est peut-être sourde, dit Oudarde en soupirant.

— Peut-être aveugle, ajouta Gervaise.

— Peut-être morte, reprit Mahiette.

Il est certain que si l'âme n'avait pas encore quitté ce corps inerte, endormi, léthargique, du moins s'y était-elle retirée et cachée à des profondeurs où les perceptions des organes extérieurs n'arrivaient plus.

— Il faudra donc, dit Oudarde, laisser le gâteau sur la lucarne; quelque fils le prendra. Comment faire pour la réveiller?

Eustache, qui jusqu'à ce moment avait été distrait par une petite voiture traînée par un gros chien, laquelle venait de passer, s'aperçut tout à coup que ses trois conductrices regardaient quelque chose à la lucarne; et, la curiosité le prenant à son tour, il monta sur une borne, se dressa sur la pointe des pieds, et appliqua son gros visage vermeil à l'ouverture, en criant : — Mère, voyons donc que je voie!

A cette voix d'enfant, claire, fraîche, sonore, la recluse tressaillit. Elle tourna la tête avec le mouvement sec et brusque d'un ressort d'acier, ses deux longues mains décharnées vinrent écarter ses cheveux sur son front, et elle fixa sur l'enfant des yeux étonnés, amers, désespérés. Ce regard ne fut qu'un éclair. — O mon Dieu! cria-t-elle tout à coup en cachant sa tête dans ses genoux, et il semblait que sa voix rauque déchirait sa poitrine en passant, au moins ne me montrez pas ceux des autres!

— Bonjour, madame, dit l'enfant avec gravité.

Cependant cette secousse avait, pour ainsi dire, réveillé la recluse. Un long frisson parcourut tout son corps de la tête aux pieds; ses dents claquèrent, elle releva à demi sa tête et dit en serrant ses coudes contre ses hanches et en prenant ses pieds dans ses mains comme pour les réchauffer : — Oh! le grand froid!

— Pauvre femme, dit Oudarde en grande pitié, voulez-vous un peu de feu?

Elle secoua le tête en signe de refus.

— Eh bien! reprit Oudarde en lui présentant un flacon, voici de l'hypocras qui vous réchauffera; buvez.

Elle secoua de nouveau la tête, regarda Oudarde fixement et répondit : — De l'eau.

Oudarde insista. — Non, sœur, ce n'est pas là une boisson de janvier. Il faut boire un peu d'hypocras et manger cette galette au levain de maïs, que nous avons cuite pour vous.

Elle repoussa le gâteau que Mahiette lui présentait et dit : — Du pain noir.

— Allons, dit Gervaise prise à son tour de charité, et défaisant son roquet de laine, voici un surtout un peu plus chaud que le vôtre. Mettez ceci sur vos épaules.

Elle refusa le surtout comme le flacon et le gâteau, et répondit : — Un sac.

— Mais il faut bien, reprit la bonne Oudarde, que vous vous aperceviez un peu que c'était hier fête.

— Je m'en aperçois, dit la recluse. Voilà deux jours que je n'ai plus d'eau dans ma cruche.

Elle ajouta après un silence : — C'est fête; on m'oublie. On fait bien. Pourquoi le monde songerait-il à moi, qui ne songe pas à lui? A charbon éteint cendre froide.

Et, comme fatiguée d'en avoir tant dit, elle laissa tomber sa tête sur ses genoux. La simple et charitable Oudarde, qui crut comprendre à ces dernières paroles qu'elle se plaignait encore du froid, lui répondit naïvement : — Alors voulez-vous un peu de feu?

— Du feu! dit la sachette avec un accent étrange; et en ferez-vous aussi un peu avec la pauvre petite qui est sous terre depuis quinze ans?

Tous ses membres tremblèrent, sa parole vibrait, ses yeux brillaient, elle s'était levée sur les genoux; elle étendit tout à coup sa main blanche et maigre vers l'enfant, qui la regardait avec un regard étonné :

— Emportez cet enfant! cria-t-elle. L'égyptienne va passer!

Alors elle tomba la face contre terre, et son front frappa la dalle avec le bruit d'une pierre sur une pierre. Les trois femmes la crurent morte. Un moment après pourtant, elle remua, et elles la virent se traîner sur les coudes et sur les genoux jusqu'à l'angle où était le petit soulier. Alors elles n'osèrent regarder; elles ne la virent plus; mais elles entendirent mille baisers et mille soupirs, mêlés à des cris déchirants et à des coups sourds comme ceux d'une tête qui heurte une muraille; puis, après un de ces coups, tellement violent qu'elles en chancelèrent toutes les trois, elles n'entendirent plus rien.

— Se serait-elle tuée? dit Gervaise en se risquant à passer sa tête au soupirail. — Sœur! sœur Gudule!

— Sœur Gudule! répéta Oudarde.

— Ah! mon Dieu! elle ne bouge plus! reprit Gervaise, est-ce qu'elle est morte? Gudule! Gudule!

Mahiette, suffoquée jusque-là à ne pouvoir parler, fit un

effort. — Attendez, dit-elle; puis se penchant vers la lucarne : — Paquette! dit-elle. Paquette-la-Chantefleurie!

Un enfant qui souffle ingénument sur la mèche mal allumée d'un pétard, et se le fait éclater dans les yeux, n'est pas plus épouvanté que ne le fut Mahiette, à l'effet de ce nom brusquement lancé dans la cellule de sœur Gudule.

La recluse tressaillit de tout son corps, se leva debout sur ses pieds nus, et sauta à la lucarne avec des yeux si flamboyants, que Mahiette et Oudarde, et l'autre femme et l'enfant reculèrent jusqu'au parapet du quai.

Cependant la sinistre figure de la recluse apparut collée à la grille du soupirail. — Oh! oh! criait-elle avec un rire effrayant, c'est l'égyptienne qui m'appelle!

En ce moment une scène qui se passait au pilori arrêta son œil hagard. Son front se plissa d'horreur, elle étendit hors de sa loge ses deux bras de squelette, et s'écria avec une voix qui ressemblait à un râle : — C'est donc encore toi, fille d'Egypte! c'est toi qui m'appelles, voleuse d'enfants! Eh bien! maudite sois-tu! maudite! maudite! maudite!

IV

UNE LARME POUR UNE GOUTTE D'EAU.

Ces paroles étaient, pour ainsi dire, le point de jonction de deux scènes qui s'étaient jusque-là développées parallèlement dans le même moment, chacune sur son théâtre particulier : l'une, celle qu'on vient de lire, dans le Trou-aux-Rats; l'autre, qu'on va lire, sur l'échelle du pilori. La première n'avait eu pour témoins que les trois femmes avec lesquelles le lecteur vient de faire connaissance; la seconde avait eu pour spectateurs tout le public que nous avons vu plus haut s'amasser sur la place de Grève, autour du pilori et du gibet.

Cette foule, à laquelle les quatre sergents qui s'étaient postés dès neuf heures du matin aux quatre coins du pilori avaient fait espérer une exécution telle quelle, non pas sans doute une pendaison, mais un fouet, un essorillement, quelque chose enfin, cette foule s'était si rapidement accrue, que les quatre sergents, investis de trop près, avaient eu plus d'une fois besoin de la *serrer*, comme on disait alors, à grands coups de boullaye et de croupe de cheval.

Cette populace, disciplinée à l'attente des exécutions publiques, ne manifestait pas trop d'impatience. Elle se divertissait à regarder le pilori, espèce de monument fort simple composé d'un cube de maçonnerie de quelque dix pieds de haut, creux à l'intérieur. Un degré fort roide en pierre brute, qu'on appelait par excellence *l'échelle*, conduisait à la plate-forme supérieure, sur laquelle on apercevait une roue horizontale en bois de chêne plein. On liait le patient sur cette roue, à genoux et les bras derrière le dos. Une tige en charpente, que mettait en mouvement un cabestan caché dans l'intérieur du petit édifice, imprimait une rotation à la roue toujours maintenue dans le plan horizontal, et présentait de cette façon la face du condamné successivement à tous les points de la place. C'est ce qu'on appelait tourner un criminel.

Comme on voit, le pilori de la Grève était loin d'offrir toutes les récréations du pilori des Halles. Rien d'architectural. Rien de monumental. Pas de toit à croix de fer, pas de lanterne octogone, pas de frêles colonnettes allant s'épanouir au bord du toit en chapiteaux d'acanthes et de fleurs, pas de gouttières chimériques et monstrueuses, pas de charpente ciselée, pas de fine sculpture profondément fouillée dans la pierre.

Il fallait se contenter de ces quatre pans de moellon avec deux contre-cœurs de grès, et d'un méchant gibet de pierre, maigre et nu, à côté.

Le régal eût été mesquin pour des amateurs d'architecture gothique. Il est vrai que rien n'était moins curieux de monuments que les braves badauds du moyen âge et qu'ils se souciaient médiocrement de la beauté d'un pilori.

Le patient arriva enfin lié au cul d'une charrette, et, quand il eut été hissé sur la plate-forme, quand on put le voir de tous les points de la place ficelé à cordes et à courroies sur la roue du pilori, une huée prodigieuse, mêlée de rires et d'acclamations, éclata dans la place. On avait reconnu Quasimodo.

C'était lui en effet. Le retour était étrange. Pilorié sur cette même place où la veille il avait été salué, acclamé et conclamé pape et prince des fous, en cortége du duc d'Égypte, du roi de Thunes et de l'empereur de Galilée. Ce qu'il y a de certain, c'est qu'il n'y avait pas un esprit dans la foule, pas même lui, tour à tour le triomphant et le patient, qui dégageât nettement ce rapprochement dans sa pensée. Gringoire et sa philosophie manquaient à ce spectacle.

Bientôt Michel Noiret, trompette-juré du roi notre sire, fit faire silence aux manants, et cria l'arrêt, suivant l'ordonnance et commandement de monsieur le prévôt. Puis il se replia derrière la charrette avec ses gens en hoquetons de livrée.

Quasimodo, impassible, ne sourcillait pas. Toute résistance lui était rendue impossible par ce qu'on appelait alors, en style de chancellerie criminelle, la *véhémence* et la *fermeté des attaches*, ce qui veut dire que les lanières et les chainettes lui entraient probablement dans la chair. C'est au reste une tradition de geôle et de chiourme qui ne s'est pas perdue, et que les menottes conservent encore précieusement parmi nous, peuple civilisé, doux, humain (le bagne et la guillotine entre parenthèses).

Il s'était laissé mener, pousser, porter, jucher, lier et relier. On ne pouvait rien deviner sur sa physionomie qu'un étonnement de sauvage ou d'idiot. On le savait sourd, on l'eût dit aveugle.

On le mit à genoux sur la planche circulaire : il s'y laissa mettre. On le dépouilla de chemise et de pourpoint jusqu'à la ceinture : il se laissa faire. On l'enchevêtra sous un nouveau système de courroies et d'ardillons : il se laissa boucler et ficeler. Seulement de temps à autre il soufflait bruyamment, comme un veau dont la tête pend et ballotte au rebord de la charrette du boucher.

— Le butor, dit Jehan Frollo du Moulin à son ami Robin Poussepain (car les deux écoliers avaient suivi le patient, comme de raison), il ne comprend pas plus qu'un hanneton enfermé dans une boite.

Ce fut un fou rire dans la foule quand on vit à nu la bosse de Quasimodo, sa poitrine de chameau, ses épaules calleuses et velues. Pendant toute cette gaieté, un homme à la livrée de la ville, de courte taille et de robuste mine, monta sur la plate-forme et vint se placer près du patient. Son nom circula bien vite dans l'assistance. C'était maître Pierrat Torterue, tourmenteur-juré du Châtelet.

Il commença par déposer sur un angle du pilori un sablier noir dont la capsule supérieure était pleine de sable rouge qu'elle laissait fuir dans le récipient inférieur; puis il ôta son surtout mi-parti, et l'on vit pendre à sa main droite un fouet mince et effilé de longues lanières blanches, luisantes, noueuses, tressées, armées d'ongles de métal. De la main gauche il repliait négligemment sa chemise autour de son bras droit, jusqu'à l'aisselle.

Cependant Jehan Frollo criait, en élevant sa tête blonde et frisée au-dessus de la foule (il était monté pour cela sur les épaules de Robin Poussepain) : — Venez voir, messieurs, mesdames! voici qu'on va flageller péremptoirement maître Quasimodo, le sonneur de mon frère monsieur l'archidiacre de Josas, une drôle d'architecture orientale, qui a le dos en dôme et les jambes en colonnes torses!

Et la foule de rire, surtout les enfants et les jeunes filles.

Enfin le tourmenteur frappa du pied. La roue se mit à tourner. Quasimodo chancela sous ses liens. La stupeur qui se peignit brusquement sur son visage difforme fit redoubler à l'entour les éclats de rire.

Tout à coup, au moment où la roue dans sa révolution présenta à maître Pierrat le dos montueux de Quasimodo, maître Pierrat leva le bras; les fines lanières sifflèrent aigrement dans l'air comme une poignée de couleuvres, et retombèrent avec furie sur les épaules du misérable.

Enfin un huissier du Châtelet, vêtu de noir, monté sur un cheval noir.

Quasimodo sauta sur lui-même, comme réveillé en sursaut. Il commençait à comprendre. Il se tordit dans ses liens; une violente contraction de surprise et de douleur décomposa les muscles de sa face : mais il ne jeta pas un soupir. Seulement il tourna la tête en arrière, à droite, puis à gauche, en la balançant comme fait un taureau piqué au flanc par un taon.

Un second coup suivit le premier, puis un troisième, et un autre, et un autre, et toujours. La roue ne cessait pas de tourner ni les coups de pleuvoir. Bientôt le sang jaillit, on le vit ruisseler par mille filets sur les noires épaules du bossu; et les grêles lanières, dans leur rotation qui déchirait l'air, l'éparpillaient en gouttes dans la foule.

Quasimodo avait repris, en apparence du moins, son impassibilité première. Il avait essayé, d'abord sourdement et sans grande secousse extérieure, de rompre ses liens. On avait vu son œil s'allumer, ses muscles se roidir, ses membres se ramasser, et les courroies et les chaînettes se tendre. L'effort était puissant, prodigieux, désespéré; mais les vieilles gênes de la prévôté résistèrent. Elles craquèrent, et voilà tout. Quasimodo retomba épuisé. La stupeur fit place, sur ses traits, à un sentiment d'amer et profond découragement. Il ferma son œil unique, laissa tomber sa tête sur sa poitrine, et fit le mort.

Dès lors il ne bougea plus. Rien ne put lui arracher un mouvement. Ni son sang, qui ne cessait de couler, ni les coups qui redoublaient de furie, ni la colère du tourmenteur, qui s'excitait lui-même et s'enivrait de l'exécution, ni le bruit des horribles lanières plus acérées et plus sifflantes que des pattes de bigailles.

Enfin, un huissier du Châtelet vêtu de noir, monté sur un cheval noir, en station à côté de l'échelle depuis le commencement de l'exécution, étendit sa baguette d'ébène vers le sablier. Le tourmenteur s'arrêta, la roue s'arrêta. L'œil de Quasimodo se rouvrit lentement.

La flagellation était finie. Deux valets du tourmenteur-juré lavèrent les épaules saignantes du patient, les frottèrent de je ne sais quel onguent qui ferma sur-le-champ toutes les plaies, et lui jetèrent sur le dos une sorte de pagne jaune taillée en chasuble. Cependant Pierrat Torterue faisait dégoutter sur le pavé les lanières rouges et gorgées de sang.

Tout n'était pas fini pour Quasimodo. Il lui restait encore à subir cette heure de pilori que maître Florian Bar-

Et, détachant une gourde... (Page 74.)

bedienne avait si judicieusement ajoutée à la sentence de messire Robert d'Estouteville; le tout à la plus grande gloire du vieux jeu de mots physiologique et psychologique de Jean de Cumène : ***Surdus absurdus***.

On retourna donc le sablier et on laissa le bossu attaché sur la planche pour que justice fût faite jusqu'au bout.

Le peuple, au moyen âge surtout, est dans la société ce qu'est l'enfant dans la famille. Tant qu'il reste dans cet état d'ignorance première, de minorité morale et intellectuelle, on peut dire de lui comme de l'enfant :

Cet âge est sans pitié.

Nous avons déjà fait voir que Quasimodo était généralement haï, pour plus d'une bonne raison, il est vrai. Il y avait à peine un spectateur dans cette foule qui n'eût ou ne crût avoir sujet de se plaindre du mauvais bossu de Notre-Dame. La joie avait été universelle de le voir paraître au pilori, et la rude exécution qu'il venait de subir et la piteuse posture où elle l'avait laissé, loin d'attendrir la populace avaient rendu sa haine plus méchante en l'armant d'une pointe de gaieté.

— Aussi, une fois la *vindicte publique* satisfaite, comme jargonnent encore aujourd'hui les bonnets carrés, ce fut le tour des mille vengeances particulières. Ici, comme dans la grand'salle, les femmes surtout éclataient. Toutes lui gardaient quelque rancune, les unes de sa malice, les autres de sa laideur. Les dernières étaient les plus furieuses.

— Oh! masque de l'Antechrist! disait l'une.

— Chevaucheur de manche à balai! criait l'autre.

— La belle grimace tragique, hurlait une troisième, et qui le ferait pape des fous, si c'était aujourd'hui hier!

— C'est bon! reprenait une vieille. Voilà la grimace du pilori. A quand celle du gibet?

— Quand seras-tu coiffé de ta grosse cloche à cent pieds sous terre, maudit sonneur?

— C'est pourtant ce diable qui sonne l'angelus!

— Oh! le sourd! le borgne! le bossu! le monstre!

— Figure à faire avorter une grossesse mieux que toutes médecines et pharmaques!

Et les deux écoliers, Jehan du Moulin, Robin Poussepain, chantaient à tue-tête le vieux refrain populaire :

Une hart
Pour le pendard,

Un fagot
Pour le magot !

Mille autres injures pleuvaient, et les huées, et les imprécations, et les rires, et les pierres, çà et là.

Quasimodo était sourd, mais il voyait clair, et la fureur publique n'était pas moins énergiquement peinte sur les visages que dans les paroles. D'ailleurs, les coups de pierres expliquaient les éclats de rire.

Il tint bon d'abord. Mais peu à peu cette patience, qui s'était roidie sous le fouet du tourmenteur, fléchit et lâcha pied à toutes ces piqûres d'insectes. Le bœuf des Asturies, qui s'est peu ému des attaques du picador, s'irrite des chiens et des vanderilles.

Il promena d'abord lentement un regard de menace sur la foule. Mais, garrotté comme il l'était, son regard fut impuissant à chasser ces mouches qui mordaient sa plaie. Alors, il s'agita dans ses entraves, et ses soubresauts furieux firent crier sur ses ais la vieille roue du pilori. De tout cela, les dérisions et les huées s'accrurent.

Alors le misérable, ne pouvant briser son collier de bête fauve enchaînée, redevint tranquille; seulement par intervalles un soupir de rage soulevait toutes les cavités de sa poitrine. Il n'y avait sur son visage ni honte ni rougeur. Il était trop loin de l'état de société et trop près de l'état de nature pour savoir ce que c'est que la honte. D'ailleurs, à ce point de difformité, l'infamie est-elle chose sensible? Mais la colère, la haine, le désespoir, abaissaient lentement sur ce visage hideux un nuage de plus en plus sombre, de plus en plus chargé d'une électricité qui éclatait en mille éclairs dans l'œil du cyclope.

Cependant ce nuage s'éclaircit un moment au passage d'une mule qui traversait la foule et qui portait un prêtre. Du plus loin qu'il aperçut cette mule et ce prêtre, le visage du pauvre patient s'adoucit. A la fureur qui le contractait succéda un sourire étrange, plein d'une douceur, d'une mansuétude, d'une tendresse ineffables. A mesure que le prêtre approchait, ce sourire devenait plus net, plus distinct, plus radieux. C'était comme la venue d'un sauveur que le malheureux saluait. Toutefois, au moment où la mule fut assez près du pilori pour que son cavalier pût reconnaître le patient, le prêtre baissa les yeux, rebroussa brusquement chemin, piqua des deux, comme s'il avait eu hâte de se débarrasser de réclamations humiliantes, et fort peu de souci d'être salué et reconnu d'un pauvre diable en pareille posture.

Ce prêtre était l'archidiacre dom Claude Frollo.

Le nuage retomba plus sombre sur le front de Quasimodo. Le sourire s'y mêla encore quelque temps, mais amer, découragé, profondément triste.

Le temps s'écoulait. Il était là depuis une heure et demie au moins, déchiré, maltraité, moqué sans relâche et presque lapidé.

Tout à coup il s'agita de nouveau dans ses chaînes avec un redoublement de désespoir dont trembla toute la charpente qui le portait; et, rompant le silence qu'il avait obstinément gardé jusqu'alors, il cria avec une voix rauque et furieuse, qui ressemblait plutôt à un aboiement qu'à un cri humain, et qui couvrit le bruit des huées : — A boire!

Cette exclamation de détresse, loin d'émouvoir les compassions, fut un surcroît d'amusement au bon populaire parisien qui entourait l'échelle, et qui, il faut le dire, pris en masse et comme multitude, n'était alors guère moins cruel et moins abruti que cette horrible tribu des truands chez laquelle nous avons déjà mené le lecteur, et qui était tout simplement la couche la plus inférieure du peuple. Pas une voix ne s'éleva autour du malheureux patient, si ce n'est pour lui faire raillerie de sa soif. Il est certain qu'en ce moment il était grotesque et repoussant plus encore que pitoyable, avec sa face empourprée et ruisselante, son œil égaré, sa bouche écumante de colère et de souffrance, et sa langue à demi tirée. Il faut dire encore que, se fût-il trouvé dans la cohue quelque bonne âme charitable de bourgeois et de bourgeoise qui eût été tentée d'apporter un verre d'eau à cette misérable créature en peine, il régnait autour des marches infâmes du pilori un tel préjugé de honte et d'ignominie, qu'il eût suffi pour repousser le bon Samaritain.

Au bout de quelques minutes, Quasimodo promena sur la foule un regard désespéré, et répéta d'une voix plus déchirante encore : — A boire!

Et tous de rire.

— Bois ceci! criait Robin Poussepain en lui jetant par la face une éponge traînée dans le ruisseau. Tiens, vilain sourd! je suis ton débiteur.

Une femme lui lançait une pierre à la tête : — Voilà qui t'apprendra à nous réveiller la nuit avec ton carillon de damné!

— Eh bien! fils, hurlait un perclus en faisant effort pour l'atteindre de sa béquille, nous jetteras-tu encore des sorts du haut des tours de Notre-Dame?

— Voici une écuelle pour boire! reprenait un homme en lui décochant dans la poitrine une cruche cassée. C'est toi qui, rien qu'en passant devant elle, as fait accoucher ma femme d'un enfant à deux têtes!

— Et ma chatte d'un chat à six pattes! glapissait une vieille en lui lançant une tuile.

— A boire! répéta pour la troisième fois Quasimodo pantelant.

En ce moment il vit s'écarter la populace. Une jeune fille bizarrement vêtue sortit de la foule. Elle était accompagnée d'une petite chèvre blanche, à cornes dorées, et portait un tambour de basque à la main.

L'œil de Quasimodo étincela. C'était la bohémienne qu'il avait essayé d'enlever la nuit précédente, algarade pour laquelle il sentait confusément qu'on le châtiait en cet instant même; ce qui du reste n'était pas le moins du monde, puisqu'il n'était puni que du malheur d'être sourd et d'avoir été jugé par un sourd. Il ne douta pas qu'elle ne vînt se venger aussi, et lui donner son coup comme tous les autres.

Il la vit en effet monter rapidement l'échelle. La colère et le dépit le suffoquaient. Il eût voulu pouvoir faire crouler le pilori, et si l'éclair de son œil eût pu foudroyer, l'égyptienne eût été mise en poudre avant d'arriver sur la plate-forme.

Elle s'approcha, sans dire une parole, du patient, qui se tordait vainement pour lui échapper, et, détachant une gourde de sa ceinture, elle la porta doucement aux lèvres arides du misérable.

Alors dans cet œil jusque-là si sec et si brûlé, on vit rouler une grosse larme qui tomba lentement le long de ce visage difforme et longtemps contracté par le désespoir. C'était la première peut-être que l'infortuné eût jamais versée.

Cependant il oubliait de boire. L'égyptienne fit sa petite moue avec impatience, et appuya, en souriant, le goulot à la bouche dentue de Quasimodo. Il but à longs traits. Sa soif était ardente.

Quand il eut fini, le misérable allongea ses lèvres noires, sans doute pour baiser la belle main qui venait de l'assister. Mais la jeune fille, qui n'était pas sans défiance peut-être, et se souvenait de la violente tentative de la nuit, retira sa main avec le geste effrayé d'un enfant qui craint d'être mordu par une bête.

Alors le pauvre sourd fixa sur elle un regard plein de reproche et d'une tristesse inexprimable.

C'eût été partout un spectacle touchant que cette belle fille, fraîche, pure, charmante, et si faible en même temps, ainsi pieusement accourue au secours de tant de misère, de difformité et de méchanceté. Sur un pilori, ce spectacle était sublime.

Ce peuple lui-même en fut saisi, et se mit à battre des mains en criant : Noël! Noël!

C'est dans ce moment que la recluse aperçut, de la lucarne de son trou, l'égyptienne sur le pilori, et lui jeta son imprécation sinistre : — Maudite sois-tu, fille d'Egypte! maudite! maudite!

V

FIN DE L'HISTOIRE DE LA GALETTE.

La Esmeralda pâlit, et descendit du pilori en chancelant. La voix de la recluse la poursuivit encore : — Descends! descends! larronnesse d'Égypte, tu y remonteras!

— La sachette est dans ses lubies, dit le peuple en murmurant; et il n'en fut rien de plus. Car ces sortes de femmes étaient redoutées; ce qui les faisaient sacrées. On ne s'attaquait pas volontiers alors à qui priait jour et nuit.

L'heure était venue de ramener Quasimodo. On le détacha, et la foule se dispersa.

Près du Grand-Pont, Mahiette, qui s'en revenait avec ses deux compagnes, s'arrêta brusquement : — A propos, Eustache! qu'as-tu fait de la galette?

— Mère, dit l'enfant, pendant que vous parliez avec cette dame qui était dans le trou, il y avait un gros chien, qui a mordu dans ma galette, alors j'en ai mangé aussi.

— Comment, monsieur, reprit-elle, vous avez tout mangé?

— Mère, c'est le chien. Je le lui ai dit, il ne m'a pas écouté. Alors j'ai mordu aussi, tiens!

— C'est un enfant terrible, dit la mère souriant et grondant à la fois. — Voyez-vous! Oudarde? il mange déjà à lui tout seul le cerisier de notre clos de Charlerange. Aussi son grand-père dit que ce sera un capitaine. — Que je vous y reprenne, monsieur Eustache! — Va, gros lion!

LIVRE SEPTIÈME

I

DU DANGER DE CONFIER SON SECRET A UNE CHÈVRE.

Plusieurs semaines s'étaient écoulées.

On était aux premiers jours de mars. Le soleil, que Dubartas, ce classique ancêtre de la périphrase, n'avait pas encore nommé le *grand duc des chandelles*, n'en était pas moins joyeux et rayonnant pour cela. C'était une de ces journées de printemps qui ont tant de douceur et de beauté que tout Paris, répandu dans les places et les promenades, les fête comme des dimanches. Dans ces jours de clarté, de chaleur et de sérénité, il y a une certaine heure, surtout, où il faut aller admirer le portail de Notre-Dame. C'est le moment où le soleil, déjà incliné vers le couchant, regarde presque en face la cathédrale. Ses rayons, de plus en plus horizontaux, se retirent lentement du pavé de la place, et remontent le long de la façade à pic, dont ils font saillir les mille rondes bosses sur leur ombre, tandis que la grande rose centrale flamboie comme un œil de cyclope enflammé des réverbérations de la forge.

On était à cette heure-là.

Vis-à-vis la haute cathédrale, rougie par le couchant, sur le balcon de pierre pratiqué au-dessus du porche d'une riche maison gothique qui faisait l'angle de la place et de la rue du Parvis, quelques belles jeunes filles riaient et devisaient avec toute sorte de grâce et de folie. A la longueur du voile qui tombait du sommet de leur coiffe pointue, enroulée de perles, jusqu'à leurs talons, à la finesse de la chemisette brodée qui couvrait leurs épaules en laissant voir, selon la mode engageante d'alors, la naissance de leurs belles gorges de vierge, à l'opulence de leurs jupes de dessous, plus précieuses encore que leur surtout (recherche merveilleuse!), à la gaze, à la soie, au velours dont tout cela était étoffé, et surtout à la blancheur de leurs mains, qui les attestait oisives et paresseuses, il était aisé de deviner de nobles et riches héritières. C'était en effet damoiselle Fleur-de-Lis de Gondelaurier et ses compagnes, Diane de Christeuil, Amelotte de Montmichel, Colombe de Gaillefontaine, et la petite de Champchevrier; toutes filles de bonne maison, réunies en ce moment chez la dame veuve de Gondelaurier, à cause de monseigneur de Beaujeu et de madame sa femme, qui devaient venir au mois d'avril à Paris, et y choisir des accompagneresses d'honneur pour madame la dauphine Marguerite, lorsqu'on l'irait recevoir en Picardie des mains des Flamands. Or, tous les hobereaux de trente lieues à la ronde briguaient cette faveur pour leurs filles, et bon nombre d'entre eux les avaient déjà amenées ou envoyées à Paris. Celles-ci avaient été confiées par leurs parents à la garde discrète et vénérable de madame Aloïse de Gondelaurier, veuve d'un ancien maître des arbalétriers du roi, retirée, avec sa fille unique, en sa maison de la place du Parvis-Notre-Dame, à Paris.

Le balcon où étaient ces jeunes filles s'ouvrait sur une chambre richement tapissée d'un cuir de Flandre de couleur fauve, imprimé à rinceaux d'or. Les solives, qui rayaient parallèlement le plafond, amusaient l'œil par mille bizarres sculptures peintes et dorées. Sur des bahuts ciselés de splendides émaux chatoyaient çà et là; une hure de sanglier en faïence couronnait un dressoir magnifique, dont les deux degrés annonçaient que la maîtresse du logis était femme ou veuve d'un chevalier banneret. Au fond, à côté d'une haute cheminée armoriée et blasonnée du haut en bas, était assise, dans un riche fauteuil de velours rouge, la dame de Gondelaurier, dont les cinquante-cinq ans n'étaient pas moins écrits sur son vêtement que sur son visage. A côté d'elle se tenait debout un jeune homme d'assez fière mine, quoique un peu vaine et bravache, un de ces beaux garçons dont toutes les femmes tombent d'accord, bien que les hommes graves et physionomistes en haussent les épaules. Ce jeune cavalier portait le brillant habit de capitaine des archers de l'ordonnance du roi, lequel ressemble beaucoup trop au costume de Jupiter, qu'on a déjà pu admirer au premier livre de cette histoire, pour que nous en fatiguions le lecteur d'une seconde description.

Les damoiselles étaient assises, partie dans la chambre, partie sur le balcon, les unes sur des carreaux de velours d'Utrecht à cornières d'or, les autres sur des escabeaux de bois de chêne sculpté à fleurs et à figures. Chacune d'elles tenait sur ses genoux un pan d'une grande tapisserie à l'aiguille, à laquelle elles travaillaient en commun, et dont un bon bout traînait sur la natte qui couvrait le plancher.

Elles causaient entre elles avec cette voix chuchotante et ces demi-rires étouffés d'un conciliabule de jeunes filles au milieu desquelles il y a un jeune homme. Le jeune homme, dont la présence suffisait pour mettre en jeu tous ces amours-propres féminins, paraissait, lui, s'en soucier médiocrement; et, tandis que c'était parmi les belles filles à qui attirerait son attention, il paraissait surtout occupé à fourbir, avec son gant de peau de daim, l'ardillon de son ceinturon.

De temps en temps la vieille dame lui adressait la parole tout bas, et il lui répondait de son mieux avec une sorte de politesse gauche et contrainte. Aux sourires, aux petits signes d'intelligence de madame Aloïse, aux clins d'yeux qu'elle détachait vers sa fille Fleur-de-Lis, en parlant bas au capitaine, il était facile de voir qu'il s'agissait de quelque fiançaille consommée, de quelque mariage, prochain sans doute, entre le jeune homme et Fleur-de-Lis. Et, à la froideur embarrassée de l'officier, il était facile de voir que, de son côté du moins, il ne s'agissait plus d'amour. Toute sa mine exprimait une pensée de gêne et d'ennui que nos sous-lieutenants de garnison traduiraient admirablement aujourd'hui par : Quelle chienne de corvée!

La bonne dame, fort entêtée de sa fille, comme une pauvre mère qu'elle était, ne s'apercevait pas du peu d'enthousiasme de l'officier, et s'évertuait à lui faire remarquer tout bas les perfections infinies avec lesquelles Fleur-de-Lis piquait son aiguille ou dévidait son écheveau.

— Tenez, petit cousin, lui disait-elle en le tirant par la manche pour lui parler à l'oreille. Regardez-la donc, la voilà qui se baisse.

— En effet, répondait le jeune homme. Et il retombait dans son silence distrait et glacial.

Un moment après il fallait se pencher de nouveau, et dame Aloïse lui disait : — Avez-vous jamais vu figure plus avenante et plus égayée que votre accordée? Est-on plus blanche et plus blonde? ne sont-ce pas là des mains accomplies? et ce cou-là ne prend-il pas, à ravir, toutes les façons d'un cygne? Que je vous envie par moments! et que vous êtes heureux d'être homme, vilain libertin que vous êtes! N'est-ce pas que ma Fleur-de-Lis est belle par adoration et que vous en êtes éperdu?

— Sans doute, répondit-il tout en pensant à autre chose.

— Mais parlez-lui donc, dit tout à coup madame Aloïse en le poussant par l'épaule; dites-lui donc quelque chose; vous êtes devenu bien timide!

Nous pouvons affirmer à nos lecteurs que la timidité n'était ni la vertu ni le défaut du capitaine. Il essaya pourtant de faire ce qu'on lui demandait.

— Belle cousine, dit-il en s'approchant de Fleur-de-Lis, quel est le sujet de cet ouvrage de tapisserie que vous façonnez?

— Beau cousin, répondit Fleur-de-Lis avec un accent de dépit, je vous l'ai déjà dit trois fois : c'est la grotte de Neptunus.

Il était évident que Fleur-de-Lis voyait beaucoup plus clair que sa mère aux manières froides et distraites du capitaine. Il sentit la nécessité de faire quelque conversation.

— Et pour qui toute cette neptunerie? demanda-t-il.

— Pour l'abbaye Saint-Antoine-des-Champs, dit Fleur-de-Lis sans lever les yeux.

Le capitaine prit un coin de la tapisserie :

— Qu'est-ce que c'est, ma belle cousine, que ce gros gendarme qui souffle à pleines joues dans une trompette?

— C'est Trito, répondit-elle.

Il y avait toujours une intonation un peu boudeuse dans les brèves paroles de Fleur-de-Lis. Le jeune homme comprit qu'il était indispensable de lui dire quelque chose à l'oreille, une fadaise, une galanterie, n'importe quoi. Il se pencha donc, mais il ne put rien trouver dans son imagination de plus tendre et de plus intime que ceci : — Pourquoi votre mère porte-t-elle toujours une cotte-hardie armoriée comme nos grand'-mères du temps de Charles VII? Dites-lui donc, belle cousine, que ce n'est plus l'élégance d'à présent, et que son gond et son laurier brodés en blason sur sa robe lui donnent l'air d'un manteau de cheminée qui marche. En vérité, on ne s'assied plus ainsi sur sa bannière, je vous jure.

Fleur-de-Lis leva sur lui ses beaux yeux pleins de reproche : — Est-ce là tout ce que vous me jurez? dit-elle à voix basse.

Cependant la bonne dame Aloïse, ravie de les voir ainsi penchés et chuchotant, disait en jouant avec les fermoirs de son livre d'heures :

— Touchant tableau d'amour!

Le capitaine, de plus en plus gêné, se rabattit sur la tapisserie : — C'est vraiment un charmant travail! s'écria-t-il.

A ce propos, Colombe de Gaillefontaine, une autre belle blonde à peau blanche, bien colletée de damas bleu, hasarda timidement une parole qu'elle adressa à Fleur-de-Lis, dans l'espoir que le beau capitaine y répondrait : — Ma chère Gondelaurier, avez vous vu les tapisseries de l'hôtel de la Roche-Guyon?

— N'est-ce pas l'hôtel où est enclos le jardin de la lingère du Louvre? demanda en riant Diane de Christeuil, qui avait de belles dents et par conséquent riait à tout propos. — Et où il y a cette grosse vieille tour de l'ancienne muraille de Paris? ajouta Amelotte de Montmichel, jolie brune bouclée et fraîche, qui avait l'habitude de soupirer comme l'autre riait, sans savoir pourquoi.

— Ma chère Colombe, reprit dame Aloïse, voulez-vous pas parler de l'hôtel qui était à monsieur de Bacqueville, sous le roi Charles VI? il y a en effet de bien superbes tapisseries de haute lice.

— Charles VI! le roi Charles VI! grommela le jeune capitaine en retroussant sa moustache. Mon Dieu! que la bonne dame a souvenir de vieilles choses!

Madame de Gondelaurier poursuivait : — Belles tapisseries, en vérité. Un travail si estimé, qu'il passe pour singulier!

En ce moment, Bérangère de Champchevrier, svelte petite fille de sept ans, qui regardait dans la place par les trèfles du balcon, s'écria : — Oh! voyez, belle marraine Fleur-de-Lis! la jolie danseuse qui danse là sur le pavé, et qui tambourine au milieu des bourgeois manants!

En effet, on entendait le frissonnement sonore d'un tambour de basque.

— Quelque égyptienne de Bohême, dit Fleur-de-Lis en se détournant nonchalamment vers la place.

— Voyons! voyons! crièrent ses vives compagnes; et elles coururent toutes au bord du balcon, tandis que Fleur-de-Lis, rêveuse de la froideur de son fiancé, les suivait lentement, et que celui-ci, soulagé par cet incident qui coupait court à une conversation embarrassée, s'en revenait au fond de l'appartement de l'air satisfait d'un soldat relevé de service. C'était pourtant un charmant et gentil service que celui de la belle Fleur-de-Lis, et il lui avait paru tel autrefois; mais le capitaine s'était blasé peu à peu; la perspective d'un mariage prochain le refroidissait davantage de jour en jour. D'ailleurs, il était d'humeur inconstante, et, faut-il le dire? de goût un peu vulgaire. Quoique de fort noble naissance, il avait contracté sous le harnais plus d'une habitude de soudard. La taverne lui plaisait, et ce qui s'ensuit. Il n'était à l'aise que parmi les gros mots, les galanteries militaires, les faciles beautés et les faciles succès. Il avait pourtant reçu de sa famille quelque éducation et quelques manières; mais il avait trop jeune couru le pays, trop jeune tenu garnison, et tous les jours le vernis du gentilhomme s'effaçait au dur frottement de son baudrier de gendarme. Tout en la visitant encore de temps en temps par un reste de respect humain, il se sentait doublement gêné chez Fleur-de-Lis; d'abord parce qu'à force de disperser son amour dans toutes sortes de lieux il en avait fort peu réservé pour elle; ensuite parce qu'au milieu de tant de belles dames roides, épinglées et décentes, il tremblait sans cesse que sa bouche habituée aux jurons ne prit tout d'un coup le mors aux dents et s'échappât en propos de taverne. Qu'on se figure le bel effet!

Du reste, tout cela se mêlait chez lui à de grandes prétentions d'élégance, de toilette et de belle mine. Qu'on arrange ces choses comme on pourra. Je ne suis qu'historien.

Il se tenait donc depuis quelques moments, pensant ou ne pensant pas, appuyé en silence au chambranle sculpté de la cheminée, quand Fleur-de-Lis, se tournant soudain, lui adressa la parole. Après tout, la pauvre jeune fille ne le boudait qu'à son cœur défendant.

— Beau cousin, ne nous avez-vous pas parlé d'une petite bohémienne que vous avez sauvée, il y a deux mois, en faisant le contre-guet la nuit, des mains d'une douzaine de voleurs?

— Je crois que oui, belle cousine, dit le capitaine.

— Eh bien! reprit-elle, c'est peut-être cette bohémienne qui danse là dans le parvis. Venez voir si vous la reconnaissez, beau cousin Phœbus.

Il perçait un secret désir de réconciliation dans cette douce invitation qu'elle lui adressait de venir près d'elle, et dans ce soin de l'appeler par son nom. Le capitaine Phœbus de Châteaupers (car c'est lui que le lecteur a sous les yeux depuis le commencement de ce chapitre) s'approcha à pas lents du balcon. — Tenez, lui dit Fleur-de-Lis en posant tendrement sa main sur le bras de Phœbus. Regardez cette petite qui danse là dans ce rond. Est-ce votre bohémienne?

Phœbus regarda, et dit :

— Oui, je la reconnais à sa chèvre.

— Oh! la jolie petite chèvre en effet! dit Amelotte en joignant les mains d'admiration.

— Est-ce que ses cornes sont en or de vrai? demanda Bérangère.

Sans bouger de son fauteuil, dame Aloïse prit la parole : — N'est-ce pas une de ces bohémiennes qui sont arrivées l'an passé, par la porte Gibard?

— Madame ma mère, dit doucement Fleur-de-Lis, cette porte s'appelle aujourd'hui porte d'Enfer.

Mademoiselle de Goudelaurier savait à quel point le capitaine était choqué des façons de parler surannées de sa mère. En effet il commençait à ricaner en disant entre ses dents : Porte Gibard! porte Gibard! c'est pour faire passer le roi Charles VI!

— Marraine, s'écria Bérangère, dont les yeux sans cesse en mouvement s'étaient levés tout à coup vers le sommet des tours de Notre-Dame, qu'est-ce que c'est que cet homme noir qui est là-haut?

Toutes les jeunes filles levèrent les yeux. Un homme en effet était accoudé sur la balustrade culminante de la tour septentrionale, donnant sur la Grève. C'était un prêtre. On distinguait nettement son costume, et son visage appuyé sur ses deux mains. Du reste, il ne bougeait non plus qu'une statue. Son œil fixe plongeait dans la place. C'était quelque chose de l'immobilité d'un milan qui vient de découvrir un nid de moineaux et qui le regarde.

— C'est monsieur l'archidiacre de Josas, dit Fleur-de-Lis.

— Vous avez de bons yeux si vous le reconnaissez d'ici, observa la Gaillefontaine.

— Comme il regarde la petite danseuse! reprit Diane de Christeuil.

— Gare à l'égyptienne, dit Fleur-de-Lis. Car il n'aime pas l'Egypte.

— C'est bien dommage que cet homme la regarde ainsi, ajouta Amelotte de Montmichel; car elle danse à éblouir.

— Beau cousin Phœbus, dit tout à coup Fleur-de-Lis, puisque vous connaissez cette petite bohémienne, faites-lui donc signe de monter. Cela nous amusera.

— Oh oui! s'écrièrent toutes les jeunes filles en battant des mains.

— Mais c'est une folie, répondit Phœbus. Elle m'a sans doute oublié, et je ne sais seulement pas son nom. Cependant, puisque vous le souhaitez, mesdamoiselles, je vais essayer. Et, se penchant à la balustrade du balcon, il se mit à crier : Petite!

La danseuse ne tambourinait pas en ce moment. Elle tourna la tête vers le point d'où lui venait cet appel, son regard brillant se fixa sur Phœbus, et elle s'arrêta tout court.

— Petite! répéta le capitaine, et il lui fit signe du doigt de venir.

La jeune fille le regarda encore, puis elle rougit comme si une flamme lui était montée dans les joues, et, prenant son tambourin sous son bras, elle se dirigea, à travers les spectateurs ébahis, vers la porte de la maison où Phœbus l'appelait; à pas lents, chancelante, et avec le regard troublé d'un oiseau qui cède à la fascination d'un serpent.

Un moment après, la portière de tapisserie se souleva, et la bohémienne parut sur le seuil de la chambre, rouge, interdite, essoufflée, ses grands yeux baissés, et n'osant faire un pas de plus.

Bérangère battit des mains.

Cependant la danseuse restait immobile sur le seuil de la porte. Son apparition avait produit sur ce groupe de jeunes filles un effet singulier. Il est certain qu'un vague et indistinct désir de plaire au bel officier les animait toutes à la fois, que le splendide uniforme était le point de mire de toutes leurs coquetteries, et que, depuis qu'il était présent, il y avait entre elles une certaine rivalité secrète, sourde, qu'elles s'avouaient à peine à elles-mêmes, mais qui n'en éclatait pas moins à chaque instant dans leurs gestes et leurs propos. Néanmoins, comme elles étaient toutes à peu près dans la même mesure de beauté, elles luttaient à armes égales, et chacune pouvait espérer la victoire. L'arrivée de la bohémienne rompit brusquement cet équilibre. Elle était d'une beauté si rare, que, au moment où elle parut à l'entrée de l'appartement, il sembla qu'elle y répandait une sorte de lumière qui lui était propre. Dans cette chambre resserrée, sous ce sombre encadrement de tentures et de boiseries, elle était incomparablement plus belle et plus rayonnante que dans la place publique. C'était comme un flambeau qu'on venait d'apporter du grand jour dans l'ombre. Les nobles damoiselles en furent malgré elles éblouies. Chacune se sentit en quelque sorte blessée dans sa beauté. Aussi leur front de bataille (qu'on nous passe l'expression) changea-t-il sur-le-champ, sans qu'elles se dissent un seul mot. Mais elles s'entendaient à merveille. Les instincts de femmes se comprennent et se répondent plus vite que les intelligences d'hommes. Il venait de leur arriver une ennemie : toutes le sentaient, toutes se ralliaient. Il suffit d'une goutte de vin pour rougir tout un verre d'eau; pour teindre d'une certaine humeur toute une assemblée de jolies femmes, il suffit de la survenue d'une femme plus jolie, — surtout lorsqu'il n'y a qu'un homme.

Aussi l'accueil fait à la bohémienne fut-il merveilleusement glacial. Elles la considérèrent du haut en bas, puis s'entre-regardèrent, et tout fut dit : elles s'étaient comprises. Cependant la jeune fille attendait qu'on lui parlât, tellement émue qu'elle n'osait lever les paupières.

Le capitaine rompit le silence le premier. — Sur ma parole, dit-il avec son ton d'intrépide fatuité, voilà une charmante créature! Qu'en pensez-vous, belle cousine?

Cette observation, qu'un admirateur plus délicat eût du moins faite à voix basse, n'était pas de nature à dissiper les jalousies féminines qui se tenaient en observation devant la bohémienne.

Fleur-de-Lis répondit au capitaine avec une doucereuse affectation de dédain : — Pas mal.

Les autres chuchotaient.

Enfin, madame Aloïse, qui n'était pas la moins jalouse, parce qu'elle l'était pour sa fille, adressa la parole à la danseuse : — Approchez, petite.

— Approchez, petite! répéta avec une dignité comique Bérangère, qui lui fût venue à la hanche.

L'égyptienne s'avança vers la noble dame.

— Belle enfant, dit Phœbus avec emphase en faisant de son côté quelques pas vers elle, je ne sais si j'ai le suprême bonheur d'être reconnu de vous...

Elle l'interrompit en levant sur lui un sourire et un regard pleins d'une douceur infinie : — Oh! oui, dit-elle.

— Elle a bonne mémoire, observa Fleur-de-Lis.

— Or çà, reprit Phœbus, vous vous êtes bien prestement échappée l'autre soir. Est-ce que je vous fais peur?

— Oh! non, dit la bohémienne.

Il y avait dans l'accent dont cet *oh! non*, fut prononcé à la suite de cet *oh! oui*, quelque chose d'ineffable dont Fleur-de-Lis fut blessée.

— Vous m'avez laissé en votre lieu, ma belle, poursuivit le capitaine, dont la langue se déliait en parlant à une fille des rues, un assez rechigné drôle, borgne et bossu, le sonneur de cloches de l'évêque, à ce que je crois. On m'a dit qu'il était bâtard d'un archidiacre et diable de naissance. Il a un plaisant nom : il s'appelle Quatre-Temps, Pâques-Fleuries, Mardi-Gras, je ne sais plus! Un nom de fête carillonnée, enfin! Il se permettait donc de vous enlever, comme si vous étiez faite pour des bedeaux! cela est fort. Que diable vous voulait-il donc, ce chat-huant? Hein, dites!

— Je ne sais, répondit-elle.

— Conçoit-on l'insolence! un sonneur de cloches enlever une fille, comme un vicomte! un manant braconner sur le gibier des gentilshommes! voilà qui est rare. Au demeurant, il l'a payé cher. Maître Pierrat Torterue est le plus rude palefrenier qui ait jamais étrillé un maraud; et je vous dirai, si cela peut vous être agréable, que le cuir de votre sonneur lui a galamment passé par les mains.

— Pauvre homme! dit la bohémienne, chez qui ces paroles ravivaient le souvenir de la scène du pilori.

Le capitaine éclata de rire. — Corne-de-bœuf! voilà de la pitié aussi bien placée qu'une plume au cul d'un porc! Je veux être ventru comme un pape, si...

Il s'arrêta tout court. — Pardon, mesdames! je crois que j'allais lâcher quelque sottise.

— Fi, monsieur! dit la Gaillefontaine.

— Il parle sa langue à cette créature! ajouta à demi-voix Fleur-de-Lis, dont le dépit croissait de moment en moment. Ce dépit ne diminua point quand elle vit le capitaine, enchanté de la bohémienne et surtout de lui-même, pirouetter sur le talon en répétant avec une grosse galanterie naïve et soldatesque : — Une belle fille, sur mon âme !

— Assez sauvagement vêtue, dit Diane de Christeuil, avec son son sourire de belles dents.

Cette réflexion fut un trait de lumière pour les autres. Elle leur fit voir le côté attaquable de l'égyptienne : ne pouvant mordre sur sa beauté, elles se jetèrent sur son costume.

— Mais cela est vrai, petite, dit la Montmichel; où as-tu pris de courir ainsi par les rues sans guimpe ni gorgerette?

— Voilà une jupe courte à faire trembler, ajouta la Gaillefontaine.

— Ma chère, poursuivit assez aigrement Fleur-de-Lis, vous vous ferez ramasser par les sergents de la douzaine pour votre ceinture dorée.

— Petite, petite, reprit la Christeuil avec un sourire implacable, si tu mettais honnêtement une manche sur ton bras, il serait moins brûlé par le soleil.

C'était vraiment un spectacle digne d'un spectateur plus intelligent que Phœbus de voir comme ces belles filles, avec leurs langues envenimées et irritées, serpentaient, glissaient et se tordaient autour de la danseuse des rues ; elles étaient cruelles et gracieuses; elles fouillaient, elles furetaient malignement dans sa pauvre et folle toilette de paillettes et d'oripeaux. C'étaient des rires, des ironies, des humiliations sans fin. Les sarcasmes pleuvaient sur l'égyptienne, et la bienveillance hautaine, et les regards méchants. On eût cru voir de ces jeunes dames romaines qui s'amusaient à enfoncer des épingles d'or dans le sein d'une belle esclave. On eût dit d'élégantes levrettes chasseresses tournant, les narines ouvertes, les yeux ardents, autour d'une pauvre biche des bois, que le regard du maître leur interdit de dévorer.

Qu'était-ce, après tout, devant ces filles de grande maison, qu'une misérable danseuse de place publique? Elles ne semblaient tenir aucun compte de sa présence, et parlaient d'elle, devant elle, à elle-même, à haute voix, comme de quelque chose d'assez malpropre, d'assez abject et d'assez joli.

La bohémienne n'était pas insensible à ces piqûres d'épingle. De temps en temps une pourpre de honte, un éclair de colère, enflammaient ses yeux et ses joues; une parole dédaigneuse semblait hésiter sur ses lèvres; elle faisait avec mépris cette petite grimace que le lecteur lui connaît; mais elle se tenait immobile; elle attachait sur Phœbus un regard résigné, triste et doux. Il y avait aussi du bonheur et de la tendresse dans ce regard. On eût dit qu'elle se contenait, de peur d'être chassée.

Phœbus, lui, riait, et prenait le parti de la bohémienne avec un mélange d'impertinence et de pitié. — Laissez-les dire, petite ! répétait-il souvent en faisant sonner ses éperons d'or; sans doute, votre toilette est un peu extravagante et farouche; mais, charmante fille comme vous êtes, qu'est-ce que cela fait?

— Mon Dieu ! s'écria la blonde Gaillefontaine en redressant son cou de cygne avec un sourire amer, je vois que messieurs les archers de l'ordonnance du roi prennent aisément feu aux beaux yeux égyptiens.

— Pourquoi non? dit Phœbus.

A cette réponse, nonchalamment jetée par le capitaine comme une pierre perdue qu'on ne regarde même pas tomber, Colombe se prit à rire, et Diane, et Amelotte, et Fleur-de-Lis, à qui il vint en même temps une larme dans les yeux.

La bohémienne, qui avait baissé à terre son regard aux paroles de Colombe de Gaillefontaine, le releva rayonnant de joie et de fierté, et le fixa de nouveau sur Phœbus. Elle était bien belle en ce moment.

La vieille dame, qui observait cette scène, se sentait offensée et ne comprenait pas.

— Sainte-Vierge! cria-t-elle tout à coup, qu'ai-je donc là qui me remue dans les jambes? Ahi! la vilaine bête!

C'était la chèvre qui venait d'arriver à la recherche de sa maîtresse, et qui, en se précipitant vers elle, avait commencé par embarrasser ses cornes dans le monceau d'étoffe que les vêtements de la noble dame entassaient sur ses pieds quand elle était assise.

Ce fut une diversion. La bohémienne, sans dire une parole, la dégagea.

— Oh ! voilà la petite chevrette qui a des pattes d'or, s'écria Bérangère en sautant de joie.

La bohémienne s'accroupit à genoux, et appuya contre sa joue la tête caressante de la chèvre. On eût dit qu'elle lui demandait pardon de l'avoir quittée ainsi.

Cependant Diane s'était penchée à l'oreille de Colombe. — Eh ! mon Dieu, comment n'y ai-je pas songé plus tôt? C'est la bohémienne à la chèvre. On la dit sorcière, et que sa chèvre fait des momeries très-miraculeuses.

— Eh bien! dit Colombe, il faut que la chèvre nous divertisse à son tour et nous fasse un miracle.

Diane et Colombe s'adressèrent vivement à l'égyptienne : — Petite, fais donc faire un miracle à ta chèvre.

— Je ne sais ce que vous voulez dire, répondit la danseuse.

— Un miracle, une magie, une sorcellerie enfin.

— Je ne sais, et elle se remit à caresser sa jolie bête en répétant : Djali ! Djali !

En ce moment Fleur-de-Lis remarqua un sachet de cuir brodé suspendu au cou de la chèvre. — Qu'est-ce que cela? demanda-t-elle à l'égyptienne.

L'égyptienne leva ses grands yeux vers elle, et lui répondit gravement : — C'est mon secret.

— Je voudrais bien savoir ce que c'est que ton secret, pensa Fleur-de-Lis.

Cependant la bonne dame s'était levée avec humeur. — Or çà, la bohémienne, si toi ni ta chèvre n'avez rien à nous danser, que faites-vous céans?

La bohémienne, sans répondre, se dirigea lentement vers la porte. Mais, plus elle en approchait, plus son pas se ralentissait. Un invincible aimant semblait la retenir. Tout à coup elle tourna ses yeux humides de larmes sur Phœbus et s'arrêta.

— Vrai Dieu ! s'écria le capitaine, on ne s'en va pas ainsi. Revenez et dansez-nous quelque chose. A propos, belle d'amour, comment vous appelez-vous?

— La Esmeralda, dit la danseuse sans le quitter du regard.

A ce nom étrange, un fou rire éclata parmi les jeunes filles.

— Voilà, dit Diane, un terrible nom pour une demoiselle.

— Vous voyez bien, reprit Amelotte, que c'est une charmeresse.

— Ma chère, s'écria solennellement dame Aloïse, vos parents ne vous ont pas pêché ce nom-là dans le bénitier du baptême.

Cependant, depuis quelques minutes, sans qu'on fît attention à elle, Bérangère avait attiré la chèvre dans un coin de la chambre avec un massepain. En un instant, elles avaient été toutes deux bonnes amies. La curieuse enfant avait détaché le sachet suspendu au cou de la chèvre, l'avait ouvert, et avait vidé sur la natte ce qu'il contenait : c'était un alphabet dont chaque lettre était inscrite séparément sur une petite tablette de buis. A peine ces joujoux furent-ils étalés sur la natte, que l'enfant vit avec surprise la chèvre, dont c'était là sans doute un des *miracles*, tirer certaines lettres avec sa patte d'or et les disposer, en les poussant doucement, dans un ordre particulier. Au bout d'un instant cela fit un mot que la chèvre semblait exercée à écrire, tant elle hésita peu à le former, et Bérangère s'écria tout à coup en joignant les mains avec admiration :

— Marraine Fleur-de-Lis, voyez donc ce que la chèvre vient de faire.

Fleur-de-Lis accourut et tressaillit. Les lettres disposées sur le plancher formaient ce mot :

PHOEBUS.

— C'est la chèvre qui a écrit cela? demanda-t-elle d'une voix altérée.

— Oui, marraine, répondit Bérangère. Il était impossible d'en douter : l'enfant ne savait pas écrire.

— Voilà le secret! pensa Fleur-de-Lis.

Cependant, au cri de l'enfant, tout le monde était accouru, et la mère, et les jeunes filles, et la bohémienne, et l'officier.

La bohémienne vit la sottise que venait de faire la chèvre. Elle devint rouge, puis pâle, et se mit à trembler comme une coupable devant le capitaine, qui la regardait avec un sourire de satisfaction et d'étonnement.

— *Phœbus!* chuchotaient les jeunes filles stupéfaites; c'est le nom du capitaine!

— Vous avez une merveilleuse mémoire! dit Fleur-de-Lis à la bohémienne pétrifiée. Puis, éclatant en sanglots : Oh! balbutia-t-elle douloureusement en se cachant le visage dans ses deux belles mains, c'est une magicienne! Et elle entendait une voix plus amère encore lui dire au fond du cœur : C'est une rivale.

Elle tomba évanouie.

— Ma fille! ma fille! cria la mère effrayée. Va-t'en, bohémienne de l'enfer.

La Esmeralda ramassa en un clin d'œil les malencontreuses lettres, fit signe à Djali, et sortit par une porte, tandis qu'on emportait Fleur-de-Lis par l'autre.

Le capitaine Phœbus, resté seul, hésita un moment entre les deux portes; puis il suivit la bohémienne.

II

QU'UN PRÊTRE ET UN PHILOSOPHE SONT DEUX.

Le prêtre que les jeunes filles avaient remarqué au haut de la tour septentrionale, penché sur la place et si attentif à la danse de la bohémienne, c'était en effet l'archidiacre Claude Frollo.

Nos lecteurs n'ont pas oublié la cellule mystérieuse que l'archidiacre s'était réservée dans cette tour. (Je ne sais, pour le dire en passant, si ce n'est pas la même dont on peut voir encore aujourd'hui l'intérieur par une petite lucarne carrée, ouverte au levant à hauteur d'homme, sur la plate-forme d'où s'élancent les tours : un bouge, à présent nu, vide et délabré, dont les murs mal plâtrés sont *ornés* çà et là, à l'heure qu'il est, de quelques méchantes gravures jaunes représentant des façades de cathédrales. Je présume que ce trou est habité concurremment par les chauves-souris et les araignées, et que par conséquent il s'y fait aux mouches une double guerre d'extermination.)

Tous les jours, une heure avant le coucher du soleil, l'archidiacre montait l'escalier de la tour, et s'enfermait dans cette cellule, où il passait quelquefois des nuits entières. Ce jour-là, au moment où, parvenu devant la porte basse du réduit, il mettait dans la serrure la petite clef compliquée qu'il portait toujours sur lui dans l'escarcelle pendue à son côté, un bruit de tambourin et de castagnettes était arrivé à son oreille. Ce bruit venait de la place du Parvis. La cellule, nous l'avons déjà dit, n'avait qu'une lucarne donnant sur la croupe de l'église. Claude Frollo avait repris précipitamment la clef, et un instant après il était sur le sommet de la tour, dans l'attitude sombre et recueillie où les damoiselles l'avaient aperçu.

Il était là, grave, immobile, absorbé dans un regard et dans une pensée. Tout Paris était sous ses pieds, avec les mille flèches de ses édifices et son circulaire horizon de molles collines, avec son fleuve qui serpente sous ses ponts et son peuple qui ondule dans ses rues, avec le nuage de ses fumées, avec la chaîne montueuse de ses toits qui presse Notre-Dame de ses mailles redoublées; mais dans toute cette ville l'archidiacre ne regardait qu'un point du pavé : la place du Parvis; dans toute cette foule, qu'une figure : la bohémienne.

Il eût été difficile de dire de quelle nature était ce regard, et d'où venait la flamme qui en jaillissait. C'était un regard fixe, et pourtant plein de trouble et de tumulte. Et, à l'immobilité profonde de tout son corps à peine agité par intervalles d'un frisson machinal, comme un arbre au vent, à la roideur de ses coudes, plus marbre que la rampe où ils s'appuyaient, à voir le sourire pétrifié qui contractait son visage, on eût dit qu'il n'y avait plus dans Claude Frollo que les yeux de vivants.

La bohémienne dansait; elle faisait tourner son tambourin à la pointe de son doigt, et le jetait en l'air en dansant des sarabandes provençales; agile, légère, joyeuse, et ne sentant pas le poids du regard redoutable qui tombait à plomb sur sa tête.

La foule fourmillait autour d'elle; de temps en temps, un homme accoutré d'une casaque jaune et rouge faisait faire le cercle, puis revenait s'asseoir sur une chaise à quelques pas de la danseuse, et prenait la tête de la chèvre sur ses genoux. Cet homme semblait être le compagnon de la bohémienne. Claude Frollo, du point élevé où il était placé, ne pouvait distinguer ses traits.

Du moment où l'archidiacre eut aperçu cet inconnu, son attention sembla se partager entre la danseuse et lui, et son visage devint de plus en plus sombre. Tout à coup il se redressa, et un tremblement parcourut tout son corps :

— Qu'est-ce que c'est que cet homme? dit-il entre ses dents; je l'avais toujours vue seule!

Alors il se replongea sous la voûte tortueuse de l'escalier en spirale, et redescendit. En passant devant la porte de la sonnerie, qui était entr'ouverte, il vit une chose qui le frappa : il vit Quasimodo qui, penché à une ouverture de ces auvents d'ardoises qui ressemblent à d'énormes jalousies, regardait aussi, lui, dans la place. Il était en proie à une contemplation si profonde, qu'il ne prit pas garde au passage de son père adoptif. Son œil sauvage avait une expression singulière : c'était un regard charmé et doux.

— Voilà qui est étrange! murmura Claude. Est-ce que c'est l'égyptienne qu'il regarde ainsi? Il continua de descendre. Au bout de quelques minutes, le soucieux archidiacre sortit dans la place par la porte qui est au bas de la tour.

— Qu'est donc devenue la bohémienne? dit-il en se mêlant au groupe des spectateurs que le tambourin avait amassés.

— Je ne sais, répondit un de ses voisins, elle vient de disparaître. Je crois qu'elle est allée faire quelque fandangue dans la maison en face, où ils l'ont appelée.

A la place de l'égyptienne, sur ce même tapis dont les arabesques s'effaçaient le moment d'auparavant sous le dessin capricieux de sa danse, l'archidiacre ne vit plus que l'homme rouge et jaune qui, pour gagner à son tour quelques testons, se promenait autour du cercle, les coudes sur les hanches, la tête renversée, la face rouge, le cou tendu, avec une chaise entre les dents. Sur cette chaise il avait attaché un chat qu'une voisine avait prêté, et qui jurait fort effrayé.

— Notre-Dame! s'écria l'archidiacre au moment où le saltimbanque, suant à grosses gouttes, passa devant lui avec sa pyramide de chaise et de chat, que fait là maître Pierre Gringoire?

La voix sévère de l'archidiacre frappa le pauvre diable d'une telle commotion, qu'il perdit l'équilibre avec tout son édifice, et que la chaise et le chat tombèrent pêle-mêle sur la tête des assistants, au milieu d'une huée inextinguible.

Il est probable que maître Pierre Gringoire (car c'était bien lui) aurait eu un fâcheux compte à solder avec la voisine au chat, et toutes les faces contuses et égratignées qui l'entouraient, s'il ne se fût hâté de profiter du tumulte pour se réfugier dans l'église, où Claude Frollo lui avait fait signe de le suivre.

La cathédrale était déjà obscure et déserte; les contre-nefs étaient pleines de ténèbres, et les lampes des chapelles commençaient à s'étoiler, tant les voûtes devenaient noires. Seulement la grande rose de la façade, dont les mille couleurs étaient trempées d'un rayon du soleil horizontal, reluisait dans l'ombre comme un fouillis de diamants, et répercutait à l'autre bout de la nef son spectre éblouissant.

Quand ils eurent fait quelques pas, dom Claude s'adossa à un pilier et regarda Gringoire fixement. Ce regard n'était pas celui que Gringoire craignait, honteux qu'il était d'avoir été surpris par une personne grave et docte dans ce costume de baladin. Le coup d'œil du prêtre n'avait rien

Vous faites là un beau métier, reprit l'archidiacre.

de moqueur et d'ironique; il était sérieux, tranquille et perçant. L'archidiacre rompit le silence le premier.

— Venez çà, maître Pierre. Vous m'allez expliquer bien des choses. Et d'abord d'où vient qu'on ne vous a pas vu depuis tantôt deux mois, et qu'on vous retrouve dans les carrefours en bel équipage, vraiment! mi-parti de jaune et de rouge, comme une pomme de Caudebec?

— Messire, dit piteusement Gringoire, c'est en effet un prodigieux accoutrement, et vous m'en voyez plus penaud qu'un chat coiffé d'une calebasse. C'est bien mal fait, je le sens, d'exposer messieurs les sergents du guet à bâtonner sous cette casaque l'humérus d'un philosophe pythagoricien. Mais que voulez-vous, mon révérend maître? la faute en est à mon ancien justaucorps, qui m'a lâchement abandonné au commencement de l'hiver, sous prétexte qu'il tombait en loques et qu'il avait besoin de s'aller reposer dans la hotte du chiffonnier. Que faire? la civilisation n'en est pas encore arrivée au point que l'on puisse aller tout nu, comme le voulait l'ancien Diogènes Ajoutez qu'il ventait un vent très-froid, et ce n'est pas au mois de janvier qu'on peut essayer avec succès de faire faire ce nouveau pas à l'humanité. Cette casaque s'est présentée, je l'ai prise, et j'ai laissé là ma vieille souquenille noire, laquelle, pour un hermétique comme moi, était fort peu hermétiquement close. Me voilà donc en habit d'histrion, comme saint Genest. Que voulez-vous? c'est une éclipse. Apollo a bien gardé les gorrines chez Admétés.

— Vous faites là un beau métier! reprit l'archidiacre.

— Je conviens, mon maître, qu'il vaut mieux philosopher et poétiser, souffler la flamme dans le fourneau ou la recevoir du ciel, que de porter des chats sur le pavois. Aussi, quand vous m'avez apostrophé, ai-je été aussi sot qu'un âne devant un tourne-broche. Mais que voulez-vous, messire? il faut vivre tous les jours, et les plus beaux vers alexandrins ne valent pas sous la dent un morceau de fromage de Brie. Or j'ai fait pour madame Marguerite de Flandres ce fameux épithalame que vous savez, et la ville ne me le paye pas, sous prétexte qu'il n'était pas excellent, comme si l'on pouvait donner pour quatre écus une tragédie de Sophoclès. J'allais donc mourir de faim. Heureusement je me suis trouvé un peu fort du côté de la mâchoire, et je lui ai dit à cette mâchoire : Fais des tours de force et d'équilibre; nourris-toi toi-même. *Ale te ipsam.* Un tas de gueux qui sont devenus mes bons amis, m'ont

Gringoire lui tenait lieu de frère, sinon de mari. (Page 82.)

appris vingt sortes de tours herculéens, et maintenant je donne tous les soirs à mes dents le pain qu'elles ont gagné dans la journée à la sueur de mon front. Après tout, *concedo*, je concède que c'est un triste emploi de mes facultés intellectuelles, et que l'homme n'est pas fait pour passer sa vie à tambouriner et à mordre des chaises. Mais, révérend maître, il ne suffit pas de passer sa vie, il faut la gagner.

Dom Claude écoutait en silence. Tout à coup son œil enfoncé prit une telle expression sagace et pénétrante, que Gringoire se sentit, pour ainsi dire, fouillé jusqu'au fond de l'âme par ce regard.

— Fort bien, maître Pierre; mais d'où vient que vous êtes maintenant en compagnie de cette danseuse d'Égypte?

— Ma foi, dit Gringoire, c'est qu'elle est ma femme et que je suis son mari.

L'œil ténébreux du prêtre s'enflamma.

— Aurais-tu fait cela, misérable? cria-t-il en saisissant avec fureur le bras de Gringoire; aurais-tu été assez abandonné de Dieu pour porter la main sur cette fille?

— Sur ma part de paradis, monseigneur, répondit Gringoire tremblant de tous ses membres, je vous jure que je ne l'ai pas touchée, si c'est là ce qui vous inquiète.

— Et que parles-tu donc de mari et de femme! dit le prêtre.

Gringoire se hâta de lui conter le plus succinctement possible tout ce que le lecteur sait déjà, son aventure de la Cour des Miracles et son mariage au pot cassé. Il paraît du reste que ce mariage n'avait eu encore aucun résultat, et que chaque soir la bohémienne lui escamotait sa nuit de noces comme le premier jour. — C'est un déboire, dit-il en terminant, mais cela tient à ce que j'ai eu le malheur d'épouser une vierge.

— Que voulez-vous dire? demanda l'archidiacre, qui s'était apaisé par degrés à ce récit.

— C'est assez difficile à expliquer, répondit le poëte. C'est une superstition. Ma femme est, à ce que m'a dit un vieux peigre qu'on appelle chez nous le duc d'Égypte, un enfant trouvé ou perdu, ce qui est la même chose. Elle porte au cou une amulette qui, assure-t-on, lui fera un jour rencontrer ses parents, mais qui perdrait sa vertu si la jeune fille perdait la sienne. Il suit de là que nous demeurons tous deux très-vertueux.

— Donc, reprit Claude, dont le front s'éclaircissait de

plus en plus, vous croyez, maître Pierre, que cette créature n'a été approchée d'aucun homme?

— Que voulez-vous, dom Claude, qu'un homme fasse à une superstition! Elle a cela dans la tête. J'estime que c'est à coup sûr une rareté que cette pruderie de nonne qui se conserve farouche au milieu de ces filles bohêmes, si facilement apprivoisées. Mais elle a pour se protéger trois choses : le duc d'Egypte, qui l'a prise sous sa sauvegarde, comptant peut-être la vendre à quelque damp abbé; toute sa tribu, qui la tient en vénération singulière, comme une Notre-Dame; et un certain poignard mignon, que la luronne porte toujours sur elle dans quelque coin, malgré les ordonnances du prévôt, et qu'on lui fait sortir aux mains en lui pressant la taille. C'est une fière guêpe, allez!

L'archidiacre serra Gringoire de questions.

La Esmeralda était, au jugement de Gringoire, une créature inoffensive et charmante, jolie, à cela près d'une moue qui lui était particulière, une fille naïve et passionnée, ignorante de tout, et enthousiaste de tout; ne sachant pas encore la différence d'une femme à un homme, même en rêve; faite comme cela; folle surtout de danse, de bruit, de grand air; une espèce de femme abeille, ayant des ailes invisibles aux pieds, et vivant dans un tourbillon. Elle devait cette nature à la vie errante qu'elle avait toujours menée. Gringoire était parvenu à savoir que, tout enfant, elle avait parcouru l'Espagne et la Catalogne, jusqu'en Sicile; il croyait même qu'elle avait été emmenée, par la caravane de zingari dont elle faisait partie, dans le royaume d'Alger, pays situé en Achaïe, laquelle Achaïe touche d'un côté à la petite Albanie et à la Grèce, de l'autre à la mer des Siciles, qui est le chemin de Constantinople. Les Bohêmes, disait Gringoire, étaient vassaux du roi d'Alger, en sa qualité de chef de la nation des Maures blancs. Ce qui était certain, c'est que la Esmeralda était venue en France très-jeune encore, par la Hongrie. De tous ces pays, la jeune fille avait rapporté des lambeaux de jargons bizarres, des chants et des idées étrangères, qui faisaient de son langage quelque chose d'aussi bizarre que son costume moitié parisien, moitié africain. Du reste, le peuple des quartiers qu'elle fréquentait l'aimait pour sa gaieté, pour sa gentillesse, pour ses vives allures, pour ses danses et pour ses chansons. Dans toute la ville, elle ne se croyait haïe que de deux personnes, dont elle parlait souvent avec effroi : la sachette de la Tour-Roland, une vilaine recluse qui avait on ne sait quelle rancune aux égyptiennes, et qui maudissait la pauvre danseuse chaque fois qu'elle passait devant sa lucarne; et un prêtre qui ne la rencontrait jamais sans lui jeter des regards et des paroles qui lui faisaient peur. Cette dernière circonstance troubla fort l'archidiacre, sans que Gringoire fît grande attention à ce trouble; tant il avait suffi de deux mois pour faire oublier à l'insouciant poëte les détails singuliers de cette soirée où il avait fait la rencontre de l'égyptienne, et la présence de l'archidiacre dans tout cela. Au demeurant, la petite danseuse ne craignait rien; elle ne disait point la bonne aventure, ce qui la mettait à l'abri de ces procès de magie si fréquemment intentés aux bohémiennes. Et puis, Gringoire lui tenait lieu de frère, sinon de mari. Après tout, le philosophe supportait très-patiemment cette espèce de mariage platonique. C'était toujours un gîte et du pain. Chaque matin il partait de la truanderie, le plus souvent avec l'égyptienne; il l'aidait à faire dans les carrefours sa récolte de targes et de petits-blancs; chaque soir il rentrait avec elle sous le même toit, la laissait se verrouiller dans sa logette, et s'endormait du sommeil du juste. Existence fort douce, à tout prendre, disait-il, et fort propre à la rêverie. Et puis, en son âme et conscience, le philosophe n'était pas très-sûr d'être éperdument amoureux de la bohémienne. Il aimait presque autant sa chèvre. C'était une charmante bête, douce, intelligente, spirituelle, une chèvre savante. Rien de plus commun au moyen âge que ces animaux savants dont on s'émerveillait fort, et qui menaient fréquemment leurs instructeurs au fagot. Pourtant les sorcelleries de la chèvre aux pattes dorées étaient de bien innocentes malices. Gringoire les expliqua à l'archidiacre, que ces détails paraissaient vivement intéresser. Il suffisait dans la plupart des cas de présenter le tambourin à la chèvre de telle ou telle façon pour obtenir d'elle la momerie qu'on souhaitait. Elle avait été dressée à cela par la bohémienne, qui avait à ces finesses un talent si rare, qu'il lui avait suffi de deux mois pour enseigner à la chèvre à écrire avec des lettres mobiles le mot *Phœbus*.

— *Phœbus!* dit le prêtre; pourquoi *Phœbus?*

— Je ne sais, répondit Gringoire. C'est peut-être un mot qu'elle croit doué de quelque vertu magique et secrète. Elle le répète souvent à demi-voix quand elle se croit seule.

— Etes-vous sûr, reprit Claude avec son regard pénétrant, que ce n'est qu'un mot et que ce n'est pas un nom?

— Nom de qui? dit le poëte.

— Que sais-je? dit le prêtre.

— Voilà ce que j'imagine, messire. Ces bohêmes sont un peu guèbres et adorent le soleil. De là Phœbus.

— Cela ne me semble pas si clair qu'à vous, maître Pierre.

— Au demeurant, cela ne m'importe. Qu'elle marmotte son Phœbus à son aise. Ce qui est sûr, c'est que Djali m'aime déjà presque autant qu'elle.

— Qu'est-ce que cette Djali?

— C'est la chèvre.

L'archidiacre posa son menton sur sa main, et parut un moment rêveur. Tout à coup il se retourna brusquement vers Gringoire.

— Et tu me jures que tu ne lui as pas touché?

— A qui? dit Gringoire; à la chèvre?

— Non, à cette femme.

— A ma femme? Je vous jure que non.

— Et tu es souvent seul avec elle?

— Tous les soirs, une bonne heure.

Dom Claude fronça le sourcil.

— Oh! oh! *Solus cum sola non cogitabuntur orare Pater noster.*

— Sur mon âme, je pourrais dire le *Pater*, et l'*Ave Maria*, et le *Credo in Deum patrem omnipotentem*, sans qu'elle fît plus d'attention à moi qu'une poule à une église.

— Jure-moi par le ventre de ta mère, répéta l'archidiacre avec violence, que tu n'as pas touché à cette créature du bout du doigt.

— Je le jurerais aussi par la tête de mon père; car les deux choses ont plus d'un rapport. Mais, mon révérend maître, permettez-moi à mon tour une question.

— Parlez, monsieur.

— Qu'est-ce que cela vous fait?

La pâle figure de l'archidiacre devint rouge comme la joue d'une jeune fille. Il resta un moment sans répondre, puis avec un embarras visible :

— Ecoutez, maître Pierre Gringoire. Vous n'êtes pas encore damné, que je sache. Je m'intéresse à vous et vous veux du bien. Or, le moindre contact avec cette égyptienne du démon vous ferait vassal de Satanas. Vous savez que c'est toujours le corps qui perd l'âme. Malheur à vous si vous approchez cette femme! Voilà tout.

— J'ai essayé une fois, dit Gringoire en se grattant l'oreille; c'était le premier jour : mais je me suis piqué.

— Vous avez eu cette effronterie, maître Pierre?

Et le front du prêtre se rembrunit.

— Une autre fois, continua le poëte en souriant, j'ai regardé avant de me coucher par le trou de sa serrure, et j'ai bien vu la plus délicieuse dame en chemise qui ait jamais fait crier la sangle d'un lit sous son pied nu.

— Va-t'en au diable! cria le prêtre avec un regard terrible, et, poussant par les épaules Gringoire émerveillé, il s'enfonça à grands pas sous les plus sombres arcades de la cathédrale.

III

LES CLOCHES.

Depuis la matinée du pilori, les voisins de Notre-Dame avaient cru remarquer que l'ardeur carillonneuse de Quasimodo s'était fort refroidie. Auparavant c'étaient des sonneries à tout propos, de longues aubades qui duraient de

Primes à Complies, des volées de beffroi pour une grand'messe, de riches gammes promenées sur les clochettes pour un mariage, pour un baptême, et s'entremêlant dans l'air comme une broderie de toute sorte de sons charmants. La vieille église, toute vibrante et toute sonore, était dans une perpétuelle joie de cloches. On y sentait sans cesse la présence d'un esprit de bruit et de caprice qui chantait par toutes ces bouches de cuivre. Maintenant cet esprit semblait avoir disparu ; la cathédrale paraissait morne et garder volontiers le silence ; les fêtes et les enterrements avaient leur simple sonnerie, sèche et nue, ce que le rituel exigeait, rien de plus ; du double bruit que fait une église, l'orgue au dedans, la cloche au dehors, il ne restait que l'orgue. On eût dit qu'il n'y avait plus de musiciens dans les clochers. Quasimodo y était toujours pourtant ; que s'était-il donc passé en lui ? était-ce que la honte et le désespoir du pilori duraient encore au fond de son cœur, que les coups de fouet du tourmenteur se répercutaient sans fin dans son âme, et que la tristesse d'un pareil traitement avait tout éteint chez lui, jusqu'à sa passion pour les cloches ? ou bien, était-ce que Marie avait une rivale dans le cœur du sonneur de Notre-Dame, et que la grosse cloche et ses quatorze sœurs étaient négligées pour quelque chose de plus aimable et de plus beau ?

Il arriva que, dans cette gracieuse année **1482**, l'Annonciation tomba un mardi **25** mars. Ce jour-là l'air était si pur et si léger, que Quasimodo se sentit revenir quelque amour de ses cloches. Il monta donc dans la tour septentrionale, tandis qu'en bas le bedeau ouvrait toutes larges les portes de l'église, lesquelles étaient alors d'énormes panneaux de fort bois couvert de cuir, bordés de clous de fer doré et encadrés de sculptures « fort artificiellement « élabourées. »

Parvenu dans la haute cage de la sonnerie, Quasimodo considéra quelque temps avec un triste hochement de tête les six campanilles, comme s'il gémissait de quelque chose d'étranger qui s'était interposé dans son cœur entre elles et lui. Mais, quand il les eut mises en branle ; quand il sentit cette grappe de cloches remuer sous sa main ; quand il vit, car il ne l'entendait pas, l'octave palpitante monter et descendre sur cette échelle sonore comme un oiseau qui saute de branche en branche ; quand le diable-musique, ce démon qui secoue un trousseau étincelant de strettes, de trilles et d'arpéges, se fut emparé du pauvre sourd, alors il redevint heureux, il oublia tout, et son cœur qui se dilatait fit épanouir son visage.

Il allait et venait, il frappait des mains, il courait d'une corde à l'autre, il animait les six chanteurs de la voix et du geste, comme un chef d'orchestre qui éperonne des virtuoses intelligents.

— Va, disait-il, va, Gabrielle, verse tout ton bruit dans la place, c'est aujourd'hui fête. — Thibauld, pas de paresse, tu te ralentis ; va, va donc, est-ce que tu t'es rouillé, fainéant ? — C'est bien ! vite ! vite ! qu'on ne voie pas le battant. Rends-les tous sourds comme moi. — C'est cela, Thibauld, bravement ! Guillaume ! Guillaume ! tu es le plus gros, et Pasquier est le plus petit, et Pasquier va le mieux. Gageons que ceux qui entendent l'entendent mieux que toi. — Bien ! bien ! ma Gabrielle, fort ! plus fort ! — Hé ! que faites-vous donc là-haut tous deux, les Moineaux ! Je ne vous vois pas faire le plus petit bruit. — Qu'est-ce que c'est que ces becs de cuivre-là qui ont l'air de bâiller quand il faut chanter ? Ça, qu'on travaille ! c'est l'Annonciation. Il y a un beau soleil, il faut un beau carillon. — Pauvre Guillaume ! te voilà tout essoufflé, mon gros !

Il était tout occupé d'aiguillonner ses cloches, qui sautaient toutes les six à qui mieux mieux, et secouaient leurs croupes luisantes comme un bruyant attelage de mules espagnoles piqué çà et là par les apostrophes du sagal.

Tout à coup, en laissant tomber son regard entre les larges écailles ardoisées qui recouvrent à une certaine hauteur le mur à pic du clocher, il vit dans la place une jeune fille bizarrement accoutrée, qui s'arrêtait, qui développait à terre un tapis où une petite chèvre venait se poser ; et un groupe de spectateurs qui s'arrondissait alentour. Cette vue changea subitement le cours de ses idées, et figea son enthousiasme musical comme un souffle d'air fige une résine en fusion. Il s'arrêta, tourna le dos au carillon, s'accroupit derrière l'auvent d'ardoise, en fixant sur la danseuse ce regard rêveur, tendre et doux qui avait déjà une fois étonné l'archidiacre. Cependant les cloches oubliées s'éteignirent brusquement toutes à la fois, au grand désappointement des amateurs de sonnerie, lesquels écoutaient de bonne foi le carillon de dessus le Pont-au-Change, et s'en allèrent stupéfaits comme un chien à qui l'on a montré un os et à qui l'on donne une pierre.

IV

ἈΝἈΓΚΗ.

Il advint que, par une belle matinée de ce même mois de mars, je crois que c'était le samedi **29**, jour de Saint-Eustache, notre jeune ami l'écolier Jehan Frollo du Moulin s'aperçut en s'habillant que ses grègues, qui contenaient sa bourse, ne rendaient aucun son métallique. — Pauvre bourse ! dit-il en la tirant de son gousset, quoi ! pas le moindre petit parisis ! comme les dés, les pots de bière et Vénus t'ont cruellement éventrée ! comme te voilà vide, ridée et flasque ! tu ressembles à la gorge d'une furie ! Je vous le demande, messer Cicero et messer Seneca, dont je vois les exemplaires tout racornis épars sur le carreau, que me sert de savoir, mieux qu'un général des monnaies ou qu'un juif du Pont-aux-Changeurs, qu'un écu d'or à la couronne vaut trente-cinq unzains de vingt-cinq sous huit deniers parisis chaque, et qu'un écu au croissant vaut trente-six unzains de vingt-six sous et six deniers tournois pièce, si je n'ai pas un misérable liard noir à risquer sur le double-six ! Oh ! consul Cicero ! ce n'est pas là une calamité dont on se tire avec des périphrases, des *quemadmodum* et des *verumenimvero !*

Il s'habilla tristement. Une pensée lui était venue tout en ficelant ses bottines, mais il la repoussa d'abord ; cependant elle revint, et il mit son gilet à l'envers, signe évident d'un violent combat intérieur. Enfin, il jeta rudement son bonnet à terre et s'écria : Tant pis ! il en sera ce qu'il pourra. Je vais aller chez mon frère ! J'attraperai un sermon, mais j'attraperai un écu.

Alors il endossa précipitamment sa casaque à mahoîtres fourrées, ramassa son bonnet et sortit en désespéré.

Il descendit la rue de la Harpe vers la Cité. En passant devant la rue de la Huchette, l'odeur de ces admirables broches qui y tournaient incessamment vint chatouiller son appareil olfactif, et il donna un regard d'amour à la cyclopéenne rôtisserie qui arracha un jour au cordelier Calatagirone cette pathétique exclamation : *Veramente, queste rotisserie sono cosa stupenda !* Mais Jehan n'avait pas de quoi déjeuner, et il s'enfonça avec un profond soupir sous la porte du Petit-Châtelet, cet énorme double-trèfle de tours massives qui gardait l'entrée de la Cité.

Il ne prit pas même le temps de jeter une pierre en passant, comme c'était l'usage, à la misérable statue de ce Périnet Leclerc, qui avait livré le Paris de Charles VI aux Anglais, crime que son effigie, la face écrasée de pierres et souillée de boue, a expié pendant trois siècles, au coin des rues de la Harpe et de Bussy, comme à un pilori éternel.

Le Petit-Pont traversé, la rue neuve Sainte-Geneviève enjambée, Jehan de Molendino se trouva devant Notre-Dame. Alors, son indécision le reprit, et il se promena quelques instants autour de la statue de monsieur Legris, en se répétant avec angoisse : Le sermon est sûr, l'écu est douteux !

Il arrêta un bedeau qui sortait du cloître. — Où est monsieur l'archidiacre de Josas ?

— Je crois qu'il est dans sa cachette de la tour, dit le bedeau, et je ne vous conseille pas de l'y déranger, à moins que vous ne veniez de la part de quelqu'un comme le pape ou monsieur le roi.

Jehan frappa dans ses mains. — Bédiable ! voilà une magnifique occasion de voir la fameuse logette aux sorcelleries.

Déterminé par cette réflexion, il s'enfonça résolûment sous la petite porte noire, et se mit à monter la vis-de-saint-Gilles, qui mène aux étages supérieurs de la tour. — Je vais voir! se disait-il chemin faisant. Par les corbignolles de la sainte Vierge! ce doit être chose curieuse que cette cellule que mon révérend frère cache comme son pudendum! On dit qu'il y allume des cuisines d'enfer, et qu'il y fait cuire à gros feu la pierre philosophale. Bédieu! je me soucie de la pierre philosophale comme d'un caillou, et j'aimerais mieux trouver sur son fourneau une omelette d'œufs de Pâques au lard que la plus grosse pierre philosophale du monde!

Parvenu sur la galerie des colonnettes, il souffla un moment, et jura contre l'interminable escalier par je ne sais combien de millions de charretées de diables; puis il reprit son ascension par l'étroite porte de la tour septentrionale, aujourd'hui interdite au public. Quelques moments après avoir dépassé la cage aux cloches, il rencontra un petit palier pratiqué dans un renfoncement latéral, et sous la voûte une basse-porte ogive. dont une meurtrière, percée en face dans la paroi circulaire de l'escalier, lui permit d'observer l'énorme serrure et la puissante armature de fer. Les personnes qui seraient curieuses aujourd'hui de visiter cette porte la reconnaîtront à cette inscription, gravée en lettres blanches dans la muraille noire : J'ADORE CORALIE, 1823, SIGNÉ UGÈNE. *Signé* est dans le texte.

— Ouf! dit l'écolier; c'est sans doute ici. La clef était dans la serrure. La porte était tout contre; il la poussa mollement, et passa sa tête par l'entr'ouverture.

Le lecteur n'est pas sans avoir feuilleté l'œuvre admirable de Rembrandt, ce Shakspeare de la peinture. Parmi tant de merveilleuses gravures, il y a en particulier une eau-forte qui représente, à ce qu'on suppose, le docteur Faust, et qu'il est impossible de contempler sans éblouissement. C'est une sombre cellule; au milieu est une table chargée d'objets hideux : têtes de morts, sphères, alambics, compas, parchemins hiéroglyphiques. Le docteur est devant cette table, vêtu de sa grosse houppelande et coiffé jusqu'aux sourcils de son bonnet fourré. On ne le voit qu'à mi-corps. Il est à demi levé de son immense fauteuil, ses poings crispés s'appuient sur la table, et il considère, avec curiosité et terreur, un grand cercle lumineux, formé de lettres magiques, qui brille sur le mur du fond comme le spectre solaire dans la chambre noire. Ce soleil cabalistique semble trembler à l'œil et remplit la blafarde cellule de son rayonnement mystérieux. C'est horrible et c'est beau.

Quelque chose d'assez semblable à la cellule de Faust s'offrit à la vue de Jehan, quand il eut hasardé sa tête par la porte entrebâillée. C'était de même un réduit sombre et à peine éclairé. Il y avait aussi un grand fauteuil et une grande table, des compas, des alambics, des squelettes d'animaux pendus au plafond, une sphère roulant sur le pavé, des hippocéphales pêle-mêle avec des bocaux où tremblaient des feuilles d'or, des têtes de morts posées sur des vélins bigarrés de figures et de caractères, de gros manuscrits empilés tout ouverts, sans pitié pour les angles cassants du parchemin; enfin, toutes les ordures de la science, et partout sur ce fouillis de la poussière et des toiles d'araignées; mais il n'y avait point de cercles de lettres lumineuses, point de docteur en extase, contemplant la flamboyante vision, comme l'aigle regarde son soleil.

Pourtant la cellule n'était point déserte. Un homme était assis dans le fauteuil et courbé sur la table. Jehan, auquel il tournait le dos, ne pouvait voir que ses épaules et le derrière de son crâne; mais il n'eut pas de peine à reconnaître cette tête chauve, à laquelle la nature avait fait une tonsure éternelle, comme si elle avait voulu marquer, par ce symbole extérieur, l'irrésistible vocation cléricale de l'archidiacre.

Jehan reconnut donc son frère; mais la porte s'était ouverte si doucement, que rien n'avait averti dom Claude de sa présence. Le curieux écolier en profita pour examiner quelques instants à loisir la cellule. Un large fourneau, qu'il n'avait pas remarqué au premier abord, était à gauche du fauteuil, au-dessous de la lucarne. Le rayon du jour qui pénétrait par cette ouverture traversait une ronde toile d'araignée, qui inscrivait avec goût sa rosace délicate dans l'ogive de la lucarne, et au centre de laquelle l'insecte architecte se tenait immobile comme le moyeu de cette roue de dentelle. Sur le fourneau étaient accumulés en désordre toutes sortes de vases, des fioles de grès, des cornues de verre, des matras de charbon. Jehan observa en soupirant qu'il n'y avait pas un poêlon. — Elle est fraîche, la batterie de cuisine! pensa-t-il.

Du reste, il n'y avait pas de feu dans le fourneau, et il paraissait même qu'on n'en avait pas allumé depuis longtemps. Un masque de verre, que Jehan remarqua parmi les ustensiles d'alchimie, et qui servait sans doute à préserver le visage de l'archidiacre lorsqu'il élaborait quelque substance redoutable, était dans un coin, couvert de poussière, et comme oublié. A côté gisait un soufflet non moins poudreux, et dont la feuille supérieure portait cette légende incrustée en lettres de cuivre : SPIRA, SPERA.

D'autres légendes étaient écrites, selon la mode des hermétiques, en grand nombre sur les murs; les unes tracées à l'encre, les autres gravées avec une pointe de métal. Du reste, lettres gothiques, lettres hébraïques, lettres grecques et lettres romaines, pêle-mêle; les inscriptions débordant au hasard, celles-ci sur celles-là, les plus fraîches effaçant les plus anciennes, et toutes s'enchevêtrant les unes dans les autres comme les branches d'une broussaille, comme les piques d'une mêlée. C'était, en effet, une assez confuse mêlée de toutes les philosophies, de toutes les rêveries, de toutes les sagesses humaines. Il y en avait une çà et là qui brillait sur les autres comme un drapeau parmi les fers de lances. C'était, la plupart du temps, une brève devise latine ou grecque, comme les formulait si bien le moyen âge : — ***Undè? indè?*** — ***Homo homini monstrum.*** — ***Astra, castra, nomen, numen.*** — Μέγα βιβλιον, μέγα κακόν. — ***Sapere aude.*** — ***Flat ubi vult,*** — etc.; quelquefois un mot dénué de tout sens apparent : Αναγκοφαγία; — ce qui cachait peut-être une allusion amère au régime du cloître; quelquefois enfin une simple maxime de discipline cléricale formulée en un hexamètre réglementaire : *Cœlestem dominum, terrestrem dicito domnum.* Il y avait aussi *passim* des grimoires hébraïques, auxquels Jehan, déjà fort peu grec, ne comprenait rien, et le tout était traversé à tout propos par des étoiles, des figures d'hommes ou d'animaux et des triangles qui s'intersectaient, ce qui ne contribuait pas peu à faire ressembler la muraille barbouillée de la cellule à une feuille de papier sur laquelle un singe aurait promené une plume chargée d'encre.

L'ensemble de la logette, du reste, présentait un aspect général d'abandon et de délabrement; et le mauvais état des ustensiles laissait supposer que le maître était déjà depuis assez longtemps distrait de ses travaux par d'autres préoccupations.

Ce maître cependant, penché sur un vaste manuscrit orné de peintures bizarres, paraissait tourmenté par une idée qui venait sans cesse se mêler à ses méditations. C'est du moins ce que Jehan jugea en l'entendant s'écrier, avec les intermittences pensives d'un songe creux qui rêve tout haut :

— Oui, Manou le dit et Zoroastre l'enseignait! le soleil naît du feu, la lune du soleil; le feu est l'âme du grand tout; ses atomes élémentaires s'épanchent et ruissellent incessamment sur le monde par courants infinis! Aux points où ces courants s'entrecoupent dans le ciel, ils produisent la lumière; à leurs points d'intersection dans la terre, ils produisent l'or. — La lumière, l'or; même chose! — Du feu à l'état concret. — La différence du visible au palpable, du fluide au solide pour la même substance, de la vapeur d'eau à la glace, rien de plus. — Ce ne sont point là des rêves, — c'est la loi générale de la nature. — Mais comment faire pour soutirer dans la science le secret de cette loi générale? Quoi! cette lumière qui inonde ma main, c'est de l'or! ces mêmes atomes, dilatés selon une certaine loi, il ne s'agit que de les condenser selon une certaine autre loi. — Comment faire? — Quelques-uns ont imaginé d'enfouir un rayon du soleil. — Averroës, — oui, c'est Averroës, — Averroës en a enterré un sous le premier pilier de gauche du sanctuaire du koran, dans la grande mahomerie de Cordoue; mais on ne pourra ouvrir le caveau pour voir si l'opération a réussi que dans huit mille ans.

— Diable, dit Jehan à part lui, voilà qui est longtemps attendre un écu.

— .... D'autres ont pensé, continua l'archidiacre rêveur, qu'il valait mieux opérer sur un rayon de Sirius. Mais il est bien malaisé d'avoir ce rayon pur, à cause de la présence simultanée des autres étoiles qui viennent s'y mêler. Flamel estime qu'il est plus simple d'opérer sur le feu terrestre. — Flamel ! quel nom de prédestiné, *Flamma!* — Oui, le feu. Voilà tout. — Le diamant est dans le charbon, l'or est dans le feu. — Mais comment l'en tirer? — Magistri affirme qu'il y a de certains noms de femme d'un charme si doux et si mystérieux, qu'il suffit de les prononcer pendant l'opération. — Lisons ce qu'en dit Manou : « Où les femmes sont honorées, les divinités sont réjouies ; « où elles sont méprisées, il est inutile de prier Dieu. — La « bouche d'une femme est constamment pure; c'est une « eau courante, c'est un rayon de soleil. — Le nom d'une « femme doit être agréable, doux, imaginaire; finir par « des voyelles longues et ressembler à des mots de béné« dictions. » — ... Oui, le sage a raison; en effet, la Maria, la Sophia, la Esmeral... — Damnation! toujours cette pensée!

Et il ferma le livre avec violence.

Il passa la main sur son front, comme pour chasser l'idée qui l'obsédait; puis il prit sur la table un clou et un petit marteau dont le manche était curieusement peint de lettres cabalistiques.

— Depuis quelque temps, dit-il avec un sourire amer, j'échoue dans toutes mes expériences! l'idée fixe me possède et me flétrit le cerveau comme un trèfle de feu. Je n'ai seulement pu retrouver le secret de Cassiodore, dont la lampe brûlait sans mèche et sans huile. Chose simple pourtant.

— Peste! dit Jehan dans sa barbe.

— ... Il suffit donc, continua le prêtre, d'une seule misérable pensée pour rendre un homme faible et fou! Oh! que Claude Pernelle rirait de moi, elle qui n'a pu détourner un moment Nicolas Flamel de la poursuite du grand œuvre! Quoi! je tiens dans ma main le marteau magique de Zéchiélé! à chaque coup que le redoutable rabbin, du fond de sa cellule, frappait sur ce clou avec ce marteau, celui de ses ennemis qu'il avait condamné, eût-il été à deux mille lieues, s'enfonçait d'une coudée dans la terre qui le dévorait. Le roi de France lui-même, pour avoir un soir heurté inconsidérément à la porte du thaumaturge, entra dans son pavé de Paris jusqu'aux genoux. — Ceci s'est passé il n'y a pas trois siècles. — Eh bien! j'ai le marteau et le clou, et ce ne sont pas outils plus formidables dans mes mains qu'un hutin aux mains d'un taillandier. — Pourtant il ne s'agit que de retrouver le mot magique que prononçait Zéchiélé en frappant sur son clou.

— Bagatelle ! pensa Jehan.

— Voyons, essayons, reprit vivement l'archidiacre. Si je réussis, je verrai l'étincelle bleue jaillir de la tête du clou. — Emen-Hétan ! Emen-Hétan ! — Ce n'est pas cela. — Sigéani! Sigéani ! — Que ce clou ouvre la tombe à quiconque porte le nom de Phœbus! — Malédiction! toujours, encore, éternellement la même idée!

Et il jeta le marteau avec colère. Puis il s'affaissa tellement sur le fauteuil et sur la table, que Jehan le perdit de vue derrière l'énorme dossier. Pendant quelques minutes, il ne vit plus que son poing convulsif crispé sur un livre. Tout à coup dom Claude se leva, prit un compas, et grava en silence sur la muraille en lettres capitales ce mot grec : ἈΝΑΓΚΗ.

— Mon frère est fou, dit Jehan en lui-même; il eût été bien plus simple d'écrire : *Fatum;* tout le monde n'est pas obligé de savoir le grec.

L'archidiacre vint se rasseoir dans son fauteuil, et posa sa tête sur ses deux mains, comme fait un malade dont le front est lourd et brûlant.

L'écolier observait son frère avec surprise. Il ne savait pas, lui qui mettait son cœur en plein air, lui qui n'observait de loi au monde que la bonne loi de nature, lui qui laissait s'écouler ses passions par ses penchants, et chez qui le lac des grandes émotions était toujours à sec, tant il y pratiquait largement chaque matin de nouvelles rigoles, il ne savait pas avec quelle furie cette mer des passions humaines fermente et bouillonne lorsqu'on lui refuse toute issue, comme elle s'amasse, comme elle s'enfle, comme elle déborde, comme elle creuse le cœur, comme elle éclate en sanglots intérieurs et en sourdes convulsions, jusqu'à ce qu'elle ait déchiré ses digues et crevé son lit. L'enveloppe austère et glaciale de Claude Frollo, cette froide surface de vertu escarpée et inaccessible, avait toujours trompé Jehan. Le joyeux écolier n'avait jamais songé à ce qu'il y a de lave bouillante, furieuse et profonde sous le front de neige de l'Etna.

Nous ne savons s'il se rendit compte subitement de ces idées; mais, tout évaporé qu'il était, il comprit qu'il avait vu ce qu'il n'aurait pas dû voir, qu'il venait de surprendre l'âme de son frère aîné dans une de ses plus secrètes attitudes, et qu'il ne fallait pas que Claude s'en aperçût. Voyant que l'archidiacre était retombé dans son immobilité première, il retira sa tête très-doucement, et fit quelque bruit de pas derrière la porte, comme quelqu'un qui arrive et qui avertit de son arrivée.

— Entrez ! cria l'archidiacre de l'intérieur de la cellule; je vous attendais. J'ai laissé exprès la clef après la porte ; entrez, maître Jacques.

L'écolier entra hardiment. L'archidiacre, qu'une pareille visite gênait fort en pareil lieu, tressaillit sur son fauteuil. — Quoi ! c'est vous, Jehan ?

— C'est toujours un J., dit l'écolier avec sa face rouge, effrontée et joyeuse.

Le visage de dom Claude avait repris son expression sévère. — Que venez-vous faire ici ?

— Mon frère, répondit l'écolier en s'efforçant d'atteindre une mine décente, piteuse et modeste, et en tournant son bicoquet dans ses mains avec un air d'innocence, je venais vous demander...

— Quoi ?

— Un peu de morale dont j'ai grand besoin. Jehan n'osa ajouter tout haut : Et un peu d'argent, dont j'ai plus grand besoin encore. Ce dernier membre de sa phrase resta inédit.

— Monsieur, dit l'archidiacre d'un ton froid, je suis très-mécontent de vous.

— Hélas! soupira l'écolier.

Dom Claude fit décrire un quart de cercle à son fauteuil, et regarda Jehan fixement. — Je suis bien aise de vous voir.

C'était un exorde redoutable. Jehan se prépara à un rude choc.

— Jehan, on m'apporte tous les jours des doléances de vous. Qu'est-ce que c'est que cette batterie où vous avez contus de bastonnade un petit vicomte Albert de Ramonchamp?

— Oh! dit Jehan, grand'chose! un méchant page qui s'amusait à escailbotter les écoliers en faisant courir son cheval dans les boues !

— Qu'est-ce que c'est, reprit l'archidiacre, que ce Mahiet Fargel, dont vous avez déchiré la robe? *Tunicam dechiraverunt*, dit la plainte.

— Ah bah ! une mauvaise cappette de Montaigu ! voilà-t-il pas?

— La plainte dit *tunicam* et non *cappettam*. Savez-vous le latin?

Jehan ne répondit pas.

— Oui, poursuivit le prêtre en secouant la tête. Voilà où en sont les études et les lettres maintenant. La langue latine est à peine entendue, la syriaque inconnue, la grecque tellement odieuse, que ce n'est pas ignorance aux plus savants de sauter un mot grec sans le lire, et qu'on dit : *Græcum est, non legitur.*

L'écolier releva résolûment les yeux. — Monsieur mon frère, vous plaît-il que je vous explique en bon parler français ce mot grec qui est écrit là sur le mur?

— Quel mot ?

— ἈΝΑΓΚΗ.

Une légère rougeur vint s'épanouir sur les joues pommelées de l'archidiacre, comme la bouffée de fumée qui annonce au dehors les secrètes commotions d'un volcan. L'écolier le remarqua à peine.

— Eh bien! Jehan, balbutia le frère aîné avec effort, qu'est-ce que ce mot veut dire?

— Fatalité.

Dom Claude redevint pâle, et l'écolier poursuivit avec insouciance: — Et ce mot qui est au-dessous, gravé par la même main, Ἀναγνεία, signifie *impureté*. Vous voyez qu'on sait son grec.

L'archidiacre demeurait silencieux. Cette leçon de grec l'avait rendu rêveur. Le petit Jehan, qui avait toutes les finesses d'un enfant gâté, jugea le moment favorable pour hasarder sa requête. Il prit donc une voix extrêmement douce et commença:

— Mon bon frère, est-ce que vous m'avez en haine à ce point de me faire farouche mine pour quelques méchantes giffles et pugnalades distribuées en bonne guerre à je ne sais quels garçons et marmousets, *quibusdam marmosetis:* — Vous voyez, bon frère Claude, qu'on sait son latin.

Mais toute cette caressante hypocrisie n'eut point sur le sévère grand frère son effet accoutumé. Cerbère ne mordit pas au gâteau de miel. Le front de l'archidiacre ne se dérida pas d'un pli. — Où voulez-vous en venir? dit-il d'un ton sec.

— Eh bien, au fait! voici! répondit bravement Jehan; j'ai besoin d'argent.

A cette déclaration effrontée, la physionomie de l'archidiacre prit tout à fait l'expression pédagogique et paternelle.

— Vous savez, monsieur Jehan, que notre fief de Tirechappe ne rapporte, en mettant en bloc le cens et les rentes des vingt-une maisons, que trente-neuf livres onze sous six deniers parisis. C'est moitié plus que du temps des frères Paclet, mais ce n'est pas beaucoup.

— J'ai besoin d'argent, dit stoïquement Jehan.

— Vous savez que l'official a décidé que nos vingt-une maisons mouvaient en plein fief de l'évêché, et que nous ne pourrions racheter cet hommage qu'en payant au révérend évêque deux marcs d'argent doré du prix de six livres parisis. Or, ces deux marcs, je n'ai encore pu les amasser. Vous le savez.

— Je sais que j'ai besoin d'argent, répéta Jehan pour la troisième fois.

— Et qu'en voulez-vous faire?

Cette question fit briller une lueur d'espoir aux yeux de Jehan. Il reprit sa mine chatte et doucereuse.

— Tenez, cher frère Claude, je ne m'adresserais pas à vous en mauvaise intention. Il ne s'agit pas de faire le beau dans les tavernes avec vos unzains et de me promener dans les rues de Paris en caparaçon de brocart d'or, avec mon laquais, *cum meo laquasio*. Non, mon frère, c'est pour une bonne œuvre.

— Quelle bonne œuvre? demanda Claude un peu surpris.

— Il y a deux de mes amis qui voudraint acheter une layette à l'enfant d'une pauvre veuve haudriette. C'est une charité. Cela coûtera trois florins, et je voudrais mettre le mien.

— Comment s'appellent vos deux amis?

— Pierre-l'Assommeur et Baptiste-Croque-Oison.

— Hum! dit l'archidiacre; voilà des noms qui vont à une bonne œuvre comme une bombarde sur un maître-autel.

Il est certain que Jehan avait très-mal choisi ses deux noms d'amis. Il le sentit trop tard.

— Et puis, poursuivit le sagace Claude. qu'est-ce que c'est qu'une layette qui doit coûter trois florins, et cela pour l'enfant d'une haudriette? Depuis quand les veuves haudriettes ont-elles des marmots au maillot?

Jehan rompit la glace encore une fois. — Eh bien, oui! j'ai besoin d'argent pour aller voir ce soir Isabeau-la-Thierrye au Val-d'Amour!

— Misérable impur! s'écria le prêtre.

— Ἀναγνεία, dit Jehan.

Cette citation, que l'écolier empruntait, peut-être avec malice, à la muraille de la cellule, fit sur le prêtre un effet singulier. Il se mordit les lèvres, et sa colère s'éteignit dans la rougeur.

— Allez-vous-en, dit-il alors à Jehan. J'attends quelqu'un.

L'écolier tenta encore un effort. — Frère Claude, donnez-moi au moins un petit parisis pour manger.

— Où en êtes-vous des décrétales de Gratien? demanda dom Claude.

— J'ai perdu mes cahiers.

— Où en êtes-vous des humanités latines?

— On m'a volé mon exemplaire d'Horatius.

— Où en êtes-vous d'Aristoteles?

— Ma foi! frère, quel est donc ce père de l'Eglise qui dit que les erreurs des hérétiques ont, de tout temps, eu pour repaire les broussailles de la métaphysique d'Aristoteles? Foin d'Aristoteles! je ne veux pas déchirer ma religion et sa métaphysique.

— Jeune homme, reprit l'archidiacre, il y avait à la dernière entrée du roi un gentilhomme appelé Philippe de Commines, qui portait brodée sur la houssure de son cheval sa devise, que je vous conseille de méditer: *Qui non laborat non manducet.*

L'écolier resta un moment silencieux, le doigt à l'oreille, l'œil fixé à terre, et la mine fâchée. Tout à coup il se retourna vers Claude avec la vive prestesse d'un hoche-queue.

— Ainsi, bon frère, vous me refusez un sou parisis pour acheter une croûte chez un talmellier?

— *Qui non laborat non manducet.*

A cette réponse de l'inflexible archidiacre, Jehan cacha sa tête dans ses mains, comme une femme qui sanglote, et s'écria avec une expression de désespoir: — Ὀ τοτοτοτοτοῖ!

— Qu'est-ce que cela veut dire, monsieur? demanda Claude surpris de cette incartade.

— Eh bien quoi! dit l'écolier; et il relevait sur Claude des yeux effrontés dans lesquels il venait d'enfoncer ses poings pour leur donner la rougeur des larmes: c'est du grec! c'est un anapeste d'Eschyles qui exprime parfaitement la douleur.

Et ici il partit d'un éclat de rire si bouffon et si violent, qu'il en fit sourire l'archidiacre. C'était la faute de Claude en effet: pourquoi avait-il tant gâté cet enfant?

— Oh! bon frère Claude, reprit Jehan enhardi par ce sourire, voyez mes brodequins percés. Y a-t-il cothurne plus tragique au monde que des bottines dont la semelle tire la langue?

L'archidiacre était promptement revenu à sa sévérité première. — Je vous enverrai des bottines neuves, mais point d'argent.

— Rien qu'un pauvre petit parisis, frère, poursuivit le suppliant Jehan. J'apprendrai Gratien par cœur, je croirai bien en Dieu, je serai un véritable Pythagoras de science et de vertu. Mais un petit parisis, par grâce! Voulez-vous que la famine me morde avec sa gueule qui est là, béante, devant moi, plus noire, plus puante, plus profonde qu'un Tartare ou que le nez d'un moine?

Dom Claude hocha son chef ridé. — *Qui non laborat...*

Jehan ne le laissa pas achever.

— Eh bien! cria-t-il, au diable! vive la joie! Je m'entavernerai, je me battrai, je casserai les pots et j'irai voir les filles!

Et sur ce, il jeta son bonnet au mur, et fit claquer ses doigts comme des castagnettes.

L'archidiacre le regarda d'un air sombre.

— Jehan, vous n'avez point d'âme.

— En ce cas, selon Epicurius, je manque d'un je ne sais quoi fait de quelque chose qui n'a pas de nom.

— Jehan, il faut songer sérieusement à vous corriger.

— Ah çà! cria l'écolier en regardant tour à tour son frère et les alambics du fourneau, tout est donc cornu ici, les idées et les bouteilles!

— Jehan, vous êtes sur une pente bien glissante. Savez-vous où vous allez?

— Au cabaret, dit Jehan.

— Le cabaret mène au pilori.

— C'est une lanterne comme une autre, et c'est peut-être avec celle-là que Diogène eût trouvé son homme.

— Le pilori mène à la potence.

— La potence est une balance qui a un homme à un bout et toute la terre à l'autre. Il est beau d'être l'homme.

— La potence mène à l'enfer.
— C'est un gros feu.
— Jehan, Jehan! la fin sera mauvaise.
— Le commencement aura été bon.

En ce moment, le bruit d'un pas se fit entendre dans l'escalier.

— Silence! dit l'archidiacre en mettant un doigt sur sa bouche, voici maître Jacques. Ecoutez, Jehan, ajouta-t-il à voix basse : gardez-vous de parler jamais de ce que vous aurez vu et entendu ici. Cachez-vous vite sous ce fourneau, et ne soufflez pas.

L'écolier se blottit sous le fourneau; là il lui vint une idée féconde.

— A propos, frère Claude, un florin pour que je ne souffle pas.

— Silence! je vous le promets.

— Il faut me le donner.

— Prends donc! dit l'archidiacre en lui jetant avec colère son escarcelle. Jehan se renfonça sous le fourneau, et la porte s'ouvrit.

V

LES DEUX HOMMES VÊTUS DE NOIR.

Le personnage qui entra avait une robe noire et la mine sombre. Ce qui frappa au premier coup d'œil notre ami Jehan (qui, comme on s'en doute bien, s'était arrangé dans son coin de manière à pouvoir tout voir et tout entendre selon son bon plaisir), c'était la parfaite tristesse du vêtement et du visage de ce nouveau venu. Il y avait pourtant quelque douceur répandue sur cette figure, mais une douceur de chat ou de juge, une douceur doucereuse. Il était fort gris, ridé, touchait aux soixante ans, clignait des yeux, avait le sourcil blanc, la lèvre pendante et de grosses mains. Quand Jehan vit que ce n'était que cela, c'est-à-dire sans doute un médecin ou un magistrat, et que cet homme avait le nez très-loin de la bouche, signe de bêtise, il se rencoigna dans son trou, désespéré d'avoir à passer un temps indéfini en si gênante posture et en si mauvaise compagnie.

L'archidiacre cependant ne s'était pas même levé pour ce personnage. Il lui avait fait signe de s'asseoir sur un escabeau voisin de la porte, et, après quelques moments d'un silence qui semblait continuer une méditation antérieure, il lui avait dit avec quelque protection : — Bonjour, maître Jacques.

— Salut, maître, avait répondu l'homme noir.

Il y avait dans les deux manières dont fut prononcé d'une part ce *maître Jacques*, de l'autre ce *maître* par excellence, la différence de monseigneur au monsieur, du *domine* au *domne*. C'était évidemment l'abord du docteur et du disciple.

— Eh bien! reprit l'archidiacre après un nouveau silence que maître Jacques se garda de troubler, réussissez-vous?

— Hélas! mon maître, dit l'autre avec un sourire triste, je souffle toujours. De la cendre tant que j'en veux. Mais pas une étincelle d'or.

Dom Claude fit un geste d'impatience. — Je ne vous parle pas de cela, maître Jacques Charmolue, mais du procès de votre magicien. N'est-ce pas Marc Cenaine que vous le nommez? le sommelier de la Cour des comptes? Avoue-t-il sa magie? La question vous a-t-elle réussi?

— Hélas! non, répondit maître Jacques toujours avec son sourire triste; nous n'avons pas cette consolation. Cet homme est un caillou; nous le ferons bouillir au Marché-aux-Pourceaux avant qu'il ait rien dit. Cependant nous n'épargnons rien pour arriver à la vérité; il est déjà tout disloqué, nous y mettons toutes les herbes de la Saint-Jean, comme dit le vieux comique Plautus :

Advorsum stimulos, laminas, crucesque, compedesque,
Nervos, catenas, carceres, numellas, pedicas, boias.

Rien n'y fait; cet homme est terrible. J'y perds mon latin.

— Vous n'avez rien trouvé de nouveau dans sa maison?

— Si fait, dit maître Jacques en fouillant dans son escarcelle : ce parchemin. Il y a des mots dessus que nous ne ne comprenons pas. Monsieur l'avocat criminel, Philippe Lheulier, sait pourtant un peu d'hébreu qu'il a appris dans l'affaire des Juifs de la rue Kantersten à Bruxelles.

En parlant ainsi, maître Jacques déroulait un parchemin. — Donnez, dit l'archidiacre. Et jetant les yeux sur cette pancarte : — Pure magie, maître Jacques! s'écria-t-il. *Emen-Hétan!* c'est le cri des striges quand elles arrivent au sabbat. *Per ipsum, et cum ipso, et in ipso!* c'est le commandement qui recadenasse le diable en enfer. *Hax, pax, max!* ceci est de la médecine. Une formule contre la morsure des chiens enragés. Maître Jacques! vous êtes procureur du roi en cour d'église : ce parchemin est abominable.

— Nous remettrons l'homme à la question. Voici encore, ajouta maître Jacques en fouillant de nouveau dans sa sacoche, ce que nous avons trouvé chez Marc Cenaine.

C'était un vase de la famille de ceux qui couvraient le fourneau de dom Claude. — Ah! dit l'archidiacre, un creuset d'alchimie.

— Je vous avouerai, reprit maître Jacques avec son sourire timide et gauche, que je l'ai essayé sur le fourneau, mais je n'ai pas mieux réussi qu'avec le mien.

L'archidiacre se mit à examiner le vase. — Qu'a-t-il gravé sur son creuset! *Och! och!* le mot qui chasse les puces! Ce Marc Cenaine est ignorant! Je le crois bien, que vous ne ferez pas d'or avec ceci! c'est bon à mettre dans votre alcôve, l'été, et voilà tout!

— Puisque nous en sommes aux erreurs, dit le procureur du roi, je viens d'étudier le portail d'en bas avant de monter; Votre Révérence est-elle bien sûre que l'ouverture de l'ouvrage de physique y est figurée du côté de l'Hôtel-Dieu, et que, dans les sept figures nues qui sont aux pieds de Notre-Dame, celle qui a des ailes aux talons est Mercurius?

— Oui, répondit le prêtre; c'est Augustin Nifo qui l'écrit, ce docteur italien qui avait un démon barbu, lequel lui apprenait toute chose. Au reste, nous allons descendre, et je vous expliquerai cela sur le texte.

— Merci, mon maître, dit Charmolue en s'inclinant jusqu'à terre. — A propos, j'oubliais! Quand vous plaît-il que je fasse appréhender la petite magicienne?

— Quelle magicienne?

— Cette bohémienne que vous savez bien, qui vient tous les jours baller sur le parvis malgré la défense de l'official! Elle a une chèvre possédée qui a des cornes du diable, qui lit, écrit, qui sait la mathémathique comme Picatrix, et qui suffirait à faire pendre toute la bohême. Le procès est tout prêt; il sera bientôt fait, allez! Une jolie créature, sur mon âme, que cette danseuse! les plus beaux yeux noirs! deux escarboucles d'Egypte! Quand commençons-nous?

L'archidiacre était excessivement pâle.

— Je vous dirai cela, balbutia-t-il d'une voix à peine articulée; puis il reprit avec effort : Occupez-vous de Marc Cenaine.

— Soyez tranquille, dit en souriant Charmolue : je vais le faire reboucler sur le lit de cuir en rentrant. Mais c'est un diable d'homme : il fatigue Pierrat Torterue lui-même, qui a les mains plus grosses que moi. Comme dit ce bon Plautus,

Nudus vinctus, centum pondo, es quando pendes per pedes.

La question au treuil! c'est ce que nous avons de mieux. Il y passera.

Dom Claude semblait plongé dans une sombre distraction. Il se tourna vers Charmolue.

— Maître Pierrat... maître Jacques, veux-je dire, occupez-vous de Marc Cenaine.

— Oui, oui, dom Claude. Pauvre homme! il aura souffert comme Mummol. Quelle idée aussi, d'aller au sabbat! un sommelier de la Cour des comptes, qui devrait connaître le texte de Charlemagne, *Striga vel masca!* — Quant à la petite, — Smeralda, — comme ils l'appellent, — j'attendrai vos ordres. — Ah! en passant sous le portail, vous

Eh bien ! cria-t-il, au diable et vive la joie ! (Page 86.)

m'expliquerez aussi ce que veut dire le jardinier de plate peinture qu'on voit en entrant dans l'église. N'est-ce pas le Semeur? — Hé! maître, à quoi pensez-vous donc?

Dom Claude, abîmé en lui-même, ne l'écoutait plus. Charmolue, en suivant la direction de son regard, vit qu'il s'était fixé machinalement à la grande toile d'araignée qui tapissait la lucarne. En ce moment une mouche étourdie, qui cherchait le soleil de mars, vint se jeter à travers ce filet et s'y englua. A l'ébranlement de sa toile, l'énorme araignée fit un mouvement brusque hors de sa cellule centrale, puis d'un bond, elle se précipita sur la mouche, qu'elle plia en deux avec ses antennes de devant, tandis que sa trompe hideuse lui fouillait la tête. — Pauvre mouche! dit le procureur du roi en cour d'église, et il leva la main pour la sauver. L'archidiacre, comme réveillé en sursaut, lui retint le bras avec une violence convulsive.

— Maître Jacques, cria-t-il, laissez faire la fatalité.

Le procureur se retourna effaré; il lui semblait qu'une pince de fer lui avait pris le bras. L'œil du prêtre était fixe, hagard, flamboyant, et restait attaché au petit groupe horrible de la mouche et de l'araignée.

— Oh! oui, continua le prêtre avec une voix qu'on eût dit venir de ses entrailles; voilà un symbole de tout. Elle vole, elle est joyeuse, elle vient de naître; elle cherche le printemps, le grand air, la liberté; oh! oui : mais qu'elle se heurte à la rosace fatale, l'araignée en sort! l'araignée hideuse! Pauvre danseuse! pauvre mouche prédestinée! Maître Jacques, laissez faire! c'est la fatalité! — Hélas! Claude, tu es l'araignée. Claude, tu es la mouche aussi! — Tu volais à la science, à la lumière, au soleil, tu n'avais souci que d'arriver au grand air, au grand jour de la vérité éternelle; mais en te précipitant vers la lucarne éblouissante qui donne sur l'autre monde, sur le monde de la clarté, de l'intelligence et de la science, mouche aveugle, docteur insensé, tu n'as pas vu cette subtile toile d'araignée tendue par le destin entre la lumière et toi, tu t'y es jeté à corps perdu, misérable fou, et maintenant tu te débats, la tête brisée et les ailes arrachées, entre les antennes de fer de la fatalité! — Maître Jacques! maître Jacques! laissez faire l'araignée!

— Je vous assure, dit Charmolue, qui le regardait sans comprendre, que je n'y toucherai pas. Mais lâchez-moi le bras, maître, de grâce! vous avez une main de tenaille.

L'archidiacre ne l'entendait pas. — Oh! insensé! reprit-

Jacques Charmolue.

il sans quitter la lucarne des yeux. Et quand tu l'aurais pu rompre, cette toile redoutable, avec tes ailes de moucheron, tu crois que tu aurais pu atteindre à la lumière! Hélas! cette vitre qui est plus loin, cet obstacle transparent, cette muraille de cristal plus dur que l'airain, qui sépare toutes les philosophies de la vérité, comment l'aurais-tu franchie? O vanité de la science! que de sages viennent de bien loin en voletant s'y briser le front! Que de systèmes pêle-mêle se heurtent en bourdonnant à cette vitre éternelle!

Il se tut. Ces dernières idées, qui l'avaient insensiblement ramené de lui-même à la science, paraissaient l'avoir calmé. Jacques Charmolue le fit tout à fait revenir au sentiment de la réalité, en lui adressant cette question :

— Or çà, mon maître, quand viendrez-vous m'aider à faire de l'or? il me tarde de réussir.

L'archidiacre hocha la tête avec un sourire amer.

— Maître Jacques, lisez Michel Psellus, ***Dialogus de energia et operatione dæmonum.*** Ce que nous faisons n'est pas tout à fait innocent.

— Plus bas, maître! Je m'en doute, dit Charmolue. Mais il faut bien faire un peu d'hermétique quand on n'est que procureur du roi en cour d'église, à trente écus tournois par an. Seulement parlons bas.

En ce moment un bruit de mâchoire et de mastication qui partait de dessous le fourneau vint frapper l'oreille inquiète de Charmolue.

— Qu'est cela? demanda-t-il.

C'était l'écolier qui, fort gêné et fort ennuyé dans sa cachette, était parvenu à y découvrir une vieille croûte et un triangle de fromage moisi, et s'était mis à manger le tout sans façon, en guise de consolation et de déjeuner. Comme il avait grand'faim il faisait grand bruit, et il accentuait fortement chaque bouchée, ce qui avait donné l'éveil et l'alarme au procureur.

— C'est un mien chat, dit vivement l'archidiacre, qui se régale, là-dessous, de quelque souris.

Cette explication satisfit Charmolue.

— En effet, maître, répondit-il avec un sourire respectueux, tous les grands philosophes ont eu leur bête familière. Vous savez ce que dit Servius : ***Nullus enim locus sine genio est.***

Cependant dom Claude, qui craignait quelque nouvelle algarade de Jehan, rappela à son digne disciple qu'ils avaient quelques figures du portail à étudier ensemble, et tous deux sortirent de la cellule, au grand *ouf!* de l'écolier, qui commençait à craindre sérieusement que son genou ne prît l'empreinte de son menton.

VI

EFFET QUE PEUVENT PRODUIRE SEPT JURONS EN PLEIN AIR.

— *Te Deum laudamus!* s'écria maître Jehan en sortant de son trou, voilà les deux chats-huants partis! Och! och! Hax! pax! max! les puces! les chiens enragés! le diable! j'en ai assez de leur conversation! la tête me bourdonne comme un clocher. Du fromage moisi par-dessus le marché! sus! descendons, prenons l'escarcelle du grand frère, et convertissons toutes ces monnaies en bouteilles!

Il jeta un coup d'œil de tendresse et d'admiration dans l'intérieur de la précieuse escarcelle, rajusta sa toilette, frotta ses bottines, épousseta ses pauvres manches-mahoitres toutes grises de cendres, siffla un air, pirouetta une gambade, examina s'il ne restait pas quelque chose à prendre dans la cellule, grapilla çà et là sur le fourneau quelque amulette de verroterie, bonne à donner en guise de bijoux à Isabeau-la-Thierrye, enfin poussa la porte, que son frère avait laissée ouverte par une dernière indulgence, et qu'il laissa ouverte à son tour par une dernière malice, et descendit l'escalier circulaire en sautillant comme un oiseau.

Au milieu des ténèbres de la vis, il coudoya quelque chose qui se rangea en grognant; il présuma que c'était Quasimodo, et cela lui parut si drôle, qu'il descendit le reste de l'escalier en se tenant les côtes de rire. En débouchant sur la place, il riait encore.

Il frappa du pied quand il se retrouva à terre. — Oh! dit-il, bon et honorable pavé de Paris! maudit escalier à essouffler les anges de l'échelle Jacob! A quoi pensais-je de m'aller fourrer dans cette vrille de pierre qui perce le ciel; le tout pour manger du fromage barbu, et pour voir les clochers de Paris par une lucarne!

Il fit quelques pas, et aperçut les deux chats-huants, c'est-à-dire, dom Claude et maître Jacques Charmolue, en contemplation devant une sculpture du portail. Il s'approcha d'eux sur la pointe des pieds, et entendit l'archidiacre qui disait tout bas à Charmolue : — C'est Guillaume de Paris qui a fait graver un Job sur cette pierre couleur lapis-lazuli, dorée par les bords. Job figure la pierre philosophale, qui doit être éprouvée et martyrisée aussi pour devenir parfaite, comme dit Raymond Lulle : *Sub conservatione formæ specificæ salva anima.*

— Cela m'est bien égal, dit Jehan, c'est moi qui ai la bourse.

En ce moment il entendit une voix forte et sonore articuler derrière lui une série formidable de jurons.

— Sang-Dieu! ventre-Dieu! bédieu! corps-de-Dieu! nombril de Belzébuth! nom d'un pape! corne et tonnerre!

— Sur mon âme! s'écria Jehan, ce ne peut-être que mon ami le capitaine Phœbus!

Ce nom de Phœbus arriva aux oreilles de l'archidiacre au moment où il expliquait au procureur du roi le dragon qui cache sa queue dans un bain d'où sort de la fumée et une tête de roi. Dom Claude tressaillit, s'interrompit, à la grande stupeur de Charmolue, se retourna, et vit son frère Jehan qui abordait un grand officier à la porte du logis Gondelaurier.

C'était en effet monsieur le capitaine Phœbus de Châteaupers. Il était adossé à l'angle de la maison de sa fiancée, et jurait comme un païen.

— Ma foi! capitaine Phœbus, dit Jehan en lui prenant la main, vous sacrez avec une verve admirable.

— Corne et tonnerre! répondit le capitaine.

— Corne et tonnerre vous-même! répliqua l'écolier. Or çà, gentil capitaine, d'où vous vient ce débordement de belles paroles?

— Pardon, bon camarade Jehan! s'écria Phœbus en lui secouant la main, cheval lancé ne s'arrête pas court. Or je jurais au grand galop. Je viens de chez ces bégueules, et quand j'en sors, j'ai toujours la gorge pleine de jurements; il faut que je les crache, ou j'étoufferais, ventre et tonnerre!

— Voulez-vous venir boire? demanda l'écolier.

Cette proposition calma le capitaine.

— Je veux bien, mais je n'ai pas d'argent.

— J'en ai, moi!

— Bah! voyons?

Jehan étala l'escarcelle aux yeux du capitaine, avec majesté et simplicité. Cependant l'archidiacre, qui avait laissé là Charmolue ébahi, était venu jusqu'à eux et s'était arrêté à quelques pas, les observant tous deux sans qu'ils prissent garde à lui, tant la contemplation de l'escarcelle les absorbait.

Phœbus s'écria : — Une bourse dans votre poche, Jehan! c'est la lune dans un seau d'eau. On l'y voit, mais elle n'y est pas. Il n'y en a que l'ombre! Pardieu! gageons que ce sont des cailloux!

Jehan répondit froidement : — Voilà les cailloux dont je caillloute mon gousset.

Et, sans ajouter une parole, il vida l'escarcelle sur une borne voisine, de l'air d'un Romain sauvant la patrie.

— Vrai-Dieu! grommela Phœbus, des targes, des grands-blancs, des petits-blancs, des mailles d'un tournois les deux, des deniers parisis! de vrais liards à l'aigle! C'est éblouissant!

Jehan demeurait digne et impassible. Quelques liards avaient roulé dans la boue; le capitaine, dans son enthousiasme, se baissa pour les ramasser. Jehan le retint : — Fi, capitaine Phœbus de Châteaupers!

Phœbus compta la monnaie, et se tournant avec solennité vers Jehan : — Savez-vous, Jehan, qu'il y a vingt-trois sous parisis! Qui avez-vous donc dévalisé cette nuit, rue Coupe-Gueule?

Jehan rejeta en arrière sa tête blonde et bouclée, et dit en fermant à demi des yeux dédaigneux : — On a un frère archidiacre et imbécile.

— Corne-de-Dieu! s'écria Phœbus, le digne homme!

— Allons boire, dit Jehan

— Où irons-nous? dit Phœbus; *à la Pomme d'Eve?*

— Non, capitaine, allons *à la Vieille Science.* Une vieille qui scie une anse, c'est un rébus, j'aime cela.

— Foin des rébus, Jehan! le vin est meilleur *à la Pomme d'Eve*, et puis, à côté de la porte il y a une vigne au soleil qui m'égaye quand je bois.

— Eh bien! va pour Eve et sa pomme, dit l'écolier; et prenant le bras de Phœbus : — A propos, mon cher capitaine, vous avez dit tout à l'heure la rue Coupe-Gueule. C'est fort mal parler; on n'est plus si barbare à présent. On dit la rue Coupe-Gorge.

Les deux amis se mirent en route vers *la Pomme d'Eve.* Il est inutile de dire qu'ils avaient d'abord ramassé l'argent et que l'archidiacre les suivait.

L'archidiacre les suivait, sombre et hagard. Etait-ce là le Phœbus dont le nom maudit, depuis son entrevue avec Gringoire, se mêlait à toutes ses pensées? il ne le savait, mais enfin, c'était un Phœbus, et ce nom magique suffisait pour que l'archidiacre suivît à pas de loup les deux insouciants compagnons, écoutant leurs paroles et observant leurs moindres gestes avec une anxiété attentive. Du reste, rien de plus facile que d'entendre tout ce qu'ils disaient, tant ils parlaient haut, fort peu gênés de mettre les passants de moitié dans leurs confidences. Ils parlaie[illegible] duels, filles, cruches, folies.

Au détour d'une rue, le bruit d'un tambour de basque leur vint d'un carrefour voisin. Dom Claude entendit l'officier qui disait à l'écolier :

— Tonnerre! doublons le pas.

— Pourquoi, Phœbus?

— J'ai peur que la bohémienne ne me voie.

— Quelle bohémienne?

— La petite qui a une chèvre.

— La Smeralda?

— Justement, Jehan. J'oublie toujours son diable de nom. Dépêchons, elle me reconnaîtrait. Je ne veux pas que cette fille m'accoste dans la rue.

— Est-ce que vous la connaissez, Phœbus?

Ici l'archidiacre vit Phœbus ricaner, se pencher à l'oreille de Jehan, et lui dire quelques mots tout bas; puis Phœbus éclata de rire et secoua la tête d'un air triomphant.

— En vérité? dit Jehan.

— Sur mon âme! dit Phœbus.

— Ce soir?

— Ce soir.

— Etes-vous sûr qu'elle viendra?

— Mais êtes-vous fou, Jehan? est-ce qu'on doute de ces choses-là?

— Capitaine Phœbus, vous êtes un heureux gendarme!

— L'archidiacre entendit toute cette conversation. Ses dents claquèrent; un frisson, visible aux yeux, parcourut tout son corps. Il s'arrêta un moment, s'appuya à une borne comme un homme ivre, puis il reprit la piste des deux joyeux drôles.

Au moment où il les rejoignit, ils avaient changé de conversation. Il les entendit chanter à tue-tête le vieux refrain :

Les enfants des Petits-Carreaux
Se font pendre comme des veaux.

VII

LE MOINE BOURRU.

L'illustre cabaret de *la Pomme d'Eve* était situé dans l'Université, au coin de la rue de la Rondelle et de la rue du Bâtonnier. C'était une salle au rez-de-chaussée, assez vaste et fort basse, avec une voûte dont la retombée centrale s'appuyait sur un gros pilier de bois peint en jaune, des tables partout, de luisants brocs d'étain accrochés au mur, toujours force buveurs, des filles à foison, un vitrage sur la rue, une vigne à la porte, et au-dessus de cette porte une criarde planche de tôle, enluminée d'une pomme et d'une femme, rouillée par la pluie et tournant au vent sur une broche de fer. Cette façon de girouette qui regardait le pavé était l'enseigne.

La nuit tombait : le carrefour était noir; le cabaret plein de chandelles flamboyait de loin comme une forge dans l'ombre; on entendait le bruit des verres, des ripailles, des jurements, des querelles, qui s'échappait par les carreaux cassés. A travers la brume que la chaleur de la salle répandait sur la devanture vitrée, on voyait fourmiller cent figures confuses, et de temps en temps un éclat de rire sonore s'en détachait. Les passants qui allaient à leurs affaires longeaient, sans y jeter les yeux, cette vitre tumultueuse. Seulement, par intervalles, quelque petit garçon en guenilles se haussait sur la pointe des pieds jusqu'à l'appui de la devanture, et jetait dans le cabaret la vieille huée goguenarde dont on poursuivait alors les ivrognes : Aux Houls, saouls, saouls, saouls!

Un homme cependant se promenait imperturbablement devant la bruyante taverne, y regardant sans cesse, et ne s'en écartant pas plus qu'un piquier de sa guérite. Il avait un manteau jusqu'au nez. Ce manteau, il venait de l'acheter au fripier qui avoisinait *la Pomme d'Eve*, sans doute pour se garantir du froid des soirées de mars, peut-être pour cacher son costume. De temps en temps il s'arrêtait devant le vitrage trouble à mailles de plomb, il écoutait, regardait et frappait du pied.

Enfin la porte du cabaret s'ouvrit. C'est ce qu'il paraissait attendre. Deux buveurs en sortirent. Le rayon de lumière qui s'échappait de la porte empourpra un moment leurs joviales figures. L'homme au manteau s'alla mettre en observation sous un porche de l'autre côté de la rue.

— Corne et tonnerre! dit l'un des deux buveurs. Sept heures vont toquer. C'est l'heure de mon rendez-vous.

— Je vous dis, reprenait son compagnon avec une langue épaisse, que je ne demeure pas rue des Mauvaises-Paroles, *indignus qui inter mala verba habitat*. J'ai logis rue Jean-Pain-Mollet, *in vico Johannis-Pain-Mollet*. — Vous êtes plus cornu qu'un unicorne, si vous dites le contraire. — Chacun sait que qui monte une fois sur un ours n'a jamais peur; mais vous avez le nez tourné à la friandise, comme Saint-Jacques-de-l'Hôpital.

— Jehan, mon ami, vous êtes ivre, disait l'autre.

L'autre répondit en chancelant : — Cela vous plait à dire, Phœbus; mais il est prouvé que Platon avait le profil d'un chien de chasse.

Le lecteur a sans doute déjà reconnu nos deux braves amis, le capitaine et l'écolier. Il paraît que l'homme qui les guettait dans l'ombre les avait reconnus aussi, car il suivait à pas lents tous les zigzags que l'écolier faisait faire au capitaine, lequel, buveur plus aguerri, avait conservé tout son sang-froid. En les écoutant attentivement, l'homme au manteau put saisir dans son entier l'intéressante conversation que voici :

— Corbacque! tâchez donc de marcher droit, monsieur le bachelier; vous savez qu'il faut que je vous quitte. Voilà sept heures. J'ai rendez-vous avec une femme.

— Laissez-moi donc, vous! Je vois des étoiles et des lances de feu. Vous êtes comme le château de Dampmartin qui crève de rire.

— Par les verrues de ma grand'mère, Jehan, c'est déraisonner avec trop d'acharnement. — A propos, Jehan, est-ce qu'il ne vous reste plus d'argent?

— Monsieur le recteur, il n'y a pas de faute, la petite boucherie, *parva boucheria*.

— Jehan, mon ami Jehan, vous savez que j'ai donné rendez-vous à cette petite au bout du pont Saint-Michel, que je ne puis la mener que chez la Falourdel, la vilotière du pont, et qu'il faudra payer la chambre. La vieille ribaude à moustaches blanches ne me fera pas crédit. Jehan! de grâce, est-ce que nous avons bu toute l'escarcelle du curé? est-ce qu'il ne vous reste plus un parisis?

— La conscience d'avoir bien dépensé les autres heures est un juste et savoureux condiment de table.

— Ventre et boyaux, trêve aux billevesées! Dites-moi, Jehan du diable, vous reste-t-il quelque monnaie? Donnez, bédieu! ou je vais vous fouiller, fussiez-vous lépreux comme Job et galeux comme César.

— Monsieur, la rue Galiache est une rue qui a un bout rue de la Verrerie, et l'autre rue de la Tixeranderie.

— Eh bien! oui, mon bon ami Jehan, mon pauvre camarade, la rue Galiache, c'est bien, c'est très-bien. Mais, au nom du ciel, revenez à vous. Il ne me faut qu'un sou parisis, et c'est pour sept heures.

— Silence à la ronde, et attention au refrain :

Quand les rats mangeront les cas,
Le roi sera seigneur d'Arras;
Quand la mer, qui est grande et lée,
Sera à la Saint-Jean gelée,
On verra par-dessus la glace,
Sortir ceux d'Arras de leur place.

— Eh bien! écolier de l'Antechrist, puisses-tu être étranglé avec les tripes de ta mère! s'écria Phœbus, et il poussa rudement l'écolier ivre, lequel glissa contre le mur et tomba mollement sur le pavé de Philippe-Auguste. Par un reste de cette pitié fraternelle qui n'abandonne jamais le cœur d'un buveur, Phœbus roula Jehan avec le pied sur un de ces oreillers du pauvre que la Providence tient prêts au coin de toutes les bornes de Paris, et que les riches flétrissent dédaigneusement du nom de *tas d'ordures*. Le capitaine arrangea la tête de Jehan sur un pan incliné de trognons de choux, et à l'instant même l'écolier se mit à ronfler avec une basse-taille magnifique. Cependant toute rancune n'était pas éteinte au cœur du capitaine. — Tant pis si la charrette du diable te ramasse en passant! dit-il au pauvre clerc endormi, et il s'éloigna.

L'homme au manteau, qui n'avait cessé de le suivre, s'arrêta un moment devant l'écolier gisant, comme si une indécision l'agitait; puis, poussant un profond soupir, il s'éloigna aussi à la suite du capitaine.

Nous laisserons, comme eux, Jehan dormir sous le regard bienveillant de la belle étoile, et nous les suivrons aussi, s'il plaît au lecteur.

En débouchant dans la rue Saint-André-des-Arcs, le capitaine Phœbus s'aperçut que quelqu'un le suivait. Il vit, en détournant par hasard les yeux, une espèce d'ombre qui rampait derrière lui le long des murs. Il s'arrêta, elle s'arrêta; il se remit en marche, l'ombre se remit en marche. Cela ne l'inquiéta que fort médiocrement. — Ah bah! se dit-il en lui-même, je n'ai pas le sou.

Devant la façade du collége d'Autun il fit halte. C'est à ce collége qu'il avait ébauché ce qu'il appelait ses études, et, par une habitude d'écolier taquin qui lui était restée, il ne passait jamais devant la façade sans faire subir à la statue du cardinal Pierre Bertrand, sculptée à droite du portail, l'espèce d'affront dont se plaint si amèrement Priape dans la satire d'Horace *Olim truncus eram ficulnus*. Il y avait mis tant d'acharnement, que l'inscription *eduensis episcopus* en était presque effacée. Il s'arrêta donc devant la statue comme à son ordinaire. La rue était tout à fait déserte. Au moment où il renouait nonchalamment ses aiguillettes, le nez au vent, il vit l'ombre qui s'approchait de lui à pas lents, si lents, qu'il eut tout le temps d'observer que cette ombre avait un manteau et un chapeau. Arrivée près de lui, elle s'arrêta et demeura plus immobile que la statue du cardinal Bertrand. Cependant, elle attachait sur Phœbus des yeux fixes pleins de cette lumière vague qui sort la nuit de la prunelle d'un chat.

Le capitaine était brave et se serait fort peu soucié d'un larron l'estoc au poing. Mais cette statue qui marchait, cet homme pétrifié, le glacèrent. Il courait alors par le monde je ne sais quelles histoires du moine bourru, rôdeur nocturne des rues de Paris, qui lui revinrent confusément en mémoire. Il resta quelques minutes stupéfait, et rompit enfin le silence en s'efforçant de rire : — Monsieur, si vous êtes un voleur, comme je l'espère, vous me faites l'effet d'un héron qui s'attaque à une coquille de noix. Je suis un fils de famille ruiné, mon cher. Adressez-vous à côté. Il y a dans la chapelle de ce collége du bois de la vraie croix, qui est dans de l'argenterie.

La main de l'ombre sortit de dessous son manteau, et s'abattit sur le bras de Phœbus, avec la pesanteur d'une serre d'aigle. En même temps l'ombre parla : — Capitaine Phœbus de Châteaupers!

— Comment diable! dit Phœbus, vous savez mon nom.

— Je ne sais pas seulement votre nom, reprit l'homme au manteau avec sa voix de sépulcre. Vous avez un rendez-vous ce soir.

— Oui, répondit Phœbus stupéfait.

— A sept heures.

— Dans un quart d'heure.

— Chez la Falourdel.

— Précisément.

— La vilotière du pont Saint-Michel.

— De Saint-Michel archange, comme dit la patenôtre.

— Impie! grommela le spectre. — Avec une femme?

— *Confiteor.*

— Qui s'appelle...

— La Smeralda, dit Phœbus allégrement. Toute son insouciance lui était revenue par degrés.

A ce nom, la serre de l'ombre secoua avec fureur le bras de Phœbus. — Capitaine Phœbus de Châteaupers, tu mens!

Qui eût pu voir en ce moment le visage enflammé du capitaine, le bond qu'il fit en arrière, si violent, qu'il se dégagea de la tenaille qui l'avait saisi, la fière mine dont il jeta sa main à la garde de son épée, et devant cette colère la morne immobilité de l'homme au manteau, qui eût vu cela eût été effrayé. C'était quelque chose du combat de don Juan et de la statue.

— Christ et Satan! cria le capitaine. Voilà une parole qui s'attaque rarement à l'oreille d'un Châteaupers! tu n'oserais pas la répéter.

— Tu mens! dit l'ombre froidement.

Le capitaine grinça des dents. Moine-bourru, fantôme, superstitions, il avait tout oublié en ce moment. Il ne voyait plus qu'un homme et qu'une insulte. — Ah! voilà qui va bien, balbutia-t-il d'une voix étouffée de rage. Il tira son épée, puis, bégayant, car la colère fait trembler comme la peur : — Ici! tout de suite! sus! les épées! les épées! du sang sur ces pavés!

Cependant l'autre ne bougeait. Quand il vit son adversaire en garde et prêt à se fendre : — Capitaine Phœbus, dit-il, et son accent vibrait avec amertume, vous oubliez votre rendez-vous.

Les emportements des hommes comme Phœbus sont des soupes au lait dont une goutte d'eau froide affaisse l'ébullition. Cette simple parole fit baisser l'épée qui étincelait à la main du capitaine.

— Capitaine, poursuivit l'homme, demain, après-demain, dans un mois, dans dix ans, vous me retrouverez prêt à vous couper la gorge; mais allez d'abord à votre rendez-vous.

— En effet, dit Phœbus comme s'il cherchait à capituler avec lui-même, ce sont deux choses charmantes à rencontrer en un rendez-vous qu'une épée et qu'une fille; mais je ne vois pas pourquoi je manquerais l'une pour l'autre quand je puis avoir les deux.

Il remit l'épée au fourreau.

— Allez à votre rendez-vous, reprit l'inconnu.

— Monsieur, répondit Phœbus avec quelque embarras, grand merci de votre courtoisie. Au fait, il sera toujours temps demain de nous découper à taillades et boutonnières le pourpoint du père Adam. Je vous sais gré de me permettre de passer encore un quart d'heure agréable. J'espérais bien vous coucher dans le ruisseau, et arriver encore à temps pour la belle, d'autant mieux qu'il est de bon air de faire attendre un peu les femmes en pareil cas. Mais vous m'avez l'air d'un gaillard, et il est plus sûr de remettre la partie à demain. Je vais donc à mon rendez-vous; c'est pour sept heures, comme vous savez. — Ici Phœbus se gratta l'oreille. — Ah! corne-Dieu! j'oubliais! je n'ai pas un sou pour acquitter le truage du galetas, et la vieille matrulle voudra être payée d'avance. Elle se défie de moi.

— Voici de quoi payer.

Phœbus sentit la main froide de l'inconnu glisser dans la sienne une large pièce de monnaie. Il ne put s'empêcher de prendre cet argent et de serrer cette main.

— Vrai Dieu! s'écria-t-il, vous êtes un bon enfant.

— Une condition, dit l'homme. Prouvez-moi que j'ai eu tort et que vous disiez vrai. Cachez-moi dans quelque coin d'où je puisse voir si cette femme est vraiment celle dont vous avez dit le nom.

— Oh! répondit Phœbus, cela m'est bien égal. Nous prendrons la chambre à Sainte-Marthe; vous pourrez voir à votre aise du chenil qui est à côté.

— Venez donc, reprit l'ombre.

— A votre service, dit le capitaine. Je ne sais si vous n'êtes pas messer Diabolus en propre personne; mais soyons bons amis ce soir, demain je vous payerai toutes mes dettes de la bourse et de l'épée.

Ils se remirent à marcher rapidement. Au bout de quelques minutes, le bruit de la rivière leur annonça qu'ils étaient sur le pont Saint-Michel, alors chargé de maisons. — Je vais d'abord vous introduire, dit Phœbus à son compagnon, j'irai ensuite chercher la belle, qui doit m'attendre près du Petit-Châtelet. Le compagnon ne répondit rien; depuis qu'ils marchaient côte à côte il n'avait dit mot. Phœbus s'arrêta devant une porte basse et heurta rudement, une lumière parut aux fentes de la porte. — Qui est là? cria une voix édentée. — Corps-Dieu! tête-Dieu! ventre-Dieu! répondit le capitaine. La porte s'ouvrit sur-le-champ, et laissa voir aux arrivants une vieille femme et une vieille lampe qui tremblaient toutes deux. La vieille était pliée en deux, vêtue de guenilles, branlante du chef, percée à petits yeux, coiffée d'un torchon, ridée partout, aux mains, à la face, au cou; ses lèvres rentraient sous ses gencives, et elle avait tout autour de la bouche des pinceaux de poils blancs qui lui donnaient la mine embabouinée d'un chat. L'intérieur du bouge n'était pas moins délabré qu'elle; c'étaient des murs de craie, des solives noires au plafond, une cheminée démantelée, des toiles d'araignées à tous les coins; au milieu, un troupeau chancelant de tables et d'escabelles boiteuses, un enfant sale dans les cendres, et dans le fond un escalier ou plutôt une échelle de bois, qui aboutissait à une trappe au plafond. En pénétrant dans ce repaire, le mystérieux compagnon de Phœbus haussa son manteau jusqu'à ses yeux. Cependant le capitaine, tout en jurant comme un Sarrasin, se hâta de *faire dans un écu reluire le soleil*, comme dit notre admirable Régnier. — La chambre à Sainte-Marthe, dit-il.

La vieille le traita de monseigneur, et serra l'écu dans un tiroir. C'était la pièce que l'homme au manteau noir avait donnée à Phœbus. Pendant qu'elle tournait le dos, le petit garçon chevelu et déguenillé qui jouait dans les cendres s'approcha adroitement du tiroir, y prit l'écu, et mit à la place une feuille sèche qu'il avait arrachée d'un fagot.

La vieille fit signe aux deux gentilshommes, comme elle les nommait, de la suivre, et monta l'échelle devant eux. Parvenue à l'étage supérieur, elle posa sa lampe sur un coffre, et Phœbus, en habitué de la maison, ouvrit une porte qui donnait sur un bouge obscur. — Entrez là, mon cher, dit-il à son compagnon. L'homme au manteau obéit sans répondre une parole; la porte retomba sur lui; il entendit Phœbus la refermer au verrou, et, un moment après, redescendre l'escalier avec la vieille. La lumière avait disparu.

VIII

UTILITÉ DES FENÊTRES QUI DONNENT SUR LA RIVIÈRE.

Claude Frollo (car nous présumons que le lecteur, plus intelligent que Phœbus, n'a vu dans toute cette aventure d'autre moine-bourru que l'archidiacre), Claude Frollo tâtonna quelques instants dans le réduit ténébreux où le capitaine l'avait verrouillé. C'était un de ces recoins comme les architectes en réservent quelquefois au point de jonction du toit et du mur d'appui. La coupe verticale de ce chenil, comme l'avait si bien nommé Phœbus, eût donné un triangle. Du reste, il n'y avait ni fenêtre ni lucarne, et le plan incliné du toit empêchait qu'on s'y tînt debout. Claude s'accroupit donc dans la poussière et dans les plâtras qui s'écrasaient sous lui; sa tête était brûlante; en furetant autour de lui avec ses mains, il trouva à terre un morceau de vitre cassée, qu'il appuya sur son front et dont la fraîcheur le soulagea un peu.

Que se passait-il en ce moment dans l'âme obscure de l'archidiacre? lui et Dieu seul l'ont pu savoir.

Selon quel ordre fatal disposait-il dans sa pensée la Esmeralda, Phœbus, Jacques Charmolue, son jeune frère si aimé, abandonné par lui dans la boue, sa soutane d'archidiacre, sa réputation peut-être, traînée chez la Falourdel, toutes ces images, toutes ces aventures? Je ne pourrais le dire. Mais il est certain que ces idées formaient dans son esprit un groupe horrible.

Il attendait depuis un quart d'heure; il lui semblait avoir vieilli d'un siècle. Tout à coup il entendit craquer les ais de l'escalier de bois; quelqu'un montait. La trappe se rouvrit; une lumière reparut. Il y avait à la porte vermoulue de son bouge une fente assez large : il y colla son visage. De cette façon il pouvait voir tout ce qui se passait dans la chambre voisine. La vieille à face de chat sortit d'abord de la trappe, sa lampe à la main; puis Phœbus retroussant sa moustache, puis une troisième personne, cette belle et gracieuse figure, la Esmeralda. Le prêtre la vit sortir de terre comme une éblouissante apparition. Claude trembla, un nuage se répandit sur ses yeux, ses artères battirent avec force, tout bruissait et tournait autour de lui; il ne vit et n'entendit plus rien.

Quand il revint à lui, Phœbus et la Esmeralda étaient seuls, assis sur le coffre de bois à côté de la lampe qui faisait saillir aux yeux de l'archidiacre ces deux jeunes figures, et un misérable grabat au fond du galetas.

A côté du grabat il y avait une fenêtre dont le vitrail, défoncé comme une toile d'araignée sur laquelle la pluie a tombé, laissait voir, à travers ses mailles rompues, un coin du ciel et la lune couchée au loin sur un édredon de molles nuées.

La jeune fille était rouge, interdite, palpitante. Ses longs cils baissés ombrageaient ses joues de pourpre. L'officier, sur lequel elle n'osait lever les yeux, rayonnait. Machinalement, et avec un geste charmant de gaucherie, elle traçait du bout du doigt, sur le banc, des lignes incohérentes, et elle regardait son doigt. On ne voyait pas son pied, la petite chèvre était accroupie dessus.

Le capitaine était mis fort galamment; il avait au col et aux poignets des touffes de doreloterie : grande élégance d'alors.

Dom Claude ne parvint pas sans peine à entendre ce qu'ils se disaient, à travers le bourdonnement de son sang, qui bouillait dans ses tempes.

(Chose assez banale qu'une causerie d'amoureux. C'est un *je vous aime* perpétuel. Phrase musicale fort nue et fort insipide pour les indifférents qui écoutent quand elle n'est pas ornée de quelque *fioriture;* mais Claude n'écoutait pas en indifférent).

— Oh! disait la jeune fille sans lever les yeux, ne me méprisez pas, monseigneur Phœbus. Je sens que ce que je fais est mal.

— Vous mépriser, belle enfant! répondait l'officier d'un air de galanterie supérieure et distinguée, vous mépriser, tête Dieu! et pourquoi?

— Pour vous avoir suivi.

— Sur ce propos, ma belle, nous ne nous entendons pas. Je ne devrais pas vous mépriser, mais vous haïr.

La jeune fille le regarda avec effroi : — Me haïr! qu'ai-je donc fait?

— Pour vous être tant fait prier.

— Hélas! dit-elle... c'est que je manque à un vœu... Je ne retrouverai pas mes parents... l'amulette perdra sa vertu. — Mais qu'importe? qu'ai-je besoin de père et de mère à présent?

En parlant ainsi, elle fixait sur le capitaine ses grands yeux noirs humides de joie et de tendresse.

— Du diable si je vous comprends! s'écria Phœbus.

La Esmeralda resta un moment silencieuse, puis une larme sortit de ses yeux, un soupir de ses lèvres, et elle dit : — Oh! monseigneur, je vous aime.

Il y avait autour de la jeune fille un tel parfum de chasteté, un tel charme de vertu, que Phœbus ne se sentait pas complétement à l'aise auprès d'elle. Cependant cette parole l'enhardit. — Vous m'aimez! dit-il avec transport, et il jeta son bras autour de la taille de l'égyptienne. Il n'attendait que cette occasion.

Le prêtre le vit, et essaya du bout du doigt la pointe d'un poignard qu'il tenait caché dans sa poitrine.

— Phœbus, poursuivit la bohémienne en détachant doucement de sa ceinture les mains tenaces du capitaine, vous êtes bon, vous êtes généreux, vous êtes beau; vous m'avez sauvée, moi qui ne suis qu'une pauvre enfant perdue en Bohême. Il y a longtemps que je rêve d'un officier qui me sauve la vie. C'était de vous que je rêvais avant de vous connaître, mon Phœbus; mon rêve avait une belle livrée comme vous, une grande mine, une épée; vous vous appelez Phœbus, c'est un beau nom, j'aime votre nom, j'aime votre épée. Tirez donc votre épée, Phœbus, que je la voie.

— Enfant! dit le capitaine, et il dégaina sa rapière en souriant. L'égyptienne regarda la poignée, la lame, examina avec une curiosité adorable le chiffre de la garde, et baisa l'épée en lui disant : — Vous êtes l'épée d'un brave. J'aime mon capitaine.

Phœbus profita encore de l'occasion pour déposer sur son beau cou ployé un baiser qui fit redresser la jeune fille écarlate comme une cerise. Le prêtre en grinça des dents dans ses ténèbres.

— Phœbus, reprit l'égyptienne, laissez-moi vous parler. Marchez donc un peu, que je vous voie tout grand et que j'entende sonner vos éperons. Comme vous êtes beau!

Le capitaine se leva pour lui complaire, en la grondant avec un sourire de satisfaction : — Mais êtes-vous enfant!

— A propos, charmante, m'avez-vous vu en hoqueton de cérémonie?

— Hélas! non, répondit-elle.

— C'est cela qui est beau!

Phœbus vint se rasseoir près d'elle, mais beaucoup plus près qu'auparavant.

— Écoutez, ma chère...

L'égyptienne lui donna quelques petits coups de sa jolie main sur la bouche, avec un enfantillage plein de folie, de grâce et de gaieté. — Non, non, je ne vous écouterai pas. M'aimez-vous? Je veux que vous me disiez si vous m'aimez.

— Si je t'aime, ange de ma vie! s'écria le capitaine en s'agenouillant à demi. Mon corps, mon sang, mon âme, tout est à toi, tout est pour toi. Je t'aime, et n'ai jamais aimé que toi.

Le capitaine avait tant de fois répété cette phrase en mainte conjoncture pareille, qu'il la débita tout d'une haleine, sans faire une seule faute de mémoire. A cette déclaration passionnée, l'égyptienne leva au sale plafond qui tenait lieu de ciel un regard plein d'un bonheur angélique. — Oh! murmura-t-elle, voilà le moment où l'on devrait mourir! — Phœbus trouva « le moment » bon pour lui dérober un nouveau baiser qui alla torturer dans son coin le misérable archidiacre.

— Mourir! s'écria l'amoureux capitaine. Qu'est-ce que vous dites donc là, bel ange? c'est le cas de vivre, ou Jupiter n'est qu'un polisson! mourir au commencement d'une si douce chose! Corne-de-bœuf, quelle plaisanterie! — Ce n'est pas cela. — Ecoutez, ma chère Similar... Esmenarda... Pardon! mais vous avez un nom si prodigieusement sarrasin, que je ne puis m'en dépêtrer. C'est une broussaille qui m'arrête tout court.

— Mon Dieu, dit la pauvre fille, moi qui croyais ce nom joli pour sa singularité! Mais, puisqu'il vous déplait, je voudrais m'appeler Goton.

— Ah! ne pleurons pas pour si peu, ma gracieuse! c'est un nom auquel il faut s'accoutumer, voilà tout. Une fois que je le saurai par cœur, cela ira tout seul. — Ecoutez donc, ma chère Similar : je vous adore à la passion. Je vous aime vraiment que c'est miraculeux. Je sais une petite qui en crève de rage...

La jalouse fille l'interrompit : — Qui donc?

— Qu'est-ce que cela nous fait? dit Phœbus; m'aimez-vous?

— Oh!... dit-elle.

— Eh bien! c'est tout. Vous verrez comme je vous aime aussi. Je veux que le grand diable Neptunus m'enfourche si je ne vous rends pas la plus heureuse créature du monde. Nous aurons une jolie petite logette quelque part. Je ferai parader mes archers sous vos fenêtres. Ils sont tous à cheval et font la nargue à ceux du capitaine Mignon. Il y a des voulguiers, des cranequiniers et des coulevriniers à main. Je vous conduirai aux grandes monstres des Parisiens à la grange de Rully. C'est très-magnifique. Quatre-vingt mille têtes armées; trente mille harnais blancs, jaques ou brigandines; les soixante-sept bannières des métiers; les étendards du parlement, de la chambre des comptes, du trésor des généraux, des aides des monnaies; un arroi du diable enfin! Je vous mènerai voir les Lions de l'Hôtel du Roi qui sont des bêtes fauves. Toutes les femmes aiment cela.

Depuis quelques instants la jeune fille, absorbée dans ses charmantes pensées, rêvait au son de sa voix sans écouter le sens de ses paroles.

— Oh! vous serez heureuse! continua le capitaine, et en même temps il déboucla doucement la ceinture de l'égyptienne. — Que faites-vous donc? dit-elle vivement. Cette *voie de fait* l'avait arrachée à sa rêverie.

— Rien, répondit Phœbus; je disais seulement qu'il faudrait quitter toute cette toilette de folie et de coin de rue quand vous serez avec moi.

— Quand je serai avec toi, mon Phœbus! dit la jeune fille tendrement.

Elle redevint pensive et silencieuse.

Le capitaine, enhardi par sa douceur, lui prit la taille sans qu'elle résistât, puis se mit à délacer à petit bruit le corsage de la pauvre enfant, et dérangea si fort sa gorgerette, que le prêtre haletant vit sortir de la gaze la belle épaule nue de la bohémienne, ronde et brune, comme la lune qui se lève dans la brume à l'horizon.

La jeune fille laissait faire Phœbus. Elle ne paraissait pas s'en apercevoir. L'œil du hardi capitaine étincelait.

Tout à coup elle se tourna vers lui : — Phœbus, dit-elle avec une expression d'amour infinie, instruis-moi dans ta religion.

— Ma religion! s'écria le capitaine éclatant de rire. Moi vous instruire dans ma religion! Corne et tonnerre! qu'est-ce que vous voulez faire de ma religion?

— C'est pour nous marier, répondit-elle.

La figure du capitaine prit une expression mélangée de surprise, de dédain, d'insouciance et de passion libertine.

— Ah bah! dit-il, est-ce qu'on se marie?

La bohémienne devint pâle, et laissa tristement retomber sa tête sur sa poitrine. — Belle amoureuse, reprit tendrement Phœbus, qu'est-ce que c'est que ces folies-là? Grand'chose que le mariage! est-on moins bien aimant pour n'avoir pas craché du latin dans la boutique d'un prêtre? En parlant ainsi de sa voix la plus douce, il s'approchait extrêmement près de l'égyptienne, ses mains caressantes avaient repris leur poste autour de cette taille si fine et si souple, son œil s'allumait de plus en plus, et tout annonçait que monsieur Phœbus touchait évidemment à l'un de ces moments où Jupiter lui-même fait tant de sottises, que le bon Homère est obligé d'appeler un nuage à son secours.

Dom Claude cependant voyait tout. La porte était faite de douves de poinçon toutes pourries, qui laissaient entre elles de larges passages à son regard d'oiseau de proie. Ce prêtre à peau brune et à larges épaules, jusque-là condamné à l'austère virginité du cloître, frissonnait et bouillait devant cette scène d'amour, de nuit et de volupté. La jeune et belle fille livrée en désordre à cet ardent jeune homme lui faisait couler du plomb fondu dans les veines. Il se passait en lui des mouvements extraordinaires; son œil plongeait avec une jalousie lascive sous toutes ces épingles défaites. Qui eût pu voir en ce moment la figure du malheureux collée aux barreaux vermoulus, eût cru voir une face de tigre regardant du fond d'une cage quelque chacal qui dévore une gazelle. Sa prunelle éclatait comme une chandelle à travers les fentes de la porte.

Tout à coup Phœbus enleva d'un geste rapide la gorgerette de l'égyptienne. La pauvre enfant, qui était restée pâle et rêveuse, se réveilla comme en sursaut; elle s'éloigna brusquement de l'entreprenant officier, et, jetant un regard sur sa gorge et ses épaules nues, rouge et confuse, et muette de honte, elle croisa ses deux beaux bras sur son sein pour le cacher. Sans la flamme qui embrasait ses joues, à la voir ainsi silencieuse et immobile, on eût dit une statue de la Pudeur. Ses yeux restaient baissés.

Cependant le geste du capitaine avait mis à découvert l'amulette mystérieuse qu'elle portait au cou. — Qu'est-ce que cela? dit-il en saisissant ce prétexte pour se rapprocher de la belle créature qu'il venait d'effaroucher.

— N'y touchez pas! répondit-elle vivement, c'est ma gardienne. C'est elle qui me fera retrouver ma famille si j'en reste digne. Oh! laissez-moi, monsieur le capitaine! ma mère! ma pauvre mère! ma mère! où es-tu? à mon secours! Grâce, monsieur Phœbus! rendez-moi ma gorgerette!

Phœbus recula et dit d'un ton froid : — Oh! mademoiselle! que je vois bien que vous ne m'aimez pas.

— Je ne l'aime pas! s'écria la pauvre malheureuse enfant, et en même temps elle se pendit au capitaine qu'elle fit asseoir près d'elle. Je ne t'aime pas, mon Phœbus! Qu'est-ce que tu dis là, méchant, pour me déchirer le cœur? Oh! va! prends-moi, prends tout! fais ce que tu voudras de moi, je suis à toi. Que m'importe l'amulette? que m'importe ma mère? c'est toi qui es ma mère, puisque je t'aime! Phœbus, mon Phœbus bien-aimé, me vois-tu? c'est moi, regarde-moi; c'est cette petite que tu veux bien ne pas repousser, qui vient, qui vient elle-même te chercher. Mon âme, ma vie, mon corps, ma personne, tout cela est une chose qui est à vous, mon capitaine. Eh bien! non! ne nous marions pas, cela t'ennuie; et puis, qu'est-ce que je suis, moi? une misérable fille du ruisseau, tandis que toi, mon Phœbus! tu es gentilhomme. Belle chose, vraiment! une danseuse épouser un officier! j'étais folle. Non, Phœbus, non; je serai ta maîtresse, ton amusement, ton plaisir, quand tu voudras, une fille qui sera à toi. Je ne suis faite que pour cela, souillée, méprisée, déshonorée, mais qu'importe! aimée. Je serai la plus fière et la plus joyeuse des femmes. Et, quand je serai vieille ou laide, Phœbus, quand je ne serai plus bonne pour vous aimer, monseigneur, vous me souffrirez encore pour vous servir. D'autres vous broderont des écharpes; c'est moi, la servante, qui en aurai soin. Vous me laisserez fourbir vos éperons, brosser votre hoqueton, épousseter vos bottes de cheval. N'est-ce pas, mon Phœbus, que vous aurez cette pitié? En attendant, prends moi! Tiens, Phœbus, tout cela t'appartient, aime-moi seulement! Nous autres égyptiennes, il ne nous faut que cela, de l'air et de l'amour.

En parlant ainsi, elle jetait ses bras autour du cou de l'officier; elle le regardait du bas en haut, suppliante, et avec un beau sourire tout en pleurs. Sa gorge délicate se frottait au pourpoint de drap et aux rudes broderies. Elle tordait sur ses genoux son beau corps demi-nu. Le capitaine enivré colla ses lèvres ardentes à ces belles épaules africaines. La jeune fille, les yeux perdus au plafond, renversée en arrière, frémissait toute palpitante sous ce baiser.

Tout à coup, au-dessus de la tête de Phœbus, elle vit une autre tête; une figure livide, verte, convulsive, avec un regard de damné; près de cette figure il y avait une main qui tenait un poignard. C'était la figure et la main du prêtre; il avait brisé la porte, et il était là. Phœbus ne pouvait le voir. La jeune fille resta immobile, glacée, muette, sous l'épouvantable apparition, comme une colombe qui lèverait la tête au moment où l'orfraie regarde dans son nid avec ses yeux ronds.

Elle ne put même pousser un cri. Elle vit le poignard s'abaisser sur Phœbus et se relever fumant.—Malédiction! dit le capitaine, et il tomba.

Elle s'évanouit.

Au moment où ses yeux se fermaient, où tout sentiment se dispersait en elle, elle crut sentir s'imprimer sur ses lèvres un attouchement de feu, un baiser plus brûlant que le fer rouge du bourreau.

Quand elle reprit ses sens, elle était entourée de soldats du guet. On emportait le capitaine baigné dans son sang, le prêtre avait disparu; la fenêtre du fond de la chambre, qui donnait sur la rivière, était toute grande ouverte; on ramassait un manteau qu'on supposait appartenir à l'officier, et elle entendait dire autour d'elle: — C'est une sorcière qui a poignardé un capitaine.

LIVRE HUITIÈME

I

L'ÉCU CHANGÉ EN FEUILLE SÈCHE.

Gringoire et toute la Cour des Miracles étaient dans une mortelle inquiétude. On ne savait depuis un grand mois ce qu'était devenue la Esmeralda, ce qui contristait fort le duc d'Egypte et ses amis les truands, ni ce qu'était devenue sa chèvre, ce qui redoublait la douleur de Gringoire. Un soir l'égyptienne avait disparu, et depuis lors n'avait plus donné signe de vie. Toutes recherches avaient été inutiles. Quelques sabouleux taquins disaient à Gringoire l'avoir rencontrée ce soir-là aux environs du pont Saint-Michel, s'en allant avec un officier; mais ce mari à la mode de Bohême était un philosophe incrédule, et d'ailleurs, il savait mieux que personne à quel point sa femme était vierge. Il avait pu juger quelle pudeur inexpugnable résultait des deux vertus combinées de l'amulette et de l'égyptienne, et il avait mathématiquement calculé la résistance de cette chasteté à la seconde puissance. Il était donc tranquille de ce côté.

Aussi ne pouvait-il s'expliquer cette disparition. C'était un chagrin profond. Il en eût maigri, si la chose eût été possible; il en avait tout oublié, jusqu'à ses goûts littéraires, jusqu'à son grand ouvrage *de Figuris regularibus et irregularibus*, qu'il comptait faire imprimer au premier argent qu'il aurait. (Car il radotait d'imprimerie depuis qu'il avait vu le Didascalon de Hugues de Saint-Victor imprimé avec les célèbres caractères de Vindelin de Spire.)

Un jour qu'il passait tristement devant la Tournelle criminelle, il aperçut quelque foule à l'une des portes du Palais de Justice. — Qu'est cela? demanda-t-il à un jeune homme qui en sortait.

— Je ne sais pas, monsieur, répondit le jeune homme. On dit qu'on juge une femme qui a assassiné un gendarme. Comme il paraît qu'il y a de la sorcellerie là-dessous, l'évêque et l'official sont intervenus dans la cause, et mon frère, qui est archidiacre de Josas, y passe sa vie. Or, je voulais lui parler, mais je n'ai pu arriver jusqu'à lui à cause de la foule, ce qui me contrarie fort, car j'ai besoin d'argent.

— Hélas! monsieur, dit Gringoire, je voudrais pouvoir vous en prêter; mais, si mes grègues sont trouées, ce n'est pas par les écus.

Il n'osa pas dire au jeune homme qu'il connaissait son frère l'archidiacre, vers lequel il n'était pas retourné depuis la scène de l'église; négligence qui l'embarrassait.

L'écolier passa son chemin, et Gringoire se mit à suivre la foule qui montait l'escalier de la grand'chambre. Il estimait qu'il n'est rien de tel que le spectacle d'un procès criminel pour dissiper la mélancolie, tant les juges sont ordinairement d'une bêtise réjouissante. Le peuple, auquel il s'était mêlé, marchait et se coudoyait en silence. Après un lent et insipide piétinement sous un long couloir sombre, qui serpentait dans le palais comme le canal intestinal du vieil édifice, il parvint auprès d'une porte basse qui débouchait sur une salle que sa haute taille lui permit d'explorer du regard par-dessus les têtes ondoyantes de la cohue.

La salle était vaste et sombre, ce qui la faisait paraître plus vaste encore. Le jour tombait; les longues fenêtres ogives ne laissaient plus pénétrer qu'un pâle rayon qui s'éteignait avant d'atteindre jusqu'à la voûte, énorme treillis de charpentes sculptées, dont les mille figures semblaient remuer confusément dans l'ombre. Il y avait déjà plusieurs chandelles allumées çà et là sur des tables, et rayonnant sur des têtes de greffiers affaissés dans des paperasses. La partie antérieure de la salle était occupée par la foule; à droite et à gauche il y avait des hommes de robe à des tables; au fond, sur une estrade, force juges dont les dernières rangées s'enfonçaient dans les ténèbres; faces immobiles et sinistres. Les murs étaient semés de fleurs-de-lis sans nombre. On distinguait vaguement un grand christ au-dessus des juges, et partout des piques et des hallebardes au bout desquelles la lumière des chandelles mettait des pointes de feu.

— Monsieur, demanda Gringoire à l'un de ses voisins, qu'est-ce que c'est donc que toutes ces personnes rangées là-bas comme prélats en concile?

— Monsieur, dit le voisin, ce sont les conseillers de la grand'chambre à droite, et les conseillers des enquêtes à gauche; les maîtres en robes noires, et les messires en robes rouges.

— Là, au-dessus d'eux, reprit Gringoire, qu'est-ce que c'est que ce gros rouge qui sue?

— C'est monsieur le président.

— Et ces moutons derrière lui? poursuivit Gringoire, lequel, nous l'avons déjà dit, n'aimait pas la magistrature. Ce qui tenait peut-être à la rancune qu'il gardait au Palais de Justice depuis sa mésaventure dramatique.

Un jour qu'il passait tristement devant la tournelle criminelle... (Page 95.)

— Ce sont messieurs les maîtres des requêtes de l'Hôtel du roi.

— Et devant lui, ce sanglier?

— C'est monsieur le greffier de la cour du parlement.

— Et à droite, ce crocodile?

— Maître Philippe Lheulier, avocat du roi extraordinaire.

— Et à gauche, ce gros chat noir?

— Maître Jacques Charmolue, procureur du roi en cour d'église, avec messieurs de l'officialité.

— Or çà, monsieur, dit Gringoire, que font donc tous ces braves gens-là?

— Ils jugent.

— Ils jugent qui? je ne vois pas d'accusé.

— C'est une femme, monsieur. Vous ne pouvez la voir. Elle nous tourne le dos, et elle nous est cachée par la foule. Tenez, elle est là où vous voyez un groupe de pertuisanes.

— Qu'est-ce que cette femme? demanda Gringoire. Savez-vous son nom?

— Non, monsieur; je ne fais que d'arriver. Je présume seulement qu'il y a de la sorcellerie, parce que l'official assiste au procès.

— Allons! dit notre philosophe, nous allons voir tous ces gens de robe manger de la chair humaine. C'est un spectacle comme un autre.

— Monsieur, observa le voisin, est-ce que vous ne trouvez pas que maître Jacques Charmolue a l'air très-doux?

— Hum! répondit Gringoire. Je me défie d'une douceur qui a les narines pincées et les lèvres minces.

Ici les voisins imposèrent silence aux deux causeurs. On écoutait une déposition importante.

— Messeigneurs, disait, au milieu de la salle, une vieille dont le visage disparaissait tellement sous ses vêtements qu'on eût dit un monceau de guenilles qui marchait; messeigneurs, la chose est aussi vraie qu'il est vrai que c'est moi qui suis la Falourdel, établie depuis quarante ans au pont Saint-Michel, et payant exactement rentes, lods et censives, la porte vis-à-vis la maison de Tassin-Caillart, le teinturier, qui est du côté d'amont l'eau. — Une pauvre vieille à présent, une jolie fille autrefois, messeigneurs! — On me disait depuis quelques jours : La Falourdel, ne filez pas trop votre rouet le soir; le diable aime peigner

Deux hommes entrent, un noir avec un bel officier.

avec ses cornes la quenouille des vieilles femmes. Il est sûr que le moine-bourru, qui était l'an passé du côté du Temple, rôde maintenant dans la Cité. La Falourdel, prenez garde qu'il ne cogne à votre porte.—Un soir, je filais mon rouet; on cogne à ma porte, je demande qui? On jure. J'ouvre. Deux hommes entrent. Un noir avec un bel officier. On ne voyait que les yeux du noir, deux braises. Tout le reste était manteau et chapeau. — Voilà ce qu'ils me disent : La chambre à Sainte-Marthe. — C'est ma chambre d'en haut, messeigneurs, ma plus propre. — Ils me donnent un écu. Je serre l'écu dans mon tiroir, et je dis : Ce sera pour acheter demain des tripes à l'écorcherie de la Gloriette. — Nous montons. — Arrivés à la chambre d'en haut, pendant que je tournais le dos, l'homme noir disparait. Cela m'ébahit un peu. L'officier, qui était beau comme un grand seigneur, redescend avec moi. Il sort. Le temps de filer un quart d'écheveau, il rentre avec une belle jeune fille, une poupée qui eût brillé comme un soleil si elle eût été coiffée. Elle avait avec elle un bouc, un grand bouc, noir ou blanc, je ne sais plus. Voilà qui me fait songer. La fille, cela ne me regarde pas, mais le bouc!... Je n'aime pas ces bêtes-là, elles ont une barbe et des cornes. Cela ressemble à un homme. Et puis, cela sent le samedi. Cependant, je ne dis rien. J'avais l'écu. C'est juste; n'est-ce pas monsieur le juge? Je fais monter la fille et le capitaine à la chambre d'en haut, et je les laisse seuls, c'est-à-dire avec le bouc. Je descends et je me remets à filer. — Il faut vous dire que ma maison a un rez-de-chaussée et un premier; elle donne par derrière sur la rivière, comme les autres maisons du pont, et la fenêtre du rez-de-chaussée et la fenêtre du premier s'ouvrent sur l'eau. — J'étais donc en train de filer. Je ne sais pourquoi je pensais à ce moine-bourru que le bouc m'avait remis en tête, et puis la belle fille était un peu farouchement attifée. — Tout à coup, j'entends un cri en haut, et choir quelque chose sur le carreau, et que la fenêtre s'ouvre. Je cours à la mienne qui est au-dessous, et je vois passer devant mes yeux une masse noire qui tombe dans l'eau. C'était un fantôme habillé en prêtre. Il faisait clair de lune. Je l'ai très-bien vu. Il nageait du côté de la Cité. Alors, toute tremblante, j'appelle le guet. Ces messieurs de la douzaine entrent, et même dans le premier moment, ne sachant pas de quoi il s'agissait, comme ils étaient en joie, ils m'ont battue. Je leur ai expliqué. Nous montons, et qu'est-ce que nous trouvous? ma pauvre chambre tout en sang, le capitaine étendu de son long avec un poignard dans le cou, la fille faisant la morte, et le bouc tout effarouché. — Bon, dis-je, j'en aurai pour plus de quinze jours à laver le plancher. Il faudra gratter, ce sera terrible. — On a emporté l'officier, pauvre jeune homme! et la fille toute débraillée. — Attendez. Le pire, c'est que le lendemain, quand j'ai voulu prendre l'écu pour acheter les tripes, j'ai trouvé une feuille sèche à la place.

La vieille se tut. Un murmure d'horreur circula dans l'auditoire. — Ce fantôme, ce bouc, tout cela sent la magie, dit un voisin de Gringoire. — Et cette feuille sèche! ajouta un autre. — Nul doute, reprit un troisième, c'est une sorcière qui a des commerces avec le moine-bourru pour dévaliser les officiers. — Gringoire lui-même n'était pas éloigné de trouver tout cet ensemble effrayant et vraisemblable.

— Femme Falourdel, dit monsieur le président avec majesté, n'avez-vous rien de plus à dire à justice?

— Non, monseigneur, répondit la vieille, sinon que dans le rapport on a traité ma maison de masure tortue et puante; ce qui est outrageusement parler. Les maisons du pont n'ont pas grande mine, parce qu'il y a foison de peuple, mais néanmoins les bouchers ne laissent pas d'y demeurer, qui sont gens riches et mariés à de belles femmes fort propres.

Le magistrat qui avait fait à Gringoire l'effet d'un crocodile se leva. — Paix! dit-il. Je prie messieurs de ne pas perdre de vue qu'on a trouvé un poignard sur l'accusée. — Femme Falourdel, avez-vous apporté cette feuille en laquelle s'est transformé l'écu que le démon vous avait donné?

— Oui, monseigneur, répondit-elle; je l'ai retrouvée. La voici.

Un huissier transmit la feuille morte au crocodile, qui fit un signe de tête lugubre, et la passa au président, qui la renvoya au procureur du roi en cour d'église, de façon qu'elle fit le tour de la salle. — C'est une feuille de bouleau, dit maître Jacques Charmolue. Nouvelle preuve de la magie.

Un conseiller prit la parole. — Témoin, deux hommes sont montés en même temps chez vous. L'homme noir, que vous avez vu d'abord disparaître, puis nager en Seine avec des habits de prêtre, et l'officier. — Lequel des deux vous a remis l'écu?

La vieille réfléchit un moment et dit : — C'est l'officier.

Une rumeur parcourut la foule.

— Ah! pensa Gringoire, voilà qui fait hésiter ma conviction.

Cependant maître Philippe Lheulier, l'avocat extraordinaire du roi, intervint de nouveau. — Je rappelle à messieurs que, dans sa déposition écrite à son chevet, l'officier assassiné, en déclarant qu'il avait eu vaguement la pensée, au moment où l'homme noir l'avait accosté, que ce pourrait fort bien être le moine-bourru, ajoutait que le fantôme l'avait vivement pressé de s'aller accointer avec l'accusée; et, sur l'observation de lui, capitaine, qu'il était sans argent, lui avait donné l'écu dont ledit officier a payé la Falourdel. Donc l'écu est une monnaie de l'enfer.

Cette observation concluante parut dissiper tous les doutes de Gringoire et des autres sceptiques de l'auditoire.

— Messieurs ont le dossier des pièces, ajouta l'avocat du roi en s'asseyant; ils peuvent consulter le dire de Phœbus de Châteaupers.

A ce nom l'accusée se leva; sa tête dépassa la foule. Gringoire épouvanté reconnut la Esmeralda.

Elle était pâle, ses cheveux, autrefois si gracieusement nattés et pailletés de sequins, tombaient en désordre; ses lèvres étaient bleues, ses yeux creux effrayaient. Hélas!

— Phœbus! dit-elle avec égarement, où est-il? O messeigneurs! avant de me tuer, par grâce, dites-moi s'il vit encore!

— Taisez-vous, femme, répondit le président; ce n'est pas là notre affaire.

— Oh! par pitié, dites-moi s'il est vivant! reprit-elle en joignant ses belles mains amaigries; et l'on entendait ses chaînes frissonner le long de sa robe.

— Eh bien! dit sèchement l'avocat du roi, il se meurt. — Êtes-vous contente?

La malheureuse retomba sur sa sellette, sans voix, sans larmes, blanche comme une figure de cire.

Le président se baissa vers un homme placé à ses pieds, qui avait un bonnet d'or et une robe noire, une chaîne au cou et une verge à la main. — Huissier, introduisez la seconde accusée.

Tous les yeux se tournèrent vers une petite porte qui s'ouvrit, et, à la grande palpitation de Gringoire, donna passage à une jolie chèvre aux cornes et aux pieds d'or. L'élégante bête s'arrêta un moment sur le seuil, tendant le cou, comme si, dressée à la pointe d'une roche, elle eût eu sous les yeux un immense horizon. Tout à coup elle aperçut la bohémienne, et, sautant par-dessus la table et la tête d'un greffier, en deux bonds elle fut à ses genoux; puis elle se roula gracieusement sur les pieds de sa maîtresse, sollicitant un mot ou une caresse; mais l'accusée resta immobile, et la pauvre Djali elle-même n'eut pas un regard.

— Eh! mais... c'est ma vilaine bête, dit la vieille Falourdel, et je les reconnais bellement toutes deux!

Jacques Charmolue intervint. — S'il plaît à messieurs, nous procéderons à l'interrogatoire de la chèvre.

C'était en effet la seconde accusée. Rien de plus simple alors qu'un procès de sorcellerie intenté à un animal. On trouve, entre autres, dans les Comptes de la prévôté pour 1466, un curieux détail des frais du procès de Gillet-Soulart et de sa truie, *exécutés pour leurs démérites à Corbeil*. Tout y est, le coût des fosses pour mettre la truie, les cinq cents bourrées de cotrets pris sur le port de Morsant, les trois pintes de vin et le pain, dernier repas du patient fraternellement partagé par le bourreau, jusqu'aux onze jours de garde et de nourriture de la truie, à huit deniers parisis chaque. Quelquefois même on allait plus loin que les bêtes. Les capitulaires de Charlemagne et de Louis-le-Débonnaire infligent de graves peines aux fantômes enflammés qui se permettraient de paraître dans l'air.

Cependant le procureur en cour d'église s'était écrié : — Si le démon qui possède cette chèvre et qui a résisté à tous les exorcismes persiste dans ses maléfices, s'il en épouvante la cour, nous le prévenons que nous serons forcés de requérir contre lui le gibet ou le bûcher.

Gringoire eut la sueur froide. Charmolue prit sur une table le tambour de basque de la bohémienne, et, le présentant d'une certaine façon à la chèvre, il lui demanda : — Quelle heure est-il?

La chèvre le regarda d'un œil intelligent, leva son pied doré et frappa sept coups. Il était en effet sept heures. Un mouvement de terreur parcourut la foule. Gringoire n'y put tenir.

— Elle se perd! cria-t-il tout haut, vous voyez bien qu'elle ne sait ce qu'elle fait.

— Silence aux manants du bout de la salle! dit aigrement l'huissier.

Jacques Charmolue, à l'aide des mêmes manœuvres du tambourin, fit faire à la chèvre plusieurs autres momeries sur la date du jour, le mois de l'année, etc., dont le lecteur a déjà été témoin. Et, par une illusion d'optique propre aux débats judiciaires, ces mêmes spectateurs, qui peut-être avaient plus d'une fois applaudi dans le carrefour aux innocentes malices de Djali, en furent effrayés sous les voûtes du Palais de Justice. La chèvre était décidément le diable.

Ce fut bien pis encore quand, le procureur du roi ayant vidé sur le carreau un certain sac de cuir plein de lettres mobiles, que Djali avait au cou, on vit la chèvre extraire avec sa patte de l'alphabet épars le nom fatal : *Phœbus*. Les sortiléges dont le capitaine avait été victime parurent irrésistiblement démontrés, et, aux yeux de tous, la bohémienne, cette ravissante danseuse qui avait tant de fois ébloui les passants de sa grâce, ne fut plus qu'une effroyable strige.

Du reste, elle ne donnait aucun signe de vie; ni les gracieuses évolutions de Djali, ni les menaces du parquet, ni les sourdes imprécations de l'auditoire, rien n'arrivait plus à sa pensée.

Il fallut, pour la réveiller, qu'un sergent la secouât sans pitié et que le président élevât solennellement la voix : — Fille, vous êtes de race bohême, adonnée aux maléfices. Vous avez, de complicité avec la chèvre ensorcelée impliquée au procès, dans la nuit du 29 mars dernier, meurtri et poignardé, de concert avec les puissances des ténèbres, à l'aide de charmes et de pratiques, un capitaine des archers de l'ordonnance du roi, Phœbus de Châteaupers. Persistez-vous à nier?

— Horreur! cria la jeune fille en cachant son visage de ses mains. Mon Phœbus! Oh! c'est l'enfer!

— Persistez-vous à nier? demanda froidement le président.

— Si je le nie! dit-elle d'un accent terrible, et elle s'était levée, et son œil étincelait.

Le président continua carrément : — Alors comment expliquez-vous les faits à votre charge?

Elle répondit d'une voix entrecoupée : — Je l'ai déjà dit. Je ne sais pas. C'est un prêtre, un prêtre que je ne connais pas; un prêtre infernal qui me poursuit!

— C'est cela, reprit le juge : le moine-bourru.

— O! messeigneurs, ayez pitié! je ne suis qu'une pauvre fille...

— D'Egypte, dit le juge.

Maître Jacques Charmolue prit la parole avec douceur : — Attendu l'obstination douloureuse de l'accusée, je requiers l'application de la question.

— Accordé, dit le président.

La malheureuse frémit de tout son corps. Elle se leva pourtant à l'ordre des pertuisaniers, et marcha d'un pas assez ferme, précédée de Charmolue et des prêtres de l'officialité, entre deux rangs de hallebardes, vers une porte bâtarde, qui s'ouvrit subitement et se referma sur elle, ce qui fit au triste Gringoire l'effet d'une gueule horrible qui venait de la dévorer.

Quand elle disparut on entendit un bêlement plaintif. C'était la petite chèvre qui pleurait.

L'audience fut suspendue. Un conseiller ayant fait observer que messieurs étaient fatigués, et que ce serait bien long d'attendre jusqu'à la fin de la torture, le président répondit qu'un magistrat doit savoir se sacrifier à son devoir.

— La fâcheuse et déplaisante drôlesse, dit un vieux juge, qui se fait donner la question quand on n'a pas soupé!

II

SUITE DE L'ÉCU CHANGÉ EN FEUILLE SÈCHE.

Après quelques degrés montés et descendus dans des couloirs si sombres qu'on les éclairait de lampes en plein jour, la Esmeralda, toujours entourée de son lugubre cortége, fut poussée par les sergents du palais dans une chambre sinistre. Cette chambre, de forme ronde, occupait le rez-de-chaussée de l'une de ces grosses tours qui percent encore, dans notre siècle, la couche d'édifices modernes dont le nouveau Paris a recouvert l'ancien. Pas de fenêtres à ce caveau; pas d'autre ouverture que l'entrée, basse et battue d'une énorme porte de fer. La clarté cependant n'y manquait point; un four était pratiqué dans l'épaisseur du mur; un gros feu y était allumé, qui remplissait le caveau de ses rouges réverbérations, et dépouillait de tout rayonnement une misérable chandelle posée dans un coin. La herse de fer qui servait à fermer le four, levée en ce moment, ne laissait voir, à l'orifice du soupirail flamboyant sur le mur ténébreux, que l'extrémité inférieure de ses barreaux, comme une rangée de dents noires, aiguës et espacées; ce qui faisait ressembler la fournaise à l'une de ces bouches de dragon qui jettent des flammes dans les légendes. A la lumière qui s'en échappait, la prisonnière vit tout autour de la chambre des instruments effroyables dont elle ne comprenait pas l'usage. Au milieu gisait un matelas de cuir presque posé à terre, sur lequel pendait une courroie à boucle, rattachée à un anneau de cuivre que mordait un monstre camard, sculpté dans la clef de la voûte. Des tenailles, des pinces, de larges fers de charrue, encombraient l'intérieur du four et rougissaient pêle-mêle sur la braise. La sanglante lueur de la fournaise n'éclairait dans toute la chambre qu'un fouillis de choses horribles.

Ce Tartare s'appelait simplement la *chambre de la question*.

Sur le lit était nonchalamment assis Pierrat Torterue, le tourmenteur juré. Ses valets, deux gnomes à face carrée, à tablier de cuir, à braies de toile, remuaient la ferraille sur les charbons.

La pauvre fille avait eu beau recueillir son courage; en pénétrant dans cette chambre, elle eut horreur.

Les sergents du bailli du Palais se rangèrent d'un côté, les prêtres de l'officialité de l'autre. Un greffier, une écritoire et une table, étaient dans un coin. Maître Jacques Charmolue s'approcha de l'égyptienne avec un sourire très-doux. — Ma chère enfant, dit-il, vous persistez donc à nier?

— Oui, répondit-elle d'une voix déjà éteinte.

— En ce cas, reprit Charmolue, il sera bien douloureux pour nous de vous questionner avec plus d'instance que nous ne le voudrions. — Veuillez prendre la peine de vous asseoir sur ce lit. — Maître Pierrat, faites place à madamoiselle, et fermez la porte.

Pierrat se leva avec un grognement. — Si je ferme la porte, murmura-t-il, mon feu va s'éteindre.

— Eh bien, mon cher, reprit Charmolue, laissez-la ouverte.

Cependant la Esmeralda restait debout. Ce lit de cuir où s'étaient tordus tant de misérables l'épouvantait. La terreur lui glaçait la moelle des os; elle était là effarée et stupide. A un signe de Charmolue, les deux valets la prirent et la posèrent assise sur le lit. Ils ne lui firent aucun mal; mais, quand ces hommes la touchèrent, quand ce cuir la toucha, elle sentit tout son sang refluer vers son cœur. Elle jeta un regard égaré autour de la chambre. Il lui sembla voir se mouvoir et marcher de toutes parts vers elle, pour lui grimper le long du corps et la mordre et la pincer, tous ces difformes outils de la torture, qui étaient, parmi les instruments de tout genre qu'elle avait vus jusqu'alors, ce que sont les chauve-souris, les mille-pieds et les araignées parmi les insectes et les oiseaux.

— Où est le médecin? demanda Charmolue.

— Ici, répondit une robe noire qu'elle n'avait pas encore aperçue.

Elle frissonna.

— Madamoiselle, reprit la voix caressante du procureur en cour d'église, pour la troisième fois, persistez-vous à nier les faits dont vous êtes accusée?

Cette fois elle ne put que faire un signe de tête. La voix lui manqua.

— Vous persistez? dit Jacques Charmolue. Alors j'en suis désespéré, mais il faut que je remplisse le devoir de mon office.

— Monsieur le procureur du roi, dit brusquement Pierrat, par où commencerons-nous?

Charmolue hésita un moment avec la grimace ambiguë d'un poëte qui cherche une rime. — Par le brodequin, dit-il enfin.

L'infortunée se sentit si profondément abandonnée de Dieu et des hommes, que sa tête tomba sur sa poitrine comme une chose inerte qui n'a pas de force en soi.

Le tourmenteur et le médecin s'approchèrent d'elle à la fois. En même temps les deux valets se mirent à fouiller dans leur hideux arsenal. Au cliquetis de cette affreuse ferraille, la malheureuse enfant tressaillit comme une grenouille morte qu'on galvanise. — Oh! murmura-t-elle si bas, que nul ne l'entendit, ô mon Phœbus! — Puis elle se replongea dans son immobilité et dans son silence de marbre. Ce spectacle eût déchiré tout autre cœur que des cœurs de juges. On eût dit une pauvre âme pécheresse questionnée par Satan sous l'écarlate guichet de l'enfer. Le misérable corps auquel allait se cramponner cette effroyable fourmilière de scies, de roues et de chevalets, l'être qu'allaient manier ces âpres mains de bourreaux et de tenailles, c'était donc cette douce, blanche et fragile créature, pauvre grain de mil que la justice humaine donnait à moudre aux épouvantables meules de la torture !

Cependant les mains calleuses des valets de Pierrat Torterue avaient brutalement mis à nu cette jambe charmante, ce petit pied qui avaient tant de fois émerveillé les passants de leur gentillesse et de leur beauté dans les carrefours de Paris. — C'est dommage! grommela le tourmenteur en considérant ces formes si gracieuses et si délicates. Si l'archidiacre eût été présent, certes il se fût souvenu en ce moment de son symbole de l'araignée et de la mouche. Bientôt la malheureuse vit, à travers un nuage qui se répandait sur ses yeux, approcher le *brodequin*, bientôt elle vit son pied emboîté entre les ais ferrés disparaître sous l'effrayant appareil. Alors la terreur lui rendit de la force. — Otez-moi cela! cria-t-elle avec emportement; et, se dressant tout échevelée : Grâce !

Elle s'élança hors du lit pour se jeter aux pieds du procureur du roi, mais sa jambe était prise dans le lourd bloc de chêne et de ferrures, et elle s'affaissa sur le brodequin, plus brisée qu'une abeille qui aurait un plomb sur l'aile.

A un signe de Charmolue, on la replaça sur le lit, et deux grosses mains assujettirent à sa fine ceinture la courroie qui pendait de la voûte.

— Une dernière fois, avouez-vous les faits de la cause ? demanda Charmolue avec son imperturbable bénignité.

— Je suis innocente.

— Alors, madamoiselle, comment expliquez-vous les circonstances à votre charge ?

— Hélas! monseigneur, je ne sais.

— Vous niez donc?

— Tout.

— Faites, dit Charmolue à Pierrat.

Pierrat tourna la poignée du cric, le brodequin se resserra, et la malheureuse poussa un de ces horribles cris qui n'ont d'orthographe dans aucune langue humaine.

— Arrêtez! dit Charmolue à Pierrat. — Avouez-vous ? dit-il à l'égyptienne.

— Tout, s'écria la misérable fille. J'avoue! j'avoue! grâce!

Elle n'avait pas calculé ses forces en affrontant la question. Pauvre enfant dont la vie jusqu'alors avait été si joyeuse, si suave, si douce, la première douleur l'avait vaincue.

— L'humanité m'oblige à vous dire, observa le procureur du roi, qu'en avouant c'est la mort que vous devez attendre.

— Je l'espère bien, dit-elle. Et elle retomba sur le lit de cuir, mourante, pliée en deux, se laissant pendre à la courroie bouclée sur sa poitrine.

— Sus, ma belle, soutenez-vous un peu, dit maître Pierrat en la relevant. Vous avez l'air du mouton d'or qui est au cou de monsieur de Bourgogne.

Jacques Charmolue éleva la voix.

— Greffier, écrivez. — Jeune fille bohême, vous avouez votre participation aux agapes, sabbats et maléfices de l'enfer, avec les larves, les masques et les striges? Répondez.

— Oui, dit-elle si bas que sa parole se perdait dans son souffle.

— Vous avouez avoir vu le bélier que Béelzébuth fait paraître dans les nuées pour rassembler le sabbat, et qui n'est vu que des sorciers.

— Oui.

— Vous confessez avoir adoré les têtes de Bophomet, ces abominables idoles des templiers?

— Oui.

— Avoir eu commerce habituel avec le diable sous la forme d'une chèvre familière, jointe au procès?

— Oui.

— Enfin, vous avouez et confessez avoir, à l'aide du démon et du fantôme vulgairement appelé le moine-bourru, dans la nuit du vingt-neuvième mars dernier, meurtri et assassiné un capitaine nommé Phœbus de Châteaupers ?

Elle leva sur le magistrat ses grands yeux fixes, et répondit comme machinalement, sans convulsion et sans secousse : — Oui. Il était évident que tout était brisé en elle.

— Ecrivez, greffier, dit Charmolue. Et, s'adressant aux tortionnaires : — Qu'on détache la prisonnière et qu'on la ramène à l'audience. Quand la prisonnière fut *déchaussée*, le procureur en cour d'église examina son pied encore engourdi par la douleur. — Allons, dit-il, il n'y a pas grand mal. Vous avez crié à temps. Vous pourriez encore danser, la belle ! Puis il se tourna vers ses acolytes de l'officialité : — Voilà enfin la justice éclairée ! Cela soulage, messieurs. Madamoiselle nous rendra ce témoignage que nous avons agi avec toute la douceur possible.

III

FIN DE L'ÉCU CHANGÉ EN FEUILLE SÈCHE.

Quand elle rentra, pâle et boitant, dans la salle d'audience, un murmure général de plaisir l'accueillit. De la part de l'auditoire, c'était ce sentiment d'impatience satisfaite qu'on éprouve au théâtre, à l'expiration du dernier entr'acte de la comédie, lorsque la toile se relève et que la fin va commencer. De la part des juges, c'était espoir de bientôt souper. La petite chèvre aussi bêla de joie. Elle voulut courir vers sa maîtresse, mais on l'avait attachée au banc.

La nuit était tout à fait venue. Les chandelles, dont on n'avait pas augmenté le nombre, jetaient si peu de lumière, qu'on ne voyait pas les murs de la salle. Les ténèbres y enveloppaient tous les objets d'une sorte de brume. Quelques faces apathiques de juges y ressortaient à peine. Vis-à-vis d'eux, à l'extrémité de la longue salle, ils pouvaient voir un point de blancheur vague se détacher sur le fond sombre. C'était l'accusée.

Elle s'était traînée à sa place. Quand Charmolue se fut installé magistralement à la sienne, il s'assit, puis se releva, et dit, sans laisser percer trop de vanité de son succès : L'accusée a tout avoué.

— Fille bohême, reprit le président, vous avez avoué tous vos faits de magie, de prostitution et d'assassinat sur Phœbus de Châteaupers !

Son cœur se serra. On l'entendit sangloter dans l'ombre. — Tout ce que vous voudrez, répondit-elle faiblement, mais tuez-moi vite !

— Monsieur le procureur du roi en cour d'église, dit le président, la chambre est prête à vous entendre en vos réquisitions.

Maître Charmolue exhiba un effrayant cahier, et se mit à lire avec force gestes et l'accentuation exagérée de la plaidoirie une oraison en latin où toutes les preuves du procès s'échafaudaient sur des périphrases cicéroniennes, flanquées de citations de Plaute, son comique favori. Nous regrettons de ne pouvoir offrir à nos lecteurs ce morceau remarquable. L'orateur le débitait avec une action merveilleuse. Il n'avait pas achevé l'exorde que déjà la sueur lui sortait du front et les yeux de la tête. Tout à coup, au beau milieu d'une période, il s'interrompit, et son regard, d'ordinaire assez doux et même assez bête, devint foudroyant. — Messieurs, s'écria-t-il (cette fois en français, car ce n'était pas dans le cahier), Satan est tellement mêlé dans cette affaire, que le voilà qui assiste à nos débats et fait singerie de leur majesté. Voyez! En parlant ainsi, il désignait de la main la petite chèvre, qui, voyant gesticuler Charmolue, avait cru en effet qu'il était à propos d'en faire autant, et s'était assise sur le derrière, reproduisant de son mieux avec ses pattes de devant et sa tête barbue, la pantomime pathétique du procureur du roi en cour d'église. C'était, si l'on s'en souvient, un de ses plus gentils talents. Cet incident, cette dernière *preuve*, fit grand effet. On lia les pattes à la chèvre, et le procureur du roi reprit le fil de son éloquence. Cela fut très long, mais la péroraison était admirable. En voici la dernière phrase; qu'on y ajoute la voix enrouée et le geste essoufflé de maître Charmolue : — *Ideo, domini, coram stryga demonstrata, crimine patente, intentione criminis existente, in nomine sanctæ Ecclesiæ Nostræ-Dominæ parisiensis quæ est in saisina ha-*

bendi omnimodam altam et bassam justitiam in illa hac intemerata Civitatis insula, tenore præsentium declaramus nos requirere, primo, aliquamdam pecuniariam indemnitatem; secundo, amendationem honorabilem ante portalium maximum Nostræ-Dominæ, ecclesiæ cathedralis; tertio, sententiam in virtute cujus ista stryga cum sua capella, seu in trivio vulgariter dicto la Grève, *seu in insula exeunte in fluvio Secanæ, juxta pointam jardini regalis, executatæ sint!*

Il remit son bonnet, et se rassit.

— *Eheu!* soupira Gringoire navré, *bassa latinitas!*

Un autre homme en robe noire se leva près de l'accusée; c'était son avocat. Les juges, à jeun, commencèrent à murmurer.

— Avocat, soyez bref, dit le président.

— Monsieur le président, répondit l'avocat, puisque la défenderesse a confessé le crime, je n'ai plus qu'un mot à dire à messieurs. Voici un texte de la salique : « Si une « stryge a mangé un homme, et qu'elle en soit convaincue, « elle payera une amende de huit mille deniers qui font « deux cents sous d'or. » Plaise à la chambre de condamner ma cliente à l'amende.

— Texte abrogé, dit l'avocat du roi extraordinaire.

— *Nego*, répliqua l'avocat.

— Aux voix! dit un conseiller; le crime est patent, et il est tard.

On alla aux voix sans quitter la salle. Les juges *opinèrent du bonnet;* ils étaient pressés. On voyait leurs têtes chaperonnées se découvrir l'une après l'autre dans l'ombre, à la question lugubre que leur adressait tout bas le président. La pauvre accusée avait l'air de les regarder, mais son œil trouble ne voyait plus.

Puis le greffier se mit à écrire; puis il passa au président un long parchemin. Alors la malheureuse entendit le peuple se remuer, les piques s'entrechoquer, une voix glaciale qui disait :

— Fille Bohême, le jour qu'il plaira au roi notre sire, à l'heure de midi, vous serez menée dans un tombereau, en chemise, pieds nus, la corde au cou, devant le grand portail de Notre-Dame, et y ferez amende honorable avec une torche de cire du poids de deux livres à la main, et de là serez menée en place de Grève, où vous serez pendue et étranglée au gibet de la ville; et cette votre chèvre pareillement; et payerez à l'official trois lions d'or, en réparation des crimes, par vous commis et par vous confessés, de sorcellerie, de magie, de luxure et de meurtre sur la personne du sieur Phœbus de Châteaupers. Dieu ait votre âme!

— Oh! c'est un rêve! murmura-t-elle, et elle sentit de rudes mains qui l'emportaient.

IV

LASCIATE OGNI SPERANZA.

Au moyen âge, quand un édifice était complet, il y en avait presque autant dans la terre que dehors. A moins d'être bâtis sur pilotis, comme Notre-Dame, un palais, une forteresse, une église, avaient toujours un double fond. Dans les cathédrales, c'était en quelque sorte une autre cathédrale souterraine, basse, obscure, mystérieuse, aveugle et muette, sous la nef supérieure qui regorgeait de lumière et retentissait d'orgues et de cloches jour et nuit, quelquefois c'était un sépulcre. Dans les palais, dans les bastilles, c'était une prison, quelquefois aussi un sépulcre, quelquefois les deux ensemble. Ces puissantes bâtisses, dont nous avons expliqué ailleurs le mode de formation et de *végétation*, n'avaient pas simplement des fondations, mais, pour ainsi dire, des racines qui s'allaient ramifiant dans le sol en chambres, en galeries, en escaliers, comme la construction d'en haut. Ainsi, églises, palais, bastilles, avaient de la terre à mi-corps. Les caves d'un édifice étaient un autre édifice où l'on descendait au lieu de monter, et qui appliquait ses étages souterrains sous le monceau d'étages extérieurs du monument, comme ces forêts et ces montagnes qui se renversent dans l'eau miroitante d'un lac au-dessous des forêts et des montagnes du bord.

A la bastille Saint-Antoine, au Palais de Justice de Paris, au Louvre, ces édifices souterrains étaient des prisons. Les étages de ces prisons, en s'enfonçant dans le sol, allaient se rétrécissant et s'assombrissant. C'étaient autant de zones où s'échelonnaient les nuances de l'horreur. Dante n'a rien pu trouver de mieux pour son enfer. Ces entonnoirs de cachots aboutissaient d'ordinaire à un cul de basse fosse à fond de cuve où Dante a mis Satan, où la société mettait le condamné à mort. Une fois une misérable existence enterrée là, adieu le jour, l'air, la vie, *ogni speranza;* elle n'en sortait que pour le gibet ou le bûcher. Quelquefois elle y pourrissait; la justice humaine appelait cela *oublier*. Entre les hommes et lui, le condamné sentait peser sur sa tête un entassement de pierres et de geôliers; et la prison tout entière, la massive bastille, n'était plus qu'une énorme serrure compliquée qui le cadenassait hors du monde vivant.

C'est dans un fond de cuve de ce genre, dans les oubliettes creusées par saint Louis, dans l'*in pace* de la Tournelle, qu'on avait, de peur d'évasion sans doute, déposé la Esmeralda condamnée au gibet, avec le colossal Palais de Justice sur la tête. Pauvre mouche qui n'eût pu remuer le moindre de ses moellons!

Certes, la Providence et la société avaient été également injustes, un tel luxe de malheur et de torture n'était pas nécessaire pour briser une si frêle créature.

Elle était là, perdue dans les ténèbres, ensevelie, enfouie, murée. Qui l'eût pu voir en cet état, après l'avoir vue rire et danser au soleil, eût frémi. Froide comme la nuit, froide comme la mort, plus un souffle d'air dans ses cheveux, plus un bruit humain à son oreille, plus une lueur de jour dans ses yeux; brisée en deux, écrasée de chaînes, accroupie près d'une cruche et d'un pain sur un peu de paille dans la mare d'eau qui se formait sous elle des suintements du cachot, sans mouvement, presque sans haleine; elle n'en était même plus à souffrir. Phœbus, le soleil, midi, le grand air, les rues de Paris, les danses aux applaudissements, les doux babillages d'amour avec l'officier; puis le prêtre, la matrulle, le poignard, le sang, la torture, le gibet : tout cela repassait bien encore dans son esprit, tantôt comme une vision chantante et dorée, tantôt comme un cauchemar difforme; mais ce n'était plus qu'une lutte horrible et vague qui se perdait dans les ténèbres, ou qu'une musique lointaine qui se jouait là-haut sur la terre et qu'on n'entendait plus à la profondeur où la malheureuse était tombée. Depuis qu'elle était là, elle ne veillait ni ne dormait. Dans cette infortune, dans ce cachot, elle ne pouvait pas plus distinguer la veille du sommeil, le rêve de la réalité que le jour de la nuit. Tout cela était mêlé, brisé, flottant, répandu confusément dans sa pensée. Elle ne sentait plus, elle ne savait plus, elle ne pensait plus; tout au plus elle songeait. Jamais créature vivante n'avait été engagée si avant dans le néant.

Ainsi engourdie, gelée, pétrifiée, à peine avait-elle remarqué deux ou trois fois le bruit d'une trappe qui s'était ouverte quelque part au-dessus d'elle, sans même laisser passer un peu de lumière, et par laquelle une main lui avait jeté une croûte de pain noir. C'était pourtant l'unique communication qui lui restât avec les hommes, la visite périodique du geôlier. Une seule chose occupait encore machinalement son oreille : au-dessus de sa tête l'humidité filtrait à travers les pierres moisies de la voûte, et à intervalles égaux une goutte d'eau s'en détachait. Elle écoutait stupidement le bruit que faisait cette goutte d'eau en tombant dans la mare à côté d'elle.

Cette goutte d'eau tombant dans cette mare, c'était là le seul mouvement qui remuât encore autour d'elle, la seule horloge qui marquât le temps, le seul bruit qui vînt jusqu'à elle de tout le bruit qui se fait sur la surface de la terre.

Pour tout dire, elle sentait aussi de temps en temps, dans ce cloaque de fange et de ténèbres, quelque chose de froid qui lui passait çà et là sur le pied ou sur le bras, et elle frissonnait.

Depuis combien de temps y était-elle? elle ne le savait. Elle avait souvenir d'un arrêt de mort prononcé quelque part contre quelqu'un, puis qu'on l'avait emportée, elle, et qu'elle s'était réveillée dans la nuit et dans le silence, glacée. Elle s'était traînée sur les mains; alors des anneaux de fer lui avaient coupé la cheville du pied, et des chaînes avaient sonné. Elle avait reconnu que tout était muraille autour d'elle, qu'il y avait au-dessous d'elle une dalle couverte d'eau, et une botte de paille. Mais ni lampe ni soupirail. Alors, elle s'était assise sur cette paille, et quelquefois, pour changer de posture, sur la dernière marche d'un degré de pierre qu'il y avait dans son cachot. Un moment elle avait essayé de compter les noires minutes que lui mesurait la goutte d'eau, mais bientôt ce triste travail d'un cerveau malade s'était rompu de lui-même dans sa tête et l'avait laissée dans la stupeur.

Un jour enfin ou une nuit (car minuit et midi avaient même couleur dans ce sépulcre), elle entendit au-dessus d'elle un bruit plus fort que celui que faisait d'ordinaire le guichetier quand il lui apportait son pain et sa cruche. Elle leva la tête, et vit un rayon rougeâtre passer à travers les fentes de l'espèce de porte ou de trappe pratiquée dans la voûte de l'*in pace*. En même temps la lourde ferrure cria, la trappe grinça sur ses gonds rouillés, tourna, et elle vit une lanterne, une main et la partie inférieure du corps de deux hommes, la porte étant trop basse pour qu'elle pût apercevoir leurs têtes. La lumière la blessa si vivement, qu'elle ferma les yeux.

Quand elle les rouvrit, la porte était refermée, le fallot était posé sur un degré de l'escalier, un homme, seul, était debout devant elle. Une cagoule noire lui tombait jusqu'aux pieds, un caffardum de même couleur lui cachait le visage. On ne voyait rien de sa personne, ni sa face ni ses mains. C'était un long suaire noir qui se tenait debout, et sous lequel on sentait remuer quelque chose. Elle regarda fixement quelques minutes cette espèce de spectre. Cependant elle ni lui ne parlaient. On eût dit deux statues qui se confrontaient. Deux choses seulement semblaient vivre dans le caveau : la mèche de la lanterne, qui petillait à cause de l'humidité de l'atmosphère, et la goutte d'eau de la voûte, qui coupait cette crépitation irrégulière de son clapotement monotone, et faisait trembler la lumière de la lanterne en moires concentriques sur l'eau huileuse de la mare.

Enfin, la prisonnière rompit le silence : — Qui êtes-vous?

— Un prêtre.

Le mot, l'accent, le son de voix, la firent tressaillir.

Le prêtre poursuivit en articulant sourdement : — Êtes-vous préparée?

— A quoi?

— A mourir.

— Oh! dit-elle, sera-ce bientôt?

— Demain.

Sa tête, qui s'était levée avec joie, revint frapper sa poitrine. — C'est encore bien long! murmura-t-elle; qu'est-ce que cela leur faisait, aujourd'hui?

— Vous êtes donc très-malheureuse? demanda le prêtre après un silence.

— J'ai bien froid! répondit-elle.

Elle prit ses pieds avec ses mains, geste habituel aux malheureux qui ont froid, et que nous avons déjà vu faire à la recluse de la Tour-Roland, et ses dents claquaient.

Le prêtre parut promener, de dessous son capuchon, ses yeux dans le cachot. — Sans lumière! sans feu! dans l'eau! c'est horrible!

— Oui, répondit-elle avec l'air étonné que le malheur lui avait donné. Le jour est à tout le monde. Pourquoi ne me donne-t-on que la nuit?

— Savez-vous, reprit le prêtre après un nouveau silence, pourquoi vous êtes ici?

— Je crois que je l'ai su, dit-elle en passant ses doigts maigres sur ses sourcils comme pour aider sa mémoire, mais je ne le sais plus.

Tout à coup elle se mit à pleurer comme un enfant. — Je voudrais sortir d'ici, monsieur. J'ai froid, j'ai peur, et il y a des bêtes qui me montent le long du corps.

— Eh bien! suivez-moi.

En parlant ainsi, le prêtre lui prit le bras. La malheureuse était gelée jusque dans les entrailles. Cependant cette main lui fit une impression de froid.

— Oh! murmura-t-elle, c'est la main glacée de la mort. — Qui êtes-vous donc?

Le prêtre releva son capuchon; elle regarda. C'était ce visage sinistre qui la poursuivait depuis si longtemps, cette tête de démon qui lui était apparue chez la Falourdel au-dessus de la tête adorée de son Phœbus, cet œil qu'elle avait vu pour la première fois briller près d'un poignard.

Cette apparition, toujours si fatale pour elle, et qui l'avait ainsi poussée de malheur en malheur jusqu'au supplice, la tira de son engourdissement. Il lui sembla que l'espèce de voile qui s'était épaissi sur sa mémoire se déchirait. Tous les détails de sa lugubre aventure, depuis la scène nocturne chez la Falourdel jusqu'à sa condamnation à la Tournelle, lui revinrent à la fois dans l'esprit, non pas vagues et confus, comme jusqu'alors, mais distincts, crus, tranchés, palpitants, terribles. Ces souvenirs à demi effacés, et presque oblitérés par l'excès de la souffrance, la sombre figure qu'elle avait devant elle les raviva, comme l'approche du feu fait ressortir toutes fraîches sur le papier blanc les lettres invisibles qu'on y a tracées avec de l'encre sympathique. Il lui sembla que toutes les plaies de son cœur se rouvraient et saignaient à la fois.

— Ah! cria-t-elle, les mains sur ses yeux et avec un tremblement convulsif, c'est le prêtre!

Puis elle laissa tomber ses bras découragés, et resta assise, la tête baissée, l'œil fixé à terre, muette, et continuant de trembler.

Le prêtre la regardait de l'œil d'un milan qui a longtemps plané en rond du plus haut du ciel autour d'une pauvre alouette tapie dans les blés, qui a longtemps rétréci en silence les cercles formidables de son vol, et tout à coup s'est abattu sur sa proie comme la flèche de l'éclair, et la tient pantelante dans sa griffe.

Elle se mit à murmurer tout bas : — Achevez! achevez! le dernier coup! et elle enfonçait sa tête avec terreur entre ses épaules, comme la brebis qui attend le coup de massue du boucher.

— Je vous fais donc horreur? dit-il enfin. Elle ne répondit pas.

— Est-ce que je vous fais horreur? répéta-t-il.

Ses lèvres se contractèrent comme si elle souriait. — Oui, dit-elle, le bourreau raille le condamné. Voilà des mois qu'il me poursuit, qu'il me menace, qu'il m'épouvante! Sans lui, mon Dieu! que j'étais heureuse! c'est lui qui m'a jetée dans cet abîme! O ciel! c'est lui qui a tué... c'est lui qui l'a tué! mon Phœbus! Ici, éclatant en sanglots et levant les yeux sur le prêtre : — Oh! misérable! qui êtes-vous? que vous ai-je fait? vous me haïssez donc bien? Hélas! qu'avez-vous contre moi?

— Je t'aime! cria le prêtre.

Ses larmes s'arrêtèrent subitement, elle le regarda avec un regard d'idiot. Lui était tombé à genoux et la couvait d'un œil de flamme.

— Entends-tu? je t'aime! cria-t-il encore.

— Quel amour! dit la malheureuse en frémissant.

Il reprit : — L'amour d'un damné.

Tous deux restèrent quelques minutes silencieux, écrasés sous la pesanteur de leurs émotions, lui insensé, elle stupide.

— Écoute, dit enfin le prêtre, et un calme singulier lui était revenu; tu vas tout savoir. Je vais te dire ce que jusqu'ici j'ai à peine osé me dire à moi-même lorsque j'interrogeais furtivement ma conscience à ces heures profondes de la nuit où il y a tant de ténèbres qu'il semble que Dieu ne nous voit plus. Écoute. Avant de te rencontrer, jeune fille, j'étais heureux.

— Et moi! soupira-t-elle faiblement.

— Ne m'interromps pas. — Oui, j'étais heureux; je croyais l'être, du moins. J'étais pur, j'avais l'âme pleine d'une clarté limpide. Pas de tête qui s'élevât plus fière et plus radieuse que la mienne. Les prêtres me consultaient sur la chasteté, les docteurs sur la doctrine. Oui, la science était tout pour moi; c'était une sœur, et une sœur me suffisait. Ce n'est pas qu'avec l'âge il ne me fût venu d'autres idées. Plus d'une fois ma chair s'était émue au passage d'une forme de femme. Cette force du sexe et du sang de l'homme, que, fol adolescent, j'avais cru étouffer pour la vie, avait plus d'une fois soulevé convulsivement la chaîne des vœux de fer qui me scellent, misérable, aux froides pierres de l'autel. Mais le jeûne, la prière, l'étude, les macérations du cloître, avaient refait l'âme maîtresse du corps. Et puis, j'évitais les femmes. D'ailleurs, je n'avais qu'à ouvrir un livre pour que toutes les impures fumées de mon cerveau s'évanouissent devant la splendeur de la science. En peu de minutes, je sentais fuir au loin les choses épaisses de la terre, et je me retrouvais calme, ébloui et serein en présence du rayonnement tranquille de la vérité éternelle. Tant que le démon n'envoya pour m'attaquer que des vagues ombres de femmes qui passaient éparses sous mes yeux, dans l'église, dans les rues, dans les prés, et qui revenaient à peine dans mes songes, je le vainquis aisément. Hélas! si la victoire ne m'est pas restée, la faute en est à Dieu, qui n'a pas fait l'homme et le démon de force égale. — Écoute. Un jour...

Ici le prêtre s'arrêta, et la prisonnière entendit sortir de sa poitrine des soupirs qui faisaient un bruit de râle et d'arrachement.

Il reprit :

— ...Un jour, j'étais appuyé à la fenêtre de ma cellule... — Quel livre lisais-je donc? Oh! tout cela est un tourbillon dans ma tête. — Je lisais. La fenêtre donnait sur une place. J'entends un bruit de tambour et de musique. Fâché d'être ainsi troublé dans ma rêverie, je regarde dans la place. Ce que je vis, il y en avait d'autres que moi qui le voyaient, et pourtant ce n'était pas un spectacle fait pour des yeux humains. Là, au milieu du pavé, — il était midi, — un grand soleil, — une créature dansait. Une créature si belle que Dieu l'eût préférée à la Vierge, et l'eût choisie pour sa mère, et eût voulu naître d'elle si elle eût existé quand il se fit homme! Ses yeux étaient noirs et splendides; au milieu de sa chevelure noire quelques cheveux, que pénétrait le soleil, blondissaient comme des fils d'or. Ses pieds disparaissaient dans leur mouvement comme les rayons d'une roue qui tourne rapidement. Autour de sa tête, dans ses nattes noires, il y avait des plaques de métal qui pétillaient au soleil et faisaient à son front une couronne d'étoiles. Sa robe, semée de paillettes, scintillait, bleue et piquée de mille étincelles comme une nuit d'été. Ses bras souples et bruns se nouaient et se dénouaient autour de sa taille comme deux écharpes. La forme de son corps était surprenante de beauté. Oh! la resplendissante figure qui se détachait comme quelque chose de lumineux dans la lumière même du soleil!... — Hélas! jeune fille, c'était toi. — Surpris, enivré, charmé, je me laissai aller à te regarder. Je te regardai tant, que tout à coup je frissonnai d'épouvante : je sentis que le sort me saisissait.

Le prêtre, oppressé, s'arrêta encore un moment. Puis il continua :

— Déjà à demi fasciné, j'essayai de me cramponner à quelque chose et de me retenir dans ma chute. Je me rappelai les embûches que Satan m'avait déjà tendues. La créature qui était sous mes yeux avait cette beauté surhumaine qui ne peut venir que du ciel ou de l'enfer. Ce n'était pas là une simple fille faite avec un peu de notre terre, et pauvrement éclairée à l'intérieur par le vacillant rayon d'une âme de femme. C'était un ange! mais de ténèbres; mais de flamme, et non de lumière. Au moment où je pensais cela, je vis près de toi une chèvre, une bête du sabbat, qui me regardait en riant. Le soleil de midi lui faisait des cornes de feu. Alors j'entrevis le piége du démon, et je ne doutai plus que tu ne vinsses de l'enfer et que tu ne vinsses pour ma perdition. Je le crus.

Ici le prêtre regarda en face la prisonnière, et ajouta froidement :

— Je le crois encore. — Cependant le charme opérait peu à peu; ta danse me tournoyait dans le cerveau; je sentais le mystérieux maléfice s'accomplir en moi. Tout ce qui aurait dû veiller s'endormait dans mon âme; et, comme ceux qui meurent dans la neige, je trouvais du plaisir à laisser venir ce sommeil. Tout à coup tu te mis à chanter. Que pouvais-je faire, misérable? Ton chant était plus charmant encore que ta danse. Je voulus fuir. Impossible. J'étais cloué, j'étais enraciné dans le sol. Il me semblait que le marbre de la dalle m'était monté jusqu'aux genoux. Il fallut rester jusqu'au bout. Mes pieds étaient de glace, ma tête bouillonnait. Enfin, tu eus peut-être pitié de moi, tu cessas de chanter, tu disparus. Le reflet de l'éblouissante vision, le retentissement de la musique enchanteresse, s'évanouirent par degrés dans mes yeux et dans mes oreilles. Alors je tombai dans l'encoignure de la fenêtre plus roide et plus faible qu'une statue descellée. La cloche de vêpres me réveilla. Je me relevai; je m'enfuis; mais, hélas! il y avait en moi quelque chose de tombé qui ne pouvait se relever, quelque chose de survenu que je ne pouvais fuir.

Il fit encore une pause et poursuivit : — Oui, à dater de ce jour. il y eut en moi un homme que je ne connaissais pas. Je voulus user de tous mes remèdes : le cloître, l'autel, le travail, les livres. Folies! Oh! que la science sonne creux quand on y vient heurter avec désespoir une tête pleine de passions! Sais-tu, jeune fille, ce que je voyais toujours désormais entre le livre et moi? Toi, ton ombre, l'image de l'apparition lumineuse qui avait un jour traversé l'espace devant moi. Mais cette image n'avait plus la même couleur; elle était sombre, funèbre, ténébreuse, comme le cercle noir qui poursuit longtemps la vue de l'imprudent qui a regardé fixement le soleil.

Ne pouvant m'en débarrasser, entendant toujours ta chanson bourdonner dans ma tête, voyant toujours tes pieds danser sur mon bréviaire, sentant toujours la nuit, en songe, ta forme glisser sur ma chair, je voulus te revoir, te toucher, savoir qui tu étais, voir si je te retrouverais bien pareille à l'image idéale qui m'était restée de toi, briser peut-être mon rêve avec la réalité. En tout cas, j'espérais qu'une impression nouvelle effacerait la première, et la première m'était devenue insupportable. Je te cherchai. Je te revis. Malheur! Quand je t'eus vue deux fois, je voulus te voir mille, je voulus te voir toujours. Alors, — comment enrayer sur cette pente de l'enfer? — alors je ne m'appartins plus. L'autre bout du fil que le démon m'avait attaché aux ailes, il l'avait noué à son pied. Je devins vague et errant comme toi. Je t'attendais sous les porches, je t'épiais au coin des rues, je te guettais du haut de ma tour. Chaque soir, je rentrais en moi-même plus acharné, plus désespéré, plus ensorcelé, plus perdu!

J'avais su qui tu étais; égyptienne, bohémienne, gitane, zingara. Comment douter de la magie? Écoute. J'espérais qu'un procès me débarrasserait du charme. Une sorcière avait enchanté Bruno d'Ast; il la fit brûler, et fut guéri. Je le savais. Je voulus essayer du remède. J'essayai d'abord de te faire interdire le parvis Notre-Dame, espérant t'oublier si tu ne revenais plus. Tu n'en tins compte. Tu revins. Puis il me vint l'idée de t'enlever. Une nuit je le tentai. Nous étions deux. Nous te tenions déjà quand ce misérable officier survint. Il te délivra. Il commençait ainsi ton malheur, le mien et le sien. Enfin, ne sachant plus que faire et que devenir, je te dénonçai à l'official. Je pensais que je serais guéri comme Bruno d'Ast. Je pensais aussi confusément qu'un procès te livrerait à moi, que dans une prison je te tiendrais, je t'aurais; que là tu ne pourrais m'échapper; que tu me possédais depuis assez longtemps pour que je te possédasse aussi à mon tour. Quand on fait le mal, il faut faire tout le mal. Démence de s'arrêter à un milieu dans le monstrueux! L'extrémité du crime a des délires de joie. Un prêtre et une sorcière peuvent s'y fondre en délices sur la botte de paille d'un cachot.

Je te dénonçai donc. C'est alors que je t'épouvantais dans mes rencontres. Le complot que je tramais contre toi, l'orage que j'amoncelais sur ta tête s'échappait de moi en menaces et en éclairs. Cependant j'hésitais encore. Mon projet avait des côtés effroyables qui me faisaient reculer.

Peut-être y aurais-je renoncé; peut-être ma hideuse pensée se serait-elle desséchée dans mon cerveau sans porter son fruit. Je croyais qu'il dépendrait toujours de moi de suivre ou de rompre ce procès. Mais toute mauvaise pensée est inexorable et veut devenir un fait; mais, là où

Une cagoule noire lui tombait jusqu'aux pieds, un caffardum de même couleur lui cachait le visage. (Page 102.)

je me croyais tout puissant, la fatalité était plus puissante que moi. Hélas! hélas! c'est elle qui t'a prise et qui t'a livrée au rouage terrible de la machine que j'avais ténébreusement construite! — Ecoute. Je touche à la fin.

Un jour, — par un autre beau soleil, — je vois passer devant moi un homme qui prononce ton nom et qui rit, et qui a la luxure dans les yeux. Damnation! je l'ai suivi. Tu sais le reste.

Il se tut. La jeune fille ne put trouver qu'une parole :

— O mon Phœbus!

— Pas ce nom! dit le prêtre en lui saisissant le bras avec violence. Ne prononce pas ce nom! Oh! misérables que nous sommes, c'est ce nom qui nous a perdus! — Ou plutôt nous nous sommes tous perdus les uns les autres, par l'inexplicable jeu de la fatalité. — Tu souffres, n'est-ce pas? tu as froid, la nuit te fait aveugle, le cachot t'enveloppe; mais peut-être as-tu encore quelque lumière au fond de toi, ne fût-ce que ton amour d'enfant pour cet homme vide qui jouait avec ton cœur! Tandis que moi je porte le cachot au dedans de moi; au dedans de moi est l'hiver, la glace, le désespoir; j'ai la nuit dans l'âme. Sais-tu tout ce que j'ai souffert? J'ai assisté à ton procès. J'étais assis sur le banc de l'official. Oui, sous l'un de ces capuces de prêtre il y avait les contorsions d'un damné. Quand on t'a amenée, j'étais là; quand on t'a interrogée, j'étais là. — Caverne de loups! — C'était mon crime, c'était mon gibet que je voyais se dresser lentement sur ton front. A chaque témoin, à chaque preuve, à chaque plaidoirie, j'étais là; j'ai pu compter chacun de tes pas dans la voie douloureuse; j'étais là encore quand cette bête féroce... — Oh! je n'avais pas prévu la torture. — Ecoute. Je t'ai suivie dans la chambre de douleur. Je t'ai vu déshabiller et manier demi-nue par les mains infâmes du tourmenteur. J'ai vu ton pied, ce pied où j'eusse voulu pour un empire déposer un seul baiser et mourir, ce pied sous lequel je sentirais avec tant de délices s'écraser ma tête, je l'ai vu enserrer dans l'horrible brodequin qui fait des membres d'un être vivant une boue sanglante. Oh! misérable, pendant que je voyais cela, j'avais sous mon suaire un poignard dont je me labourais la poitrine. Au cri que tu as poussé, je l'ai enfoncé dans ma chair; à un second cri, il m'entrait dans le cœur. Regarde. Je crois que cela saigne encore.

Il ouvrit sa soutane. Sa poitrine en effet était déchirée

Un jour, j'étais appuyée à la fenêtre de ma cellule. (Page 103.)

comme par une griffe de tigre, et il avait au flanc une plaie assez large et mal fermée.

La prisonnière recula d'horreur.

— Oh! dit le prêtre, jeune fille, aie pitié de moi. Tu te crois malheureuse : hélas! hélas! tu ne sais pas ce que c'est que le malheur. Oh! aimer une femme, être prêtre, être haï! l'aimer de toutes les fureurs de son âme; sentir qu'on donnerait pour le moindre de ses sourires son sang, ses entrailles, sa renommée, son salut, l'immortalité et l'éternité, cette vie et l'autre; regretter de ne pas être roi, génie, empereur, archange, Dieu, pour lui mettre un plus grand esclave sous les pieds; l'étreindre nuit et jour de ses rêves et de ses pensées; et la voir amoureuse d'une livrée de soldat! et n'avoir à lui offrir qu'une sale soutane de prêtre dont elle aura peur et dégoût. Être présent avec sa jalousie et sa rage, tandis qu'elle prodigue à un misérable fanfaron imbécile des trésors d'amour et de beauté! Voir ce corps dont la forme vous brûle, ce sein qui a tant de douceur, cette chair palpiter et rougir sous les baisers d'un autre! O ciel! aimer son pied, son bras, son épaule; songer à ses veines bleues, à sa peau brune, jusqu'à s'en tordre des nuits entières sur le pavé de sa cellule, et voir toutes les caresses qu'on a rêvées pour elle aboutir à la torture! N'avoir réussi qu'à la coucher sur le lit de cuir! Oh! ce sont là les véritables tenailles rougies au feu de l'enfer. Oh! bienheureux celui qu'on scie entre deux planches, et qu'on écartelle à quatre chevaux! Sais-tu ce que c'est que ce supplice que vous font subir, durant les longues nuits, vos artères qui bouillonnent, votre cœur qui crève, votre tête qui rompt, vos dents qui mordent vos mains; tourmenteurs acharnés qui vous retournent sans relâche, comme sur un gril ardent, sur une pensée d'amour, de jalousie et de désespoir! Jeune fille, grâce! trêve un moment! Un peu de cendre sur cette braise. Essuie, je t'en conjure, la sueur qui ruisselle à grosses gouttes de mon front! Enfant, torture-moi d'une main, mais caresse-moi de l'autre. Aie pitié, jeune fille, aie pitié de moi!

Le prêtre se roulait dans l'eau de la dalle et se martelait le crâne aux angles des marches de pierre. La jeune fille l'écoutait, le regardait. Quand il se tut, épuisé et haletant, elle répéta à demi-voix : O mon Phœbus!

Le prêtre se traîna vers elle à deux genoux.

— Je t'en supplie, cria-t-il, si tu as des entrailles, ne

me repousse pas. Oh ! je t'aime, je suis un misérable ! Quand tu dis ce nom, malheureuse, c'est comme si tu broyais entre les dents toutes les fibres de mon cœur. Grâce! si tu viens de l'enfer, j'y vais avec toi. J'ai tout fait pour cela. L'enfer où tu seras, c'est mon paradis; ta vue est plus charmante que celle de Dieu ! Oh ! dis, tu ne veux donc pas de moi ? Le jour où une femme repousserait un pareil amour, j'aurais cru que les montagnes remueraient. Oh! si tu voulais!... Oh ! que nous pourrions être heureux ! Nous fuirions, — je te ferais fuir, — nous irions quelque part, nous chercherions l'endroit sur la terre où il y a le plus de soleil, le plus d'arbres, le plus de ciel bleu. Nous nous aimerions, nous verserions nos deux âmes l'une dans l'autre, et nous aurions une soif inextinguible de nous-mêmes que nous étancherions en commun et sans cesse à cette coupe d'intarissable amour.

Elle l'interrompit avec un rire terrible et éclatant. — Regardez donc, mon père! vous avez du sang après les ongles!

Le prêtre demeura quelques instants comme pétrifié, l'œil fixé sur sa main.

— Eh bien, oui ! reprit-il enfin avec une douceur étrange, outrage-moi, raille-moi, accable-moi ! mais viens, viens. Hâtons-nous. C'est pour demain, te dis-je. Le gibet de la Grève, tu sais! il est toujours prêt. C'est horrible! te voir marcher dans ce tombereau ! Oh ! grâce! — Je n'avais jamais senti comme à présent à quel point je t'aimais. Oh ! suis-moi. Tu prendras le temps de m'aimer après que je t'aurai sauvée. Tu me haïras aussi longtemps que tu voudras. Mais viens. Demain ! demain ! le gibet ! ton supplice ! Oh ! sauve-toi ! épargne-moi !

Il lui prit le bras, il était égaré, il voulut l'entraîner.

Elle attacha sur lui son œil fixe. — Qu'est devenu mon Phœbus?

— Ah ! dit le prêtre en lui lâchant le bras, vous êtes sans pitié !

— Qu'est devenu Phœbus? répéta-t-elle froidement.

— Il est mort ! cria le prêtre.

— Mort! dit-elle toujours glaciale et immobile; alors, que me parlez-vous de vivre?

Lui ne l'écoutait pas. — Oh, oui! disait-il comme se parlant à lui-même, il doit être bien mort. La lame est entrée très-avant. Je crois que j'ai touché le cœur avec la pointe. Oh ! je vivais jusqu'au bout du poignard !

La jeune fille se jeta sur lui comme une tigresse furieuse, et le poussa sur les marches de l'escalier avec une force surnaturelle. — Va-t'en, monstre, va-t'en, assassin! laisse-moi mourir! Que notre sang à tous deux te fasse au front une tache éternelle! Etre à toi, prêtre! jamais! jamais! rien ne nous réunira! pas même l'enfer! Va, maudit! jamais!

Le prêtre avait trébuché à l'escalier. Il dégagea, en silence, ses pieds des plis de sa robe, reprit sa lanterne, et se mit à monter lentement les marches qui menaient à la porte; il rouvrit cette porte, et sortit. Tout à coup la jeune fille vit reparaître sa tête; elle avait une expression épouvantable, et il lui cria, avec un râle de rage et de désespoir : — Je te dis qu'il est mort !

Elle tomba la face contre terre, et l'on n'entendit plus, dans le cachot, d'autre bruit que le soupir de la goutte d'eau qui faisait palpiter la mare dans les ténèbres.

V

LA MÈRE.

Je ne crois pas qu'il y ait rien au monde de plus riant que les idées qui s'éveillent dans le cœur d'une mère à la vue du petit soulier de son enfant; surtout si c'est le soulier de fête, des dimanches, du baptême; le soulier brodé jusque sous la semelle; un soulier avec lequel l'enfant n'a pas encore fait un pas. Ce soulier-là a tant de grâce et de petitesse, il lui est si impossible de marcher, que c'est pour la mère comme si elle voyait son enfant. Elle lui sourit, elle le baise, elle lui parle; elle se demande s'il se peut, en effet, qu'un pied soit si petit; et, l'enfant fût-il absent, il suffit du joli soulier pour lui remettre sous les yeux la douce et fragile créature. Elle croit le voir, elle le voit tout entier, vivant, joyeux, avec ses mains délicates, sa tête ronde, ses lèvres pures, ses yeux sereins dont le blanc est bleu. Si c'est l'hiver, il est là, il rampe sur le tapis, il escalade laborieusement un tabouret, et la mère tremble qu'il n'approche du feu. Si c'est l'été, il se traîne dans la cour, dans le jardin, arrache l'herbe d'entre les pavés, regarde naïvement les grands chiens, les grands chevaux, sans peur, joue avec les coquillages, avec les fleurs, et fait gronder le jardinier, qui trouve le sable dans les plates-bandes et la terre dans les allées. Tout rit, tout brille, tout joue autour de lui comme lui, jusqu'au souffle d'air et au rayon de soleil qui s'ébattent à l'envi dans les boucles folles de ses cheveux. Le soulier montre tout cela à la mère, et lui fait fondre le cœur comme le feu une cire.

Mais, quand l'enfant est perdu, ces mille images de joie, de charme, de tendresse, qui se pressent autour du petit soulier, deviennent autant de choses horribles. Le joli soulier brodé n'est plus qu'un instrument de torture qui broie éternellement le cœur de la mère. C'est toujours la même fibre qui vibre, la fibre la plus profonde et la plus sensible; mais, au lieu d'un ange qui la caresse, c'est un démon qui la pince.

Un matin, tandis que le soleil de mai se levait dans un de ces ciels bleu-foncé où le Garofolo aime à placer ses descentes de croix, la recluse de la Tour-Roland entendit un bruit de roues, de chevaux et de ferrailles dans la place de Grève. Elle s'en éveilla peu, noua ses cheveux sur ses oreilles pour s'assourdir, et se remit à contempler à genoux l'objet inanimé qu'elle adorait depuis quinze ans. Ce petit soulier, nous l'avons déjà dit, était pour elle l'univers. Sa pensée y était enfermée, et n'en devait plus sortir qu'à la mort. Ce qu'elle avait jeté vers le ciel d'imprécations amères, de plaintes touchantes, de prières et de sanglots, à propos de ce charmant hochet de satin rose, la sombre cave de la Tour-Roland seule l'a su. Jamais plus de désespoir n'a été répandu sur une chose plus gentille et plus gracieuse. Ce matin-là, il semblait que sa douleur s'échappait plus violente encore qu'à l'ordinaire, et on l'entendait du dehors se lamenter avec une voix haute et monotone qui navrait le cœur.

— O ma fille! disait-elle, ma fille! ma pauvre chère petite enfant, je ne te verrai donc plus! c'est donc fini! Il me semble toujours que cela s'est fait hier. Mon Dieu! mon Dieu! pour me la reprendre si vite, il valait mieux ne pas me la donner. Vous ne savez donc pas que nos enfants tiennent à notre ventre, et qu'une mère qui a perdu son enfant ne croit plus en Dieu? — Ah! misérable que je suis d'être sortie ce jour-là! — Seigneur! Seigneur! pour me l'ôter ainsi, vous ne m'aviez donc jamais regardée avec elle, lorsque je la réchauffais toute joyeuse à mon feu, lorsqu'elle me riait en me tetant, lorsque je faisais monter ses petits pieds sur ma poitrine jusqu'à mes lèvres? Oh ! si vous aviez regardé cela, mon Dieu, vous auriez eu pitié de ma joie; vous ne m'auriez pas ôté le seul amour qui me restât dans le cœur! Etais-je donc une si misérable créature, Seigneur, que vous ne puissiez me regarder avant de me condamner? — Hélas! hélas! voilà le soulier; le pied, où est-il? où est le reste? où est l'enfant?..... Ma fille, ma fille, qu'ont-ils fait de toi? Seigneur, rendez-la-moi. Mes genoux se sont écorchés quinze ans à vous prier, mon Dieu! est-ce que ce n'est pas assez? Rendez-la-moi un jour, une heure, une minute; une minute, Seigneur, et jetez-moi ensuite au démon pour l'éternité. Oh! si je savais où traîne un pan de votre robe, je m'y cramponnerais de mes deux mains, et il faudrait bien que vous me rendissiez mon enfant. Son joli petit soulier, est-ce que vous n'en avez pas pitié, Seigneur? Pouvez-vous condamner une pauvre mère à ce supplice de quinze ans? Bonne Vierge, bonne Vierge du ciel! mon enfant Jésus à moi, on me l'a pris, on me l'a volé, on l'a mangé sur une bruyère, on a bu son sang, on a mâché ses os. Bonne Vierge, ayez pitié de moi. Ma fille! il me faut ma fille! Qu'est-ce que cela me fait, qu'elle soit dans le paradis? Je ne veux pas de votre ange, je veux mon enfant. Je suis une lionne, je veux mon lionceau. — Oh! je me tordrai sur la terre, et je briserai la pierre avec mon front, et je me damnerai, et je vous maudirai, Seigneur, si vous me gardez mon enfant! Vous voyez bien que j'ai les bras tout mordus, Seigneur! est-ce que le bon Dieu n'a pas de pitié? — Oh! ne me donnez que du sel et du pain noir, pourvu que j'aie ma fille et qu'elle me réchauffe comme un soleil. Hélas! Dieu mon Seigneur, je ne suis qu'une vile pécheresse; mais ma fille me rendrait pieuse. J'étais pleine de religion pour l'amour d'elle; et je vous voyais à travers son sourire comme par une ouverture du ciel. — Oh! que je puisse seulement une fois, encore une fois, une seule fois, chausser ce soulier à son joli petit pied rose, et je meurs, bonne Vierge, en vous bénissant! — Ah! quinze ans, elle serait grande maintenant! — Malheureuse enfant! quoi! c'est donc bien vrai, je ne la reverrai plus, pas même dans le ciel, car, moi, je n'irai pas. Oh! quelle misère! dire que voilà son soulier, et que c'est tout!

La malheureuse s'était jetée sur ce soulier, sa consolation et son désespoir depuis tant d'années, et ses entrailles se déchiraient en sanglots comme le premier jour. Car, pour une mère qui a perdu son enfant, c'est toujours le premier jour. Cette douleur-là ne vieillit pas. Les habits de deuil ont beau s'user et blanchir : le cœur reste noir.

En ce moment, de fraîches et joyeuses voix d'enfants passèrent devant la cellule. Toutes les fois que des enfants frappaient sa vue ou son oreille, la pauvre mère se précipitait dans l'angle le plus sombre de son sépulcre, et l'on eût dit qu'elle cherchait à plonger sa tête dans la pierre pour ne pas les entendre. Cette fois, au contraire, elle se dressa comme en sursaut, et écouta avidement. Un des petits garçons venait de dire : — C'est qu'on va pendre une égyptienne aujourd'hui.

Avec le brusque soubresaut de cette araignée que nous avons vue se jeter sur une mouche au tremblement de sa toile, elle courut à sa lucarne, qui donnait, comme on sait, sur la place de Grève. En effet, une échelle était dressée près du gibet permanent, et le maître des basses-œuvres s'occupait d'en rajuster les chaînes rouillées par la pluie. Il y avait quelque peuple à l'entour.

Le groupe rieur des enfants était déjà loin. La sachette chercha des yeux un passant qu'elle pût interroger. Elle avisa, tout à côté de sa loge, un prêtre qui faisait semblant de lire dans le bréviaire public, mais qui était beaucoup moins occupé du *lettrain de fer treillissé* que du gibet, vers lequel il jetait de temps à autre un sombre et farouche coup d'œil. Elle reconnut monsieur l'archidiacre de Josas, un saint homme.

— Mon père, demanda-t-elle, qui va-t-on pendre là?

Le prêtre la regarda et ne répondit pas; elle répéta sa question. Alors il dit :

— Je ne sais pas.

— Il y avait là des enfants qui disaient que c'était une égyptienne, reprit la recluse.

— Je crois qu'oui, dit le prêtre.

Alors Paquette-la-Chantefleurie éclata d'un rire d'hyène.

— Ma sœur, dit l'archidiacre, vous haïssez donc bien les égyptiennes?

— Si je les hais! s'écria la recluse; ce sont des stryges, des voleuses d'enfants! Elles m'ont dévoré ma petite fille, mon enfant, mon unique enfant! Je n'ai plus de cœur, elles me l'ont mangé!

Elle était effrayante. Le prêtre la regardait froidement.

— Il y en a une surtout que je hais, et que j'ai maudite, reprit-elle; c'en est une jeune, qui a l'âge que ma fille aurait, si sa mère ne m'avait pas mangé ma fille. Chaque fois que cette jeune vipère passe devant ma cellule, elle me bouleverse le sang!

— Eh bien! ma sœur, réjouissez-vous, dit le prêtre, glacial comme une statue de sépulcre; c'est celle-là que vous allez voir mourir.

Sa tête tomba sur sa poitrine, et il s'éloigna lentement.

La recluse se tordit les bras de joie. — Je le lui avais prédit, qu'elle y monterait! Merci, prêtre! cria-t-elle.

Et elle se mit à se promener à grands pas devant les barreaux de sa lucarne, échevelée, l'œil flamboyant, heurtant le mur de son épaule, avec l'air fauve d'une louve en cage qui a faim depuis longtemps et qui sent approcher l'heure du repas.

VI

TROIS CŒURS D'HOMME FAITS DIFFÉREMMENT.

Phœbus, cependant, n'était pas mort. Les hommes de cette espèce ont la vie dure. Quand maître Philippe Lheulier, avocat extraordinaire du roi, avait dit à la pauvre Esmeralda : *Il se meurt*, c'était par erreur ou par plaisanterie. Quand l'archidiacre avait répété à la condamnée : *Il est mort*, le fait est qu'il n'en savait rien, mais qu'il le croyait, qu'il y comptait, qu'il n'en doutait pas, qu'il l'espérait bien. Il lui eût été par trop dur de donner à la femme qu'il aimait de bonnes nouvelles de son rival. Tout homme à sa place en eût fait autant.

Ce n'est pas que la blessure de Phœbus n'eût été grave, mais elle l'avait été moins que l'archidiacre ne s'en flattait. Le maître-myrrhe, chez lequel les soldats du guet l'avaient transporté dans le premier moment, avait craint huit jours pour sa vie, et le lui avait même dit en latin. Toutefois, la jeunesse avait repris le dessus; et, chose qui arrive souvent, nonobstant pronostics et diagnostics, la nature s'était amusée à sauver le malade à la barbe du médecin. C'est tandis qu'il gisait encore sur le grabat du maître-myrrhe qu'il avait subi les premiers interrogatoires de Philippe Lheulier et des enquêteurs de l'official, ce qui l'avait fort ennuyé. Aussi, un beau matin, se sentant mieux, il avait laissé ses éperons d'or en payement au pharmacopole, et s'était esquivé. Cela, du reste, n'avait apporté aucun trouble à l'instruction de l'affaire. La justice d'alors se souciait fort peu de la netteté et de la propreté d'un procès au criminel. Pourvu que l'accusé fût pendu, c'est tout ce qu'il lui fallait. Or, les juges avaient assez de preuves contre la Esmeralda. Ils avaient cru Phœbus mort, et tout avait été dit.

Phœbus, de son côté, n'avait pas fait une grande fuite. Il était allé tout simplement rejoindre sa compagnie, en garnison à Queue-en-Brie, dans l'Ile-de-France, à quelques relais de Paris.

Après tout, il ne lui agréait nullement de comparaître en personne dans ce procès. Il sentait vaguement qu'il y ferait une mine ridicule. Au fond, il ne savait trop que penser de toute l'affaire. Indévot et superstitieux comme tout soldat qui n'est que soldat, quand il se questionnait sur cette aventure, il n'était pas rassuré sur la chèvre, sur la façon bizarre dont il avait fait rencontre de la Esmeralda, sur la manière non moins étrange dont elle lui avait laissé deviner son amour, sur sa qualité d'égyptienne, enfin sur le moine-bourru. Il entrevoyait dans cette histoire beaucoup plus de magie que d'amour, probablement une sorcière, peut-être le diable; une comédie enfin, ou, pour parler le langage d'alors, un mystère très-désagréable où il jouait un rôle fort gauche, le rôle des coups et des risées. Le capitaine en était tout penaud; il éprouvait cette espèce de honte que notre la Fontaine a définie si admirablement:

Honteux comme un renard qu'une poule aurait pris.

Il espérait d'ailleurs que l'affaire ne s'ébruiterait pas, que son nom, lui absent, y serait à peine prononcé, et, en tout cas, ne retentirait pas au delà du plaid de la Tournelle. En cela il ne se trompait point, il n'y avait pas alors de *Gazette des Tribunaux*, et, comme il ne se passait guère de semaine qui n'eût son faux monnayeur bouilli, ou sa sorcière pendue, ou son hérétique brûlé, à l'une des innombrables *justices* de Paris, on était tellement habitué à voir dans tous les carrefours la vieille Thémis féodale, bras nus et manches retroussées, faire sa besogne aux fourches, aux échelles et aux piloris, qu'on n'y prenait presque pas garde. Le beau monde de ce temps-là savait à peine le nom du patient qui passait au coin de la rue, et la populace tout au plus se régalait de ce mets grossier. Une exécution était un incident habituel de la voie publique, comme la braisière du talmellier ou la tuerie de l'écorcheur. Le bourreau n'était qu'une espèce de boucher un peu plus foncé qu'un autre.

Phœbus se mit donc assez promptement l'esprit en repos sur la charmeresse Esmeralda, ou Similar, comme il disait, sur le coup de poignard de la bohémienne ou du moine-bourru (peu lui importait), et sur l'issue du procès. Mais, dès que son cœur fut vacant de ce côté, l'image de Fleur-de-Lis y revint. Le cœur du capitaine Phœbus, comme la physique d'alors, avait horreur du vide.

C'était d'ailleurs un séjour fort insipide que Queue-en-Brie, un village de maréchaux-ferrants et de vachères aux mains gercées, un long cordon de masures et de chaumières qui ourle la grande route des deux côtés pendant une demi-lieue; une *queue* enfin.

Fleur-de-Lis était son avant-dernière passion, une jolie fille, une charmante dot; donc un beau matin, tout à fait guéri, et présumant bien qu'après deux mois l'affaire de la bohémienne devait être finie et oubliée, l'amoureux cavalier arriva en piaffant à la porte du logis Gondelaurier.

Il ne fit pas attention à une cohue assez nombreuse qui s'amassait dans la place du Parvis, devant le portail de Notre-Dame; il se souvint qu'on était au mois de mai; il supposa quelque procession, quelque Pentecôte, quelque fête, attacha son cheval à l'anneau du porche, et monta joyeusement chez sa belle fiancée.

Elle était seule avec sa mère.

Fleur-de-Lis avait toujours sur le cœur la scène de la sorcière, sa chèvre, son alphabet maudit, et les longues absences de Phœbus. Cependant, quand elle vit entrer son capitaine, elle lui trouva si bonne mine, un hoqueton si neuf, un baudrier si luisant, et un air si passionné, qu'elle rougit de plaisir. La noble damoiselle était elle-même plus charmante que jamais. Ses magnifiques cheveux blonds étaient natés à ravir, elle était toute vêtue de ce bleu-ciel qui va si bien aux blanches, coquetterie que lui avait enseignée Colombe, et avait l'œil noyé dans cette langueur d'amour qui leur va mieux encore.

Phœbus, qui n'avait rien vu en fait de beauté depuis les margotons de Queue-en-Brie, fut enivré de Fleur-de-Lis, ce qui donna à notre officier une manière si empressée et si galante, que sa paix fut tout de suite faite. Madame de Gondelaurier elle-même, toujours maternellement assise dans son grand fauteuil, n'eut pas la force de le bougonner. Quant aux reproches de Fleur-de-Lis, ils expirèrent en tendres roucoulements.

La jeune fille était assise près de la fenêtre, brodant toujours sa grotte de Neptunus. Le capitaine se tenait appuyé au dossier de sa chaise, et elle lui adressait à demi-voix ses caressantes gronderies.

— Qu'est-ce donc que vous êtes devenu depuis deux grands mois, méchant?

— Je vous jure, répondait Phœbus, un peu gêné de la question, que vous êtes belle à faire rêver un archevêque.

Elle ne pouvait s'empêcher de sourire.

— C'est bon, c'est bon, monsieur. Laissez là ma beauté, et répondez-moi. Belle beauté, vraiment!

— Eh bien! chère cousine, j'ai été rappelé à tenir garnison.

— Et où cela, s'il vous plaît, et pourquoi n'êtes-vous pas venu me dire adieu?

— A Queue-en-Brie.

Phœbus était enchanté que la première question l'aidât à esquiver la seconde.

— Mais c'est tout près, monsieur. Comment n'être pas venu me voir une seule fois?

Ici Phœbus fut assez sérieusement embarrassé.

— C'est que... le service... et puis, charmante cousine, j'ai été malade.

— Malade! reprit-elle effrayée.

— Oui... blessé.

— Blessé!

La pauvre enfant était toute bouleversée.

— Oh! ne vous effarouchez pas de cela, dit négligemment Phœbus, ce n'est rien. Une querelle, un coup d'épée; qu'est-ce que cela vous fait?

— Qu'est-ce que cela me fait? s'écria Fleur-de-Lis en levant ses beaux yeux pleins de larmes. Oh! vous ne dites pas ce que vous pensez en disant cela. Qu'est-ce que ce coup d'épée? Je veux tout savoir.

— Eh bien! chère belle, j'ai eu noise avec Mahé Fédy, vous savez? le lieutenant de Saint-Germain-en-Laye; et nous nous sommes décousu chacun quelques pouces de la peau. Voilà tout.

Le menteur capitaine savait fort bien qu'une affaire d'honneur fait toujours ressortir un homme aux yeux d'une femme. En effet, Fleur-de-Lis le regardait en face tout émue de peur, de plaisir et d'admiration. Elle n'était cependant pas complétement rassurée.

— Pourvu que vous soyez bien tout à fait guéri, mon Phœbus! dit-elle. Je ne connais pas votre Mahé Fédy, mais c'est un vilain homme. Et d'où venait cette querelle?

Ici, Phœbus, dont l'imagination n'était que fort médiocrement créatrice, commença à ne savoir plus comment se tirer de sa prouesse.

— Oh! que sais-je?... un rien, un cheval, un propos! — Belle cousine! s'écria-t-il pour changer de conversation, qu'est-ce que c'est donc que ce bruit dans le Parvis!

Il s'approcha de la fenêtre.— Oh! mon Dieu! belle cousine, voilà bien du monde sur la place!

— Je ne sais pas, dit Fleur-de-Lis; il paraît qu'il y a une sorcière qui va faire amende honorable ce matin devant l'église pour être pendue après.

Le capitaine croyait si bien l'affaire de la Esmeralda terminée, qu'il s'émut fort peu des paroles de Fleur-de-Lis. Il lui fit cependant une ou deux questions.

— Comment s'appelle cette sorcière?

— Je ne sais pas, répondit-elle.

— Et que dit-on qu'elle ait fait?

Elle haussa encore cette fois ses blanches épaules.

— Je ne sais pas.

— Oh! mon Dieu Jésus! dit la mère, il y a tant de sorciers maintenant, qu'on les brûle, je crois, sans savoir leurs noms. Autant vaudrait chercher à savoir le nom de chaque nuée du ciel. Après tout, on peut être tranquille. Le bon Dieu tient son registre. — Ici la vénérable dame se leva et vint à la fenêtre. — Seigneur! dit-elle, vous avez raison, Phœbus. Voilà une grande cohue de populaire. Il y en a, béni-soit-Dieu! jusque sur les toits. — Savez-vous, Phœbus? cela me rappelle mon beau temps. L'entrée du roi Charles VII, où il y avait tant de monde aussi.— Je ne sais plus en quelle année. — Quand je vous parle de cela, n'est-ce pas? cela vous fait l'effet de quelque chose de vieux, et à moi de quelque chose de jeune. — Oh! c'était un bien plus beau peuple qu'à présent. Il y en avait jusque sur les machicoulis de la porte Saint-Antoine.

Le roi avait la reine en croupe, et après leurs altesses venaient toutes les dames en croupe de tous les seigneurs. Je me rappelle qu'on riait fort, parce qu'à côté d'Amanyon de Garlande, qui était fort bref de taille, il y avait le sire Matefelon, un chevalier de stature gigantale, qui avait tué des Anglais à tas. C'était bien beau. Une procession de tous les gentilshommes de France avec leurs oriflammes qui rougeoyaient à l'œil. Il y avait ceux à pennon et ceux à bannière. Que sais je, moi? le sire de Calan, à pennon; Jean de Châteaumorant, à bannière; le sire de Coucy, à bannière, et le plus étofféement que nul des autres, excepté le duc de Bourbon... — Hélas! que c'est une chose triste de penser que tout cela a existé et qu'il n'en est plus rien!

Les deux amoureux n'écoutaient pas la respectable douairière. Phœbus était revenu s'accouder au dossier de la chaise de sa fiancée; poste charmant d'où son regard libertin s'enfonçait dans toutes les ouvertures de la collerette de Fleur-de-Lis. Cette gorgerette bâillait si à propos, et lui laissait voir tant de choses exquises et lui en laissait deviner tant d'autres, que Phœbus, ébloui de cette peau à reflet de satin, se disait en lui-même : Comment peut-on aimer autre chose qu'une blanche? Tous deux gardaient le silence. La jeune fille levait de temps en temps sur lui des yeux ravis et doux, et leurs cheveux se mêlaient dans un rayon du soleil de printemps.

— Phœbus, dit tout à coup Fleur-de-Lis à voix basse, nous devons nous marier dans trois mois; jurez-moi que vous n'avez jamais aimé d'autre femme que moi.

— Je vous le jure, bel ange! répondit Phœbus, et son regard passionné se joignait, pour convaincre Fleur-de-Lis, à l'accent sincère de sa voix. Il se croyait peut-être lui-même en ce moment.

Cependant la bonne mère, charmée de voir les fiancés en si parfaite intelligence, venait de sortir de l'appartement pour vaquer à quelque détail domestique. Phœbus s'en aperçut, et cette solitude enhardit tellement l'aventureux capitaine, qu'il lui monta au cerveau des idées fort étranges. Fleur-de Lis l'aimait, il était son fiancé; elle était seule avec lui; son ancien goût pour elle s'était réveillé, non dans toute sa fraîcheur, mais dans toute son ardeur; après tout, ce n'est pas un grand crime de manger un peu son blé en herbe; je ne sais si ces pensées lui passèrent dans l'esprit; mais ce qui est certain, c'est que Fleur-de-Lis fut tout à coup effrayée de l'expression de son regard. Elle regarda autour d'elle, et ne vit plus sa mère.

— Mon Dieu! dit-elle rouge et inquiète, j'ai bien chaud!

— Je crois, en effet, répondit Phœbus, qu'il n'est pas loin de midi. Le soleil est gênant. Il n'y a qu'à fermer les rideaux.

— Non, non! cria la pauvre petite, j'ai besoin d'air, au contraire.

Et, comme une biche qui sent le souffle de la meute, elle se leva, courut à la fenêtre, l'ouvrit, et se précipita sur le balcon.

Phœbus, assez contrarié, l'y suivit.

La place du Parvis Notre-Dame, sur laquelle le balcon donnait, comme on sait, présentait en ce moment un spectacle sinistre et singulier qui fit brusquement changer de nature à l'effroi de la timide Fleur-de-Lis.

Une foule immense, qui refluait dans toutes les rues adjacentes, encombrait la place proprement dite. La petite muraille à hauteur d'appui qui entourait le Parvis n'eût pas suffi à le maintenir libre si elle n'eût été doublée d'une haie épaisse de sergents des onze-vingts et de hacquebutiers, la coulevrine au poing. Grâce à ce taillis de piques et d'arquebuses, le Parvis était vide. L'entrée en était gardée par un gros de hallebardiers aux armes de l'évêque. Les larges portes de l'église étaient fermées, ce qui contrastait avec les innombrables fenêtres de la place, lesquelles, ouvertes jusque sur les pignons, laissaient voir des milliers de têtes entassées à peu près comme les piles de boulets dans un parc d'artillerie.

La surface de cette cohue était grise, sale et terreuse. Le spectacle qu'elle attendait était évidemment de ceux qui ont le privilége d'extraire et d'appeler ce qu'il y a de plus immonde dans la population. Rien de hideux comme le bruit qui s'échappait de ce fourmillement de coiffes jaunes et de chevelures sordides. Dans cette foule, il y avait plus de rires que de cris, plus de femmes que d'hommes.

De temps en temps quelque voix aigre et vibrante perçait la rumeur générale.

. . . .

— Ohé! Mahiet Baliffre! est-ce qu'on va la pendre là?

— Imbécile! c'est ici l'amende honorable en chemise! le bon Dieu va lui tousser du latin dans la figure! cela se fait toujours ici, à midi. Si c'est la potence que tu veux, va-t'en à la Grève.

— J'irai après.

. . . .

Dites donc, la Boucambry? est-il vrai qu'elle ait refusé un confesseur?

— Il paraît que oui, la Bechaine.

— Voyez-vous, la païenne!

. . . .

— Monsieur, c'est l'usage. Le bailli du Palais est tenu de livrer le malfaiteur tout jugé, pour l'exécution : si c'est un laïque, au prévôt de Paris; si c'est un clerc, à l'official de l'évêché.

— Je vous remercie, monsieur.

. . . .

— Oh! mon Dieu! disait Fleur-de-Lis, la pauvre créature!

Cette pensée remplissait de douleur le regard qu'elle promenait sur la populace. Le capitaine, beaucoup plus occupé d'elle que de cet amas de quenaille, chiffonnait amoureusement sa ceinture par derrière. Elle se retourna suppliante et souriant. — De grâce, laissez-moi, Phœbus! si ma mère rentrait, elle verrait votre main!

En ce moment midi sonna lentement à l'horloge de Notre-Dame. Un murmure de satisfaction éclata dans la foule. La dernière vibration du douzième coup s'éteignait à peine que toutes les têtes moutonnèrent comme les vagues sous un coup de vent, et qu'une immense clameur s'éleva du pavé, des fenêtres et des toits : — La voilà!

Fleur-de-Lis mit ses mains sur ses yeux pour ne pas voir.

— Charmante, lui dit Phœbus, voulez-vous rentrer?

— Non, répondit-elle; et ces yeux qu'elle venait de fermer par crainte, elle les rouvrit par curiosité.

Un tombereau, traîné d'un fort limonier normand et tout enveloppé de cavalerie en livrée violette à croix blanches, venait de déboucher sur la place par la rue Saint-Pierre-aux-Bœufs. Les sergents du guet lui frayaient passage dans le peuple à grands coups de boullayes. A côté du tombereau chevauchaient quelques officiers de justice et de police, reconnaissables à leur costume noir et à leur gauche façon de se tenir en selle. Maître Jacques Charmolue paradait à leur tête. Dans la fatale voiture, une jeune fille était assise, les bras liés derrière le dos, sans prêtre à côté d'elle. Elle était en chemise, ses longs cheveux noirs (la mode était alors de ne pas les couper qu'au pied du gibet) tombaient épars sur sa gorge et sur ses épaules à demi découvertes.

A travers cette ondoyante chevelure, plus luisante qu'un plumage de corbeau, on voyait se tordre et se nouer une grosse corde grise et rugueuse qui écorchait ses fragiles clavicules et se roulait autour du cou charmant de la pauvre fille comme un ver de terre sur une fleur. Sous cette corde brillait une petite amulette ornée de verroteries vertes, qu'on lui avait laissée sans doute parce qu'on ne refuse plus rien à ceux qui vont mourir. Les spectateurs placés aux fenêtres pouvaient apercevoir au fond du tombereau ses jambes nues qu'elle tâchait de dérober sous elle, comme par un dernier instinct de femme. A ses pieds il y avait une petite chèvre garrottée. La condamnée retenait avec ses dents sa chemise mal attachée. On eût dit qu'elle souffrait encore dans sa misère d'être ainsi livrée presque nue à tous les yeux. Hélas! ce n'est pas pour de pareils frémissements que la pudeur est faite.

— Jésus! dit vivement Fleur-de-Lis au capitaine. Regardez donc, beau cousin, c'est cette vilaine bohémienne à la chèvre.

En parlant ainsi, elle se retourna vers Phœbus. Il avait les yeux fixés sur le tombereau. Il était très-pâle.

— Quelle bohémienne à la chèvre? dit-il en balbutiant.

— Comment! reprit Fleur-de-Lis; est-ce que vous ne vous souvenez pas?...

Phœbus l'interrompit. — Je ne sais pas ce que vous voulez dire.

Il fit un pas pour rentrer; mais Fleur-de-Lis, dont la jalousie, naguère si vivement remuée par cette même égyptienne, venait de se réveiller, Fleur-de-Lis lui jeta un coup d'œil plein de pénétration et de défiance. Elle se rappelait vaguement en ce moment avoir ouï parler d'un capitaine mêlé au procès de cette sorcière.

— Qu'avez-vous? dit-elle à Phœbus; on dirait que cette femme vous a troublé.

Phœbus s'efforça de ricaner. — Moi! pas le moins du monde. Ah bien! oui.

— Alors, restez, reprit-elle impérieusement, et voyons jusqu'à la fin.

Force fut au malencontreux capitaine de demeurer. Ce qui le rassurait un peu, c'est que la condamnée ne détachait pas son regard du plancher de son tombereau. Ce n'était que trop véritablement la Esmeralda. Sur ce dernier échelon de l'opprobre et du malheur, elle était toujours belle; ses grands yeux noirs paraissaient encore plus grands à cause de l'appauvrissement de ses joues; son profil livide était pur et sublime. Elle ressemblait à ce qu'elle avait été comme une Vierge du Masaccio ressemble à une Vierge de Raphaël : plus faible, plus mince, plus maigre.

Du reste, il n'y avait rien en elle qui ne ballottât en quelque sorte, et que, hormis sa pudeur, elle ne laissât aller au hasard, tant elle avait été profondément rompue par la stupeur et le désespoir. Son corps rebondissait à tous les cahots du tombereau comme une chose morte ou brisée; son regard était morne et fou. On voyait encore une larme dans sa prunelle, mais immobile, et pour ainsi dire gelée.

Cependant la lugubre cavalcade avait traversé la foule au milieu des cris de joie et des attitudes curieuses. Nous devons dire toutefois, pour être fidèle historien, qu'en la voyant si belle et si accablée, beaucoup s'étaient émus de pitié, et des plus durs. Le tombereau était entré dans le parvis.

Devant le portail central il s'arrêta. L'escorte se rangea en bataille des deux côtés. La foule fit silence, et, au milieu de ce silence plein de solennité et d'anxiété, les deux battants de la grande porte tournèrent, comme d'eux-mêmes, sur leurs gonds, qui grincèrent avec un bruit de fifre. Alors on vit dans toute sa longueur la profonde église, sombre, tendue de deuil, à peine éclairée de quelques cierges scintillant au loin sur le maître-autel, ouverte comme une gueule de caverne au milieu de la place éblouissante de lumière. Tout au fond, dans l'ombre de l'abside, on entrevoyait une gigantesque croix d'argent, développée sur un drap noir qui tombait de la voûte au pavé. Toute la nef était déserte. Cependant on voyait remuer confusément quelques têtes de prêtres dans les stalles lointaines du chœur, et, au moment où la grande porte s'ouvrit, il s'échappa de l'église un chant grave, éclatant et monotone qui jetait comme par bouffées sur la tête de la condamnée des fragments de psaumes lugubres.

« ..... *Non timebo millia populi circumdantis me: exsurge, Domine; salvum me fac, Deus!*

« ..... *Salvum me fac, Deus, quoniam intraverunt aquæ usque ad animam meam.*

« ...., *Infixus sum in limo profundi; et non est substantia.* »

En même temps une autre voix, isolée du chœur, entonnait sur le degré du maître-autel ce mélancolique offertoire :

« ..... *Qui verbum meum audit, et credit ei qui misit me, habet vitam æternam et in judicium non venit; sed transit a morte in vitam.* »

Ce chant, que quelques vieillards perdus dans leurs ténèbres chantaient de loin sur cette belle créature, pleine de jeunesse et de vie, caressée par l'air tiède du printemps, inondée de soleil, c'était la messe des morts.

Le peuple écoutait avec recueillement.

La malheureuse, effarée, semblait perdre sa vue et sa pensée dans les obscures entrailles de l'église. Ses lèvres blanches remuaient comme si elles priaient, et, quand le valet du bourreau s'approcha d'elle pour l'aider à descendre du tombereau, il l'entendit qui répétait à voix basse ce mot : *Phœbus*.

On lui délia les mains, on la fit descendre accompagnée de sa chèvre, qu'on avait déliée aussi, et qui bêlait de joie de se sentir libre; et on la fit marcher pieds nus sur le dur pavé jusqu'au bas des marches du portail. La corde qu'elle avait au cou traînait derrière elle. On eût dit un serpent qui la suivait.

Alors le chant s'interrompit dans l'église. Une grande croix d'or et une file de cierges se mirent en mouvement dans l'ombre. On entendit sonner la hallebarde des suisses bariolés; et quelques moments après une longue procession de prêtres en chasubles et de diacres en dalmatiques, qui venait gravement et en psalmodiant vers la condamnée, se développa à sa vue et aux yeux de la foule. Mais son regard s'arrêta à celui qui marchait en tête, immédiatement après le porte-croix : — Oh! dit-elle tout bas en frissonnant, c'est encore lui, le prêtre!

C'était en effet l'archidiacre. Il avait à sa gauche le sous-chantre et à sa droite le chantre armé du bâton de son office. Il avançait, la tête renversée en arrière, les yeux fixes et ouverts, en chantant d'une voix forte :

« *De ventre inferi clamavi, et exaudisti vocem meam,*

« *Et projecisti me in profundum in corde maris, et flumen circumdedit me.* »

Au moment où il parut au grand jour sous le haut portail en ogive, enveloppé d'une vaste chape d'argent barrée d'une croix noire, il était si pâle, que plus d'un pensa dans la foule que c'était un des évêques de marbre agenouillés sur les pierres sépulcrales du chœur, qui s'était levé et qui venait recevoir au seuil de la tombe celle qui allait mourir.

Elle, non moins pâle et non moins statue, elle s'était à peine aperçue qu'on lui avait mis en main un lourd cierge de cire jaune allumé; elle n'avait pas écouté la voix glapissante du greffier lisant la fatale teneur de l'amende honorable; quand on lui avait dit de répondre *Amen*, elle avait répondu *Amen*. Il fallut, pour lui rendre quelque vie et quelque force, qu'elle vît le prêtre faire signe à ses gardiens de s'éloigner et s'avancer seul vers elle.

Alors elle sentit son sang bouillonner dans sa tête, et un reste d'indignation se ralluma dans cette âme déjà engourdie et froide.

L'archidiacre s'approcha d'elle lentement; même en cette extrémité, elle le vit promener sur sa nudité un œil étincelant de luxure, de jalousie et de désir. Puis il lui dit à haute voix : — Jeune fille, avez-vous demandé à Dieu pardon de vos fautes et de vos manquements? Il se pencha à son oreille et ajouta (les spectateurs croyaient qu'il recevait sa dernière confession) : — Veux-tu de moi? je puis encore te sauver.

Elle le regarda fixement : — Va-t'en, démon, ou je te dénonce.

Il se prit à sourire d'un sourire horrible. — On ne te croira pas. — Tu ne feras qu'ajouter un scandale à un crime. — Réponds vite, veux-tu de moi?

— Qu'as-tu fait de mon Phœbus?

— Il est mort, dit le prêtre.

En ce moment, le misérable archidiacre leva la tête machinalement, et vit à l'autre bout de la place, au balcon du logis Gondelaurier, le capitaine debout près de Fleur-de-Lis. Il chancela, passa la main sur ses yeux, regarda encore, murmura une malédiction, et tous ses traits se contractèrent violemment.

— Hé bien! meurs, toi! dit-il entre ses dents. Personne ne t'aura. Alors, levant la main sur l'égyptienne, il s'écria d'une voix funèbre : — *I nunc, anima anceps, et sit tibi Deus misericors!*

C'était la redoutable formule dont on avait coutume de clore ces sombres cérémonies. C'était le signal convenu de prêtre à bourreau.

Le peuple s'agenouilla.

Kyrie Eleison, dirent les prêtres, restés sous l'ogive du portail.

Kyrie Eleison, répéta la foule avec ce murmure qui court sur toutes les têtes comme le clapotement d'une mer agitée.

Amen, dit l'archidiacre.

Il tourna le dos à la condamnée, sa tête retomba sur sa poitrine, ses mains se croisèrent, il rejoignit son cortège de prêtres, et un moment après on le vit disparaître, avec la croix, les cierges et les chapes, sous les arceaux brumeux de la cathédrale; et sa voix sonore s'éteignit par degrés dans le chœur en chantant ce verset de désespoir :

« *Omnes gurgites tui et fluctus tui super me transierunt!* »

En même temps le retentissement intermittent de la hampe ferrée des hallebardes des suisses, mourant peu à peu sous les entrecolonnements de la nef, faisait l'effet d'un marteau d'horloge sonnant la dernière heure de la condamnée.

Cependant les portes de Notre-Dame étaient restées ouvertes, laissant voir l'église vide, désolée, en deuil, sans cierges et sans voix.

La condamnée demeurait immobile à sa place, attendant qu'on disposât d'elle. Il fallut qu'un des sergents à verge en avertît maître Charmolue, qui, pendant toute cette scène, s'était mis à étudier le bas-relief du grand portail, qui représente, selon les uns, le sacrifice d'Abraham, selon les autres, l'opération philosophale, figurant le soleil par l'ange, le feu par le fagot, l'artisan par Abraham.

On eut assez de peine à l'arracher à cette contemplation; mais enfin il se retourna; et, à un signe qu'il fit, deux hommes vêtus de jaune, les valets du bourreau, s'approchèrent de l'égyptienne pour lui rattacher les mains.

La malheureuse, au moment de remonter dans le tombereau fatal et de s'acheminer vers sa dernière station, fut prise peut-être de quelque déchirant regret de la vie. Elle leva ses yeux rouges et secs vers le ciel, vers le soleil, vers les nuages d'argent coupés çà et là de trapèzes et de triangles bleus; puis elle les abaissa autour d'elle, sur la terre, sur la foule, sur les maisons... Tout à coup, tandis que l'homme jaune lui liait les coudes, elle poussa un cri terrible, un cri de joie. A ce balcon là-bas, à l'angle de la place, elle venait de l'apercevoir, lui, son ami, son seigneur, Phœbus, l'autre apparition de sa vie! Le juge avait menti! le prêtre avait menti! c'était bien lui, elle n'en pouvait douter; il était là, beau, vivant, revêtu de son éclatante livrée, la plume en tête, l'épée au côté!

— Phœbus! cria-t elle, mon Phœbus!

Et elle voulut tendre vers lui ses bras tremblants d'amour et de ravissement, mais ils étaient attachés.

Alors elle vit le capitaine froncer le sourcil, une belle jeune fille qui s'appuyait sur lui le regarder avec une lèvre dédaigneuse et des yeux irrités; puis Phœbus prononça quelques mots qui ne vinrent pas jusqu'à elle, et tous deux s'éclipsèrent précipitamment derrière le vitrail du balcon, qui se referma.

— Phœbus! cria-t-elle éperdue, est-ce que tu le crois?

Une pensée monstrueuse venait de lui apparaître. Elle se souvenait qu'elle avait été condamnée pour meurtre sur la personne de Phœbus de Châteaupers.

Elle avait tout supporté jusque-là. Mais ce dernier coup était trop rude. Elle tomba sans mouvement sur le pavé.

— Allons! dit Charmolue, portez-la dans le tombereau, et finissons!

Personne n'avait encore remarqué dans la galerie des statues des rois, sculptée immédiatement au-dessus des ogives du portail, un spectateur étrange qui avait tout examiné jusqu'alors avec une telle impassibilité, avec un cou si tendu, avec un visage si difforme, que, sans son accoutrement mi-parti rouge et violet, on eût pu le prendre pour un de ces monstres de pierre par la gueule desquels se dégorgent depuis six cents ans les longues gouttières de la cathédrale. Ce spectateur n'avait rien perdu de ce qui s'était passé depuis midi devant le portail de Notre-Dame. Et, dès les premiers instants, sans que personne songeât à l'observer, il avait fortement attaché à l'une des colonettes de la galerie une grosse corde à nœuds, dont le bout allait traîner en bas sur le perron. Cela fait, il s'était mis à regarder tranquillement, et à siffler de temps en temps quand un merle passait devant lui. Tout à coup, au moment où les valets du maître des œuvres se disposaient à exécuter l'ordre flegmatique de Charmolue, il enjamba la balustrade de la galerie, saisit la corde des pieds, des genoux et des mains; puis on le vit couler sur la façade, comme une goutte de pluie qui glisse le long d'une vitre, courir vers les deux bourreaux avec la vitesse d'un chat tombé d'un toit, les terrasser sous deux poings énormes, enlever l'égyptienne d'une main comme un enfant sa poupée, et d'un seul élan rebondir jusque dans l'église, en élevant la jeune fille au-dessus de sa tête, et en criant d'une voix formidable : Asile!

Cela se fit avec une telle rapidité, que, si c'eût été la nuit, on eût pu tout voir à la lumière d'un seul éclair.

— Asile! asile! répéta la foule, et dix mille battements de mains firent étinceler de joie et de fierté l'œil unique de Quasimodo.

Cette secousse fit revenir à elle la condamnée. Elle souleva sa paupière, regarda Quasimodo, puis la referma subitement, comme épouvantée de son sauveur.

Charmolue resta stupéfait, et les bourreaux, et toute l'escorte. En effet, dans l'enceinte de Notre-Dame, la condamnée était inviolable. La cathédrale était un lieu de refuge. Toute justice humaine expirait sur le seuil.

Quasimodo s'était arrêté sous le grand portail. Ses larges pieds semblaient aussi solides sur le pavé de l'église que les lourds piliers romans. Sa grosse tête chevelue s'enfonçait dans ses épaules comme celle des lions, qui, eux aussi, ont une crinière et pas de cou. Il tenait la jeune fille toute palpitante, suspendue à ses mains calleuses, comme une draperie blanche; mais il la portait avec tant de précaution, qu'il paraissait craindre de la briser ou de la faner. On eût dit qu'il sentait que c'était une chose délicate, exquise et précieuse, faite pour d'autres mains que les siennes. Par moment, il avait l'air de n'oser la toucher, même du souffle. Puis, tout à coup, il la serrait avec étreinte dans ses bras, sur sa poitrine anguleuse, comme son bien, comme son trésor, comme eût fait la mère de cette enfant. Son œil de gnome, abaissé sur elle, l'inondait de tendresse, de douleur et de pitié, et se relevait subitement plein d'éclairs. Alors les femmes riaient et pleuraient, la foule trépignait d'enthousiasme, car en ce moment-là Quasimodo avait vraiment sa beauté. Il était beau, lui, cet orphelin, cet enfant trouvé, ce rebut, il se sentait auguste et fort, il regardait en face cette société dont il était banni, et dans laquelle il intervenait si puissamment, cette justice humaine à laquelle il avait arraché sa proie, tous ces tigres forcés de mâcher à vide, ces sbires, ces juges, ces bourreaux, toute cette force du roi qu'il venait de briser, lui infime, avec la force de Dieu.

Et puis c'était une chose touchante que cette protection tombée d'un être si difforme sur un être si malheureux, qu'une condamnée à mort sauvée par Quasimodo. C'était les deux misères extrêmes de la nature et de la société, qui se touchaient et qui s'entr'aidaient.

Cependant, après quelques minutes de triomphe, Quasimodo s'était brusquement enfoncé dans l'église avec son fardeau. Le peuple, amoureux de toute prouesse, le cherchait des yeux, sous la sombre nef, regrettant qu'il se fût si vite dérobé à ses acclamations. Tout à coup on le vit reparaître à l'une des extrémités de la galerie des rois de France; il la traversa en courant comme un insensé, en élevant sa conquête dans ses bras et en criant : Asile! La foule éclata de nouveau en applaudissements. La galerie parcourue, il se replongea dans l'intérieur de l'église. Un moment après il reparut sur la plate-forme supérieure, toujours l'égyptienne dans ses bras, toujours courant avec folie, toujours criant : Asile! Et la foule applaudissait. Enfin, il fit une troisième apparition sur le sommet de la tour du bourdon; de là il sembla montrer avec orgueil à toute la ville celle qu'il avait sauvée, et sa voix tonnante, cette voix qu'on entendait si rarement et qu'il n'entendait jamais, répéta trois fois avec frénésie jusque dans les nuages : Asile! asile! asile!

— Noël! Noël! criait le peuple de son côté, et cette immense acclamation allait étonner sur l'autre rive la foule de la Grève et la recluse, qui attendait toujours, l'œil fixé sur le gibet.

LIVRE NEUVIÈME

I

FIÈVRE.

Claude Frollo n'était plus dans Notre-Dame, pendant que son fils adoptif tranchait si brusquement le nœud fatal où le malheureux archidiacre avait pris l'égyptienne et s'était pris lui-même. Rentré dans la sacristie, il avait arraché l'aube, la chape et l'étole, avait tout jeté aux mains du bedeau stupéfait, s'était échappé par la porte dérobée du cloître, avait ordonné à un batelier du Terrain de le transporter sur la rive gauche de la Seine, et s'était enfoncé dans les rues montueuses de l'Université, ne sachant où il allait, rencontrant à chaque pas des bandes d'hommes et de femmes qui se pressaient joyeusement vers le pont Saint-Mi-

Alors des idées affreuses se pressèrent dans son esprit.

chel dans l'espoir d'*arriver encore à temps* pour voir pendre la sorcière, pâle, égaré, plus troublé, plus aveugle et plus farouche qu'un oiseau de nuit lâché et poursuivi par une troupe d'enfants en plein jour. Il ne savait plus où il était, ce qu'il pensait, s'il rêvait. Il allait, il marchait, il courait, prenant toute rue au hasard, ne choisissant pas, seulement toujours poussé en avant par la Grève, par l'horrible Grève, qu'il sentait confusément derrière lui.

Il longea ainsi la montagne Sainte-Geneviève, et sortit enfin de la ville par la porte Saint-Victor. Il continua de s'enfuir, tant qu'il put voir en se retournant l'enceinte de tours de l'Université et les rares maisons du faubourg; mais, lorsque enfin un pli du terrain lui eut dérobé en entier cet odieux Paris, quand il put s'en croire à cent lieues, dans les champs, dans un désert, il s'arrêta, et il lui sembla qu'il respirait.

Alors des idées affreuses se pressèrent dans son esprit. Il revit clair dans son âme, et frissonna. Il songea à cette malheureuse fille qui l'avait perdu et qu'il avait perdue. Il promena un œil hagard sur la double voie tortueuse que la fatalité avait fait suivre à leurs deux destinées, jusqu'au point d'intersection où elle les avait impitoyablement brisées l'une contre l'autre. Il pensa à la folie des vœux éternels, à la vanité de la chasteté, de la science, de la religion, de la vertu, à l'inutilité de Dieu. Il s'enfonça à cœur-joie dans les mauvaises pensées, et, à mesure qu'il y plongeait plus avant, il sentait éclater en lui-même un rire de Satan.

Et en creusant ainsi son âme, quand il vit quelle large place la nature y avait préparée aux passions, il ricana plus amèrement encore. Il remua au fond de son cœur toute sa haine, toute sa méchanceté; et il reconnut, avec le froid coup d'œil d'un médecin qui examine un malade, que cette haine, que cette méchanceté n'étaient que de l'amour vicié; que l'amour, cette source de toute vertu chez l'homme, tournait en choses horribles dans un cœur de prêtre, et qu'un homme constitué comme lui, en se faisant prêtre, se faisait démon. Alors il rit affreusement, et tout à coup il redevint pâle en considérant le côté le plus sinistre de sa fatale passion, de cet amour corrosif, venimeux, haineux, implacable, qui n'avait abouti qu'au gibet pour l'une, à l'enfer pour l'autre : elle condamnée, lui damné.

Et puis le rire lui revint, en songeant que Phœbus était vivant, qu'après tout le capitaine vivait, était alègre et con-

Il courut ainsi à travers champs jusqu'au soir. (Page 114.)

tent, avait de plus beaux hoquetons que jamais, et une nouvelle maîtresse qu'il menait voir pendre l'ancienne. Son ricanement redoubla quand il réfléchit que, des êtres vivants dont il avait voulu la mort, l'égyptienne, la seule créature qu'il ne haït pas, était la seule qu'il n'eût pas manquée.

Alors du capitaine sa pensée passa au peuple, et il lui vint une jalousie d'une espèce inouïe. Il songea que le peuple aussi, le peuple tout entier, avait eu sous les yeux la femme qu'il aimait, en chemise, presque nue. Il se tordit les bras en pensant que cette femme, dont la forme entrevue dans l'ombre par lui seul eût été le bonheur suprême, avait été livrée en plein jour, en plein midi, à tout un peuple, vêtue comme pour une nuit de volupté. Il pleura de rage sur tous ces mystères d'amour profanés, souillés, dénudés, flétris à jamais. Il pleura de rage en se figurant combien de regards immondes avaient trouvé leur compte à cette chemise mal nouée; et que cette belle fille, ce lis vierge, cette coupe de pudeur et de délices dont il n'eût osé approcher ses lèvres qu'en tremblant, venait d'être transformée en une sorte de gamelle publique, où la plus vile populace de Paris, les voleurs, les mendiants, les laquais, étaient venus boire en commun un plaisir effronté, impur et dépravé.

Et, quand il cherchait à se faire une idée du bonheur qu'il eût pu trouver sur la terre si elle n'eût pas été bohémienne et s'il n'eût pas été prêtre, si Phœbus n'eût pas existé et si elle l'eût aimé; quand il se figurait qu'une vie de sérénité et d'amour lui eût été possible aussi à lui, qu'il y avait en ce même moment çà et là sur la terre des couples heureux, perdus en longues causeries sous les orangers, au bord des ruisseaux, en présence d'un soleil couchant, d'une nuit étoilée; et que, si Dieu l'eût voulu, il eût pu faire avec elle un de ces couples de bénédictions, son cœur se fondait en tendresse et en désespoir.

Oh! elle! c'est elle! C'est cette idée fixe qui revenait sans cesse, qui le torturait, qui lui mordait la cervelle et lui déchiquetait les entrailles. Il ne regrettait pas, il ne se repentait pas; tout ce qu'il avait fait, il était prêt à le faire encore; il aimait mieux la voir aux mains du bourreau qu'aux bras du capitaine. Mais il souffrait; il souffrait tant, que par instants il s'arrachait des poignées de cheveux, pour voir s'ils ne blanchissaient pas.

Il y eut un moment entre autres où il lui vint à l'esprit

PARIS. — TYP. SIMON RAÇON ET Ce, RUE D'ERFURTH, 1.

que c'était là peut-être la minute où la hideuse chaîne qu'il avait vue le matin resserrait son nœud de fer autour de ce cou si frêle et si gracieux. Cette pensée lui fit jaillir la sueur de tous les pores.

Il y eut un autre moment où, tout en riant diaboliquement sur lui-même, il se représenta à la fois la Esmeralda comme il l'avait vue le premier jour, vive, insouciante, joyeuse, parée, dansante, ailée, harmonieuse, et la Esmeralda du dernier jour, en chemise, la corde au cou, montant lentement, avec ses pieds nus, l'échelle anguleuse du gibet; il se figura ce double tableau d'une telle façon, qu'il poussa un cri terrible.

Tandis que cet ouragan de désespoir bouleversait, brisait, arrachait, courbait, déracinait tout dans son âme, il regarda la nature autour de lui. A ses pieds, quelques poules fouillaient les broussailles en becquetant, les scarabées d'émail couraient au soleil; au-dessus de sa tête, quelques groupes de nuées gris-pommelé fuyaient dans un ciel bleu; à l'horizon, la flèche de l'abbaye Saint-Victor perçait la courbe du coteau de son obélisque d'ardoise; et le meunier de la butte Copeaux regardait en sifflant tourner les ailes travailleuses de son moulin. Toute cette vie active, organisée, tranquille, reproduite autour de lui sous mille formes, lui fit mal. Il recommença à fuir.

Il courut ainsi à travers champs jusqu'au soir. Cette fuite de la nature, de la vie, de lui-même, de l'homme, de Dieu, de tout, dura tout le jour. Quelquefois il se jetait la face contre terre, et il arrachait avec ses ongles les jeunes blés. Quelquefois il s'arrêtait dans une rue de village déserte, et ses pensées étaient si insupportables, qu'il prenait sa tête à deux mains et tâchait de l'arracher de ses épaules pour la briser sur le pavé.

Vers l'heure où le soleil déclinait, il s'examina de nouveau, et il se trouva presque fou. La tempête qui durait en lui depuis l'instant où il avait perdu l'espoir et la volonté de sauver l'égyptienne, cette tempête n'avait pas laissé dans sa conscience une seule idée saine, une seule pensée debout. Sa raison y gisait, à peu près entièrement détruite. Il n'avait plus que deux images distinctes dans l'esprit, la Esmeralda et la potence : tout le reste était noir. Ces deux images rapprochées lui présentaient un groupe effroyable; et, plus il y fixait ce qui lui restait d'attention et de pensée, plus il les voyait croître, selon une progression fantastique, l'une en grâce, en charme, en beauté, en lumière, l'autre en horreur; de sorte qu'à la fin la Esmeralda lui apparaissait comme une étoile, le gibet comme un énorme bras décharné. Une chose remarquable, c'est que pendant toute cette torture il ne lui vint pas l'idée sérieuse de mourir. Le misérable était ainsi fait. Il tenait à la vie. Peut-être voyait-il réellement l'enfer derrière.

Cependant le jour continuait de baisser. L'être vivant qui existait encore en lui songea confusément au retour. Il se croyait loin de Paris, mais, en s'orientant, il s'aperçut qu'il n'avait fait que tourner l'enceinte de l'Université. La flèche de Saint-Sulpice et les trois hautes aiguilles de Saint-Germain-des-Prés dépassaient l'horizon à sa droite. Il se dirigea de ce côté. Quand il entendit le qui vive des hommes d'armes de l'abbé autour de la circonvallation crénelée de Saint-Germain, il se détourna, prit un sentier qui s'offrit à lui entre le moulin de l'abbaye et la Maladerie du bourg, et au bout de quelques instants se trouva sur la lisière du Pré-aux-Clercs. Ce pré était célèbre par les tumultes qui s'y faisaient nuit et jour; c'était l'*hydre* des pauvres moines de Saint-Germain : *Quod monachis Sancti-Germani pratensis hydra fuit, clericis nova semper dissidiorum capita suscitantibus.* L'archidiacre craignit d'y rencontrer quelqu'un; il avait peur de tout visage humain; il venait d'éviter l'Université, le bourg Saint-Germain; il voulait ne rentrer dans les rues que le plus tard possible. Il longea le Pré-aux-Clercs, prit le sentier désert qui le séparait du Dieu-Neuf, et arriva enfin au bord de l'eau. Là, dom Claude trouva un batelier qui, pour quelques deniers parisis, lui fit remonter la Seine jusqu'à la pointe de la Cité, et le déposa sur cette langue de terre abandonnée où le lecteur a déjà vu rêver Gringoire, et qui se prolongeait au delà des jardins du roi, parallèlement à l'île du Passeur-aux-Vaches.

Le bercement monotone du bateau et le bruissement de l'eau avaient en quelque sorte engourdi le malheureux Claude. Quand le batelier se fut éloigné, il resta stupidement debout sur la grève, regardant devant lui et ne percevant plus les objets qu'à travers des oscillations grossissantes qui lui faisaient de tout une sorte de fantasmagorie. Il n'est pas rare que la fatigue d'une grande douleur produise cet effet sur l'esprit.

Le soleil était couché derrière la haute tour de Nesle. C'était l'instant du crépuscule. Le ciel était blanc, l'eau de la rivière était blanche. Entre ces deux blancheurs, la rive gauche de la Seine, sur laquelle il avait les yeux fixés, projetait sa masse sombre, et, de plus en plus amincie par la perspective, s'enfonçait dans les brumes de l'horizon comme une flèche noire. Elle était chargée de maisons, dont on ne distinguait que la silhouette obscure, vivement relevée en ténèbres sur le fond clair du ciel et de l'eau. Çà et là des fenêtres commençaient à y scintiller comme des trous de braise. Cet immense obélisque noir ainsi isolé entre les deux nappes blanches du ciel et de la rivière, fort large en cet endroit, fit à dom Claude un effet singulier, comparable à ce qu'éprouverait un homme qui, couché à terre sur le dos au pied du clocher de Strasbourg, regarderait l'énorme aiguille s'enfoncer au-dessus de sa tête dans les pénombres du crépuscule. Seulement ici c'était Claude qui était debout et l'obélisque qui était couché; mais comme la rivière, en reflétant le ciel, prolongeait l'abîme au-dessous de lui, l'immense promontoire semblait aussi hardiment élancé dans le vide que toute flèche de cathédrale, et l'impression était la même. Cette impression avait même cela d'étrange et de plus profond, que c'était bien le clocher de Strasbourg, mais le clocher de Strasbourg haut de deux lieues; quelque chose d'inouï, de gigantesque, d'incommensurable; un édifice comme nul œil humain n'en a vu; une tour de Babel. Les cheminées des maisons, les créneaux des murailles, les pignons taillés des toits, la flèche des Augustins, la tour de Nesle, toutes ces saillies qui ébréchaient le profil du colossal obélisque, ajoutaient à l'illusion en jouant bizarrement à l'œil les découpures d'une sculpture touffue et fantastique. Claude, dans l'état de hallucination où il se trouvait, crut voir, voir de ses yeux vivants, le clocher de l'enfer; les mille lumières répandues sur toute la hauteur de l'épouvantable tour lui parurent autant de porches de l'immense fournaise intérieure; les voix et les rumeurs qui s'en échappaient, autant de cris, autant de râles. Alors il eut peur, il mit ses mains sur ses oreilles pour ne plus entendre, tourna le dos pour ne plus voir, et s'éloigna à grands pas de l'effroyable vision. Mais la vision était en lui.

Quand il rentra dans les rues, les passants, qui se coudoyaient aux lueurs des devantures de boutiques, lui faisaient l'effet d'une éternelle allée et venue de spectres autour de lui. Il avait des fracas étranges dans l'oreille, des fantaisies extraordinaires lui troublaient l'esprit. Il ne voyait ni les maisons, ni le pavé, ni les chariots, ni les hommes et les femmes; mais un chaos d'objets indéterminés qui se fondaient par les bords les uns dans les autres. Au coin de la rue de la Barillerie, il y avait une boutique d'épicerie, dont l'auvent était, selon l'usage immémorial, garni dans son pourtour de ces cerceaux de fer-blanc auxquels pend un cercle de chandelles de bois, qui s'entrechoquent au vent en claquant comme des castagnettes. Il crut entendre s'entreheurter dans l'ombre le trousseau de squelettes de Montfaucon.

— Oh! murmura-t-il, le vent de la nuit les chasse les uns contre les autres, et mêle le bruit de leurs chaînes au bruit de leurs os! Elle est peut-être là, parmi eux!

Eperdu, il ne sut où il allait. Au bout de quelques pas, il se trouva sur le pont Saint-Michel. Il y avait une lumière à une fenêtre d'un rez-de-chaussée : il s'approcha. A travers un vitrage fêlé, il vit une salle sordide, qui réveilla un souvenir confus dans son esprit. Dans cette salle, mal éclairée d'une lampe maigre, il y avait un jeune homme blond et frais, à figure joyeuse, qui embrassait, avec de grands éclats de rire, une jeune fille fort effrontément parée; et près de la lampe, il y avait une vieille femme qui filait et qui chantait d'une voix chevrotante. Comme le jeune homme ne riait pas toujours, la chanson de la vieille arrivait par lambeaux jusqu'au prêtre ; c'était quelque chose d'inintelligible et d'affreux.

Grève, aboye, Grève, grouille!
File, file, ma quenouille,
File sa corde au bourreau
Qui siffle dans le préau.
Grève, aboye, Grève, grouille!

La belle corde de chanvre!
Semez d'Issy jusqu'à Vanvre
Du chanvre et non pas de blé.
Le voleur n'a pas volé
La belle corde de chanvre.

Grève, grouille, Grève aboye!
Pour voir la fille de joie
Pendre au gibet chassieux,
Les fenêtres sont des yeux.
Grève, grouille, Grève aboye!

Là-dessus le jeune homme riait et caressait la fille. La vieille, c'était la Falourdel ; la fille, c'était une fille publique ; le jeune homme, c'était son frère Jehan. Il continua de regarder. Autant ce spectacle qu'un autre. Il vit Jehan aller à une fenêtre qui était au fond de la salle, l'ouvrir, jeter un coup d'œil sur le quai, où brillaient au loin mille croisées éclairées, et il l'entendit dire en refermant la fenêtre : — Sur mon âme! voilà qu'il se fait nuit. Les bourgeois allument leurs chandelles et le bon Dieu ses étoiles. Puis, Jehan revint vers la ribaude, et cassa une bouteille qui était sur une table en s'écriant : — Déjà vide, corbeuf! et je n'ai plus d'argent! Isabeau, ma mie, je ne serai content de Jupiter que lorsqu'il aura changé vos deux tetins blancs en deux noires bouteilles, où je teterai du vin de Beaune jour et nuit.

Cette belle plaisanterie fit rire la fille de joie, et Jehan sortit. Dom Claude n'eut que le temps de se jeter à terre pour ne pas être rencontré, regardé en face et reconnu par son frère. Heureusement la rue était sombre, et l'écolier était ivre. Il avisa cependant l'archidiacre couché sur le pavé dans la boue. — Oh! oh! dit-il; en voilà un qui a mené joyeuse vie aujourd'hui. Il remua du pied dom Claude, qui retenait son souffle. — Ivre mort, reprit Jehan. Allons, il est plein. Une vraie sangsue détachée d'un tonneau. Il est chauve, ajouta-t-il en se baissant; c'est un vieillard! *Fortunate senex!* Puis dom Claude l'entendit s'éloigner en disant : — C'est égal : la raison est une belle chose, et mon frère l'archidiacre est bien heureux d'être sage et d'avoir de l'argent.

L'archidiacre alors se releva, et courut, tout d'une haleine, vers Notre-Dame, dont il voyait les tours énormes surgir dans l'ombre au-dessus des maisons. A l'instant où il arriva tout haletant sur la place du Parvis, il recula, et n'osa lever les yeux sur le funeste édifice. — Oh! dit-il à voix basse, est-il donc bien vrai qu'une telle chose se soit passée ici, aujourd'hui, ce matin même?

Cependant il se hasarda à regarder l'église. La façade était sombre; le ciel derrière étincelait d'étoiles. Le croissant de la lune, qui venait de s'envoler de l'horizon, était arrêté en ce moment au sommet de la tour de droite, et semblait s'être perché, comme un oiseau lumineux, au bord de la balustrade, découpée en trèfles noires. La porte du cloître était fermée; mais l'archidiacre avait toujours sur lui la clef de la tour où était son laboratoire. Il s'en servit pour pénétrer dans l'église.

Il trouva dans l'église une obscurité et un silence de caverne. Aux grandes ombres qui tombaient de toutes parts à larges pans, il reconnut que les tentures de la cérémonie du matin n'avaient pas encore été enlevées. La grande croix d'argent scintillait au fond des ténèbres, saupoudrée de quelques points étincelants, comme la voie lactée de cette nuit de sépulcre. Les longues fenêtres du chœur montraient au-dessus de la draperie noire l'extrémité supérieure de leurs ogives, dont les vitraux, traversés d'un rayon de lune, n'avaient plus que les couleurs douteuses de la nuit, une espèce de violet, de blanc et de bleu, dont on ne retrouve la teinte que sur la face des morts. L'archidiacre, en apercevant tout autour du chœur ces blêmes pointes d'ogives, crut voir des mitres d'évêques damnés. Il ferma les yeux, et quand il les rouvrit il crut que c'était un cercle de visages pâles qui le regardaient.

Il se mit à fuir à travers l'église. Alors il lui sembla que l'église aussi s'ébranlait, remuait, s'animait, vivait; que chaque grosse colonne devenait une patte énorme qui battait le sol de sa large spatule de pierre, et que la gigantesque cathédrale n'était plus qu'une sorte d'éléphant prodigieux, qui soufflait et marchait avec ses piliers pour pieds, ses deux tours pour trompes, et l'immense drap noir pour caparaçon. Ainsi la fièvre ou la folie était arrivée à un tel degré d'intensité, que le monde extérieur n'était plus pour l'infortuné qu'une sorte d'Apocalypse, visible, palpable, effrayante. Il fut un moment soulagé. En s'enfonçant sous les bas côtés, il aperçut, derrière un massif de piliers, une lueur rougeâtre. Il y courut comme à une étoile. C'était la pauvre lampe qui éclairait jour et nuit le bréviaire public de Notre-Dame, sous son treillis de fer. Il se jeta avidement sur le saint livre, dans l'espoir d'y trouver quelque consolation ou quelque encouragement. Le livre était ouvert à ce passage de Job, sur lequel son œil fixe se promena : — « Et un esprit passa devant « ma face, et j'entendis un petit souffle, et le poil de ma « chair se hérissa. »

A cette lecture lugubre, il éprouva ce qu'éprouve l'aveugle qui se sent piquer par le bâton qu'il a ramassé. Ses genoux se dérobèrent sous lui, et il s'affaissa sur le pavé, songeant à celle qui était morte dans le jour. Il sentait passer et se dégorger dans son cerveau tant de fumées monstrueuses, qu'il lui semblait que sa tête était devenue une des cheminées de l'enfer. Il paraît qu'il resta longtemps dans cette attitude, ne pensant plus, abîmé et passif sous la main du démon. Enfin quelque force lui revint; il songea à s'aller réfugier dans la tour, près de son fidèle Quasimodo. Il se leva ; et, comme il avait peur, il prit pour s'éclairer la lampe du bréviaire. C'était un sacrilége, mais il n'en était plus à regarder à si peu de chose.

Il gravit lentement l'escalier des tours, plein d'un secret effroi que devait propager jusqu'aux rares passants du Parvis la mystérieuse lumière de sa lampe montant si tard de meurtrière en meurtrière au haut du clocher.

Tout à coup il sentit quelque fraîcheur sur son visage, et se trouva sous la porte de la plus haute galerie. L'air était froid; le ciel charriait des nuages dont les larges lames blanches débordaient les unes sur les autres en s'écrasant par les angles, et figuraient une débâcle de fleuve en hiver. Le croissant de la lune, échoué au milieu des nuées, semblait un navire céleste pris dans ces glaçons de l'air. Il baissa la vue, et contempla un instant, entre la grille de colonnettes qui unit les deux tours, au loin, à travers une gaze de brumes et de fumées, la foule silencieuse des toits de Paris, aigus, innombrables, pressés et petits comme les flots d'une mer tranquille dans une nuit d'été. La lune jetait un faible rayon, qui donnait au ciel et à la terre une teinte de cendre.

En ce moment l'horloge éleva sa voix grêle et fêlée. Minuit sonna. Le prêtre pensa à midi, c'étaient les douze heures qui revenaient. — Oh! se dit-il tout bas, elle doit être froide à présent. Tout à coup un coup de vent éteignit sa lampe, et presque en même temps il vit paraître, à l'angle opposé de la tour, une ombre, une blancheur, une forme, une femme. Il tressaillit. A côté de cette femme, il y avait une petite chèvre, qui mêlait son bêlement au dernier bêlement de l'horloge. Il eut la force de regarder. C'était elle.

Elle était pâle, elle était sombre. Ses cheveux tombaient sur ses épaules comme le matin; mais plus de corde au cou, plus de mains attachées : elle était libre, elle était morte. Elle était vêtue de blanc et avait un voile blanc sur la tête. Elle venait vers lui, lentement, en regardant le ciel. La chèvre surnaturelle la suivait. Il se sentait de pierre et trop lourd pour fuir. A chaque pas qu'elle faisait en avant, il en faisait un en arrière, et c'était tout. Il rentra ainsi sous la voûte obscure de l'escalier. Il était glacé de l'idée qu'elle allait peut-être y entrer aussi; si elle l'eût fait, il serait mort de terreur.

Elle arriva en effet devant la porte de l'escalier, s'y arrêta quelques instants, regarda fixement dans l'ombre, mais sans paraître y voir le prêtre, et passa. Elle lui parut plus grande que lorsqu'elle vivait; il vit la lune à travers sa robe blanche; il entendit son souffle.

Quand elle fut passée, il se mit à redescendre l'escalier, avec la lenteur qu'il avait vue au spectre, se croyant spectre lui-même, hagard, les cheveux tout droits, sa lampe éteinte toujours à la main; et, tout en descendant les degrés en spirale, il entendait distinctement dans son oreille une voix qui riait et qui répétait : « ... Un esprit passa « devant ma face, et j'entendis un petit souffle, et le poil « de ma chair se hérissa. »

II

BOSSU, BORGNE, BOITEUX.

Toute ville au moyen âge, et jusqu'à Louis XII, toute ville en France avait ses lieux d'asile. Ces lieux d'asile, au milieu du déluge de lois pénales et de juridictions barbares qui inondaient la Cité, étaient des espèces d'îles qui s'élevaient au-dessus du niveau de la justice humaine. Tout criminel qui y abordait était sauvé. Il y avait dans une banlieue presque autant de lieux d'asile que de lieux patibulaires. C'était l'abus de l'impunité à côté de l'abus des supplices, deux choses mauvaises qui tâchaient de se corriger l'une par l'autre. Les palais du roi, les hôtels des princes, les églises surtout, avaient droit d'asile. Quelquefois d'une ville tout entière qu'on avait besoin de repeupler on faisait temporairement un lieu de refuge. Louis XI fit Paris asile en 1467.

Une fois le pied dans l'asile, le criminel était sacré; mais il fallait qu'il se gardât d'en sortir : un pas hors du sanctuaire, il retombait dans le flot. La roue, le gibet, l'estrapade, faisaient bonne garde à l'entour du lieu de refuge, et guettaient sans cesse leur proie comme les requins autour du vaisseau. On a vu des condamnés qui blanchissaient ainsi dans un cloître, sur l'escalier d'un palais, dans la culture d'une abbaye, sous un porche d'église; de cette façon, l'asile était une prison comme une autre. Il arrivait quelquefois qu'un arrêt solennel du parlement violait le refuge et restituait le condamné au bourreau : mais la chose était rare. Les parlements s'effarouchaient des évêques, et quand ces deux robes-là en venaient à se froisser, la simarre n'avait pas beau jeu avec la soutane. Parfois cependant, comme dans l'affaire des assassins de Petit-Jean, bourreau de Paris, et dans celle d'Emery Rousseau, meurtrier de Jean Valleret, la justice sautait par-dessus l'église et passait outre à l'exécution de ses sentences; mais, à moins d'un arrêt du parlement, malheur à qui violait à main armée un lieu d'asile! On sait quelle fut la mort de Robert de Clermont, maréchal de France, et de Jean de Châlons, maréchal de Champagne; et pourtant il ne s'agissait que d'un certain Perrin Marc, garçon d'un changeur, un misérable assassin; mais les deux maréchaux avaient brisé les portes de Saint-Méry. Là était l'énormité.

Il y avait autour des refuges un tel respect, qu'au dire de la tradition il prenait parfois jusqu'aux animaux. Aymoin conte qu'un cerf, chassé par Dagobert, s'étant réfugié près du tombeau de saint Denis, la meute s'arrêta tout court en aboyant.

Les églises avaient d'ordinaire une logette préparée pour recevoir les suppliants. En 1407, Nicolas Flamel leur fit bâtir, sur les voûtes de Saint-Jacques-de-la-Boucherie, une chambre qui lui coûta quatre livres six sols seize deniers parisis. A Notre-Dame c'était une cellule établie sur les combles des bas-côtés sous les arcs-boutants, en regard du cloître, précisément à l'endroit où la femme du concierge actuel des tours s'est pratiqué un jardin, qui est aux jardins suspendus de Babylone ce qu'une laitue est à un palmier, ce qu'une portière est à Sémiramis.

C'est là qu'après sa course effrénée et triomphale sur les tours et les galeries, Quasimodo avait déposé la Esmeralda. Tant que cette course avait duré, la jeune fille n'avait pu reprendre ses sens, à demi assoupie, à demi éveillée, ne sentant plus rien sinon qu'elle montait dans l'air, qu'elle y flottait, qu'elle y volait, que quelque chose l'enlevait au-dessus de la terre. De temps en temps, elle entendait le rire éclatant, la voix bruyante de Quasimodo à son oreille; elle entr'ouvrait ses yeux; alors au-dessous d'elle elle voyait confusément Paris marqueté de ses mille toits d'ardoises et de tuiles comme une mosaïque rouge et bleue, au-dessus de sa tête la face effrayante et joyeuse de Quasimodo. Alors sa paupière retombait; elle croyait que tout était fini, qu'on l'avait exécutée pendant son évanouissement, et que le difforme esprit qui avait présidé à sa destinée l'avait reprise et l'emportait. Elle n'osait le regarder et se laissait aller.

Mais quand le sonneur de cloches échevelé et haletant l'eut déposée dans la cellule du refuge, quand elle sentit ses grosses mains détacher doucement la corde qui lui meurtrissait les bras, elle éprouva cette espèce de secousse qui réveille en sursaut les passagers d'un navire qui touche au milieu d'une nuit obscure. Ses pensées se réveillèrent aussi, et lui revinrent une à une. Elle vit qu'elle était dans Notre-Dame; elle se souvint d'avoir été arrachée des mains du bourreau; que Phœbus était vivant, que Phœbus ne l'aimait plus; et ces deux idées, dont l'une répandait tant d'amertume sur l'autre, se présentant ensemble à la pauvre condamnée, elle se tourna vers Quasimodo qui se tenait debout devant elle, et qui lui faisait peur; elle lui dit : — Pourquoi m'avez-vous sauvée?

Il la regarda avec anxiété, comme cherchant à deviner ce qu'elle lui disait. Elle répéta sa question. Alors il lui jeta un coup d'œil profondément triste, et s'enfuit. Elle resta étonnée. Quelques moments après il revint, apportant un paquet qu'il jeta à ses pieds. C'étaient des vêtements que des femmes charitables avaient déposés pour elle au seuil de l'église. Alors elle abaissa ses yeux sur elle-même, se vit presque nue, et rougit. La vie revenait.

Quasimodo parut éprouver quelque chose de cette pudeur. Il voila son regard de sa large main, et s'éloigna encore une fois, mais à pas lents. Elle se hâta de se vêtir. C'était une robe blanche avec un voile blanc. Un habit de novice de l'Hôtel-Dieu. Elle achevait à peine, qu'elle vit revenir Quasimodo. Il portait un panier sous un bras et un matelas sous l'autre. Il y avait dans le panier une bouteille, du pain, et quelques provisions. Il posa le panier à terre, et dit : Mangez. Il étendit le matelas sur la dalle, et dit : Dormez. C'était son propre repas, c'était son propre lit que le sonneur de cloches avait été chercher.

L'égyptienne leva les yeux sur lui pour le remercier; mais elle ne put articuler un mot. Le pauvre diable était vraiment horrible. Elle baissa la tête avec un tressaillement d'effroi. Alors il lui dit : — Je vous fais peur. Je suis bien laid, n'est-ce pas? ne me regardez point; écoutez-moi seulement. — Le jour, vous resterez ici; la nuit, vous pouvez vous promener par toute l'église. Mais ne sortez de l'église ni jour ni nuit. Vous seriez perdue. On vous tuerait, et je mourrais.

Émue, elle leva la tête pour lui répondre. Il avait disparu. Elle se retrouva seule, rêvant aux paroles singulières de cet être presque monstrueux, et frappée du son de sa voix qui était si rauque et pourtant si douce. Puis, elle examina sa cellule. C'était une chambre de quelque six pieds carrés, avec une petite lucarne et une porte sur le plan légèrement incliné du toit en pierres plates. Plusieurs gouttières à figures d'animaux semblaient se pencher autour d'elle et tendre le cou pour la voir par la lucarne. Au bord de son toit, elle apercevait le haut de mille cheminées qui faisaient monter sous ses yeux les fumées de tous les feux de Paris. Triste spectacle pour la pauvre égyptienne, enfant trouvé, condamnée à mort, malheureuse créature, sans patrie, sans famille, sans foyer.

Au moment où la pensée de son isolement lui apparaissait ainsi, plus poignante que jamais, elle sentit une tête velue et barbue se glisser dans ses mains, sur ses genoux. Elle tressaillit (tout l'effrayait maintenant), et regarda. C'était la pauvre chèvre, l'agile Djali, qui s'était échappée à sa suite, au moment où Quasimodo avait dispersé la brigade de Charmolue, et qui se répandait en caresses à ses pieds depuis près d'une heure, sans pouvoir obtenir un regard. L'égyptienne la couvrit de baisers. — Oh! Djali, disait-elle, comme je t'ai oubliée! tu songes donc toujours à moi! Oh! tu n'es pas ingrate, toi! — En même temps, comme si une main invisible eût soulevé le poids qui comprimait ses larmes dans son cœur depuis si longtemps, elle se mit à pleurer, et à mesure que ses larmes coulaient, elle sentait s'en aller avec elles ce qu'il y avait de plus âcre et de plus amer dans sa douleur. Le soir venu, elle trouva la nuit si belle, la lune si douce, qu'elle fit le tour de la galerie élevée qui enveloppe l'église. Elle en éprouva quelque soulagement, tant la terre lui parut calme, vue de cette hauteur.

III

SOURD.

Le lendemain matin, elle s'aperçut en s'éveillant qu'elle avait dormi. Cette chose singulière l'étonna. Il y avait si longtemps qu'elle était déshabituée du sommeil! Un joyeux rayon du soleil levant entrait par sa lucarne et lui venait frapper le visage. En même temps que le soleil, elle vit à cette lucarne un objet qui l'effraya, la malheureuse figure de Quasimodo. Involontairement elle referma les yeux, mais en vain; elle croyait toujours voir à travers sa paupière rose ce masque de gnome, borgne et brèche-dent. Alors, tenant toujours ses yeux fermés, elle entendit une rude voix qui disait très-doucement: — N'ayez pas peur. Je suis votre ami. J'étais venu vous voir dormir. Cela ne vous fait pas de mal, n'est-ce pas, que je vienne vous voir dormir? Qu'est-ce que cela vous fait que je sois là quand vous avez les yeux fermés? Maintenant je vais m'en aller. Tenez, je me suis mis derrière le mur. Vous pouvez rouvrir les yeux. Il y avait quelque chose de plus plaintif encore que ces paroles, c'était l'accent dont elles étaient prononcées. L'égyptienne, touchée, ouvrit les yeux. Il n'était plus en effet à la lucarne. Elle alla à cette lucarne, et vit le pauvre bossu blotti dans un angle du mur, dans une attitude douloureuse et résignée. Elle fit un effort pour surmonter la répugnance qu'il lui inspirait. — Venez, lui dit-elle doucement. Au mouvement des lèvres de l'égyptienne, Quasimodo crut qu'elle le chassait; alors il se leva et se retira en boitant, lentement, la tête baissée, sans même oser lever sur la jeune fille son regard plein de désespoir. — Venez donc! cria-t-elle. Mais il continuait de s'éloigner. Alors elle se jeta hors de sa cellule, courut à lui, et lui prit le bras. En se sentant touché par elle, Quasimodo trembla de tous ses membres. Il releva son œil suppliant, et, voyant qu'elle le ramenait près d'elle, toute sa face rayonna de joie et de tendresse. Elle voulut le faire entrer dans sa cellule; mais il s'obstina à rester sur le seuil.

— Non, non, dit-il, le hibou n'entre pas dans le nid de l'alouette.

Alors elle s'accroupit gracieusement sur sa couchette avec sa chèvre endormie à ses pieds. Tous deux restèrent quelques instants immobiles, considérant en silence, lui, tant de grâce, elle, tant de laideur. A chaque moment, elle découvrait en Quasimodo quelques difformités de plus. Son regard se promenait des genoux cagneux au dos bossu, du dos bossu à l'œil unique. Elle ne pouvait comprendre qu'un être si gauchement ébauché existât. Cependant il y avait sur tout cela tant de tristesse et de douceur répandues, qu'elle commençait à s'y faire. Il rompit le premier le silence. — Vous me disiez donc de revenir? Elle fit un signe de tête affirmatif en disant : — Oui. Il comprit le signe de tête. — Hélas! dit-il comme hésitant à achever, c'est que... je suis sourd. — Pauvre homme! s'écria la bohémienne avec une expression de bienveillante pitié. Il se mit à sourire douloureusement. — Vous trouvez qu'il ne me manquait que cela, n'est-ce pas? Oui, je suis sourd. C'est comme cela que je suis fait. C'est horrible, n'est-il pas vrai? Vous êtes si belle, vous!

Il y avait dans l'accent du misérable un sentiment si profond de sa misère, qu'elle n'eut pas la force de dire une parole. D'ailleurs il ne l'aurait pas entendue. Il poursuivit : — Jamais je n'ai vu ma laideur comme à présent. Quand je me compare à vous, j'ai bien pitié de moi, pauvre malheureux monstre que je suis! Je dois vous faire l'effet d'une bête, dites. — Vous, vous êtes un rayon du soleil, une goutte de rosée, un chant d'oiseau! — Moi, je suis quelque chose d'affreux, ni homme ni animal, un je ne sais quoi plus dur, plus foulé aux pieds et plus difforme qu'un caillou!

Alors il se mit à rire, et ce rire était ce qu'il y a de plus déchirant au monde. Il continua : — Oui, je suis sourd; mais vous me parlerez par gestes, par signes. J'ai un maître qui cause avec moi de cette façon. Et puis, je saurai bien vite votre volonté au mouvement de vos lèvres, à votre regard.

— Eh bien! reprit-elle en souriant, dites-moi pourquoi vous m'avez sauvée.

Il la regarda attentivement tandis qu'elle parlait. — J'ai compris, répondit-il. Vous me demandez pourquoi je vous ai sauvée. Vous avez oublié un misérable qui a tenté de vous enlever une nuit, un misérable à qui le lendemain même vous avez porté secours sur leur infâme pilori. Une goutte d'eau et un peu de pitié, voilà plus que je n'en payerai avec ma vie. Vous avez oublié ce misérable; lui, il s'est souvenu.

Elle l'écoutait avec un attendrissement profond. Une larme roulait dans l'œil du sonneur, mais elle n'en tomba pas. Il parut mettre une sorte de point d'honneur à la dévorer. — Ecoutez, reprit-il quand il ne craignit plus que cette larme s'échappât, nous avons là des tours bien hautes; un homme qui en tomberait serait mort avant de toucher le pavé; quand il vous plaira que j'en tombe, vous n'aurez pas même un mot à dire, un coup d'œil suffira. Alors il se leva. Cet être bizarre, si malheureuse que fût la bohémienne, éveillait encore quelque compassion en elle. Elle lui fit signe de rester.

— Non, non, dit-il, je ne dois pas rester trop longtemps. Je ne suis pas à mon aise. C'est par pitié que vous ne détournez pas les yeux. Je vais quelque part d'où je vous verrai sans que vous me voyiez : ce sera mieux.

Il tira de sa poche un petit sifflet de métal. — Tenez, dit-il : quand vous aurez besoin de moi, quand vous voudrez que je vienne, quand vous n'aurez pas trop d'horreur à me voir, vous sifflerez avec ceci. J'entends ce bruit-là. Il déposa le sifflet à terre et s'enfuit.

IV

GRÈS ET CRISTAL.

Les jours se succédèrent. Le calme revenait peu à peu dans l'âme de la Esmeralda. L'excès de la douleur, comme l'excès de la joie, est une chose violente qui dure peu. Le cœur de l'homme ne peut rester longtemps dans une extrémité. La bohémienne avait tant souffert, qu'il ne lui en restait plus que l'étonnement. Avec la sécurité, l'espérance lui était revenue. Elle était hors de la société, hors de la vie, mais elle sentait vaguement qu'il ne serait peut-être pas impossible d'y rentrer. Elle était comme une morte qui tiendrait en réserve une clef de son tombeau. Elle sentait s'éloigner d'elle peu à peu les images terribles qui l'avaient si longtemps obsédée. Tous les fantômes hideux, Pierrat Torterue, Jacques Charmolue, s'effaçaient dans son esprit, tous, le prêtre lui-même.

Et puis Phœbus vivait; elle en était sûre, elle l'avait vu. La vie de Phœbus, c'était tout. Après la série de secousses fatales qui avaient tout fait écrouler en elle, elle n'avait retrouvé debout dans son âme qu'une chose, qu'un sentiment, son amour pour le capitaine. C'est que l'amour est comme un arbre : il pousse de lui-même, jette profondément ses racines dans tout notre être, et continue souvent de verdoyer sur un cœur en ruines. Et ce qu'il y a d'inexplicable, c'est que plus cette passion est aveugle, plus elle est tenace. Elle n'est jamais plus solide que lorsqu'elle n'a pas de raison en elle.

Sans doute la Esmeralda ne songeait pas au capitaine sans amertume. Sans doute il était affreux qu'il eût été trompé aussi, lui, qu'il eût cru cette chose impossible, qu'il eût pu comprendre un coup de poignard venu de celle qui eût donné mille vies pour lui. Mais enfin il ne fallait pas trop lui en vouloir : n'avait-elle pas avoué *son crime?* n'avait-elle pas cédé, faible femme, à la torture? Toute la faute était à elle. Elle aurait dû se laisser arracher les ongles plutôt qu'une telle parole. Enfin, qu'elle revît Phœbus une seule fois, une seule minute, il ne faudrait qu'un mot, qu'un regard, pour le détromper, pour le ramener. Elle n'en doutait pas. Elle s'étourdissait aussi sur beaucoup de choses singulières, sur le hasard de la présence de Phœbus le jour de l'amende honorable, sur la jeune fille avec laquelle il était. C'était sa sœur sans doute. Explication déraisonnable, mais dont elle se contentait, parce qu'elle avait besoin de croire que Phœbus l'aimait toujours et n'aimait qu'elle. Ne le lui avait-il pas juré? Que lui fallait-il de plus, naïve et crédule qu'elle était? Et puis, dans cette affaire, les apparences n'étaient-elles pas bien plutôt contre elle que contre lui? Elle attendait donc. Elle espérait.

Ajoutons que l'église, cette vaste église qui l'enveloppait de toutes parts, qui la gardait, qui la sauvait, était elle-même un souverain calmant. Les lignes solennelles de cette architecture, l'attitude religieuse de tous les objets qui entouraient la jeune fille, les pensées pieuses et sereines qui se dégageaient, pour ainsi dire, de tous les pores de cette pierre, agissaient sur elle à son insu. L'édifice avait aussi des bruits d'une telle bénédiction et d'une telle majesté, qu'ils assoupissaient cette âme malade. Le chant monotone des officiants, les réponses du peuple aux prêtres, quelquefois inarticulées, quelquefois tonnantes, l'harmonieux tressaillement des vitraux, l'orgue éclatant comme cent trompettes, les trois clochers bourdonnant comme des ruches de grosses abeilles, tout cet orchestre sur lequel bondissait une gamme gigantesque montant et descendant sans cesse d'une foule à un clocher, assourdissaient sa mémoire, son imagination, sa douleur. Les cloches surtout la berçaient. C'était comme un magnétisme puissant que ces vastes appareils répandaient sur elle à larges flots.

Aussi chaque soleil levant la trouvait plus apaisée, respirant mieux, moins pâle. A mesure que ses plaies intérieures se fermaient, sa grâce et sa beauté refleurissaient sur son visage, mais plus recueillies et plus reposées. Son ancien caractère lui revenait aussi, quelque chose même de sa gaieté, sa jolie moue, son amour de sa chèvre, son goût de chanter, sa pudeur. Elle avait soin de s'habiller le matin dans l'angle de sa logette, de peur que quelque habitant des greniers voisins ne la vît par la lucarne.

Quand la pensée de Phœbus lui en laissait le temps, l'égyptienne songeait quelquefois à Quasimodo. C'était le seul lien, le seul rapport, la seule communication qui lui restât avec les hommes, avec les vivants. La malheureuse! elle était plus hors du monde que Quasimodo. Elle ne comprenait rien à l'étrange ami que le hasard lui avait donné. Souvent elle se reprochait de ne pas avoir une reconnaissance qui fermât les yeux; mais décidément elle ne pouvait s'accoutumer au pauvre sonneur. Il était trop laid.

Elle avait laissé à terre le sifflet qu'il lui avait donné. Cela n'empêcha pas Quasimodo de reparaître de temps en temps les premiers jours. Elle faisait son possible pour ne pas se détourner avec trop de répugnance quand il venait lui apporter le panier de provisions ou la cruche d'eau, mais il s'apercevait toujours du moindre mouvement de ce genre, et alors il s'en allait tristement.

Une fois, il survint au moment où elle caressait Djali. Il resta quelques moments pensif devant ce groupe gracieux de la chèvre et de l'égyptienne, enfin il dit en secouant sa tête lourde et mal faite : — Mon malheur, c'est que je ressemble encore trop à l'homme. Je voudrais être tout à fait une bête, comme cette chèvre.

Elle leva sur lui un regard étonné. Il répondit à ce regard : — Oh! je sais bien pourquoi. — Et il s'en alla.

Une autre fois, il se présenta à la porte de la cellule (où il n'entrait jamais) au moment où la Esmeralda chantait une vieille ballade espagnole, dont elle ne comprenait pas les paroles, mais qui était restée dans son oreille parce que les bohémiennes l'en avaient bercée tout enfant. A la vue de cette vilaine figure qui survenait brusquement au milieu de sa chanson, la jeune fille s'interrompit avec un geste d'effroi involontaire. Le malheureux sonneur tomba à genoux sur le seuil de la porte, et joignit, d'un air suppliant, ses grosses mains informes. — Oh! dit-il douloureusement, je vous en conjure, continuez et ne me chassez pas. — Elle ne voulut pas l'affliger, et toute tremblante reprit sa romance. Par degrés cependant son effroi se dissipa, et elle se laissa aller tout entière à l'impression de l'air mélancolique et traînant qu'elle chantait. Lui était resté à genoux, les mains jointes, comme en prières, attentif, respirant à peine, son regard fixé sur les prunelles brillantes de la bohémienne. On eût dit qu'il entendait sa chanson dans ses yeux.

Une autre fois encore, il vint à elle d'un air gauche et timide. — Ecoutez-moi, dit-il avec effort; j'ai quelque chose à vous dire. — Elle lui fit signe qu'elle l'écoutait. Alors il se mit à soupirer, entr'ouvrit ses lèvres, parut un moment prêt à parler, puis il la regarda, fit un mouvement de tête négatif, et se retira lentement, son front dans la main, laissant l'égyptienne stupéfaite.

Parmi les personnages grotesques sculptés dans le mur, il y en avait un qu'il affectionnait particulièrement, et avec lequel il semblait souvent échanger des regards fraternels. Une fois l'égyptienne l'entendit qui lui disait : — Oh! que ne suis-je de pierre comme toi!

Un jour enfin, un matin, la Esmeralda s'était avancée jusqu'au bord du toit, et regardait dans la place par-dessus la toiture aiguë de Saint-Jean-le-Rond. Quasimodo était là, derrière elle. Il se plaçait ainsi de lui-même, afin d'épargner le plus possible à la jeune fille le déplaisir de le voir. Tout à coup la bohémienne tressaillit, une larme et un éclair de joie brillèrent à la fois dans ses yeux, elle s'agenouilla au bord du toit et tendit ses bras avec angoisse vers la place en criant : Phœbus! viens! viens! un mot, un seul mot, au nom du ciel! Phœbus! Phœbus! — Sa voix, son visage, son geste, toute sa personne, avaient l'expression déchirante d'un naufragé qui fait le signal de détresse au joyeux navire qui passe au loin dans un rayon de soleil à l'horizon. Quasimodo se pencha sur la place, et vit que l'objet de cette tendre et délirante prière était un jeune homme, un capitaine, un beau cavalier tout reluisant d'armes et de parures, qui passait en caracolant au fond de la place, et saluait du panache une belle dame souriant à son balcon. Du reste, l'officier n'entendait pas la malheureuse qui l'appelait; il était trop loin.

Mais le pauvre sourd entendait, lui. Un soupir profond souleva sa poitrine; il se retourna; son cœur était gonflé de toutes les larmes qu'il dévorait; ses deux poings convulsifs se heurtèrent sur sa tête, et quand il les retira il avait à chaque main une poignée de cheveux roux.

L'égyptienne ne faisait aucune attention à lui. Il disait à voix basse en grinçant des dents : — Damnation! voilà donc comme il faut être! il n'est besoin que d'être beau en dessus. Cependant elle était restée à genoux et criait avec une agitation extraordinaire : — Oh! le voilà qui descend de cheval. — Il va entrer dans cette maison! — Phœbus! — Il ne m'entend pas! — Phœbus! — Que cette femme est méchante de lui parler en même temps que moi! — Phœbus! Phœbus! Le sourd la regardait. Il comprenait cette pantomime. L'œil du pauvre sonneur se remplissait de larmes, mais il n'en laissait couler aucune. Tout à coup il la tira doucement par le bord de sa manche. Elle se retourna. Il avait pris un air tranquille; il lui dit : — Voulez-vous que je vous l'aille chercher?

Elle poussa un cri de joie. — Oh! va! allez! cours! vite! ce capitaine! ce capitaine! amenez-le-moi! je t'aimerai! Elle embrassait ses genoux. Il ne put s'empêcher de secouer la tête douloureusement. — Je vais vous l'amener, dit-il d'une voix faible. Puis il tourna la tête et se précipita à grands pas sous l'escalier, étouffé de sanglots.

Quand il arriva sur la place, il ne vit plus rien que le beau cheval attaché à la porte du logis Gondelaurier; le capitaine venait d'y entrer. Il leva son regard vers le toit de l'église. La Esmeralda y était toujours à la même place, dans la même posture. Il lui fit un triste signe de tête; puis il s'adossa à l'une des bornes du porche Gondelaurier, déterminé à attendre que le capitaine sortît.

C'était dans le logis Gondelaurier un de ces jours de gala qui précèdent les noces. Quasimodo vit entrer beaucoup de monde et ne vit sortir personne. De temps en temps il regardait vers le toit : l'égyptienne ne bougeait pas plus que lui. Un palefrenier vint détacher le cheval et le fit entrer à l'écurie du logis. La journée entière se passa ainsi, Quasimodo sur la borne, la Esmeralda sur le toit, Phœbus sans doute aux pieds de Fleur-de-Lis.

Enfin la nuit vint; une nuit sans lune, une nuit obscure. Quasimodo eut beau fixer son regard sur la Esmeralda; bientôt ce ne fut plus qu'une blancheur dans le crépuscule; plus rien. Tout s'effaça; tout était noir.

Quasimodo vit s'illuminer, du haut en bas de la façade, les fenêtres du logis Gondelaurier; il vit s'allumer, l'une après l'autre, les autres croisées de la place; il les vit aussi s'éteindre jusqu'à la dernière, car il resta toute la soirée à son poste. L'officier ne sortait pas. Quand les derniers passants furent rentrés chez eux, quand toutes les croisées des autres maisons furent éteintes, Quasimodo demeura tout à fait seul, tout à fait dans l'ombre. Il n'y avait pas alors de luminaire dans le parvis de Notre-Dame.

Cependant les fenêtres du logis Gondelaurier étaient restées éclairées, même après minuit. Quasimodo, immobile et attentif, voyait passer sur les vitraux de mille couleurs une foule d'ombres vives et dansantes. S'il n'eût pas été sourd, à mesure que la rumeur de Paris endormi s'éteignait, il eût entendu de plus en plus distinctement, dans l'intérieur du logis Gondelaurier, un bruit de fête, de rires et de musique. Vers une heure du matin, les conviés commencèrent à se retirer. Quasimodo, enveloppé de ténèbres, les regardait tous passer sous le porche éclairé de flambeaux. Aucun n'était le capitaine. Il était plein de pensées tristes; par moments il regardait en l'air, comme ceux qui s'ennuient. De grands nuages noirs, lourds, déchirés, crevassés, pendaient comme des hamacs de crêpe sous le cintre étoilé de la nuit. On eût dit les toiles d'araignées de la voûte du ciel.

Dans un de ces moments il vit tout à coup s'ouvrir mystérieusement la porte-fenêtre du balcon dont la balustrade de pierre se découpait au-dessus de sa tête. La frêle porte de vitre donna passage à deux personnes derrière lesquelles elle se referma sans bruit : c'était un homme et une femme. Ce ne fut pas sans peine que Quasimodo parvint à reconnaître dans l'homme le beau capitaine, dans la femme la jeune dame qu'il avait vue le matin souhaiter la bienvenue à l'officier, du haut de ce même balcon. La place était parfaitement obscure, et un double rideau cramoisi, qui était retombé derrière la porte au moment où elle s'était refermée, ne laissait guère arriver sur le balcon la lumière de l'appartement. Le jeune homme et la jeune fille, autant qu'en pouvait juger notre sourd, qui n'entendait pas une de leurs paroles, paraissaient s'abandonner à un fort tendre tête-à-tête. La jeune fille semblait avoir permis à l'officier de lui faire une ceinture de son bras, et résistait doucement à un baiser.

Quasimodo assistait d'en bas à cette scène d'autant plus gracieuse à voir qu'elle n'était pas faite pour être vue. Il contemplait ce bonheur, cette beauté, avec amertume. Après tout, la nature n'était pas muette chez le pauvre diable, et sa colonne vertébrale, toute méchamment tordue qu'elle était, n'était pas moins frémissante qu'une autre. Il songeait à la misérable part que la Providence lui avait faite; que la femme, l'amour, la volupté, lui passeraient éternellement sous les yeux, et qu'il ne ferait jamais que voir la félicité des autres. Mais ce qui le déchirait le plus dans ce spectacle, ce qui mêlait de l'indignation à son dépit, c'était de penser à ce que devait souffrir l'égyptienne si elle voyait. — Il est vrai que la nuit était bien noire, que la Esmeralda, si elle était restée à sa place (et il n'en doutait pas), était fort loin, et que c'était tout au plus s'il pouvait distinguer lui-même les amoureux du balcon. Cela le consolait.

Cependant leur entretien devenait de plus en plus animé. La jeune dame paraissait supplier l'officier de ne rien lui demander de plus. Quasimodo ne distinguait de tout cela que les belles mains jointes, les sourires mêlés de larmes, les regards levés aux étoiles de la jeune fille, les yeux du capitaine ardemment abaissés sur elle. Heureusement, car la jeune fille commençait à ne plus lutter que faiblement, la porte du balcon se rouvrit subitement, une vieille dame parut : la belle sembla confuse, l'officier prit un air dépité, et tous trois rentrèrent. Un moment après, un cheval piaffa sous le porche, et le brillant officier, enveloppé de son manteau de nuit, passa rapidement devant Quasimodo. Le sonneur lui laissa doubler l'angle de la rue, puis il se mit à courir après lui avec son agilité de singe, en criant : — Eh! le capitaine!

Le capitaine s'arrêta. — Que me veut ce maraud? dit-il en avisant dans l'ombre cette espèce de figure déhanchée qui accourait vers lui en cahotant.

Quasimodo cependant était arrivé à lui, et avait pris hardiment la bride de son cheval : — Suivez-moi, capitaine; il y a ici quelqu'un qui veut vous parler.

— Cornemahon! grommela Phœbus, voilà un vilain oiseau ébouriffé qu'il me semble avoir vu quelque part. — Holà! maître, veux-tu bien laisser la bride de mon cheval?

— Capitaine, répondit le sourd, ne me demandez-vous pas qui?

— Je te dis de lâcher mon cheval, repartit Phœbus impatienté. Que veut ce drôle qui se pend au chanfrein de mon destrier? Est-ce que tu prends mon cheval pour une potence?

Quasimodo, loin de quitter la bride du cheval, se disposait à lui faire rebrousser chemin. Ne pouvant s'expliquer la résistance du capitaine, il se hâta de lui dire : — Venez, capitaine; c'est une femme qui vous attend. Il ajouta avec effort : Une femme qui vous aime.

— Rare faquin! dit le capitaine, qui me croit obligé d'aller chez toutes les femmes qui m'aiment! ou qui le disent. — Et si par hasard elle te ressemble, face de chat-huant? — Dis à celle qui t'envoie que je vais me marier, et qu'elle aille au diable!

— Ecoutez, s'écria Quasimodo croyant vaincre d'un mot son hésitation, venez, monseigneur! C'est l'égyptienne que vous savez!

Ce mot fit en effet une grande impression sur Phœbus, mais non celle que le sourd en attendait. On se rappelle que notre galant officier s'était retiré avec Fleur-de-Lis quelques moments avant que Quasimodo ne sauvât la condamnée des mains de Charmolue. Depuis, dans toutes ses visites au logis Gondelaurier, il s'était bien gardé de reparler de cette femme dont le souvenir, après tout, lui était pénible; et, de son côté, Fleur-de-Lis n'avait pas jugé politique de lui dire que l'égyptienne vivait. Phœbus croyait donc la pauvre *Similar* morte, et qu'il y avait déjà un ou deux mois de cela. Ajoutons que, depuis quelques instants, le capitaine songeait à l'obscurité profonde de la nuit, à la laideur surnaturelle, à la voix sépulcrale de l'étrange messager, que minuit était passé, que la rue était déserte comme le soir où le moine-bourru l'avait accosté, et que son cheval soufflait en regardant Quasimodo.

— L'égyptienne! s'écria-t-il presque effrayé. Or çà, viens-tu de l'autre monde? Et il mit la main sur la poignée de sa dague.

— Vite, vite, dit le sourd cherchant à entraîner le cheval; par ici!

Phœbus lui asséna un vigoureux coup de botte dans la poitrine. L'œil de Quasimodo étincela. Il fit un mouvement pour se jeter sur le capitaine. Puis il dit en se roidissant : — Oh! que vous êtes heureux qu'il y ait quelqu'un qui vous aime!

Il appuya sur le mot *quelqu'un*, et lâchant la bride du cheval : — Allez-vous-en! Phœbus piqua des deux en jurant. Quasimodo le regarda s'enfoncer dans le brouillard de la rue. — Oh! disait tout bas le pauvre sourd, refuser cela!

Il rentra dans Notre-Dame, alluma sa lampe, et remonta dans la tour. Comme il l'avait pensé, la bohémienne était toujours à la même place. Du plus loin qu'elle l'aperçut,

Une fois il survint au moment où elle carressait Djali. (Page 118.)

elle courut à lui. — Seul! s'écria-t-elle en joignant douloureusement ses belles mains.

— Je n'ai pu le retrouver, dit froidement Quasimodo.

— Il fallait l'attendre toute la nuit! reprit-elle avec emportement.

Il vit son geste de colère, et comprit le reproche. — Je le guetterai mieux une autre fois, dit-il en baissant la tête.

— Va-t'en! lui dit-elle.

Il la quitta. Elle était mécontente de lui. Il avait mieux aimé être maltraité par elle que de l'affliger. Il avait gardé toute la douleur pour lui. A dater de ce jour, l'égyptienne ne le vit plus. Il cessa de venir à sa cellule. Tout au plus entrevoyait-elle quelquefois au sommet d'une tour la figure du sonneur mélancoliquement fixée sur elle. Mais dès qu'elle l'apercevait il disparaissait.

Nous devons dire qu'elle était peu affligée de cette absence volontaire du pauvre bossu. Au fond du cœur, elle lui en savait gré. Au reste, Quasimodo ne se faisait pas illusion à cet égard. Elle ne le voyait plus, mais elle sentait la présence d'un bon génie autour d'elle. Ses provisions étaient renouvelées par une main invisible pendant son sommeil. Un matin elle trouva sur sa fenêtre une cage d'oiseaux. Il y avait au-dessus de sa cellule une sculpture qui lui faisait peur. Elle l'avait témoigné plus d'une fois devant Quasimodo. Un matin (car toutes ces choses-là se faisaient la nuit), elle ne la vit plus, on l'avait brisée. Celui qui avait grimpé jusqu'à cette sculpture avait dû risquer sa vie.

Quelquefois, le soir, elle entendait une voix, cachée sous les abat-vent du clocher, chanter comme pour l'endormir une chanson triste et bizarre. C'étaient des vers sans rime, comme un sourd en peut faire :

Ne regarde pas la figure,
Jeune fille, regarde le cœur.

Le cœur d'un beau jeune homme est souvent difforme.
Il y a des cœurs où l'amour ne se conserve pas.

Jeune fille, le sapin n'est pas beau,
N'est pas beau comme le peuplier,
Mais il garde son feuillage l'hiver.
Hélas! à quoi bon dire cela?
Ce qui n'est pas beau a tort d'être;
La beauté n'aime que la beauté,
Avril tourne le dos à janvier.

La beauté est parfaite,

Un matin elle vit en s'éveillant, sur sa fenêtre, deux vases pleins de fleurs.

La beauté peut tout,
La beauté est la seule chose qui n'existe pas à demi.

Le corbeau ne vole que le jour,
Le hibou ne vole que la nuit,
Le cygne vole la nuit et le jour.

Un matin elle vit, en s'éveillant, sur sa fenêtre deux vases pleins de fleurs. L'un était un vase de cristal fort beau et fort brillant, mais fêlé. Il avait laissé fuir l'eau dont on l'avait rempli, et les fleurs qu'il contenait étaient fanées. L'autre était un pot de grès, grossier et commun, mais qui avait conservé toute son eau, et dont les fleurs étaient restées fraîches et vermeilles.

Je ne sais pas si ce fut avec intention, mais la Esmeralda prit le bouquet fané, et le porta tout le jour sur son sein. Ce jour-là, elle n'entendit pas la voix de la tour chanter. Elle s'en soucia médiocrement. Elle passait ses journées à caresser Djali, à épier la porte du logis Gondelaurier, à s'entretenir tout bas de Phœbus, et à émietter son pain aux hirondelles. Elle avait du reste tout à fait cessé de voir, cessé d'entendre Quasimodo. Le pauvre sonneur semblait avoir disparu de l'église. Une nuit pourtant, comme elle ne dormait pas et songeait à son beau capitaine, elle entendit soupirer près de sa cellule. Effrayée, elle se leva et vit à la lumière de la lune une masse informe couchée en travers devant sa porte. C'était Quasimodo qui dormait là sur la pierre.

V

LA CLEF DE LA PORTE ROUGE.

Cependant la voix publique avait fait connaître à l'archidiacre de quelle manière miraculeuse l'égyptienne avait été sauvée. Quand il apprit cela, il ne sut ce qu'il en éprouvait. Il s'était arrangé de la mort de la Esmeralda. De cette façon il était tranquille : il avait touché le fond de la douleur possible. Le cœur humain (dom Claude avait médité sur ces matières) ne peut contenir qu'une certaine quantité de désespoir. Quand l'éponge est imbibée, la mer peut passer dessus sans y faire entrer une larme de plus.

Or, la Esmeralda morte, l'éponge était imbibée, tout était dit pour dom Claude sur cette terre. Mais la sentir vivante, et Phœbus aussi, c'étaient les tortures qui recommençaient, les secousses, les alternatives, la vie. Et Claude était las de tout cela. Quand il sut cette nouvelle, il s'enferma dans sa cellule du cloître. Il ne parut ni aux conférences capitulaires, ni aux offices. Il ferma sa porte à tous, même à l'évêque. Il resta muré de cette sorte plusieurs semaines. On le crut malade. Il l'était en effet.

Que faisait-il ainsi enfermé? Sous quelles pensées l'infortuné se débattait-il? Livrait-il une dernière lutte à sa redoutable passion? Combinait-il un dernier plan de mort pour elle et de perdition pour lui?

Son Jehan, son frère chéri, son enfant gâté, vint une fois à sa porte, frappa, jura, supplia, se nomma dix fois. Claude n'ouvrit pas. Il passait des journées entières la face collée aux vitres de sa fenêtre. De cette fenêtre, située dans le cloître, il voyait la logette de la Esmeralda; il la voyait souvent elle-même avec sa chèvre, quelquefois avec Quasimodo. Il remarquait les petits soins du vilain sourd, ses obéissances, ses façons délicates et soumises avec l'égyptienne. Il se rappelait, car il avait bonne mémoire, lui, et la mémoire est la tourmenteuse des jaloux; il se rappelait le regard singulier du sonneur sur la danseuse un certain soir. Il se demandait quel motif avait pu pousser Quasimodo à la sauver. Il fut témoin de mille petites scènes entre la bohémienne et le sourd, dont la pantomime, vue de loin et commentée par sa passion, lui parut fort tendre. Il se défiait de la singularité des femmes. Alors il sentit confusément s'éveiller en lui une jalousie à laquelle il ne se fût jamais attendu, une jalousie qui le faisait rougir de honte et d'indignation. — Passe encore pour le capitaine, mais celui-ci! — Cette pensée le bouleversait.

Ses nuits étaient affreuses. Depuis qu'il savait l'égyptienne vivante, les froides idées de spectre et de tombe qui l'avaient obsédé un jour entier s'étaient évanouies, et la chair revenait l'aiguillonner. Il se tordait sur son lit de sentir la brune jeune fille si près de lui. Chaque nuit, son imagination délirante lui représentait la Esmeralda dans toutes les attitudes qui avaient le plus fait bouillir ses veines. Il la voyait étendue sur le capitaine poignardé, les yeux fermés, sa belle gorge nue couverte du sang de Phœbus, à ce moment de délice où l'archidiacre avait imprimé sur ses lèvres pâles ce baiser dont la malheureuse, quoiqu'à demi morte, avait senti la brûlure. Il la revoyait déshabillée par les mains sauvages des tortionnaires, laissant mettre à nu et emboîter dans le brodequin aux vis de fer son petit pied, sa jambe fine et ronde, son genou souple et blanc. Il revoyait encore ce genou d'ivoire resté seul en dehors de l'horrible appareil de Torterue. Il se figurait enfin la jeune fille, en chemise, la corde au cou, épaules nues, pieds nus, presque nue, comme il l'avait vue le dernier jour. Ces images de volupté faisaient crisper ses poings et courir un frisson le long de ses vertèbres.

Une nuit entre autres, elles échauffèrent si cruellement dans ses artères son sang de vierge et de prêtre, qu'il mordit son oreiller, sauta hors de son lit, jeta un surplis sur sa chemise, et sortit de sa cellule la lampe à la main, à demi nu, effaré, l'œil en feu. Il savait où trouver la clef de la Porte-Rouge, qui communiquait du cloître à l'église, et il avait toujours sur lui, comme on sait, une clef de l'escalier des tours.

VI

SUITE DE LA CLEF DE LA PORTE-ROUGE.

Cette nuit-là, la Esmeralda s'était endormie dans sa logette, pleine d'oubli, d'espérance et de douces pensées. Elle dormait depuis quelque temps, rêvant, comme toujours, de Phœbus, lorsqu'il lui sembla entendre du bruit autour d'elle. Elle avait un sommeil léger et inquiet, un sommeil d'oiseau; un rien la réveillait. Elle ouvrit les yeux. La nuit était très-noire. Cependant elle vit à la lucarne une figure qui la regardait; il y avait une lampe qui éclairait cette apparition. Au moment où elle se vit aperçue de la Esmeralda, cette figure souffla la lampe. Néanmoins la jeune fille avait eu le temps de l'entrevoir; ses paupières se refermèrent de terreur.

— Oh! dit-elle d'une voix éteinte, le prêtre!

Tout son malheur passé lui revint comme dans un éclair. Elle retomba sur son lit, glacée. Un moment après, elle sentit le long de son corps un contact qui la fit tellement frémir, qu'elle se dressa, réveillée et furieuse, sur son séant. Le prêtre venait de se glisser près d'elle. Il l'entourait de ses deux bras. Elle voulut crier et ne put.

— Va-t'en, monstre! va-t'en, assassin! dit-elle d'une voix tremblante et basse à force de colère et d'épouvante.

— Grâce! grâce! murmura le prêtre en lui imprimant ses lèvres sur ses épaules.

Elle lui prit sa tête chauve à deux mains par son reste de cheveux, et s'efforça d'éloigner ses baisers comme si c'eût été des morsures.

— Grâce! répétait l'infortuné. Si tu savais ce que c'est que mon amour pour toi! c'est du feu, du plomb fondu, mille couteaux dans mon cœur!

Et il arrêta ses deux bras avec une force surhumaine. Éperdue: — Lâche-moi, lui dit-elle, ou je te crache au visage!

Il la lâcha. — Avilis-moi, frappe-moi, sois méchante! fais ce que tu voudras! Mais grâce! aime-moi!

Alors elle le frappa avec une fureur d'enfant. Elle roidissait ses belles mains pour lui meurtrir la face. — Va-t'en, démon!

— Aime-moi! aime-moi! pitié! criait le pauvre prêtre en se roulant sur elle et en répondant à ses coups par des caresses. Tout à coup, elle le sentit plus fort qu'elle. — Il faut en finir! dit-il en grinçant des dents.

Elle était subjuguée, palpitante, brisée, entre ses bras, à sa discrétion. Elle sentait une main lascive s'égarer sur elle. Elle fit un dernier effort, et se mit à crier: — Au secours! à moi! un vampire! un vampire!

Rien ne venait. Djali seule était éveillée, et bêlait avec angoisse.

— Tais-toi! disait le prêtre haletant.

Tout à coup, en se débattant, en rampant sur le sol, la main de l'égyptienne rencontra quelque chose de froid et de métallique. C'était le sifflet de Quasimodo. Elle le saisit avec une convulsion d'espérance, le porta à ses lèvres, et y siffla de tout ce qu'elle avait de force. Le sifflet rendit un son clair, aigu, perçant.

— Qu'est-ce que cela? dit le prêtre.

Presque au même instant il se sentit enlevé par un bras vigoureux: la cellule était sombre. Il ne put distinguer nettement qui le tenait ainsi; mais il entendit des dents claquer de rage, et il y avait juste assez de lumière éparse dans l'ombre pour qu'il vît briller au-dessus de sa tête une large lame de coutelas. Le prêtre crut apercevoir la forme de Quasimodo. Il supposa que ce ne pouvait être que lui. Il se souvint avoir trébuché en entrant contre un paquet qui était étendu en travers de la porte en dehors. Cependant, comme le nouveau venu ne proférait pas une parole, il ne savait que croire. Il se jeta sur le bras qui tenait le coutelas en criant: — *Quasimodo!* Il oubliait, en ce moment de détresse, que Quasimodo était sourd. En un clin d'œil, le prêtre fut terrassé, et sentit un genou de plomb s'appuyer sur sa poitrine. A l'empreinte anguleuse de ce genou, il reconnut Quasimodo; mais que faire? comment de son côté être reconnu de lui? la nuit faisait le sourd aveugle. Il était perdu. La jeune fille, sans pitié, comme une tigresse irritée, n'intervenait pas pour le sauver. Le coutelas se rapprochait de sa tête; le moment était critique. Tout à coup, son adversaire parut pris d'une hésitation. — Pas de sang sur elle! dit-il d'une voix sourde. C'était en effet la voix de Quasimodo.

Alors le prêtre sentit la grosse main qui le traînait par le pied hors de la cellule; c'est là qu'il devait mourir. Heureusement pour lui, la lune venait de se lever depuis quelques instants. Quand ils eurent franchi la porte de la logette, son pâle rayon tomba sur la figure du prêtre. Quasimodo le regarda en face, un tremblement le prit, il lâcha le prêtre, et recula. L'égyptienne, qui s'était avancée sur le seuil de la cellule, vit avec surprise les rôles changer brusquement. C'était maintenant le prêtre qui menaçait, Quasimodo qui suppliait. Le prêtre, qui accablait le sourd de gestes de colère et de reproche, lui fit violemment signe de se retirer. Le sourd baissa la tête, puis il vint se mettre à genoux devant la porte de l'égyptienne. — Monseigneur, dit-il d'une voix grave et résignée, vous ferez après ce qu'il vous plaira; mais tuez-moi d'abord.

En parlant ainsi, il présentait au prêtre son coutelas. Le prêtre, hors de lui, se jeta dessus. Mais la jeune fille fut plus prompte que lui; elle arracha le couteau des mains de Quasimodo, et éclata de rire avec fureur. — Approche! dit-elle au prêtre.

Elle tenait la lame haute. Le prêtre demeura indécis. Elle l'eût certainement frappé. — Tu n'oserais plus approcher, lâche! lui cria-t-elle. Puis elle ajouta avec une expression impitoyable, et sachant bien qu'elle allait percer de mille fers rouges le cœur du prêtre : — Ah! je sais que Phœbus n'est pas mort!

Le prêtre renversa Quasimodo à terre d'un coup de pied, et se replongea en frémissant de rage sous la voûte de l'escalier. Quand il fut parti, Quasimodo ramassa le sifflet qui venait de sauver l'égyptienne. — Il se rouillait, dit-il en le lui rendant; puis il la laissa seule.

La jeune fille, bouleversée par cette scène violente, tomba épuisée sur son lit, et se mit à pleurer à sanglots. Son horizon redevenait sinistre. De son côté, le prêtre était rentré à tâtons dans sa cellule. C'en était fait. Dom Claude était jaloux de Quasimodo! Il répéta d'un air pensif sa fatale parole : Personne ne l'aura!

LIVRE DIXIÈME

I

GRINGOIRE A PLUSIEURS BONNES IDÉES DE SUITE RUE DES BERNARDINS.

Depuis que Pierre Gringoire avait vu comment toute cette affaire tournait, et que décidément il y aurait corde, pendaison et autres désagréments pour les personnages principaux de cette comédie, il ne s'était plus soucié de s'en mêler. Les truands, parmi lesquels il était resté, considérant qu'en dernier résultat c'était la meilleure compagnie de Paris, les truands avaient continué de s'intéresser à l'égyptienne. Il avait trouvé cela fort simple de la part de gens qui n'avaient, comme elle, d'autre perspective que Charmolue et Torterue, et qui ne chevauchaient pas comme lui dans les régions imaginaires entre les deux ailes de Pégasus. Il avait appris par leurs propos que son épousée au pot cassé s'était réfugiée dans Notre-Dame, et il en était bien aise. Mais il n'avait pas même la tentation d'y aller voir. Il songeait quelquefois à la petite chèvre, et c'était tout. Du reste, le jour il faisait des tours de force pour vivre, et la nuit il élucubrait un mémoire contre l'évêque de Paris, car il se souvenait d'avoir été inondé par les roues de ses moulins, et il lui en gardait rancune. Il s'occupait aussi de commenter le bel ouvrage de Baudry-le-Rouge, évêque de Noyon et de Tournay, *de Cupa Petrarum*, ce qui lui avait donné un goût violent pour l'architecture, penchant qui avait remplacé dans son cœur sa passion pour l'hermétisme, dont il n'était d'ailleurs qu'un corollaire naturel, puisqu'il y a un lien intime entre l'hermétique et la maçonnerie. Gringoire avait passé de l'amour d'une idée à l'amour de la forme de cette idée.

Un jour, il s'était arrêté près de Saint-Germain-l'Auxerrois à l'angle d'un logis qu'on appelait le *For-l'Evêque*, lequel faisait face à un autre qu'on appelait le *For-le-Roi*. Il y avait à ce For-l'Evêque une charmante chapelle du quatorzième siècle dont le chevet donnait sur la rue. Gringoire en examinait dévotement les sculptures extérieures. Il était dans un de ces moments de jouissance égoïste, exclusive, suprême, où l'artiste ne voit dans le monde que l'art et voit le monde dans l'art. Tout à coup, il sent une main se poser gravement sur son épaule. Il se retourne. C'était son ancien ami, son ancien maître, monsieur l'archidiacre.

Il resta stupéfait. Il y avait longtemps qu'il n'avait vu l'archidiacre, et dom Claude était un de ces hommes solennels et passionnés dont la rencontre dérange toujours l'équilibre d'un philosophe sceptique.

L'archidiacre garda quelques instants un silence pendant lequel Gringoire eut le loisir de l'observer. Il trouva dom Claude bien changé : pâle comme un matin d'hiver, les yeux caves, les cheveux presque blancs. Ce fut le prêtre qui rompit enfin ce silence en disant, d'un ton tranquille, mais glacial : — Comment vous portez-vous, maître Pierre?

— Ma santé? répondit Gringoire. Eh! eh! on en peut dire ceci et cela. Toutefois l'ensemble est bon. Je ne prends trop de rien. Vous savez, maître, le secret de se bien porter, selon Hippocrates, *id est: cibi, potus, somni, venus, omnia moderata sint.*

— Vous n'avez donc aucun souci, maître Pierre? reprit l'archidiacre en regardant fixement Gringoire.

— Ma foi! non.

— Et que faites-vous maintenant?

— Vous le voyez, mon maître. J'examine la coupe de ces pierres, et la façon dont est fouillé ce bas-relief.

Le prêtre se mit à sourire de ce sourire amer qui ne relève qu'une des extrémités de la bouche. — Et cela vous amuse?

— C'est le paradis! s'écria Gringoire. Et se penchant sur les sculptures avec la mine éblouie d'un démonstrateur de phénomènes vivants : Est-ce donc que vous ne trouvez pas, par exemple, cette métamorphose de basse-taille exécutée avec beaucoup d'adresse, de mignardise et de patience? Regardez cette colonnette. Autour de quel chapiteau avez-vous vu feuilles plus tendres et mieux caressées du ciseau? Voici trois rondes-bosses de Jean Maillevin. Ce ne sont pas les plus belles œuvres de ce grand génie. Néanmoins, la naïveté, la douceur des visages, la gaieté des attitudes et des draperies, et cet agrément inexplicable qui se mêle dans tous les défauts rendent les figurines bien égayées et bien délicates, peut-être même trop. — Vous trouvez que ce n'est pas divertissant?

— Si fait! dit le prêtre.

— Et si vous voyiez l'intérieur de la chapelle? reprit le poëte avec son enthousiasme bavard. Partout des sculptures. C'est touffu comme un cœur de chou! L'abside est d'une façon fort dévote et si particulière, que je n'ai rien vu de même ailleurs!

Dom Claude l'interrompit : — Vous êtes donc heureux?

Gringoire répondit avec feu : — En honneur, oui! j'ai d'abord aimé des femmes, puis des bêtes. Maintenant j'aime des pierres. C'est tout aussi amusant que les bêtes et les femmes, et c'est moins perfide.

Le prêtre mit sa main sur son front. C'était son geste habituel. — En vérité!

— Tenez! dit Gringoire, on a des jouissances. Il prit le bras du prêtre, qui se laissait aller, et le fit entrer sous la tourelle de l'escalier du For-l'Evêque.

— Voilà un escalier! chaque fois que je le vois, je suis heureux. C'est le degré de la manière la plus simple et la plus rare de Paris. Toutes les marches sont par-dessous délardées. Sa beauté et sa simplicité consistent dans les girons de l'un et de l'autre, portant un pied ou environ, qui sont entrelacés, enclavés, emboîtés, enchaînés, enchâssés, entretaillés l'un dans l'autre, et s'entremordent d'une façon vraiment ferme et gentille.

— Et vous ne désirez rien?

— Non.

— Et vous ne regrettez rien?

— Ni regret ni désir. J'ai arrangé ma vie.

— Ce qu'arrangent les hommes, dit Claude, les choses le dérangent.

— Je suis un philosophe pyrrhonien, répondit Gringoire; et je tiens tout en équilibre.

— Et comment la gagnez-vous, votre vie?

— Je fais encore çà et là des épopées et des tragédies; mais ce qui me rapporte le plus, c'est l'industrie que vous me connaissez, mon maître : porter des pyramides de chaises sur mes dents.

— Le métier est grossier pour un philosophe.

— C'est encore de l'équilibre, dit Gringoire. Quand on a une pensée, on la retrouve en tout.

— Je le sais, répondit l'archidiacre.

Après un silence, le prêtre reprit : — Vous êtes néanmoins assez misérable.

— Misérable, oui; malheureux, non.

En ce moment un bruit de chevaux se fit entendre, et nos deux interlocuteurs virent défiler au bout de la rue une compagnie des archers de l'ordonnance du roi, les lances hautes, l'officier en tête. La cavalcade était brillante, et résonnait sur le pavé.

— Comme vous regardez cet officier! dit Gringoire à l'archidiacre.

— C'est que je crois le reconnaître.

— Comment le nommez-vous?

— Je crois, dit Claude, qu'il s'appelle Phœbus de Châteaupers.

— Phœbus! un nom de curiosité! Il y a aussi Phœbus, comte de Foix. J'ai souvenir d'avoir connu une fille qui ne jurait que par Phœbus.

— Venez-vous-en, dit le prêtre. J'ai quelque chose à vous dire.

Depuis le passage de cette troupe, quelque agitation perçait sous l'enveloppe glaciale de l'archidiacre. Il se mit à marcher. Gringoire le suivait, habitué à lui obéir, comme tout ce qui avait approché une fois cet homme plein d'ascendant. Ils arrivèrent en silence jusqu'à la rue des Bernardins, qui était assez déserte. Dom Claude s'y arrêta.

— Qu'avez-vous à me dire, mon maître? lui demanda Gringoire.

— Est-ce que vous ne trouvez pas, répondit l'archidiacre d'un air de profonde réflexion, que l'habit de ces cavaliers que nous venons de voir est plus beau que le vôtre et que le mien?

Gringoire hocha la tête. — Ma foi! j'aime mieux ma gonelle jaune et rouge que ces écailles de fer et d'acier. Beau plaisir, de faire en marchant le même bruit que le quai de la Ferraille par un tremblement de terre!

— Donc, Gringoire, vous n'avez jamais porté envie à ces beaux fils en hoquetons de guerre?

— Envie de quoi, monsieur l'archidiacre, de leur force, de leur armure, de leur discipline? Mieux valent la philosophie et l'indépendance en guenilles. J'aime mieux être tête de mouche que queue de lion.

— Cela est singulier, dit le prêtre rêveur. Une belle livrée est pourtant belle.

Gringoire, le voyant pensif, le quitta pour aller admirer le porche d'une maison voisine. Il revint en frappant des mains. — Si vous étiez moins occupé des beaux habits des gens de guerre, monsieur l'archidiacre, je vous prierais d'aller voir cette porte. Je l'ai toujours dit, la maison du sieur Aubry a une entrée la plus superbe du monde.

— Pierre Gringoire, dit l'archidiacre, qu'avez-vous fait de cette petite danseuse égyptienne?

— La Esmeralda? Vous changez bien brusquement de conversation.

— N'était-elle pas votre femme?

— Oui, au moyen d'une cruche cassée. — Nous en avions pour quatre ans. — A propos, ajouta Gringoire en regardant l'archidiacre d'un air à demi goguenard, vous y pensez donc toujours?

— Et vous, vous n'y pensez plus?

— Peu. — J'ai tant de choses!.... Mon Dieu, que la petite chèvre était jolie!

— Cette bohémienne ne vous avait-elle pas sauvé la vie?

— C'est, pardieu, vrai.

— Eh bien! qu'est-elle devenue? qu'en avez-vous fait?

— Je ne vous dirai pas. Je crois qu'ils l'ont pendue.

— Vous croyez?

— Je ne suis pas sûr. Quand j'ai vu qu'ils voulaient pendre les gens, je me suis retiré du jeu.

— C'est là tout ce que vous en savez?

— Attendez donc. On m'a dit qu'elle s'était réfugiée dans Notre-Dame, et qu'elle y était en sûreté, et j'en suis ravi, et je n'ai pu découvrir si la chèvre s'était sauvée avec elle, et c'est tout ce que j'en sais.

— Je vais vous en apprendre davantage, cria dom Claude, et sa voix, jusqu'alors basse, lente et presque sourde, était devenue tonnante. Elle est en effet réfugiée dans Notre-Dame. Mais dans trois jours la justice l'y reprendra, et elle sera pendue en Grève. Il y a arrêt du parlement.

— Voilà qui est fâcheux, dit Gringoire.

Le prêtre, en un clin d'œil était redevenu froid et calme.

— Et qui diable, reprit le poëte, s'est donc amusé à solliciter un arrêt de réintégration? Est-ce qu'on ne pouvait pas laisser le parlement tranquille? Qu'est-ce que cela fait qu'une pauvre fille s'abrite sous les arcs-boutants de Notre-Dame, à côté des nids d'hirondelle?

— Il y a des Satans dans le monde, répondit l'archidiacre.

— Cela est diablement mal emmanché, observa Gringoire.

L'archidiacre reprit après un silence : — Donc elle vous a sauvé la vie?

— Chez mes bons amis les truandriers. Un peu plus, un peu moins, j'étais pendu. Ils en seraient fâchés aujourd'hui.

— Est-ce que vous ne voulez rien faire pour elle?

— Je ne demande pas mieux, dom Claude; mais si je vais m'entortiller une vilaine affaire autour du corps!

— Qu'importe!

— Bah! qu'importe! Vous êtes bon, vous, mon maître! J'ai deux grands ouvrages commencés.

Le prêtre se frappa le front. Malgré le calme qu'il affectait, de temps en temps un geste violent révélait ses convulsions intérieures. — Comment la sauver?

Gringoire lui dit : — Mon maître, je vous répondrai : *Il padelt*, ce qui veut dire en turc : *Dieu est notre espérance.*

— Comment la sauver? répéta Claude rêveur.

Gringoire à son tour se frappa le front.

— Écoutez, mon maître, j'ai de l'imagination; je vais vous trouver des expédients. Si on demandait la grâce au roi?

— A Louis XI! une grâce!

— Pourquoi pas?

— Va prendre son os au tigre!

Gringoire se mit à chercher de nouvelles solutions.

— Eh bien! tenez! — Voulez-vous que j'adresse aux matrones une requête avec déclaration que la fille est enceinte?

Cela fit étinceler la creuse prunelle du prêtre.

— Enceinte! drôle! est-ce que tu en sais quelque chose?

Gringoire fut effrayé de son air. Il se hâta de dire : — Oh! non pas moi! Notre mariage est un vrai *forismaritagium*. Je suis resté dehors. Mais enfin on obtiendrait un sursis.

— Folie! infamie! tais-toi!

— Vous avez tort de vous fâcher, grommela Gringoire. On obtient un sursis; cela ne fait de mal à personne, et cela fait gagner quarante deniers parisis aux matrones, qui sont de pauvres femmes.

Le prêtre ne l'écoutait pas. — Il faut pourtant qu'elle sorte de là! murmura-t-il. L'arrêt est exécutoire sous trois jours! D'ailleurs, il n'y aurait pas d'arrêt; ce Quasimodo! Les femmes ont des goûts bien dépravés! Il haussa la voix : — Maître Pierre, j'y ai bien réfléchi; il n'y a qu'un moyen de salut pour elle.

— Lequel? moi, je n'en vois plus.

— Écoutez, maître Pierre, souvenez-vous que vous lui devez la vie. Je vais vous dire franchement mon idée. L'église est guettée jour et nuit; on n'en laisse sortir que ceux qu'on y a vus entrer. Vous pourrez donc entrer. Vous viendrez. Je vous introduirai près d'elle. Vous changerez d'habits avec elle. Elle prendra votre pourpoint; vous prendrez sa jupe.

— Cela va bien jusqu'à présent, observa le philosophe. Et puis?

— Et puis? Elle sortira avec vos habits? vous resterez avec les siens. On vous pendra peut-être; mais elle sera sauvée.

Gringoire se gratta l'oreille avec un air très-sérieux.

— Tiens! dit-il, voilà une idée qui ne me serait jamais venue toute seule.

A la proposition inattendue de dom Claude, la figure ouverte et bénigne du poëte s'était brusquement rembrunie, comme un riant paysage d'Italie quand il survient un coup de vent malencontreux qui écrase un nuage sur le soleil.

— Eh bien! Gringoire, que dites-vous du moyen?

— Je dis, mon maître, qu'on ne me pendra pas peut-être, mais qu'on me pendra indubitablement.

— Cela ne nous regarde pas.

— La peste! dit Gringoire.

— Elle vous a sauvé la vie. C'est une dette que vous payez.

— Il y en a bien d'autres que je ne paye pas!

— Maître Pierre, il le faut absolument.

L'archidiacre parlait avec empire.

— Ecoutez, dom Claude, répondit le poëte tout consterné. Vous tenez à cette idée, et vous avez tort. Je ne vois pas pourquoi je me ferais pendre à la place d'un autre.

— Qu'avez-vous donc tant qui vous attache à la vie?

— Ah! mille raisons.

— Lesquelles, s'il vous plaît?

— Lesquelles? L'air, le ciel, le matin, le soir, le clair de lune, mes bons amis les truands, nos gorges-chaudes avec les vilotières, les belles architectures de Paris à étudier, trois gros livres à faire, dont un contre l'évêque et ses moulins; que sais-je, moi? Anaxagoras disait qu'il était au monde pour admirer le soleil. Et puis, j'ai le bonheur de passer toutes mes journées, du matin au soir, avec un homme de génie, qui est moi, et c'est fort agréable.

— Tête à faire un grelot! grommela l'archidiacre. — Eh! parle, cette vie que tu te fais si charmante, qui te l'a conservée? A qui dois-tu de respirer cet air, de voir ce ciel, et de pouvoir encore amuser ton esprit d'alouette de billevesées et de folies? Sans elle, où serais-tu? Tu veux donc qu'elle meure, elle par qui tu es vivant! qu'elle meure, cette créature, belle, douce, adorable, nécessaire à la lumière du monde, plus divine que Dieu; tandis que toi, demi-sage et demi-fou, vaine ébauche de quelque chose, espèce de végétal qui crois marcher et qui crois penser, tu continueras à vivre avec la vie que tu lui as volée, aussi inutile qu'une chandelle en plein midi? Allons, un peu de pitié, Gringoire; sois généreux à ton tour; c'est elle qui a commencé.

Le prêtre était véhément; Gringoire l'écouta d'abord avec un air indéterminé, puis il s'attendrit, et finit par faire une grimace tragique qui fit ressembler sa blême figure à celle d'un nouveau-né qui a la colique.

— Vous êtes pathétique! dit-il en essuyant une larme. — Eh bien! j'y réfléchirai. — C'est une drôle d'idée que vous avez eue là. — Après tout, poursuivit-il après un silence, qui sait? peut-être ne me pendront-ils pas. N'épouse pas toujours qui fiance. Quand ils me trouveront dans cette logette, si grotesquement affublé, en jupe et en coiffe, peut-être éclateront-ils de rire. — Et puis, s'ils me pendent, eh bien! la corde, c'est une mort comme une autre, ou, pour mieux dire, ce n'est pas une mort comme une autre. C'est une mort digne du sage qui a oscillé toute sa vie, une mort qui n'est ni chair ni poisson, comme l'esprit du véritable sceptique, une mort tout empreinte de pyrrhonisme et d'hésitation, qui tient le milieu entre le ciel et la terre, qui vous laisse en suspens. C'est une mort de philosophe, et j'y étais prédestiné peut-être. Il est magnifique de mourir comme on a vécu.

Le prêtre l'interrompit : Est-ce convenu?

— Qu'est-ce que la mort, à tout prendre? poursuivit Gringoire avec exaltation. Un mauvais moment, un péage, le passage de peu de chose à rien. Quelqu'un ayant demandé à Cercidas, mégalopolitain, s'il mourrait volontiers : Pourquoi non? répondit-il; car après ma mort je verrai ces grands hommes, Pythagoras entre les philosophes, Hecatæus entre les historiens, Homère entre les poëtes, Olympe entre les musiciens.

L'archidiacre lui présenta la main. — Donc c'est dit? vous viendrez demain.

Ce geste ramena Gringoire au positif.

— Ah! ma foi, non! dit-il du ton d'un homme qui se réveille. Etre pendu! c'est trop absurde. Je ne veux pas.

— Adieu, alors! Et l'archidiacre ajouta entre ses dents : Je te retrouverai!

— Je ne veux pas que ce diable d'homme me retrouve, pensa Gringoire, et il courut après dom Claude.

— Tenez, monsieur l'archidiacre, pas d'humeur entre vieux amis! Vous vous intéressez à cette fille, à ma femme, veux-je dire, c'est bien. Vous avez imaginé un stratagème pour la faire sortir sauve de Notre-Dame, mais votre moyen est extrêmement désagréable pour moi Gringoire. — Si j'en avais un autre, moi! — Je vous préviens qu'il vient de me survenir à l'instant une inspiration très-lumineuse. — Si j'avais une idée expédiente pour la tirer du mauvais pas sans compromettre mon cou avec le moindre nœud coulant! qu'est-ce que vous diriez? cela ne vous suffirait-il point? Est-il absolument nécessaire que je sois pendu pour que vous soyez content?

Le prêtre arrachait d'impatience les boutons de sa soutane. — Ruisseau de paroles! — Quel est ton moyen?

— Oui, reprit Gringoire se parlant à lui-même et touchant son nez avec son index en signe de méditation, — c'est cela! — Les truands sont de braves fils. — La tribu d'Egypte l'aime! — Ils se lèveront au premier mot! — Rien de plus facile! — Un coup de main. — A la faveur du désordre, on l'enlèvera aisément! - Dès demain soir... — Ils ne demanderont pas mieux.

— Le moyen! parle! dit le prêtre en le secouant.

Gringoire se tourna majestueusement vers lui : — Laissez-moi donc! vous voyez bien que je compose. Il réfléchit encore quelques instants, puis il se mit à battre des mains à sa pensée en criant : — Admirable! réussite sûre!

— Le moyen! reprit Claude en colère. Gringoire était radieux.

— Venez, que je vous dise cela tout bas. C'est une contre-mine vraiment gaillarde, et qui nous tire tous d'affaire. Pardieu! il faut convenir que je ne suis pas un imbécile!

Il s'interrompit : — Ah çà! la petite chèvre est-elle avec la fille?

— Oui. Que le diable t'emporte!

— C'est qu'ils l'auraient pendue aussi; n'est-ce pas?

— Qu'est-ce que cela me fait?

— Oui, ils l'auraient pendue. Ils ont bien pendu une truie le mois passé. Le bourrel aime cela; il mange la bête après. Pendre ma jolie Djali! Pauvre petit agneau!

— Malédiction! s'écria dom Claude. Le bourreau, c'est toi. Quel moyen de salut as-tu donc trouvé, drôle? Faudra-t-il t'accoucher ton idée avec le forceps?

— Tout beau, maître! voici.

Gringoire se pencha à l'oreille de l'archidiacre, et lui parla très-bas, en jetant un regard inquiet d'un bout à l'autre de la rue, où il ne passait pourtant personne. Quand il eut fini, dom Claude lui prit la main et lui dit froidement : — C'est bon. A demain.

— A demain, répéta Gringoire. Et tandis que l'archidiacre s'éloignait d'un côté, il s'en alla de l'autre en se disant à demi-voix : — Voilà une fière affaire, monsieur Pierre Gringoire. N'importe; il n'est pas dit, parce qu'on est petit, qu'on s'effraiera d'une grande entreprise. Biton porta un grand taureau sur ses épaules; les hochequeues, les fauvettes et les traquets traversent l'Océan.

II

FAITES-VOUS TRUAND.

L'archidiacre, en rentrant au cloître, trouva à la porte de sa cellule son frère Jehan du Moulin qui l'attendait et qui avait charmé les ennuis de l'attente en dessinant avec un charbon sur le mur un profil de son frère aîné, enrichi d'un nez démesuré. Dom Claude regarda à peine son frère; il avait d'autres songes. Ce joyeux visage de vaurien, dont le rayonnement avait tant de fois rasséréné la sombre physionomie du prêtre, était maintenant impuissant à fondre la brume qui s'épaisissait chaque jour davantage sur cette âme corrompue, méphitique et stagnante. — Mon frère, dit timidement Jehan, je viens vous voir.

L'archidiacre ne leva seulement pas les yeux sur lui. — Après?

— Mon frère, reprit l'hypocrite, vous êtes si bon pour moi, et vous me donnez de si bons conseils que je reviens toujours à vous.

— Ensuite?

— Hélas! mon frère, c'est que vous aviez bien raison quand vous me disiez : — Jehan! Jehan! *cessat doctorum doctrina, discipulorum disciplina.* Jehan, soyez sage, Jehan, soyez docte. Jehan, ne pernoctez pas hors le collége sans occasion légitime et congé du maître. Ne battez pas les Picards : *noli, Joannes, verberare Picardos.* Ne pourrissez pas comme un âne illettré, *quasi asinus illiteratus*, sur le feurre de l'école. Jehan, laissez-vous punir à la discrétion du maître. Jehan, allez tous les soirs à la chapelle et chantez-y une antienne avec verset et oraison à madame la glorieuse vierge Marie. Hélas! que c'étaient là de très-excellents avis!

— Et puis?

— Mon frère, vous voyez un coupable, un criminel, un misérable, un libertin, un homme énorme! Mon cher frère, Jehan a fait de vos gracieux conseils paille et fumier à fouler aux pieds. J'en suis bien châtié, et le bon Dieu est extraordinairement juste. Tant que j'ai eu de l'argent, j'ai fait ripaille, folie et vie joyeuse. Oh! que la débauche, si charmante de face, est laide et rechignée par derrière! Maintenant je n'ai plus un blanc; j'ai vendu ma nappe, ma chemise et ma touaille; plus de joyeuse vie! la belle chandelle est éteinte, et je n'ai plus que la vilaine mèche de suif qui me fume dans le nez. Les filles se moquent de moi. Je bois de l'eau. Je suis bourrelé de remords et de créanciers.

— Le reste? dit l'archidiacre.

— Hélas! très-cher frère, je voudrais bien me ranger à une meilleure vie. Je viens à vous, plein de contrition. Je suis pénitent. Je me confesse. Je me frappe la poitrine à grands coups de poing. Vous avez bien raison de vouloir que je devienne un jour licencié et sous-moniteur du collége de Torchi. Voici que je me sens à présent une vocation magnifique pour cet état. Mais je n'ai plus d'encre, il faut que j'en rachète; je n'ai plus de plumes, il faut que j'en rachète; je n'ai plus de papier, je n'ai plus de livres, il faut que j'en rachète. J'ai grand besoin pour cela d'un peu de finance, et je viens à vous, mon frère, le cœur plein de contrition.

— Est-ce tout?

— Oui, dit l'écolier. Un peu d'argent.

— Je n'en ai pas.

L'écolier dit alors d'un air grave et résolu en même temps : — Eh bien! mon frère, je suis fâché d'avoir à vous dire qu'on me fait, d'autre part, de très-belles offres et propositions. Vous ne voulez pas me donner d'argent? — Non! — En ce cas, je vais me faire truand.

En prononçant ce mot monstrueux, il prit une mine d'Ajax, s'attendant à voir tomber la foudre sur sa tête. L'archidiacre lui dit froidement : — Faites-vous truand.

Jehan le salua profondément et redescendit l'escalier du cloître en sifflant. Au moment où il passait dans la cour du cloître, sous la fenêtre de la cellule de son frère, il entendit cette fenêtre s'ouvrir, leva le nez et vit passer par l'ouverture la tête sévère de l'archidiacre. — Va-t'en au diable! disait dom Claude; voici le dernier argent que tu auras de moi. En même temps, le prêtre jeta à Jehan une bourse qui fit à l'écolier une grosse bosse au front, et dont Jehan s'en alla à la fois fâché et content, comme un chien qu'on lapiderait avec des os à moelle.

III

VIVE LA JOIE!

Le lecteur n'a peut-être pas oublié qu'une partie de la Cour des Miracles était enclose par l'ancien mur d'enceinte de la ville, dont bon nombre de tours commençaient, dès cette époque, à tomber en ruine. L'une de ces tours avait été convertie en lieu de plaisir par les truands. Il y avait cabaret dans la salle basse, et le reste dans les étages supérieurs. Cette tour était le point le plus vivant et par conséquent le plus hideux de la truanderie. C'était une sorte de ruche monstrueuse qui y bourdonnait nuit et jour. La nuit, quand tout le surplus de la gueuserie dormait, quand il n'y avait plus une fenêtre allumée sur les façades terreuses de la place, quand on n'entendait plus sortir un cri de ces innombrables maisonnées, de ces fourmilières de voleurs, de filles et d'enfants volés ou bâtards, on reconnaissait toujours la joyeuse tour au bruit qu'elle faisait, à la lumière écarlate qui, rayonnant à la fois aux soupiraux, aux fenêtres, aux fissures des murs lézardés, s'échappait pour ainsi dire de tous ses pores.

La cave était donc le cabaret. On y descendait par une porte basse et par un escalier aussi roide qu'un alexandrin classique. Sur la porte, il y avait en guise d'enseigne un merveilleux barbouillage représentant des sols neufs et des poulets tués, avec ce calembour au-dessous : ***Aux sonneurs pour les trépassés.***

Un soir, au moment où le couvre-feu sonnait à tous les beffrois de Paris, les sergents du guet, s'il leur eût été donné d'entrer dans la redoutable Cour des Miracles, auraient pu remarquer qu'il se faisait dans la taverne des truands plus de tumulte encore qu'à l'ordinaire, qu'on y buvait plus et qu'on y jurait mieux. Au dehors, il y avait dans la place force groupes qui s'entretenaient à voix basse, comme lorsqu'il se trame un grand dessein, et çà et là un drôle accroupi qui aiguisait une méchante lame de fer sur un pavé. Cependant dans la taverne même, le vin et le jeu étaient une si puissante diversion aux idées qui occupaient ce soir-là la truanderie qu'il eût été difficile de deviner aux propos des buveurs de quoi il s'agissait. Seulement ils avaient l'air plus gai que de coutume, et on leur voyait à tous reluire quelque arme entre les jambes, une serpe, une cognée, un gros estramaçon ou le croc d'une vieille hacquebute.

La salle, de forme ronde, était très-vaste; mais les tables étaient si pressées et les buveurs si nombreux, que tout ce que contenait la taverne, hommes, femmes, bancs, cruches à bière, ce qui buvait, ce qui dormait, ce qui jouait, les bien portants, les éclopés, semblait entassé pêle-mêle avec autant d'ordre et d'harmonie qu'un tas d'écailles d'huîtres. Il y avait quelques suifs allumés sur les tables; mais le véritable luminaire de la taverne, ce qui remplissait dans le cabaret le rôle du lustre dans une salle d'opéra, c'était le feu. Cette cave était si humide qu'on n'y laissait jamais éteindre la cheminée, même en plein été; une cheminée immense à manteau sculpté, toute hérissée de lourds chenets de fer et d'appareils de cuisine, avec un de ces gros feux mêlés de bois et de tourbe qui, la nuit, dans les rues de village, font saillir si rouge sur les murs d'en face le spectre des fenêtres de forge. Un grand chien, gravement assis dans la cendre, tournait devant la braise une broche chargée de viandes.

Quelle que fût la confusion, après le premier coup d'œil, on pouvait distinguer dans cette multitude trois groupes principaux, qui se pressaient autour de trois personnages que le lecteur connait déjà. L'un de ces personnages, bizarrement accoutré de maint oripeau oriental, était Mathias Hungadi Spicali, duc d'Egypte et de Bohême. Le maraud était assis sur une table, les jambes croisées, le doigt en l'air, et faisait d'une voix haute distribution de sa science en magie blanche et noire à mainte face béante qui l'entourait. Une autre cohue s'épaississait autour de notre ancien ami, le vaillant roi de Thunes, armé jusqu'aux dents. Clopin Trouillefou, d'un air très-sérieux et à voix basse, réglait le pillage d'une énorme futaille pleine d'armes, largement défoncée devant lui, d'où se dégorgeaient en foule, haches, épées, bassinets, cottes de mailles, platers, fers de lances et d'archegayes, sagettes et viretons, comme pommes et raisins d'une corne d'abondance. Chacun prenait au tas, qui le morion, qui l'estoc, qui la miséricorde à poignée en croix. Les enfants eux-mêmes s'armaient, et il y avait jusqu'à des culs-de-jatte qui, bardés et cuirassés, passaient entre les jambes des buveurs comme de gros scarabées.

Enfin un troisième auditoire, le plus bruyant, le plus jovial et le plus nombreux, encombrait les bancs et les tables au milieu desquels pérorait et jurait une voix en flûte qui s'échappait de dessous une pesante armure complète du casque aux éperons. L'individu qui s'était ainsi vissé une panoplie sur le corps disparaissait tellement sous l'habit de guerre qu'on ne voyait plus de sa personne qu'un nez effronté, rouge, retroussé, une boucle de cheveux blonds, une bouche rose et des yeux hardis. Il avait la ceinture pleine de dagues et de poignards, une grande épée au flanc, une arbalète rouillée à sa gauche, et un vaste broc de vin devant lui, sans compter à sa droite une épaisse fille débraillée. Toutes les bouches à l'entour de lui riaient, sacraient et buvaient.

Qu'on ajoute vingt groupes secondaires, les filles et les garçons de service courant avec des brocs en tête, les joueurs accroupis sur les billes, sur les merelles, sur les dés, sur les vachettes, sur le jeu passionné du tringlet, les querelles dans un coin, les baisers dans l'autre, et l'on aura quelque idée de cet ensemble, sur lequel vacillait la clarté d'un grand feu flambant, qui faisait danser sur les murs du cabaret mille ombres démesurées et grotesques. Quant au bruit, c'était l'intérieur d'une cloche en grande volée. La lèchefrite, où petillait une pluie de graisse, emplissait de son glapissement continu les intervalles de ces mille dialogues qui se croisaient d'un bout à l'autre de la salle.

Il y avait parmi ce vacarme, au fond de la taverne, sur le banc intérieur de la cheminée, un philosophe qui méditait, les pieds dans la cendre et l'œil sur les tisons. C'était Pierre Gringoire.

— Allons, vite ! dépêchons, armez-vous ! on se met en marche dans une heure ! disait Clopin Trouillefou à ses argotiers.

Une fille fredonnait :

> Bonsoir, mon père et ma mère,
> Les derniers couvrent le feu.

Deux joueurs de cartes se disputaient. — Valet ! criait le plus empourpré des deux, en montrant le poing à l'autre, je vais te marquer au trèfle. Tu pourras remplacer Mistigri dans le jeu de cartes de monseigneur le roi.

— Ouf ! hurlait un Normand, connaissable à son accent nasillard ; on est ici tassé comme les saints de Caillouville.

— Fils, disait à son auditoire le duc d'Egypte parlant en fausset, les sorcières de France vont au sabbat sans balai, ni graisse, ni monture, seulement avec quelques paroles magiques. Les sorcières d'Italie ont toujours un bouc qui les attend à leur porte. Toutes sont tenues de sortir par la cheminée.

La voix du jeune drôle armé de pied en cap dominait le brouhaha. — Noël ! Noël ! criait-il. Mes premières armes aujourd'hui ! truand ! je suis truand, ventre de Christ ! versez-moi à boire ! — Mes amis, je m'appelle Jehan Frollo du Moulin, et je suis gentilhomme. Je suis d'avis que, si Dieu était gendarme, il se ferait pillard. Frères, nous allons faire une belle expédition. Nous sommes des vaillants. Assiéger l'église, enfoncer les portes, en tirer la belle fille, la sauver des juges, la sauver des prêtres, démanteler le cloître, brûler l'évêque dans l'évêché, nous ferons cela en moins de temps qu'il n'en faut à un bourgmestre pour manger une cuillerée de soupe. Notre cause est juste, nous pillerons Notre-Dame, et tout sera dit. Nous pendrons Quasimodo. Connaissez-vous Quasimodo, mesdamoiselles ? L'avez-vous vu s'essouffler sur le bourdon un jour de grande Pentecôte ? Corne-du-Père ! c'est très-beau, on dirait un diable à cheval sur une gueule. — Mes amis, écoutez-moi, je suis truand au fond du cœur, je suis argotier dans l'âme, je suis né cagou. J'ai été très-riche, et j'ai mangé mon bien. Ma mère voulait me faire officier, mon père sous-diacre, ma tante conseiller aux enquêtes, ma grand'mère protonotaire du roi, ma grand'tante trésorier de robe courte ; moi, je me suis fait truand. J'ai dit cela à mon père, qui m'a craché sa malédiction au visage ; à ma mère, qui s'est mise, la vieille dame, à pleurer et à baver comme cette bûche sur ce chenet. Vive la joie ! je suis un vrai Bicêtre. Tavernière, ma mie, d'autre vin, j'ai encore de quoi payer. Je ne veux plus de vin de Surène. Il me chagrine le gosier. J'aimerais autant, corbœuf ! me gargariser d'un panier.

Cependant la cohue applaudissait avec des éclats de rire ; et, voyant que le tumulte redoublait autour de lui, l'écolier s'écria : — Oh ! le beau bruit ! *Populi debacchantis populosa debacchatio !* Alors il se mit à chanter, l'œil comme noyé dans l'extase, du ton d'un chanoine qui entonne vêpres : — *Quæ cantica ! quæ organa ! quæ cantilenæ ! quæ melodiæ hic sine fine decantantur ! sonant melliflua hymnorum organa, suavissima angelorum melodia, cantica canticorum mira !...* Il s'interrompit : — Buvetière du diable, donne-moi à souper.

Il y eut un moment de quasi silence pendant lequel s'éleva à son tour la voix aigre du duc d'Egypte enseignant ses bohémiens : — La belette s'appelle Aduine, le renard Pied-Bleu ou le Coureur-des-bois, le loup Pied-Gris ou Pied-Doré, l'Ours le Vieux ou le Grand-Père. — Le bonnet d'un gnome rend invisible, et fait voir les choses invisibles. — Tout crapaud qu'on baptise doit être vêtu de velours rouge ou noir, une sonnette au cou, une sonnette aux pieds. Le parrain tient la tête, la marraine le derrière. — C'est le démon Sidragasum qui a le pouvoir de faire danser les filles toutes nues.

— Par la messe ! interrompit Jehan, je voudrais être le démon Sidragasum.

Cependant les truands continuaient de s'armer en chuchotant à l'autre bout du cabaret.

— Cette pauvre Esmeralda ! disait un bohémien. — C'est notre sœur. — Il faut la retirer de là

— Est-elle donc toujours à Notre-Dame ? reprenait un marcandier à mine de juif.

— Oui, pardieu !

— Hé bien ! camarades, s'écriait le marcandier, à Notre-Dame ! D'autant mieux qu'il y a à la chapelle des saints Férécol et Ferrution deux statues, l'une de saint Jean-Baptiste, l'autre de saint Antoine, toutes d'or, pesant ensemble dix-sept marcs d'or et quinze estellins, et les sous-pieds d'argent doré dix-sept marcs cinq onces. Je sais cela ; je suis orfévre.

Ici on servit à Jehan son souper. Il s'écria, en s'étalant sur la gorge de la fille sa voisine : Par saint Voult-de-Lucques, que le peuple appelle saint Goguelu, je suis parfaitement heureux. J'ai là devant moi un imbécile qui me regarde avec la mine glabre d'un archiduc. En voici un à ma gauche qui a les dents si longues qu'elles lui cachent le menton. Et puis je suis comme le maréchal de Gié au siége de Pontoise. J'ai ma droite appuyée à un mamelon. Ventre-Mahom ! camarade ! tu as l'air d'un marchand d'esteufs, et tu viens t'asseoir auprès de moi ! Je suis noble, l'ami. La marchandise est incompatible avec la noblesse. Va-t'en de là. — Holahée ! vous autres ! ne vous battez pas ! Comment, Baptiste Croque-Oison, toi qui as un si beau nez, tu vas le risquer contre les gros poings de ce butor ? Imbécile ! *Non cuiquam datum est habere nasum.* — Tu es vraiment divine, Jacqueline Ronge-Oreille ! c'est dommage que tu n'aies pas de cheveux. — Holà ! je m'appelle Jehan Frollo, et mon frère est archidiacre. Que le diable

Cela dit, il brisa son assiette sur le pavé et se mit à chanter à tue-tête.

l'emporte! Tout ce que je vous dis est la vérité. En me faisant truand, j'ai renoncé de gaieté de cœur à la moitié d'une maison située dans le paradis, que mon frère m'avait promise. *Dimidiam domum in Paradiso.* Je cite le texte. J'ai un fief rue Tirechappe, et toutes les femmes sont amoureuses de moi, aussi vrai qu'il est vrai que saint Eloy était un excellent orfévre, et que les cinq métiers de la bonne ville de Paris sont les tanneurs, les mégissiers, les baudroyeurs, les boursiers et les sueurs, et que saint Laurent a été brûlé avec des coquilles d'œufs. Je vous jure, camarades,

Que je ne beuvrai de piment
Devant un an, si je cy ment!

— Ma charmante, il fait clair de lune; regarde donc là-bas, par le soupirail, comme le vent chiffonne les nuages. Ainsi je fais ta gorgerette. — Les filles, mouchez les enfants et les chandelles. — Christ et Mahom! qu'est-ce que je mange là, Jupiter! Ohé! la matrulle! les cheveux qu'on ne trouve pas sur la tête de tes ribaudes, on les retrouve dans tes omelettes. La vieille, j'aime les omelettes chauves. Que le diable te fasse camue! — Belle hôtellerie de Belzébuth, où les ribaudes se peignent avec les fourchettes! Cela dit, il brisa son assiette sur le pavé et se mit à chanter à tue-tête :

Et je n'ai, moi,
Par la sang-Dieu!
Ni foi, ni loi,
Ni feu, ni lieu,
Ni roi,
Ni Dieu!

Cependant Clopin Trouillefou avait fini sa distribution d'armes. Il s'approcha de Gringoire, qui paraissait plongé dans une profonde rêverie, les pieds sur un chenet. — L'ami Pierre, dit le roi de Thunes, à quoi diable penses-tu?

Gringoire se retourna vers lui avec un sourire mélancolique : — J'aime le feu, mon cher seigneur. Non par la raison triviale que le feu réchauffe nos pieds ou cuit notre soupe, mais parce qu'il a des étincelles. Quelquefois je passe des heures à regarder les étincelles. Je découvre mille choses dans ces étoiles qui saupoudrent le fond noir de l'âtre. Ces étoiles-là aussi sont des mondes.

— Tonnerre si je te comprends! dit le truand. Sais-tu quelle heure il est?

En ce moment Clopin rentra et cria d'une voix de tonnerre : Minuit !

— Je ne sais pas, répondit Gringoire.

Clopin s'approcha alors du duc d'Egypte. — Camarade Mathias, le quart d'heure n'est pas bon. On dit le roi Louis onzième à Paris.

— Raison de plus pour lui tirer notre sœur des griffes, répondit le vieux bohémien.

— Tu parles en homme, Mathias, dit le roi de Thunes. D'ailleurs nous ferons lestement. Pas de résistance à craindre dans l'église. Les chanoines sont des lièvres, et nous sommes en force. Les gens du parlement seront bien attrapés demain quand ils viendront la chercher. Boyaux du pape ! je ne veux pas qu'on pende la jolie fille.

Clopin sortit du cabaret. Pendant ce temps-là, Jehan s'écriait d'une voix enrouée : — Je bois, je mange, je suis ivre, je suis Jupiter! — Eh ! Pierre-l'Assommeur, si tu me regardes encore comme cela, je vais t'épousseter le nez avec des chiquenaudes. De son côté, Gringoire, arraché de ses méditations, s'était mis à considérer la scène fougueuse et criarde qui l'environnait en murmurant entre ses dents : *Luxuriosa res vinum et tumultuosa ebrietas.* Hélas ! que j'ai bien raison de ne pas boire, et que saint Benoît dit excellemment : *Vinum apostatare facit etiam sapientes.*

En ce moment Clopin rentra et cria d'une voix de tonnerre : Minuit ! A ce mot, qui fit l'effet du boute-selle sur un régiment en halte, tous les truands, hommes, femmes, enfants, se précipitèrent en foule hors de la taverne avec un grand bruit d'armes et de ferrailles. La lune s'était voilée. La Cour des Miracles était tout à fait obscure. Il n'y avait pas une lumière. Elle était pourtant loin d'être déserte. On y distinguait une foule d'hommes et de femmes qui se parlaient bas. On les entendait bourdonner, et l'on voyait reluire toutes sortes d'armes dans les ténèbres. Clopin monta sur une grosse pierre. — A vos rangs, l'Argot ! cria-t-il. A vos rangs, l'Egypte ! A vos rangs, Galilée ! Un mouvement se fit dans l'ombre. L'immense multitude parut se former en colonne. Après quelques minutes, le roi de Thunes éleva encore la voix : Maintenant, silence pour traverser Paris. Le mot de passe est : *Petite flambe en baguenaud !* On n'allumera les torches qu'à Notre-Dame ! En marche ! Dix minutes après, les cavaliers du guet s'enfuyaient épouvantés devant une longue procession d'hommes noirs et silencieux qui descendait vers le Pont-au-Change, à travers les rues tortueuses qui percent en tous sens le massif quartier des halles.

 PARIS. — TYP. SIMON RAÇON ET Cᵉ, RUE D'ERFURTH, 1.

IV

UN MALADROIT AMI.

Cette même nuit, Quasimodo ne dormait pas. Il venait de faire sa dernière ronde dans l'église. Il n'avait pas remarqué, au moment où il en fermait les portes, que l'archidiacre était passé près de lui et avait témoigné quelque humeur en le voyant verrouiller et cadenasser avec soin l'énorme armature de fer qui donnait à leurs larges battants la solidité d'une muraille. Dom Claude avait l'air encore plus préoccupé qu'à l'ordinaire. Du reste, depuis l'aventure nocturne de la cellule, il maltraitait constamment Quasimodo; mais il avait beau le rudoyer, le frapper même quelquefois, rien n'ébranlait la soumission, la patience, la résignation dévouée du fidèle sonneur. De la part de l'archidiacre il souffrait tout, injures, menaces, coups, sans murmurer un reproche, sans pousser une plainte. Tout au plus le suivait-il des yeux avec inquiétude quand dom Claude montait l'escalier de la tour, mais l'archidiacre s'était de lui-même abstenu de reparaître aux yeux de l'égyptienne.

Cette nuit-là donc, Quasimodo, après avoir donné un coup d'œil à ses pauvres cloches si délaissées, à Jacqueline, à Marie, à Thibaud, était monté jusque sur le sommet de la tour septentrionale, et là, posant sur les plombs sa lanterne sourde bien fermée, il s'était mis à regarder Paris. La nuit, nous l'avons déjà dit, était fort obscure. Paris, qui n'était, pour ainsi dire, pas éclairé à cette époque, présentait à l'œil un amas confus de masses noires, coupé çà et là par la courbe blanchâtre de la Seine. Quasimodo n'y voyait plus de lumière qu'à une fenêtre d'un édifice éloigné dont le vague et sombre profil se dessinait bien au-dessus des toits, du côté de la Porte-Saint-Antoine. Là aussi il y avait quelqu'un qui veillait.

Tout en laissant flotter dans cet horizon de brume et de nuit son unique regard, le sonneur sentait au dedans de lui-même une inexprimable inquiétude. Depuis plusieurs jours il était sur ses gardes. Il voyait sans cesse rôder autour de l'église des hommes à mine sinistre qui ne quittaient pas des yeux l'asile de la jeune fille. Il songeait qu'il se tramait peut-être quelque complot contre la malheureuse réfugiée. Il se figurait qu'il y avait une haine populaire sur elle comme il y en avait une sur lui, et qu'il se pourrait bien qu'il arrivât bientôt quelque chose. Aussi se tenait-il sur son clocher, aux aguets, *rêvant dans son rêvoir*, comme dit Rabelais, l'œil tour à tour sur la cellule et sur Paris, faisant sûre garde, comme un bon chien, avec mille défiances dans l'esprit.

Tout à coup, tandis qu'il scrutait la grande ville de cet œil que la nature, par une sorte de compensation, avait fait si perçant qu'il pouvait presque suppléer aux autres organes qui manquaient à Quasimodo, il lui parut que la silhouette du quai de la Vieille Pelleterie avait quelque chose de singulier, qu'il y avait un mouvement sur ce point, que la ligne du parapet détachée en noir sur la blancheur de l'eau n'était pas droite et tranquille semblablement à celle des autres quais, mais qu'elle ondulait au regard comme les vagues d'un fleuve ou comme les têtes d'une foule en marche.

Cela lui parut étrange. Il redoubla d'attention. Le mouvement semblait venir vers la Cité. Aucune lumière d'ailleurs. Il dura quelque temps sur le quai; puis il s'écoula peu à peu, comme si ce qui passait entrait dans l'intérieur de l'île; puis il cessa tout à fait, et la ligne du quai redevint droite et immobile.

Au moment où Quasimodo s'épuisait en conjectures, il lui sembla que le mouvement reparaissait dans la rue du Parvis, qui se prolonge dans la Cité perpendiculairement à la façade de Notre-Dame. Enfin, si épaisse que fût l'obscurité, il vit une tête de colonne déboucher par cette rue, et en un instant se répandre dans la place une foule dont on ne pouvait rien distinguer dans les ténèbres, sinon que c'était une foule.

Ce spectacle avait sa terreur. Il est probable que cette procession singulière, qui semblait si intéressée à se dérober sous une profonde obscurité, ne gardait pas un silence moins profond. Cependant un bruit quelconque devait s'en échapper, ne fût-ce qu'un piétinement. Mais ce bruit n'arrivait même pas à notre sourd, et cette grande multitude, dont il voyait à peine quelque chose, et dont il n'entendait rien, s'agitant et marchant néanmoins si près de lui, lui faisait l'effet d'une cohue de morts, muette, impalpable, perdue dans une fumée. Il lui semblait voir s'avancer vers lui un brouillard plein d'hommes, voir remuer des ombres dans l'ombre.

Alors ses craintes lui revinrent, l'idée d'une tentative contre l'égyptienne se représenta à son esprit. Il sentit confusément qu'il approchait d'une situation violente. En ce moment critique, il tint conseil en lui-même avec un raisonnement meilleur et plus prompt qu'on ne l'eût attendu d'un cerveau si mal organisé. Devait-il éveiller l'égyptienne? la faire évader? Par où? les rues étaient investies, l'église était acculée à la rivière. Pas de bateau! pas d'issue! — Il n'y avait qu'un parti : se faire tuer au seuil de Notre-Dame, résister du moins jusqu'à ce qu'il vînt un secours, s'il en devait venir, et ne pas troubler le sommeil de la Esmeralda. La malheureuse serait toujours éveillée assez tôt pour mourir. Cette résolution une fois arrêtée, il se mit à examiner l'*ennemi* avec plus de tranquillité.

La foule semblait grossir à chaque instant dans le parvis. Seulement il présuma qu'elle ne devait faire que fort peu de bruit; puisque les fenêtres des rues et de la place restaient fermées. Tout à coup une lumière brilla, et en un instant sept ou huit torches allumées se promenèrent sur les têtes, en secouant dans l'ombre leurs touffes de flammes. Quasimodo vit alors distinctement moutonner dans le parvis un effrayant troupeau d'hommes et de femmes en haillons, armés de faux, de piques, de serpes, de pertuisanes dont les mille pointes étincelaient. Çà et là, des fourches noires faisaient des cornes à ces faces hideuses. Il se ressouvint vaguement de cette populace, il crut reconnaître toutes les têtes qui l'avaient, quelques mois auparavant, salué pape des fous. Un homme, qui tenait une torche d'une main et une boullaye de l'autre, monta sur une borne et parut haranguer. En même temps l'étrange armée fit quelques évolutions, comme si elle prenait poste autour de l'église. Quasimodo ramassa sa lanterne et descendit sur la plate-forme d'entre les tours pour voir de plus près, et aviser aux moyens de défense.

Clopin Trouillefou, arrivé devant le haut portail de Notre-Dame, avait en effet rangé sa troupe en bataille. Quoiqu'il ne s'attendît à aucune résistance, il voulait, en général prudent, conserver un ordre qui lui permît de faire front, au besoin, contre une attaque subite du guet ou des onze-vingts Il avait donc échelonné sa brigade de telle façon que, vue de haut et de loin, vous eussiez dit le triangle romain de la bataille d'Ecnome, la tête-de-porc d'Alexandre, ou le fameux coin de Gustave-Adolphe. La base de ce triangle s'appuyait au fond de la place, de manière à barrer la rue du Parvis; un des côtés regardait l'Hôtel-Dieu, l'autre la rue Saint-Pierre-aux-Bœufs. Clopin Trouillefou s'était placé au sommet, avec le duc d'Egypte, notre ami Jehan, et les sabouleux les plus hardis.

Ce n'était point chose très-rare dans les villes du moyen âge qu'une entreprise comme celle que les truands tentaient en ce moment sur Notre-Dame. Ce que nous nommons aujourd'hui *police* n'existait pas alors. Dans les cités populeuses, dans les capitales surtout, pas de pouvoir central, un, régulateur. La féodalité avait construit ces grandes communes d'une façon bizarre. Une cité était un assemblage de mille seigneuries, qui la divisaient en compartiments de toutes formes et de toutes grandeurs. De là, mille polices contradictoires, c'est-à-dire pas de police. A Paris, par exemple, indépendamment des cent quarante-un seigneurs prétendant censive, il y en avait vingt-cinq prétendant justice et censive, depuis l'évêque de Paris, qui avait cent cinq rues, jusqu'au prieur de Notre-Dame-des-Champs, qui en avait quatre. Tous ces justiciers féodaux ne reconnaissaient que nominalement l'autorité suzeraine du roi. Tous avaient droit de voirie. Tous étaient chez eux. Louis XI, cet infatigable ouvrier qui a si largement commencé la démolition de l'édifice féodal, continuée par Richelieu et Louis XIV au profit de la royauté, et achevée par Mirabeau au profit du peuple; Louis XI avait bien essayé de crever ce réseau de seigneuries qui recouvrait Paris, en jetant violemment tout au travers deux ou trois ordonnances de police générale. Ainsi, en 1465, ordre aux habitants, la nuit venue, d'illuminer de chandelles leurs croisées, et d'enfermer leurs chiens, sous peine de la hart; même année, ordre de fermer le soir les rues avec des chaînes de fer, et défense de porter dagues ou armes offensives la nuit dans les rues. Mais, en peu de temps, tous ces essais de législation communale tombèrent en désuétude. Les bourgeois laissèrent le vent éteindre leurs chandelles à leurs fenêtres, et leurs chiens errer; les chaînes de fer ne se tendirent qu'en état de siége; la défense de porter dagues n'amena d'autres changements que le nom de la *rue Coupe-Gueule* au nom de *rue Coupe-Gorge*, ce qui est un progrès évident. Le vieil échafaudage des juridictions féodales resta debout; immense entassement de bailliages et de seigneuries, se croisant sur la ville, se gênant, s'enchevêtrant, s'emmaillant de travers, s'échancrant les unes les autres; inutile taillis de guets, de sous-guets et de contre-guets, à travers lequel passaient à main armée le brigandage, la rapine et la sédition. Ce n'était donc pas, dans ce désordre, un événement inouï, que ces coups de main d'une partie de la populace sur un palais, sur un hôtel, sur une maison, dans les quartiers les plus peuplés. Dans la plupart des cas, les voisins ne se mêlaient de l'affaire que si le pillage arrivait jusque chez eux. Ils se bouchaient les oreilles à la mousquetade, fermaient leurs volets, barricadaient leurs portes, laissaient le débat se vider avec ou sans le guet, et le lendemain on se disait dans Paris : — Cette nuit, Étienne Barbette a été forcé; — le maréchal de Clermont a été pris au corps, etc. Aussi, non-seulement les habitations royales, le Louvre, le Palais, la Bastille, les Tournelles, mais les résidences simplement seigneuriales, le Petit-Bourbon, l'Hôtel de Sens, l'Hôtel d'Angoulême, etc., avaient leurs créneaux aux murs et leurs mâchicoulis au-dessus des portes. Les églises se gardaient par leur sainteté. Quelques-unes pourtant, du nombre desquelles n'était pas Notre-Dame, étaient fortifiées. L'abbé de Saint-Germain-des-Prés était crénelé comme un baron, et il avait chez lui encore plus de cuivre dépensé en bombardes qu'en cloches. On voyait encore sa forteresse en 1610. Aujourd'hui il reste à peine son église. Revenons à Notre-Dame.

Quand les premières dispositions furent terminées (et nous devons dire, à l'honneur de la discipline truande, que les ordres de Clopin furent exécutés en silence et avec une admirable précision), le digne chef de la bande monta sur le parapet du parvis, et éleva sa voix rauque et bourrue, se tenant tourné vers Notre-Dame, et agitant sa torche dont la lumière, tourmentée par le vent et voilée à tout moment de sa propre fumée, faisait paraître et disparaître aux yeux la rougeâtre façade de l'église.

— A toi, Louis de Beaumont, évêque de Paris, conseiller en la cour de parlement, moi Clopin Trouillefou, roi de Thunes, grand-coësre, prince de l'argot, évêque des fous, je dis : — Notre sœur, faussement condamnée pour magie, s'est réfugiée dans ton église. Tu lui dois asile et sauvegarde. Or, la cour de parlement veut l'y reprendre, et tu y consens; si bien qu'on la pendrait demain en Grève si Dieu et les truands n'étaient pas là. Donc nous venons à toi, évêque. Si ton église est sacrée, notre sœur l'est aussi; si notre sœur n'est pas sacrée, ton église ne l'est pas non plus. C'est pourquoi nous te sommons de nous rendre la fille si tu veux sauver ton église, ou que nous reprendrons la fille, et que nous pillerons l'église. Ce qui sera bien. En foi de quoi je plante cy ma bannière, et Dieu te soit en garde, évêque de Paris!

Quasimodo malheureusement ne put entendre ces paroles prononcées avec une sorte de majesté sombre et sauvage. Un truand présenta sa bannière à Clopin, qui la planta solennellement entre deux pavés. C'était une fourche aux dents de laquelle pendait, saignant, un quartier de charogne.

Cela fait, le roi de Thunes se retourna et promena ses yeux sur son armée, farouche multitude où les regards brillaient presque autant que les piques. Après une pause d'un instant : — En avant, fils, cria-t-il. A la besogne les hutins. Trente hommes robustes, à membres carrés, à faces de serruriers, sortirent des rangs, avec des marteaux, des pinces et des barres de fer sur leurs épaules. Ils se dirigèrent vers la principale porte de l'église, montèrent le degré, et bientôt on les vit tous accroupis sous l'ogive, travaillant la porte de pinces et de leviers. Une foule de truands les suivit pour les aider ou les regarder. Les onze marches du portail en étaient encombrées. Cependant la porte tenait bon. — Diable! elle est dure et têtue, disait l'un. — Elle est vieille, et elle a les cartilages racornis, disait l'autre. — Courage, camarades! reprenait Clopin. Je gage ma tête contre une pantoufle que vous aurez ouvert la porte, pris la fille et déshabillé le maître-autel avant qu'il y ait un bedeau de réveillé. Tenez! je crois que la serrure se détraque.

Clopin fut interrompu par un fracas effroyable, qui retentit en ce moment derrière lui. Il se retourna. Une énorme poutre venait de tomber du ciel; elle avait écrasé une douzaine de truands sur le degré de l'église, et rebondissait sur le pavé avec le bruit d'une pièce de canon, en cassant encore çà et là des jambes dans la foule des gueux qui s'écartaient avec des cris d'épouvante. En un clin d'œil l'enceinte resserrée du parvis fut vide. Les hutins, quoique protégés par les profondes voussures du portail, abandonnèrent la porte, et Clopin lui-même se replia à distance respectueuse de l'église.

— Je l'ai échappé belle! criait Jehan. J'en ai senti le vent, tête-bœuf! mais Pierre-l'Assommeur est assommé!

Il est impossible de dire quel étonnement mêlé d'effroi tomba avec cette poutre sur les bandits. Ils restèrent quelques minutes les yeux fixés en l'air, plus consternés de ce morceau de bois que de vingt mille archers du roi. — Satan! grommela le duc d'Egypte, voilà qui flaire la magie! — C'est la lune qui nous jette cette bûche, dit Andry-le-Rouge. — Avec cela, reprit François Chanteprune, qu'on dit la lune amie de la Vierge! — Mille papes! s'écria Clopin, vous êtes tous des imbéciles! Mais il ne savait comment expliquer la chute du madrier.

Cependant on ne distinguait rien sur la façade, au sommet de laquelle la clarté des torches n'arrivait pas. Le pesant madrier gisait au milieu du parvis, et l'on entendait les gémissements des misérables qui avaient reçu son premier choc, et qui avaient eu le ventre coupé en deux sur l'angle des marches de pierre. Le roi de Thunes, le premier étonnement passé, trouva enfin une explication, qui sembla plausible à ses compagnons. — Gueule-Dieu! est-ce que les chanoines se défendent? Alors, à sac! à sac!

— A sac! répéta la cohue avec un hourra furieux. Et il se fit une décharge d'arbalètes et de hacquebuttes sur la façade de l'église.

A cette détonation, les paisibles habitants des maisons circonvoisines se réveillèrent; on vit plusieurs fenêtres s'ouvrir, et des bonnets de nuit et des mains tenant des chandelles apparurent aux croisées. — Tirez aux fenêtres, cria Clopin. — Les fenêtres se refermèrent sur-le-champ, et les pauvres bourgeois, qui avaient à peine eu le temps de jeter un regard effaré sur cette scène de lueurs et de tumultes, s'en revinrent suer de peur près de leurs femmes, se demandant si le sabbat se tenait maintenant dans le parvis Notre-Dame, ou s'il y avait assaut de bourguignons, comme en 64. Alors les maris songeaient au vol, les femmes au viol, et tous tremblaient.

— A sac! répétaient les argotiers; mais ils n'osaient approcher. Ils regardaient l'église; ils regardaient le madrier. Le madrier ne bougeait pas, l'édifice conservait son air calme et désert; mais quelque chose glaçait les truands.

— A l'œuvre, donc, les hutins! cria Trouillefou. Qu'on force la porte.

Personne ne fit un pas.

— Barbe et ventre! dit Clopin. Voilà des hommes qui ont peur d'une solive.

Un vieux hutin lui adressa la parole.

— Capitaine! ce n'est pas la solive qui nous ennuie, c'est la porte qui est toute cousue de barres de fer. Les pinces n'y peuvent rien.

— Que vous faudrait-il donc pour l'enfoncer? demanda Clopin.

— Ah! il nous faudrait un bélier.

Le roi de Thunes courut bravement au formidable madrier et mit le pied dessus. — En voilà un, cria-t-il; ce sont les chanoines qui vous l'envoient. — Et, faisant un salut dérisoire du côté de l'église : — Merci, chanoines!

Cette bravade fit bon effet, le charme du madrier était rompu. Les truands reprirent courage; bientôt la lourde poutre, enlevée comme une plume par deux cents bras vigoureux, vint se jeter avec furie sur la grande porte qu'on avait déjà essayé d'ébranler. A voir ainsi dans le demi-jour, que les rares torches des truands répandaient sur la place, ce long madrier porté par cette foule d'hommes qui le précipitaient en courant sur l'église, on eût cru voir une monstrueuse bête à mille pieds attaquant tête baissée la géante de pierre.

Au choc de la poutre, la porte à demi métallique résonna comme un immense tambour; elle ne se creva point; mais la cathédrale tout entière tressaillit; et l'on entendit gronder les profondes cavités de l'édifice. Au même instant, une pluie de grosses pierres commença à tomber du haut de la façade sur les assaillants.—Diable! cria Jehan, est-ce que les tours nous secouent leurs balustrades sur la tête? — Mais l'élan était donné, le roi de Thunes payait d'exemple. C'était décidément l'évêque qui se défendait, et l'on n'en battit la porte qu'avec plus de rage, malgré les pierres qui faisaient éclater les crânes à droite et à gauche. Il est remarquable que ces pierres tombaient toutes une à une; mais elles se suivaient de près. Les argotiers en sentaient toujours deux à la fois, une dans leurs jambes, une sur leurs têtes. Il y en avait peu qui ne portassent coup, et déjà une large couche de morts et de blessés saignait et palpitait sous les pas des assaillants qui, maintenant furieux, se renouvelaient sans cesse. La longue poutre continuait de battre la porte à temps réguliers, comme le mouton d'une cloche, les pierres de pleuvoir, la porte de mugir.

Le lecteur n'en est sans doute point à deviner que cette résistance inattendue qui avait exaspéré les truands venait de Quasimodo. Le hasard avait par malheur servi le brave sourd. Quand il était descendu sur la plate-forme d'entre les tours, ses idées étaient en confusion dans sa tête. Il avait couru quelques minutes le long de la galerie, allant et venant, comme fou, voyant d'en haut la masse compacte des truands prête à se ruer sur l'église, demandant au diable ou à Dieu de sauver l'égyptienne. La pensée lui était venue de monter au beffroi méridional et de sonner le tocsin, mais avant qu'il eût pu mettre la cloche en branle, avant que la grosse voix de Marie eût pu jeter une seule clameur, la porte de l'église n'avait-elle pas dix fois le temps d'être enfoncée? C'était précisément l'instant où les lutins s'avançaient vers elle avec leur serrurerie. Que faire?

Tout d'un coup, il se souvint que des maçons avaient travaillé tout le jour à réparer le mur, la charpente et la toiture de la tour méridionale. Ce fut un trait de lumière. Le mur était en pierre, la toiture en plomb, la charpente en bois. (Cette charpente prodigieuse, si touffue qu'on l'appelait la *forêt*.) Quasimodo courut à cette tour. Les chambres inférieures étaient en effet pleines de matériaux. Il y avait des piles de moellons, des feuilles de plomb en rouleaux, des faisceaux de lattes, de fortes solives déjà entaillées par la scie, des tas de gravois. Un arsenal complet.

L'instant pressait. Les pieux et les marteaux travaillaient en bas. Avec une force que décuplait le sentiment du danger, il souleva une des poutres, la plus lourde, la plus longue; il la fit sortir par une lucarne, puis la ressaisissant du dehors de la tour, il la fit glisser sur l'angle de la balustrade qui entoure la plate-forme, et la lâcha sur l'abîme. L'énorme charpente, dans cette chute de cent soixante pieds, raclant la muraille, cassant les sculptures, tourna plusieurs fois sur elle-même comme une aile de moulin qui s'en irait toute seule à travers l'espace. Enfin elle toucha le sol, l'horrible cri s'éleva, et la noire poutre, en rebondissant sur le pavé, ressemblait à un serpent qui saute.

Quasimodo vit les truands s'éparpiller à la chute du madrier, comme la cendre au souffle d'un enfant. Il profita de leur épouvante, et tandis qu'ils fixaient un regard superstitieux sur la massue tombée du ciel, et qu'ils éborgnaient les saints de pierre du portail avec une décharge de sagettes et de chevrotines, Quasimodo entassait silencieusement des gravois, des pierres, des moellons, jusqu'aux sacs d'outils des maçons, sur le rebord de cette balustrade, d'où la poutre s'était déjà élancée. Aussi, dès qu'ils se mirent à battre la grande porte, la grêle de moellons commença à tomber, et il leur sembla que l'église se démolissait d'elle-même sur leurs têtes.

Qui eût pu voir Quasimodo en ce moment eût été effrayé. Indépendamment de ce qu'il avait empilé de projectiles sur la balustrade, il avait amoncelé un tas de pierres sur la plate-forme même. Dès que les moellons amassés sur le rebord extérieur furent épuisés, il prit au tas. Alors il se baissait, se relevait, se baissait et se relevait encore, avec une activité incroyable. Sa grosse tête de gnome se penchait par-dessus la balustrade, puis une pierre énorme tombait, puis une autre, puis une autre. De temps en temps il suivait une belle pierre de l'œil, et quand elle tuait bien, il disait : Hun!

Cependant les gueux ne se décourageaient pas. Déjà plus de vingt fois l'épaisse porte sur laquelle ils s'acharnaient avait tremblé sous la pesanteur de leur bélier de chêne multiplié par la force de cent hommes. Les panneaux craquaient, les ciselures volaient en éclats, les gonds, à chaque secousse, sautaient en sursaut sur leurs pitons, les ais se détraquaient, le bois tombait en poudre broyé entre les nervures de fer. Heureusement pour Quasimodo, il y avait plus de fer que de bois. Il sentait pourtant que la grande porte chancelait. Quoiqu'il n'entendît pas, chaque coup de bélier se répercutait à la fois dans les cavernes de l'église et dans ses entrailles. Il voyait d'en haut les truands, pleins de triomphe et de rage, montrer le poing à la ténébreuse façade; et il enviait, pour l'égyptienne et pour lui, les ailes des hiboux qui s'enfuyaient au-dessus de sa tête par volées. Sa pluie de moellons ne suffisait pas à repousser les assaillants.

En ce moment d'angoisses, il remarqua, un peu plus bas que la balustrade d'où il écrasait les argotiers, deux longues gouttières de pierre qui se dégorgeaient immédiatement au-dessus de la grande porte. L'orifice interne de ces gouttières aboutissait au pavé de la plate-forme. Une idée lui vint; il courut chercher un fagot dans son bouge de sonneur, posa sur ce fagot force bottes de lattes et force rouleaux de plomb, munitions dont il n'avait pas encore usé, et ayant bien disposé ce bûcher devant le trou des deux gouttières, il y mit le feu avec sa lanterne.

Pendant ce temps-là, les pierres ne tombant plus, les truands avaient cessé de regarder en l'air. Les bandits, haletants comme une meute qui force le sanglier dans sa bauge, se pressaient en tumulte autour de la grande porte, toute déformée par le bélier, mais debout encore. Ils attendaient avec un frémissement le grand coup, le coup qui allait l'éventrer. C'était à qui se tiendrait le plus près pour pouvoir s'élancer des premiers, quand elle s'ouvrirait, dans cette opulente cathédrale, vaste réservoir où étaient venues s'amonceler les richesses de trois siècles. Ils se rappelaient les uns aux autres, avec des rugissements de joie et d'appétit, les belles croix d'argent, les belles chapes de brocart, les belles tombes de vermeil, les grandes magnificences du chœur, les fêtes éblouissantes, les Noëls étincelantes de flambeaux, les Pâques éclatantes de soleil, toutes ces solennités splendides où châsses, chandeliers, ciboires, tabernacles, reliquaires, bosselaient les autels d'une croûte d'or et de diamants. Certes, en ce beau moment, cagoux et malingreux, archisuppôts et rifodés, songeaient beaucoup moins à la délivrance de l'égyptienne qu'au pillage de Notre-Dame. Nous croirions même volontiers que pour bon nombre d'entre eux la Esmeralda n'était qu'un prétexte, si des voleurs avaient besoin de prétextes.

Tout à coup au moment où ils se groupaient pour un dernier effort autour du bélier, chacun retenant son haleine et roidissant ses muscles afin de donner toute sa force au coup décisif, un hurlement, plus épouvantable encore que celui qui avait éclaté et expiré sous le madrier, s'éleva au milieu d'eux. Ceux qui ne criaient pas, ceux qui vivaient encore, regardèrent. — Deux jets de plomb fondu tombaient du haut de l'édifice au plus épais de la cohue. Cette mer d'hommes venait de s'affaisser sous le métal bouillant qui avait fait, aux deux points où il tombait, deux trous noirs et fumants dans la foule, comme ferait de l'eau chaude dans la neige. On y voyait remuer des mourants à demi calcinés et mugissants de douleur. Autour de ces deux jets principaux, il y avait des gouttes de cette pluie horrible qui s'éparpillaient sur les assaillants, et entraient dans les crânes comme des vrilles de flamme. C'était un feu pesant qui criblait ces misérables de mille grêlons.

La clameur fut déchirante. Ils s'enfuirent pêle-mêle, jetant le madrier sur les cadavres, les plus hardis comme les plus timides, et le parvis fut vide une seconde fois.

Tous les yeux s'étaient levés vers le haut de l'église. Ce qu'ils voyaient était extraordinaire. Sur le sommet de la galerie la plus élevée, plus haut que la rosace centrale, il y avait une grande flamme qui montait entre les deux clochers avec des tourbillons d'étincelles, une grande flamme désordonnée et furieuse dont le vent emportait par moments un lambeau dans la fumée. Au-dessous de cette flamme, au-dessous de la sombre balustrade à trèfles de braises, deux gouttières en gueules de monstres vomissaient sans relâche cette pluie ardente qui détachait son ruissellement argenté sur les ténèbres de la façade inférieure. A mesure qu'ils approchaient du sol, les deux jets de plomb liquide s'élargissaient en gerbes, comme l'eau qui jaillit des mille trous de l'arrosoir. Au-dessus de la flamme, les énormes tours, de chacune desquelles on voyait deux faces crues et tranchées, l'une toute noire, l'autre toute rouge, semblaient plus grandes encore de toute l'immensité de l'ombre qu'elles projetaient jusque dans le ciel. Leurs innombrables sculptures de diables et de dragons prenaient un aspect lugubre. La clarté inquiète de la flamme les faisait remuer à l'œil. Il y avait des guivres qui avaient l'air de rire, des gargouilles qu'on croyait entendre japper, des salamandres qui soufflaient dans le feu, des tarasques qui éternuaient dans la fumée. Et parmi ces monstres ainsi réveillés de leur sommeil de pierre par cette flamme, par ce bruit, il y en avait un qui marchait et qu'on voyait de temps en temps passer sur le front ardent du bûcher comme une chauve-souris devant une chandelle.

Sans doute ce phare étrange allait éveiller au loin le bûcheron des collines de Bicêtre, épouvanté de voir chanceler sur ses bruyères l'ombre gigantesque des tours de Notre-Dame. Il se fit un silence de terreur parmi les truands, pendant lequel on n'entendit que des cris d'alarmes des chanoines enfermés dans leurs cloîtres et plus inquiets que des chevaux dans une écurie qui brûle, le bruit furtif des fenêtres vite ouvertes et plus vite fermées, le remue-ménage intérieur des maisons et de l'Hôtel-Dieu, le vent dans la flamme, le dernier râle des mourants, et le petillement continu de la pluie de plomb sur le pavé.

Cependant les principaux truands s'étaient retirés sous le porche du logis Gondelaurier, et tenaient conseil. Le duc d'Egypte, assis sur une borne, contemplait avec une crainte religieuse le bûcher fantasmagorique resplendissant à deux cents pieds en l'air. Clopin Trouillefou se mordait ses gros poings avec rage. — Impossible d'entrer! murmura-t-il dans ses dents.

— Une vieille église fée! grommelait le vieux bohémien Mathias Hungadi Spicali.

— Par les moustaches du pape! reprenait un narquois grisonnant qui avait servi, voilà des gouttières d'église qui vous crachent du plomb fondu mieux que les mâchicoulis de Lectoure.

— Voyez-vous ce démon qui passe et repasse devant le feu? s'écria le duc d'Egypte.

— Pardieu, dit Clopin, c'est le damné sonneur, c'est Quasimodo.

Le bohémien hochait la tête. — Je vous dis, moi, que c'est l'esprit Sabnac, le grand marquis, le démon des fortifications. Il a forme d'un soldat armé, une tête de lion. Quelquefois il monte un cheval hideux. Il change les hommes en pierres dont il bâit des tours. Il commande à cinquante légions. C'est bien lui; je le reconnais. Quelquefois il est habillé d'une belle robe d'or figurée à la façon des Turcs.

— Où est Bellevigne-de-l'Etoile? demanda Clopin.

— Il est mort, répondit une truande.

Andry-le-Rouge riait d'un rire idiot : — Notre-Dame donne de la besogne à l'Hôtel-Dieu, disait-il.

— Il n'y a donc pas moyen de forcer cette porte? s'écria le roi de Thunes en frappant du pied.

Le duc d'Egypte lui montra tristement les deux ruisseaux de plomb bouillant qui ne cessaient de rayer la noire façade, comme deux longues quenouilles de phosphore. — On a vu des églises qui se défendaient ainsi d'elles-mêmes, observa-t-il en soupirant. Sainte-Sophie, de Constantinople, il y a quarante ans de cela, a trois fois de suite jeté à terre le croissant de Mahom en secouant ses dômes, qui sont ses têtes. Guillaume de Paris, qui a bâti celle-ci, était un magicien.

— Faut-il donc s'en aller piteusement comme des laquais de grand'route? dit Clopin. Laisser là notre sœur, que ces loups chaperonnés pendront demain!

— Et la sacristie, où il y a des charretées d'or? ajouta un truand dont nous regrettons de ne pas savoir le nom.

— Barbe-Mahom! cria Trouillefou.

— Essayons encore une fois, reprit le truand.

Mathias Hungadi hocha la tête. — Nous n'entrerons pas par la porte. Il faut trouver le défaut de l'armure de la vieille fée. Un trou, une fausse poterne, une jointure quelconque.

— Qui en est? dit Clopin. J'y retourne. — A propos, où est donc le petit écolier Jehan, qui était si enferraillé?

— Il est sans doute mort, répondit quelqu'un. On ne l'entend plus rire.

Le roi de Thunes fronça le sourcil. — Tant pis. Il y avait un brave cœur sous cette ferraille. — Et maître Pierre Gringoire?

— Capitaine Clopin, dit Andry-le-Rouge, il s'est esquivé que nous n'étions encore qu'au Pont-aux-Changeurs.

Clopin frappa du pied. — Gueule-Dieu! c'est lui qui nous pousse céans, et il nous plante là au beau milieu de la besogne! — Lâche bavard casqué d'une pantoufle!

— Capitaine Clopin, cria Andry-le-Rouge, qui regardait dans la rue du Parvis, voilà le petit écolier.

— Loué soit Pluto! dit Clopin. Mais que diable tire-t-il après lui?

C'était Jehan, en effet, qui accourait aussi vite que le lui permettaient ses lourds habits de paladin et une longue échelle qu'il traînait bravement sur le pavé, plus essoufflé qu'une fourmi attelée à un brin d'herbe vingt fois plus long qu'elle.

— Victoire! *Te Deum!* criait l'écolier. Voilà l'échelle des déchargeurs du port Saint-Landry.

Clopin s'approcha de lui : — Enfant, que veux-tu faire, cornedieu! de cette échelle?

— Je l'ai, répondit Jehan haletant. — Je savais où elle était. — Sous le hangar de la maison du lieutenant. — Il y a là une fille que je connais, qui me trouve beau comme un Cupido. — Je m'en suis servi pour avoir l'échelle, et j'ai l'échelle, Pasque-Mahom! — La pauvre fille est venue m'ouvrir tout en chemise.

— Oui, dit Clopin; mais que veux-tu faire de cette échelle?

Jehan le regarda d'un air malin et capable, et fit claquer ses doigts comme des castagnettes. Il était sublime en ce moment. Il avait sur la tête un de ces casques surchargés du quinzième siècle qui épouvantaient l'ennemi de leurs cimiers chimériques. Le sien était hérissé de dix becs de fer, de sorte que Jehan eût pu disputer la redoutable épithète de δεκεμβολος au navire homérique de Nestor.

— Ce que j'en veux faire, auguste roi de Thunes? Voyez-vous cette rangée de statues qui ont des mines d'imbéciles, là-bas, au-dessus des trois portails?

— Oui. Eh bien?

— C'est la galerie des rois de France.

— Qu'est-ce que cela me fait? dit Clopin.

— Attendez donc! Il y a au bout de cette galerie une porte qui n'est jamais fermée qu'au loquet, avec cette échelle j'y monte, et je suis dans l'église.

— Enfant, laisse-moi monter le premier.

— Non pas, camarade, c'est à moi l'échelle. Venez, vous serez le second.

— Que Belzébuth t'étrangle! dit le bourru Clopin, je ne veux être après personne.

— Alors, Clopin, cherche une échelle!

Jehan se mit à courir par la place tirant son échelle et criant : — A moi, les fils!

En un instant l'échelle fut dressée et appuyée à la balustrade de la galerie inférieure au-dessus d'un des portails latéraux. La foule des truands, poussant de grandes acclamations, se pressa au bas pour y monter. Mais Jehan maintint son droit, et posa le premier le pied sur les échelons. Le trajet était assez long. La galerie des rois de France est élevée aujourd'hui d'environ soixante pieds au-dessus du pavé. Les onze marches du perron l'exhaussaient encore. Jehan montait lentement, assez empêché de sa lourde armure, d'une main tenant l'échelon, de l'autre son arbalète. Quand il fut au milieu de l'échelle, il jeta un coup d'œil mélancolique sur les pauvres argotiers morts, dont le degré était jonché. — Hélas! dit-il, voilà un monceau de cadavres digne du cinquième chant de l'Iliade! — Puis il continua de monter. Les truands le suivaient. Il y en avait un sur chaque échelon. A voir s'élever en ondulant dans l'ombre cette ligne de dos cuirassés, on eût dit un serpent à écailles d'acier qui se dressait contre l'église. Jehan, qui faisait la tête et qui sifflait, complétait l'illusion. L'écolier toucha enfin au balcon de la galerie, et l'enjamba assez lestement aux applaudissements de toute la truanderie. Ainsi maître de la citadelle, il poussa un cri de joie, et tout à coup s'arrêta pétrifié. Il venait d'apercevoir, derrière une statue de roi, Quasimodo caché dans les ténèbres et l'œil étincelant.

Avant qu'un second assiégeant eût pu prendre pied sur la galerie, le formidable bossu sauta à la tête de l'échelle, saisit, sans dire une parole, le bout des deux montants de ses mains puissantes, les souleva, les éloigna du mur, balança un moment, au milieu des clameurs d'angoisse, la longue et pliante échelle encombrée de truands du haut en bas, et subitement, avec une force surhumaine, rejeta cette grappe d'hommes dans la place. Il y eut un instant où les plus déterminés palpitèrent. L'échelle lancée en arrière resta un moment droite et debout, et parut hésiter, puis oscilla, puis tout à coup, décrivant un effrayant arc de cercle de quatre-vingts pieds de rayon, s'abattit sur le pavé avec sa charge de bandits plus rapidement qu'un pont-levis dont les chaînes se cassent. Il y eut une immense imprécation, puis tout s'éteignit, et quelques malheureux mutilés se retirèrent en rampant de dessous le monceau de morts. Une rumeur de douleur et de colère succéda parmi les assiégeants aux premiers cris de triomphe. Quasimodo, impassible, les deux coudes appuyés sur la balustrade, regardait. Il avait l'air d'un vieux roi chevelu à sa fenêtre.

Jehan Frollo était, lui, dans une situation critique. Il se trouvait dans la galerie avec le redoutable sonneur, seul, séparé de ses compagnons par un mur vertical de quatre-vingts pieds. Pendant que Quasimodo jouait avec l'échelle, l'écolier avait couru à la poterne, qu'il croyait ouverte. Point. Le sourd, en entrant dans la galerie, l'avait fermée derrière lui. Jehan alors s'était caché derrière un roi de pierre, n'osant souffler, et fixant sur le monstrueux bossu une mine effarée, comme cet homme qui, faisant la cour à la femme du gardien d'une ménagerie, alla un soir à un rendez-vous d'amour, se trompa de mur dans son escalade, et se trouva brusquement tête à tête avec un ours blanc.

Dans les premiers moments le sourd ne prit pas garde à lui; mais enfin il tourna la tête et se redressa tout d'un coup. Il venait d'apercevoir l'écolier. Jehan se prépara à un rude choc, mais le sourd resta immobile; seulement il était tourné vers l'écolier, qu'il regardait.

— Oh! oh! dit Jehan, qu'as-tu à me regarder de cet œil borgne et mélancolique?

Et en parlant ainsi, le jeune drôle apprêtait sournoisement son arbalète.

— Quasimodo! cria-t-il, je vais changer ton surnom; on t'appellera l'aveugle.

Le coup partit. Le vireton empenné siffla et vint se ficher dans le bras gauche du bossu. Quasimodo ne s'en émut pas plus que d'une égratignure au roi Pharamond. Il porta la main à la sagette, l'arracha de son bras et la brisa tranquillement sur son gros genou; puis il laissa tomber, plutôt qu'il ne jeta à terre, les deux morceaux. Mais Jehan n'eut pas le temps de tirer une seconde fois. La flèche brisée, Quasimodo souffla brusquement, bondit comme une sauterelle et retomba sur l'écolier, dont l'armure s'aplatit du coup contre la muraille. Alors, dans cette pénombre où flottait la lumière des torches, on entrevit une chose terrible.

Quasimodo avait pris de la main gauche les deux bras de Jehan, qui ne se débattait pas, tant il se sentait perdu. De la droite le sourd lui détachait, l'une après l'autre, en silence, avec une lenteur sinistre, toutes les pièces de son armure, l'épée, les poignards, le casque, la cuirasse, les brassards. On eût dit un singe qui épluchait une noix. Quasimodo jetait à ses pieds, morceau à morceau, la coquille de fer de l'écolier. Quand l'écolier se vit désarmé, déshabillé, faible et nu dans ces redoutables mains, il n'essaya pas de parler à ce sourd, mais il se mit à lui rire effrontément au visage, et à chanter, avec son intrépide insouciance d'enfant de seize ans, la chanson alors populaire :

Elle est bien habillée
La ville de Cambrai.
Marafin l'a pillée.

Il n'acheva pas. On vit Quasimodo debout sur le parapet de la galerie, qui, d'une seule main, tenait l'écolier par les pieds, en le faisant tourner sur l'abîme comme une fronde, puis on entendit un bruit comme celui d'une boîte osseuse qui éclate contre un mur, et l'on vit tomber quelque chose qui s'arrêta au tiers de la chute à une saillie de l'architecture. C'était un corps mort qui resta accroché là, plié en deux, les reins brisés, le crâne vide.

Un cri d'horreur s'éleva parmi les truands. — Vengeance! cria Clopin. — A sac! répondit la multitude. — Assaut! assaut! — Alors ce fut un hurlement prodigieux, où se mêlaient toutes les langues, tous les patois, tous les accents. La mort du pauvre écolier jeta une ardeur furieuse dans cette foule. La honte la prit, et la colère d'avoir été si longtemps tenu en échec devant une église par un bossu. La rage trouva des échelles, multiplia les torches, et au bout de quelques minutes, Quasimodo, éperdu, vit cette épouvantable fourmilière monter de toutes parts à l'assaut de Notre-Dame. Ceux qui n'avaient pas d'échelles avaient des cordes à nœuds; ceux qui n'avaient pas de cordes grimpaient aux reliefs des sculptures. Ils se pendaient aux guenilles les uns des autres. Aucun moyen de résister à cette marée ascendante de faces épouvantables; la fureur faisait rutiler ces figures farouches; leurs fronts terreux ruisselaient de sueur; leurs yeux éclairaient; toutes ces grimaces, toutes ces laideurs, investissaient Quasimodo. On eût dit que quelque autre église avait envoyé à l'assaut de Notre-Dame ses gorgones, ses dogues, ses drées, ses démons, ses sculptures les plus fantastiques. C'était comme une couche de monstres vivants sur les monstres de pierre de la façade.

Cependant, la place s'était étoilée de mille torches. Cette scène désordonnée, jusqu'alors enfouie dans l'obscurité, s'était subitement embrasée de lumière. Le parvis resplendissait et jetait un rayonnement dans le ciel; le bûcher allumé sur la haute plate-forme brûlait toujours, et illuminait au loin la ville. L'énorme silhouette des deux tours, développée au loin sur les toits de Paris, faisait dans cette clarté une large échancrure d'ombre. La ville semblait s'être émue. Des tocsins éloignés se plaignaient. Les truands hurlaient, haletaient, juraient, montaient; et Quasimodo, impuissant contre tant d'ennemis, frissonnant pour l'égyptienne, voyant les faces furieuses se rapprocher de plus en plus de sa galerie, demandait un miracle au ciel, et se tordait les bras de désespoir.

V

LE RETRAIT OU DIT SES HEURES MONSIEUR LOUIS DE FRANCE.

Le lecteur n'a peut-être pas oublié qu'un moment avant d'apercevoir la bande nocturne des truands, Quasimodo, inspectant Paris du haut de son clocher, n'y voyait plus briller qu'une lumière, laquelle étoilait une vitre à l'étage le plus élevé d'un haut et sombre édifice, à côte de la porte Saint-Antoine. Cet édifice, c'était la Bastille. Cette étoile, c'était la chandelle de Louis XI.

Le roi Louis XI était en effet à Paris depuis deux jours. Il devait repartir le surlendemain pour sa citadelle de Montilz-les-Tours. Il ne faisait jamais que de rares et courtes apparitions dans sa bonne ville de Paris, n'y sentant pas autour de lui assez de trappes, de gibets et d'archers écossais. Il était venu, ce jour-là, coucher à la Bastille. La grande chambre de cinq toises carrées qu'il avait au Louvre, avec sa grande cheminée chargée de douze grosses bêtes et de treize grands prophètes, et son grand lit de onze pieds sur douze, lui agréaient peu. Il se perdait dans toutes ces grandeurs. Ce roi bon bourgeois aimait mieux la Bastille avec une chambrette et une couchette. Et puis, la Bastille était plus forte que le Louvre.

Cette *chambrette*, que le roi s'était réservée dans la fameuse prison d'Etat, était encore assez vaste, et occupait l'étage le plus élevé d'une tourelle engagée dans le donjon. C'était un réduit de forme ronde, tapissé de nattes en paille luisante, plafonné à poutres rehaussées de fleurs-de-lis d'étain doré, avec les entrevous de couleur; lambrissé à riches boiseries semées de rosettes d'étain blanc et peintes de beau vert-gai, fait d'orpin et de florée fine.

Il n'y avait qu'une fenêtre, une longue ogive treillissée de fil d'archal et de barreaux de fer, d'ailleurs obscurcie de belles vitres coloriées aux armes du roi et de la reine, dont le panneau revenait à vingt-deux sols. Il n'y avait qu'une entrée, une porte moderne à cintre surbaissé, garnie d'une tapisserie en dedans, et en dehors d'un de ces porches de bois d'Irlande, frêles édifices de menuiserie curieusement ouvrée, qu'on voyait encore en quantité de vieux logis il y a cent cinquante ans. « Quoiqu'ils défigurent et embarrassent les lieux, dit Sauval avec désespoir, nos vieillards pourtant ne s'en veulent point défaire, et les conservent en dépit d'un chacun. »

On ne trouvait dans cette chambre rien de ce qui meublait les appartements ordinaires, ni bancs, ni tréteaux, ni formes, ni escabelles communes en forme de caisse, ni belles escabelles soutenues de piliers et de contre-piliers, à quatre sols la pièce. On n'y voyait qu'une chaise pliante à bras, fort magnifique : le bois en était peint de roses sur fond rouge, le siége de cordouan vermeil, garni de longues franges de soie et piqué de mille clous d'or. La solitude de cette chaise faisait voir qu'une seule personne avait droit de s'asseoir dans la chambre. A côté de la chaise et tout près de la fenêtre, il y avait une table recouverte d'un tapis à figures d'oiseaux. Sur cette table un gallemard taché d'encre, quelques parchemins, quelques plumes, et un hanap d'argent ciselé. Un peu plus loin, un chauffe-doux; un prie-Dieu de velours cramoisi, relevé de bossettes d'or. Enfin, au fond, un simple lit de damas jaune et incarnat, sans clinquant ni passement : les franges sans façon. C'est ce lit, fameux pour avoir porté le sommeil ou l'insomnie de Louis XI, qu'on pouvait encore contempler, il y a deux cents ans, chez un conseiller d'Etat, où il a été vu par la vieille madame Pilou, célèbre dans le Cyrus sous le nom d'*Aricidie* et de *la Morale vivante*. Telle était la chambre qu'on appelait « le retrait où dit ses heures monsieur Louis de France. »

Au moment où nous y avons introduit le lecteur, ce retrait était fort obscur. Le couvre-feu était sonné depuis une heure; il faisait nuit, et il n'y avait qu'une vacillante chandelle de cire posée sur la table pour éclairer cinq personnages diversement groupés dans la chambre. Le premier, sur lequel tombait la lumière, était un seigneur superbement vêtu d'un haut-de-chausses et d'un justaucorps écarlate rayé d'argent, et d'une casaque à mahoîtres de drap d'or à dessins noirs. Ce splendide costume, où se jouait la lumière, semblait glacé de flamme à tous ses plis. L'homme qui le portait avait sur la poitrine ses armoiries brodées de vives couleurs : un chevron accompagné en pointe d'un daim passant. L'écusson était accosté à droite d'un rameau d'olivier, à gauche d'une corne de daim. Cet homme portait à sa ceinture une riche dague dont la poignée, de vermeil, était ciselée en forme de cimier et surmontée d'une couronne comtale. Il avait l'air mauvais, la mine fière et la tête haute. Au premier coup d'œil on voyait sur son visage l'arrogance, au second, la ruse. Il se tenait tête nue, une longue pancarte à la main, debout derrière la chaise à bras sur laquelle était assis, le corps disgracieusement plié en deux, les genoux chevauchant l'un sur l'autre, le coude sur la table, un personnage fort mal accoutré. Qu'on se figure, en effet, sur l'opulent siége de cuir de Cordoue, deux rotules cagneuses, deux cuisses maigres pauvrement habillées d'un tricot de laine noire, un torse enveloppé d'un surtout de futaine avec une fourrure dont on voyait moins de poil que de cuir; enfin, pour couronner, un vieux chapeau gras du plus méchant drap noir, bordé d'un cordon circulaire de figurines de plomb. Voilà, avec une sale calotte qui laissait à peine passer un cheveu, tout ce qu'on distinguait du personnage assis. Il tenait sa tête tellement courbée sur sa poitrine, qu'on n'apercevait rien de son visage recouvert d'ombre, si ce n'est le bout de son nez, sur lequel tombait un rayon de lumière, et qui devait être long. A la maigreur de sa main ridée, on devinait un vieillard. C'était Louis XI.

A quelque distance derrière eux causaient à voix basse deux hommes vêtus à la coupe flamande, qui n'étaient pas assez perdus dans l'ombre pour que quelqu'un de ceux qui avaient assisté à la représentation du mystère de Gringoire, n'eût pu reconnaître en eux deux des principaux envoyés flamands, Guillaume Rym, le sagace pensionnaire de Gand, et Jacques Coppenole, le populaire chaussetier. On se souvient que ces deux hommes étaient mêlés à la politique secrète de Louis XI. Enfin, tout au fond, près de la porte, se tenait debout dans l'obscurité, immobile comme une statue, un vigoureux homme à membres trapus, à harnois militaire, à casaque armoriée, dont la face carrée, percée d'yeux à fleur de tête, fendue d'une immense bouche, dérobant ses oreilles sous deux larges abat-vent de cheveux plats, sans front, tenait à la fois du chien et du tigre. Tous étaient découverts, excepté le roi. Le seigneur qui était auprès du roi lui faisait lecture d'une espèce de long mémoire que Sa Majesté semblait écouter avec attention. Les deux Flamands chuchotaient.

— Croix-Dieu ! grommelait Coppenole, je suis las d'être debout; est-ce qu'il n'y a pas de chaise ici?

Rym répondit par un geste négatif, accompagné d'un sourire discret.

— Croix-Dieu! reprenait Coppenole tout malheureux d'être obligé de baisser ainsi la voix, l'envie me démange de m'asseoir à terre, jambes croisées, en chaussetier, comme je fais dans ma boutique.

— Gardez-vous-en bien! maître Jacques.

— Ouais! maître Guillaume ! ici l'on ne peut donc être que sur les pieds?

— Ou sur les genoux, dit Rym.

En ce moment la voix du roi s'éleva. Ils se turent.

— Cinquante sols les robes de nos valets, et douze livres les manteaux des clercs de notre couronne! C'est cela! versez l'or à tonnes! Etes-vous fou, Olivier?

En parlant ainsi, le vieillard avait levé la tête. On voyait reluire à son cou les coquilles d'or du collier de Saint-Michel. La chandelle éclairait en plein son profil décharné et morose. Il arracha le papier des mains de l'autre.

— Vous nous ruinez! cria-t-il en promenant ses yeux creux sur le cahier. Qu'est-ce que tout cela? qu'avons-nous besoin d'une si prodigieuse maison? Deux chapelains à raison de dix livres par mois chacun, et un clerc de cha-

On vit Quasimodo, debout sur le parapet de la galerie, qui, d'une seule main, tenait l'écolier par les pieds. (Page 134.)

pelle à cent sols! Un valet de chambre à quatre-vingt-dix livres par an! Quatre écuyers de cuisine à six-vingts livres par an chacun! Un hasteur, un potager, un saussier, un queux, un sommelier d'armures, deux valets de sommiers, à raison de dix livres par mois chaque! Deux galopins de cuisine à huit livres! Un palefrenier et ses deux aides à vingt-quatre livres par mois! Un porteur, un pâtissier, un boulanger, deux charretiers, chacun soixante livres par an! Et le maréchal des forges, six-vingts livres! Et le maître de la chambre de nos deniers, douze cents livres! Et le contrôleur, cinq cents! — Que sais-je, moi! C'est une furie! Les gages de nos domestiques mettent la France au pillage! Tous les mugots du Louvre fondront à un tel feu de dépense! Nous y vendrons nos vaisselles! Et l'an prochain, si Dieu et Notre-Dame (ici il souleva son chapeau) nous prêtent vie, nous boirons nos tisanes dans un pot d'étain!

En disant cela, il jetait un coup d'œil sur le hanap d'argent qui étincelait sur la table. Il toussa, et poursuivit :

— Maître Olivier, les princes qui règnent aux grandes seigneuries, comme rois et empereurs, ne doivent pas laisser engendrer la somptuosité en leurs maisons; car de là ce feu court par la province. — Donc, maître Olivier, tiens-toi ceci pour dit. Notre dépense augmente tous les ans. La chose nous déplaît. Comment, Pasque-Dieu! jusqu'en 79 elle n'a point passé trente-six mille livres; en 80, elle a atteint quarante-trois mille six cent dix-neuf livres; — j'ai le chiffre en tête; — en 81, soixante-six mille six cent quatre-vingts livres; et cette année, par la foi de mon corps! elle atteindra quatre-vingt mille livres! Doublée en quatre ans! monstrueux!

Il s'arrêta, essoufflé, puis il reprit avec emportement :

— Je ne vois autour de moi que gens qui s'engraissent de ma maigreur! Vous me sucez des écus par tous les pores!

Tous gardaient le silence. C'était une de ces colères qu'on laisse aller. Il continua :

— C'est comme cette requête en latin de la seigneurie de France, pour que nous ayons à rétablir ce qu'ils appellent les grandes charges de la couronne! Charges en effet! charges qui écrasent! Ah! messieurs! vous dites que nous ne sommes pas un roi, pour régner *dapifero nullo! buticulario nullo!* Nous vous le ferons voir, Pasque-Dieu! si nous ne sommes pas un roi!

Ici il sourit dans le sentiment de sa puissance; sa mau-

Louis XI et Olivier.

vaise humeur s'en adoucit, et il se tourna vers les Flamands :

— Voyez-vous, compère Guillaume? le grand-pannetier, le grand-bouteiller, le grand-chambellan, le grand-sénéchal ne valent pas le moindre valet. — Retenez ceci, compère Coppenole. — Ils ne servent à rien. A se tenir ainsi inutiles autour du roi, ils me font l'effet des quatre évangélistes qui environnent le cadran de la grande horloge du Palais, et que Philippe Brille vient de remettre à neuf. Ils sont dorés, mais ils ne marquent pas l'heure; et l'aiguille peut se passer d'eux.

Il demeura un moment pensif, et ajouta en hochant sa vieille tête : — Oh! oh! par Notre-Dame, je ne suis pas Philippe Brille, et je ne redorerai pas les grands vassaux. — Continue, Olivier.

Le personnage qu'il désignait par ce nom reprit le cahier de ses mains, et se remit à lire à haute voix :

« ... A Adam Tenon, commis à la garde des sceaux de la prévôté de Paris : pour l'argent, façon et gravure desdits sceaux qui ont été faits neufs pour ce que les autres précédents, pour leur antiquité et caduqueté, ne pouvaient plus bonnement servir, douze livres parisis.

« A Guillaume Frère, la somme de quatre livres quatre sols parisis, pour ses peines et salaires d'avoir nourri et alimenté les colombes des deux colombiers de l'hôtel des Tournelles, durant les mois de janvier, février et mars de cette année, et pour ce a donné sept sextiers d'orge.

« A un cordelier, pour confession d'un criminel, quatre sols parisis. »

Le roi écoutait en silence. De temps en temps il toussait; alors il portait le hanap à ses lèvres, et buvait une gorgée en faisant une grimace.

— « En cette année ont été faits par ordonnance de justice à son de trompe, par les carrefours de Paris, cinquante-six cris. — Compte à régler.

« Pour avoir fouillé et cherché en certains endroits, tant dans Paris qu'ailleurs, de la finance qu'on disait y avoir été cachée; mais rien n'y a été trouvé : — Quarante-cinq livres parisis. »

— Enterrer un écu pour déterrer un sou, dit le roi.

— « ... Pour avoir mis à point, à l'hôtel des Tournelles, six panneaux de verre blanc à l'endroit où est la cage de fer, treize sols. — Pour avoir fait et livré, par le commandement du roi, le jour des monstres, quatre écussons aux armes dudit seigneur, enchapessées de chapeaux de roses tout à l'entour, six livres. — Pour deux manches neuves au vieil pourpoint du roi, vingt sols. — Pour une boîte de graisse à graisser les bottes du roi, quinze deniers. Une étable faite de neuf pour loger les pourceaux noirs du roi, trente livres parisis. — Plusieurs cloisons, planches et trappes faites pour enfermer les lions d'emprès Saint-Paul, vingt-deux livres. »

— Voilà des bêtes qui sont chères, dit Louis XI. N'importe; c'est une belle magnificence de roi. Il y a un grand lion roux que j'aime pour ses gentillesses. — L'avez-vous vu, maître Guillaume? — Il faut que les princes aient de ces animaux mirifiques. A nous autres rois, nos chiens doivent être des lions, et nos chats des tigres. Le grand va aux couronnes. Du temps des païens de Jupiter, quand le peuple offrait aux églises cent bœufs et cent brebis, les empereurs donnaient cent lions et cent aigles. Cela était farouche et fort beau. Les rois de France ont toujours eu de ces rugissements autour de leur trône. Néanmoins on me rendra cette justice, que j'y dépense encore moins d'argent qu'eux, et que j'ai une plus grande modestie de lions, d'ours, d'éléphants et de léopards. — Allez, maître Olivier. Nous voulions dire cela à nos amis les Flamands.

Guillaume Rym s'inclina profondément, tandis que Coppenole, avec sa mine bourrue, avait l'air d'un de ces ours dont parlait Sa Majesté. Le roi n'y prit pas garde. Il venait de tremper ses lèvres dans le hanap, et recrachait le breuvage en disant : — Pouah! la fâcheuse tisane! — Celui qui lisait continua :

— « Pour nourriture d'un maraud piéton enverrouillé depuis six mois dans la logette de l'écorcherie, en attendant qu'on sache qu'en faire, — six livres quatre sols. »

— Qu'est-ce cela? interrompit le roi, nourrir ce qu'il faut pendre! Pasque-Dieu! je ne donnerai plus un sol pour cette nourriture. — Olivier, entendez-vous de la chose avec monsieur d'Estouteville, et dès ce soir faites-moi le préparatif des noces du galant avec une potence. — Reprenez.

Olivier fit une marque avec le pouce à l'article du *maraud piéton*, et passa outre.

— « A Henriet Cousin, maître exécuteur des hautes-œuvres de la justice de Paris, la somme de soixante sols parisis à lui taxée et ordonnée par monseigneur le prévôt de Paris, pour avoir acheté, de l'ordonnance de mondit sieur le prévôt, une grande épée à feuille servant à exécuter et décapiter les personnes qui par justice sont condamnées pour leurs démérites, et icelle fait garnir de fourreau et de tout ce qui y appartient; et pareillement a fait remettre à point et rhabiller la vieille épée, qui s'était éclatée et ébréchée en faisant la justice de messire Louis de Luxembourg, comme plus à plein peut apparoir... »

Le roi interrompit : — Il suffit; j'ordonnance la somme de grand cœur. Voilà des dépenses où je ne regarde pas. Je n'ai jamais regretté cet argent-là. Suivez.

— « Pour avoir fait de neuf une grande cage... »

— Ah! dit le roi, en prenant de ses deux mains les bras de sa chaise, je savais bien que j'étais venu en cette Bastille pour quelque chose. — Attendez, maître Olivier. Je veux voir moi-même la cage. Vous m'en lirez le coût pendant que je l'examinerai. — Messieurs les Flamands, venez voir cela; c'est curieux.

Alors il se leva, s'appuya sur le bras de son interlocuteur, fit signe à l'espèce de muet qui se tenait debout devant la porte de le précéder, aux deux Flamands de le suivre, et sortit de la chambre.

La royale compagnie se recruta, à la porte du retrait, d'hommes d'armes tout alourdis de fer, et de minces pages qui portaient des flambeaux. Elle chemina quelque temps dans l'intérieur du sombre donjon, percé d'escaliers et de corridors jusque dans l'épaisseur des murailles. Le capitaine de la Bastille marchait en tête, et faisait ouvrir les guichets devant le vieux roi malade et voûté, qui toussait en marchant. A chaque guichet, toutes les têtes étaient obligées de se baisser, excepté celle du vieillard plié par l'âge. — Hum! disait-il entre ses gencives, car il n'avait plus de dents, nous sommes déjà tout près pour la porte du sépulcre. A porte basse, passant courbé.

Enfin, après avoir franchi un dernier guichet si embarrassé de serrures qu'on mit un quart d'heure à l'ouvrir, ils entrèrent dans une haute et vaste salle en ogive, au centre de laquelle on distinguait, à la lueur des torches, un gros cube massif de maçonnerie, de fer et de bois. L'intérieur était creux. C'était une de ces fameuses cages à prisonniers d'État qu'on appelait les *fillettes du roi*. Il y avait aux parois deux ou trois petites fenêtres si étoffément treillissées d'épais barreaux de fer, qu'on n'en voyait pas la vitre. La porte était une grande dalle de pierre plate, comme aux tombeaux; de ces portes qui ne servent jamais que pour entrer. Seulement, ici, le mort était un vivant. Le roi se mit à marcher lentement autour du petit édifice en l'examinant avec soin, tandis que maître Olivier, qui le suivait, lisait tout haut le mémoire :

— « Pour avoir fait de neuf une grande cage de bois de grosses solives, membrures et sablières, contenant neuf pieds de long sur huit de lé, et de hauteur sept pieds entre deux planchers, lissée et boujonnée à gros boujons de fer, laquelle a été assise en une chambre étant à l'une des tours de la Bastide Saint-Antoine, en laquelle cage est mis et détenu par commandement du roi notre seigneur, un prisonnier qui habitait précédemment une vieille cage caduque et décrépite. — Ont été employés à cette dite cage neuve quatre-vingt-seize solives de couche et cinquante-deux solives debout, dix sablières de trois toises de long; et ont été occupés dix-neuf charpentiers pour équarrir, ouvrer et tailler tout ledit bois en la cour de la Bastide pendant vingt jours... »

— D'assez beaux cœurs de chêne, dit le roi en cognant du poing la charpente.

— « ... Il est entré dans cette cage, poursuivit l'autre, deux cent vingt gros boujons de fer, de neuf pieds et de huit, le surplus de moyenne longueur, avec les rouelles, pommelles et contrebandes servant auxdits boujons, pesant, tout ledit fer, trois mille sept cent trente-cinq livres, outre huit grosses équières de fer servant à attacher ladite cage, avec les crampons et clous, pesant ensemble deux cent dix-huit livres de fer, sans compter le fer des treillis des fenêtres de la chambre où la cage a été posée, les barres de fer de la porte de la chambre, et autres choses. »

— Voilà bien du fer, dit le roi, pour contenir la légèreté d'un esprit!

— « ... Le tout revient à trois cent dix-sept livres cinq sols sept deniers. »

— Pasque Dieu! s'écria le roi.

A ce juron, qui était le favori de Louis XI, il parut que quelqu'un se réveillait dans l'intérieur de la cage; on entendit des chaînes qui en écorchaient le plancher avec bruit, et il s'éleva une voix faible qui semblait sortir de la tombe : — Sire! sire! grâce! — On ne pouvait voir celui qui parlait ainsi.

— Trois cent dix-sept livres cinq sols sept deniers, reprit Louis XI.

La voix lamentable qui était sortie de la cage avait glacé tous les assistants, maître Olivier lui-même. Le roi seul avait l'air de ne pas l'avoir entendue. Sur son ordre, maître Olivier reprit sa lecture, et Sa Majesté continua froidement l'inspection de sa cage.

— « ... Outre cela, il a été payé à un maçon qui a fait les trous pour poser les grilles des fenêtres, et le plancher de la chambre où est la cage, parce que le plancher n'eût pu porter cette cage, à cause de sa pesanteur, vingt-sept livres quatorze sols parisis... »

La voix recommença à gémir.

— Grâce! sire! Je vous jure que c'est monsieur le cardinal d'Angers qui a fait la trahison, et non pas moi.

— Le maçon est rude! dit le roi. Continue, Olivier.

Olivier continua :

— « ... A un menuisier, pour fenêtres, couches, selle percée et autres choses, vingt livres deux sols parisis..... »

La voix continuait aussi.

— Hélas! sire! ne m'écouterez-vous pas? Je vous proteste que ce n'est pas moi qui ai écrit la chose à monseigneur de Guyenne, mais monsieur le cardinal Balue!

— Le menuisier est cher, observa le roi. — Est-ce tout?

— Non, sire. — « … A un vitrier, pour les vitres de ladite chambre, quarante-six sols huit deniers parisis. »

— Faites grâce, sire! N'est-ce donc pas assez qu'on ait donné tous mes biens à mes juges, ma vaisselle à M. de Torcy, ma librairie à maître Pierre Doriolle, ma tapisserie au gouverneur du Roussillon? Je suis innocent. Voilà quatorze ans que je grelotte dans une cage de fer. Faites grâce, sire! Vous retrouverez cela dans le ciel.

— Maître Olivier, dit le roi, le total?

— Trois cent soixante-sept livres huit sols trois deniers parisis.

— Notre-Dame! cria le roi. Voilà une cage outrageuse!

Il arracha le cahier des mains de maître Olivier, et se mit à compter lui-même sur ses doigts, en examinant tour à tour le papier et la cage. Cependant on entendait sangloter le prisonnier. Cela était lugubre dans l'ombre, et les visages se regardaient en pâlissant.

— Quatorze ans, sire! Voilà quatorze ans! depuis le mois d'avril 1469. Au nom de la sainte mère de Dieu, sire, écoutez-moi! Vous avez joui tout ce temps de la chaleur du soleil. Moi, chétif, ne verrai-je plus jamais le jour? Grâce, sire! Soyez miséricordieux. La clémence est une belle vertu royale, qui rompt les courantes de la colère. Croit-elle, Votre Majesté, que ce soit à l'heure de la mort un grand contentement pour un roi, de n'avoir laissé aucune offense impunie? D'ailleurs, sire, je n'ai point trahi Votre Majesté; c'est monsieur d'Angers. Et j'ai au pied une bien lourde chaîne, et une grosse boule de fer au bout, beaucoup plus pesante qu'il n'est de raison. Eh! sire, ayez pitié de moi!

— Olivier, dit le roi en hochant la tête, je remarque qu'on me compte le muid de plâtre à vingt sols, qui n'en vaut que douze. Vous referez ce mémoire.

Il tourna le dos à la cage, et se mit en devoir de sortir de la chambre. Le misérable prisonnier, à l'éloignement des flambeaux et du bruit, jugea que le roi s'en allait. — Sire! sire! cria-t-il avec désespoir. La porte se referma. Il ne vit plus rien, et n'entendit plus que la voix rauque du guichetier, qui lui chantait aux oreilles la chanson :

Maître Jean Blueu
A perdu la vue
De ses évêchés.
Monsieur de Verdun
N'en a plus pas un;
Tous sont dépêchés.

Le roi remontait en silence à son retrait, et son cortége le suivait, terrifié des derniers gémissements du condamné. Tout à coup Sa Majesté se tourna vers le gouverneur de la Bastille. — A propos, dit-elle, n'y avait-il pas quelqu'un dans cette cage?

— Pardieu, sire! répondit le gouverneur, stupéfait de la question.

— Et qui donc?

— Monsieur l'évêque de Verdun.

Le roi savait cela mieux que personne. Mais c'était une manie.

— Ah! dit-il avec l'air naïf d'y songer pour la première fois, Guillaume de Harancourt, l'ami de monsieur le cardinal Balue. Un bon diable d'évêque!

Au bout de quelques instants, la porte du retrait s'était rouverte, puis reclose sur les cinq personnages que le lecteur y a vus au commencement de ce chapitre, et qui y avaient repris leurs places, leurs causeries à demi-voix, et leurs attitudes.

Pendant l'absence du roi, on avait déposé sur sa table quelques dépêches, dont il rompit lui-même le cachet. Puis il se mit à les lire promptement l'une après l'autre, fit signe à *maître Olivier*, qui paraissait avoir près de lui office de ministre, de prendre une plume, et, sans lui faire part du contenu des dépêches, commença à lui en dicter à voix basse les réponses, que celui-ci écrivait assez incommodément agenouillé devant la table.

Guillaume Rym observait.

Le roi parlait si bas, que les Flamands n'entendaient rien de sa dictée, si ce n'est çà et là quelques lambeaux isolés et peu intelligibles comme : — … Maintenir les lieux fertiles par le commerce, les stériles par les manufactures… —Faire voir aux seigneurs anglais nos quatre bombardes, la Londres, la Brabant, la Bourg-en-Bresse, la Saint-Omer… — L'artillerie est cause que la guerre se fait maintenant plus judicieusement… — A monsieur de Bressuire notre ami… — Les armées ne s'entretiennent sans les tributs… — Etc.

Une fois il haussa la voix : — Pasque-Dieu! monsieur le roi de Sicile scelle ses lettres sur cire jaune, comme un roi de France. Nous avons peut-être tort de le lui permettre. Mon beau cousin de Bourgogne ne donnait pas d'armoiries à champ de gueules. La grandeur des maisons s'assure en l'intégrité des prérogatives. Note ceci, compère Olivier.

Une autre fois : — Oh! oh! dit-il, le gros message! Que nous réclame notre frère l'empereur?— Et, parcourant des yeux la missive en coupant sa lecture d'interjections : — Certes! les Allemagnes sont si grandes et puissantes, qu'il est à peine croyable. — Mais nous n'oublions pas le vieux proverbe : La plus belle comté est Flandre; la plus belle duché, Milan; le plus beau royaume, France. — N'est-ce pas, messieurs les Flamands?

Cette fois, Coppenole s'inclina avec Guillaume Rym. Le patriotisme du chaussetier était chatouillé.

Une dernière dépêche fit froncer le sourcil à Louis XI.— Qu'est cela? s'écria-t-il. Des plaintes et quérimonies contre nos garnisons de Picardie! Olivier, écrivez en diligence à monsieur le maréchal de Rouault : — Que les disciplines se relâchent; — que les gendarmes des ordonnances, les nobles de ban, les francs-archers, les suisses, font des maux infinis aux manants; — que l'homme de guerre, ne se contentant pas des biens qu'il trouve en la maison des laboureurs, les contraint à grands coups de bâton ou de voulge, à aller querir du vin à la ville, du poisson, des épiceries, et autres choses excessives. — Que monsieur le roi sait cela. — Que nous entendons garder notre peuple des inconvénients, larcins et pilleries.— Que c'est notre volonté, par Notre-Dame! — Qu'en outre, il ne nous agrée pas qu'aucun ménétrier, barbier, ou valet de guerre, soit vêtu comme prince, de velours, de drap de soie et d'anneaux d'or;—que ces vanités sont haineuses à Dieu. — Que nous nous contentons, nous qui sommes gentilhomme, d'un pourpoint de drap à seize sols l'aune de Paris. — Que messieurs les goujats peuvent bien se rabaisser jusque-là, eux aussi.—Mandez et ordonnez.—A monsieur de Rouault, notre ami. — Bien.

Il dicta cette lettre à haute voix, d'un ton ferme et par saccades. Au moment où il achevait, la porte s'ouvrit, et donna passage à un nouveau personnage, qui se précipita tout effaré dans la chambre en criant : — Sire! sire! il y a une sédition de populaire dans Paris! La grave figure de Louis XI se contracta; mais ce qu'il y eut de visible dans son émotion passa comme un éclair. Il se contint, et dit avec une sévérité tranquille : — Compère Jacques, vous entrez bien brusquement!

— Sire! sire! il y a une révolte! reprit le compère Jacques essoufflé.

Le roi, qui s'était levé, lui prit rudement le bras et lui dit à l'oreille, de façon à être entendu de lui seul, avec une colère concentrée et un regard oblique sur les Flamands : — Tais-toi! ou parle bas. Le nouveau venu comprit, et se mit à lui faire tout bas une narration très-effarouchée. que le roi écoutait avec calme, tandis que Guillaume Rym faisait remarquer à Coppenole le visage et l'habit du nouveau venu, sa capuce fourrée, *caputia fourrata*, son épitoge court, *epitogia curta*, sa robe de velours noir, qui annonçait un président de la Cour des comptes. A peine ce personnage eut-il donné au roi quelques explications, que Louis XI s'écria en éclatant de rire : — En vérité! parlez tout haut, compère Coictier! Qu'avez-vous à parler bas ainsi? Notre-Dame sait que nous n'avons rien de caché pour nos bons amis Flamands.

— Mais, sire…

— Parlez tout haut!

Le « compère Coictier » demeurait muet de surprise.

— Donc, reprit le roi, — parlez, monsieur, — il y a une émotion de manants dans notre bonne ville de Paris!

— Oui, sire.

— Et qui se dirige, dites-vous, contre monsieur le bailli du Palais de Justice?

— Il y a apparence, dit le *compère*, qui balbutiait encore, tout étourdi du brusque et inexplicable changement qui venait de s'opérer dans les pensées du roi.

Louis XI reprit : — Où le guet a-t-il rencontré la cohue?

— Cheminant de la grande Truanderie vers le Pont-aux-Changeurs. Je l'ai rencontrée moi-même, comme je venais ici, pour obéir aux ordres de Votre Majesté. J'en ai entendu quelques-uns qui criaient : — A bas le bailli du Palais!

— Et quels griefs ont-ils contre le bailli?

— Ah! dit le compère Jacques, qu'il est leur seigneur.

— Vraiment!

— Oui, sire. Ce sont des marauds de la Cour-des-Miracles. Voilà longtemps déjà qu'ils se plaignent du bailli, dont ils sont vassaux. Ils ne veulent le reconnaître ni comme justicier ni comme voyer.

— Oui-da? repartit le roi avec un sourire de satisfaction qu'il s'efforçait en vain de déguiser.

— Dans toutes leurs requêtes au Parlement, reprit le compère Jacques, ils prétendent n'avoir que deux maîtres: Votre Majesté et leur Dieu, qui est, je crois, le diable.

— Eh! eh! dit le roi.

Il se frottait les mains, il riait de ce rire intérieur qui fait rayonner le visage; il ne pouvait dissimuler sa joie, quoiqu'il essayât par instants de se composer. Personne n'y comprenait rien, pas même « maître Olivier. » Il resta un moment silencieux, avec un air pensif, mais content.

— Sont-ils en force? demanda-t-il tout à coup.

— Oui certes, sire, répondit le compère Jacques.

— Combien?

— Au moins six mille.

Le roi ne put s'empêcher de dire : Bon. Il reprit : — Sont-ils armés?

— Des faux, des piques, des hacquebutes, des pioches. Toutes sortes d'armes fort violentes.

Le roi ne parut nullement inquiet de cet étalage. Le compère Jacques crut devoir ajouter : Si Votre Majesté n'envoie pas promptement au secours du bailli, il est perdu.

— Nous enverrons, dit le roi avec un faux air sérieux. C'est bon. Certainement nous enverrons. Monsieur le bailli est notre ami. Six mille! Ce sont de déterminés drôles. La hardiesse est merveilleuse, et nous en sommes fort courroucé. Mais nous avons peu de monde cette nuit autour de nous. — Il sera temps demain matin.

Le compère Jacques s'écria : — Tout de suite, sire! Le bailliage aura vingt fois le temps d'être saccagé, la seigneurie violée, le bailli pendu. Pour Dieu! sire, envoyez avant demain matin.

Le roi le regarda en face. — Je vous ai dit demain matin. C'était un de ces regards auxquels on ne réplique pas. Après un silence, Louis XI éleva de nouveau la voix : — Mon compère Jacques, vous devez savoir cela. Quelle était... Il se reprit : — Quelle est la juridiction féodale du bailli?

— Sire, le bailli du Palais a la rue de la Calandre jusqu'à la rue de l'Herberie, la place Saint-Michel, et les lieux vulgairement nommés les Mureaux, assis près de l'église Notre-Dame-des-Champs (ici Louis XI souleva le bord de son chapeau), lesquels hôtels sont au nombre de treize, plus la Cour-des-Miracles, plus la Maladerie appelée la banlieue, plus toute la chaussée qui commence à cette Maladerie et finit à la porte Saint-Jacques. De ces divers endroits il est voyer, haut, moyen et bas justicier, plein seigneur.

— Ouais! dit le roi en se grattant l'oreille gauche avec la main droite, cela fait un bon bout de ma ville! Ah! monsieur le bailli était roi de tout cela!

Cette fois il ne se reprit point. Il continua rêveur et comme se parlant à lui-même : — Tout beau, monsieur le bailli! vous aviez là entre les dents un gentil morceau de notre Paris. Tout à coup il fit explosion : — Pasque-Dieu! qu'est-ce que c'est que ces gens qui se prétendent voyers, justiciers, seigneurs et maîtres chez nous? qui ont leur péage à tout bout de champ; leur justice et leur bourreau à tout carrefour parmi notre peuple? de façon que comme le Grec se croyait autant de dieux qu'il avait de fontaines et le Persan autant qu'il voyait d'étoiles, le Français se compte autant de rois qu'il voit de gibets. Pardieu! cette chose est mauvaise, et la confusion m'en déplait. Je voudrais bien savoir si c'est la grâce de Dieu qu'il y ait à Paris un autre voyer que le roi, une autre justice que notre Parlement, un autre empereur que nous dans cet empire! Par la foi de mon âme! il faudra bien que le jour vienne où il n'y aura en France qu'un roi, qu'un seigneur, qu'un juge, qu'un coupe-tête, comme il n'y a au paradis qu'un Dieu!

Il souleva encore son bonnet, et continua, rêvant toujours, avec l'air et l'accent d'un chasseur qui agace et lance sa meute. — Bon! mon peuple! bravement! brise ces faux seigneurs! fais ta besogne. Sus! sus! pille-les, pends-les, saccage-les!... Ah! vous voulez être rois, messeigneurs! Va! peuple! va! Ici il s'interrompit brusquement, se mordit les lèvres, comme pour rattraper sa pensée à demi échappée, appuya tour à tour son œil perçant sur chacun des cinq personnages qui l'entouraient, et tout à coup saisissant son chapeau à deux mains et le regardant en face, il lui dit : — Oh! je te brûlerais si tu savais ce qu'il y a dans ma tête. Puis, promenant de nouveau autour de lui le regard attentif et inquiet du renard qui rentre sournoisement à son terrier : — Il n'importe! nous secourrons monsieur le bailli. Par malheur, nous n'avons que peu de troupe ici, en ce moment, contre tant de populaire. Il faut attendre jusqu'à demain. On remettra l'ordre en la Cité, et l'on pendra vertement tout ce qui sera pris.

— A propos! sire, dit le compère Coictier, j'ai oublié cela dans le premier trouble : le guet a saisi deux traînards de la bande. Si Votre Majesté veut voir ces hommes, ils sont là.

— Si je veux les voir! cria le roi. Comment! Pasque-Dieu! tu oublies chose pareille! — Cours vite, toi, Olivier! va les chercher.

Maître Olivier sortit et rentra un moment après avec les deux prisonniers, environnés d'archers de l'ordonnance. Le premier avait une grosse face idiote, ivre et étonnée : il était vêtu de guenilles et marchait en pliant le genou et en traînant le pied; le second était une figure blême et souriante, que le lecteur connaît déjà. Le roi les examina sans mot dire, puis s'adressant brusquement au premier :

— Comment t'appelles-tu?

— Gieffroy Pincebourde.

— Ton métier?

— Truand.

— Qu'allais-tu faire dans cette damnable sédition?

Le truand regarda le roi, en balançant ses bras d'un air hébété. C'était une de ces têtes mal conformées, où l'intelligence est à peu près aussi à l'aise que la lumière sous l'éteignoir.

— Je ne sais pas, dit-il. On allait, j'allais.

— N'alliez-vous pas attaquer outrageusement et piller votre seigneur le bailli du Palais?

— Je sais qu'on allait prendre quelque chose chez quelqu'un. Voilà tout.

Un soldat montra au roi une serpe qu'on avait saisie sur le truand. — Reconnais-tu cette arme? demanda le roi.

— Oui, c'est ma serpe; je suis vigneron.

— Et reconnais-tu cet homme pour ton compagnon? ajouta Louis XI en désignant l'autre prisonnier.

— Non. Je ne le connais pas.

— Il suffit, dit le roi en faisant un signe du doigt au personnage silencieux, immobile près de la porte, que nous avons déjà fait remarquer au lecteur : — Compère Tristan, voilà un homme pour vous.

Tristan-l'Hermite s'inclina. Il donna un ordre à voix basse à deux archers, qui emmenèrent le pauvre truand.

Cependant le roi s'était approché du second prisonnier, qui suait à grosses gouttes. — Ton nom?

— Sire, Pierre Gringoire.

— Ton métier?

— Philosophe, sire.

— Comment te permets-tu, drôle, d'aller investir notre ami monsieur le bailli du Palais, et qu'as-tu à dire de cette émotion populaire?

— Sire, je n'en étais pas.

— Or çà! paillard, n'as-tu pas été appréhendé par le guet dans cette mauvaise compagnie?

— Non, sire; il y a méprise. C'est une fatalité. Je fais des tragédies. Sire, je supplie Votre Majesté de m'entendre. Je suis poëte. C'est la mélancolie des gens de ma profession d'aller la nuit par les rues. Je passais par là ce soir. C'est grand hasard. On m'a arrêté à tort; je suis innocent de cette tempête civile. Votre Majesté voit que le truand ne m'a pas reconnu. Je conjure Votre Majesté...

— Tais-toi! dit le roi entre deux gorgées de tisane. Tu nous romps la tête.

Tristan-l'Hermite s'avança, et désignant Gringoire du doigt : — Sire, peut-on pendre aussi celui-là?

C'était la première parole qu'il proférait.

— Peuh! répondit négligemment le roi. Je n'y vois pas d'inconvénient.

— J'en vois beaucoup, moi! dit Gringoire.

Notre philosophe était en ce moment plus vert qu'une olive. Il vit à la mine froide et indifférente du roi qu'il n'y avait plus de ressource que dans quelque chose de très-pathétique, et se précipita aux pieds de Louis XI en s'écriant, avec une gesticulation désespérée :

— Sire! Votre Majesté daignera m'entendre. Sire! n'éclatez en tonnerre sur si peu de chose que moi. La grande foudre de Dieu ne bombarde pas une laitue. Sire! vous êtes un auguste monarque très-puissant : ayez pitié d'un pauvre homme honnête, et qui serait plus empêché d'attiser une révolte qu'un glaçon de donner une étincelle! Très-gracieux sire, la débonnaireté est vertu de lion et de roi. Hélas! la rigueur ne fait qu'effaroucher les esprits; les bouffées impétueuses de la bise ne sauraient faire quitter le manteau au passant : le soleil, donnant de ses rayons peu à peu, l'échauffe de telle sorte, qu'il le fera mettre en chemise. Sire, vous êtes le soleil. Je vous le proteste, mon souverain maître et seigneur, je ne suis pas un compagnon truand, voleur et désordonné. La révolte et les brigandèries ne sont pas de l'équipage d'Apollo. Ce n'est pas moi qui m'irai précipiter dans ces nuées qui éclatent en des bruits de séditions. Je suis un fidèle vassal de Votre Majesté. La même jalousie qu'a le mari pour l'honneur de sa femme, le ressentiment qu'a le fils pour l'amour de son père, un bon vassal les doit avoir pour la gloire de son roi; il doit sécher pour le zèle de sa maison, pour l'accroissement de son service. Toute autre passion qui le transporterait ne serait que fureur. Voilà, sire, mes maximes d'Etat. Donc ne me jugez pas séditieux et pillard, à mon habit usé aux coudes. Si vous me faites grâce, sire, je l'userai aux genoux à prier Dieu soir et matin pour vous! Hélas! je ne suis pas extrêmement riche, c'est vrai. Je suis même un peu pauvre; mais non vicieux pour cela. Ce n'est pas ma faute. Chacun sait que les grandes richesses ne se tirent pas des belles-lettres, et que les plus consommés aux bons livres n'ont pas toujours gros feu l'hiver. La seule avocasserie prend tout le grain et ne laisse que la paille aux autres professions scientifiques. Il y a quarante très-excellents proverbes sur le manteau troué des philosophes. Oh! sire, la clémence est la seule lumière qui puisse éclairer l'intérieur d'une grande âme. La clémence porte le flambeau devant toutes les autres vertus. Sans elle, ce sont des aveugles qui cherchent Dieu à tâtons. La miséricorde, qui est la même chose que la clémence, fait l'amour des sujets, qui est le plus puissant corps de garde à la personne du prince. Qu'est-ce que cela vous fait, à vous Majesté dont les faces sont éblouies, qu'il y ait un pauvre homme de plus sur la terre? un pauvre innocent philosophe, barbotant dans les ténèbres de la calamité, avec son gousset vide qui résonne sur son ventre creux? D'ailleurs, sire, je suis un lettré. Les grands rois se font une perle à leur couronne de protéger les lettres. Hercule ne dédaignait pas le titre de Musagètes. Mathias Corvin favorisait Jean de Monroyal, l'ornement des mathématiques. Or, c'est une mauvaise manière de protéger les lettres que de pendre les lettrés. Quelle tache à Alexandre s'il avait fait pendre Aristoteles! Ce trait ne serait pas un petit moucheron sur le visage de sa réputation pour l'embellir, mais bien un malin ulcère pour le défigurer. Sire! j'ai fait un très-expédient épithalame pour mademoiselle de Flandre et monseigneur le très-auguste dauphin. Cela n'est pas d'un boute-feu de rébellion. Votre Majesté voit que je ne suis pas un grimaud, que j'ai étudié excellemment, et que j'ai beaucoup d'éloquence naturelle. Faites-moi grâce, sire. Cela faisant, vous ferez une action galante à Notre-Dame, et je vous jure que je suis très-effrayé de l'idée d'être pendu!

En parlant ainsi, le désolé Gringoire baisait les pantoufles du roi, et Guillaume Rym disait tout bas à Coppenole : — Il fait bien de se traîner à terre. Les rois sont comme le Jupiter de Crète : ils n'ont des oreilles qu'aux pieds. — Et, sans s'occuper du Jupiter de Crète, le chaussetier répondait avec un lourd sourire, l'œil fixé sur Gringoire : — Oh! que c'est bien cela! je crois entendre le chancelier Hugonet me demander grâce.

Quand Gringoire s'arrêta enfin tout essoufflé, il leva la tête en tremblant vers le roi, qui grattait avec son ongle une tache que ses chausses avaient au genou; puis Sa Majesté se mit à boire au hanap de tisane. Du reste, elle ne soufflait mot, et ce silence torturait Gringoire. Le roi le regarda enfin. — Voilà un terrible braillard! dit-il. Puis se tournant vers Tristan-l'Hermite : — Bah! lâchez-le!

Gringoire tomba sur le derrière, tout épouvanté de joie.

— En liberté! grogna Tristan. Votre Majesté ne veut-elle pas qu'on le retienne un peu en cage?

— Compère, repartit Louis XI, crois-tu que ce soit pour de pareils oiseaux que nous faisons faire des cages de trois cent soixante-sept livres huit sous trois deniers! — Lâchez-moi incontinent le paillard (Louis XI affectionnait ce mot, qui faisait avec *Pasque-Dieu* le fond de sa jovialité), et mettez-le hors avec une bourrade.

— Ouf! s'écria Gringoire, que voilà un grand roi!

Et de peur d'un contre-ordre, il se précipita vers la porte, que Tristan lui rouvrit d'assez mauvaise grâce. Les soldats sortirent avec lui en le poussant devant eux à grands coups de poing, ce que Gringoire supporta en vrai philosophe stoïcien.

La bonne humeur du roi, depuis que la révolte contre le bailli lui avait été annoncée, perçait dans tout. Cette clémence inusitée n'en était pas un médiocre signe. Tristan-l'Hermite, dans son coin, avait la mine renfrognée d'un dogue qui a vu et qui n'a pas eu.

Le roi cependant battait gaiement avec les doigts sur le bras de sa chaise la marche de Pont-Audemer. C'était un prince dissimulé, mais qui savait beaucoup mieux cacher ses peines que ses joies. Ces manifestations extérieures de joie à toute bonne nouvelle allaient quelquefois très-loin : ainsi, à la mort de Charles-le-Téméraire, jusqu'à vouer des balustrades d'argent à Saint-Martin de Tours : à son avénement au trône, jusqu'à oublier d'ordonner les obsèques de son père.

— Eh! sire! s'écria tout à coup Jacques Coictier, qu'est devenue la pointe aiguë de maladie pour laquelle Votre Majesté m'avait fait mander?

— Oh! dit le roi, vraiment je souffre beaucoup, mon compère. J'ai l'oreille sibilante, et des râteaux de feu qui me raclent la poitrine.

Coictier prit la main du roi, et se mit à lui tâter le pouls avec une mine capable.

— Regardez, Coppenole, disait Rym à voix basse. Le voilà entre Coictier et Tristan. C'est là toute sa cour. Un médecin pour lui, un bourreau pour les autres.

En tâtant le pouls du roi, Coictier prenait un air de plus en plus alarmé. Louis XI le regardait avec quelque anxiété. Coictier se rembrunissait à vue d'œil. Le brave homme n'avait d'autre métairie que la mauvaise santé du roi. Il l'exploitait de son mieux.

— Oh! oh! murmura-t-il enfin; ceci est grave, en effet.

— N'est-ce pas? dit le roi inquiet.

— *Pulsus creber, anhelans, crepitans, irregularis,* continua le médecin.

— Pasque-Dieu!

— Avant trois jours, ceci peut emporter son homme.

— Notre-Dame! s'écria le roi. Et le remède, compère.

— J'y songe, sire.

Il fit tirer la langue à Louis XI, hocha la tête, fit la grimace, et tout au milieu de ces simagrées : — Pardieu! sire, dit-il tout à coup, il faut que je vous conte qu'il y a une recette des régales vacante, et que j'ai un neveu.

— Je donne ma recette à ton neveu, compère Jacques, répondit le roi ; mais tire-moi ce feu de la poitrine.

— Puisque Votre Majesté est si clémente, reprit le médecin, elle ne refusera pas de m'aider un peu en la bâtisse de ma maison rue Saint-André-des-Arcs.

— Heuh! dit le roi.

— Je suis au bout de ma finance, poursuivit le docteur, et il serait vraiment dommage que la maison n'eût pas de toit, non pour la maison, qui est simple et toute bourgeoise ; mais pour les peintures de Jehan Fourbault, qui en égayent le lambris. Il y a une Diane en l'air qui vole, mais si excellente, si tendre, si délicate, d'une action si ingénue, la tête si bien coiffée et couronnée d'un croissant, la chair si blanche, qu'elle donne de la tentation à ceux qui la regardent trop curieusement. Il y a aussi une Cérès. C'est encore une très-belle divinité. Elle est assise sur des gerbes de blé, et coiffée d'une guirlande galante d'épis entrelacés de salsifis et autres fleurs. Il ne se peut rien voir de plus amoureux que ses yeux, de plus rond que ses jambes, de plus noble que son air, de mieux drapé que sa jupe. C'est une des beautés les plus innocentes et les plus parfaites qu'ait produites le pinceau.

— Bourreau! grommela Louis XI, où en veux-tu venir?

— Il me faut un toit sur ces peintures, sire, et quoique ce soit peu de chose, je n'ai plus d'argent.

— Combien est-ce, ton toit?

— Mais... un toit de cuivre historié et doré, deux mille livres au plus.

— Ah! l'assassin! cria le roi. Il ne m'arrache pas une dent qui ne soit un diamant.

— Ai-je mon toit? dit Coictier.

— Oui! et va au diable, mais guéris-moi.

Jacques Coictier s'inclina profondément, et dit : — Sire, c'est un répercussif qui vous sauvera. Nous vous appliquerons sur les reins le grand défensif composé avec le cérat, le bol d'Arménie, le blanc d'œuf, l'huile et le vinaigre. Vous continuerez votre tisane, et nous répondons de Votre Majesté.

Une chandelle qui brille n'attire pas qu'un moucheron. Maître Oliver, voyant le roi en libéralité, et croyant le moment bon, s'approcha à son tour : — Sire...

— Qu'est-ce encore? dit Louis XI.

— Sire, Votre Majesté sait que maître Simon Radin est mort.

— Eh bien?

— C'est qu'il était conseiller du roi sur le fait de la justice du trésor.

— Eh bien?

— Sire, sa place est vacante.

En parlant ainsi, la figure hautaine de maître Olivier avait quitté l'expression arrogante pour l'expression basse. C'est le seul rechange qu'ait une figure de courtisan. Le roi le regarda très en face, et dit d'un ton sec : — Je comprends.

Il reprit : — Maître Olivier, le maréchal de Boucicaut disait : « Il n'est don que de roi, il n'est peschier que en la mer. » Je vois que vous êtes de l'avis de monsieur de Boucicaut. Maintenant, oyez ceci. Nous avons bonne mémoire. En 68, nous vous avons fait varlet de notre chambre ; en 69, garde du châtel du pont de Saint-Cloud, à cent livres tournois de gages (vous les vouliez parisis). — En novembre 73, par lettres données à Gergeaule, nous vous avons institué concierge du bois de Vincennes, au lieu de Gilbert Acle, écuyer ; en 75, gruyer de la forêt de Rouvray-les-Saint-Cloud, en place de Jacques le Maire ; en 78, nous vous avons gracieusement assis, par lettres patentes scellées sur double queue de cire verte, une rente de dix livres parisis, pour vous et votre femme, sur la place aux marchands, sise à l'école Saint-Germain ; en 79, nous vous avons fait gruyer de la forêt de Senart, au lieu de ce pauvre Jehan Daiz ; puis capitaine du château de Loches ; puis gouverneur de Saint-Quentin ; puis capitaine du pont de Meulan, dont vous vous faites appeler comte. Sur les cinq sols d'amende que paye tout barbier qui rase un jour de fête, il y a trois sols pour vous, et nous avons votre reste. Nous avons bien voulu changer votre nom de *le Mauvais*, qui ressemblait trop à votre mine. En 74, nous vous avons octroyé, au grand déplaisir de notre noblesse, des armoiries de mille couleurs qui vous font une poitrine de paon. Pasque-Dieu! n'êtes-vous pas saoul? La pescherie n'est-elle point assez belle et miraculeuse! Et ne craignez-vous pas qu'un saumon de plus ne fasse chavirer votre bateau? L'orgueil vous perdra, mon compère. L'orgueil est toujours talonné de la ruine et de la honte. Considérez ceci, et taisez-vous.

Ces paroles, prononcées avec sévérité, firent revenir à l'insolence la physionomie dépitée de maître Olivier. — Bon! murmura-t-il presque tout haut, on voit bien que le roi est malade aujourd'hui. Il donne tout au médecin.

Louis XI, loin de s'irriter de cette incartade, reprit avec quelque douceur : — Tenez, j'oubliais encore que je vous ai fait mon ambassadeur à Gand près de madame Marie. — Oui, messieurs, ajouta le roi en se tournant vers les Flamands, celui-là a été ambassadeur. — Là, mon compère, poursuivit-il en s'adressant à maître Olivier, ne nous fâchons pas ; nous sommes de vieux amis. Voilà qu'il est très-tard. Nous avons terminé notre travail. Rasez-moi.

Nos lecteurs n'ont sans doute pas attendu jusqu'à présent pour reconnaître dans *maître Olivier* ce Figaro terrible que la Providence, cette grande faiseuse de drames, a mêlé si artistement à la longue et sanglante comédie de Louis XI. Ce n'est pas ici que nous entreprendrons de développer cette figure singulière. Ce barbier du roi avait trois noms. A la cour, on l'appelait poliment Olivier-le-Daim ; parmi le peuple, Olivier-le-Diable. Il s'appelait, de son vrai nom, Olivier-le-Mauvais. Olivier-le-Mauvais donc resta immobile, boudant le roi, et regardant Jacques Coictier de travers. — Oui, oui! le médecin! disait-il entre ses dents.

— Eh! oui, le médecin! reprit Louis XI avec une bonhomie singulière, le médecin a plus de crédit encore que toi. C'est tout simple. Il a prise sur nous par tout le corps, et tu ne nous tiens que par le menton. Va, mon pauvre barbier, cela se retrouvera. Que dirais-tu donc, et que deviendrait ta charge, si j'étais un roi comme le roi Chilpéric, qui avait pour geste de tenir sa barbe d'une main? — Allons, mon compère, vaque à ton office, rase-moi. Va chercher ce qu'il te faut.

Olivier, voyant que le roi avait pris le parti de rire et qu'il n'y avait pas même moyen de le fâcher, sortit en grondant pour exécuter ses ordres. Le roi se leva, s'approcha de la fenêtre, et tout à coup l'ouvrant avec une agitation extraordinaire : — Oh! oui! s'écria-t-il en battant des mains, voilà une rougeur dans le ciel sur la Cité. C'est le bailli qui brûle. Ce ne peut être que cela. Ah! mon bon peuple! voilà donc que tu m'aides enfin à l'écroulement des seigneuries. Alors se tournant vers les Flamands : — Messieurs, venez voir ceci. N'est-ce pas un feu qui rougeoie?

Les deux Gantois s'approchèrent.

— Un grand feu! dit Guillaume Rym.

— Oh! ajouta Coppenole, dont les yeux étincelèrent tout à coup, cela me rappelle le brûlement de la maison du seigneur d'Hymbercourt. Il doit y avoir une grosse révolte là-bas.

— Vous croyez, maître Coppenole? Et le regard de Louis XI était presque aussi joyeux que celui du chaussetier. N'est-ce pas, qu'il sera difficile d'y résister?

— Croix-Dieu! sire! Votre Majesté ébréchera là-dessus bien des compagnies de gens de guerre.

— Ah! moi! c'est différent, repartit le roi. Si je voulais...

Le chaussetier répondit hardiment :

— Si cette révolte est ce que je suppose, vous auriez beau vouloir, sire.

— Compère, dit Louis XI, avec deux compagnies de mon ordonnance et une volée de serpentine, on a bon marché d'une populace de manants.

Le chaussetier, malgré les signes que lui faisait Guillaume Rym, paraissait déterminé à tenir tête au roi : — Sire, les Suisses aussi étaient des manants. Monsieur le duc de Bourgogne était un grand gentilhomme, et il faisait fi de cette canaille. A la bataille de Grandson, sire, il criait : Gens de canons, feu sur ces vilains ! et il jurait par saint Georges. Mais l'avoyer Scharnatchtal se rua sur le beau duc avec sa massue et son peuple, et de la rencontre des paysans à peaux de buffle, la luisante armée bourguignonne s'éclata comme une vitre au choc d'un caillou. Il y eut là bien des chevaliers de tués par des marauds ; et l'on trouva monsieur de Château-Guyon, le plus grand seigneur de la Bourgogne, mort avec son grand cheval grison dans un petit pré de marais.

— L'ami, repartit le roi, vous parlez d'une bataille. Il s'agit d'une mutinerie. Et j'en viendrai à bout quand il me plaira de froncer le sourcil.

L'autre répliqua avec indifférence : — Cela se peut, sire. En ce cas, c'est que l'heure du peuple n'est pas venue.

Guillaume Rym crut devoir intervenir : — Maitre Coppenole, vous parlez à un puissant roi.

— Je le sais, répondit gravement le chaussetier.

— Laissez-le dire, monsieur Rym mon ami, dit le roi ; j'aime ce franc-parler. Mon père Charles septième disait que la vérité était malade. Je croyais, moi, qu'elle était morte, et qu'elle n'avait point trouvé de confesseur. Maitre Coppenole me détrompe.

Alors, posant familièrement sa main sur l'épaule de Coppenole : Vous disiez donc, maitre Jacques...

— Je dis, sire, que vous avez peut-être raison, que l'heure du peuple n'est pas venue chez vous.

Louis XI le regarda avec son œil pénétrant. — Et quand viendra cette heure, maitre ?

— Vous l'entendrez sonner.

— A quelle horloge, s'il vous plait?

Coppenole, avec sa contenance tranquille et rustique, fit approcher le roi de la fenêtre. — Ecoutez, sire ! Il y a ici un donjon, un beffroi, des canons, des bourgeois, des soldats. Quand le beffroi bourdonnera, quand les canons gronderont, quand le donjon croulera à grand bruit, quand bourgeois et soldats hurleront et s'entretueront, c'est l'heure qui sonnera.

Le visage de Louis XI devint sombre et rêveur. Il resta un moment silencieux, puis il frappa doucement de la main, comme on flatte une croupe de destrier, l'épaisse muraille du donjon. — Oh ! que non ! dit-il. N'est-ce pas que tu ne crouleras pas si aisément, ma bonne Bastille ? Et se tournant d'un geste brusque vers le hardi Flamand : — Avez-vous jamais vu une révolte, maitre Jacques ?

— J'en ai fait, dit le chaussetier.

— Comment faites-vous, dit le roi, pour faire une révolte ?

— Ah ! répondit Coppenole, ce n'est pas bien difficile. Il y a cent façons. D'abord, il faut qu'on soit mécontent dans la ville. La chose n'est pas rare. Et puis le caractère des habitants. Ceux de Gand sont commodes à la révolte. Ils aiment toujours le fils du prince, le prince jamais. Eh bien ! un matin, je suppose, on entre dans ma boutique, on me dit : Père Coppenole, il y a ceci, il y a cela, la damoiselle de Flandre veut sauver ses ministres, le grand bailli double le tru de l'esgrin, ou autre chose, ce qu'on veut. Moi, je laisse là l'ouvrage, je sors de ma chausseterie, et je vais dans la rue, et je crie : A sac ! Il y a bien toujours là quelque futaille défoncée. Je monte dessus, et je dis tout haut les premières paroles venues, ce que j'ai sur le cœur ; et quand on est du peuple, sire, on a toujours quelque chose sur le cœur. Alors on s'attroupe, on crie, on sonne le tocsin, on arme les manants du désarmement des soldats, les gens du marché s'y joignent, et l'on va. Et ce sera toujours ainsi, tant qu'il y aura des seigneurs dans les seigneuries, des bourgeois dans les bourgs, et des paysans dans les pays.

— Et contre qui vous rebellez-vous ainsi? demanda le roi. Contre vos baillis ? contre vos seigneurs ?

— Quelquefois, c'est selon. Contre le duc aussi, quelquefois.

Louis XI alla se rasseoir, et dit avec un sourire : — Ah ! ici, ils n'en sont encore qu'aux baillis !

En cet instant Olivier-le-Daim rentra. Il était suivi de deux pages qui portaient les toilettes du roi ; mais ce qui frappa Louis XI, c'est qu'il était en outre accompagné du prévôt de Paris et du chevalier du guet, lesquels paraissaient consternés. Le rancuneux barbier avait aussi l'air consterné, mais content en dessous. C'est lui qui prit la parole : — Sire, je demande pardon à Votre Majesté de la calamiteuse nouvelle que je lui apporte.

Le roi, en se tournant vivement, écorcha la natte du plancher avec les pieds de sa chaise : — Qu'est-ce à dire ?

— Sire, reprit Olivier-le-Daim avec la mine méchante d'un homme qui se réjouit d'avoir à porter un coup violent, ce n'est pas sur le bailli du Palais que se rue cette sédition populaire.

— Et sur qui donc?

— Sur vous, sire.

Le vieux roi se dressa debout et droit comme un jeune homme : — Explique-toi, Olivier ! explique-toi ! Et tiens bien ta tête, mon compère ; car je te jure, par la croix de Saint-Lô, que si tu nous mens à cette heure, l'épée qui a coupé le cou de monsieur de Luxembourg n'est pas si ébréchée qu'elle ne scie encore le tien !

Le serment était formidable ; Louis XI n'avait juré que deux fois dans sa vie par la croix de Saint-Lô. Olivier ouvrit la bouche pour répondre : — Sire...

— Mets-toi à genoux ! interrompit violemment le roi. Tristan, veillez sur cet homme !

Olivier se mit à genoux, et dit froidement : — Sire, une sorcière a été condamnée à mort par votre Cour de parlement. Elle s'est réfugiée dans Notre-Dame. Le peuple l'y veut reprendre de vive force. Monsieur le prévôt et monsieur le chevalier du guet, qui viennent de l'émeute, sont là pour me démentir si ce n'est pas la vérité. C'est Notre-Dame que le peuple assiége.

— Oui-da ! dit le roi à voix basse, tout pâle et tout tremblant de colère. Notre-Dame ! Ils assiégent dans sa cathédrale Notre-Dame, ma bonne maitresse ! — Relève-toi, Olivier. Tu as raison. Je te donne la charge de Simon Radin. Tu as raison. — C'est à moi qu'on s'attaque. La sorcière est sous la sauvegarde de l'église, l'église est sous ma sauvegarde. Et moi qui croyais qu'il s'agissait du bailli ! C'est contre moi !

Alors, rajeuni par la fureur, il se mit à marcher à grands pas. Il ne riait plus, il était terrible, il allait et venait ; le renard s'était changé en hyène. Il semblait suffoqué à ne pouvoir parler ; ses lèvres remuaient et ses poings décharnés se crispaient. Tout à coup il releva la tête, son œil cave parut plein de lumière, et sa voix éclata comme un clairon. — Main basse, Tristan ! main basse sur ces coquins ! Va, Tristan mon ami ! tue ! tue !

Cette éruption passée, il vint se rasseoir, et dit avec une rage froide et concentrée : — Ici, Tristan ! — Il y a près de nous dans cette bastille les cinquante lances du vicomte de Gif, ce qui fait trois cents chevaux : vous les prendrez. Il y a aussi la compagnie des archers de notre ordonnance de monsieur de Châteaupers : vous les prendrez. Vous êtes prévôt des maréchaux, vous avez les gens de votre prévôté : vous les prendrez. A l'hôtel Saint-Pol, vous trouverez quarante archers de la nouvelle garde de monsieur le dauphin : vous les prendrez. Et avec tout cela, vous allez courir à Notre-Dame. — Ah ! messieurs les manants de Paris, vous vous jetez ainsi tout au travers de la couronne de France, de la sainteté de Notre-Dame et de la paix de cette république ! — Extermine ! Tristan ! extermine ! et que pas un n'en réchappe que pour Montfaucon.

Tristan s'inclina. — C'est bon, sire.

— Il ajouta après un silence : — Et que ferai-je de la sorcière ?

Cette question fit songer le roi.

— Ah ! dit-il, la sorcière ! — Monsieur d'Estouteville, qu'est-ce que le peuple en voulait faire ?

— Sire, répondit le prévôt de Paris, j'imagine que, puisque le peuple la vient arracher de son asile de Notre-Dame, c'est que cette impunité le blesse et qu'il veut la pendre.

Le roi parut réfléchir profondément ; puis, s'adressant à Tristan-l'Hermite : — Eh bien ! mon compère, extermine le peuple et pends la sorcière.

Les soldats sortirent avec lui en le poussant devant eux à grands coups de poing.
(Page 141.)

— C'est cela, dit tout bas Rym à Coppenole : punir le peuple de vouloir et faire ce qu'il veut.

— Il suffit, sire, répondit Tristan. Si la sorcière est encore dans Notre-Dame, faudra-t-il l'y prendre malgré l'asile?

— Pasque-Dieu, l'asile! dit le roi en se grattant l'oreille. Il faut pourtant que cette femme soit pendue.

Ici, comme pris d'une idée subite, il se rua à genoux devant sa chaise, ôta son chapeau, le posa sur le siége, et regardant dévotement l'une des amulettes de plomb qui le chargeaient : — Oh! dit-il les mains jointes, Notre-Dame de Paris, ma gracieuse patronne, pardonnez-moi. Je ne le ferai que cette fois. Il faut punir cette criminelle. Je vous assure, madame la vierge, ma bonne maîtresse, que c'est une sorcière qui n'est pas digne de votre aimable protection. Vous savez, madame, que bien des princes très-pieux ont outre-passé le privilége des églises pour la gloire de Dieu et la nécessité de l'État. Saint Hugues, évêque d'Angleterre, a permis au roi Édouard de prendre un magicien dans son église. Saint Louis de France, mon maître, a transgressé pour le même objet l'église de monsieur saint Paul; et monsieur Alphonse, fils du roi de Jérusalem, l'église même du Saint-Sépulcre. Pardonnez-moi donc pour cette fois, Notre-Dame de Paris. Je ne le ferai plus, et je vous donnerai une belle statue d'argent, pareille à celle que j'ai donnée l'an passé à Notre-Dame d'Ecouys. Ainsi soit-il.

Il fit un signe de croix, se releva, se recoiffa, et dit à Tristan : — Faites diligence, mon compère; prenez monsieur de Châteaupers avec vous. Vous ferez sonner le tocsin. Vous écraserez le populaire. Vous pendrez la sorcière. C'est dit. Et j'entends que le pourchas de l'exécution soit fait par vous. Vous m'en rendrez compte. — Allons, Olivier, je ne me coucherai pas cette nuit. Rase-moi.

Tristan-l'Hermite s'inclina et sortit. Alors, le roi, congédiant du geste Rym et Coppenole : — Dieu vous garde, messieurs mes bons amis les Flamands. Allez prendre un peu de repos. La nuit s'avance, et nous sommes plus près du matin que du soir.

Tous deux se retirèrent, et, en gagnant leurs appartements sous la conduite du capitaine de la Bastille, Coppenole disait à Guillaume Rym : — Hum! j'en ai assez de ce roi qui tousse! j'ai vu Charles de Bourgogne ivre; il était moins méchant que Louis XI malade.

Et, saisissant deux rames, s'assit à l'avant en ramant de toutes ses forces vers le large.
(Page 147.)

— Maître Jacques, répondit Rym, c'est que les rois ont le vin moins cruel que la tisane.

VI

PETITE FLAMBE EN BAGUENAUD.

En sortant de la Bastille, Gringoire descendit la rue Saint-Antoine de la vitesse d'un cheval échappé. Arrivé à la porte Baudoyer, il marcha droit à la croix de pierre qui se dressait au milieu de cette place, comme s'il eût pu distinguer dans l'obscurité la figure d'un homme vêtu et encapuchonné de noir, qui était assis sur les marches de la croix. — Est-ce vous, maître? dit Gringoire.

Le personnage noir se leva. — Mort et passion! Vous me faites bouillir, Gringoire. L'homme qui est sur la tour de Saint-Gervais vient de crier une heure et demie du matin.

— Oh! repartit Gringoire, ce n'est pas ma faute, mais celle du guet et du roi. Je viens de l'échapper belle! Je manque toujours d'être pendu. C'est ma prédestination.

— Tu manques tout, dit l'autre. Mais allons vite. As-tu le mot de passe?

— Figurez-vous, maître, que j'ai vu le roi. J'en viens. Il a une culotte de futaine. C'est une aventure.

— Oh! quenouille de paroles, que me fait ton aventure? As-tu le mot de passe des truands?

— Je l'ai. Soyez tranquille. *Petite Flambe en baguenaud.*

— Bien. Autrement nous ne pourrions pénétrer jusqu'à l'église. Les truands barrent les rues. Heureusement il paraît qu'ils ont trouvé de la résistance. Nous arriverons peut-être encore à temps.

— Oui, maître. Mais comment entrerons-nous dans Notre-Dame?

— J'ai la clef des tours.

— Et comment en sortirons-nous?

— Il y a derrière le cloître une petite porte qui donne sur le Terrain et de là sur l'eau. J'en ai pris la clef, et j'y ai amarré un bateau ce matin.

— J'ai joliment manqué d'être pendu! reprit Gringoire.

PARIS. — TYP. SIMON RAÇON ET Ce, RUE D'ERFURTH 1.

— Eh vite! allons! dit l'autre.

Tous deux descendirent à grands pas vers la Cité.

VII

CHATEAUPERS A LA RESCOUSSE!

Le lecteur se souvient peut-être de la situation critique où nous avons laissé Quasimodo. Le brave sourd, assailli de toutes parts, avait perdu, sinon tout courage, du moins tout espoir de sauver, non pas lui (il ne songeait pas à lui), mais l'égyptienne. Il courait, éperdu, sur la galerie. Notre-Dame allait être enlevée par les truands. Tout à coup un grand galop de chevaux emplit les rues voisines, et avec une longue file de torches et une épaisse colonne de cavaliers abattant lances et brides, ces bruits furieux débouchèrent sur la place comme un ouragan : France! France! Taillez les manants! Châteaupers à la rescousse! Prévôté! prévôté! Les truands, effarés, firent volte face.

Quasimodo, qui n'entendait pas, vit les épées nues, les flambeaux, les fers de piques, toute cette cavalerie, en tête de laquelle il reconnut le capitaine Phœbus; il vit la confusion des truands, l'épouvante chez les uns, le trouble chez les meilleurs, et il reprit de ce secours inespéré tant de force, qu'il rejeta hors de l'église les premiers assaillants, qui enjambaient déjà la galerie. C'était en effet les troupes du roi qui survenaient. Les truands firent bravement. Ils se défendirent en désespérés. Pris en flanc par la rue Saint-Pierre-aux-Bœufs et en queue par la rue du Parvis, acculés à Notre-Dame, qu'ils assaillaient encore et que défendait Quasimodo, tout à la fois assiégeants et assiégés, ils étaient dans la situation singulière où se retrouva depuis, au fameux siége de Turin, en 1640, entre le prince Thomas de Savoie, qu'il assiégeait, et le marquis de Leganez, qui le bloquait, le comte Henri d'Harcourt, *Taurinum obsessor idem et obsessus*, comme dit son épitaphe.

La mêlée fut affreuse. A chair de loup dent de chien, comme dit P. Mathieu. Les cavaliers du roi, au milieu desquels Phœbus de Châteaupers se comportait vaillamment, ne faisaient aucun quartier, et la taille reprenait ce qui échappait à l'estoc. Les truands, mal armés, écumaient et mordaient. Hommes, femmes, enfants, se jetaient aux croupes et aux poitrails des chevaux, et s'y accrochaient comme des chats avec les dents et les ongles des quatre membres. D'autres tamponnaient à coups de torche le visage des archers. D'autres piquaient des crocs de fer au cou des cavaliers et tiraient à eux. Ils déchiquetaient ceux qui tombaient. On en remarqua un qui avait une large faux luisante, et qui faucha longtemps les jambes des chevaux. Il était effrayant. Il chantait une chanson nasillarde, il lançait sans relâche et ramenait sa faux. A chaque coup, il traçait autour de lui un grand cercle de membres coupés. Il avançait ainsi au plus fourré de la cavalerie, avec la lenteur tranquille, le balancement de tête et l'essoufflement régulier d'un moissonneur qui entame un champ de blé. C'était Clopin Trouillefou. Une arquebusade l'abattit.

Cependant les croisées s'étaient rouvertes. Les voisins, entendant les cris de guerre des gens du roi, s'étaient mêlés à l'affaire, et de tous les étages les balles pleuvaient sur les truands. Le parvis était plein d'une fumée épaisse, que la mousqueterie rayait de feu. On y distinguait confusément la façade de Notre-Dame, et l'Hôtel-Dieu décrépit, avec quelques hâves malades qui regardaient du haut de son toit écaillé de lucarnes. Enfin les truands cédèrent. La lassitude, le défaut de bonnes armes, l'effroi de cette surprise, la mousqueterie des fenêtres, le brave choc des gens du roi, tout les abattit. Ils forcèrent la ligne des assaillants et se mirent à fuir dans toutes les directions, laissant dans le parvis un encombrement de morts.

Quand Quasimodo, qui n'avait pas cessé un moment de combattre, vit cette déroute, il tomba à deux genoux, et leva les mains au ciel, puis, ivre de joie, il courut, il monta avec la vitesse d'un oiseau à cette cellule dont il avait si intrépidement défendu les approches. Il n'avait plus qu'une pensée maintenant, c'était de s'agenouiller devant celle qu'il venait de sauver une seconde fois.

Lorsqu'il entra dans la cellule, il la trouva vide.

LIVRE ONZIÈME

I

LE PETIT SOULIER.

Au moment où les truands avaient assailli l'église, la Esmeralda dormait. Bientôt la rumeur toujours croissante autour de l'édifice et le bêlement inquiet de sa chèvre éveillée avant elle l'avaient tirée de ce sommeil. Elle s'était levée sur son séant, elle avait écouté, elle avait regardé; puis, effrayée de la lueur et du bruit, elle s'était jetée hors de la cellule et avait été voir. L'aspect de la place, la vision qui s'y agitait, le désordre de cet assaut nocturne, cette foule hideuse, sautelante comme une nuée de grenouilles, à demi entrevue dans les ténèbres, le coassement de cette rauque multitude, ces quelques torches rouges courant et se croisant sur cette ombre comme les feux de nuit qui rayent la surface brumeuse des marais, toute cette scène lui fit l'effet d'une mystérieuse bataille engagée entre les fantômes du sabbat et les monstres de pierre de l'église. Imbue dès l'enfance des superstitions de la tribu bohémienne, sa première pensée fut qu'elle avait surpris en maléfices les étranges êtres propres à la nuit. Alors elle courut épouvantée se tapir dans sa cellule, demandant à son grabat un moins horrible cauchemar.

Peu à peu les premières fumées de la peur s'étaient pourtant dissipées; au bruit sans cesse grandissant, et à plusieurs autres signes de réalité, elle s'était sentie investie, non de spectres, mais d'êtres humains. Alors sa frayeur, sans s'accroître, s'était transformée. Elle avait songé à la possibilité d'une mutinerie populaire pour l'arracher de son asile. L'idée de reperdre encore une fois la vie, l'espérance, Phœbus, qu'elle entrevoyait toujours dans son avenir, le profond néant de sa faiblesse, toute fuite fermée, aucun appui, son abandon, son isolement, ces pensées et mille autres l'avaient accablée. Elle était tombée à genoux, la tête sur son lit, les mains jointes sur sa tête, pleine d'anxiété et de frémissement, et quoiqu'égyptienne, idolâtre et païenne, elle s'était mise à demander avec sanglots grâce au bon Dieu chrétien et à prier Notre-Dame son hôtesse. Car, ne crût-on à rien, il y a des moments dans la vie où l'on est toujours de la religion du temple qu'on a sous la main.

Elle resta ainsi prosternée fort longtemps, tremblant, à la vérité, plus qu'elle ne priait, glacée au souffle de plus en plus rapproché de cette multitude furieuse, ne comprenant rien à ce déchaînement, ignorant ce qui se tramait, ce qu'on faisait, ce qu'on voulait, mais pressentant une issue terrible. Voilà qu'au milieu de cette angoisse elle entend marcher près d'elle. Elle se détourne. Deux hommes, dont l'un portait une lanterne, venaient d'entrer dans sa cellule. Elle poussa un faible cri.

— Ne craignez rien, dit une voix qui ne lui était pas inconnue, c'est moi.

— Qui, vous? demanda-t-elle.

— Pierre Gringoire.

Ce nom la rassura. Elle releva les yeux, et reconnut en effet le poëte. Mais il avait auprès de lui une figure noire et voilée de la tête aux pieds qui la frappa de silence.

— Ah! reprit Gringoire d'un ton de reproche, Djali m'avait reconnu avant vous!

La petite chèvre en effet n'avait pas attendu que Gringoire se nommât. A peine était-il entré, qu'elle s'était tendrement frottée à ses genoux, couvrant le poëte de caresses et de poils blancs; car elle était en mue. Gringoire lui rendait les caresses.

— Qui est là avec vous? dit l'égyptienne à voix basse.

— Soyez tranquille, répondit Gringoire. C'est un de mes amis.

Alors le philosophe, posant sa lanterne à terre, s'accroupit sur la dalle, et s'écria avec enthousiasme en serrant Djali dans ses bras : — Oh! c'est une gracieuse bête, sans doute plus considérable pour sa propreté que pour sa grandeur, mais ingénieuse, subtile et lettrée comme un grammairien. Voyons, ma Djali, n'as-tu rien oublié de tes jolis tours? comment fait maître Jacques Charmolue?...

L'homme noir ne le laissa pas achever. Il s'approcha de Gringoire et le poussa rudement par l'épaule. Gringoire se leva. — C'est vrai, dit-il : j'oubliais que nous sommes pressés. — Ce n'est pourtant pas une raison, mon maître, pour forcener les gens de la sorte. — Ma chère belle enfant, votre vie est en danger, et celle de Djali. On veut vous reprendre. Nous sommes vos amis, et nous venons vous sauver. Suivez-nous.

— Est-il vrai? s'écria-t-elle bouleversée.

— Oui, très-vrai. Venez vite!

— Je le veux bien, balbutia-t-elle. Mais pourquoi votre ami ne parle-t-il pas?

— Ah! dit Gringoire, c'est que son père et sa mère étaient des gens fantasques qui l'ont fait de tempérament taciturne.

Il fallut qu'elle se contentât de cette explication. Gringoire la prit par la main; son compagnon ramassa la lanterne, et marcha devant. La peur étourdissait la jeune fille. Elle se laissa emmener. La chèvre les suivait en sautant, si joyeuse de revoir Gringoire, qu'elle le faisait trébucher à tout moment pour lui fourrer ses cornes dans les jambes. — Voilà la vie, disait le philosophe chaque fois qu'il manquait de tomber; ce sont souvent nos meilleurs amis qui nous font choir?

Ils descendirent rapidement l'escalier des tours, traversèrent l'église, pleine de ténèbres et de solitude et toute résonnante de vacarme, ce qui faisait un affreux contraste, et sortirent dans la cour du cloître par la porte rouge. Le cloître était abandonné, les chanoines s'étaient enfuis dans l'évêché pour y prier en commun; la cour était vide, quelques laquais effarouchés s'y blottissaient dans les coins obscurs. Ils se dirigèrent vers la petite porte qui donnait de cette cour sur le Terrain. L'homme noir l'ouvrit avec une clef qu'il avait. Nos lecteurs savent que le Terrain était une langue de terre enclose de murs du côté de la Cité et appartenant au chapitre de Notre-Dame, qui terminait l'île à l'orient derrière l'église. Ils trouvèrent cet enclos parfaitement désert. Là, il y avait déjà moins de tumulte dans l'air. La rumeur de l'assaut des truands leur arrivait plus brouillée et moins criarde. Le vent frais qui suit le fil de l'eau remuait les feuilles de l'arbre unique planté à la pointe du Terrain avec un bruit déjà appréciable. Cependant ils étaient encore fort près du péril. Les édifices les plus rapprochés d'eux étaient l'évêché et l'église. Il y avait visiblement un grand désordre intérieur dans l'évêché. Sa masse ténébreuse était toute sillonnée de lumières qui couraient d'une fenêtre à l'autre; comme, lorsqu'on vient de brûler du papier, il reste un sombre édifice de cendre où de vives étincelles font mille courses bizarres. A côté, les énormes tours de Notre-Dame, ainsi vues de derrière avec la longue nef sur laquelle elles se dressent, découpées en noir sur la rouge et vaste lueur qui emplissait le parvis, ressemblaient aux deux chenets gigantesques d'un feu de cyclopes. Ce qu'on voyait de Paris de tous côtés oscillait à l'œil dans une ombre mêlée de lumière. Rembrandt a de ces fonds de tableau.

L'homme à la lanterne marcha droit à la pointe du Terrain. Il y avait là, au bord extrême de l'eau, le débris vermoulu d'une haie de pieux maillée de lattes, où une basse vigne accrochait quelques maigres branches étendues comme les doigts d'une main ouverte. Derrière, dans l'ombre que faisait ce treillis, une petite barque était cachée. L'homme fit signe à Gringoire et à sa compagne d'y entrer. La chèvre les y suivit. L'homme y descendit le dernier; puis il coupa l'amarre du bateau, l'éloigna de terre avec un long croc, et, saisissant deux rames, s'assit à l'avant, en ramant de toutes ses forces vers le large. La Seine est fort rapide en cet endroit, et il eut assez de peine à quitter la pointe de l'île. Le premier soin de Gringoire, en entrant dans le bateau, fut de mettre la chèvre sur ses genoux. Il prit place à l'arrière, et la jeune fille, à qui l'inconnu inspirait une inquiétude indéfinissable, vint s'asseoir et se serrer contre le poëte. Quand notre philosophe sentit le bateau s'ébranler, il battit des mains, et baisa Djali entre les cornes.

— Oh! dit-il, nous voilà sauvés tous quatre! Il ajouta, avec une mine de profond penseur : — On est obligé, quelquefois à la fortune, quelquefois à la ruse, de l'heureuse issue des grandes entreprises.

Le bateau voguait lentement vers la rive droite. La jeune fille observait avec une terreur secrète l'inconnu. Il avait rebouché soigneusement la lumière de sa lanterne sourde. On l'entrevoyait dans l'obscurité, à l'avant du bateau, comme un spectre. Sa carapoue, toujours baissée, lui faisait une sorte de masque; et à chaque fois qu'il entr'ouvrait en ramant ses bras où pendaient de larges manches noires, on eût dit deux grandes ailes de chauves-souris. Du reste, il n'avait pas encore dit une parole, jeté un souffle. Il ne se faisait dans le bateau d'autre bruit que le va-et-vient de la rame, mêlé au froissement des mille plis de l'eau le long de la barque.

— Sur mon âme! s'écria tout à coup Gringoire, nous sommes alègres et joyeux comme des ascalaphes! Nous observons un silence de pythagoriciens ou de poissons! Pasque-Dieu! mes amis, je voudrais bien que quelqu'un me parlât. — La voix humaine est une musique à l'oreille humaine. Ce n'est pas moi qui dis cela, mais Didyme d'Alexandrie, et ce sont d'illustres paroles. — Certes, Didyme d'Alexandrie n'est pas un médiocre philosophe. — Une parole, ma belle enfant! dites-moi, je vous supplie, une parole. — A propos, vous aviez une drôle de petite singulière moue; la faites-vous toujours? Savez-vous, ma mie, que le Parlement a toute juridiction sur les lieux d'asile, et que vous couriez grand péril dans votre logette de Notre-Dame? Hélas! le petit oiseau trochilus fait son nid dans la gueule du crocodile. — Maître, voici la lune qui reparait. — Pourvu qu'on ne nous aperçoive pas! — Nous faisons une chose louable en sauvant madamoiselle, et cependant on nous pendrait de par le roi si l'on nous attrapait. Hélas! les actions humaines se prennent par deux anses. On flétrit en moi ce qu'on couronne en toi. Tel admire César qui blâme Catilina. N'est-ce pas, mon maître? Que dites-vous de cette philosophie? Moi, je possède la philosophie d'instinct, de nature, *ut apes geometriam*. — Allons! personne ne me répond. Les fâcheuses humeurs que vous avez là tous deux! Il faut que je parle tout seul. C'est ce que nous appelons en tragédie un monologue. Pasque-Dieu! — Je vous préviens que je viens de voir le roi Louis onzième, et que j'en ai retenu ce jurement. — Pasque-Dieu, donc! ils font toujours un fier hurlement dans la Cité. — C'est un vilain méchant vieux roi. Il est tout embrunché dans les fourrures. Il me doit toujours l'argent de mon épithalame, et c'est tout au plus s'il ne m'a pas fait pendre ce soir, ce qui m'aurait fort empêché. — Il est avaricieux pour les hommes de mérite. Il devrait bien lire les quatre livres de Salvien de Cologne : *Adversus avaritiam*. En vérité, c'est un roi étroit dans ses façons avec les gens de lettres, et qui fait des cruautés fort barbares. C'est une éponge à prendre l'argent posée sur le peuple. Son épargne est la ratelle qui s'enfle de la maigreur de tous les autres membres. Aussi les plaintes contre la rigueur du temps deviennent murmures contre le prince. Sous ce doux sire dévot, les fourches craquent de pendus, les billots pourrissent de sang, les prisons crèvent comme des ventres trop pleins. Ce roi a une main qui prend et une main qui pend. C'est le procureur de dame Gabelle et de monseigneur Gibet. Les grands sont dépouillés de leurs dignités, et les petits sans cesse accablés de nouvelles foules. C'est un prince exorbitant. Je n'aime pas ce monarque. Et vous, mon maître?

L'homme noir laissait gloser le bavard poëte. Il continuait de lutter contre le courant violent et serré qui sépare la proue de la Cité de la poupe de l'île Notre-Dame, que nous nommons aujourd'hui l'île Saint-Louis.

— A propos, maître! reprit Gringoire subitement. Au moment où nous arrivions sur le parvis à travers les enragés truands, Votre Révérence a-t-elle remarqué ce pauvre petit diable auquel votre sourd était en train d'écraser la cervelle sur la rampe de la galerie des rois? J'ai la vue basse, et je ne l'ai pu reconnaître? Savez-vous qui ce peut être?

L'inconnu ne répondit pas une parole. Mais il cessa brusquement de ramer, ses bras défaillirent comme brisés, sa tête tomba sur sa poitrine, et la Esméralda l'entendit soupirer convulsivement. Elle tressaillit de son côté. Elle avait déjà entendu de ces soupirs-là. La barque, abandonnée à elle-même, dériva quelques instants au gré de l'eau. Mais l'homme noir se redressa enfin, ressaisit les rames, et se remit à remonter le courant. Il doubla la pointe de l'île Notre-Dame, et se dirigea vers le débarcadère du Port-au-Foin.

— Ah! dit Gringoire, voici là-bas le logis Barbeau. — Tenez, maître, regardez : ce groupe de toits noirs qui font des angles singuliers, là, au-dessous de ce tas de nuages bas, filandreux, barbouillés et sales, où la lune est tout écrasée et répandue comme un jaune d'œuf dont la coquille est cassée. — C'est un beau logis. Il y a une chapelle couronnée d'une petite voûte pleine d'enrichissements bien coupés. Au-dessus vous pouvez voir le clocher très-délicatement percé. Il y a aussi un jardin plaisant, qui consiste en un étang, une volière, un écho, un mail, un labyrinthe, une maison pour les bêtes farouches, et quantité d'allées touffues fort agréables à Vénus. Il y a encore un coquin d'arbre qu'on appelle le *luxurieux*, pour avoir servi aux plaisirs d'une princesse fameuse et d'un connétable de France galant et bel esprit. — Hélas! nous autres pauvres philosophes, nous sommes à un connétable ce qu'un carré de choux et de radis est au jardin du Louvre. Qu'importe, après tout! la vie humaine pour les grands comme pour nous, est mêlée de bien et de mal. La douleur est toujours à côté de la joie, le spondée auprès du dactyle. — Mon maître, il faut que je vous conte cette histoire du logis Barbeau. Cela finit d'une façon tragique. C'était en 1319, sous le règne de Philippe V, le plus long des rois de France. La moralité de l'histoire est que les tentations de la chair sont pernicieuses et malignes. N'appuyons pas trop le regard sur la femme du voisin, si chatouilleux que nos sens soient à sa beauté. La fornication est une pensée fort libertine. L'adultère est une curiosité de la volupté d'autrui. — ... Ohé! voilà que le bruit redouble là-bas.

Le tumulte en effet croissait autour de Notre-Dame. Ils écoutèrent. On entendait assez clairement des cris de victoire. Tout à coup, cent flambeaux, qui faisaient étinceler des casques d'hommes d'armes, se répandirent sur l'église à toutes les hauteurs, sur les tours, sur les galeries, sous les arcs-boutants. Ces flambeaux semblaient chercher quelque chose; et bientôt ces clameurs éloignées arrivèrent distinctement jusqu'aux fugitifs : — L'égyptienne! la sorcière! à mort l'égyptienne! La malheureuse laissa tomber sa tête sur ses mains, et l'inconnu se mit à ramer avec furie vers le bord. Cependant notre philosophe réfléchissait. Il pressait la chèvre dans ses bras et s'éloignait tout doucement de la bohémienne, qui se serrait de plus en plus contre lui, comme au seul asile qui lui restât.

Il est certain que Gringoire était dans une cruelle perplexité. Il songeait que la chèvre aussi, *d'après la législation existante*, serait pendue si elle était reprise; que ce serait grand dommage, la pauvre Djali! qu'il avait trop de deux condamnées ainsi accrochées après lui; que son compagnon ne demandait pas mieux que de se charger de l'égyptienne. Il se livrait entre ses pensées un violent combat, dans lequel, comme le Jupiter de l'Iliade, il pesait tour à tour l'égyptienne et la chèvre; et il les regardait l'une après l'autre, avec des yeux humides de larmes, en disant entre ses dents : — Je ne puis pourtant pas vous sauver toutes deux.

Une secousse les avertit enfin que le bateau abordait. Le brouhaha sinistre remplissait toujours la Cité. L'inconnu se leva, vint à l'égyptienne, et voulut lui prendre le bras pour l'aider à descendre. Elle le repoussa, et se pendit à la manche de Gringoire, qui, de son côté, occupé de la chèvre, la repoussa presque. Alors elle sauta seule à bas du bateau. Elle était si troublée, qu'elle ne savait ce qu'elle faisait, où elle allait. Elle demeura ainsi un moment stupéfaite, regardant couler l'eau. Quand elle revint un peu à elle, elle était seule sur le port avec l'inconnu. Il paraît que Gringoire avait profité de l'instant du débarquement pour s'esquiver avec la chèvre dans le pâté de maisons de la rue Grenier-sur-l'Eau. La pauvre égyptienne frissonna de se voir seule avec cet homme. Elle voulut parler, crier, appeler Gringoire; sa langue était inerte dans sa bouche, et aucun son ne sortit de ses lèvres. Tout à coup elle sentit la main de l'inconnu sur la sienne. C'était une main froide et forte. Ses dents claquèrent, elle devint plus pâle que le rayon de lune qui l'éclairait. L'homme ne dit pas une parole. Il se mit à remonter à grands pas vers la place de Grève, en la tenant par la main. En cet instant, elle sentit vaguement que la destinée est une force irrésistible. Elle n'avait plus de ressort, elle se laissa entraîner, courant tandis qu'il marchait. Le quai en cet endroit allait en montant. Il lui semblait cependant qu'elle descendait une pente. Elle regarda de tous côtés. Pas un passant. Le quai était absolument désert. Elle n'entendait de bruit, elle ne sentait remuer des hommes que dans la Cité, tumultueuse et rougeoyante, dont elle n'était séparée que par un bras de la Seine, et d'où son nom lui arrivait mêlé à des cris de mort. Le reste de Paris était répandu autour d'elle par grands blocs d'ombre.

Cependant l'inconnu l'entraînait toujours avec le même silence et la même rapidité. Elle ne retrouvait dans sa mémoire aucun des lieux où elle marchait. En passant devant une fenêtre éclairée, elle fit un effort, se roidit brusquement, et cria : — Au secours! Le bourgeois à qui était la fenêtre, l'ouvrit, y parut en chemise avec sa lampe, regarda sur le quai avec un air hébété, prononça quelques paroles qu'elle n'entendit pas, et referma son volet. C'était la dernière lueur d'espoir qui s'éteignait.

L'homme noir ne proféra pas une syllabe, il la tenait bien, et se remit à marcher plus vite. Elle ne résista plus, et le suivit, brisée. De temps en temps elle recueillait un peu de force, et disait d'une voix entrecoupée par les cahots du pavé et par l'essoufflement de la course : — Qui êtes-vous? qui êtes-vous? — Il ne répondait point.

Ils arrivèrent ainsi, toujours le long du quai, à une place assez grande. Il y avait un peu de lune. C'était la Grève. On distinguait au milieu une espèce de croix noire debout : c'était le gibet. Elle reconnut tout cela, et vit où elle était. L'homme s'arrêta, se tourna vers elle, et leva sa carapoue. — Oh! bégaya-t-elle pétrifiée, je savais bien que c'était encore lui! C'était le prêtre. Il avait l'air de son fantôme. C'est un effet du clair de lune. Il semble qu'à cette lumière on ne voie que les spectres des choses.

— Ecoute, lui dit-il, et elle frémit au son de cette voix funeste, qu'elle n'avait pas entendue depuis longtemps. Il continua. Il articulait avec ces saccades brèves et haletantes qui révèlent par leurs secousses de profonds tremblements intérieurs. — Ecoute. Nous sommes ici. Je vais te parler. Ceci est la Grève. C'est ici un point extrême. La destinée nous livre l'un à l'autre. Je vais décider de ta vie; toi de mon âme. Voici une place et une nuit au delà desquelles on ne voit rien. Ecoute-moi donc. Je vais te dire... D'abord ne me parle pas de ton Phœbus. (En disant cela, il allait et venait, comme un homme qui ne peut rester en place, et la tirait après lui.) Ne m'en parle pas. Vois-tu? si tu prononces ce nom, je ne sais pas ce que je ferai, mais ce sera terrible.

Cela dit, comme un corps qui retrouve son centre de gravité, il redevint immobile, mais ses paroles ne décelaient pas moins d'agitation. Sa voix était de plus en plus basse.

— Ne détourne point la tête ainsi. Ecoute-moi. C'est une affaire sérieuse. D'abord, voici ce qui s'est passé. — On ne rira pas de tout ceci, je te jure. — Qu'est-ce donc que je disais? rappelle-le-moi! ah! — Il y a un arrêt du parlement qui te rend à l'échafaud. Je viens de te tirer de leurs mains. Mais les voilà qui te poursuivent. Regarde.

Il étendit le bras vers la Cité. Les perquisitions, en effet, paraissaient y continuer. Les rumeurs se rapprochaient; la tour de la maison du lieutenant, située vis-à-vis la Grève, était pleine de bruit et de clartés; et l'on voyait des soldats courir sur le quai opposé avec des torches et ces cris : — L'égyptienne! Où est l'égyptienne? Mort! mort!

— Tu vois bien qu'ils te poursuivent, et que je ne te mens pas. Moi, je t'aime. — N'ouvre pas la bouche; ne me parle plutôt pas, si c'est pour me dire que tu me hais. Je suis décidé à ne plus entendre cela. — Je viens de te sauver. — Laisse-moi d'abord achever. — Je puis te sauver tout à fait. J'ai tout préparé. C'est à toi de vouloir. Comme tu voudras je pourrai.

Il s'interrompit violemment. — Non, ce n'est pas cela qu'il faut dire.

Et courant, et la faisant courir, car il ne la lâchait pas, il marcha droit au gibet, et le lui montrant du doigt : — Choisis entre nous deux, dit-il froidement.

Elle s'arracha de ses mains, et tomba au pied du gibet en embrassant cet appui funèbre, puis elle tourna sa belle tête à demi, et regarda le prêtre par-dessus son épaule. On eût dit une sainte Vierge au pied de la croix. Le prêtre était demeuré sans mouvement, le doigt toujours levé vers le gibet, conservant son geste comme une statue.

Enfin, l'égyptienne lui dit : — Il me fait encore moins horreur que vous.

Alors il laissa retomber lentement son bras, et regarda le pavé avec un profond accablement. — Si ces pierres pouvaient parler, murmura-t-il, oui, elles diraient que voilà un homme bien malheureux. Il reprit. La jeune fille, agenouillée devant le gibet, et noyée dans sa longue chevelure, le laissait parler sans l'interrompre. Il avait maintenant un accent plaintif et doux qui contrastait douloureusement avec l'âpreté hautaine de ses traits.

— Moi, je vous aime. Oh! cela est pourtant bien vrai. Il ne sort donc rien au dehors de ce feu qui me brûle le cœur! Hélas! jeune fille, nuit et jour; oui, nuit et jour, cela ne mérite-t-il aucune pitié? C'est un amour de la nuit et du jour, vous dis-je; c'est une torture. — Oh! je souffre trop, ma pauvre enfant! — C'est une chose digne de compassion, je vous assure. Vous voyez que je vous parle doucement. Je voudrais bien que vous n'eussiez plus cette horreur de moi. — Enfin, un homme qui aime une femme, ce n'est pas sa faute! — Oh! mon Dieu! — Comment! vous ne me pardonnerez donc jamais? Vous me haïrez toujours? C'est donc fini! C'est là ce qui me rend mauvais, voyez-vous? et horrible à moi-même. — Vous ne me regardez seulement pas! Vous pensez à autre chose, peut-être, tandis que je vous parle debout et frémissant sur la limite de notre éternité à tous deux! — Surtout ne me parlez pas de l'officier! — Quoi! je me jetterais à vos genoux; quoi! je baiserais, non vos pieds, vous ne voudriez pas, mais la terre qui est sous vos pieds; quoi! je sangloterais comme un enfant, j'arracherais de ma poitrine, non des paroles, mais mon cœur et mes entrailles, pour vous dire que je vous aime; tout serait inutile, tout! — Et cependant vous n'avez rien dans l'âme que de tendre et de clément. Vous êtes rayonnante de la plus belle douceur : vous êtes tout entière suave, bonne, miséricordieuse et charmante. Hélas! vous n'avez de méchanceté que pour moi seul. Oh! quelle fatalité!

Il cacha son visage dans ses mains. La jeune fille l'entendit pleurer. C'était la première fois. Ainsi debout et secoué par les sanglots, il était plus misérable et plus suppliant qu'à genoux. Il pleura ainsi un certain temps.

— Allons! poursuivit-il ces premières larmes passées. Je ne trouve pas de paroles. J'avais pourtant bien songé à ce que je vous dirais. Maintenant je tremble et je frissonne, je défaille à l'instant décisif, je sens quelque chose de suprême qui nous enveloppe, et je balbutie. Oh! je vais tomber sur le pavé si vous ne prenez pas pitié de moi, pitié de vous. Ne nous condamnez pas tous deux. Si vous saviez combien je vous aime! — Quel cœur c'est que mon cœur! Oh! quelle désertion de toute vertu! quel abandon désespéré de moi-même! Docteur, je bafoue la science; gentilhomme, je déchire mon nom; prêtre, je fais du missel un oreiller de luxure, je crache au visage de mon Dieu! tout cela pour toi, enchanteresse! pour être plus digne de ton enfer! et tu ne veux pas du damné! Oh! que je te dise tout! plus encore, quelque chose de plus horrible, oh! plus horrible!

En prononçant ces dernières paroles, son air devint tout à fait égaré. Il se tut un instant, et reprit comme se parlant à lui-même, et d'une voix forte : — Caïn, qu'as-tu fait de ton frère?

Il y eut encore un silence, et il poursuivit : — Ce que j'en ai fait, Seigneur? Je l'ai recueilli, je l'ai élevé, je l'ai nourri, je l'ai aimé, je l'ai idolâtré, et je l'ai tué! Oui, Seigneur, voici qu'on vient de lui écraser la tête devant moi sur la pierre de votre maison, et c'est à cause de moi, à cause de cette femme, à cause d'elle....

Son œil était hagard. Sa voix allait s'éteignant; il répéta encore plusieurs fois, machinalement, avec d'assez longs intervalles, comme une cloche qui prolonge sa dernière vibration : — A cause d'elle... — A cause d'elle... Puis sa langue n'articula plus aucun son perceptible, ses lèvres remuaient toujours cependant. Tout à coup il s'affaissa sur lui-même comme quelque chose qui s'écroule, et demeura à terre, sans mouvement, la tête dans les genoux. Un frôlement de la jeune fille, qui retirait son pied de dessous lui, le fit revenir. Il passa lentement sa main sur ses joues creuses, et regarda quelques instants avec stupeur ses doigts, qui étaient mouillés. — Quoi! murmura-t-il, j'ai pleuré!

Et se tournant subitement vers l'égyptienne avec une angoisse inexprimable :

— Hélas! vous m'avez regardé froidement pleurer! Enfant, sais-tu que ces larmes sont des laves? Est-il donc bien vrai? de l'homme qu'on hait rien ne touche. Tu me verrais mourir, tu rirais. Oh! moi je ne veux pas te voir mourir! Un mot! un seul mot de pardon! Ne me dis pas que tu m'aimes, dis-moi seulement que tu veux bien; cela suffira, je te sauverai. Sinon... Oh! l'heure passe. Je t'en supplie par tout ce qui est sacré, n'attends pas que je sois redevenu de pierre comme ce gibet qui te réclame aussi! Songe que je tiens nos deux destinées dans ma main, que je suis insensé, cela est terrible, que je puis tout laisser choir, et qu'il y a au-dessous de nous un abîme sans fond, malheureuse, où ma chute poursuivra la tienne durant l'éternité! Un mot de bonté! dis un mot! rien qu'un mot!

Elle ouvrit la bouche pour lui répondre. Il se précipita à genoux devant elle pour recueillir avec adoration la parole, peut-être attendrie, qui allait sortir de ses lèvres. Elle lui dit : — Vous êtes un assassin!

Le prêtre la prit dans ses bras avec fureur, et se mit à rire d'un rire abominable. — Eh bien! oui, assassin! dit-il, et je t'aurai. Tu ne veux pas de moi pour esclave, et tu m'auras pour maître. Je t'aurai! J'ai un repaire où je te traînerai. Tu me suivras, il faudra bien que tu me suives, ou je te livre! Il faut mourir, la belle, ou être à moi! être au prêtre! être à l'apostat! être à l'assassin! dès cette nuit, entends-tu cela? Allons! de la joie, allons, baise-moi, folle! La tombe ou mon lit!

Son œil pétillait d'impureté et de rage. Sa bouche lascive rougissait le cou de la jeune fille. Elle se débattait dans ses bras. Il la couvrait de baisers écumants.

— Ne me mords pas, monstre! criait-elle. Oh! l'odieux moine infect! laisse-moi! Je vais t'arracher tes vilains cheveux gris et te les jeter à poignées par la face!

Il rougit, il pâlit, puis il la lâcha, et la regarda d'un air sombre. Elle se crut victorieuse, et poursuivit : — Je te dis que je suis à mon Phœbus, que c'est Phœbus que j'aime, que c'est Phœbus qui est beau! Toi, prêtre, tu es vieux, tu es laid! Va-t'en!

Il poussa un cri violent, comme le misérable auquel on applique un fer rouge. — Meurs donc! dit-il à travers un grincement de dents. Elle vit son affreux regard, et voulut fuir. Il la reprit, il la secoua, il la jeta à terre, et marcha à pas rapides vers l'angle de la Tour-Rolland en la traînant après lui sur le pavé par ses belles mains.

Arrivé là, il se tourna vers elle : — Une dernière fois, veux-tu être à moi?

Elle répondit avec force : — Non!

Alors il cria d'une voix haute : — Gudule! Gudule! voici l'égyptienne! venge-toi!

La jeune fille se sentit saisir brusquement au coude. Elle regarda : c'était un bras décharné qui sortait d'une lucarne dans le mur et qui la tenait comme une main de fer.

— Tiens bien! dit le prêtre, c'est l'égyptienne échappée. Ne la lâche pas. Je vais chercher les sergents. Tu la verras pendre.

Un rire guttural répondit de l'intérieur du mur à ces sanglantes paroles. Hah! hah! hah! — L'égyptienne vit le prêtre s'éloigner en courant dans la direction du pont Notre-Dame. On entendait une cavalcade de ce côté.

La jeune fille avait reconnu la méchante recluse. Haletante de terreur, elle essaya de se dégager. Elle se tordit, elle fit plusieurs soubresauts d'agonie et de désespoir, mais l'autre la tenait avec une force inouïe. Les doigts osseux et maigres qui la meurtrissaient se crispaient sur sa chair, et se rejoignaient à l'entour. On eût dit que cette main était rivée à son bras. C'était plus qu'une chaîne, plus qu'un carcan, plus qu'un anneau de fer, c'était une tenaille intelligente et vivante qui sortait d'un mur.

Épuisée, elle retomba contre la muraille, et alors la crainte de la mort s'empara d'elle. Elle songea à la beauté de la vie, à la jeunesse, à la vue du ciel, aux aspects de la nature, à l'amour, à Phœbus, à tout ce qui s'enfuyait et à tout ce qui s'approchait, au prêtre qui la dénonçait, au bourreau qui allait venir, au gibet qui était là. Alors elle sentit l'épouvante lui monter jusque dans les racines des cheveux, et elle entendit le rire lugubre de la recluse qui lui disait tout bas : — Hah! hah! hah! tu vas être pendue!

Elle se tourna mourante vers la lucarne, et elle vit la figure fauve de la sachette à travers les barreaux. — Que vous ai-je fait? dit-elle presque inanimée.

La recluse ne lui répondit pas, et se mit à marmotter avec une intonation chantante, irritée et railleuse : — Fille d'Egypte! fille d'Egypte! fille d'Egypte! La malheureuse Esmeralda laissa retomber sa tête sous ses cheveux, comprenant qu'elle n'avait pas affaire à un être humain.

Tout à coup la recluse s'écria, comme si la question de l'égyptienne avait mis tout ce temps pour arriver à sa pensée : — Ce que tu m'as fait, dis-tu? Ah! ce que tu m'as fait, égyptienne! Eh bien! écoute. J'avais un enfant, moi! vois-tu! J'avais un enfant! un enfant, te dis-je! — Une jolie petite fille! — Mon Agnès, reprit-elle égarée en baisant quelque chose dans les ténèbres. — Eh bien! vois-tu, fille d'Egypte? on m'a pris mon enfant; on m'a volé mon enfant; on m'a mangé mon enfant. Voilà ce que tu m'as fait.

La jeune fille répondit comme l'agneau : — Hélas! je n'étais peut-être pas née alors?

— Oh! si! repartit la recluse, tu devais être née. Tu en étais. Elle serait de ton âge! Ainsi! — Voilà quinze ans que je suis ici; quinze ans que je souffre; quinze ans que je prie; quinze ans que je me cogne la tête aux quatre murs. — Je te dis que ce sont des égyptiennes qui me l'ont volée, entends-tu cela? et qui l'ont mangée avec leurs dents. — As-tu un cœur? figure-toi ce que c'est qu'un enfant qui joue, un enfant qui tette, un enfant qui dort. C'est si innocent! — Eh bien! cela, c'est cela qu'on m'a pris, qu'on m'a tué! Le bon Dieu le sait bien! — Aujourd'hui, c'est mon tour; je vais manger de l'égyptienne. Oh! que je te mordrais bien si les barreaux ne m'empêchaient. J'ai la tête trop grosse! — La pauvre petite! pendant qu'elle dormait! Et si elles l'ont réveillée en la prenant, elle aura eu beau crier; je n'étais pas là! Ah! les mères égyptiennes, vous avez mangé mon enfant! Venez voir la vôtre!

Alors elle se mit à rire ou à grincer des dents : les deux choses se ressemblaient sur cette figure furieuse. Le jour commençait à poindre. Un reflet de cendre éclairait vaguement cette scène, et le gibet devenait de plus en plus distinct dans la place. De l'autre côté, vers le pont Notre-Dame, la pauvre condamnée croyait entendre se rapprocher le bruit de la cavalerie.

— Madame! cria-t-elle joignant les mains et tombée sur ses deux genoux, échevelée, éperdue, folle d'effroi; madame, ayez pitié! Ils viennent. Je ne vous ai rien fait. Voulez-vous me voir mourir de cette horrible façon sous vos yeux? Vous avez de la pitié, j'en suis sûre. C'est trop affreux. Laissez-moi me sauver. Lâchez-moi! Grâce! je ne veux pas mourir comme cela!

— Rends-moi mon enfant! dit la recluse.

— Grâce! grâce!

— Rends-moi mon enfant!

— Lâchez-moi, au nom du ciel!

— Rends-moi mon enfant!

— Cette fois encore, la jeune fille retomba, épuisée, rompue, ayant déjà le regard vitré de quelqu'un qui est dans la fosse. — Hélas! bégaya-t-elle, vous cherchez votre enfant, moi je cherche mes parents.

— Rends-moi ma petite Agnès! poursuivit Gudule. — Tu ne sais pas où elle est? Alors, meurs! — Je vais te dire. J'étais une fille de joie, j'avais un enfant, on m'a pris mon enfant. — Ce sont les égyptiennes. Tu vois bien qu'il faut que tu meures. Quand ta mère l'égyptienne viendra te réclamer, je lui dirai : La mère, regarde à ce gibet! — Ou bien rends-moi mon enfant. — Sais-tu où elle est, ma petite fille? Tiens, que je te montre. Voilà son soulier, tout ce qui m'en reste. Sais-tu où est le pareil? Si tu le sais, dis-le moi, et si ce n'est qu'à l'autre bout de la terre, je l'irai chercher en marchant sur les genoux.

En parlant ainsi, de son autre bras, tendu hors de la lucarne, elle montrait à l'égyptienne le petit soulier brodé. Il faisait déjà assez jour pour en distinguer la forme et les couleurs.

— Montrez-moi ce soulier, dit l'égyptienne en tressaillant. Dieu! Dieu! Et en même temps, de la main qu'elle avait libre, elle ouvrait vivement le petit sachet orné de verroterie verte qu'elle portait au cou.

— Va! va! grommelait Gudule, fouille ton amulette du démon! Tout à coup elle s'interrompit, trembla de tout son corps, et cria avec une voix qui venait du plus profond des entrailles : — Ma fille!

L'égyptienne venait de tirer du sachet un petit soulier absolument pareil à l'autre. A ce petit soulier était attaché un parchemin sur lequel ce *carme* était écrit :

Quand le pareil retrouveras,
Ta mère te tendra les bras.

En moins de temps qu'il n'en faut à l'éclair, la recluse avait confronté les deux souliers, lu l'inscription du parchemin, et collé aux barreaux de la lucarne son visage rayonnant d'une joie céleste en criant : — Ma fille! ma fille!

— Ma mère! répondit l'égyptienne.

Ici nous renonçons à peindre.

Le mur et les barreaux de fer étaient entre elles deux. — Oh! le mur! cria la recluse. Oh! la voir et ne pas l'embrasser! Ta main! ta main!

La jeune fille lui passa son bras à travers la lucarne, la recluse se jeta sur cette main, y attacha ses lèvres, et y demeura, abîmée dans ce baiser, ne donnant plus d'autre signe de vie qu'un sanglot qui soulevait ses hanches de temps en temps. Cependant elle pleurait à torrents, en silence, dans l'ombre, comme une pluie de nuit. La pauvre mère vidait par flots sur cette main adorée le noir et profond puits de larmes qui était au dedans d'elle, et où toute sa douleur avait filtré goutte à goutte depuis quinze années.

Tout à coup, elle se releva, écarta ses longs cheveux gris de dessus son front, et, sans dire une parole, se mit à ébranler de ses deux mains les barreaux de sa loge, plus furieusement qu'une lionne. Les barreaux tinrent bon. Alors elle alla chercher dans un coin de sa cellule un gros pavé qui lui servait d'oreiller, et le lança contre eux avec tant de violence, qu'un des barreaux se brisa en jetant mille étincelles. Un second coup effondra tout à fait la vieille croix de fer qui barricadait la lucarne. Alors avec ses deux mains elle acheva de rompre et d'écarter les tronçons rouillés des barreaux. Il y a des moments où les mains d'une femme ont une force surhumaine. Le passage frayé, et il fallut moins d'une minute pour cela, elle saisit sa fille par le milieu du corps, et la tira dans sa cellule. — Viens! que je te repêche de l'abîme! murmurait-elle.

Quand sa fille fut dans la cellule, elle la posa doucement à terre, puis la reprit, et, la portant dans ses bras comme si ce n'était toujours que sa petite Agnès, elle allait et venait dans l'étroite loge, ivre, forcenée, joyeuse, criant, chantant, baisant sa fille, lui parlant, éclatant de rire, fondant en larmes, le tout à la fois et avec emportement.

— Ma fille! ma fille! disait-elle. J'ai ma fille! la voilà. Le bon Dieu me l'a rendue. Et vous! venez tous! Y a-t-il quelqu'un là pour voir que j'ai ma fille? Seigneur Jésus, qu'elle est belle! Vous me l'avez fait attendre quinze ans, mon bon Dieu, mais c'était pour me la rendre belle. — Les égyptiennes ne l'avaient donc pas mangée! Qui avait dit cela? Ma petite fille! ma petite fille! baise-moi. Ces bonnes égyptiennes! J'aime les égyptiennes. — C'est bien toi. C'est donc cela que le cœur me sautait chaque fois que tu passais. Moi qui prenais cela pour de la haine! Pardonne-moi, mon Agnès, pardonne-moi. Tu m'as trouvée bien méchante, n'est-ce pas? Je t'aime. — Ton petit signe au cou, l'as-tu toujours? voyons. Elle l'a toujours. Oh! tu es belle! C'est moi qui vous ai fait ces grands yeux-là, mademoiselle. Baise-moi. Je t'aime. Cela m'est bien égal, que les autres mères aient des enfants; je me moque bien d'elles à présent. Elles n'ont qu'à venir. Voici la mienne. Voilà son cou, ses yeux, ses cheveux, sa main. Trouvez-moi quelque chose de beau comme cela! Oh! je vous en réponds qu'elle aura des amoureux celle-là! J'ai pleuré quinze ans. Toute ma beauté s'en est allée, et lui est venue. Baise-moi.

Elle lui tenait mille autres discours extravagants dont l'accent faisait toute la beauté, dérangeait les vêtements de la pauvre fille jusqu'à la faire rougir, lui lissait sa chevelure de soie avec la main, lui baisait le pied, le genou, le front, les yeux, s'extasiait de tout. La jeune fille se laissait faire, en répétant par intervalles, très-bas et avec une douceur infinie : — Ma mère!

— Vois-tu, ma petite fille, reprenait la recluse en entrecoupant tous ses mots de baisers, vois-tu! je t'aimerai bien. Nous nous en irons d'ici. Nous allons être bien heureuses. J'ai hérité quelque chose à Reims, dans notre pays. Tu sais, Reims? Ah! non, tu ne sais pas cela, toi, tu étais trop petite! Si tu savais comme tu étais jolie, à quatre mois! Des petits pieds qu'on venait voir par curiosité d'Epernay, qui est à sept lieues! Nous aurons un champ, une maison. Je te coucherai dans mon lit. Mon Dieu! mon Dieu! et qui est-ce qui croirait cela? j'ai ma fille!

— Oh! ma mère! dit la jeune fille trouvant enfin la force de parler dans son émotion, l'égyptienne me l'avait bien dit. Il y a une bonne égyptienne des nôtres qui est morte l'an passé, et qui avait toujours eu soin de moi comme une nourrice. C'est elle qui m'avait mis ce sachet au cou. Elle me disait toujours : — Petite, garde bien ce bijou. C'est un trésor. Il te fera retrouver ta mère. Tu portes ta mère à ton cou. — Elle l'avait prédit, l'égyptienne!

La sachette serra de nouveau sa fille dans ses bras.

— Viens, que je te baise! tu dis cela gentiment. Quand nous serons au pays, nous chausserons un Enfant-Jésus d'église avec les petits souliers. Nous devons bien cela à la bonne sainte Vierge. Mon Dieu! que tu as une jolie voix! Quand tu me parlais tout à l'heure, c'était une musique! Ah! mon Dieu Seigneur! J'ai retrouvé mon enfant! mais est-ce croyable, cette histoire-là? On ne meurt de rien, car je ne suis pas morte de joie.

Et puis elle se remit à battre des mains et à rire, et à crier : — Nous allons être heureuses!

En ce moment la logette retentit d'un cliquetis d'armes et d'un galop de chevaux, qui semblait déboucher du pont Notre-Dame, et s'avancer de plus en plus sur le quai. L'égyptienne se jeta avec angoisse dans les bras de la sachette.

— Sauvez-moi! sauvez-moi! ma mère! les voilà qui viennent!

La recluse redevint pâle.

— O ciel! que dis-tu là? J'avais oublié! on te poursuit! Qu'as-tu donc fait?

— Je ne sais pas, répondit la malheureuse enfant; mais je suis condamnée à mourir.

— Mourir! dit Gudule chancelante comme sous un coup de foudre. Mourir! reprit-elle lentement et regardant sa fille avec son œil fixe.

— Oui, ma mère, reprit la jeune fille éperdue, ils veulent me tuer. Voilà qu'on vient me prendre. Cette potence est pour moi. Sauvez-moi! sauvez-moi! Ils arrivent! sauvez-moi!

La recluse resta quelques instants immobile comme une pétrification, puis elle remua la tête en signe de doute, et tout à coup partant d'un éclat de rire, mais de son rire effrayant qui lui était revenu : — Oh! oh! non! c'est un rêve que tu me dis là. Ah! oui, je l'aurais perdue, cela aurait duré quinze ans, et puis je la trouverais, et cela durerait une minute! Et on me la reprendrait! et c'est maintenant qu'elle est belle, qu'elle est grande, qu'elle me parle, qu'elle m'aime; c'est maintenant qu'ils viendraient me la manger sous mes yeux à moi qui suis la mère! Oh! non! ces choses-là ne sont pas possibles. Le bon Dieu n'en permet pas comme cela.

Ici la cavalcade parut s'arrêter, et l'on entendit une voix éloignée qui disait : — Par ici, messire Tristan! Le prêtre dit que nous la retrouverons au Trou-aux-Rats. — Le bruit des chevaux recommença.

La recluse se dressa debout avec un cri désespéré. — Sauve-toi! sauve-toi! mon enfant! Tout me revient. Tu as raison. C'est ta mort! Horreur! malédiction! Sauve-toi!

Elle mit la tête à la lucarne, et la retira vite. — Reste, dit-elle d'une voix basse, brève et lugubre, en serrant convulsivement la main de l'égyptienne plus morte que vive. Reste, ne souffle pas! il y a des soldats partout. Tu ne peux sortir. Il fait trop de jour.

Ses yeux étaient secs et brûlants. Elle resta un moment sans parler; seulement elle marchait à grands pas dans la cellule, et s'arrêtait par intervalles pour s'arracher des poignées de cheveux gris, qu'elle déchirait ensuite avec ses dents.

Tout à coup elle dit : — Ils approchent. Je vais leur parler. Cache-toi dans ce coin. Ils ne te verront pas. Je leur dirai que tu t'es échappée, et que je t'ai lâchée, ma foi! Elle posa sa fille, car elle la portait toujours, dans un angle de la cellule qu'on ne voyait pas du dehors. Elle l'accroupit, l'arrangea soigneusement, de manière que ni son pied ni sa main ne dépassassent l'ombre, lui dénoua ses cheveux noirs, qu'elle répandit sur sa robe blanche pour la masquer, mit devant elle sa cruche et son pavé, les seuls meubles qu'elle eût, s'imaginant que cette cruche et ce pavé la cacheraient. Et quand ce fut fini, plus tranquille, elle se mit à genoux, et pria. Le jour, qui ne faisait que de poindre, laissait encore beaucoup de ténèbres dans le Trou-aux-Rats.

En cet instant, la voix du prêtre, cette voix infernale, passa très-près de la cellule en criant : Par ici, capitaine Phœbus de Châteaupers! A ce nom, à cette voix, la Esmeralda, tapie dans son coin, fit un mouvement. — Ne bouge pas! dit Gudule.

Elle achevait à peine qu'un tumulte d'hommes, d'épées et de chevaux s'arrêta autour de la cellule. La mère se leva bien vite, et s'alla poster devant sa lucarne pour la boucher. Elle vit une grande troupe d'hommes armés, de pied et de cheval, rangée sur la Grève. Celui qui les commandait mit pied à terre et vint vers elle. — La vieille, dit cet homme, qui avait une figure atroce, nous cherchons une sorcière pour la pendre : on nous a dit que tu l'avais.

La pauvre mère prit l'air le plus indifférent qu'elle put, et répondit : — Je ne sais pas trop ce que vous voulez dire.

L'autre reprit : — Tête-Dieu! que chantait donc cet effaré d'archidiacre. Où est-il?

— Monseigneur, dit un soldat, il a disparu.

— Or çà, la vieille folle, repartit le commandant, ne me mens pas. On t'a donné une sorcière à garder. Qu'en as-tu fait?

— Ma fille! ma fille! disait-elle. (Page 151.)

La recluse ne voulut pas tout nier, de peur d'éveiller des soupçons, et répondit d'un accent sincère et bourru : — Si vous parlez d'une grande jeune fille qu'on m'a accrochée aux mains tout à l'heure, je vous dirai qu'elle m'a mordu et que je l'ai lâchée. Voilà. Laissez-moi en repos.

Le commandant fit une grimace désappointée.

— Ne va pas me mentir, vieux spectre! reprit-il. Je m'appelle Tristan-l'Hermite, et je suis le compère du roi. Tristan-l'Hermite, entends-tu? Il ajouta en regardant la place de Grève autour de lui : — C'est un nom qui a de l'écho ici.

— Vous seriez Satan-l'Hermite, répliqua Gudule, qui reprenait espoir, que je n'aurais pas autre chose à vous dire, et que je n'aurais pas peur de vous.

— Tête-Dieu! dit Tristan, voilà une commère. Ah! la fille sorcière s'est sauvée! et par où a-t-elle pris?

Gudule répondit d'un ton insouciant : — Par la rue du Mouton, je crois.

Tristan tourna la tête, et fit signe à sa troupe de se préparer à se remettre en marche.

La recluse respira.

— Monseigneur, dit tout à coup un archer, demandez donc à la vieille fée pourquoi les barreaux de sa lucarne sont défaits de la sorte.

Cette question fit rentrer l'angoisse au cœur de la misérable mère. Elle ne perdit pourtant pas toute présence d'esprit. — Ils ont toujours été ainsi, bégaya-t-elle.

— Bah! repartit l'archer, hier encore ils faisaient une belle croix noire qui donnait de la dévotion.

Tristan jeta un regard oblique à la recluse.

— Je crois que la commère se trouble!

L'infortunée sentit que tout dépendait de sa bonne contenance, et, la mort dans l'âme, elle se mit à ricaner. Les mères ont de ces forces-là. — Bah! dit-elle, cet homme est ivre. Il y a plus d'un an que le cul d'une charrette de pierre a donné dans ma lucarne et en a défoncé la grille. Que même j'ai injurié le charretier.

— C'est vrai, dit un autre archer, j'y étais.

Il se trouve toujours partout des gens qui ont tout vu. Ce témoignage inespéré de l'archer ranima la recluse, à qui cet interrogatoire faisait traverser un abîme sur le tranchant d'un couteau.

Mais elle était condamnée à une alternative continuelle d'espérance et d'alarme.

L'abîme était au-dessous de lui. (Page 158.)

— Si c'est une charrette qui a fait cela, repartit le premier soldat, les tronçons des barres devraient être repoussés en dedans, tandis qu'ils sont ramenés en dehors.

— Eh! eh! dit Tristan au soldat, tu as un nez d'enquêteur au Châtelet. Répondez à ce qu'il dit, la vieille.

— Mon Dieu! s'écria-t-elle aux abois et d'une voix malgré elle pleine de larmes, je vous jure, monseigneur, que c'est une charrette qui a brisé ces barreaux. Vous entendez que cet homme l'a vu. Et puis, qu'est-ce que cela fait pour votre égyptienne?

— Hum! grommela Tristan.

— Diable! reprit le soldat, flatté de l'éloge du prévôt, les cassures du fer sont toutes fraîches!

Tristan hocha la tête. Elle pâlit. — Combien y a-t-il de temps, dites-vous, de cette charrette?

— Un mois, quinze jours, peut-être, monseigneur. Je ne sais plus, moi.

— Elle a d'abord dit plus d'un an, observa le soldat.

— Voilà qui est louche! dit le prévôt.

— Monseigneur! cria-t-elle toujours collée devant la lucarne et tremblant que le soupçon ne les poussât à y passer la tête et à regarder dans la cellule; monseigneur, je vous jure que c'est une charrette qui a brisé cette grille. Je vous le jure par les anges du paradis. Si ce n'est pas une charrette, je veux être éternellement damnée et je renie Dieu!

— Tu mets bien de la chaleur à ce jurement! dit Tristan avec son coup d'œil d'inquisiteur.

La pauvre femme sentait s'évanouir de plus en plus son assurance. Elle en était à faire des maladresses, et elle comprenait avec terreur qu'elle ne disait pas ce qu'il aurait fallu dire.

Ici, un autre soldat arriva en criant : — Monseigneur, la vieille fée ment. La sorcière ne s'est pas sauvée par la rue du Mouton. La chaîne de la rue est restée tendue toute la nuit, et le garde-chaîne n'a vu passer personne.

Tristan, dont la physionomie devenait à chaque instant plus sinistre, interpella la recluse : — Qu'as-tu à dire à cela?

Elle essaya encore de faire tête à ce nouvel incident : — Que je ne sais, monseigneur, que j'ai pu me tromper. Je crois qu'elle a passé l'eau en effet.

— C'est le côté opposé, dit le prévôt. Il n'y a pourtant

pas grande apparence qu'elle ait voulu rentrer dans la Cité, où on la poursuivait. Tu mens, la vieille.

— Et puis, ajouta le premier soldat, il n'y a de bateau ni de ce côté de l'eau ni de l'autre.

— Elle l'aura passé à la nage, répliqua la recluse, défendant le terrain pied à pied.

— Est-ce que les femmes nagent? dit le soldat.

— Tête-Dieu! la vieille! tu mens! tu mens! reprit Tristan avec colère. J'ai bonne envie de laisser là cette sorcière, et de te prendre, toi. Un quart d'heure de question te tirera peut-être la vérité du gosier. Allons, tu vas nous suivre.

Elle saisit ces paroles avec avidité. — Comme vous voudrez, monseigneur. Faites, faites. La question. Je veux bien. Emmenez-moi. Vite, vite! partons tout de suite. — Pendant ce temps-là, pensait-elle, ma fille se sauvera.

— Mort-Dieu! dit le prévôt, quel appétit du chevalet! Je ne comprends rien à cette folle.

Un vieux sergent du guet à tête grise sortit des rangs, et s'adressant au prévôt : — Folle en effet, monseigneur. Si elle a lâché l'égyptienne, ce n'est pas sa faute, car elle n'aime pas les égyptiennes. Voilà quinze ans que je fais le guet, et que je l'entends tous les soirs maugréer les femmes bohêmes avec des exécrations sans fin. Si celle que nous poursuivons est, comme je le crois, la petite danseuse à la chèvre, elle déteste celle-là surtout.

Gudule fit un effort et dit : Celle-là surtout.

Le témoignage unanime des hommes du guet confirma au prévôt les paroles du vieux sergent. Tristan-l'Hermite, désespérant de rien tirer de la recluse, lui tourna le dos, et elle le vit avec une anxiété inexprimable se diriger lentement vers son cheval. — Allons, disait-il entre ses dents, en route! remettons-nous à l'enquête. Je ne dormirai pas que l'égyptienne ne soit pendue.

Cependant il hésita encore quelque temps avant de monter à cheval. Gudule palpitait entre la vie et la mort en le voyant promener autour de la place cette mine inquiète d'un chien de chasse qui sent près de lui le gîte de la bête et résiste à s'éloigner. Enfin il secoua la tête et sauta en selle. Le cœur si horriblement comprimé de Gudule se dilata; et elle dit à voix basse en jetant un coup d'œil sur sa fille, qu'elle n'avait pas encore osé regarder depuis qu'ils étaient là : — Sauvée!

La pauvre enfant était restée tout ce temps dans son coin, sans souffler, sans remuer, avec l'idée de la mort debout devant elle. Elle n'avait rien perdu de la scène entre Gudule et Tristan, et chacune des angoisses de sa mère avait retenti en elle. Elle avait entendu tous les craquements successifs du fil qui la tenait suspendue sur le gouffre, elle avait cru vingt fois le voir se briser, et commençait enfin à respirer et à se sentir le pied en terre ferme. En ce moment, elle entendit une voix qui disait au prévôt : — Corbœuf! monsieur le prévôt, ce n'est pas mon affaire, à moi homme d'armes, de pendre les sorcières. La quenaille de peuple est à bas. Je vous laisse besogner tout seul. Vous trouverez bon que j'aille rejoindre ma compagnie, pour ce qu'elle est sans capitaine. — Cette voix, c'était celle de Phœbus de Châteaupers. Ce qui se passa en elle est ineffable. Il était donc là, son ami, son protecteur, son appui, son asile, son Phœbus! Elle se leva, et, avant que sa mère eût pu l'en empêcher, elle s'était jetée à la lucarne en criant : — Phœbus! à moi, mon Phœbus!

Phœbus n'y était plus. Il venait de tourner au galop l'angle de la rue de la Coutellerie. Mais Tristan n'était pas encore parti.

La recluse se précipita sur sa fille avec un rugissement. Elle la retira violemment en arrière en lui enfonçant ses ongles dans le cou. Une mère tigresse n'y regarde pas de si près. Mais il était trop tard. Tristan avait vu.

— Eh! eh! s'écria-t-il avec un rire qui déchaussait toutes ses dents et faisait ressembler sa figure au museau d'un loup, deux souris dans la souricière!

— Je m'en doutais, dit le soldat.

Tristan lui frappa sur l'épaule : — Tu es un bon chat! — Allons, ajouta-t-il, où est Henriet Cousin?

Un homme qui n'avait ni le vêtement ni la mine des soldats sortit de leurs rangs. Il portait un costume mi-parti gris et brun, les cheveux plats, des manches de cuir, et un paquet de cordes à sa grosse main. Cet homme accompagnait toujours Tristan, qui accompagnait toujours Louis XI.

— L'ami, dit Tristan-l'Hermite, je présume que voilà la sorcière que nous cherchions. Tu vas me pendre cela. As-tu ton échelle?

— Il y en a une là sous le hangar de la Maison-aux-Piliers, répondit l'homme. Est-ce à cette justice-là que nous ferons la chose? poursuivit-il en montrant le gibet de pierre.

— Oui.

— Ho hé! reprit l'homme avec un gros rire plus bestial encore que celui du prévôt, nous n'aurons pas beaucoup de chemin à faire.

— Dépêche! dit Tristan, tu riras après.

Cependant, depuis que Tristan avait vu sa fille et que tout espoir était perdu, la recluse n'avait pas encore dit une parole. Elle avait jeté la pauvre égyptienne à demi morte dans le coin du caveau, et s'était replacée à la lucarne, ses deux mains appuyées à l'angle de l'entablement comme deux griffes. Dans cette attitude, on la voyait promener intrépidement sur tous ces soldats son regard, qui était redevenu fauve et insensé. Au moment où Henriet Cousin s'approcha de la loge, elle lui fit une figure tellement sauvage, qu'il recula.

— Monseigneur, dit-il en revenant au prévôt, laquelle faut-il prendre?

— La jeune.

— Tant mieux! car la vieille paraît malaisée.

— Pauvre petite danseuse à la chèvre! dit le vieux sergent du guet.

Henriet Cousin se rapprocha de la lucarne. L'œil de la mère fit baisser le sien. Il dit assez timidement : — Madame...

Elle l'interrompit d'une voix très-basse et furieuse : — Que demandes-tu?

— Ce n'est pas vous, dit-il, c'est l'autre.

— Quelle autre?

— La jeune.

Elle se mit à secouer la tête en criant : — Il n'y a personne! Il n'y a personne! Il n'y a personne!

— Si! reprit le bourreau, vous le savez bien. Laissez-moi prendre la jeune. Je ne veux pas vous faire de mal, à vous.

Elle dit avec un ricanement étrange : — Ah! tu ne veux pas me faire de mal, à moi!

— Laissez-moi l'autre, madame; c'est monsieur le prévôt qui le veut.

Elle répéta d'un air de folie : — Il n'y a personne!

— Je vous dis que si! répliqua le bourreau; nous avons tous vu que vous étiez deux.

— Regarde plutôt! dit la recluse en ricanant. Fourre ta tête par la lucarne.

Le bourreau examina les ongles de la mère, et n'osa pas.

— Dépêche! cria Tristan, qui venait de ranger sa troupe en cercle autour du Trou-aux-Rats, et qui se tenait à cheval près du gibet.

Henriet revint au prévôt encore une fois, tout embarrassé. Il avait posé sa corde à terre, et roulait d'un air gauche son chapeau dans ses mains. — Monseigneur, demanda-t-il, par où entrer?

— Par la porte.

— Il n'y en a pas.

— Par la fenêtre.

— Elle est trop étroite.

— Elargis-la, dit Tristan avec colère. N'as-tu pas des pioches?

Du fond de son antre, la mère, toujours en arrêt, regardait. Elle n'espérait plus rien, elle ne savait plus ce qu'elle voulait, mais elle ne voulait pas qu'on lui prît sa fille.

Henriet Cousin alla chercher la caisse d'outils des basses-œuvres sous le hangar de la Maison-aux-Piliers. Il en retira aussi la double échelle, qu'il appliqua sur-le-champ au gibet. Cinq ou six hommes de la prévôté s'armèrent de pics et de leviers, et Tristan se dirigea avec eux vers la lucarne.

— La vieille! dit le prévôt d'un ton sévère, livre-nous cette fille de bonne grâce.

Elle le regarda comme quand on ne comprend pas.

— Tête-Dieu! reprit Tristan, qu'as-tu donc à empêcher cette sorcière d'être pendue comme il plaît au roi.

La misérable se mit à rire de son rire farouche.

— Ce que j'y ai? C'est ma fille.

L'accent dont elle prononça ce mot fit frissonner jusqu'à Henriet Cousin lui-même.

— J'en suis fâché, repartit le prévôt, mais c'est le bon plaisir du roi.

Elle cria en redoublant son rire terrible : — Qu'est-ce que cela me fait, ton roi? Je te dis que c'est ma fille!

— Percez le mur, dit Tristan.

Il suffisait, pour pratiquer une ouverture assez large, de desceller une assise de pierre au-dessous de la lucarne. Quand la mère entendit les pics et les leviers saper sa forteresse, elle poussa un cri épouvantable; puis elle se mit à tourner avec une vitesse effrayante autour de sa loge, habitude de bête fauve que la cage lui avait donnée. Elle ne disait plus rien, mais ses yeux flamboyaient. Les soldats étaient glacés au fond du cœur.

Tout à coup elle prit son pavé, rit, et le jeta à deux poings sur les travailleurs. Le pavé, mal lancé (car ses mains tremblaient), ne toucha personne, et vint s'arrêter sous les pieds du cheval de Tristan. Elle grinça des dents.

Cependant, quoique le soleil ne fût pas encore levé, il faisait grand jour; une belle teinte rose égayait les vieilles cheminées vermoulues de la Maison-aux-Piliers. C'était l'heure où les fenêtres les plus matinales de la grande ville s'ouvrent joyeusement sur les toits. Quelques manants, quelques fruitiers allant aux halles sur leur âne, commençaient à traverser la Grève; ils s'arrêtaient un moment devant ce groupe de soldats amoncelés autour du Trou-aux-Rats, le considéraient d'un air étonné, et passaient outre.

La recluse était allée s'asseoir près de sa fille, la couvrant de son corps, devant elle, l'œil fixe, écoutant la pauvre enfant, qui ne bougeait pas, et qui murmurait à voix basse pour toute parole : Phœbus! Phœbus! A mesure que le travail des démolisseurs semblait s'avancer, la mère se reculait machinalement, et serrait de plus en plus la jeune fille contre le mur. Tout à coup la recluse vit la pierre (car elle faisait sentinelle, et ne la quittait pas du regard) s'ébranler, et elle entendit la voix de Tristan qui encourageait les travailleurs. Alors elle sortit de l'affaissement où elle était tombée depuis quelques instants, et s'écria, et, tandis qu'elle parlait, sa voix tantôt déchirait l'oreille comme une scie, tantôt balbutiait comme si toutes les malédictions se fussent pressées sur ses lèvres pour éclater à la fois : — Oh! oh! oh! mais c'est horrible! Vous êtes des brigands! Est-ce que vous allez vraiment me prendre ma fille? Je vous dis que c'est ma fille! Oh! les lâches! Oh! les laquais bourreaux! les misérables goujats assassins! Au secours! au secours! au feu! Mais est-ce qu'ils me prendront mon enfant comme cela? Qui est-ce donc qu'on appelle le bon Dieu?

Alors s'adressant à Tristan, écumante, l'œil hagard, à quatre pattes comme une panthère, et toute hérissée :

— Approche un peu me prendre ma fille! Est-ce que tu ne comprends pas que cette femme te dit que c'est sa fille? Sais-tu ce que c'est qu'un enfant qu'on a? Eh! loup-cervier, n'as-tu jamais gîté avec ta louve? n'en as-tu jamais eu un louveteau? et si tu as des petits, quand ils hurlent, est-ce que tu n'as rien dans le ventre que cela remue?

— Mettez bas la pierre, dit Tristan; elle ne tient plus.

Les leviers soulevèrent la lourde assise. C'était, nous l'avons dit, le dernier rempart de la mère. Elle se jeta dessus, elle voulut la retenir; elle égratigna la pierre avec ses ongles; mais le bloc massif, mis en mouvement par six hommes, lui échappa, et glissa doucement jusqu'à terre le long des leviers de fer.

La mère, voyant l'entrée faite, tomba devant l'ouverture en travers, barricadant la brèche avec son corps, tordant ses bras, heurtant la dalle de sa tête, et criant d'une voix enrouée de fatigue qu'on entendait à peine : Au secours! au feu! au feu!

— Maintenant prenez la fille, dit Tristan toujours impassible.

La mère regarda les soldats d'une manière si formidable, qu'ils avaient plus envie de reculer que d'avancer.

— Allons donc, reprit le prévôt. Henriet Cousin, toi!

Personne ne fit un pas.

Le prévôt jura : — Tête-Christ! mes gens de guerre! peur d'une femme?

— Monseigneur, dit Henriet, vous appelez cela une femme!

— Elle a une crinière de lion! dit un autre.

— Allons! repartit le prévôt, la baie est assez large. Entrez-y trois de front, comme à la brèche de Pontoise. Finissons, mort-Mahom! Le premier qui recule, j'en fais deux morceaux!

Placés entre le prévôt et la mère, tous deux menaçants, les soldats hésitèrent un moment, puis, prenant leur parti, s'avancèrent vers le Trou-aux-Rats.

Quand la recluse vit cela, elle se dressa brusquement sur les genoux, écarta ses cheveux de son visage, puis laissa retomber ses mains maigres et écorchées sur ses cuisses. Alors de grosses larmes sortirent une à une de ses yeux; elles descendaient par une ride le long de ses joues, comme un torrent par le lit qu'il s'est creusé. En même temps elle se mit à parler, mais d'une voix si suppliante, si douce, si soumise et si poignante, qu'alentour de Tristan plus d'un vieil argousin qui aurait mangé de la chair humaine s'essuyait les yeux.

— Messeigneurs! messieurs les sergents, un mot! C'est une chose qu'il faut que je vous dise! C'est ma fille, voyez-vous? ma chère petite fille que j'avais perdue! Ecoutez, c'est une histoire. Figurez-vous que je connais très-bien messieurs les sergents. Ils ont toujours été bons pour moi dans le temps que les petits garçons me jetaient des pierres, parce que je faisais la vie d'amour. Voyez-vous! vous me laisserez mon enfant, quand vous saurez! je suis une pauvre fille de joie. Ce sont les bohémiennes qui me l'ont volée. Même que j'ai gardé son soulier quinze ans. Tenez, le voilà. Elle avait ce pied-là. A Reims! la Chantefleurie! rue Folle-Peine! Vous avez connu cela peut-être. C'était moi. Dans votre jeunesse, alors, c'était un beau temps, on passait de bons quarts d'heure. Vous aurez pitié de moi, n'est-ce pas, messeigneurs? les égyptiennes me l'ont volée! elles me l'ont cachée quinze ans. Je la croyais morte. Figurez-vous, mes bons amis, que je la croyais morte. J'ai passé quinze ans ici, dans cette cave, sans feu l'hiver. C'est dur, cela. Le pauvre cher petit soulier! j'ai tant crié, que le bon Dieu m'a entendue. Cette nuit, il m'a rendu ma fille. C'est un miracle du bon Dieu. Elle n'était pas morte. Vous ne me la prendrez pas, j'en suis sûre. Encore si c'était moi, je ne dirais pas; mais elle, une enfant de seize ans! Laissez-lui le temps de voir le soleil! — Qu'est-ce qu'elle vous a fait? rien du tout. Moi non plus. Si vous saviez que je n'ai qu'elle, que je suis vieille, que c'est une bénédiction que la sainte Vierge m'envoie. Et puis, vous êtes si bons tous! Vous ne saviez pas que c'était ma fille; à présent vous le savez. Oh! je l'aime! Monsieur le grand prévôt, j'aimerais mieux un trou à mes entrailles qu'une égratignure à son doigt! C'est vous qui avez l'air d'un bon seigneur! Ce que je vous dis là vous explique la chose, n'est-il pas vrai? Oh! si vous avez eu une mère, monseigneur! vous êtes le capitaine, laissez-moi mon enfant! Considérez que je vous prie à genoux, comme on prie un Jésus-Christ! Je ne demande rien à personne; je suis de Reims, messeigneurs; j'ai un petit champ de mon oncle Mahiet Pradon. Je ne suis pas une mendiante. Je ne veux rien, mais je veux mon enfant! Oh! je veux garder mon enfant! Le bon Dieu, qui est le maître, ne me l'a pas rendue pour rien! Le roi! vous dites le roi! Cela ne lui fera déjà pas beaucoup de plaisir qu'on tue ma petite fille! Et puis le roi est bon! C'est ma fille! c'est ma fille, à moi! Elle n'est pas au roi! elle n'est pas à vous! Je veux m'en aller! nous voulons nous en aller! enfin, deux femmes qui passent, dont l'une est la mère et l'autre la fille, on les laisse passer! Laissez-nous passer! nous sommes de Reims. Oh! vous êtes bien bons, messieurs les sergents! je vous aime tous. Vous ne me prendrez pas ma chère petite, c'est impossible! N'est-ce pas que c'est tout à fait impossible? Mon enfant! mon enfant!

Nous n'essayerons pas de donner une idée de son geste, de son accent, des larmes qu'elle buvait en parlant, des mains qu'elle joignait et puis tordait, des sourires navrants, des regards noyés, des gémissements, des soupirs, des cris misérables et saisissants qu'elle mêlait à ses paroles désordonnées, folles et décousues. Quand elle se tut, Tristan-l'Hermite fronça le sourcil; mais c'était pour cacher une larme qui roulait dans son œil de tigre. Il surmonta pourtant cette faiblesse, et dit d'un ton bref: — Le roi le veut!

Puis il se pencha à l'oreille d'Henriet Cousin, et lui dit tout bas: — Finis vite! Le redoutable prévôt sentait peut-être le cœur lui manquer, à lui aussi.

Le bourreau et les sergents entrèrent dans la logette. La mère ne fit aucune résistance, seulement elle se traîna vers sa fille et se jeta à corps perdu sur elle. L'égyptienne vit les soldats s'approcher. L'horreur de la mort la ranima: — Ma mère! cria-t-elle avec un inexprimable accent de détresse, ma mère! ils viennent! défendez-moi! — Oui, mon amour, je te défends! répondit la mère d'une voix éteinte, et, la serrant étroitement dans ses bras, elle la couvrit de baisers. Toutes deux ainsi à terre, la mère sur la fille, faisaient un spectacle digne de pitié.

Henriet Cousin prit la jeune fille par le milieu du corps sous ses belles épaules. Quand elle sentit cette main, elle fit: Heuh! et s'évanouit. Le bourreau, qui laissait tomber goutte à goutte de grosses larmes sur elle, voulut l'enlever dans ses bras. Il essaya de détacher la mère, qui avait pour ainsi dire noué ses deux mains autour de la ceinture de sa fille; mais elle était si puissamment cramponnée à son enfant, qu'il fut impossible de l'en séparer. Henriet Cousin alors traîna la jeune fille hors de la loge, et la mère après elle. La mère aussi tenait ses yeux fermés.

Le soleil se levait en ce moment, et il y avait déjà sur la place un assez bon amas de peuple qui regardait à distance ce qu'on traînait ainsi sur le pavé vers le gibet; car c'était la mode du prévôt Tristan aux exécutions. Il avait la manie d'empêcher les curieux d'approcher.

Il n'y avait personne aux fenêtres. On voyait seulement de loin, au sommet de celle des tours de Notre-Dame qui domine la Grève, deux hommes détachés en noir sur le ciel clair du matin, qui semblaient regarder.

Henriet Cousin s'arrêta avec ce qu'il traînait au pied de la fatale échelle, et, respirant à peine, tant la chose l'apitoyait, il passa la corde autour du cou adorable de la jeune fille. La malheureuse enfant sentit l'horrible attouchement du chanvre. Elle souleva ses paupières, et vit le bras décharné du gibet de pierre étendu au-dessus de sa tête. Alors elle se secoua, et cria d'une voix haute et déchirante: — Non! non! je ne veux pas! La mère, dont la tête était enfouie et perdue sous les vêtements de sa fille, ne dit pas une parole; seulement on vit frémir tout son corps, et on l'entendit redoubler ses baisers sur son enfant. Le bourreau profita de ce moment pour dénouer vivement les bras dont elle étreignait la condamnée. Soit épuisement, soit désespoir, elle le laissa faire. Alors il prit la jeune fille sur son épaule, d'où la charmante créature retombait gracieusement pliée en deux sur sa large tête. Puis il mit le pied sur l'échelle pour monter.

En ce moment la mère, accroupie sur le pavé, ouvrit tout à fait les yeux. Sans jeter un cri, elle se redressa avec une expression terrible; puis, comme une bête sur sa proie, elle se jeta sur la main du bourreau et le mordit. Ce fut un éclair. Le bourreau hurla de douleur. On accourut. On retira avec peine sa main sanglante d'entre les dents de la mère. Elle gardait un profond silence. On la repoussa assez brutalement, et l'on remarqua que sa tête retombait lourdement sur le pavé. On la releva, elle se laissa de nouveau retomber. C'est qu'elle était morte.

Le bourreau, qui n'avait pas lâché la jeune fille, se remit à monter l'échelle.

II

LA CREATURA BELLA BIANCO VESTITA. (Dante.)

Quand Quasimodo vit que la cellule était vide, que l'égyptienne n'y était plus, que pendant qu'il la défendait on l'avait enlevée, il prit ses cheveux à deux mains et trépigna de surprise et de douleur, puis il se mit à courir par toute l'église, cherchant sa bohémienne, hurlant des cris étranges à tous les coins de mur, semant ses cheveux rouges sur le pavé. C'était précisément le moment où les archers du roi entraient victorieux dans Notre-Dame, cherchant aussi l'égyptienne. Quasimodo les y aida, sans se douter, le pauvre sourd, de leurs fatales intentions; il croyait que les ennemis de l'égyptienne, c'étaient les truands. Il mena lui-même Tristan-l'Hermite à toutes les cachettes possibles, lui ouvrit les portes secrètes, les doubles fonds d'autel, les arrière-sacristies. Si la malheureuse y eût été encore, c'est lui qui l'eût livrée.

Quand la lassitude de ne rien trouver eut rebuté Tristan, qui ne se rebutait pas aisément, Quasimodo continua de chercher tout seul. Il fit vingt fois, cent fois, le tour de l'église, de long en large, du haut en bas, montant, descendant, courant, appelant, criant, flairant, furetant, fouillant, fourrant sa tête dans tous les trous, poussant une torche sous toutes les voûtes, désespéré, fou. Un mâle qui a perdu sa femelle n'est pas plus rugissant ni plus hagard. Enfin, quand il fut sûr, bien sûr qu'elle n'y était plus, que c'en était fait, qu'on la lui avait dérobée, il remonta lentement l'escalier des tours, cet escalier qu'il avait escaladé avec tant d'emportement et de triomphe le jour où il l'avait sauvée. Il repassa par les mêmes lieux, la tête basse, sans voix, sans larmes, presque sans souffle.

L'église était déserte de nouveau et retombée dans son silence. Les archers l'avaient quittée pour traquer la sorcière dans la Cité. Quasimodo, resté seul dans cette vaste Notre-Dame, si assiégée et si tumultueuse le moment d'auparavant, reprit le chemin de la cellule où l'égyptienne avait dormi tant de semaines sous sa garde. En s'en approchant, il se figurait qu'il allait peut-être l'y retrouver. Quand, au détour de la galerie qui donne sur le toit des bas côtés, il aperçut l'étroite logette avec sa petite fenêtre et sa petite porte, tapie sous un grand arc-boutant comme un nid d'oiseau sous une branche, le cœur lui manqua, au pauvre homme, et il s'appuya contre un pilier pour ne pas tomber. Il s'imagina qu'elle y était peut-être rentrée, qu'un bon génie l'y avait sans doute ramenée, que cette logette était trop tranquille, trop sûre et trop charmante, pour qu'elle n'y fût point, et il n'osait faire un pas de plus, de peur de briser son illusion. — Oui, se disait-il en lui-même, elle dort peut-être, ou elle prie. Ne la troublons pas. — Enfin il rassembla son courage, il avança sur la pointe des pieds, il regarda, il entra. Vide! la cellule était toujours vide. Le malheureux sourd en fit le tour à pas lents, souleva le lit et regarda dessous, comme si elle pouvait être cachée entre la dalle et le matelas, puis il secoua la tête et demeura stupide. Tout à coup il écrasa furieusement sa torche du pied, et, sans dire une parole, sans pousser un soupir, il se précipita de toute sa course la tête contre le mur et tomba évanoui sur le pavé.

Quand il revint à lui, il se jeta sur le lit, il s'y roula, il baisa avec frénésie la place tiède encore où la jeune fille avait dormi, il y resta quelques minutes immobile comme s'il allait y expirer; puis il se releva, ruisselant de sueur, haletant, insensé, et se mit à cogner les murailles de sa tête avec l'effrayante régularité du battant de ses cloches, et la résolution d'un homme qui veut l'y briser. Enfin il tomba une seconde fois, épuisé; il se traîna sur les genoux hors de la cellule et s'accroupit en face de la porte, dans une attitude d'étonnement. Il resta ainsi plus d'une heure sans faire un mouvement, l'œil fixé sur la cellule déserte, plus sombre et plus pensif qu'une mère assise entre un berceau vide et un cercueil plein. Il ne prononçait pas un mot; seulement, à de longs intervalles, un sanglot remuait violemment tout son corps, mais un sanglot sans larmes, comme ces éclairs d'été qui ne font pas de bruit.

Il paraît que ce fut alors que, cherchant au fond de sa rêverie désolée quel pouvait être le ravisseur inattendu de l'égyptienne, il songea à l'archidiacre. Il se souvint que Dom Claude avait seul une clef de l'escalier qui menait à la cellule; il se rappela ses tentatives nocturnes sur la jeune fille, la première à laquelle lui, Quasimodo, avait aidé, la seconde qu'il avait empêchée. Il se rappela mille détails, et ne douta bientôt plus que l'archidiacre ne lui eût pris l'égyptienne. Cependant tel était son respect du prêtre, la reconnaissance, le dévouement, l'amour pour cet homme, avaient de si profondes racines dans son cœur, qu'elles résistaient, même en ce moment, aux ongles de la jalousie et du désespoir.

Il songeait que l'archidiacre avait fait cela, et la colère de sang et de mort qu'il en eût ressentie contre tout autre, du moment où il s'agissait de Claude Frollo, se tournait chez le pauvre sourd en accroissement de douleur.

Au moment où sa pensée se fixait ainsi sur le prêtre, comme l'aube blanchissait les arcs-boutants, il vit à l'étage supérieur de Notre-Dame, au coude que fait la balustrade extérieure qui tourne autour de l'abside, une figure qui marchait. Cette figure venait de son côté. Il la reconnut. C'était l'archidiacre; Claude allait d'un pas grave et lent. Il ne regardait pas devant lui en marchant; il se dirigeait vers la tour septentrionale, mais son visage était tourné de côté, vers la rive droite de la Seine, et il tenait la tête haute, comme s'il eût tâché de voir quelque chose par-dessus les toits. Le hibou a souvent cette attitude oblique. Il vole vers un point et en regarde un autre. — Le prêtre passa ainsi au-dessus de Quasimodo sans le voir.

Le sourd, que cette brusque apparition avait pétrifié, le vit s'enfoncer sous la porte de l'escalier de la tour septentrionale. Le lecteur sait que cette tour est celle d'où l'on voit l'Hôtel-de-Ville. Quasimodo se leva et suivit l'archidiacre.

Quasimodo monta l'escalier de la tour pour savoir pourquoi le prêtre montait. Du reste, le pauvre sonneur ne savait ce qu'il ferait, lui Quasimodo, ce qu'il dirait, ce qu'il voulait. Il était plein de fureur et plein de crainte. L'archidiacre et l'égyptienne se heurtaient dans son cœur.

Quand il fut parvenu au sommet de la tour, avant de sortir de l'ombre de l'escalier et d'entrer sur la plate-forme, il examina avec précaution où était le prêtre. Le prêtre lui tournait le dos. Il y a une balustrade percée à jour qui entoure la plate-forme du clocher. Le prêtre, dont les yeux plongeaient sur la ville, avait la poitrine appuyée à celui des quatre côtés de la balustrade qui regarde le pont Notre-Dame.

Quasimodo, s'avançant à pas de loup derrière lui, alla voir ce qu'il regardait ainsi. L'attention du prêtre était tellement absorbée ailleurs, qu'il n'entendit point le sourd marcher près de lui.

C'est un magnifique et charmant spectacle que Paris, et le Paris d'alors surtout, vu du haut des tours de Notre-Dame aux fraîches lueurs d'une aube d'été. On pouvait être, ce jour-là, en juillet. Le ciel était parfaitement serein. Quelques étoiles attardées s'y éteignaient sur divers points, et il y en avait une très-brillante au levant dans le plus clair du ciel. Le soleil était au moment de paraître. Paris commençait à remuer. Une lumière très-blanche et très-pure faisait saillir vivement à l'œil tous les plans que ses mille maisons présentent à l'orient. L'ombre géante des clochers allait de toit en toit d'un bout de la grande ville à l'autre. Il y avait déjà des quartiers qui parlaient et qui faisaient du bruit. Ici un coup de cloche, là un coup de marteau, là-bas le cliquetis compliqué d'une charrette en marche. Déjà quelques fumées se dégorgeaient çà et là sur toute cette surface de toits comme par les fissures d'une immense solfatare. La rivière, qui fronce son eau aux arches de tant de ponts, à la pointe de tant d'îles, était moirée de plis d'argent. Autour de la ville, au dehors des remparts, la vue se perdait dans un grand cercle de vapeurs floconneuses à travers lesquelles on distinguait confusément la ligne indéfinie des plaines, et le gracieux renflement des coteaux. Toutes sortes de rumeurs flottantes se dispersaient sur cette cité à demi réveillée. Vers l'orient le vent du matin chassait à travers le ciel quelques blanches ouates arrachées à la toison de brume des collines.

Dans le Parvis, quelques bonnes femmes, qui avaient en main leur pot au lait, se montraient avec étonnement le délabrement singulier de la grande porte de Notre-Dame, et deux ruisseaux de plomb figés entre les fentes des grès. C'était tout ce qui restait du tumulte de la nuit. Le bûcher allumé par Quasimodo, entre les tours, s'était éteint. Tristan avait déjà déblayé la place et fait jeter les morts à la Seine. Les rois comme Louis XI ont soin de laver vite le pavé après un massacre.

En dehors de la balustrade de la tour, précisément au-dessous du point où s'était arrêté le prêtre, il y avait une de ces gouttières de pierre fantastiquement taillées qui hérissent les édifices gothiques; et, dans une crevasse de cette gouttière, deux jolies giroflées en fleur, secouées et rendues comme vivantes par le souffle de l'air, se faisaient des salutations folâtres. Au-dessus des tours, en haut, bien loin au fond du ciel, on entendait de petits cris d'oiseaux.

Mais le prêtre n'écoutait, ne regardait rien de tout cela. Il était de ces hommes pour lesquels il n'y a pas de matins, pas d'oiseaux, pas de fleurs. Dans cet immense horizon qui prenait tant d'aspects autour de lui, sa contemplation était concentrée sur un point unique.

Quasimodo brûlait de lui demander ce qu'il avait fait de l'égyptienne; mais l'archidiacre semblait en ce moment être hors du monde. Il était visiblement dans une de ces minutes violentes de la vie où l'on ne sentirait pas la terre crouler. Les yeux invariablement fixés sur un certain lieu, il demeurait immobile et silencieux; et ce silence et cette immobilité avaient quelque chose de si redoutable, que le sauvage sonneur frémissait devant et n'osait s'y heurter. Seulement, et c'était encore une manière d'interroger l'archidiacre, il suivit la direction de son rayon visuel, et de cette façon le regard du malheureux sourd tomba sur la place de Grève.

Il vit ainsi ce que le prêtre regardait. L'échelle était dressée près du gibet permanent. Il y avait quelque peuple dans la place et beaucoup de soldats. Un homme traînait sur le pavé une chose blanche à laquelle une chose noire était accrochée. Cet homme s'arrêta au pied du gibet. Ici il se passa quelque chose que Quasimodo ne vit pas bien. Ce n'est pas que son œil unique n'eût conservé sa longue portée, mais il y avait un gros de soldats qui empêchait de distinguer tout. D'ailleurs, en cet instant le soleil parut, et un tel flot de lumière déborda par-dessus l'horizon, qu'on eût dit que toutes les pointes de Paris, flèches, cheminées, pignons, prenaient feu à la fois.

Cependant l'homme se mit à monter l'échelle. Alors Quasimodo le revit distinctement. Il portait une femme sur son épaule, une jeune fille vêtue de blanc; cette jeune fille avait un nœud au cou. Quasimodo la reconnut. C'était elle.

L'homme parvint ainsi au haut de l'échelle. Là il arrangea le nœud. Ici le prêtre, pour mieux voir, se mit à genoux sur la balustrade.

Tout à coup l'homme repoussa brusquement l'échelle du talon; et Quasimodo, qui ne respirait plus depuis quelques instants, vit se balancer au bout de la corde, à deux toises au-dessus du pavé, la malheureuse enfant avec l'homme accroupi les pieds sur ses épaules. La corde fit quelques tours sur elle-même, et Quasimodo vit courir d'horribles convulsions le long du corps de l'égyptienne. Le prêtre, de son côté, le cou tendu, l'œil hors de la tête, contemplait ce groupe épouvantable de l'homme et de la jeune fille, de l'araignée et de la mouche.

Au moment où c'était le plus effroyable, un rire de démon, un rire qu'on ne peut avoir que lorsqu'on n'est plus homme, éclata sur le visage livide du prêtre. Quasimodo n'entendit pas ce rire, mais il le vit. Le sonneur recula de quelques pas derrière l'archidiacre, et tout à coup se ruant sur lui avec fureur, de ses deux grosses mains il le poussa par le dos dans l'abîme sur lequel dom Claude était penché. Le prêtre cria : — Damnation! et tomba.

La gouttière au-dessus de laquelle il se trouvait l'arrêta dans sa chute. Il s'y accrocha avec des mains désespérées, et, au moment où il ouvrait la bouche pour jeter un second cri, il vit passer au rebord de la balustrade, au-dessus de sa tête, la figure formidable et vengeresse de Quasimodo. Alors il se tut.

L'abîme était au-dessous de lui. Une chute de plus de deux cents pieds, et le pavé. Dans cette situation terrible, l'archidiacre ne dit pas une parole, ne poussa pas un gémissement. Seulement il se tordit sur la gouttière avec des efforts inouïs pour remonter; mais ses mains n'avaient pas de prise sur le granit : ses pieds rayaient la muraille noircie, sans y mordre. Les personnes qui ont monté sur les tours de Notre-Dame savent qu'il y a un renflement de la pierre immédiatement au-dessous de la balustrade. C'est sur cet angle rentrant que s'épuisait le misérable archidiacre. Il n'avait pas affaire à un mur à pic, mais à un mur qui fuyait sous lui.

Quasimodo n'eût eu, pour le tirer du gouffre, qu'à lui tendre la main; mais il ne le regardait seulement pas. Il regardait la Grève. Il regardait le gibet. Il regardait l'égyptienne. Le sourd s'était accoudé sur la balustrade à la place où était l'archidiacre le moment d'auparavant; et là, ne détachant pas son regard du seul objet qu'il y eût pour lui au monde en ce moment, il était immobile et muet comme un homme foudroyé, et un long ruisseau de pleurs coulait en silence de cet œil qui jusqu'alors n'avait encore versé qu'une seule larme.

Cependant l'archidiacre haletait. Son front chauve ruisselait de sueur, ses ongles saignaient sur la pierre, ses genoux s'écorchaient au mur. Il entendait sa soutane, accrochée à la gouttière, craquer et se découdre à chaque secousse qu'il lui donnait. Pour comble de malheur, cette gouttière était terminée par un tuyau de plomb qui fléchissait sous le poids de son corps. L'archidiacre sentait ce tuyau ployer lentement. Il se disait, le misérable, que quand ses mains seraient brisées de fatigue, quand sa soutane serait déchirée, quand ce plomb serait ployé, il faudrait tomber, et l'épouvante le prenait aux entrailles. Quelquefois il regardait avec égarement une espèce d'étroit plateau formé, à quelque dix pieds plus bas, par des accidents de sculpture, et il demandait au ciel, dans le fond de son âme en détresse, de pouvoir finir sa vie sur cet espace de deux pieds carrés, dût-elle durer cent années. Une fois il regarda au-dessous de lui dans la place, dans l'abîme; la tête qu'il releva fermait les yeux et avait les cheveux tout droits.

C'était quelque chose d'effrayant que le silence de ces deux hommes. Tandis que l'archidiacre, à quelques pieds de lui, agonisait de cette horrible façon, Quasimodo pleurait et regardait la Grève.

L'archidiacre, voyant que tous ses soubresauts ne servaient qu'à ébranler le fragile point d'appui qui lui restait, avait pris le parti de ne plus remuer. Il était là, embrassant la gouttière, respirant à peine, ne bougeant plus, n'ayant plus d'autres mouvements que cette convulsion machinale du ventre qu'on éprouve dans les rêves quand on croit se sentir tomber. Ses yeux fixes étaient ouverts d'une manière maladive et étonnée. Peu à peu cependant, il perdait du terrain, ses doigts glissaient sur la gouttière; il sentait de plus en plus la faiblesse de ses bras et la pesanteur de son corps. La courbure du plomb qui le soutenait s'inclinait à tout moment d'un cran vers l'abîme. Il voyait au-dessous de lui, chose affreuse, le toit de Saint-Jean-le-Rond petit comme une carte ployée en deux. Il regardait l'une après l'autre les impassibles sculptures de la tour, comme lui suspendues sur le précipice, mais sans terreur pour elles ni pitié pour lui. Tout était de pierre autour de lui : devant ses yeux, les monstres béants; au-dessous, tout au fond, dans la place, le pavé; au-dessus de sa tête, Quasimodo qui pleurait.

Il y avait dans le Parvis quelques groupes de braves curieux qui cherchaient tranquillement à deviner quel pouvait être le fou qui s'amusait d'une si étrange manière. Le prêtre leur entendait dire, car leur voix arrivait jusqu'à lui claire et grêle : — Mais il va se rompre le cou!

Quasimodo pleurait.

Enfin l'archidiacre écumant de rage et d'épouvante comprit que tout était inutile. Il rassembla pourtant tout ce qui lui restait de force pour un dernier effort. Il se roidit sur la gouttière, repoussa le mur de ses deux genoux, s'accrocha des mains à une fente des pierres, et parvint à regrimper d'un pied peut-être; mais cette commotion fit ployer brusquement le bec de plomb sur lequel il s'appuyait. Du même coup, sa soutane s'éventra. Alors, sentant tout manquer sous lui, n'ayant plus que ses mains roidies et défaillantes qui tenaient à quelque chose, l'infortuné ferma les yeux et lâcha la gouttière. Il tomba.

Quasimodo le regarda tomber.

Une chute de si haut est rarement perpendiculaire. L'archidiacre, lancé dans l'espace, tomba d'abord la tête en bas et les deux mains étendues, puis il fit plusieurs tours sur lui-même; le vent le poussa sur le toit d'une maison où le malheureux commença à se briser. Cependant il n'était pas mort quand il y arriva. Le sonneur le vit essayer encore de se retenir au pignon avec les ongles; mais le plan était trop incliné, et il n'avait plus de force. Il glissa rapidement sur le toit comme une tuile qui se détache, et alla rebondir sur le pavé. Là il ne remua plus.

Quasimodo alors releva son œil sur l'égyptienne, dont il voyait le corps, suspendu au gibet, frémir au loin sous sa robe blanche des derniers tressaillements de l'agonie, puis il le rabaissa sur l'archidiacre, étendu au bas de la tour et n'ayant plus forme humaine, et il dit avec un sanglot qui souleva sa profonde poitrine : — Oh! tout ce que j'ai aimé!

III

MARIAGE DE PHOEBUS.

Vers le soir de cette journée, quand les officiers judiciaires de l'évêque vinrent relever sur le pavé du Parvis le cadavre disloqué de l'archidiacre, Quasimodo avait disparu de Notre-Dame.

Il courut beaucoup de bruits sur cette aventure. On ne douta pas que le jour ne fût venu, où, d'après leur pacte, Quasimodo, c'est-à-dire le diable, devait emporter Claude Frollo, c'est-à-dire le sorcier. On présuma qu'il avait brisé le corps en prenant l'âme, comme les singes qui cassent la coquille pour manger la noix.

C'est pourquoi l'archidiacre ne fut pas inhumé en terre sainte.

Louis XI mourut l'année d'après, au mois d'août 1483.

Quant à Pierre Gringoire, il parvint à sauver la chèvre et il obtint des succès en tragédie. Il paraît qu'après avoir goûté de l'astrologie, de la philosophie, de l'architecture, de l'hermétique, de toutes les folies, il en revint à la tragédie, qui est la plus folle de toutes. C'est ce qu'il appelait *avoir fait une fin tragique*. Voici, au sujet de ses triomphes dramatiques, ce qu'on lit dès 1485 dans les comptes de l'Ordinaire : « A Jehan Marchand et Pierre Gringoire, charpentier et compositeur, qui ont fait et composé le mystère « fait au Châtelet de Paris à l'entrée de monsieur le légat, « ordonné des personnages, iceux revêtus et habillés ainsi « que audit mystère était requis; et pareillement d'avoir fait « les échafaudages qui étaient à ce nécessaires : et pour ce « faire, cent livres. »

Phœbus de Châteaupers aussi fit une fin tragique : il se maria.

IV

MARIAGE DE QUASIMODO.

Nous venons de dire que Quasimodo avait disparu de Notre-Dame le jour de la mort de l'égyptienne et de l'archidiacre. On ne le revit plus en effet; on ne sut ce qu'il était devenu.

Dans la nuit qui suivit le supplice de la Esmeralda, les

gens des basses-œuvres avaient détaché son corps du gibet et l'avaient porté, selon l'usage, dans la cave de Montfaucon.

Montfaucon était, comme dit Sauval, « le plus ancien « et le plus superbe gibet du royaume. » Entre les faubourgs du Temple et de Saint-Martin, à environ cent soixante toises des murailles de Paris, à quelques portées d'arbalète de la Courtille, on voyait au sommet d'une éminence douce, insensible, assez élevée pour être aperçue de quelques lieues à la ronde, un édifice de forme étrange qui ressemblait assez à un cromlech celtique, et où il se faisait aussi des sacrifices humains.

Qu'on se figure, au couronnement d'une butte de plâtre, un gros parallélipipède de maçonnerie, haut de quinze pieds, large de trente, long de quarante, avec une porte, une rampe extérieure et une plate-forme; sur cette plate-forme seize énormes piliers de pierre brute, debout, hauts de trente pieds, disposés en colonnade autour de trois des quatre côtés du massif qui les supporte, liés entre eux à leur sommet par de fortes poutres où pendent des chaînes d'intervalle en intervalle; à toutes ces chaînes des squelettes; aux alentours dans la plaine, une croix de pierre et deux gibets de second ordre qui semblent pousser de bouture autour de la fourche centrale; au-dessus de tout cela, dans le ciel, un vol perpétuel de corbeaux : voilà Montfaucon.

A la fin du quinzième siècle, le formidable gibet, qui datait de 1328, était déjà fort décrépit; les poutres étaient vermoulues, les chaînes rouillées, les piliers verts de moisissures; les assises de pierre de taille étaient toutes refendues à leur jointure, et l'herbe poussait sur cette plate-forme où les pieds ne touchaient pas. C'était un horrible profil sur le ciel que celui de ce monument; la nuit surtout, quand il y avait un peu de lune sur ces crânes blancs, ou quand la bise du soir froissait chaînes et squelettes, et remuait tout cela dans l'ombre. Il suffisait de ce gibet présent là pour faire de tous les environs des lieux sinistres.

Le massif de pierre qui servait de base à l'odieux édifice était creux. On y avait pratiqué une vaste cave, fermée d'une vieille grille de fer détraquée, où l'on jetait non-seulement les débris humains qui se détachaient des chaînes de Montfaucon, mais les corps de tous les malheureux exécutés aux autres gibets permanents de Paris. Dans ce profond charnier, où tant de poussières humaines et tant de crimes ont pourri ensemble, bien des grands du monde, bien des innocents, sont venus successivement apporter leurs os, depuis Enguerrand de Marigny, qui étrenna Montfaucon et qui était un juste, jusqu'à l'amiral de Coligni, qui en fit la clôture, et qui était un juste.

Quant à la mystérieuse disparition de Quasimodo, voici tout ce que nous avons pu découvrir.

Deux ans environ ou dix-huit mois après les événements qui terminent cette histoire, quand on vint rechercher dans la cave de Montfaucon le cadavre d'Olivier-le-Daim qui avait été pendu deux jours auparavant, et à qui Charles VIII accordait la grâce d'être enterré à Saint-Laurent en meilleure compagnie, on trouva parmi toutes ces carcasses hideuses deux squelettes dont l'un tenait l'autre singulièrement embrassé. L'un de ces deux squelettes, qui était celui d'une femme, avait encore quelques lambeaux de robe d'une étoffe qui avait été blanche, et l'on voyait autour de son cou un collier de grains d'adrézarach avec un petit sachet de soie, orné de verroterie verte, qui était ouvert et vide. Ces objets avaient si peu de valeur, que le bourreau sans doute n'en avait pas voulu. L'autre, qui tenait celui-ci étroitement embrassé, était un squelette d'homme. On remarqua qu'il avait la colonne vertébrale déviée, la tête dans les omoplates, et une jambe plus courte que l'autre. Il n'avait d'ailleurs aucune rupture de vertèbres à la nuque, et il était évident qu'il n'avait pas été pendu. L'homme auquel il avait appartenu était donc venu là, et il y était mort. Quand on voulut le détacher du squelette qu'il embrassait, il tomba en poussière.

FIN DE NOTRE-DAME DE PARIS.

TABLE DES MATIÈRES

	Pages.
Préface	1
Note ajoutée a la huitième édition	ib.

LIVRE PREMIER.

I. La grand'salle	3
II. Pierre Gringoire	7
III. Monsieur le cardinal	10
IV. Maître Jacques Coppenole	12
V. Quasimodo	14
VI. La Esmeralda	18

LIVRE II.

I. De Charybde en Scylla	ib.
II. La place de Grève	19
III. Besos para golpes	20
IV. Les inconvénients de suivre une jolie femme le soir dans les rues	22
V. Suite des inconvénients	23
VI. La cruche cassée	25
VII. Une nuit de noces	30

LIVRE III.

I. Notre-Dame	34
II. Paris à vol d'oiseau	35

LIVRE IV.

I. Les bonnes âmes	44
II. Claude Frollo	45
III. Immanis pecoris custos, immanior ipse	46
IV. Le chien et son maître	50
V. Suite de Claude Frollo	ib.
VI. Impopularité	52

LIVRE V.

I. Abbas beati Martini	ib.
II. Ceci tuera cela	55

LIVRE VI.

I. Coup d'œil impartial sur l'ancienne magistrature	60
II. Le Trou aux rats	63
III. Histoire d'une galette au levain de maïs	65

	Pages.
IV. Une larme pour une goutte d'eau	71
V. Fin de l'histoire d'une galette	75

LIVRE VII.

I. Du danger de confier son secret à une chèvre	ib.
II. Qu'un prêtre et un philosophe sont deux	79
III. Les cloches	82
IV. ἈΝΆΓΚΗ	83
V. Les deux hommes vêtus de noir	87
VI. Effet que peuvent produire sept jurons en plein air	90
VII. Le moine bourru	91
VIII. Utilité des fenêtres qui donnent sur la rivière	93

LIVRE VIII.

I. [illegible] changé en feuille sèche	95
II. [illegible] changé en feuille sèche	99
III. [illegible] changé en feuille sèche	100
IV. [illegible]	101
V. La mère	103
VI. Trois cœurs d'hommes faits différemment	107

[illegible]

I. Fièvre	111
II. Bossu, borgne, boiteux	116
III. Sourd	117
IV. Grès et cristal	ib.
V. La clef de la porte Rouge	121
VI. Suite de la clef de la porte Rouge	122

LIVRE X.

I. Gringoire a plusieurs bonnes idées de suite rue des Bernardins	123
II. Faites-vous truand	126
III. Vive la joie!	ib.
IV. Un maladroit ami	130
V. Le retrait où dit ses heures monsieur Louis de France	135
VI. Petite flambe en baguenaud	145
VII. Châteaupers à la rescousse!	146

LIVRE XI.

I. Le petit soulier	ib.
II. La creatura bella bianco vestita	156
III. Mariage de Phœbus	158
IV. Mariage de Quasimodo	ib.

LIBRAIRIE MARESCQ ET Ce, 5, rue du Pont-de-Lodi. | J. HETZEL, ÉDITEUR. | LIBRAIRIE BLANCHARD, 78, rue de Richelieu.

OEUVRES DE VICTOR HUGO

HAN D'ISLANDE

ILLUSTRÉ PAR J.-A. BEAUCÉ.

Han d'Islande est un livre de jeune homme, et de très-jeune homme.

On sent en le lisant que l'enfant de dix-huit ans qui écrivait *Han d'Islande* dans un accès de fièvre en 1821 n'avait encore aucune expérience des choses, aucune expérience des hommes, aucune expérience des idées, et qu'il cherchait à deviner tout cela.

Dans toute œuvre de la pensée, drame, poëme ou roman, il entre trois ingrédients : ce que l'auteur a senti, ce que l'auteur a observé, ce que l'auteur a deviné.

Dans le roman en particulier, pour qu'il soit bon, il faut qu'il y ait beaucoup de choses senties, beaucoup de choses observées, et que les choses devinées dérivent logiquement et simplement et sans solution de continuité des choses observées et des choses senties.

En appliquant cette loi à *Han d'Islande*, on fera saillir aisément ce qui constitue avant tout le défaut de ce livre.

Il n'y a dans *Han d'Islande* qu'une chose sentie, l'amour du jeune homme; qu'une chose observée, l'amour de la jeune fille. Tout le reste est deviné, c'est-à-dire inventé. Car l'adolescence, qui n'a ni faits, ni expérience, ni échantillons derrière elle, ne devine qu'avec l'imagination. Aussi *Han d'Islande*, en admettant qu'il vaille la peine d'être classé, n'est-il guère autre chose qu'un roman fantastique.

Quand la première saison est passée, quand le front se penche, quand on sent le besoin de faire autre chose que des histoires curieuses pour effrayer les vieilles femmes et les petits enfants, quand on a usé au frottement de la vie les aspérités de sa jeunesse, on reconnaît que toute invention, toute création, toute divination de l'art, doit avoir pour base l'étude, l'observation, le recueillement, la science, la mesure, la comparaison, la méditation sérieuse, le dessin attentif et continuel de chaque chose d'après nature, la critique consciencieuse de soi-même; et l'inspiration qui se dégage selon ces nouvelles conditions, loin d'y

PARIS. — TYP. SIMON RAÇON ET Ce, RUE D'ERFURTH, 1.

rien perdre, y gagne un plus large souffle et de plus fortes ailes. Le poëte alors sait complétement où il va. Toute la rêverie flottante de ses premières années se cristallise en quelque sorte et se fait pensée. Cette seconde époque de la vie est ordinairement pour l'artiste celle des grandes œuvres. Encore jeune et déjà mûr. C'est la phase précieuse, le point intermédiaire et culminant, l'heure chaude et rayonnante de midi, le moment où il y a le moins d'ombre et le plus de lumière possible.

Il y a des artistes souverains qui se maintiennent à ce sommet toute leur vie, malgré le déclin des années. Ce sont là les suprêmes génies. Shakspeare et Michel-Ange ont laissé sur quelques-uns de leurs ouvrages l'empreinte de leur jeunesse, la trace de leur vieillesse sur aucun.

Pour revenir au roman dont on publie ici une nouvelle édition, tel qu'il est, avec son action saccadée et haletante, avec ses personnages tout d'une pièce, avec ses gaucheries sauvages, avec son allure hautaine et maladroite, avec ses candides accès de rêverie, avec ses couleurs de toute sorte juxtaposées sans précautions pour l'œil, avec son style cru, choquant et âpre, sans nuances et sans habiletés, avec les mille excès de tout genre qu'il commet presque à son insu chemin faisant, ce livre représente assez bien l'époque de la vie à laquelle il a été écrit, et l'état particulier de l'âme, de l'imagination et du cœur dans l'adolescence, quand on est amoureux de son premier amour, quand on convertit en obstacles grandioses et poétiques les empêchements bourgeois de la vie, quand on a la tête pleine de fantaisies héroïques qui vous grandissent à vos propres yeux, quand on est déjà un homme par deux ou trois côtés et encore un enfant par vingt autres, quand on a lu Ducray-Duminil à onze ans, Auguste la Fontaine à treize, Shakspeare à seize, échelle étrange et rapide qui vous fait passer brusquement, dans vos affections littéraires, du niais au sentimental, et du sentimental au sublime.

C'est parce que, selon nous, ce livre, œuvre naïve avant tout, représente avec quelque fidélité l'âge qui l'a produit, que nous le redonnons au public en 1833 tel qu'il a été fait en 1821.

D'ailleurs, puisque l'auteur, si peu de place qu'il tienne en littérature, a subi la loi commune à tout écrivain grand ou petit, de voir rehausser ses premiers ouvrages aux dépens des derniers, et d'entendre déclarer qu'il était fort loin d'avoir tenu le peu que ses commencements promettaient, sans opposer à une critique peut-être judicieuse et fondée des objections qui seraient suspectes dans sa bouche, il croit devoir réimprimer purement et simplement ses premiers ouvrages tels qu'il les a écrits, afin de mettre les lecteurs à même de décider, en ce qui le concerne, si ce sont des pas en avant ou des pas en arrière qui séparent *Han d'Islande* de *Notre-Dame de Paris*.

Paris, mai 1833.

— PREMIÈRE ÉDITION. —

L'auteur de cet ouvrage, depuis le jour où il en a écrit la première page, jusqu'au jour où il a pu tracer le bienheureux mot FIN au bas de la dernière, a été le jouet de la plus ridicule illusion. S'étant imaginé qu'une composition en quatre volumes valait la peine d'être méditée, il a perdu son temps à chercher une idée fondamentale, à la développer bien ou mal dans un plan bon ou mauvais, à disposer des scènes, à combiner des effets, à étudier des mœurs de son mieux; en un mot, il a pris son ouvrage au sérieux. Ce n'est que tout à l'heure, au moment où, selon l'usage des auteurs de terminer par où le lecteur commence, il allait élaborer une longue préface, qui fût comme le bouclier de son œuvre, et contînt, avec l'exposé des principes moraux et littéraires sur lesquels repose la conception, un précis plus ou moins rapide des divers événements historiques qu'elle embrasse, et un tableau plus ou moins complet du pays qu'elle parcourt; ce n'est que tout à l'heure, disons-nous, qu'il s'est aperçu de sa méprise, qu'il a reconnu toute l'insignifiance et toute la frivolité du genre à propos duquel il avait si gravement noirci tant de papier, et qu'il a senti combien il s'était, pour ainsi dire, mystifié lui-même en se persuadant que ce roman pourrait bien, jusqu'à un certain point, être une production littéraire, et que ces quatre volumes formaient un livre.

Il se résout donc sagement, après avoir fait amende honorable, à ne rien dire dans cette espèce de préface, que monsieur l'éditeur aura soin en conséquence d'imprimer en gros caractères. Il n'informera pas même le lecteur de son nom ou de ses prénoms, ni s'il est jeune ou vieux, marié ou célibataire, ni s'il a fait des élégies ou des fables, des odes ou des satires, ni s'il veut faire des tragédies, des drames ou des comédies, ni s'il jouit du patriciat littéraire dans quelque académie, ni s'il a une tribune dans un journal quelconque : toutes choses, cependant, fort intéressantes à savoir. Il se bornera seulement à faire remarquer que la partie pittoresque de son roman a été l'objet d'un soin particulier; qu'on y rencontre fréquemment des K, des Y, des H et des W, quoiqu'il n'ait jamais employé ces caractères romantiques qu'avec une extrême sobriété, témoin le nom historique de *Guldenlew*, que plusieurs chroniqueurs écrivent *Guldenloëwe*, ce qu'il n'a pas osé se permettre; qu'on y trouve également de nombreuses diphthongues variées avec beaucoup de goût et d'élégance; et qu'enfin tous les chapitres sont précédés d'épigraphes étranges et mystérieuses, qui ajoutent singulièrement à l'intérêt, et donnent plus de physionomie à chaque partie de la composition.

Janvier 1823.

— DEUXIÈME ÉDITION. —

On a affirmé à l'auteur de cet ouvrage qu'il était absolument nécessaire de consacrer spécialement quelques lignes d'avertissement, de préface ou d'introduction à cette seconde édition. Il a eu beau représenter que les quatre ou cinq malencontreuses pages vides qui escortaient la première édition, et dont le libraire s'est obstiné à déparer celle-ci, lui avaient déjà attiré les anathèmes de l'un de nos écrivains les plus honorables et les plus distingués (1), lequel l'avait accusé de prendre le *ton aigre-doux* de l'illustre Jedediah Cleishbotham, maître d'école et sacristain de la paroisse de Gandercleugh; il a eu beau alléguer que ce brillant et judicieux critique, de sévère pour la faute deviendrait sans doute impitoyable pour la récidive, et présenter, en un mot, une foule d'autres raisons non moins bonnes pour se dispenser d'y tomber; il paraît qu'on lui en a opposé de meilleures, puisque le voici maintenant écrivant une seconde préface, après s'être tant repenti d'avoir écrit la première. Au moment d'exécuter cette détermination hardie, il conçut d'abord la pensée de placer en tête de cette seconde édition, ce dont il n'avait pas osé charger la première, savoir : *quelques vues géné-*

(1) M. C. Nodier, *Quotidienne* du 12 mars.

rales et particulières sur le roman. Méditant ce petit traité littéraire et didactique, il était encore dans cette mystérieuse ivresse de la composition, instant bien court, où l'auteur, croyant saisir une idéale perfection qu'il n'atteindra pas, est intimement ravi de son ouvrage à faire; il était, disons-nous, dans cette heure d'extase intérieure, où le travail est un délice, où la possession secrète de la muse semble bien plus douce que l'éclatante poursuite de la gloire; lorsqu'un de ses amis les plus sages est venu l'arracher brusquement à cette possession, à cette extase, à cette ivresse, en lui assurant que plusieurs hommes de lettres très-hauts, très-populaires et très-puissants, trouvaient la dissertation qu'il préparait tout à fait méchante, insipide et fastidieuse; que le douloureux apostolat de la critique dont ils se sont chargés dans diverses feuilles publiques leur imposant le devoir pénible de poursuivre impitoyablement le monstre du *romantisme* et du mauvais goût, ils s'occupaient, dans le même moment, de rédiger pour certains journaux impartiaux et éclairés une critique consciencieuse, raisonnée et surtout piquante de la susdite dissertation future. A ce terrible avis, le pauvre auteur

Obstupuit, steteruntque comæ, et vox faucibus hæsit;

c'est-à-dire qu'il n'a trouvé d'autre expédient que de laisser dans les limbes, d'où il se préparait à la tirer, cette dissertation, *vierge non encore née*, comme parle Jean-Baptiste Rousseau, sur laquelle grondait une si juste et si rude critique. Son ami lui conseilla de la remplacer tout simplement d'une manière d'*avant-propos des éditeurs*, dans lequel il pourrait se faire dire très-décemment, par ces messieurs, toutes les douceurs qui chatouillent si voluptueusement l'oreille d'un auteur; il lui en présenta même plusieurs modèles empruntés à quelques ouvrages très en faveur, les uns commençant par ces mots : *Le succès immense et populaire de cet ouvrage*, etc.; les autres par ceux-ci : *La célébrité européenne que vient d'acquérir ce roman*, etc.; ou : *Il est maintenant superflu de louer ce livre, puisque la voix universelle déclare toutes les louanges fort au-dessous de son mérite*, etc., etc. Quoique ces diverses formules, au dire du discret conseiller, ne fussent pas sans quelque vertu tentative, l'auteur de ce livre ne se sentit pas assez d'humilité et d'indifférence paternelle pour exposer son ouvrage au désenchantement et à l'exigence du lecteur qui aurait vu ces magnifiques apologies, ni assez d'effronterie pour imiter ces baladins des foires, qui montrent, comme appât à la curiosité du public, un crocodile peint sur une toile, derrière laquelle, après avoir payé, il ne trouve qu'un lézard. Il rejeta donc l'idée d'entonner ses propres louanges par la bouche complaisante de messieurs ses éditeurs. Son ami lui suggéra alors de donner pour passe-port à son vilain brigand islandais quelque chose qui pût le mettre à la mode et le faire sympathiser avec le siècle, soit plaisanteries fines contre les marquises, soit amers sarcasmes contre les prêtres, soit ingénieuses allusions contre les nonnes, les capucins, et autres monstres de l'ordre social. L'auteur n'eût pas mieux demandé; mais il ne lui semblait pas, à vrai dire, que les marquises et les capucins eussent un rapport très-direct avec l'ouvrage qu'il publie. Il eût pu, à la vérité, emprunter d'autres couleurs sur la même palette, et jeter ici quelques bonnes pages bien philanthropiques, dans lesquelles — en côtoyant toutefois avec prudence un banc dangereux, caché sous les mers de la philosophie, qu'on nomme le banc du *tribunal correctionnel* — il eût avancé quelques-unes de ces vérités découvertes par nos sages pour la gloire de l'homme et la consolation du mourant, savoir : que l'homme n'est qu'une brute, que l'âme n'est qu'un peu de gaz plus ou moins dense, et que Dieu n'est rien; mais il a pensé que ces vérités incontestables étaient déjà bien triviales et bien usées, et qu'il ajouterait à peine une goutte d'eau à ce déluge de morales raisonnables, de religions athées, de maximes, de doctrines, de principes qui nous inondent pour notre bonheur depuis trente ans, d'une si prodigieuse façon, qu'on pourrait — s'il n'y avait irrévérence — leur appliquer les vers de Régnier sur une averse :

Des nuages en eau tomboit un tel degoust,
Que les chiens altérés pouvoient boire debout.

Du reste, ces hautes matières ne se rattachaient pas encore très-visiblement au sujet de cet ouvrage, et il eût été fort embarrassé de trouver une liaison qui l'y conduisît, quoique l'art des transitions soit singulièrement simplifié depuis que tant de grands hommes ont trouvé le secret de passer sans secousse d'une échoppe dans un palais, et d'échanger sans disparate le bonnet de *police* contre la couronne civique.

Reconnaissant donc qu'il ne saurait trouver dans son talent ni dans sa science, *par ses ailes ou par son bec*, comme dit l'ingénieuse poésie des Arabes, une préface intéressante pour les lecteurs, l'auteur de ceci s'est déterminé à ne leur offrir qu'un récit grave et naïf des améliorations apportées à cette seconde édition.

Il les préviendra d'abord que ce mot, *seconde édition*, est ici assez impropre, et que le titre de *première édition* est réellement celui qui convient à cette réimpression, attendu que les quatre liasses inégales de papier grisâtre maculé de noir et de blanc, dans lesquelles le public indulgent a bien voulu voir jusqu'ici les quatre volumes de *Han d'Islande*, avaient été tellement déshonorées d'incongruités typographiques par un imprimeur barbare, que le déplorable auteur, en parcourant sa méconnaissable production, était incessamment livré au supplice d'un père auquel on rendrait son enfant mutilé et tatoué par la main d'un Iroquois du lac Ontario.

Ici, *l'esclavage* du suicide en remplaçait *l'usage;* ailleurs, le manœuvre-typographe donnait à un *lien* une voix qui appartenait à un *lion;* plus loin, il ôtait à la montagne du Dofre-Field ses *pics*, pour lui attribuer des *pieds*, ou, lorsque les pêcheurs norwégiens s'attendaient à amarrer dans des *criques*, il poussait leur barque sur des *briques*. Pour ne pas fatiguer le lecteur, l'auteur passe sous silence tout ce que sa mémoire ulcérée lui rappelle d'outrages de ce genre :

Manet alto in pectore vulnus.

Il lui suffira de dire qu'il n'est pas d'image grotesque, de sens baroque, de pensée absurde, de figure incohérente, d'hiéroglyphe burlesque, que l'ignorance industrieusement stupide de ce prote logogriphique ne lui ait fait exprimer. Hélas! quiconque a fait imprimer douze lignes dans sa vie, ne fût-ce qu'une lettre de mariage ou d'enterrement, sentira l'amertume profonde d'une pareille douleur!

C'est donc avec le soin le plus scrupuleux qu'ont été revues les épreuves de cette nouvelle publication, et maintenant l'auteur ose croire, ainsi qu'un ou deux amis intimes, que ce roman restauré est digne de figurer parmi ces splendides écrits en présence desquels *les onze étoiles se prosternent, comme devant la lune et le soleil* (1).

Si messieurs les journalistes l'accusent de n'avoir pas fait de corrections, il prendra la liberté de leur envoyer les épreuves, noircies par un minutieux labeur, de ce livre régénéré; car on prétend qu'il y a parmi ces messieurs plus d'un Thomas l'incrédule.

(1) Alcoran.

Du reste, le lecteur bénévole pourra remarquer qu'on a rectifié plusieurs dates, ajouté quelques notes historiques, surtout enrichi un ou deux chapitres d'épigraphes nouvelles; en un mot, il trouvera à chaque page des changements dont l'importance extrême a été mesurée sur celle même de l'ouvrage.

Un impertinent conseiller désirait qu'il mît au bas des feuillets la traduction de toutes les phrases latines que le docte Spiagudry sème dans cet ouvrage, pour l'intelligence — ajoutait ce quidam — de ceux de messieurs les maçons, chaudronniers ou perruquiers qui rédigent certains journaux où pourrait être jugé par hasard *Han d'Islande*. On pense avec quelle indignation l'auteur a reçu cet insidieux avis. Il a instamment prié le mauvais plaisant d'apprendre que tous les journalistes, indistinctement, sont des soleils d'urbanité, de savoir et de bonne foi, et de ne pas lui faire l'injure de croire qu'il fût du nombre de ces citoyens ingrats, toujours prêts à adresser aux dictateurs du goût et du génie ce méchant vers d'un vieux poëte :

Tenez-vous dans vos peaux, et ne jugez personne ;

que pour lui, enfin, il était loin de penser que la *peau du lion* ne fût pas la peau véritable de ces populaires seigneurs.

Quelqu'un l'exhortait encore — car il doit tout dire ingénument à ses lecteurs — à placer son nom sur le titre de ce roman, jusqu'ici enfant abandonné d'un père inconnu. Il faut avouer qu'outre l'agrément de voir les sept ou huit caractères romains qui forment ce qu'on appelle son nom ressortir en belles lettres noires sur de beau papier blanc, il y a bien un certain charme à le faire briller isolément sur le dos de la couverture imprimée, comme si l'ouvrage qu'il revêt, loin d'être le seul monument du génie de l'auteur, n'était que l'une des colonnes du temple imposant où doit s'élever un jour son immortalité, qu'un mince échantillon de son talent caché et de sa gloire inédite. Cela prouve qu'on a au moins l'intention d'être un jour un écrivain illustre et considérable. Il a fallu, pour triompher de cette tentation nouvelle, toute la crainte qu'a éprouvée l'auteur de ne pouvoir percer la foule de ces noircisseurs de papier, lesquels, même en rompant l'anonyme, gardent toujours l'*incognito*.

Quant à l'observation que plusieurs amateurs d'oreille délicate lui ont soumise touchant la rudesse sauvage de ses noms norwégiens, il la trouve tout à fait fondée ; aussi se propose-t-il, dès qu'il sera nommé membre de la Société royale de Stockholm ou de l'Académie de Berghen, d'inviter messieurs les Norwégiens à changer de langue, attendu que le vilain jargon dont ils ont la bizarrerie de se servir blesse le tympan de nos Parisiennes, et que leurs noms biscornus, aussi raboteux que leurs rochers, produisent sur la langue sensible qui les prononce l'effet que ferait sans doute leur huile d'ours et leur pain d'écorce sur les houppes nerveuses et sensitives de notre palais.

Il lui reste à remercier les huit ou dix personnes qui ont eu la bonté de lire son ouvrage en entier, comme le constate le succès vraiment prodigieux qu'il a obtenu ; il témoigne également toute sa gratitude à celles de ses jolies lectrices qui, lui assure-t-on, ont bien voulu se faire d'après son livre un certain idéal de l'auteur de *Han d'Islande;* il est infiniment flatté qu'elles veuillent bien lui accorder des cheveux rouges, une barbe crépue et des yeux hagards; il est confus qu'elles daignent lui faire l'honneur de croire qu'il ne coupe jamais ses ongles ; mais il les supplie à genoux d'être bien convaincues qu'il ne pousse pas encore la férocité jusqu'à dévorer de petits enfants vivants, du reste, tous ces faits seront fixés lorsque sa renommée sera montée jusqu'au niveau de celle des auteurs de *Lolotte et Fanfan*, ou de *Monsieur Botte*, hommes transcendants jumeaux de génie et de goût, *Arcades ambo;* et qu'on placera en tête de ses œuvres son portrait, *terribiles visu formæ*, et sa biographie, *domestica facta*.

Il allait clore cette trop longue note, lorsque son libraire au moment d'envoyer l'ouvrage aux journaux, est venu lui demander pour eux quelques petits articles de complaisance sur son propre ouvrage, ajoutant, pour dissiper tous les scrupules de l'auteur, *que son écriture ne serait pas compromise, et qu'il les recopierait lui-même*. Ce dernier trait lui a semblé touchant. Comme il paraît qu'en ce siècle tout lumineux chacun se fait un devoir d'éclairer son prochain sur ses qualités et perfections personnelles, chose dont nul n'est mieux instruit que leur propriétaire; comme, d'ailleurs, cette dernière tentation est assez forte; l'auteur croit, dans le cas où il y succomberait, devoir prévenir le public de ne jamais croire qu'à demi tout ce que les journaux lui diront de son ouvrage.

Avril 1823.

HAN D'ISLANDE

I

L'avez-vous vu? qui est-ce qui l'a vu? Ce n'est pas moi. Qui donc? Je n'en sais rien.

STERNE, *Tristram Shandy*.

— Voilà où conduit l'amour, voisin Niels; cette pauvre Guth Stersen ne serait point là étendue sur cette grande pierre noire, comme une étoile de mer oubliée par la marée, si elle n'avait jamais songé qu'à reclouer la barque ou à raccommoder les filets de son père, notre vieux camarade. Que saint Usulph le pêcheur le console dans son affliction!

— Et son fiancé, reprit une voix aiguë et tremblotante, Gill Stadt, ce beau jeune homme que vous voyez tout à côté d'elle, n'y serait point, si, au lieu de faire l'amour à Guth et de chercher fortune dans ces maudites mines de Rœraas, il avait passé sa jeunesse à balancer le berceau de son jeune frère aux poutres enfumées de sa chaumière.

Le voisin Niels, à qui s'adressait le premier interlocuteur, interrompit : — Votre mémoire vieillit avec vous, mère Olly; Gill n'a jamais eu de frère, et c'est en cela que la douleur de la pauvre veuve Stadt doit être plus amère, car sa cabane est maintenant tout à fait déserte; si elle veut regarder le ciel pour se consoler, elle trouvera entre ses yeux et le ciel son vieux toit, où pend encore le berceau vide de son enfant, devenu grand jeune homme, et mort.

— Pauvre mère! reprit la vieille Olly, car pour le jeune homme, c'est sa faute; pourquoi se faire mineur à Rœraas!

— Je crois en effet, dit Niels, que ces infernales mines nous prennent un homme par ascalin de cuivre qu'elles nous donnent. Qu'en pensez-vous, compère Braal?

— Les mineurs sont des fous, repartit le pêcheur. Pour vivre, le poisson ne doit pas sortir de l'eau, l'homme ne doit pas entrer en terre.

— Mais, demanda un jeune homme dans la foule, si le travail des mines était nécessaire à Gill Stadt pour obtenir sa fiancée?...

— Il ne faut jamais exposer sa vie, interrompit Olly, pour des affections qui sont loin de la valoir et de la remplir. Le beau lit de noces, en effet, que Gill a gagné pour sa Guth!

— Cette jeune femme, demanda un autre curieux, s'est donc noyée en désespoir de la mort de ce jeune homme?

— Qui dit cela? s'écria d'une voix forte un soldat qui venait de fendre la presse. Cette jeune fille, que je connais bien, était en effet fiancée à un jeune mineur écrasé dernièrement par un éclat de rocher dans les galeries souterraines de Storwaadsgrube, près Rœraas; mais elle était aussi la maîtresse d'un de mes camarades; et, comme avant-hier elle voulut s'introduire à Munckholm furtivement pour y célébrer avec son amant la mort de son fiancé, la barque qui la portait chavira sur un écueil, et elle s'est noyée.

Un bruit confus de voix s'éleva : — Impossible, seigneur soldat, criaient les vieilles femmes, les jeunes se taisaient, et le voisin Niels rappelait malignement au pêcheur Braal sa grave sentence : « Voilà où conduit l'amour! »

Le militaire allait se fâcher sérieusement contre ses contradicteurs femelles; il les avait déjà appelées *vieilles sorcières de la grotte de Quiragoth*, et elles n'étaient pas disposées à endurer patiemment une si grave insulte, quand une voix aigre et impérieuse, criant : *Paix, paix, radoteuses!* vint mettre fin au débat. Tout se tut, comme lorsque le cri subit d'un coq s'élève parmi le glapissement des poules.

Avant de raconter le reste de la scène, il n'est peut-être pas inutile de décrire le lieu où elle se passait; c'était — le lecteur l'a sans doute déjà deviné — dans un de ces édifices lugubres que la pitié publique et la prévoyance sociale consacrent aux cadavres inconnus, dernier asile de morts qui la plupart ont vécu malheureux; où se pressent le curieux indifférent, l'observateur morose ou bienveillant, et souvent des amis, des parents éplorés, à qui une longue et insupportable inquiétude n'a plus laissé qu'une lamentable espérance. A l'époque déjà loin de nous, et dans le pays peu civilisé où j'ai transporté mon lecteur, on n'avait point encore imaginé, comme dans nos villes de boue et d'or, de faire de ces lieux de dépôt des monuments ingénieusement sinistres et élégamment funèbres. Le jour n'y descendait pas, à travers une ouverture de forme tumulaire, le long d'une voûte artistement sculptée, sur des espèces de couches où l'on semble avoir voulu laisser aux morts quelques-unes des commodités de la vie, et où l'oreiller est marqué comme pour le sommeil. Si la porte du gardien s'entr'ouvrait, l'œil, fatigué par des cadavres nus et hideux, n'avait pas, comme aujourd'hui, le plaisir de se reposer sur des meubles élégants et des enfants joyeux. La mort était là dans toute sa laideur, dans toute son horreur, et l'on n'avait point encore essayé de parer son squelette décharné de pompons et de rubans.

La salle où se trouvaient nos interlocuteurs était spacieuse et obscure, ce qui la faisait paraître plus spacieuse encore; elle ne recevait de jour que par la porte carrée et basse qui s'ouvrait sur le port de Drontheim, et une ouverture grossièrement pratiquée dans le plafond, d'où une lumière blanche et terne tombait avec la pluie, la grêle ou la neige, selon le temps, sur les cadavres couchés directement au-dessous. Cette salle était divisée dans sa largeur par une balustrade de fer à hauteur d'appui. Le public pénétrait dans la première partie par la porte carrée; on voyait dans la seconde six longues dalles de granit noir, disposées de front et parallèlement. Une petite porte latérale servait, dans chaque section, d'entrée au gardien et à son aide, dont le logement remplissait les derrières de l'édifice, adossé à la mer. Le mineur et sa fiancée occupaient deux des lits de granit : la décomposition s'annonçait dans le corps de la jeune fille par de larges taches bleues et pourprées qui couraient le long de ses membres sur la place des vaisseaux sanguins. Les traits de Gill paraissaient durs et sombres; mais son cadavre était si horriblement mutilé, qu'il était impossible de juger si sa beauté était aussi réelle que le disait la vieille Olly.

C'est devant ces restes défigurés qu'avait commencé, au milieu de la foule muette, la conversation dont nous avons été le fidèle interprète.

Un grand homme, sec et vieux, assis les bras croisés et la tête penchée sur un débris d'escabelle dans le coin le plus noir de la salle, n'avait paru y prêter aucune attention jusqu'au moment où il se leva subitement en criant : Paix, paix, radoteuses! et vint saisir le bras du soldat.

Tout le monde se tut . le soldat se retourna et partit

d'un brusque éclat de rire à la vue de son singulier interrupteur, dont le visage hâve, les cheveux rares et sales, les longs doigts et le complet accoutrement de cuir de renne, justifiaient amplement un accueil aussi gai. Cependant un murmure s'élevait dans la foule des femmes, un moment interdites : — C'est le gardien du *Spladgest* (1). — Cet infernal concierge des morts! — Ce diabolique Spiagudry! — Ce maudit sorcier!...

— Paix, radoteuses, paix! si c'est aujourd'hui jour de sabbat, hâtez-vous d'aller retrouver vos balais; autrement, ils s'envoleront tout seuls. Laissez en paix ce respectable descendant du dieu Thor.

Puis Spiagudry, s'efforçant de faire une grimace gracieuse, adressa la parole au soldat :

— Vous disiez, mon brave, que cette misérable femme...

— Le vieux drôle! murmura Olly; oui, nous sommes pour lui de *misérables femmes*, parce que nos corps, s'ils tombent en ses griffes, ne lui rapportent à la taxe que trente ascalins, tandis qu'il en reçoit quarante pour la méchante carcasse d'un homme.

— Silence, vieilles! répéta Spiagudry. En vérité, ces filles du diable sont comme leurs chaudières; lorsqu'elles s'échauffent, il faut qu'elles chantent; dites-moi, vous, mon vaillant roi de l'épée, votre camarade, dont cette Guth était la maîtresse, va sans doute se tuer du désespoir de l'avoir perdue?...

Ici éclata l'explosion longtemps comprimée. — Entendez-vous le mécréant, le vieux païen? crièrent vingt voix aigres et discordantes; il voudrait voir un vivant de moins, à cause des quarante ascalins que lui rapporte un mort.

— Et quand cela serait? reprit le concierge du Spladgest, notre gracieux roi et maître Christiern V, que saint Hospice bénisse, ne se déclare-t-il pas le protecteur né de tous les ouvriers des mines, afin, lorsqu'ils meurent, d'enrichir son trésor royal de leurs chétives dépouilles?

— C'est faire beaucoup d'honneur au roi, répliqua le pêcheur Braal, que de comparer le trésor royal au coffre-fort de votre charnier, et lui à vous, voisin Spiagudry.

— Voisin! dit le concierge, choqué de tant de familiarité; votre voisin! dites plutôt votre hôte, car il se pourrait bien faire que quelque jour, mon cher citoyen de la barque, je vous prêtasse pour une huitaine de jours un de mes six lits de pierre.

Au reste, ajouta-t-il en riant, si je parlais de la mort de ce soldat, c'était simplement pour voir se perpétuer l'usage du suicide dans les grandes et tragiques passions que ces dames ont coutume d'inspirer.

— Eh bien! grand cadavre gardien de cadavres, dit le militaire, où en veux-tu donc venir avec ta grimace aimable qui ressemble si bien au dernier éclat de rire d'un pendu?

— A merveille, mon vaillant! répondit Spiagudry, j'ai toujours pensé qu'il y avait plus de facultés spirituelles sous le casque du gendarme Thurn, qui vainquit le diable avec le sabre et la langue, que sous la mitre de l'évêque Isleif, qui a fait l'histoire d'Islande, ou sous le bonnet carré du professeur Schœnning, qui a décrit notre cathédrale.

— En ce cas, si tu m'en crois, mon vieux sac de cuir, tu laisseras là les revenus du charnier, et tu iras te vendre au cabinet de curiosités du vice-roi, à Berghen. Je te jure, par saint Belphégor, qu'on y paye au poids de l'or les animaux rares; mais dis, que veux-tu de moi?

— Quand les corps qu'on nous apporte ont été trouvés dans l'eau, nous sommes obligés de céder la moitié de la taxe aux pêcheurs. Je voulais donc vous prier, illustre héritier du gendarme Thurn, d'engager votre infortuné camarade à ne point se noyer, et à choisir quelque autre genre de mort; la chose doit lui être indifférente, et il ne voudrait pas faire tort en mourant au malheureux chrétien qui donnera l'hospitalité à son cadavre, si toutefois la perte de Guth le pousse à cet acte de désespoir.

— C'est ce qui vous trompe, mon charitable et hospitalier concierge, mon camarade n'aura point la satisfaction d'être reçu dans votre appétissante auberge à six lits. Croyez-vous qu'il ne soit pas déjà consolé avec une autre valkyrie de la mort de celle-là? Il y a, par ma barbe, bien longtemps qu'il était las de votre Guth.

A ces mots l'orage, que Spiagudry avait un moment détourné sur sa tête, revint fondre plus terrible que jamais sur le malencontreux soldat.

— Comment, misérable drôle! criaient les vieilles, c'est ainsi que vous nous oubliez! mais aimez donc maintenant ces vauriens-là!

Les jeunes se taisaient encore; quelques-unes même trouvaient, bien malgré elles, que ce mauvais sujet avait assez bonne mine.....

— Oh! oh! dit le soldat, est-ce donc une répétition du sabbat? le supplice de Belzébuth est bien effroyable, s'il est condamné à entendre de pareils chœurs une fois par semaine!

On ne sait comment cette nouvelle bourrasque se serait passée, si en ce moment l'attention générale n'eût été entièrement absorbée par un bruit venu du dehors. La rumeur s'accrut progressivement, et bientôt un essaim de petits garçons demi-nus, criant et courant autour d'une civière voilée et portée par deux hommes, entra tumultueusement dans le Spladgest.

— D'où vient cela? demanda le concierge aux porteurs.

— Des grèves d'Urchtal.

— Oglypiglap! cria Spiagudry.

Une des portes latérales s'ouvrit, un petit homme de race lapone, vêtu de cuir, se présenta, fit signe aux porteurs de le suivre; Spiagudry les accompagna, et la porte se referma avant que la multitude curieuse eût eu le temps de deviner, à la longueur du corps posé sur la civière, si c'était un homme ou une femme.

Ce sujet occupait encore toutes les conjectures, quand Spiagudry et son aide reparurent dans la seconde salle, portant un cadavre d'homme, qu'ils déposèrent sur l'une des couches de granit.

— Il y a longtemps que je n'avais touché d'aussi beaux habits, dit Oglypiglap; puis, hochant la tête et se haussant sur la pointe des pieds, il accrocha au-dessus du mort un élégant uniforme de capitaine. La tête du cadavre était défigurée et les autres membres couverts de sang; le concierge l'arrosa plusieurs fois avec un vieux seau à demi brisé.

— Par saint Belzébuth! cria le soldat, c'est un officier de mon régiment; voyons : serait-ce le capitaine Bollar,... de douleur d'avoir perdu son oncle? Bah! il hérite. — Le baron Randmer? il a risqué hier sa terre au jeu, mais demain il la regagnera avec le château de son adversaire. — Serait-ce le capitaine Lory, dont le chien s'est noyé? ou le trésorier Stunk, dont la femme est infidèle? — Mais, vraiment, je ne vois point dans tout cela de motif pour se faire sauter la cervelle.

La foule croissait à chaque instant. En ce moment un jeune homme qui passait sur le port, voyant cette affluence de peuple, descendit de cheval, remit la bride aux mains du domestique qui le suivait, et entra dans le Spladgest. Il était vêtu d'un simple habit de voyage, armé d'un sabre et enveloppé d'un large manteau vert; une plume noire, attachée à son chapeau par une boucle de diamants, retombait sur sa noble figure et se balançait sur son front élevé, ombragé de longs cheveux châtains; ses bottines et ses éperons, souillés de boue, annonçaient qu'il venait de loin.

Lorsqu'il entra, un homme petit et trapu, enveloppé comme lui d'un manteau, et cachant ses mains sous des gants énormes, répondait au soldat :

— Et qui vous dit qu'il s'est tué? Cet homme ne s'est pas plus suicidé, j'en réponds, que le toit de votre cathédrale ne s'est incendié de lui-même.

Comme la besaiguë fait deux blessures, cette phrase fit naître deux réponses :

— Notre cathédrale! dit Niels, on la couvre maintenant en cuivre. C'est ce misérable Han qui, dit-on, y a mis le feu pour faire travailler les mineurs, parmi lesquels se trouvait son protégé Gill Stadt, que vous voyez ici.

— Comment, diable! s'écriait de son côté le soldat, m'oser soutenir, à moi, second arquebusier de la garnison

(1) Nom de la morgue de Drontheim.

de Munckholm, que cet homme-là ne s'est pas brûlé la cervelle!

— Cet homme est mort assassiné, reprit froidement le petit homme.

— Mais écoutez donc l'oracle! Va, tes petits yeux gris ne voient pas plus clair que tes mains sous les gros gants dont tu les couvres au milieu de l'été.

Un éclair brilla dans les yeux du petit homme : — Soldat! prie ton patron que ces mains-là ne laissent pas un jour leur empreinte sur ton visage.

— Oh! sortons! cria le soldat enflammé de colère. Puis, s'arrêtant tout à coup : — Non, dit-il, car il ne faut point parler de duel devant des morts.

Le petit homme grommela quelques mots dans une langue étrangère, et disparut.

Une voix s'éleva : — C'est aux grèves d'Urchtal qu'on l'a trouvé.

— Aux grèves d'Urchtal! dit le soldat; le capitaine Dispolsen a dû y débarquer ce matin, venant de Copenhague.

— Le capitaine Dispolsen n'est point encore arrivé à Munckholm, dit une autre voix.

— On dit que Han d'Islande erre actuellement sur ces plages, reprit un quatrième.

— En ce cas, il est possible que cet homme soit le capitaine, dit le soldat, si Han est le meurtrier; car chacun sait que l'Islandais assassine d'une manière si diabolique, que ses victimes ont souvent l'apparence de suicidés.

— Quel homme est-ce donc que ce Han? demanda-t-on.

— C'est un géant, dit l'un.

— C'est un nain, dit l'autre.

— Personne ne l'a donc vu? reprit une voix.

— Ceux qui le voient pour la première fois le voient aussi pour la dernière.

— Chut! dit la vieille Olly; il n'y a, dit-on, que trois personnes qui aient jamais échangé des paroles humaines avec lui : ce réprouvé de Spiagudry, la veuve Stadt, et... — mais il a eu malheureuse vie et malheureuse mort — ce pauvre Gill, que vous voyez ici. Chut!

— Chut! répéta-t-on de toutes parts.

— Maintenant, s'écria tout à coup le soldat, je suis sûr que c'est en effet le capitaine Dispolsen; je reconnais la chaîne d'acier que notre prisonnier, le vieux Schumacker, lui donna en don à son départ.

Le jeune homme à la plume noire rompit vivement le silence : — Vous êtes sûr que c'est le capitaine Dispolsen?

— Sûr, par les mérites de saint Belzébuth! dit le soldat.

Le jeune homme sortit brusquement.

— Fais avancer une barque pour Munckholm, dit-il à son domestique.

— Mais, seigneur, et le général?...

— Tu lui mèneras les chevaux. J'irai demain; suis-je mon maître ou non? Allons, le jour baisse et je suis pressé, une barque!

Le valet obéit et suivit quelque temps des yeux son jeune maître, qui s'éloignait du rivage.

II

> Je m'assiérai près de vous, tandis que vous raconterez quelque histoire agréable pour tromper le temps.
>
> MATHURIN, *Bertram.*

Le lecteur sait déjà que nous sommes à Drontheim, l'une des quatre principales villes de la Norwége, bien qu'elle ne fût pas la résidence du vice-roi. A l'époque où cette histoire se passe — en 1699 — le royaume de Norwége était encore uni au Danemarck et gouverné par des vice-rois, dont le séjour était Berghen, cité plus grande, plus méridionale et plus belle que Drontheim, en dépit du surnom de mauvais goût que lui donnait le célèbre amiral Tromp.

Drontheim offre un aspect agréable lorsqu'on y arrive par le golfe auquel cette ville donne son nom; le port, assez large, quoique les vaisseaux n'y entrent pas aisément en tout temps, ne présentait toutefois alors que l'apparence d'un long canal, bordé à droite de navires danois et norwégiens, à gauche de navires étrangers, division prescrite par les ordonnances. On voit dans le fond la ville assise sur une plaine bien cultivée, et surmontée par les hautes aiguilles de sa cathédrale. Cette église, un des plus beaux morceaux de l'architecture gothique, comme on peut en juger par le livre du professeur Schœnning — si savamment cité par Spiagudry — qui la décrivit avant que de fréquents incendies ne l'eussent ravagée, portait sur sa flèche principale la croix épiscopale, signe distinctif de la cathédrale de l'évêché luthérien de Drontheim. Au-dessus de la ville, on aperçoit dans un lointain bleuâtre les cimes blanches et grêles des monts de Kole, pareilles aux fleurons aigus d'une couronne antique.

Au milieu du port, à une portée de canon du rivage, s'élève, sur une masse de rochers battus des flots, la solitaire forteresse de Munckholm, sombre prison qui renfermait alors un captif célèbre par l'éclat de ses longues prospérités et de ses rapides disgrâces.

Schumacker, né dans un rang obscur, avait été comblé des faveurs de son maître, puis précipité du fauteuil de grand chancelier de Danemarck et de Norwége sur le banc des traîtres, puis traîné sur l'échafaud, et de là jeté par grâce dans un cachot isolé à l'extrémité des deux royaumes. Ses créatures l'avaient renversé, sans qu'il eût droit de crier à l'ingratitude. Pouvait-il se plaindre de voir se briser sous ses pieds des échelons qu'il n'avait placés si haut que pour s'élever lui-même?

Celui qui avait fondé la noblesse en Danemarck voyait, du fond de son exil, les grands qu'il avait faits se partager ses propres dignités. Le comte d'Ahlefeld, son mortel ennemi, était son successeur comme grand chancelier; le général Arensdorf disposait, comme grand maréchal, des grades militaires, et l'évêque Spollyson exerçait la charge d'inspecteur des universités. Le seul de ses ennemis qui ne lui dût pas son élévation était le comte Ulric-Frédéric Guldenlew, fils naturel du roi Frédéric III, vice-roi de Norwége; c'était le plus généreux de tous.

C'est vers le triste rocher de Munckholm que s'avançait assez lentement la barque du jeune homme à la plume noire. Le soleil baissait rapidement derrière le château fort isolé, dont la masse interceptait ses rayons, déjà si horizontaux que le paysan des collines lointaines et orientales de Larsynn pouvait voir se promener près de lui, sur les bruyères, l'ombre vague de la sentinelle placée sur le donjon le plus élevé de Munckholm.

III

> Ah! mon cœur ne pouvait être plus sensiblement blessé! .. Un jeune homme sans mœurs... Il a osé la regarder! ses regards souillaient sa pureté. Claudia! cette seule pensée me met hors de moi.
>
> LESSING.

— Andrew, allez dire que dans une demi-heure on sonne le couvre-feu. Sorsyll relèvera Duckness à la grande herse, et Maldivius montera sur la plate-forme de la grosse tour. Qu'on veille attentivement du côté du donjon du Lion de Slesvig. Ne pas oublier à sept heures de tirer le canon pour qu'on lève la chaîne du port; — mais non, on attend encore le capitaine Dispolsen; il faut au contraire allumer le fanal et voir si celui de Walderhog est allumé, comme

Le gardien du Spladgest. (Page 6.)

l'ordre en a été donné aujourd'hui, surtout qu'on tienne des rafraîchissements prêts pour le capitaine. — Et, j'oubliais, — qu'on marque pour deux jours de cachot Toric-Belfast, second arquebusier du régiment; il a été absent toute la journée.

Ainsi parlait le sergent d'armes sous la voûte noire et enfumée du corps de garde de Munckholm, situé dans la tour basse qui domine la première porte du château.

Les soldats auxquels il s'adressait quittèrent le jeu ou le lit pour exécuter ses ordres; puis le silence se rétablit.

En ce moment, le bruit alternatif et mesuré des rames se fit entendre au dehors. — Voilà sans doute enfin le capitaine Dispolsen! dit le sergent en ouvrant la petite fenêtre grillée qui donne sur le golfe.

Une barque abordait en effet au bas de la porte de fer.

— Qui va là? cria le sergent d'une voix rauque.

— Ouvrez! répondit-on; paix et sûreté.

— On n'entre pas : avez-vous droit de passe?

— Oui.

— C'est ce que je vais vérifier; si vous mentez, par les mérites du saint mon patron, je vous ferai goûter l'eau du golfe.

Puis, refermant le guichet et se retournant, il ajouta :

— Ce n'est point encore le capitaine!

Une lumière brilla derrière la porte de fer; les verrous rouillés crièrent; les barres se levèrent, elle s'ouvrit, et le sergent examina un parchemin que lui présentait le nouveau venu.

— Passez, dit-il. Arrêtez cependant, reprit-il brusquement, laissez en dehors la boucle de votre chapeau. On n'entre pas dans les prisons d'État avec des bijoux. Le règlement porte que « le roi et les membres de la famille du « roi, le vice-roi et les membres de la famille du vice-roi, « l'évêque et les chefs de la garnison, sont seuls exceptés. » Vous n'avez, n'est-ce pas, aucune de ces qualités?

Le jeune homme détacha, sans répondre, la boucle proscrite, et la jeta pour payement au pêcheur qui l'avait amené; celui-ci, craignant qu'il ne revînt sur sa générosité, se hâta de mettre un large espace de mer entre le bienfaiteur et le bienfait.

Tandis que le sergent, murmurant de l'imprudence de la chancellerie qui prodiguait ainsi les droits de passe, replaçait les lourds barreaux, et que le bruit lent de ses bottes fortes retentissait sur les degrés de l'escalier tournant

Une barque abordait en effet au bas de la porte de fer. (Page 8.)

du corps de garde, le jeune homme, après avoir rejeté son manteau sur son épaule, traversait rapidement la voûte noire de la tour basse, puis la longue place d'armes, puis le hangar de l'artillerie où gisaient quelques vieilles coulevrines démontées que l'on peut voir aujourd'hui dans le musée de Copenhague, et dont le cri impérieux d'une sentinelle l'avertit de s'éloigner. Il parvint à la grande herse, qui fut levée à l'inspection de son parchemin. Là, suivi d'un soldat, il franchit, suivant la diagonale, sans hésiter et comme un habitué de ces lieux, une de ces quatre cours carrées qui flanquent la grande cour circulaire, du milieu de laquelle sort le vaste rocher rond où s'élevait alors le donjon, dit *château du Lion de Slesvig*, à cause de la détention que Rolf le Nain y fit jadis subir à son frère Joatham le Lion, duc de Slesvig.

Notre intention n'est pas de donner ici une description du donjon du Munckholm, d'autant plus que le lecteur, enfermé dans une prison d'État, craindrait peut-être de ne pouvoir *se sauver au travers du jardin*. Ce serait à tort, car le château du Lion de Slesvig, destiné à des prisonniers de distinction, leur offrait, entre autres commodités, celle de se promener dans une espèce de jardin sauvage assez étendu, où des touffes de houx, quelques vieux ifs, quelques pins noirs, croissaient parmi les rochers autour de la haute prison, et dans un enclos de grands murs et d'énormes tours.

Arrivé au pied du rocher rond, le jeune homme gravit les degrés grossièrement taillés qui montent tortueusement jusqu'au pied de l'une des tours de l'enclos, laquelle, percée d'une poterne dans sa partie inférieure, servait d'entrée au donjon. Là, il sonna fortement d'un cor de cuivre que lui avait remis le gardien de la grande herse. — Ouvrez, ouvrez ! cria vivement une voix de l'intérieur, c'est sans doute ce maudit capitaine !...

La poterne qui s'ouvrit laissa voir au nouvel arrivant, dans l'intérieur d'une salle gothique faiblement éclairée, un jeune officier nonchalamment couché sur un amas de manteaux et de peaux de rennes, près d'une de ces lampes à trois becs que nos aïeux suspendaient aux rosaces de leurs plafonds, et qui, pour le moment, était posée à terre. La richesse élégante et même l'excessive recherche de ses vêtements contrastaient avec la nudité de la salle et la grossièreté des meubles ; il tenait un livre entre ses mains et se détourna à demi vers le nouveau venu.

— C'est le capitaine! salut, capitaine! Vous ne vous doutiez guère que vous faisiez attendre un homme qui n'a point la satisfaction de vous connaître; mais notre connaissance sera bientôt faite, n'est-il pas vrai? Commencez par recevoir tous mes compliments de condoléance sur votre retour dans ce vénérable château. Pour peu que j'y séjourne encore, je vais devenir gai comme la chouette qu'on cloue à la porte des donjons pour servir d'épouvantail; et, quand je retournerai à Copenhague pour les fêtes du mariage de ma sœur, du diable si quatre dames sur cent me reconnaissent! Dites-moi, les nœuds de ruban rose au bas du justaucorps sont-ils toujours de mode? a-t-on traduit quelques nouveaux romans de cette Française, la demoiselle Scudéry? je tiens précisément la *Clélie*; je suppose qu'on la lit encore à Copenhague. C'est mon code de galanterie, maintenant que je soupire loin de tant de beaux yeux... — car, tout beaux qu'ils sont, les yeux de notre jeune prisonnière, vous savez de qui je veux parler, ne me disent jamais rien. Ah! sans les ordres de mon père!... Il faut vous dire en confidence, capitaine, que mon père, n'en parlez pas — m'a chargé de... vous m'entendez, auprès de la fille de Schumacker; mais je perds toutes mes peines : cette jolie statue n'est pas une femme; elle pleure toujours et ne me regarde jamais.

Le jeune homme, qui n'avait pu encore interrompre l'extrême volubilité de l'officier, poussa un cri de surprise : — Comment! que dites-vous? chargé de séduire la fille de ce malheureux Schumacker!...

— Séduire, eh bien! soit! si c'est ainsi que cela s'appelle à présent à Copenhague; mais j'en défierais le diable. Avant-hier, étant de garde, je mis exprès pour elle une superbe fraise française qui m'était envoyée de Paris même. Croiriez-vous qu'elle n'a pas levé seulement les yeux sur moi, quoique j'aie traversé trois ou quatre fois son appartement en faisant sonner mes éperons neufs, dont la molette est plus large qu'un ducat de Lombardie? — C'est la forme la plus nouvelle, n'est-ce pas?

— Dieu, Dieu! dit le jeune homme en se frappant le front!... mais cela me confond.

— N'est-ce pas? reprit l'officier, se méprenant sur le sens de cette exclamation. Pas la moindre attention à moi! c'est incroyable, mais c'est pourtant vrai.

Le jeune homme se promenait, violemment agité, de long en large et à grands pas.

— Voulez-vous vous rafraîchir, capitaine Dispolsen? lui cria l'officier.

Le jeune homme se réveilla. — Je ne suis point le capitaine Dispolsen.

— Comment! dit l'officier d'un ton sévère et se levant sur son séant; et qui donc êtes-vous pour oser vous introduire ici, et à cette heure?

Le jeune homme déploya sa pancarte. — Je veux voir le comte de Griffenfeld... je veux dire votre prisonnier.

— Le comte! le comte! murmura l'officier d'un air mécontent. — Mais en vérité cette pièce est en règle; voilà bien la signature du vice-chancelier Grummond de Knud : « Le porteur pourra visiter, à toute heure et en tout temps, « toutes les prisons royales. » Grummond de Knud est frère du vieux général Levin de Knud, qui commande à Drontheim, et vous saurez que ce vieux général a élevé mon futur beau-frère...

— Merci de vos détails de famille, lieutenant. Ne pensez-vous pas que vous m'en avez déjà assez raconté?

— L'impertinent a raison, se dit le lieutenant en se mordant les lèvres.

— Holà! huissier! huissier de la tour! conduisez cet étranger à Schumacker, et ne grondez pas si j'ai décroché votre luminaire à trois becs et à une mèche. Je n'étais pas fâché d'examiner une pièce qui date sans doute de Sciold-le-Païen ou de Havar-le-Pourfendu; et d'ailleurs on ne suspend plus aux plafonds que des lustres en cristal.

Il dit, et, pendant que le jeune homme et son conducteur traversaient le jardin désert du donjon, il reprit, martyr de la mode, le fil des aventures galantes de l'amazone Clélie et d'Horatius le Borgne.

IV

BENVOLIO.

Où diable ce Roméo peut-il être? il n'est pas rentré chez lui cette nuit.

MERCUTIO.

Il n'est pas rentré chez son père : j'ai parlé à son domestique.

SHAKSPEARE.

Cependant un homme et deux chevaux étaient entrés dans la cour du palais du gouverneur de Drontheim. Le cavalier avait quitté la selle en hochant la tête d'un air mécontent, il se préparait à conduire les deux montures à l'écurie, lorsqu'il se sentit saisir brusquement le bras, et une voix lui cria :

— Comment! vous voilà seul, Poël! et votre maître? où est votre maître?

C'était le vieux général Levin de Knud, qui, de sa fenêtre, ayant vu le domestique du jeune homme et la selle vide, était descendu précipitamment et fixait sur le valet un regard plus inquiet encore que sa question.

— Excellence, dit Poël en s'inclinant profondément, mon maître n'est plus à Drontheim.

— Quoi! il y était donc? il est reparti sans voir son général, sans embrasser son vieux ami! et depuis quand?

— Il est arrivé ce soir et reparti ce soir.

— Ce soir! ce soir! mais où donc s'est-il arrêté? où est-il allé?

— Il a descendu au Spladgest, et s'est embarqué pour Munckholm.

— Ah! je le croyais aux antipodes. Mais que va-t-il faire à ce château? qu'allait-il faire au Spladgest? Voilà bien mon chevalier errant! C'est aussi un peu ma faute, pourquoi l'ai-je élevé ainsi? J'ai voulu qu'il fût libre en dépit de son rang...

— Aussi n'est-il point esclave des étiquettes, dit Poël.

— Non, mais il l'est de ses caprices. Allons, il va sans doute revenir. Songez à vous rafraîchir, Poël. — Dites-moi — et le visage du général prit une expression de sollicitude, — dites-moi, Poël, avez-vous beaucoup couru à droite et à gauche?

— Mon général, nous sommes venus en droite ligne de Berghen. Mon maître était triste.

— Triste! que s'est-il donc passé entre lui et son père? Ce mariage lui déplaît-il?

— Je l'ignore. Mais on dit que Sa Sérénité l'exige.

— L'exige! vous dites, Poël, que le vice-roi l'exige! Mais, pour qu'il l'exige, il faut qu'Ordener s'y refuse.

— Je l'ignore, Excellence. Il paraît triste.

— Triste! savez-vous comment son père l'a reçu?

— La première fois, c'était dans le camp, près Berghen. Sa Sérénité a dit : — Je ne vous vois pas souvent, mon fils. — Tant mieux pour moi, mon seigneur et père, a répondu mon maître, si vous vous en apercevez. Puis il a donné à Sa Sérénité des détails sur ses courses du Nord; et Sa Sérénité a dit : C'est bien! Le lendemain mon maître est revenu du palais, et a dit : On veut me marier; mais il faut que je voie mon second père, le général Levin. — J'ai sellé les chevaux, et nous voilà.

— Vrai, mon bon Poël! dit le général d'une voix altérée, il m'a appelé son second père.

— Oui, Votre Excellence.

— Malheur à moi si ce mariage le contrarie, car j'encourrai plutôt la disgrâce du roi que de m'y prêter. Mais cependant la fille du grand chancelier des deux royaumes!... A propos, Poël, Ordener sait-il que sa future belle-mère, la comtesse d'Ahlefeld, est ici incognito depuis hier, et que le comte y est attendu?

— Je l'ignore, mon général.

— Oh! se dit le vieux gouverneur, oui, il le sait, car pourquoi aurait-il battu en retraite dès son arrivée?

Ici le général, après avoir fait un signe de bienveillance à Poël, et salué la sentinelle qui lui présentait les armes, rentra inquiet dans l'hôtel d'où il venait de sortir inquiet.

V

On eût dit que toutes les passions avaient agité son cœur, et que toutes l'avaient abandonné; il ne lui restait rien que le coup d'œil triste et perçant d'un homme consommé dans la connaissance des hommes, et qui voyait d'un regard où tendait chaque chose.

SCHILLER, *les Visions*.

Quand, après avoir fait parcourir à l'étranger les escaliers en spirale et les hautes salles du donjon du Lion de Slesvig, l'huissier lui ouvrit enfin la porte de l'appartement où se trouvait celui qu'il cherchait, la première parole qui frappa les oreilles du jeune homme fut encore celle-ci : — Est-ce enfin le capitaine Dispolsen?

Celui qui faisait cette question était un vieillard assis le dos tourné à la porte, les coudes appuyés sur une table de travail et le front appuyé sur ses mains. Il était revêtu d'une simare de laine noire, et l'on apercevait au-dessus d'un lit placé à une extrémité de la chambre un écusson brisé autour duquel étaient suspendus les colliers rompus des ordres de l'Éléphant et de Dannebrog; une couronne de comte renversée était fixée au-dessous de l'écusson, et les deux fragments d'une main de justice liés en croix complétaient l'ensemble de ces bizarres ornements. — Le vieillard était Schumacker.

— Non, seigneur, répondit l'huissier. Puis il dit à l'étranger : Voici le prisonnier; et, les laissant ensemble, il referma la porte, avant d'avoir pu entendre la voix aigre du vieillard, qui disait : Si ce n'est pas le capitaine, je ne veux voir personne.

L'étranger, à ces mots, resta debout près de la porte; et le prisonnier, se croyant seul, — car il ne s'était pas un moment détourné, — retomba dans sa silencieuse rêverie. Tout à coup il s'écria : — Le capitaine m'a certainement abandonné et trahi! Les hommes... les hommes sont comme ce glaçon qu'un Arabe prit pour un diamant; il le serra précieusement dans son havresac, et quand il le chercha, il ne trouva même plus un peu d'eau...

— Je ne suis pas de ces hommes, dit l'étranger.

Schumacker se leva brusquement. — Qui est ici? qui m'écoute? Est-ce quelque misérable suppôt de ce Guldenlew?...

— Ne parlez point mal du vice-roi, seigneur comte.

— Seigneur comte! est-ce pour me flatter que vous m'appelez ainsi? Vous perdez vos peines; je ne suis plus puissant.

— Celui qui vous parle ne vous a jamais connu puissant, et n'en est pas moins votre ami.

— C'est qu'il espère encore quelque chose de moi : les souvenirs que l'on conserve aux malheureux se mesurent toujours aux espérances qui en restent.

— C'est moi qui devrais me plaindre, noble comte; car je me suis souvenu de vous, et vous m'avez oublié. — Je suis Ordener.

Un éclair de joie passa dans les tristes yeux du vieillard, et un sourire qu'il ne put réprimer entr'ouvrit sa barbe blanche, comme le rayon qui perce un nuage.

— Ordener, soyez le bien-venu, voyageur Ordener. Mille vœux de bonheur au voyageur qui se souvient du prisonnier!

— Mais, demanda Ordener, vous m'aviez donc oublié?

— Je vous avais oublié, dit Schumacker, reprenant son air sombre, comme on oublie la brise qui nous rafraîchit et qui passe; heureux lorsqu'elle ne devient pas l'ouragan qui nous renverse.

— Comte de Griffenfeld, reprit le jeune homme, vous ne comptiez donc pas sur mon retour?

— Le vieux Schumacker n'y comptait pas; mais il y a ici une jeune fille qui me faisait remarquer aujourd'hui même qu'il y avait eu, le 8 mai dernier, un an que vous étiez absent.

Ordener tressaillit.

— Quoi, grand Dieu! serait-ce votre Ethel, noble comte?

— Et qui donc?

— Votre fille, seigneur, a daigné compter les mois depuis mon départ! Oh! combien j'ai passé de tristes journées! j'ai visité toute la Norwége, depuis Christiania jusqu'à Wardhus; mais c'est vers Drontheim que mes courses me ramenaient toujours.

— Usez de votre liberté, jeune homme, tant que vous en jouissez. — Mais dites-moi donc enfin qui vous êtes. Je voudrais, Ordener, vous connaître sous un autre nom. Le fils d'un de mes mortels ennemis s'appelle Ordener.

— Peut-être, seigneur comte, ce mortel ennemi a-t-il plus de bienveillance pour vous que vous n'en avez pour lui.

— Vous éludez ma question; mais gardez votre secret : j'apprendrais peut-être que le fruit qui désaltère est un poison qui me tuera.

— Comte! dit Ordener d'une voix irritée. Comte! reprit-il d'un ton de reproche et de pitié.

— Suis-je contraint de me fier à vous, répondit Schumacker, à vous qui prenez toujours en ma présence le parti de l'implacable Guldenlew?...

— Le vice-roi, interrompit gravement le jeune homme, vient d'ordonner que vous seriez à l'avenir libre et sans gardes dans l'intérieur de tout le donjon du Lion de Slesvig. C'est une nouvelle que j'ai recueillie à Berghen, et que vous recevrez sans doute incessamment.

— C'est une faveur que je n'osais espérer, et je croyais n'avoir parlé de mon désir qu'à vous seul. Au surplus, on diminue le poids de mes fers à mesure que celui de mes années s'accroît, et, quand les infirmités m'auront rendu impotent, on me dira sans doute : Vous êtes libre.

A ces mots le vieillard sourit amèrement; il continua :

— Et vous, jeune homme, avez-vous toujours vos folles idées d'indépendance?

— Si je n'avais point ces folles idées, je ne serais pas ici.

— Comment êtes-vous venu à Drontheim?

— Eh bien! à cheval.

— Comment êtes-vous venu à Munckholm?

— Sur une barque.

— Pauvre insensé! qui crois être libre, et qui passes d'un cheval dans une barque. Ce ne sont point tes membres qui exécutent tes volontés; c'est un animal, c'est la matière; et tu appelles cela des volontés!

— Je force des êtres à m'obéir.

— Prendre sur certains êtres le droit d'en être obéi, c'est donner à d'autres celui de vous commander. L'indépendance n'est que dans l'isolement.

— Vous n'aimez pas les hommes, noble comte?

Le vieillard se mit à rire tristement. — Je pleure d'être homme, et je ris de celui qui me console. — Vous le saurez si vous l'ignorez encore, le malheur rend défiant comme la prospérité rend ingrat. Ecoutez, puisque vous venez de Berghen, apprenez-moi quel vent favorable a soufflé sur le capitaine Dispolsen. Il faut qu'il lui soit arrivé quelque chose d'heureux, puisqu'il m'oublie.

Ordener devint sombre et embarrassé.

— Dispolsen, seigneur comte, c'est pour vous en parler que je suis venu dès aujourd'hui. — Je sais qu'il avait toute votre confiance.

— Vous le savez? interrompit le prisonnier avec inquiétude. Vous vous trompez. Nul être au monde n'a ma confiance. — Dispolsen tient, il est vrai, entre ses mains mes papiers, des papiers même très-importants. C'est pour moi qu'il est allé à Copenhague, près du roi. J'avouerai même que je comptais plus sur lui que sur tout autre, car dans ma puissance je ne lui avais jamais rendu service.

— Eh bien! noble comte, je l'ai vu aujourd'hui.

— Votre trouble me dit le reste; il est traître.

— Il est mort.

— Mort!

Le prisonnier croisa ses bras et baissa la tête, puis, relevant son œil fixe vers le jeune homme :

— Quand je vous disais qu'il lui était arrivé quelque chose d'heureux!...

Puis son regard se tourna vers la muraille où étaient suspendus les signes de ses grandeurs détruites, et il fit un geste de la main comme pour éloigner le témoin d'une douleur qu'il s'efforçait de vaincre.

— Ce n'est pas lui que je plains, ce n'est qu'un homme de moins. — Ce n'est pas moi : qu'ai-je à perdre? Mais ma fille, ma fille infortunée! je serai la victime de cette infâme machination; et que deviendra-t-elle si on lui enlève son père?...

Il se retourna vivement vers Ordener.

— Comment est-il mort? où l'avez-vous vu?

— Je l'ai vu au Spladgest; on ne sait s'il est mort d'un suicide ou d'un assassinat.

— Voici maintenant l'important. S'il a été assassiné, je sais d'où le coup part; alors tout est perdu. Il m'apportait les preuves du complot qu'ils trament contre moi; ces preuves auraient pu me sauver et les perdre... Ils ont su les détruire!... — Malheureuse Ethel!...

— Seigneur comte, dit Ordener, je vous dirai demain s'il a été assassiné.

Schumacker, sans répondre, suivit Ordener qui sortait, d'un regard où se peignait le calme du désespoir, plus effrayant que le calme de la mort.

Ordener était dans l'antichambre solitaire du prisonnier, sans savoir de quel côté se diriger. La soirée était avancée et la salle obscure; il ouvrit une porte au hasard et se trouva dans un immense corridor, éclairé seulement par la lune, qui courait rapidement à travers de pâles nuées. Ses lueurs nébuleuses tombaient par intervalles sur les vitraux étroits et élevés, et dessinaient sur la muraille opposée comme une longue procession de fantômes, qui apparaissait et disparaissait simultanément dans les profondeurs de la galerie. Le jeune homme se signa lentement, et marcha vers une lumière rougeâtre qui brillait faiblement à l'extrémité du corridor.

Une porte était entr'ouverte; une jeune fille agenouillée dans un oratoire gothique, au pied d'un simple autel, récitait à demi-voix les litanies de la Vierge; oraison simple et sublime, où l'âme qui s'élève vers la Mère des Sept-Douleurs ne la prie que de prier.

Cette jeune fille était vêtue de crêpe noir et de gaze blanche, comme pour faire deviner en quelque sorte, au premier aspect, que ses jours s'étaient enfuis jusqu'alors dans la tristesse et dans l'innocence. Même en cette attitude modeste, elle portait dans tout son être l'empreinte d'une nature singulière. Ses yeux et ses longs cheveux étaient noirs, beauté très-rare dans le Nord; son regard élevé vers la voûte paraissait plutôt enflammé par l'extase qu'éteint par le recueillement. Enfin, on eût dit une vierge des rives de Chypre ou des campagnes de Tibur, revêtue des voiles fantastiques d'Ossian, et prosternée devant la croix de bois et l'autel de pierre de Jésus.

Ordener tressaillit et fut prêt à défaillir, car il reconnut celle qui priait.

Elle pria pour son père, pour le puissant tombé, pour le vieux captif abandonné, et elle récita à haute voix le psaume de la délivrance.

Elle pria encore pour un autre; mais Ordener n'entendit pas le nom de celui pour qui elle priait; il ne l'entendit pas, car elle ne le prononça pas; seulement elle récita le cantique de la Sulamite, l'épouse qui attend l'époux, et le retour du bien-aimé.

Ordener s'éloigna dans la galerie; il respecta cette vierge qui s'entretenait avec le ciel; la prière est un grand mystère, et son cœur s'était rempli, malgré lui, d'un ravissement inconnu, mais profane.

La porte de l'oratoire se ferma doucement, et une lumière et une femme blanche dans les ténèbres vinrent de son côté. Il s'arrêta, car il éprouvait une des plus violentes émotions de la vie; il s'adossa à l'obscure muraille; son corps était faible, et les os de ses membres s'entre-choquaient dans leurs jointures, et, dans le silence de tout son être, les battements de son cœur retentissaient à son oreille.

Quand la jeune fille passa, elle entendit le froissement d'un manteau, et une haleine brusque et précipitée.

— Dieu! cria-t-elle.....

Ordener s'élança : d'un bras il la soutint, de l'autre il chercha vainement à retenir la lampe, qu'elle avait laissé échapper, et qui s'éteignit.

— C'est moi, dit-il doucement.

— C'est Ordener! dit la jeune fille, car le dernier retentissement de cette voix, qu'elle n'avait pas entendue depuis un an, était encore dans son oreille.

Et la lune qui passait éclaira la joie de sa charmante figure : puis elle reprit, timide et confuse, et se dégageant des bras du jeune homme :

— C'est le seigneur Ordener.

— C'est lui, comtesse Ethel.....

— Pourquoi m'appelez-vous comtesse?

— Pourquoi m'appelez-vous seigneur?

La jeune fille se tut et sourit; le jeune homme se tut et soupira. Elle rompit la première le silence :

— Comment donc êtes-vous ici?

— Faites-moi merci, si ma présence vous afflige. J'étais venu pour parler au comte votre père?

— Ainsi, dit Ethel d'une voix altérée, vous n'êtes venu que pour mon père.

Le jeune homme baissa la tête, car ces paroles lui semblaient bien injustes.

— Il y a sans doute déjà longtemps, continua la jeune fille d'un ton de reproche, il y a sans doute déjà longtemps que vous êtes à Drontheim? Votre absence de ce château n'a pu vous paraître longue, à vous.

Ordener, profondément blessé, ne répondit pas.

— Je vous approuve, dit la prisonnière d'une voix tremblante de douleur et de colère; mais, ajouta-t-elle d'un ton fier, j'espère, seigneur Ordener, que vous ne m'avez pas entendue prier?

— Comtesse, répondit enfin le jeune homme, je vous ai entendue.

— Ah! seigneur Ordener, il n'est point courtois d'écouter ainsi.

— Je ne vous ai pas écoutée, noble comtesse, dit faiblement Ordener; je vous ai entendue.

— J'ai prié pour mon père, reprit la jeune fille en le regardant fixement, et comme attendant une réponse à cette parole toute simple.

Ordener garda le silence.

— J'ai aussi prié, continua-t-elle, inquiète et paraissant attentive à l'effet que ces paroles allaient produire sur lui, j'ai aussi prié pour quelqu'un qui porte votre nom, pour le fils du vice-roi, du comte Guldenlew. Car il faut prier pour tout le monde, même pour ses persécuteurs.....

Et la jeune fille rougit, car elle pensait mentir; mais elle était piquée contre le jeune homme, et elle croyait l'avoir nommé pendant sa prière : elle ne l'avait nommé que dans son cœur.

— Ordener Guldenlew est bien malheureux, noble dame, si vous le comptez au nombre de vos persécuteurs; il est bien heureux cependant d'occuper une place dans vos prières.

— Oh! non, dit Ethel troublée et effrayée de l'air froid du jeune homme, non, je ne priais pas pour lui..... J'ignore ce que j'ai fait, ce que je fais. Quant au fils du vice-roi, je le déteste, je ne le connais pas. Ne me regardez pas de cet œil sévère : vous ai-je offensé? ne pouvez-vous rien pardonner à une pauvre prisonnière, vous qui passez vos jours près de quelque belle et noble dame, libre et heureuse comme vous!...

— Moi, comtesse!... s'écria Ordener.

Ethel versait un torrent de larmes; le jeune homme se précipita à ses pieds.

— Ne m'avez-vous pas dit, continua-t-elle souriant à travers ses pleurs, que votre absence vous avait semblé courte?

— Qui, moi, comtesse?

— Ne m'appelez pas ainsi, dit-elle doucement, je ne suis plus comtesse pour personne, et surtout pour vous.

Le jeune homme se leva violemment, et ne put s'empêcher de la presser sur son cœur dans un ravissement convulsif.

— Eh bien! mon Ethel adorée, nomme-moi ton Ordener... — Dis-moi, et il attacha un regard brûlant sur ses yeux mouillés de larmes; dis-moi, tu m'aimes donc?...

Ce que dit la jeune fille ne fut pas entendu, car Ordener, hors de lui, avait ravi sur ses lèvres avec sa réponse cette première faveur, ce baiser sacré qui suffit aux yeux de Dieu pour changer deux amants en époux.

Tous deux restèrent sans paroles, parce qu'ils étaient dans un de ces moments solennels, si rares et si courts sur la terre, où l'âme semble éprouver quelque chose de la félicité des cieux. Ce sont des instants indéfinissables que ceux où deux âmes s'entretiennent ainsi dans un langage qui ne peut être compris que d'elles; alors tout ce qu'il y a d'humain se tait, et les deux êtres immatériels s'unissent mystérieusement pour la vie de ce monde et l'éternité de l'autre.

Ethel s'était lentement retirée des bras d'Ordener, et, aux lueurs de la lune, ils se regardaient avec ivresse : seulement, l'œil de flamme du jeune homme respirait un mâle orgueil et un courage de lion; tandis que le regard demi-voilé de la jeune fille était empreint de cette pudeur, honte angélique, qui, dans le cœur d'une vierge, se mêle à toutes les joies de l'amour.

— Tout à l'heure, dans ce corridor, dit-elle enfin, vous m'évitiez donc, mon Ordener?

— Je ne vous évitais pas, j'étais comme le malheureux aveugle que l'on rend à la lumière après de longues années, et qui se détourne un moment du jour.

— C'est à moi plutôt que s'applique votre comparaison, car, durant votre absence, je n'ai eu d'autre bonheur que la présence d'un infortuné, de mon père. Je passais mes longues journées à le consoler, et, ajouta-t-elle en baissant les yeux, à vous espérer. Je lisais à mon père les fables de l'Edda, et, quand je l'entendais douter des hommes, je lui lisais l'Evangile, pour qu'au moins il ne doutât pas du ciel; puis je lui parlais de vous, et il se taisait, ce qui prouve qu'il vous aime; seulement, quand j'avais inutilement passé mes soirées à regarder de loin sur les routes les voyageurs qui arrivaient, et dans le port les vaisseaux qui abordaient, il secouait la tête avec un sourire amer, et je pleurais. Cette prison, où s'est jusqu'ici passée toute ma vie, m'était devenue odieuse, et pourtant mon père, qui, jusqu'à votre apparition, l'avait toujours remplie pour moi, y était encore, mais vous n'y étiez plus, et je désirais cette liberté que je ne connaissais pas.

Il y avait dans les yeux de la jeune fille, dans la naïveté de sa tendresse, dans la douce hésitation de ses épanchements, un charme que des paroles humaines n'exprimeraient pas. Ordener l'écoutait avec cette joie rêveuse d'un être qui serait enlevé au monde réel pour assister au monde idéal.

— Et moi, dit-il, maintenant je ne veux plus de cette liberté que vous ne partagez pas!

— Quoi! Ordener! reprit vivement Ethel, vous ne nous quitterez donc plus?

Cette expression rappela au jeune homme tout ce qu'il avait oublié.

— Mon Ethel, il faut que je vous quitte ce soir. Je vous reverrai demain, et demain je vous quitterai encore, jusqu'à ce que je revienne pour ne plus vous quitter.

— Hélas! interrompit douloureusement la jeune fille, absent encore!...

— Je vous répète, ma bien-aimée Ethel, que je reviendrai bientôt vous arracher de cette prison ou m'y ensevelir avec vous.

— Prisonnière avec lui! dit-elle doucement. Ah! ne me trompez pas, faut-il que j'espère tant de bonheur?...

— Quel serment te faut-il? que veux-tu de moi? s'écria Ordener; dis-moi, mon Ethel, n'es-tu pas mon épouse?... Et, transporté d'amour, il la serrait fortement contre sa poitrine.

— Je suis à toi, murmura-t-elle faiblement.

Ces deux cœurs nobles et purs battaient ainsi avec délices l'un contre l'autre, et n'en étaient que plus nobles et plus purs.

En ce moment un violent éclat de rire se fit entendre auprès d'eux. Un homme enveloppé d'un manteau découvrit une lanterne sourde qu'il y avait cachée, et dont la lumière éclaira subitement la figure effrayée et confuse d'Ethel et le visage étonné et fier d'Ordener.

—Courage! mon joli couple! courage! mais il me semble qu'après avoir cheminé si peu de temps dans le pays du Tendre, vous n'avez pas suivi tous les détours du ruisseau du Sentiment, et que vous avez dû prendre un chemin de traverse pour arriver si vite au hameau du Baiser.

Nos lecteurs ont sans doute reconnu le lieutenant admirateur de mademoiselle de Scudéry. Arraché de la lecture de la *Clélie* par le beffroi de minuit, que les deux amants n'avaient pas entendu, il était venu faire sa ronde nocturne dans le donjon. En passant à l'extrémité du corridor de l'orient, il avait recueilli quelques paroles et vu comme deux spectres se mouvoir dans la galerie à la clarté de la lune. Alors, naturellement curieux et hardi, il avait caché sa lanterne sous son manteau, et s'était avancé sur la pointe du pied près des deux fantômes, que son brusque éclat de rire venait d'arracher désagréablement à leur extase.

Ethel fit un mouvement pour fuir Ordener, puis, revenant à lui comme par instinct et pour lui demander protection, elle cacha sa tête brûlante dans le sein du jeune homme.

Celui-ci releva la sienne avec un orgueil de roi :

— Malheur, dit-il, malheur à celui qui vient de t'effrayer et de t'affliger, mon Ethel!

— Oui vraiment, dit le lieutenant, malheur à moi si j'avais eu la maladresse d'épouvanter la tendre Mandane!

— Seigneur lieutenant, dit Ordener d'un ton hautain, je vous engage à vous taire.

— Seigneur insolent, répliqua l'officier, je vous engage à vous taire.

— M'entendez-vous? reprit Ordener d'une voix tonnante; achetez votre pardon par le silence.

— *Tibi tua*, répondit le lieutenant, prenez vos avis pour vous, achetez votre pardon par le silence.

— Taisez-vous! s'écria Ordener avec une voix qui fit trembler les vitraux; et, déposant la tremblante jeune fille sur un des vieux fauteuils du corridor, il secoua énergiquement le bras de l'officier.

— Oh! paysan, dit le lieutenant, moitié riant, moitié irrité, vous ne remarquez pas que ce pourpoint que vous froissez si brutalement est du plus beau velours d'Abingdon.

Ordener le regarda fixement.

— Lieutenant, ma patience est plus courte que mon épée.

— Je vous entends, mon brave damoisel, dit le lieutenant avec un sourire ironique, vous voudriez bien que je vous fisse un tel honneur; mais savez-vous qui je suis? Non, non, s'il vous plait, *prince contre prince, berger contre berger*, comme disait le beau Léandre.

—S'il faut dire aussi lâche contre lâche! reprit Ordener, assurément je n'aurai point l'insigne honneur de me mesurer avec vous.

— Je me fâcherais, mon très-honorable berger, si vous portiez seulement l'uniforme.

— Je n'en ai ni les galons ni les franges, lieutenant, mais j'en porte le sabre.

Le fier jeune homme, rejetant son manteau en arrière, avait mis sa toque sur sa tête et saisi la garde de son sabre, lorsque Ethel, réveillée par ce danger imminent, se précipita sur son bras et s'attacha à son cou avec un cri de terreur et de prière.

— Vous faites sagement, ma belle damoiselle, si vous ne voulez pas que le jouvencel soit puni de ses hardiesses, dit le lieutenant, qui, aux menaces d'Ordener, s'était mis en garde sans s'émouvoir; car Cyrus allait se brouiller avec Cambyse, pourvu toutefois que ce ne soit pas faire trop d'honneur à ce vassal que de le comparer à Cambyse.

— Au nom du ciel, seigneur Ordener, disait Ethel, que je ne sois pas la cause et le témoin d'un pareil malheur!...

Puis, levant sur lui ses beaux yeux, elle ajouta : Ordener, je t'en supplie !...

Ordener repoussa lentement dans le fourreau la lame à demi tirée, et le lieutenant s'écria :

— Par ma foi, chevalier, j'ignore si vous l'êtes, mais je vous en donne le titre parce que vous paraissez le mériter ; moi et vous agissons suivant les lois de la bravoure, mais non suivant celles de la galanterie. La damoiselle a raison, des engagements comme celui que je vous crois digne de nouer avec moi ne doivent pas avoir des dames pour témoins, quoique, n'en déplaise à la charmante damoiselle, ils puissent avoir des dames pour causes. Nous ne pouvons donc ici convenablement parler que du *duellum remotum*, et, comme l'offensé, si vous voulez en fixer l'époque, le lieu et les armes, ma fine lame de Tolède ou mon poignard de Mérida seront à la disposition de votre hachoir sorti des forges d'Ashkreuth, ou de votre couteau de chasse trempé dans le lac de Sparbo.

Le *duel ajourné* que l'officier proposait à Ordener était en usage dans le Nord, d'où les savants prétendent que la coutume du duel est sortie. Les plus vaillants gentilshommes proposaient et acceptaient le *duellum remotum*. On le remettait à plusieurs mois, quelquefois à plusieurs années, et durant cet intervalle les adversaires ne devaient s'occuper ni en paroles ni en actions de l'affaire qui avait amené le défi. Ainsi, en amour, les deux rivaux s'abstenaient de voir leur maîtresse, afin que les choses restassent dans le même état : on se reposait à cet égard sur la loyauté des chevaliers ; comme dans les anciens tournois, si les juges du camp, croyant la loi courtoise violée, jetaient leur bâton dans l'arène, à l'instant tous les combattants s'arrêtaient ; mais, jusqu'à l'éclaircissement du doute, la gorge du vaincu restait à la même distance de l'épée du vainqueur.

— Eh bien ! chevalier, dit Ordener après un moment de réflexion... un messager vous instruira du lieu.

— Soit, répondit le lieutenant ; d'autant mieux que cela me donnera le temps d'assister aux cérémonies du mariage de ma sœur, car vous saurez que vous aurez l'honneur de vous battre avec le futur beau-frère d'un haut seigneur, du fils du vice-roi de Norwége, du baron Ordener Guldenlew, lequel, à l'occasion de cet illustre hyménée, comme dit Artamène, va être créé comte de Danneskiold, colonel et chevalier de l'Éléphant ; et moi-même, qui suis le fils du grand chancelier des deux royaumes, je serai sans doute nommé capitaine.

— Fort bien, fort bien, lieutenant d'Ahlefeld, dit Ordener avec impatience, vous n'êtes point encore capitaine, ni le fils du vice-roi colonel... et les sabres sont toujours des sabres.

— Et les rustres toujours des rustres, quoi qu'on fasse pour les élever jusqu'à soi, dit entre ses dents l'officier.

— Chevalier, continua Ordener, vous connaissez la loi courtoise. Vous n'entrerez plus dans ce donjon, et vous garderez le silence sur cette affaire.

— Pour le silence, rapportez-vous-en à moi, je serai aussi muet que Muce Scévole lorsqu'il eut le poing sur le brasier. Je n'entrerai non plus dans le donjon, ni moi, ni aucun argus de la garnison, car je viens de recevoir un ordre d'y laisser à l'avenir Schumacker sans gardes, ordre que j'étais chargé de lui communiquer ce soir, ce que j'aurais fait si je n'avais passé une partie de la soirée à essayer de nouvelles bottines de Cracovie. — Cet ordre, entre nous, est bien imprudent. — Voulez-vous que je vous montre mes bottines ?

Pendant cette conversation, Ethel, les voyant apaisés, et ne comprenant pas ce que c'était qu'un *duellum remotum*, avait disparu, après avoir dit doucement à l'oreille d'Ordener : *A demain*.

— Je voudrais, lieutenant d'Ahlefeld, que vous m'aidassiez à sortir du fort.

— Volontiers, dit l'officier, quoiqu'il soit un peu tard, ou plutôt de bien bonne heure. Mais comment trouverez-vous une barque ?

— Cela me regarde, dit Ordener.

Alors, s'entretenant de bonne amitié, ils traversèrent le jardin, la cour circulaire, la cour carrée, sans qu'Ordener, conduit par l'officier de ronde, éprouvât d'obstacle ; ils franchirent la grande herse, le hangar de l'artillerie, la place d'armes, et arrivèrent à la cour basse, dont la porte de fer s'ouvrit à la voix du lieutenant.

— Au revoir, lieutenant d'Ahlefeld ! dit Ordener.

— Au revoir, répondit l'officier. Je déclare que vous êtes un brave champion, quoique j'ignore qui vous êtes, et si ceux de vos pairs que vous amènerez à notre rendez-vous auront qualité pour prendre le titre de parrains, et ne devront pas se borner au nom modeste d'assistants.

Ils se serrèrent la main ; la porte de fer se referma, et le lieutenant retourna, en fredonnant un air de Lulli, admirer ses bottes polonaises et le roman français.

Ordener, resté seul sur le seuil, quitta ses vêtements, qu'il enveloppa de son manteau et attacha sur sa tête avec le ceinturon de son sabre ; puis, mettant en pratique les principes d'indépendance de Schumacker, il s'élança dans l'eau froide et calme du golfe, et commença à nager au milieu de l'obscurité, vers le rivage, en se dirigeant du côté du Spladgest, destination où il était toujours à peu près sûr d'arriver mort ou vif.

Les fatigues de la journée l'avaient épuisé ; aussi n'aborda-t-il que très-péniblement. Il se rhabilla à la hâte, et marcha vers le Spladgest, qui se dessinait dans la place du port comme une masse noire ; car depuis quelque temps la lune s'était entièrement voilée.

En approchant de cet édifice, il entendit comme un bruit de voix ; une lumière faible sortait par l'ouverture supérieure. Étonné, il frappa violemment à la porte carrée : le bruit cessa, la lueur disparut. Il frappa de nouveau : la lumière, en reparaissant, lui laissa voir quelque chose de noir sortir par l'orifice supérieur et se blottir sur le toit plat du bâtiment. Ordener frappa une troisième fois avec le pommeau de son sabre, et cria : — Ouvrez, de par Sa Majesté le roi ! ouvrez, de par Sa Sérénité le vice-roi !

La porte s'ouvrit enfin lentement, et Ordener se trouva face à face avec la longue figure pâle et maigre de Spiagudry, qui, les habits en désordre, l'œil hagard, les cheveux hérissés, les mains ensanglantées, portait une lampe sépulcrale, dont la flamme tremblait encore moins visiblement que son grand corps.

VI

PIRRO.

Jamais !

ANGELO.

Quoi ! je crois que tu veux faire l'homme de bien. Misérable ! si tu dis un seul mot...

PIRRO.

Mais, Angelo, je t'en conjure, pour l'amour de Dieu...

ANGELO.

Laisse faire ce que tu ne peux empêcher.

PIRRO.

Ah ! quand le diable vous tient par un cheveu, il faut lui abandonner toute la tête... Malheureux que je suis !

EMILIA GALOTTI.

Une heure environ après que le jeune voyageur à la plume noire fut sorti du Spladgest, la nuit étant tout à fait tombée et la foule entièrement écoulée, Oglypiglap avait fermé la porte extérieure de l'édifice funèbre, tandis que son maître Spiagudry arrosait pour la dernière fois les corps qui y étaient déposés. Puis tous deux s'étaient retirés dans leur très-peu somptueux appartement, et, tandis qu'Oglypiglap dormait sur son petit grabat, comme l'un des cadavres confiés à sa garde, le vénérable Spiagudry, assis devant une table de pierre couverte de vieux livres, de plantes desséchées et d'ossements décharnés, s'était plongé dans les graves études qui, bien que réellement fort innocentes, n'avaient pas peu contribué à lui donner parmi le peuple une réputation de sorcellerie et de diablerie, fâcheux apanage de la science à cette époque.

Il y avait plusieurs heures qu'il était absorbé dans ses méditations; et, prêt enfin à quitter ses livres pour son lit, il s'était arrêté à ce passage lugubre de Thormodus Torfœus :

« Quand un homme allume sa lampe, la mort est chez « lui avant qu'elle soit éteinte... »

— N'en déplaise au savant docteur, se dit-il à demi-voix, il n'en sera point ainsi chez moi ce soir.

Et il prit sa lampe pour la souffler.

— Spiagudry! cria une voix qui sortait de la salle des cadavres.

Le vieux concierge trembla de tous ses membres. Ce n'est pas qu'il crût, comme tout autre peut-être à sa place, que les tristes hôtes du Spladgest s'insurgeaient contre leur gardien. Il était assez savant pour ne pas éprouver de ces terreurs imaginaires; et la sienne n'était si réelle que parce qu'il connaissait trop bien la voix qui l'appelait.

— Spiagudry! répéta violemment la voix, faudra-t-il, pour te faire entendre, que j'aille t'arracher les oreilles!

— Que saint Hospice ait pitié, non de mon âme, mais de mon corps! dit l'effrayé vieillard; et, d'un pas que la peur pressait et ralentissait à la fois, il se dirigea vers la seconde porte latérale, qu'il ouvrit. Nos lecteurs n'ont pas oublié que cette porte communiquait à la salle des morts.

La lampe qu'il portait éclaira alors un tableau bizarrement hideux. D'un côté, le corps maigre, long et légèrement voûté de Spiagudry; de l'autre, un homme petit, épais et trapu, vêtu de la tête aux pieds de peaux de toutes sortes d'animaux encore teintes d'un sang desséché, et debout au pied du cadavre de Gill Stadt, qui, avec ceux de la jeune fille et du capitaine, occupait le fond de la scène. Ces trois muets témoins, ensevelis dans une sorte de pénombre, étaient les seuls qui pussent voir, sans fuir d'épouvante, les deux vivants dont l'entretien commençait.

Les traits du petit homme, que la lumière faisait vivement ressortir, avaient quelque chose d'extraordinairement sauvage. Sa barbe était rousse et touffue, et son front, caché sous un bonnet de peau d'élan, paraissait hérissé de cheveux de même couleur; sa bouche était large, ses lèvres épaisses, ses dents blanches, aiguës et séparées; son nez, recourbé comme le bec de l'aigle : et son œil gris-bleu, extrêmement mobile, lançait sur Spiagudry un regard oblique où la férocité du tigre n'était tempérée que par la malice du singe. Ce personnage singulier était armé d'un large sabre, d'un poignard sans fourreau, et d'une hache à tranchants de pierre, sur le long manche de laquelle il était appuyé : ses mains étaient couvertes de gros gants de peau de renard bleu.

— Ce vieux spectre m'a fait attendre bien longtemps, dit-il, se parlant à lui-même; et il poussa une espèce de rugissement comme une bête des bois.

Spiagudry aurait certainement pâli d'effroi s'il eût pu pâlir.

— Sais-tu bien, poursuivit le petit homme en s'adressant à lui directement, que je viens des grèves d'Urchtal? avais-tu donc envie, en me retardant, d'échanger ta couche de paille contre une de ces couches de pierre?

Le tremblement de Spiagudry redoubla; les deux seules dents qui lui restaient s'entre-choquèrent avec violence.

— Pardonnez, maître, dit-il en courbant l'arc de son grand corps jusqu'au niveau du petit homme, je dormais d'un profond sommeil...

— Veux-tu que je te fasse connaître un sommeil plus profond encore?

Spiagudry fit une grimace de terreur qui seule pouvait être plus plaisante que ses grimaces de gaieté.

— Eh bien! qu'est-ce? continua le petit homme. Qu'as-tu? Est-ce que ma présence ne t'est pas agréable?

— Oh! mon maître et seigneur, répondit le vieux concierge, il n'est certainement pas pour moi de bonheur plus grand que la vue de Votre Excellence.

Et l'effort qu'il faisait pour donner à sa physionomie effrayée une expression riante eût déridé tout autre que des morts.

— Vieux renard sans queue, Mon Excellence t'ordonne de me remettre les vêtements de Gill Stadt.

En prononçant ce nom, le visage farouche et railleur du petit homme devint sombre et triste.

— Oh! maître, pardonnez, je ne les ai plus, dit Spiagudry; Votre Grâce sait que nous sommes obligés de livrer au fisc royal les dépouilles des ouvriers des mines, dont le roi hérite en sa qualité de leur tuteur né.

Le petit homme se tourna vers le cadavre, croisa les bras, et dit d'une voix sourde : — Il a raison. Ces misérables mineurs sont comme l'eider (1). On lui fait son nid, on lui prend son duvet.

Puis, soulevant le cadavre entre ses bras et l'étreignant fortement, il se mit à pousser des cris sauvages d'amour et de douleur, pareils aux grondements d'un ours qui caresse son petit. A ces sons inarticulés se mêlaient, par intervalles, quelques mots d'un jargon étrange que Spiagudry ne comprenait pas.

Il laissa retomber le cadavre sur la pierre, et retourna vers le gardien.

— Sais-tu, sorcier maudit, le nom du soldat né sous un mauvais astre qui a eu le malheur d'être préféré à Gill par cette fille?

Et il poussa du pied les restes froids de Guth Stersen.

Spiagudry fit un signe négatif.

— Eh bien! par la hache d'Ingolphe, le chef de ma race, j'exterminerai tous les porteurs de cet uniforme; et il désignait les vêtements de l'officier.—Celui dont je veux la vengeance se trouvera dans le nombre. J'incendierai toute la forêt pour brûler l'arbuste vénéneux qu'elle renferme. Je l'ai juré du jour où Gill est mort; et je lui ai donné déjà un compagnon qui doit réjouir son cadavre. — Gill! te voilà donc là sans force et sans vie, toi qui atteignais le phoque à la nage, le chamois à la course; toi qui étouffais l'ours des monts de Kole à la lutte; te voilà immobile, toi qui parcourais le Drontheimhus, depuis l'Orkel jusqu'au lac de Smiasen, en un jour; toi qui gravissais les pics du Dofre-Field comme l'écureuil gravit le chêne; te voilà muet, Gill, toi qui, debout sur les sommets orageux de Kongsberg, chantais plus haut que le tonnerre. O Gill! c'est donc en vain que j'ai comblé pour toi les mines de Faroër; c'est en vain que j'ai incendié l'église cathédrale de Drontheim; toutes mes peines sont perdues, et je ne verrai pas se perpétuer en toi la race des enfants d'Islande, la descendance d'Ingolphe l'Exterminateur; tu n'hériteras pas de ma hache de pierre : et c'est toi au contraire qui me lègues ton crâne pour y boire désormais l'eau des mers et le sang des hommes.

A ces mots, saisissant la tête du cadavre :

— Spiagudry, dit-il, aide-moi. Et, arrachant ses gants, il découvrit ses larges mains, armées d'ongles longs, durs et retors comme ceux d'une bête fauve.

Spiagudry, qui le vit prêt à faire sauter avec son sabre le crâne du cadavre, s'écria avec un accent d'horreur qu'il ne put réprimer : — Juste Dieu!... maître, un mort!

— Eh bien! répliqua tranquillement le petit homme, aimes-tu mieux que cette lame s'aiguise ici sur un vivant?

— Oh! permettez-moi de supplier Votre Courtoisie... Comment Votre Excellence peut-elle profaner?... — Votre Grâce... Seigneur, Votre Sérénité ne voudra pas...

— Finiras-tu? ai-je besoin de tous ces titres, squelette vivant, pour croire à ton profond respect pour mon sabre?

— Par saint Waldemar, par saint Usuph, au nom de saint Hospice, épargnez un mort!...

— Aide-moi, et ne parle pas des saints au diable.

— Seigneur, poursuivit le suppliant Spiagudry, par votre illustre aïeul saint Ingolphe!...

— Ingolphe l'Exterminateur était un réprouvé comme moi.

— Au nom du ciel, dit le vieillard en se prosternant, c'est cette réprobation que je veux vous éviter.

(1) Oiseau qui donne l'édredon. Les paysans norwégiens lui construisent des nids, où ils le surprennent et le plument.

Le concierge, tremblant et à demi mort, s'assit sur la pierre noire...

L'impatience transporta le petit homme. Ses yeux gris et ternes brillèrent comme deux charbons ardents.

— Aide-moi! répéta-t-il en agitant son sabre.

Ces deux mots furent prononcés de la voix dont les prononcerait un lion, s'il parlait. Le concierge, tremblant et à demi mort, s'assit sur la pierre noire, et soutint de ses mains la tête froide et humide de Gill, tandis que le petit homme, à l'aide de son poignard et de son sabre, enlevait le crâne avec une dextérité singulière.

Quand cette opération fut terminée, il considéra quelque temps le crâne sanglant, en proférant des paroles étranges; puis il le remit à Spiagudry pour qu'il le dépouillât et le lavât, et dit en poussant une espèce de hurlement :

— Et moi, je n'aurai pas en mourant la consolation de penser qu'un héritier de l'âme d'Ingolphe boira dans mon crâne le sang des hommes et l'eau des mers.

Après une sinistre rêverie, il continua :

— L'ouragan est suivi de l'ouragan, l'avalanche entraine l'avalanche, et moi je serai le dernier de ma race. Pourquoi Gill n'a-t-il pas haï comme moi tout ce qui porte la face humaine? Quel démon ennemi du démon d'Ingolphe l'a poussé sous ces fatales mines à la recherche d'un peu d'or?

Spiagudry, qui lui rapportait le crâne de Gill, l'interrompit : — L'Excellence a raison : l'or lui-même, dit Snorro Sturleson, s'achète souvent trop cher.

— Tu me rappelles, dit le petit homme, une commission dont il faut que je te charge; voici une boîte de fer que j'ai trouvée sur cet officier, dont tu n'as pas, comme tu le vois, toutes les dépouilles; elle est si solidement fermée, qu'elle doit renfermer de l'or, seule chose précieuse aux yeux des hommes; tu la remettras à la veuve Stadt, au hameau de Thoctrée, pour lui payer son fils.

Il tira alors de son havresac de peau de renne un très-petit coffre de fer; Spiagudry le reçut, et s'inclina.

— Remplis fidèlement mon ordre, dit le petit homme en lui lançant un regard perçant; songe que rien n'empêche deux démons de se revoir; je te crois encore plus lâche qu'avare, et tu me réponds de ce coffre..

— Oh! maître, sur mon âme...

— Non pas! sur tes os et sur ta chair.

En ce moment, la porte extérieure du Spladgest retentit

Le gouverneur de Drontheim.

d'un coup violent. Le petit homme s'étonna, Spiagudry chancela et couvrit sa lampe de sa main.

— Qu'est-ce? s'écria le petit homme en grondant... — Et toi, vieux misérable, comment trembleras-tu donc quand tu entendras la trompette du jugement dernier?

Un second coup plus fort se fit entendre.

— C'est quelque mort pressé d'entrer, dit le petit homme.

— Non, maître, murmura Spiagudry, on n'amène point de morts passé minuit.

— Mort ou vivant, il me chasse.—Toi, Spiagudry, sois fidèle et muet; je te jure, par l'esprit d'Ingolphe et le crâne de Gill, que tu passeras dans ton auberge de cadavres tout le régiment de Munckholm en revue.

Et le petit homme, attachant le crâne de Gill à sa ceinture et remettant ses gants, s'élança avec l'agilité d'un chamois, et à l'aide des épaules de Spiagudry, par l'ouverture supérieure, où il disparut.

Un troisième coup ébranla le Spladgest, et une voix du dehors ordonna d'ouvrir aux noms du roi et du vice-roi. Alors le vieux concierge, à la fois agité par deux terreurs différentes, dont on pourrait nommer l'une de *souvenir*, et l'autre d'*esperance*, s'achemina vers la porte carrée, et l'ouvrit.

VII

Cette joie à laquelle se réduit la félicité temporelle, elle s'est fatiguée à la poursuivre par des sentiers âpres et douloureux, sans avoir jamais pu l'atteindre.

Confessions de saint Augustin.

Rentré dans son cabinet après avoir quitté Poël, le gouverneur de Drontheim s'enfonça dans un large fauteuil, et ordonna, pour se distraire, à l'un de ses secrétaires de lui rendre compte des placets présentés au gouvernement.

PARIS. — TYP. SIMON RAÇON ET Ce, RUE D'ERFURTH, 1.

Celui-ci, après s'être incliné, commença :

« 1° Le révérend docteur Anglyvius demande qu'il soit « pourvu au remplacement du révérend docteur Foxtipp, « directeur de la bibliothèque épiscopale, pour cause d'in- « capacité. L'exposant ignore qui pourra remplacer ledit « docteur incapable ; il fait seulement savoir que lui, doc- « teur Anglyvius, a longtemps exercé les fonctions de bi- « bliothéc..... »

— Renvoyez ce drôle à l'évêque, interrompit le général.

— « 2° Athanase Munder, prêtre, ministre des prisons, « demande la grâce de douze condamnés pénitents, à l'oc- « casion des glorieuses noces de Sa Courtoisie Ordener « Guldenlew, baron de Thorvick, chevalier de Dannebrog, « fils du vice-roi, avec noble dame Ulrique d'Ahlefeld, fille « de Sa Grâce le comte grand chancelier des deux royau- « mes. »

— Ajournez, dit le général. Je plains les condamnés.

— « 3° Fauste-Prudens Destrombidès, sujet norvégien, « poëte latin, demande à faire l'épithalame desdits nobles « époux. »

— Ah ! ah ! le brave homme doit être vieux, car c'est le même qui en 1674 avait préparé un épithalame pour le mariage projeté entre Schumacker, alors comte de Griffenfeld, et la princesse Louise-Charlotte de Holstein-Augustenbourg, mariage qui n'eut pas lieu. — Je crains, ajouta le gouverneur entre ses dents, que Faust-Prudens soit le poëte des mariages rompus. — Ajournez la demande et poursuivez. On s'informera, à l'occasion dudit poëte, s'il n'y aurait pas un lit vacant à l'hôpital de Drontheim.

— « 4° Les mineurs de Guldbranshal, des îles Fa-roër, « du Sund-Moër, de Hubfallo, de Rœraas et de Kongsberg, « demandent à être affranchis des charges de la tutelle « royale. »

— Ces mineurs sont remuants. On dit même qu'ils commencent déjà à murmurer du long silence gardé sur leur requête. Qu'elle soit réservée pour un mûr examen.

— « 5° Braal, pêcheur, déclare, en vertu de l'odels- « recht (1), qu'il persévère dans l'intention de racheter « son patrimoine.

« 6° Les syndics de Nœs, Lœvig, Indal, Skongen, Stod, « Sparbo et autres bourgs et villages du Drontheimhus sep- « tentrional, demandent que la tête du brigand, assassin « et incendiaire Han, natif, dit-on, de Klipstadur en Is- « lande, soit mise à prix. — S'oppose à la requête Nychol « Orugix, bourreau du Drontheimhus, qui prétend que Han « est sa propriété. Appuie la requête Benignus Spiagudry, « gardien du Spladgest, auquel doit revenir le cadavre. »

— Ce bandit est bien dangereux, dit le général, surtout lorsqu'on craint des troubles parmi les mineurs. Qu'on fasse proclamer sa tête au prix de mille écus royaux.

— « 7° Benignus Spiagudry, médecin, antiquaire, sculp- « teur, minéralogiste, naturaliste, botaniste, légiste, chi- « miste, mécanicien, physicien, astronome, théologien, « grammairien... »

— Eh ! mais, interrompit le général, est-ce que ce n'est pas le même Spiagudry que le gardien du Spladgest ?

— Si vraiment, Votre Excellence, répondit le secrétaire — « ... concierge, pour Sa Majesté, de l'établissement dit « *Spladgest*, dans la royale ville de Drontheim, expose « que c'est lui, Benignus Spiagudry, qui a découvert que « les étoiles appelées fixes n'étaient pas éclairées par l'as- « tre appelé soleil ; *item*, que le vrai nom d'Odin est « *Frigge*, fils de *Fridulphe ; item*, que le *lombric marin* « se nourrit de sable ; *item*, que le bruit de la population « éloigne les poissons des côtes de Norwége, en sorte que « les moyens de subsistance diminuent en proportion de « l'accroissement du peuple ; *item*, que le golfe nommé « Otte-Sund s'appelait autrefois *Limfiord*, et n'a pris le « nom d'*Otte-Sund* qu'après qu'Othon le Roux y eut jeté « sa lance ; *item*, expose que c'est par ses conseils et sous « sa direction qu'on a fait d'une vieille statue de Freya la « statue de la Justice qui orne la grande place de Dron- « theim, et qu'on a converti en diable représentant le « crime le lion qui se trouvait sous les pieds de l'idole ; « *item*... »

— Ah ! faites-nous grâce de ses éminents services. Voyons, que demande-t-il ?

Le secrétaire tourna plusieurs feuillets, et poursuivit : « ... Le très-humble exposant croit pouvoir, en récom- « pense de tant de travaux utiles aux sciences et aux bel- « les-lettres, supplier Son Excellence d'augmenter la taxe « de chaque cadavre mâle et femelle de dix ascalins, ce « qui ne peut qu'être agréable aux morts, en leur prou- « vant le cas qu'on fait de leurs personnes... »

Ici la porte du cabinet s'ouvrit, et l'huissier annonça à haute voix *la noble dame comtesse d'Ahlefeld*.

En même temps, une grande dame, portant sur sa tête une petite couronne de comtesse, richement vêtue d'une robe de satin écarlate, bordée d'hermine et de franges d'or, entra, et, acceptant la main que le général lui offrait, vint s'asseoir près de son fauteuil.

La comtesse pouvait avoir cinquante ans. L'âge n'avait, en quelque sorte, rien eu à ajouter aux rides dont les soucis de l'orgueil et de l'ambition avaient depuis si longtemps creusé son visage. Elle attacha sur le vieux gouverneur son regard hautain et son sourire faux.

— Eh bien ! seigneur général, votre élève se fait attendre. Il devait être ici avant le coucher du soleil.

— Il y serait, dame comtesse, s'il n'était, en arrivant, allé à Munckholm.

— Comment, à Munckholm ! j'espère que ce n'est pas Schumacker qu'il cherche ?...

— Mais cela se pourrait.

— La première visite du baron de Thorvick aura été pour Schumacker !

— Pourquoi non, comtesse ? Schumacker est malheureux.

— Comment, général, le fils du vice-roi est lié avec ce prisonnier d'État !

— Frédéric Guldenlew, en me chargeant de son fils, me pria, noble dame, de l'élever comme j'eusse élevé le mien. J'ai pensé que la connaissance de Schumacker serait utile à Ordener, qui est destiné à être aussi puissant un jour. J'ai en conséquence, avec l'autorisation du vice-roi, demandé à mon frère Grummond de Knud un droit d'entrée pour toutes les prisons, que j'ai donné à Ordener. — Il en use.

— Et depuis quand, noble général, le baron Ordener a-t-il fait cette utile connaissance ?

— Depuis un peu plus d'un an, dame comtesse ; il paraît que la société de Schumacker lui plut, car elle le fixa assez longtemps à Drontheim ; et ce n'est qu'à regret et sur mon invitation expresse qu'il en partit l'année dernière pour visiter la Norwége.

— Et Schumacker sait-il que son consolateur est le fils d'un de ses plus grands ennemis ?

— Il sait que c'est un ami, et cela lui suffit, comme à nous.

— Mais, vous, seigneur général, dit la comtesse avec un coup d'œil pénétrant, saviez-vous, en tolérant, et même en formant cette liaison, que Schumacker avait une fille ?

— Je le savais, noble comtesse.

— Et cette circonstance vous a semblé indifférente pour votre élève ?

— L'élève de Levin de Knud, le fils de Frédéric Guldenlew, est un homme loyal. Ordener connaît la barrière qui le sépare de la fille de Schumacker ; il est incapable de séduire, sans but légitime, une fille, et surtout la fille d'un homme malheureux.

La noble comtesse d'Ahlefeld rougit et pâlit ; elle tourna la tête, cherchant à éviter le regard calme du vieillard comme celui d'un accusateur.

— Enfin, balbutia-t-elle, cette liaison, général, me semble, souffrez que je le dise, singulière et imprudente. On dit que les mineurs et les peuplades du nord menacent de se révolter, et que le nom de Schumacker est compromis dans cette affaire.

— Noble dame, vous m'étonnez ! s'écria le gouverneur,

(1) *Odelsrecht*, loi singulière qui établissait parmi les paysans norwégiens des sortes de *majorats*. Tout homme qui était contraint de se défaire de son patrimoine pouvait empêcher l'acquéreur de l'aliéner, en déclarant tous les dix ans à l'autorité qu'il était dans l'intention de le racheter.

Schumacker a jusqu'ici supporté tranquillement son malheur. Ce bruit est sans doute peu fondé.

La porte s'ouvrit en ce moment, et l'huissier annonça qu'un messager de Sa Grâce le grand chancelier demandait à parler à la noble comtesse.

La comtesse se leva précipitamment, salua le gouverneur, et, tandis qu'il continuait l'examen des placets, se rendit en toute hâte à ses appartements, situés dans une aile du palais, en ordonnant qu'on y envoyât le messager.

Elle était depuis quelques moments assise sur un riche sofa, au milieu de ses femmes, quand ce dernier entra. La comtesse, en l'apercevant, fit un mouvement de répugnance qu'elle cacha soudain sous un sourire bienveillant. L'extérieur du messager ne semblait pourtant pas repoussant au premier abord : c'était un homme plutôt petit que grand, et dont l'embonpoint annonçait tout autre chose qu'un messager. Cependant, en l'examinant, son visage paraissait ouvert jusqu'à l'impudence, et la gaieté de son regard avait quelque chose de diabolique et de sinistre. Il s'inclina profondément devant la comtesse, et lui présenta un paquet scellé avec des fils de soie.

— Noble dame, dit-il, daignez me permettre d'oser déposer à vos pieds un précieux message de Sa Grâce votre illustre époux, mon vénéré maître.

— Est-ce qu'il ne vient pas lui-même? et comment vous prend-il pour messager? demanda la comtesse.

— Des soins importants diffèrent l'arrivée de Sa Grâce, cette lettre est pour vous en informer, madame la comtesse : pour moi, je dois, d'après l'ordre de mon noble maître, jouir de l'insigne honneur d'un entretien particulier avec vous.

La comtesse pâlit; elle s'écria d'une voix tremblante :

— Moi! un entretien secret avec vous, Musdœmon?

— Si cela affligeait en rien la noble dame, son indigne serviteur serait au désespoir.

— M'affliger! non sans doute, reprit la comtesse s'efforçant de sourire; mais cet entretien est-il si nécessaire?

Le messager s'inclina jusqu'à terre.

— Absolument nécessaire! la lettre que l'illustre comtesse a daigné recevoir de mes mains doit en contenir l'injonction formelle.

C'était une chose singulière que de voir la fière comtesse d'Ahlefeld trembler et pâlir devant un serviteur qui lui rendait de si profonds respects. Elle ouvrit lentement le paquet et en lut le contenu. Après l'avoir relu : — Allons, dit-elle à ses femmes d'une voix faible, qu'on nous laisse seuls.

— Daigne la noble dame, dit le messager fléchissant le genou, me pardonner la liberté que j'ose prendre et la peine que je parais lui causer.

— Croyez au contraire, repartit la comtesse avec un sourire forcé, que j'ai beaucoup de plaisir à vous voir.

Les femmes se retirèrent.

— Elphége, tu as donc oublié qu'il fut un temps où nos tête-à-tête ne te répugnaient pas?

C'était le messager qui parlait à la noble comtesse, et ces paroles étaient accompagnées d'un rire pareil à celui du diable lorsqu'au moment où le pacte expire il saisit l'âme qui s'est donnée à lui.

La puissante dame baissa sa tête humiliée.

— Que ne l'ai-je en effet oublié! murmura-t-elle.

— Pauvre folle! comment peux-tu rougir de choses que nul œil humain n'a vues?

— Ce que les hommes ne voient pas, Dieu le voit.

— Dieu, faible femme! tu n'es pas digne d'avoir trompé ton mari, car il est moins crédule que toi.

— Vous insultez peu généreusement à mes remords, Musdœmon.

— Eh bien! si tu en as, Elphége, pourquoi leur insultes-tu toi-même chaque jour par des crimes nouveaux?

La comtesse d'Ahlefeld cacha sa tête dans ses mains; le messager poursuivit.

— Elphége, il faut choisir : ou le remords et plus de crimes, ou le crime et plus de remords. Fais comme moi, choisis le second parti, c'est le meilleur, le plus gai du moins.

— Puissiez-vous, dit la comtesse à voix basse, ne pas retrouver ces paroles dans l'éternité!

— Allons, ma chère, quittons la plaisanterie.

Alors Musdœmon s'asseyant près de la comtesse et passant ses bras autour de son cou :

— Elphége, dit-il, tâche de rester, par l'esprit du moins, ce que tu étais il y a vingt ans.

L'infortunée comtesse, esclave de son complice, tâcha de répondre à sa repoussante caresse. Il y avait dans cet embrassement adultère de deux êtres qui se méprisaient et s'exécraient mutuellement quelque chose de trop révoltant, même pour ces âmes dégradées. Les caresses illégitimes qui avaient fait leur joie, et que je ne sais quelle horrible convenance les forçait de se prodiguer encore, faisaient maintenant leur torture. Etrange et juste changement des affections coupables! leur crime était devenu leur supplice.

La comtesse, pour abréger ce tourment adultère, demanda enfin à son odieux amant, en s'arrachant de ses bras, de quel message verbal son époux l'avait chargé.

— D'Ahlefeld, dit Musdœmon, au moment de voir son pouvoir s'affermir par le mariage d'Ordener Guldenlew avec notre fille...

— Notre fille! s'écria la hautaine comtesse; et son regard fixé sur Musdœmon reprit une expression d'orgueil et de dédain.

— Eh bien! dit froidement le messager, je crois qu'Ulrique peut m'appartenir au moins autant qu'à lui. Je disais donc que ce mariage ne satisfaisait pas entièrement ton mari, si Schumacker n'était en même temps tout à fait renversé. Du fond de sa prison, ce vieux favori est encore presque aussi redoutable que dans son palais. Il a à la cour des amis obscurs, mais puissants, peut-être parce qu'ils sont obscurs; et le roi, apprenant il y a un mois que les négociations du grand chancelier avec le duc de Holstein-Plœn ne marchaient pas, s'est écrié avec impatience : *Griffenfeld à lui seul en savait plus qu'eux tous.* Un intrigant, nommé Dispolsen, venu de Munckholm à Copenhague, a obtenu de lui plusieurs audiences secrètes, après lesquelles le roi a fait demander à la chancellerie, où ils sont déposés, les titres de noblesse et de propriété de Schumacker. On ignore à quoi Schumacker aspire; mais, ne désirerait-il que la liberté, pour un prisonnier d'Etat, c'est désirer le pouvoir. — Il faut donc qu'il meure, et qu'il meure judiciairement; c'est à lui forger un crime que nous travaillons.

Ton mari, Elphége, sous prétexte d'inspecter *incognito* les provinces du Nord, va s'assurer par lui-même du résultat qu'ont eu nos menées parmi nos mineurs, dont nous voulons provoquer, au nom de Schumacker, une insurrection qu'il sera facile ensuite d'étouffer. Ce qui nous inquiète, c'est la perte de plusieurs papiers importants relatifs à ce plan, et que nous avons tout lieu de croire au pouvoir de Dispolsen. Sachant donc qu'il était reparti de Copenhague pour Munckholm, rapportant à Schumacker ses parchemins, ses diplômes, et peut-être ces documents qui peuvent nous perdre ou au moins nous compromettre, nous avons aposté dans les gorges de Kole quelques fidèles, chargés de se défaire de lui, après l'avoir dépouillé de ses papiers. Mais si, comme on l'assure, Dispolsen est venu de Berghen par mer, nos peines seront perdues de ce côté-là. — Pourtant j'ai recueilli en arrivant je ne sais quels bruits d'un assassinat d'un capitaine nommé Dispolsen. — Nous verrons. — Nous sommes en attendant à la recherche d'un brigand fameux, Han, dit d'Islande, que nous voudrions mettre à la tête de la révolte des mines. Et toi, ma chère, quelles nouvelles d'ici me donneras-tu? Le joli oiseau de Munckholm a-t-il été pris dans sa cage? La fille du vieux ministre a-t-elle été enfin la proie de notre *falco fulvus*, de notre fils Frédéric?...

La comtesse, retrouvant sa fierté, se récria encore : — Notre fils!...

— Ma foi, quel âge peut-il avoir? Vingt-quatre ans. Il y en a vingt-six que nous nous connaissons, Elphége.

— Dieu le sait, s'écria la comtesse, mon Frédéric est l'héritier légitime du grand chancelier.

— Si Dieu le sait, répondit le messager en riant, le diable peut l'ignorer. Au reste, ton Frédéric n'est qu'un étourneau indigne de moi, et ce n'est pas la peine de nous quereller pour si peu de chose. Il n'est bon qu'à séduire une fille. Y est-il parvenu au moins?

— Pas encore, que je sache.

— Mais, Elphége, tâche donc de jouer un rôle moins passif dans nos affaires. Celui du comte et le mien sont, tu le vois, assez actifs. Je retourne dès demain vers ton mari. Pour toi, ne te borne pas, de grâce, à prier pour nos péchés, comme la Madone que les Italiens invoquent en assassinant. — Il faut aussi que d'Ahlefeld songe à me récompenser un peu plus magnifiquement qu'il ne l'a fait jusqu'ici. Ma fortune est liée à la vôtre; mais je me lasse d'être le serviteur de l'époux quand je suis l'amant de la femme, et de n'être que le gouverneur, le précepteur, le pédadogue, quand je suis presque le père...

En ce moment minuit sonna, et une des femmes entra, rappelant à la comtesse que, d'après la règle du palais, toutes les lumières devaient être éteintes à cette heure. La comtesse, heureuse de terminer un entretien pénible, rappela ses suivantes.

— Me permette la gracieuse comtesse, dit Musdœmon en se retirant, de conserver l'espérance de la revoir demain, et de déposer à ses pieds l'hommage de mon profond respect.

VIII

Il faut absolument que tu l'aies massacré; tu as le regard d'un meurtrier, un air sinistre et farouche.

SHAKSPEARE, *le Songe d'été.*

— En honneur, vieillard, dit Ordener à Spiagudry, je commençais à croire que c'étaient les cadavres logés dans cet édifice qui étaient chargés d'en ouvrir la porte.

— Pardonnez, seigneur, répondit le concierge ayant encore dans l'oreille les noms du roi et du vice-roi et répétant son excuse banale, je... je dormais profondément.

— En ce cas, il paraît que vos morts ne dorment pas, car c'était eux sans doute que j'entendais tout à l'heure causer distinctement.

Spiagudry se troubla.

— Vous avez, seigneur étranger, vous avez entendu?...

— Eh! mon Dieu, oui; mais qu'importe? je ne suis pas venu ici pour m'occuper de vos affaires, mais pour vous occuper des miennes. Entrons.

Spiagudry ne se souciait guère d'introduire le nouveau venu près du corps de Gill; mais ces dernières paroles le rassurèrent un peu, et d'ailleurs pouvait-il résister?

Il laissa donc passer le jeune homme, et refermant la porte :

— Benignus Spiagudry, dit-il, est à votre service pour tout ce qui concerne les sciences humaines. Cependant, si, comme votre visite nocturne semble l'annoncer, vous croyez parler à un sorcier, vous avez tort, *ne famam credas;* je ne suis qu'un savant. — Entrons, seigneur étranger, dans mon laboratoire.

— Non pas, dit Ordener, c'est à ces cadavres qu'il faut nous arrêter.

— A ces cadavres! s'écria Spiagudry, recommençant à trembler. Mais, seigneur, vous ne pouvez les voir.

— Comment, je ne puis voir des corps qui ne sont déposés là que pour être vus! Je vous répète que j'ai des renseignements à vous demander sur l'un d'eux; votre devoir est de me les donner. Obéissez de gré, vieillard, ou vous obéirez de force.

Spiagudry avait un profond respect pour les sabres, et il en voyait briller un au côté d'Ordener. — *Nihil non arrogat armis*, murmura-t-il; et, fouillant dans le trousseau de ses clefs, il ouvrit la grille à hauteur d'appui, et introduisit l'étranger dans la seconde section de la salle.

— Montrez-moi les vêtements du capitaine, dit celui-ci.

En ce moment, un rayon de la lampe tomba sur la tête sanglante de Gill Stadt.

— Juste Dieu! s'écria Ordener, quelle abominable profanation!

— Grand saint Hospice, ayez pitié de moi! dit à voix basse le vieux concierge.

— Vieillard, poursuivit Ordener d'une voix menaçante, êtes-vous si loin de la tombe, pour violer le respect qu'on lui voue, et ne craignez-vous pas, malheureux, que les vivants ne vous apprennent ce que l'on doit aux morts?

— Oh! s'écria le pauvre concierge, grâce, ce n'est pas moi... si vous saviez!... et il s'arrêta, car il se rappela ces mots du petit homme : *Sois fidèle et muet.* — Avez-vous vu quelqu'un sortir par cette ouverture? demanda-t-il d'une voix éteinte.

— Oui. Est-ce ton complice?

— Non, c'est le coupable, le seul coupable! j'en jure par toutes les réprobations infernales, par toutes les bénédictions célestes, par ce corps même si indignement profané!... Et il s'était prosterné sur la pierre devant Ordener. Tout hideux qu'était Spiagudry, il y avait cependant dans son désespoir, dans ses protestations, un accent de vérité qui persuada le jeune homme.

— Vieillard, dit-il, relève-toi, et, si tu n'as point outragé la mort, du moins n'avilis point la vieillesse.

Le concierge se releva. Ordener continua :

— Quel est le coupable?

— Oh! silence, noble jeune seigneur, vous ignorez de qui vous parlez. Silence! et Spiagudry se répétait intérieurement : *Sois fidèle et muet.*

Ordener reprit froidement :

— Quel est le coupable? Je veux le connaître.

— Au nom, du ciel, seigneur! ne parlez pas ainsi, taisez-vous, de peur...

— La peur ne me fera point taire et te fera parler.

— Excusez-moi, pardon, mon jeune maître! dit le désolé Spiagudry, je ne puis...

— Tu le peux, car je le veux. Tu nommeras le profanateur!

Spiagudry chercha encore à tergiverser.

— Eh bien! notre maître, le profanateur de ce cadavre est l'assassin de cet officier.

— Cet officier est donc mort assassiné? demanda Ordener, ramené par cette transition au but de sa recherche.

— Oui, sans doute, seigneur.

— Et par qui? par qui?

— Au nom de la sainte que votre mère invoquait en vous donnant le jour, ne cherchez pas à savoir ce nom, mon jeune maître, ne me forcez pas à le révéler.

— Si l'intérêt que j'ai à le savoir avait besoin d'être accru, vous y ajouteriez, vieillard, l'intérêt de la curiosité. Je vous commande de me nommer ce meurtrier.

— Eh bien! dit Spiagudry, remarquez ces profondes déchirures produites par les ongles longs et tranchants sur le corps de ce malheureux... Elles vous nomment l'assassin.

Et le vieillard montrait à Ordener de longues et fortes égratignures sur le cadavre nu et lavé.

— Comment? dit Ordener, est-ce quelque bête fauve?

— Non, mon jeune seigneur.

— Mais, à moins que ce ne soit le diable...

— Chut! prenez garde de trop bien deviner. N'avez-vous jamais entendu parler, poursuivit le concierge à voix basse, d'un homme ou d'un monstre à face humaine, dont les ongles sont aussi longs que ceux d'Astaroth qui nous a perdus, ou de l'Antechrist qui nous perdra?...

— Parlez plus clairement.

— Malheur! dit l'Apocalypse.....

— C'est le nom de l'assassin que je vous demande.

— L'assassin... le nom... seigneur, ayez pitié de moi, ayez pitié de vous!

— La seconde de ces prières détruirait la premiè-

quand bien même des motifs graves ne me forceraient pas à t'arracher ce nom. N'abuse pas plus longtemps...

— Eh bien! vous le voulez, jeune homme, dit Spiagudry se redressant et d'une voix haute, ce meurtrier, ce profanateur, est Han d'Islande.

Ce nom redoutable n'était pas ignoré d'Ordener.—Comment! reprit-il, Han! cet exécrable bandit!

— Ne l'appelez pas bandit, car il vit toujours seul.

—Alors, misérable, comment le connaissez-vous? Quels crimes communs vous ont donc rapprochés?

— Oh! noble maître, daignez ne pas croire aux apparences. Le tronc de chêne est-il vénéneux parce que le serpent s'y abrite?

— Point de vaines paroles, un scélérat ne peut avoir d'ami qu'un complice.

— Je ne suis point son ami, et moins encore son complice; et, si mes serments ne vous ont pas persuadé, seigneur, veuillez de grâce remarquer que cette profanation détestable m'expose, dans vingt-quatre heures, quand on viendra relever le corps de Gill Stadt, au supplice des sacriléges, et me jette ainsi dans la plus effroyable inquiétude où innocent se soit jamais trouvé.

Ces considérations d'intérêt personnel firent encore plus sur Ordener que la voix suppliante du pauvre gardien, auquel elles avaient probablement inspiré en bonne partie sa pathétique, quoique inutile résistance au sacrilége du petit homme. Ordener parut méditer un moment, pendant lequel Spiagudry cherchait à lire sur son visage si ce repos déciderait la paix ou ramènerait la tempête.

Enfin il dit d'un ton sévère, mais calme : — Vieillard, soyez véridique. Avez-vous trouvé des papiers sur cet officier?

— Aucun, sur mon honneur.

— Savez-vous si Han d'Islande en a trouvé?

— Je vous jure par saint Hospice que je l'ignore.

— Vous l'ignorez? savez-vous où se cache ce Han d'Islande?

— Il ne se cache jamais, il erre toujours.

— Soit; mais enfin quelles sont ses retraites?

— Ce païen, répondit le vieillard à voix basse, a autant de retraites que l'île de Hitteren a de récifs, que l'étoile de Sirius a de rayons.

— Je vous engage de nouveau, interrompit Ordener, à parler en termes positifs. Je vais vous donner l'exemple; écoutez. Vous êtes mystérieusement lié avec un brigand dont vous soutenez ne pas être le complice. Si vous le connaissez, vous devez savoir où il s'est maintenant retiré. — Ne m'interrompez pas.— Si vous n'êtes pas son complice, vous n'hésiterez pas à me conduire à sa recherche...

Spiagudry ne put contenir son effroi.

— Vous, noble seigneur, vous, grand Dieu! plein de jeunesse et de vie, provoquer, rechercher ce démoniaque! Quand Ingiald aux quatre bras combattit le géant Nyctolm, du moins avait-il quatre bras...

— Eh bien! dit Ordener en souriant, s'il faut quatre bras, ne serez-vous pas mon guide?...

— Moi! votre guide? Comment pouvez-vous vous railler ainsi d'un pauvre vieillard qui a déjà presque besoin d'un guide lui-même?

— Ecoutez, reprit Ordener, n'essayez pas vous-même de vous jouer de moi. Si cette profanation, dont je veux bien vous croire innocent, vous expose au châtiment des sacriléges, vous ne pouvez rester ici. Il vous faut donc fuir. Je vous offre ma sauvegarde, mais à condition que vous me conduirez à la retraite du brigand. Soyez mon guide, je serai votre protecteur : je dis plus; si j'atteins Han d'Islande, je l'amènerai ici mort ou vif. Vous pourrez prouver votre innocence, et je vous promets de vous faire rentrer dans votre emploi. — Voilà, en attendant, plus d'écus royaux qu'il ne vous en rapporte par an.

Ordener, en gardant la bourse pour la fin, avait observé dans ses arguments la gradation voulue par les saines lois de la logique. Cependant ils étaient par eux-mêmes assez forts pour faire rêver Spiagudry. Il commença par prendre l'argent.

— Noble maître, vous avez raison, dit-il ensuite, et son œil, jusqu'alors indécis, se releva sur Ordener. Si je vous suis, je m'expose quelque jour à la vengeance du formidable Han. Si je reste, je tombe demain entre les mains du bourreau Orugix... Quel est donc déjà le supplice des sacriléges?... N'importe. — Dans les deux cas, ma pauvre vie est en péril; mais comme, d'après la juste observation de Sæmond-Sigfusson, autrement dit *le sage, inter duo pericula æqualia, minus imminens eligendum est*, je vous suis. — Oui, seigneur, je serai votre guide. Veuillez ne pas oublier toutefois que j'ai fait tout ce que j'ai pu pour vous détourner de votre aventureux dessein.

— Soit, dit Ordener. Vous serez donc mon guide. Vieillard, ajouta-t-il avec un regard expressif, je compte sur votre loyauté.

— Ah! maître, répondit le concierge, la foi de Spiagudry est aussi pure que l'or que vous venez de me donner si gracieusement.

— Qu'il n'en soit pas autrement, car je vous prouverais que le fer que je porte n'est pas de moins bon aloi que mon or. — Où pensez-vous que soit Han d'Islande?

— Mais, comme le midi du Drontheimhus est plein de troupes qu'on y a envoyées sur je ne sais quelle réquisition du grand chancelier, Han doit s'être dirigé vers la grotte de Walderhog ou le lac de Smiasen. Notre route est par Skongen.

— Quand pouvez-vous me suivre?

— Après la journée qui commence, quand la nuit sera close et le Spladgest fermé, votre pauvre serviteur commencera près de vous les fonctions de guide, pour lesquelles il privera les morts de ses soins. Nous chercherons un moyen de cacher pendant tout le jour, aux yeux du peuple, la mutilation du mineur.

— Où vous trouverai-je ce soir?

— Sur la grande place de Drontheim, s'il convient au maître, près de la statue de la Justice, qui fut jadis Freya, et me protégera sans doute de son ombre en reconnaissance du beau diable que j'ai fait sculpter sous ses pieds.

Spiagudry allait peut-être répéter verbalement à Ordener les considérants de son placet au gouverneur, si celui-ci ne l'eût interrompu.

— Il suffit, vieillard, le traité est conclu.

— Conclu, répéta le concierge.

Il achevait ce mot, lorsqu'une espèce de grondement se fit entendre comme au-dessus d'eux. — Le concierge tressaillit : Qu'est cela? dit-il.

— N'y a-t-il ici, dit Ordener également surpris, d'autre habitant vivant que vous?

— Vous me rappelez mon vicaire Oglypiglap, reprit Spiagudry rassuré par cette idée; c'est lui sans doute qui dort bruyamment. Un Lapon qui dort, selon l'évêque Arngrim, fait autant de bruit qu'une femme qui veille.

En parlant ainsi, ils s'étaient approchés de la porte du Spladgest. Spiagudry l'ouvrit doucement.

— Adieu, mon jeune seigneur, dit-il à Ordener, le ciel vous mette en joie! A ce soir : si votre chemin vous conduit devant la croix de saint Hospice, daignez prier pour votre misérable serviteur Benignus Spiagudry.

Alors refermant en hâte la porte, autant de crainte d'être aperçu que pour garantir sa lampe des premières brises du matin, il revint près du cadavre de Gill, et s'occupa d'en tourner la tête de manière à en cacher la blessure.

Il avait fallu bien des raisons pour décider le timide concierge à accepter l'offre aventureuse de l'étranger. Dans les motifs de sa téméraire détermination entraient : 1° la crainte d'Ordener présent; 2° celle du bourreau Orugix; 3° une vieille haine pour Han d'Islande : haine qu'il osait à peine s'avouer à lui-même, tant la terreur la comprimait; 4° l'amour pour les sciences, auxquelles son voyage serait si utile; 5° la confiance en son esprit rusé, pour se dérober aux regards de Han; 6° un attrait tout spéculatif pour certain métal que renfermait la bourse du jeune aventurier, et dont paraissait aussi remplie la boîte de fer volée au capitaine, et destinée à la veuve Stadt, message qui maintenant courait grand risque de ne jamais quitter le messager.

Une dernière raison enfin, c'était l'espérance bien ou mal fondée de rentrer tôt ou tard dans la place qu'il allait abandonner. Que lui importait d'ailleurs que le brigand tuât le voyageur ou le voyageur le brigand? A ce point de sa rêverie, il ne put s'empêcher de se dire à haute voix : « Cela me fera toujours un cadavre. »

Un nouveau grondement se fit encore entendre, et le malheureux concierge frissonna. — Ce ne sont vraiment point là les ronflements d'Oglypiglap, se dit-il; ce bruit vient du dehors. — Puis, après un moment de réflexion : — Je suis bien simple de m'effrayer ainsi, c'est sans doute le dogue du port qui se réveille et qui aboie.

Alors il acheva de disposer les membres défigurés de Gill; puis, refermant toutes les portes, vint se délasser sur son grabat des fatigues de la nuit qui s'achevait, et prendre des forces pour celle qui se préparait.

IX

JULIETTE.

Ah! crois-tu que nous nous revoyions jamais?

ROMÉO.

Je n'en doute point; et toutes ces peines deviendront le doux entretien de nos jours à venir.

SHAKSPEARE.

Le fanal du château de Munckholm venait de s'éteindre, et, à sa place, le matelot entrant dans le golfe de Drontheim voyait le casque du soldat de garde briller de loin, comme une étoile mobile, aux rayons du soleil levant, quand Schumacker, appuyé sur le bras de sa fille, descendit comme de coutume dans le jardin circulaire qui environnait sa prison. Tous deux avaient eu une nuit agitée, le vieillard par l'insomnie, la jeune fille par des rêves délicieux. Ils se promenaient depuis quelque temps en silence quand le vieux prisonnier attacha sur la belle jeune fille un regard triste et grave :

— Vous rougissez et souriez toute seule, Ethel; vous êtes heureuse, car vous ne rougissez pas du passé, et vous souriez à l'avenir.

Ethel rougit plus fort, et cessa de sourire.

— Mon seigneur et père, dit-elle embarrassée et confuse, j'ai apporté le livre de l'Edda.

— Eh bien! lisez, ma fille, dit Schumacker; et il retomba dans sa rêverie.

Alors le sombre captif, assis sur un rocher noirâtre ombragé d'un sapin noir, écouta la douce voix de sa fille, sans entendre sa lecture, comme un voyageur altéré se plaît au murmure de la source où il puise la vie.

Ethel lui lut l'histoire de la bergère Allanga, qui refusa un roi jusqu'à ce qu'il eût prouvé qu'il était un guerrier. Le prince Regner Lodbrog n'obtint la bergère qu'en revenant vainqueur du brigand de Klipstadur, Ingolphe l'Exterminateur.

Soudain un bruit de pas et de feuillage froissé vint interrompre sa lecture et arracher Schumacker à sa méditation. Le lieutenant d'Ahlefeld sortit de derrière le rocher où ils étaient assis. Ethel baissa la tête en reconnaissant l'interrupteur éternel, et l'officier s'écria :

— Sur ma foi, ma belle damoiselle, le nom d'Ingolphe l'Exterminateur vient d'être prononcé par votre charmante bouche. Je l'ai entendu, et je présume que c'est en parlant de son petit-fils, Han d'Islande, que vous êtes remontée jusqu'à lui. Les damoiselles aiment beaucoup à parler des brigands. Sous ce rapport, on conte d'Ingolphe et de sa descendance des choses singulièrement agréables et effrayantes à entendre. L'exterminateur Ingolphe n'eut qu'un fils, né de la sorcière Thoarka; ce fils n'eut également qu'un fils, né de même d'une sorcière. Depuis quatre siècles, cette race s'est ainsi perpétuée pour la désolation de l'Islande, toujours par un seul rejeton, qui ne produit jamais qu'un rameau. C'est par cette série d'héritiers uniques que l'esprit infernal d'Ingolphe est arrivé de nos jours sain et entier au fameux Han d'Islande, qui avait sans doute tout à l'heure le bonheur d'occuper les virginales pensées de la damoiselle.

L'officier s'arrêta un moment; Ethel gardait le silence de l'embarras; Schumacker celui de l'ennui. Enchanté de les trouver disposés, sinon à répondre, du moins à écouter, il continua :

— Le brigand de Klipstadur n'a d'autre passion que la haine des hommes, d'autre soin que celui de leur nuire...

— Il est sage, interrompit brusquement le vieillard.

— Il vit toujours seul, reprit le lieutenant.

— Il est heureux, dit Schumacker.

Le lieutenant fut ravi de cette double interruption, qui semblait sceller un pacte de conversation.

— Nous préserve le dieu Mithra, s'écria-t-il, de ces sages et de ces heureux! Maudit soit le zéphyr malintentionné qui a apporté en Norwége le dernier des démons d'Islande! J'ai tort de dire malintentionné, car c'est, assure-t-on, à un évêque que nous devons le bonheur de posséder Han de Klipstadur. Si l'on en croit la tradition, quelques paysans islandais, ayant pris sur les montagnes de Bessested le petit Han encore enfant, voulurent le tuer, comme Astyage tua le lionceau de Bactriane; mais l'évêque de Scalholt s'y opposa et prit l'oursin sous sa protection, espérant faire un chrétien du diable. Le bon évêque employa mille moyens pour développer cette intelligence infernale, oubliant que la ciguë ne s'était point changée en lis dans les serres chaudes de Babylone. Aussi le démoniaque adolescent le paya-t-il de ses soins en s'enfuyant une belle nuit sur un tronc d'arbre, à travers les mers, et en éclairant sa fuite de l'incendie du manoir épiscopal. Voilà, selon les vieilles fileuses du pays, comment s'est transporté en Norwége cet Islandais, qui, grâce à son éducation, offre aujourd'hui toute la perfection du monstre. Depuis ce temps, les mines de Faroër comblées et trois cents ouvriers écrasés sous les décombres; le rocher pendant de Golyn précipité pendant la nuit sur le village qu'il dominait; le pont de Half-Broën croulant du haut des roches sous le passage des voyageurs; la cathédrale de Drontheim incendiée; les fanaux côtiers éteints durant les nuits orageuses, et une foule de crimes et de meurtres ensevelis dans les lacs de Sparbo ou de Smiasen, ou cachés sous les grottes de Walderhog et de Rylass, et dans les gorges du Dofre-Field, ont attesté la présence de cet Arimane incarné dans le Drontheimhus. Les vieilles prétendent qu'il lui pousse un poil de la barbe à chaque crime : en ce cas, sa barbe doit être aussi touffue que celle du plus vénérable mage assyrien. La belle damoiselle saura cependant que le gouverneur a plus d'une fois essayé d'arrêter la crue extraordinaire de cette barbe...

Schumacker rompit encore le silence.

— Et tous les efforts pour s'emparer de cet homme, dit-il avec un regard de triomphe et un sourire ironique, ont été vains? J'en félicite la grande chancellerie.

L'officier ne comprit pas le sarcasme de l'ex-grand chancelier.

— Han a jusqu'ici été aussi imprenable qu'Horatius surnommé Coclès. Vieux soldats, jeunes miliciens, campagnards, montagnards, tout meurt ou fuit devant lui. C'est un démon qu'on ne saurait éviter ni atteindre : ce qui peut arriver de plus heureux à ceux qui le cherchent, c'est de ne pas le trouver.

La gracieuse damoiselle est peut-être surprise, continua-t-il en s'asseyant familièrement près d'Ethel, qui se rapprocha de son père, de tout ce que je sais de curieux touchant cet être surnaturel. Ce n'est pas sans intention que j'ai recueilli ces singulières traditions. Il me semble, et je serais heureux que ma charmante damoiselle partageât mon avis, que les aventures de Han pourraient fournir un roman délicieux, dans le genre des sublimes écrits de la damoiselle Scudéry, l'*Artamène* ou la *Clélie*, dont je n'ai encore lu que six volumes, mais qui n'en est pas moins un chef-d'œuvre à mes yeux. Il faudrait, par exemple, adoucir notre climat, orner nos traditions, modifier nos noms barbares. Ainsi, Drontheim, qui deviendrait *Durti-*

nianum, verrait ses forêts se changer, sous ma baguette magique, en des bosquets délicieux, arrosés de mille petits ruisseaux, bien autrement poétiques que nos vilains torrents. Nos cavernes noires et profondes feraient place à des grottes charmantes, tapissées de rocailles dorées et de coquillages d'azur. Dans l'une de ces grottes habiterait un célèbre enchanteur, Hannus de Thulé... — Car vous conviendrez que le nom de *Han d'Islande* ne flatte pas l'oreille. — Ce géant... — vous sentez qu'il serait absurde que le héros d'un tel ouvrage ne fût pas un géant, — ce géant descendrait en droite ligne du dieu Mars... — Ingolphe l'Exterminateur ne présente rien à l'imagination — et de la magicienne Théonne... — ne trouvez-vous pas le nom de *Thoarka* heureusement altéré? — fille de la sibylle de Cumes. Hannus, après avoir été élevé par le grand mage de Thulé, se serait enfin échappé du palais du pontife, sur un char attelé de deux dragons... — Il faudrait être un pauvre esprit pour conserver la mesquine tradition du tronc d'arbre. — Arrivé sous le ciel de Durtinianum, et séduit par ce pays charmant, il en aurait fait le lieu de sa résidence et le théâtre de ses crimes. Ce ne serait pas chose aisée que de faire une peinture agréable des brigandages de Han. On pourrait en adoucir l'horreur par quelque amour ingénieusement imaginé. La bergère Alcippe, en promenant un jour son agneau dans un bois de myrtes et d'oliviers, serait aperçue par le géant, qui céderait soudain au pouvoir de ses yeux. Mais Alcippe aimerait le beau Lycidas, officier des milices, en garnison dans son hameau. Le géant s'irriterait du bonheur du centurion, et le centurion des assiduités du géant. Vous concevez, aimable damoiselle, tout ce qu'une pareille imagination pourrait semer de charme dans les aventures de Hannus. Je parierais mes bottes de Cracovie contre une paire de patins qu'un tel sujet, traité par la demoiselle Scudéry, ferait raffoler toutes les dames de Copenhague.

Ce mot arracha Schumacker de la sombre rêverie où il était resté enseveli pendant la dépense inutile de bel esprit que venait de faire le lieutenant.

— Copenhague! dit-il brusquement; seigneur officier, que s'est-il passé de nouveau à Copenhague?

— Rien, sur ma foi, que je sache, répondit le lieutenant, sinon le consentement donné par le roi au mariage important qui occupe en ce moment les deux royaumes.

— Comment! reprit Schumacker, quel mariage?

L'apparition d'un quatrième interlocuteur arrêta la réponse sur les lèvres du lieutenant.

Tous trois levèrent les yeux Le visage sombre du prisonnier s'éclaircit, la physionomie frivole du lieutenant prit une expression de gravité, et la douce figure d'Ethel, pâle et confuse pendant le long soliloque de l'officier, se ranima de vie et de joie. Elle soupira profondément, comme si son cœur eût été allégé d'un poids insupportable, et son sourire triste et furtif s'élança au-devant du nouveau venu. — C'était Ordener.

Le vieillard, la jeune fille et l'officier étaient devant Ordener dans une position singulière; ils avaient chacun un secret commun avec lui, aussi se gênaient-ils réciproquement. Le retour d'Ordener au donjon ne surprit ni Schumacker ni Ethel, qui l'attendaient; mais il étonna le lieutenant autant que la présence du lieutenant surprit Ordener; celui-ci aurait pu craindre quelque indiscrétion de l'officier sur la scène de la veille, si le silence prescrit par la loi courtoise ne l'eût rassuré. Il ne pouvait donc que s'étonner de le voir paisiblement assis près des deux prisonniers.

Ces quatre personnages ne pouvaient rien se dire réunis, précisément parce qu'ils auraient eu beaucoup à se dire isolément. Aussi, hormis les regards d'intelligence et d'embarras, l'accueil que reçut Ordener fut-il absolument muet.

Le lieutenant partit d'un éclat de rire.

— Par la queue du manteau royal, mon cher nouveau venu! voilà un silence qui ne ressemble pas mal à celui des sénateurs gaulois, quand le Romain Brennus... — Je ne sais, en honneur, déjà plus qui était Romain ou Gaulois, des sénateurs ou du général. N'importe! puisque vous voilà, aidez-moi à instruire cet honorable vieillard de ce qui se passe de nouveau. J'allais, sans votre subite entrée en scène, l'entretenir du mariage illustre qui occupe en ce moment Mèdes et Persans.

— Quel mariage? dirent en même temps Ordener et Schumacker.

— A la coupe de vos vêtements, seigneur étranger, s'écria le lieutenant en frappant des mains, j'avais déjà pressenti que vous veniez de quelque autre monde. Voici une question qui change en certitude mon soupçon. Vous êtes sans doute débarqué hier sur les bords de la Nidder, dans un char fée attelé de deux griffons ailés; car vous n'auriez pu parcourir la Norwége sans entendre parler du fameux mariage du fils du vice-roi avec la fille du grand chancelier.

Schumacker se tourna vers le lieutenant.

— Quoi! Ordener Guldenlew épouse Ulrique d'Ahlefeld?

— Comme vous dites, répondit l'officier, et cela sera conclu avant que la mode des vertugadins à la française soit passée à Copenhague.

— Le fils de Frédéric doit avoir environ vingt-deux ans; car j'étais depuis une année dans la forteresse de Copenhague quand le bruit de sa naissance parvint jusqu'à moi. Qu'il se marie jeune, continua Schumacker avec un sourire amer : au moment de la disgrâce, on ne lui reprochera pas du moins d'avoir ambitionné le chapeau de cardinal.

Le vieux favori faisait à ses propres malheurs une allusion que le lieutenant ne comprit pas.

— Non, certes, dit-il en éclatant de rire. Le baron Ordener va recevoir le titre de comte, le collier de l'Eléphant et les aiguillettes de colonel, qui ne se concilient guère vraiment avec la barrette du cardinal.

— Tant mieux, répondit Schumacker. Puis, après une pause, il ajouta, secouant la tête comme s'il eût vu sa vengeance devant lui : — Quelque jour peut-être on lui fera un carcan du noble collier, on lui brisera sur le front sa couronne de comte, on lui battra les joues de ses aiguillettes de colonel.

Ordener saisit la main du vieillard.

— Dans l'intérêt de votre haine, seigneur, ne maudissez pas le bonheur d'un ennemi avant de savoir si ce bonheur en est un pour lui.

— Eh! mais, dit le lieutenant, qu'importent au baron de Thorvick les anathèmes du bonhomme?...

— Lieutenant, s'écria Ordener, ils lui importent plus que vous ne pensez... — peut-être. — Et, poursuivit-il après un moment de silence, votre fameux mariage est moins certain que vous ne le croyez.

— *Fiat quod vis*, repartit le lieutenant avec une salutation ironique; le roi, le vice-roi et le grand chancelier ont, il est vrai, tout disposé pour cette union; ils la désirent, ils la veulent, mais, puisqu'elle déplait au seigneur étranger, qu'importe le grand chancelier, le vice-roi et le roi!

— Vous avez peut-être raison, dit Ordener d'un air sérieux.

— Oh! sur ma foi! et le lieutenant se renversa sur le dos en éclatant de rire, cela est trop plaisant. Je voudrais pour beaucoup que le baron de Thorvick fût ici pour entendre un devin aussi bien instruit des choses de ce monde décider de sa destinée. Mon docte prophète, croyez-moi, vous n'avez pas encore assez de barbe pour être bon sorcier.

— Seigneur lieutenant, répondit froidement Ordener, je ne pense pas qu'Ordener Guldenlew épouse une femme sans l'aimer.

— Eh! eh! voilà le livre des maximes. Et qui vous dit, seigneur du manteau vert, que le baron n'aime pas Ulrique d'Ahlefeld?

— Et, s'il vous plait, à votre tour, qui vous dit qu'il l'aime?

Ici le lieutenant fut entraîné, comme il arrive souvent, par la chaleur de la conversation, à affirmer un fait dont il n'était pas sûr.

— Qui me dit qu'il l'aime? la question est amusante! J'en suis fâché pour votre divination; mais tout le monde sait que ce mariage n'est pas moins un mariage de passion que de convenance.

Alors le sombre captif, assis sur un rocher noirâtre... (Page 22.)

— Excepté moi du moins, dit Ordener d'un ton grave.

— Excepté vous, soit; mais qu'importe? vous n'empêcherez pas que le fils du vice-roi ne soit amoureux de la fille du chancelier!

— Amoureux?

— Amoureux fou!

— Il faudrait en effet qu'il fût fou pour en être amoureux.

— Holà! n'oubliez pas de qui et à qui vous parlez. Ne dirait-on pas que le fils du comte vice-roi n'a pu s'éprendre d'une dame sans consulter ce rustaud?

En parlant ainsi, l'officier s'était levé. Ethel, qui vit le regard d'Ordener s'enflammer, se précipita devant lui.

— Oh! dit-elle, de grâce, calmez-vous; n'écoutez pas ces injures : que nous importe que le fils du vice-roi aime la fille du chancelier?

Cette douce main posée sur le cœur du jeune homme en apaisa la tempête; il abaissa sur son Ethel un regard enivré, et n'entendit plus le lieutenant, qui, reprenant sa gaieté, s'écriait : — La damoiselle remplit avec une grâce infinie le rôle des dames sabines entre leurs pères et leurs maris. Mes paroles étaient peu mesurées : j'oubliais, poursuivit-il en s'adressant à Ordener, qu'il existait entre nous un lien de fraternité, et que nous ne pouvions plus nous provoquer. — Chevalier, donnez-moi la main. Convenez-en : vous aviez aussi oublié que vous parliez du fils du vice-roi à son futur beau-frère, le lieutenant d'Ahlefeld.

A ce nom, Schumacker, qui avait tout observé jusque-là d'un œil d'indifférence ou d'impatience, s'élança de son siége de pierre en poussant un cri terrible.

— D'Ahlefeld! un d'Ahlefeld devant moi! serpent! comment n'ai-je pas reconnu dans le fils son exécrable père? laissez-moi paisible dans mon cachot, je n'ai point été condamné au supplice de vous voir. Il ne me manque plus, comme il l'osait souhaiter tout à l'heure, que de voir le fils de Guldenlew près du fils d'Ahlefeld... traîtres! lâches! que ne viennent-ils eux-mêmes jouir de mes larmes de démence et de rage! Race! race abhorrée! fils d'Ahlefeld, laisse-moi!

L'officier, d'abord étourdi de la vivacité de ces imprécations, retrouva bientôt la colère et la parole :

— Silence, vieil insensé! auras-tu bientôt fini de me chanter les litanies des démons?...

Ordener.

— Laisse, laisse-moi ! poursuivit le vieillard, et emporte ma malédiction pour toi et la misérable race de Guldenlew qui va s'allier à la tienne !

— Pardieu ! s'écria l'officier furieux, tu me fais un double outrage !...

Ordener arrêta le lieutenant, qui ne se connaissait plus.

— Respectez un vieillard dans votre ennemi, lieutenant; nous avons déjà des satisfactions à nous rendre, je vous ferai raison des offenses du prisonnier.

— Soit, dit le lieutenant; vous contractez une double dette : le combat sera à outrance, car j'aurai mon beau-frère et moi à venger. Songez qu'avec mon gant vous ramassez celui d'Ordener Guldenlew.

— Lieutenant d'Ahlefeld, répondit Ordener, vous embrassez le parti des absents avec une chaleur qui prouve de la générosité. N'y en aurait-il pas autant à prendre pitié d'un malheureux vieillard à qui l'adversité donne quelque droit d'être injuste ?

D'Ahlefeld était de ces âmes chez qui on éveille une vertu avec une louange. Il serra la main d'Ordener, et s'approcha de Schumacker, qui, épuisé par son emportement même, était retombé sur le rocher dans les bras d'Éthel éplorée.

— Seigneur Schumacker, dit l'officier, vous avez abusé de votre vieillesse, et j'allais peut-être abuser de ma jeunesse, si vous n'aviez trouvé un champion. J'étais entré ce matin pour le dernière fois dans votre prison, car c'était pour vous dire que désormais vous pourriez rester, d'après l'ordre spécial du vice-roi, libre et sans garde dans le donjon. Recevez cette bonne nouvelle de la bouche d'un ennemi.

— Retirez-vous, dit le vieux captif d'une voix sourde.

Le lieutenant s'inclina et obéit, intérieurement satisfait d'avoir conquis le regard approbateur d'Ordener.

Schumacker resta quelque temps les bras croisés et la tête courbée, enseveli dans ses rêveries; tout à coup il releva son regard sur Ordener, debout et en silence devant lui.

— Eh bien ? dit-il.

— Seigneur comte, Dispolsen est mort assassiné.

La tête du vieillard retomba sur sa poitrine. Ordener poursuivit :

— Son assassin est un brigand fameux, Han d'Islande

— Han d'Islande! dit Schumacker.

— Han d'Islande! répéta Ethel.

— Il a dépouillé le capitaine, continua Ordener.

— Ainsi, dit le vieillard, vous n'avez point entendu parler d'un coffret de fer, scellé des armes de Griffenfeld?

— Non, seigneur.

Schumacker laissa tomber son front sur ses mains.

— Je vous le rapporterai, seigneur comte; fiez-vous à moi. Le meurtre a été commis hier matin, Han a fui vers le nord. J'ai un guide qui connaît ses retraites, j'ai souvent parcouru les monts du Drontheimhus. J'atteindrai le brigand.

Ethel pâlit. Schumacker se leva, son regard avait quelque chose de joyeux, comme s'il comprenait encore la vertu chez les hommes.

— Noble Ordener, dit-il, adieu. Et, levant une main vers le ciel, il disparut derrière les broussailles.

Quand Ordener se retourna, il vit, sur le roc bruni par la mousse, Ethel pâle comme une statue d'albâtre sur un piédestal noir.

— Juste Dieu, mon Ethel! dit-il se précipitant près d'elle et la soutenant dans ses bras, qu'avez-vous?

— Oh! répondit la tremblante jeune fille d'une voix qu'on entendait à peine, oh! si vous avez, non quelque amour, mais quelque pitié pour moi, seigneur, si vous ne me parliez pas hier tout à fait pour m'abuser, si ce n'est pas pour causer ma mort que vous avez daigné venir dans cette prison, seigneur Ordener, mon Ordener, renoncez, au nom du ciel, au nom des anges, renoncez à votre projet insensé! Ordener, mon bien-aimé Ordener, poursuivit-elle, et ses larmes s'échappaient avec abondance, et sa tête s'était penchée sur le sein du jeune homme, fais-moi ce sacrifice. Ne poursuis pas ce brigand, cet affreux démon, que tu veux combattre. Dans quel intérêt y vas-tu, Ordener? dis-moi, quel intérêt peut t'être plus cher que celui de la malheureuse que tu nommais hier ta bien-aimée épouse?...

Elle s'arrêta suffoquée par les sanglots. Ses deux bras étaient attachés par ses mains jointes au cou d'Ordener, sur les yeux duquel elle fixait ses yeux suppliants.

— Mon Ethel adorée, vous vous alarmez à tort. Dieu soutient les bonnes intentions, et l'intérêt pour lequel je m'expose n'est autre que le vôtre Ce coffret de fer renferme...

Ethel l'interrompit.

— Mon intérêt! ai-je un autre intérêt que ta vie? Et si tu meurs, Ordener, que veux-tu que je devienne?

— Pourquoi penses-tu que je mourrai, Ethel?...

— Ah! tu ne connais donc pas ce Han, ce brigand infernal? Sais-tu à quel monstre tu cours? Sais-tu qu'il commande à toutes les puissances des ténèbres? qu'il renverse des montagnes sur des villes? que son pas fait crouler les tavernes souterraines? que son souffle éteint les fanaux sur les rochers? Et crois-tu, Ordener, résister à ce géant aidé du démon, avec tes bras blancs et ta frêle épée?

— Et vos prières, Ethel, et l'idée que je combats pour vous! Sois-en sûre, mon Ethel, on t'a beaucoup exagéré la force et le pouvoir de ce brigand. C'est un homme comme nous, qui donne la mort jusqu'à ce qu'il la reçoive.

— Tu ne veux donc pas m'écouter? Mes paroles ne sont donc rien pour toi? Que veux-tu, dis-moi, que je devienne si tu pars, si tu vas errer de périls en périls, exposant, pour je ne sais quel intérêt de la terre, tes jours qui sont à moi, les livrant à un monstre?...

Ici les récits du lieutenant apparurent de nouveau à l'imagination d'Ethel, accrus de tout son amour et de toute sa terreur. Elle poursuivit, d'une voix entrecoupée par les sanglots :

— Je te l'assure, mon bien-aimé Ordener, ils t'ont trompé, ceux qui t'ont dit que ce n'était qu'un homme. Tu dois me croire plus qu'eux, Ordener; tu sais que je ne voudrais pas te tromper. On a mille fois essayé de le combattre, il a détruit des bataillons entiers.—Je voudrais seulement que d'autres te le dissent, tu les croirais et tu n'irais pas.

Les prières de la pauvre Ethel auraient sans doute ébranlé l'aventureuse résolution d'Ordener, s'il n'eût été aussi avancé. Les paroles échappées la veille au désespoir de Schumacker revinrent à sa mémoire et le raffermirent.

— Je pourrais, ma chère Ethel, vous dire que je n'irai pas, et n'en pas moins exécuter mon projet; mais je ne vous tromperai jamais, même pour vous rassurer. Je ne dois pas, je le répète, balancer entre vos larmes et vos intérêts. Il s'agit de votre fortune, de votre bonheur, de votre vie peut-être, de ta vie, mon Ethel...— Et il la pressait doucement dans ses bras.

— Et que me fait tout cela? reprit-elle éplorée. Mon ami, mon Ordener, ma joie, tu sais que tu es toute ma joie, ne me donne pas un malheur affreux et certain pour des malheurs légers et douteux. Que me font ma fortune, ma vie?

— Il s'agit aussi, Ethel, de la vie de votre père.

Elle s'arracha de ses bras.

— De mon père! répéta-t-elle à voix basse et en pâlissant.

— Oui, Ethel. Ce brigand, soudoyé sans doute par les ennemis du comte Griffenfeld, a en son pouvoir des papiers dont la perte compromet les jours déjà si détestés de votre père. Je veux lui reprendre ces papiers avec la vie.

Ethel resta quelques instants pâle et muette; ses larmes s'étaient taries, son sein gonflé respirait péniblement, elle regardait la terre d'un œil terne et indifférent, de l'œil dont le condamné la regarde au moment où la hache se lève derrière lui sur sa tête.

— De mon père! murmura-t-elle.

Puis elle tourna lentement les yeux sur Ordener.

— Ce que tu fais est inutile; mais fais-le.

Ordener l'attira sur son sein.

— Oh! noble fille, laisse ton cœur battre sur le mien. Généreuse amie! je reviendrai bientôt. Va, tu seras à moi; je veux être le sauveur de ton père, pour mériter de devenir son fils. Mon Ethel, ma bien-aimée Ethel!...

Qui pourrait dire ce qui se passe dans un noble cœur qui se sent compris d'un noble cœur? Et si l'amour unit ces deux âmes pareilles d'un lien indestructible, qui pourrait peindre ces inexprimables délices? Il semble alors que l'on éprouve, réunis dans un court moment, tout le bonheur et toute la gloire de la vie, embellie du charme des généreux sacrifices.

— O mon Ordener, va; et si tu ne reviens pas, la douleur sans espoir tue. J'aurai cette lente consolation.

Ils se levèrent tous deux, et Ordener plaça sur son bras le bras d'Ethel, et dans sa main cette main adorée; ils traversèrent en silence les allées tortueuses du sombre jardin, et arrivèrent à regret à la porte de la tour qui servait d'issue. Là, Ethel, tirant de son sein de petits ciseaux d'or, coupa une boucle de ses beaux cheveux noirs.

— Reçois-la, Ordener; qu'elle t'accompagne, qu'elle soit plus heureuse que moi!

Ordener pressa religieusement sur ses lèvres ce présent de la bien-aimée. Elle poursuivit :

— Ordener, pense à moi, je prierai pour toi. Ma prière sera peut-être aussi puissante auprès de Dieu que tes armes devant le démon.

Ordener s'inclina devant cet ange. Son âme sentait trop pour que sa bouche pût parler. Ils restèrent quelque temps sur le cœur l'un de l'autre. Au moment de la quitter, peut-être pour jamais, Ordener jouissait, avec un triste ravissement, du bonheur de tenir une fois encore toute son Ethel entre ses bras. Enfin, déposant un chaste et long baiser sur le front décoloré de la douce jeune fille, il s'élança violemment sous la voûte obscure de l'escalier en spirale, qui lui apporta, un moment après, le mot si lugubre et si doux : Adieu!

X

Tu ne la croirais pas malheureuse, tout ce qui l'entoure annonce le bonheur. Elle porte des colliers d'or et des robes de pourpre. Lorsqu'elle sort, la foule de ses vassaux se prosterne sur son passage, et des pages obéissants étendent des tapis sous ses pieds. Mais on ne la voit point dans la retraite qui lui est chère; car alors elle pleure, et son mari ne l'entend pas... — Je suis cette malheureuse, l'épouse d'un homme honoré, d'un noble comte, la mère d'un enfant dont les sourires me poignardent.

MATHURIN, *Bertram.*

La comtesse d'Ahlefeld venait de quitter l'insomnie de la nuit pour celle du jour. A demi couchée sur un sofa, elle rêvait aux arrière-goûts amers des jouissances impures, au crime qui use la vie par des joies sans bonheur et des douleurs sans consolation. Elle songeait à ce Musdœmon, que de coupables illusions lui avaient jadis peint si séduisant, si affreux maintenant qu'elle l'avait pénétré et qu'elle avait vu l'âme à travers le corps. La misérable pleurait, non d'avoir été trompée, mais de ne pouvoir plus l'être; de regret, non de repentir; aussi ses pleurs ne la soulageaient-ils pas. En ce moment sa porte s'ouvrit; elle essuya en hâte ses yeux, et se retourna, irritée d'être surprise, car elle avait ordonné qu'on la laissât seule. Sa colère se changea, à l'aspect de Musdœmon, en un effroi qu'elle apaisa pourtant en le voyant accompagné de son fils Frédéric.

— Ma mère! s'écria le lieutenant, comment donc êtes-vous ici? Je vous croyais à Berghen. Est-ce que nos belles dames ont repris la mode de courir les champs?

La comtesse accueillit Frédéric avec des embrassements auxquels, comme tous les enfants gâtés, il répondit assez froidement. C'était peut-être la plus sensible des punitions pour cette malheureuse. Frédéric était son fils chéri, le seul être au monde pour lequel elle conservât une affection désintéressée; car souvent, dans une femme dégradée, même quand l'épouse a disparu, il reste encore quelque chose de la mère.

— Je vois, mon fils, qu'en apprenant ma présence à Drontheim, vous êtes accouru sur-le-champ pour me voir.

— Oh! mon Dieu, non. Je m'ennuyais au fort, je suis venu dans la ville, où j'ai rencontré Musdœmon, qui m'a conduit ici.

La pauvre mère soupira profondément.

— A propos, ma mère, continua Frédéric, je suis bien content de vous voir. Vous me direz si les nœuds de ruban rose au bas du justaucorps sont toujours de mode à Copenhague. Avez-vous songé à m'apporter une fiole de cette huile de Jouvence, qui blanchit la peau? Vous n'avez pas oublié, n'est-ce pas, le dernier roman traduit, ni les galons d'or vierge que je vous ai demandés pour ma casaque couleur de feu, ni ces petits peignes que l'on place maintenant sous la frisure pour soutenir les boucles, ni.... —

La malheureuse femme n'avait rien apporté à son fils, que le seul amour qu'elle eût au monde.

— Mon cher fils, j'ai été malade, et mes souffrances m'ont empêchée de songer à vos plaisirs.

— Vous avez été malade, ma mère? Eh bien! maintenant vous sentez-vous mieux?... A propos, comment va ma meute de chiens normands? Je parie qu'on aura négligé de baigner tous les soirs ma guenon dans l'eau de rose. Vous verrez que je trouverai mon perroquet de Bilbao mort à mon retour... Quand je suis absent, personne ne songe à mes bêtes.

— Votre mère du moins songe à vous, mon fils, dit la mère d'une voix altérée.

Ç'aurait été l'heure inexorable où l'ange exterminateur lancera les âmes pécheresses dans les châtiments éternels, qu'il aurait eu pitié des douleurs auxquelles était en ce moment livré le cœur de l'infortunée comtesse. — Musdœmon riait dans un coin de l'appartement.

— Seigneur Frédéric, dit-il, je vois que l'épée d'acier ne veut pas rouiller dans le fourreau de fer. Vous ne vous souciez pas de perdre dans les tours de Munckolm les saines traditions des salons de Copenhague. Mais, pourtant, daignez me le dire, à quoi bon cette huile de Jouvence, ces rubans roses et ces petits peignes? à quoi bon ces apprêts de siége, si la seule forteresse féminine que renferment les tours de Munckolm est imprenable?

— En honneur! elle l'est, répondit Frédéric en riant. Certes, si j'ai échoué, le général Schack y échouerait. Mais comment surprendre un fort où rien n'est à découvert, où tout est gardé sans relâche? Que faire contre des guimpes qui ne laissent voir que le cou, contre des manches qui cachent tout le bras, en sorte qu'il n'y a que le visage et les mains pour prouver que la jeune damoiselle n'est pas noire comme l'empereur de Mauritanie? Mon cher précepteur, vous seriez un écolier. Croyez-moi, le fort est inexpugnable quand la pudeur y tient garnison.

— En vérité! dit Musdœmon. Mais ne forcerait-on pas la pudeur à capituler en lui faisant donner l'assaut par l'amour, au lieu de se borner au blocus des petits soins?

— Peine perdue, mon cher; l'amour s'est bien introduit dans la place, mais il y sert de renfort à la pudeur.

— Ah! seigneur Frédéric, voilà du nouveau. Avec l'amour pour vous...

— Et qui vous dit, Musdœmon, qu'il est pour moi?.....

— Et pour qui donc? s'écrièrent à la fois Musdœmon et la comtesse, qui jusqu'alors avait écouté en silence, mais à qui les paroles du lieutenant venaient de rappeler Ordener.

Frédéric allait répondre, et préparait déjà un récit piquant de la scène nocturne de la veille, quand le silence prescrit par la loi courtoise lui revint à l'esprit et changea sa gaieté en embarras.

— Ma foi, dit-il, je ne sais pour qui... mais... quelque rustaud, peut-être... quelque vassal...

— Quelque soldat de la garnison, dit Musdœmon en éclatant de rire.

— Quoi! mon fils, s'écriait de son côté la comtesse, vous êtes sûr qu'elle aime un paysan, un vassal? Quel bonheur si vous en étiez sûr!

— Eh! sans doute, j'en suis sûr. Ce n'est point un soldat de la garnison, ajouta le lieutenant d'un air piqué. Mais je suis assez sûr de ce que je dis pour vous prier, ma mère, d'abréger mon très-inutile exil dans ce maudit château.

Le visage de la comtesse s'était éclairci en apprenant la chute de la jeune fille. L'empressement d'Ordener Guldenlew à se rendre à Munckolm se présenta alors à son esprit sous des couleurs toutes différentes. Elle en fit les honneurs à son fils.

— Vous nous donnerez tout à l'heure, Frédéric, des détails sur les amours d'Ethel Schumacker; ils ne m'étonnent pas; fille de rustre ne peut aimer qu'un rustre. En attendant, ne maudissez pas ce château qui vous a procuré hier l'honneur de voir certain personnage faire les premières démarches pour vous connaître.

— Comment! ma mère, dit le lieutenant ouvrant les yeux... quel personnage?

— Trêve de plaisanteries, mon fils. Personne ne vous a-t-il rendu visite hier? Vous voyez que je suis instruite.

— Ma foi, mieux que moi, ma mère. Du diable si j'ai vu hier autre visage que les mascarons placés sous les corniches de ces vieilles tours!

— Comment, Frédéric, vous n'avez vu personne?

— Personne, ma mère, en vérité!

Frédéric, en omettant son antagoniste du donjon, obéissait à la loi du silence; et d'ailleurs ce manant pouvait-il compter pour quelqu'un?

— Quoi! dit la mère, le fils du vice-roi n'est pas allé hier soir à Munckholm?

Le lieutenant éclata de rire.

— Le fils du vice-roi! En vérité, ma mère, vous rêvez ou vous raillez.

— Ni l'un ni l'autre, mon fils. Qui donc était hier de garde?

— Moi-même, ma mère.

— Et vous n'avez point vu le baron Ordener?

— Eh! non, répéta le lieutenant.

— Mais songez, mon fils, qu'il a pu entrer incognito, que vous ne l'avez jamais vu, ayant été élevé à Copenhague tandis qu'on l'élevait à Drontheim : songez à ce qu'on dit de ses caprices, du vagabondage de ses idées. Etes-vous sûr, mon fils, de n'avoir vu personne?

Frédéric hésita un instant.

— Non, s'écria-t-il, personne! je ne puis dire autre chose.

— En ce cas, reprit la comtesse, le baron n'est sans doute pas allé à Munckholm?

Musdœmon, d'abord surpris comme Frédéric, avait tout écouté attentivement. Il interrompit la comtesse.

— Noble dame, permettez... Seigneur Frédéric, quel est, de grâce, le nom du vassal aimé de la fille de Schumacker?

Il répéta sa question; car Frédéric, qui depuis quelques moments était devenu pensif, ne l'avait pas entendue.

— Je l'ignore... ou plutôt... Oui, je l'ignore.

— Et comment, seigneur, savez-vous qu'elle aime un vassal?

— L'ai-je dit? un vassal? Eh bien! oui, un vassal...

L'embarras de la position du lieutenant s'accroissait. Cet interrogatoire, les idées qu'il faisait naître en lui, l'obligation de se taire, le jetaient dans un trouble dont il craignait de n'être plus maître...

—Par ma foi, sire Musdœmon, et vous, ma noble mère, si la manie d'interroger est à la mode, amusez-vous à vous interroger tous deux. Pour moi, je n'ai rien de plus à vous dire.

Et, ouvrant brusquement la porte, il disparut, les laissant plongés dans un abîme de conjectures. Il descendit précipitamment dans la cour, car il entendait la voix de Musdœmon qui le rappelait.

Il remonta à cheval, et se dirigea vers le port, d'où il voulait se rembarquer pour Munckholm, pensant y trouver peut-être encore l'étranger qui jetait dans de profondes réflexions l'un des plus frivoles cerveaux d'une des plus frivoles capitales.

— Si c'était Ordener Guldenlew, se disait-il; en ce cas ma pauvre Ulrique... Mais non, il est impossible qu'on soit assez fou pour préférer la fille indigente d'un prisonnier d'Etat à la fille opulente d'un ministre tout-puissant. En tout cas, la fille de Schumacker pourrait n'être qu'une fantaisie, et rien n'empêche, quand on a une femme, d'avoir en même temps une maîtresse : cela même est de bon ton. — Mais non, ce n'est pas Ordener. Le fils du vice-roi ne se vêtirait pas d'un simple justaucorps usé; et cette vieille plume noire sans boucle, battue du vent et de la pluie! et ce grand manteau dont on pourrait faire une tente! et ces cheveux en désordre, sans peignes et sans frisure! et ces bottines à éperons de fer, souillées de boue et de poussière? Vraiment ce ne peut être lui. Le baron de Thorvick est chevalier de Dannebrog; cet étranger ne porte aucune décoration d'honneur : si j'étais chevalier de Dannebrog, il me semble que je coucherais avec le collier de l'ordre. Oh non! il ne connaît seulement pas la *Clélie*. Non, ce n'est pas le fils du vice-roi.

XI

Si l'homme pouvait conserver encore la chaleur de l'âme quand l'expérience l'éclaire, s'il héritait du temps sans se courber sous son poids, il n'insulterait jamais aux vertus exaltées, dont le premier conseil est toujours le sacrifice de soi-même.

Madame de Staël, *de l'Allemagne*.

— Eh bien! qu'est-ce? Vous, Poël! qui vous a fait monter?

— Son Excellence oublie qu'elle vient de m'en donner l'ordre.

— Oui? dit le général... Ah! c'était pour que vous me donnassiez ce carton.

Poël remit au gouverneur le carton, que celui-ci aurait pu prendre lui-même en étendant un peu le bras.

Son Excellence replaça machinalement le carton sans l'ouvrir, puis elle feuilleta quelques papiers avec distraction.

— Poël, je voulais aussi vous demander... Quelle heure est-il?

— Six heures du matin, répondit le valet au général, qui avait une horloge sous les yeux.

— Je voulais vous dire, Poël... Qu'y a-t-il de nouveau dans le palais?

Le général continua sa revue des papiers, écrivant d'un air préoccupé quelques mots sur chacun d'eux.

— Rien, Votre Excellence, sinon que l'on attend encore mon noble maître, dont je vois que le général est inquiet.

Le général se leva de son grand bureau, et regarda Poël d'un air d'humeur.

— Vous avez de mauvais yeux, Poël. Moi, inquiet d'Ordener! Je sais le motif de son absence; je ne l'attends pas encore.

Le général Levin de Knud était tellement jaloux de son autorité, qu'elle lui eût semblé compromise si un subalterne eût pu deviner une de ses secrètes pensées, et croire qu'Ordener avait agi sans son ordre.

— Poël, poursuivit-il, retirez-vous.

Le valet sortit.

— En vérité, s'écria le gouverneur resté seul, Ordener use et abuse. A force de plier la lame, on la brise. Me faire passer une nuit d'insomnie et d'impatience! Exposer le général Levin aux sarcasmes d'une chancelière et aux conjectures d'un valet! et tout cela pour qu'un vieil ennemi ait les premiers embrassements qu'il doit à un vieil ami. Ordener! Ordener! les caprices tuent la liberté. Qu'il vienne, qu'il arrive maintenant, du diable si je ne l'accueille pas comme la poudre accueille le feu! Exposer le gouverneur de Drontheim aux conjectures d'un valet, aux sarcasmes d'une chancelière! Qu'il vienne!...

Le général continuait d'apostiller les papiers sans les lire, tant sa mauvaise humeur le préoccupait.

— Mon général! mon noble père! s'écria une voix connue.

Ordener serrait dans ses bras le vieillard, qui ne songea pas même à réprimer un cri de joie.

— Ordener, mon brave Ordener! Pardieu! que je suis aise!... — La réflexion arriva au milieu de cette phrase. — Je suis aise, seigneur baron, que vous sachiez maîtriser vos sentiments. Vous paraissez avoir du plaisir à me revoir; c'est sans doute pour vous mortifier que vous vous en êtes imposé la privation depuis vingt-quatre heures que vous êtes ici.

— Mon père, vous m'avez souvent dit qu'un ennemi malheureux devait passer avant un ami heureux. Je viens de Munckholm.

— Sans doute, dit le général, quand le malheur de l'ennemi est imminent. Mais l'avenir de Schumacker..

— Est plus menaçant que jamais. Noble général, une trame odieuse est ourdie contre cet infortuné! Des hommes nés ses amis veulent le perdre. Un homme né son ennemi saura le servir...

Le général, dont le visage s'était par degrés entièrement adouci, interrompit Ordener.

— Bien, mon cher Ordener. Mais que dis-tu là? Schumacker est sous ma sauvegarde. Quels hommes? quelles trames?...

Ordener aurait été bien empêché de répondre clairement à cette question. Il n'avait que des lueurs très-vagues, que des présomptions très-incertaines sur la position de l'homme pour lequel il allait exposer sa vie. Bien des gens trouveront qu'il agissait follement; mais les âmes jeunes font ce qu'elles croient juste et bon par instinct et non par calcul; et d'ailleurs dans ce monde, où la prudence est si aride et la sagesse si ironique, qui nie que la générosité soit folie? Tout est relatif sur la terre, où tout est borné; et la vertu serait une grande démence, si derrière les hommes il n'y avait Dieu. Ordener était dans l'âge où l'on croit et où l'on est cru. Il risquait ses jours de confiance; le général accueillit de même des raisons qui n'auraient pas résisté à une discussion froide.

— Quelles trames! quels hommes! mon bon père. — Dans quelques jours j'aurai tout éclairci; alors vous saurez tout ce que je saurai. Je vais repartir ce soir.

— Comment! s'écria le vieillard, tu ne me donneras encore que quelques heures! Mais où vas-tu? pourquoi pars-tu, mon cher fils?

— Vous m'avez quelquefois permis, mon noble père, de faire une action louable en secret.

— Oui, mon brave Ordener; mais tu pars sans trop savoir pourquoi, et tu sais quelle grande affaire te demande...

— Mon père m'a laissé un mois de réflexion, je le consacre aux intérêts d'un autre. Bonne action donne bon conseil; d'ailleurs à mon retour nous verrons.

— Quoi! reprit le général d'un ton de sollicitude, ce mariage te déplairait-il? On dit Ulrique d'Ahlefeld si belle! dis-moi, l'as-tu vue?

— Je crois qu'oui, dit Ordener; il me semble qu'elle est belle, en effet.

— Eh bien! reprit le gouverneur.

— Eh bien! dit Ordener, elle ne sera pas ma femme.

Ce mot froid et décisif frappa le général comme un coup violent. Les soupçons de l'orgueilleuse comtesse lui revinrent à l'esprit.

— Ordener, dit-il en hochant la tête, je devrais être sage, car j'ai été pécheur. Eh bien! je suis un vieux fou! Ordener! le prisonnier a une fille...

— Oh! s'écria le jeune homme, général, je voulais vous en parler. Je vous demande, mon père, votre protection pour cette faible et opprimée jeune fille.

— En vérité, dit gravement le gouverneur, tes instances sont vives.

Ordener revint un peu à lui.

— Et comment ne le seraient-elles pas pour une infortunée prisonnière à laquelle on veut arracher la vie, et, ce qui est bien plus précieux, l'honneur!...

— La vie! l'honneur! mais c'est moi pourtant qui gouverne ici, et j'ignore toutes ces horreurs! Explique-toi.

— Mon noble père, la vie du prisonnier et de sa fille sans défense est menacée par un infernal complot...

— Mais ce que tu avances est grave, quelle preuve en as-tu?

—Le fils aîné d'une puissante famille est en ce moment à Munckholm; il y est pour séduire la comtesse Ethel;... il me l'a dit lui-même.

Le général recula de trois pas.

— Dieu! Dieu! pauvre jeune abandonnée! Ordener, Ordener! Ethel et Schumacker sont sous ma protection. Quel est le misérable? quelle est la famille?

Ordener s'approcha du général et lui serra la main.

—La famille d'Ahlefeld.

— D'Ahlefeld! dit le vieux gouverneur; oui, la chose est claire, le lieutenant Fréderic est encore en ce moment à Munckholm. Noble Ordener, on veut t'allier à cette race. Je conçois ta répugnance, noble Ordener!

Le vieillard, croisant les bras, resta quelques moments rêveur, puis il vint à Ordener et le serra sur sa poitrine.

— Jeune homme, tu peux partir; ta protection ne sera pas absente pour tes protégés; je leur reste. Oui, pars; tu fais bien de toute manière. Cette infernale comtesse d'Ahlefeld est ici, tu le sais peut-être?...

— *La noble dame comtesse d'Ahlefeld!* dit la voix de l'huissier qui ouvrait la porte.

A ce nom Ordener recula machinalement vers le fond de la chambre, et la comtesse, entrant sans l'apercevoir, s'écria :

— Seigneur général, votre élève se joue de vous; il n'est point allé à Munckholm.

— En vérité! dit le général.

— Eh! mon Dieu! mon fils Frédéric, qui sort du palais, était hier de garde au donjon, et n'a vu personne.

— Vraiment, noble dame? répéta le général.

— Ainsi, continua la comtesse en souriant d'un air de triomphe, général, n'attendez plus votre Ordener.

Le gouverneur resta grave et froid.

— Je ne l'attends plus en effet, dame comtesse.

— Général, dit la comtesse en se détournant, je croyais que nous étions seuls... Quel est... ?

La comtesse attacha son regard scrutateur sur Ordener, qui s'inclina.

— Vraiment, poursuivit-elle..... — je ne l'ai vu qu'une fois... — mais... — sans ce costume, ce serait... — Seigneur général, c'est le fils du vice-roi?

— Lui-même, noble dame, dit Ordener s'inclinant de nouveau.

La comtesse sourit.

— En ce cas, permettrez-vous à une dame qui doit bientôt être plus encore pour vous, de vous demander où vous êtes allé hier, seigneur comte...

— Seigneur comte! je ne crois pas avoir eu le malheur de perdre déjà mon noble père, dame comtesse.

— Ce n'est certes point là ma pensée. Mieux vaut devenir comte en prenant une épouse qu'en perdant un père.

— L'un ne vaut guère mieux que l'autre, noble dame.

La comtesse, un peu interdite, prit cependant le parti d'éclater de rire.

— Allons, on m'avait dit vrai; sa courtoisie est un peu sauvage. Elle se familiarisera pourtant avec les présents des dames, quand Ulrique d'Ahlefeld lui passera au cou la chaîne de l'ordre de l'Éléphant.

— Véritable chaîne en effet! dit Ordener.

— Vous verrez, général Levin, reprit la comtesse, dont le rire devenait embarrassé, que votre intraitable élève ne voudra non plus tenir d'une dame son rang de colonel.

— Vous avez raison, dame comtesse, répliqua Ordener, un homme qui porte l'épée ne doit pas devoir ses aiguillettes à un jupon.

La physionomie de la grande dame se rembrunit tout à fait.

— Oh! oh! d'où vient donc le seigneur baron? Est-il bien vrai que Sa Courtoisie ne soit pas allée hier à Munckholm?

— Noble dame, je ne satisfais pas toujours à toutes les questions. — Mais, général, nous nous reverrons...

Puis, serrant la main du vieillard et saluant la comtesse, il sortit, laissant la dame, stupéfaite de tout ce qu'elle ignorait, seule avec le gouverneur, indigné de tout ce qu'il savait.

XII

... L'homme qui est en ce moment assis près de lui, qui rompt avec lui son pain et boit à sa santé la coupe qu'ils ont partagée ensemble, sera le premier à l'assassiner.

SHAKSPEARE, *Timon d'Athènes*.

Que le lecteur se transporte maintenant sur la route de Drontheim à Skongen, route étroite et pierreuse qui côtoie le golfe de Drontheim jusqu'au hameau de Vygla, il ne tardera pas à entendre les pas de deux voyageurs qui sont sortis de la porte dite de Skongen à la chute du jour, et montent assez rapidement les collines étagées sur lesquelles serpente le chemin de Vygla.

Tous deux sont enveloppés de manteaux. L'un marche d'un pas jeune et ferme, le corps droit et la tête levée; l'extrémité d'un sabre dépasse le bord de son manteau, et, malgré l'obscurité de la nuit, on peut voir une plume se balancer au souffle du vent sur sa toque. L'autre est un peu plus grand que son compagnon, mais légèrement voûté; on voit sur son dos une bosse, formée sans doute par une besace que cache un grand manteau noir dont les bords profondément dentelés annoncent les bons et loyaux services. Il n'a d'autre arme qu'un long bâton dont il aide sa marche inégale et précipitée.

Si la nuit empêche le lecteur de distinguer les traits des deux voyageurs, il les reconnaîtra peut-être à la conversation que l'un d'eux entame après une heure de route silencieuse, et par conséquent ennuyeuse.

— Maître! mon jeune maître! nous sommes au point d'où l'on aperçoit à la fois la tour de Vygla et les clochers de Drontheim. Devant nous, à l'horizon, cette masse noire, c'est la tour; derrière nous, voici la cathédrale, dont les arcs-boutants, plus sombres encore que le ciel, se dessinent comme les côtes de la carcasse d'un mammouth.

— Vygla est-il loin de Skongen? demanda l'autre piéton.

— Nous avons l'Ordals à traverser, seigneur; nous ne serons pas à Skongen avant trois heures du matin.

— Quelle est l'heure qui sonne en ce moment?

— Juste Dieu, maître! vous me faites trembler. Oui, c'est la cloche de Drontheim, dont le vent nous apporte les sons. Cela annonce l'orage. Le souffle du nord-ouest amène les nuages.

— Les étoiles, en effet, ont toutes disparu derrière nous.

— Doublons le pas, mon noble seigneur, de grâce. L'orage arrive, et peut-être s'est-on déjà aperçu à la ville de la mutilation du cadavre de Gill et de ma fuite. Doublons le pas.

— Volontiers. Vieillard, votre fardeau paraît lourd; cédez-le-moi, je suis jeune et plus vigoureux que vous.

— Non, en vérité, noble maître! ce n'est point à l'aigle à porter l'écaille de la tortue. Je suis trop indigne que vous vous chargiez de ma besace.

— Mais, vieillard, si elle vous fatigue?... Elle paraît pesante. Que contient-elle donc? Tout à l'heure vous avez bronché, cela a résonné comme du fer.

Le vieillard s'écarta brusquement du jeune homme.

— Cela a résonné, maître! oh non! vous vous êtes trompé. — Elle ne contient rien... que des vivres, des habits... Non, elle ne me fatigue pas, seigneur.

La proposition bienveillante du jeune homme paraissait avoir causé à son vieux compagnon un effroi qu'il s'efforçait de dissimuler.

— Eh bien! répondit le jeune homme sans s'en apercevoir, si ce fardeau ne vous fatigue pas, gardez-le.

Le vieillard, tranquillisé, se hâta néanmoins de changer la conversation.

— Il est triste de suivre la nuit en fugitifs une route qu'il serait si agréable, seigneur, de parcourir le jour en observateurs. On trouve sur les bords du golfe, à notre gauche, une profusion de pierres runiques, sur lesquelles on peut étudier des caractères tracés, suivant les traditions, par les dieux et les géants. A notre droite, derrière les rochers qui bordent le chemin, s'étend le marais salé de Sciold, qui communique sans doute avec la mer par quelque canal souterrain, puisque l'on y pêche le lombric marin, ce poisson singulier qui, d'après les découvertes de votre serviteur et guide, mange du sable. C'est dans la tour de Vygla, dont nous approchons, que le roi païen Vermond fit rôtir les mamelles de sainte Etheldera, cette glorieuse martyre, avec du bois de la vraie croix, apporté à Copenhague par Olaüs III et conquis par le roi de Norwége. On dit que depuis on a essayé inutilement de faire une chapelle de cette tour maudite; toutes les croix qu'on y a placées successivement ont été consumées par le feu du ciel... —

En ce moment un immense éclair couvrit le golfe, la colline, les rochers, la tour, et disparut avant que l'œil des deux voyageurs eût pu discerner aucun de ces objets. Ils s'arrêtèrent spontanément, et l'éclair fut suivi presque immédiatement d'un coup de tonnerre violent, dont l'écho se prolongea de nuage en nuage dans le ciel, et de rocher en rocher sur la terre.

Ils levèrent les yeux: toutes les étoiles étaient voilées; de grosses nues roulaient rapidement les unes sur les autres, et la tempête s'amassait comme une avalanche au-dessus de leurs têtes. Le grand vent sous lequel couraient toutes ces masses n'était point encore descendu jusqu'aux arbres, qu'aucun souffle n'agitait, et sur lesquels ne retentissait encore aucune goutte de pluie. On entendait en haut comme une rumeur orageuse, qui, jointe à la rumeur du golfe, était le seul bruit qui s'élevât dans l'obscurité de la nuit, redoublée par les ténèbres de la tempête.

Ce tumultueux silence fut soudain interrompu, près des deux voyageurs, par une espèce de rugissement qui fit tressaillir le vieillard.

— Dieu tout-puissant! s'écria-t-il en serrant le bras du jeune homme, c'est le rire du diable dans l'orage, ou la voix de... —

Un nouvel éclair, un nouveau coup de tonnerre, lui coupèrent la parole. La tempête commença alors avec impétuosité, comme si elle eût attendu le signal. Les deux voyageurs resserrèrent leurs manteaux pour se garantir à la fois de la pluie qui s'échappait des nuages par torrents, et de la poussière épaisse qu'un vent furieux enlevait par tourbillons à la terre encore sèche.

— Vieillard, dit le jeune homme, un éclair vient de me montrer la tour de Vygla sur notre droite; quittons la route et cherchons-y un abri.

— Un abri dans la Tour-Maudite! s'écria le vieillard, que saint Hospice nous protége! songez, jeune maître, que cette tour est déserte.

— Tant mieux, vieillard, nous n'attendrons pas à la porte.

— Songez quelle abomination l'a souillée!...

— Eh bien! qu'elle se purifie en nous abritant. Allons, vieillard, suivez-moi. Je vous déclare qu'en une pareille nuit je tenterais l'hospitalité d'une caverne de voleurs.

Alors, malgré les remontrances du vieillard, dont il avait saisi le bras, il se dirigea vers l'édifice, que les fréquentes lueurs des éclairs lui montraient à peu de distance. En approchant, ils aperçurent une lumière à l'une des meurtrières de la tour.

—Vous voyez, dit le jeune homme, que cette tour n'est pas déserte. Vous voilà rassuré, sans doute.

— Dieu! bon Dieu! s'écriait le vieillard, où me menez-vous, maître? Ne plaise à saint Hospice que j'entre dans cet oratoire du démon!

Ils étaient au bas de la tour. Le jeune voyageur frappa avec force à la porte neuve de cette ruine redoutée.

— Tranquillisez-vous, vieillard, quelque pieux cénobite sera venu sanctifier cette demeure profanée, en l'habitant.

— Non, disait son compagnon, je n'entrerai pas. Je réponds que nul ermite ne peut vivre ici, à moins qu'il n'ait pour chapelet une des sept chaînes de Belzébuth.

Cependant une lumière était descendue de meurtrière en meurtrière, et vint briller à travers la serrure de la porte.

— Tu viens bien tard, Nychol! cria une voix aigre : on dresse la potence à midi, et il ne faut que six heures pour venir de Skongen à Vygla. Est-ce qu'il y a eu surcroît de besogne?

Cette question tomba au moment où la porte s'ouvrait. Celle qui l'ouvrait, apercevant deux figures étrangères, au lieu de celle qu'elle attendait, poussa un cri d'effroi et de menace, et recula de trois pas.

L'aspect de cette femme n'était pas lui-même très-rassurant. Elle était grande, son bras élevait au-dessus de sa tête une lampe de fer dont son visage était fortement éclairé. Ses traits livides, sa figure sèche et anguleuse, avaient quelque chose de cadavéreux, et il s'échappait de ses yeux creux des rayons sinistres pareils à ceux d'une torche funèbre. Elle était vêtue depuis la ceinture d'un jupon de serge écarlate, qui ne laissait voir que ses pieds nus, et paraissait souillé de taches d'un autre rouge. Sa poitrine décharnée était à moitié couverte d'une veste d'homme de même couleur, dont les manches étaient coupées au coude. Le vent, entrant par la porte ouverte, agitait au-dessus de sa tête ses longs cheveux gris à peine retenus par une ficelle d'écorce, ce qui rendait plus sauvage encore l'expression de sa farouche physionomie.

— Bonne dame, dit le plus jeune des nouveaux venus, la pluie tombe à flots, vous avez un toit et nous avons de l'or.

Son vieux compagnon le tirait par son manteau, et s'écriait à voix basse :

— Oh! maître! que dites-vous là? Si ce n'est pas ici la maison du diable, c'est l'habitacle de quelque bandit. Notre or nous perdra, loin de nous protéger.

— Paix! dit le jeune homme; et, tirant une bourse de sa veste, il la fit briller aux yeux de l'hôtesse, en répétant sa prière.

Celle-ci, revenue un peu de sa surprise, les considérait alternativement d'un œil fixe et hagard.

— Etrangers! s'écria-t-elle enfin, comme n'ayant pas entendu leur voix, vos esprits gardiens vous ont-ils abandonnés? que venez-vous chercher parmi les habitants maudits de la Tour-Maudite? Etrangers! ce ne sont point des hommes qui vous ont indiqué ces ruines pour abri, car tous vous auraient dit : Mieux vaut l'éclair de la tempête que le foyer de la tour de Vygla. Le seul vivant qui puisse entrer ici n'entre dans aucune demeure des autres vivants, il ne quitte la solitude que pour la foule, il ne vit que pour la mort. Il n'a de place que dans les malédictions des hommes, il ne sert qu'à leurs vengeances, il n'existe que par leurs crimes. Et le plus vil scélérat, à l'heure du châtiment, se décharge sur lui du mépris universel, et se croit encore en droit d'y ajouter le sien. Etrangers! vous l'êtes, car votre pied n'a pas encore repoussé avec horreur le seuil de cette tour; ne troublez pas plus longtemps la louve et les louveteaux; regagnez le chemin où marchent tous les autres hommes; et, si vous ne voulez pas être fuis de vos frères, ne leur dites pas que votre visage ait été éclairé par la lampe des hôtes de la tour de Vygla.

A ces mots, indiquant la porte du geste, elle s'avança vers les deux voyageurs. Le vieux tremblait de tous ses membres, et regardait d'un air suppliant le jeune, lequel, n'ayant rien compris aux paroles de la grande femme, à cause de l'extrême volubilité de son débit, la croyait folle, et ne se sentait d'ailleurs nullement disposé à retourner sous la pluie, qui continuait de tomber à grand bruit.

— Par ma foi, notre bonne hôtesse, vous venez de nous peindre un personnage singulier, avec lequel je ne veux pas perdre l'occasion de faire connaissance.

— La connaissance avec lui, jeune homme, est bientôt faite, et plus tôt terminée. Si votre démon vous y pousse, allez assassiner un vivant ou profaner un mort.

— Profaner un mort! répéta le vieillard d'une voix tremblante et se cachant dans l'ombre de son compagnon.

— Je ne comprends guère, dit celui-ci, vos moyens, au moins très-indirects; il est plus court de rester ici. Il faudrait être fou pour continuer sa route par un pareil temps.

— Mais bien plus fou encore, murmura le vieillard, pour s'abriter contre un pareil temps dans un pareil lieu.

— Malheureux! s'écria la femme, ne frappez pas au seuil de celui qui ne sait ouvrir d'autre porte que celle du sépulcre.

— Dût la porte du sépulcre s'ouvrir en effet pour moi avec la vôtre, femme, il ne sera pas dit que j'aurai reculé devant une parole sinistre. Mon sabre me répond de tout. Allons, fermez la tour, car le vent est froid, et prenez cet or.

— Eh! que me fait votre or? reprit l'hôtesse; précieux dans vos mains, il deviendra dans les miennes plus vil que l'étain. Eh bien! restez donc pour de l'or. Il peut garantir des orages du ciel, il ne sauve pas du mépris des hommes. Restez; vous payez l'hospitalité plus cher qu'on ne paye un meurtre. Attendez-moi un instant ici, et donnez-moi votre or. Oui, c'est la première fois que les mains d'un homme entrent ici chargées d'or sans être souillées de sang.

Alors, après avoir déposé sa lampe et barricadé la porte, elle disparut sous la voûte d'un escalier noir, percé dans le fond de la salle.

Tandis que le vieillard frissonnait, et, invoquant sous tous ses noms, le glorieux saint Hospice, maudissait de bon cœur, mais à voix basse, l'imprudence de son jeune compagnon, celui-ci prit la lumière, et se mit à parcourir la grande pièce circulaire où ils se trouvaient. Ce qu'il vit en approchant de la muraille le fit tressaillir; et le vieillard, qui l'avait suivi du regard, s'écria :

— Grand Dieu! maître! une potence!

Une grande potence était en effet appuyée au mur, et atteignait au cintre de la voûte haute et humide.

— Oui, dit le jeune homme, et voici des scies de bois et de fer, des chaînes, des carcans; voici un chevalet et de grandes tenailles suspendues au-dessus.

— Grands saints du paradis! s'écria le vieillard, où sommes-nous?

Le jeune homme poursuivit froidement son examen.

— Ceci est un rouleau de corde de chanvre; voilà des fourneaux et des chaudières; cette partie de la muraille est tapissée de pinces et de scalpels; voici des fouets de cuir garnis de pointes d'acier, une hache, une masse...

— C'est donc ici le garde-meuble de l'enfer! interrompit le vieillard, épouvanté de cette terrible énumération.

— Voici, continua l'autre, des syphons en cuivre, des roues à dents de bronze, une caisse de grands clous, un cric... En vérité, ce sont de sinistres ameublements. Vieillard, je regrette que mon imprévoyance vous ait amené ici avec moi.

— Vraiment, il est bien temps.

Le vieillard était plus mort que vif.

— Ne vous effrayez pas; qu'importe le lieu où vous êtes? j'y suis avec vous.

— Belle défense! murmura le vieillard, chez qui une grande terreur affaiblissait la crainte et le respect pour son jeune compagnon; un sabre de trente pouces contre une potence de trente coudées!

La grande femme rouge reparut, et, reprenant la lampe de fer, fit signe aux voyageurs de la suivre. Ils montèrent avec précaution un escalier étroit et dégradé pratiqué dans l'épaisseur du mur de la tour. A chaque meurtrière, une bouffée de vent et de pluie venait menacer la flamme tremblante de la lampe, que l'hôtesse couvrait de ses mains longues et diaphanes. Ce ne fut pas sans avoir plus d'une fois trébuché sur des pierres roulantes, que l'imagination alarmée du vieillard prenait pour des os humains épars sur les degrés, qu'ils arrivèrent au premier étage de l'édifice, dans une salle ronde pareille à la salle inférieure. Au milieu, suivant l'usage gothique, brillait un vaste foyer, dont la fumée s'échappait par une ouverture percée dans le plafond, non sans obscurcir très-sensiblement l'atmosphère de la salle, et dont la lumière, jointe à celle de la lampe de fer, avait été aperçue des deux voyageurs sur le chemin. Une broche, chargée de viande encore fraîche, tournait devant le feu. Le vieillard se détourna avec horreur.

— C'est à ce foyer exécrable, dit-il à son compagnon,

Bonne dame, dit le plus jeune des nouveaux venus, la pluie tombe à flots...
(Page 31.)

que la braise de la vraie croix a consumé les membres d'une sainte.

Une table grossière était placée à quelque distance du foyer. La femme invita les voyageurs à s'y asseoir.

— Étrangers, dit-elle en plaçant la lampe devant eux, le souper sera bientôt prêt, et mon mari va sans doute se hâter d'arriver, de peur que l'esprit de minuit ne l'emporte en passant près de la Tour-Maudite.

Alors Ordener — car le lecteur a sans doute déjà deviné que c'était lui et son guide Benignus Spiagudry — put examiner à son aise le déguisement bizarre pour lequel ce dernier avait épuisé toutes les ressources de son imagination fécondée par la peur d'être reconnu et repris. Le pauvre concierge fugitif avait échangé ses habits de cuir de renne contre un vêtement noir complet, laissé jadis dans le Spladgest par un célèbre grammairien de Drontheim, qui s'était noyé du désespoir de n'avoir pu trouver pourquoi *Jupiter* donnait *Jovis* au génitif. Ses sabots de coudrier avaient fait place aux bottes fortes d'un postillon écrasé par ses chevaux, dans lesquelles ses jambes fluettes étaient tellement à l'aise, qu'il n'aurait pu marcher sans le secours d'une demi-botte de foin. La vaste perruque d'un jeune et élégant voyageur français assassiné par des voleurs aux portes de Drontheim cachait sa calvitie, et flottait sur ses épaules pointues et inégales. L'un de ses yeux était couvert d'un emplâtre, et, grâce à un pot de fard qu'il avait trouvé dans les poches d'une vieille fille morte d'amour, ses joues pâles et creuses s'étaient revêtues d'un vermillon insolite, agrément auquel la pluie avait fait participer jusqu'à son menton. Avant de s'asseoir, il plaça soigneusement sous lui le paquet qu'il portait sur son dos, s'enveloppa de son vieux manteau, et, tandis qu'il absorbait toute l'attention de son compagnon, la sienne paraissait entièrement concentrée sur le rôti que surveillait l'hôtesse, et vers lequel il lançait de temps en temps des regards d'inquiétude et d'horreur. Sa bouche laissait par intervalles échapper des mots entrecoupés : — Chair humaine !... *horrendas epulas!*... — Anthropophages !... — Souper de Moloch !... — *Nec pueros coram populo Medea trucidet*... — Où sommes-nous ? Atrée... — Druidesse... — Irmensul... Le diable a foudroyé Lycaon...

Enfin il s'écria :

— Juste ciel ! Dieu merci ! j'aperçois une queue !

Ordener, qui, l'ayant considéré et écouté attentivement,

Maître Nychol.

avait à peu près suivi le fil de ses idées, ne put s'empêcher de sourire : — Cette queue n'a rien de rassurant. C'est peut-être un quartier du diable.

Spiagudry n'entendit pas cette plaisanterie; son regard s'était attaché au fond de la salle. Il tressaillit et se pencha à l'oreille d'Ordener.

— Maître, regardez là, au fond, sur ce tas de paille; dans l'ombre...

— Eh bien? dit Ordener.

— Trois corps nus et immobiles... trois cadavres d'enfants!...

— On frappe à la porte de la tour! s'écria la femme rouge, accroupie près du foyer.

En effet, un coup suivi de deux autres plus forts s'était fait entendre dans le bruit de l'orage toujours croissant.

— C'est enfin lui! c'est Nychol! et, prenant la lampe, l'hôtesse descendit précipitamment.

Les deux voyageurs n'avaient pas encore repris leur conversation quand ils entendirent dans la salle basse un bruit confus de voix, au milieu duquel s'élevèrent enfin ces paroles prononcées avec un accent qui fit tressaillir et trembler Spiagudry :

— Femme, tais-toi, nous resterons. Le tonnerre entre sans qu'on lui ouvre la porte.

Spiagudry se serra contre Ordener.

— Maître! maître! dit-il faiblement, malheur à nous!...

Un tumulte de pas se fit entendre dans l'escalier, puis deux hommes, revêtus d'habits religieux, entrèrent dans la salle, suivis de l'hôtesse effarée.

L'un de ces hommes était assez grand, et portait l'habit noir et la chevelure ronde des ministres luthériens; l'autre, de petite taille, avait une robe d'ermite nouée d'une ceinture de corde. Le capuchon, rabattu sur son visage, ne laissait apercevoir que sa longue barbe noire, et ses mains étaient entièrement cachées sous les larges manches de sa robe.

A l'aspect de ces deux personnages pacifiques, Spiagudry sentit s'évanouir la terreur que la voix étrange de l'un d'eux lui avait causée.

— Ne vous alarmez pas, chère dame, disait le ministre à l'hôtesse, des prêtres chrétiens se rendent utiles à qui leur nuit; voudraient-ils nuire à qui leur est utile? Nous implorons humblement un abri. Si le révérend docteur qui m'accompagne vous a parlé durement tout à l'heure, il a eu tort d'oublier cette modération de la voix recommandée par nos vœux. Hélas! les plus saints peuvent faillir. J'étais égaré sur la route de Skongen à Drontheim, sans guide dans la nuit, sans asile dans la tempête. Ce révérend frère, que j'ai rencontré, éloigné comme moi de sa demeure, a daigné me permettre de venir avec lui vers la vôtre. Il m'avait vanté votre bonté hospitalière, chère dame; sans doute il ne s'est pas trompé. Ne nous dites pas, comme le mauvais pasteur: *Advena, cur intras?* Accueillez-nous, digne hôtesse, et Dieu sauvera vos moissons de l'orage, Dieu donnera dans la tempête un abri à vos troupeaux, comme vous en aurez donné un aux voyageurs égarés!

— Vieillard, interrompit la femme d'une voix farouche, je n'ai ni moissons ni troupeaux.

— Eh bien! si vous êtes pauvre, Dieu bénit le pauvre avant le riche. Vous vieillirez avec votre époux, respectés, non pour vos biens, mais pour vos vertus; vos enfants croîtront, entourés de l'estime des hommes, et seront ce qu'aura été leur père..—

— Taisez-vous! cria l'hôtesse. C'est en restant ce que nous sommes que nos enfants vieilliront comme nous dans le mépris des hommes, transmis sur notre race de génération en génération. Taisez-vous, vieillard! La bénédiction se tourne en malédiction sur nos têtes.

— O ciel! reprit le ministre, qui donc êtes-vous? dans quels crimes passez-vous votre vie?

— Qu'appelez-vous crimes? qu'appelez-vous vertus? Nous jouissons ici d'un privilége: nous ne pouvons avoir de vertus ni commettre de crimes.

— La raison de cette femme est égarée, dit le ministre se tournant vers le petit ermite qui séchait sa robe de bure devant le foyer.

— Non, prêtre! répliqua la femme, sachez où vous êtes. J'aime mieux faire horreur que pitié. Je ne suis pas une insensée, mais la femme du... —

Le retentissement prolongé de la porte de la tour sous un coup violent empêcha d'entendre le reste, au grand désappointement de Spiagudry et d'Ordener, qui avaient prêté une attention muette à ce dialogue.

— Maudit soit, dit la femme rouge entre ses dents, le syndic haut justicier de Skongen, qui nous a assigné pour demeure cette tour voisine de la route! peut-être n'est-ce pas encore Nychol.

Elle prit néanmoins la lampe. — Après tout, si c'est encore un voyageur, qu'importe! le ruisseau peut couler où le torrent a passé.

Les quatre voyageurs restés seuls s'entre-regardaient aux lueurs du foyer. Spiagudry, d'abord épouvanté par la voix de l'ermite, et rassuré ensuite par sa barbe noire, eût peut-être recommencé à trembler s'il eût vu de quel œil perçant celui-ci l'observait en dessous de son capuchon.

Dans le silence général, le ministre hasarda une question:

— Frère ermite, je présume que vous êtes un des prêtres catholiques échappés à la dernière persécution, et que vous regagniez votre retraite lorsque, pour mon bonheur, je vous ai rencontré; pourriez-vous me dire où nous sommes?

La porte délabrée de l'escalier en ruines se rouvrit avant que le frère ermite eût répondu.

— Femme, vienne un orage, et il y aura foule pour s'asseoir à notre table exécrée et s'abriter sous notre toit maudit.

— Nychol, répondit la femme, je n'ai pu empêcher...

— Et qu'importe tous ces hôtes, pourvu qu'ils payent! l'or est tout aussi bien gagné en hébergeant un voyageur qu'en étranglant un brigand.

Celui qui parlait ainsi s'était arrêté devant la porte, où les quatre étrangers pouvaient le contempler à leur aise. C'était un homme de proportions colossales, vêtu, comme l'hôtesse, de serge rouge. Son énorme tête paraissait immédiatement posée sur ses larges épaules, ce qui contrastait avec le cou long et osseux de sa gracieuse épouse. Il avait le front bas, le nez camard, les sourcils épais; ses yeux, entourés d'un ligne de pourpre, brillaient comme du feu dans du sang. Le bas de son visage, entièrement rasé, laissait voir sa bouche grande et profonde, dont un rire hideux entr'ouvrait les lèvres noires comme les bords d'une plaie incurable. Deux touffes de barbe crépue, pendantes de ses joues sur son cou, donnaient à sa figure, vue de face, une forme carrée. Cet homme était coiffé d'un feutre gris, sur lequel ruisselait la pluie, et dont sa main n'avait seulement pas daigné toucher le bord à l'aspect des quatre voyageurs.

En l'apercevant, Benignus Spiagudry poussa un cri d'épouvante, et le ministre luthérien se détourna frappé de surprise et d'horreur, tandis que le maître du logis, qui l'avait reconnu, lui adressait la parole.

— Comment, vous voilà! seigneur ministre! en vérité, je ne croyais pas avoir l'amusement de revoir aujourd'hui votre air piteux et votre mine effarouchée.

Le prêtre réprima son premier mouvement de répugnance. Ses traits devinrent graves et sereins.

— Et moi, mon fils, je m'applaudis du hasard qui a amené le pasteur vers la brebis égarée, afin, sans doute, que la brebis revînt enfin au pasteur.

— Ah! par le gibet d'Aman, reprit l'autre en éclatant de rire, voilà la première fois que je m'entends comparer à une brebis. Croyez-moi, père, si vous voulez flatter le vautour, ne l'appelez pas pigeon.

— Celui par lequel le vautour devient colombe console, mon fils, et ne flatte pas. Vous croyez que je vous crains, et je ne fais que vous plaindre.

— Il faut, en vérité, messire, que vous ayez bonne provision de pitié; j'aurais pensé que vous l'aviez épuisée tout entière sur ce pauvre diable, auquel vous montriez aujourd'hui votre croix pour lui cacher ma potence.

— Cet infortuné, répondit le prêtre, était moins à plaindre que vous; car il pleurait, et vous riiez. Heureux qui reconnaît, au moment de l'expiation, combien le bras de l'homme est moins puissant que la parole de Dieu!

— Bien dit, père, reprit l'hôte avec une horrible et ironique gaieté. Heureux celui qui pleure. Notre homme d'aujourd'hui, d'ailleurs, n'avait d'autre crime que d'aimer tellement le roi, qu'il ne pouvait vivre sans faire le portrait de Sa Majesté sur de petites médailles de cuivre, qu'il dorait ensuite artistement pour les rendre plus dignes de la royale effigie. Notre gracieux souverain n'a pas été ingrat, et lui a donné en récompense de tant d'amour un beau cordon de chanvre, qui, pour l'instruction de mes dignes hôtes, lui a été conféré ce jour même sur la place publique de Skongen, par moi, grand chancelier de l'ordre du Gibet, assisté de messire, ici présent, grand aumônier dudit ordre.

— Malheureux, arrêtez! interrompit le prêtre. Comment celui qui châtie oublie-t-il le châtiment? Ecoutez le tonnerre... —

— Eh bien! qu'est-ce que le tonnerre? un éclat de rire de Satan.

— Grand Dieu! il vient d'assister à la mort, et il blasphème!...

— Trêve aux sermons! vieux insensé, cria l'hôte d'une voix tonnante et presque irritée, sinon vous pourriez maudire l'ange des ténèbres qui nous a réunis deux fois en douze heures dans la même voiture et sous le même toit. — Imitez votre camarade l'ermite, qui se tait, car il a bonne envie de retourner dans sa grotte de Lynrass. Je vous remercie, frère ermite, de la bénédiction que tous les matins, à votre passage sur la colline, je vous vois donner à la Tour-Maudite; mais, en vérité, jusqu'ici vous m'aviez semblé de haute taille, et cette barbe si noire m'avait paru blanche. — Vous êtes bien cependant l'ermite de Lynrass, le seul ermite de Drontheimhus?...

— Je suis en effet le seul, dit l'ermite d'une voix sourde.

— Nous sommes donc, reprit l'hôte, les deux solitaires de la province. — Holà! Bechlie, hâte un peu ce quartier d'agneau, car j'ai faim. J'ai été retardé, au village de Burlock, par ce maudit docteur Manryll. qui ne voulait me donner que douze ascalins du cadavre; on en donne quarante à cet infernal gardien du Spladgest, à Drontheim.

— Hé! messire de la perruque, qu'avez-vous donc? vous allez tomber à la renverse.— A propos, Bechlie, as-tu terminé le squelette de l'empoisonneur Orgivius, ce fameux magicien? Il serait temps de l'envoyer au cabinet de curiosité de Berghen. As-tu dépêché l'un de tes petits marcassins au syndic de Lœvig pour réclamer ce qu'il me doit? quatre doubles écus pour avoir fait bouillir une sorcière et deux alchimistes, et enlevé plusieurs chaînes des poutres de la salle de son tribunal, qu'elles déparaient; vingt ascalins pour avoir dépendu Ismaël Typhaine, juif dont s'était plaint le révérend évêque, et un écu pour avoir remis un bras de bois neuf à la potence de pierre du bourg.

— Le salaire, répondit la femme d'une voix aigre, est resté dans les mains du syndic, parce que ton fils avait oublié la cuiller de bois pour le recevoir, et qu'aucun valet du juge n'a voulu le lui remettre en main propre.

Le mari fronça le sourcil.

— Que leur cou me tombe entre les mains, ils verront si j'aurai besoin d'une cuiller de bois pour les toucher. Il faut pourtant ménager ce syndic. C'est à lui qu'est renvoyée la requête du voleur Ivar, qui se plaint de ce que la question lui a été donnée, non par un tortionnaire, mais par moi, alléguant que, n'ayant pas encore été jugé, il n'est pas encore infâme. — A propos, femme, empêche donc tes petits de jouer avec mes tenailles et mes pinces; ils ont dérangé tous mes instruments, si bien que je n'ai pu m'en servir aujourd'hui. — Où sont-ils, ces petits monstres, continua l'hôte en s'approchant du tas de paille où Spiagudry avait cru voir trois cadavres? les voilà couchés là, ils dorment, malgré le bruit, comme trois dépendus.

A ces paroles, dont l'horreur contrastait avec la tranquillité effrayante et l'atroce gaieté de celui qui les prononçait, le lecteur a peut-être déjà deviné quel est l'habitant de la tour de Vygla. Spiagudry, qui, dès son apparition, le reconnut pour l'avoir vu figurer souvent dans de sinistres cérémonies sur la place de Drontheim, se sentit près de défaillir d'épouvante, en songeant surtout au motif personnel qu'il avait depuis la veille pour craindre ce terrible fonctionnaire. Il se pencha vers Ordener et lui dit d'une voix presque inarticulée : *C'est Nychol Orugix, bourreau du Drontheimhus!* Ordener, d'abord frappé d'horreur, tressaillit et regretta la route et la tempête. Mais bientôt je ne sais quel sentiment de curiosité indéfinissable s'empara de lui, et, tout en plaignant l'embarras et l'épouvante de son vieux guide, il prêtait son attention entière aux paroles et à l'habitude de vie de l'être singulier qu'il avait sous les yeux, comme on écoute avidement le grondement d'une hyène ou le rugissement d'un tigre amené du désert dans nos villes. Le pauvre Benignus était loin d'avoir l'esprit assez libre pour faire de son côté des observations psychologiques. Caché derrière Ordener, il se ramassait dans son manteau, portait une main inquiète à son emplâtre, attirait sur son visage le derrière de sa perruque flottante, et ne respirait que par gros soupirs.

Cependant l'hôtesse avait servi sur un grand plat de terre le quartier d'agneau rôti, pourvu de sa queue rassurante. Le bourreau vint s'asseoir en face d'Ordener et de Spiagudry, entre les deux prêtres; et sa femme, après avoir chargé la table d'une cruche de bière miellée, d'un morceau de *rindebrod* (1) et de cinq assiettes de bois, s'assit devant le feu, et s'occupa d'aiguiser les pinces ébréchées de son mari.

— Çà, révérend ministre, dit Orugix en riant, la brebis vous offre de l'agneau. Et vous, seigneur de la perruque, est-ce le vent qui a ainsi ramené votre coiffure sur votre visage?

—Le vent,... seigneur, l'orage,... balbutia le tremblant Spiagudry.

(1) Pain d'écorce dont se nourrit la classe indigente en Norwége.

— Allons, enhardissez-vous, mon vieux. Vous voyez que les seigneurs prêtres et moi nous sommes bons diables. Dites-nous qui vous êtes et quel est votre jeune compagnon le taciturne, et parlez un peu. Faisons connaissance. Si vos discours tiennent tout ce que promet votre vue, vous devez être bien amusant.

— Le maître plaisante, dit le concierge contractant ses lèvres, montrant ses dents et clignant son œil pour avoir l'air de rire; je ne suis qu'un pauvre vieux...

— Oui, interrompit le jovial bourreau, quelque vieux savant, quelque vieux sorcier...

— Oh! seigneur maître, savant, oui; sorcier, non.

— Tant pis. Un sorcier compléterait notre joyeux *sanhédrin*. — Seigneurs mes hôtes, buvons pour rendre la parole à ce vieux savant, qui va égayer notre souper. A la santé du pendu d'aujourd'hui, frère prédicateur! Eh bien! père ermite, vous refusez ma bière?

L'ermite avait en effet tiré de dessous sa robe une grande gourde pleine d'une eau très-claire, dont il remplit son verre.

— Parbleu! ermite de Lynrass, s'écria le bourreau, si vous ne goûtez pas de ma bière, je goûterai de cette eau que vous lui préférez.

— Soit, répondit l'ermite.

— Otez d'abord votre gant, révérend frère, répliqua le bourreau: on ne verse à boire qu'à main nue.

L'ermite fit un signe de refus.

— C'est un vœu, dit-il.

— Versez donc toujours, dit le bourreau.

A peine Orugix eut-il porté son verre à ses lèvres, qu'il le repoussa brusquement, tandis que l'ermite vidait le sien d'un trait.

— Par le calice de Jésus, révérend ermite, quelle est cette liqueur infernale? je n'en ai point bu de pareille depuis le jour où je faillis me noyer dans ma navigation de Copenhague à Drontheim. En vérité, ermite, ce n'est pas de l'eau de la source de Lynrass; c'est de l'eau de mer...

— De l'eau de mer! répéta Spiagudry avec une épouvante qu'augmentait la vue du gant de l'ermite.

— Eh bien dit le bourreau se tournant vers lui avec un éclat de rire, tout vous alarme donc ici, mon vieux Absalon, jusqu'à la boisson même d'un saint cénobite qui se mortifie?

— Hélas! non, maître... Mais de l'eau de mer... il n'y qu'un homme...

— Allons, vous ne savez que dire, sire docteur; votre trouble parmi nous vient d'une mauvaise conscience ou du mépris...

Ces mots, prononcés d'un ton d'humeur, ramenèrent Spiagudry à la nécessité de dissimuler sa terreur. Pour amadouer son véritable hôte, il appela à son secours sa vaste mémoire, et rallia le peu de présence d'esprit qui lui restait.

— Du mépris, moi, du mépris pour vous, seigneur maître, pour vous, dont la présence dans une province donne à cette province le *merum imperium* (1)! pour vous, maître des hautes-œuvres, exécuteur de la vindicte séculière, épée de la justice, bouclier de l'innocence! pour vous, qu'Aristote, livre six, chapitre dernier de ses *Politiques*, classe parmi les *magistrats*, et dont Paris de Puteo, dans son traité *de Syndico*, fixe le traitement à cinq écus d'or, comme l'atteste ce passage: *Quinque aureos manivolto!* pour vous, seigneur, dont les confrères à Cronstadt acquièrent la noblesse après trois cents têtes coupées! pour vous, dont les terribles mais honorables fonctions sont remplies avec orgueil, en Franconie, par le plus nouveau marié; à Reutlingue, par le plus jeune conseiller; à Stedien, par le dernier bourgeois installé! Et ne sais-je pas encore, mon bon maître, que vos confrères ont en France droit de *havadium* sur chaque malade de Saint-Ladre, sur les pourceaux et sur les gâteaux de la veille de l'Epiphanie! Comment n'aurais-je pas un profond respect pour vous, quand

(1) *Droit de sang*, d'avoir un bourreau.

l'abbé de Saint-Germain-des-Prés vous donne chaque année, à la Saint-Vincent, une tête de porc, et vous fait marcher en tête de sa procession !...

Ici la verve érudite du concierge fut brusquement interrompue par le bourreau.

— C'est par ma foi la première nouvelle que j'en ai ! Le docte abbé dont vous parlez, révérend, m'a jusqu'à présent fraudé de tous ces beaux droits que vous peignez d'une façon si séduisante. — Sires étrangers, poursuivit Orugix, sans m'arrêter à toutes les extravagances de ce vieux fou, il est vrai que j'ai manqué ma carrière. Je ne suis aujourd'hui que le pauvre bourreau d'une pauvre province. Eh bien ! j'aurais dû certes faire un plus beau chemin que Stillison Dickoy, ce fameux bourreau de Moscovie. Croiriez-vous que je suis le même qui fut désigné, il y a vingt-quatre ans, pour l'exécution de Schumacker !

— De Schumacker ! du comte de Griffenfeld ! s'écria Ordener.

— Cela vous étonne, seigneur le muet ? Eh bien ! oui, de ce même Schumacker qu'un singulier hasard replace encore sous ma main, dans le cas où il plairait au roi de lever le sursis. — Vidons cette cruche, messires, et je vais vous conter comment il se fait qu'après avoir débuté avec tant d'éclat je finisse si misérablement.

— J'étais, en 1676, valet de Rhum Stuald, bourreau royal de Copenhague. Lors de la condamnation du comte de Griffenfeld, mon maître étant tombé malade, je fus, grâce à mes protections, choisi pour le remplacer dans cette honorable exécution. Le 5 juin, — je n'oublierai jamais ce jour, — dès cinq heures du matin, aidé du maître des basses-œuvres (1), je dressai, sur la place de la Citadelle, un grand échafaud que nous tendîmes de noir, par respect pour le rang du condamné. A huit heures, la garde-noble entoura l'échafaud, et les hulans de Slesvig continrent la foule qui se pressait sur la place. Quel autre à ma place n'eût été enivré ? Debout, et le sabre en main, j'attendais sur l'estrade. Tous les regards étaient fixés sur moi : j'étais en ce moment le personnage le plus important des deux royaumes. Ma fortune, disais-je, est faite, car que pourraient sans moi tous ces grands seigneurs qui ont juré la perte du chancelier ? Je me voyais déjà exécuteur royal en titre de la capitale ; j'avais des valets, des priviléges... Ecoutez ! l'horloge du fort sonne dix heures. Le condamné sort de sa prison, traverse la place, monte à l'échafaud d'un pas ferme et d'un air tranquille. Je veux lui lier les cheveux ; il me repousse, et se rend à lui-même ce dernier service. « Il y avait longtemps, dit-il en souriant au prieur de Saint-André, que je ne m'étais coiffé moi-même. » Je lui offre le bandeau noir, il l'éloigne de ses yeux avec dédain, mais sans me marquer de mépris. — « Mon ami, me dit-il, voilà peut-être la première fois qu'un espace de quelques pieds rassemble les deux officiers extrêmes de l'ordre judiciaire, le chancelier et le bourreau. » Ces paroles sont restées gravées dans ma tête. Il refuse encore le coussin noir que je voulais mettre sous ses genoux, embrasse le prêtre et s'agenouille, après avoir dit d'une voix forte qu'il mourait innocent. Alors je brisai d'un coup de masse l'écusson de ses armoiries, en criant, comme de coutume : *Cela ne se fait pas sans juste cause.* Cet affront ébranla la fermeté du comte : il pâlit ; mais il se hâta de dire : *Le roi me les a données ; le roi peut me les ôter.* Il appuya sa tête sur le billot, les yeux tournés vers l'est ; et moi je levai mon sabre des deux mains... Ecoutez bien ! — En ce moment un cri arrive jusqu'à moi. — *Grâce, au nom du roi ! grâce pour Schumacker !* Je me retourne. C'était un aide de camp qui galopait vers l'échafaud en agitant un parchemin. Le comte se relève d'un air, non joyeux, mais seulement satisfait. Le parchemin lui est remis. — « Juste Dieu ! s'écrie-t-il ; la prison perpétuelle ! leur grâce est plus dure que la mort. » Il descend, abattu comme un voleur, de l'échafaud où il était monté serein. Pour moi, cela m'était égal. Je ne me doutais guère que le salut de cet homme était ma perte. Après avoir démoli l'échafaud, je rentre chez mon maître, encore plein d'espérances, quoiqu'un peu désappointé d'avoir perdu l'écu d'or, prix de la chute de la tête. Ce n'était pas tout. Le lendemain je reçois un ordre de départ et un diplôme d'exécuteur provincial pour le Drontheimhus ! Bourreau de province, et de la dernière province de Norwége ! Or, sachez, messires, comment de petites causes amènent de grands effets. Les ennemis du comte, afin de se donner un air de clémence, avaient tout disposé pour que la grâce arrivât un moment après l'exécution. Il s'en fallut d'une minute : on s'en prit à ma lenteur, comme s'il eût été décent d'empêcher un personnage illustre de s'amuser quelques instants avant le dernier ! comme si un exécuteur royal qui décapite un grand chancelier pouvait le faire sans plus de dignité et de mesure qu'un bourreau de province qui pend un juif ! A cela se joignit la malveillance. J'avais un frère, que même je crois avoir encore, il était parvenu, en changeant de nom, dans la maison du nouveau chancelier, le comte d'Ahlefeld. A Copenhague, ma présence importuna le misérable. Mon frère me méprise, parce que ce sera peut-être moi qui le pendrai un jour.

Ici le disert narrateur s'interrompit pour donner passage à sa gaieté, puis il continua :

— Vous voyez, chers hôtes, que j'ai pris mon parti. Ma foi, au diable l'ambition ! j'exerce ici honnêtement mon métier : je vends mes cadavres, ou Bechlie en fait des squelettes, que m'achète le cabinet d'anatomie de Berghen. Je ris de tout, même de cette pauvre femelle qui a été bohémienne et que la solitude rend folle. Mes trois héritiers grandissent dans la crainte du diable et de la potence. Mon nom est l'épouvantail des petits enfants du Drontheimhus. Les syndics me fournissent une charrette et des habits rouges. La Tour-Maudite me garantit de la pluie comme ferait le palais de l'évêque. Les vieux prêtres que l'orage pousse chez moi me prêchent, les savants me flagornent. En somme, je suis aussi heureux qu'un autre : je bois, je mange, je pends et je dors.

Le bourreau n'avait pas mené à fin ce long discours sans l'entremêler de bière et de bruyantes explosions de rire.

— Il tue, et il dort ! murmura le ministre : l'infortuné !

— Que ce misérable est heureux ! s'écria l'ermite.

— Oui, frère ermite, dit le bourreau, misérable comme vous, mais certes plus heureux. Tenez, le métier serait bon si l'on ne semblait prendre plaisir à en ruiner les bénéfices. Croiriez-vous que je ne sais quelles fameuses noces ont fourni à l'aumônier nouvellement nommé de Drontheim l'occasion de demander la grâce de douze condamnés qui m'appartiennent ?...

— Qui vous appartiennent ! s'écria le ministre.

— Oui, sans doute, père. Sept d'entre eux devraient être fouettés, deux marqués sur la joue gauche, et trois pendus, ce qui fait en somme douze... Oui, douze écus, et trente ascalins, que je perds si la grâce est accordée : comment trouvez-vous, sires étrangers, cet aumônier qui dispose ainsi de mon bien ? Ce maudit prêtre s'appelle Athanase Munder. Oh ! si je le tenais !...

Le ministre se leva, et dit d'une voix égale et d'un air tranquille :

— Mon fils, c'est moi qui suis Athanase Munder.

A ce nom, la colère s'alluma dans tous les traits d'Orugix, il s'élança brusquement de son siége. — Puis son regard irrité rencontra le regard calme et bienveillant de l'aumônier, et il vint se rasseoir lentement, muet et confus.

Il se fit un moment de silence ; Ordener, qui s'était levé de table prêt à défendre le prêtre, le rompit le premier.

— Nychol Orugix, dit-il, voici treize écus pour vous dédommager de la grâce des condamnés...

— Hélas ! interrompit le ministre, qui sait si je l'obtiendrai ? il faudrait que je pusse parler au fils du vice-roi, car cela dépend de son mariage avec la fille du chancelier.

— Seigneur aumônier, répondit le jeune homme d'une

(1) Charpentier des échafauds.

voix ferme, vous l'obtiendrez. Ordener Guldenlew ne recevra pas l'anneau nuptial, que les fers de vos protégés ne soient rompus.

— Jeune étranger, vous n'y pouvez rien ; mais Dieu vous entende et vous récompense !

Cependant, les treize écus d'Ordener avaient achevé ce que le regard du prêtre avait commencé. Nychol, entièrement apaisé, avait repris sa gaieté.

— Tenez, révérend aumônier, vous êtes un brave homme, digne de desservir la chapelle de Saint-Hilarion ; j'en disais de vous plus que je n'en pensais. Vous marchez droit dans votre sentier, ce n'est pas votre faute s'il croise le mien. Mais celui auquel j'en veux, c'est le gardien des morts de Drontheim, ce vieux magicien, concierge du Spladgest... quel est son nom déjà ? Spliugry ?... Spadugry ?... Dites-moi, mon vieux docteur, vous qui êtes une Babel de science, vous qui connaissez tout, vous ne pourriez pas m'aider à trouver le nom de ce sorcier, votre confrère ?... Vous avez dû le rencontrer quelquefois, les jours de sabbat, chevauchant en l'air sur un balai ?

Certes, si le pauvre Benignus avait pu s'enfuir en ce moment sur quelque monture aérienne de ce genre, le narrateur de cette histoire ne doute pas qu'il ne lui eût confié avec bien de la joie sa frêle machine épouvantée. Jamais l'amour de la vie ne s'était développé avec autant de force chez lui que depuis qu'il percevait de tous ses organes l'imminence du danger. Tout ce qu'il voyait l'effrayait ; les souvenirs de la Tour-Maudite, l'œil hagard de la femme rouge, la voix, les gants et la boisson du mystérieux ermite, l'aventurière intrépidité de son jeune compagnon, et, par-dessus tout, le bourreau ; ce bourreau dans le repaire duquel il tombait en fuyant chargé d'un crime. Il tremblait si fort, que tout mouvement volontaire était chez lui paralysé, surtout lorqu'il vit la conversation se tourner sur lui, et qu'il entendit l'apostrophe du formidable Orugix. Comme il ne se souciait guère d'imiter l'héroïsme du prêtre, sa langue embarrassée se refusa assez longtemps à répondre.

— Eh bien ! reprit le bourreau, savez-vous le nom de ce concierge du Spladgest ? Est-ce que votre perruque vous rend sourd ?

— Un peu, seigneur... — Mais, dit-il enfin, je ne sais pas ce nom, je vous jure.

— Il ne le sait pas ! dit la voix redoutée de l'ermite. Il a tort d'en faire serment. Cet homme se nomme Benignus Spiagudry.

— Moi ! moi ! grand Dieu ! s'écria le vieillard avec terreur.

Le bourreau éclata de rire.

— Et qui vous dit que c'est vous ? c'est de ce païen de concierge que nous parlons. En vérité ce pédagogue s'effraye de rien. Que serait-ce donc si ces grimaces si drôles avaient une cause sérieuse ? Ce vieux fou serait amusant à pendre. — Ainsi, vénérable docteur, poursuivit le bourreau, que les terreurs de Spiagudry égayaient, vous ne connaissez pas ce Benignus Spiagudry ?

— Non, maître, dit le concierge un peu rassuré par son *incognito*, je ne le connais pas, je vous assure. Et, puisqu'il a le malheur de vous déplaire, je serais, maître, bien fâché, vraiment, de connaître cet homme.

— Et vous, seigneur ermite, reprit Orugix, vous paraissez le connaître ?

— Oui, vraiment, répondit l'ermite. C'est un homme grand, vieux, sec, chauve... —

Spiagudry, justement alarmé de cette prosopographie, raffermit en hâte sa perruque.

— Il a, continua l'ermite, les mains longues comme celles d'un voleur qui n'a pas rencontré de voyageurs depuis huit jours, le dos courbé... —

Spiagudry se redressa de son mieux.

— Du reste, on pourrait le prendre pour un des cadavres qu'il garde, s'il n'avait les yeux aussi perçants... —

Spiagudry porta la main à son emplâtre protecteur.

— Merci, père, dit le bourreau à l'ermite ; en quelque lieu que je le trouve, je reconnaîtrai maintenant le vieux juif... —

Spiagudry, qui était très-bon chrétien, révolté de cette intolérable injure, ne put réprimer une exclamation.

— Juif, maître !... Puis il s'arrêta tout court, tremblant d'en avoir trop dit.

— Eh bien ! juif ou païen, qu'importe, s'il a des relations avec le diable, comme on le dit !

— Je le croirais volontiers, reprit l'ermite avec un sourire sardonique que son capuchon ne cachait pas entièrement, s'il n'était pas si poltron. Mais comment pourrait-il pactiser avec Satan ? il est aussi lâche que méchant. Quand la peur le prend, il ne se connaît plus.

L'ermite parlait lentement, comme s'il eût composé sa voix ; et la lenteur même de ses paroles leur donnait une expression singulière.

— *Il ne se connaît plus !* répéta intérieurement Spiagudry.

— Je suis fâché qu'un méchant soit lâche, dit le bourreau ; il ne vaut pas la peine d'être haï. Il faut combattre un serpent, on ne peut qu'écraser un lézard.

Spiagudry hasarda quelques paroles pour sa défense.

— Mais, seigneurs, êtes-vous sûrs que l'officier public dont vous parlez soit tel que vous le dites ? A-t-il donc une réputation ?...

— Une réputation ! reprit l'ermite ; la plus exécrable réputation de la province !

Benignus, désappointé, se tourna vers le bourreau.

— Seigneur maître, quels torts lui reprochez-vous ? car je ne doute pas que votre haine ne soit légitime.

— Vous avez raison, vieillard, de n'en pas douter. Comme son commerce ressemble au mien, Spiagudry fait tout ce qu'il peut pour me nuire.

— Oh ! maître, ne le croyez pas !... Ou, s'il en est ainsi, c'est que cet homme ne vous a pas vu comme moi, entouré de votre gracieuse femme et de vos charmants enfants, admettant les étrangers au bonheur de votre foyer domestique. S'il eût joui, comme nous, de votre aimable hospitalité, maître, ce malheureux ne pourrait être votre ennemi.

Spiagudry achevait à peine cette adroite allocution, quand la grande femme, jusqu'alors muette, se leva, et dit d'une voix aigrement solennelle :

— La langue de la vipère n'est jamais plus venimeuse que lorsqu'elle est enduite de miel.

Puis elle se rassit, et continua de fourbir ses pinces ; travail dont le bruit rauque et criard, remplissant les intervalles de la conversation, faisait, aux dépens des oreilles des quatre voyageurs, l'office des chœurs dans une tragédie grecque.

— *Cette femme est folle, vraiment !* se dit tout bas le concierge ne pouvant s'expliquer autrement le mauvais effet de sa flatterie.

— Bechlie a raison, docteur aux blonds cheveux s'écria le bourreau ! Je vous tiens pour langue de vipère si vous continuez de justifier plus longtemps ce Spiagudry...

— A Dieu ne plaise, maître ! s'écria celui-ci, je ne le justifie nullement.

— A la bonne heure. Vous ignorez d'ailleurs jusqu'où il pousse l'insolence. Croiriez-vous que l'impudent a la témérité de me disputer la propriété de Han d'Islande ?

— De Han d'Islande ! dit brusquement l'ermite...

— Eh oui ! Vous connaissez ce fameux brigand ?...

— Oui, dit l'ermite.

— Eh bien ! tout brigand revient au bourreau, n'est-il pas vrai ? Que fait cet infernal Spiagudry, il demande qu'on mette à prix la tête de Han...

— Il demande qu'on mette à prix la tête de Han ! interrompit l'ermite.

— Il en a l'audace, et cela, uniquement pour que le corps lui revienne, et que je sois frustré de ma propriété.

— Voilà qui est infâme, maître Orugix, oser vous disputer un bien qui vous appartient si évidemment!

Ces mots étaient accompagnés du sourire malicieux qui effrayait Spiagudry.

— Le tour est d'autant plus noir, ermite, qu'il me faudrait une exécution comme celle de Han pour me tirer de mon obscurité, et me faire la fortune que ne m'a pas faite celle de Schumacker.

— En vérité, maître Nychol?

— Oui, frère ermite, le jour de l'arrestation de Han, venez me voir, et nous immolerons un pourceau gras à mon élévation future.

— Volontiers; mais savez-vous si je serai libre ce jour-là? D'ailleurs, vous aviez tout à l'heure envoyé au diable l'ambition.

— Eh! sans doute, père, quand je vois que pour détruire mes espérances les mieux fondées il suffit d'un Spiagudry et d'une requête de mise à prix.

— Ah! reprit l'ermite d'une voix étrange, Spiagudry a demandé la mise à prix!

Cette voix était pour le pauvre homme comme le regard du crapaud pour l'oiseau.

— Seigneurs, dit-il, pourquoi juger témérairement? cela n'est pas sûr, peut-être est-ce un faux bruit...

— Un faux bruit! s'écria Orugix, la chose n'est que trop certaine. La demande des syndics est en ce moment à Drontheim, appuyée de la signature du concierge du Spladgest. On n'attend que la décision de Son Excellence le général gouverneur.

Le bourreau était si bien instruit, que Spiagudry n'osa poursuivre sa justification; il se contenta de maudire intérieurement, pour la centième fois, son jeune compagnon. Mais que devint-il lorsqu'il entendit l'ermite, qui depuis quelques moments paraissait méditer, s'écrier soudain d'un ton railleur :

— Maître Nychol, quel est donc le supplice des sacriléges?

Ces paroles firent sur Spiagudry le même effet que si on lui eût arraché son emplâtre et sa perruque. Il attendit avec anxiété la réponse d'Orugix, qui acheva d'abord de vider son verre.

— Cela dépend du genre de sacrilége, répondit le bourreau.

— Si le sacrilége est la profanation d'un mort?

Pour le coup, le tremblant Benignus s'attendit à voir son nom sortir d'un moment à l'autre de la bouche de l'inexplicable ermite.

— Autrefois, dit froidement Orugix, on l'enterrait vivant avec le cadavre profané.

— Et maintenant?

— Maintenant on est plus doux.

— On est plus doux! dit Spiagudry respirant à peine.

— Oui, reprit le bourreau de l'air satisfait et négligent d'un artiste qui parle de son art; on lui imprime d'abord, avec un fer chaud, un S sur le gras des jambes... —

— Et ensuite? interrompit le vieux concierge, contre lequel il eût été difficile d'exécuter cette partie de la peine.

— Ensuite, dit le bourreau, on se contente de le pendre.

— Miséricorde! s'écria Spiagudry; de le pendre!

— Eh bien! qu'a-t-il? il me regarde de l'air dont le patient regarde le gibet.

— Je vois avec plaisir, disait l'ermite, que l'on est revenu à des principes d'humanité.

En ce moment, l'orage, qui avait cessé, permit d'entendre très-distinctement au dehors le son clair et intermittent d'un cor.

— Nychol, dit la femme, on est à la poursuite de quelque malfaiteur, c'est le cor des archers.

— Le cor des archers! répéta chacun des interlocuteurs avec un accent différent, mais Spiagudry avec celui de la plus profonde terreur.

Ils achevaient à peine cette exclamation quand on frappa à la porte de la tour.

XIII

Il ne faut qu'un homme, un signal; les éléments d'une révolution sont tout prêts. Qui commencera?... Dès qu'il y aura un point d'appui, tout s'ébranlera.

BONAPARTE.

Lœvig est un gros bourg situé sur la rive septentrionale du golfe de Drontheim, et adossé à une chaine basse de collines nues et bizarrement bariolées par diverses sortes de cultures, pareilles à de grands pans de mosaïque appuyés à l'horizon. L'aspect du bourg est triste; la cabane de bois et de jonc du pêcheur, la hutte conique bâtie de terre et de cailloux où le mineur invalide passe le peu de vieux jours que ses épargnes lui permettent de donner au soleil et au repos; la frêle charpente abandonnée que le chasseur de chamois revêt à son retour d'un toit de paille et de murs de peaux de bêtes, bordent des rues plus longues que le bourg, parce qu'elles sont étroites et tortueuses. Sur une place où l'on ne voit plus aujourd'hui que les vestiges d'une grosse tour, s'élevait alors l'ancienne forteresse bâtie par Horda le fin Archer, seigneur de Lœvig et frère d'armes du roi païen Halfdan, et occupée en 1698 par le syndic du bourg, lequel en eût été l'habitant le mieux logé, sans la cigogne argentée qui venait tous les étés se percher à l'extrémité du clocher pointu de l'église, pareille à la perle blanche au sommet du bonnet aigu d'un mandarin.

Le matin même du jour où Ordener était arrivé à Drontheim, un personnage était débarqué, également incognito, à Lœvig. Sa litière dorée, quoique sans armoiries, ses quatre grands laquais armés jusqu'aux dents, avaient soudain fait le sujet de toutes les conversations et de toutes les curiosités. L'hôte de la *Mouette d'Or*, petite taverne où le grand personnage était descendu, avait pris lui-même un air mystérieux, et répondait à toutes les questions : *Je ne sais pas*, d'un air qui voulait dire : *Je sais tout, mais vous ne saurez rien*. Les grands laquais étaient plus muets que des poissons, et plus sombres que les bouches d'une mine. Le syndic s'était d'abord renfermé dans sa tour, attendant dans sa dignité la première visite de l'étranger; mais bientôt les habitants l'avaient vu avec surprise se présenter deux fois inutilement à la *Mouette d'Or*, et le soir épier un salut du voyageur appuyé sur sa fenêtre entr'ouverte. Les commères inféraient de là que le personnage avait fait connaître son haut rang au seigneur syndic. Elles se trompaient. Un messager expédié par l'étranger s'était présenté chez le syndic pour y faire viser son droit de passe, et le syndic avait remarqué sur le grand cachet de cire verte du paquet qu'il portait deux mains de justice croisées, soutenant un manteau d'hermine surmonté d'une couronne de comte imposée à un écusson autour duquel pendaient les colliers de l'Éléphant et de Dannebrog. Cette observation avait suffi au syndic, qui désirait vivement obtenir de la grande chancellerie le haut syndicat du Drontheimhus. Mais il avait perdu ses avances, car le noble inconnu ne voulait voir personne.

Le second jour de l'arrivée de ce voyageur à Lœvig tirait à sa fin, lorsque l'hôte entra dans sa chambre en disant, après une inclination profonde, que le messager attendu de Sa Courtoisie venait d'arriver.

— Eh bien! dit *Sa Courtoisie*, qu'il monte.

Un instant après, le messager entra, ferma soigneusement la porte, puis, saluant jusqu'à terre l'étranger, qui s'était à demi tourné vers lui, attendit dans un silence respectueux qu'il lui adressât la parole.

— Je vous espérais ce matin, dit celui-ci; qui donc vous a retenu?

— Les intérêts de Votre Grâce, seigneur comte: ai-je un autre souci?

— Que fait Elphége? que fait Frédéric?

— Ils sont bien portants...

— Bien! bien! interrompit le maître; n'avez-vous rien de plus intéressant à m'apprendre? Quoi de nouveau à Drontheim?

— Rien, sinon que le baron de Thorvick y est arrivé hier.

— Oui, je sais qu'il a voulu consulter ce vieux Mecklembourgeois Levin sur le mariage projeté : savez-vous quel a été le résultat de son entrevue avec le gouverneur?

— Aujourd'hui à midi, heure de mon départ, il n'avait point encore vu le général.

— Comment! arrivé de la veille! vous m'étonnez, Musdœmon; et avait-il vu la comtesse?

— Encore moins, seigneur.

— C'est donc vous qui l'avez vu?

— Non, mon noble maître; et d'ailleurs je ne le connais pas.

— Et comment, si personne ne l'a vu, savez-vous qu'il est à Drontheim?

— Par son domestique, qui est descendu hier au palais du gouverneur.

— Mais lui, est-il donc descendu ailleurs?

— Son domestique assure qu'en arrivant il s'est embarqué pour Munckholm, après être entré dans le Spladgest.

Le regard du comte s'enflamma.

— Pour Munckholm! pour la prison de Schumacker! en êtes-vous certain? J'ai toujours pensé que cet honnête Levin était un traître. Pour Munckholm? qui peut l'attirer là? va-t-il demander aussi des conseils à Schumacker? va-t-il?...

— Noble seigneur, interrompit Musdœmon, il n'est pas sûr qu'il y soit allé.

— Quoi! et que me disiez-vous donc! vous jouez-vous de moi?

— Pardon, Votre Grâce, je répétais au seigneur comte ce que disait le domestique du seigneur baron. Mais le seigneur Frédéric, qui était hier de garde au donjon, n'y a point vu le baron Ordener.

— Belle preuve! mon fils ne connaît pas le fils du vice-roi. Ordener a pu entrer au fort incognito.

— Oui, seigneur; mais le seigneur Frédéric affirme n'avoir vu personne.

Le comte parut se calmer.

— Cela est différent : mon fils l'affirme-t-il en effet?

— Il me l'a assuré à trois reprises; et l'intérêt du seigneur Frédéric est ici le même que celui de Sa Grâce.

Cette réflexion du messager rassura complétement le comte.

— Ah! dit-il, je comprends. Le baron, en arrivant, aura voulu se promener un peu sur le golfe, et le domestique se sera persuadé qu'il allait à Munckholm. En effet, qu'irait-il faire là? J'étais bien sot de m'alarmer. Cette nonchalance de mon gendre à voir le vieux Levin prouve au contraire que son affection pour lui n'est pas si vive que je le craignais. Vous ne croiriez pas, mon cher Musdœmon, poursuivit le comte avec un sourire, que je m'imaginais déjà Ordener amoureux d'Ethel Schumacker, et que je bâtissais un roman et une intrigue sur ce voyage à Munckholm. Mais, Dieu merci, Ordener est moins fou que moi. — A propos, mon cher, que devient cette jeune Danaé entre les mains de Frédéric?

Musdœmon avait conçu les mêmes alarmes que son maître touchant Ethel Schumacker, et les avait combattues sans pouvoir les vaincre aussi aisément. Cependant, charmé de voir son maître sourire, il se garda bien de troubler sa sécurité, et chercha au contraire à l'accroître, afin d'accroître cette sérénité si précieuse dans les grands pour leurs favoris.

— Noble comte, votre fils a échoué près de la fille de Schumacker; mais il paraît qu'un autre a été plus heureux.

Le comte l'interrompit vivement.

— Un autre! quel autre?

— Eh! mais, je ne sais quel serf, paysan ou vassal...

— Dites-vous vrai? s'écria le comte, dont la figure dure et sombre était devenue radieuse.

— Le seigneur Frédéric me l'a affirmé, ainsi qu'à la noble comtesse.

Le comte se leva et se mit à parcourir la chambre en se frottant les mains.

— Musdœmon, mon cher Musdœmon, encore un effort, et nous sommes au but. Le rejeton de l'arbre est flétri : il ne nous reste plus qu'à renverser le tronc. — Avez-vous encore quelque bonne nouvelle?

— Dispolsen a été assassiné.

Le visage du comte se dérida entièrement.

— Ah! vous verrez que nous marcherons de triomphe en triomphe. A-t-on ses papiers? a-t-on surtout ce coffret de fer?...

— J'annonce avec peine à Votre Grâce que le meurtre n'a point été commis par les nôtres. Il a été tué et dépouillé sur les grèves d'Urchtal, et l'on attribue cet exploit à Han d'Islande.

— Han d'Islande! reprit le maître dont le visage s'était rembruni; quoi! ce brigand célèbre que nous voulons mettre à la tête de nos révoltés!

— Lui-même, noble comte, et je crains, d'après ce que j'en ai entendu dire, que nous n'ayons de la peine à le trouver; en tout cas, je me suis assuré d'un chef qui prendra son nom et pourra le remplacer. C'est un farouche montagnard, haut et dur comme un chêne, féroce et hardi comme un loup dans un désert de neige; il est impossible que ce formidable géant ne ressemble pas à Han d'Islande.

— Ce Han d'Islande, demanda le comte, est donc de haute taille?

— C'est le bruit le plus populaire, Votre Grâce.

— J'admire toujours, mon cher Musdœmon, l'art avec lequel vous disposez vos plans. Quand éclate l'insurrection?

— Oh! très-incessamment, Votre Grâce; en ce moment peut-être. La tutelle royale pèse depuis longtemps aux mineurs; tous saisissent avec joie l'idée d'un soulèvement. L'incendie commencera par Guldbranshal, s'étendra à Sund-Moër, gagnera Kongsberg. Deux mille mineurs peuvent être sur pied en trois jours; la révolte se fera au nom de Schumacker; c'est en ce nom que leur parlent nos émissaires. Les réserves du Midi et la garnison de Drontheim et de Skongen s'ébranleront; et vous serez ici justement pour étouffer la rébellion, nouveau et insigne service aux yeux du roi, et le délivrer de ce Schumacker si inquiétant pour son trône. Voilà sur quelles indestructibles bases s'élèvera l'édifice que couronnera le mariage de la noble dame Ulrique avec le baron de Thorvick.

L'entretien intime de deux scélérats n'est jamais long, parce que ce qu'il y a d'homme en eux s'effraye bien vite de ce qu'il y a d'infernal. Quand deux âmes perverses s'étalent réciproquement leur impudique nudité, leurs mutuelles laideurs les révoltent. Le crime fait horreur au crime même; et deux méchants qui conversent, avec tout le cynisme du tête-à-tête, de leurs passions, de leurs plaisirs, de leurs intérêts, se sont l'un à l'autre comme un effroyable miroir. Leur propre bassesse les humilie dans autrui; leur propre orgueil les confond; leur propre néant les épouvante; et ils ne peuvent se fuir, se désavouer eux-mêmes dans leur semblable, car chaque rapport odieux, chaque affreuse coïncidence, chaque hideuse parité, trouve en eux une voix toujours infatigable qui la dénonce à leur oreille sans cesse fatiguée. Quelque secret que soit leur entretien, il a toujours deux insupportables témoins : Dieu, qu'ils ne voient pas, et la conscience, qu'ils sentent.

Les conversations confidentielles de Musdœmon étaient

Musdœmon, dit le comte, vous êtes le plus fidèle et le plus zélé de mes serviteurs.

d'autant plus fatigantes pour le comte, qu'il mettait toujours sans ménagements son maître de moitié dans les crimes entrepris ou à entreprendre. Bien des courtisans croient adroit de sauver aux grands l'apparence des mauvaises actions; ils prennent sur eux la responsabilité du mal, et laissent même souvent à la pudeur du patron la consolation d'avoir semblé résister à un crime profitable. Musdœmon, par un raffinement d'adresse, suivait la marche contraire. Il voulait paraître conseiller rarement et toujours obéir. Il connaissait l'âme de son maître comme son maître connaissait la sienne; aussi ne se compromettait-il qu'en compromettant le comte. La tête que le comte aurait le plus volontiers fait tomber, après celle de Schumacker, c'était celle de Musdœmon; il le savait comme si son maître le lui eût dit, et son maître savait qu'il le savait.

Le comte avait appris ce qu'il voulait apprendre. Il était satisfait. Il ne lui restait plus qu'à congédier Musdœmon.

— Musdœmon, dit-il avec un sourire gracieux, vous êtes le plus fidèle et le plus zélé de mes serviteurs. Tout va bien, et je le dois à vos soins. Je vous fais secrétaire intime de la grande chancellerie.

Musdœmon s'inclina profondément.

— Ce n'est pas tout, poursuivit le comte: je vais demander pour vous une troisième fois l'ordre de Dannebrog; mais je crains toujours que votre naissance, votre indigne parenté...

Musdœmon rougit, pâlit, et cacha les altérations de son visage en s'inclinant de nouveau.

— Allez, dit le comte lui présentant sa main à baiser, allez, seigneur secrétaire intime, rédiger votre *placcat*. Il trouvera peut-être le roi dans un moment de bonne humeur.

— Que Sa Majesté l'accorde ou non, je suis confus et fier des bontés de Votre Grâce.

— Dépêchez-vous, mon cher, car je suis pressé de partir. Il faut tâcher encore d'avoir des renseignements précis sur Han.

Musdœmon, après une troisième révérence, entr'ouvrit la porte.

— Ah! dit le comte, j'oubliais... En votre qualité nouvelle de secrétaire intime, vous écrirez à la chancellerie pour qu'on envoie sa destitution à ce syndic de Lœvig,

Mes chers enfants, c'est pour vous que je reviens sur mes pas. (Page 42.)

qui compromet son rang dans le canton par une foule de bassesses envers les étrangers qu'il ne connait pas.

XIV

Le religieux qui visite à minuit le reliquaire ;
Le chevalier qui dompte un coursier belliqueux ;
Celui qui meurt au son redouté de la trompette,
Celui qui meurt au bruit pacifique des oraisons,
Sont l'objet de tes soins prodigués également
A l'homme pieux sous le casque ou sous la tonsure.

Hymne à saint Anselme.

— Oui, maître, nous devons en vérité un pèlerinage à la grotte de Lynrass. Eût-on cru que cet ermite, que je maudissais comme un esprit infernal, serait notre ange sauveur, et que la lance qui semblait nous menacer à tout moment nous servirait de pont pour franchir le précipice?

C'est en ces termes, assez burlesquement figurés, que Benignus Spiagudry faisait éclater aux oreilles d'Ordener sa joie, son admiration et sa reconnaissance pour l'ermite mystérieux. On devine que nos deux voyageurs sont sortis de la Tour-Maudite. Au point où nous les retrouvons, ils ont même déjà laissé assez loin derrière eux le hameau de Vygla, et suivent péniblement une route montueuse, entrecoupée de mares ou embarrassée de grosses pierres que les torrents passagers de l'orage ont déposées sur la terre humide et visqueuse. Le jour ne paraît pas encore; seulement les buissons qui couronnent les rochers des deux côtés du chemin se détachent du ciel déjà blanchâtre comme des coupures noires, et l'œil voit les objets, encore sans couleurs, reprendre par degrés leurs formes à cette lumière terne et en quelque sorte épaisse, que le crépuscule du nord verse à travers les froids brouillards du matin.

Ordener gardait le silence, car depuis quelques instants il s'était doucement livré à ce demi-sommeil que le mouvement machinal de la marche permet quelquefois. Il n'avait pas dormi depuis la veille, où il avait donné au repos, dans une barque de pêcheur amarrée au port de Drontheim, le peu d'heures qui avaient séparé sa sortie du Spladgest de son retour à Munckholm. Aussi, tandis que son corps s'avançait vers Skongen, son esprit s'était envolé au golfe de Drontheim, dans cette sombre prison, sous ces lugubres tours qui renfermaient le seul être auquel il pût dans le monde attacher l'idée d'espérance et de bonheur. Eveillé, le souvenir de son Ethel dominait toutes ses pensées; endormi, ce souvenir devenait comme une image fantastique qui illuminait tous ses rêves. Dans cette seconde vie du sommeil, où l'âme existe un moment seule, où l'être physique, avec tous ses maux matériels, semble s'être évanoui, il voyait cette vierge bien-aimée, non plus belle, non plus pure, mais plus libre, plus heureuse, plus à lui. Seulement, sur la route de Skongen, l'oubli de son corps, l'engourdissement de ses facultés, ne pouvaient être complets; car de temps en temps une fondrière, une pierre, une branche d'arbre, heurtant ses pieds, le rappelaient brusquement de l'idéal au réel. Il relevait alors la tête, entr'ouvrait ses yeux fatigués, et regrettait d'être retombé de son beau voyage céleste dans son pénible voyage terrestre, où rien ne le dédommageait de ses illusions enfuies que l'idée de sentir contre son cœur cette boucle de cheveux qui lui appartenaient en attendant qu'Ethel tout entière fût à lui. Puis ce souvenir ramenait la charmante image fantastique, et il remontait mollement, non dans son rêve, mais dans sa vague et opiniâtre rêverie.

— Maître! répéta Spiagudry d'une voix plus forte, qui, jointe au choc d'un tronc d'arbre, réveilla Ordener, ne craignez rien. Les archers ont pris sur la droite avec l'ermite, en sortant de la tour, et nous sommes assez loin d'eux pour pouvoir parler. Il est vrai que jusqu'ici le silence était prudent.

— Vraiment, dit Ordener en bâillant, vous poussez la prudence un peu loin. Il y a trois heures au moins que nous avons quitté la tour et les archers.

— Cela est vrai, seigneur; mais prudence ne nuit jamais. Voyez, si je m'étais nommé au moment où le chef de cette infernale escouade a demandé *Benignus Spiagudry*, d'une voix pareille à celle dont Saturne demandait son fils nouveau-né pour le dévorer; si, même en ce moment terrible, je n'avais eu recours à une taciturnité prudente, où serais-je, mon noble maître?

— Ma foi, vieillard, je crois qu'en ce moment-là nul n'eût pu obtenir de vous votre nom, eût-on employé des tenailles pour vous l'arracher.

— Avais-je tort, maître? Si j'avais parlé, l'ermite que saint Hospice et saint Usbald le solitaire bénissent, l'ermite n'aurait pas eu le temps de demander au chef des archers si son escouade n'était pas composée de soldats de la garnison de Munckholm, question insignifiante, faite uniquement pour gagner du temps. Avez-vous remarqué, jeune seigneur, après la réponse affirmative de ce stupide archer, avec quel sourire singulier l'ermite l'a invité à le suivre, en lui disant qu'il connaissait la retraite du fugitif Benignus Spiagudry?

Ici le concierge s'arrêta un moment comme pour prendre de l'élan, car il reprit soudain d'une voix larmoyante d'enthousiasme :

— Bon prêtre! digne et vertueux anachorète, pratiquant les principes de l'humanité chrétienne et de la charité évangélique! Et moi qui m'effrayais de ses dehors, assez sinistres à la vérité; mais ils cachent une si belle âme! Avez-vous encore remarqué, mon noble maître, qu'il y avait quelque chose de singulier dans l'accent dont il m'a dit *au revoir!* en emmenant les archers? Dans un autre moment, cet accident m'eût alarmé; mais ce n'est pas la faute du pieux et excellent ermite. La solitude donne sans doute à la voix ce timbre étrange; car je connais, seigneur, — ici la voix de Benignus devint plus basse, — je connais un autre solitaire, ce formidable vivant que... Mais non, par respect pour le vénérable ermite de Lynrass, je ne ferai pas cet odieux rapprochement. Ses gants n'ont également rien d'extraordinaire, il fait assez froid pour qu'on en porte; et sa boisson salée ne m'étonne pas davantage. Les cénobites catholiques ont souvent des règles singulières; celle-là, maître, se trouve indiquée dans ce vers du célèbre Urensius, religieux du mont Caucase :

Rivos despiciens, maris undam potat amaram.

Comment ne me suis-je pas rappelé ce vers dans cette maudite ruine de Vygla! un peu plus de mémoire m'aurait épargné de bien folles alarmes. Il est vrai qu'il est difficile, n'est-ce pas, seigneur, d'avoir ses idées nettes dans un pareil repaire, assis à la table d'un bourreau! d'un bourreau! d'un être voué au mépris et à l'exécration universelle, qui ne diffère de l'assassin que par la fréquence et l'impunité de ses meurtres, dont le cœur, à toute l'atrocité des plus affreux brigands, réunit la lâcheté que du moins leurs crimes aventureux ne leur permettent pas! d'un être qui offre à manger et verse à boire de la même main qui fait jouer des instruments de torture, et crier les os des misérables entre les ais rapprochés d'un chevalet! Respirer le même air qu'un bourreau! Et le plus vil mendiant, si ce contact impur l'a souillé, abandonne avec horreur les derniers haillons qui protégeaient contre l'hiver ses maladies et ses nudités! Et le chancelier, après avoir scellé ses lettres d'office, les jette sous la table des sceaux, en signe de dégoût et de malédiction! Et, en France, quand le bourreau est mort à son tour, les sergents de la prévôté aiment mieux payer une amende de quarante livres que de lui succéder! Et à Pesth, le condamné Chorchill, auquel on offrait sa grâce avec des lettres d'exécuteur, préféra le rôle de patient au métier de bourreau! N'est-il pas encore notoire, noble et jeune seigneur, que Turmeryn, évêque de Maëstricht, fit purifier une église où était entré le bourreau, et que la czarine Petrowna se lavait le visage chaque fois qu'elle revenait d'une exécution? Vous savez également que les rois de France, pour honorer les gens de guerre, veulent qu'ils soient punis par leurs camarades, afin que ces nobles hommes, même lorsqu'ils sont criminels, ne deviennent pas infâmes par l'attouchement d'un bourreau. Et enfin, ce qui est décisif, dans la *Descente de saint Georges aux enfers*, par le savant Melasius Iturham, Caron ne donne-t-il pas au brigand Robin Hood le pas sur le bourreau Philipcrass? — Vraiment, maître, si jamais je deviens puissant, — ce que Dieu seul peut savoir — je supprime les bourreaux et je rétablis l'ancienne coutume et les vieux tarifs. Pour le meurtre d'un prince, on payera, comme en 1150, quatorze cent quarante doubles écus royaux; pour le meurtre d'un comte, quatorze cent quarante écus simples; pour celui d'un baron, quatorze cent quarante bas écus; le meurtre d'un simple noble sera taxé à quatorze cent quarante ascalins, et celui d'un bourgeois...

— N'entends-je pas le pas d'un cheval qui vient à nous? interrompit Ordener.

Ils tournèrent la tête, et, comme le jour avait paru pendant le long soliloque scientifique de Spiagudry, ils purent distinguer en effet, à cent pas en arrière, un homme vêtu de noir, agitant un bras vers eux, et pressant de l'autre un de ces petits chevaux d'un blanc sale, que l'on rencontre souvent, domptés ou sauvages, dans les montagnes basses de la Norwége.

— De grâce, maître, dit le peureux concierge, pressons le pas, cet homme noir m'a tout l'air d'un archer.

— Comment, vieillard, nous sommes deux, et nous fuirions devant un seul homme!

— Hélas! vingt éperviers fuient devant un hibou. Quelle gloire y a-t-il à attendre un officier de justice?

— Et qui vous dit que c'en est un? reprit Ordener, dont les yeux n'étaient pas troublés par la peur. Rassurez-vous, mon brave guide; je reconnais ce voyageur. — Arrêtons-nous.

Il fallut céder. Un moment après, le cavalier les aborda; et Spiagudry cessa de trembler en reconnaissant la figure grave et sereine de l'aumônier Athanase Munder.

Celui-ci les salua en souriant, et arrêta sa monture, en disant d'une voix que son essoufflement entrecoupait :

— Mes chers enfants, c'est pour vous que je reviens sur

mes pas; et le Seigneur ne permettra sans doute pas que mon absence, prolongée dans une intention de charité, soit préjudiciable à ceux auxquels ma présence est utile.

— Seigneur ministre, répondit Ordener, nous serions heureux de pouvoir vous servir en quelque chose.

— C'est moi, au contraire, noble jeune homme, qui veux vous servir. Daignerez-vous me dire quel est le but de votre voyage?

— Révérend aumônier, je ne puis.

— Je désire qu'en effet, mon fils, il y ait de votre part impuissance et non défiance. Car alors malheur à moi! malheur à celui dont l'homme de bien se défie, même quand il ne l'a vu qu'une fois.

L'humilité et l'onction du prêtre touchèrent vivement Ordener.

— Tout ce que je puis vous dire, mon père, c'est que nous visitons les montagnes du Nord.

— C'est ce que je pensais, mon fils, et voilà pourquoi je viens à vous. Il y a dans ces montagnes des bandes de mineurs et de chasseurs, souvent redoutables aux voyageurs.

— Eh bien? dit Ordener.

— Eh bien! je sais qu'il ne faut pas essayer de détourner de sa route un noble jeune homme qui va chercher un danger; mais l'estime que j'ai conçue pour vous m'a inspiré un autre moyen de vous être utile. Le malheureux faux monnayeur auquel j'ai porté hier les dernières consolations de mon Dieu avait été mineur. Au moment de la mort, il m'a donné ce parchemin sur lequel son nom est écrit, disant que cette passe me préserverait de tout danger, si jamais je voyageais dans ces montagnes. Hélas! à quoi cela pourrait-il servir à un pauvre prêtre qui vivra et mourra avec des prisonniers, et qui d'ailleurs, *inter castra latronum*, ne doit chercher de défense que dans la patience et la prière, seules armes de Dieu? Si je n'ai pas refusé cette passe, c'est qu'il ne faut point affliger par un refus le cœur de celui qui, dans peu d'instants, n'aura plus rien à recevoir et à donner sur la terre. Le bon Dieu daignait m'inspirer, car aujourd'hui je puis vous apporter ce parchemin, afin qu'il vous accompagne dans les hasards de votre route, et que le don du mourant soit un bienfait pour le voyageur.

Ordener reçut avec attendrissement le présent du vieux prêtre.

— Seigneur aumônier, dit-il, Dieu veuille que votre désir soit exaucé! Merci. Pourtant, ajouta-t-il, mettant la main sur son sabre, je portais déjà mon droit de passe à mon côté.

— Jeune homme, dit le prêtre, peut-être ce frêle parchemin vous protégera-t-il mieux que votre épée de fer. Le regard d'un pénitent est plus puissant que le glaive même de l'archange. Adieu; mes prisonniers m'attendent. Veuillez prier quelquefois pour eux et pour moi.

— Saint prêtre, reprit Ordener en souriant, je vous ai dit que vos condamnés auraient leur grâce : ils l'auront.

— Oh! ne parlez pas avec cette assurance, mon fils. Ne tentez pas le Seigneur. Un homme ne sait pas ce qui se passe dans le cœur d'un autre homme, et vous ignorez encore ce que décidera le fils du vice-roi. Peut-être, hélas! ne daignera-t-il jamais admettre devant lui un humble aumônier. Adieu, mon fils; que votre voyage soit béni, et que parfois il sorte de votre belle âme un souvenir pour le pauvre prêtre et une prière pour les pauvres prisonniers.

XV

Sois le bienvenu, Hugo; dis-moi, toi... as-tu jamais vu un orage aussi terrible?

MATHURIN, *Bertram*.

Dans une salle attenant aux appartements du gouverneur de Drontheim, trois des secrétaires de Son Excellence venaient de s'asseoir devant une grande table noire, chargée de parchemins, de papier, de cachets et d'écritoires, et près de laquelle un quatrième tabouret resté vide annonçait qu'un des scribes était en retard. Ils étaient déjà depuis quelque temps méditant et écrivant chacun de leur côté quand l'un d'eux s'écria :

— Savez-vous, Wapherney, que ce pauvre bibliothécaire Foxtipp va, dit-on, être renvoyé par l'évêque, grâce à la lettre de recommandation dont vous avez appuyé la requête du docteur Anglyvius?

— Que nous contez-vous là, Richard? dit vivement celui des deux autres secrétaires auquel ne s'adressait point Richard. Wapherney n'a pu écrire en faveur d'Anglyvius, car la pétition de cet homme a révolté le général quand je la lui ai lue.

— Vous me l'aviez dit en effet, reprit Wapherney; mais j'ai trouvé sur la pétition le mot *tribuatur*, de la main de Son Excellence.

— En vérité! s'écria l'autre.

— Oui, mon cher; et plusieurs autres décisions de Son Excellence, dont vous m'aviez parlé, sont également changées dans les apostilles. Ainsi, sur la requête des mineurs, le général a écrit *negetur*...

— Comment! mais je n'y comprends rien : le général craignait l'esprit turbulent de ces mineurs.

— Il a peut-être voulu les effrayer par la sévérité. Ce qui me le ferait croire, c'est que le placet de l'aumônier Munder pour les douze condamnés est également mis au néant...

Le secrétaire auquel Wapherney parlait se leva ici brusquement.

— Oh! pour le coup, je ne peux vous croire. Le gouverneur est trop bon et m'a montré trop de pitié envers ces condamnés pour...

— Eh bien! Arthur, reprit Wapherney, lisez vous-même.

Arthur prit le placet et vit le fatal signe de réprobation.

— Vraiment, dit-il, j'en crois à peine mes yeux. Je veux représenter le placet au général. Quel jour Son Excellence a-t-elle donc apostillé ces pièces?

— Mais, répondit Wapherney, je crois qu'il y a trois jours.

— Ç'a été, reprit Richard à voix basse, dans la matinée qui a précédé l'apparition si courte et la disparition si mystérieusement subite du baron Ordener.

— Tenez, s'écria vivement Wapherney avant qu'Arthur eût eu le temps de répondre, ne voilà-t-il pas encore un *tribuatur* sur la burlesque requête de ce Benignus Spiagudry!

Richard éclata de rire.

— N'est-ce pas ce vieux gardien de cadavres qui a également disparu d'une manière si singulière?

— Oui, reprit Arthur : on a trouvé dans son charnier un cadavre mutilé, en sorte que la justice le fait poursuivre comme sacrilége. Mais un petit Lapon, qui le servait, et qui est resté seul au Spladgest, pense, avec tout le peuple, que le diable l'a emporté comme sorcier.

— Voilà, dit Wapherney en riant, un personnage qui laisse une bonne réputation!

Il achevait à peine son éclat de rire quand le quatrième secrétaire entra.

— En honneur, Gustave, vous arrivez bien tard ce matin. Vous seriez-vous marié par hasard hier?

— Eh non! reprit Wapherney : c'est qu'il aura pris le chemin le plus long, pour passer, avec son manteau neuf, sous les fenêtres de l'aimable Rosily.

— Wapherney, dit le nouveau venu, je voudrais que vous eussiez deviné. Mais la cause de mon retard est certes moins agréable; et je doute que mon manteau neuf ait produit quelque effet sur les personnages que je viens de visiter.

— D'où venez-vous donc? demanda Arthur.

— Du Spladgest.

— Dieu m'est témoin, s'écria Wapherney laissant tomber sa plume, que nous en parlions tout à l'heure! Mais si l'on peut en parler par passe-temps, je ne conçois pas comment on y entre.

— Et bien moins encore, dit Richard, comment on s'y arrête. Mais, mon cher Gustave, qu'y avez-vous donc vu?

— Oui, dit Gustave, vous êtes curieux, sinon de voir, du moins d'entendre; et vous seriez bien punis si je refusais de vous décrire ces horreurs, auxquelles vous frémiriez d'assister.

Les trois secrétaires pressèrent vivement Gustave, qui se fit un peu prier, quoique son désir de leur raconter ce qu'il avait vu ne fût pas intérieurement moins vif que leur envie de le savoir.

— Allons, Wapherney, vous pourrez transmettre mon récit à votre jeune sœur, qui aime tant les choses effrayantes. J'ai été entraîné dans le Spladgest par la foule, qui s'y pressait. On vient d'y apporter les cadavres de trois soldats du régiment de Munckholm et de deux archers, trouvés hier à quatre lieues dans les gorges, au fond du précipice de Cascadthymore. Quelques spectateurs assurent que ces malheureux composaient l'escouade envoyée, il y a trois jours, dans la direction de Skongen, à la recherche du concierge fugitif du Spladgest. Si cela est vrai, on ne peut concevoir comment tant d'hommes armés ont pu être assassinés. La mutilation des corps paraît prouver qu'ils ont été précipités du haut des rochers. Cela fait dresser les cheveux.

— Quoi! Gustave, vous les avez vus? demanda vivement Wapherney.

— Je les ai encore devant les yeux.

— Et présume-t-on quels sont les auteurs de cet attentat?

— Quelques personnes pensaient que ce pouvait être une bande de mineurs, et assuraient qu'on avait entendu hier, dans les montagnes, les sons de la corne avec laquelle ils s'appellent.

— En vérité! dit Arthur.

— Oui; mais un vieux paysan a détruit cette conjecture en faisant observer qu'il n'y avait ni mines ni mineurs du côté de Cascadthymore.

— Et qui serait-ce donc?

— On ne sait; si les corps n'étaient entiers, on pourrait croire que ce sont quelques bêtes féroces, car ils portent sur leurs membres de longues et profondes égratignures. Il en est de même du cadavre d'un vieillard à barbe blanche, qu'on a apporté au Spladgest avant-hier matin, à la suite de cet affreux orage qui vous a empêché, mon cher Léandre Wapherney, d'aller visiter, sur l'autre rive du golfe, votre Héro du coteau de Larsynn.

— Bien! bien! Gustave, dit Wapherney en riant; mais quel est ce vieillard?

— A sa haute taille, à sa longue barbe blanche, à un chapelet qu'il tient encore fortement serré entre ses mains, quoiqu'il ait été trouvé du reste absolument dépouillé, on a reconnu, dit-on, un certain ermite des environs; je crois qu'on l'appelle l'ermite de Lynrass. Il est évident que le pauvre homme a été également assassiné; mais dans quel but? On n'égorge plus maintenant pour opinion religieuse, et le vieil ermite ne possédait au monde que sa robe de bure et la bienveillance publique.

— Et vous dites, reprit Richard, que ce corps est déchiré, ainsi que ceux des soldats, comme par les ongles d'une bête féroce?

— Oui, mon cher; et un pêcheur affirmait avoir remarqué des traces pareilles sur le corps d'un officier trouvé, il y a plusieurs jours, assassiné, vers les grèves d'Urchtal.

— Cela est singulier, dit Arthur.

— Cela est effroyable, dit Richard.

— Allons, reprit Wapherney, silence et travail, car je crois que le général va bientôt venir. — Mon cher Gustave, je suis bien curieux de voir ces corps; si vous voulez, ce soir en sortant nous entrerons un moment au Spladgest.

XVI

> Elle eût été si facilement heureuse : une simple cabane dans une vallée des Alpes, quelques occupations domestiques auraient suffi pour satisfaire des désirs bornés et remplir sa douce vie; mais moi, l'ennemi de Dieu, je n'ai pas eu de repos que je n'aie brisé son cœur, que je n'aie fait tomber en ruines sa destinée... Il faut qu'elle soit la victime de l'enfer.
>
> GOETHE, *Faust*.

En 1675, c'est-à-dire vingt-quatre années avant l'époque où se passe cette histoire, hélas! c'avait été une fête charmante pour tout le hameau de Thoctree, que le mariage de la douce Lucy Pelnyrh et du beau, du grand, de l'excellent jeune homme Caroll Stadt. Il est vrai de dire qu'ils s'aimaient depuis longtemps; et comment tous les cœurs ne se seraient-ils pas intéressés aux deux jeunes amants le jour où tant d'ardents désirs, tant d'inquiètes espérances, allaient enfin se changer en bonheur! Nés dans le même village, élevés dans les mêmes champs, bien souvent, dans leur enfance, Caroll s'était endormi, après leurs jeux, sur le sein de Lucy; bien souvent, dans leur adolescence, Lucy s'était, après leurs travaux, appuyée sur le bras de Caroll. Lucy était la plus timide et la plus jolie des filles du pays, Caroll le plus brave et le plus noble des garçons du canton; ils s'aimaient, et ils n'auraient pas mieux pu se rappeler le jour où ils avaient commencé d'aimer que le jour où ils avaient commencé de vivre.

Mais leur mariage n'était pas venu comme leur amour, doucement et de lui-même. Il y avait eu des intérêts domestiques, des haines de famille, des parents, des obstacles; une année entière ils avaient été séparés, et Caroll avait bien souffert loin de sa Lucy, et Lucy avait bien pleuré loin de son Caroll, avant le jour bienheureux qui les réunissait, pour désormais ne plus souffrir et pleurer qu'ensemble.

C'était en la sauvant d'un grand péril que Caroll avait enfin obtenu sa Lucy. Un jour il avait entendu des cris dans un bois; c'était sa Lucy qu'un brigand, redouté de tous les montagnards, avait surprise et paraissait vouloir enlever. Caroll attaqua hardiment ce monstre à face humaine, auquel le singulier rugissement qu'il poussait comme une bête féroce avait fait donner le nom de *Han*. Oui, il attaqua celui que personne n'osait attaquer; mais l'amour lui donnait des forces de lion. Il délivra sa bien-aimée Lucy, la rendit à son père, et le père la lui donna.

Or, tout le village fut joyeux le jour où l'on unit ces deux fiancés. Lucy seule paraissait sombre. Jamais pourtant elle n'avait attaché un regard plus tendre sur son cher Caroll; mais ce regard était aussi triste que tendre, et, dans la joie universelle, c'était un sujet d'étonnement. De moment en moment, plus le bonheur de son ami semblait croître, plus ses yeux exprimaient de douleur et d'amour. — O ma Lucy! lui dit Caroll après la sainte céré monie, la présence de ce brigand, qui est un malheur pour toute la contrée, aura donc été un bonheur pour moi! On remarqua qu'elle secoua la tête et ne répondit rien.

Le soir vint : on les laissa seuls dans leur chaumière neuve, et les danses et les jeux redoublèrent sur la place du village pour célébrer la félicité des deux époux.

Le lendemain matin, Caroll Stadt avait disparu : quelques mots de sa main furent remis au père de Lucy Pelnyrh par un chasseur des monts de Kole, qui l'avait rencontré avant l'aube errant sur les grèves du golfe. Le vieux Will Pelnyrh montra ce papier au pasteur et au syndic, et il ne resta de la fête de la veille que l'abattement profond et le morne désespoir de Lucy.

Cette catastrophe mystérieuse consterna tout le village, et l'on s'efforça vainement à l'expliquer. Des prières pour l'âme de Caroll furent dites dans la même église où, quelques jours auparavant, lui-même avait chanté des cantiques d'actions de grâces sur son bonheur. On ne sait ce qui retint à la vie la veuve Stadt. Au bout de neuf mois de solitude et de deuil, elle mit au monde un fils, et, le jour même, le village de Golyn fut écrasé par la chute du rocher pendant qui le dominait.

La naissance de ce fils ne dissipa point la douleur sombre de sa mère. Gill Stadt n'annonçait en rien qu'il dût ressembler à Caroll. Son enfance farouche semblait promettre une vie plus farouche encore. Quelquefois un petit homme sauvage — dans lequel des montagnards qui l'avaient vu de loin affirmaient reconnaître le fameux Han d'Islande — venait dans la cabane déserte de la veuve de Caroll, et ceux qui passaient alors près de là en entendaient sortir des plaintes de femme et des rugissements de tigre. L'homme emmenait le jeune Gill, et des mois s'écoulaient; puis il le rendait à sa mère, plus sombre et plus effrayant encore.

La veuve Stadt avait pour cet enfant un mélange d'horreur et de tendresse. Quelquefois elle le serrait dans ses bras de mère, comme le seul bien qui l'attachât encore à la vie ; d'autres fois elle le repoussait avec épouvante en appelant Caroll, son cher Caroll. Nul être au monde ne savait ce qui bouleversait son cœur.

Gill avait passé sa vingt-troisième année; il vit Guth Stersen, et l'aima avec fureur. Guth Stersen était riche, et il était pauvre. Alors il partit pour Rœraas, afin de se faire mineur et de gagner de l'or. Depuis lors sa mère n'en avait plus entendu parler.

Une nuit, assise devant le rouet qui la nourrissait, elle veillait, avec sa lampe à demi éteinte, dans sa cabane, sous ces murs vieillis comme elle dans la solitude et le deuil, muets témoins de la mystérieuse nuit de ses noces. Inquiète, elle pensait à son fils, dont la présence, si vivement désirée, allait lui rappeler, et peut-être lui apporter bien des douleurs. Cette pauvre mère aimait son fils, tout ingrat qu'il était. Et comment ne l'aurait-elle pas aimé? elle avait tant souffert pour lui !

Elle se leva, alla prendre au fond d'une vieille armoire un crucifix rouillé dans la poussière. Un moment elle le considéra d'un œil suppliant; puis tout à coup, le repoussant avec effroi : — Prier! cria-t-elle : est-ce que je puis prier?... Tu n'as plus à prier que l'enfer, malheureuse! c'est à l'enfer que tu appartiens.

Elle retombait dans sa sombre rêverie lorsqu'on frappa à la porte.

C'était un événement rare chez la veuve Stadt ; car, depuis longues années, grâce à ce que sa vie offrait d'extraordinaire, tout le village de Thoctree la croyait en commerce avec les esprits infernaux. Aussi nul n'approchait de sa cabane. Etranges superstitions de ce siècle et de ce pays d'ignorance! elle devait au malheur la même réputation de sorcellerie que le concierge du Spladgest devait à la science!

— Si c'était mon fils! si c'était Gill! s'écria-t-elle. Et elle s'élança vers la porte.

Hélas ! ce n'était pas ce fils. C'était un petit ermite vêtu de bure, dont le capuchon rabattu ne laissait voir que la barbe noire.

— Saint homme, dit la veuve, que demandez-vous ? Vous ne savez pas à quelle maison vous vous adressez.

— Si vraiment! répéta l'ermite d'une voix rauque et trop connue. Et, arrachant ses gants, sa barbe noire et son capuchon, il découvrit un atroce visage, une barbe rousse et des mains armées d'ongles hideux.

— Oh !... cria la veuve. Et elle cacha sa tête dans ses mains.

— Eh bien! dit le petit homme, est-ce que, depuis vingt-quatre ans, tu ne t'es pas encore habituée à voir l'époux que tu dois contempler durant toute l'éternité?

Elle murmura avec épouvante : L'éternité!...

— Ecoute, Lucy Pelnyrh, je t'apporte des nouvelles de ton fils.

— De mon fils? où est-il? pourquoi ne vient-il pas?...

— Il ne peut.

— Mais, dites-moi, reprit-elle... Je vous rends grâces, hélas! vous pouvez donc m'apporter du bonheur!

— C'est le bonheur en effet que je t'apporte, dit l'homme d'une voix sourde; car tu es une faible femme, et je m'étonne que ton ventre ait pu porter un pareil fils. Réjouis-toi donc. Tu craignais que ton fils ne marchât sur ma trace : ne crains plus rien.

— Quoi! s'écria la mère avec ravissement, mon fils, mon bien-aimé Gill, est donc changé?

L'ermite regardait sa joie avec un rire funeste.

— Oh! bien changé, dit-il.

— Et pourquoi n'est-il pas accouru dans mes bras? Où l'avez-vous vu? que faisait-il ?

— Il dormait.

La veuve, dans l'excès de sa joie, ne remarquait ni le regard sinistre ni l'air horriblement railleur du petit homme.

— Pourquoi ne l'avoir pas réveillé, ne lui avoir pas dit : Gill, viens voir ta mère?

— Son sommeil était profond.

— Oh! quand viendra-t-il? apprenez-moi, je vous en supplie, si je le reverrai bientôt.

Le faux ermite tira de dessous sa robe une espèce de coupe d'une forme singulière.

— Eh bien! veuve, dit-il, bois au prochain retour de ton fils!

La veuve poussa un cri d'horreur. C'était un crâne humain. Elle fit un geste d'épouvante et ne put proférer une parole.

— Non ! non! cria tout à coup l'homme avec une voix terrible, ne détourne pas les yeux, femme; regarde. Tu demandes à revoir ton fils?... Regarde, te dis-je! car voilà tout ce qui en reste.

Et, aux lueurs de la lampe rougeâtre, il présentait aux lèvres pâles de la mère le crâne nu et desséché de son fils.

Trop de malheurs avaient passé sur cette âme pour qu'un malheur de plus la brisât. Elle leva sur le farouche ermite un regard fixe et stupide.

— Oh! la mort!... dit-elle faiblement, la mort! laissez-moi mourir.

— Meurs si tu veux!... Mais souviens-toi, Lucy Pelnyrh, du bois de Thoctree; souviens-toi du jour où le démon, en s'emparant de ton corps, a donné ton âme à l'enfer! Je suis le démon, Lucy, et tu es mon épouse éternelle. Maintenant, meurs si tu veux.

C'était une croyance, dans ces contrées superstitieuses, que des esprits infernaux apparaissaient parfois parmi les hommes pour y vivre des vies de crimes et de calamités. Entre autres fameux scélérats, Han d'Islande avait cette effrayante renommée. On croyait encore que la femme qui, par séduction ou par violence, était la proie d'un de ces démons à forme humaine, devenait irrévocablement, par ce seul malheur, sa compagne de damnation.

Les événements que l'ermite rappelait à la veuve parurent réveiller en elle ces idées.

— Hélas! dit-elle douloureusement, je ne puis donc

échapper à l'existence!... Et qu'ai-je fait? car tu le sais, mon bien-aimé Caroll, je suis innocente. Le bras d'une jeune fille n'a point la force du bras d'un démon.

Elle poursuivit; ses regards étaient pleins de délire, et ses paroles incohérentes semblaient nées du tremblement convulsif de ses lèvres.

— Oui, Caroll, depuis ce jour je suis impure et innocente; et le démon me demande si je me le rappelle, cet horrible jour! — Mon Caroll, je ne t'ai point trompé; — tu es venu trop tard; j'étais à lui avant d'être à toi, hélas! — Hélas! et je serai punie éternellement. Non, je ne vous rejoindrai pas, vous que je pleure. A quoi bon mourir? J'irais avec ce monstre dans un monde qui lui ressemble, dans le monde des réprouvés! Et qu'ai-je donc fait? Mes malheurs dans la vie seront mes crimes dans l'éternité.

Le petit ermite appuyait sur elle un regard de triomphe et d'autorité.

— Ah! s'écria-t-elle tout à coup en se tournant vers lui, ah! dites-moi, ceci n'est-il pas quelque rêve affreux que votre présence m'apporte? car, vous le savez, hélas! depuis le jour de ma perte, toutes les fatales nuits où votre esprit m'a visitée ont été marquées pour moi par d'impures apparitions, d'effrayants songes et des visions épouvantables.

— Femme, femme, reviens à la raison. Il est aussi vrai que tu es éveillée qu'il est vrai que Gill est mort.

Le souvenir de ses anciennes infortunes avait comme effacé en cette mère celui de son nouveau malheur : ces paroles le lui rendirent.

— O mon fils! mon fils! dit-elle; et le son de sa voix aurait ému tout autre que l'être méchant qui l'écoutait. Non, il reviendra; il n'est pas mort; je ne puis croire qu'il est mort.

— Eh bien! va le demander aux rochers de Rœraas, qui l'ont écrasé, au golfe de Drontheim, qui l'a enseveli.

La veuve tomba à genoux et cria avec effort : — Dieu! grand Dieu!

— Tais-toi, servante de l'enfer!

La malheureuse se tut. Il poursuivit :

— Ne doute pas de la mort de ton fils. Il a été puni par où son père a failli. Il a laissé amollir son cœur de granit par un regard de femme. Moi, je t'ai possédée, mais je ne t'ai jamais aimée. Le malheur de ton Caroll est retombé sur lui. — Mon fils et le tien a été trompé par sa fiancée, par celle pour qui il est mort.

— Mort! reprit-elle, mort! cela est donc vrai! — O Gill, tu étais né de mon malheur, tu avais été conçu dans l'épouvante et enfanté dans le deuil; ta bouche avait déchiré mon sein; enfant, jamais tes caresses n'avaient répondu à mes caresses, tes embrassements à mes embrassements; tu as toujours fui et repoussé ta mère, ta mère si seule et si abandonnée dans la vie. Tu ne cherchais à me faire oublier mes maux passés qu'en me créant de nouvelles douleurs; tu me délaissais pour le démon auteur de ton existence et de mon veuvage; jamais, durant de longues années, Gill, jamais une joie ne m'est venue de toi; et cependant aujourd'hui ta mort, mon fils, me semble la plus insupportable de mes afflictions, aujourd'hui ton souvenir me semble un souvenir d'enchantement et de consolation. Hélas!

Elle ne put continuer; elle cacha sa tête dans son voile de bure noire, et on l'entendait sangloter douloureusement.

— Faible femme! murmura l'ermite. Puis il reprit d'une voix forte : Dompte ta douleur, je me suis joué de la mienne; écoute, Lucy Pelnyrh, pendant que tu pleures encore ton fils, j'ai déjà commencé à le venger. C'est pour un soldat de la garnison de Munckholm que sa fiancée l'a trompé. Tout le régiment périra par mes mains. — Vois, Lucy Pelnyrh.

Il avait relevé les manches de sa robe, et montrait à la veuve ses bras difformes teints de sang.

— Oui, dit-il en poussant une sorte de rugissement, c'est aux grèves d'Urchtal, c'est aux gorges de Cascadthymore, que l'esprit de Gill doit se promener avec joie. — Allons, femme, ne vois-tu pas ce sang? Console-toi donc.

Puis tout à coup, comme frappé d'un souvenir, il s'interrompit :

— Veuve, ne t'a-t-on pas remis de ma part un coffre de fer? — Quoi! je t'ai envoyé de l'or et je t'apporte du sang, et tu pleures encore! Tu n'es donc pas de la race des hommes?

La veuve, absorbée dans son désespoir, gardait le silence.

— Allons! dit-il avec un rire farouche, muette et immobile! tu n'es donc pas non plus de la race des femmes, Lucy Pelnyrh? et il secouait son bras pour qu'elle l'écoutât : est-ce qu'un messager ne t'a pas apporté un coffre de fer scellé?

La veuve, lui accordant une attention passagère, fit un signe de tête négatif, et retomba dans sa morne rêverie.

— Ah! le misérable! cria le petit homme, le misérable infidèle! Spiagudry, cet or te coûtera cher!

Et, dépouillant sa robe d'ermite, il s'élança hors de la cabane avec le grondement d'une hyène qui cherche un cadavre.

XVII

> Seigneur, je peigne mes cheveux, je les peigne en pleurant, parce que vous me laissez seule, et que vous vous en allez dans les montagnes.
>
> *La Dame au Comte*, romance.

Ethel cependant avait déjà compté quatre jours longs et monotones depuis qu'elle errait seule dans le sombre jardin du donjon de Slesvig; seule dans l'oratoire, témoin de tant de pleurs et confident de tant de vœux, seule dans la longue galerie, où une fois elle n'avait pas entendu sonner minuit. Son vieux père l'accompagnait quelquefois, mais elle n'en était pas moins seule, car le véritable compagnon de sa vie était absent.

Malheureuse jeune fille!... Qu'avait fait cette âme jeune et pure pour être déjà livrée à tant d'infortune? Enlevée au monde, aux honneurs, aux richesses, aux joies de la jeunesse, aux triomphes de la beauté, elle était encore au berceau qu'elle était déjà dans un cachot; captive près d'un père captif, elle avait grandi en le voyant dépérir; et, pour comble de douleur, pour qu'elle n'ignorât aucun esclavage, l'amour était venu la trouver dans sa prison.

Encore si elle eût pu avoir son Ordener auprès d'elle, que lui eût fait la liberté? Eût-elle su seulement s'il existait un monde dont on la séparait? Et d'ailleurs son monde, son ciel, n'eussent-ils pas été avec elle dans cet étroit donjon, sous ces noires tours hérissées de soldats, et vers lesquelles le passant n'en aurait pas moins jeté un regard de pitié?

Mais, hélas! pour la seconde fois, cet Ordener était absent; et, au lieu de couler près de lui des heures bien courtes, mais toujours renaissantes, dans de saintes caresses et de chastes embrassements, elle passait les nuits et les jours à pleurer son absence et à prier pour ses dangers. Car une vierge n'a que sa prière et ses larmes.

Quelquefois elle enviait ses ailes à l'hirondelle libre, qui venait lui demander quelque nourriture à travers les barreaux de sa prison. Quelquefois elle laissait fuir sa pensée sur le nuage qu'un vent rapide enfonçait dans le nord du ciel; puis tout à coup elle détournait sa tête, et voilait ses yeux, comme si elle eût craint de voir apparaître le gigantesque brigand, et commencer le combat inégal sur l'une des montagnes lointaines dont le sommet bleuâtre rampait à l'horizon ainsi qu'une nuée immobile.

Oh! qu'il est cruel d'aimer alors qu'on est séparé de

l'être qu'on aime! Bien peu de cœurs ont connu cette douleur dans toute son étendue, parce que bien peu de cœurs ont connu l'amour dans toute sa profondeur. Alors, étranger en quelque sorte à sa propre existence, on se crée pour soi-même une solitude morne, un vide immense, et pour l'être absent je ne sais quel monde effrayant de périls, de monstres et de déceptions; les diverses facultés qui composaient notre nature se changent et se perdent en un désir infini de l'être qui nous manque : tout ce qui nous environne est hors de notre vie. Cependant on respire, on marche, on agit, mais sans la pensée. Comme une planète égarée qui aurait perdu son soleil, le corps se meut au hasard : l'âme est ailleurs.

XVIII

Sur un grand bouclier ces chefs impitoyables
Epouvantent l'enfer de serments effroyables;
Et près d'un taureau noir qu'ils viennent d'égorger,
Tous, la main dans le sang, jurent de se venger.

Les sept Chefs devant Thèbes.

Les rivages de Norwége abondent en baies étroites, en criques, en récifs, en lagunes, en petits caps tellement multipliés, qu'ils fatiguent la mémoire du voyageur et la patience du topographe. Autrefois, à en croire les discours populaires, chaque isthme avait son démon qui le hantait, chaque anse sa fée qui l'habitait, chaque promontoire son saint qui le protégeait; car la superstition mêle toutes les croyances pour se faire des terreurs. Sur la grève de Kelvel, à quelques milles au nord de la grotte de Walderhog, un seul endroit, disait-on, était libre de toute juridiction des esprits infernaux, intermédiaires ou célestes. C'était la clairière riveraine dominée par le rocher sur le sommet duquel on apercevait encore quelques vieilles ruines du manoir de Ralph ou Radulphe le Géant. Cette petite prairie sauvage, bordée au couchant par la mer, et étroitement encaissée dans des roches couvertes de bruyères, devait ce privilége au nom seul de cet ancien sire norvégien, son premier possesseur. Car quelle fée, quel diable ou quel ange eût osé se faire l'hôte ou le patron du domaine autrefois occupé et protégé par Ralph le Géant?

Il est vrai que le nom seul du formidable Ralph suffisait pour imprimer un caractère effrayant à ces lieux déjà si sauvages. Mais, à tout prendre, un souvenir n'est pas si redoutable qu'un esprit; et jamais un pêcheur attardé par le gros temps, en amarrant sa barque dans la crique de Ralph, n'avait vu le follet rire et danser, parmi des âmes, sur le haut d'un rocher, ni la fée parcourir les bruyères dans son char de phosphore traîné par des vers luisants, ni le saint remonter vers la lune après sa prière.

Si pourtant, la nuit qui suivit le grand orage, les houles de la mer et la violence du vent eussent permis à quelque marinier égaré d'aborder dans cette baie hospitalière, peut-être eût-il été frappé d'une superstitieuse épouvante en contemplant les trois hommes qui, cette nuit-là, s'étaient assis autour d'un grand feu allumé au milieu de la clairière. Deux d'entre eux étaient couverts des grands chapeaux de feutre et des larges pantalons des mineurs royaux. Leurs bras étaient nus jusqu'à l'épaule, leurs pieds cachés dans des bottines fauves; une ceinture d'étoffe rouge soutenait leurs sabres recourbés et leurs longs pistolets. Tous deux portaient une trompe de corne suspendue à leur cou. L'un était vieux, l'autre était très-jeune; et l'épaisseur de la barbe du vieillard, la longueur des cheveux du jeune homme, ajoutaient quelque chose de sauvage à leurs physionomies naturellement dures et sévères.

A son bonnet de peau d'ours, à sa casaque de cuir huilé, au mousquet fixé en bandoulière à son dos, à sa culotte courte et étroite, à ses genoux nus, à ses sandales d'écorce, à la hache étincelante qu'il portait à la main, il était facile de reconnaître dans le compagnon des deux mineurs un montagnard du nord de Norwége.

Certes, celui qui eût aperçu de loin ces trois figures singulières, sur lesquelles le foyer, agité par les brises de la mer, jetait des lueurs rouges et changeantes, eût pu être à bon droit effrayé, sans même croire aux spectres et aux démons; il lui eût suffi pour cela de croire aux voleurs, et d'être un peu plus riche qu'un poëte.

Ces trois hommes tournaient souvent la tête vers le sentier perdu du bois qui aboutit à la clairière de Ralph, et, d'après celles de leurs paroles que le vent n'emportait pas, ils semblaient attendre un quatrième personnage.

— Dites donc, Kennybol, savez-vous qu'à cette heure-ci nous n'attendrions pas aussi paisiblement cet envoyé du comte Griffenfeld dans la prairie voisine, la prairie du lutin Tulbytilbet, ou là-bas dans la baie de Saint-Cuthbert?...

— Ne parlez pas si haut, Jonas, répondit le montagnard au vieux mineur, béni soit Ralph le Géant qui nous protége! Me préserve le ciel de remettre le pied dans la clairière de Tulbytilbet! l'autre jour j'y croyais cueillir de l'aubépine, et j'y ai cueilli de la mandragore, qui s'est mise à saigner et à crier, ce qui a failli me rendre fou.

Le jeune mineur se prit à rire.

— En vérité, Kennybol, je crois, moi, que le cri de la mandragore a bien produit tout son effet sur votre pauvre cerveau.

— Pauvre cerveau toi-même! dit le montagnard avec humeur: voyez, Jonas, il rit de la mandragore. Il rit comme un insensé qui joue avec une tête de mort.

— Hum! repartit Jonas. Qu'il aille donc à la grotte de Walderhog, où les têtes de ceux que Han, démon d'Islande, a assassinés, reviennent chaque nuit danser autour de son lit de feuilles sèches, en entrechoquant leurs dents pour l'endormir.

— Cela est vrai, dit le montagnard.

— Mais, reprit le jeune homme, le seigneur Hacket, que nous attendons, ne nous a-t-il pas promis que Han d'Islande se mettrait à la tête de notre insurrection?

— Il l'a promis, répondit Kennybol; et avec l'aide de ce démon nous sommes sûrs de vaincre toutes les casaques vertes de Drontheim et de Copenhague.

— Tant mieux! s'écria le vieux mineur; mais ce n'est pas moi qui me chargerai de faire la sentinelle la nuit près de lui... —

En ce moment, le craquement des bruyères mortes sous des pas d'hommes appela l'attention des interlocuteurs; ils se détournèrent, et un rayon du foyer leur fit reconnaître le nouveau venu.

— C'est lui! — c'est le seigneur Hacket! — Salut! seigneur Hacket! vous vous êtes fait attendre. — Voilà plus de trois quarts d'heure que nous sommes au rendez-vous... —

Ce seigneur Hacket était un homme petit et gras, vêtu de noir, dont la figure joviale avait une expression sinistre.

— Bien, mes amis, dit-il; j'ai été retardé par mon ignorance du chemin et les précautions qu'il m'a fallu prendre. — J'ai quitté le comte Schumacker ce matin; voici trois bourses d'or qu'il m'a chargé de vous remettre.

Les deux vieillards se jetèrent sur l'or avec l'avidité commune aux paysans de cette pauvre Norwége. Le jeune mineur repoussa la bourse que lui tendait Hacket.

— Gardez votre or, seigneur envoyé; je mentirais si je disais que je me révolte pour votre comte Schumacker; je me révolte pour affranchir les mineurs de la tutelle royale; je me révolte pour que le lit de ma mère n'ait plus une couverture déchiquetée comme les côtes de notre bon pays, la Norwége.

Loin de paraître déconcerté, le seigneur Hacket répondit en souriant :

— C'est donc à votre pauvre mère, mon cher Norbith,

Eh bien! veuve, dit-il, bois au prochain retour de ton fils! (Page 45.)

que j'enverrai cet argent, afin qu'elle ait deux couvertures neuves pour les bises de cet hiver.

Le jeune homme se rendit par un signe de tête, et l'envoyé, en orateur habile, se hâta d'ajouter :

— Mais gardez-vous de répéter ce que vous venez de dire inconsidérément, que ce n'est pas pour Schumacker, comte de Griffenfeld, que vous prenez les armes.

— Cependant... cependant, murmurèrent les deux vieillards, nous savons bien qu'on opprime les mineurs, mais nous ne connaissons pas ce comte, ce prisonnier d'État...

— Comment! reprit vivement l'envoyé; pouvez-vous être ingrats à ce point? vous gémissiez dans vos souterrains, privés d'air et de jour, dépouillés de toute propriété, esclaves de la plus onéreuse tutelle? Qui est venu à votre aide? qui a ranimé votre courage? qui vous a donné de l'or, des armes? N'est-ce pas mon illustre maître, le noble comte de Griffenfeld, plus esclave et plus infortuné encore que vous? Et maintenant, comblés de ses bienfaits, vous refuseriez de vous en servir pour conquérir sa liberté en même temps que la vôtre?...

— Vous avez raison, interrompit le jeune mineur, ce serait mal agir.

— Oui, seigneur Hacket, dirent les deux vieillards, nous combattrons pour le comte Schumacker.

— Courage, mes amis! levez-vous en son nom, portez le nom de votre bienfaiteur d'un bout de la Norwége à l'autre. Écoutez, tout seconde votre juste entreprise; vous allez être délivrés d'un formidable ennemi, le général Levin de Knud, qui gouverne la province. La puissance secrète de mon noble maître, le comte de Griffenfeld, va le faire rappeler momentanément à Berghen. — Allons, dites-moi, Kennybol, Jonas, et vous, mon cher Norbith, tous vos compagnons sont-ils prêts?

— Mes frères de Guldbranshal, dit Norbith, n'attendent que mon signal. Demain, si vous voulez...

— Demain, soit. Il faut que les jeunes mineurs, dont vous êtes le chef, lèvent les premiers l'étendard. Et vous, mon brave Jonas?

— Six cents braves des îles Fa-roër, qui vivent depuis trois jours de chair de chamois et d'huile d'ours, dans la forêt de Bennallag, ne demandent qu'un coup de trompe de leur vieux capitaine Jonas, du bourg de Lœvig.

— Fort bien. Et vous, Kennybol?

BEAUCE. LAVIEILLE

Trois hommes s'étaient assis autour d'un grand feu... (Page 47.)

— Tous ceux qui portent une hache dans les gorges de Kole, et gravissent les rochers sans genouillères, sont prêts à se joindre à leurs frères les mineurs quand ils auront besoin d'eux.

— Il suffit Annoncez à vos compagnons, pour qu'ils ne doutent pas de vaincre, ajouta l'envoyé en haussant la voix, que Han d'Islande sera le chef.

— Cela est-il certain? demandèrent-ils tous trois ensemble, et d'une voix où se mêlaient l'expression de la terreur et celle de l'espérance.

L'envoyé répondit :

— Je vous attendrai tous trois dans quatre jours, à pareille heure, avec vos colonnes réunies, dans la mine d'Apsyl-Corh, près le lac de Smiasen, sous la plaine de l'Etoile Bleue. Han d'Islande m'accompagnera.

— Nous y serons, dirent les trois chefs. Et puisse Dieu ne pas adandonner ceux qu'aidera le démon!

— Ne craignez rien de la part de Dieu, dit Hacket en ricanant. — Écoutez, vous trouverez dans les vieilles ruines de Crag des enseignes pour vos troupes. — N'oubliez pas le cri : — *Vive Schumacker! Sauvons Schumacker!* — Il faut que nous nous séparions; le jour ne va pas tarder à paraître. Mais auparavant jurez le plus inviolable secret sur ce qui se passe entre nous.

Sans répondre une parole, les trois chefs s'ouvrirent la veine du bras gauche avec la pointe d'un sabre; ensuite, saisissant la main de l'envoyé, ils y laissèrent couler chacun quelques gouttes de sang.

— Vous avez notre sang, lui dirent-ils. Puis le jeune s'écria :

— Que tout mon sang s'écoule comme celui que je verse en ce moment; qu'un esprit malfaisant se joue de mes projets, comme l'ouragan d'une paille; que mon bras soit de plomb pour venger une injure; que les chauves-souris habitent mon sépulcre; que je sois, vivant, hanté par les morts; mort, profané par les vivants; que mes yeux se fondent en pleurs comme ceux d'une femme, si jamais je parle de ce qui a lieu à cette heure dans la clairière de Ralph le Géant! Daignent les bienheureux saints m'entendre!

— *Amen!* répétèrent les deux vieillards.

Alors ils se séparèrent, et il ne resta plus dans la clai

rière que le foyer à demi éteint, dont les rayons mourants montaient par intervalles jusqu'au faîte des tours ruinées et solitaires de Ralph le Géant.

XIX

THÉODORE.

Tristan, fuyons par ici.

TRISTAN.

C'est une étrange disgrâce.

THÉODORE.

Nous aura-t-on reconnus?

TRISTAN.

Je l'ignore, et j'en ai peur.

LOPE DE VEGA, *le Chien du Jardinier.*

Benignus Spiagudry se rendait difficilement compte des motifs qui pouvaient pousser un jeune homme bien constitué et paraissant avoir encore longues années de vie devant lui, tel que son compagnon de voyage, à se porter l'agresseur volontaire du redoutable Han d'Islande. Bien souvent, depuis qu'ils avaient commencé leur route, il avait abordé adroitement cette question; mais le jeune aventurier gardait sur la cause de son voyage un silence obstiné. Le pauvre homme n'avait pas été plus heureux dans toutes les autres curiosités que son singulier camarade devait naturellement lui inspirer. Une fois il avait hasardé une question sur la famille et le nom de son jeune *maître*. « Appelez-moi Ordener, » avait répondu celui-ci; et cette réponse peu satisfaisante était prononcée d'un ton qui interdisait la réplique. Il fallut donc se résigner; chacun a ses secrets; et le bon Spiagudry lui-même ne cachait-il pas soigneusement dans sa besace et sous son manteau certaine cassette mystérieuse, sur laquelle toutes les recherches lui eussent semblé fort déplacées et fort désagréables?

Ils avaient quitté Drontheim depuis quatre jours, sans avoir fait beaucoup de chemin, tant en raison du dégât causé dans les routes par l'orage que de la multiplicité des voies de traverse et détours que le concierge fugitif croyait prudent de prendre pour éviter les lieux trop habités. Après avoir laissé Skongen sur leur droite, vers le soir du quatrième jour, ils atteignirent la rive du lac de Sparbo.

C'était un tableau sombre et magnifique que cette vaste nappe d'eau réfléchissant les derniers rayons du jour et les premières étoiles de la nuit dans un cadre de hauts rochers, de sapins noirs et de grands chênes. L'aspect d'un lac, le soir, produit quelquefois, à une certaine distance, une singulière illusion d'optique; c'est comme si un abîme prodigieux, perçant le globe de part en part, laissait voir le ciel à travers la terre.

Ordener s'arrêta, contemplant ces vieilles forêts druidiques qui couvrent les rivages montueux du lac comme une chevelure, et les huttes crayeuses de Sparbo, répandues sur une pente ainsi qu'un troupeau épars de chèvres blanches. Il écoutait les bruits lointains des forges (1), mêlés au sourd mugissement des grands bois magiques, aux cris intermittents des oiseaux sauvages et à la grave harmonie des vagues. Au nord, un immense rocher de granit, encore éclairé par le soleil, s'élevait majestueusement au-dessus du petit hameau d'Oëlmœ; puis sa tête se courbait sous un amas de tours ruinées, comme si le géant eût été fatigué du fardeau.

Quand l'âme est triste, les spectacles mélancoliques lui plaisent: elle les rembrunit de toute sa tristesse. Qu'un malheureux soit jeté parmi de sauvages et hautes montagnes, près d'un sombre lac, d'une noire forêt, au moment où le jour va disparaître, il verra cette scène grave, cette nature sérieuse, en quelque sorte à travers un voile funèbre; il ne lui semblera pas que le soleil se couche, mais qu'il meurt.

(1) Les eaux du lac de Sparbo sont renommées pour la trempe de l'acier.

Ordener rêvait, silencieux et immobile, quand son compagnon s'écria :

— A merveille, jeune seigneur, il est beau de méditer ainsi devant le lac de Norwége qui renferme le plus de pleuronectes!

Cette observation et le geste qui l'accompagnait eussent fait sourire tout autre qu'un amant séparé de sa maîtresse pour ne la revoir peut-être plus. Le savant concierge poursuivit :

— Pourtant, souffrez que je vous enlève à votre docte contemplation pour vous faire remarquer que le jour décline, et qu'il faut nous hâter si nous voulons arriver au village d'Oëlmœ avant le crépuscule.

La remarque était juste. Ordener se remit en marche, et Spiagudry le suivit en continuant ses réflexions mal écoutées sur les phénomènes botaniques et physiologiques que le lac de Sparbo présente aux naturalistes.

— Seigneur Ordener, disait-il, si vous en croyiez votre dévoué guide, vous abandonneriez votre funeste entreprise; — oui, seigneur, et vous vous fixeriez ici sur les bords de ce lac si curieux où nous pourrions nous livrer ensemble à une foule de doctes recherches, par exemple à celle de la *stella canora palustris*, plante singulière que beaucoup de savants croient fabuleuse, mais que l'évêque Arngrim affirme avoir vue et entendue sur les rives du Sparbo. Ajoutez à cela que nous aurions la satisfaction d'habiter le sol de l'Europe qui renferme le plus de gypse, et où les sicaires de la *Thémis* de Drontheim pénètrent le moins. — Cela ne vous sourit-il pas, mon jeune maître? Allons, renoncez à votre voyage insensé; car, sans vous offenser, votre entreprise est périlleuse sans profit, *periculum sine pecuniâ*, c'est-à-dire insensée, et conçue dans un moment où vous auriez mieux fait de penser à autre chose.

Ordener, qui ne prêtait aucune attention aux paroles du pauvre homme, n'entretenait la conversation que par ces monosyllabes insignifiants et distraits que les grands parleurs prennent pour des réponses. C'est ainsi qu'ils arrivèrent au hameau d'Oëlmœ, sur la place duquel un mouvement inusité se faisait en ce moment remarquer.

Les habitants, chasseurs, pêcheurs, forgerons, sortaient de toutes les cabanes et accouraient se grouper autour d'un tertre circulaire, occupé par quelques hommes, dont l'un sonnait du cor en agitant au-dessus de sa tête une petite bannière blanche et noire.

— C'est sans doute quelque charlatan, dit Spiagudry, *ambubaiarum collegia, pharmacopolæ*, quelque misérable qui convertit l'or en plomb et les plaies en ulcères. Voyons, quelle invention de l'enfer va-t-il vendre à ces pauvres campagnards? Encore si ces imposteurs se bornaient aux rois, s'ils imitaient tous le Danois Borch et le Milanais Borri, ces alchimistes qui se jouèrent si complétement de notre Frédéric III (1); mais il leur faut le denier du paysan non moins que le million du prince.

Spiagudry se trompait; en approchant du monticule, ils reconnurent, à sa robe noire et à son bonnet rond et aigu, un syndic environné de quelques archers. L'homme qui sonnait du cor était le crieur des édits.

Le gardien fugitif, troublé, murmura à voix basse :

— En vérité, seigneur Ordener, en entrant dans cette

(1) Frédéric III fut la dupe de Borch ou Borrichius, chimiste danois, et surtout de Borri, charlatan milanais, qui se disait le favori de l'archange Michel. Cet imposteur, après avoir émerveillé de ses prétendus prodiges Strasbourg et Amsterdam, agrandit la sphère de son ambition et la témérité de ses mensonges : après avoir trompé le peuple, il osa tromper les rois. Il commença par Christine à Hambourg, et termina par le roi Frédéric à Copenhague.

bourgade, je ne m'attendais guère à tomber sur un syndic. Me protége le grand saint Hospice ! que va-t-il dire ?

Son incertitude ne fut pas longue, car la voix glapissante du crieur des édits s'éleva tout à coup, religieusement écoutée par la petite foule des habitants d'Oëlmœ :

— « Au nom de Sa Majesté, et par ordre de Son Excel« lence le général Levin de Knud, gouverneur, le haut « syndic du Drontheimhus fait savoir à tous les habitants « des villes, bourgs et bourgades de la province, que, 1° la « tête de Han, natif de Klipstadur, en Islande, assassin et « incendiaire, est mise au prix de mille écus royaux. »

Un murmure vague éclata dans l'auditoire. Le crieur poursuivit :

— « 2° La tête de Benignus Spiagudry, nécroman et sa« crilége, ex-gardien du Spladgest de Drontheim, est mise « au prix de quatre écus royaux ;

« 3° Cet édit sera publié dans toute la province, par les « syndics des villes, bourgs et bourgades, qui en facilite« ront l'exécution. »

Le syndic prit l'édit des mains du crieur, et ajouta d'une voix lugubre et solennelle :

« La vie de ces hommes est offerte à qui voudra la pren« dre. »

Le lecteur se persuadera aisément que cette lecture ne fut pas écoutée sans quelque émotion par notre pauvre et malencontreux Spiagudry. Nul doute même que les signes extraordinaires d'effroi qui lui échappèrent en ce moment n'eussent appelé l'attention du groupe qui l'environnait si elle n'eût été entièrement absorbée par la première partie de l'édit syndical.

— La tête de Han à prix ! s'écria un vieux pêcheur qui était venu traînant ses filets humides. Ils feraient tout aussi bien, par saint Usulph, de mettre à prix également la tête de Belzébuth.

— Pour garder la proportion entre Han et Belzébuth, il faudrait, dit un chasseur, reconnaissable à sa veste de peau de chamois, qu'ils offrissent seulement quinze cents écus du chef cornu du dernier démon.

— Gloire soit à la sainte mère de Dieu ! ajouta en roulant son fuseau une vieille dont le front chauve branlait. Je voudrais voir la tête de ce Han, afin de m'assurer que ses yeux sont deux charbons ardents, comme on le dit.

— Oui, sûrement, reprit une autre vieille, c'est seulement en la regardant qu'il a brûlé la cathédrale de Drontheim. Moi, je voudrais voir le monstre tout entier, avec sa queue de serpent, son pied fourchu et ses grandes ailes de chauve-souris.

— Qui vous a fait ces contes, bonne mère ? interrompit le chasseur d'un air de fatuité. J'ai vu, moi, ce Han d'Islande dans les gorges de Medsyhath ; c'est un homme fait comme nous, seulement il a la hauteur d'un peuplier de quarante ans.

— Vraiment ? dit avec une expression singulière une voix dans la foule.

Cette voix, qui fit tressaillir Spiagudry, était celle d'un petit homme dont le visage était caché sous un large feutre de mineur, et le corps couvert d'une natte de jonc et de poil de veau marin.

— Sur ma foi, reprit, avec un rire épais, un forgeron qui portait son grand marteau en bandoulière, qu'on offre pour sa tête mille ou dix mille écus royaux, qu'il ait quatre ou quarante brasses de hauteur, ce n'est pas moi qui me chargerai d'y aller voir.

— Ni moi, dit le pêcheur.

— Ni moi, ni moi, répétèrent toutes les voix.

— Celui pourtant qui en serait tenté, reprit le petit homme, trouvera Han d'Islande demain dans la ruine d'Arbar, près le Smiasen, après-demain dans la grotte de Walderhog.

— Brave homme, en êtes-vous sûr ?

Cette question fut faite à la fois par Ordener, qui assistait à cette scène avec un intérêt facile à comprendre pour tout autre que Spiagudry, et par un autre petit homme, assez replet, vêtu de noir, d'un visage gai, et qui était sorti, aux premiers sons de la trompe du crieur, de la seule auberge que renfermât la bourgade.

Le petit homme au grand chapeau parut les considérer un instant tous deux, et répondit d'une voix sourde :

— Oui.

— Et comment le savez-vous pour pouvoir l'affirmer ? demanda Ordener.

— Je sais où est Han d'Islande, comme je sais où est Benignus Spiagudry ; ni l'un ni l'autre ne sont loin d'ici en ce moment.

Toutes les terreurs se réveillèrent dans le pauvre concierge, osant à peine regarder le mystérieux petit homme, et se croyant mal caché sous sa perruque française ; il se mit à tirer le manteau d'Ordener en disant à voix basse : — Maître seigneur, au nom du ciel ! de grâce, par pitié ! allons-nous-en, sortons de ce maudit faubourg de l'enfer... — Ordener, surpris comme lui, examinait attentivement le petit homme, qui, tournant le dos au jour, paraissait soigneux de cacher ses traits.

— Ce Benignus Spiagudry, s'écria le pêcheur, je l'ai vu au Spladgest de Drontheim. C'est un grand. — C'est celui dont on offre quatre écus.

Le chasseur éclata de rire.

— Quatre écus ! Ce n'est pas moi qui chasserai celui-là. On paye plus cher la peau d'un renard bleu.

Cette comparaison, qui dans tout autre temps eût fort désobligé le savant concierge, le rassura cette fois. Il allait néanmoins adresser une nouvelle prière à Ordener pour le décider à poursuivre leur chemin quand celui-ci, sachant ce qui lui importait de savoir, le prévint en sortant du rassemblement qui commençait à s'éclaircir.

Quoiqu'ils eussent, en arrivant au hameau d'Oëlmœ, l'intention d'y passer la nuit, ils le quittèrent tous deux, comme par une convention tacite, sans même s'interroger sur le motif de leur départ précipité. Celui d'Ordener était l'espérance de rencontrer plus tôt le brigand. Celui de Spiagudry le désir de s'éloigner plus vite des archers.

Ordener avait l'esprit trop grave pour rire des mésaventures de son compagnon. Ce fut d'une voix affectueuse qu'il rompit le premier le silence.

— Vieillard, quelle est donc déjà cette ruine où l'on pourra trouver demain Han d'Islande, à ce qu'affirme ce petit homme, qui paraît tout savoir ?

— Je l'ignore... Je l'ai mal entendu, noble maître, dit Spiagudry, qui en effet ne mentait pas.

— Il faudra donc, continua le jeune homme, se résigner à ne le rencontrer qu'après-demain à cette grotte de Walderhog ?

— La grotte de Walderhog ! seigneur ! c'est en effet la demeure favorite de Han d'Islande.

— Prenons-en le chemin, dit Ordener.

— Tournons à gauche, derrière le rocher d'Oëlmœ ; il faut moins de deux journées pour arriver à la caverne de Walderhog.

— Connaissez-vous, vieillard, reprit Ordener avec ménagement, ce singulier homme qui semble si bien vous connaître ?

Cette question réveilla dans Spiagudry les craintes qui commençaient à s'affaiblir à mesure qu'ils s'éloignaient de la bourgade d'Oëlmœ.

— Non vraiment, seigneur, répondit-il d'une voix presque tremblante. Seulement, il a une voix bien étrange. — Ordener chercha à le rassurer.

— Ne craignez rien, vieillard, servez-moi bien, je vous protégerai de même. Si je reviens vainqueur de Han, je vous promets non-seulement votre grâce, mais encore l'abandon des mille écus royaux qui sont offerts par la justice.

L'honnête Benignus aimait extraordinairement la vie, mais il aimait l'or prodigieusement. Les promesses d'Ordener furent comme des paroles magiques ; non-seulement elles bannirent toutes ses frayeurs, mais encore elles réveillèrent en lui cette sorte d'hilarité risible, qui s'épanchait en longs discours, en gesticulations bizarres et en savantes citations.

— Seigneur Ordener, dit-il, quand je devrais subir à ce sujet une controverse avec Over-Bilseuth, autrement dit *le Bavard*, non, rien ne m'empêcherait de soutenir que vous êtes un sage et honorable jeune homme. Quoi de plus digne et de plus glorieux, en effet, *quid citharâ, tubâ, vel campanâ dignius*, que d'exposer noblement sa vie pour délivrer son pays d'un monstre, d'un brigand, d'un démon en qui tous les démons, les brigands et les monstres semblent réunis?... Qu'on ne m'aille pas dire qu'un sordide intérêt vous guide; le noble seigneur Ordener abandonne le salaire de son combat au compagnon de son voyage, au vieillard qui l'aura conduit seulement à un mille de la grotte de Walderhog; car, n'est-il pas vrai, jeune maître, que vous me permettez d'attendre le résultat de votre illustre entreprise au hameau de Surb, situé à un mille du rivage de Walderhog, dans la forêt? Et, quand votre éclatante victoire sera connue, seigneur, ce sera dans toute la Norwége une joie pareille à celle de *Vermund le Proscrit*, quand du sommet de ce même rocher d'Oëlmoe que nous côtoyons maintenant, il aperçut le grand feu que son frère *Halfdan* avait allumé, en signe de délivrance, sur le donjon de Munckholm...

A ce nom, Ordener interrompit vivement :

— Quoi! du haut de ce rocher on aperçoit le donjon de Munckholm?

— Oui, seigneur, à douze milles au sud, entre les montagnes que nos pères nommaient les *Escabelles de Frigga*. A cette heure, on doit voir parfaitement le phare du donjon.

— Vraiment! s'écria Ordener, qui s'élançait vers l'idée de revoir encore une fois le lieu où était tout son bonheur. Vieillard, il y a sans doute un sentier qui conduit au sommet de ce rocher?

—Oui, sans doute; un sentier qui prend naissance dans le bois où nous allons entrer, et s'élève, par une pente assez douce, jusqu'à la tête nue du rocher, sur laquelle il se continue en gradins taillés dans le roc par les compagnons de Vermund le Proscrit, au château duquel il aboutit. — Ce sont ces ruines, que vous pouvez voir au clair de la lune.

— Eh bien! vieillard, vous allez m'indiquer le sentier; c'est dans ces ruines que nous passerons la nuit, dans ces ruines, d'où l'on voit le donjon de Munckholm.

— Y pensez-vous, seigneur? dit Benignus. La fatigue de cette journée...

— Vieillard, j'aiderai votre marche; jamais mon pas ne fut plus ferme.

— Seigneur, les ronces qui obstruent ce sentier depuis si longtemps abandonné, les pierres dégradées, la nuit...

— Je marcherai le premier.

— Peut-être quelque bête malfaisante, quelque animal impur, quelque monstre hideux...

— Ce n'est pas pour éviter les monstres que j'ai entrepris ce voyage.

L'idée de s'arrêter si près d'Oëlmoe déplaisait fort à Spiagudry; celle de voir le phare de Munckholm, et peut-être la lumière de la fenêtre d'Ethel, enchantait et entraînait Ordener.

— Mon jeune maître, dit Spiagudry, abandonnez ce projet, croyez-moi; j'ai le pressentiment qu'il nous portera malheur.

Cette prière n'était rien devant ce que désirait Ordener.

— Allons, dit-il avec impatience, songez que vous vous êtes engagé à me bien servir. Je veux que vous m'indiquiez ce sentier; où est-il?

— Nous allons y arriver tout à l'heure, dit le concierge, forcé d'obéir.

En effet, le sentier s'offrit bientôt à eux; ils y entrèrent, mais Spiagudry remarqua, avec un étonnement mêlé d'effroi, que les hautes herbes étaient couchées et brisées, et que le vieux sentier de Vermund le Proscrit paraissait avoir été foulé récemment.

XX

LEONARDO.
Le roi vous demande.
HENRIQUE.
Comment cela?
LOPE DE VEGA, *la Fuerza lastimosa*.

Devant quelques papiers épars sur son bureau, parmi lesquels on distingue des lettres nouvellement ouvertes, le général Levin de Knud paraît rêver profondément. Un secrétaire debout près de lui semble attendre ses ordres. Le général tantôt frappe de ses éperons le riche tapis qui s'étend sous ses pieds, tantôt joue d'un air distrait avec la décoration de l'Eléphant, suspendue à son cou par le collier de l'ordre. De temps en temps il ouvre la bouche pour parler, puis s'arrête et se frotte le front, et jette un nouveau coup d'œil sur les dépêches décachetées qui couvrent la table.

— Comment diable!... s'écria-t-il enfin.

Cette exclamation concluante est suivie d'un instant de silence.

— Qui se serait jamais figuré, reprend-il, que ces démons de mineurs en viendraient là?... Il faut nécessairement que de secrètes instigations les aient poussés à cette révolte. — Mais, savez-vous, Wapherney, que la chose est sérieuse? savez-vous que cinq à six cents coquins des îles Fa-roër, commandés par un certain vieux bandit nommé Jonas, ont déjà déserté leurs mines? qu'un jeune fanatique, appelé Norbith, s'est également mis à la tête des mécontents de Guldbranshal? qu'à Sund-Moër, à Hubfallo, à Konsberg, ces mauvaises têtes, qui n'attendaient qu'un signal, sont déjà peut-être soulevées? Savez-vous que les montagnards s'en mêlent, et qu'un des plus hardis renards de Kole, le vieux Kennybol, les commande? Savez-vous enfin que, d'après un bruit général dans le nord du Drontheimhus, s'il faut en croire les syndics qui m'écrivent, ce fameux scélérat dont nous avons fait mettre la tête à prix, le formidable Han, dirige en chef l'insurrection? Que direz-vous de tout cela, mon cher Wapherney? hem! —

— Votre Excellence, dit Wapherney, sait quelles mesures...

— Il y a encore dans cette déplorable affaire une circonstance que je ne puis m'expliquer; c'est que notre prisonnier Schumacker soit, comme on le prétend, l'auteur de la révolte. C'est ce qui semble n'étonner personne, et c'est enfin ce qui m'étonne le plus. Il me paraît difficile qu'un homme près duquel se plaisait mon loyal Ordener soit un traître. Cependant, les mineurs, assure-t-on, se lèvent en son nom; son nom est leur mot d'ordre, leur cri de ralliement; ils lui donnent même les titres dont le roi l'a privé... — Tout cela semble certain... — Mais comment se fait il que la comtesse d'Ahlefeld connût déjà tous ces détails il y a six jours, au moment où les premiers symptômes réels de l'insurrection se manifestaient à peine dans les mines? — Cela est étrange. — N'importe, il faut pourvoir à tout. Donnez moi mon sceau, Wapherney.

Le général écrivit trois lettres, les scella, et les remit au secrétaire.

— Faites tenir ces messages au baron Vœhtaün, colonel des arquebusiers, actuellement en garnison à Munckholm, afin que son régiment marche en hâte aux révoltés. — Voici pour le commandant de Munckholm, un ordre de veiller plus soigneusement que jamais sur l'ex-grand-chancelier. Il faudra que je voie et que j'interroge moi-même ce Schumacker. — Enfin, envoyez cette lettre à Skongen, au major Wolhm, qui y commande, afin qu'il dirige une partie de sa garnison vers le foyer de l'insurrection. — Allez, Wapherney, et qu'on exécute promptement ces ordres.

Le secrétaire sortit, laissant le gouverneur plongé dans ses réflexions.

— Tout cela est fort inquiétant, pensait-il. Ces mineurs révoltés là-bas, cette intrigante chancelière ici, ce fou d'Ordener... on ne sait où! — Peut-être il voyage au milieu de tous ces bandits, laissant ici sous ma protection ce Schumacker, qui conspire contre l'Etat, et sa fille, pour la sûreté de laquelle j'ai eu la bonté d'éloigner la compagnie où se trouve ce Frédéric d'Ahlefeld, qu'Ordener accuse... — Eh! mais il me semble que cette compagnie pourra bien arrêter les premières colonnes des insurgés; elle est bien placée pour cela. Walhstrom, où elle tient garnison, est près du lac de Smiasen et de la ruine d'Arbar. C'est un des points que la révolte gagnera nécessairement... — A cet endroit de sa rêverie, le général fut interrompu par le bruit de la porte qui s'ouvrait.

— Eh bien! que voulez-vous, Gustave?

— Mon général, c'est un messager qui demande Votre Excellence.

— Allons! qu'est-ce encore? quelque désastre!... Faites entrer ce messager.

Le messager, introduit, remit un paquet au gouverneur.

— Votre Excellence, dit-il, c'est de la part de Sa Sérénité le vice-roi.

Le général ouvrit précipitamment la dépêche.

— Par saint Georges! s'écria-t-il avec un mouvement de surprise, je crois qu'ils sont tous fous! Ne voilà-t-il pas le vice-roi qui m'invite à me rendre près de lui, à Berghen? C'est, dit-il, pour affaire pressante, et d'après l'ordre du roi... — Voilà une affaire pressante qui choisit bien son moment! — « Le grand-chancelier, qui visite ac« tuellement le Drontheimhus, suppléera à votre absence...» — C'est un suppléant auquel je ne me fie guère... — « L'évêque l'assistera... » — En vérité, Frédéric choisit là de bons gouverneurs pour un pays révolté : deux hommes de robe, un chancelier et un évêque! — Allons cependant, l'invitation est expresse, c'est l'ordre du roi... il faut s'y rendre. Mais, avant mon départ, je veux voir Schumacker, et l'interroger. — Je sens bien qu'on veut m'engloutir dans un chaos d'intrigues; mais j'ai pour me diriger une boussole qui ne trompe jamais ;... — c'est ma conscience.

XXI

Il semble que tout prenne une voix pour l'accuser de son crime.

Caïn, tragédie.

— Oui, seigneur comte, c'est aujourd'hui même, dans la ruine d'Arbar, que nous pourrons le rencontrer. Une foule de circonstances me font croire à la vérité de ce renseignement précieux que j'ai recueilli hier soir par hasard, comme je vous l'ai conté, dans le village d'Oëlmœ.

— Sommes-nous loin de cette ruine d'Arbar?

— Mais c'est auprès du lac de Smiasen. Le guide m'a assuré que nous y serions avant le milieu du jour.

Ainsi s'entretenaient deux personnages à cheval et enveloppés de manteaux bruns, lesquels suivaient de grand matin une de ces mille routes sinueuses et étroites qui traversent en tous sens la forêt située entre les lacs de Smiasen et de Sparbo. Un guide des montagnes, muni de sa trompe et armé de sa hache, les précédait sur son petit cheval gris, et derrière eux marchaient quatre autres cavaliers armés jusqu'aux dents, vers lesquels ces deux personnages tournaient de temps en temps la tête, comme s'ils craignaient d'en être entendus.

— Si ce brigand islandais se trouve en effet dans la ruine d'Arbar, disait celui des deux interlocuteurs dont la monture se tenait respectueusement un peu en arrière de l'autre, c'est un grand point de gagné, car le difficile était de rencontrer cet être insaisissable.

— Vous croyez, Musdœmon? Et s'il allait rejeter nos offres?...

— Impossible, Votre Grâce, de l'or et l'impunité, quel brigand résisterait à cela?

— Mais vous savez que ce brigand n'est pas un scélérat ordinaire. Ne le jugez donc pas à votre mesure; s'il refusait, comment rempliriez-vous la promesse que vous avez faite dans la nuit d'avant-hier aux trois chefs de l'insurrection?

— Eh bien! noble comte, dans ce cas, que je regarde comme impossible, si nous avons le bonheur de trouver notre homme, Votre Grâce a-t-elle oublié qu'un faux Han d'Islande m'attend dans deux jours à l'heure fixée, au lieu du rendez-vous assigné aux trois chefs, à l'Etoile Bleue, endroit d'ailleurs assez voisin de la ruine d'Arbar?...

— Vous avez raison, toujours raison, mon cher Musdœmon, dit le noble comte. Et ils retombèrent tous deux dans leur cercle particulier de réflexion.

Musdœmon, dont l'intérêt était de tenir le maître en bonne humeur, fit pour le distraire une question au guide.

— Brave homme, quelle est cette espèce de croix de pierre dégradée qui s'élève là-haut, derrière ces jeunes chênes?

Le guide, homme au regard fixe, à la mine stupide, tourna la tête et la secoua à plusieurs reprises en disant :

— Oh! seigneur maître, c'est la plus vieille potence de Norwége : le saint roi Olaüs la fit construire pour un juge qui avait fait un pacte avec un brigand.

Musdœmon aperçut sur le visage de son patron une impression toute contraire à celle qu'il espérait des paroles simples du guide.

— Ce fut, poursuivit celui-ci, une histoire bien singulière, la bonne mère Osie me l'a contée : le brigand fut chargé de pendre le juge...

Le pauvre guide ne s'apercevait pas, dans sa naïveté, que l'aventure dont il voulait égayer ses voyageurs était presque un outrage pour eux. Musdœmon l'arrêta.

— Assez, assez, lui dit-il, nous connaissons cette histoire.

— L'insolent! murmura le comte, il connaît cette histoire! Ah! Musdœmon, tu me payeras cher tes impudences.

— Sa Grâce ne parle-t-elle pas? dit Musdœmon d'un air obséquieux.

— Je pensais aux moyens de vous faire enfin obtenir l'ordre de Dannebrog. Le mariage de ma fille Ulrique et du baron Ordener sera une bonne occasion.

Musdœmon se confondit en protestations et en remerciments.

— A propos, reprit Sa Grâce, parlons de nos affaires. Croyez-vous que l'ordre de rappel momentané que nous lui destinons soit parvenu au Mecklenbourgeois?

Le lecteur se rappelle peut-être que le comte avait l'habitude de désigner sous ce nom le général Levin de Knud, qui était en effet natif du Mecklenbourg.

— Parlons de nos affaires, se dit intérieurement Musdœmon choqué, il paraît que mes affaires ne sont pas *nos affaires*. — Seigneur comte, répondit-il à haute voix, je pense que le messager du vice-roi doit être en ce moment à Drontheim, et qu'ainsi le général Levin n'est pas loin de son départ.

Le comte prit une voix affectueuse.

— Ce rappel, mon cher, est un de vos coups de maître; c'est une de vos intrigues les mieux conçues et les plus habilement exécutées.

— L'honneur en appartient à Sa Grâce autant qu'à moi,

répliqua Musdœmon soigneux, comme nous l'avons déjà dit, de mêler le comte à toutes ces machinations.

Le patron connaissait cette pensée secrète de son confident, mais il voulait paraître l'ignorer. Il se mit à sourire.

— Mon cher secrétaire intime, vous êtes toujours modeste; mais rien ne me fera méconnaître vos éminents services. La présence d'Elphége et l'absence du Mecklenbourgeois assurent mon triomphe à Drontheim. Me voici le chef de la province; et, si Han d'Islande accepte le commandement des révoltés, que je veux lui offrir moi-même, c'est à moi que reviendra, aux yeux du roi, la gloire d'avoir apaisé cette inquiétante insurrection et pris ce formidable brigand.

Ils parlaient ainsi à voix basse quand le guide se retourna.

— Mes seigneurs maîtres, dit-il, voici à notre gauche le monticule sur lequel *Biord le Juste* fit décapiter, aux yeux de son armée, *Vellon à la langue double*, ce traître qui avait éloigné les vrais défenseurs du roi et appelé l'ennemi dans le camp pour paraître avoir seul sauvé les jours de Biord...

Tous ces souvenirs de la vieille Norwége ne semblèrent pas du goût de Musdœmon, car il interrompit brusquement le guide.

— Allons, allons, bonhomme, taisez-vous et continuez votre chemin sans vous détourner; que nous importe ce que des masures ruinées ou des arbres morts vous rappellent de sottes aventures! vous importunez mon maître avec vos contes de vieille femme.

Il disait vrai.

XXII

Voici l'heure où le lion rugit,
Où le loup hurle à la lune,
Tandis que le laboureur ronfle,
Epuisé de sa pénible tâche.
Maintenant les tisons consumés brillent dans le foyer;
La chouette, poussant son cri sinistre,
Rappelle aux malheureux, couchés dans les douleurs,
Le souvenir d'un drap funèbre.
Voici le temps de la nuit,
Où les tombeaux, tous entr'ouverts,
Laissent échapper chacun son spectre,
Qui va errer dans les sentiers des cimetières.

Shakspeare, *le Songe d'été*.

Retournons sur nos pas. Nous avons laissé Ordener et Spiagudry gravissant avec assez de peine, au lever de la lune, la croupe du rocher courbé d'Oëlmœ. Ce rocher, chauve à l'origine de sa courbure, était appelé alors par les paysans norwégiens le *Cou de Vautour*, dénomination qui représente en effet assez bien la figure qu'offre de loin cette masse énorme de granit.

A mesure que nos voyageurs s'élevaient vers la partie nue du rocher, la forêt se changeait en bruyère. Les mousses succédaient aux herbes; les églantiers sauvages, les genêts, les houx, aux chênes et aux bouleaux; appauvrissement de végétation qui, sur les hautes montagnes, indique toujours la proximité du sommet, en annonçant l'amincissement graduel de la couche de terre dont ce qu'on pourrait appeler l'*ossement* du mont est revêtu.

— Seigneur Ordener, disait Spiagudry, dont l'esprit mobile était comme sans cesse entraîné dans un tourbillon d'idées diverses, cette pente est bien fatigante, et, pour vous avoir suivi, il faut tout le dévouement... — Mais il me semble que je vois là, à droite, un magnifique *convolvulus*; je voudrais bien pouvoir l'examiner. Pourquoi ne fait-il pas grand jour! — Savez-vous que c'est une chose bien impertinente que d'évaluer un savant tel que moi quatre méchants écus? Il est vrai que le fameux Phèdre était esclave, et qu'Esope, si nous en croyons le docte Planude, fut vendu dans une foire comme une bête ou une chose. Et qui ne serait fier d'avoir un rapport quelconque avec le grand Esope?

— Et avec le célèbre Han? ajouta Ordener en souriant.

— Par saint Hospice! répondit le concierge, ne prononcez pas ce nom ainsi: je me passerais bien, je vous jure, seigneur, de cette dernière conformité. Mais ne serait-ce pas une chose singulière que le prix de sa tête revînt à Benignus Spiagudry, son compagnon d'infortune? — Seigneur Ordener, vous êtes plus noble que Jason, qui ne donna pas la toison d'or au pilote d'Argo: et certes votre entreprise, dont je ne devine pas positivement le but, n'est pas moins périlleuse que celle de Jason.

— Mais, dit Ordener, puisque vous connaissez Han d'Islande, donnez-moi donc quelques détails sur lui. Vous m'avez déjà appris que ce n'est pas un géant, comme on le croit le plus communément.

Spiagudry l'interrompit.

— Arrêtez, maître! n'entendez-vous point un bruit de pas derrière vous?

— Oui, répondit tranquillement le jeune homme. Ne vous alarmez pas; c'est quelque bête fauve que notre approche effarouche, et qui se retire en froissant les halliers.

— Vous avez raison, mon jeune César; il y a si longtemps que ces bois n'ont vu d'êtres humains! si l'on en juge à la pesanteur des pas, l'animal doit être gros. C'est un élan ou un renne; cette partie de la Norwége en est peuplée; on y trouve aussi des chatpards. J'en ai vu un, entre autres, qu'on avait amené à Copenhague; il était d'une grandeur monstrueuse. Il faut que je vous fasse la description de ce féroce animal... —

— Mon cher guide, dit Ordener, j'aimerais mieux que vous me fissiez la description d'un autre monstre non moins féroce, de cet horrible Han...

— Baissez la voix, seigneur! Comme le jeune maître prononce paisiblement un tel nom! Vous ne savez pas...— Dieu! seigneur, écoutez!

Spiagudry se rapprocha, en disant ces mots, d'Ordener, qui venait d'entendre en effet très-distinctement un cri pareil à l'espèce de rugissement qui, si le lecteur se le rappelle, avait si fort effrayé le timide concierge dans cette soirée orageuse où ils avaient quitté Drontheim.

— Avez-vous entendu? murmura celui-ci, tout haletant de crainte.

— Sans doute, dit Ordener, et je ne vois pas pourquoi vous tremblez. C'est un hurlement de bêtes sauvages, peut-être tout simplement le cri d'un de ces chatpards dont vous parliez tout à l'heure. Comptiez-vous traverser à cette heure un pareil endroit sans être averti en rien de la présence des hôtes que vous troublez? Je vous proteste, vieillard, qu'ils sont plus effrayés encore que vous.

Spiagudry, en voyant le calme de son jeune compagnon, se rassura un peu.

— Allons, il pourrait bien se faire, seigneur, que vous eussiez encore raison. Mais ce cri de bête ressemble horriblement à une voix... Vous avez été fâcheusement inspiré, souffrez que je vous le dise, seigneur, de vouloir monter à ce château de Vermund. Je crains qu'il ne nous arrive malheur sur le *Cou de Vautour*.

— Ne craignez rien tant que vous serez avec moi, répondit Ordener.

— Oh! rien ne vous alarme; mais, seigneur, il n'y a que le bienheureux saint Paul qui puisse prendre des vipères sans se blesser. — Vous n'avez seulement pas remarqué, quand nous sommes entrés dans ce maudit sentier, qu'il paraissait frayé depuis peu, et que les herbes foulées n'avaient même pas eu le temps de se relever depuis qu'on y avait passé.

— J'avoue que tout cela me frappe peu, et que le calme de mon esprit ne dépend pas du plus ou moins de courbure d'un brin d'herbe. Voici que nous allons quitter la bruyère, nous n'entendrons plus de pas ni de cris de bêtes; je ne vous dirai donc plus, mon brave guide, de rassembler votre courage, mais de ramasser vos forces, car le sentier taillé dans le roc sera sans doute plus difficile que celui-ci.

— Ce n'est pas, seigneur, qu'il soit plus escarpé, mais le savant voyageur Suckson conte qu'il est souvent embarrassé d'éclats de roches ou de lourdes pierres qu'on ne peut soulever et qu'il n'est pas aisé de franchir. Il y a entre autres, un peu au delà de la poterne de Malaër, dont nous approchons, un énorme bloc triangulaire de granit que j'ai toujours vivement désiré voir. Shœnning affirme y avoir retrouvé les trois caractères runiques primitifs...—

Il y avait déjà quelque temps que les voyageurs gravissaient la roche nue; ils atteignirent une petite tour écroulée, à travers laquelle il fallait passer, et que Spiagudry fit remarquer à Ordener.

— C'est la poterne de Malaër, seigneur. Ce chemin creusé à vif présente plusieurs autres constructions curieuses, qui montrent quelles étaient les anciennes fortifications de nos manoirs norwégiens. Cette poterne, qui était toujours gardée par quatre hommes d'armes, était le premier ouvrage avancé du fort de Vermund. A propos de *porte* ou *poterne*, le moine Urensius fait une remarque singulière : le mot *janua*, qui vient de *Janus*, dont le temple avait des portes si célèbres, n'a-t-il pas engendré le mot *janissaire*, gardien de la porte du sultan? il serait assez curieux que le nom du prince le plus doux de l'histoire eût passé aux soldats les plus féroces de la terre.

Au milieu de tout le fatras scientifique du concierge, ils avançaient assez péniblement sur des pierres roulantes et des cailloux tranchants, mêlés de ce gazon court et glissant qui croît quelquefois sur les rochers. Ordener oubliait la fatigue en songeant au bonheur de revoir ce Munckholm si éloigné; tout à coup Spiagudry s'écria :

— Ah! je l'aperçois! cette seule vue me dédommage de toute ma peine. Je la vois, seigneur, je la vois!...

— Qui donc? dit Ordener, qui pensait en ce moment à son Ethel.

— Eh! seigneur, la pyramide triangulaire dont parle Schœnning! Je serai, avec le professeur Schœnning et l'évêque Isleif, le troisième savant qui aura eu le bonheur de l'examiner. Seulement il est fâcheux que ce ne soit qu'au clair de la lune.

En approchant du fameux bloc, Spiagudry poussa un cri de douleur et d'épouvante à la fois. Ordener, surpris, s'informa avec intérêt du nouveau sujet de son émotion; mais le concierge archéologue fut quelque temps avant de pouvoir lui répondre.

— Vous croyiez, disait Ordener, que cette pierre barrait le chemin; vous devez, au contraire, reconnaître avec plaisir qu'elle le laisse parfaitement libre.

— Et c'est justement ce qui me désespère, dit Benignus d'une voix lamentable.

— Comment?

— Quoi, seigneur, reprit le concierge, ne voyez-vous pas que cette pyramide a été dérangée de sa position? que la base, qui était assise sur le sentier, est maintenant exposée à l'air, tandis que le bloc est précisément appuyé contre terre, sur la surface où Shœnning avait découvert les caractères runiques primordiaux?... Je suis bien malheureux!

— C'est jouer de malheur en effet, dit le jeune homme.

— Et ajoutez à cela, reprit vivement Spiagudry, que le dérangement de cette masse prouve ici la présence de quelque être surhumain. A moins que ce ne soit le diable, il n'y a en Norwége qu'un seul homme dont le bras puisse...

—Mon pauvre guide, vous revenez encore à vos terreurs paniques. Qui sait si cette pierre n'est pas ainsi depuis plus d'un siècle?

— Il y a cent cinquante ans, à la vérité, dit Spiagudry d'une voix plus calme, que le dernier observateur l'a étudiée. Mais il me semble qu'elle est fraîchement remuée; la place qu'elle occupait est encore humide. Voyez, seigneur... —

Ordener, impatient d'arriver aux ruines, arracha son guide d'auprès de la pyramide merveilleuse, et parvint, par de sages paroles, à dissiper les nouvelles craintes que cet étrange déplacement avait inspirées au vieux savant.

— Ecoutez, vieillard, vous pourrez vous fixer au bord de ce lac, et vous livrer à votre aise à vos importantes études quand vous aurez reçu les mille écus royaux que vous rapportera la tête de Han.

—Vous avez raison, noble seigneur; mais ne parlez pas si légèrement d'une victoire bien douteuse. Il faut que je vous donne un conseil pour que vous vous rendiez plus aisément maître du monstre...—

Ordener se rapprocha vivement de Spiagudry.

— Un conseil! lequel?

— Le brigand, dit celui-ci à voix basse et en jetant des regards inquiets autour de lui, le brigand porte à sa ceinture un crâne dans lequel il a coutume de boire. Ce crâne est celui de son fils, dont le cadavre est celui pour la profanation duquel je suis poursuivi...

— Haussez un peu la voix et ne craignez rien, je vous entends à peine. Eh bien! ce crâne?

—C'est de ce crâne, dit Spiagudry en se penchant à l'oreille du jeune homme, qu'il faut tâcher de vous emparer. Le monstre y attache je ne sais quelles idées superstitieuses. Quand le crâne de son fils sera en votre pouvoir, vous ferez de lui tout ce que vous voudrez.

— Cela est bien, mon brave homme; mais comment se rendre maître de ce crâne?

— Par la ruse, seigneur, pendant le sommeil du monstre, peut-être...

Ordener l'interrompit.

— Il suffit. Votre bon conseil ne peut me servir; je ne dois pas savoir si un ennemi dort. Je ne connais pour combattre que mon épée.

—Seigneur, seigneur, il n'est pas prouvé que l'archange Michel n'ait pas usé de ruse pour terrasser Satan...

Ici Spiagudry s'arrêta tout à coup et étendit ses deux mains devant lui en s'écriant d'une voix presque éteinte :

— O ciel! ô ciel! qu'est-ce que je vois là-bas? Voyez, maître, n'est-ce pas un petit homme qui marche dans ce même sentier devant nous?...

— Ma foi, dit Ordener en levant les yeux, je ne vois rien.

— Rien, seigneur?—En effet, le sentier tourne, et il a disparu derrière ce rocher. — N'allons pas plus loin, seigneur, je vous en conjure.

— En vérité, si ce personnage prétendu a si vite disparu, cela n'annonce pas qu'il ait l'intention de nous attendre; et, s'il fuit, ce n'est pas une raison pour nous de fuir.

— Veille sur nous, saint Hospice! dit Spiagudry, qui, dans toutes les occasions périlleuses, se souvenait de son patron favori.

— Vous aurez pris, ajouta Ordener, l'ombre mouvante d'une chouette effrayée pour un homme.

— J'ai pourtant bien cru voir un petit homme; il est vrai que le clair de lune produit souvent des illusions singulières. C'est à cette lumière que Baldan, sire de Merneugh, prit le rideau blanc de son lit pour l'ombre de sa mère; ce qui le décida à aller, le lendemain, déclarer son parricide aux juges de Christiana, qui allaient condamner le page innocent de la défunte. Ainsi l'on peut dire que le clair de lune a sauvé la vie à ce page.

Personne n'oubliait mieux que Spiagudry le présent dans le passé. Un souvenir de sa vaste mémoire suffisait pour bannir toutes les impressions du moment. Aussi l'histoire de Baldan dissipa-t-elle sa frayeur. Il reprit d'une voix tranquille :

— Il est possible que le clair de lune m'ait trompé de même.

Cependant ils atteignaient le sommet du Cou-de-Vautour, et commençaient à revoir le faîte des ruines que la cour-

Ainsi s'entretenaient deux personnages à cheval. (Page 53.)

bure du rocher leur avait cachées pendant qu'ils montaient.

Que le lecteur ne s'étonne pas si nous rencontrons souvent des ruines à la cime des monts de Norwége. Quiconque a parcouru des montagnes en Europe n'aura pas manqué de remarquer fréquemment des restes de forts et de châteaux, suspendus à la crête des pics les plus élevés, comme d'anciens nids de vautours ou des aires d'aigles morts. En Norwége surtout, au siècle où nous nous sommes transportés, ces sortes de constructions aériennes étonnaient autant par leur variété que par leur nombre. C'étaient tantôt de longues murailles, démantelées, se roulant en ceinture autour d'un roc; tantôt des tourelles grêles et aiguës surmontant la pointe d'un pic, comme une couronne; ou, sur la tête blanche d'une haute montagne, de grosses tours groupées autour d'un grand donjon, et présentant de loin l'aspect d'une vieille tiare. On voyait près des frêles arcades ogives d'un cloître gothique les lourds piliers égyptiens d'une église saxonne; près de la citadelle à tours carrées d'un chef païen, la forteresse à créneaux d'un sire chrétien; près d'un château-fort ruiné par le temps, un monastère détruit par la guerre. Tous ces édifices, mélange d'architectures singulières et presque ignorées aujourd'hui, construits hardiment sur des lieux en apparence inaccessibles, n'y avaient plus laissé que des débris, pour rendre en quelque sorte à la fois témoignage de la puissance et du néant de l'homme. Peut-être s'était-il passé dans leur enceinte bien des choses plus dignes d'être racontées que tout ce qu'on raconte à la terre; mais les événements s'écoulent, les yeux qui les ont vus se ferment; les traditions s'éteignent avec les ans, comme un feu qu'on n'a point recueilli; et qui pourrait ensuite pénétrer le secret des siècles? —

Le manoir de Vermund le Proscrit, où nos deux voyageurs arrivaient en ce moment, était un de ceux auxquels la superstition rattachait le plus d'histoires surprenantes et d'aventures miraculeuses. A ses murailles de cailloux noyés dans un ciment devenu plus dur que la pierre, on reconnaissait aisément qu'il avait été bâti vers le cinquième ou le sixième siècle. De ses cinq tours, une seulement était encore debout dans toute sa hauteur; les quatre autres, plus ou moins dégradées, et couvrant de leurs débris le sommet du rocher, étaient liées entre elles par des lignes de ruines, lesquelles indiquaient également les an-

A ces mots, saisissant le misérable dans ses bras de fer. (Page 59.)

ciennes limites des cours dans l'enceinte du château. Il était très-difficile de pénétrer dans cette enceinte, obstruée de pierres, de quartiers de rochers, et d'arbustes de toute espèce, qui, rampant de ruine en ruine, surmontaient de leurs touffes les murailles tombées, ou laissaient pendre jusque dans le précipice leurs longs bras flexibles. C'est à ces tresses de rameaux que venaient souvent, dit-on, se balancer, au clair de lune, des âmes bleuâtres, esprits coupables de ceux qui s'étaient volontairement noyés dans le Sparbo; ou que le farfadet du lac attachait le nuage qui devait le remmener au lever du soleil. Mystères effrayants, dont avaient été plus d'une fois témoins de hardis pêcheurs quand, pour profiter du sommeil des chiens de mer (1), ils osaient la nuit pousser leur barque jusque sous le rocher d'Oëlmœ, qui s'arrondissait dans l'ombre, au-dessus de leurs têtes, comme l'arche rompue d'un pont gigantesque.

Nos deux aventuriers franchirent, non sans peine, la muraille du manoir à travers une crevasse, car l'ancienne porte était encombrée de ruines. La seule tour qui, ainsi que nous l'avons dit, fût restée debout, était située à l'extrémité du rocher. C'était, dit Spiagudry à Ordener, celle du sommet de laquelle on apercevait le fanal de Munckholm. Ils s'y dirigèrent quoique l'obscurité fût en ce moment complète. La lune était entièrement cachée par un gros nuage noir. Ils allaient gravir la brèche d'un autre mur, pour pénétrer dans ce qui avait été la seconde cour du château, quand Benignus s'arrêta tout court, et saisit brusquement le bras d'Ordener d'une main qui tremblait si fort, que le jeune homme lui-même en était ébranlé.

— Quoi donc?... dit Ordener surpris.

Benignus, sans répondre, pressa son bras plus vivement encore, comme pour lui demander du silence.

— Mais... reprit le jeune homme.

Une nouvelle pression, accompagnée d'un gros soupir mal étouffé, le décida à attendre patiemment que ce nouvel effroi fût passé.

Enfin Spiagudry, d'une voix oppressée :

— Eh bien ! maître, qu'en dites-vous? —

(1) Les chiens de mer sont redoutés des pêcheurs, parce qu'ils effrayent les poissons.

— De quoi? dit Ordener.

— Oui, seigneur, continua l'autre du même ton, vous vous repentez bien maintenant d'être monté ici !...

— Non, en vérité, mon brave guide, j'espère bien monter plus haut encore. Pourquoi voulez-vous que je m'en repente?

— Comment, seigneur, vous n'avez donc point vu?...

— Vu quoi ?

— Vous n'avez point vu!... répéta l'honnête concierge avec un accès toujours croissant de terreur.

— Mais non, vraiment ! répondit Ordener d'un ton d'impatience; je n'ai rien vu, et je n'ai entendu que le bruit de vos dents, que la peur faisait claquer violemment.

— Quoi ! là, derrière ce mur, dans l'ombre... ces deux yeux flamboyants comme des comètes, qui se sont fixés sur nous... vous ne les avez point vus ?

— En honneur, non.

— Vous ne les avez point vus errer, monter, descendre, et disparaître enfin dans les ruines?

— Je ne sais ce que vous voulez dire. Qu'importe, d'ailleurs?

— Comment ! seigneur Ordener, savez-vous qu'il n'y a en Norwége qu'un seul homme dont les yeux rayonnent ainsi dans les ténèbres ?...

— Allons, qu'importe encore ? Quel est donc cet homme aux yeux de chat? Est-ce Han, votre formidable Islandais? Tant mieux s'il est ici ! cela nous épargnera le voyage de Walderhog.

Ce *tant mieux* n'était point du goût de Spiagudry, qui ne put s'empêcher de révéler sa pensée secrète par cette exclamation involontaire :

— Ah ! seigneur! vous m'aviez promis de me laisser au village de Surb, à un mille du lieu du combat...

Le bon et noble Ordener comprit et sourit.

— Vous avez raison, vieillard ; il serait injuste de vous mêler à mes dangers. Ne craignez donc rien. Vous voyez ce Han d'Islande partout. Est-ce qu'il ne peut pas y avoir dans ces ruines quelque chat sauvage, dont les yeux soient aussi brillants que ceux de cet homme?

Pour la cinquième fois Spiagudry parvint à se rassurer, soit que l'explication d'Ordener lui parût en effet naturelle, soit que la tranquillité de son jeune compagnon eût quelque chose de contagieux.

— Ah ! seigneur, sans vous je serais dix fois mort de peur en gravissant ces roches. — Il est vrai que, sans vous, je ne l'aurais pas tenté.

La lune, qui reparut, leur laissa voir l'entrée de la plus haute tour, au bas de laquelle ils étaient parvenus. Ils y pénétrèrent en soulevant un épais rideau de lierre, qui fit pleuvoir sur eux des lézards endormis et de vieux nids d'oiseaux funèbres. Le concierge ramassa deux cailloux qu'il choqua, en laissant tomber les étincelles sur un tas de feuilles mortes et de branches sèches recueillies par Ordener. En peu d'instants une flamme claire s'éleva, et, dissipant les ténèbres qui les entouraient, elle leur permit d'observer l'intérieur de la tour.

Il n'en restait plus que la muraille circulaire, qui était très-épaisse et revêtue de lierre et de mousse. Les plafonds de ses quatre étages s'étaient successivement écroulés au rez-de-chaussée, où ils formaient un amas énorme de décombres. Un escalier étroit et sans rampe, rompu en plusieurs endroits, tournait en spirale sur la surface intérieure de la muraille, au sommet de laquelle il aboutissait. Aux premiers petillements du feu, une nuée de chats-huants et d'orfraies s'envolèrent lourdement, avec des cris étonnés et lugubres, et de grandes chauves-souris vinrent par intervalles effleurer la flamme de leurs ailes couleur de cendre.

— Voici des hôtes qui ne nous reçoivent pas très-gaiement, dit Ordener; mais n'allez pas vous effrayer encore.

— Moi, seigneur, reprit Spiagudry en s'asseyant près du feu, moi craindre un hibou ou une chauve-souris ! Je vivais avec des cadavres, et je ne craignais pas de vampires. Ah ! je ne redoute que les vivants ! Je ne suis pas brave, j'en conviens, mais je ne suis pas superstitieux. — Tenez, si vous m'en croyez, seigneur, rions de ces dames aux ailes noires et aux chants rauques, et songeons à souper.

Ordener ne songeait qu'à Munckholm.

— J'ai bien là quelques provisions, dit Spiagudry en tirant son havre-sac de dessous son manteau ; mais, si votre appétit égale le mien, ce pain noir et ce fromage rance auront bientôt disparu. Je vois que nous serons obligés de rester encore fort loin des limites de la loi du roi français Philippe le Bel : *Nemo audeat comedere præter duo fercula cum potagio*. Il doit bien y avoir au sommet de cette tour des nids de mouettes ou de faisans; mais comment y arriver par un escalier branlant qui ne pourrait tout au plus porter que des sylphes?

— Cependant, reprit Ordener, il faudra bien qu'il me porte ; car je monterai certainement au faîte de cette tour.

— Quoi ! maître, pour avoir des nids de mouettes?... Ne faites pas, de grâce, cette imprudence. Il ne faut pas se tuer pour mieux souper. Songez d'ailleurs que vous pourriez vous tromper, et prendre des nids de chats-huants.

— C'est bien de vos nids que je m'embarrasse ! Ne m'avez-vous pas dit que du haut de cette tour on apercevait le donjon de Munckholm ?

— Cela est vrai, jeune maître, au sud ! Je vois bien que le désir de fixer ce point important pour la science géographique a été le motif de ce fatigant voyage au château de Vermund. Mais daignez réfléchir, noble seigneur Ordener, que le devoir d'un savant zélé peut être quelquefois de braver la fatigue, mais jamais le danger. Je vous en supplie, ne tentez pas cette méchante ruine d'escalier, sur laquelle un corbeau n'oserait se percher.

Benignus ne se souciait nullement de rester seul dans le bas de la tour. Comme il se levait pour prendre la main d'Ordener, son havre-sac, placé sur les pointes de ses genoux, tomba dans les pierres, et rendit un son clair.

— Qu'est-ce donc qui résonne ainsi dans ce havre-sac? demanda Ordener.

Cette question sur un point si délicat pour Spiagudry lui ôta l'envie de retenir son jeune compagnon.

— Allons, dit-il sans répondre à la question, puisque, malgré mes prières, vous vous obstinez à monter au haut de cette tour, prenez garde aux crevasses de l'escalier.

— Mais, reprit Ordener, qu'y a-t-il donc dans votre havre-sac pour lui faire rendre ce son métallique?

Cette instance indiscrète déplut souverainement au vieux gardien, qui maudit le questionneur du fond de l'âme.

— Eh ! noble maître, répondit-il, comment pouvez-vous vous occuper d'un méchant plat à barbe de fer, qui retentit contre un caillou ? — Puisque je ne puis vous fléchir, se hâta-t-il d'ajouter, ne tardez pas à redescendre, et ayez soin de vous tenir aux lierres qui tapissent la muraille. Vous verrez le fanal de Munckholm entre les deux Escabelles de Frigge, au midi.

Spiagudry n'aurait rien pu dire de plus adroit pour bannir toute autre idée de l'esprit du jeune homme. Ordener, se débarrassant de son manteau, s'élança vers l'escalier, sur lequel le concierge le suivit des yeux, jusqu'à ce qu'il ne le vit plus que glisser, comme une ombre vague, au plus haut de la muraille, à peine éclairée à son sommet par la lueur agitée du foyer et le reflet immobile de la lune.

Alors, se rasseyant et ramassant son havre-sac :

— Mon cher Benignus Spiagudry, dit-il, pendant que ce jeune lynx ne vous voit pas, et que vous êtes seul, hâtez-vous de briser l'incommode enveloppe de fer qui vous empêche de prendre possession, *oculis et manu*, du trésor renfermé sans doute dans cette cassette. Quand il sera délivré de cette prison, il sera moins lourd à porter et plus aisé à cacher.

Déjà, armé d'une grosse pierre, il s'apprêtait à briser le couvercle du coffre, quand un rayon de lumière, tombant sur le sceau de fer qui le fermait, arrêta tout à coup le concierge antiquaire.

— Par saint Willebrod le Numismate, je ne me trompe pas, s'écriait-il en frottant vivement le couvercle rouillé, ce sont bien là les armes de Griffenfeld. J'allais faire une grande folie de rompre ce sceau. Voilà peut-être le seul modèle qui reste de ces armoiries fameuses brisées en 1676 par la main du bourreau. Diable! ne touchons pas à ce couvercle. Quelle que soit la valeur des objets qu'il cache, à moins que, contre toute probabilité, ce ne soient des monnaies de Palmyre ou des médailles carthaginoises, il est certainement plus précieux encore. Me voici donc seul propriétaire des armes maintenant abolies de Griffenfeld! — Cachons soigneusement ce trésor. — Aussi bien je trouverai peut-être quelque secret pour ouvrir la cassette sans commettre de vandalisme. Les armoiries de Griffenfeld! Oh oui! voilà bien la main de justice, la balance sur champ de gueules... Quel bonheur!

A chaque nouvelle découverte héraldique qu'il faisait en dérouillant le vieux cachet, il poussait un cri d'admiration ou une exclamation de contentement.

— Au moyen d'un dissolvant, j'ouvrirai la serrure sans briser le sceau. Ce sont sans doute les trésors de l'ex-chancelier. — Si quelqu'un, tenté par l'appât des quatre écus syndicaux, me reconnaît et m'arrête, il ne me sera pas difficile de me racheter. — Ainsi, cette bienheureuse cassette m'aura sauvée...

En parlant ainsi, son regard se leva machinalement. — Tout à coup son visage grotesque passa en un clin d'œil de l'expression d'une joie folle à celle d'une terreur stupide. Tous ses membres tremblèrent convulsivement. Ses yeux devinrent fixes, son front se rida, sa bouche demeura béante, et sa voix s'éteignit dans son gosier, comme une lumière qu'on souffle.

En face de lui, de l'autre côté du foyer, un petit homme était debout, les bras croisés. A ses vêtements de peaux ensanglantées, à sa hache de pierre, à sa barbe rousse et à ce regard dévorant fixé sur lui, le malheureux concierge avait reconnu du premier coup d'œil l'effrayant personnage dont il avait reçu la dernière visite au Spladgest de Drontheim.

— C'est moi! dit le petit homme d'un air terrible. — Cette cassette t'aura sauvé! ajouta-t-il avec un affreux sourire ironique. Spiagudry! est-ce ici le chemin de Thoctree?

L'infortuné essaya d'articuler quelques paroles.

— Thoctree!... Seigneur... Monseigneur maître... j'y allais... —

— Tu allais à Walderhog! répondit l'autre d'une voix de tonnerre.

Spiagudry terrifié ramassa toutes ses forces pour faire un signe de tête négatif.

— Tu me conduisais un ennemi; merci! ce sera un vivant de moins. Ne crains rien, fidèle guide, il te suivra.

Le malheureux gardien voulut pousser un cri, et put à peine faire entendre un murmure vague et confus.

— Pourquoi t'effrayes-tu de ma présence? Tu me cherchais. — Ecoute, ne crie pas, ou tu es mort.

Le petit homme agita sa hache de pierre au-dessus de la tête du concierge; il poursuivit d'une voix qui sortait de sa poitrine comme le bruit d'un torrent sort d'une caverne :

— Tu m'as trahi.

— Non, votre grâce, non, Excellence... dit enfin Benignus pouvant à peine articuler ces paroles suppliantes.

L'autre fit entendre comme un rugissement sourd.

— Ah! tu voudrais me tromper encore! Ne l'espère plus. — Ecoute, j'étais sur le toit du Spladgest quand tu as scellé ton pacte avec cet insensé; c'est moi dont tu as deux fois entendu la voix. C'est moi que tu as encore entendu dans l'orage sur la route; c'est moi que tu as retrouvé dans la tour de Vygla; c'est moi qui t'ai dit : *Au revoir!*... —

Le concierge épouvanté jeta un regard égaré autour de lui, comme pour appeler du secours. Le petit homme continua :

— Je ne voulais pas laisser échapper ces soldats qui te poursuivaient. Ils étaient du régiment de Munckholm. — Pour toi, je ne pouvais te perdre. — Spiagudry, c'est moi que tu as revu au village d'Oëlmœ sous ce feutre de mineur; c'est moi dont tu as entendu les pas et la voix, dont tu as reconnu les yeux en montant à ces ruines; c'est moi!

Hélas! l'infortuné n'en était que trop convaincu; il se roula à terre aux pieds de son formidable juge, en s'écriant d'une voix déchirante et étouffée : Grâce!...

Le petit homme, les bras toujours croisés, attachait sur lui un regard de sang, plus ardent que la flamme du foyer.

— Demande ton salut à cette cassette dont tu l'attends, dit-il ironiquement.

— Grâce, seigneur!... Grâce! répéta le mourant Spiagudry.

— Je t'avais recommandé d'être fidèle et muet : tu n'as pu être fidèle; à l'avenir je te proteste que tu seras muet.

Le concierge, entrevoyant l'horrible sens de ces paroles, poussa un long gémissement.

— Ne crains rien, dit l'homme, je ne te séparerai pas de ton trésor.

A ces mots, dénouant sa ceinture de cuir, il la passa dans l'anneau de la cassette, et la suspendit ainsi au cou de Spiagudry, qui fléchissait sous le poids.

— Allons! reprit l'autre, quel est le diable auquel tu désires donner ton âme? hâte-toi de l'appeler, afin qu'un autre démon dont tu ne te soucierais pas ne s'en empare point avant lui.

Le désespéré vieillard, hors d'état de prononcer une parole, tomba aux genoux du petit homme en faisant mille signes de prière et d'épouvante.

— Non, non! dit celui-ci; écoute, fidèle Spiagudry, ne te désole pas de laisser ainsi ton jeune compagnon sans guide. Je te promets qu'il ira où tu vas. Suis-moi : tu ne fais que lui montrer le chemin. — Allons!

A ces mots, saisissant le misérable dans ses bras de fer, il l'emporta hors de la tour comme un tigre emporte une longue couleuvre; et un moment après il s'éleva dans les ruines un grand cri, auquel se mêla un effroyable éclat de rire.

XXIII

> Oui, l'on peut bien montrer à l'œil éploré de l'amant fidèle l'objet éloigné de son idolâtrie. Mais, hélas! les scènes de l'attente... des adieux!... les pensées... les souvenirs doux et amers... les rêves enchanteurs des êtres qui aiment! qui peut les rendre?
>
> MATHURIN, *Bertram.*

Cependant l'aventureux Ordener, après avoir vingt fois failli tomber dans sa périlleuse ascension, était parvenu sur le haut du mur épais et circulaire de la tour. A son arrivée inattendue, de noires chouettes centenaires, brusquement troublées dans leurs ruines, s'enfuirent d'un vol oblique, en tournant vers lui leur regard fixe; et des pierres roulantes, heurtées par son pied, tombèrent dans le gouffre en bondissant sur les saillies des rochers avec des bruits sourds et lointains.

En tout autre instant, Ordener eût longtemps laissé errer sa vue et sa rêverie sur la profondeur de l'abîme, accrue de la profondeur de la nuit. Son œil, observant à l'horizon toutes ces grandes ombres, dont une lune nébuleuse blanchissait à peine les sombres contours, eût longtemps cherché à distinguer les vapeurs parmi les rochers et les montagnes parmi les nuages; son imagination eût animé toutes les formes gigantesques, toutes les apparences fantastiques que le clair de lune prête aux monts et aux brouillards. Il eût écouté de loin la plainte confuse du lac et des forêts, mêlée au sifflement aigu des herbes sèches que le vent tourmentait à ses pieds, entre les fentes des pierres; et son esprit eût donné un langage à toutes ces voix mortes que la nature matérielle élève pendant le sommeil de l'homme et le silence de la nuit. Mais, quoique cette scène agît à son insu sur son être entier, d'autres pensées le remplissaient. A peine son pied s'était-il posé sur le faîte de la muraille, que son œil s'était tourné vers le sud du ciel, et qu'une joie indicible l'avait transporté en apercevant au delà de l'angle de deux montagnes, un point lumineux rayonner à l'horizon comme une étoile rouge. — C'était le fanal de Munckholm.

Ceux-là ne sont pas destinés à goûter les vraies joies de la vie, qui ne comprendront pas le bonheur qu'éprouva le jeune homme. Tout son cœur se souleva de ravissement; son sein, gonflé, palpitant avec force, respirait à peine. Immobile, l'œil tendu, il contemplait l'astre de consolation et d'espérance. Il lui semblait que ce rayon de lumière, venant au sein de la nuit du séjour qui contenait toute sa félicité, lui apportait quelque chose de son Ethel. Ah! n'en doutons pas, à travers les temps et les espaces, les âmes ont quelquefois des correspondances mystérieuses. En vain le monde réel élève ses barrières entre deux êtres qui s'aiment: habitants de la vie idéale, ils s'apparaissent dans l'absence, ils s'unissent dans la mort. Que peuvent en effet les séparations corporelles, les distances physiques sur deux cœurs liés invinciblement par une même pensée et un commun désir? — Le véritable amour peut souffrir, mais non mourir.

Qui ne s'est point arrêté cent fois durant les nuits pluvieuses sous quelque fenêtre à peine éclairée? Qui n'a point passé et repassé devant une porte, erré avec délices autour d'une maison? Qui ne s'est point brusquement détourné de son chemin pour suivre le soir, dans les détours d'une rue déserte, une robe flottante, un voile blanc tout à coup reconnu dans l'ombre? Celui qui ne connaît pas ces émotions peut dire qu'il n'a jamais aimé.

En présence du fanal lointain de Munckholm, Ordener méditait. A sa première joie avait succédé un contentement triste et ironique; mille sentiments divers se pressaient dans son âme tumultueuse. — Oui, se disait-il, il faut que l'homme gravisse longtemps et péniblement pour voir enfin un point de bonheur dans l'immense nuit. — Elle est donc là!... elle dort, elle rêve, elle pense à moi peut-être...; mais qui lui dira que son Ordener est maintenant, triste et isolé, suspendu dans l'ombre au-dessus d'un abîme?... — Son Ordener, qui n'a plus d'elle qu'une boucle de cheveux sur son sein et une lueur vague à l'horizon!... — Puis, laissant tomber un coup d'œil sur les rayons rougeâtres du grand feu allumé dans la tour, qui s'échappaient au dehors à travers les crevasses de la muraille : — Peut-être, murmura-t-il, de l'une des fenêtres de sa prison, jette-t-elle un regard indifférent sur la flamme lointaine de ce foyer... —

Tout à coup un grand cri et un long éclat de rire se firent entendre, comme au-dessous de lui, sur le bord de l'abîme; il se détourna brusquement, et vit l'intérieur de la tour désert. Alors, inquiet pour le vieillard, il se hâta de descendre; mais à peine avait-il franchi quelques marches de l'escalier, qu'un bruit sourd, pareil à celui d'un corps pesant qui serait tombé dans les eaux profondes du lac, monta jusqu'à lui

XXIV

Le comte don Sancho Diaz, seigneur de Saldana, répandait d'amères larmes dans sa prison.

Plein de désespoir, il exhalait ses plaintes dans la solitude contre le roi Alphonse...

« O tristes moments! où mes cheveux blancs me « rappellent combien d'années j'ai déjà passées « dans cette horrible prison. »

Romances espagnoles.

Le soleil se couchait : ses rayons horizontaux dessinaient sur la simarre de laine de Schumacker et sur la robe de crêpe d'Ethel l'ombre noire des barreaux de leur fenêtre. Tous deux étaient assis près de la haute croisée en ogive, le vieillard sur un grand fauteuil gothique, la jeune fille sur un tabouret, à ses pieds. Le prisonnier paraissait rêver dans sa position favorite et mélancolique. Son front chauve et ridé était appuyé sur ses mains, et l'on ne voyait de son visage que sa barbe blanche qui pendait en désordre sur sa poitrine.

— Mon père, dit Ethel, qui cherchait tous les moyens de le distraire, mon seigneur et père, j'ai fait cette nuit un songe d'heureux avenir... — Voyez, levez les yeux, mon noble père, regardez ce beau ciel.

— Je ne vois le ciel, répondit le vieillard, qu'à travers les barreaux de ma prison, comme je ne vois votre avenir, Ethel, qu'à travers mes malheurs.

Puis sa tête, un moment soulevée, retomba sur ses mains, et tous deux se turent.

— Mon seigneur et père, reprit la jeune fille un moment après et d'une voix timide, est-ce au seigneur Ordener que vous pensez?

— Ordener, dit le vieillard, comme cherchant à se rappeler de qui on lui parlait... — Ah! je sais qui vous voulez dire. Eh bien?

— Pensez-vous qu'il revienne bientôt, mon père? Il y a longtemps déjà qu'il est parti, voici le quatrième jour... —

Le vieillard secoua tristement la tête.

— Je crois que, lorsque nous aurons compté la quatrième année depuis son départ, nous serons aussi près de son retour qu'aujourd'hui.

Ethel pâlit.

— Dieu! croyez-vous donc qu'il ne reviendra pas?

Schumacker ne répondit point. La jeune fille répéta sa question avec un accent suppliant et inquiet.

— N'a-t-il donc pas promis qu'il reviendrait? dit brusquement le prisonnier.

— Oui, sans doute, seigneur! reprit Ethel empressée...

— Eh bien! comment pouvez-vous compter sur son retour, n'est-ce pas un homme? Je crois que le vautour pourra retourner au cadavre, mais je ne crois pas au retour du printemps dans l'année qui décline.

Ethel, voyant son père retomber dans ses mélancolies, se rassura; il y avait dans son cœur de vierge et d'enfant une voix qui démentait impérieusement la philosophie chagrine du vieillard.

— Mon père, dit-elle avec fermeté, le seigneur Ordener reviendra : ce n'est pas un homme comme les autres hommes.

— Qu'en savez-vous, jeune fille?

— Ce que vous en savez vous-même, mon seigneur et père.

— Je ne sais rien, dit le vieillard. J'ai entendu des paroles d'un homme qui annonçaient des actions d'un Dieu. — Puis il ajouta avec un rire amer : — J'ai réfléchi sur cela, et j'ai vu que c'était trop beau pour y croire.

— Et moi, seigneur, j'y ai cru, précisément parce que c'était trop beau.

— Oh ! jeune fille, si vous étiez ce que vous deviez être, comtesse de Tongsberg et princesse de Wollin, entourée, comme vous le seriez, d'une cour de beaux traîtres et d'adorateurs intéressés, cette crédulité serait d'un grand danger pour vous.

— Mon père et seigneur, ce n'est pas crédulité, c'est confiance.

— On s'aperçoit aisément, Ethel, qu'il y a du sang français dans vos veines. — Cette idée ramena le vieillard, par une transition imperceptible, à des souvenirs, et il continua avec une sorte de complaisance : — Car ceux qui ont dégradé votre père plus qu'il n'avait été élevé ne pourront empêcher que vous ne soyez fille de Charlotte, princesse de Tarente, et que l'une de vos aïeules ne soit Adèle ou Edèle, comtesse de Flandre, dont vous portez le nom.

Ethel pensait à tout autre chose.

— Mon père, vous jugez mal le noble Ordener.

— Noble, ma fille ! quel sens donnez-vous à ce mot ? J'ai fait des nobles qui ont été bien vils.

— Je ne veux point dire, seigneur, qu'il soit noble de la noblesse qui se donne.

— Est-ce donc que vous savez s'il descend d'un *jarl* ou d'un *hersa* (1) ?

— Je l'ignore comme vous, mon père. Il est peut-être, poursuivit-elle en baissant les yeux, le fils d'un serf ou d'un vassal. Hélas ! on peint des couronnes et des lyres sur le velours d'un marchepied. Je veux dire seulement d'après vous, mon vénéré seigneur, qu'il est noble de cœur.

De tous les hommes qu'elle avait vus, Ordener était celui qu'Ethel connaissait le plus et le moins tout ensemble. Il était apparu dans sa destinée, pour ainsi dire, comme ces anges qui visitaient les premiers hommes en s'enveloppant à la fois de clartés et de mystères. Leur seule présence révélait leur nature, et l'on adorait. Ainsi Ordener avait laissé voir à Ethel ce que les hommes cachent le plus, son cœur ; il avait gardé le silence sur ce dont ils se vantent assez volontiers, sa patrie et sa famille ; son regard avait suffi à Ethel, et elle avait eu foi en ses paroles. Elle l'aimait, elle lui avait donné sa vie, elle n'ignorait rien de son âme et ne savait pas son nom.

— Noble de cœur ! répéta le vieillard ; noble de cœur ! Cette noblesse est au-dessus de celle que donnent les rois : c'est Dieu qui la donne. Il la prodigue moins qu'eux... — Ici le prisonnier leva les yeux vers ses armoiries brisées en ajoutant : — Et il ne la reprend jamais.

— Aussi, mon père, dit la jeune fille, celui qui garde l'une se console-t-il aisément d'avoir perdu l'autre.

Cette parole fit tressaillir le père et lui rendit son courage. Il reprit d'une voix ferme :

— Vous avez raison, jeune fille, mais vous ne savez pas que la disgrâce jugée injuste par le monde est quelquefois justifiée par notre intime conscience. Telle est notre misérable nature : une fois malheureux, il s'élève en nous-mêmes, pour nous reprocher des fautes et des erreurs, une foule de voix qui dormaient dans la prospérité.

— Ne parlez pas ainsi, mon illustre père, dit Ethel profondément émue ; car, à la voix altérée du vieillard, elle sentait qu'il avait laissé échapper le secret de l'une de ses douleurs. Elle leva ses yeux vers lui, et, baisant sa main froide et ridée, elle reprit doucement : — Vous jugez bien sévèrement deux hommes nobles, le seigneur Ordener et vous, mon vénéré père.

— Vous décidez légèrement, Ethel ! On dirait que vous ne savez pas que la vie est une chose grave.

— Ai-je donc mal fait, seigneur, de rendre justice au généreux Ordener ?

(1) Les anciens seigneurs en Norwége, avant que Griffenfeld fondât une noblesse régulière, portaient les titres de *hersa* (baron), ou *jarl* (comte). C'est de ce dernier mot qu'est formé le mot anglais *earl* (comte).

Schumacker fronça le sourcil d'un air mécontent.

— Je ne puis vous approuver, ma fille, d'attacher ainsi votre admiration à un inconnu que vous ne reverrez jamais sans doute.

— Oh ! dit la jeune fille, sur laquelle ces paroles glacées tombaient comme un poids, ne croyez pas cela. Nous le reverrons. N'est-ce pas pour vous qu'il a entrepris son voyage ? n'est-ce pas pour vous qu'il va affronter ce danger ?

— Je me suis comme vous, je l'avoue, laissé prendre d'abord à ces promesses. Mais non, il n'ira pas, et alors il ne reviendra pas vers nous.

— Il ira, seigneur, il ira.

Le ton dont la jeune fille prononça ces mots était presque celui de l'offense. Elle se sentait outragée dans son Ordener. Hélas ! elle était trop sûre dans son âme de ce qu'elle affirmait.

Le prisonnier reprit sans paraître ému :

— Eh bien ! s'il va combattre ce brigand, s'il se dévoue à ce danger, il en sera de même, il ne reviendra pas.

Pauvre Ethel !... combien une parole dite avec indifférence peut quelquefois froisser douloureusement la plaie secrète d'un cœur inquiet et déchiré ! Elle baissa son visage pâle pour dérober au regard froid de son père les deux larmes qui s'échappaient malgré elle de ses paupières gonflées.

— O mon père ! murmura-t-elle, au moment où vous parlez ainsi, peut-être ce noble infortuné meurt-il pour vous !

Le vieux ministre secoua la tête en signe de doute.

— Je ne le crois pas plus que je ne le désire ; et d'ailleurs où serait mon crime ? J'aurais été ingrat envers ce jeune homme comme tant d'autres l'ont été envers moi.

Un soupir profond fut la seule réponse d'Ethel ; et Schumacker, se penchant vers son bureau, continua de déchirer d'un air distrait quelques feuillets des *Vies des Hommes illustres* de Plutarque, dont le volume, déjà lacéré en vingt endroits et surchargé de notes, était devant lui.

Un moment après, le bruit de la porte qui s'ouvrait se fit entendre, et Schumacker, sans se détourner, cria sa défense habituelle : — Qu'on n'entre pas ! laissez-moi ; je ne veux pas qu'on entre.

— C'est Son Excellence le gouverneur, répondit la voix de l'huissier.

En effet, un vieillard revêtu d'un grand habit de général, portant à son cou les colliers de l'Eléphant, de Danebrog et de la Toison d'Or, s'avança vers Schumacker, qui se leva à demi en répétant entre ses dents : Le gouverneur ! le gouverneur ! — Celui-ci salua avec respect Ethel, qui, debout près de son père, le considérait d'un air inquiet et craintif.

Peut-être, avant d'aller plus loin, n'est-il pas inutile de rappeler en quelques mots les motifs de cette visite du général Levin à Munckholm. Le lecteur n'a pas oublié les fâcheuses nouvelles qui tourmentaient le vieux gouverneur, au chapitre XX de cette véritable histoire. En les recevant, la nécessité d'interroger Schumacker s'était d'abord présentée à l'esprit du général ; mais il n'avait pu s'y décider sans une extrême répugnance. L'idée d'aller tourmenter un infortuné prisonnier, déjà livré à tant de tourments, et qu'il avait vu si puissant ; de scruter sévèrement les secrets du malheur, même coupable, déplaisait à son âme bonne et généreuse. Cependant le service du roi l'exigeait. il ne devait pas quitter Drontheim sans emporter les nouvelles lueurs qui pouvaient jaillir de l'interrogatoire de l'auteur apparent de l'insurrection des mineurs. C'était donc le soir qui devait précéder son départ, qu'après un entretien long et confidentiel avec la comtesse d'Ahlefeld, le gouverneur s'était résigné à voir le captif. En se rendant au château, l'idée des intérêts de l'Etat, du parti que ses nombreux ennemis personnels pourraient tirer de ce qu'on nommerait sa négligence, et peut-être aussi d'astucieuses paroles de la grande chancelière, avaient fermenté dans sa tête et l'avaient ramené à la fermeté. Il était donc monté au donjon du Lion de Slesvig avec des projets de sévérité; il se promettait d'être avec le conspirateur Schumacker comme s'il n'avait jamais connu le chancelier Griffenfeld, de dépouiller tous ses souvenirs et jusqu'à son caractère, et de parler en juge inflexible à cet ancien confrère de faveur et de puissance.

Cependant, à peine entré dans l'appartement de l'ex-chancelier, le visage vénérable, quoique morose, du vieillard, l'avait frappé; la figure douce, quoique fière, d'Ethel l'avait attendri; et le premier aspect des deux prisonniers avait déjà dissipé la moitié de sa sévérité.

Il s'avança vers le ministre tombé et lui tendit involontairement la main en disant, sans s'apercevoir que l'autre ne répondait pas à sa politesse :

— Salut, comte de Griffenf...—C'était la surprise d'une vieille habitude. Il se reprit précipitamment : — Seigneur Schumacker!... — Puis il s'arrêta, tout satisfait et tout épuisé d'un tel effort. Il se fit une pause. Le général cherchait dans sa tête quelles paroles assez sévères pourraient dignement répondre à la dureté de ce début.

— Eh bien! dit enfin Schumacker, vous êtes le gouverneur du Drontheimhus?

Le général, un peu surpris de se voir questionné par celui qu'il venait interroger, fit un signe affirmatif.

— En ce cas, reprit le prisonnier, j'ai une plainte à vous faire.

— Une plainte! laquelle? laquelle? Et le visage du noble Levin prenait une expression d'intérêt. Schumacker continua d'un air d'humeur :

— Un ordre du vice-roi prescrit qu'on me laisse libre et tranquille dans ce donjon!

— Je connais cet ordre.

— Seigneur gouverneur, on se permet pourtant de m'importuner et de pénétrer dans ma prison.

— Qui donc? s'écria le général; nommez-moi celui qui ose...

— Vous, seigneur gouverneur.

Ces paroles, prononcées d'un ton hautain, blessèrent le général. Il répondit d'une voix presque irritée :

— Vous oubliez que mon pouvoir, lorsqu'il s'agit de servir le roi, ne connaît point de limites.

— Si ce n'est, dit Schumacker, celles du respect qu'on doit au malheur. Mais les hommes ne savent pas cela.

L'ex-grand chancelier parlait ainsi, comme s'il se fût parlé à lui-même. Il fut entendu du gouverneur.

— Si vraiment, si vraiment! J'ai eu tort, comte de Griff... seigneur Schumacker, veux-je dire, je devais vous laisser la colère, puisque j'ai la puissance.

Schumacker se tut un instant.

— Il y a, reprit-il pensif, dans votre visage et dans votre voix, seigneur gouverneur, quelque chose d'un homme que j'ai connu jadis. Il y a bien longtemps; il n'y a que moi qui me souvienne de ce temps-là : c'était dans ma prospérité. — C'était un certain Levin de Knud, du Mecklenbourg. Avez-vous connu ce fou?

— Je l'ai connu, répliqua le général sans s'émouvoir.

— Ah! vous me le rappelez. Je croyais qu'on ne se souvenait des hommes que dans l'adversité.

— N'était-ce pas un capitaine de la milice royale? poursuivit le gouverneur.

— Oui, un simple capitaine, bien que le roi l'aimât beaucoup. Mais il ne songeait qu'aux plaisirs et ne montrait pas d'ambition. C'était une tête singulièrement extravagante. Conçoit-on une pareille modération de désirs dans un favori?

— Mais cela peut se concevoir.

— Je l'aimais assez, ce Levin de Knud, parce qu'il ne m'inquiétait pas. Il était l'ami du roi comme d'un autre homme. On eût dit qu'il ne l'aimait que pour son plaisir particulier, et nullement pour sa fortune.

Le général voulut interrompre Schumacker; mais celui-ci continua avec quelque opiniâtreté, soit par esprit de contrariété, soit que le souvenir réveillé en lui lui plût en effet.

— Puisque vous avez connu ce capitaine Levin, seigneur gouverneur, vous savez sans doute qu'il eut un fils, lequel même est mort tout jeune. Mais vous souvenez-vous de ce qui se passa à la naissance de ce fils?

— Je me souviens bien plus encore de ce qui se passa à sa mort, dit le général en cachant ses yeux de sa main et d'une voix altérée.

— Mais, poursuivit l'indifférent Schumacker, c'est un fait connu de peu de personnes, et qui vous peindra toute la bizarrerie de ce Levin. Le roi voulait tenir l'enfant sur les fonts de baptême; croiriez-vous que Levin refusa? Il fit bien plus encore : il choisit pour le parrain de son fils un vieux mendiant qui se traînait aux portes du palais. Je n'ai jamais pu comprendre le motif d'un pareil acte de démence.

— Je vais vous le dire, répondit le général. En choisissant un protecteur à l'âme de son fils, ce capitaine Levin pensait sans doute qu'un pauvre est plus puissant auprès de Dieu qu'un roi.

Schumacker réfléchit un instant et dit :

— Vous avez raison.

Le gouverneur voulut encore ramener la conversation au but de sa visite. Mais Schumacker l'arrêta.

— De grâce, s'il est vrai que ce Levin du Mecklenbourg ne vous soit pas inconnu, laissez-moi parler de lui. De tous les hommes que j'ai vus dans mes temps de grandeur, c'est le seul dont le souvenir ne m'apporte ni dégoût ni horreur. S'il poussait la singularité jusqu'à la folie, il n'en était pas moins, par ses nobles qualités, un homme tel qu'il y en a bien peu.

— Je ne pense pas de même. Ce Levin n'avait rien de plus que les autres hommes. Il y en a beaucoup même qui valent mieux que lui.

Schumacker croisa les bras, en levant les yeux au ciel.

— Oui, voilà bien comme ils sont tous! on ne peut louer devant eux un homme digne de louange qu'ils ne cherchent aussitôt à le noircir. Ils empoisonnent jusqu'au plaisir de louer justement. Il est cependant assez rare.

— Si vous me connaissiez, vous ne m'accuseriez pas de noirceur envers le gén...., c'est-à-dire le capitaine Levin.

— Laissez-moi, laissez-moi, dit le prisonnier; pour la loyauté et la générosité, il n'y a jamais eu deux hommes comme ce Levin de Knud, et dire le contraire, c'est à la fois le calomnier et louer démesurément cette excécrable race humaine!

— Je vous assure, reprit le gouverneur, cherchant à calmer la colère de Schumacker, que je n'ai eu contre Levin de Knud aucune intention perfide...

— Ne dites pas cela. Bien qu'il fût insensé, tous les hommes sont loin de lui ressembler. Ils sont faux, ingrats, envieux, calomniateurs. Savez-vous que Levin de Knud donnait aux hôpitaux de Copenhague plus de la moitié de son revenu?...

— J'ignorais que vous en fussiez instruit.

— C'est cela! s'écria le vieillard d'un air triomphant. Il espérait pouvoir le flétrir en toute sûreté, dans la confiance que j'ignorais les bonnes actions de ce pauvre Levin!

— Mais non, mais non...

— Pensez-vous que je ne sais pas encore qu'il fit donner le régiment que le roi lui destinait à un officier qui l'avait blessé en duel, lui, Levin de Knud, parce que, disait-il, l'autre était plus ancien que lui?

— Je croyais cependant cette action secrète...

— Dites-moi donc, seigneur gouverneur du Drontheimhus, est-ce que pour cela elle en est moins belle? Parce que Levin cachait ses vertus, est-ce une raison pour les nier? Oh! que les hommes sont bien tous les mêmes! oser confondre avec eux le noble Levin, lui qui, n'ayant pu sauver un soldat convaincu d'avoir voulu l'assassiner, fit une pension à la veuve de son meurtrier!

— Et qui n'en eût pas fait autant?

Ici Schumacker éclata.

— Qui? vous! moi! tous les hommes, seigneur gouverneur! Parce que vous portez le brillant costume de général et des plaques d'honneur sur votre poitrine, croyez-vous donc à votre mérite? Vous êtes général, et le malheureux Levin sera mort capitaine. Il est vrai que c'était un fou, et qu'il ne songeait pas à son avancement.

— S'il n'y a point songé lui-même, la bonté du roi y a songé pour lui.

— La bonté! dites la justice! si pourtant on peut dire la justice d'un roi. Eh bien! quelle insigne récompense lui a-t-on donnée?

— Sa Majesté a payé Levin de Knud bien au-delà de son mérite.

— A merveille! s'écria le vieux ministre en frappant des mains. Un loyal capitaine vient peut-être, après trente ans de service, d'être nommé major, et cette haute faveur vous porte ombrage, noble général? Un proverbe persan a raison de dire que le soleil couchant est jaloux de la lune qui se lève.

Schumacker était tellement irrité, que le général put à peine faire entendre ces paroles : — Si vous m'interrompez sans cesse... vous m'empêchez de vous expliquer...

— Non, non, poursuivit l'autre, j'avais cru, seigneur général, saisir, au premier abord, quelques traits de ressemblance entre vous et le bon Levin; mais, allez! il n'en existe aucun.

— Mais, écoutez-moi...

— Vous écouter! pour que vous me disiez que Levin de Knud est indigne de quelque misérable récompense...

— Je vous jure que ce n'est pas...

— Vous en viendriez bientôt, je vous devine, vous autres hommes, à me soutenir qu'il est comme vous tous, fourbe, hypocrite, méchant...

— En vérité, non.

— Que sais-je? peut-être qu'il a trahi un ami, persécuté un bienfaiteur, comme vous l'avez tous fait?... ou empoisonné son père, ou assassiné sa mère?

— Vous êtes dans une erreur... Je suis loin de vouloir...

— Savez-vous que ce fut lui qui détermina le vice-chancelier Wind, ainsi que Scheel, Vinding et le justicier Lasson, trois de mes juges, à ne point opiner pour la peine de mort? Et vous voulez que je vous entende, de sang-froid, le calomnier! Oui, c'est ainsi qu'il a agi envers moi, et pourtant je lui avais toujours fait plutôt du mal que du bien; car je suis semblable à vous, vil et méchant.

Le noble Levin éprouvait, durant cet étrange entretien, une émotion singulière. Objet à la fois des outrages les plus directs et de la louange la plus sincère, il ne savait quelle contenance faire à d'aussi rudes compliments, à tant de flatteuses injures. Il était choqué et attendri. Tantôt il voulait s'emporter; tantôt remercier Schumacker. Présent et inconnu, il aimait à voir le farouche Schumacker défendre en lui, et contre lui, un ami et un absent; seulement, il eût voulu que son avocat mît un peu moins d'amertume et d'âcreté dans son panégyrique. Mais, au fond de l'âme, les éloges furieux donnés au capitaine Levin le touchaient plus que les injures adressées au gouverneur de Drontheim ne le blessaient. Attachant sur le favori disgracié son regard bienveillant, il prit le parti de lui laisser exhaler son indignation et sa reconnaissance. Celui-ci, enfin, après une longue déclamation contre l'ingratitude humaine, tomba épuisé sur son fauteuil, dans les bras de la tremblante Ethel, en disant d'une voix douloureuse : — O hommes, que vous ai-je donc fait, pour vous être fait connaître à moi?

Le général n'avait pas encore pu arriver au sujet important de sa descente à Munckolm. Toute sa répugnance à tourmenter le captif d'un interrogatoire lui était revenue; à sa pitié et à son attendrissement se joignaient deux raisons assez fortes : l'état d'agitation où était tombé Schumacker ne laissait pas espérer qu'il pût répondre d'une façon satisfaisante; et, d'ailleurs, en envisageant l'affaire en elle-même, il ne semblait pas au confiant Levin qu'un pareil homme pût être un conspirateur. Néanmoins, comment partir de Drontheim sans avoir interrogé Schumacker? Cette nécessité fâcheuse de sa position de gouverneur vainquit une fois encore toutes ses hésitations, et ce fut ainsi qu'il commença, en adoucissant le plus possible l'accent de sa voix :

— Veuillez calmer un peu votre agitation, comte Schumacker...

C'était d'inspiration que le bon gouverneur avait trouvé cette qualification, comme pour concilier le respect dû au jugement de dégradation avec les égards réclamés par le malheur du dégradé, en unissant son titre nobiliaire à son nom roturier. Il continua.

— C'est un devoir pénible pour moi que de venir...

— Avant tout, interrompit le prisonnier, permettez-moi, seigneur gouverneur, de vous reparler d'une chose qui m'intéresse beaucoup plus que tout ce que Votre Excellence peut avoir à me dire. Vous m'avez assuré tout à l'heure qu'on avait récompensé ce fou de Levin de ses services. Je désirerais vivement savoir comment.

— Sa Majesté, seigneur de Griffenfeld, a élevé Levin au rang de général, et depuis plus de vingt ans ce fou vieillit paisiblement, honoré de cette dignité militaire et de la bienveillance de son roi.

Schumacker baissa la tête :

— Oui, ce fou de Levin, auquel il importait si peu de vieillir capitaine, mourra général, et le sage Schumacker, qui comptait mourir grand chancelier, vieillit prisonnier d'Etat.

En parlant ainsi, le captif couvrit son visage de ses mains, et de longs soupirs s'échappaient de sa vieille poitrine. Ethel, qui ne comprenait de l'entretien que ce qui attristait son père, chercha sur-le-champ à le distraire.

— Mon père, voyez donc là-bas au nord, on voit briller une lumière que je n'ai pas remarquée les soirées précédentes.

En effet, la nuit, qui était tout à fait tombée, faisait ressortir à l'horizon une lumière faible et lointaine qui semblait partir du sommet de quelque montagne éloignée. Mais l'œil et l'esprit de Schumacker ne se dirigeaient pas incessamment comme ceux d'Ethel vers le nord; aussi ne répondit-il point. Le général seul fut frappé de l'observation de la jeune fille. — C'est peut-être, se dit-il en lui-même, un feu allumé par les révoltés; et cette idée lui rappelant avec force le but de sa présence, il adressa la parole au prisonnier :

— Seigneur Griffenfeld, je suis fâché de vous tourmenter; mais il faut que vous subissiez...

— J'entends, seigneur gouverneur, ce n'est pas assez de passer mes jours dans ce donjon, de vivre flétri et abandonné, de n'avoir plus à moi que des souvenirs amers de grandeur et de puissance; il faut encore que vous violiez ma solitude pour scruter mes douleurs et jouir de mon infortune. Puisque ce noble Levin de Knud, que plusieurs traits extérieurs de votre personne m'ont rappelé, est général comme vous, il eût été trop heureux pour moi qu'on lui donnât le poste que vous occupez; car ce n'est pas lui, je vous jure, seigneur gouverneur, qui fût venu tourmenter un infortuné dans sa prison.

Durant le cours de cet entretien bizarre, le général avait été plus d'une fois sur le point de se nommer afin de le faire cesser. Ce reproche indirect de Schumacker lui en ôta le pouvoir. Il s'accordait si bien avec ses sentiments intérieurs, qu'il lui inspira comme un sentiment de honte de lui-même. Il essaya néanmoins de répondre à la supposition accablante de Schumacker. Chose étrange! par la seule différence de leur caractère, ces deux hommes avaient changé réciproquement de position. Le juge était en quelque sorte réduit à se justifier devant l'accusé.

— Mais, dit le général, si le devoir l'y eût contraint, ne doutez pas que Levin de Knud...

— J'en doute, noble gouverneur! s'écria Schumacker, ne doutez pas vous-même qu'il n'eût rejeté, avec toute la généreuse indignation de son âme, l'emploi d'épier et d'accroître les tortures d'un malheureux captif! Allez, je le connais mieux que vous; en aucun cas il n'eût accepté des fonctions de bourreau. — Maintenant, seigneur général, je vous écoute. Faites ce que vous appelez votre devoir : que veut de moi Votre Excellence?

Et le vieux ministre attachait son regard fier sur le gouverneur. Toute la résolution de celui-ci était tombée. Ses premières répugnances s'étaient réveillées, et réveillées invincibles.

Comte Schumacker, dit-il, conservez toujours la même estime à Levin de Knud.

— Il a raison, se disait-il en lui-même; venir tourmenter un malheureux sur de simples soupçons! Qu'on en charge un autre que moi.

L'effet de ces réflexions fut prompt; il s'avança vers Schumacker étonné, lui serra la main, puis sortant précipitamment :

— Comte Schumacker, dit-il, conservez toujours la même estime à Levin de Knud.

XXV

LE LION.
Hoh!
THÉSÉE.
Bien rugi, lion!
SHAKSPEARE, *le Songe d'été.*

Le voyageur qui parcourt de nos jours les montagnes couvertes de neige dont le lac de Smiasen est entouré comme d'une ceinture blanche, ne trouve plus aucun vestige de ce que les Norwégiens du dix-septième siècle appelaient la *Ruine d'Arbar*. On n'a jamais pu savoir de quelle construction humaine, de quel genre d'édifice, provenait cette *ruine*, si l'on peut lui donner ce nom. En sortant de la forêt qui couvre la partie méridionale du lac, après avoir gravi une pente semée çà et là de pans de murs et de restes de tours, on arrive à une ouverture voûtée qui perce le flanc du mont. Cette ouverture, aujourd'hui entièrement obstruée par les éboulements de terre, était l'entrée d'une espèce de galerie creusée à vif dans le roc, laquelle traversait la montagne de part en part. Cette galerie, éclairée faiblement par des soupiraux coniques pratiqués dans sa voûte de distance en distance, aboutissait à une sorte de salle oblongue et ovale, creusée à moitié dans la roche et terminée en une espèce de maçonnerie cyclopéenne. Autour de cette salle, on observait, dans des niches profondes, des figures de granit grossièrement travaillées. Quelques-uns de ces simulacres mystérieux, tombés de leurs piédestaux, gisaient pêle-mêle sur les dalles, avec d'autres décombres informes couverts d'herbes et de mousses, à travers lesquels serpentaient le

Loup de Smiasen, dit l'homme triomphant, tu déchires ma casaque... (Page 66.)

lézard, l'araignée, et tous les insectes hideux qui naissent de la terre et des ruines.

Le jour ne pénétrait dans ce lieu que par une porte opposée à la bouche de la galerie. Cette porte avait, vue d'un certain côté, la forme ogive, mais grossière, sans âge et sans date, et évidemment donnée à l'architecte par le hasard. On aurait pu donner à cette porte, bien qu'elle fût de plain-pied, le nom de fenêtre, car elle s'ouvrait sur un précipice immense; et l'on ne comprenait pas où pouvaient conduire trois ou quatre marches d'escaliers suspendues sur l'abime en dehors et au-dessous de cette singulière issue.

Cette salle était l'intérieur d'une espèce de tourelle gigantesque, qui, de loin, vue du côté du précipice, semblait un des pitons de la montagne. Cette tourelle était isolée, et, comme on l'a déjà dit, nul ne savait à quel édifice elle avait appartenu. On apercevait seulement au-dessus, sur un plateau inaccessible au plus hardi chasseur, une masse qu'on pouvait prendre, à cause de l'éloignement, pour une roche courbée ou pour les débris d'une arcade colossale. — Cette tourelle et cette arcade écroulée étaient connues des paysans sous le nom de *Ruines d'Arbar*. On ne savait pas plus l'origine du nom que l'origine du monument.

C'est sur une pierre située au milieu de cette salle elliptique qu'un petit homme vêtu de peaux de bêtes, et que nous avons déjà eu occasion de rencontrer plusieurs fois dans le cours de cet ouvrage, est assis. Il tourne le dos au jour, ou plutôt au vague crépuscule qui pénètre dans la sombre tourelle pendant le soleil éclatant de midi. Cette lueur, la plus forte qui puisse éclairer naturellement l'intérieur de la tourelle, ne suffit pas pour qu'on puisse distinguer de quelle nature est l'objet vers lequel le petit homme se tient courbé. On entend quelques gémissements sourds, et l'on pourrait juger qu'ils partent de ce corps, aux mouvements faibles qu'il semble faire de temps en temps. Quelquefois le petit homme se redresse, et il porte à ses lèvres une sorte de coupe, dont la forme paraît être celle d'un crâne humain, pleine d'une liqueur fumante dont on ne peut voir la couleur, et qu'il savoure à longs traits.

Tout à coup il se lève brusquement.

— On marche dans la galerie, je crois; est-ce déjà le chancelier des deux royaumes?

Ces paroles sont suivies d'un éclat de rire horrible, qui se termine en rugissement sauvage, auquel répond soudain un hurlement parti de la galerie.

— Oh ! oh ! reprend l'hôte de la ruine d'Arbar, ce n'est pas un homme; mais c'est toujours un ennemi : c'est un loup.

En effet, un grand loup sort subitement de dessous la voûte de la galerie, s'arrête un moment, puis s'approche obliquement vers l'homme, le ventre à terre et fixant sur lui des yeux ardents qui étincellent dans l'ombre. Celui-ci, toujours debout et les bras croisés, le regarde.

— Ah ! c'est le vieux loup au poil gris ! le plus vieux loup des forêts de Smiasen. — Bonjour, loup ; tes yeux brillent; tu es affamé, et l'odeur des cadavres t'attire. — Tu attireras aussi bientôt les loups affamés.—Sois le bienvenu, loup de Smiasen; j'ai toujours eu envie de te rencontrer. Tu es si vieux, qu'on dit que tu ne peux mourir. — On ne le dira plus demain. —

L'animal répondit par un hurlement affreux, fit un soubresaut en arrière et s'élança d'un bond sur le petit homme.

Celui-ci ne recula point d'un pas. Aussi prompt que l'éclair, de son bras droit il étreignit le ventre du loup, qui, debout en face de lui, avait jeté ses deux pattes de devant sur ses épaules ; de la main gauche il garantit son visage de la gueule béante de son ennemi, en lui saisissant le gosier avec une telle force, que l'animal, contraint de lever la tête, put à peine articuler un cri de douleur.

— Loup de Smiasen, dit l'homme triomphant, tu déchires ma casaque, mais ta peau la remplacera.

Au moment où il mêlait à ces paroles de victoire quelques mots d'un jargon bizarre, un effort convulsif du loup à l'agonie le fit trébucher contre les pierres qui parsemaient la salle. Ils tombèrent tous deux, et les rugissements de l'homme se confondirent avec les hurlements de la bête.

Obligé dans sa chute de lâcher le gosier du loup, le petit homme sentait déjà les dents tranchantes s'enfoncer dans son épaule, quand, en se roulant l'un sur l'autre, les deux combattants heurtèrent une énorme masse blanche velue qui gisait dans la partie la plus ténébreuse de la salle.

C'était un ours, qui se réveilla de son lourd sommeil en grondant.

A peine les yeux paresseux de ce nouveau personnage se furent-ils assez ouverts pour qu'il pût distinguer la lutte, qu'il se précipita avec fureur, non sur l'homme, mais sur le loup, qui en ce moment triomphait à son tour; le saisit violemment de sa gueule par le milieu du corps, et dégagea ainsi le combattant à face humaine.

Ce dernier, loin de se montrer reconnaissant d'un si grand service, se releva tout ensanglanté, et, s'élançant sur l'ours, lui donna un vigoureux coup de pied dans le ventre, comme un maître à son chien lorsqu'il a commis quelque faute.

— Friend ! qui est-ce qui t'appelle ? De quoi te mêles-tu ?

Ces mots étaient entrecoupés d'interjections furibondes et de grincements de dents.

— Va-t'en ! ajouta-t-il en rugissant.

L'ours, qui avait reçu à la fois un coup de pied de l'homme et un coup de dent du loup, fit entendre une sorte de murmure plaintif; puis, baissant sa lourde tête, il lâcha l'animal affamé, qui se jeta sur l'homme avec une rage nouvelle.

Pendant que la lutte continuait, l'ours rebuté retourna à la place où il dormait, s'assit gravement en laissant errer sur les deux ennemis furieux un regard indifférent, et garda le plus paisible silence, en passant alternativement chacune de ses pattes de devant sur l'extrémité de son museau blanc.

Mais le petit homme, au moment où le doyen des loups du Smiasen était revenu à la charge, avait saisi le mufle sanglant de la bête; puis, par un effort inouï de force et d'adresse, il était parvenu à emprisonner la gueule tout entière dans sa main. Le loup se débattait avec des élancements de rage et de douleur; une écume livide tombait de ses lèvres comprimées, et ses yeux, comme gonflés de colère, semblaient sortir de leur orbite. Des deux adversaires, celui dont les os étaient broyés par des dents aiguës, les chairs déchirées par des ongles brûlants, ce n'était pas l'homme, mais la bête féroce; celui dont le hurlement avait l'accent le plus sauvage, l'expression la plus farouche, ce n'était point la bête fauve, mais l'homme.

Enfin celui-ci, ramassant toutes ses forces épuisées par la longue résistance du vieux loup, serra le museau de ses deux mains avec une telle vigueur, que le sang jaillit des narines et de la gueule de l'animal, ses yeux de flamme s'éteignirent et se fermèrent à demi; il chancela et tomba inanimé aux pieds de son vainqueur. Le mouvement faible et continuel de sa queue et les tremblements convulsifs et intermittents qui couraient par tout son corps annonçaient seuls qu'il n'était pas encore tout à fait mort.

Tout à coup une dernière convulsion ébranla l'animal expirant, et les symptômes de vie cessèrent.

— Te voilà mort ! loup cervier ! dit le petit homme en le poussant du pied avec dédain; est-ce que tu croyais vieillir encore après m'avoir rencontré ? Tu ne courras plus à pas sourds sur les neiges en suivant l'odeur et les traces de ta proie; te voilà toi-même bon pour les loups ou les vautours; tu as dévoré bien des voyageurs égarés autour du Smiasen durant ta longue vie de meurtre et de carnage; maintenant tu es mort toi-même, tu ne mangeras plus d'hommes; c'est dommage.

Il s'arma d'une pierre tranchante, s'accroupit sur le corps chaud et palpitant du loup, rompit les jointures des membres, sépara la tête des épaules, fendit la peau dans toute sa longueur sur le ventre, la détacha comme on enlève une veste, et en un clin d'œil le formidable loup du Smiasen n'offrit plus qu'une carcasse nue et ensanglantée. Il jeta cette dépouille sur ses épaules meurtries de morsures, en tournant au dehors le côté nu de la peau humide et tachée de longues veines de sang.

— Il faut bien, grommela-t-il entre ses dents, se vêtir de la peau des bêtes, celle de l'homme est trop mince pour préserver du froid.

Pendant qu'il se parlait ainsi à lui-même, plus hideux encore sous son hideux trophée, l'ours, ennuyé sans doute de son inaction, s'était approché comme furtivement de l'autre objet couché dans l'ombre dont nous avons parlé au commencement de ce chapitre, et bientôt il s'éleva de cette partie ténébreuse de la salle un bruit de dents mêlé de soupirs d'agonie faibles et douloureux.—Le petit homme se retourna.

— Friend ! cria-t-il d'une voix menaçante; ah ! misérable Friend ! — Ici, viens ici !

Et, ramassant une grosse pierre, il la jeta à la tête du monstre, qui, tout étourdi du choc, s'arracha lentement à son festin, et vint, en léchant ses lèvres rouges, tomber pantelant aux pieds du petit homme, vers lequel il élevait sa tête énorme en courbant son dos, comme pour demander grâce de son indiscrétion.

Alors il se fit entre les deux monstres, car on peut bien donner ce nom à l'habitant de la *Ruine d'Arbar*, un échange de grondements significatifs. Ceux de l'homme exprimaient l'empire et la colère, ceux de l'ours la prière et la soumission.

— Tiens, dit enfin l'homme en montrant de son doigt crochu le cadavre écorché du loup, voici ta proie : laisse-moi la mienne.

L'ours, après avoir flairé le corps du loup, secoua la tête d'un air mécontent et tourna son regard vers l'homme qui paraissait son maître.

— J'entends, dit celui-ci, cela est déjà trop mort pour toi, tandis que l'autre palpite encore. — Tu es raffiné dans tes voluptés, Friend, autant qu'un homme ; tu veux que ta nourriture vive encore au moment où tu la déchires; tu aimes à sentir la chair mourir sous ta dent ; tu ne jouis que de ce qui souffre; nous nous ressemblons; — car je ne suis pas homme, Friend, je suis au-dessus de cette espèce misérable, je suis une bête farouche comme toi. — Je voudrais que tu pusses parler, compagnon Friend, pou me dire si elle égale ma joie, la joie dont palpitent tes entrailles d'ours quand tu dévores des entrailles d'homme; mais non, je ne voudrais pas t'entendre parler, de peur que ta voix me rappelât la voix humaine. — Oui, gronde à mes pieds, de ce grondement qui fait tressaillir dans la montagne le chevrier égaré; il me plaît comme une voix amie, parce qu'il lui annonce un ennemi. Lève, Friend, lève ta tête vers moi; lèche mes mains de cette langue qui a bu tant de fois le sang humain. — Tu as, ainsi que moi, les dents blanches; cependant ce n'est point notre faute si elles ne sont pas rouges comme une plaie nouvelle; mais le sang lave le sang. — J'ai vu plus d'une fois, du fond d'une caverne noire, les jeunes filles de Kole ou d'Oëlmœ laver leurs pieds nus dans l'eau des torrents, en chantant d'une voix douce; mais je préfère à ces voix mélodieuses et à ces figures satinées ta gueule velue et tes cris rauques : ils épouvantent l'homme.

En parlant ainsi, il s'était assis, et abandonnait sa main aux caresses du monstre, qui, se roulant sur le dos à ses pieds, les lui prodiguait de mille manières, comme un épagneul qui déploie toutes ses gentillesses sur le sofa de sa maîtresse.

Ce qui était encore plus étrange, c'est l'attention intelligente avec laquelle il paraissait recueillir les paroles de son patron. Les monosyllabes bizarres dont celui-ci les entremêlait semblaient surtout compris de lui, et il manifestait cette compréhension en redressant subitement sa tête, ou en roulant quelques sons confus au fond de son gosier.

— Les hommes disent que je les fuis, reprit le petit homme; mais ce sont eux qui me fuient; ils font par crainte ce que je ferais par haine... Cependant tu sais, Friend, que je suis aise de rencontrer un homme quand j'ai faim ou soif.

Tout à coup il aperçut dans les profondeurs de la galerie une lumière rougeâtre poindre et s'accroître par degrés, en colorant faiblement les vieux murs humides.

— En voici un justement. Quand on parle d'enfer, Satan montre sa corne.

— Holà! Friend, ajouta-t-il en se tournant vers l'ours; holà! lève-toi.

L'animal se dressa sur-le-champ.

— Allons, il faut bien récompenser ton obéissance en satisfaisant ton appétit.

En parlant ainsi, l'homme se courba vers ce qui était couché à terre. On entendit comme un craquement d'os brisés par la hache; mais il ne s'y mêlait plus ni soupirs ni gémissements.

— Il paraît, murmura le petit homme, que nous ne sommes plus que deux qui vivons dans cette salle d'Arbar. — Tiens, ami Friend, achève ton festin commencé.

Il jeta vers la porte extérieure dont nous avons parlé ce qu'il avait détaché de l'objet étendu à ses pieds. L'ours se précipita sur cette proie si avidement, que le coup d'œil le plus rapide n'eût pu distinguer si ce lambeau n'avait pas en effet la forme d'un bras humain, revêtu d'un morceau d'étoffe verte de la nuance de l'uniforme des arquebusiers de Munckholm.

— Voici que l'on approche, dit le petit homme, l'œil fixé sur la lumière qui croissait de plus en plus. Compagnon Friend, laisse-moi seul un instant...—Eh! dehors!

Le monstre obéissant s'élança vers la porte, descendit à reculons les marches extérieures, et disparut, emportant dans sa gueule sa proie dégouttante, avec un hurlement de satisfaction.

Au même instant, un homme assez grand se présenta à l'issue de la galerie, dont les profondeurs sinueuses reflétaient encore une lumière vague. Il était enveloppé d'un long manteau brun, et portait une lanterne sourde, dont il dirigea le foyer lumineux droit au visage du petit homme.

Celui-ci, toujours assis sur sa pierre et les bras croisés, s'écria :

— Sois le mal-venu, toi qui viens ici amené par une pensée et non par un instinct!

Mais l'étranger, sans répondre, paraissait le considérer attentivement.

— Regarde-moi, poursuivit-il en dressant la tête, tu n'auras peut-être pas dans une heure un souffle de voix pour te vanter de m'avoir vu.

Le nouveau venu, en promenant sa lumière sur toute la personne du petit homme, paraissait plus surpris qu'effrayé.

— Eh bien! de quoi t'étonnes-tu? reprit le petit homme avec un rire pareil au bruit d'un crâne qu'on brise; j'ai des bras et des jambes ainsi que toi, seulement mes membres ne seront pas, ainsi que les tiens, la pâture des chatpards et des corbeaux.

L'étranger répondit enfin d'une voix basse, quoique assurée, et comme s'il craignait seulement d'être entendu du dehors :

— Ecoutez, je ne viens pas en ennemi, mais en ami.—

L'autre l'interrompit.

— Pourquoi alors n'as-tu pas dépouillé ta forme d'homme?

— Mon intention est de vous rendre service, si vous êtes celui que je cherche.

— C'est-à-dire, de tirer un service de moi. Homme, tu perds tes pas. Je ne sais rendre de service qu'à ceux qui sont las de la vie.

— A vos paroles, répondit l'étranger, je vous reconnais bien pour l'homme qu'il me faut; mais votre taille... Han d'Islande est un géant : ce ne peut être vous...

— C'est la première fois qu'on en doute devant moi.

— Quoi! ce serait vous? Et l'étranger se rapprochait du petit homme. Mais on dit que Han d'Islande est d'une stature colossale!...

— Ajoute ma renommée à ma taille, et tu me verras plus haut que l'Hécla.

— Vraiment! Répondez-moi, je vous prie; vous êtes bien Han, natif de Klipstadur, en Islande?

— Ce n'est point avec des paroles que je réponds à cette question, dit le petit homme en se levant. Et le regard qu'il lança sur l'imprudent étranger fit reculer celui-ci de trois pas.

— Bornez-vous, de grâce, à la résoudre avec ce regard, répondit-il d'une voix presque suppliante, et en jetant vers le seuil de la galerie un coup d'œil où se peignait le regret de l'avoir franchi. Ce sont vos seuls intérêts qui me conduisent ici... —

En entrant dans la salle, le nouveau venu, n'ayant fait qu'entrevoir celui qu'il abordait, avait pu conserver quelque sang froid; mais, quand l'hôte d'Arbar se fut levé, avec son visage de tigre, ses membres ramassés, ses épaules sanglantes, à peine couvertes d'une peau encore fraîche, ses grandes mains armées d'ongles, et son regard flamboyant, l'aventureux voyageur avait frémi, comme un voyageur ignorant qui croit caresser une anguille et se sent piquer par une vipère.

— Mes intérêts? reprit le monstre. Viens-tu donc me donner avis qu'il y a quelque source à empoisonner, quelque village à incendier, ou quelque arquebusier de Munckholm à égorger?...

— Peut-être. — Ecoutez. Les mineurs de Norwége se révoltent. Vous savez combien de désastres amène une révolte.

— Oui, le meurtre, le viol, le sacrilége, l'incendie, le pillage...

— Je vous offre tout cela.

Le petit homme se mit à rire.

— Je n'ai pas besoin que tu me l'offres pour le prendre.

Le ricanement féroce qui accompagnait ces paroles fit de nouveau tressaillir l'étranger. Il continua néanmoins :

— Je vous propose, au nom des mineurs, le commandement de l'insurrection.

Le petit homme resta un moment silencieux. Tout à coup sa physionomie sombre prit une expression de malice infernale.

— Est-ce bien en leur nom que tu me le proposes? dit-il.

Cette question sembla déconcerter le nouveau venu; mais, sûr d'être inconnu de son redoutable interlocuteur, il se remit aisément.

— Pourquoi les mineurs se révoltent-ils? demanda celui-ci.

— Pour s'affranchir des charges de la tutelle royale.

— N'est-ce que pour cela? repartit l'autre avec le même ton railleur.

— Ils veulent aussi délivrer le prisonnier de Munckholm.

— Est-ce là le seul but de ce mouvement? répéta le petit homme avec cet accent qui déconcertait l'étranger.

— Je n'en connais point d'autre, balbutia ce dernier.

— Ah! tu n'en connais point d'autre!

Ces paroles étaient prononcées du même ton ironique. L'étranger, pour dissiper l'embarras qu'elles lui causaient, s'empressa de tirer de dessous son manteau une grosse bourse qu'il jeta aux pieds du monstre.

— Voici les honoraires de votre commandement.

Le petit homme repoussa le sac du pied.

— Je n'en veux pas. Crois-tu donc que si j'avais envie de ton or ou de ton sang j'attendrais ta permission pour me satisfaire?

L'étranger fit un geste de surprise et presque d'effroi.

— C'était un présent dont les mineurs royaux m'avaient chargé pour vous... —

— Je n'en veux pas, te dis-je. L'or ne me sert à rien. Les hommes vendent bien leur âme, mais ils ne vendent pas leur vie. On est forcé de la prendre.

— J'annoncerai donc aux chefs des mineurs que le redoutable Han d'Islande se borne à accepter leur commandement?

— Je ne l'accepte pas.

Ces mots, prononcés d'une voix brève, parurent frapper très-désagréablement le prétendu envoyé des mineurs révoltés.

— Comment? dit-il.

— Non! répéta l'autre.

— Vous refusez de prendre part à une expédition qui vous présente tant d'avantages?

— Je puis bien piller les fermes, dévaster les hameaux, massacrer les paysans ou les soldats, tout seul.

— Mais songez qu'en acceptant l'offre des mineurs l'impunité vous est assurée.

— Est-ce encore au nom des mineurs que tu me promets l'impunité? demanda l'autre en riant.

— Je ne vous dissimulerai pas, répondit l'étranger d'un air mystérieux, que c'est au nom d'un puissant personnage qui s'intéresse à l'insurrection.

— Et ce puissant personnage lui-même est-il sûr de n'être pas pendu?

— Si vous le connaissiez, vous ne secoueriez pas ainsi la tête.

— Ah! Eh bien! quel est-il donc?

— C'est ce que je ne puis vous dire.

Le petit homme s'avança et frappa sur l'épaule de l'étranger, toujours avec le même rire sardonique:

— Veux-tu que je te le dise, moi?

Un mouvement échappa à l'homme au manteau; c'était à la fois de l'épouvante et de l'orgueil blessé. Il ne s'attendait pas plus à la brusque interpellation du monstre qu'à sa sauvage familiarité.

— Je me joue de toi, continua ce dernier. Tu ne sais pas que je sais tout. Ce puissant personnage, c'est le grand chancelier de Danemark et de Norwége, et le grand chancelier de Danemark et de Norwége, c'est toi.

C'était lui en effet. Arrivé à la ruine d'Arbar, vers laquelle nous l'avons laissé voyageant avec Musdœmon, il avait voulu ne s'en remettre qu'à lui-même du soin de séduire le brigand, dont il était loin de se croire connu et attendu. Jamais, par la suite, le comte d'Ahlefeld, malgré toute sa finesse et toute sa puissance, ne put découvrir par quel moyen Han d'Islande avait été si bien informé. Était-ce une trahison de Musdœmon? C'était Musdœmon, il est vrai, qui avait insinué au noble comte l'idée de se présenter en personne au brigand; mais quel intérêt pouvait-il tirer de cette perfidie? — Le brigand avait-il saisi sur quelqu'une de ses victimes des papiers relatifs au projet du grand chancelier? Mais Frédéric d'Ahlefeld était avec Musdœmon le seul être vivant instruit du plan de son père, et, tout frivole qu'il était, il n'était pas assez insensé pour compromettre un pareil secret. D'ailleurs, il était en garnison à Munckholm, du moins le grand chancelier le croyait. — Ceux qui liront la suite de cette scène, sans être, plus que le comte d'Ahlefeld, à même de résoudre le problème, verront quelle probabilité on pouvait asseoir sur cette dernière hypothèse.

Une des qualités les plus éminentes du comte d'Ahlefeld, c'était la présence d'esprit. Quand il s'entendit si rudement nommer par le petit homme, il ne put réprimer un cri de surprise; mais en un clin d'œil sa physionomie pâle et hautaine passa de l'expression de la crainte et de l'étonnement à celle du calme et de l'assurance.

— Eh bien! oui, dit-il; je veux être franc avec vous: je suis en effet le chancelier. Mais soyez franc aussi... —

Un éclat de rire de l'autre l'interrompit.

— Est-ce que je me suis fait prier pour te dire mon nom et pour te dire le tien?

— Dites-moi avec la même sincérité comment vous avez su qui j'étais.

— Ne t'a-t-on donc point dit que Han d'Islande voit à travers les montagnes?

Le comte voulut insister: — Voyez en moi un ami... —

— Ta main, comte d'Ahlefeld! dit le petit homme brutalement. Puis il regarda le ministre en face et s'écria: — Si nos deux âmes s'envolaient de nos corps en ce moment, je crois que Satan hésiterait avant de décider laquelle des deux est celle du monstre.

Le hautain seigneur se mordit les lèvres; mais, placé entre la crainte du brigand et la nécessité d'en faire son instrument, il ne manifesta pas son mécontentement.

— Ne vous jouez pas de vos intérêts; acceptez la direction de l'insurrection, et confiez-vous à ma reconnaissance.

— Chancelier de Norwége, tu comptes sur le succès de tes entreprises, comme une vieille femme qui songe à la robe qu'elle va se filer avec du chanvre dérobé, tandis que la griffe du chat embrouille sa quenouille.

— Encore une fois, réfléchissez avant de rejeter mes offres.

— Encore une fois, moi, brigand, je te dis, à toi, grand chancelier des deux royaumes, NON.

— J'attendais une autre réponse après l'éminent service que vous m'avez déjà rendu.

— Quel service? demanda le brigand.

— N'est-ce point par vous que le capitaine Dispolsen a été assassiné? répondit le chancelier.

— Cela se peut, comte d'Ahlefeld; je ne le connais pas. Quel est cet homme dont tu me parles?

— Quoi! est-ce que ce ne serait point dans vos mains par hasard que serait tombé le coffret de fer dont il était porteur?

Cette question parut fixer les souvenirs du brigand.

— Attendez, dit-il, je me rappelle en effet cet homme et sa cassette de fer. C'était aux grèves d'Urchtal.

— Du moins, reprit le chancelier, si vous pouviez me remettre cette cassette, ma reconnaissance serait sans bornes. Dites-moi, qu'est devenue cette cassette? car elle est en votre pouvoir.

Le noble ministre insistait si vivement sur cette demande, que le brigand en parut frappé.

— Cette boîte de fer est donc d'une bien haute importance pour Ta Grâce, chancelier de Norwége?

— Oui.

— Quelle sera ma récompense si je te dis où tu la trouveras?

— Tout ce que vous pouvez désirer, mon cher Han d'Islande.

— Eh bien, je ne te le dirai pas!

— Allons, vous riez! Songez au service que vous me rendrez.

— J'y songe précisément.

— Je vous assurerai une fortune immense, je demanderai votre grâce au roi.

—Demande-moi plutôt la tienne, dit le brigand. Ecoute-moi, grand chancelier de Danemark et de Norwége, les tigres ne dévorent pas les hyènes. Je vais te laisser sortir vivant de ma présence, parce que tu es un méchant, et que chaque instant de ta vie, chaque pensée de ton âme, enfante un malheur pour les hommes et un crime pour toi. Mais ne reviens plus, car je t'apprendrais que ma haine n'épargne personne, pas même les scélérats. Quant à ton capitaine, ne te flatte pas que ce soit pour toi que je l'ai assassiné : c'est son uniforme qui l'a condamné, ainsi que cet autre misérable, que je n'ai pas non plus égorgé pour te rendre service, je t'assure.

En parlant ainsi, il avait saisi le bras du noble comte et l'avait entraîné vers le corps couché dans l'ombre. Au moment où il achevait ses protestations, la lumière de la lanterne sourde tomba sur cet objet. C'était un cadavre déchiré et revêtu en effet d'un habit d'officier des arquebusiers de Munckholm. Le chancelier s'approcha avec un sentiment d'horreur. Tout à coup son regard s'arrêta sur le visage blême et sanglant du mort. Cette bouche bleue et entr'ouverte, ces cheveux hérissés, ces joues livides, ces yeux éteints, ne l'empêchèrent pas de le reconnaître. Il poussa un cri effrayant :

— Ciel! Frédéric! mon fils!

Qu'on n'en doute pas, les cœurs en apparence les plus desséchés et les plus endurcis recèlent toujours dans leur dernier repli quelque affection ignorée d'eux-mêmes, qui semble se cacher parmi des passions et des vices, comme un témoin mystérieux et un vengeur futur. On dirait qu'elle est là pour faire un jour connaître au crime la douleur. Elle attend son heure en silence. L'homme pervers la porte dans son sein et ne la sent pas, parce qu'aucune des afflictions ordinaires n'est assez forte pour pénétrer l'écorce épaisse d'égoïsme et de méchanceté dont elle est enveloppée; mais qu'une des rares et véritables douleurs de la vie se présente inattendue, elle plonge dans le gouffre de cette âme comme un glaive et en touche le fond. Alors l'affection inconnue se dévoile à l'infortuné méchant, d'autant plus violente qu'elle était plus ignorée, d'autant plus douloureuse qu'elle était moins sensible, parce que l'aiguillon du malheur a dû remuer le cœur bien plus profondément pour l'atteindre. La nature se réveille et se déchaîne; elle livre le misérable à des désolations inaccoutumées, à des supplices inouïs; il éprouve réunies en un instant toutes les souffrances dont il s'était joué durant tant d'années. Les tourments les plus opposés le déchirent à la fois. Son cœur, sur qui pèse une stupeur morne, se soulève en proie à des tortures convulsives. Il semble qu'il vienne d'entrevoir l'enfer dans sa vie, et qu'il se soit révélé à lui quelque chose de plus que le désespoir.

Le comte d'Ahlefeld aimait son fils sans le savoir. Nous disons son fils, parce que, ignorant l'adultère de sa femme, Frédéric, l'héritier direct de son nom, avait ce titre à ses yeux. Le croyant toujours à Munckholm, il était bien loin de s'attendre à le retrouver dans la tourelle d'Arbar et à le retrouver mort! Cependant il était là, sanglant, décoloré; c'était lui, il n'en pouvait douter. On peut se figurer ce qui se passa en lui quand la certitude de l'aimer pénétra dans son âme inopinément avec la certitude de l'avoir perdu. Tous les sentiments que ces deux pages décrivent à peine fondirent sur son cœur ensemble comme des éclats de tonnerre. Foudroyé, en quelque sorte, par la surprise, l'épouvante et le désespoir, il se jeta en arrière et se tordit les bras en répétant d'un voix lamentable : — Mon fils! mon fils!

Le brigand se mit à rire; et ce fut une chose horrible que d'entendre ce rire se mêler aux gémissements d'un père devant le cadavre de son fils.

—Par mon aïeul Ingolphe! tu peux crier, comte d'Ahlefeld, tu ne le réveilleras pas.

Tout à coup son atroce visage se rembrunit, et il dit d'une voix sombre :

— Pleure ton fils, je venge le mien.

Un bruit de pas précipités dans la galerie l'interrompit; et au moment où il retournait la tête avec surprise, quatre hommes de haute taille, le sabre nu, s'élancèrent dans la salle; un cinquième, petit et replet, les suivait portant une torche d'une main et une épée de l'autre. Il était enveloppé d'un manteau brun, pareil à celui du grand chancelier.

— Seigneur! cria-t-il, nous vous avons entendu, nous accourons à votre secours. Le lecteur a sans doute déjà reconnu Musdœmon et les quatre domestiques armés qui composaient la suite du comte.

Quand les rayons de la torche jetèrent leur lumière vive dans la salle, les cinq nouveaux venus s'arrêtèrent frappés d'horreur; et c'était en effet un spectacle effrayant. D'un côté, les restes sanglants du loup; de l'autre, le cadavre défiguré du jeune officier; puis ce père aux yeux hagards, aux cris farouches, et près de lui l'épouvantable brigand, tournant vers les assaillants un visage hideux, où se peignait un étonnement intrépide.

En voyant ce renfort inattendu, l'idée de la vengeance s'empara du comte et le jeta du désespoir dans la rage.

— Mort à ce brigand! s'écria-t-il en tirant son épée. Il a assassiné mon fils!... Mort! mort!

— Il a assassiné le seigneur Frédéric? dit Musdœmon. Et la torche qu'il portait n'éclaira point la moindre altération sur son visage.

— Mort! mort! répéta le comte furieux. Et ils s'élancèrent tous six sur le brigand. Celui-ci, surpris de cette brusque attaque, recula vers l'ouverture qui donnait sur le précipice avec un rugissement féroce, qui annonçait plutôt la colère que la crainte.

Six épées étaient dirigées contre lui, et son regard était plus enflammé, et ses traits étaient plus menaçants qu'aucun de ceux des agresseurs. Il avait saisi sa hache de pierre, et, contraint par le nombre des assaillants à se borner à la défensive, il la faisait tourner dans sa main avec une telle rapidité, que le cercle de rotation le couvrait comme un bouclier. Une multitude d'étincelles jaillissaient avec un bruit clair de la pointe des épées, lorsqu'elles étaient heurtées par le tranchant de la hache; mais aucune lame ne touchait son corps. Toutefois, fatigué par son précédent combat avec le loup, il perdait insensiblement du terrain, et il se vit bientôt acculé à la porte ouverte sur l'abîme.

— Mes amis! cria le comte, du courage! jetons le monstre dans ce précipice.

— Avant que j'y tombe, les étoiles y tomberont, répliqua le brigand.

Cependant les agresseurs redoublèrent d'ardeur et d'audace en voyant le petit homme forcé de descendre une marche de l'escalier suspendu au-dessus du gouffre.

— Bien, poussons! reprit le grand chancelier; il faudra bien qu'il tombe; encore un effort! — Misérable! tu as commis ton dernier crime. — Courage, compagnons!

Tandis que de sa main droite il continuait les terribles évolutions de sa hache, le brigand, sans répondre, prit de la gauche une trompe de corne suspendue à sa ceinture, et, la portant à ses lèvres, lui fit rendre à plusieurs reprises un son rauque et prolongé, auquel répondit soudain un rugissement parti de l'abîme.

Quelques instants après, au moment où le comte et ses satellites, serrant toujours le petit homme de près, s'applaudissaient de lui avoir fait descendre la seconde marche, la tête énorme d'un ours blanc parut au bout rompu de l'escalier. Frappés d'un étonnement mêlé d'effroi, les assaillants reculèrent.

L'ours acheva de gravir l'escalier lourdement en leur présentant sa gueule sanglante et ses dents acérées.

— Merci, mon brave Friend! cria le brigand. Et profitant de la surprise des agresseurs, il se jeta sur le dos de son ours, qui se mit à descendre à reculons, montrant toujours sa tête menaçante aux ennemis de son maître.

Bientôt, revenus de leur première stupéfaction, ils purent voir l'ours, emportant le brigand hors de leur atteinte, descendre dans l'abîme, ainsi que sans doute il en était monté, en s'accrochant à de vieux troncs d'arbres et à des saillies de rochers. Ils voulurent faire rouler des quartiers de pierre sur lui; mais avant qu'ils eussent soulevé du sol une de ces vieilles masses de granit qui y dormaient depuis si longtemps, le brigand et son étrange monture avaient disparu dans une caverne.

XXVI

> Non, non, ne rions plus. Voyez-vous, ce qui me paraissait si plaisant a aussi son côté sérieux, très-sérieux, comme tout dans l'univers!..... Croyez-moi; ce mot hasard est un blasphème; rien sous le soleil n'arrive par hasard; et ne voyez-vous pas ici le but marqué par la Providence?
>
> LESSING, *Emilia Galotti.*

Oui, une raison profonde se dévoile souvent dans ce que les hommes nomment hasard. Il y a dans les événements comme une main mystérieuse qui leur marque, en quelque sorte, la voie et le but. On se récrie sur les caprices de la fortune, sur les bizarreries du sort, et tout à coup il sort de ce chaos des éclairs effrayants, ou des rayons merveilleux; et la sagesse humaine s'humilie devant les hautes leçons de la destinée.

Si, par exemple, quand Frédéric d'Ahlefeld étalait dans un salon somptueux, aux yeux des femmes de Copenhague, la magnificence de ses vêtements, la fatuité de son rang et la présomption de ses paroles; si quelque homme, instruit des choses de l'avenir, fût venu troubler la frivolité de ses pensées par de graves révélations; s'il lui eût dit qu'un jour ce brillant uniforme qui faisait son orgueil causerait sa perte; qu'un monstre à face humaine boirait son sang comme il buvait, lui, voluptueux insouciant, les vins de France et de Bohême; que ses cheveux, pour lesquels il n'avait pas assez d'essences et de parfums, balayeraient la poussière d'un antre de bêtes fauves; que ce bras, dont il offrait avec tant de grâce l'appui aux belles dames de Charlottenbourg, serait jeté à un ours comme un os de chevreuil à demi rongé; comment Frédéric eût-il répondu à ces lugubres prophéties? par un éclat de rire et une pirouette; et ce qu'il y a de plus effrayant, c'est que toutes les raisons humaines auraient approuvé l'insensé.

Examinons cette destinée de plus haut encore. — N'est-ce pas un mystère étrange que de voir le crime du comte et de la comtesse d'Ahlefeld retomber sur eux en châtiments? Ils ont ourdi une trame infâme contre la fille d'un captif; cette infortunée rencontre par hasard un protecteur qui juge nécessaire d'éloigner leur fils, chargé par eux d'exécuter leur abominable dessein. Ce fils, leur unique espérance, est envoyé loin du théâtre de sa séduction; et à peine arrivé dans son nouveau séjour, un autre hasard vengeur lui fait rencontrer la mort. Ainsi c'est en voulant entraîner une jeune fille innocente et abhorrée dans le déshonneur, qu'ils ont poussé leur fils coupable et chéri dans le tombeau. C'est par leur faute que ces misérables sont devenus des malheureux.

XXVII

> Ah! voilà notre belle comtesse!... Pardon, madame, si je ne puis aujourd'hui profiter de l'honneur de votre visite... Je suis en affaires: une autre fois, chère comtesse, une autre fois: mais pour aujourd'hui, je ne vous retiens pas plus longtemps ici.
>
> *Le prince à Orsina.*

Le lendemain de sa visite à Munckholm, de grand matin, le gouverneur de Drontheim ordonna qu'on attelât sa voiture de voyage, espérant partir pendant que la comtesse d'Ahlefeld dormirait encore; mais nous avons déjà dit que le sommeil de celle-ci était léger.

Le général venait de signer les dernières recommandations qu'il adressait à l'évêque, aux mains duquel le gouvernement devait être remis par *interim*. Il se levait, après avoir endossé sa redingote fourrée, pour sortir, quand l'huissier annonça la noble chancelière.

Ce contre-temps déconcerta le vieux soldat, accoutumé à rire devant la mitraille de cent canons, mais non devant les artifices d'une femme. Il fit néanmoins d'assez bonne grâce ses adieux à la méchante comtesse, et ne laissa percer quelque humeur sur son visage que lorsqu'il la vit se pencher vers son oreille avec cet air astucieux qui voulait seulement paraître confidentiel.

— Eh bien! noble général, que vous a-t-il dit?

— Qui? Poël? il m'a dit que la voiture allait être prête...

— Je vous parle du prisonnier de Munckholm, général.

— Ah!...

— A-t-il répondu à votre interrogatoire d'une manière satisfaisante?

— Mais... oui, vraiment, dame comtesse, dit le gouverneur, dont on devine l'embarras.

— Avez-vous la preuve qu'il ait trempé dans le complot des mineurs?

Une exclamation échappa à Levin.

— Noble dame, il est innocent!

Il s'arrêta tout court, car il venait d'exprimer une conviction de son cœur, et non de son esprit.

— Il est innocent! répéta la comtesse d'un air consterné, quoique incrédule; car elle tremblait qu'en effet Schumacker n'eût démontré au général cette innocence qu'il était si important aux intérêts du grand chancelier de noircir.

Le gouverneur avait eu le temps de réfléchir; il répondit à l'insistance de la grande chancelière d'un ton de voix qui la rassura, parce qu'il décelait le doute et le trouble:

— Innocent... — Oui, — si vous voulez...

— Si je veux, seigneur général! Et la méchante femme éclata de rire.

Ce rire blessa le gouverneur.

— Noble comtesse, dit-il, vous permettrez que je ne rende compte de mon entretien avec l'ex-grand chancelier qu'au vice-roi.

Alors il salua profondément, et descendit dans la cour, où l'attendait sa voiture.

— Oui, se disait la comtesse d'Ahlefeld rentrée dans ses appartements, pars, chevalier errant, que ton absence nous délivre du protecteur de nos ennemis! Va, ton départ est le signal du retour de mon Frédéric.—Je vous le demande un peu, oser envoyer le plus joli cavalier de Copenhague dans ces horribles montagnes! Heureusement il ne me sera pas difficile maintenant d'obtenir son rappel.

A cette pensée, elle s'adressa à sa suivante favorite.

— Ma chère Lisbeth, vous ferez venir de Berghen deux douzaines de ces petits peignes que nos élégants portent dans leurs cheveux; vous vous informerez du nouveau roman de la fameuse Scudéry, et vous veillerez à ce qu'on lave régulièrement tous les matins dans l'eau de rose la guenon de mon cher Frédéric.

— Quoi! ma gracieuse maîtresse, demanda Lisbeth, est-ce que le seigneur Frédéric peut revenir?

— Oui, vraiment; et, pour qu'il ait quelque plaisir à me revoir, il faut faire tout ce qu'il demande; je veux lui ménager une surprise à son retour.

Pauvre mère!

XXVIII

... Bernard suit en courant les rives de l'Arlança. Il est semblable à un lion qui dort dans son antre, cherchant les chasseurs, et déterminé à les vaincre ou à mourir.

Il est parti, l'Espagnol vaillant et déterminé!

C'est d'un pas rapide, une grosse lance au poing, dans laquelle il met ses espérances, que Bernard suit les ruines de l'Arlança.

Romances espagnoles.

Ordener, descendu de la tour d'où il avait aperçu le fanal de Munckholm, s'était longtemps fatigué à chercher de tous côtés son pauvre guide Benignus Spiagudry. Longtemps il l'avait appelé, et l'écho brisé des ruines avait seul répondu. Surpris, mais non effrayé de cette inconcevable disparition, il l'avait attribuée à quelque terreur panique du craintif concierge, et, après s'être généreusement reproché de l'avoir quitté quelques instants, il s'était décidé à passer la nuit sur le rocher d'Oëlmœ pour lui donner le temps de revenir. Alors il prit quelque nourriture, et, s'enveloppant de son manteau, il se coucha près du foyer qui s'éteignait, déposa un baiser sur la boucle de cheveux d'Ethel, et ne tarda pas à s'endormir; car on peut dormir avec un cœur inquiet quand la conscience est tranquille.

Au soleil levant il était debout, mais il ne retrouva de Spiagudry que sa besace et son manteau laissés dans la tour, ce qui semblait l'indice d'une fuite très-précipitée. Alors, désespérant de le revoir, du moins sur le rocher d'Oëlmœ, il se détermina à partir sans lui, car c'était le lendemain qu'il fallait attendre Han d'Islande à Walderhog.

On a appris dans les premiers chapitres de cet ouvrage qu'Ordener s'était de bonne heure accoutumé aux fatigues d'une vie errante et aventurière. Ayant déjà plusieurs fois parcouru le nord de la Norwége, il n'avait plus besoin de guide maintenant qu'il savait où trouver le brigand. Il dirigea donc vers le nord-ouest son voyage solitaire, dans lequel il n'eut plus de Benignus Spiagudry pour lui dire combien de quartz ou de spath renfermait chaque colline, quelle tradition s'attachait à chaque masure, et si tel ou tel déchirement du sol provenait d'un courant du déluge ou de quelque ancienne commotion volcanique.

Il marcha un jour entier à travers ces montagnes qui, partant comme des côtes, de distance en distance, de la chaîne principale dont la Norwége est traversée dans sa longueur, s'étendent en s'abaissant graduellement jusqu'à la mer, où elles se plongent; de sorte que tous les rivages de ce pays ne présentent qu'une succession de promontoires et de golfes, et tout l'intérieur des terres qu'une suite de montagnes et de vallées; disposition singulière du sol, qui a fait comparer la Norwége à la grande arête d'un poisson.

Ce n'était point une chose commode que de voyager dans ce pays. Tantôt il fallait suivre pour chemin le lit pierreux d'un torrent desséché, tantôt franchir sur des ponts tremblants de troncs d'arbres les chemins mêmes, que des torrents nés de la veille venaient de choisir pour lits.

Au reste, Ordener cheminait quelquefois des heures entières sans être averti de la présence de l'homme dans ces lieux incultes autrement que par l'apparition intermittente et alternative des ailes d'un moulin à vent au sommet d'une colline, ou par le bruit d'une forge lointaine, dont la fumée se courbait au gré de l'air comme un panache noir.

De loin en loin il rencontrait un paysan monté sur un petit cheval au poil gris, à la tête basse, moins sauvage encore que son maître, ou un marchand de pelleteries assis dans son traîneau attelé de deux rennes, derrière lequel était attachée une longue corde, dont les nœuds nombreux, en bondissant sur les pierres de la route, étaient destinés à effrayer les loups.

Si alors Ordener demandait au marchand le chemin de la grotte de Walderhog : — Marchez toujours au nord-ouest, vous trouverez le village d'Hervalyn, vous franchirez la ravine de Dodlysax, et cette nuit vous pourrez atteindre Surb, qui n'est qu'à deux milles de Walderhog. — Ainsi répondait avec indifférence le commerçant nomade, instruit seulement des noms et de la position des lieux que son métier lui faisait parcourir.

Si Ordener adressait la même question au paysan, celui-ci, imbu profondément des traditions du pays et des contes du foyer, secouait plusieurs fois la tête et arrêtait sa monture grise en disant : — Walderhog! la caverne de Walderhog! les pierres y chantent, les os y dansent, et le démon d'Islande y habite : ce n'est sans doute point à la caverne de Walderhog que Votre Courtoisie veut aller?

— Si vraiment, répondait Ordener.

— C'est donc que Votre Courtoisie a perdu sa mère, ou que le feu a brûlé sa ferme, ou que le voisin lui a volé son cochon gras?

— Non, en vérité, reprenait le jeune homme.

— Alors c'est qu'un magicien a jeté un sort sur l'esprit de Sa Courtoisie.

— Bonhomme, je vous demande le chemin de Walderhog.

— C'est à cette demande que je réponds, seigneur. Adieu donc. Toujours au nord! je sais bien comment vous irez, mais j'ignore comment vous reviendrez.

Et le paysan s'éloignait avec un signe de croix.

A la triste monotonie de cette route se joignait l'incommodité d'une pluie fine et pénétrante qui avait envahi le ciel vers le milieu du jour et accroissait les difficultés du chemin. Nul oiseau n'osait se hasarder dans l'air, et Ordener, glacé sous son manteau, ne voyait voler au-dessus de sa tête que l'autour, le gerfaut ou le faucon pêcheur, qui, au bruit de son passage, s'envolait brusquement des roseaux d'un étang avec un poisson dans ses griffes.

Il était nuit close quand le jeune voyageur, après avoir franchi le bois de trembles et de bouleaux qui est adossé à la ravine de Dodlysax, arriva à ce hameau de Surb, dans lequel Spiagudry, si le lecteur se le rappelle, voulait fixer son quartier général. L'odeur de goudron et la fumée de charbon de terre avertirent Ordener qu'il approchait d'une peuplade de pêcheurs. Il s'avança vers la première hutte que l'ombre lui permit de distinguer. L'entrée, basse et étroite, en était fermée, suivant l'usage norwégien, par une grande peau de poisson transparente, colorée en ce moment par la lumière rouge et tremblante d'un foyer allumé. Il frappa sur l'encadrement de bois de la porte en criant :

— C'est un voyageur.

— Entrez, entrez, répondit une voix de l'intérieur.

Au même instant une main officieuse leva la peau de poisson, et Ordener fut introduit dans l'habitacle conique d'un pêcheur des côtes de Norwége. C'était une sorte de tente ronde de bois et de terre, au milieu de laquelle brillait un feu où la flamme pourpre de la tourbe se mariait à la clarté blanche du sapin. Près de ce feu le pêcheur, sa femme et deux enfants vêtus de haillons étaient assis de-

La tête énorme d'un ours blanc parut au bout rompu de l'escalier. (Page 69.)

vant une table chargée d'assiettes de bois et de vases de terre. Du côté opposé, parmi des filets et des rames, deux rennes endormis étaient couchés sur un lit de feuilles et de peaux, dont le prolongement semblait destiné à recevoir le sommeil des maîtres du logis et des hôtes qu'il plairait au ciel de leur amener. Ce n'était pas du premier coup d'œil que l'on pouvait distinguer cette disposition intérieure de la hutte, car une fumée âcre et pesante, qui s'échappait avec peine par une ouverture pratiquée à la sommité du cône, enveloppait tous ces objets d'un voile épais et mobile.

A peine Ordener eut-il franchi le seuil, que le pêcheur et sa femme se levèrent et lui rendirent son salut d'un air ouvert et bienveillant. Les paysans norwégiens aiment les voyageurs, autant peut-être par le sentiment de curiosité, si vif chez eux, que par leur penchant naturel à l'hospitalité.

— Seigneur, dit le pêcheur, vous devez avoir faim et froid, voici du feu pour sécher votre manteau et d'excellent rindebrod pour apaiser votre appétit. Votre Courtoisie daignera ensuite nous dire qui elle est, d'où elle vient, où elle va, et quelles sont les histoires que racontent les vieilles femmes de son pays.

— Oui, seigneur, ajouta la femme, et vous pourrez joindre à ce rindebrod excellent, comme le dit mon seigneur et mari, un morceau délicieux de stock-fish salé, assaisonné d'huile de baleine. — Asseyez-vous, seigneur étranger.

— Et, si Votre Courtoisie n'aime pas la chère de saint Usulph (1), reprit l'homme, qu'elle veuille bien prendre patience un moment, je lui réponds qu'elle mangera un quartier de chevreuil merveilleux ou au moins une aile de faisan royal. Nous attendons le retour du plus fin chasseur qui soit dans les trois provinces. N'est-il pas vrai, ma bonne Maase ?

Maase, nom que le pêcheur donnait à sa femme, est un mot norwégien qui signifie *mouette*. Celle-ci n'en parut nullement choquée, soit que ce fût son nom véritable, soit que ce fût un surnom de tendresse.

— Le meilleur chasseur ! je le crois certes, répondit-elle avec emphase. C'est mon frère, le fameux Kennybol ! Dieu bénisse ses courses ! Il est venu passer quelques jours avec

(1) Patron des pêcheurs.

Kennybol.

nous, et vous pourrez, seigneur étranger, boire dans la même tasse que lui quelques coups de cette bonne bière. C'est un voyageur comme vous.

— Grand merci, ma brave hôtesse! dit Ordener en souriant; mais je serai forcé de me contenter de votre appétissant stock-fish et d'un morceau de ce rindebrod. Je n'aurai pas le loisir d'attendre votre frère, le fameux chasseur. Il faut que je reparte sur-le-champ.

La bonne Maase, à la fois contrariée du prompt départ de l'étranger, et flattée des éloges qu'il donnait à son stock-fish et à son frère, s'écria :

— Vous êtes bien bon, seigneur... mais comment! vous allez nous quitter sitôt?

— Il le faut.

— Vous hasarder dans ces montagnes à cette heure et par un temps semblable?

— C'est pour une affaire importante.

Ces réponses du jeune homme piquaient la curiosité native de ses hôtes autant qu'elles excitaient leur étonnement.

Le pêcheur se leva et dit :

— Vous êtes chez Christophe-Buldus Braall, pêcheur, du hameau de Surb. —

La femme ajouta :

— Maase Kennybol est sa femme et sa servante.

Quand les paysans norwégiens voulaient demander poliment son nom à un étranger, leur usage était de lui dire le leur.

Ordener répondit :

— Et moi, je suis un voyageur qui n'est sûr ni du nom qu'il porte, ni du chemin qu'il suit.

Cette réponse singulière ne parut pas satisfaire le pêcheur Braall.

— Par la couronne de Gormon le Vieux, dit-il, je croyais qu'il n'y avait en ce moment en Norwége qu'un seul homme qui ne fût pas sûr de son nom. C'est le noble baron de Thorvick, qui va s'appeler maintenant, assure-t-on, le comte de Danneskiold, à cause de son glorieux mariage avec la fille du chancelier. C'est du moins, ma bonne Maase, la plus fraiche nouvelle que j'aie apportée de Drontheim. — Je vous félicite, seigneur étranger, de cette conformité avec le fils du vice-roi, le grand comte Guldenlew.

— Puisque Votre Courtoisie, ajouta la femme avec un visage enflammé de curiosité, paraît ne pouvoir rien nous dire de ce qui lui touche, ne pourrait-elle pas nous apprendre quelque chose de ce qui se passe en ce moment; par exemple, de ce fameux mariage dont mon seigneur et mari a recueilli la nouvelle?

— Oui, reprit celui-ci d'un air important, c'est ce qu'il y a de plus nouveau. Avant un mois, le fils du vice-roi épouse la fille du grand chancelier.

— J'en doute, dit Ordener.

— Vous en doutez, seigneur! Je puis vous affirmer, moi, que la chose est sûre. Je la tiens de bonne source. Celui qui m'en a fait part l'a apprise du seigneur Poël, le domestique favori du noble baron de Thorvick, c'est-à-dire du noble comte de Danneskiold. Est-ce qu'un orage aurait troublé l'eau depuis six jours? Cette grande union serait-elle rompue?

— Je le crois, répondit le jeune homme en souriant.

— S'il en est ainsi, seigneur, j'avais tort. Il ne faut pas allumer le feu pour frire le poisson, avant que le filet ne se soit refermé sur lui. Mais cette rupture est-elle certaine? de qui tenez-vous la nouvelle?

— De personne, dit Ordener. C'est moi qui arrange cela ainsi dans ma tête.

A ces mots naïfs, le pêcheur ne put s'empêcher de déroger à la courtoisie norwégienne par un large éclat de rire.

— Mille pardons, seigneur, mais il est aisé de voir que vous êtes en effet un voyageur, et sans doute un étranger. Vous imaginez-vous donc que les événements suivront vos caprices, et que le temps se rembrunira ou s'éclaircira selon votre volonté?

Ici le pêcheur, versé dans les affaires nationales comme tous les paysans norwégiens, se mit à expliquer à Ordener pour quelles raisons ce mariage ne pouvait manquer : il était nécessaire aux intérêts de la famille d'Ahlefeld; le vice-roi ne pouvait le refuser au roi, qui le désirait. On affirmait en outre qu'une passion véritable unissait les deux futurs époux; en un mot, le pêcheur Braall ne doutait pas que cette alliance n'eût lieu; il eût voulu être aussi sûr de tuer, le lendemain, le maudit chien de mer qui infestait l'étang de Master-Bick.

Ordener se sentait peu disposé à soutenir une conversation politique avec un aussi rude homme d'Etat, quand la survenue d'un nouveau personnage vint le tirer d'embarras.

— C'est lui, c'est mon frère! s'écria la vieille Maase; et il ne fallait rien moins que l'arrivée d'un frère pour l'arracher de l'admiration contemplative avec laquelle elle écoutait les longues paroles de son mari.

Celui-ci, pendant que les deux enfants se jetaient bruyamment au cou de leur oncle, lui tendit la main gravement.

— Sois le bienvenu, frère. — Puis, se tournant vers Ordener : — Seigneur, c'est notre frère, le renommé chasseur Kennybol, des montagnes de Kole.

— Je vous salue tous cordialement, dit le montagnard en ôtant son bonnet de peau d'ours. Frère, je fais mauvaise chasse sur vos côtes, comme tu ferais sans doute mauvaise pêche dans nos montagnes. Je crois que je remplirais encore plutôt ma gibecière en chassant des lutins et des follets dans les forêts brumeuses de la reine Mab. Sœur Maase, vous êtes la première mouette à laquelle j'aie pu dire bonjour de près aujourd'hui. Tenez, amis, Dieu vous maintienne en paix! c'est pour ce méchant coq de bruyère que le premier chasseur du Drontheimhus a couru les clairières jusqu'à cette heure, et par ce temps.

En parlant ainsi, il tira de sa carnassière et déposa sur la table une gélinotte blanche, en affirmant que cette bête maigre n'était pas digne d'un coup de mousquet.

— Mais, ajouta-t-il entre ses dents, fidèle arquebuse de Kennybol, tu chasseras bientôt de plus gros gibier. Si tu n'abats plus des robes de chamois ou d'élan, tu auras à percer des casaques vertes et des justaucorps rouges.

Ces mots, à demi entendus, frappèrent la curieuse Maase.

— Hem! demanda-t-elle, que dites-vous donc là, mon bon frère?...

— Je dis qu'il y a toujours un farfadet qui danse sous la langue des femmes.

— Tu as raison, frère Kennybol, s'écria le pêcheur. Ces filles d'Eve sont toutes curieuses comme leur mère. — Ne parlais-tu pas de casaques vertes?

— Frère Braall, répliqua le chasseur d'un air d'humeur, je ne confie mes secrets qu'à mon mousquet, parce que je suis sûr qu'il ne les répétera pas.

— On parle dans le village, poursuivit intrépidement le pêcheur, d'une révolte des mineurs. Frère, saurais-tu quelque chose de cela?...

Le montagnard reprit son bonnet et l'enfonça sur ses yeux, en jetant un regard oblique sur l'étranger; puis il se baissa vers le pêcheur, et dit d'une voix brève et basse : — Silence!

— Celui-ci secoua la tête à plusieurs reprises. — Frère Kennybol, le poisson a beau être muet, il n'en tombe pas moin dans la nasse.

Il se fit un moment de silence. Les deux frères se regardaient d'un air expressif, les enfants tiraient les plumes de la gélinotte déposée sur la table, la bonne femme écoutait ce qu'on ne disait pas, et Ordener observait.

— Si vous faites maigre chère aujourd'hui, dit tout à coup le chasseur, cherchant visiblement à changer de conversation, il n'en sera pas de même demain. Frère Braall, tu peux pêcher le roi des poissons, je te promets de l'huile d'ours pour l'assaisonner.

— De l'huile d'ours! s'écria Maase. Est-ce qu'on a vu un ours dans les environs?... Patrick, Regner, mes enfants, je vous défends de sortir de cette cabane... Un ours!

— Tranquillisez-vous, sœur, vous n'aurez plus à le craindre demain. Oui, c'est un ours en effet que j'ai aperçu à deux milles environ de Surb; un ours blanc. Il paraissait emporter un homme, ou un animal plutôt. — Mais non, ce pouvait être un chevrier qu'il enlevait, car les chevriers se vêtissent de peaux de bêtes. — Au reste, l'éloignement ne m'a pas permis de distinguer... Ce qui m'a étonné, c'est qu'il portait sa proie sur son dos et non entre ses dents.

— Vraiment, frère?

— Oui, et il fallait que l'animal fût mort, car il ne faisait aucun mouvement pour se défendre.

— Mais, demanda judicieusement le pêcheur, s'il était mort, comment était-il soutenu sur le dos de l'ours?

— C'est ce que je n'ai pu comprendre. Au reste, il aura fait le dernier repas de l'ours. En entrant dans ce village, je viens de prévenir six bons compagnons; et demain, sœur Maase, je vous apporterai la plus belle fourrure blanche qui ait jamais couru sur les neiges d'une montagne.

— Prenez garde, frère, dit la femme, vous avez remarqué en effet de singulières choses. Cet ours est peut-être le diable...

— Etes-vous folle? interrompit le montagnard en riant; le diable se changer en ours! En chat, en singe, à la bonne heure, cela s'est vu; mais en ours! Ah! par saint Eldon l'Exorciseur, vous feriez pitié à un enfant ou à une vieille femme avec vos superstitions!

La pauvre femme baissa la tête.

— Frère, vous étiez mon seigneur avant que mon vénéré mari jetât les yeux sur moi, agissez comme votre ange gardien vous inspirera d'agir.

— Mais, demanda le pêcheur au montagnard, de quel côté as-tu donc rencontré cet ours?

— Dans la direction du Smiasen à Walderhog.

— Walderhog! dit la femme avec un signe de croix.

— Walderhog! répéta Ordener.

— Mais, mon frère, reprit le pêcheur, ce n'est pas toi, j'espère, qui te dirigeais vers cette grotte de Walderhog?

— Moi! Dieu m'en garde! C'était l'ours.

— Est-ce que vous irez le chercher là demain? interrompit Maase avec terreur.

— Non, vraiment; comment voulez-vous, mes amis, qu'un ours même ose prendre pour retraite une caverne où...

Il s'arrêta, et tous trois firent un signe de croix.

— Tu as raison, répondit le pêcheur, il y a un instinct qui avertit les bêtes de ces choses-là.

— Mes bons hôtes, dit Ordener, qu'y a-t-il donc de si effrayant dans cette grotte de Walderhog?

Ils se regardèrent tous trois avec un étonnement stupide, comme s'ils ne comprenaient pas une pareille question.

— C'est là qu'est le tombeau du roi Walder? ajouta le jeune homme.

— Oui, reprit la femme, un tombeau de pierre qui chante.

— Et ce n'est pas tout, dit le pêcheur.

— Non, continua-t-elle; la nuit on y a vu danser les os des trépassés.

— Et ce n'est pas tout, dit le montagnard.

Tous se turent, comme s'ils n'osaient poursuivre.

— Eh bien! demanda Ordener, qu'y a-t-il donc encore de surnaturel?

— Jeune homme, dit gravement le montagnard, il ne faut pas parler si légèrement quand vous voyez frissonner un vieux loup gris tel que moi.

Le jeune homme répondit en souriant doucement :

— J'aurais pourtant voulu savoir tout ce qui se passe de merveilleux dans cette grotte de Walderhog; car c'est là précisément que je vais.

Ces mots pétrifièrent de terreur les trois auditeurs.

— A Walderhog! ciel! vous allez à Walderhog? — Et il dit cela, reprit le pêcheur, comme on dirait : Je vais à la Lœvig vendre ma morue! ou : à la clairière de Ralph pêcher le hareng! — A Walderhog, grand Dieu!

— Malheureux jeune homme! s'écriait la femme, vous êtes donc né sans ange gardien? aucun saint du ciel n'est donc votre patron! Hélas! cela est trop vrai, puisque vous paraissez ne savoir même pas votre nom.

— Et quel motif, interrompit le montagnard, peut donc conduire Votre Courtoisie à cet effroyable lieu?

— J'ai quelque chose à demander à quelqu'un, répondit Ordener.

L'étonnement des trois hôtes redoublait avec leur curiosité.

— Écoutez, seigneur étranger; vous paraissez ne pas bien connaître ce pays; Votre Courtoisie se trompe sans doute, ce ne peut être à Walderhog qu'elle veut aller.

— D'ailleurs, ajouta le montagnard, si elle veut parler à quelque être humain, elle n'y trouverait personne.

— Que le démon, reprit la femme.

— Le démon! quel démon?

— Oui, continua-t-elle, celui pour qui chante le tombeau et dansent les trépassés.

— Vous ne savez donc pas, seigneur, dit le pêcheur en baissant la voix et en se rapprochant d'Ordener, vous ne savez donc pas que la grotte de Walderhog est la demeure ordinaire de.....

La femme l'arrêta.

— Mon seigneur et mari, ne prononcez pas ce nom, il porte malheur.

— La demeure de qui? demanda Ordener.

— D'un Belzébuth incarné, dit Kennybol.

— En vérité, mes braves hôtes, je ne sais ce que vous voulez dire. On m'avait bien appris que Walderhog était habité par Han d'Islande...

Un triple cri d'effroi s'éleva dans la chaumière. — Eh bien! — Vous le saviez... — C'est ce démon!

La femme baissa sa coiffe de bure en attestant tous les saints que ce n'était pas elle qui avait prononcé ce nom.

Quand le pêcheur fut un peu revenu de sa stupéfaction, il regarda fixement Ordener, comme s'il y avait en ce jeune homme quelque chose qu'il ne pouvait comprendre.

— Je croyais, seigneur voyageur, quand j'aurais dû vivre une vie encore plus longue que celle de mon père, qui est mort âgé de cent vingt ans, n'avoir jamais à indiquer le chemin de Walderhog à une créature humaine douée de sa raison et croyant en Dieu.

— Sans doute, s'écria Maase, mais Sa Courtoisie n'ira pas à cette grotte maudite; car, pour y mettre le pied, il faut vouloir faire un pacte avec le diable!

— J'irai, mes bons hôtes, et le plus grand service que vous pourrez me rendre sera de m'indiquer le plus court chemin.

— Le plus court pour aller où vous voulez aller, dit le pêcheur, c'est de vous précipiter du haut du rocher le plus voisin dans le torrent le plus proche.

— Est-ce donc arriver au même but, demanda Ordener d'une voix tranquille, que de préférer une mort stérile à un danger utile?

Braall secoua la tête, tandis que son frère attachait sur le jeune aventurier un regard scrutateur.

— Je comprends, s'écria tout à coup le pêcheur, vous voulez gagner les mille écus royaux que le haut syndic promet pour la tête de ce démon d'Islande.

Ordener sourit.

— Jeune seigneur, continua le pêcheur avec émotion, croyez-moi, renoncez à ce projet. Je suis pauvre et vieux, et je ne donnerais pas ce qui me reste de vie pour vos mille écus royaux, ne me restât-il qu'un jour.

L'œil suppliant et compatissant de la femme épiait l'effet que produirait sur le jeune seigneur la prière de son mari. Ordener se hâta de répondre :

— C'est un intérêt plus grand qui me fait chercher ce brigand que vous appelez un démon : c'est pour d'autres que pour moi...

Le montagnard, qui n'avait pas un moment quitté Ordener du regard, l'interrompit.

— Je vous comprends à mon tour, je sais pourquoi vous cherchez le démon islandais.

— Je veux le forcer à combattre, dit le jeune homme.

— C'est cela, dit Kennybol, vous êtes chargé de grands intérêts, n'est-ce pas?

— Je viens de le dire.

Le montagnard s'approcha du jeune homme d'un air d'intelligence, et ce ne fut pas sans un extrême étonnement qu'Ordener l'entendit lui dire à l'oreille, à demi-voix :

— C'est pour le comte Schumacker de Griffenfeld, n'est-il pas vrai?

— Brave homme, s'écria-t-il, comment savez-vous?...

Et en effet il lui était difficile de s'expliquer comment un montagnard norwégien pouvait savoir un secret qu'il n'avait confié à personne, pas même au général Levin.

Kennybol se pencha vers lui : — Je vous souhaite bon succès, reprit-il du même ton mystérieux; vous êtes un noble jeune homme de servir ainsi les opprimés.

La surprise d'Ordener était si grande qu'il trouvait à peine des paroles pour demander au montagnard comment il était instruit du but de son voyage.

— Silence! dit Kennybol en mettant son doigt sur la bouche, j'espère que vous obtiendrez de l'habitant de Walderhog ce que vous désirez; mon bras est dévoué comme le vôtre au prisonnier de Munckholm. — Puis, élevant la voix avant qu'Ordener eût pu répliquer : Frère, bonne sœur Maase, poursuivit-il, recevez ce respectable jeune homme comme un frère de plus. Allons, je crois que le souper est prêt...

— Quoi! interrompit Maase, vous avez sans doute décidé Sa Courtoisie à renoncer à son projet de visiter le démon.

— Sœur, priez pour qu'il ne lui arrive point de mal. C'est un noble et digne jeune homme. Allons, brave seigneur, prenez quelque nourriture et quelque repos avec nous. Demain je vous montrerai votre chemin, et nous irons à la recherche, vous de votre diable, et moi de mon ours.

XXIX

Compagnon, eh! compagnon, de quel compagnon es-tu donc né? de quel enfant des hommes es-tu provenu pour oser ainsi attaquer Fafnir?

Edda.

Le premier rayon de soleil levant rougissait à peine la plus haute cime des rochers qui bordent la mer, lorsqu'un pêcheur, qui était venu avant l'aube jeter ses filets à quelques portées d'arquebuse du rivage, en face de l'entrée de la grotte de Walderhog, vit comme une figure enveloppée d'un manteau ou d'un linceul descendre le long des roches et disparaître sous la voûte formidable de la caverne. Frappé de terreur, il recommanda sa barque et son âme à saint Usulph, et courut raconter à sa famille effrayée qu'il avait aperçu l'un des spectres qui habitent le palais de Han d'Islande rentrer dans la grotte au lever du jour.

Ce spectre, l'entretien et l'effroi futur des longues veillées d'hiver, c'était Ordener, le noble fils du vice-roi de Norwége, qui, tandis que les deux royaumes le croyaient livré à de doux soins auprès de son altière fiancée, venait, seul et inconnu, exposer sa vie pour celle à qui il avait donné son cœur et son avenir, pour la fille d'un proscrit.

De tristes présages, de sinistres prédictions, l'avaient accompagné à ce but de son voyage; il venait de quitter la famille du pêcheur, et, en lui disant adieu, la bonne Maase s'était mise en prières pour lui devant le seuil de sa porte. Le montagnard Kennybol et ses six compagnons, qui lui avaient indiqué le chemin, s'étaient séparés de lui à un demi-mille de Walderhog, et ces intrépides chasseurs, qui allaient en riant affronter un ours, avaient longtemps attaché un œil d'épouvante sur le sentier que suivait l'aventureux voyageur.

Le jeune homme entra dans la grotte de Walderhog comme on entre dans un port longtemps désiré. Il éprouvait une joie céleste en songeant qu'il allait accomplir l'objet de sa vie, et que dans quelques instants peut-être il aurait donné tout son sang pour son Ethel. Près d'attaquer un brigand redouté d'une province entière, un monstre, un démon peut-être, ce n'était point cette effrayante figure qui apparaissait à son imagination; il ne voyait que l'image de la douce vierge captive, priant pour lui sans doute devant l'autel de sa prison. S'il se fût dévoué pour toute autre qu'elle, il aurait pu songer un moment, pour les mépriser, aux périls qu'il venait chercher de si loin; mais est-ce qu'une réflexion trouve place dans un jeune cœur au moment où il bat de la double exaltation d'un beau dévouement et d'un noble amour?

Il s'avança, la tête haute, sous la voûte sonore dont les mille échos multipliaient le bruit de ses pas, sans même jeter un coup d'œil sur les stalactites, sur les basaltes séculaires qui pendaient au-dessus de sa tête parmi des cônes de mousse, de lierre et de lichen; assemblages confus de formes bizarres, dont la crédulité superstitieuse des campagnards norwégiens avait fait plus d'une fois des foules de démons ou des processions de fantômes.

Il passa avec la même indifférence devant ce tombeau du roi Walder, auquel se rattachaient tant de traditions lugubres, et il n'entendit d'autre voix que les longs sifflements de la bise sous ces funèbres galeries.

Il continua sa marche sous de tortueuses arcades, éclairées faiblement par des crevasses à demi obstruées d'herbes et de bruyères. Son pied heurtait souvent je ne sais quelles ruines, qui roulaient sur le roc avec un son creux, et présentaient dans l'ombre, à ses yeux, des apparences de crânes brisés ou de longues rangées de dents blanches et dépouillées jusqu'à leurs racines.

Mais aucune terreur ne montait jusqu'à son âme. Il s'étonnait seulement de n'avoir pas encore rencontré le formidable habitant de cette horrible grotte.

Il arriva dans une sorte de salle ronde naturellement creusée dans le flanc du rocher. Là aboutissait la route souterraine qu'il avait suivie, et les parois de la salle n'offraient plus d'autre ouverture que de larges fentes, à travers lesquelles on apercevait les montagnes et les forêts extérieures.

Surpris d'avoir ainsi infructueusement parcouru toute la fatale caverne, il commença à désespérer de rencontrer le brigand. Un monument de forme singulière, situé au milieu de la salle souterraine, appela son attention. Trois pierres longues et massives, posées debout sur le sol, en soutenaient une quatrième, large et carrée, comme trois piliers portent un toit. Sous cette espèce de trépied gigantesque s'élevait une sorte d'autel, formé également d'un seul quartier de granit, et percé circulairement au milieu de sa face supérieure. Ordener reconnut une de ces colossales constructions druidiques qu'il avait souvent observées dans ses voyages en Norwége, et dont les modèles les plus étonnants peut-être sont, en France, les monuments de Lokmariaker et de Carnac. Edifices étranges qui ont vieilli, posés sur la terre comme des tentes d'un jour, et où la solidité naît de la seule pesanteur.

Le jeune homme, livré à ses rêveries, s'appuya machinalement sur cet autel, dont la bouche de pierre était brunie, tant elle avait bu profondément le sang des victimes humaines.

Tout à coup il tressaillit; une voix qui semblait sortir de la pierre avait frappé son oreille :

— Jeune homme, c'est avec des pieds qui touchent au sépulcre que tu es venu dans ce lieu.

Il se leva brusquement, et sa main se jeta sur son sabre, tandis qu'un écho, faible comme la voix d'un mort, répétait distinctement dans les profondeurs de la grotte :

— Jeune homme, c'est avec des pieds qui touchent au sépulcre que tu es venu dans ce lieu.

En ce moment une tête effroyable se leva de l'autre côté de l'autel druidique, avec des cheveux rouges et un rire atroce.

— Jeune homme, répéta-t-elle, oui, tu es venu dans ce lieu avec des pieds qui touchent au sépulcre.

— Et avec une main qui touche une épée, répondit le jeune homme sans s'émouvoir.

Le monstre sortit entièrement de dessous l'autel, et montra ses membres trapus et nerveux, ses vêtements sauvages et sanglants, ses mains crochues et sa lourde hache de pierre.

— C'est moi, dit-il avec un grondement de bête fauve.

— C'est moi, répondit Ordener.

— Je t'attendais.

— Je faisais plus, repartit l'intrépide jeune homme, je te cherchais.

Le brigand croisa les bras.

— Sais-tu qui je suis?

— Oui.

— Et tu n'as point de peur?

— Je n'en ai plus.

— Tu as donc éprouvé une crainte en venant ici?

Et le monstre balançait sa tête d'un air triomphant.

— Celle de ne pas te rencontrer.

— Tu me braves, et tes pas viennent de trébucher contre des cadavres humains!

— Demain peut-être ils trébucheront contre le tien.

Un tremblement de colère saisit le petit homme. Ordener, immobile, conservait son attitude calme et fière.

— Prends garde! murmura le brigand; je vais fondre sur toi comme la grêle de Norwége sur un parasol.

— Je ne voudrais point d'autre bouclier contre toi.

On eût dit qu'il y avait dans le regard d'Ordener quelque chose qui dominait le monstre. Il se mit à arracher avec ses ongles les poils de son manteau, comme un tigre qui dévore l'herbe avant de s'élancer sur sa proie.

— Tu m'apprends ce que c'est que la pitié, dit-il.

— Et à moi ce que c'est que le mépris.

— Enfant, ta voix est douce, ton visage est frais comme la voix et le visage d'une jeune fille ; — quelle mort veux-tu de moi ?

— La tienne.

Le petit homme rit.

— Tu ne sais point que je suis un démon, que mon esprit est l'esprit d'Ingolphe l'Exterminateur.

— Je sais que tu es un brigand, que tu commets le meurtre pour de l'or.

— Tu te trompes, interrompit le monstre, c'est pour du sang !

— N'as-tu pas été payé par les d'Ahlefeld pour assassiner le capitaine Dispolsen ?

— Que me dis-tu là ? Quels sont ces noms ?

— Tu ne connais pas le capitaine Dispolsen, que tu as assassiné sur la grève d'Urchtal ?...

— Cela se peut, mais je l'ai oublié, comme je t'aurai oublié dans trois jours.

— Tu ne connais pas le comte d'Ahlefeld qui t'a payé pour enlever au capitaine une coffret de fer ?

— D'Ahlefeld ! Attends, oui, je le connais. J'ai bu hier le sang de son fils dans le crâne du mien.

Ordener frissonna d'horreur.

— Est-ce que tu n'étais pas content de ton salaire ?

— Quel salaire ? demanda le brigand.

— Ecoute : ta vue me pèse ; il faut en finir. Tu as dérobé, il y a huit jours, une cassette de fer à l'une de tes victimes, à un officier de Munckholm.

Ce mot fit tressaillir le brigand.

— Un officier de Munckholm ! dit-il entre ses dents ; puis il reprit, avec un mouvement de surprise : — Serais-tu aussi un officier de Munckholm, toi ?...

— Non, dit Ordener.

— Tant pis !

Et les traits du brigand se rembrunirent.

— Ecoute, reprit l'opiniâtre Ordener, où est cette cassette que tu as dérobée au capitaine ?

Le petit homme parut méditer un instant.

— Par Ingolphe, voilà une méchante boite de fer qui occupe bien des esprits. — Je te réponds que l'on cherchera moins celle qui contiendra tes os, si jamais ils sont recueillis dans un cercueil.

Ces paroles, en montrant à Ordener que le brigand connaissait la cassette dont il lui parlait, lui rendirent l'espoir de la reconquérir.

— Dis-moi ce que tu as fait de cette cassette. Est-elle au pouvoir du comte d'Ahlefeld ?

— Non.

— Tu mens, car tu ris.

— Crois ce que tu voudras. Que m'importe ?

Le monstre avait en effet pris un air railleur qui inspirait de la défiance à Ordener. Il vit qu'il n'y avait plus rien à faire que de le mettre en fureur, ou de l'intimider, s'il était possible.

— Entends-moi, dit-il en élevant la voix, il faut que tu me donnes cette cassette.

L'autre répondit par un ricanement farouche.

— Il faut que tu me la donnes ! répéta le jeune homme d'une voix tonnante.

— Est-ce que tu es accoutumé à donner des ordres aux buffles et aux ours ? répliqua le monstre avec le même rire.

— J'en donnerais au démon dans l'enfer.

— C'est ce que tu seras à même de faire tout à l'heure.

Ordener tira son sabre, qui étincela dans l'ombre comme un éclair. — Obéis !

— Allons, reprit l'autre en secouant sa hache, il ne tenait qu'à moi de briser tes os et de sucer ton sang quand tu es arrivé ; mais je me suis contenu ; j'étais curieux de voir le moineau franc fondre sur le vautour.

— Misérable, cria Ordener, défends-toi !

— C'est la première fois qu'on me le dit, murmura le brigand en grinçant les dents.

En parlant ainsi, il sauta sur l'autel de granit et se ramassa sur lui-même, comme le léopard qui attend un chasseur au haut d'un rocher pour se précipiter sur lui à l'improviste.

De là son œil fixe plongeait sur le jeune homme, et semblait chercher de quel côté il pourrait le mieux s'élancer sur lui. C'en était fait du noble Ordener s'il eût attendu un instant. Mais il ne donna pas au brigand le temps de réfléchir, et se jeta impétueusement sur lui en lui portant la pointe de son sabre au visage.

Alors commença le combat le plus effrayant que l'imagination puisse se figurer. Le petit homme, debout sur l'autel, comme une statue sur son piédestal, semblait une des horribles idoles qui, dans les siècles barbares, avaient reçu dans ce même lieu des sacrifices impies et de sacriléges offrandes.

Ses mouvements étaient si rapides, que, de quelque côté qu'Ordener l'attaquât, il rencontrait toujours la face du monstre et le tranchant de sa hache. Il aurait été mis en pièces dès les premiers chocs s'il n'avait eu l'heureuse inspiration de rouler son manteau autour de son bras gauche, en sorte que la plupart des coups de son furieux ennemi se perdaient dans ce bouclier flottant. Ils firent ainsi inutilement, pendant plusieurs minutes, des efforts inouïs pour se blesser l'un et l'autre. Les yeux gris et enflammés du petit homme sortaient de leur orbite. Surpris d'être si vigoureusement et si audacieusement combattu par un adversaire en apparence si faible, une rage sombre avait remplacé ses ricanements sauvages. L'atroce immobilité des traits du monstre, le calme intrépide de ceux d'Ordener, contrastaient singulièrement avec la promptitude de leurs mouvements et la vivacité de leurs attaques.

On n'entendait d'autre bruit que le cliquetis des armes, les pas tumultueux du jeune homme et la respiration pressée des deux combattants, quand le petit homme poussa un rugissement terrible. Le tranchant de sa hache venait de s'engager dans les plis du manteau. Il se roidit ; il secoua furieusement son bras, et ne fit qu'embarrasser le manche avec le tranchant dans l'étoffe, qui, à chaque nouvel effort, se tordait de plus en plus à l'entour.

Le formidable brigand vit donc le fer du jeune homme s'appuyer sur sa poitrine.

— Ecoute-moi encore une fois, dit Ordener triomphant ; veux-tu me remettre ce coffre de fer que tu as lâchement volé ?

Le petit homme garda un moment le silence, puis il dit au milieu d'un rugissement :

— Non, et sois maudit !

Ordener reprit sans quitter son attitude victorieuse et menaçante :

— Réfléchis !

— Non ; je t'ai dit que non ! répéta le brigand.

Le noble jeune homme baissa son sabre.

— Eh bien ! dit-il, dégage ta hache des plis de mon manteau, afin que nous puissions continuer.

Un rire dédaigneux fut la réponse du monstre.

— Enfant, tu fais le généreux, comme si j'en avais besoin !

Avant qu'Ordener surpris eût pu tourner la tête, il avait posé son pied sur l'épaule de son loyal vainqueur, et d'un bond il était à douze pas dans la salle.

D'un autre bond il était sur Ordener. Il s'était suspendu à lui tout entier, comme la panthère s'attache de la gueule et des griffes aux flancs du grand lion. Ses ongles s'enfonçaient dans les épaules du jeune homme ; ses genoux noueux pressaient ses hanches, tandis que son affreux visage présentait aux yeux d'Ordener une bouche sanglante et des dents de bête fauve prêtes à le déchirer. Il ne parlait plus ; aucune parole humaine ne s'échappait de son gosier pantelant : un mugissement sourd, entremêlé de cris rauques et ardents, exprimait seul sa rage. C'était quelque chose de plus hideux qu'une bête féroce, de plus monstrueux qu'un démon : c'était un homme auquel il ne restait rien d'humain.

Ordener avait chancelé sous l'assaut du petit homme, et serait tombé à ce choc inattendu, si l'un des larges piliers du monument druidique ne se fût trouvé derrière lui pour le soutenir. Il resta donc à demi renversé sur le dos, et haletant sous le poids de son incommode ennemi. Qu'on pense que tout ce que nous venons de décrire s'était passé en aussi peu de temps qu'il faut pour se le figurer, et l'on aura quelque idée de ce que présentait d'horrible ce moment de lutte.

Nous l'avons dit, ce noble jeune homme avait chancelé, mais il n'avait pas tremblé. Il se hâta de donner une pensée d'adieu à son Ethel. Cette pensée d'amour fut comme une prière : elle lui rendit des forces. Il enlaça le monstre de ses deux bras; puis, saisissant la lame de son sabre par le milieu, il lui appuya perpendiculairement la pointe sur l'épine du dos. Le brigand atteint poussa une clameur effrayante, et d'un soubresaut, qui ébranla Ordener, il se dégagea des bras de son intrépide adversaire, et alla tomber à quelques pas en arrière, emportant dans ses dents un lambeau du manteau vert qu'il avait mordu dans sa fureur.

Il se releva, souple et agile comme un jeune chamois, et le combat recommença pour la troisième fois, d'une manière plus terrible encore. Le hasard avait jeté près du lieu où il se trouvait un amas de quartiers de rochers, entre lesquels les mousses et les ronces croissaient paisiblement depuis des siècles. Deux hommes de force ordinaire auraient à peine pu soulever la moindre de ces masses. Le brigand en saisit une de ses deux bras et l'éleva au-dessus de sa tête en la balançant vers Ordener. Son regard fut affreux dans ce moment. La pierre, lancée avec violence, traversa lourdement l'espace : le jeune homme n'eut que le temps de se détourner. Le quartier de granit s'était brisé en éclats aux pieds du mur souterrain avec un bruit épouvantable, que se renvoyèrent longtemps les échos profonds de la grotte.

Ordener étourdi avait eu à peine le temps de reprendre son sang-froid, qu'une seconde masse de pierre se balançait dans les mains du brigand. Irrité de se voir ainsi lapider lâchement, il s'élança vers le petit homme, le sabre haut, afin de changer de combat; mais le bloc formidable, parti comme un tonnerre, rencontra, en roulant dans l'atmosphère épaisse et sombre de la caverne, la lame frêle et nue sur son passage : elle tomba en éclats comme un morceau de verre, et le rire farouche du monstre remplit la voûte.

Ordener était désarmé.

— As-tu, cria le monstre, quelque chose à dire à Dieu ou au diable avant de mourir?

Et son œil lançait des flammes, et tous ses muscles s'étaient roidis de rage et de joie, et il s'était précipité avec un frémissement d'impatience sur sa hache laissée à terre dans les plis du manteau... — Pauvre Ethel!

Tout à coup un rugissement lointain se fait entendre au dehors. Le monstre s'arrête. Le bruit redouble; des clameurs d'hommes se mêlent aux grondements plaintifs d'un ours. Le brigand écoute. Les cris douloureux continuent. Il saisit brusquement la hache et s'élance, non vers Ordener, mais vers l'une des crevasses dont nous avons parlé et qui donnaient passage au jour. Ordener, au comble de la surprise de se voir ainsi oublié, se dirige comme lui vers l'une de ces portes naturelles, et voit, dans une clairière assez voisine, un grand ours blanc réduit aux abois par sept chasseurs, parmi lesquels il croit même distinguer ce Kennybol dont les paroles l'avaient tant frappé la veille.

Il se retourne. Le brigand n'était plus dans la grotte, et il entend au dehors une voix effrayante qui criait : Friend! Friend! je suis à toi! me voici!

XXX

Pierre le bon enfant aux dés a tout perdu.

REGNIER.

Le régiment des arquebusiers de Munckholm est en marche à travers les défilés qui se trouvent entre Drontheim et Skongen. Tantôt il côtoie un torrent, et l'on voit la file des baïonnettes ramper dans les ravines comme un long serpent dont les écailles brillent au jour; tantôt il tourne en spirale à l'entour d'une montagne, qui ressemble alors à ces colonnes triomphales autour desquelles montent des bataillons de bronze.

Les soldats marchent, les armes basses et les manteaux déployés, d'un air d'humeur et d'ennui, parce que ces nobles hommes n'aiment que le combat ou le repos. Les grosses railleries, les vieux sarcasmes qui faisaient hier leurs délices ne les égayent pas aujourd'hui : l'air est froid, le ciel est brumeux. Il faut au moins, pour qu'un rire passager s'élève dans les rangs, qu'une cantinière se laisse tomber maladroitement du haut de son petit cheval barbe, ou qu'une marmite de fer blanc roule de rocher en rocher jusqu'au fond d'un précipice.

C'est pour se distraire un moment de l'ennui de cette route que le lieutenant Randmer, jeune baron danois, aborda le vieux capitaine Lory, soldat de fortune. Le capitaine marchait, sombre et silencieux, d'un pas pesant, mais assuré; le lieutenant, leste et léger, faisait siffler une baguette qu'il avait arrachée aux broussailles dont le chemin était bordé.

— Eh bien! capitaine, qu'avez-vous donc? vous êtes triste.

— C'est qu'apparemment j'en ai sujet, répond le vieil officier sans lever la tête.

— Allons, allons, point de chagrin : regardez-moi, suis-je triste? et pourtant je gage que j'en aurais au moins autant sujet que vous.

— J'en doute, baron Randmer; j'ai perdu mon seul bien, j'ai perdu toute ma richesse.

— Capitaine Lory, notre infortune est précisément la même. Il n'y a pas quinze jours que le lieutenant Alberick m'a gagné d'un coup de dé mon beau château de Randmer et ses dépendances. Je suis ruiné : me voit-on moins gai pour cela?

Le capitaine répondit d'une voix bien triste :

— Lieutenant, vous n'avez perdu que votre beau château; moi, j'ai perdu mon chien.

A cette réponse, la figure frivole du jeune homme resta indécise entre le rire et l'attendrissement.

— Capitaine, dit-il, consolez-vous; tenez, moi, qui ai perdu mon château...

L'autre l'interrompit.

— Qu'est-ce que cela? d'ailleurs, vous regagnerez un autre château.

— Et vous retrouverez un autre chien.

Le vieillard secoua la tête.

— Je retrouverai un chien; je ne retrouverai pas mon pauvre Drake.

Il s'arrêta : de grosses larmes roulaient dans ses yeux et tombaient une à une sur son visage dur et rude.

— Je n'avais, continua-t-il, jamais aimé que lui; je n'ai connu ni père ni mère; que Dieu leur fasse paix, comme à mon pauvre Drake! — Lieutenant Randmer, il m'avait sauvé la vie dans la guerre de Poméranie; je l'appelai Drake pour faire honneur au fameux amiral. — Ce bon chien! il n'avait jamais changé pour moi, lui, selon ma fortune. Après le combat d'Oholfen, le grand général Schack l'avait flatté de la main en me disant : Vous avez là un bien beau chien, sergent Lory ! — car à cette époque je n'étais encore que sergent.

— Ah! interrompit le jeune homme en agitant sa baguette, cela doit paraître singulier d'être sergent.

Le vieux soldat de fortune ne l'entendait pas; il paraissait se parler à lui-même, et l'on entendait à peine quelques paroles inarticulées s'échapper de sa bouche.

— Ce pauvre Drake! être revenu tant de fois sain et sauf des brèches et des tranchées pour se noyer, comme un chat, dans le maudit golfe de Drontheim! — Mon pauvre chien! mon brave ami! tu étais digne de mourir comme moi sur le champ de bataille.

— Brave capitaine, cria le lieutenant, comment pouvez-vous rester triste? nous nous battrons peut-être demain.

— Oui, répondit dédaigneusement le vieux capitaine, contre de fiers ennemis!

— Comment, ces brigands de mineurs! ces diables de montagnards!

— Des tailleurs de pierres, des voleurs de grands chemins! des gens qui ne sauront seulement pas former en bataille la tête de porc ou le coin de Gustave-Adolphe! voilà de belle canaille en face d'un homme tel que moi, qui ai fait toutes les guerres de Poméranie et de Holstein, les campagnes de Scanie et de Dalécarlie! qui ai combattu sous le glorieux général de Schack, sous le vaillant comte de Guldenlew!...

— Mais vous ne savez pas, interrompit Randmer, qu'on donne à ces bandes un redoutable chef, un géant fort et sauvage comme Goliath, un brigand qui ne boit que du sang humain, un démon qui porte en lui tout Satan...

— Qui donc? demanda l'autre.

— Eh! le fameux Han d'Islande!

— Brrr! je gage que ce formidable général ne sait seulement pas armer un mousquet en quatre mouvements ou charger une carabine à l'impériale!

Randmer éclata de rire.

— Oui, riez, poursuivit le capitaine. Il sera fort gai en effet de croiser de bons sabres avec de viles pioches, et de nobles piques avec des fourches à fumier! voilà de dignes ennemis! mon brave Drake n'aurait pas daigné leur mordre les jambes!

Le capitaine continuait de donner un cours énergique à son indignation lorsqu'il fut interrompu par l'arrivée d'un officier qui accourait vers eux tout essoufflé! — Capitaine Lory! mon cher Randmer!

— Eh bien? dirent-ils tous deux à la fois...

— Mes amis... je suis glacé d'horreur... D'Ahlefeld! le lieutenant d'Ahlefeld! le fils du grand chancelier! vous savez, mon cher baron Randmer? ce Frédéric... si élégant... si fat!...

— Oui, répondit le jeune baron, très-élégant! Cependant, au dernier bal de Charlottenbourg, mon déguisement était d'un meilleur goût que le sien... — Mais que lui est-il donc arrivé?

— Je sais de qui vous voulez parler, disait en même temps Lory, c'est Frédéric d'Ahlefeld, le lieutenant de la troisième compagnie, qui a les revers bleus. Il fait assez négligemment son service.

— On ne s'en plaindra plus, capitaine Lory.

— Comment? dit Randmer.

— Il est en garnison à Walstrohm, continua froidement le vieux capitaine.

— Précisément, reprit l'autre, le colonel vient de recevoir un messager... Ce pauvre Frédéric!

— Mais qu'est-ce donc, capitaine Bollar? vous m'effrayez.

Le vieux Lory poursuivit :

— Brrr! notre fat aura manqué aux appels comme à son ordinaire; le capitaine aura envoyé en prison le fils du grand chancelier : et voilà, j'en suis sûr, le malheur qui vous décompose le visage.

Bollar lui frappa sur l'épaule.

— Capitaine Lory, le lieutenant d'Ahlefeld a été dévoré tout vivant.

Les deux capitaines se regardèrent fixement, et Randmer, un moment étonné, se mit tout à coup à rire aux éclats.

— Ah! ah! capitaine Bollar, je vois que vous êtes toujours mauvais plaisant. Mais je ne donnerai pas dans celle-là, je vous en préviens.

Et le lieutenant, croisant ses deux bras, donna un libre essor à toute sa gaieté en jurant que ce qui l'amusait le plus, c'était la crédulité avec laquelle Lory accueilllait les amusantes inventions de Bollar. Le conte, disait-il, était vraiment drôle, et c'était une idée tout à fait divertissante que de faire dévorer tout cru ce Frédéric qui avait de sa peau un soin si tendre et si ridicule.

— Randmer, dit gravement Bollar, vous êtes un fou. Je vous dis qu'Ahlefeld est mort. Je le tiens du colonel : — mort!

— Oh! qu'il joue bien son rôle! reprit le baron toujours en riant; qu'il est amusant!

Bollar haussa les épaules, et se tourna vers le vieux Lory, qui lui demanda avec sang-froid quelques détails.

— Oui vraiment, mon cher capitaine Bollar, ajouta le rieur inextinguible, contez-nous donc par qui ce pauvre diable a été ainsi mangé. A-t-il fait le déjeuner d'un loup, le goûter d'un buffle ou le souper d'un ours?

— Le colonel, dit Bollar, vient de recevoir une dépêche qui l'instruit d'abord que la garnison de Walhstrom se replie vers nous devant un parti considérable d'insurgés...

Le vieux Lory fronça le sourcil.

— Ensuite, poursuivit Bollar, que le lieutenant Frédéric d'Ahlefeld, ayant été, il y a trois jours, chasser dans les montagnes du côté de la Ruine d'Arbar, y a rencontré un monstre, qui l'a emporté dans sa caverne et dévoré.

Ici le lieutenant Randmer redoubla ses joyeuses exclamations.

— Oh! oh! comme ce bon Lory croit aux contes d'enfants! C'est bien, gardez votre sérieux, mon cher Bollar; vous êtes admirablement drôle. Mais vous ne nous direz pas quel est ce monstre, cet ogre, ce vampire, qui a emporté et mangé le lieutenant comme un chevreau de six jours?

— Je ne vous le dirai pas, à vous, murmura Bollar avec impatience; mais je le dirai à Lory, qui n'est pas follement incrédule. — Mon cher Lory, le monstre qui a bu le sang de Frédéric, c'est Han d'Islande.

— Le colonel des brigands! s'écria le vieux officier.

— Eh bien! mon brave Lory, reprit le railleur Randmer, a-t-on besoin de savoir l'exercice à l'impériale quand on fait si bien manœuvrer sa mâchoire?

— Baron Randmer, dit Bollar, vous avez le même caractère que d'Ahlefeld, prenez garde d'avoir le même sort.

— J'affirme, s'écria le jeune homme, que ce qui m'amuse le plus, c'est le sérieux imperturbable du capitaine Bollar.

— Et moi, répliqua celui-ci, que ce qui m'effraye le plus, c'est la gaieté intarissable du lieutenant Randmer.

En ce moment un groupe d'officiers, qui paraissaient s'entretenir vivement, se rapprocha de nos trois interlocuteurs.

— Ah! pardieu, s'écria Randmer, il faut que je les amuse de l'invention de Bollar. — Camarades, ajouta-t il en s'avançant vers eux, vous ne savez pas? ce pauvre Frédéric d'Ahlefeld vient d'être croqué tout vivant par le barbare Han d'Islande. —

Le combat recommença pour la troisième fois... (Page 78.)

En achevant ces paroles, il ne put réprimer un éclat de rire, qui, à sa grande surprise, fut accueilli des nouveaux venus presque avec des cris d'indignation.

— Comment! vous riez! — Je ne croyais pas que Randmer dût répéter de cette manière une semblable nouvelle. — Rire d'un pareil malheur! —

— Quoi! dit Randmer troublé, est-ce que cela serait vrai?

— Eh! c'est vous qui nous le répétez! lui cria-t-on de toutes parts. Est-ce que vous n'avez pas foi en vos paroles?

— Mais je croyais que c'était une plaisanterie de Bollar... —

Un vieux officier prit la parole.

— La plaisanterie eût été de mauvais goût; mais ce n'en est malheureusement pas une. Le baron Wœthaün, notre colonel, vient de recevoir cette fatale nouvelle.

— Une affreuse aventure! c'est effrayant! répétèrent une foule de voix.

— Nous allons donc, disait l'un, combattre des loups et des ours à face humaine!

— Nous recevrons des coups d'arquebuse, disait l'autre, sans savoir d'où ils partiront; nous serons tués un à un, comme de vieux faisans dans une volière.

— Cette mort d'Ahlefeld, cria Bollar d'une voix solennelle, fait frissonner. Notre régiment est malheureux. La mort de Dispolsen, celle de ces pauvres soldats trouvés à Cascadthymore, celle de d'Ahlefeld, voilà trois tragiques événements en bien peu de temps.

Le jeune baron Randmer, qui était resté muet, sortit de sa rêverie.

— Cela est incroyable, dit-il; ce Frédéric qui dansait si bien!

Et, après cette réflexion profonde, il retomba dans le silence, tandis que le capitaine Lory affirmait qu'il était très-affligé de la mort du jeune lieutenant, et faisait remarquer au second arquebusier, Toric Belfast, que le cuivre de sa bandoulière était moins brillant qu'à l'ordinaire.

Il n'y avait pas une place sur sa poitrine où ne s'appuyât la pointe d'une épée ou le canon d'un pistolet. (Page 83.)

XXXI

Chut! chut! voilà un homme qui descend de là-haut par le moyen d'une échelle.

. . . .

— Oh! oui, c'est un espion.
— Le ciel ne pouvait m'accorder une plus grande faveur que celle de pouvoir vous livrer... ma vie. Je suis à vous; mais, dites-moi, de grâce, à qui appartient cette armée?
— Au comte de Barcelone.
— Quel comte?

. . . .

— Qu'est-ce donc?
— Général, voilà un espion de l'ennemi.
— D'où viens-tu?
— Je venais ici... bien éloigné de songer à ce que je devais y trouver; je ne m'attendais pas à ce que je vois.

Lope de Vega, *la Fuerza lastimosa.*

Il y a quelque chose de sinistre et de désolé dans l'aspect d'une campagne rase et nue, quand le soleil a disparu; lorsqu'on est seul, qu'on marche en brisant du pied des tronçons de paille sèche, au cri monotone de la cigale, et qu'on voit de grands nuages déformés se coucher lentement sur l'horizon, comme des cadavres de fantômes.

Telle était l'impression qui se mêlait aux tristes pensées d'Ordener, le soir de son inutile rencontre avec le brigand d'Islande. Étourdi un moment de sa brusque disparition, il avait d'abord voulu le poursuivre; mais il s'était égaré dans les bruyères, et il avait erré toute la journée dans des terres de plus en plus incultes et sauvages, sans rencontrer trace d'homme. A la chute du jour, il se trouvait dans une plaine spacieuse, qui ne lui offrait de tous côtés qu'un horizon égal et circulaire, où rien ne promettait un abri au jeune voyageur exténué de fatigue et de besoin.

Encore, si ces souffrances corporelles n'eussent pas été aggravées par les tristesses de son âme; mais c'en était fait! il avait atteint le terme de son voyage sans en remplir le but. Il ne lui restait même plus ces folles illusions d'espérance qui l'avaient entraîné à la poursuite du brigand; et maintenant que rien ne soutenait plus son cœur, mille pensées décourageantes, qui n'y trouvaient point place la veille, venaient l'assaillir. Qu'allait-il faire? com-

 PARIS. — TYP. SIMON RAÇON ET Cᵉ, RUE D'ERFURTH, 1.

ment revenir vers Schumacker sans lui apporter le salut d'Ethel ? de quelle effrayante nature étaient les malheurs que la conquête de la fatale cassette eût prévenus ? Et son mariage avec Ulrique d'Ahlefeld ! S'il pouvait du moins enlever son Ethel à cette indigne captivité ; s'il pouvait fuir avec elle, et emporter son bonheur dans quelque lointain exil !... —

Il s'enveloppa de son manteau et se coucha sur la terre. Le ciel était noir ; une lueur orageuse apparaissait par intervalles dans les nues comme à travers un crêpe funèbre, et s'éteignait; un vent froid tournait sur la plaine. Le jeune homme songeait à peine à ces signes d'une tempête violente et prochaine ; et d'ailleurs, quand il eût pu trouver un asile où fuir l'orage et se reposer de ses fatigues, en eût-il trouvé un où fuir son malheur, et se reposer de ses pensées ?

Tout à coup des sons confus de voix humaines arrivèrent à son oreille. Surpris, il se souleva sur le coude, et aperçut, à quelque distance de lui, comme des ombres se mouvoir dans l'obscurité. Il regarda ; une lumière brilla au milieu du groupe mystérieux, et Ordener vit, avec un étonnement facile à concevoir, chacune de ces figures fantasmagoriques s'enfoncer successivement dans la terre. — Tout disparut.

Ordener était au-dessus des superstitions de son temps et de son pays. Son esprit grave et mûr ignorait ces crédulités vaines, ces terreurs étranges qui tourmentent l'enfance des peuples, de même que l'enfance des hommes. Il y avait cependant dans cette apparition singulière quelque chose de surnaturel qui lui inspira une religieuse défiance de sa raison ; car nul ne sait si les esprits des morts ne reviennent pas quelquefois sur la terre.

Il se leva, fit un signe de croix, et se dirigea vers le lieu où la vision avait disparu. De larges gouttes de pluie commençaient à tomber ; son manteau se gonflait comme une voile, et la plume de sa toque, tourmentée par le vent, battait son visage.

Il s'arrêta tout à coup. — Un éclair venait de lui montrer devant ses pas une sorte de puits large et circulaire, où il se serait infailliblement précipité sans la lueur bienfaisante de l'orage. Il s'approcha du gouffre. Une lumière vague y brillait à une profondeur effrayante, et répandait une teinte rougeâtre sur l'extrémité inférieure de cet immense cylindre creusé dans les entrailles de la terre. Ce rayon, qui semblait un feu magique allumé par les gnomes, accroissait, en quelque sorte, l'incommensurable étendue des ténèbres que l'œil était contraint de traverser pour l'atteindre.

L'intrépide jeune homme, penché sur l'abîme, écouta. Un bruit lointain de voix monta à son oreille. Il ne douta plus que les êtres qui avaient étrangement paru et disparu à ses yeux ne se fussent plongés dans ce gouffre, et il sentit un désir invincible, parce qu'il était sans doute dans sa destinée, d'y descendre après eux, dût-il suivre des spectres dans une des bouches de l'enfer. D'ailleurs, la tempête commençait avec fureur, et ce gouffre lui présentait un abri contre elle. Mais comment y descendre ? quel chemin avaient pris ceux qu'il voulait suivre, si ce n'étaient pas des fantômes ? — Un second éclair vint à son secours, et lui fit voir à ses pieds l'extrémité supérieure d'une échelle, qui se prolongeait dans les profondeurs du puits. C'était une forte solive verticale, que traversaient horizontalement, de distance en distance, de courtes barres de fer destinées à recevoir les pieds et les mains de ceux qui oseraient s'aventurer dans ce gouffre.

Ordener ne balança pas. Il se suspendit audacieusement à la formidable échelle, et s'enfonça dans l'abîme sans savoir même si elle le conduirait jusqu'au fond, sans songer qu'il ne reverrait peut-être plus le soleil. Bientôt, dans les ténèbres qui couvraient sa tête, il ne distingua plus le ciel qu'aux éclairs bleuâtres qui l'illuminaient fréquemment. Bientôt la pluie abondante qui battait la surface de la terre n'arriva plus à lui qu'en rosée fine et vaporeuse. Bientôt le tourbillon de vent qui s'engouffrait impétueusement dans le puits se perdit au-dessus de lui en long sifflement. Il descendit, il descendit encore, et à peine paraissait-il s'être rapproché de la lumière souterraine. Il continua sans se décourager, en évitant seulement d'abaisser son regard dans le gouffre, de peur d'y être précipité par un étourdissement.

Cependant, l'air de plus en plus étouffé, le bruit de voix de plus en plus distinct, le reflet pourpré qui commençait à colorer la muraille circulaire du puits, l'avertirent enfin qu'il n'était pas loin du fond. Il descendit encore quelques échelons, et son regard put voir clairement, au bas de l'échelle, l'entrée d'un souterrain éclairée d'une lueur tremblante et rouge, tandis que son oreille était frappée par des paroles qui attirèrent toute son attention.

— Kennybol n'arrive pas, disait une voix du ton de l'impatience.

— Qui peut le retenir ? répétait la même voix après un moment de silence.

— Nous l'ignorons, seigneur Hacket, répondait-on.

— Il a dû passer la nuit chez sa sœur, Maase Braall, du village de Surb, ajoutait une autre voix.

— Vous le voyez, reprenait la première, je tiens, moi, tous mes engagements... Je devais vous amener Han d'Islande pour chef, je vous l'amène.

Un murmure dont il était difficile de deviner le sens répondit à ces paroles. La curiosité d'Ordener, déjà éveillée par le nom de ce Kennybol, qui lui avait tant causé de surprise la veille, redoubla au nom de Han d'Islande.

La même voix reprit :

— Mes amis, Jonas, Norbith, si Kennybol est en retard, qu'importe ? nous sommes assez nombreux pour ne plus rien craindre; avez-vous trouvé vos enseignes dans les ruines de Crag ?

— Oui, seigneur Hacket, répondirent plusieurs voix.

— Eh bien ! levez l'étendard, il en est temps. Voici de l'or ! voici votre invincible chef ! Courage ! marchez à la délivrance du noble Schumacker, de l'infortuné comte de Griffenfeld !

— Vive, vive Schumacker ! répétèrent une foule de voix, et le nom de Schumacker se prolongea d'échos en échos dans les replis des voûtes souterraines.

Ordener, conduit de curiosité en curiosité, d'étonnement en étonnement, écoutait, respirait à peine. Il ne pouvait croire ni comprendre ce qu'il entendait. Schumacker mêlé à Kennybol, à Han d'Islande ! quel était ce drame ténébreux dont, spectateur ignoré, il entrevoyait une scène ? De qui défendait-on les jours ? de qui jouait-on la tête ?

— Ecoutez, reprit la même voix, vous voyez l'ami, le confident du noble comte de Griffenfeld...

C'était la première fois qu'Ordener entendait cette voix. Elle poursuivit :

— ... Accordez-moi votre confiance, comme il m'accorde la sienne. Amis, tout vous favorise; vous arriverez à Drontheim sans rencontrer un ennemi.

— Seigneur Hacket, interrompit une voix, marchons. Peters m'a dit avoir vu dans les défilés tout le régiment de Munckholm en marche contre nous.

— Il vous a trompé, répondit l'autre avec autorité. Le gouvernement ignore encore votre révolte, et sa tranquillité est telle, que celui qui a repoussé vos justes plaintes, votre oppresseur, l'oppresseur de l'illustre et malheureux Schumacker, le général Levin de Knud, a quitté Drontheim pour aller dans la capitale assister aux fêtes du fameux mariage de son élève Ordener Guldenlew avec Ulrique d'Ahlefeld.

Qu'on juge de l'émotion d'Ordener.

Dans ce pays sauvage et désert, sous cette voûte mystérieuse, entendre des inconnus prononcer tous les noms qui l'intéressaient, et jusqu'au sien propre ! Un doute affreux s'éleva dans son cœur.

Serait-il vrai ? était-ce en effet un agent du comte de Griffenfeld dont il entendait la voix ?

Quoi ! Schumacker, ce vieillard vénérable, le noble père de sa noble Ethel, se révoltait contre le roi son seigneur, soudoyait des brigands, allumait une guerre civile ! Et c'était pour cet hypocrite, pour ce rebelle, qu'il avait, lui, fils du vice-roi de Norwége, élève du général Levin, compromis son avenir, exposé sa vie! c'était pour lui qu'il avait cherché et combattu ce brigand islandais avec lequel Schumacker paraissait être d'intelligence, puisqu'il le plaçait à la tête de ces bandits!

Qui sait même si cette cassette pour laquelle lui, Ordener, avait été sur le point de donner son sang, ne contenait pas quelques-uns des indignes secrets de cette trame odieuse? Ou plutôt le vindicatif prisonnier de Munckholm ne s'était-il pas joué de lui?

Peut-être il avait découvert son nom; peut-être, et combien cette pensée fut douloureuse pour le magnanime jeune homme! n'avait-il désiré, en le poussant à ce fatal voyage, que la perte du fils d'un ennemi...

Hélas! lorsqu'on a longtemps porté le nom d'un malheureux en vénération et en amour; quand, dans le secret de sa pensée, on a juré à son infortune un attachement inviolable, c'est un moment bien amer que celui où l'on reçoit son salaire d'ingratitude, où l'on sent que l'on est désenchanté de la générosité, et qu'il faut renoncer à ce bonheur si pur et si doux du dévouement.

On a vieilli en un instant de la plus triste des vieillesses, on est devenu vieux d'expérience; et l'on a perdu la plus belle des illusions de la vie, qui n'a de beau que les illusions.

Telles étaient les désolantes pensées qui se pressaient confusément dans l'âme d'Ordener.

Le noble jeune homme eût voulu mourir dans ce fatal moment; il lui semblait que toute la félicité de sa vie lui échappait.

Il y avait bien dans les assertions de celui qui parlait comme envoyé de Griffenfeld des choses qui lui paraissaient mensongères ou douteuses; mais, comme elles n'étaient destinées qu'à abuser de malheureux campagnards, Schumacker n'en était que plus coupable à ses yeux : et ce Schumacker était le père de son Ethel!...

Ces réflexions agitèrent d'autant plus violemment son cœur, qu'elles s'y précipitèrent toutes à la fois.

Il chancela sur les barreaux qui le soutenaient, et continua d'écouter, car on entend parfois avec une patience inexplicable et une affreuse avidité les malheurs que l'on redoute le plus.

— Oui, poursuivit la voix de l'envoyé, vous êtes commandés par le formidable Han d'Islande. Qui osera vous combattre? Votre cause est celle de vos femmes, de vos enfants, indignement dépouillés de votre héritage; d'un noble infortuné, depuis vingt ans plongé injustement dans une infâme prison. Allons, Schumacker et la liberté vous attendent. Guerre aux tyrans!

— Guerre! répétèrent mille voix; et l'on entendit dans les détours du souterrain un long bruit d'armes se mêler aux sons rauques de la trompe des montagnes.

— Arrêtez! cria Ordener. Il avait descendu précipitamment le reste de l'échelle. L'idée d'épargner un crime à Schumacker et tant de malheurs à son pays s'était emparée impérieusement de tout son être. Mais, au moment où il était apparu sur le seuil du souterrain, la crainte de perdre, par d'imprudentes déclamations, le père de son Ethel, et peut-être son Ethel elle-même, avait remplacé tout autre sentiment en lui; et il était resté là, pâle et jetant un regard étonné sur le tableau singulier qui s'offrait à sa vue.

C'était comme une immense place d'une ville souterraine, dont les limites se perdaient derrière une foule de piliers qui soutenaient les voûtes. Ces piliers brillaient comme des pilastres de cristal aux rayons d'un millier de torches que portait une multitude d'hommes bizarrement armés et répandus confusément dans les profondeurs de la place. On eût dit, à voir tous ces points lumineux et toutes ces figures effrayantes errer dans les ténèbres, une de ces assemblées fabuleuses dont parlent les vieilles chroniques de sorciers et de démons, qui portaient des étoiles pour flambeaux, et illuminaient la nuit les vieux bois et les châteaux écroulés.

Un long cri s'éleva : — Un étranger! Mort! mort!

Cent bras étaient déjà levés sur Ordener. Il porta la main à son côté pour y chercher son sabre... — Noble jeune homme! dans son généreux élan, il avait oublié qu'il était seul et désarmé.

— Attendez, attendez! cria une voix, la voix de celui en qui Ordener voyait l'envoyé de Schumacker. C'était un petit homme gras, vêtu de noir, à l'œil gai et faux. Il s'avança vers Ordener.

— Qui êtes-vous? lui dit-il.

Ordener ne répondit pas : il était saisi de toutes parts, et il n'y avait pas une place sur sa poitrine où ne s'appuyât la pointe d'une épée ou le canon d'un pistolet.

— Est-ce que tu as peur? demanda le petit homme avec un sourire.

— Si ta main était sur mon cœur au lieu de ces épées, dit froidement le jeune homme, tu verrais qu'il ne bat pas plus vite que le tien, en supposant que tu aies un cœur.

— Ah! ah! dit le petit homme; il fait le fier! eh bien! qu'il meure. Et il tourna le dos.

— Donne-moi la mort, répliqua Ordener; c'est tout ce que je veux te devoir.

— Un instant, seigneur Hacket, dit un vieillard à barbe touffue qui se tenait appuyé sur un long mousquet. Vous êtes ici chez moi, et j'ai seul le droit d'envoyer ce chrétien raconter aux morts ce qu'il a vu ici. —

Le seigneur Hacket se mit à rire : — Ma foi, mon cher Jonas, comme il vous plaira! Peu m'importe que cet espion soit jugé par vous, pourvu qu'il soit condamné.

Le vieillard se tourna vers Ordener :

— Allons, dis-nous qui tu es, toi qui souhaitais si audacieusement de savoir qui nous sommes.

Ordener garda le silence. Entouré des étranges partisans de ce Schumacker pour lequel il aurait si volontiers donné son sang, il n'éprouvait en ce moment qu'un désir infini de la mort.

— Sa Courtoisie ne veut pas répondre, dit le vieillard. Quand le renard est pris, il ne crie plus. Tuez-le.

— Mon brave Jonas, repris Hacket, que la mort de cet homme soit le premier exploit de Han d'Islande parmi vous.

— Oui, oui! crièrent une foule de voix. Ordener étonné, mais toujours intrépide, chercha des yeux ce Han d'Islande, auquel il avait si vaillamment disputé sa vie le matin même, et vit, avec un redoublement de surprise, s'avancer vers lui un homme d'une stature colossale, vêtu du costume des montagnards. Ce géant fixa sur Ordener un regard atrocement stupide et demanda une hache.

— Tu n'es pas Han d'Islande, dit Ordener avec force.

— Qu'il meure! qu'il meure! cria Hacket d'une voix furieuse.

Ordener vit qu'il fallait mourir. Il mit la main dans sa poitrine, afin d'en tirer les cheveux de son Ethel et de leur donner un dernier baiser. Ce mouvement fit tomber un papier de sa ceinture.

— Quel est ce papier? dit Hacket; Norbith, prenez ce papier.

Ce Norbith était un jeune homme dont les traits noirs et durs avaient une expression de noblesse. Il ramassa le papier et le déploya.

— Grand Dieu! s'écria-t-il, c'est la passe de mon pauvre ami Cristophorus Nedlam, de ce malheureux camarade qu'ils ont exécuté, il n'y a pas huit jours, sur la place publique de Skongen, pour fausse monnaie. —

— Eh bien! dit Hacket avec l'accent d'une attente trompée, gardez ce chiffon de papier. Je le croyais plus important. Vous, mon cher Han d'Islande, expédiez votre homme.

Le jeune Norbith se plaça devant Ordener, et s'écria :

— Cet homme est sous ma protection. Ma tête tombera avant qu'il tombe un cheveu de la sienne. Je ne souffrirai pas que le sauf-conduit de mon ami Christophorus Nedlam soit violé.

Ordener, si miraculeusement protégé, baissa la tête et s'humilia; car il se rappelait combien il avait dédaigneusement accueilli en lui-même le vœu touchant de l'aumônier Athanase Munder : — *Puisse le don du mourant être un bienfait pour le voyageur!*

— Bah! bah! dit Hacket, vous dites là des folies, mon brave Norbith. Cet homme est un espion : il faut qu'il meure.

— Donnez-moi ma hache, répéta le géant.

— Il ne mourra pas, cria Norbith. Que dirait l'esprit de mon pauvre Nedlam, qu'ils ont indignement pendu? Je vous assure qu'il ne mourra pas; car Nedlam ne veut pas qu'il meure.

— En effet, dit le vieux Jonas, Norbith a raison. Comment voulez-vous qu'on tue cet étranger, seigneur Hacket? il a la passe de Christophorus Nedlam.

— Mais c'est un espion, c'est un espion! reprit Hacket.

Le vieillard se plaça près du jeune homme, devant Ordener, et tous deux dirent gravement :

— Il a la passe de Christophorus Nedlam, qui a été pendu à Skongen.

Hacket vit qu'il fallait céder; car tous les autres commençaient à murmurer en disant que cet étranger ne pouvait mourir, puisqu'il portait le sauf-conduit de Nedlam le faux monnayeur.

— Allons, dit-il entre ses dents avec une rage concentrée, qu'il vive donc. Au reste, c'est votre affaire.

— Ce serait le diable que je ne le tuerais point, dit Norbith triomphant.

En parlant ainsi, il se tourna vers Ordener.

— Écoute, poursuivit-il, tu dois être un bon frère, puisque tu as la passe de Nedlam, mon pauvre ami. Nous sommes les mineurs royaux. Nous nous révoltons pour qu'on nous délivre de la tutelle. Le seigneur Hacket, que tu vois, dit que nous prenons les armes pour un certain comte de Schumacker; mais moi je ne le connais pas. Étranger, notre cause est juste. Écoute, et réponds-moi comme si tu répondais à ton saint patron. Veux-tu être des nôtres?

Une pensée passa dans l'esprit d'Ordener.

— Oui, répondit-il.

Norbith lui présenta un sabre, qu'il reçut en silence.

— Frère, dit le jeune chef, si tu veux nous trahir, tu commenceras par me tuer.

En ce moment le son de la trompe retentit sous les arceaux de la mine, et l'on entendit des voix éloignées qui disaient : Voilà Kennybol.

XXXII

Il y a des pensées dans la tête qui vont jusqu'aux cieux.

Romances espagnoles.

L'âme a quelquefois des inspirations subites, des illuminations soudaines, dont un volume entier de pensées et de réflexions n'exprimerait pas mieux l'étendue, ne sonderait pas plus la profondeur, que la clarté de mille flambeaux ne rendrait la lueur immense et rapide de l'éclair.

On n'essayera donc pas d'analyser ici l'impulsion impérieuse et secrète qui, à la proposition du jeune Norbith, jeta le noble fils du vice-roi de Norwége parmi les bandits qui se révoltaient pour un proscrit. Ce fut tout à la fois, sans doute, un généreux désir d'approfondir, à tout prix, cette ténébreuse aventure, mêlé à un dégoût amer de la vie, à un insouciant désespoir de l'avenir; peut-être je ne sais quel doute de la culpabilité de Schumacker, inspiré par tout ce qu'offraient de louche et de faux les apparences diverses qui avaient frappé le jeune homme, par un instinct inconnu de la vérité, et surtout par son amour pour Ethel. Enfin, ce fut certainement une révélation intime du bien qu'un ami clairvoyant de Schumacker pourrait lui faire, au milieu de ses aveugles partisans.

XXXIII

Est-ce là le chef? ses regards m'effrayent, je n'oserais lui parler.

MATHURIN, *Bertram.*

Aux cris qui annonçaient le fameux chasseur Kennybol, Hacket s'élança précipitamment au-devant de lui, en laissant Ordener avec les deux autres chefs.

— Vous voilà enfin, mon cher Kennybol! Venez que je vous présente à votre formidable chef, Han d'Islande.

A ce nom, Kennybol, qui arrivait pâle, haletant, les cheveux hérissés, le visage inondé de sueur, et les mains teintes de sang, recula de trois pas.

— Han d'Islande!

— Allons, dit Hacket, rassurez-vous! il vient pour vous seconder. Ne voyez en lui qu'un ami, qu'un compagnon...

Kennybol ne l'entendait pas.

— Han d'Islande ici! répéta-t-il.

— Eh! oui, dit Hacket, en réprimant un rire équivoque; allez-vous en avoir peur?

— Quoi! interrompit pour la troisième fois le chasseur, vous m'affirmez... Han d'Islande dans cette mine?...

Hacket se tourna vers ceux qui l'entouraient : — Est-ce que notre brave Kennybol est fou? Puis, s'adressant à Kennybol : — Je vois que c'est la crainte de Han d'Islande qui vous a retardé.

Kennybol leva la main au ciel : — Par Etheldera, la sainte martyre norwégienne, ce n'est pas la crainte de Han d'Islande, seigneur Hacket, mais bien Han d'Islande lui-même, je vous jure, qui m'a empêché d'être ici plus tôt.

Ces paroles firent éclater un murmure d'étonnement parmi la foule de montagnards et de mineurs qui entouraient les deux interlocuteurs, et jetèrent sur le front de Hacket le même nuage que l'aspect et le salut d'Ordener y avaient déjà fait naître un moment auparavant.

— Comment! que dites-vous? demanda-t-il en baissant la voix.

— Je dis, seigneur Hacket, que sans votre maudit Han l'Islandais j'aurais été ici avant le premier cri de la chouette.

— En vérité! Que vous a-t-il donc fait?

— Oh! ne me le demandez pas; je veux seulement que ma barbe blanchisse en un jour, comme le poil d'une hermine, si l'on me surprend de ma vie, puisqu'il est vrai que je vis encore, à la chasse d'un ours blanc.

— Est-ce que vous avez failli être dévoré par un ours?

Kennybol haussa les épaules en signe de mépris :

— Un ours! voilà un redoutable ennemi! Kennybol dévoré par un ours! Pour qui me prenez-vous, seigneur Hacket?

— Ah! pardon! dit Hacket en souriant.

— Si vous saviez ce qui m'est arrivé, mon brave seigneur, interrompit le vieux chasseur en baissant la voix, vous ne me répéteriez point que Han d'Islande est ici.

Hacket parut de nouveau un moment déconcerté. Il arrêta brusquement Kennybol par le bras, comme s'il craignait qu'il n'approchât davantage du point de la place souterraine où l'on apercevait, au-dessus des têtes des mineurs, la tête énorme du géant.

— Mon cher Kennybol, dit-il d'une voix presque solennelle, contez-moi, je vous prie, ce qui a causé votre retard. Vous sentez qu'au moment où nous sommes, tout peut être d'une haute importance.

— Cela est vrai, dit Kennybol après un moment de réflexion.

Alors, cédant aux instances réitérées de Hacket, il lui raconta comment il avait, le matin même, aidé de six compagnons, poussé un ours blanc jusqu'aux environs de la grotte de Walderhog, sans s'apercevoir, dans l'ardeur de la chasse, qu'il était si près de ce lieu redoutable; comment les plaintes de l'ours aux abois avaient attiré un petit homme, un monstre, un démon, qui, armé d'une hache de pierre, s'était jeté sur eux à la défense de l'ours. L'apparition de cette espèce de diable, qui ne pouvait être autre que Han, le démon islandais, les avait glacés tous sept de terreur; enfin, ses six malheureux camarades avaient été victimes des deux monstres, et lui, Kennybol, n'avait dû son salut qu'à une prompte fuite, qui n'avait pas été entravée, grâce à son agilité, à la fatigue de Han d'Islande, et, avant tout, à la protection du bienheureux patron des chasseurs, saint Sylvestre. — Vous voyez, seigneur Hacket, dit-il en terminant son récit encore plein de son épouvante, et orné de toutes les fleurs de la rhétorique des montagnes, vous voyez que, si je viens tard, ce n'est pas moi qu'il faut accuser, et qu'il est impossible que le démon d'Islande, que j'ai laissé ce matin avec son ours, s'acharnant sur les cadavres de mes six pauvres camarades dans la bruyère de Walderhog, soit maintenant, comme notre ami, dans cette mine d'Apsyl-Corh, à notre rendez-vous. Je vous proteste que cela ne se peut. Je le connais, à présent, ce démon incarné; je l'ai vu!

Hacket, qui avait tout écouté attentivement, prit la parole et dit d'une voix grave :

— Mon brave ami Kennybol, quand vous parlez de Han d'Islande ou de l'enfer, ne croyez rien impossible. Je savais tout ce que vous venez de me dire...

L'expression de l'extrême étonnement et de la plus naïve crédulité se peignit sur les traits sauvages du vieux chasseur des monts de Kole.

— Comment?

— ... Oui, poursuivit Hacket, sur le visage duquel un observateur plus adroit eût peut-être démêlé quelque chose de triomphant et de sardonique, je savais tout, excepté pourtant que vous fussiez le héros de cette triste aventure. Han d'Islande me l'avait contée en me suivant ici.

— Vraiment! dit Kennybol.

Et son regard, attaché sur Hacket, venait de prendre un air de crainte et de respect.

Hacket continua avec le même sang-froid :

— Sans doute; mais maintenant soyez tranquille, je vais vous conduire à ce formidable Han d'Islande.

Kennybol poussa un cri d'effroi.

— Soyez tranquille, vous dis-je, reprit Hacket. Voyez en lui votre chef et votre camarade; gardez-vous seulement de lui rappeler en rien ce qui s'est passé ce matin? Vous comprenez?

Il fallut céder; mais ce ne fut pas sans une vive répugnance intérieure qu'il consentit à se laisser présenter au démon. Ils s'avancèrent vers le groupe où étaient Ordener, Jonas et Norbith.

— Mon bon Jonas, mon cher Norbith, dit Kennybol, que Dieu vous assiste!

— Nous en avons besoin, Kennybol, dit Jonas.

En ce moment, le regard de Kennybol s'arrêta sur celui d'Ordener, qui cherchait le sien.

— Ah! vous voilà, jeune homme, dit-il en s'approchant vivement de lui et lui tendant sa main ridée et rude, soyez le bienvenu Il paraît que votre hardiesse a eu bon succès?

Ordener, qui ne comprenait pas que ce montagnard parût le comprendre si bien, allait provoquer une explication, quand Norbith s'écria :

— Vous connaissez donc cet étranger, Kennibol?

— Par mon ange gardien! si je le connais! je l'aime et je l'estime. Il est dévoué comme nous tous à la bonne cause que nous servons.

Et il lança vers Ordener un second regard d'intelligence auquel celui-ci se préparait à répondre, lorsque Hacket, qui était allé chercher son géant, que tous ces bandits semblaient fuir avec effroi, les aborda tous quatre en disant :

— Mon brave chasseur Kennybol, voici votre chef, le fameux Han de Klipstadur!

Kennybol jeta sur le brigand gigantesque un coup d'œil où il y avait plus de surprise encore que de crainte, et se pencha vers l'oreille de Hacket :

— Seigneur Hacket, le Han d'Islande que j'ai laissé ce matin à Walderhog était un petit homme...

Hacket lui répondit à voix basse :

— Vous oubliez, Kennybol! un démon!

— Il est vrai, dit le crédule chasseur, il aura changé de forme.

Et il se détourna en tremblant pour faire furtivement un signe de croix.

XXXIV

Le masque approche : c'est Angelo lui-même;
le drôle entend bien son métier; il faut qu'il soit
sûr de son fait.

LESSING.

C'est dans une sombre forêt de vieux chênes, où pénètre à peine le pâle crépuscule du matin, qu'un homme de petite taille en aborde un autre qui est seul, et qui paraît l'attendre.

L'entretien suivant commence à voix basse :

— Daigne Votre Grâce me pardonner si je l'ai fait attendre! Plusieurs incidents m'ont retardé.

— Lesquels?

— Le chef des montagnards, Kennybol, n'est arrivé au rendez-vous qu'à minuit; et nous avons en revanche été troublés par un témoin inattendu.

— Qui donc?

— C'est un homme qui s'est jeté comme un fou dans la mine au milieu de notre sanhédrin. J'ai pensé d'abord que c'était un espion, et j'ai voulu le faire poignarder; mais il s'est trouvé porteur de la sauvegarde de je ne sais quel pendu fort respecté de nos mineurs, et ils l'ont pris sous leur protection. Je pense, en y réfléchissant, que ce n'est qu'un voyageur curieux ou un savant imbécile. En tout cas, j'ai disposé mes mesures à son égard.

— Tout va-t-il bien du reste?

— Fort bien. Les mineurs de Guldbranshal et de Faroër, commandés par le jeune Norbith et le vieux Jonas; les montagnards de Kole, conduits par Kennybol, doivent être en marche en ce moment. A quatre milles de l'Etoile-Bleue, leurs compagnons de Hubfallo et de Sund-Moër les joindront; ceux de Kongsberg et la troupe des forgerons du Smiasen, qui ont déjà forcé la garnison de Walstrom de se retirer, comme le noble comte le sait, les attendent quelques milles plus loin. — Enfin, mon cher et honoré maître, toutes ces bandes réunies feront halte cette nuit à deux milles de Skongen, dans les gorges du Pilier-Noir.

— Mais votre Han d'Islande, comment l'ont-ils reçu?

— Avec une entière crédulité.

— Que ne puis-je venger la mort de mon fils sur ce monstre! Quel malheur qu'il nous ait échappé!

— Mon noble seigneur, usez d'abord du nom de Han d'Islande pour vous venger de Schumacker; vous aviserez ensuite au moyen de vous venger de Han lui-même. Les révoltés marcheront aujourd'hui tout le jour, et feront halte ce soir, pour passer la nuit dans le défilé du Pilier-Noir, à deux milles de Skongen.

— Comment! vous laisseriez pénétrer si près de Skongen un rassemblement aussi considérable?... — Musdœmon!...

— Un soupçon, noble comte! Que Votre Grâce daigne envoyer à l'instant même un messager au colonel Vœthaün, dont le régiment doit être en ce moment à Skongen, informez-le que toutes les forces des insurgés seront campées cette nuit sans défiance dans le défilé du Pilier-Noir, qui semble avoir été créé exprès pour les embuscades...

— Je vous comprends; mais pourquoi, mon cher, avoir tout disposé de façon que les rebelles soient si nombreux?

— Plus l'insurrection sera formidable, seigneur, plus le crime de Schumacker et votre mérite seront grands. D'ailleurs, il importe qu'elle soit entièrement éteinte d'un seul coup.

— Bien! mais pourquoi le lieu de halte est-il si voisin de Skongen?

— Parce que dans toutes les montagnes, c'est le seul où la défense soit impossible. Il ne sortira de là que ceux qui sont désignés pour figurer devant le tribunal.

— A merveille! — Quelque chose, Musdœmon, me dit de terminer promptement cette affaire. Si tout est rassurant de ce côté, tout est inquiétant de l'autre. Vous savez que nous avons fait faire à Copenhague des recherches secrètes sur les papiers qui pouvaient être tombés au pouvoir de ce certain Dispolsen?...

— Eh bien, seigneur?

— Eh bien! je viens d'apprendre à l'instant que cet intrigant avait eu des rapports mystérieux avec ce maudit astrologue Cumbysulsum...

— Qui est mort dernièrement?

— Oui; et que le vieux sorcier avait en mourant remis à l'agent de Schumacker des papiers...

— Damnation! il avait des lettres de moi, un exposé de notre plan!...

— De votre plan, Musdœmon?

— Mille pardons, noble comte! mais aussi pourquoi Votre Grâce avait-elle été se livrer à ce charlatan de Cumbysulsum?... le vieux traître!

— Ecoutez, Musdœmon, je ne suis pas comme vous un être sans croyance et sans foi. — Ce n'est pas sans de justes raisons, mon cher, que j'ai toujours eu confiance dans la science magique du vieux Cumbysulsum.

— Que Votre Grâce n'a-t-elle eu autant de défiance de sa fidélité que de confiance en sa science? Au surplus, ne nous alarmons pas, mon noble maître, Dispolsen est mort, ses papiers sont perdus; dans quelques jours il ne sera plus question de ceux auxquels ils pourraient servir.

— En tout cas, quelle accusation pourrait monter jusqu'à moi?

— Ou jusqu'à moi, protégé par Votre Grâce?

— Oh! oui, mon cher, vous pouvez, certes, compter sur moi; mais hâtons, je vous prie, le dénoûment de tout ceci: je vais envoyer le messager au colonel. Venez, mes gens m'attendent derrière ces halliers, et il faut reprendre le chemin de Drontheim, que le Mecklenbourgeois a quitté sans doute. Allons, continuez à me bien servir, et, malgré tous les Cumbysulsum et les Dispolsen de la terre, comptez sur moi à la vie et à la mort.

— Je prie Votre Grâce de croire... — Diable!

Ici ils s'enfoncèrent tous deux dans le bois, dans les détours duquel leurs voix s'éteignirent peu à peu; et bientôt après on n'y entendit plus que le bruit des pas de deux chevaux qui s'éloignaient.

XXXV

... Battez, tambours! ils viennent!

... Ils ont fait serment tous, et tous le même serment, de ne pas rentrer en Castille sans le comte prisonnier, leur seigneur.

Ils ont sa statue de pierre dans un chariot, et sont résolus à ne retourner en arrière qu'en voyant la statue s'en retourner elle-même.

Et en signe que celui qui ferait un pas en arrière serait regardé comme un traître, ils ont tous levé la main et prêté leur serment.

. . . .

Et ils marchent vers Arlançon, aussi vite que peuvent aller les bœufs qui traînent le chariot; ils ne s'arrêtent pas plus que le soleil.

Burgos reste désert: seulement les femmes et les enfants y sont demeurés: il en est ainsi dans les environs.

Il vont causant ensemble du cheval et du faucon, et se demandant s'il faut affranchir la Castille du tribut qu'elle paye à Léon.

Et avant d'entrer dans la Navarre, ils rencontrent sur la frontière... —

Romances espagnoles.

Pendant que la conversation qu'on vient de lire avait lieu dans une des forêts qui avoisinent le Smiasen, les révoltés, divisés en trois colonnes, sortirent de la mine de plomb d'Apsyl-Corh, par l'entrée principale, qui s'ouvre de plain-pied sur un ravin profond.

Ordener, qui, malgré ses désirs de se rapprocher de Kennybol, avait été rangé dans la bande de Norbith, ne vit d'abord qu'une longue procession de torches, dont les feux, luttant avec les premières lueurs du jour, se réfléchissaient sur des haches, des fourches, des pioches, des massues armées de pointes de fer, d'énormes marteaux, des pics, des leviers, et toutes les armes grossières que la révolte peut emprunter au travail, mêlées à d'autres armes régulières, qui annonçaient que cette révolte était une conspiration: des mousquets, des piques, des sabres, des carabines et des arquebuses. Quand le soleil eut paru, et que la lumière des torches ne fut plus que de la fumée, il put mieux observer l'aspect de cette singulière armée, qui s'avançait en désordre, avec des chants rauques et des cris sauvages, pareille à un troupeau de loups affamés qui vont à la conquête d'un cadavre. Elle était partagée en trois divisions, ou plutôt en trois foules. D'abord marchaient les montagnards de Kolc, commandés par Kennybol, auquel ils ressemblaient tous par leur costume de peaux de bêtes, et presque par leur mine farouche et hardie. Puis venaient les jeunes mineurs de Norbith et les vieux de Jonas, avec leurs grands feutres, leurs larges pantalons, leurs bras entièrement nus et leurs visages noirs, qui tournaient vers le soleil des yeux stupides. Au-dessus de ces bandes tumultueuses flottaient pêle-mêle des bannières couleur de feu, sur lesquelles on lisait différentes devises, telles que: *Vive Schumacker! — Délivrons notre libérateur! — Liberté aux mineurs! Liberté au comte de Griffenfeld! — Mort à Guldenlew! — Mort aux oppresseurs! Mort à d'Ahlefeld!* — Les rebelles paraissaient plutôt considérer ces enseignes comme des fardeaux que comme des ornements, et elles passaient de main en main quand les porte-étendards étaient fatigués ou voulaient mêler le son discordant de leur trompe aux psalmodies et aux vociférations de leurs camarades.

L'arrière-garde de cette étrange armée se composait de dix chariots traînés par des rennes et de grands ânes, destinés sans doute à porter les munitions; et l'avant-garde, du géant amené par Hacket, qui marchait seul, armé d'une massue et d'une hache, et bien loin duquel venaient, avec une sorte de terreur, les premiers rangs commandés par Kennybol, qui ne le quittait pas des yeux, comme pour pouvoir suivre son chef diabolique dans les diverses transfigurations qu'il lui plairait de subir.

Ce torrent de rebelles descendait ainsi, avec une rumeur confuse et en remplissant les bois de pins du bruit de la trompe des montagnes du Drontheimhus septentrional. Il fut bientôt grossi par les diverses bandes de Sund-Moër, de Hubfallo, de Kongsberg, et la troupe des forgerons du Smiasen, qui présentait un contraste bizarre avec le reste des révoltés. C'étaient des hommes grands et forts, armés de pinces et de marteaux, ayant pour cuirasses de larges tabliers de cuir, ne portant pour enseigne qu'une haute croix de bois, qui marchaient gravement et en cadence, avec une régularité plus religieuse encore que militaire, sans autre chant de guerre que les psaumes et les cantiques de la Bible. Ils n'avaient de chef que leur porte-croix, qui s'avançait sans armes à leur tête.

Tout ce ramas d'insurgés ne rencontrait pas un être humain sur son passage. A leur approche, le chevrier poussait son troupeau dans une caverne, et le paysan désertait son village : car l'habitant des plaines et des vallées est partout le même ; il craint la trompe des bandits de même que le cor des archers.

Ils traversèrent ainsi des collines et des forêts semées de rares bourgades, suivirent des routes sinueuses où l'on voyait plus de traces de bêtes fauves que de pas d'homme, côtoyèrent des lagunes, franchirent des torrents, des ravins, des marais. Ordener ne connaissait aucun de ces lieux. Une fois seulement, son regard, se levant, rencontra à l'horizon l'apparence lointaine et bleuâtre d'une grande roche courbée. Il se pencha vers un de ses grossiers compagnons de voyage : — Ami, quel est ce rocher là-bas, au sud, à droite?

— C'est le Cou-de-Vautour, le rocher d'Oëlmœ, répondit l'autre.

Ordener soupira profondément.

XXXVI

Ma fille, Dieu vous garde et veuille vous bénir!

RÉGNIER.

Guenon, perroquets, peignes et rubans, tout était prêt chez la comtesse d'Ahlefeld pour recevoir le lieutenant Frédéric. Elle avait fait venir à grands frais le dernier roman de la fameuse Scudéry. On l'avait, par son ordre, revêtu d'une riche reliure à fermoirs de vermeil ciselé, et placé, entre les flacons d'essence et les boîtes de mouches, sur l'élégante toilette à pieds dorés, ornée de mosaïque de bois, dont elle avait meublé le boudoir futur de son cher enfant Frédéric. Quand elle eut ainsi parcouru le cercle minutieux de ces petits soins maternels, qui l'avaient un moment distraite de la haine, elle songeait qu'elle n'avait plus autre chose à faire qu'à nuire à Schumacker et à Ethel. Le départ du général Levin les lui livrait sans défense.

Il s'était passé depuis peu dans le donjon de Munckholm une foule de choses sur lesquelles elle n'avait pu obtenir que des données très-vagues. — Quel était le serf, vassal ou paysan, qui, à en croire les paroles très-ambiguës et très-embarrassées de Frédéric, s'était fait aimer de la fille de l'ex-chancelier? — Quels étaient les rapports du baron Ordener avec les prisonniers de Munckholm? — Quels étaient les motifs incompréhensibles de l'absence si singulière d'Ordener, dans un moment où les deux royaumes n'étaient occupés que de son prochain mariage avec cette Ulrique d'Ahlefeld qu'il paraissait dédaigner? — Enfin, que s'était-il passé entre Levin de Knud et Schumacker!...

— L'esprit de la comtesse se perdait en conjectures. Elle résolut enfin, pour éclaircir tous ces mystères, de hasarder une descente à Munckholm, conseil que lui donnaient à la fois sa curiosité de femme et ses intérêts d'ennemie.

Un soir qu'Ethel, seule dans le jardin du donjon, venait de graver, pour la sixième fois, avec le diamant d'une bague, je ne sais quel chiffre mystérieux sur le pilier noir de la poterne qui avait vu disparaître son Ordener, cette porte s'ouvrit. La jeune fille tressaillit. C'était la première fois que cette poterne s'ouvrait depuis qu'elle s'était refermée sur lui.

Une grande femme pâle, vêtue de blanc, était devant elle. Elle présentait à Ethel un sourire doux comme du miel empoisonné, et il y avait, derrière son regard paisible et bienveillant, comme une expression de haine, de dépit et d'admiration involontaire.

Ethel la considéra avec étonnement, presque avec crainte. Depuis sa vieille nourrice, qui était morte en ses bras, c'était la première femme qu'elle voyait dans la sombre enceinte de Munckholm.

— Mon enfant, dit doucement l'étrangère, vous êtes la fille du prisonnier de Munckholm?

Ethel ne put s'empêcher de détourner la tête; quelque chose en elle ne sympathisait pas avec l'étrangère, et il lui semblait qu'il y avait du venin dans le souffle qui accompagnait cette douce voix. Elle répondit :

— Je m'appelle Ethel Schumacker. Mon père dit qu'on me nommait, dans mon berceau, comtesse de Tongsberg et princesse de Wollin.

— Votre père vous dit cela!... s'écria la grande femme avec un accent qu'elle réprima aussitôt. Puis elle ajouta : — Vous avez éprouvé bien des malheurs!

— Le malheur m'a reçue à ma naissance dans ses bras de fer, répondit la jeune prisonnière ; mon noble père dit qu'il ne me quittera qu'à ma mort.

Un sourire passa sur les lèvres de l'étrangère, qui reprit du ton de la pitié :

— Et vous ne murmurez pas contre ceux qui ont jeté votre vie dans ce cachot? vous ne maudissez pas les auteurs de votre infortune?

— Non, de peur que notre malédiction n'attire sur eux des maux pareils à ceux qu'ils nous font souffrir.

— Et, continua la femme blanche avec un front impassible, connaissez-vous les auteurs de ces maux dont vous vous plaignez?

Ethel réfléchit un moment et dit :

— Tout s'est fait par la volonté du ciel.

— Votre père ne vous parle jamais du roi?

— Le roi?... c'est celui pour lequel je prie matin et soir sans le connaître.

Ethel ne comprit pas pourquoi l'étrangère se mordit les lèvres à cette réponse.

— Votre malheureux père ne vous nomme jamais, dans sa colère, ses implacables ennemis, le général Arensdorf, l'évêque Spollyson, le chancelier d'Ahlefeld?...

— J'ignore de qui vous me parlez.

— Et connaissez-vous le nom de Levin de Knud?

Le souvenir de la scène qui s'était passée la surveille entre le gouverneur de Drontheim et Schumacker était trop récent dans l'esprit d'Ethel pour que le nom de Levin de Knud ne la frappât point.

— Levin de Knud? dit-elle; il me semble que c'est cet homme pour lequel mon père a tant d'estime et presque tant d'affection.

— Comment? s'écria la grande femme.

— ... Oui, reprit la jeune fille, c'est ce Levin de Knud que mon seigneur et père défendait si vivement avant-hier contre le gouverneur de Drontheim.

Ces paroles redoublèrent la surprise de l'autre. — Contre le gouverneur de Drontheim! Ne vous jouez pas de moi, ma fille. Ce sont vos intérêts qui m'amènent. Votre père prenait contre le gouverneur de Drontheim le parti du général Levin de Knud!

Au-dessus de ces bandes tumultueuses flottaient pêle-mêle des bannières couleur de feu. (Page 86.)

— Du général! il me semble que c'était du capitaine... Mais non; vous avez raison. — Mon père, poursuivit Ethel, paraissait conserver autant d'attachement à ce général Levin de Knud qu'il témoignait de haine au gouverneur du Drontheimhus.

— Voilà encore un étrange mystère! dit en elle-même la grande femme pâle, dont la curiosité s'allumait de plus en plus. — Ma chère enfant, que s'est-il donc passé entre votre père et le gouverneur de Drontheim?

L'interrogatoire fatiguait la pauvre Ethel, qui regarda fixement la grande femme.

— Suis-je donc une criminelle pour que vous m'interrogiez ainsi?

A ce mot si simple, l'inconnue parut interdite, comme si elle sentait le fruit de son adresse lui échapper. Elle reprit néanmoins d'une voix légèrement émue :

— Vous ne me parleriez pas ainsi si vous saviez pourquoi et pour qui je viens...

— Quoi! dit Ethel, viendriez-vous de sa part? m'apporteriez-vous un message de lui?...

Et tout son sang rougissait son beau visage; et tout son cœur s'était soulevé dans son sein, gonflé d'impatience et d'inquiétude.

— ... De qui? demanda l'autre.

La jeune fille s'arrêta au moment de prononcer le nom adoré. Elle avait vu luire dans l'œil de l'étrangère un éclair de sombre joie qui semblait un rayon de l'enfer. Elle dit tristement :

— Vous ne savez pas de qui je veux parler.

L'expression de l'attente trompée se peignit pour la seconde fois sur le visage bienveillant de l'autre.

— Pauvre jeune fille! s'écria-t-elle, que pourrais-je faire pour vous?

Ethel n'entendait pas. Sa pensée était derrière les montagnes du septentrion, à la suite de l'aventureux voyageur. Sa tête s'était baissée sur son sein, et ses mains s'étaient jointes comme d'elles-mêmes.

— Votre père espère-t-il sortir de cette prison?

Cette question, que l'inconnue répéta deux fois, ramena Ethel à elle-même.

— Oui, dit-elle, et une larme roula dans ses yeux.

Ceux de l'étrangère s'étaient animés à cette réponse.

Malheureuse! tu aimes Ordener Guldenlew, le fiancé d'Ulrique d'Ahlefeld. (Page 90)

— Il l'espère, dites-moi! et comment? par quel moyen?... quand?...

— Il espère sortir de cette prison, parce qu'il espère sortir de la vie.

Il y a quelquefois dans la simplicité d'une âme douce et jeune une puissance qui se joue des ruses d'un cœur vieilli dans la méchanceté. Cette pensée parut agiter l'esprit de la grande femme, car l'expression de son visage changea tout à coup; et posant sa main froide sur le bras d'Ethel :

— Ecoutez-moi, dit-elle d'un ton qui était presque de la franchise : avez-vous entendu dire que les jours de votre père sont de nouveau menacés d'une enquête juridique, qu'il est soupçonné d'avoir fomenté une révolte parmi les mineurs du Nord?...

Ces mots de *révolte* et d'*enquête* n'offraient pas d'idée claire à Ethel; elle leva son grand œil noir sur l'inconnue :

— Que voulez-vous dire?

— Que votre père conspire contre l'Etat; que son crime est presque découvert; que ce crime entraîne la peine de mort...

— Mort! crime!... s'écria la pauvre enfant.

— Crime et mort! dit gravement la femme étrangère.

— Mon père! mon noble père! poursuivait Ethel. Hélas! lui qui passe ses jours à m'entendre lire l'Edda et l'Evangile! lui, conspirer! Que vous a-t-il donc fait?

— Ne me regardez pas ainsi; je vous le répète, je suis loin d'être votre ennemie. Votre père est soupçonné d'un crime, je vous en avertis. Peut-être, au lieu de ces témoignages de haine, aurais-je droit à quelque reconnaissance.

Ce reproche toucha Ethel.

— Oh! pardon, noble dame! pardon! Jusqu'ici quel être humain avons-nous vu qui ne fût de nos ennemis? J'ai été défiante envers vous, vous me le pardonnez, n'est-ce pas?

L'étrangère sourit.

— Quoi! ma fille! est-ce que jusqu'à ce jour vous n'avez pas encore rencontré un ami?

Une vive rougeur enflamma les joues d'Ethel. Elle hésita un moment.

— Oui... Dieu connaît la vérité. Nous avons trouvé un ami, noble dame... un seul!

— Un seul! dit précipitamment la grande femme. Nommez-le-moi, de grâce; vous ne savez pas combien il est important... C'est pour le salut de votre père... Quel est cet ami?

— Je l'ignore, dit Ethel.

L'inconnue pâlit.

— Est-ce parce que je veux vous servir que vous vous jouez de moi? Songez qu'il s'agit des jours de votre père Quel est, dites, quel est l'ami dont vous me parliez?

— Le ciel sait, noble dame, que je ne connais de lui que son nom, qui est Ordener.

Ethel dit ces mots avec cette peine que l'on éprouve à prononcer devant un indifférent le nom sacré qui réveille en nous tout ce qui aime.

— Ordener! Ordener! répéta l'inconnue avec une émotion étrange, tandis que ses mains froissaient vivement la blanche broderie de son voile.

— Et quel est le nom de son père? demanda-t-elle d'une voix troublée.

— Je ne sais, répondit la jeune fille. Qu'importent sa famille et son père? Cet Ordener, noble dame, est le plus généreux des hommes.

Hélas! l'accent qui accompagnait cette parole avait livré tout le secret du cœur d'Ethel à la pénétration de l'étrangère.

— L'étrangère prit un air calme et composé, et fit cette demande sans quitter la jeune fille du regard :

— Avez-vous entendu parler du prochain mariage du fils du vice-roi avec la fille du grand-chancelier actuel, d'Ahlefeld?

Il fallut recommencer cette question pour ramener l'esprit d'Ethel à des idées qui ne semblaient point l'intéresser.

— Je crois que oui, fut toute sa réponse. Sa tranquillité, son air indifférent, parurent surprendre l'inconnue.

— Eh bien! que pensez-vous de ce mariage?

Il lui fut impossible d'apercevoir la moindre altération dans les grands yeux d'Ethel tandis qu'elle répondait : — En vérité, rien. Puisse leur union être heureuse!

— Les comtes Guldenlew et d'Ahlefeld, pères des deux fiancés, sont deux grands ennemis de votre père.

— Puisse, répéta doucement Ethel, l'union de leurs enfants être heureuse!

— Il me vient une idée, poursuivit l'astucieuse inconnue. Si les jours de votre père sont menacés, vous pourriez, à l'occasion de ce grand mariage, faire obtenir sa grâce par le fils du comte vice-roi.

— Les saints vous récompenseront de tous vos soins pour nous, noble dame; mais comment faire parvenir ma prière jusqu'au fils du vice-roi?

Ces paroles étaient prononcées avec tant de bonne foi, qu'elles arrachèrent à l'étrangère un geste d'étonnement.

— Quoi! est-ce que vous ne le connaissez pas?

— Ce puissant seigneur! s'écria Ethel; vous oubliez qu'aucun de mes regards n'a encore franchi l'enceinte de cette forteresse.

— Mais, vraiment, murmura entre ses dents la grande femme, que me disait donc ce vieux fou de Levin?... Elle ne le connaît pas. — Impossible cependant! dit-elle en élevant la voix, vous devez avoir vu le fils du vice-roi, il est venu ici.

— Cela se peut, noble dame : de tous les hommes qui sont venus ici, je n'ai jamais vu que lui, mon Ordener...

— Votre Ordener! interrompit l'inconnue. — Elle continua sans paraître s'apercevoir de la rougeur d'Ethel : — Connaissez-vous un jeune homme au visage noble, à la taille élégante, à la démarche grave et assurée? son œil est doux et austère, son teint frais comme celui d'une jeune fille, ses cheveux châtains... —

— Oh! s'écria la pauvre Ethel, c'est lui, c'est mon fiancé, mon adoré Ordener! Dites-moi, noble et chère dame, m'apportez-vous de ses nouvelles?... Où l'avez-vous rencontré? Il vous a dit qu'il daignait m'aimer, n'est-il pas vrai? Il vous a dit qu'il avait tout mon amour. Hélas! une malheureuse prisonnière n'a que son amour au monde... Ce noble ami! il n'y a pas huit jours, je le voyais encore à cette même place, avec son manteau vert, sous lequel bat un si généreux cœur, et cette plume noire qui se balançait avec tant de grâce sur son beau front... —

Elle n'acheva pas. Elle vit la grande femme inconnue trembler, pâlir et rougir, et crier d'une voix foudroyante à ses oreilles :

— Malheureuse! tu aimes Ordener Guldenlew, le fiancé d'Ulrique d'Ahlefeld, le fils du mortel ennemi de ton père, du vice-roi de Norwége.

Ethel tomba évanouie.

XXXVII

CAUPOLICAN.

Marchez avec tant de précaution, que la terre elle-même n'entende pas le bruit de vos pas... Redoublez de soins, mes amis... Si nous arrivons sans être entendus, je vous réponds de la victoire.

TUCAPEL.

La nuit a tout couvert de ses voiles; une obscurité effrayante enveloppe la terre. Nous n'entendons aucune sentinelle, nous n'avons point aperçu d'espions.

RINGO.

Avançons!

. . . .

TUCAPEL.

Qu'entends-je? serions-nous découverts?

LOPE DE VEGA, *l'Arauque dompté.*

— Dis-moi, Guldon Stayper, mon vieux camarade, sais-tu que la brise du soir commence à me rabattre vigoureusement les poils de mon bonnet sur le visage?

C'était Kennybol, qui, détachant un moment son regard du géant qui marchait en tête des révoltés, s'était tourné à demi vers l'un des montagnards que le hasard d'une course désordonnée avait placé près de lui.

Celui-ci secoua la tête, et changea d'épaule la bannière qu'il portait, avec un long soupir de lassitude.

— Hum! je crois, notre capitaine, que dans ces maudites gorges du Pilier-Noir, où le vent se précipite comme un torrent, nous n'aurons pas tout à fait aussi chaud cette nuit qu'une flamme qui danse sur la braise.

— Il faudra faire de tels feux que les vieilles chouettes en soient éveillées au haut des rochers, dans leurs palais de ruines. Je n'aime pas les chouettes; dans cette horrible nuit où j'ai vu la fée Ubfem, elle avait la forme d'une chouette.

— Par saint Sylvestre! interrompit Guldon Stayper en détournant la tête, l'ange du vent nous donne de furieux coups d'ailes! — Si l'on m'en croit, capitaine Kennybol, on mettra le feu à tous les sapins d'une montagne. D'ailleurs, ce sera une belle chose à voir qu'une armée se chauffant avec une forêt.

— A Dieu ne plaise, mon cher Guldon! et les chevreuils! et les gerfauts! et les faisans! Fais cuire le gibier, à merveille; mais ne le fais pas brûler.

Le vieux Guldon se mit à rire :

— Notre capitaine, tu es bien toujours le même démon Kennybol, le loup des chevreuils, l'ours des loups, et le buffle des ours!

— Sommes-nous encore loin du Pilier-Noir? demanda une voix parmi les chasseurs.

— Compagnon, répondit Kennybol, nous entrerons dans les gorges à la nuit tombante ; nous voici dans un instant aux Quatre-Croix.

Il se fit un moment de silence, pendant lequel on n'entendit que le bruit multiplié des pas, le gémissement de la bise, et le chant éloigné de la bande des forgerons du lac Smiasen.

— Ami Guldon Stayper, reprit Kennybol après avoir sifflé l'air du chasseur Rollon, tu viens de passer quelques jours à Drontheim ?

— Oui, notre capitaine : mon frère George Stayper le pêcheur était malade, et j'ai été le remplacer pendant quelque temps dans sa barque, afin que sa pauvre famille ne mourût pas de faim pendant qu'il serait mort de maladie.

— Et, puisque tu arrives de Drontheim, as-tu eu occasion de voir ce comte, le prisonnier,... Stumacher,... Glefenhem,... quel est son nom déjà ? cet homme enfin au nom duquel nous nous révoltons contre la tutelle royale, et dont tu portes sans doute les armoiries brodées sur cette grande bannière couleur de feu ?

— Elle est bien lourde ! dit Guldon. — Tu veux parler du prisonnier du château-fort de Munckholm, le comte ?... enfin soit. Et comment veux-tu, notre brave capitaine, que je l'aie vu ? il m'aurait fallu, ajouta-t-il en baissant la voix, les yeux de ce démon qui marche devant nous sans pourtant laisser derrière lui l'odeur du soufre, de ce Han d'Islande, qui voit à travers les murs, ou l'anneau de la fée Maab, qui passe par le trou des serrures. — Il n'y a en ce moment parmi nous, j'en suis sûr, qu'un seul homme qui ait vu le comte,... le prisonnier dont tu me parles.

— Un seul ?... Ah ! le seigneur Hacket ? Mais ce Hacket n'est plus parmi nous. Il nous a quittés cette nuit pour retourner...

— Ce n'est point le seigneur Hacket que je veux dire, notre capitaine.

— Et qui donc ?

— Ce jeune homme au manteau vert, à la plume noire, qui est tombé au milieu de nous cette nuit...

— Eh bien ?

— Eh bien ! dit Guldon en se rapprochant de Kennybol, c'est celui-là qui connaît le comte,... ce fameux comte, enfin, comme je te connais, notre capitaine Kennybol.

Kennybol regarda Guldon, cligna de l'œil gauche en faisant claquer ses dents, et lui frappa sur l'épaule avec cette exclamation triomphale qui échappe à notre amour-propre, quand nous sommes contents de notre pénétration. — *Je m'en doutais.*

— Oui, notre capitaine, poursuivit Guldon Stayper en replaçant l'étendard couleur de feu sur l'épaule délassée, je te proteste que le jeune homme vert a vu le comte... — je ne sais comment tu l'appelles, celui donc pour qui nous allons nous battre... — dans le donjon même de Munckholm, et qu'il ne paraissait pas attacher moins d'importance à entrer dans cette prison que toi ou moi à pénétrer dans un parc royal.

— Et comment sais-tu cela, notre frère Guldon ?

Le vieux montagnard saisit le bras de Kennybol, puis, entr'ouvrant sa peau de loutre avec une précaution presque soupçonneuse : — Regarde ! lui dit-il.

— Par mon très-saint patron ! s'écria Kennybol, cela brille comme du diamant !

C'était en effet une riche boucle de diamants, qui attachait le grossier ceinturon de Guldon Stayper.

— Et il est aussi vrai que c'est du diamant, repartit celui-ci en laissant tomber le pan de sa casaque, qu'il est vrai que la lune est à deux journées de marche de la terre, et que le cuir de mon ceinturon est du cuir de buffle mort.

Mais les traits de Kennybol s'étaient rembrunis, et avaient passé de l'étonnement à la sévérité. Il baissa les yeux vers la terre en disant avec une sorte de solennité sauvage :

— Guldon Stayper, du village de Chol-Sœ, dans les montagnes de Kole, ton père, Medprath Stayper, est mort à cent deux ans, sans avoir rien à se reprocher, car ce ne sont pas des forfaitures que de tuer par mégarde un daim ou un élan du roi. — Guldon Stayper, tu as sur ta tête grise cinquante-sept bonnes années, ce qui n'est jeunesse que pour le hibou. — Guldon Stayper, notre camarade, j'aimerais mieux pour toi que les diamants de cette boucle fussent des grains de mil, si tu ne l'as pas acquise légitimement, aussi légitimement que le faisan royal acquiert la balle de plomb du mousquet.

En prononçant cette singulière admonestation, il y avait dans l'accent du chef montagnard à la fois de la menace et de l'onction.

— Aussi vrai que notre capitaine Kennybol est le plus hardi chasseur de Kole, répondit Guldon sans s'émouvoir, et que ces diamants sont des diamants, je les possède en légitime propriété.

— Vraiment ! reprit Kennybol avec une inflexion de voix qui tenait le milieu entre la confiance et le doute.

— Dieu et mon patron béni savent, reprit Guldon, que c'était un soir, au moment où je venais d'indiquer le Spladgest de Drontheim à des enfants de notre bonne mère la Norwége, qui apportaient le corps d'un officier trouvé sur les grèves d'Urchtal. — Il y a de ceci huit jours environ. — Un jeune homme s'avança vers ma barque : — « A Munckholm ! » me dit-il. Je m'en souciais peu, notre capitaine : un oiseau ne vole pas volontiers autour d'une cage. Cependant le jeune seigneur avait la mine haute et fière, il était suivi d'un domestique qui menait deux chevaux ; il avait sauté dans ma barque d'un air d'autorité : je pris mes rames, — c'est-à-dire les rames de mon frère. C'était mon bon ange qui le voulait. En arrivant, le jeune passager, après avoir parlé au seigneur sergent, qui commandait sans doute le fort, m'a jeté pour payement, et Dieu m'entend, notre capitaine, oui, cette boucle de diamants que je viens de te montrer, et qui eût dû appartenir à mon frère Georges, et non à moi, si, à l'heure où le jeune voyageur, que le ciel assiste ! m'a pris, la journée que je faisais pour Georges n'eût été finie. — Cela est la vérité, capitaine Kennybol.

— Bien.

Peu à peu la physionomie du chef reprit autant de sérénité que son expression, naturellement sombre et dure, le lui permettait, et il demanda à Guldon, d'une voix radoucie :

— Et tu es sûr, notre vieux camarade, que ce jeune homme est le même qui est maintenant derrière nous avec ceux de Norbith ?

— Sûr. Je n'oublierais pas, entre mille visages, le visage de celui qui a fait ma fortune. D'ailleurs, c'est le même manteau, la même plume noire... —

— Je te crois, Guldon.

— Et il est clair qu'il allait voir le fameux prisonnier ; car, si ce n'eût pas été pour quelque grand mystère, il n'eût point récompensé ainsi le batelier qui l'amenait ; et d'ailleurs, maintenant qu'il se retrouve avec nous...

— Tu as raison.

— Et j'imagine, notre capitaine, que le jeune étranger est peut-être bien plus en crédit auprès du comte que nous allons délivrer que le seigneur Hacket, qui ne me semble bon, sur mon âme, qu'à miauler comme un chat sauvage.

Kennybol fit un signe de tête expressif.

— Notre camarade, tu as dit ce que j'allais dire. Je serais, dans toute cette affaire, bien plus tenté d'obéir à ce jeune seigneur qu'à l'envoyé Hacket. Que saint Sylvestre et saint Olaüs me soient en aide ; si le démon islandais nous commande, je pense, camarade Guldon, que nous le devons beaucoup moins au corbeau bavard Hacket qu'à cet inconnu.

— Vrai, notre capitaine ?... demanda Guldon.

Kennybol ouvrait la bouche pour répondre, quand il se sentit frapper sur l'épaule. C'était Norbith.

— Kennybol, nous sommes trahis ! Gormon Woëstrœm vient du Sud ; tout le régiment des arquebusiers marche contre nous ; les hulans de Slesvig sont à Sparbo ; trois compagnies de dragons danois attendent des chevaux au village de Lœvig. Tout le long de la route, il a vu autant de casaques vertes que de buissons. Hâtons-nous de gagner Skongen; ne faisons point halte avant d'y être entrés. Là, du moins, nous pourrons nous défendre. Encore Gormon croit-il avoir vu des mousquetons briller à travers les broussailles, en longeant les gorges du Pilier-Noir.

Le jeune chef était pâle, agité; cependant son regard et le son de sa voix annonçaient encore l'audace et la résolution.

— Impossible! s'écria Kennybol.

— Certain! certain! dit Norbith.

— Mais le seigneur Hacket...

— Est un traître ou un lâche. Sois sûr de ce que je dis, camarade Kennybol... Où est-il, ce Hacket?... —

En ce moment le vieux Jonas aborda les deux chefs.

Au découragement profond empreint dans tous ses traits, il était facile de voir qu'il était instruit de la fatale nouvelle.

Les regards des deux vieillards, Jonas et Kennybol, se rencontrèrent, et tous deux se mirent à hocher la tête comme d'un mutuel accord.

— Eh bien! Jonas? eh bien! Kennybol? dit Norbith.

Cependant le vieux chef des mineurs de Fa-roër avait passé lentement sa main sur son front ridé, et il répondait à voix basse au coup d'œil du vieux chef des montagnards de Kole :

— Oui, cela est trop vrai, cela est trop sûr. C'est Gormon Woëstrœm qui les a vus.

— Si la chose est ainsi, dit Kennybol, que faire?

— Que faire? répliqua Jonas.

— J'estime, camarade Jonas, que nous agirions sagement de nous arrêter.

— Et plus sagement encore, notre frère Kennybol, de reculer.

— S'arrêter! reculer! s'écria Norbith. Il faut avancer.

Les deux vieillards tournèrent vers le jeune homme un regard froid et surpris.

— Avancer! dit Kennybol. Et les arquebusiers de Munckholm!

— Et les hulans de Slesvig! ajouta Jonas.

— Et les dragons danois! reprit Kennybol.

Norbith frappa la terre du pied.

— Et la tutelle royale! et ma mère qui meurt de faim et de froid!

— Démons! la tutelle royale! dit le mineur Jonas avec une sorte de frémissement.

— Qu'importe! dit le montagnard Kennybol.

Jonas prit Kennibol par la main.

— Notre compagnon le chasseur, vous n'avez pas l'honneur d'être pupille de notre glorieux souverain Christiern IV. Puisse le saint roi Olaüs, qui est au ciel, nous délivrer de la tutelle!

— Demande ce bienfait à ton sabre, dit Norbith d'une voix farouche.

— Les paroles hardies coûtent peu à un jeune homme, camarade Norbith, répondit Kennybol; mais songez que si nous allons plus loin toutes ces casaques vertes...

— Je songe que nous aurons beau rentrer dans nos montagnes, comme des renards devant les loups, on connaît nos noms et notre révolte; et, mourir pour mourir, j'aime mieux la balle d'une arquebuse que la corde d'un gibet.

Jonas remua la tête de haut en bas en signe d'adhésion.

— Diable! la tutelle pour nos frères! le gibet pour nous! Norbith pourrait bien avoir raison.

— Donne-moi la main, mon brave Norbith, dit Kennybol; il y a danger des deux côtés. Il vaut mieux marcher droit au précipice qu'y tomber à reculons.

— Allons, allons donc! s'écria le vieux Jonas, en faisant sonner le pommeau de son sabre.

Norbith leur serra vivement la main.

— Frères, écoutez! Soyez audacieux comme moi, je serai prudent comme vous. Ne nous arrêtons aujourd'hui qu'à Skongen : la garnison est faible, et nous l'écraserons. Franchissons, puisqu'il le faut, les défilés du Pilier-Noir, mais dans un profond silence. Il faut les traverser, quand même ils seraient surveillés par l'ennemi.

— Je crois que les arquebusiers ne sont pas encore au pont de l'Ordals, avant Skongen... Mais, n'importe! Silence!

— Silence!... soit, répéta Kennybol.

— Maintenant, Jonas, reprit Norbith, retournons tous deux à notre poste. Demain peut-être nous serons à Drontheim, malgré les arquebusiers, les hulans, les dragons, et tous les justaucorps verts du Midi.

Les trois chefs se quittèrent.

Bientôt le mot d'ordre *silence!* passa de rang en rang, et cette bande de rebelles, un moment auparavant si tumultueuse, ne fut plus, dans ces déserts rembrunis par les approches de la nuit, que comme une troupe de fantômes muets, qui se promène sans bruit dans les sentiers tortueux d'un cimetière.

Cependant la route qu'ils suivaient se rétrécissait de moment en moment, et semblait s'enfoncer par degrés entre deux remparts de rochers qui devenaient de plus en plus escarpés.

A l'instant où la lune rougeâtre se leva au milieu d'un amas froid de nuages qui déroulaient autour d'elle leurs formes bizarres avec une mobilité fantastique, Kennybol s'inclina vers Guldon Stayper :

— Nous allons entrer dans le défilé du Pilier-Noir. Silence!

En effet, on entendait déjà le bruit du torrent qui suit entre les deux montagnes tous les détours du chemin, et l'on voyait au midi l'énorme pyramide oblongue de granit qu'on a nommée le Pilier-Noir se dessiner sur le gris du ciel et sur la neige des montagnes environnantes, tandis que l'horizon de l'ouest, chargé de brouillards, était borné par l'extrémité de la forêt du Sparbo et par un long amphithéâtre de rochers, étagés comme un escalier de géants.

Les révoltés, contraints d'allonger leurs colonnes dans ces routes tortueuses et étranglées entre deux montagnes, continuèrent leur marche.

Ils pénétrèrent dans ces gorges profondes sans allumer de torches, sans pousser de clameurs.

Le bruit même de leurs pas ne s'entendait point au milieu du fracas assourdissant des cascades et des rugissements d'un vent violent qui ployait les forêts druidiques et faisait tournoyer les nuées autour des pitons revêtus de glace et de neige.

Perdue dans les sombres profondeurs du défilé, la lumière souvent voilée de la lune ne descendait pas jusqu'aux fers de leurs piques, et les aigles blancs qui passaient par intervalles au-dessus de leurs têtes ne se doutaient pas qu'une aussi grande multitude d'hommes troublât en ce moment leurs solitudes.

Une fois le vieux Guldon Stayper toucha l'épaule de Kennybol de la crosse de sa carabine :

— Capitaine! notre capitaine! je vois quelque chose reluire derrière cette touffe de houx et de genêts.

— Je le vois également, répondit le chef montagnard; c'est l'eau du torrent qui réfléchit les nuages.

Et l'on passa outre.

Une autre fois Guldon arrêta brusquement son chef par le bras :

— Regarde, lui dit-il, ne sont-ce pas des mousquetons qui brillent là-haut dans l'ombre de ce rocher?

Kennybol secoua la tête, puis après un moment d'attention : — Rassure-toi, frère Guldon. C'est un rayon de la lune qui tombe sur un pic de glace.

Aucun sujet d'alarme ne se présenta plus autour d'eux, et les diverses bandes, paisiblement déroulées dans les sinuosités du défilé, oublièrent insensiblement tout ce que la position du lieu présentait de danger.

Après deux heures de marche souvent pénible, au milieu des troncs d'arbres et des quartiers de granit dont le chemin était obstrué, l'avant-garde entra dans le montueux bouquet de sapins qui termine la gorge du Pilier-Noir, et au-dessus duquel pendent de hauts rochers noirs et moussus.

Guldon Stayper se rapprocha de Kennybol, affirmant qu'il se félicitait d'être enfin sur le point de sortir de ce maudit coupe-gorge, et qu'il fallait rendre grâces à saint Sylvestre de ce que le Pilier-Noir ne leur avait pas été fatal.

Kennybol se mit à rire, jurant qu'il n'avait jamais partagé ces terreurs de vieilles femmes; car pour la plupart des hommes, quand le péril est passé, il n'a point existé, et l'on cherche alors à prouver, par l'incrédulité que l'on montre, le courage qu'on n'aurait peut-être pas montré.

En ce moment, deux petites lueurs rondes, pareilles à deux charbons ardents, qui se mouvaient dans l'épaisseur du taillis, appelèrent son attention.

— Par le salut de mon âme! dit-il à voix basse en secouant le bras de Guldon, voilà, certes, deux yeux de braise qui doivent appartenir au plus beau chatpard qui ait jamais miaulé dans un hallier.

— Tu as raison, répondit le vieux Stayper, et, s'il ne marchait pas devant nous, je croirais plutôt que ce sont les yeux maudits du démon d'Isl...

— Chut! cria Kennybol. — Puis, saisissant sa carabine : — En vérité, poursuivit-il, il ne sera pas dit qu'une aussi belle pièce aura passé impunément sous les yeux de Kennybol.

Le coup était parti avant que Guldon Stayper, qui s'était jeté sur le bras de l'imprudent chasseur, eût pu l'arrêter... Ce ne fut pas la plainte aiguë d'un chat sauvage qui répondit à la bruyante détonation de la carabine, ce fut un affreux grondement de tigre, suivi d'un éclat de rire humain, plus affreux encore.

On n'entendit pas le retentissement du coup de feu se prolonger, et mourir d'écho en écho dans les profondeurs des montagnes; car, à peine la lumière de la carabine eut-elle brillé dans la nuit, à peine le bruit fatal de la poudre eut-il éclaté dans le silence, qu'un millier de voix formidables s'élevèrent inattendues sur les monts, dans les gorges, dans les forêts; qu'un cri de *Vive le roi!* immense comme un tonnerre, roula sur la tête des rebelles, à leurs côtés, devant et derrière eux, et que la lueur meurtrière d'une mousqueterie terrible, éclatant de toutes parts, les frappant et les éclairant à la fois, leur fit voir, parmi de rouges tourbillons de fumée, un bataillon derrière chaque rocher, et un soldat derrière chaque arbre.

XXXVIII

Aux armes! aux armes! capitaines!

Le Captif d'Ochali.

Qu'on veuille bien recommencer avec nous la journée qui vient de s'écouler, et se transporter à Skongen, où, tandis que les insurgés sortaient de la mine de plomb d'Apsyl-Corh, est entré le régiment des arquebusiers, que nous avons vu en marche au trentième chapitre de cette très-véridique narration.

Après avoir donné quelques ordres pour le logement des soldats qu'il commandait, le baron Wœthaün, colonel des arquebusiers, allait franchir le seuil de l'hôtel qui lui était destiné près de la porte de la ville quand il sentit une main lourde se poser familièrement sur son épaule. Il se tourna.

C'était un homme de petite taille, dont un grand chapeau d'osier, qui couvrait ses traits, ne laissait apercevoir que la barbe rousse et touffue. Il était soigneusement enveloppé des plis d'une espèce de manteau de bure grise, qui, à un reste de capuchon qu'on y voyait pendre, paraissait avoir été une robe d'ermite, et ne laissait apercevoir que ses mains, cachées sous de gros gants.

— Brave homme, demanda brusquement le colonel, que diable me voulez-vous?

— Colonel des arquebusiers de Munckholm, répondit l'homme avec une expression bizarre, suis-moi un instant, j'ai un avis à te donner.

A cette étrange invitation, le baron resta un moment surpris et muet.

— Un avis important, colonel, répéta l'homme aux gros gants.

Cette insistance détermina le baron Wœthaün. Dans le moment de crise où se trouvait la province, et avec la mission qu'il remplissait, aucun renseignement n'était à dédaigner. — Allons, dit-il.

Le petit homme marcha devant lui, et, dès qu'ils furent hors de la ville, il s'arrêta : — Colonel, as-tu bonne envie d'exterminer d'un seul coup tous les révoltés?

Le colonel se prit à rire.

— Mais ce ne serait point mal commencer la campagne.

— Eh bien! fais placer dès aujourd'hui en embuscade tous les soldats dans les gorges du Pilier-Noir, à deux milles de cette ville; les bandes y camperont cette nuit. Au premier feu que tu verras briller, fonds sur eux avec les tiens. La victoire sera aisée.

— Brave homme, l'avis est bon, et je vous en remercie. Mais comment savez-vous ce que vous me dites?

— Si tu me connaissais, colonel, tu me demanderais plutôt comment il se pourrait faire que je ne le susse point.

— Qui donc êtes-vous?

L'homme frappa du pied.

— Je ne suis point venu ici pour te dire cela.

— Ne craignez rien. Qui que vous soyez, le service que vous rendez sera votre sauvegarde. Peut-être étiez-vous du nombre des rebelles?...

— J'ai refusé d'en être.

— Alors pourquoi taire votre nom, puisque vous êtes un fidèle sujet du roi?

— Que m'importe!

Le colonel voulut tirer encore quelques éclaircissements de ce singulier donneur d'avis.

— Dites-moi, est-il vrai que les brigands soient commandés par le fameux Han d'Islande?...

— Han d'Islande! répéta le petit homme avec une inflexion de voix extraordinaire.

Le baron recommença sa question. Un éclat de rire, qui eût pu passer pour un rugissement, fut toute la réponse qu'il put obtenir. Il essaya plusieurs autres questions sur le nombre et les chefs des mineurs : le petit homme lui ferma la bouche.

— Colonel des arquebusiers de Munckolm, je t'ai dit tout ce que j'avais à te dire. Embusque-toi dès aujourd'hui dans le défilé du Pilier-Noir avec ton régiment entier, et tu pourras écraser tout ce troupeau d'hommes.

— Vous ne voulez pas me dévoiler qui vous êtes; ainsi vous vous privez de la reconnaissance du roi; mais il n'en est pas moins juste que le baron Wœthaün vous témoigne sa gratitude du service que vous lui rendez.

Le colonel jeta sa bourse aux pieds du petit homme.

— Garde ton or, colonel, dit celui-ci. Je n'en ai pas besoin; et, ajouta-t-il en montrant un gros sac suspendu à sa ceinture de corde, s'il te fallait un salaire pour tuer ces hommes, j'aurais encore, colonel, de l'or à te donner en payement de leur sang.

Avant que le colonel fût revenu de l'étonnement où l'avaient jeté les inexplicables paroles de cet être mystérieux, il avait disparu.

Le baron Wœthaün retourna lentement sur ses pas en se

demandant ce qu'on pouvait ajouter de foi aux avis de cet homme. Au moment où il rentrait dans son hôtel, on lui remit une lettre scellée des armes du grand chancelier. C'était en effet un message du comte d'Ahlefeld, où le colonel retrouva, avec une surprise facile à concevoir, le même avis et le même conseil que venait de lui donner aux portes de la ville l'incompréhensible personnage au chapeau d'osier et aux gros gants.

XXXIX

Cent bannières flottaient sur les têtes des braves, des ruisseaux de sang coulaient de toutes parts, et la mort paraissait préférable à la fuite. Un barde saxon aurait appelé cette *nuit* la fête des épées; le cri des aigles fondant sur leur proie, ce bruit de guerre, aurait été plus flatteur à son oreille que les chants joyeux d'un festin de noces.

WALTER SCOTT, *Ivanhoe*.

On n'entreprendra pas de décrire ici l'épouvantable confusion qui rompit les colonnes déjà désordonnées des rebelles quand le fatal défilé leur montra soudain toutes ses cimes hérissées, tous ses antres peuplés d'ennemis inattendus. Il eût été difficile de distinguer si le long cri, formé de mille cris, qui s'échappa de leurs rangs ainsi inopinément foudroyés, était un cri de désespoir, d'épouvante ou de rage. Le feu terrible que vomissaient sur eux de toutes parts les pelotons démasqués des troupes royales s'accroissait de moment en moment; et, avant qu'il fût parti de leurs lignes un autre coup de mousquet que le funeste coup de Kennybol, ils ne voyaient déjà plus autour d'eux qu'un nuage étouffant de fumée embrasée à travers lequel volait aveuglément la mort; où chacun d'eux, isolé, ne reconnaissait que soi-même, et distinguait à peine de loin les arquebusiers, les dragons, les hulans, qui se montraient confusément au front des rochers et sur la lisière des taillis, comme des diables dans une fournaise.

Toutes ces bandes, ainsi éparses dans une longueur d'environ un mille, sur un chemin étroit et tortueux, bordé d'un côté d'un torrent profond, de l'autre d'une muraille de rochers, ce qui leur ôtait toute facilité de se replier sur elles-mêmes, ressemblaient à ce serpent que l'on brise en le frappant sur le dos, lorsqu'il a déroulé tous ses anneaux, et dont les tronçons vivants se roulent longtemps dans leur écume, cherchant encore à se réunir.

Quand la première surprise fut passée, le même désespoir parut animer, comme une âme commune, tous ces hommes naturellement farouches et intrépides. Furieux de se voir ainsi écraser sans défense, cette foule de brigands poussa une clameur comme un seul corps, une clameur qui couvrit un moment tout le bruit des ennemis triomphants; et, quand ceux-ci les virent sans chefs, sans ordre, presque sans armes, gravir, sous un feu terrible, des rochers à pic, s'attacher des dents et des poings à des ronces au-dessus des précipices, en agitant des marteaux et des fourches de fer, ces soldats si bien armés, si bien rangés, si sûrement postés, et qui n'avaient pas encore perdu un seul des leurs, ne purent se défendre d'un mouvement d'effroi involontaire.

Il y eut plusieurs fois de ces barbares qui parvinrent, tantôt sur des ponts de mort, tantôt en s'élevant sur les épaules de leurs camarades, appliquées aux pentes des rocs comme des échelles vivantes, jusqu'aux sommets occupés par les assaillants; mais à peine avaient-ils crié : *Liberté!* à peine avaient-ils élevé leurs haches ou leurs massues noueuses; à peine avaient-ils montré leurs noirs visages, tout écumants d'une rage convulsive, qu'ils étaient précipités dans l'abîme, entraînant avec eux ceux de leurs hasardeux compagnons qu'ils rencontraient dans leur chute suspendus à quelque buisson ou embrassant quelque pointe de roche.

Les efforts de ces infortunés pour fuir et pour se défendre étaient vains; toutes les issues du défilé étaient fermées; tous les points accessibles étaient hérissés de soldats. La plupart de ces malheureux rebelles expiraient en mordant le sable de la route, après avoir brisé leurs besaiguës, ou leurs coutelas sur quelque éclat de granit; quelques-uns, croisant les bras, l'œil fixé à terre, s'asseyaient sur des pierres au bord du chemin, et là ils attendaient, en silence et immobiles, qu'une balle les jetât dans le torrent. Ceux d'entre eux que la prévoyance de Hacket avait armés de mauvaises arquebuses, dirigeaient au hasard quelques coups perdus vers la crête des rochers, vers l'ouverture des cavernes d'où tombaient sans cesse sur eux de nouvelles pluies de balles. Une rumeur tumultueuse, où l'on distinguait les cris furieux des chefs et les commandements tranquilles des officiers, se mêlait incessamment au fracas intermittent et fréquent des décharges, tandis qu'une sanglante vapeur montait et fuyait au-dessus du lieu de carnage, jetant au front des montagnes de grandes lueurs tremblantes, et que le torrent, blanchi d'écume, passait comme un ennemi entre ces deux troupes d'hommes ennemis, emportant avec lui sa proie de cadavres.

Mais, dès les premiers moments de l'action, ou plutôt de la boucherie, c'étaient les montagnards de Kole, commandés par le brave et imprudent Kennybol, qui avaient le plus souffert. On se souvient qu'ils formaient l'avant-garde de l'armée rebelle, et qu'ils étaient engagés dans le bois de pins qui termine le défilé. A peine le malencontreux Kennybol eut-il armé son arquebuse, que ce bois, peuplé soudain, en quelque sorte par magie, de tirailleurs ennemis, les enferma d'un cercle de feu; tandis que, du sommet d'une hauteur en esplanade dominée par quelques grandes roches penchées, un bataillon entier du régiment de Munckholm, formé en équerre, les foudroyait sans relâche d'une mousqueterie épouvantable. Dans cette horrible crise, Kennybol, éperdu, jeta les yeux vers le mystérieux géant, n'attendant plus de salut que d'un pouvoir surhumain, tel que celui de Han d'Islande; mais il ne vit point le formidable démon déployer soudain deux ailes immenses, et s'élever au-dessus des combattants en vomissant des flammes et des foudres sur les arquebusiers; il ne le vit point grandir tout à coup jusqu'aux nuages, et renverser une montagne sur les assaillants, ou frapper du pied la terre, et ouvrir un abîme sous le bataillon embusqué. Ce formidable Han d'Islande recula comme lui dès la première bordée d'arquebusade, et vint à lui d'un visage presque troublé, demandant une carabine, attendu, disait-il avec une voix assez ordinaire, qu'en un pareil moment sa hache lui était aussi inutile que la quenouille d'une vieille femme.

Kennybol, étonné, mais toujours crédule, remit son propre mousqueton au géant avec un effroi qui lui faisait presque oublier la crainte des balles qui pleuvaient autour de lui. Espérant toujours un prodige, il s'attendit encore à voir son arme fatale devenir entre les mains de Han d'Islande aussi grosse qu'un canon, ou se métamorphoser en un dragon ailé lançant du feu par les yeux, la gueule et les narines. Il n'en fut rien, et l'étonnement du pauvre chasseur fut au comble quand il vit le démon charger comme lui la carabine de poudre et de plomb ordinaire, la mettre en joue à sa manière, et lâcher tout simplement son coup, sans même l'ajuster aussi bien que lui, Kennybol, l'aurait pu faire. Il le regarda avec une morne stupeur répéter cette opération toute machinale plusieurs fois de suite; et, convaincu enfin qu'il fallait renoncer à un miracle, il songea à tirer ses compagnons et lui-même du mauvais pas où ils se trouvaient par quelque moyen humain. Déjà son pauvre vieux camarade Guldon Stayper était tombé à ses côtés, criblé de blessures; déjà tous les montagnards, épouvantés et ne pouvant fuir, cernés de toutes parts, se serraient les uns contre les autres, sans songer à se défendre, avec de lamentables clameurs. Kennybol comprit et vit combien cet amas d'hommes donnait de sûreté aux coups de l'ennemi, dont chaque décharge lui enlevait une vingtaine des siens. Il ordonna à ses malheureux compagnons de s'éparpiller, de se jeter dans les taillis qui longent le chemin, beaucoup plus large en cet endroit que dans le reste de la gorge du Pilier-Noir, de se cacher sous les broussailles, et de riposter de leur mieux au feu de plus en plus meurtrier des tirailleurs et du bataillon. Les montagnards, pour la plupart bien armés, parce qu'ils étaient tous chasseurs, exécutèrent l'ordre de leur chef avec une soumission qu'il n'eût peut-être pas obtenue dans un moment moins critique; car, en face du danger, les hommes en général perdent la tête, et alors ils obéissent assez volontiers à celui qui se charge d'avoir du sang-froid et de la présence d'esprit pour tous.

Cette mesure sage était loin cependant d'être la victoire, ou seulement le salut. Il y avait déjà plus de montagnards étendus hors de combat qu'il n'en restait debout, et, malgré l'exemple et les encouragements de leur chef et du géant, plusieurs d'entre eux, s'appuyant sur leurs mousquets inutiles, ou s'étendant auprès des blessés, avaient pris obstinément le parti de recevoir la mort sans avoir la peine de la donner. On s'étonnera peut-être que ces hommes, accoutumés tous les jours à braver la mort en courant de glaciers en glaciers à la poursuite des bêtes féroces, eussent sitôt perdu courage. Mais qu'on ne s'y trompe pas, dans les cœurs vulgaires le courage est local; on peut rire devant la mitraille, et trembler dans les ténèbres ou au bord d'un précipice; on peut affronter chaque jour les animaux farouches, franchir des abîmes d'un bond, et fuir devant une décharge d'artillerie. Il arrive souvent que l'intrépidité n'est qu'habitude, et que, pour avoir cessé de craindre la mort sous telle ou telle forme, on ne l'en redoute pas moins.

Kennybol, entouré des monceaux de ses frères expirants, commençait lui-même à désespérer, quoiqu'il n'eût encore reçu qu'une légère atteinte au bras gauche, et qu'il vît le diabolique géant continuer son office de mousquetaire avec l'impassibilité la plus rassurante. Tout à coup il aperçut dans le fatal bataillon rangé sur la hauteur se manifester une confusion extraordinaire, et qui ne pouvait être certainement causée par le peu de dommage que lui faisait éprouver le très-faible feu de ses montagnards. Il entendit d'affreux cris de détresse, des imprécations de mourants, des paroles d'épouvante, s'élever de ce peloton victorieux. Bientôt la mousqueterie se ralentit, la fumée s'éclaircit, et il put voir distinctement d'énormes quartiers de granit tomber sur les arquebusiers de Munckholm du haut de la roche élevée qui dominait le plateau où ils étaient en bataille. Ces éclats de rocs se suivaient dans leur chute avec une horrible rapidité; on les entendait se briser à grand bruit les uns sur les autres, et rebondir parmi les soldats, qui, rompant leurs lignes, se hâtaient de descendre en désordre de la hauteur et fuyaient dans toutes les directions.

A ce secours inattendu, Kennybol tourna la tête : — le géant était pourtant encore là! Le montagnard resta interdit, car il avait pensé que Han d'Islande avait enfin pris son vol et s'était placé au haut de ce rocher d'où il écrasait l'ennemi. Il éleva les yeux vers le sommet d'où tombaient les formidables masses, et ne vit rien. Il ne pouvait donc supposer qu'une partie des rebelles étaient parvenus à ce redoutable poste, puisqu'on ne voyait point briller d'armes, puisqu'on n'entendait point de cris de triomphe.

Cependant le feu du plateau avait entièrement cessé; l'épaisseur des arbres cachait les débris du bataillon, qui se ralliait sans doute au bas de la hauteur. La mousqueterie des tirailleurs était même devenue moins vive. Kennybol, en chef habile, profita de cet avantage bien inespéré; il ranima ses compagnons et leur montra, à la sombre lueur qui rougissait toute cette scène de carnage, le monceau de cadavres entassés sur l'esplanade parmi les quartiers de rocs qui continuaient de tomber d'intervalle en intervalle. Alors les montagnards répondirent à leur tour par des clameurs de victoire aux gémissements de leurs ennemis; ils se formèrent en colonne, et, bien que toujours incommodés par les tirailleurs épars dans les halliers, ils résolurent, pleins comme d'un courage nouveau, de sortir de vive force de ce funeste défilé.

La colonne ainsi formée allait s'ébranler; déjà Kennybol donnait le signal avec sa trompe, au bruit des acclamations : *Liberté! liberté! plus de tutelle!* quand le son du tambour et du cor, sonnant la charge, se fit entendre devant eux; puis le reste du bataillon de l'esplanade, grossi de quelques renforts de soldats frais, déboucha à portée de carabine d'un tournant de la route, et montra aux montagnards un front hérissé de piques et de baïonnettes, soutenu de rangs nombreux dont l'œil ne pouvait sonder la profondeur. Arrivé ainsi à l'improviste en vue de la colonne de Kennybol, le bataillon fit halte, et celui qui paraissait le commander agita une petite bannière blanche en s'avançant vers les montagnards, escorté d'un trompette.

L'apparition imprévue de cette troupe n'avait point déconcerté Kennybol. Il y a un point dans le sentiment du danger où la surprise et la crainte sont impossibles. Aux premiers bruits du cor et du tambour, le vieux renard de Kole avait arrêté ses compagnons. Au moment où le front du bataillon se développa en bon ordre, il fit charger toutes les carabines et disposa ses montagnards deux par deux, afin de présenter moins de surface aux décharges de l'ennemi. Il se plaça lui-même en tête, à côté du géant, avec lequel, dans la chaleur de l'action, il commençait presque à se familiariser, ayant osé remarquer que ses yeux n'étaient pas précisément aussi flamboyants que la fournaise d'une forge, et que les prétendues griffes de ses mains ne s'éloignaient pas autant qu'on le disait de la forme des ongles humains.

Quand il vit le commandant des arquebusiers royaux s'avancer ainsi comme pour capituler, et le feu des tirailleurs s'éteindre tout à fait, bien que les cris d'appel, qui retentissaient de toutes parts, décelassent encore leur présence dans le bois, il suspendit un instant ses préparatifs de défense.

Cependant l'officier à la bannière blanche était parvenu au milieu de l'espace qui divisait les deux colonnes : il s'arrêta, et le trompette qui l'accompagnait sonna trois fois la sommation. Alors l'officier cria d'une voix forte, que les montagnards entendirent distinctement, malgré le fracas toujours croissant dont le combat remplissait derrière eux les gorges de la montagne :

— Au nom du roi! la grâce du roi est accordée à ceux des rebelles qui mettront bas les armes et livreront leurs chefs à la souveraine justice de Sa Majesté!

Le parlementaire avait à peine prononcé ces paroles, qu'un coup de feu partit du taillis voisin. L'officier, frappé, chancela; il fit quelques pas en élevant sa bannière, et tomba en s'écriant. — Trahison!

Nul ne sut de quelle main venait le coup fatal.

— Trahison! lâcheté! répéta le bataillon des arquebusiers avec des frémissements de rage. Et une effroyable salve de mousqueterie foudroya les montagnards.

— Trahison! reprirent à leur tour les montagnards, furieux de voir leurs frères tomber à leurs côtés; et une décharge générale répondit à la bordée inattendue des soldats royaux.

— Sur eux, camarades! mort à ces lâches! Mort! crièrent les officiers des arquebusiers.

— Mort! mort! répétèrent les montagnards.

Et les combattants des deux partis s'élancèrent les sabres nus, et les deux colonnes se rencontrèrent presque sur le corps du malheureux officier, avec un horrible bruit d'armes et de clameurs.

Les rangs enfoncés se mêlèrent. Chefs rebelles, officiers royaux, soldats, montagnards, tous, pêle-mêle, se heurtèrent, se saisirent, s'étreignirent, comme deux troupeaux de tigres affamés qui se joignent dans un désert. Les longues piques, les baïonnettes, les pertuisanes, étaient devenues inutiles; les sabres et les haches brillaient seuls au-dessus des têtes; et beaucoup de combattants, luttant corps à corps, ne pouvaient même plus employer d'autres armes que le poignard ou les dents.

Sa hache sanglante tournoyait sans cesse autour de lui...

Une égale fureur, une pareille indignation animaient les montagnards et les arquebusiers; le même cri *trahison! vengeance!* était vomi par toutes les bouches. La mêlée en était arrivée à ce point où la férocité entre dans tous les cœurs, où l'on préfère à sa vie la mort d'un ennemi que l'on ne connait pas, où l'on marche avec indifférence sur des amas de blessés et de cadavres, parmi lesquels le mourant se réveille pour combattre encore de sa morsure celui qui le foule aux pieds.

C'est dans ce moment qu'un petit homme, que plusieurs combattants, à travers la fumée et les vapeurs du sang, prirent d'abord, à son vêtement de peaux de bêtes, pour un animal sauvage, se jeta au milieu du carnage avec d'horribles rires et des hurlements de joie. Nul ne savait d'où il venait, ni pour quel parti il combattait, car sa hache de pierre ne choisissait pas ses victimes et fendait également le crâne d'un rebelle et le ventre d'un soldat. Il paraissait néanmoins massacrer plus volontiers les arquebusiers de Munckholm. Tout s'écartait devant lui; il courait dans la mêlée comme un esprit, et sa hache sanglante tournoyait sans cesse autour de lui, faisant jaillir de tous côtés des lambeaux de chair, des membres rompus, des ossements fracassés. Il criait *vengeance!* comme tous les autres, et prononçait des paroles bizarres, parmi lesquelles le nom de *Gill* revenait souvent. Ce formidable inconnu était dans le carnage comme dans une fête.

Un montagnard sur lequel son regard meurtrier s'était arrêté vint tomber aux pieds du géant dans lequel Kennybol avait placé tant d'espérances déçues en criant :

— Han d'Islande, sauve-moi !

— Han d'Islande! répéta le petit homme. Il s'avança vers le géant.

— Est-ce que tu es Han d'Islande ? dit-il.

Le géant, pour réponse, leva sa hache de fer. Le petit homme recula, et le tranchant, dans sa chute, s'enfonça dans le crâne même du malheureux qui implorait le secours du géant.

L'inconnu se mit à rire.

— Oh ! oh ! par Ingolphe ! je croyais Han d'Islande plus adroit.

— C'est ainsi que Han d'Islande sauve qui l'implore ! dit le géant.

— Tu as raison.

De noires nuées de corbeaux accouraient vers ces fatales gorges...

Les deux formidables champions s'attaquèrent avec rage. La hache de fer et la hache de pierre se rencontrèrent; elles se heurtèrent si violemment, que les deux tranchants volèrent en éclats avec mille étincelles.

Plus prompt que la pensée, le petit homme désarmé saisit une lourde massue de bois, laissée à terre par un mourant, et, évitant le géant qui se courbait pour le saisir entre ses bras, il asséna, à mains jointes, un coup furieux de massue sur le large front de son colossal adversaire.

Le géant poussa un cri étouffé et tomba. Le petit homme triomphant le foula aux pieds en écumant de joie.

— Tu portais un nom trop lourd pour toi, dit-il. Et, agitant sa masse victorieuse, il alla chercher d'autres victimes.

Le géant n'était pas mort. La violence du coup l'avait étourdi, il était tombé presque sans vie. Il commençait à rouvrir les yeux et à faire quelques faibles mouvements, lorsqu'un arquebusier l'aperçut dans le tumulte et se jeta sur lui en criant : *Han d'Islande est pris, victoire!*

— *Han d'Islande est pris!* répétèrent toutes les voix avec des accents de triomphe ou de détresse. Le petit homme avait disparu.

Il y avait déjà quelque temps que les montagnards se sentaient succomber sous le nombre; car aux arquebusiers de Munckholm s'étaient joints les tirailleurs de la forêt, et des détachements de hulans et de dragons démontés, qui arrivaient de moment en moment de l'intérieur des gorges, où la reddition des principaux chefs rebelles avait arrêté le carnage. Le brave Kennybol, blessé au commencement de l'action, avait été fait prisonnier. La capture de Han d'Islande acheva d'abattre tout le reste du courage des montagnards. — Ils mirent bas les armes.

Quand les premières blancheurs de l'aube éclairèrent la cime aiguë des hauts glaciers encore à demi submergés dans l'ombre, il n'y avait plus dans les défilés du Pilier-Noir qu'un morne repos, qu'un affreux silence parfois entremêlé de faibles plaintes dont se jouait le vent léger du matin. De noires nuées de corbeaux accouraient vers ces fatales gorges de tous les points du ciel; et quelques pauvres chevriers, ayant passé pendant le crépuscule sur la lisière des rochers, revinrent effrayés dans leurs cabanes, affirmant qu'ils avaient vu, dans le défilé du Pilier-Noir, une bête à face humaine, qui buvait du sang, assise sur des monceaux de morts.

XL

Brûle donc qui voudra sous ces feux couverts!

BRANTOME.

— Ma fille, ouvrez cette fenêtre : ces vitraux sont bien sombres; je voudrais voir un peu le jour.

— Voyez le jour, mon père! la nuit approche à grands pas.

— Il y a encore des rayons de soleil sur les collines qui bordent le golfe. J'ai besoin de respirer cet air libre à travers les barreaux de mon cachot. — Le ciel est si pur!

— Mon père, un orage vient derrière l'horizon.

— Un orage, Ethel! où le voyez-vous?...

— C'est parce que le ciel est pur, mon père, que j'attends un orage.

Le vieillard jeta un regard surpris sur la jeune fille.

— Si j'avais pensé cela dès ma jeunesse, je ne serais point ici. — Puis il ajouta d'un ton moins ému : — Ce que vous dites est juste, mais n'est pas de votre âge. Je ne comprends point comment il se fait que votre jeune raison ressemble à ma vieille expérience.

Ethel baissa les yeux, comme troublée par cette réflexion grave et simple.

Ses deux mains se joignirent douloureusement, et un soupir profond souleva sa poitrine.

— Ma fille, dit le vieux captif, depuis quelques jours vous êtes pâle comme si jamais la vie n'avait échauffé le sang de vos veines. Voilà plusiers matins que vous m'abordez avec des paupières rouges et gonflées, avec des yeux qui ont pleuré et veillé. Voilà plusieurs journées, Ethel, que je passe dans le silence, sans que votre voix essaye de m'arracher à la sombre méditation de mon passé. Vous êtes auprès de moi plus triste que moi; et cependant vous n'avez pas, comme votre père, le fardeau de toute une vie de néant et de vide qui pèse sur votre âme. L'affliction entoure votre jeunesse, mais ne peut pénétrer jusqu'à votre cœur. Les nuages du matin se dissipent promptement. Vous êtes à cette époque de l'existence où l'on se choisit dans ses rêves un avenir indépendant du présent, quel qu'il soit. Qu'avez-vous donc, ma fille? Grâce à cette monotone captivité, vous êtes à l'abri des malheurs imprévus. Quelle faute avez-vous commise? — Je ne puis croire que ce soit sur moi que vous vous affligiez : vous devez être accoutumée à mon irremédiable infortune. L'espérance, à la vérité, n'est plus dans mes discours; mais ce n'est pas un motif pour que je lise le désespoir dans vos yeux.

En parlant ainsi, la voix sévère du prisonnier s'était attendrie presque jusqu'à l'accent paternel.

Ethel, muette, se tenait debout devant lui; tout à coup elle se détourna d'un mouvement presque convulsif, tomba à genoux sur la pierre, et cacha son visage dans ses mains, comme pour étouffer les larmes et les sanglots qui s'échappaient tumultueusement de son sein.

Trop de douleur gonflait le cœur de l'infortunée jeune fille.

Qu'avait-elle donc fait à cette fatale étrangère pour lui révéler le secret qui détruisait toute sa vie? Hélas! depuis que le nom de son Ordener lui était connu tout entier, la pauvre enfant n'avait pas encore pu livrer ses yeux au sommeil ni son âme au repos.

La nuit elle n'éprouvait d'autre soulagement que celui de pouvoir pleurer en liberté.

C'en était donc fait! il n'était point à elle celui qui lui appartenait par tous ses souvenirs, par toutes ses douleurs, par toutes ses prières; celui dont elle s'était crue l'épouse sur la foi de ses rêves. Car la soirée où Ordener l'avait si tendrement serrée dans ses bras n'était plus dans sa pensée que comme un songe.

Et, en effet, ce doux songe, chacune de ses nuits le lui avait rendu depuis.

C'était donc une tendresse coupable que celle qu'elle conservait encore malgré elle à cet ami absent!

Son Ordener était le fiancé d'une autre! et qui peut dire ce qu'éprouva ce cœur virginal quand le sentiment étrange et inconnu de la jalousie vint s'y glisser comme une vipère? quand elle s'agita pendant les longues heures de l'insomnie sur son lit brûlant, se figurant son Ordener, peut-être en ce moment même, dans les bras d'une autre femme plus belle, plus riche et plus noble qu'elle?

Car, se disait-elle, j'étais bien folle de croire qu'il avait été chercher la mort pour moi : Ordener est le fils d'un vice-roi, d'un puissant seigneur; et moi, je ne suis rien qu'une pauvre prisonnière; rien, que l'enfant méprisé d'un proscrit. Il est parti, lui qui est libre! et parti sans doute pour aller épouser sa belle fiancée, la fille d'un chancelier, d'un ministre, d'un orgueilleux comte!...

— Mais il m'a donc trompée, mon Ordener? O Dieu! qui m'eût dit que cette voix pût tromper?...

Et la malheureuse Ethel pleurait et pleurait encore, et elle voyait devant ses yeux son Ordener, celui dont elle avait fait le dieu ignoré de tout son être, cet Ordener paré de l'éclat de son rang, marchant à l'autel au milieu d'une fête, et se tournant vers l'autre avec ce sourire qui était jadis sa joie.

Cependant, au sein de son inexprimable désolation, elle n'avait pas un moment oublié sa tendresse filiale.

Cette faible fille avait fait les plus héroïques efforts pour dérober son malheur à son infortuné père; car c'est ce qu'il y a de plus douloureux dans la douleur que d'en comprimer l'explosion extérieure, et les larmes qu'on dévore sont bien plus amères que celles qu'on répand.

Il avait fallu plusieurs jours pour que le silencieux vieillard s'aperçût du changement de son Ethel, et les questions presque affectueuses qu'il venait de lui adresser avaient enfin fait jaillir tout à coup ses larmes trop longtemps renfermées dans son cœur.

Le père regarda quelque temps sa fille pleurer avec un sourire amer, et en secouant la tête.

— Ethel, dit-il enfin, toi qui ne vis pas parmi les hommes, pourquoi pleures-tu?

Il achevait à peine ces paroles, que la noble et douce fille se releva.

Elle avait, par je ne sais quelle puissance, arrêté les larmes dans ses yeux, qu'elle essuyait avec son écharpe.

— Mon père, dit-elle avec force, mon seigneur et père, pardonnez-moi : c'était un moment de faiblesse.

Puis elle leva sur lui des regards qui s'efforçaient de sourire.

Elle alla au fond de la chambre chercher l'*Edda*, vint se rasseoir près de son père taciturne, et ouvrit le livre au hasard.

Alors, calmant l'émotion de sa voix, elle se mit à lire; mais sa lecture inutile passait sans être écoutée, ni d'elle, ni du vieillard.

Celui-ci fit un geste de la main.

— Assez, assez, ma fille.

Elle ferma le livre.

— Ethel, ajouta Schumacker, songez-vous quelquefois à Ordener?...

La jeune fille, interdite, tressaillit.

— Oui, continua-t-il, à cet Ordener qui est parti?...

— Mon seigneur et père, interrompit Ethel, pourquoi nous occuper de lui? Je pense, comme vous, qu'il est parti pour ne pas revenir.

— Pour ne pas revenir, ma fille! Je n'ai pu dire cela. Je ne sais quel pressentiment m'avertit au contraire qu'il reviendra.

— Telle n'était point votre pensée, mon noble père, quand vous me parliez avec tant de défiance de ce jeune homme.

— En ai-je donc parlé avec défiance?

— Oui, mon père, et je me range en cela de votre avis : je pense qu'il nous a trompés.

— Qu'il nous a trompés, ma fille! Si je l'ai jugé ainsi, j'ai agi comme tous les hommes, qui condamnent sans preuve... Je n'ai reçu de cet Ordener que des témoignages de dévouement.

— Et savez-vous, mon vénérable père, si ces paroles cordiales ne cachaient pas des pensées perfides?

— D'ordinaire, les hommes ne s'empressent point autour du malheur et de la disgrâce. Si cet Ordener ne m'était point attaché, il ne serait pas ainsi venu dans ma prison sans but.

— Etes-vous sûr, reprit Ethel d'une voix faible, qu'en venant ici il n'ait eu aucun but?

— Et lequel? demanda vivement le vieillard.

Ethel se tut.

L'effort était trop grand pour elle de continuer à accuser le bien-aimé Ordener, qu'elle défendait autrefois contre son père.

— Je ne suis plus le comte de Griffenfeld, poursuivit celui-ci. Je ne suis plus le grand chancelier de Danemark et de Norwége, le dispensateur favori des grâces royales, le tout-puissant ministre. Je suis un misérable prisonnier d'Etat, un proscrit, un pestiféré politique. C'est déjà du courage que de parler de moi sans exécration à tous ces hommes que j'ai comblés d'honneurs et de biens; c'est du dévouement que de franchir le seuil de ce cachot, si l'on n'est pas un geôlier ou un bourreau; c'est de l'héroïsme, ma fille, que de le franchir en se disant mon ami. — Non, je ne serai point ingrat comme toute cette race humaine. Ce jeune homme a mérité ma reconnaissance, ne fût-ce que pour m'avoir montré un visage bienveillant et fait entendre une voix consolatrice.

Ethel écoutait péniblement ce langage, qui l'eût ravie quelques jours plus tôt, lorsque cet Ordener était encore dans son cœur son Ordener. Le vieillard, après s'être arrêté un moment, reprit d'une voix solennelle :

— Ecoutez-moi, ma fille, car ce que je vais vous dire est grave. Je me sens dépérir lentement; la vie se retire peu à peu de moi; oui, ma fille, ma fin approche.

Ethel l'interrompit par un gémissement étouffé.

— O Dieu, mon père! ne parlez pas ainsi; de grâce! épargnez votre pauvre fille! Hélas! est-ce que vous voulez l'abandonner aussi? Que deviendra-t-elle, seule au monde, quand votre protection lui manquera?...

— La protection d'un proscrit! dit le père en remuant la tête. — Au reste, c'est à cela que j'ai pensé. Oui, votre bonheur futur m'occupe plus encore que mes malheurs passés. — Ecoutez-moi donc, et ne m'interrompez plus. Cet Ordener ne mérite pas d'être jugé aussi sévèrement par vous, ma fille, et j'avais cru jusqu'ici que vous n'aviez point tant d'aversion pour lui. Ses dehors sont francs et nobles, ce qui ne prouve rien à la vérité; mais je dois dire qu'il ne me paraît pas peut-être sans quelques vertus, bien qu'il lui suffise de porter une âme d'homme pour renfermer en lui le germe de tous les vices et de tous les crimes. Toute flamme donne sa fumée.

Le vieillard s'arrêta encore une fois, et, fixant son regard sur sa fille, il ajouta :

— Averti intérieurement de l'approche de ma mort, j'ai médité sur lui et sur vous, Ethel; et, s'il revient, comme j'en ai l'espérance... je vous le donne pour protecteur et pour mari.

Ethel pâlit, trembla; c'était au moment où son rêve de bonheur venait de s'envoler pour jamais, que son père essayait de le réaliser. Cette pensée si amère : ***J'aurais donc pu être heureuse!*** vint rendre à son désespoir toute sa violence. Elle resta un moment sans pouvoir parler, de peur de laisser échapper des larmes brûlantes qui roulaient dans ses yeux.

Le père attendait.

— Quoi! dit-elle enfin d'une voix éteinte, vous me le destiniez pour mari, mon seigneur et père, sans connaître sa naissance, sa famille, son nom?

— Je ne vous le ***destinais*** point, ma fille, je vous le ***destine.***

Le ton du vieillard était presque impérieux; Ethel soupira.

— ... Je vous le destine, dis-je : et que m'importe sa naissance? je n'ai pas besoin de connaître sa famille, puisque je connais sa personne. Songez-y : c'est la seule ancre de salut qui vous reste. Je crois qu'il n'a heureusement pas pour vous la même répugnance que vous montrez pour lui.

La pauvre jeune fille leva les yeux au ciel.

— Vous m'entendez, Ethel; je le répète, que me fait sa naissance? Il est sans doute d'un rang obscur, car on n'enseigne pas à ceux qui naissent dans les palais à fréquenter les prisons. Oui, et ne manifestez pas d'orgueilleux regrets, ma fille; n'oubliez pas qu'Ethel Schumacker n'est plus princesse de Wollin et comtesse de Tongsberg; vous êtes redescendue plus bas que le point d'où votre père s'est élevé. Soyez donc heureuse si cet homme accepte votre main, quelle que soit sa famille. S'il est d'une humble naissance, tant mieux, ma fille : vos jours du moins seront à l'abri des orages qui ont tourmenté les jours de votre père. Vous coulerez, loin de l'envie et de la haine des hommes, sous quelque nom inconnu, une existence ignorée, bien différente de la mienne, car elle s'achèvera mieux qu'elle n'aura commencé...

Ethel était tombée à genoux devant le prisonnier.

— O mon père!... grâce!

Il ouvrit ses bras avec surprise.

— Que voulez-vous dire, ma fille?

— Au nom du ciel, ne me peignez pas ce bonheur, il n'est pas fait pour moi!

— Ethel, reprit sévèrement le vieillard, ne vous jouez pas de toute votre vie. J'ai refusé la main d'une princesse de sang royal, d'une princesse de Holstein-Augustenbourg, entendez-vous cela? et mon orgueil a été cruellement puni; vous dédaignez celle d'un homme obscur, mais loyal; tremblez que le vôtre ne soit aussi tristement châtié.

— Plût au ciel, murmura Ethel, que ce fût un homme obscur et loyal!

Le vieillard se leva et fit quelques pas dans l'appartement avec agitation.

— Ma fille, dit-il, c'est votre pauvre père qui vous en prie et qui vous l'ordonne. Ne me laissez pas à ma mort une inquiétude sur votre avenir; promettez-moi d'accepter cet étranger pour époux.

— Je vous obéirai toujours, mon père; mais n'espérez pas son retour... —

— J'ai pesé les probabilités, et je pense, d'après l'accent dont cet Ordener prononçait votre nom...

— Qu'il m'aime? interrompit Ethel amèrement; oh! non, ne le croyez pas.

Le père répondit froidement :

— J'ignore si, pour employer votre expression de jeune fille, il vous aime; mais je sais qu'il reviendra.

— Abandonnez cette idée, mon noble père. D'ailleurs, vous ne voudriez peut-être pas qu'il fût votre gendre si vous le connaissiez.

— Ethel, il le sera, quels que soient son nom et son rang.

— Eh bien! reprit-elle, si ce jeune homme, en qui vous avez vu un consolateur, en qui vous voulez voir un soutien pour votre fille, — mon seigneur et père, si c'était le fils d'un de vos mortels ennemis, du vice-roi de Norwége, du comte Guldenlew?

Schumacker recula de deux pas :

— Que dites-vous, grand Dieu? Ordener! cet Ordener!... cela est impossible!... —

L'indicible expression de haine qui venait de s'allumer dans les yeux ternes du vieillard glaça le cœur tremblant d'Ethel, qui se repentit vainement de la parole imprudente qu'elle venait de prononcer.

Le coup était porté. Schumacker resta quelques instants immobile et les bras croisés : tout son corps tressaillit comme s'il avait été sur un gril ardent; ses prunelles flamboyantes sortaient de leur orbite, et son regard, fixé sur les dalles de pierre, paraissait vouloir les enfoncer. Enfin quelques paroles sortirent de ses lèvres bleues, prononcées d'une voix aussi faible que celle d'un homme qui rêve.

— Ordener!... Oui, c'est cela, Ordener Guldenlew! — C'est bien. Allons! Schumacker, vieux insensé, ouvre-lui donc tes bras, ce loyal jeune homme vient pour te poignarder!

Tout à coup il frappa le sol du pied, et sa voix devint tonnante.

— Ils m'ont donc envoyé toute leur infâme race pour m'insulter dans ma chute et dans ma captivité! j'avais déjà vu un d'Ahlefeld; j'ai presque souri à un Guldenlew! — Les monstres! Qui eût dit cela de cet Ordener, qu'il portait une pareille âme et un pareil nom? Malheur à moi! malheur à lui!

Puis il tomba anéanti sur son fauteuil; et, tandis que sa poitrine oppressée se dégonflait par de longs soupirs, la pauvre Ethel, palpitante d'effroi, pleurait à ses pieds.

— Ne pleure pas, ma fille, dit-il d'une voix sinistre, viens, oh! viens sur mon cœur.

Et il la pressa dans ses bras.

Ethel ne savait comment s'expliquer cette caresse dans un moment de rage, lorsqu'il reprit :

— Du moins, jeune fille, tu as été plus clairvoyante que ton vieux père. Tu n'as point été trompée par le serpent aux yeux doux et venimeux. Viens, que je te remercie de la haine que tu m'as fait voir pour cet exécrable Ordener.

Elle frémit de cet éloge, hélas! si peu mérité.

— Mon seigneur et père, dit-elle, calmez-vous.

— Promets-moi, poursuivait Schumacker, de vouer toujours les mêmes sentiments au fils de Guldenlew; jure-le-moi.

— Dieu défend le serment, mon père.

— Jure-le, ma fille, répéta Schumacker avec véhémence. N'est-il pas vrai que tu conserveras toujours le même cœur pour cet Ordener Guldenlew?

Ethel n'eut pas de peine à répondre : — Toujours.

Le vieillard l'attira sur sa poitrine.

— Bien, ma fille, que je te lègue au moins ma haine pour eux, si je ne puis te léguer les biens et les honneurs qu'ils m'ont ravis. Ecoute, ils ont enlevé à ton vieux père son rang et sa gloire, ils l'ont traîné d'un échafaud dans les fers, comme pour me souiller de toutes les infamies en me faisant passer par tous les supplices. Les misérables! Et c'est à moi qu'ils devaient le pouvoir qu'ils ont tourné contre moi! Oh! que le ciel et l'enfer m'entendent, et qu'ils soient tous maudits dans leur existence, et maudits dans leur postérité!

Il se tut un moment; puis, embrassant sa pauvre fille, épouvantée de ses imprécations :

— Mais, mon Ethel, toi qui es ma seule gloire et mon seul bien, dis-moi, comment ton instinct a-t-il été plus habile que le mien? Comment as-tu découvert que ce traître portait l'un des noms abhorrés qui sont écrits au fond de mon cœur avec du fiel? Comment as-tu pénétré ce secret?

Elle rassemblait ses forces pour répondre quand la porte s'ouvrit.

Un homme vêtu de noir, portant à sa main une verge d'ébène et à son cou une chaîne d'acier bruni, parut sur le seuil, environné de hallebardiers également vêtus de noir.

— Que me veux-tu? demanda le captif avec aigreur et étonnement.

L'homme, sans lui répondre et sans le regarder, déroula un long parchemin, auquel pendait, à des fils de soie, un sceau de cire verte, et lut à haute voix :

— « Au nom de Sa Majesté notre miséricordieux souve-« rain et seigneur, Christiern, roi!

« Il est enjoint à Schumacker, prisonnier d'Etat dans la « forteresse royale de Munckholm, et à sa fille, de suivre « le porteur dudit ordre. »

Schumacker répéta sa question :

— Que me veux-tu?

L'homme noir, toujours impassible, se mit en devoir de recommencer sa lecture.

— Il suffit, dit le vieillard.

Alors, se levant, il fit signe à Ethel, surprise et épouvantée, de suivre avec lui cette lugubre escorte.

XLI

> Un signal lugubre est donné, un ministre abject de la justice vient frapper à sa porte, et l'avertir qu'on a besoin de lui.
>
> Joseph de Maistre.

La nuit venait de tomber; un vent froid sifflait autour de la Tour-Maudite, et les portes de la ruine de Vygla tremblaient dans leurs gonds, comme si la même main les eût secouées toutes à la fois.

Les farouches habitants de la tour, le bourreau et sa famille, étaient réunis autour du foyer allumé au milieu de la salle du premier étage, qui jetait des rougeurs vacillantes sur leurs visages sombres et sur leurs vêtements d'écarlate. Il y avait dans les traits des enfants quelque chose de féroce comme le rire de leur père, et de hagard comme le regard de leur mère. Leurs yeux, ainsi que ceux de Bechlie, étaient tournés vers Orugix, qui, assis sur une escabelle de bois, paraissait reprendre haleine, et dont les pieds, couverts de poussière, annonçaient qu'il venait d'arriver de quelque lointaine expédition.

— Femme, écoute; écoutez, enfants. Ce n'est pas pour apporter de mauvaises nouvelles que j'ai été absent deux jours entiers. Si, avant un mois, je ne suis pas exécuteur royal, je veux ne savoir pas serrer un nœud coulant ou manier une hache. Réjouissez-vous, mes petits louveteaux, votre père vous laissera peut-être pour héritage l'échafaud même de Copenhague.

— Nychol, demanda Bechlie, qu'y a-t-il donc?

— Et toi, ma vieille bohémienne, reprit Nychol avec son rire pesant, réjouis-toi aussi! tu peux t'acheter des colliers de verre bleu pour orner ton cou de cigogne étranglée. Notre engagement expire bientôt; mais, va, dans un mois, quand tu me verras le premier bourreau des deux royaumes, tu ne refuseras pas de casser une autre cruche avec moi.

— Qu'y a-t-il donc, qu'y a-t-il donc, mon père? demandèrent les enfants, dont l'aîné jouait avec un chevalet tout sanglant, tandis que le plus jeune s'amusait à plumer vivant un petit oiseau qu'il avait pris à sa mère dans le nid même.

— Ce qu'il y a, mes enfants!... — Tue donc cet oiseau, Haspar, il crie comme une mauvaise scie; et d'ailleurs il ne faut pas être cruel. Tue-le. — Ce qu'il y a? Rien, peu de chose vraiment, sinon, dame Bechlie, qu'avant huit jours d'ici l'ex-chancelier Schumacker, qui est prisonnier à Munckholm, après avoir vu mon visage de si près à Copenhague, et le fameux brigand d'Islande Han de Klipstadur, me passeront peut-être tous deux à la fois par les mains.

L'œil égaré de la femme rouge prit une expression d'étonnement et de curiosité.

— Schumacker! Han d'Islande! comment cela, Nychol?

— Voilà tout. J'ai rencontré hier matin, sur la route de Skongen, au pont de l'Ordals, tout le régiment des arquebusiers de Munckholm, qui s'en retournait à Drontheim d'un air très-victorieux. J'ai questionné un des soldats, qui a daigné me répondre, parce qu'il ignorait sans doute pourquoi ma casaque et ma charrette sont rouges; j'ai appris que les arquebusiers revenaient des gorges du Pilier-Noir, où ils avaient mis en pièces des bandes de brigands, c'est-à-dire de mineurs insurgés. Or, tu sauras, Bechlie la bohémienne, que ces rebelles se révoltaient pour Schumacker, et étaient commandés par Han d'Islande. Tu sauras que cette levée de boucliers constitue pour Han d'Islande un bon crime d'insurrection contre l'autorité royale, et pour Schumacker un bon crime de haute trahison; ce qui amène tout naturellement ces deux honorables seigneurs à la potence ou au billot. Ajoute à ces deux superbes exécutions, qui ne peuvent manquer de me rapporter au moins quinze ducats d'or chacune, et de me faire le plus grand honneur dans les deux royaumes, celles, moins importantes à la vérité, de quelques autres...

— Mais quoi! interrompit Bechlie, Han d'Islande a donc été pris?...

— Pourquoi interrompez-vous votre seigneur et maître, femme de perdition? dit le bourreau. Oui, sans doute, ce fameux, cet imprenable Han d'Islande a été pris, avec quelques autres chefs de brigands, ses lieutenants, qui me rapporteront bien aussi chacun douze écus par tête, sans compter la vente des cadavres. Il a été pris, vous dis-je, et je l'ai vu, puisqu'il faut satisfaire entièrement votre curiosité, passer entre les rangs des soldats... —

La femme et les enfants se rapprochèrent vivement d'Orugix.

— Quoi! tu l'as vu, père? demandèrent les enfants.

— Taisez-vous, enfants. Vous criez comme un coquin qui se dit innocent. Je l'ai vu. C'est une espèce de géant : il marchait les bras croisés, enchaînés derrière le dos, et le front bandé. C'est que, sans doute, il a été blessé à la tête. Mais, qu'il soit tranquille, avant peu je l'aurai guéri de cette blessure.

Après avoir mêlé à ces horribles paroles un horrible geste, le bourreau continua : — Il y avait derrière lui quatre de ses compagnons, également prisonniers, blessés de même, et qu'on menait comme lui à Drontheim, où ils seront jugés, avec l'ex-grand chancelier Schumacker, par un tribunal où siégera le haut syndic, et que présidera le grand chancelier actuel.

— Père, quel visage avaient les autres prisonniers?

— Les deux premiers étaient deux vieillards, dont l'un portait le feutre de mineur, et l'autre le bonnet de montagnard. Tous deux paraissaient désespérés. Des deux autres, l'un était un jeune mineur, qui marchait la tête haute, en sifflant; l'autre... — Te souviens-tu, ma damnée Bechlie, de ces voyageurs qui sont entrés dans cette tour il y a une dizaine de jours, la nuit de ce violent orage?...

— Comme Satan se souvient du jour de sa chute, répondit la femme.

— Avais-tu remarqué parmi ces étrangers un jeune homme qui accompagnait ce vieux docteur fou à grande perruque : un jeune homme, te dis-je, vêtu d'un grand manteau vert et coiffé d'une toque à plume noire?

— En vérité, je crois l'avoir encore devant les yeux, me disant : *Femme, nous avons de l'or...* —

— Eh bien! la vieille, je veux n'avoir jamais étranglé que des coqs de bruyère, si le quatrième prisonnier n'est pas ce jeune homme. Sa figure m'était, à la vérité, entièrement cachée par sa plume, sa toque, ses cheveux et son manteau; d'ailleurs, il baissait la tête. Mais c'est bien le même vêtement, les mêmes bottines, le même air... — Je veux avaler d'une bouchée le gibet de pierre de Skongen, si ce n'est pas le même homme! Que dis-tu de cela, Bechlie? Ne serait-il pas plaisant qu'après avoir reçu de moi de quoi soutenir sa vie, cet étranger en reçût également de quoi l'abréger, et qu'il exerçât mon habileté après avoir éprouvé mon hospitalité?

Le bourreau prolongea quelque temps son gros rire sinistre; puis il reprit :

— Allons, réjouissez-vous donc tous, et buvons; oui, Bechlie, donne-moi un verre de cette bière qui râpe le gosier comme si l'on buvait des limes, que je le vide à mon avancement futur. — Allons, honneur et santé au seigneur Nychol Orugix, exécuteur royal en perspective! — Je t'avouerai, vieille pécheresse, que j'ai eu de la peine à me rendre au bourg de Nœs pour y pendre obscurément je ne sais quel ignoble voleur de choux et de chicorée. Cependant, en y réfléchissant, j'ai pensé que trente-deux ascalins n'étaient pas encore à dédaigner, et que mes mains ne se dégraderaient en exécutant de simples voleurs et autres canailles de ce genre que lorsqu'elles auraient décapité le noble comte ex-grand chancelier et le fameux démon d'Islande. — Je me suis donc résigné, en attendant mon diplôme de maître royal des hautes-œuvres, à expédier le pauvre misérable du bourg de Nœs; et voici, ajouta-t-il, en tirant une bourse de cuir de son havre-sac, voici les trente-deux ascalins que je t'apporte, la vieille.

En ce moment, le bruit du cor se fit entendre à trois reprises différentes, en dehors de la tour.

— Femme! cria Orugix en se levant, ce sont les archers du haut syndic.

A ces mots, il descendit en toute hâte.

Un instant après il reparut, portant un grand parchemin, dont il avait rompu le sceau.

— Tiens, dit-il à sa femme, voilà ce que le haut syndic m'envoie. Déchiffre-moi cela, toi qui lirais le grimoire de Satan. Ce sont peut-être déjà mes lettres de promotion : car, puisque le tribunal aura un grand chancelier pour président et un grand chancelier pour accusé, il conviendrait que le bourreau qui exécutera son arrêt fût un bourreau royal.

La femme reçut le parchemin, et, après y avoir quelque temps promené ses yeux, elle lut à haute voix, tandis que les enfants jetaient sur elle un regard hébété et stupide :

— « Au nom du haut syndic du Drontheimhus! — il « est ordonné à Nychol Orugix, bourreau de la province, de « se transporter sur-le-champ à Drontheim, et de se mu- « nir de la hache d'honneur, du billot et des tentures « noires. »

— C'est là tout? demanda le bourreau d'une voix mécontente.

— C'est là tout, répondit Bechlie.

— *Bourreau de la province!* murmura Orugix entre ses dents.

Il resta un moment jetant sur le parchemin syndical des regards d'humeur.

— Allons, dit-il enfin, il faut obéir et partir. Voici pourtant qu'on me demande la hache d'honneur et les tentures noires. — Tu auras soin, Bechlie, d'enlever les gouttes de rouille qui ont délustré ma hache, et de voir si la draperie n'est pas tachée en plusieurs endroits. En somme, il ne faut pas se décourager, ils ne veulent peut-être m'accorder d'avancement que comme salaire de cette belle exécution. Tant pis pour les condamnés, ils n'auront pas la satisfaction d'être mis à mort par un exécuteur royal.

XLII

ELVIRE.

Qu'est devenu le pauvre Sanche?... il n'a point paru dans la ville.

NUNO.

Sanche aura su se mettre à couvert.

LOPE DE VEGA, *Le meilleur alcade est le roi.*

Le comte d'Ahlefeld, traînant une ample simarre de satin noir doublée d'hermine, la tête et les épaules cachées par une large perruque magistrale, et la poitrine chargée de plusieurs étoiles et décorations, parmi lesquelles on distinguait les colliers des ordres royaux de l'Eléphant et de Dannebrog; revêtu, en un mot, du costume complet de grand chancelier de Danemarck et de Norwége, se promenait d'un air soucieux dans l'appartement de la comtesse d'Ahlefeld, seule avec lui en ce moment.

— Allons, il est neuf heures, le tribunal va entrer en séance; il ne faut pas le faire attendre : car il est nécessaire que l'arrêt soit rendu dans la nuit, afin qu'on l'exécute demain matin au plus tard. Le haut syndic m'a assuré que le bourreau serait ici avant l'aube. — Elphége, avez-vous ordonné qu'on apprêtât la barque qui doit me transporter à Munckholm?

— Monseigneur, elle vous attend depuis une demi-heure au moins, répondit la comtesse en se soulevant sur son fauteuil.

— Et ma litière est-elle à la porte?

— Oui, monseigneur.

— Allons!... — Vous dites donc, Elphége, ajouta le comte en se frappant le front, qu'il existe une intrigue amoureuse entre Ordener Guldenlew et la fille de Schumacker?

— Très-amoureuse, je vous jure! répliqua la comtesse en souriant de colère et de dédain.

— Qui se fût imaginé cela?— Pourtant je vous assure que je m'en étais déjà douté.

— Et moi aussi, dit la comtesse. — C'est un tour que ce maudit Levin nous a joué.

— Vieux scélérat de Mecklenbourgeois! murmura le chancelier; va, je te recommanderai à Arensdorf. — Si je pouvais le faire disgracier! — Eh! mais, écoutez donc, Elphége, voici un trait de lumière.

— Quoi donc?

— Vous savez que les individus que nous allons juger dans le château de Munckholm sont au nombre de six : — Schumacker, que je ne redouterai plus, j'espère, demain à pareille heure; ce montagnard colosse, notre faux Han d'Islande, qui a juré de soutenir le rôle jusqu'à la fin, dans l'espérance que Musdœmon, dont il a déjà reçu de fortes sommes d'argent, le fera évader. — Ce Musdœmon a des idées vraiment diaboliques! — Les quatre autres accusés sont les trois chefs des rebelles, et un quidam qui s'est trouvé, on ne sait comment, au milieu du rassemblement d'Apsyl-Corh, et que les précautions prises par Musdœmon ont fait tomber dans nos mains. Musdœmon pense que cet homme est un espion de Levin de Knud. Et, en effet, en arrivant ici prisonnier, sa première parole a été pour demander le général; et, quand il a appris l'absence du Mecklenbourgeois, il a paru consterné. Du reste, il n'a voulu répondre à aucune des questions que lui a adressées Musdœmon.

— Mon cher seigneur, interrompit la comtesse, pourquoi ne l'avez-vous pas interrogé vous-même?

— En vérité, Elphége, comment l'aurais-je pu au milieu de tous les soins qui m'accablent depuis mon arrivée? Je me suis reposé de cette affaire sur Musdœmon, qu'elle intéresse autant que moi. D'ailleurs, ma chère, cet homme n'est d'aucune importance par lui-même : c'est quelque pauvre vagabond. Nous n'en pourrons tirer parti qu'en le présentant comme un agent de Levin de Knud, et, comme il a été pris dans les rangs des rebelles, cela pourra prouver entre le Mecklenbourgeois et Schumacker une connivence coupable, qui suffira pour provoquer, sinon la mise en accusation, du moins la disgrâce du maudit Levin.

La comtesse parut méditer un moment.

— Vous avez raison, monseigneur... Mais cette fatale passion du baron de Thorvick pour Ethel Schumacker...—

Le chancelier se frotta le front de nouveau; puis tout à coup haussant les épaules :

— Ecoutez, Elphége, nous ne sommes plus ni l'un ni l'autre jeunes et novices dans la vie, et pourtant nous ne connaissons pas les hommes! Quand Schumacker aura été une seconde fois flétri par un jugement de haute trahison, quand il aura subi sur l'échafaud une condamnation infamante; quand sa fille, retombée au-dessous des derniers rangs de la société, sera souillée à jamais publiquement de tout l'opprobre de son père, pensez-vous, Elphége, qu'alors Ordener Guldenlew se souvienne un seul instant de cette amourette d'enfance, que vous nommez passion, d'après les discours exaltés d'une jeune folle prisonnière; et qu'il balance un seul jour entre la fille déshonorée d'un misérable criminel et la fille illustre d'un glorieux chancelier? Il faut juger les hommes d'après soi, ma chère; où avez-vous vu que le cœur humain fût ainsi fait?

— Je souhaite que vous ayez encore raison. — Vous ne trouverez cependant pas inutile, n'est-il pas vrai, la demande que j'ai faite au syndic pour que la fille de Schumacker assiste au procès de son père, et soit placée dans la même tribune que moi? Je suis curieuse d'étudier cette créature.

— Tout ce qui peut nous éclairer sur cette affaire est précieux, dit le chancelier avec flegme... Mais, dites-moi, sait-on où est Ordener en ce moment?

— Personne au monde ne le sait; c'est le digne élève de ce vieux Levin, un chevalier errant comme lui. Je crois qu'il visite en ce moment Ward-Hus...

— Bien, bien, notre Ulrique le fixera. Allons, j'oublie que le tribunal m'attend.

La comtesse arrêta le grand chancelier.

— Encore un mot, monseigneur. — Je vous en ai parlé hier, mais votre esprit était occupé, et je n'ai pu obtenir de réponse. Où est mon Frédéric?

— Frédéric? dit le comte avec une expression lugubre et en portant la main sur son visage.

— Oui, répondez-moi, mon Frédéric! Son régiment est de retour à Drontheim sans lui. Jurez-moi que Frédéric n'était pas dans cette horrible gorge du Pilier-Noir. Pourquoi votre figure a-t-elle changé au nom de Frédéric? Je suis dans une mortelle inquiétude.

Le chancelier reprit sa physionomie impassible.

— Elphége, tranquillisez-vous. Je vous jure qu'il n'était point dans le défilé du Pilier-Noir... D'ailleurs, on a publié la liste des officiers tués ou blessés dans cette rencontre...

— Oui, dit la comtesse calmée, vous me rassurez. Deux officiers seulement ont été tués, le capitaine Lory et le jeune baron Randmer, qui a fait tant de folies avec mon pauvre Frédéric dans les bals de Copenhague! Oh! j'ai lu et relu la liste, je vous assure. Mais, dites-moi, monseigneur, mon fils est donc resté à Walhstrom?...

— Il y est resté, répondit le comte.

— Eh bien! cher ami, dit la mère avec un sourire qu'elle s'efforçait de rendre tendre, je ne vous demande qu'une grâce, c'est de faire revenir vite mon Frédéric de cet affreux pays...

Le chancelier se dégagea péniblement de ses bras suppliants.

— Madame, dit-il, le tribunal m'attend. Adieu, ce que vous me demandez ne dépend pas de moi.

Et il sortit brusquement.

La comtesse demeura sombre et pensive.

— Cela ne dépend pas de lui! se dit-elle; et il lui suffirait d'un mot pour me rendre mon fils! — Je l'ai toujours pensé, cet homme-là est vraiment méchant.

XLIII

Est-ce ainsi qu'on traite un homme de ma charge? est-ce ainsi qu'on perd le respect dû à la justice.

CALDERON, *Louis Perez de Galice.*

La tremblante Ethel, que les gardes ont séparée de son père à la sortie du donjon du Lion de Slesvig, a été conduite, à travers de ténébreux corridors, jusqu'alors inconnus d'elle, dans une sorte de cellule obscure, qu'on a refermée sur son entrée.

Du côté de la cellule opposé à la porte est une grande ouverture grillée, à travers laquelle pénètre une lumière de torches et de flambeaux. Devant cette ouverture est une banquette sur laquelle est placée une femme voilée et vêtue de noir, qui lui fait signe de s'asseoir auprès d'elle.

Elle obéit en silence et interdite.

Ses yeux se portent au delà de l'ouverture grillée. Un tableau sombre et imposant est devant elle.

A l'extrémité d'une salle tendue de noir, et faiblement éclairée par des lampes de cuivre suspendues à la voûte, s'élève un tribunal noir arrondi en fer à cheval, occupé par sept juges vêtus de robes noires, dont l'un, placé au centre sur un siége plus élevé, porte sur sa poitrine des chaînes de diamants et des plaques d'or qui étincellent.

Le juge assis à la droite de celui-ci se distingue des autres par une ceinture blanche et un manteau d'hermine, insigne du haut syndic de la province. A droite du tribunal est une estrade couverte d'un dais, où siége un vieillard, revêtu d'habits pontificaux; à gauche, une table chargée de papiers, derrière laquelle se tient debout un homme de petite taille, coiffé d'une énorme perruque, et enveloppé des plis d'une longue robe noire.

On remarque, en face des juges, un banc de bois entouré de hallebardiers qui portent des torches, dont la lueur, réfléchie par une forêt de piques, de mousquets et de pertuisanes, répand de vagues rayons sur les têtes tumultueuses d'une foule de spectateurs pressés contre la grille de fer qui les sépare du tribunal.

Ethel observait ce spectacle, comme si elle eût assisté éveillée à un rêve; cependant elle était loin de se sentir indifférente à ce qui allait se passer sous ses yeux.

Elle entendait en elle comme une voix intime qui l'avertissait d'être attentive, parce qu'elle touchait à l'une des crises de sa vie. Son cœur était en proie à deux agitations différentes en même temps : elle eût voulu savoir sur-le-champ en quoi elle était intéressée à la scène qu'elle contemplait, ou ne le savoir jamais.

Depuis plusieurs jours, l'idée que son Ordener était perdu pour elle lui avait inspiré le désir désespéré d'en finir d'une fois avec l'existence, et de pouvoir lire d'un coup d'œil tout le livre de sa destinée. C'est pourquoi, comprenant qu'elle entrait dans l'heure décisive de son sort, elle examina le tableau lugubre qui s'offrait à elle, moins avec répugnance qu'avec une sorte de joie impatiente et funèbre.

Elle vit le président se lever en proclamant, au nom du roi, que l'*audience de justice était ouverte*.

Elle entendit le petit homme noir, placé à la gauche du tribunal, lire, d'une voix basse et rapide, un long discours où le nom de son père, mêlé aux mots de *conspiration*, de *révolte des mines*, de *haute trahison*, revenait fréquemment. Alors elle se rappela ce que la fatale inconnue lui avait dit, dans le jardin du donjon, de l'accusation dont son père était menacé; et elle frémit quand elle entendit l'homme à la robe noire terminer son discours par le mot de *mort*, fortement articulé.

Epouvantée, elle se tourna vers la femme voilée, pour laquelle un sentiment qu'elle ne s'expliquait pas lui inspirait de la crainte :

— Où sommes-nous? qu'est-ce que tout ceci? demanda-t-elle timidement.

Un geste de sa mystérieuse compagne l'invita au silence et à l'attention. Elle reporta sa vue dans la salle du tribunal.

Le vieillard vénérable, en habits épiscopaux, venait de se lever; et Ethel recueillit ces paroles, qu'il prononça distinctement :

— Au nom du Dieu tout puissant et miséricordieux : — moi Pamphile-Eleuthère, évêque de la royale ville de Drontheim et de la royale province du Drontheimhus, je salue le respectable tribunal qui juge au nom du roi, notre seigneur après Dieu;

Et je dis — qu'ayant remarqué que les prisonniers amenés devant ce tribunal étaient des hommes et des chrétiens, et qu'ils n'avaient point de procureurs, je déclare aux respectables juges que mon intention est de les assister de mon faible secours, dans la cruelle position où le ciel les a voulu mettre.

Priant Dieu de daigner donner sa force à notre infirme faiblesse, et sa lumière à notre profonde cécité.

C'est ainsi que moi, évêque de ce royal diocèse, je salue le respectable et judicieux tribunal.

Après avoir parlé ainsi, l'évêque descendit de son trône pontifical, et alla s'asseoir sur le banc de bois destiné aux accusés, tandis qu'un murmure d'approbation éclatait parmi le peuple.

Le président se leva, et dit d'une voix sèche : — Hallebardiers, qu'on fasse silence! — Seigneur évêque, le tribunal remercie Votre Révérence, au nom des prisonniers. — Habitants du Drontheimhus, soyez attentifs à la haute justice du roi : le tribunal va juger sans appel. — Archers, qu'on amène les accusés.

Il se fit dans l'auditoire un silence d'attente et de terreur; seulement toutes les têtes s'agitaient dans l'ombre, comme les sombres vagues d'une mer orageuse, sur laquelle le tonnerre s'apprête à gronder.

Bientôt Ethel entendit une rumeur sourde et un mouvement extraordinaire se prolonger au-dessous d'elle, dans les sinistres avenues de la salle; puis l'auditoire se rangea avec un frémissement d'impatience et de curiosité; des pas multipliés retentirent; des hallebardes et des mousquets brillèrent; et bientôt six hommes enchaînés et entourés de gardes pénétrèrent, la tête nue, dans l'enceinte du tribunal. Ethel ne vit que le premier de ces six prisonniers : c'était un vieillard à barbe blanche, vêtu d'une simarre noire; c'était son père.

Elle s'appuya défaillante sur la balustrade de pierre qui était devant sa banquette; les objets roulaient sous ses yeux comme dans un nuage confus, et il lui semblait que son cœur palpitait à son oreille. Elle dit d'une voix faible : — O Dieu, secourez-moi!

La femme voilée se pencha vers elle, et lui fit respirer des sels qui la réveillèrent de sa léthargie.

— Noble dame, dit-elle ranimée, de grâce, un mot de votre voix pour me convaincre que je ne suis pas ici le jouet des fantômes de l'enfer.

Mais l'inconnue, sourde à sa prière, avait retourné sa tête vers le tribunal; et la pauvre Ethel, qui avait retrouvé quelque force, se résigna à l'imiter en silence.

Le président s'était levé, et avait dit d'une voix lente et solennelle :

— Prisonniers, on vous amène devant nous pour que nous ayons à examiner si vous êtes coupables de haute trahison, de conspiration, de révolte par les armes contre l'autorité du roi notre souverain seigneur. Méditez maintenant dans vos consciences, car une accusation de lèse-majesté au premier chef pèse sur vos têtes.

Pamphile-Eleuthère.

En ce moment un rayon de lumière tomba sur le visage d'un des six accusés, d'un jeune homme qui tenait sa tête penchée sur sa poitrine, comme pour dérober ses traits sous les boucles pendantes de ses longs cheveux. Ethel tressaillit, et une sueur froide sortit de tous ses membres : elle avait cru reconnaître... — mais non, c'était une cruelle illusion; la salle était faiblement éclairée, et les hommes s'y mouvaient comme des ombres : à peine distinguait-on le grand Christ d'ébène poli, placé au-dessus du fauteuil du président.

Cependant ce jeune homme était enveloppé d'un manteau qui de loin paraissait vert, ses cheveux en désordre avaient des reflets châtains, et le rayon inattendu qui avait dessiné ses traits... Mais non, cela n'était pas, cela ne pouvait être! c'était une horrible illusion.

Les prisonniers étaient assis sur le banc où était descendu l'évêque. Schumacker s'était placé à l'une des extrémités; il était séparé du jeune homme aux cheveux châtains par ses quatre compagnons d'infortune, qui portaient des vêtements grossiers, et au nombre desquels on remarquait une espèce de géant. L'évêque siégeait à l'autre extrémité du banc.

Ethel vit le président se tourner vers son père.

— Vieillard, dit-il d'une voix sévère, dites-nous votre nom et qui vous êtes.

Le vieillard souleva sa tête vénérable.

— Autrefois, répondit-il en regardant fixement le président, on m'appelait comte de Griffenfeld et de Tongsberg, prince de Wellin, prince du Saint-Empire, chevalier de l'ordre royal de l'Eléphant, chevalier de l'ordre royal de Dannebrog, chevalier de la Toison-d'Or d'Allemagne et de la Jarretière d'Angleterre, premier ministre, inspecteur général des universités, grand chancelier de Danemarck et de...

Le président l'interrompit.

— Accusé, le tribunal ne vous demande ni comment on vous a nommé, ni ce que vous avez été, mais comment on vous nomme, et ce que vous êtes.

— Eh bien! reprit vivement le vieillard, maintenant je m'appelle Jean Schumacker; j'ai soixante-neuf ans, et je ne suis rien, que votre ancien bienfaiteur, chancelier d'Ahlefeld.

Le président parut interdit.

Si ce jugement est infamant pour quelqu'un, comte d'Ahlefeld, ce n'est pas pour moi.

— Je vous ai reconnu, seigneur comte, ajouta l'ex-chancelier, et, comme j'ai cru voir qu'il n'en était pas de même à mon égard de votre côté, j'ai pris la liberté de rappeler à Votre Grâce que nous sommes de vieilles connaissances.

— Schumacker, dit le président d'un ton où l'on sentait l'accent de la colère concentrée, épargnez les moments du tribunal.

Le vieux captif l'interrompit encore :

— Nous avons changé de rôle, noble chancelier; autrefois c'était moi qui vous appelais simplement *d'Ahlefeld*, et vous qui me disiez *seigneur comte*.

— Accusé, répliqua le président, vous nuisez à votre cause en rappelant le jugement infamant dont vous êtes déjà flétri.

— Si ce jugement est infamant pour quelqu'un, comte d'Ahlefeld, ce n'est pas pour moi.

Le vieillard s'était levé à demi en prononçant ces paroles avec force. Le président étendit la main vers lui.

— Asseyez-vous. N'insultez pas devant un tribunal, et aux juges qui vous ont condamné, et au roi qui vous a donné ces juges. Rappelez-vous que Sa Majesté a daigné vous accorder la vie; et bornez-vous ici à vous défendre.

Schumacker ne répondit qu'en haussant les épaules.

— Avez-vous, demanda le président, quelques aveux à faire au tribunal touchant le crime capital dont vous êtes accusé?

Voyant que Schumacker gardait le silence, le président répéta sa question.

— Est-ce que c'est à moi que vous parlez? dit l'ex-grand chancelier. Je croyais, noble comte d'Ahlefeld, que vous vous parliez à vous-même. De quel crime m'entretenez-vous? Est-ce que j'ai jamais donné le baiser d'Iscariote à un ami? Ai-je emprisonné, condamné, déshonoré un bienfaiteur? dépouillé celui à qui je devais tout? J'ignore, en vérité, seigneur chancelier actuel, pourquoi l'on m'amène ici. C'est sans doute pour juger de votre habileté à faire tomber des têtes innocentes. Je ne serai point fâché en effet de voir si vous saurez aussi bien me perdre que vous perdez le royaume, et s'il vous suffira d'une virgule pour causer ma mort, comme il vous a suffi d'une lettre de l'alphabet pour provoquer la guerre avec la Suède (1).

A peine achevait-il cette raillerie amère, que l'homme placé devant la table à gauche du tribunal se leva.

— Seigneur président, dit-il après s'être incliné profondément, seigneurs juges, je demande que la parole soit interdite à Jean Schumacker s'il continue d'injurier ainsi Sa Grâce le président de ce respectable tribunal.

La voix calme de l'évêque s'éleva :

— Seigneur secrétaire intime, on ne peut interdire la parole à un accusé...

— Vous avez raison, révérend évêque, s'écria le président avec précipitation. Notre intention est de laisser le plus de liberté possible à la défense. — J'engage seulement l'accusé à modérer son langage, s'il comprend ses véritables intérêts.

Schumacker secoua la tête et dit froidement :

— Il paraît que le comte d'Ahlefeld est plus sûr de son fait qu'en 1677.

— Taisez-vous, dit le président; et, s'adressant sur-le-champ au prisonnier voisin du vieillard, il lui demanda quel était son nom.

C'était un montagnard d'une taille colossale, dont le front était entouré de bandages, qui se leva en disant :

— Je suis Han, de Klipstadur en Islande.

Un frémissement d'épouvante erra quelque temps dans la foule, et Schumacker, soulevant sa tête pensive déjà retombée sur sa poitrine, jeta un brusque regard sur son formidable voisin, dont tous les autres coaccusés se tenaient éloignés.

— Han d'Islande, demanda le président, quand le trouble fut dissipé, qu'avez-vous à dire au tribunal?

De tous les spectateurs, Ethel n'avait pas été la moins frappée de la présence du brigand fameux, qui, depuis si longtemps, lui apparaissait dans toutes ses terreurs. Elle attacha avec une avidité craintive son regard sur le géant monstrueux que son Ordener avait peut-être combattu, dont il avait peut-être été la victime. Cette idée se retourna dans son cœur sous toutes ses formes douloureuses. Aussi, entièrement absorbée par une foule d'émotions déchirantes, elle entendit à peine la réponse qu'adressait au président, dans un langage grossier et embarrassé, ce Han d'Islande, en qui elle voyait presque le meurtrier de son Ordener. Elle comprit seulement que le brigand se déclarait le chef des bandes rebelles.

— Est-ce de vous-même, demanda le président, ou par une instigation étrangère que vous avez pris le commandement des insurgés?

Le brigand répondit :

— Ce n'est pas de moi-même.

— Qui vous a provoqué à ce crime?

— Un homme qui s'appelait Hacket.

— Quel était ce Hacket?

— Un agent de Schumacker, qu'il nommait aussi comte de Griffenfeld.

Le président s'adressa à Schumacker :

— Schumacker, connaissez-vous ce Hacket?

— Vous m'avez prévenu, comte d'Ahlefeld, repartit le vieillard; j'allais vous adresser la même question.

— Jean Schumacker, dit le président, vous êtes mal conseillé par votre haine. Le tribunal appréciera votre système de défense.

(1) Il y avait eu en effet de très-graves différends entre le Danemark et la Suède, parce que le comte d'Ahlefeld avait exigé, dans une négociation, qu'un traité entre les deux Etats donnât au roi de Danemark le titre de *rex Gothorum*, ce qui semblait attribuer au monarque danois la souveraineté de la *Gothie*, province suédoise; tandis que les Suédois ne voulaient lui accorder que la qualité de *rex Gotorum*, dénomination vague qui équivalait à l'ancien titre des souverains danois, *roi des Gots*.

C'est à cet *h*, cause, non d'une guerre, mais de longues et menaçantes négociations, que Schumacker faisait sans doute allusion.

L'évêque prit la parole.

— Seigneur secrétaire intime, dit-il en se tournant vers l'homme de petite taille qui paraissait faire les fonctions de greffier et d'accusateur, ce Hacket est-il parmi mes clients?

— Non, Votre Révérence, répondit le secrétaire.

— Sait-on ce qu'il est devenu?

— On n'a pu le saisir : il a disparu.

On eût dit qu'en parlant ainsi le seigneur secrétaire intime composait sa voix.

— Je crois plutôt qu'il s'est évanoui, dit Schumacker.

L'évêque continua :

— Seigneur secrétaire, fait-on poursuivre ce Hacket? A-t-on son signalement?

Avant que le secrétaire intime eût pu répondre, un des prisonniers se leva; c'était un jeune mineur d'un visage âpre et fier.

— Il serait aisé de l'avoir, dit-il d'une voix forte. Ce misérable Hacket, l'agent de Schumacker, est un homme de petite stature, d'une figure ouverte, mais ouverte comme une bouche de l'enfer... — Tenez, seigneur évêque, sa voix ressemble beaucoup à celle de ce seigneur qui écrit là sur cette table, et que Votre Révérence appelle, je crois, ***secrétaire intime.*** Et même, si cette salle était moins sombre, et que le seigneur secrétaire intime eût moins de cheveux pour lui cacher le visage, j'assurerais presque qu'il y a dans ses traits quelque ressemblance avec ceux du traître Hacket.

— Notre frère dit vrai, s'écrièrent les deux prisonniers voisins du jeune mineur.

— Vraiment! murmura Schumacker avec une expression de triomphe.

Cependant le secrétaire avait fait un mouvement involontaire, soit de crainte, soit de l'indignation qu'il ressentait d'être comparé à ce Hacket. Le président, qui lui-même avait paru troublé, se hâta d'élever la voix.

— Prisonniers, n'oubliez pas que vous ne devez parler que lorsque le tribunal vous interroge; et surtout n'outragez pas les ministres de la justice par d'indignes comparaisons.

— Cependant, seigneur président, dit l'évêque, ceci n'est qu'une question de signalement. Si le coupable Hacket offre quelques points de ressemblance avec le secrétaire, cela pourrait être utile...

Le président l'interrompit :

— Han d'Islande, vous qui avez eu tant de rapports avec Hacket, dites-nous, pour satisfaire le révérend évêque, si cet homme ressemble en effet à notre très-honoré secrétaire intime.

— Nullement, seigneur, répondit le géant sans hésiter.

— Vous voyez, seigneur évêque? ajouta le président.

L'évêque prononça d'un signe de tête qu'il était satisfait; et le président, s'adressant à un autre accusé, prononça la formule usitée : — Quel est votre nom?

— Wilfrid Kennybol, des montagnes de Kole.

— Etiez-vous parmi les insurgents?

— Oui, seigneur : la vérité vaut mieux que la vie. J'ai été pris dans les gorges maudites du Pilier-Noir. J'étais le chef des montagnards.

— Qui vous a poussé au crime de rébellion?

— Nos frères les mineurs se plaignaient de la tutelle royale, et cela était tout simple, n'est-ce pas, Votre Courtoisie? Vous n'auriez qu'une hutte de boue et deux mauvaises peaux de renard, que vous ne seriez pas fâché d'en être le maître. Le gouvernement n'a pas écouté leurs prières. Alors, seigneur, ils ont songé à se révolter, et nous ont priés de les aider. Un si petit service ne se refuse pas entre frères qui récitent les mêmes oraisons et chôment les mêmes saints. Voilà tout.

— Personne, dit le président, n'a-t-il éveillé, encouragé et dirigé votre insurrection?

— C'était un seigneur Hacket, qui nous parlait sans cesse de délivrer un comte prisonnier à Munckholm, dont il se disait l'envoyé. Nous le lui avons promis, parce qu'une liberté de plus ne nous coûtait rien.

— Ce comte ne s'appelait-il pas Schumacker ou Griffenfeld?

— Justement, Votre Courtoisie.

— Vous ne l'avez jamais vu?

— Non, seigneur; mais, si c'est ce vieillard qui vous a dit tout à l'heure tant de noms, je ne puis faire autrement que de convenir... —

— De quoi? interrompit le président.

— Qu'il a une bien belle barbe blanche, seigneur, presque aussi belle que celle du père du mari de ma sœur Maase, de la bourgade de Surb, lequel a vécu jusqu'à cent vingt ans.

L'ombre répandue dans la salle empêcha de voir si le président paraissait désappointé de la naïve réponse du montagnard. Il ordonna aux archers de déployer quelques bannières couleur de feu déposées devant le tribunal.

— Wilfrid Kennybol, dit-il, reconnaissez-vous ces bannières?

— Oui, Votre Courtoisie : elles nous ont été données par Hacket, au nom du comte de Schumacker. Le comte fit distribuer aussi des armes aux mineurs; car nous n'en avions pas besoin, nous autres montagnards, qui vivons de la carabine et de la gibecière. Et moi, seigneur, tel que vous me voyez, attaché ici comme une méchante poule qu'on va rôtir, j'ai plus d'une fois, du fond de nos vallées, atteint de vieux aigles, lorsqu'au plus haut de leur vol ils ne semblaient que des alouettes ou des grives.

— Vous entendez, seigneurs juges, observa le secrétaire intime; l'accusé Schumacker a fait distribuer par Hacket des armes et des drapeaux aux rebelles?

— Kennybol, reprit le président, n'avez-vous plus rien à déclarer?

— Rien, Votre Courtoisie, sinon que je ne mérite pas la mort. Je n'ai fait que prêter assistance, en bon frère, aux mineurs, et j'ose affirmer à toutes Vos Courtoisies que le plomb de ma carabine, tout vieux chasseur que je suis, n'a jamais touché un daim du roi.

Le président, sans répondre à ce plaidoyer, interrogea les deux compagnons de Kennybol. C'étaient des chefs de mineurs. Le plus vieux, qui déclara se nommer Jonas, répéta, en d'autres termes, ce qu'avait avoué Kennybol. L'autre, qui était le jeune homme dont les yeux avaient saisi tant de ressemblance entre le secrétaire intime et le perfide Hacket, dit s'appeler Norbith, confessa fièrement sa part dans la révolte, mais refusa de rien révéler touchant Hacket et Schumacker. Il avait, disait-il, prêté serment de se taire, et ne se souvenait plus que de ce serment. Le président eut beau l'interroger par toutes les menaces et par toutes les prières, l'obstiné jeune homme resta inflexible. D'ailleurs il assurait ne point s'être révolté pour Schumacker, mais seulement parce que sa vieille mère avait faim et froid. Il ne niait point qu'il n'eût peut-être mérité la mort; mais il affirmait que l'on commettrait une injustice en le condamnant, parce qu'en le tuant on tuerait aussi sa pauvre mère, qui ne l'avait pas mérité.

Quand Norbith eut cessé de parler, le secrétaire intime résuma en peu de mots les charges accablantes qui pesaient jusqu'à ce moment sur les accusés, surtout sur Schumacker. Il lut quelques-unes des devises séditieuses inscrites sur les bannières, et fit ressortir contre l'ex-grand chancelier l'unanimité des réponses de ses complices, et jusqu'au silence de ce jeune Norbith, lié par un serment fanatique. — Il ne reste plus, ajouta-t-il en terminant, qu'un accusé à interroger, et nous avons de hautes raisons de le croire agent secret de l'autorité qui a si mal veillé à la tranquillité du Drontheimhus. Cette autorité a favorisé, sinon par sa connivence coupable, du moins par sa fatale négligence, l'explosion de la révolte qui va perdre tous ces malheureux, et rendre à l'échafaud ce Schumacker, que la clémence du roi en avait si généreusement sauvé.

Ethel, qui de ses craintes pour Ordener était revenue, par une cruelle transition, à ses craintes pour son père, frémit à ce langage sinistre, et un torrent de larmes s'échappa de ses yeux quand elle vit son père se lever, en disant d'une voix tranquille : — Chancelier d'Ahlefeld, j'admire tout ceci. Avez-vous eu la prévoyance de faire mander le bourreau?

L'infortunée crut en ce moment qu'elle épuisait sa dernière douleur : elle se trompait.

Le sixième accusé venait de se lever; noble et superbe, il avait écarté les cheveux qui couvraient son visage, et, aux questions que le président lui avait adressées, il avait répondu d'une voix ferme et haute :

— Je m'appelle Ordener Guldenlew, baron de Thorvick, chevalier de Dannebrog.

Un cri de surprise échappa au secrétaire :

— Le fils du vice-roi!

— Le fils du vice-roi! répétèrent toutes les voix, comme si la salle eût eu en ce moment mille échos.

Le président avait reculé sur son siége; les juges, jusqu'alors immobiles dans le tribunal, se penchaient tumultueusement les uns vers les autres, ainsi que des arbres qui seraient battus à la fois de vents opposés. L'agitation était plus grande encore dans l'auditoire : les spectateurs montaient sur les corniches de pierre et les grilles de fer, la foule entière parlait comme d'une seule bouche; et les gardes, oubliant de réclamer le silence, mêlaient leurs paroles de surprise à la rumeur universelle.

Quelle âme assez accoutumée aux soudaines émotions de la vie pourrait concevoir ce qui se passa dans l'âme d'Ethel? Qui pourrait rendre ce mélange inouï de joie déchirante et de délicieuse douleur; cette attente inquiète, qui était à la fois de la crainte et de l'espérance, et n'en était cependant pas? — Il était devant elle, sans qu'elle fût devant lui! c'était lui qu'elle voyait et qui ne la voyait pas! c'était son bien-aimé Ordener, son Ordener, qu'elle avait cru mort, qu'elle savait perdu pour elle, son ami qui l'avait trompée et qu'elle adorait comme d'une adoration nouvelle. Il était là; oui, il était là. Un vain songe ne l'abusait pas; oh! c'était bien lui, cet Ordener, hélas! qu'elle avait rêvé plus souvent encore qu'elle ne l'avait vu. — Mais apparaissait-il dans cette enceinte solennelle comme un ange sauveur ou comme un fatal génie? Devait-elle espérer en lui ou trembler pour lui! — Mille conjectures oppressaient à la fois sa pensée et l'étouffaient comme une flamme que trop d'aliment éteint; toutes les idées, toutes les sensations que nous venons d'indiquer parcoururent son esprit comme un éclair, au moment où le fils du vice-roi de Norwége prononça son nom. Elle fut la première à le reconnaître, et les autres ne l'avaient pas encore reconnu, qu'elle était évanouie.

Elle reprit bientôt ses sens pour la seconde fois, grâce aux soins de sa mystérieuse voisine. Pâle, elle rouvrit ses yeux dans lesquels les larmes s'étaient subitement taries. Elle jeta avidement sur le jeune homme, toujours debout et calme dans le tumulte général, un de ces regards qui embrassent tout un être; et le trouble avait cessé dans le tribunal et le peuple que le nom d'*Ordener Guldenlew* retentissait encore à son oreille. Elle remarqua avec une douloureuse inquiétude qu'il portait son bras en écharpe, et que ses mains étaient chargées de fers; elle remarqua que son manteau était déchiré en plusieurs endroits, que son sabre fidèle ne pendait plus à sa ceinture. Rien n'échappa à sa sollicitude; car l'œil d'une amante ressemble à l'œil d'une mère. Elle environna de toute son âme celui qu'elle ne pouvait couvrir de tout son corps; et, il faut le dire à la honte et à la gloire de l'amour, dans cette salle qui renfermait son père et les persécuteurs de son père, Ethel ne vit plus qu'un seul homme.

Le silence s'était rétabli peu à peu. Le président se mit en devoir de commencer l'interrogatoire du fils du vice-roi.

— Seigneur baron, dit-il d'une voix tremblante...

— Je ne m'appelle point ici *seigneur baron*, répondit Ordener d'une voix ferme, je m'appelle *Ordener Guldenlew*, comme celui qui a été comte de Griffenfeld s'appelle *Jean Schumacker*.

Le président resta un moment comme interdit.

— Eh bien donc! reprit-il, Ordener Guldenlew, c'est

sans doute par un hasard malheureux que vous êtes amené devant nous. Les rebelles vous auront pris voyageant, vous auront forcé de les suivre, et c'est ainsi, sans doute, que vous avez été trouvé dans leurs rangs.

Le secrétaire se leva :

— Nobles juges, le nom seul du fils du vice-roi de Norwége est un plaidoyer suffisant pour lui. Le baron Ordener Guldenlew ne peut être un rebelle. Notre illustre président a parfaitement expliqué sa fâcheuse arrestation parmi les rebelles. Le seul tort du noble prisonnier est de n'avoir pas dit plus tôt son nom. Nous demandons qu'il soit mis sur-le-champ en liberté, abandonnant toute accusation à son égard, et regrettant qu'il se soit assis sur le banc souillé par le criminel Schumacker et ses complices.

— Que faites-vous donc ? s'écria Ordener.

— Le secrétaire intime, dit le président, se désiste de toute poursuite à votre égard.

— Il a tort, répliqua Ordener d'une voix haute et sonore; je dois être ici seul accusé, seul jugé, et seul condamné. — Il s'arrêta un moment, et ajouta d'un accent moins ferme : — Car je suis seul coupable.

— Seul coupable ! s'écria le président.

— Seul coupable ! répéta le secrétaire intime.

Une nouvelle explosion de surprise se manifesta dans l'auditoire. La malheureuse Ethel frémit ; elle ne songeait pas que cette déclaration de son amant sauvait son père. Elle avait devant les yeux la mort de son Ordener.

— Hallebardiers, qu'on fasse silence! dit le président, profitant peut-être du moment de rumeur pour rallier ses idées et reprendre sa présence d'esprit.

— Ordener Guldenlew, reprit-il, expliquez-vous.

Le jeune homme resta un instant rêveur, puis soupira avec effort, puis prononça ces paroles d'un ton calme et résigné :

— Oui, je sais qu'une mort infâme m'attend; je sais que la vie pourrait m'être belle et glorieuse. Mais Dieu lira au fond de mon cœur! à la vérité, Dieu seul ! — Je vais accomplir le premier devoir de mon existence; je vais lui sacrifier mon sang, mon honneur peut-être; mais je sens que je mourrai sans remords et sans repentir. Ne vous étonnez pas de mes paroles, seigneurs juges; il y a dans l'âme et dans la destinée humaine des mystères que vous ne pouvez pénétrer, et qui ne sont jugés qu'au ciel. Ecoutez-moi donc; et agissez envers moi selon vos consciences, quand vous aurez absous ces infortunés, et surtout ce déplorable Schumacker, qui a déjà, dans sa captivité, expié bien plus de crimes qu'un homme n'en peut commettre. — Oui, je suis coupable, nobles juges, et seul coupable. Schumacker est innocent; ces autres malheureux ne sont qu'égarés. L'auteur de la rébellion des mineurs, c'est moi.

— Vous! s'écrièrent à la fois et avec une expression étrange le président et le secrétaire intime.

— Moi ! et ne m'interrompez plus, seigneurs. Je suis pressé de terminer, car en m'accusant je justifie ces infortunés. C'est moi qui ai soulevé les mineurs au nom de Schumacker; c'est moi qui ai fait distribuer aux rebelles des bannières; qui leur ai envoyé, au nom du prisonnier de Munckholm, de l'or et des armes. Hacket était mon agent.

A ce nom de *Hacket*, le secrétaire intime fit un geste de stupeur. Ordener continua :

— J'épargne vos moments, seigneurs. J'ai été pris dans les rangs des mineurs, que j'avais poussés à la révolte. J'ai seul tout fait. Maintenant, jugez : si j'ai prouvé mon crime, j'ai prouvé également l'innocence de Schumacker et celle des pauvres misérables que vous croyez ses complices.

Le jeune homme parlait ainsi, les yeux levés au ciel. Ethel, presque inanimée, respirait à peine ; il lui semblait seulement qu'Ordener, tout en justifiant son père, prononçait bien amèrement son nom. Les discours du jeune homme l'étonnaient et l'épouvantaient, sans qu'elle pût les comprendre. Dans tout ce qui frappait ses sens, elle ne voyait clairement que le malheur.

Un sentiment du même genre paraissait préoccuper le président. On eût dit qu'il ne pouvait croire à ce qu'il entendait de ses oreilles. Il adressa néanmoins la parole au fils du vice-roi :

— Si vous êtes en effet l'unique auteur de cette révolte, dans quel but l'avez-vous excitée?

— Je ne puis le dire.

Un frisson saisit Ethel lorsqu'elle entendit le président répliquer d'une voix presque irritée :

— N'aviez-vous point une intrigue avec la fille de Schumacker?

Mais son Ordener, enchaîné, avait fait un pas vers le tribunal, et s'était écrié, avec l'accent de l'indignation :

— Chancelier d'Ahlefeld, contentez-vous de ma vie que je vous livre; respectez une noble et innocente fille. Ne tentez pas de la déshonorer une seconde fois.

La pauvre Ethel, qui avait senti son sang remonter à son visage, ne comprit pas ce que signifiaient ces mots *une seconde fois*, sur lesquels son défenseur appuyait avec énergie; mais, à la colère qui se peignait sur les traits du président, on eût dit qu'il les comprenait.

— Ordener Guldenlew, n'oubliez pas vous-même le respect que vous devez à la justice du roi et à ses suprêmes officiers. Je vous réprimande au nom du tribunal. — A présent, je vous somme de nouveau de me déclarer dans quel but vous avez commis le crime dont vous vous accusez.

— Je vous répète que je ne puis vous le dire.

— N'était-ce pas, reprit le secrétaire, pour délivrer Schumacker?

Ordener garda le silence.

— Ne soyez pas muet, accusé Ordener, dit le président; il est prouvé que vous entreteniez des intelligences avec Schumacker, et l'aveu de votre culpabilité accuse, plus qu'il ne justifie, le prisonnier de Munckholm. Vous alliez souvent à Munckholm, et certes vous attachiez à ces visites plus qu'un intérêt de curiosité ordinaire. Témoin cette boucle de diamants.

Le président prit sur le bureau et montra à Ordener une boucle de brillants qui y était déposée. — La reconnaissez-vous pour vous avoir appartenu ?

— Oui. — Par quel hasard ?...

— Eh bien ! un des rebelles l'a remise, avant d'expirer, à notre secrétaire intime, en déclarant qu'il l'avait reçue de vous en payement, pour vous avoir transporté du port de Drontheim à la forteresse de Munckholm. Or, je vous le demande, seigneurs juges, un pareil salaire donné à un simple matelot n'annonce-t-il pas quelle importance l'accusé Ordener Guldenlew attachait à parvenir jusqu'à cette prison, qui est celle de Schumacker ?

— Ah ! s'écria l'accusé Kennybol, ce que dit Sa Courtoisie est vrai, je reconnais la boucle ; c'est l'histoire de notre pauvre frère Guldon Stayper.

— Silence! dit le président, laissez répondre à Ordener Guldenlew.

— Je ne cacherai pas, repartit celui-ci, que je désirais voir Schumacker. — Mais cette boucle ne signifie rien. On ne peut entrer avec des diamants dans le fort; le matelot qui m'avait amené s'était plaint, dans la traversée, de sa misère : je lui ai jeté cette boucle, que je ne pouvais garder sur moi... —

— Pardon, Votre Courtoisie, interrompit le secrétaire intime, le règlement excepte de cette mesure le fils du vice-roi. Vous pouviez donc... —

— Je ne voulais pas me nommer.

— Pourquoi ? demanda le président.

— C'est ce que je ne puis dire.

— Vos intelligences avec Schumacker et sa fille prouvent que le but de votre complot était de les délivrer.

Schumacker, qui, jusqu'alors, n'avait donné d'autre signe d'attention que de dédaigneux mouvements d'épaules, se leva :

— Me délivrer! Le but de cette infernale trame était de me compromettre et de me perdre, comme il l'est encore. Croyez-vous qu'Ordener Guldenlew eût avoué sa participation au crime s'il n'eût été pris parmi les révoltés? Oh! je vois qu'il a hérité de la haine de son père pour moi. Et quant aux intelligences qu'on lui suppose avec moi et ma fille, qu'il sache, cet exécré Guldenlew, que ma fille a hérité aussi de ma haine pour lui, pour la race des Guldenlew et des d'Ahlefeld!

Ordener soupira profondément tandis qu'Ethel désavouait tout bas son père, et que celui-ci retombait sur son banc, palpitant encore de colère.

— Le tribunal jugera, dit le président.

Ordener, qui, aux paroles de Schumacker, avait baissé les yeux en silence, parut se réveiller :

— Oh! nobles juges, écoutez. Vous allez descendre dans vos consciences : n'oubliez pas qu'Ordener Guldenlew est coupable seul; Schumacker est innocent. Ces autres infortunés ont été trompés par Hacket, qui était mon agent. J'ai fait tout le reste.

Kennybol l'interrompit :

— Sa Courtoisie dit vrai, seigneurs juges; car c'est elle qui s'est chargée de nous amener le fameux Han d'Islande, dont je souhaite que le nom ne me porte pas malheur. Je sais que c'est ce jeune seigneur qui a osé l'aller trouver dans la caverne de Walderhog, pour lui proposer d'être notre chef. Il m'a confié le secret de son entreprise au hameau de Surb, chez mon frère Braall. Et, pour le reste encore, le jeune seigneur dit vrai : nous avons été abusés par ce Hacket maudit; d'où il suit que nous ne méritons pas la mort.

— Seigneur secrétaire intime, dit le président, les débats sont clos. Quelles sont vos conclusions?

Le secrétaire se leva, salua plusieurs fois le tribunal, passa quelque temps la main entre les plis de son rabat de dentelle, sans quitter un moment des yeux les yeux du président. Enfin, il fit entendre ces paroles d'une voix sourde et lugubre :

— Seigneur président, respectables juges! l'accusation demeure victorieuse. Ordener Guldenlew, qui ternit à jamais la splendeur de son glorieux nom, n'a réussi qu'à prouver sa culpabilité sans démontrer l'innocence de l'ex-chancelier Schumacker, et de ses complices Han d'Islande, Wilfrid Kennybol, Jonas et Norbith. — Je demande à la justice du tribunal que les six accusés soient déclarés coupables du crime de haute trahison et de lèse-majesté au premier chef.

Un murmure vague s'éleva de la foule. Le président allait proclamer la formule de clôture quand l'évêque réclama un moment d'attention.

— Doctes juges, il est convenable que la défense des accusés se fasse entendre la dernière. Je souhaiterais qu'elle eût un meilleur organe; car je suis vieux et faible, et je n'ai plus en moi d'autre force que celle qui me vient de Dieu. — Je m'étonne des sévères requêtes du secrétaire intime. Rien ici ne prouve le crime de mon client Schumacker. On ne peut établir contre lui aucune participation directe à l'insurrection des mineurs; et, puisque mon autre client, Ordener Guldenlew, déclare avoir abusé du nom de Schumacker, et, de plus, être l'unique auteur de cette condamnable sédition, toutes les présomptions qui pesaient sur Schumacker s'évanouissent : vous devez donc l'absoudre. Je recommande à votre indulgence chrétienne les autres accusés, qui n'ont été qu'égarés, comme la brebis du bon pasteur; et même le jeune Ordener Guldenlew, qui a du moins le mérite, bien grand devant le Seigneur, de confesser son crime. Songez, seigneurs juges, qu'il est encore dans l'âge où l'homme peut faillir, et même tomber, sans que Dieu refuse de le soutenir ou de le relever. Ordener Guldenlew porte à peine le quart de ce fardeau de l'existence qui pèse déjà presque entier sur ma tête. Mettez dans la balance de vos jugements sa jeunesse et son inexpérience, et ne lui retirez pas sitôt cette vie que le Seigneur vient à peine de lui donner.

Le vieillard se tut et se plaça près d'Ordener, qui souriait, tandis qu'à l'invitation du président les juges se levaient du tribunal, et passaient en silence le seuil de la formidable salle de leurs délibérations.

Pendant que quelques hommes décidaient de six destinées dans ce terrible sanctuaire, les accusés immobiles étaient restés assis sur leur banc entre deux rangs de hallebardiers. Schumacker, la tête sur sa poitrine, paraissait endormi dans une rêverie profonde; le géant promenait à droite et à gauche des regards où se peignait une assurance stupide; Jonas et Kennybol, les mains jointes, priaient à voix basse, tandis que leur camarade Norbith frappait par intervalles la terre du pied, ou secouait ses chaînes avec des tressaillements convulsifs. Entre lui et le vénérable évêque, qui lisait les psaumes de la pénitence, se tenait Ordener les bras croisés et les yeux levés au ciel.

Derrière eux on entendait le bruit de la foule, qui avait impétueusement éclaté à la sortie des juges. C'était le fameux captif de Munckholm, c'était le redoutable démon d'Islande, c'était surtout le fils du vice-roi, qui occupaient toutes les pensées, toutes les paroles, tous les regards. La rumeur, mêlée de plaintes, de rires et de cris confus, qui s'échappait de l'auditoire, s'abaissait et s'élevait comme une flamme qui ondoie sous le vent.

Ainsi se passèrent plusieurs heures d'attente, si longues que chacun s'étonnait qu'elles fussent contenues dans la même nuit. De temps en temps on jetait un regard vers la porte de la chambre des délibérations; mais on n'y voyait rien que les deux soldats qui se promenaient avec leurs pertuisanes étincelantes devant le seuil fatal, comme deux fantômes muets.

Enfin, les torches et les lampes commençaient à pâlir, et quelques rayons blancs de l'aube traversaient les vitraux étroits de la salle, quand la porte redoutable s'ouvrit. — Un silence profond remplaça sur-le-champ, comme par magie, tout le tumulte du peuple, et l'on n'entendit plus que le bruit des respirations pressées et le mouvement vague et sourd de la foule en suspens.

Les juges, sortant à pas lents de la chambre des délibérations, reprirent place au tribunal, le président à leur tête.

Le secrétaire intime, qui avait paru absorbé dans ses réflexions pendant leur absence, s'inclina :

— Seigneur président, quel est l'arrêt que le tribunal, jugeant sans appel, a rendu au nom du roi? Nous sommes prêts à l'entendre avec un respect religieux.

Le juge placé à droite du président se leva, tenant un parchemin dans ses mains :

— Sa Grâce notre glorieux président, fatigué par la longueur de cette audience, daigne nous charger, nous, haut syndic du Drontheimhus, président naturel de ce tribunal respectable, de lire à sa place la sentence rendue au nom du roi. Nous allons remplir ce devoir honorable et pénible, rappelant à l'auditoire de se taire devant l'infaillible justice du roi.

Alors la voix du haut syndic prit une inflexion solennelle et grave, et tous les cœurs palpitèrent :

— « Au nom de notre vénéré maître et légitime seigneur Christiern, roi! — voici l'arrêt que nous, juges du haut tribunal du Drontheimhus, nous rendons dans nos consciences, touchant Jean Schumacker, prisonnier d'État; Wilfrid Kennybol, habitant des montagnes de Kole; Jonas, mineur royal; Norbith, mineur royal; Han, de Klipstadur, en Islande; et Ordener Guldenlew, baron de Thorvick, chevalier de Dannebrog, tous accusés des crimes de haute trahison et de lèse-majesté au premier chef : Han d'Islande étant de plus prévenu des crimes d'assassinat, d'incendie et de brigandage. —

« 1° Jean Schumacker n'est point coupable.

« 2° Wilfrid Kennybol, Jonas et Norbith sont coupables; mais le tribunal les excuse, parce qu'ils ont été égarés.

« 3° Han d'Islande est coupable de tous les crimes qu'on lui impute.

« 4° Ordener Guldenlew est coupable de haute trahison et de lèse-majesté au premier chef. »

Le juge s'arrêta un moment comme pour prendre haleine. Ordener attachait sur lui un regard plein d'une joie céleste.

— « Jean Schumacker, continua le juge, le tribunal « vous absout et vous renvoie dans votre prison.

« Kennybol, Jonas et Norbith, le tribunal réduit la peine « que vous avez encourue à une détention perpétuelle et à « une amende de mille écus royaux chacun.

« Han, de Klipstadur, assassin et incendiaire, vous se« rez ce soir conduit sur la place d'armes de Munckholm, « et pendu par le cou jusqu'à ce que mort s'ensuive.

« Ordener Guldenlew, traitre, après avoir été dégradé « de vos titres devant ce tribunal, vous serez conduit ce « soir au même lieu, avec un flambeau à la main, pour « y avoir la tête tranchée, le corps brûlé, et pour que vos « cendres soient jetées au vent et votre tête exposée sur la « claie.

« Retirez-vous tous. Tel est l'arrêt rendu par la justice « du roi. »

A peine le haut syndic avait-il achevé cette funèbre lecture, qu'on entendit dans la salle un cri. — Ce cri glaça les assistants plus même que l'effrayant appareil de la sentence de mort; ce cri fit pâlir un moment le front serein et radieux d'Ordener condamné.

XLIV

C'était le malheur qui les rendait égaux.

CHARLES NODIER.

C'en est donc fait : tout va s'accomplir, ou plutôt tout est déjà accompli. Il a sauvé le père de celle qu'il aimait, il l'a sauvée elle-même en lui conservant l'appui paternel. La noble conspiration du jeune homme pour la vie de Schumacker a réussi : maintenant le reste n'est rien ; il n'a plus qu'à mourir.

Que ceux qui l'ont cru coupable ou insensé le jugent maintenant, ce généreux Ordener, comme il se juge luimême dans son âme avec un saint ravissement. Car ce fut toujours sa pensée, en entrant dans les rangs des rebelles, que, s'il ne pouvait empêcher l'exécution du crime de Schumacker, il pourrait du moins en empêcher le châtiment, en l'appelant sur sa propre tête.

— Hélas! s'était-il dit, sans doute Schumacker est coupable; mais, aigri par sa captivité et son malheur, son crime est pardonnable. Il ne veut que sa délivrance; il la tente, même par la rébellion. — D'ailleurs, que deviendra mon Ethel si on lui enlève son père; si elle le perd par l'échafaud, si un nouvel opprobre vient flétrir sa vie, que deviendra-t-elle, sans soutien, sans secours, seule dans son cachot, ou errante dans un monde d'ennemis? Cette pensée l'avait déterminé à son sacrifice; et il s'y était préparé avec joie : car le plus grand bonheur d'un être qui aime est d'immoler son existence, je ne dis pas à l'existence, mais à un sourire, à une larme de l'être aimé.

Il a donc été pris parmi les rebelles, il a été traîné devant les juges qui devaient condamner Schumacker, il a commis son généreux mensonge, il a été condamné, il va mourir d'une mort cruelle, d'un supplice ignominieux, il va laisser une mémoire souillée; mais que lui importe, au noble jeune homme? il a sauvé le père de son Ethel.

Il est maintenant assis sur ses chaînes dans un cachot humide, où la lumière et l'air ne pénètrent qu'à peine par de sombres soupiraux; près de lui est la nourriture du reste de son existence : un pain noir, une cruche pleine d'eau. Un collier de fer pèse sur son cou, des bracelets, des carcans de fer, pressent ses mains et ses pieds. Chaque heure qui s'écoule lui emporte plus de vie qu'une année n'en enlève aux autres mortels. — Il rêve délicieusement.

— Peut-être mon souvenir ne périra-t-il pas avec moi, du moins dans un des cœurs qui battent parmi les hommes! peut-être daignera-t-elle me donner une larme pour mon sang! peut-être consacrera-t-elle quelquefois un regret à celui qui lui a dévoué sa vie! peut-être, dans ses rêveries virginales, aura-t-elle parfois présente la confuse image de son ami! Qui sait d'ailleurs ce qui est derrière la mort? Qui sait si les âmes, délivrées de leur prison matérielle, ne peuvent pas quelquefois revenir veiller sur les âmes qu'elles aiment, commercer mystérieusement avec ces douces compagnes encore captives, et leur apporter en secret quelque vertu des anges et quelque joie du ciel?... —

Toutefois des idées amères se mêlaient à ces consolantes méditations. La haine que Schumacker lui avait témoignée au moment même de son sacrifice oppressait son cœur. Le cri déchirant qu'il avait entendu en même temps que son arrêt de mort l'avait ébranlé profondément; car, seul dans l'auditoire, il avait reconnu cette voix et compris cette douleur. Et puis, ne la reverra-t-il donc plus, son Ethel? ses derniers moments se passeront-ils dans la prison même qui la renferme sans qu'il puisse encore une fois toucher la douce main, entendre la douce voix de celle pour qui il va mourir? —

Il abandonnait ainsi son âme à cette vague et triste rêverie, qui est à la pensée ce que le sommeil est à la vie, quand le cri rauque des vieux verrous rouillés heurta rudement son oreille, déjà en quelque sorte attentive aux concerts de l'autre sphère où il allait s'envoler. — C'était la lourde porte de fer de son cachot qui s'ouvrait en grondant sur ses gonds. Le jeune condamné se leva tranquille et presque joyeux, car il pensa que c'était le bourreau qui venait le chercher, et il avait déjà dépouillé l'existence comme le manteau qu'il foulait à ses pieds.

Il fut trompé dans son attente : une figure blanche et svelte venait d'apparaître au seuil de son cachot, pareille à une vision lumineuse. Ordener douta de ses yeux, et se demanda s'il n'était pas déjà dans le ciel. C'était elle, c'était son Ethel.

La jeune fille était tombée dans ses bras enchaînés; elle couvrait les mains d'Ordener de larmes, qu'essuyaient les longues tresses noires de ses cheveux épars; baisant les fers du condamné, elle meurtrissait ses lèvres pures sur les infâmes carcans : elle ne parlait pas, mais tout son cœur semblait prêt à s'échapper dans la première parole qui passerait à travers ses sanglots.

Lui, — il éprouvait la joie la plus céleste qu'il eût éprouvée depuis sa naissance. Il serrait doucement son Ethel sur sa poitrine, et les forces réunies de la terre et de l'enfer n'eussent pu en ce moment dénouer les deux bras dont il l'environnait. Le sentiment de sa mort prochaine mêlait quelque chose de solennel à son ravissement, et il s'emparait de son Ethel comme s'il en eût déjà pris possession pour l'éternité.

Il ne demanda pas à cet ange comment elle avait pu pénétrer jusqu'à lui. Elle était là, pouvait-il penser à autre chose? D'ailleurs il ne s'en étonnait pas. Il ne se demandait pas comment cette jeune fille, proscrite, faible, isolée, avait pu, malgré les triples portes de fer et les triples rangs de soldats, ouvrir sa propre prison et celle de son amant; cela lui semblait simple; il portait en lui la conscience intime de ce que peut l'amour.

A quoi bon se parler avec la voix quand on se peut parler avec l'âme? Pourquoi ne pas laisser les corps écouter en silence le langage mystérieux des intelligences? — Tous deux se taisaient, parce qu'il y a des émotions qu'on ne saurait exprimer qu'en se taisant.

Cependant, la jeune fille souleva enfin sa tête appuyée sur le cœur tumultueux du jeune homme.

— Ordener, dit-elle, je viens te sauver. Et elle prononça cette parole d'espérance avec une angoisse douloureuse.

Ordener secoua la tête en souriant.

— Me sauver, Ethel! tu t'abuses; la fuite est impossible.

— Hélas! je le sais trop. Ce château est peuplé de soldats, et toutes les portes qu'il faut traverser pour arriver ici sont gardées par des archers et des geôliers qui ne dorment pas. — Elle ajouta avec effort : Mais je t'apporte un autre moyen de salut.

— Va, ton espérance est vaine. Ne te berce pas de chimères, Ethel; dans quelques heures un coup de hache les dissiperait trop cruellement...

— Oh! n'achève pas, Ordener! tu ne mourras pas. Oh! dérobe-moi cette affreuse pensée, ou plutôt, oui, présente-la-moi dans toute son horreur, pour me donner la force d'accomplir ton salut et mon sacrifice.

Il y avait dans l'accent de la jeune fille une expression indéfinissable. Ordener la regarda doucement :

— Ton sacrifice! que veux-tu dire?

Elle cacha son visage dans ses mains et sanglota en disant d'une voix inarticulée : — O Dieu!...

Cet abattement fut de courte durée; elle se releva : ses yeux brillaient, sa bouche souriait. Elle était belle comme un ange qui remonte de l'enfer au ciel.

— Ecoutez, mon Ordener, votre échafaud ne s'élèvera pas. Pour que vous viviez, il suffit que vous promettiez d'épouser Ulrique d'Ahlefeld...

— Ulrique d'Ahlefeld! ce nom dans ta bouche, mon Ethel!

— Ne m'interrompez pas, poursuivit-elle avec le calme d'une martyre qui subit sa dernière torture; je viens ici envoyée par la comtesse d'Ahlefeld. On vous promet d'obtenir votre grâce du roi si l'on obtient en échange votre main pour la fille du grand chancelier. Je viens ici vous demander le serment d'épouser Ulrique et de vivre pour elle. On m'a choisie pour messagère, parce qu'on a pensé que ma voix aurait quelque puissance sur vous.

— Ethel, dit le condamné d'une voix glacée, adieu; en sortant de ce cachot, dites qu'on fasse venir le bourreau.

Elle se leva, resta un moment devant lui debout, pâle et tremblante; puis ses genoux fléchirent, elle tomba à genoux sur la pierre en joignant les mains.

— Que lui ai-je fait? murmura-t-elle d'une voix éteinte.

Ordener, muet, fixait son regard sur la pierre.

— Seigneur, dit-elle, se traînant à genoux jusqu'à lui, vous ne me répondez pas? Vous ne voulez donc plus me parler?... Il ne me reste plus qu'à mourir!

Une larme roula dans les yeux du jeune homme.

— Ethel, vous ne m'aimez plus.

— O Dieu! s'écria la pauvre jeune fille, serrant dans ses bras les genoux du prisonnier, je ne l'aime plus! Tu dis que je ne t'aime plus, mon Ordener? Est-il bien vrai que tu as pu dire cela?

— Vous ne m'aimez plus, puisque vous me méprisez.

Il se repentit à l'instant même d'avoir prononcé cette parole cruelle; car l'accent d'Ethel fut déchirant quand elle jeta ses bras adorés autour de son cou en criant d'une voix étouffée par les larmes :

— Pardonne-moi, mon bien-aimé Ordener, pardonne-moi comme je te pardonne. Moi! te mépriser, grand Dieu! N'es-tu pas mon bien, mon orgueil, mon idolâtrie? — Dis-moi, est-ce qu'il y avait dans mes paroles autre chose qu'un profond amour, qu'une brûlante admiration pour toi? Hélas! ton langage sévère m'a fait bien du mal quand je venais pour te sauver, mon Ordener adoré, en immolant tout mon être au tien.

— Eh bien! répondit le jeune homme radouci en essuyant les pleurs d'Ethel avec des baisers, n'était-ce pas montrer peu d'estime que de me proposer de racheter ma vie par l'abandon de mon Ethel, par un lâche oubli de mes serments, par le sacrifice de mon amour? — Il ajouta, l'œil fixé sur Ethel : — De mon amour, pour lequel je verse aujourd'hui tout mon sang.

Un long gémissement précéda la réponse d'Ethel.

— Ecoute-moi encore, mon Ordener, ne m'accuse pas si vite. J'ai peut-être plus de force qu'il n'appartient d'ordinaire à une pauvre femme. — Du haut de notre donjon on voit construire dans la place d'armes l'échafaud qui t'est destiné. Oh! Ordener, tu ne connais pas cette affreuse douleur de voir lentement se préparer la mort de celui qui porte avec lui notre vie! La comtesse d'Ahlefeld, près de laquelle j'étais quand j'ai entendu prononcer ton arrêt funèbre, est venue me trouver au donjon, où j'étais rentrée avec mon père. Elle m'a demandé si je voulais te sauver, elle m'a offert cet odieux moyen; mon Ordener, il fallait détruire ma pauvre destinée, renoncer à toi, te perdre pour jamais, donner à une autre cet Ordener, toute la félicité de la délaissée Ethel, ou te livrer au supplice; on me laissait le choix entre mon malheur et ta mort; je n'ai pas balancé.

Il baisa avec respect la main de cet ange.

— Je ne balance pas non plus, Ethel. Tu ne serais pas venue m'offrir la vie avec la main d'Ulrique d'Ahlefeld si tu avais su comment il se fait que je meurs.

— Quoi? quel mystère?...

— Permets-moi d'avoir un secret pour toi, mon Ethel bien-aimée. Je veux mourir sans que tu saches si tu me dois de la reconnaissance ou de la haine pour ma mort.

— Tu veux mourir! Tu veux donc mourir! O Dieu! et cela est vrai, et l'échafaud se dresse en ce moment, et aucune puissance humaine ne peut délivrer mon Ordener qu'on va tuer! Dis-moi, jette un regard sur ton esclave, sur ta compagne, et promets-moi, bien-aimé Ordener, de m'entendre sans colère. Es-tu bien sûr, réponds à ton Ethel comme à Dieu, que tu ne pourrais mener une vie heureuse auprès de cette femme, de cette Ulrique d'Ahlefeld?... en es-tu bien sûr, Ordener? Elle est peut-être, sans doute même, belle, douce, vertueuse; elle vaut mieux que celle pour qui tu péris.

Ne détourne pas la tête, cher ami, mon Ordener. Tu es si noble et si jeune pour monter sur un échafaud! Eh bien! tu irais vivre avec elle dans quelque brillante ville où tu ne penserais plus à ce funeste donjon; tu laisserais couler paisiblement tes jours sans t'informer de moi; j'y consens, tu me chasserais de ton cœur, même de ton souvenir, Ordener. Mais vis, laisse-moi ici seule, c'est à moi de mourir. Et, crois-moi, quand je te saurai dans les bras d'une autre, tu n'auras pas besoin de t'inquiéter de moi; je ne souffrirai pas longtemps.

Elle s'arrêta : sa voix se perdait dans les larmes. Cependant on lisait dans son regard désolé le désir douloureux de remporter la victoire fatale dont elle devait mourir.

Ordener lui dit : — Ethel, ne me parle plus de cela. Qu'il ne sorte en ce moment de nos bouches d'autres noms que le tien et le mien.

— Ainsi, reprit-elle, hélas! hélas! tu veux donc mourir?

— Il le faut. J'irai avec joie à l'échafaud pour toi : j'irais avec horreur à l'autel pour toute autre femme. Ne m'en parle plus : tu m'affliges et tu m'offenses.

Elle pleurait en murmurant toujours : — Il va mourir, ô Dieu! et d'une mort infâme!

Le condamné répondit avec un sourire : — Crois-moi, Ethel, il y a moins de déshonneur dans ma mort que dans la vie telle que tu me la proposes.

En ce moment, son regard, se détachant de son Ethel éplorée, aperçut un vieillard vêtu d'habits ecclésiastiques, qui se tenait debout dans l'ombre, sous la voûte basse de la porte. — Que voulez-vous? dit-il brusquement.

— Seigneur, je suis venu avec l'envoyée de la comtesse d'Ahlefeld. Vous ne m'avez point aperçu, et j'attendais en silence que vos yeux tombassent sur moi.

En effet, Ordener n'avait vu que son Ethel, et celle-ci, voyant Ordener, avait oublié son compagnon.

— Je suis, continua le vieillard, le ministre chargé... —

— J'entends, dit le jeune homme. Je suis prêt.

Le ministre s'avança vers lui.

— Dieu est prêt aussi à vous recevoir, mon fils.

— Seigneur ministre, reprit Ordener, votre visage ne m'est pas inconnu. Je vous ai vu quelque part.

Ils s'étaient agenouillés ensemble devant le prêtre. (Page 113.)

Le ministre s'inclina.

— Je vous reconnais aussi, mon fils. — C'était dans la tour de Vygla. Nous avons tous deux montré ce jour-là combien les paroles humaines ont peu de certitude. Vous m'avez promis la grâce de douze malheureux condamnés, et moi je n'ai point cru en votre promesse, ne pouvant deviner que vous fussiez ce que vous êtes, le fils du vice-roi; et vous, seigneur, qui comptiez sur votre puissance et sur votre rang, en me donnant cette assurance...

Ordener acheva la pensée qu'Anathase Munder n'osait compléter.

— Je ne puis aujourd'hui obtenir aucune grâce, pas même la mienne; vous avez raison, seigneur ministre. Je respectais trop peu l'avenir, et il m'en a puni en me montrant sa puissance, supérieure à la mienne.

Le ministre baissa la tête.

— Dieu est fort, dit-il. Puis il releva ses yeux bienveillants sur Ordener en ajoutant : — Dieu est bon.

Celui-ci, qui paraissait préoccupé, s'écria, après un court silence :

— Ecoutez, seigneur ministre, je veux tenir la promesse que je vous ai faite dans la tour de Vygla. Quand je serai mort, allez trouver à Berghen mon père, le vice-roi de Norwége, et dites-lui que la dernière grâce que lui demande son fils, c'est celle de vos douze protégés. Il vous l'accordera, j'en suis sûr.

Une larme d'attendrissement mouilla le visage vénérable d'Athanase.

— Mon fils, il faut que de nobles pensées remplissent votre âme pour savoir, dans la même heure, rejeter avec courage votre propre grâce et solliciter avec bonté celle des autres. Car j'ai entendu votre refus; et, tout en blâmant le dangereux excès d'une passion humaine, j'en ai été profondément touché. Maintenant je me dis : *Unde scelus?* Comment se fait-il qu'un homme qui approche tant du vrai juste se soit souillé du crime pour lequel il est condamné?

— Mon père, je ne l'ai point dit à cet ange, je ne puis vous le dire. Croyez seulement que la cause de ma condamnation n'est point un crime.

— Comment? expliquez-vous, mon fils.

— Ne me pressez pas, répondit le jeune homme avec

Eh! juges, où est Han d'Islande? (Page 115.)

fermeté. Laissez-moi emporter dans le tombeau le secret de ma mort.

— Ce jeune homme ne peut être coupable, murmura le ministre. Alors il tira de son sein un crucifix noir, qu'il plaça sur une sorte d'autel grossièrement formé d'une dalle de granit adossée au mur humide de la prison. Près du crucifix il posa une petite lampe de fer allumée, qu'il avait apportée avec lui, et une Bible ouverte.

— Mon fils, priez et méditez. Je reviendrai dans quelques heures. — Allons, ajouta-t-il, se tournant vers Ethel, qui, pendant tout l'entretien d'Ordener et d'Athanase, avait gardé le silence du recueillement, il faut quitter le prisonnier. Le temps s'écoule...

Elle se leva radieuse et tranquille; quelque chose de divin enflammait son regard :

— Seigneur ministre, je ne puis vous suivre encore. Il faut auparavant que vous ayez uni Ethel Schumacker à son époux Ordener Guldenlew.

Elle regarda Ordener : — Si tu étais encore puissant, libre et glorieux, mon Ordener, je pleurerais et j'éloignerais ma fatale destinée de la tienne. — Mais maintenant que tu ne crains plus la contagion de mon malheur; que tu es, ainsi que moi, captif, flétri, opprimé; maintenant que tu vas mourir, je viens à toi, espérant que tu daigneras du moins, Ordener, mon seigneur, permettre à celle qui n'aurait pu être la compagne de ta vie d'être la compagne de ta mort; car tu m'aimes assez, n'est-il pas vrai, pour n'avoir pas douté un instant que je n'expire en même temps que toi?

Le condamné tomba à ses pieds et baisa le bas de sa robe.

— Vous, vieillard, continua-t-elle, vous allez nous tenir lieu de familles et de pères; ce cachot sera le temple; cette pierre, l'autel. Voici mon anneau nous sommes à genoux devant Dieu et devant vous. Bénissez-nous et lisez les paroles saintes qui vont unir Ethel Schumacker à Ordener Guldenlew, son seigneur.

Et ils s'étaient agenouillés ensemble devant le prêtre, qui les contemplait avec un étonnement mêlé de pitié.

— Comment, mes enfants! que faites-vous?

— Mon père, dit la jeune fille, le temps presse. Dieu et la mort nous attendent.

PARIS. — TYP. SIMON RAÇON ET Cᵉ, RUE D'ERFURTH, 1.

On rencontre quelquefois dans la vie des puissances irrésistibles, des volontés auxquelles on cède soudain comme si elles avaient quelque chose de plus que les volontés humaines. Le prêtre leva les yeux en soupirant :

— Que le Seigneur me pardonne si ma condescendance est coupable! Vous vous aimez, vous n'avez plus que bien peu de temps à vous aimer sur la terre; je ne crois pas manquer à nos saints devoirs en légitimant votre amour.

La douce et redoutable cérémonie s'accomplit. Ils se levèrent tous deux sous la dernière bénédiction du prêtre; ils étaient époux.

Le visage du condamné brillait d'une douloureuse joie : on eût dit qu'il commençait à sentir l'amertume de la mort, à présent qu'il essayait de la félicité de la vie. Les traits de sa compagne étaient sublimes de grandeur et de simplicité; elle était encore modeste comme une jeune vierge, et déjà presque fière comme une jeune épouse.

— Ecoute-moi, mon Ordener, dit-elle : n'est-il pas vrai que nous sommes maintenant heureux de mourir, puisque la vie ne pouvait nous réunir? Tu ne sais pas, ami, ce que je ferai : — je me placerai aux fenêtres du donjon de manière à te voir monter sur l'échafaud, afin que nos âmes s'envolent ensemble dans le ciel. Si j'expire avant que la hache ne tombe, je t'attendrai; car nous sommes époux, mon Ordener adoré, et ce soir le cercueil sera notre lit nuptial.

Il la pressa sur son cœur gonflé et ne put prononcer que ces mots, qui étaient l'idée de toute son existence :

— Ethel, tu es donc à moi?

— Mes enfants, dit la voix attendrie de l'aumônier, dites vous adieu. Il est temps.

— Hélas!... s'écria Ethel. Toute sa force d'ange lui revint, et elle se prosterna devant le condamné : — Adieu! mon Ordener bien-aimé; mon seigneur, donnez-moi votre bénédiction.

Le prisonnier accomplit ce vœu touchant, puis il se retourna pour saluer le vénérable Athanase Munder. Le vieillard était également agenouillé devant lui.

— Qu'attendez-vous, mon père? demanda-t-il surpris.

Le vieillard le regarda d'un air humble et doux : — Votre bénédiction, mon fils.

— Que le ciel vous bénisse et appelle sur vous toutes les félicités que vos prières appellent sur vos frères les autres hommes, répondit Ordener d'un accent ému et solennel.

Bientôt la voûte sépulcrale entendit les derniers adieux et les derniers baisers; bientôt les durs verrous se refermèrent bruyamment, et la porte de fer sépara les deux jeunes époux, qui allaient mourir après s'être donné rendez-vous dans l'éternité.

XLV

A qui me livrera Louis Perez, mort ou vif, je lui donne deux mille écus.

CALDERON, *Louis Perez de Galice.*

— Baron Wœthaün, colonel des arquebusiers de Munckholm, quel est celui des soldats qui ont combattu sous vos ordres au Pilier-Noir qui a fait Han d'Islande prisonnier? Nommez-le au tribunal, afin qu'il reçoive les mille écus royaux promis pour cette capture.

Ainsi parle au colonel des arquebusiers le président du tribunal.

Le tribunal est assemblé; car, selon l'usage ancien de Norwége, les juges qui prononcent sans appel doivent rester sur leurs siéges jusqu'à ce que l'arrêt qu'ils ont rendu soit exécuté. Devant eux est le géant, qu'on vient de ramener portant à son cou la corde qui doit le porter à son tour dans quelques heures.

Le colonel, assis près de la table du secrétaire intime, se lève.

Il salue le tribunal et l'évêque, qui est remonté sur son trône.

— Seigneurs juges, le soldat qui a pris Han d'Islande est dans cette enceinte. Il se nomme Toric Belfast, second arquebusier de mon régiment.

— Qu'il vienne donc, reprend le président, recevoir la récompense promise.

Un jeune soldat en uniforme d'arquebusier de Munckholm se présente.

— Vous êtes Toric Belfast? demanda le président.

— Oui, Votre Grâce.

— C'est vous qui avez fait Han d'Islande prisonnier?

— Oui, avec l'aide de saint Belzébuth, s'il plaît à Votre Excellence.

On apporte sur le tribunal un sac pesant.

— Vous reconnaissez bien cet homme pour le fameux Han d'Islande? ajoute le président, montrant le géant enchaîné.

— Je connaissais mieux le minois de la jolie Cattie que celui de Han d'Islande; mais j'affirme, par la gloire de saint Belphégor, que, si Han d'Islande est quelque part, c'est sous la forme de ce grand démon.

— Approchez, Toric Belfast, reprit le président. Voici les mille écus promis par le haut syndic.

— Le soldat s'avançait précipitamment vers le tribunal, quand une voix s'éleva dans la foule : — Arquebusier de Munckholm, ce n'est pas toi qui as pris Han d'Islande!

— Par tous les bienheureux diables! s'écria le soldat en se retournant, je n'ai en propriété que ma pipe et la minute où je parle, mais je promets de donner dix mille écus d'or à celui qui vient de dire cela, s'il peut prouver ce qu'il a dit.

Et, croisant les deux bras, il promenait un regard assuré sur l'auditoire. — Eh bien! que celui qui vient de parler se montre donc!

— C'est moi! dit un petit homme qui fendait la presse pour pénétrer dans l'enceinte.

Ce nouveau personnage était enveloppé d'une natte de jonc et de poil de veau marin, vêtement des Groënlendais, qui tombaient autour de lui comme le toit conique d'une hutte.

Sa barbe était noire, et d'épais cheveux de même couleur, couvrant ses sourcils roux, cachaient son visage, dont tout ce qu'on distinguait était hideux. On ne voyait ni ses bras ni ses mains.

— Ah! c'est toi! dit le soldat avec un éclat de rire. Et qui donc, selon toi, mon beau sire, a eu l'honneur de prendre ce diabolique géant?

Le petit homme secoua la tête et dit avec une sorte de sourire malicieux :

— C'est moi!

En ce moment, le baron Wœthaün crut reconnaître en cet homme singulier l'être mystérieux qui lui avait donné à Skongen l'avis de l'arrivée des rebelles; le chancelier d'Ahlefeld, l'hôte de la ruine d'Arbar; et le secrétaire intime, un certain paysan d'Oëlmœ, qui portait une natte pareille et lui avait si bien indiqué la retraite de Han d'Islande.

Mais, séparés tous trois, ils ne purent se communiquer leur impression fugitive, que les différences de costumes et de traits qu'ils remarquèrent ensuite eurent bientôt effacée.

— Vraiment, c'est toi! répondit le soldat ironiquement. — Sans ton costume de phoque du Groënland, au regard que tu me lances, je serais tenté de reconnaître en toi un autre nain grotesque, qui m'a de même cherché querelle dans le Spladgest, il y a environ quinze jours; — c'était le jour où on apporta le cadavre du mineur Gill Stadt...

— Gill Stadt! interrompit le petit homme en tressaillant.

— Oui, Gill Stadt, affirma le soldat avec indifférence, l'amoureux rebuté d'une fille qui était la maîtresse d'un de nos camarades, et pour laquelle il est mort comme un sot.

Le petit homme dit sourdement :

— N'y avait-il pas aussi au Spladgest le corps d'un officier de ton régiment?

— Précisément, je me rappellerai toute ma vie ce jour-là, j'ai oublié l'heure de la retraite dans le Spladgest, et j'ai failli être dégradé en rentrant au fort. Cet officier, c'était le capitaine Dispolsen... —

A ce nom, le secrétaire intime se leva.

— Ces deux individus abusent de la patience du tribunal. Nous prions le seigneur président d'abréger cet entretien inutile.

— Par l'honneur de ma Cattie, je ne demande pas mieux, dit Toric Belfast, pourvu que Vos Courtoisies m'adjugent les milles écus promis pour la tête de Han, car c'est moi qui l'ai fait prisonnier.

— Tu mens! s'écria le petit homme.

Le soldat chercha son sabre à son côté.

— Tu es bien heureux, drôle, que nous soyons devant la justice, en présence de laquelle un soldat, fût-il arquebusier de Munckholm, doit se tenir désarmé comme un vieux coq.

— C'est à moi, dit froidement le petit homme, qu'appartient le salaire, car sans moi on n'aurait pas la tête de Han d'Islande.

Le soldat furieux jura que c'était lui qui avait pris Han d'Islande lorsque, tombé sur le champ de bataille, il commençait à rouvrir les yeux.

— Eh bien! dit son adversaire, il se peut que ce soit toi qui l'aies pris; mais c'est moi qui l'ai terrassé; sans moi tu n'aurais pu l'emmener prisonnier : donc les mille écus m'appartiennent.

— Cela est faux, répliqua le soldat, ce n'est pas toi qui l'as terrassé, c'est un esprit vêtu de peaux de bêtes.

— C'est moi!

— Non, non.

Le président ordonna aux deux parties de se taire; puis, demandant de nouveau au colonel Wœthaün si c'était bien Toric Belfast qui lui avait amené Han d'Islande prisonnier, sur la réponse affirmative, il déclara que la récompense appartenait au soldat.

Le petit homme grinça des dents, et l'arquebusier étendit avidement les mains pour recevoir le sac.

— Un instant! cria le petit homme. — Sire président, cette somme, d'après l'édit du haut syndic, n'appartient qu'à celui qui livrera Han d'Islande.

— Eh bien? dirent les juges.

Le petit homme se tourna vers le géant :

— Cet homme n'est pas Han d'Islande.

Un murmure d'étonnement parcourut la salle. Le président et le secrétaire intime s'agitaient sur leurs siéges.

— Non, répéta avec force le petit homme, l'argent n'appartient pas à l'arquebusier maudit de Munckholm, car cet homme n'est point Han d'Islande.

— Hellebardiers, dit le président, qu'on emmène ce furieux, il a perdu la raison.

L'évêque éleva la voix :

— Me permette le respectable président de lui faire observer qu'on peut, en refusant d'entendre cet homme, briser la planche du salut sous les pieds du condamné ici présent. Je demande, au contraire, que la confrontation continue.

— Révérend évêque, le tribunal va vous satisfaire, répondit le président; et s'adressant au géant : — Vous avez déclaré être Han d'Islande; confirmez-vous devant la mort votre déclaration?

Le condamné répondit :

— Je la confirme, je suis Han d'Islande.

— Vous entendez, seigneur évêque?

Le petit homme criait en même temps que le président :

— Tu mens, montagnard de Kole! tu mens! Ne t'obstine pas à porter un nom qui t'écrase; souviens-toi qu'il t'a déjà été funeste.

— Je suis Han, de Klipstadur, en Islande, répéta le géant, l'œil fixé sur le secrétaire intime.

Le petit homme s'approcha du soldat de Munckholm, qui, comme l'auditoire, observait cette scène avec curiosité.

— Montagnard de Kole, on dit que Han d'Islande boit du sang humain. Si tu l'es, bois-en. — En voici :

Et à peine ces paroles étaient-elles prononcées, que, écartant son manteau de natte, il avait plongé un poignard dans le cœur de l'arquebusier, et jeté le cadavre aux pieds du géant.

Un cri d'effroi et d'horreur s'éleva; les soldats qui gardaient le géant reculèrent.

Le petit homme, prompt comme le tonnerre, s'élança sur le montagnard découvert, et d'un nouveau coup de poignard il le fit tomber sur le corps du soldat. Alors, dépouillant sa natte de jonc, sa fausse chevelure et sa barbe noire, il dévoila ses membres nerveux, hideusement revêtus de peaux de bêtes, et un visage qui répandit plus d'horreur encore parmi les assistants que le poignard sanglant dont il élevait le fer dégouttant de deux meurtres.

— Eh! juges, où est Han d'Islande?

— Gardes, qu'on saisisse ce monstre! cria le président épouvanté.

Il jeta dans la salle son poignard.

— Il m'est inutile s'il n'y a plus ici de soldats de Munckholm.

En parlant ainsi, il se livra sans résistance aux hallebardiers et aux archers qui l'entouraient, se préparant à l'assiéger comme une ville.

On enchaîna le monstre sur le banc des accusés, et une litière emporta ses deux victimes, dont l'une, le montagnard, respirait encore.

Il est impossible de peindre les divers mouvements de terreur, d'étonnement et d'indignation qui, pendant cette scène horrible, avaient agité le peuple, les gardes et les juges.

Quand le brigand eut pris place, calme et impassible, sur le banc fatal, le sentiment de la curiosité imposa silence à toute autre impression, et l'attention rétablit la tranquillité.

L'évêque vénérable se leva :

— Seigneurs juges, dit-il...

Le brigand l'interrompit :

— Evêque de Drontheim, je suis Han d'Islande; ne prends pas la peine de me défendre.

Le secrétaire intime se leva :

— Noble président...

Le monstre lui coupa la parole.

— Secrétaire intime, je suis Han d'Islande, ne prends pas le soin de m'accuser.

Alors, les pieds dans le sang, il promena son œil farouche et hardi sur le tribunal, les archers et la foule, et l'on eût dit que tous ces hommes palpitaient d'épouvante sous le regard de cet homme désarmé, seul et enchaîné.

— Ecoutez, juges, n'attendez pas de moi de longues paroles. Je suis le démon de Klipstadur. Ma mère est cette vieille Islande, l'île des volcans. Elle ne formait autrefois qu'une montagne, mais elle a été écrasée par la main d'un géant qui s'appuya sur sa cime en tombant du ciel. Je n'ai pas besoin de vous parler de moi ; je suis le descendant d'Ingolphe l'Exterminateur, et je porte en moi son esprit. J'ai commis plus de meurtres et allumé plus d'incendies que vous n'avez à vous tous prononcé d'arrêts iniques dans votre vie. J'ai des secrets communs avec le chancelier d'Ahlefeld. — Je boirais tout le sang qui coule dans vos veines avec délices. Ma nature est de haïr les hommes, ma mission de leur nuire. Colonel des arquebusiers de Munckholm, c'est moi qui t'ai donné avis du passage des mineurs au Pilier-Noir, certain que tu tuerais un grand nombre d'hommes dans ces gorges ; c'est moi qui ai écrasé un bataillon de ton régiment avec des quartiers de rochers : je vengeais mon fils. — Maintenant, juges, mon fils est mort ; je viens ici chercher la mort. L'âme d'Ingolphe me pèse, parce que je la porte seul et que je ne pourrai la transmettre à aucun héritier. Je suis las de la vie, puisqu'elle ne peut plus être l'exemple et la leçon d'un successeur. J'ai assez bu de sang : je n'ai plus soif. — A présent me voici : vous pouvez boire le mien.

Il se tut : et toutes les voix répétèrent sourdement chacune de ses effroyables paroles.

L'évêque lui dit :

— Mon fils, dans quelle intention avez-vous donc commis tant de crimes ?

Le brigand se mit à rire.

— Ma foi, je te jure, révérend évêque, que ce n'était pas, comme ton confrère l'évêque de Borglum, dans l'intention de m'enrichir (1). Quelque chose était en moi qui me poussait.

— Dieu ne réside pas toujours dans tous ses ministres, répondit humblement le saint vieillard. Vous voulez m'insulter, je voudrais pouvoir vous défendre.

— Ta Révérence perd son temps. Va demander à ton autre confrère l'évêque de Scalholt, en Islande. Par Ingolphe, ce sera une chose étrange que deux évêques aient pris soin de ma vie, l'un près de mon berceau, l'autre près de mon sépulcre. — Evêque, tu es un vieux fou.

— Mon fils, croyez-vous en Dieu ?

— Pourquoi non ? Je veux qu'il soit un Dieu pour pouvoir blasphémer.

— Arrêtez, malheureux ! vous allez mourir, et vous ne baisez pas les pieds du Christ !

Han d'Islande haussa les épaules.

— Si je le faisais, ce serait à la manière du gendarme de Roll, qui fit tomber le roi en lui baisant le pied.

L'évêque se rassit profondément ému.

— Allons, juges, poursuivit Han d'Islande, qu'attendez-vous ? Si j'avais été à votre place et vous à la mienne, je ne vous aurais point fait attendre si longtemps votre arrêt de mort.

Le tribunal se retira.

Après une courte délibération, il rentra dans l'audience, et le président lut à haute voix une sentence qui, selon les formules, condamnait Han d'Islande *à être pendu par le cou jusqu'à ce que mort s'ensuivît.*

— Voilà qui est bien, dit le brigand. Chancelier d'Ahlefeld, j'en sais assez sur ton compte pour t'en faire obtenir autant. Mais vis, puisque tu fais du mal aux hommes. — Allons, je suis sûr maintenant de ne point aller dans le Nysthiem (2).

Le secrétaire intime ordonna aux gardes qui l'emmenaient de le déposer dans le donjon du Lion de Slesvig, pendant qu'on lui préparerait un cachot, pour y attendre son exécution, dans le quartier des arquebusiers de Munckholm.

— Dans le quartier des arquebusiers de Munckholm ! répéta le monstre avec un grondement de joie.

(1) Quelques chroniqueurs affirment qu'en 1525 un évêque de Borglum se rendit fameux par divers brigandages. Il soudoyait des pirates, disent-ils, qui infestaient les côtes de la Norwége.

(2) Selon les croyances populaires, le *Nysthiem* était l'enfer de ceux qui mouraient de maladie ou de vieillesse.

XLVI

Cependant le cadavre de Ponce de Léon, qui était resté auprès de la fontaine, ayant été défiguré par le soleil, les Maures des Alpuxarres s'en emparèrent et le portèrent à Grenade.

E. H., *le Captif d'Ochali.*

Cependant, avant l'aube du jour dans lequel nous sommes déjà assez avancés, à l'heure même où la sentence d'Ordener se prononçait à Munckholm, le nouveau gardien du Spladgest de Drontheim, l'ancien lieutenant et le successeur actuel de Benignus Spiagudry, Oglypiglap, avait été brusquement réveillé sur son grabat par le retentissement de la porte de l'édifice sous plusieurs coups violents.

Il s'était levé à regret, avait pris sa lampe de cuivre, dont la faible lumière blessait ses yeux endormis, et était allé, en jurant de l'humidité de la salle des morts, ouvrir à ceux qui l'arrachaient sitôt à son sommeil.

C'étaient des pêcheurs du lac de Sparbo, qui apportaient sur une litière couverte de joncs, d'algues et de limoselle des marais, un cadavre trouvé dans les eaux du lac.

Ils déposèrent leur fardeau dans l'intérieur de l'édifice funèbre, et Oglypiglap leur donna un reçu du mort, afin qu'ils pussent réclamer leur salaire.

Resté seul dans le Spladgest, il commença à déshabiller le cadavre, qui était remarquable par sa longueur et sa maigreur.

Le premier objet qui se présenta à ses yeux, quand il eut soulevé le voile dont il était enveloppé, fut une énorme perruque.

— En vérité, se dit-il, cette perruque de forme étrangère m'a déjà passé par les mains, c'était celle de ce jeune élégant Français... Mais, continua-t-il en poursuivant ses opérations, voici les bottes fortes du pauvre postillon Cramner que ses chevaux ont écrasé, et... — que diable est-ce que cela signifie ? — l'habit noir complet du professeur Symgramtax, ce vieux savant qui s'est noyé dernièrement. — Quel est donc ce nouveau venu qui m'arrive avec la dépouille de toutes mes vieilles connaissances ?

Il promena sa lampe sur le visage du mort, mais inutilement ; les traits, déjà décomposés, avaient perdu leur forme et leur couleur. Il fouilla dans les poches de l'habit, et en tira quelques vieux parchemins imprégnés d'eau et souillés de vase : il les essuya fortement avec son tablier de cuir, et parvint à lire sur l'un d'eux ces mots sans suite à demi effacés : — « Rudbeck ; Saxon le grammairien ; « Arngrim, évêque de Holum. — Il n'y a en Norwége que « deux comtés, Larvig et Jarlsberg, et une baronnie... — « On ne trouve de mines d'argent qu'à Kongsberg ; de l'ai« mant, des asbestes, qu'à Sundmoër ; de l'améthyste, « qu'à Guldbranshal ; des calcédoines, des agates, du jaspe, « qu'aux îles Faroër. — A Noukahiva, en temps de fa« mine, les hommes mangent leurs femmes et leurs en« fants. — Thormodus Thorfœus ; Isleif, évêque de Scal« holt, premier historien islandais. — Mercure joua aux « échecs avec la Lune, et lui gagna la soixante-douzième « partie du jour. — Malhstrom, gouffre. *Hirundo, hi-*

« *rudo*. — Cicéron, pois chiche : gloire. Frode le savant. « — Odin consultait la tête de Mimer, sage (Mahomet et « son pigeon, Sertorius et sa biche). Plus le sol... moins « il renferme de gypse... — »

— Je ne puis en croire encore mes yeux ! s'écria-t-il laissant tomber le parchemin ; c'est l'écriture de mon ancien maître Benignus Spiagudry !...

Alors, examinant de nouveau le cadavre, il reconnut les longues mains, les cheveux rares, et toute l'habitude du corps de l'infortuné.

— Ce n'est pas à tort, pensa-t-il en secouant la tête, qu'on a lancé contre lui une accusation de sacrilége et de nécromancie. Le diable l'a enlevé pour le noyer dans le Sparbo. — Ce que c'est que de nous ! qui eût jamais pensé que le docteur Spiagudry, après avoir si longtemps gardé les autres dans cette hôtellerie des morts, viendrait un jour de loin s'y faire garder lui-même !

Le petit Lapon philosophe soulevait le corps pour le porter sur l'une de ses six couches de granit lorsqu'il s'aperçut que quelque chose de lourd était attaché par un lien de cuir au cou du malheureux Spiagudry.

— C'est sans doute la pierre avec laquelle le démon l'a précipité dans le lac, murmura-t-il.

Il se trompait : c'était une petite cassette de fer, sur laquelle, en la regardant de près, après l'avoir soigneusement essuyée, il remarqua un large fermoir en écusson.

— Il y a sans doute quelque diablerie dans cette boite, se dit-il ; cet homme était sacrilége et sorcier. Allons déposer cette cassette chez l'évêque : elle renferme peut-être un démon.

Alors, la détachant du cadavre, qu'il déposa dans la salle d'exposition, il sortit en toute hâte pour se rendre au palais épiscopal, murmurant en chemin quelques prières contre la redoutable boite qu'il portait.

XLVII

Est-ce un homme ou un esprit infernal qui parle ainsi ? Quel est donc l'esprit malfaisant qui te tourmente ? Montre-moi l'ennemi implacable qui habite ton cœur ?

MATURIN.

Han d'Islande et Schumacker sont dans la même salle du donjon de Slesvig.

L'ex-chancelier absous se promène à pas lents, les yeux chargés de pleurs amers ; le brigand condamné rit de ses chaînes, environné de gardes.

Les deux prisonniers s'observent longtemps en silence : on dirait qu'ils se sentent tous deux et se reconnaissent mutuellement ennemis des hommes.

— Qui es-tu ? demande enfin l'ex-chancelier au brigand.

— Je te dirai mon nom, reprit l'autre, pour te faire fuir. Je suis Han d'Islande.

Schumacker s'avance vers lui :

— Prends ma main ! dit-il.

— Est-ce que tu veux que je la dévore ?

— Han d'Islande, reprend Schumacker, je t'aime parce que tu hais les hommes.

— Voilà pourquoi je te hais.

— Ecoute, je hais les hommes, comme toi, parce que je leur ai fait du bien, et qu'ils m'ont fait du mal.

— Tu ne les hais pas comme moi : je les hais, moi, parce qu'ils m'ont fait du bien, et que je leur ai rendu du mal.

Schumacker frémit du regard du monstre. Il a beau vaincre sa nature, son âme ne peut sympathiser avec celle-là.

— Oui, s'écrie-t-il, j'exècre les hommes parce qu'ils sont fourbes, ingrats, cruels. Je leur ai dû tout le malheur de ma vie.

— Tant mieux ! — Je leur ai dû, moi, tout le bonheur de la mienne.

— Quel bonheur ?

— Le bonheur de sentir des chairs palpitantes frémir sous ma dent, un sang fumant réchauffer mon gosier altéré ; la volupté de briser des êtres vivants contre des pointes de rochers, et d'entendre le cri de la victime se mêler au bruit des membres fracassés. — Voilà les plaisirs que m'ont procurés les hommes.

Schumacker recula avec épouvante devant le monstre, dont il s'était approché presque avec l'orgueil de lui ressembler.

Pénétré de honte, il voila son visage vénérable de ses mains ; car ses yeux étaient pleins de larmes d'indignation, non contre la race humaine, mais contre lui-même. Son cœur noble et grand commençait à s'effrayer de la haine qu'il portait aux hommes depuis si longtemps en la voyant reproduite dans le cœur de Han d'Islande comme par un miroir effrayant.

— Eh bien ! dit le monstre en riant, ennemi des hommes, oses-tu te vanter d'être semblable à moi ?

Le vieillard frissonna : — O Dieu ! plutôt que de les haïr comme toi, j'aimerais mieux les aimer.

Les gardes vinrent chercher le monstre pour l'emmener dans un cachot plus sûr.

Schumacker rêveur resta seul dans le donjon ; mais il n'y restait plus d'ennemi des hommes.

XLVIII

. . . . Quand le méchant m'épie,
Me ferez-vous tomber, Seigneur, entre ses mains ?
C'est lui qui sous mes pas a rompu vos chemins.
Ne me châtiez point : car mon crime est son crime.

A. DE VIGNY.

L'heure fatale était arrivée ; le soleil ne montrait plus que la moitié de son disque au-dessus de l'horizon.

Les postes étaient doublés dans tout le château fort de Munckholm ; devant chaque porte se promenaient des sentinelles silencieuses et farouches.

La rumeur de la ville arrivait plus tumultueuse et plus bruyante aux sombres tours de la forteresse, livrée elle-même à une agitation extraordinaire.

On entendait dans toutes les cours le bruit lugubre des tambours voilés de crêpes ; le canon de la tour basse grondait par intervalles ; la lourde cloche du donjon se balançait lentement avec des sons graves et prolongés, et, de tous les points du port, des embarcations chargées de peuple se pressaient vers le redoutable rocher.

Un échafaud tendu de noir, autour duquel s'épaississait et se grossissait sans cesse une foule impatiente, s'élevait dans la place d'armes du château, au centre d'un carré de soldats.

Sur l'échafaud se promenait un homme vêtu de serge

rouge, tantôt s'appuyant sur une hache qu'il tenait à la main, tantôt remuant un billot et une claie que portait l'estrade funèbre.

Près de là était préparé un bûcher devant lequel brûlaient quelques torches de résine.

Entre l'échafaud et le bûcher, on avait planté un pieu auquel était suspendu un écriteau : *Ordener Guldenlew, traître.*

On apercevait, de la place d'armes, flotter au haut du donjon de Slesvig un grand drapeau noir.

C'est dans ce moment que parut devant le tribunal, toujours assemblé dans la salle d'audience, Ordener condamné.

L'évêque seulement était absent : son ministère de défenseur avait cessé.

Le fils du vice-roi était vêtu de noir et portait à son cou le collier de Dannebrog. Son visage était pâle, mais fier; il était seul, car on était venu le chercher pour le supplice avant que l'aumônier Athanase Munder fût revenu dans son cachot.

Ordener avait déjà consommé intérieurement son sacrifice. Cependant l'époux d'Ethel songeait encore avec quelque amertume à la vie, et eût peut-être voulu pouvoir choisir pour sa première nuit de noces une autre nuit que celle du tombeau.

Il avait prié et surtout rêvé dans sa prison. Maintenant il était debout devant le terme de toute prière et de tout rêve. Il se sentait fort de la force que donnent Dieu et l'amour.

La foule, plus émue que le condamné, le considérait avec une attention avide. L'éclat de son rang, l'horreur de son sort, éveillaient toutes les envies et toutes les pitiés. Chacun assistait à son châtiment sans s'expliquer son crime.

Il y a au fond des hommes un sentiment étrange qui les pousse, ainsi qu'à des plaisirs, au spectacle des supplices. Ils cherchent avec un horrible empressement à saisir la pensée de la destruction sur les traits décomposés de celui qui va mourir, comme si quelque révélation du ciel ou de l'enfer devait apparaître, en ce moment solennel, dans les yeux du misérable; comme pour voir quelle ombre jette l'aile de la mort planant sur une tête humaine; comme pour examiner ce qui reste d'un homme quand l'espérance l'a quitté.

Cet être, plein de force et de santé, qui se meut, qui respire, qui vit, et qui, dans un moment, cessera de se mouvoir, de respirer, de vivre, environné d'êtres pareils à lui, auxquels il n'a rien fait, qui le plaignent tous, et dont nul ne le secourra; ce malheureux, mourant sans être moribond, courbé à la fois sous une puissance matérielle et sous un pouvoir invisible; cette vie que la société n'a pu donner, et qu'elle prend avec appareil, toute cette cérémonie imposante du meurtre judiciaire, ébranlent vivement les imaginations.

Condamnés tous à mort avec avec des sursis indéfinis, c'est pour nous un objet de curiosité étrange et douloureuse que l'infortuné qui sait précisément à quelle heure son sursis doit être levé.

On se souvient qu'avant d'aller à l'échafaud Ordener devait être ramené devant le tribunal pour être dégradé de ses titres et de ses honneurs.

A peine le mouvement excité dans l'assemblée par son arrivée eut-il fait place au calme, que le président se fit apporter le livre héraldique des deux royaumes et les statuts de l'ordre de Dannebrog.

Alors, ayant invité le condamné à mettre un genou en terre, il recommanda aux assistants le silence et le respect, ouvrit le livre des chevaliers de Dannebrog, et commença à lire d'une voix haute et sévère :

« Christiern, par la grâce et miséricorde du Tout-Puis-
« sant, roi de Danemark et de Norwége, des Vandales et
« des Goths, duc de Slesvig, de Holstein, de Stormarie et
« de Dytmarse, comte d'Oldenbourg et de Delmenhurst,
« savoir faisons qu'ayant rétabli, sur la proposition de no-
« tre grand chancelier, comte de Griffenfeld (la voix du pré-
« sident passa si rapidement sur ce nom, qu'on l'entendit
« à peine), l'ordre royal de Dannebrog, fondé par notre il-
« lustre aïeul saint Waldemar,

« Sur ce que nous avons considéré que cet ordre véné-
« rable ayant été créé en souvenir de l'étendard Danne-
« brog, envoyé du ciel à notre royaume béni,

« Ce serait mentir à la divine institution de l'ordre si
« quelqu'un des chevaliers pouvait impunément forfaire à
« l'honneur et aux saintes lois de l'Eglise et de l'Etat,

« Nous ordonnons, à genoux devant Dieu, que quicon-
« que, parmi les chevaliers de l'ordre, aura livré son âme
« au démon par quelque félonie ou trahison, après avoir
« été blâmé publiquement par un juge, sera à jamais dé-
« gradé du rang de chevalier de notre royal ordre de Dan-
« nebrog. »

Le président referma le livre.

— Ordener Guldenlew, baron de Torvick, chevalier de Dannebrog, vous vous êtes rendu coupable de haute trahison, crime pour lequel votre tête va être tranchée, votre corps brûlé, et votre cendre jetée au vent. — Ordener Guldenlew, traître, vous vous êtes rendu indigne de prendre rang parmi les chevaliers de Dannebrog; je vous invite à vous humilier, car je vais vous dégrader publiquement au nom du roi.

Le président étendit la main sur le livre de l'ordre et s'apprêtait à prononcer la formule fatale sur Ordener, calme et immobile, lorsqu'une porte latérale s'ouvrit à droite du tribunal.

Un huissier ecclésiastique parut, annonçant Sa Révérence l'évêque du Drontheimhus.

C'était lui en effet.

Il entra précipitamment dans la salle, accompagné d'un autre ecclésiastique qui le soutenait.

— Arrêtez! seigneur président, cria-t-il avec une force qui semblait n'être plus de son âge; arrêtez! le ciel soit béni! j'arrive à temps.

L'assemblée redoubla d'attention, prévoyant quelque nouvel événement. Le président se tourna vers l'évêque avec humeur :

— Votre Révérence me permettra de lui faire remarquer que sa présence est inutile ici. Le tribunal va dégrader le condamné, qui touche au moment de subir sa peine.

— Gardez-vous, dit l'évêque, de toucher à celui qui est pur devant le Seigneur. Ce condamné est innocent.

Rien ne peut se comparer au cri d'étonnement qui retentit dans l'auditoire, si ce n'est le cri d'épouvante que poussèrent le président et le secrétaire intime.

— Oui, tremblez, juges, poursuivit l'évêque avant que le président eût eu le temps de reprendre son sang-froid; tremblez! car vous alliez verser le sang innocent.

Pendant que l'émotion du président se calmait, Ordener s'était levé consterné. Le noble jeune homme craignait que sa généreuse ruse ne fût découverte et qu'on n'eût trouvé des preuves de la culpabilité de Schumacker.

— Seigneur évêque, dit le président, dans cette affaire le crime semble vouloir nous échapper en passant de tête en tête. Ne vous fiez pas à quelque vaine apparence. Si Ordener Guldenlew est innocent, quel est donc alors le coupable?

— Votre Grâce va le savoir, répondit l'évêque. — Puis, montrant au tribunal une cassette de fer qu'un serviteur portait derrière lui : — Nobles seigneurs, vous avez jugé dans les ténèbres; dans cette cassette est la lumière miraculeuse qui doit les dissiper.

Le président, le secrétaire intime et Ordener parurent frappés en même temps à l'aspect de la mystérieuse cassette. L'évêque poursuivit :

— Nobles juges, écoutez-nous. Aujourd'hui, au moment où nous rentrions dans notre palais épiscopal, afin de nous reposer des fatigues de la nuit, et de prier pour les condamnés, on nous a remis cette boîte de fer scellée. Le gardien du Spladgest l'avait, nous a-t-on dit, apportée ce matin à notre palais pour qu'elle nous fût remise, affirmant qu'elle renfermait sans doute quelque mystère satanique, attendu qu'il l'avait trouvée sur le corps du sacrilége Benignus Spiagudry, dont on a retiré le cadavre du Sparbo.

L'attention d'Ordener redoubla. Tout l'auditoire se taisait religieusement.

Le président et le secrétaire courbaient la tête comme deux condamnés. On eût dit qu'ils avaient tous deux oublié leur astuce et leur audace.

Il y a un moment dans la vie du méchant où sa puissance s'en va.

— Après avoir béni cette cassette, continua l'évêque, nous en avons brisé le sceau, qui portait, comme vous pouvez le voir encore, les anciennes armoiries abolies de Griffenfeld. — Nous y avons trouvé en effet un secret satanique. — Vous allez en juger, vénérables seigneurs. Prêtez-nous toute votre attention; car il s'agit ici du sang des hommes, et le Seigneur en pèse chaque goutte.

Alors, ouvrant la formidable cassette, il en tira un parchemin au dos duquel était écrite l'attestation suivante :

« Moi, Blaxtham Cumbysulsum, docteur, je déclare, au « moment de mourir, remettre au capitaine Dispolsen, pro« cureur, à Copenhague, de l'ancien comte de Griffenfeld, « la pièce suivante, entièrement écrite de la main de Tu« riaf Musdœmon, serviteur du chancelier comte d'Ahle« feld, afin que le susnommé capitaine en fasse l'usage « qu'il lui plaira. — Et je prie Dieu de me pardonner mes « crimes. — A Copenhague, le onzième jour du mois de « janvier mil six cent quatre-vingt-dix-neuf.

« Cumbysulsum. »

Le secrétaire intime tremblait d'un tremblement convulsif. Il voulut parler et ne le put. L'évêque cependant remettait le parchemin au président pâle et agité.

— Que vois-je! s'écria celui-ci en déployant le parchemin. — *Note au noble comte d'Ahlefeld, sur le moyen de se défaire juridiquement de Schumacker!...* — Je vous jure, révérend évêque!...

Le parchemin tomba des mains du président.

— Lisez, lisez, seigneur, poursuivait l'évêque. Je ne doute pas que votre indigne serviteur n'ait abusé de votre nom comme il a abusé de celui du malheureux Schumacker. Voyez seulement ce qu'a produit votre haine peu charitable pour votre prédécesseur tombé. Un de vos courtisans a machiné en votre nom sa perte, espérant sans doute s'en faire un mérite auprès de Votre Grâce.

En montrant au président que les soupçons de l'évêque, qui connaissait tout le contenu de la cassette, ne tombaient pas sur lui, ces paroles le ranimèrent.

Ordener respirait également. Il commençait à entrevoir que l'innocence du père de son Ethel allait éclater en même temps que la sienne propre.

Il éprouvait un profond étonnement de cette destinée bizarre qui l'avait conduit à la poursuite d'un formidable brigand pour retrouver cette cassette que son vieux guide Benignus Spiagudry portait sur lui; en sorte qu'elle le suivait pendant qu'il la cherchait.

Il méditait aussi la grave leçon des événements qui, après l'avoir perdu par cette fatale cassette, le sauvaient par elle.

Le président, rappelant son sang-froid, lut alors, avec les signes d'une indignation que partageait tout l'auditoire, une longue note où Musdœmon expliquait en détail l'abominable plan que nous lui avons vu suivre dans le cours de cette histoire.

Plusieurs fois le secrétaire intime voulut se lever pour se défendre; mais à chaque fois la rumeur publique le repoussait sur son siége.

Enfin l'odieuse lecture se termina au milieu d'un murmure d'horreur.

— Hallebardiers, qu'on saisisse cet homme! dit le président, désignant du doigt le secrétaire intime.

Le misérable, sans force et sans parole, descendit de son siége, et fut jeté sur le banc d'infamie parmi les huées de la populace.

— Seigneurs juges, dit l'évêque, frémissez et réjouissez-vous. La vérité, qui vient d'être portée à vos consciences, va encore vous être confirmée par ce que l'aumônier des prisons de cette royale ville, notre honoré frère Athanase Munder, ici présent, va vous apprendre.

C'était en effet Athanase Munder qui accompagnait l'évêque.

Il s'inclina devant son pasteur et devant le tribunal, puis, sur un signe du président, il s'exprima ainsi :

— Ce que je vais dire est la vérité. Me punisse le ciel si je profère ici une parole dans une intention autre que celle de bien faire! — J'avais déjà, d'après ce que j'avais vu ce matin dans le cachot du fils du vice-roi, pensé en moi-même que ce jeune homme n'était point coupable, quoique Vos Seigneuries l'aient condamné sur ses aveux. Or, j'ai été appelé, il y a quelques heures, pour donner les derniers secours spirituels au malheureux montagnard qui a été si cruellement assassiné devant vous, et que vous aviez condamné, respectables seigneurs, comme étant Han d'Islande. Voici ce que m'a dit ce moribond : « Je ne suis « point Han d'Islande; j'ai été bien puni d'avoir pris ce « nom. Celui qui m'a payé pour jouer ce rôle est le secré« taire intime de la grande-chancellerie; il se nomme Mus« dœmon, et il a machiné toute la révolte sous le nom de « *Hacket*. Je crois qu'il est le seul coupable dans tout « ceci. » Alors il m'a demandé ma bénédiction et recommandé de venir en toute hâte porter ses dernières paroles au tribunal. — Dieu est témoin de ce que je dis. Puissé-je sauver le sang de l'innocent, et ne point faire verser celui du coupable!

Il se tut, saluant de nouveau son évêque et les juges.

— Votre Grâce voit, seigneur, dit l'évêque au président, que l'un de mes clients n'avait point saisi à tort tant de ressemblance entre ce Hacket et votre secrétaire intime.

— Turiaf Musdœmon, demanda le président au nouvel accusé, qu'avez-vous à alléguer pour votre défense?

Musdœmon leva sur son maître un regard qui l'effraya.

Toute son assurance lui était revenue.

Il répondit après un moment de silence :

— Rien, seigneur.

Le président reprit d'une voix altérée et faible :

— Vous vous avouez donc coupable du crime qui vous est imputé? Vous vous avouez auteur d'une conspiration tramée à la fois contre l'Etat et contre un individu nommé Schumacker?

— Oui, seigneur, répondit Musdœmon.

L'évêque se leva.

— Seigneur président, pour qu'il ne reste aucun doute dans cette affaire, que Votre Grâce demande à l'accusé s'il a eu des complices.

— Des complices! répéta Musdœmon.

Il parut réfléchir un moment.

Un horrible malaise se peignit sur le front du président.

— Non, seigneur évêque, dit-il enfin.

Le président jeta sur lui un regard soulagé qui rencontra le sien.

Athanase Munder.

— Non, je n'ai point eu de complices, répéta Musdœmon avec plus de force. J'avais tramé tout ce complot par attachement pour mon maître, qui l'ignorait, pour perdre son ennemi Schumacker.

Les regards de l'accusé et du président se rencontrèrent encore.

— Votre Grâce, reprit l'évêque, doit sentir que, puisque Musdœmon n'a point eu de complices, le baron Ordener Guldenlew ne peut être coupable.

— S'il ne l'était pas, révérend évêque, comment se serait-il avoué criminel?

— Seigneur président, comment ce montagnard s'est-il obstiné à se dire Han d'Islande au péril de sa tête? Dieu seul sait ce qui existe au fond des cœurs.

Ordener prit la parole.

— Seigneurs juges, je puis vous le dire, maintenant que le vrai coupable est découvert. Oui, je me suis faussement accusé pour sauver l'ancien chancelier Schumacker, dont la mort eût laissé sa fille sans protecteur.

Le président se mordit les lèvres.

— Nous demandons au tribunal, dit l'évêque, que l'innocence de notre client Ordener soit proclamée par lui.

Le président répondit par un signe d'adhésion, et, sur la demande du haut syndic, on acheva l'examen de la redoutable cassette, qui ne renfermait plus que le diplôme et les titres de Schumacker mêlés à quelques lettres du prisonnier de Munckholm au capitaine Dispolsen, lettres amères sans être coupables, et qui ne pouvaient effrayer que le chancelier d'Ahlefeld.

Bientôt le tribunal se retira, et, après une courte délibération, tandis que les curieux rassemblés dans la place d'Armes attendaient avec une impatience opiniâtre le fils du vice-roi condamné, et que le bourreau se promenait nonchalamment sur l'échafaud, le président prononça, d'une voix presque éteinte, l'arrêt qui condamnait à mort Turiaf Musdœmon, et réhabilitait Ordener Guldenlew, le réintégrant dans tous ses honneurs, titres et privilèges.

Il est étendu sur la terre, enchaîné, la tête appuyée sur une pierre.

XLIX

Combien me vendrais-tu ta carcasse, mon drôle?
Je n'en donnerais pas, en honneur, une obole.

Saint Michel à Satan, Mystère.

Ce qui restait du régiment des arquebusiers de Munckholm était rentré dans son ancienne caserne, bâtiment isolé au milieu d'une grande cour carrée dans l'enceinte du fort.

A la nuit tombante, on barricada, suivant l'usage, les portes de cet édifice, où s'étaient retirés tous les soldats, à l'exception des sentinelles dispersées sur les tours et du peloton de garde devant la prison militaire adossée à la caserne.

Cette prison, la plus sûre et la mieux surveillée de toutes les prisons de Munckholm, renfermait les deux condamnés qui devaient être pendus le lendemain matin, Han d'Islande et Musdœmon.

Han d'Islande est seul dans son cachot.

Il est étendu sur la terre, enchaîné, la tête appuyée sur une pierre : quelque faible lumière vient jusqu'à lui à travers une ouverture quadrangulaire grillée, pratiquée dans l'épaisse porte de chêne qui sépare son cachot de la salle voisine, où il entend ses gardiens rire et blasphémer, au bruit des bouteilles qu'ils vident et des dés qu'ils roulent sur un tambour.

Le monstre s'agite en silence dans l'ombre, ses bras se resserrent et s'écartent, ses genoux se contractent et se déploient, ses dents mordent ses fers.

Tout à coup il élève la voix, il appelle; un guichetier se présente à l'ouverture grillée.

— Que veux-tu? dit-il au brigand.

Han d'Islande se soulève.

— Compagnon, j'ai froid; mon lit de pierre est dur et humide; donne-moi une botte de paille pour dormir, et un peu de feu pour me réchauffer.

— Il est juste, reprend le guichetier, de procurer au moins ses aises à un pauvre diable qui va être pendu, fût-il le diable d'Islande. Je vais t'apporter ce que tu me demandes... — As-tu de l'argent?

— Non, répond le brigand.

— Quoi! toi, le plus fameux voleur de la Norwége, tu n'as pas dans ta sacoche quelques méchants ducats d'or?

— Non, répond le brigand.

— Quelques petits écus royaux?

— Non, te dis-je.

— Pas même quelques pauvres ascalins?

— Non, non, rien: pas de quoi acheter la peau d'un rat ou l'âme d'un homme.

Le guichetier hocha la tête.

— C'est différent: tu as tort de te plaindre; ta cellule n'est pas aussi froide que celle où tu dormiras demain, sans t'apercevoir, je te jure, de la dureté du lit.

Cela dit, le guichetier se retira, emportant une malédiction du monstre, qui continua de se mouvoir dans ses chaînes, dont les anneaux rendaient par intervalles des bruits faibles, comme s'ils se fussent lentement brisés sous des tiraillements violents et réitérés.

La porte de chêne s'ouvrit; un homme de haute taille, vêtu de serge rouge, et portant une lanterne sourde, entra dans le cachot, accompagné du guichetier qui avait repoussé la prière du prisonnier.

Celui-ci cessa tout mouvement.

— Han d'Islande, dit l'homme vêtu de rouge, je suis Nychol Orugix, bourreau du Drontheimhus; je dois avoir demain, au lever du jour, l'honneur de pendre Ton Excellence par le cou à une belle potence neuve, sur la place publique de Drontheim.

— Es-tu bien sûr en effet de me pendre? répondit le brigand.

Le bourreau se mit à rire: — Je voudrais que tu fusses aussi sûr de monter droit au ciel par l'échelle de Jacob que tu es sûr de monter demain au gibet par l'échelle de Nychol Orugix.

— En vérité? dit le monstre avec un malicieux regard.

— Je te répète, seigneur brigand, que je suis le bourreau de la province.

— Si je n'étais moi, je voudrais être toi, reprit le brigand.

— Je ne t'en dirai pas autant, reprit le bourreau. Puis, se frottant les mains d'un air vain et flatté: — Mon ami, tu as raison, c'est un bel état que le nôtre. Ah! ma main sait ce que pèse la tête d'un homme.

— As-tu quelquefois bu du sang? demanda le brigand.

— Non; mais j'ai souvent donné la question.

— As-tu quelquefois dévoré les entrailles d'un petit enfant vivant encore?

— Non; mais j'ai fait crier des os entre les ais d'un chevalet de fer; j'ai tordu des membres dans les rayons d'une roue; j'ai ébréché des scies d'acier sur des crânes dont j'enlevais les chevelures; j'ai tenaillé des chairs palpitantes, avec des pinces rougies devant un feu ardent; j'ai brûlé le sang dans des veines entr'ouvertes, en y versant des ruisseaux de plomb fondu et d'huile bouillante.

— Oui, dit le brigand pensif, tu as bien aussi tes plaisirs.

— En somme, continua le bourreau, quoique tu sois Han d'Islande, je crois qu'il s'est encore envolé plus d'âmes de mes mains que des tiennes, sans compter celle que tu rendras demain.

— En supposant que j'en aie une. — Crois-tu donc, bourreau du Drontheimhus, que tu pourrais faire partir l'esprit d'Ingolphe du corps de Han d'Islande sans qu'il emportât le tien?

La réponse du bourreau commença par un éclat de rire.

— Ah! vraiment! nous verrons cela demain.

— Nous verrons, dit le brigand.

— Allons, dit le bourreau, je ne suis pas venu ici pour t'entretenir de ton esprit, mais seulement de ton corps. Ecoute-moi! — Ton cadavre m'appartient de droit après ta mort; cependant la loi te laisse la faculté de me le vendre: dis-moi donc ce que tu en veux.

— Ce que je veux de mon cadavre? dit le brigand.

— Oui, et sois consciencieux.

Han d'Islande s'adressa au guichetier: — Dis-moi, camarade, combien veux-tu me vendre une botte de paille et un peu de feu?

Le guichetier resta un moment rêveur: — Deux ducats d'or, répondit-il.

— Eh bien! dit le brigand au bourreau, tu me donneras deux ducats d'or de mon cadavre.

— Deux ducats d'or! s'écria le bourreau. Cela est horriblement cher. Deux ducats d'or un méchant cadavre! Non, certes! je n'en donnerai pas ce prix.

— Alors, répondit tranquillement le monstre, tu ne l'auras pas!

— Tu seras jeté à la voirie, au lieu d'orner le musée royal de Copenhague ou le cabinet de curiosités de Berghen.

— Que m'importe?

— Longtemps après ta mort, on viendrait en foule examiner ton squelette en disant: *Ce sont les restes du fameux Han d'Islande!* on polirait tes os avec soin, on les rattacherait avec des chevilles de cuivre; on te placerait sous une grande cage de verre, dont on aurait soin chaque jour d'enlever la poussière. Au lieu de ces honneurs, songe à ce qui t'attend, si tu ne veux pas me vendre ton cadavre, on t'abandonnera à la pourriture dans quelque charnier, où tu seras à la fois la pâture des vers et la proie des vautours.

— Eh bien! je ressemblerai aux vivants, qui sont sans cesse rongés par les petits et dévorés par les grands.

— Deux ducats d'or! répétait le bourreau entre ses dents, quelle prétention exorbitante! Si tu ne modères ton prix, mon cher Han d'Islande, nous ne pourrons traiter ensemble.

— C'est la première et probablement la dernière vente que je ferai de ma vie; je tiens à faire un marché avantageux.

— Songe que je puis te faire repentir de ton opiniâtreté. Demain tu seras en ma puissance.

— Crois-tu?

Ces mots étaient prononcés avec une expression qui échappa au bourreau.

— Oui, et il y a une manière de serrer le nœud coulant... tandis que, si tu deviens raisonnable, je te pendrai mieux.

— Peu m'importe de ce que tu feras demain de mon cou! répondit le monstre d'un air railleur.

— Allons, ne pourrais-tu te contenter de deux écus royaux? Qu'en feras-tu?

— Adresse-toi à ton camarade, dit le brigand en montrant le guichetier; il me demande deux ducats d'or pour un peu de paille et de feu.

— Aussi, dit le bourreau, apostrophant le guichetier avec humeur, par la scie de saint Joseph! il est révoltant de faire payer du feu et de méchante paille au poids de l'or. Deux ducats!

Le guichetier répliqua aigrement:

— Je suis bien bon de n'en pas exiger quatre! — C'est vous, maître Nychol, qui êtes aussi arabe que le chiffre 2, de refuser à ce pauvre prisonnier deux ducats d'or de son cadavre, que vous pourrez vendre au moins vingt ducats à quelque savant ou à quelque médecin.

— Je n'ai jamais payé un cadavre plus de quinze ascalins, dit le bourreau.

— Oui, repartit le guichetier, le cadavre d'un mauvais voleur ou d'un misérable juif, cela peut être; mais chacun sait que vous tirerez ce que vous voudrez du corps de Han d'Islande.

Han d'Islande hocha la tête.

— De quoi vous mêlez-vous? dit Orugix brusquement; est-ce que je m'occupe, moi, de vos rapines, des vêtements, des bijoux que vous volez aux prisonniers, de l'eau sale que vous versez dans leur maigre bouillon, des tourments que vous leur faites éprouver pour tirer d'eux de l'argent? — Non! je ne donnerai point deux ducats d'or.

— Point de paille et point de feu, à moins de deux ducats d'or, répondit l'obstiné guichetier.

— Point de cadavre à moins de deux ducats d'or, répéta le brigand immobile.

Le bourreau, après un moment de silence, frappa la terre du pied :

— Allons, le temps me presse. Je suis appelé ailleurs. — Il tira de sa veste un sac de cuir qu'il ouvrit lentement et comme à regret. — Tiens, maudit démon d'Islande, voilà tes deux ducats. Satan ne donnerait certes pas de ton âme ce que je donne de ton corps.

Le brigand reçut les deux pièces d'or. Aussitôt le guichetier avança la main pour les reprendre.

— Un instant, compagnon, donne-moi d'abord ce que je t'ai demandé.

Le guichetier sortit, et revint un moment après, apportant une botte de paille fraîche et un réchaud plein de charbons ardents, qu'il plaça près du condamné.

— C'est cela, dit le brigand en lui remettant les deux ducats, je me chaufferai cette nuit. — Encore un mot, ajouta-t-il d'une voix sinistre : — Le cachot ne touche-t-il pas à la caserne des arquebusiers de Munckholm?

— Cela est vrai, repartit le guichetier.

— Et d'où vient le vent?

— De l'est, je crois.

— C'est bon, reprit le brigand.

— Où veux-tu donc en venir, camarade? demanda le guichetier.

— A rien, répondit le brigand.

— Adieu, camarade, à demain de bonne heure.

— Oui, à demain, répéta le brigand.

Et le bruit de la lourde porte, qui se refermait, empêcha le bourreau et son compagnon d'entendre le ricanement sauvage et goguenard qui accompagnait ces paroles.

L

Espérais-tu finir par un autre trépas?

ALEX. SOUMET.

Jetons maintenant un regard dans l'autre cachot de la prison militaire adossée à la caserne des arquebusiers, qui renferme notre ancienne connaissance Turiaf Musdœmon.

On s'est peut-être étonné d'entendre ce Musdœmon, si profondément rusé, si profondément lâche, livrer avec tant de bonne foi le secret de son crime au tribunal qui l'a condamné, et cacher avec tant de générosité la part qu'y a prise son ingrat patron, le chancelier d'Ahlefeld. Qu'on se rassure cependant : Musdœmon n'était point converti. Cette généreuse bonne foi était peut-être la plus grande preuve d'adresse qu'il eût jamais donnée. Quand il avait vu toute son infernale intrigue si inopinément dévoilée et si invinciblement démontrée, il avait été un instant étourdi et épouvanté. Cette première impression passée, l'extrême justesse de son esprit lui fit sentir que, dans l'impuissance de perdre désormais ses victimes désignées, il ne devait plus songer qu'à se sauver. Deux partis à prendre se présentèrent à lui : se décharger de tout sur le comte d'Ahlefeld, qui l'abandonnait si lâchement, ou prendre sur lui tout le crime qu'il avait partagé avec le comte. Un esprit vulgaire se fût jeté sur le premier, Musdœmon choisit le second. Le chancelier était chancelier, d'ailleurs rien ne le compromettait directement dans ces papiers qui accablaient son secrétaire intime; puis il avait échangé quelques regards d'intelligence avec Musdœmon, il n'en fallut pas davantage pour déterminer celui-ci à se laisser condamner, certain que le comte d'Ahlefeld faciliterait son évasion, moins encore par reconnaissance pour le service passé que par besoin de ses services futurs.

Il se promenait donc dans sa prison, qu'éclairait à peine une lampe sépulcrale, ne doutant pas que la porte ne lui en fût ouverte dans la nuit. Il examinait la forme de ce vieux cachot de pierre, bâti par d'anciens rois dont l'histoire sait à peine les noms, s'étonnant seulement qu'il eût un plancher de bois, sur lequel ses pas retentissaient profondément comme s'il eût couvert quelque cavité souterraine. Il remarquait un gros anneau de fer scellé dans la clef de la voûte en ogive, et auquel pendait un lambeau de vieille corde rompue. Et le temps s'écoulait, et il écoutait avec impatience l'horloge du donjon sonner lentement les heures en traînant ses tintements lugubres dans le silence de la nuit.

Enfin un mouvement de pas se fit entendre en dehors du cachot; son cœur battit d'espérance. L'énorme serrure cria, les cadenas s'agitèrent, les chaînes tombèrent; et, quand la porte s'ouvrit, son front rayonna de joie.

C'était le personnage en habits d'écarlate que nous venons de voir dans le cachot de Han. Il portait sous son bras un rouleau de corde de chanvre, et était accompagné de quatre hallebardiers vêtus de noir et armés d'épées et de pertuisanes.

Musdœmon était encore en robe et en perruque de magistrat. Ce costume parut faire effet sur l'homme rouge. Il le salua comme accoutumé à le respecter.

— Seigneur, demanda-t-il au prisonnier avec quelque hésitation, est-ce à Votre Courtoisie que nous avons affaire?

— Oui, oui, répondit en hâte Musdœmon confirmé dans son espoir d'évasion par ce début poli, et ne remarquant point la couleur sanglante des vêtements de celui qui lui parlait.

— Vous vous nommez, dit l'homme, les yeux fixés sur un parchemin qu'il avait déployé, Turiaf Musdœmon?

— Précisément. Vous venez, mes amis, de la part du grand chancelier?

— Oui, Votre Courtoisie.

— N'oubliez pas, quand vous aurez terminé votre mission, d'exprimer à Sa Grâce toute ma reconnaissance.

L'homme aux habits rouges leva sur lui un regard étonné.

— Votre... reconnaissance!...

— Oui sans doute, mes amis; car il me sera probablement impossible de la lui témoigner moi-même tout de suite.

— Probablement, répondit l'homme avec une expression ironique.

— Et vous sentez, poursuivit Musdœmon, que je ne dois pas me montrer ingrat pour un pareil service.

— Par la croix du bon larron! s'écria l'autre en riant lourdement, on dirait, à vous entendre, que le chancelier fait pour Votre Courtoisie tout autre chose.

— Sans doute, il ne me rend encore en ce moment qu'une justice rigoureuse!

— Rigoureuse, soit! — mais enfin vous convenez que c'est justice. C'est le premier aveu de ce genre que j'entends depuis vingt-six ans que j'exerce. Allons, seigneur, le temps se passe en paroles; êtes-vous prêt?

— Je le suis, dit Musdœmon joyeux, faisant un pas vers la porte.

— Attendez, attendez un moment, cria l'homme rouge, se baissant pour déposer à terre son rouleau de corde.

Musdœmon s'arrêta.

— Pourquoi donc toute cette corde?

— Votre Courtoisie a raison de me faire cette question; j'en ai là en effet bien plus qu'il ne m'en faut; mais, au commencement de ce procès, je croyais avoir bien plus de condamnés.

En parlant ainsi, l'homme dénouait son rouleau de corde.

— Allons, dépêchons, dit Musdœmon.

— Votre Courtoisie est bien pressée... — est-ce qu'elle n'a pas encore quelque prière?...

— Point d'autre que celle que je vous ai déjà adressée, de remercier pour moi Sa Grâce. — Pour Dieu, hâtons-nous, ajouta Musdœmon, je suis impatient de sortir d'ici. Avons-nous beaucoup de chemin à faire?

— De chemin? reprit l'homme au vêtement d'écarlate, se redressant et mesurant plusieurs brasses de cordes déroulées, la route qui nous reste à faire ne fatiguera pas beaucoup Votre Courtoisie, car nous allons tout terminer sans mettre le pied hors d'ici.

Musdœmon tressaillit.

— Que voulez-vous dire?

— Que voulez-vous dire vous-même? demanda l'autre.

— O Dieu! dit Musdœmon, pâlissant comme s'il entrevoyait une lueur funèbre; qui êtes-vous?

— Je suis le bourreau.

Le misérable trembla ainsi qu'une feuille sèche que le vent secoue.

— Est-ce que vous ne venez pas pour me faire évader? murmura-t-il d'une voix éteinte.

Le bourreau partit d'un éclat de rire.

— Si fait vraiment! pour vous faire évader dans le pays des esprits, où je vous proteste qu'on ne pourra plus vous reprendre.

Musdœmon s'était prosterné la face contre terre.

— Grâce! ayez pitié de moi!... grâce!

— Sur ma foi, dit froidement le bourreau, c'est la première fois qu'on me fait une pareille demande. — Est-ce que vous me prenez pour le roi?

L'infortuné se traînait à genoux, souillant sa robe dans la poussière, frappant le plancher de son front, un moment auparavant si radieux, et embrassant les pieds du bourreau avec des cris sourds et des sanglots étouffés.

— Allons, paix! reprit le bourreau, je n'avais point encore vu la robe noire s'humilier devant ma veste rouge.

Il repoussa du pied le suppliant.

— Camarade, prie Dieu et les saints; ils t'écouteront mieux que moi.

Musdœmon resta agenouillé, le visage caché dans ses mains et pleurant amèrement.

Cependant le bourreau, se haussant sur la pointe des pieds, avait passé la corde dans l'anneau de la voûte; il la laissa pendre jusque sur le plancher, puis l'arrêta par un double tour, puis prépara un nœud coulant à l'extrémité qui touchait à terre.

— J'ai fini, dit-il au condamné quand ces menaçants apprêts furent terminés; en as-tu fini de même avec la vie?

— Non, dit Musdœmon se levant, non, cela ne se peut! Vous commettez quelque horrible méprise. Le chancelier d'Ahlefeld n'est point assez infâme... Je lui suis trop nécessaire... Il est impossible que ce soit pour moi que l'on vous ait envoyé. Laissez-moi fuir, craignez d'encourir la colère du chancelier...

— Ne nous as-tu point déclaré, répliqua le bourreau, que tu étais Turiaf Musdœmon?

Le prisonnier demeura un moment silencieux.

— Non, dit-il tout à coup, non, je ne me nomme point Musdœmon; je me nomme Turiaf Orugix.

— Orugix! s'écria le bourreau, Orugix!

Il arracha précipitamment la perruque qui cachait le visage du condamné et poussa un cri de stupeur:

— Mon frère!

— Ton frère! répondit le condamné avec un étonnement mêlé de honte et de joie, serais-tu?...

— Nychol Orugix, bourreau du Drontheimhus, pour te servir, mon frère Turiaf.

Le condamné se jeta au cou de l'exécuteur en l'appelant *son frère, son frère chéri.*

Cette reconnaissance fraternelle n'eût pas dilaté le cœur de celui qui en eût été témoin.

Turiaf prodiguait à Nychol mille caresses forcées avec un sourire affecté et craintif auquel Nychol répondait par des regards sombres et embarrassés; on eût dit un tigre flattant un éléphant au moment où le pied pesant du monstre presse son ventre haletant.

— Quel bonheur, frère Nychol!... Je suis bien joyeux de te revoir.

— Et moi j'en suis fâché pour toi, frère Turiaf.

Le condamné feignait de ne point entendre, et poursuivait d'une voix tremblante:

— Tu as une femme et des enfants sans doute? Tu me mèneras voir mon aimable sœur et embrasser mes charmants neveux...

— Signe de croix du démon! murmura le bourreau.

— Je veux être leur second père... Ecoute, frère, je suis puissant, j'ai du crédit... —

Le *frère* répondit d'un accent sinistre:

— Je sais que tu en avais... A présent, ne songe plus qu'à celui que tu as sans doute su te ménager près des saints.

Toute espérance disparut du front du condamné.

— O Dieu! que signifie ceci, cher Nychol? Je suis sauvé, puisque je te retrouve. — Songe que le même ventre nous a portés, que le même sein nous a nourris, que les mêmes jeux ont occupé notre enfance; souviens-toi, Nychol, que tu es mon frère!

— Jusqu'à cette heure, tu ne t'en étais pas souvenu, répondit le farouche Nychol.

— Non, je ne puis mourir de la main de mon frère!...

— C'est ta faute, Turiaf. — C'est toi qui as rompu ma carrière, qui m'as empêché d'être exécuteur royal de Copenhague; qui m'as fait jeter, comme bourreau de province, dans ce misérable pays. Si tu n'avais point ainsi agi en mauvais frère, tu ne te plaindrais pas de ce qui te révolte aujourd'hui. Je ne serais point dans le Drontheimhus, et ce serait un autre qui ferait ton affaire. — Nous en avons dit assez, mon frère, il faut mourir.

La mort est hideuse au méchant, par le même sentiment qui la rend belle à l'homme de bien; tous deux vont quitter ce qu'ils ont d'humain; mais le juste est délivré de son corps comme d'une prison, le méchant en est arraché comme d'une forteresse.

Au dernier moment, l'enfer se révèle à l'âme perverse qui a rêvé le néant. Elle frappe avec inquiétude sur la sombre porte de la mort, et ce n'est pas le vide qui lui répond.

Le condamné se roula sur le plancher en se tordant les bras avec une plainte plus déchirante que la lamentation éternelle d'un damné.

— Miséricorde de Dieu! saints anges du ciel, si vous

existez, ayez compassion de moi! Nychol, mon Nychol, au nom de notre mère commune, oh! laisse-moi vivre!

Le bourreau montra son parchemin.

— Je ne puis : l'ordre est précis.

— Cet ordre ne me concerne pas, balbutia le désespéré prisonnier : il regarde un certain Musdœmon, ce n'est pas moi : je suis Turiaf Orugix.

— Tu veux rire, dit Nychol en haussant les épaules. Je sais bien qu'il s'agit de toi. D'ailleurs, ajouta-t-il durement, tu n'aurais point été hier, pour ton frère, Turiaf Orugix; tu n'es pour lui aujourd'hui que Turiaf Musdœmon.

— Mon frère, mon frère! reprit le misérable, eh bien! attends jusqu'à demain! il est impossible que le grand chancelier ait donné l'ordre de ma mort. C'est un affreux malentendu. Le comte d'Ahlefeld m'aime beaucoup. Je t'en conjure, mon cher Nychol, la vie!... Je serai bientôt rentré en faveur, et je te rendrai tous les services...

— Tu ne peux plus m'en rendre qu'un, Turiaf, interrompit le bourreau. J'ai déjà perdu les deux exécutions sur lesquelles je comptais le plus, celles de l'ex-chancelier Schumacker et du fils du vice-roi. J'ai toujours du malheur. Il ne me reste plus que Han d'Islande et toi. Ton exécution, comme nocturne et secrète, me vaudra douze ducats d'or. Laisse-moi donc faire tranquillement : voilà le seul service que j'attends de toi.

— O Dieu!... dit douloureusement le condamné.

— Ce sera le premier et le dernier, à la vérité; mais en revanche, je te promets que tu ne souffriras point. Je te pendrai en frère. — Résigne-toi.

Musdœmon se leva; ses narines étaient gonflées de rage, ses lèvres vertes tremblaient, ses dents claquaient, sa bouche écumait de désespoir.

— Satan!..... J'aurai sauvé ce d'Ahlefeld! j'aurai embrassé mon frère! et ils me tueront! et il faudra mourir la nuit, dans un cachot obscur, sans que le monde puisse entendre mes malédictions, sans que ma voix puisse tonner sur eux d'un bout du royaume à l'autre, sans que ma main puisse déchirer le voile de tous leurs crimes! Ce sera pour arriver à cette mort que j'aurai souillé toute ma vie! — Misérable! poursuivit-il, s'adressant à son frère, tu veux donc être fratricide?

— Je suis bourreau, répondit le flegmatique Nychol.

— Non! s'écria le condamné. Et il s'était jeté à corps perdu sur le bourreau, et ses yeux lançaient des flammes et répandaient des larmes comme ceux d'un taureau aux abois. Non, je ne mourrai pas ainsi! Je n'aurai point vécu comme un serpent formidable pour mourir comme le misérable ver qu'on écrase! Je laisserai ma vie dans ma dernière morsure; mais elle sera mortelle.

En parlant ainsi, il étreignait en ennemi celui qu'il venait d'embrasser en frère.

Le flatteur et caressant Musdœmon se montrait en ce moment ce qu'il était dans son essence.

Le désespoir avait remué le fond de son âme ainsi qu'une lie, et, après avoir rampé comme le tigre, il se redressait comme lui. Il eût été difficile de décider lequel des deux frères était le plus effroyable dans ce moment où ils luttaient, l'un avec la stupide férocité d'une bête sauvage, l'autre avec la fureur rusée d'un démon.

Mais les quatre hallebardiers, jusqu'alors impassibles, n'étaient pas restés immobiles.

Ils avaient prêté assistance au bourreau, et bientôt Musdœmon, qui n'avait d'autre force que sa rage, fût contraint de lâcher prise.

Il alla se jeter à plat ventre contre la muraille, poussant des hurlements inarticulés et émoussant ses ongles sur la pierre.

— Mourir! démons de l'enfer! mourir sans que mes cris percent ces voûtes, sans que mes bras renversent ces murs!...

On le saisit sans éprouver de résistance. Son effort inutile l'avait épuisé. On le dépouilla de sa robe pour le garrotter. En ce moment, un paquet cacheté tomba de ses vêtements.

— Qu'est cela? dit le bourreau.

Une espérance infernale luisait dans l'œil hagard du condamné.

— Comment avais-je oublié cela? murmura-t-il. — Ecoute, frère Nychol, ajouta-t-il d'une voix presque amicale; ces papiers appartiennent au grand chancelier. Promets-moi de les lui remettre, et fais ensuite de moi ce que tu voudras.

— Puisque tu es tranquille maintenant, je te promets de remplir ta dernière intention, quoique tu viennes d'agir envers moi comme un mauvais frère. Ces papiers seront remis au chancelier, foi d'Orugix.

— Demande à les lui remettre toi-même, reprit le condamné en souriant au bourreau, qui, par sa nature, comprenait peu les sourires. Le plaisir qu'ils causeront à Sa Grâce te vaudra peut-être quelque faveur.

— Vrai, frère, dit Orugix. Merci. Peut-être le diplôme d'exécuteur royal, n'est-ce pas? Eh bien! quittons-nous bons amis. Je te pardonne les coups d'ongles que tu m'as donnés; pardonne-moi le collier de corde que tu vas recevoir de moi.

— Le chancelier m'avait promis un autre collier, répondit Musdœmon.

Alors les hallebardiers l'amenèrent garrotté au milieu du cachot; le bourreau lui passa le fatal nœud coulant autour du cou.

— Turiaf, es-tu prêt?

— Un instant! un instant! dit le condamné, auquel sa terreur était revenue : de grâce, mon frère, ne tire pas la corde avant que je ne te le dise.

— Je n'aurai pas besoin de tirer la corde, répondit le bourreau.

Une minute après il répéta sa question :

— Es-tu prêt?

— Encore un instant : hélas! il faut donc mourir!

— Turiaf, je n'ai pas le temps d'attendre. En parlant ainsi, Orugix invitait les hallebardiers à s'éloigner du condamné.

— Un mot encore, frère! n'oublie pas de remettre le paquet au comte d'Ahlefeld.

— Sois tranquille, répliqua le frère.

Il ajouta pour la troisième fois :

— Allons, es-tu prêt?

L'infortuné ouvrait la bouche pour implorer peut-être encore une minute de vie, quand le bourreau impatient se baissa. Il tourna un bouton de cuivre qui sortait du plancher.

Le plancher se déroba sous le patient; le misérable disparut dans une trappe carrée, au bruit sourd de la corde qui se tendait soudainement avec d'effrayantes vibrations, causées en partie par les dernières convulsions du mourant.

On ne vit plus que la corde qui s'agitait dans la sombre ouverture, d'où s'échappaient un vent frais et une rumeur pareille à celle de l'eau courante.

Les hallebardiers eux-mêmes reculèrent frappés d'horreur.

Le bourreau s'approcha du gouffre, saisit de la main la corde qui vibrait toujours, et se suspendit sur l'abîme, s'appuyant des deux pieds sur les épaules du patient. La fatale corde se tendit avec un son rauque et demeura immobile.

Un soupir étouffé venait de sortir de la trappe.

— C'est bon, dit le bourreau remontant dans le cachot.

— Adieu, frère.

Il tira un coutelas de sa ceinture.

— Va nourrir les poissons du golfe. Que ton corps soit la proie de l'eau tandis que ton âme sera celle du feu.

A ces mots, il coupa la corde tendue.

Ce qui en resta suspendu à l'anneau de fer revint fouetter la voûte, tandis qu'on entendait l'eau profonde et ténébreuse rejaillir de la chute du corps, puis continuer sa course souterraine vers le golfe.

Le bourreau referma la trappe comme il l'avait ouverte.

Au moment où il se redressait, il vit le cachot plein de fumée.

—Qu'est-ce donc? demanda-t-il aux hallebardiers? d'où vient cette fumée?

Ils l'ignoraient comme lui. Surpris, ils ouvrirent la porte du cachot; les corridors de la prison étaient également inondés d'une fumée épaisse et nauséabonde.

Une issue secrète les conduisit, alarmés, dans la cour carrée, où un spectacle effrayant les attendait.

Un immense incendie, accru par la violence du vent d'est, dévorait la prison militaire et la caserne des arquebusiers. La flamme, poussée en tourbillon, rampait autour des murs de pierre, couronnait les toits ardents, sortait comme d'une bouche des fenêtres dévorées; et les noires tours de Munckholm tantôt se rougissaient d'une clarté sinistre, tantôt disparaissaient dans d'épais nuages de fumée.

Un guichetier qui fuyait dans la cour leur apprit en peu de mots que le feu était parti, pendant le sommeil des gardiens de Han d'Islande, du cachot du monstre, auquel on avait eu l'imprudence de donner de la paille et du feu.

— J'ai bien du malheur! s'écria Orugix à ce récit: voilà encore sans doute Han d'Islande qui m'échappe. Le misérable aura été brûlé! et je n'aurai même plus son corps, que j'ai payé deux ducats!

Cependant, les malheureux arquebusiers de Munckholm, réveillés en sursaut par cette mort imminente, se pressaient en foule à la grande porte, embarrassée de funestes barricades; on entendait du dehors leurs clameurs d'angoisse et de détresse; on les voyait se tordre les bras aux fenêtres en feu, ou se précipiter sur les dalles de la cour, évitant une mort dans une autre.

La flamme victorieuse embrassait tout l'édifice avant que le reste de la garnison eût eu le temps d'accourir.

Tout secours était déjà inutile.

Le bâtiment était heureusement isolé: on se borna à enfoncer à coups de hache la porte principale; mais ce fut trop tard, car, au moment où elle s'ouvrait, toute la charpente embrasée du toit de la caserne s'écroula avec un long fracas sur les infortunés soldats, entraînant dans sa chute les combles et les étages incendiés.

L'édifice entier disparut alors dans un tourbillon de poussière enflammée et de fumée ardente, où s'éteignaient quelques faibles clameurs.

Le lendemain matin, il ne s'élevait plus dans la tour carrée que quatre hautes murailles noires et chaudes encore, entourant un horrible amas de décombres fumants qui continuaient à se dévorer les uns les autres, comme des bêtes dans un cirque.

Quand toute cette ruine fut un peu refroidie, on en fouilla les profondeurs: sous une couche de pierres, de poutres et de ferrures tordues par le feu, reposait un amas d'ossements blanchis et de cadavres défigurés; avec une trentaine de soldats, pour la plupart estropiés, c'était ce qui restait du beau régiment de Munckholm.

Lorsqu'en remuant les débris de la prison on arriva au cachot fatal d'où l'incendie était parti, et que Han d'Islande avait habité, on y trouva les restes d'un corps humain, couchés près d'un réchaud de fer, sur des chaînes rompues.

On remarqua seulement que parmi ces cendres il y avait deux crânes, quoiqu'il n'y eût qu'un cadavre.

LI

SALADIN.

Bravo, Ibrahim!... tu es vraiment un messager de bonheur: je te remercie de ta bonne nouvelle.

LE MAMELOUCK.

Eh bien! il n'en est que cela?

SALADIN.

Qu'attends-tu?

LE MAMELOUCK.

Il n'y a rien de plus pour le messager du bonheur?

LESSING, *Nathan le Sage.*

Pâle et défait, le comte d'Ahlefeld se promène à grands pas dans son appartement; il froisse dans ses mains un paquet de lettres qu'il vient de parcourir, et frappe du pied le marbre poli et les tapis à franges d'or.

A l'autre bout de l'appartement se tient debout, quoique dans l'attitude d'une prostration respectueuse, Nychol Orugix, vêtu de son infâme pourpre et son chapeau de feutre à la main.

— Tu m'as rendu service, Musdœmon, murmure le chancelier entre ses dents, resserrées par la colère!

Le bourreau lève timidement son regard stupide: — Sa Grâce est contente?...

— Que veux-tu, toi? dit le chancelier se détournant brusquement.

Le bourreau, fier d'avoir attiré un regard du chancelier, sourit d'espérance: — Ce que je veux, Votre Grâce? La place d'exécuteur à Copenhague, si Votre Grâce daigne payer par cette haute faveur les bonnes nouvelles que je lui apporte.

Le chancelier appelle les deux hallebardiers de garde à la porte de son appartement: — Qu'on saisisse ce drôle qui a l'insolence de me narguer.

Les deux gardes entraînent Nychol stupéfait et consterné, qui hasarde encore une parole: — Seigneur...

— Tu n'es plus bourreau du Drontheimhus! j'annule ton diplôme! reprend le chancelier poussant la porte avec violence.

Le chancelier ressaisit les lettres, les lit, les relit avec rage, s'enivrant en quelque sorte de son déshonneur, car ces lettres sont l'ancienne correspondance de la comtesse avec Musdœmon. C'est l'écriture d'Elphége. Il y voit qu'Ulrique n'est pas sa fille, que ce Frédéric si regretté n'était peut-être pas son fils.

Le malheureux comte est puni par le même orgueil qui a causé tous ses crimes.

C'est peu d'avoir vu sa vengeance fuir de sa main; il voit tous ses rêves ambitieux s'évanouir, son passé flétri, son avenir mort. Il a voulu perdre ses ennemis, il n'a réussi qu'à perdre son crédit, son conseiller, et jusqu'à ses droits de mari et de père.

Il veut du moins voir une fois encore la misérable qui l'a trahi. Il traverse les grandes salles d'un pas rapide, secouant les lettres dans ses mains, comme s'il eût tenu la foudre.

Il ouvre en furieux la porte de l'appartement d'Elphége. Il entre...

Cette coupable épouse venait d'apprendre subitement du colonel Wœthaün l'horrible mort de son fils Frédéric.

La pauvre mère était folle.

CONCLUSION

Ce que j'avais dit par plaisanterie, vous l'avez pris sérieusement.

Romances espagnoles, le roi Alphonse à Bernard.

Depuis quinze jours les événements que nous venons de raconter occupaient toutes les conversations de Drontheim et du Drontheimhus, jugés selon les diverses faces qu'ils avaient présentées au jour. La populace de la ville, qui s'était vainement attendue au spectacle de sept exécutions successives, commençait à désespérer de ce plaisir; et les vieilles femmes, à demi aveugles, racontaient encore qu'elles avaient vu, la nuit du déplorable embrasement de la caserne, Han d'Islande s'envoler dans une flamme, riant dans l'incendie et poussant du pied la toiture brûlante de l'édifice sur les arquebusiers de Munckholm, lorsque, après une absence qui avait semblé bien longue à son Ethel, Ordener reparut dans le donjon du Lion de Slesvig, accompagné du général Levin de Knud et de l'aumônier Athanase Munder.

Schumacker se promenait en ce moment dans le jardin, appuyé sur sa fille. Les deux jeunes époux eurent bien de la peine à ne point tomber dans les bras l'un de l'autre; il fallut encore se contenter d'un regard. Schumacker serra affectueusement la main d'Ordener et salua d'un air de bienveillance les deux étrangers.

— Jeune homme, dit le vieux captif, que le ciel bénisse votre retour.

— Seigneur, répondit Ordener, j'arrive. Je viens de voir mon père de Berghen, je reviens embrasser mon père de Drontheim.

— Que voulez-vous dire? demanda le vieillard étonné.

— Que vous me donniez votre fille, noble seigneur.

— Ma fille! s'écria le prisonnier, se tournant vers Ethel rouge et tremblante.

— Oui, seigneur, j'aime votre Ethel : je lui ai consacré ma vie : elle est à moi.

Le front de Schumacker se rembrunit :

— Vous êtes un noble et digne jeune homme, mon fils; quoique votre père m'ait fait bien du mal, je le lui pardonne en votre faveur, et je verrais volontiers cette union. Mais il y a un obstacle...

— Lequel, seigneur? demanda Ordener presque inquiet.

— Vous aimez ma fille; mais êtes-vous sûr qu'elle vous aime?...

Les deux amants se regardèrent, muets de surprise.

— Oui, poursuivit le père. J'en suis fâché; car je vous aime, moi, et j'aurais voulu vous appeler mon fils. C'est ma fille qui ne voudra pas. Elle m'a déclaré dernièrement son aversion pour vous. Depuis votre départ, elle se tait quand je lui parle de vous, et semble éviter votre pensée, comme si elle la gênait. Renoncez donc à votre amour, Ordener. Allez, on se guérit d'aimer comme de haïr.

— Seigneur, — dit Ordener stupéfait...

— Mon père!... dit Ethel joignant les mains.

— Ma fille, sois tranquille, interrompit le vieillard : ce mariage me plait, mais il te déplait. Je ne veux pas torturer ton cœur, Ethel; depuis quinze jours je suis bien changé, va. Je ne forcerai pas ta répugnance pour Ordener. Tu es libre.

Athanase Munder souriait : — Elle ne l'est pas, dit-il.

— Vous vous trompez, mon noble père, ajouta Ethel enhardie. Je ne hais pas Ordener.

— Comment! s'écria le père.

— Je suis, reprit Ethel... Elle s'arrêta. Ordener s'agenouilla devant le vieillard.

— Elle est ma femme, mon père! Pardonnez-moi comme mon autre père m'a déjà pardonné, et bénissez vos enfants.

Schumacker, étonné à son tour, bénit le jeune couple incliné devant lui.

— J'ai tant maudit dans ma vie, dit-il, que je saisis maintenant sans examen toutes les occasions de bénir. Mais à présent expliquez-moi...

On lui expliqua tout. Il pleurait d'attendrissement, de reconnaissance et d'amour.

— Je me croyais sage, je suis vieux, et je n'ai pas compris le cœur d'une jeune fille!

— Je m'appelle donc Ordener Guldenlew, disait Ethel avec une joie enfantine.

— Ordener Guldenlew, reprit le vieux Schumacker, vous valez mieux que moi; car, dans ma prospérité, je ne serais certes pas descendu de mon rang pour m'unir à la fille pauvre et dégradée d'un malheureux proscrit.

Le général prit la main du prisonnier et lui remit un rouleau de parchemins.

— Seigneur comte, ne parlez pas ainsi. Voici vos titres que le roi vous avait déjà renvoyés par Dispolsen. Sa Majesté vient d'y joindre le don de votre grâce et de votre liberté. Telle est la dot de la comtesse de Danneskiold, votre fille.

— Grâce!... liberté! répéta Ethel ravie.

— Comtesse de Danneskiold! ajouta le père.

— Oui, comte, continua le général, vous rentrez dans tous vos honneurs, tous vos biens vous sont rendus.

— A qui dois-je tout cela? demanda l'heureux Schumacker.

— Au général Levin de Knud, répondit Ordener.

— Levin de Knud! Je vous le disais bien, général gouverneur, Levin de Knud est le meilleur des hommes. Mais pourquoi n'est-il pas venu lui-même m'apporter mon bonheur? où est-il?

Ordener montra avec étonnement le général, qui souriait et pleurait : — Le voici!

Ce fut une scène touchante que la reconnaissance de ces deux vieux compagnons de puissance et de jeunesse. Le cœur de Schumacker se dilatait enfin. En connaissant Han d'Islande, il avait cessé de haïr les hommes; en connaissant Ordener et Levin, il se prenait à les aimer.

Bientôt de belles et douces fêtes solennisèrent le sombre

J'ai tant maudit dans ma vie, dit-il, que je saisis maintenant sans examen toutes les occasions de bénir. (Page 127.)

hymen du cachot. La vie commença à sourire aux deux jeunes époux qui avaient su sourire à la mort. Le comte d'Ahlefeld les vit heureux, ce fut sa plus cruelle punition.

Athanase Munder eut aussi sa joie. Il obtint la grâce de ses quatorze condamnés, et Ordener y ajouta celle de ses anciens confrères d'infortune, Kennybol, Jonas et Norbith, qui retournèrent libres et joyeux annoncer aux mineurs pacifiés que le roi les délivrait de la tutelle.

Schumacker ne jouit pas longtemps de l'union d'Ethel et d'Ordener; la liberté et le bonheur avaient trop ébranlé son âme : elle alla jouir d'un autre bonheur et d'une autre liberté. Il mourut dans la même année 1699, et ce chagrin vint frapper ses enfants, comme pour leur apprendre qu'il n'est point de félicité parfaite sur la terre. On l'inhuma dans l'église de Veer, terre que son gendre possédait dans le Jutland, et le tombeau lui conserva tous les titres que la captivité lui avait enlevés. De l'alliance d'Ordener et d'Ethel naquit la famille des comtes de Danneskiold.

FIN DE HAN D'ISLANDE.

LIBRAIRIE MARESCQ ET Ce, 5, rue du Pont-de-Lodi. | J. HETZEL, ÉDITEUR. | LIBRAIRIE BLANCHARD, 78, rue de Richelieu.

OEUVRES DE VICTOR HUGO

BUG-JARGAL

ILLUSTRÉ PAR J.-A. BEAUCÉ.

En 1818, l'auteur de ce livre avait seize ans; il paria qu'il écrirait un volume en quinze jours. Il fit *Bug-Jargal*. Seize ans, c'est l'âge où l'on parie pour tout et où l'on improvise sur tout.

Ce livre a donc été écrit deux ans avant *Han d'Islande*. Et quoique, sept ans plus tard, en 1825, l'auteur l'ait remanié et récrit en grande partie, il n'en est pas moins, et par le fond et par beaucoup de détails, le premier ouvrage de l'auteur.

Il demande pardon à ses lecteurs de les entretenir de détails si peu importants; mais il a cru que le petit nombre de personnes qui aiment à classer par rang de taille et par ordre de naissance les œuvres d'un poëte, si obscur qu'il soit, ne lui sauraient pas mauvais gré de leur donner l'âge de *Bug-Jargal;* et, quant à lui, comme ces voyageurs qui se retournent au milieu de leur chemin et cherchent à découvrir encore dans les plis brumeux de l'horizon le lieu d'où ils sont partis, il a voulu donner ici un souvenir à cette époque de sérénité, d'audace et de confiance où il abordait de front un si immense sujet : la révolte des noirs de Saint-Domingue en 1791, lutte de géants, trois mondes intéressés dans la question, l'Europe et l'Afrique pour combattants, l'Amérique pour champ de bataille.

24 mars 1832.

L'épisode qu'on va lire, et dont le fond est emprunté à la révolte des esclaves de Saint-Domingue en 1791, a un air de circonstance (1) qui eût suffi pour empêcher l'auteur de le publier. Cependant une ébauche de cet opuscule ayant été déjà imprimée et distribuée à un nombre restreint d'exemplaires, en 1820, à une époque où la politique du jour s'occupait fort peu d'Haïti, il est évident que, si le sujet qu'il traite a pris depuis un nouveau degré d'intérêt, ce n'est pas la faute de l'auteur. Ce sont les événements qui se sont arrangés pour le livre, et non le livre pour les événements.

Quoi qu'il en soit, l'auteur ne songeait pas à tirer cet ouvrage de l'espèce de demi-jour où il était comme enseveli; mais, averti qu'un libraire de la capitale se proposait de réimprimer son esquisse anonyme, il a cru devoir prévenir cette réimpression en mettant lui-même au jour son travail revu et en quelque sorte refait, précaution qui épargne un ennui à son amour-propre d'auteur, et au libraire susdit une mauvaise spéculation.

Plusieurs personnes distinguées qui, soit comme colons, soit comme fonctionnaires, ont été mêlées aux troubles de Saint-Domingue, ayant appris la prochaine publication de cet épisode, ont bien voulu communiquer spontanément à l'auteur des matériaux d'autant plus précieux qu'ils sont presque tous inédits. L'auteur leur en témoigne ici sa vive reconnaissance. Ces documents lui ont été singulièrement utiles pour rectifier ce que le récit du capitaine d'Auverney présentait d'incomplet sous le rapport de la couleur locale, et d'incertain relativement à la vérité historique.

Enfin, il doit encore prévenir les lecteurs que l'histoire de *Bug-Jargal* n'est qu'un fragment d'un ouvrage plus étendu, qui devait être composé avec le titre de *Contes sous la Tente*. L'auteur suppose que, pendant les guerres de la révolution, plusieurs officiers français conviennent entre eux d'occuper chacun à leur tour la longueur des nuits du bivac, par le récit de quelqu'une de leurs aventures. L'épisode que l'on publie ici faisait partie de cette série de narrations; il peut en être détaché sans inconvénient; et d'ailleurs l'ouvrage dont il devait faire partie n'est point fini, ne le sera jamais, et ne vaut pas la peine de l'être.

(1) Cette préface, qui accompagnait les premières éditions, date de janvier 1826.

BUG-JARGAL

I

. . . . . Quand vint le tour du capitaine Léopold d'Auverney, il ouvrit de grands yeux, et avoua à ces messieurs qu'il ne connaissait réellement aucun événement de sa vie qui méritât de fixer leur attention. — Mais, capitaine, lui dit le lieutenant Henri, vous avez pourtant, dit-on, voyagé et vu le monde. N'avez-vous pas visité les Antilles, l'Afrique et l'Italie, l'Espagne?... Ah! capitaine, votre chien boiteux.

D'Auverney tressaillit, laissa tomber son cigare et se retourna brusquement vers l'entrée de la tente, au moment où un chien énorme accourait en boitant vers lui. Le chien écrasa en passant le cigare du capitaine; le capitaine n'y fit nulle attention. Le chien lui lécha les pieds, le flatta avec sa queue, jappa, gambada de son mieux, puis se vint coucher devant lui. Le capitaine, ému, oppressé, le caressait machinalement de la main gauche, en détachant de l'autre la mentonnière de son casque, et répétait de temps en temps : — Te voilà, Rask! te voilà! Enfin il s'écria : — Mais qui t'a donc ramené?

— Avec votre permission, mon capitaine...

Depuis quelques minutes, le sergent Thadée avait soulevé le rideau de la tente, et se tenait debout, le bras droit enveloppé dans sa redingote, les larmes aux yeux, et contemplant en silence le dénoûment de l'Odyssée. Il hasarda à la fin ces paroles : *Avec votre permission, mon capitaine*... D'Auverney leva les yeux. — C'est toi, Thad; et comment diable as-tu pu?... Pauvre chien! je le croyais dans le camp anglais. Où donc l'as-tu trouvé?

— Dieu merci! vous m'en voyez, mon capitaine, aussi joyeux que monsieur votre neveu quand vous lui faisiez décliner *cornu*, la corne; *cornu*, de la corne...

— Mais dis-moi donc où tu l'as trouvé?

— Je ne l'ai pas trouvé, mon capitaine, j'ai bien été le chercher.

Le capitaine se leva et tendit la main au sergent, mais la main du sergent resta enveloppée dans sa redingote. Le capitaine n'y prit point garde.

— C'est que... voyez-vous, mon capitaine, depuis que ce pauvre Rask s'est perdu, je me suis aperçu, avec votre permission, s'il vous plaît, qu'il vous manquait quelque chose. Pour tout vous dire, je crois que le soir où il ne vint pas, comme à l'ordinaire, partager mon pain de munition, peu s'en fallut que le vieux Thad ne se prît à pleurer comme un enfant. Mais non, Dieu merci; je n'ai pleuré que deux fois dans ma vie : la première quand... le jour où... — Et le sergent regardait son maître avec inquiétude. La seconde, lorsqu'il prit idée à ce drôle de Balthazar, caporal dans la septième demi-brigade, de me faire éplucher une botte d'ognons.

— Il me semble, Thadée, s'écria en riant Henri, que vous ne nous dites pas à quelle occasion vous pleurâtes pour la première fois.

— C'est sans doute, mon vieux, quand tu reçus l'accolade de Latour-d'Auvergne, premier grenadier de France? demanda avec affection le capitaine, continuant à caresser le chien.

— Non, mon capitaine, si le sergent Thadée a pu pleurer, ce n'a pu être, et vous en conviendrez, que le jour où il a crié *feu!* sur Bug-Jargal, autrement dit Pierrot.

Un nuage se répandit sur tous les traits de d'Auverney. Il s'approcha vivement du sergent et voulut lui serrer la main; mais, malgré un tel excès d'honneur, le vieux Thadée la retint cachée sous sa capote.

— Oui, mon capitaine, continua Thadée en reculant de quelques pas, tandis que d'Auverney fixait sur lui des regards pleins d'une expression pénible; oui, j'ai pleuré cette fois-là; aussi, vraiment il le méritait bien! Il était noir, cela est vrai, mais la poudre à canon est noire aussi, et... et...

Le bon sergent aurait bien voulu achever honorablement sa bizarre comparaison. Il y avait peut-être quelque chose dans ce rapprochement qui plaisait à sa pensée; mais il essaya inutilement de l'exprimer; et, après avoir plusieurs fois attaqué, pour ainsi dire, son idée dans tous les sens, comme un général d'armée qui échoue contre une place forte, il en leva brusquement le siége, et poursuivit sans prendre garde au sourire des jeunes officiers qui l'écoutaient.

— Dites, mon capitaine, vous souvient-il de ce pauvre nègre, quand il arriva tout essoufflé, à l'instant même où ses dix camarades étaient là? Vraiment, il avait bien fallu les lier... C'était moi qui commandais. Et quand il les détacha lui-même pour reprendre leur place, quoiqu'ils ne le voulussent pas; mais il fut inflexible. Oh! quel homme! c'était un vrai Gibraltar. Et puis, dites, mon capitaine? quand il se tenait là, comme s'il allait entrer en danse, et son chien, le même Rask qui est ici, qui comprit ce qu'on allait lui faire, et qui me sauta à la gorge...

— Ordinairement, Thad, interrompit le capitaine, tu ne laissais point passer cet endroit de ton récit sans faire quelques caresses à Rask; vois comme il te regarde!

— Vous avez raison, dit Thadée avec embarras, il me regarde, ce pauvre Rask, mais... la vieille Malagrida m'a dit que de caresser de la main gauche porte malheur.

— Et pourquoi pas de la main droite? demanda d'Auverney avec surprise, et remarquant pour la première fois la main enveloppée dans la redingote et la pâleur répandue sur le visage de Thad. Le trouble du sergent parut redoubler.

— Avec votre permission, mon capitaine; c'est que... Vous avez déjà un chien boiteux, je crains que vous ne finissiez par avoir aussi un sergent manchot. Le capitaine s'élança de son siége. — Comment? quoi? que dis-tu, mon vieux Thadée? manchot!... Voyons ton bras. Manchot, grand Dieu!

D'Auverney tremblait : le sergent déroula lentement son manteau et offrit aux yeux de son chef son bras enveloppé d'un mouchoir ensanglanté. — Eh! mon Dieu! murmura le capitaine en soulevant le linge avec précaution. Mais dis-moi donc, mon ancien...

— Oh! la chose est toute simple. Je vous ai dit que j'avais remarqué votre chagrin depuis que ces maudits Anglais nous avaient enlevé votre beau chien, ce pauvre Rask, le dogue de Bug... Il suffit. Je résolus aujourd'hui de le ramener, dût-il m'en coûter la vie, afin de souper ce soir de bon appétit. C'est pourquoi, après avoir recommandé à Mathelet, votre soldat, de bien brosser votre grand uniforme, parce que c'est demain jour de bataille, je me suis esquivé tout doucement du camp, armé seulement de mon sabre, et j'ai pris à travers les haies pour être plus tôt au camp des Anglais. Je n'étais pas encore aux premiers retranchements quand, avec votre permission, mon capitaine, dans un petit bois sur la gauche, j'ai vu un grand attroupement de soldats rouges. Je me suis avancé pour flairer ce que c'était, et, comme ils ne prenaient pas garde à moi, j'ai aperçu au milieu d'eux Rask attaché à un arbre, tandis que deux milords, nus jusqu'ici comme des païens, se donnaient sur les os de grands coups de poing qui faisaient autant de bruit que la grosse caisse d'une demi-brigade. C'étaient deux particuliers anglais, s'il vous plaît, qui se battaient en duel pour votre chien. Mais voilà Rask qui me voit, et qui donne un tel coup de collier que la corde casse, et que le drôle est en un clin d'œil sur mes trousses. Vous pensez bien que toute l'autre bande ne reste pas en arrière; je m'enfonce dans le bois. Rask me suit. Plusieurs balles sifflent à mes oreilles. Rask aboyait : mais heureusement ils ne pouvaient l'entendre, à cause de leurs cris de *french dog, french dog!* comme si votre chien n'était pas un beau et bon chien de Saint-Domingue. N'importe, je traverse le hallier, et j'étais près d'en sortir quand deux rouges se présentent devant moi. Mon sabre me débarrasse de l'un, et m'aurait sans doute délivré de l'autre si son pistolet n'eût été chargé à balle... Vous voyez mon bras droit. — N'importe! *french dog* lui a sauté au cou, comme une ancienne connaissance : l'Anglais est tombé étranglé, et je vous réponds que l'embrassement a été rude... — Aussi pourquoi ce diable d'homme s'acharne-t-il après moi, comme un pauvre après un séminariste? Enfin Thad est de retour au camp, et Rask aussi. Mon seul regret, c'est que le bon Dieu n'ait pas voulu m'envoyer plutôt cela à la bataille de demain. — Voilà!

Les traits du vieux sergent s'étaient rembrunis à l'idée de n'avoir point eu sa blessure dans une bataille. — Thadée!... cria le capitaine d'un ton irrité. Puis il ajouta plus doucement : Comment es-tu fou à ce point de t'exposer ainsi pour un chien?... — Ce n'était pas pour un chien, mon capitaine, c'était pour Rask.

Le visage de d'Auverney se radoucit tout à fait. Le sergent continua : — Pour Rask, le dog de Bug... — Assez! assez! mon vieux Thad, cria le capitaine en mettant la main sur ses yeux. — Allons, ajouta-t-il après un court silence, appuie-toi sur moi, et viens à l'ambulance.

Thadée obéit après une résistance respectueuse. Le chien, qui, pendant cette scène, avait à moitié rongé de joie la belle peau d'ours de son maître, se leva et les suivit tous deux.

II

Cet épisode avait vivement excité l'attention et la curiosité des joyeux conteurs. Le capitaine Léopold d'Auverney était un de ces hommes qui, sur quelque échelon que le hasard de la nature et le mouvement de la société les aient placés, inspirent toujours un certain respect mêlé d'intérêt. Il n'avait cependant peut-être rien de frappant au premier abord ; ses manières étaient froides, son regard indifférent. Le soleil des tropiques, en brunissant son visage, ne lui avait point donné cette vivacité de geste et de parole qui s'unit chez les créoles à une nonchalance souvent pleine de grâce. D'Auverney parlait peu, écoutait rarement, et se montrait sans cesse prêt à agir. Toujours le premier à cheval et le dernier sous la tente, il semblait chercher dans les fatigues corporelles une distraction à ses pensées. Ces pensées, qui avaient gravé leur triste sévérité dans les rides précoces de son front, n'étaient pas de celles dont on se débarrasse en les communiquant, ni de celles qui, dans une conversation frivole, se mêlent volontiers aux idées d'autrui. Léopold d'Auverney, dont les travaux de la guerre ne pouvaient rompre le corps, paraissait éprouver une fatigue insupportable dans ce que nous appelons les luttes d'esprit. Il fuyait les discussions comme il cherchait les batailles. Si quelquefois il se laissait entraîner à un débat de paroles, il prononçait trois ou quatre mots pleins de sens et de haute raison; puis, au moment de convaincre son adversaire, il s'arrêtait tout court en disant : *A quoi bon?*... et sortait pour demander au commandant ce qu'on pourrait faire en attendant l'heure de la charge ou de l'assaut.

Ses camarades excusaient ses habitudes froides, réservées et taciturnes, parce qu'en toute occasion ils le trouvaient brave, bon et bienveillant. Il avait sauvé la vie de plusieurs d'entre eux au risque de la sienne, et l'on savait que, s'il ouvrait rarement la bouche, sa bourse du moins n'était jamais fermée. On l'aimait dans l'armée, et on lui pardonnait même de se faire en quelque sorte vénérer.

Cependant il était jeune. On lui eût donné trente ans, et il était loin encore de les avoir. Quoiqu'il combattît déjà depuis un certain temps dans les rangs républicains, on ignorait ses aventures. Le seul être qui, avec Rask, pût lui arracher quelque vive démonstration d'attachement, le bon vieux sergent Thadée, qui était entré avec lui au corps et ne le quittait pas, contait parfois vaguement quelques circonstances de sa vie. On savait que d'Auverney avait éprouvé de grands malheurs en Amérique; que, s'étant marié à Saint-Domingue, il avait perdu sa femme et toute sa famille au milieu des massacres qui avaient marqué l'invasion de la révolution dans cette magnifique colonie. A cette époque de notre histoire, les infortunes de ce genre étaient si communes, qu'il s'était formé pour elles une espèce de pitié générale dans laquelle chacun prenait et apportait sa part. On plaignait donc le capitaine d'Auverney, moins pour les pertes qu'il avait souffertes que pour sa manière de les souffrir. C'est qu'en effet, à travers son indifférence glaciale, on voyait quelquefois les tressaillements d'une plaie incurable et intérieure.

Dès qu'une bataille commençait, son front paraissait serein. Il se montrait intrépide dans l'action comme s'il eût cherché à devenir général, et modeste après la victoire comme s'il n'eût voulu être que simple soldat. Ses camarades, en lui voyant ce dédain des honneurs et des grades, ne comprenaient pas pourquoi, avant le combat, il paraissait espérer quelque chose, et ne devinaient point que d'Auverney, de toutes les chances de la guerre, ne désirait que la mort. Les représentants du peuple en mission à l'armée le nommèrent un jour chef de brigade sur le champ de bataille; il refusa, parce qu'en se séparant de la compagnie il aurait fallu quitter le sergent Thadée. Quelques jours après, il s'offrit pour conduire une expédition hasardeuse, et en revint, contre l'attente générale et contre son espérance. On l'entendit alors regretter le grade qu'il avait refusé : — Car, disait-il, puisque le canon ennemi m'épargne toujours, la guillotine, qui frappe tous ceux qui s'élèvent, aurait peut-être voulu de moi.

III

Tel était l'homme sur le compte duquel s'engagea la conversation suivante quand il fut sorti de la tente.

— Je parierais, s'écria le lieutenant Henri en essuyant sa botte rouge, sur laquelle le chien avait laissé en passant une large tache de boue, je parierais que le capitaine ne donnerait pas la patte cassée de son chien pour ces dix paniers de Madère que nous entrevîmes l'autre jour dans le grand fourgon du général.

— Chut! chut! dit gaiement l'aide de camp Paschal, ce serait un mauvais marché... Les paniers sont à présent vides : j'en sais quelque chose; et, ajouta-t-il d'un air sérieux, trente bouteilles décachetées ne valent certainement pas, vous en conviendrez, lieutenant, la patte de ce pauvre chien, patte dont on pourrait, après tout, faire une poignée de sonnette.

L'assemblée se mit à rire du ton grave dont l'aide de camp prononçait ces dernières paroles. Le jeune officier des hussards basques, Alfred, qui seul n'avait pas ri, prit un air mécontent. — Je ne vois pas, messieurs, ce qui peut prêter à la raillerie dans ce qui vient de se passer. Ce chien et ce sergent, que j'ai toujours vus auprès de d'Auverney depuis que je le connais, me semblent susceptibles de faire naître quelque intérêt. Enfin, cette scène...

Paschal, piqué et du mécontentement d'Alfred et de la bonne humeur des autres, l'interrompit. — Cette scène est très-sentimentale. Comment donc! un chien retrouvé et un bras cassé!

— Capitaine Paschal, vous avez tort, dit Henri en jetant

hors de la tente la bouteille qu'il venait de vider, ce Bug..., autrement dit Pierrot, pique singulièrement ma curiosité...

Paschal, prêt à se fâcher, s'apaisa en remarquant que son verre, qu'il croyait vide, était plein. D'Auverney rentra : il alla se rasseoir à sa place sans prononcer une parole. Son air était pensif, mais son visage était plus calme. Il paraissait si préoccupé, qu'il n'entendait rien de ce qui se disait autour de lui. Rask, qui l'avait suivi, se coucha à ses pieds en le regardant d'un air inquiet. — Votre verre, capitaine d'Auverney. Goûtez de celui-ci...

— Oh! grâce à Dieu, dit le capitaine, croyant répondre à la question de Paschal, la blessure n'est pas dangereuse, le bras n'est pas cassé.

Le respect involontaire que le capitaine inspirait à tous ses compagnons d'armes contint seul l'éclat de rire prêt à éclore sur les lèvres de Henri. — Puisque vous n'êtes plus aussi inquiet de Thadée, dit-il, et que nous sommes convenus de raconter chacun une de nos aventures pour abréger cette nuit de bivac, j'espère, mon cher ami, que vous voudrez bien remplir votre engagement, en nous disant l'histoire de votre chien boiteux et de Bug... je ne sais comment, autrement dit Pierrot, ce vrai Gibraltar!

A cette question, faite d'un ton moitié sérieux, moitié plaisant, d'Auverney n'aurait rien répondu si tous n'eussent joint leurs instances à celles du lieutenant. Il céda enfin à leurs prières. — Je vais vous satisfaire, messieurs; mais n'attendez que le récit d'une anecdote toute simple, dans laquelle je ne joue qu'un rôle très-secondaire. Si l'attachement qui existe entre Thadée, Rask et moi, vous a fait espérer quelque chose d'extraordinaire, je vous préviens que vous vous trompez. Je commence.

Alors il se fit un grand silence. Paschal vida d'un trait sa gourde d'eau-de-vie, et Henri s'enveloppa de la peau d'ours à demi rongée, pour se garantir du frais de la nuit, tandis qu'Alfred achevait de fredonner l'air galicien de *mataperros*. D'Auverney resta un moment rêveur, comme pour rappeler à son souvenir des événements depuis longtemps remplacés par d'autres; enfin il prit la parole, lentement, presque à voix basse et avec des pauses fréquentes.

IV

Quoique né en France, j'ai été envoyé de bonne heure à Saint-Domingue, chez un de mes oncles, colon très-riche, dont je devais épouser la fille. Les habitations de mon oncle étaient voisines du fort Galifet, et ses plantations occupaient la majeure partie des plaines de l'Acul. Cette malheureuse position, dont le détail vous semble sans doute offrir peu d'intérêt, a été l'une des premières causes des désastres et de la ruine totale de ma famille.

Huit cents nègres cultivaient les immenses domaines de mon oncle. Je vous avouerai que la triste condition de ces esclaves était encore aggravée par l'insensibilité de leur maître. Mon oncle était du nombre, heureusement assez restreint, de ces planteurs dont une longue habitude de despotisme absolu avait endurci le cœur. Accoutumé à se voir obéi au premier coup d'œil, la moindre hésitation de la part d'un esclave était punie des plus mauvais traitements, et souvent l'intercession de ses enfants ne servait qu'à accroître sa colère. Nous étions donc le plus souvent obligés de nous borner à soulager en secret des maux que nous ne pouvions prévenir. — Comment! mais voilà des phrases, dit Henri à demi-voix, en se penchant vers son voisin. Allons, j'espère que le capitaine ne laissera pas passer les malheurs des *ci-devant noirs* sans quelque petite dissertation sur les devoirs qu'impose l'humanité, *et cætera*. On n'en eût pas été quitte à moins au club Massiac (1).

— Je vous remercie, Henri, de m'épargner un ridicule, dit froidement d'Auverney, qui l'avait entendu. Il poursuivit. — Entre tous ces esclaves, un seul avait trouvé grâce devant mon oncle. C'était un nain espagnol griffe (1) de couleur, qui lui avait été donné par lord Effingham, gouverneur de la Jamaïque. Mon oncle, qui, ayant longtemps résidé au Brésil, y avait contracté les habitudes du faste portugais, aimait à s'environner chez lui d'un appareil qui répondît à sa richesse. De nombreux esclaves, dressés au service comme des domestiques européens, donnaient à sa maison un éclat en quelque sorte seigneurial. Pour que rien n'y manquât, il avait fait de l'esclave de lord Effingham son *fou*, à l'imitation de ces anciens princes féodaux qui avaient des bouffons dans leurs cours. Il faut dire que le choix était singulièrement heureux. Le griffe Habibrah (c'était son nom) était un de ces êtres dont la conformation physique est si étrange, qu'ils paraîtraient des monstres s'ils ne faisaient rire. Ce nain hideux était gros, court, ventru, et se mouvait avec une rapidité singulière sur deux jambes grêles et fluettes, qui, lorsqu'il s'asseyait, se repliaient sous lui comme les bras d'une araignée. Sa tête énorme, lourdement enfoncée entre ses épaules, hérissée d'une laine rousse et crépue, était accompagnée de deux oreilles si larges, que ses camarades avaient coutume de dire qu'Habibrah s'en servait pour essuyer ses yeux quand il pleurait. Son visage était toujours une grimace, et n'était jamais la même : bizarre mobilité de traits, qui, du moins, donnait à sa laideur l'avantage de la variété. Mon oncle l'aimait à cause de sa difformité rare et de sa gaîté inaltérable. Habibrah était son favori. Tandis que les autres esclaves étaient rudement accablés de travail, Habibrah n'avait d'autre soin que de porter derrière le maître un large éventail de plumes d'oiseaux de paradis, pour chasser les moustiques et les bigailles. Mon oncle le faisait manger à ses pieds sur une natte de jonc, et lui donnait toujours sur sa propre assiette quelque reste de son mets de prédilection. Aussi Habibrah se montrait-il reconnaissant de tant de bontés ; il n'usait de ses privilèges de bouffon, de son droit de tout faire et de tout dire, que pour divertir son maître par mille folles paroles entremêlées de contorsions, et au moindre signe de mon oncle, il accourait avec l'agilité d'un singe et la soumission d'un chien.

Je n'aimais pas cet esclave. Il y avait quelque chose de trop rampant dans sa servilité; et, si l'esclavage ne déshonore pas, la domesticité avilit. J'éprouvais un sentiment de pitié bienveillante pour ces malheureux nègres que je voyais travailler tout le jour sans presque qu'aucun vêtement cachât leur chaîne; mais ce baladin difforme, cet

(1) Nos lecteurs ont sans doute oublié que le club *Massiac*, dont parle le lieutenant Henri, était une association de *négrophiles*. Ce club, formé à Paris au commencement de la Révolution, avait provoqué la plupart des insurrections qui éclatèrent alors dans les colonies.

On pourra s'étonner aussi de la légèreté un peu hardie avec laquelle le jeune lieutenant raille les *philanthropes* qui régnaient encore à cette époque par la grâce du bourreau. Mais il faut se rappeler qu'avant, pendant et après la terreur, la liberté de penser et de parler s'était réfugiée dans les camps. Ce noble privilége coûtait de temps en temps la tête à un général ; mais il absout de tout reproche la gloire si éclatante de ces soldats que les dénonciateurs de la Convention appelaient les « *messieurs* de l'armée du Rhin. »

(1) Une explication précise sera peut-être nécessaire à l'intelligence de ce mot. M. Moreau de Saint-Méry, en développant le système de Franklin, a classé dans des espèces génériques les différentes teintes que présentent les mélanges de la population de couleur. Il suppose que l'homme forme un tout de cent vingt-huit parties, blanches chez les blancs, et noires chez les noirs. Partant de ce principe, il établit que l'on est d'autant plus près ou plus loin de l'une ou de l'autre couleur qu'on se rapproche ou qu'on s'éloigne davantage du terme soixante-quatre, qui leur sert de moyenne proportionnelle. D'après ce système, tout homme qui n'a point huit parties de blanc est réputé noir. Marchant de cette couleur vers le blanc, on distingue neuf souches principales, qui ont encore entre elles des variétés d'après le plus ou moins de parties qu'elles retiennent de l'une ou de l'autre couleur. Ces neuf espèces sont le *sacatra*, le *griffe*, le *marabout*, le *mulâtre*, le *quarteron*, le *métis*, le *mameloue*, le *quarteronné*, le *sang-mêlé*. Le *sang-mêlé*, en continuant son union avec le blanc, finit en quelque sorte par se confondre avec cette couleur. On assure pourtant qu'il conserve toujours sur une certaine partie du corps la trace ineffaçable de son origine. Le *griffe* est le résultat de cinq combinaisons, et peut avoir depuis vingt-quatre jusqu'à trente-deux parties blanches, et quatre-vingt-seize ou cent quatre noires.

esclave fainéant, avec ses ridicules habits bariolés de galons et semés de grelots, ne m'inspirait que du mépris. D'ailleurs le nain n'usait pas en bon frère du crédit que ses bassesses lui avaient donné sur le patron commun. Jamais il n'avait demandé une grâce à un maître qui infligeait si souvent des châtiments ; et on l'entendit même un jour, se croyant seul avec mon oncle, l'exhorter à redoubler de sévérité envers ses infortunés camarades. Les autres esclaves cependant, qui auraient dû le voir avec défiance et jalousie, ne paraissaient pas le haïr. Il leur inspirait une espèce de crainte respectueuse qui ne ressemblait point à l'inimitié; et, quand ils le voyaient passer au milieu de leurs cases avec son grand bonnet pointu orné de sonnettes, sur lequel il avait tracé des figures bizarres en encre rouge, ils se disaient entre eux à voix basse : *C'est un obi* (1) !

Ces détails, sur lesquels j'arrête en ce moment votre attention, messieurs, m'occupaient fort peu alors. Tout entier aux pures émotions d'un amour que rien ne semblait devoir traverser, d'un amour éprouvé et partagé depuis l'enfance par la femme qui m'était destinée, je n'accordais que des regards fort distraits à tout ce qui n'était pas Marie. Accoutumé dès l'âge le plus tendre à considérer comme ma future épouse celle qui était déjà en quelque sorte ma sœur, il s'était formé entre nous une tendresse dont on ne comprendrait pas encore la nature si je disais que notre amour était un mélange de dévouement fraternel, d'exaltation passionnée et de confiance conjugale. Peu d'hommes ont coulé plus heureusement que moi leurs premières années; peu d'hommes ont senti leur âme s'épanouir à la vie sous un plus beau ciel, dans un accord plus délicieux de bonheur pour le présent et d'espérance pour l'avenir. Entouré presque en naissant de tous les contentements de la richesse, de tous les priviléges du rang dans un pays où la couleur suffisait pour le donner, passant mes journées près de l'être qui avait tout mon amour, voyant cet amour favorisé de nos parents, qui seuls auraient pu l'entraver, et tout cela dans l'âge où le sang bouillonne, dans une contrée où l'été est éternel, où la nature est admirable ; en fallait-il plus pour me donner une foi aveugle dans mon heureuse étoile ? en faut-il plus pour me donner le droit de dire que peu d'hommes ont coulé plus heureusement que moi leurs premières années?... Le capitaine s'arrêta un moment, comme si la voix lui eût manqué pour ces souvenirs de bonheur. Puis il poursuivit avec un accent profondément triste : — Il est vrai que j'ai maintenant de plus le droit d'ajouter que nul ne coulera plus déplorablement ses derniers jours.

Et, comme s'il eût repris de la force dans le sentiment de son malheur, il continua d'une voix assurée.

V

C'est au milieu de ces illusions et de ces espérances aveugles que j'atteignais ma vingtième année. Elle devait être accomplie au mois d'août 1791, et mon oncle avait fixé cette époque pour mon union avec Marie.

Vous comprenez aisément que la pensée d'un bonheur si prochain absorbait toutes mes facultés, et combien doit être vague le souvenir qui me reste des débats politiques dont à cette époque la colonie était déjà agitée depuis deux ans. Je ne vous entretiendrai donc ni du comte de Peinier, ni de M. de Blanchelande, ni de ce malheureux colonel de Mauduit dont la fin fut si tragique. Je ne vous peindrai point les rivalités de l'assemblée *provinciale* du Nord, et de cette assemblée *coloniale* qui prit le titre d'assemblée *générale*, trouvant que le mot *coloniale* sentait l'esclavage. Ces misères, qui ont bouleversé alors tous les esprits, n'offrent plus maintenant d'intérêt que par les désastres qu'elles ont produits. Pour moi, dans cette jalousie mutuelle qui divisait le Cap et le Port-au-Prince, si j'avais une opinion, ce devait être nécessairement en faveur du Cap, dont nous habitions le territoire, et de l'assemblée provinciale, dont mon oncle était membre.

(1) Un sorcier.

Il m'arriva une seule fois de prendre une part un peu vive à un débat sur les affaires du jour. C'était à l'occasion de ce désastreux décret du 15 mai 1791, par lequel l'assemblée nationale de France admettait les hommes de couleur libres à l'égal partage des droits politiques avec les blancs. Dans un bal donné à la ville du Cap par le gouverneur, plusieurs jeunes colons parlaient avec véhémence de cette loi, qui blessait si cruellement l'amour-propre, peut-être fondé, des blancs. Je ne m'étais point encore mêlé à la conversation, lorsque je vis s'approcher du groupe un riche planteur que les blancs admettaient difficilement parmi eux, et dont la couleur équivoque faisait suspecter l'origine. Je m'avançai brusquement vers cet homme en lui disant à voix haute : « Passez outre, monsieur ; il se « dit ici des choses désagréables pour vous, qui avez du « *sang mêlé* dans les veines. » Cette imputation l'irrita au point qu'il m'appela en duel. Nous fûmes tous deux blessés. J'avais eu tort, je l'avoue, de le provoquer; mais il est probable que ce qu'on appelle le *préjugé de la couleur* n'eût pas suffi seul pour m'y pousser : cet homme avait depuis quelque temps l'audace de lever les yeux jusqu'à ma cousine, et au moment où je l'humiliai d'une manière si inattendue, il venait de danser avec elle.

Quoi qu'il en fût, je voyais s'avancer avec ivresse le moment où je posséderais Marie, et je demeurais étranger à l'effervescence toujours croissante qui faisait bouillonner toutes les têtes autour de moi. Les yeux fixés sur mon bonheur qui s'approchait, je n'apercevais pas le nuage effrayant qui déjà couvrait presque tous les points de notre horizon politique, et qui devait, en éclatant, déraciner toutes les existences. Ce n'est pas que les esprits, même les plus prompts à s'alarmer, s'attendissent sérieusement dès lors à la révolte des esclaves : on méprisait trop cette classe pour la craindre; mais il existait seulement entre les blancs et les mulâtres libres assez de haine pour que ce volcan si longtemps comprimé bouleversât toute la colonie au moment redouté où il se déchirerait. Dans les premiers jours de ce mois d'août, si ardemment appelé de tous mes vœux, un incident étrange vint mêler une inquiétude imprévue à mes tranquilles espérances.

VI

Mon oncle avait fait construire sur les bords d'une jolie rivière qui baignait ses plantations, un petit pavillon de branchage, entouré d'un massif d'arbres épais, où Marie venait tous les jours respirer la douceur de ces brises de mer qui, pendant les mois les plus brûlants de l'année, soufflent régulièrement à Saint-Domingue depuis le matin jusqu'au soir, et dont la fraîcheur augmente ou diminue avec la chaleur même du jour.

J'avais soin d'orner moi-même tous les matins cette retraite des plus belles fleurs que je pouvais cueillir.

Un jour Marie accourt à moi tout effrayée. Elle était entrée comme de coutume dans son cabinet de verdure, et là elle avait vu, avec une surprise mêlée de terreur, toutes les fleurs dont je l'avais tapissé le matin arrachées et foulées aux pieds; un bouquet de soucis sauvages fraîchement cueillis était déposé à la place où elle avait coutume de s'asseoir. Elle n'était pas encore revenue de sa stupeur, qu'elle avait entendu les sons d'une guitare sortir du milieu du taillis même qui environnait le pavillon ; puis une voix, qui n'était pas la mienne, avait commencé à chanter doucement une chanson qui lui avait paru espagnole, et dans laquelle son trouble, et sans doute aussi quelque pudeur de vierge, l'avaient empêchée de comprendre autre chose que son nom, fréquemment répété. Alors elle avait eu recours à une fuite précipitée, à laquelle heureusement il n'avait point été mis d'obstacle. Ce récit me transporta d'indignation et de jalousie... Mes premières conjectures s'arrêtèrent sur le *sang-mêlé* libre avec qui j'avais eu récemment une altercation; mais, dans la perplexité où j'étais jeté, je résolus de ne rien faire légèrement. Je rassurai la pauvre Marie, et je me promis de veiller sans relâche sur elle, jusqu'au moment prochain où il me serait permis de la protéger encore de plus près.

Présumant bien que l'audacieux dont l'insolence avait si fort épouvanté Marie ne se bornerait pas à cette première tentative pour lui faire connaître ce que je devinais être son amour, je me mis dès le même soir en embuscade autour du corps de bâtiment où reposait ma fiancée, après que tout le monde fut endormi dans la plantation. Caché dans l'épaisseur des hautes cannes à sucre, armé de mon poignard, j'attendais. Je n'attendis pas en vain. Vers le milieu de la nuit, un prélude mélancolique et grave, s'élevant dans le silence à quelques pas de moi, éveilla brusquement mon attention. Ce bruit fut pour moi comme une secousse : c'était une guitare : c'était sous la fenêtre même de Marie ! Furieux, brandissant mon poignard, je m'élançai vers le point d'où ces sons partaient, brisant sous mes pas les tiges cassantes des cannes à sucre. Tout à coup je me sentis saisir et renverser avec une force qui me parut prodigieuse; mon poignard me fut violemment arraché, et je le vis briller au-dessus de ma tête. En même temps deux yeux ardents étincelaient dans l'ombre tout près des miens, et une double rangée de dents blanches, que j'entrevoyais dans les ténèbres, s'ouvrait pour laisser passer ces mots, prononcés avec l'accent de la rage : *Te tengo! te tengo* (1)!

Plus étonné encore qu'effrayé, je me débattais vainement contre mon formidable adversaire, et déjà la pointe de l'acier se faisait jour à travers mes vêtements, lorsque Marie, que la guitare et ce tumulte de pas et de paroles avaient éveillée, parut subitement à sa fenêtre. Elle reconnut ma voix, vit briller un poignard, et poussa un cri d'angoisse et de terreur... Ce cri déchirant paralysa en quelque sorte la main de mon antagoniste victorieux ; il s'arrêta, comme pétrifié par un enchantement, promena encore quelques instants avec indécision le poignard sur ma poitrine; puis, le jetant tout à coup : — Non ! dit-il cette fois en français, non ! elle pleurerait trop!—En achevant ces paroles bizarres, il disparut dans les touffes de roseaux, et, avant que je me fusse relevé, meurtri par cette lutte inégale et singulière, nul bruit, nul vestige ne restait de sa présence et de son passage.

Il me serait fort difficile de dire ce qui se passa en moi au moment où je revins de ma première stupeur entre les bras de ma douce Marie, à laquelle j'étais si étrangement conservé par celui-là même qui paraissait prétendre à me la disputer. J'étais plus que jamais indigné contre ce rival inattendu, et honteux de lui devoir la vie. Au fond, me disait mon amour-propre, c'est à Marie que je la dois, puisque c'est l'empire de sa voix qui a fait tomber le poignard. Cependant je ne pouvais me dissimuler qu'il y avait bien quelque générosité dans le sentiment qui avait décidé mon rival inconnu à m'épargner. Mais ce rival, quel était-il donc? je me confondais en soupçons, qui tous se détruisaient les uns les autres. Ce ne pouvait être le planteur *sang-mêlé* que ma jalousie s'était d'abord désigné. Il était loin d'avoir cette force extraordinaire, et d'ailleurs ce n'était pas sa voix. L'individu avec qui j'avais lutté m'avait paru nu jusqu'à la ceinture. Les esclaves seuls dans la colonie étaient ainsi à demi vêtus. Mais ce ne pouvait être un esclave : des sentiments comme celui qui lui avait fait jeter le poignard ne me semblaient pas pouvoir appartenir à un esclave; et d'ailleurs tout en moi se refusait à la révoltante supposition d'avoir un esclave pour rival. Quel était-il donc? je résolus d'attendre et d'épier.

VII

Marie avait éveillé la vieille nourrice qui lui tenait lieu de la mère qu'elle avait perdue au berceau. Je passai le reste de la nuit auprès d'elle, et dès que le jour fut venu nous informâmes mon oncle de ces inexplicables événements. Sa surprise en fut extrême; mais son orgueil, comme le mien, ne s'arrêta pas à l'idée que l'amant inconnu de sa fille pourrait être un esclave. La nourrice reçut ordre de ne plus quitter Marie; et, comme les séances de l'assemblée provinciale, les soins que donnait aux principaux colons l'attitude de plus en plus menaçante des affaires coloniales, et les travaux des plantations, ne laissaient à mon oncle aucun loisir, il m'autorisa à accompagner sa fille dans toutes ses promenades jusqu'au jour de mon mariage, qui était fixé au 22 août. En même temps, présumant que le nouveau soupirant n'avait pu venir que du dehors, il ordonna que l'enceinte de ses domaines fût désormais gardée nuit et jour plus sévèrement que jamais.

Ces précautions prises, de concert avec mon oncle, je voulus tenter une épreuve. J'allai au pavillon de la rivière, et, réparant le désordre de la veille, je lui rendis la parure de fleurs dont j'avais coutume de l'embellir pour Marie.

Quand l'heure où elle s'y retirait habituellement fut venue, je m'armai de ma carabine, chargée à balle, et je proposai à ma cousine de l'accompagner à son pavillon. La vieille nourrice nous suivit.

Marie, à qui je n'avais point dit que j'avais fait disparaître les traces qui l'avaient effrayée la veille, entra la premier dans le cabinet de feuillage. — Vois, Léopold, me dit-elle, mon berceau est bien dans le même état de désordre où je l'ai laissé hier; voilà bien ton ouvrage gâté, tes fleurs arrachées, flétries; ce qui m'étonne, ajouta-t-elle en prenant un bouquet de soucis sauvages, déposé sur le banc de gazon, ce qui m'étonne, c'est que ce vilain bouquet ne se soit pas fané depuis hier. Vois, cher ami, il a l'air d'être tout fraîchement cueilli. — J'étais immobile d'étonnement et de colère. En effet, mon ouvrage du matin même était déjà détruit; et ces tristes fleurs, dont la fraîcheur étonnait ma pauvre Marie, avaient repris insolemment la place des roses que j'avais semées. — Calme-toi, me dit Marie, qui vit mon agitation, calme-toi; c'est une chose passée, cet insolent n'y reviendra sans doute plus; mettons tout cela sous nos pieds, comme cet odieux bouquet. — Je me gardai bien de la détromper, de peur de l'alarmer; et, sans lui dire que celui qui devait, selon elle, *n'y plus revenir*, était déjà revenu, je la laissai fouler les soucis aux pieds, pleine d'une innocente indignation. Puis, espérant que l'heure était venue de connaître mon mystérieux rival, je la fis asseoir en silence entre sa nourrice et moi.

A peine avions-nous pris place que Marie mit son doigt sur ma bouche : quelques sons affaiblis par le vent et par le bruissement de l'eau venaient de frapper son oreille. J'écoutai; c'était le même prélude triste et lent qui la nuit précédente avait éveillé ma fureur. Je voulus m'élancer de mon siége; un geste de Marie me retint. — Léopold, me dit-elle à voix basse, contiens-toi, il va peut-être chanter, et sans doute ce qu'il dira nous apprendra qui il est. En effet, une voix dont l'harmonie avait quelque chose de mâle et de plaintif à la fois sortit un moment après du fond du bois, et mêla aux notes graves de la guitare une romance espagnole, dont chaque parole retentit assez profondément dans mon oreille pour que ma mémoire puisse encore aujourd'hui en retrouver presque toutes les expressions.

« Pourquoi me fuis-tu, Maria (1)? pourquoi me fuis-tu,
« jeune fille? pourquoi cette terreur quand tu m'entends?
« Je suis en effet bien formidable! je sais aimer, souffrir
« et chanter!

« Lorsqu'à travers les tiges élancées des cocotiers de la
« rivière je vois glisser ta forme légère et pure, un éblouis-
« sement trouble ma vue, ô Maria! et je crois voir passer
« un esprit!

« Et si j'entends, ô Maria! les accents enchantés qui
« s'échappent de ta bouche comme une mélodie, il me
« semble que mon cœur vient palpiter dans mon oreille,
« et mêle un bourdonnement plaintif à ta voix harmo-
« nieuse.

« Hélas! ta voix est plus douce pour moi que le chant
« même des jeunes oiseaux qui battent de l'aile dans le
« ciel, et qui viennent du côté de ma patrie;

« De ma patrie où j'étais roi, de ma patrie où j'étais
« libre!

« Libre et roi, jeune fille, j'oublierais tout cela pour
« toi; j'oublierais tout, royaume, famille, devoirs, ven-

(1) Je te tiens! je te tiens!

(1) On a jugé inutile de reproduire ici en entier les paroles du chant espagnol : *Porque me huyes, Maria?* etc.

Mon poignard me fut violemment arraché. (Page 7.)

« geance; oui, jusqu'à la vengeance, quoique le moment « soit bientôt venu de cueillir ce fruit amer et délicieux, « qui mûrit si tard! »

La voix avait chanté les stances précédentes avec des pauses fréquentes et douloureuses; mais en achevant ces derniers mots, elle avait pris un accent terrible.

« O Maria! tu ressembles au beau palmier svelte et dou- « cement balancé sur sa tige, et tu te mires dans l'œil de « ton jeune amant, comme le palmier dans l'eau transpa- « rente de la fontaine.

« Mais, ne le sais-tu pas? il y a quelquefois au fond du « désert un ouragan jaloux du bonheur de la fontaine ai- « mée; il accourt, et l'air et le sable se mêlent sous le vol « de ses lourdes ailes : il enveloppe l'arbre et la source « d'un tourbillon de feu; et la fontaine se dessèche, et le « palmier sent se crisper sous l'haleine de mort le cercle « vert de ses feuilles, qui avait la majesté d'une couronne « et la grâce d'une chevelure.

« Tremble, ô blanche fille d'Hispaniola (1)! tremble que « tout ne soit bientôt plus autour de toi qu'un ouragan et « qu'un désert! Alors tu regretteras l'amour qui eût pu te « conduire vers moi, comme le joyeux katha, l'oiseau de « salut, guide à travers les sables d'Afrique le voyageur à « la citerne.

« Et pourquoi repousserais-tu mon amour, Maria? je « suis roi, et mon front s'élève au-dessus de tous les fronts « humains. Tu es blanche et je suis noir; mais le jour a « besoin de s'unir à la nuit pour enfanter l'aurore et le « couchant, qui sont plus beaux que lui! »

VIII

Un long soupir, prolongé sur les cordes frémissantes de la guitare, accompagna ces dernières paroles. J'étais hors de moi. « Roi! — noir! — esclave! — » Mille idées incohérentes, éveillées par l'inexplicable chant que je venais d'entendre, tourbillonnaient dans mon cerveau. Un violent besoin d'en finir avec l'être inconnu qui osait ainsi associer le nom de Marie à des chants d'amour et de menace s'empara de moi. Je saisis convulsivement ma carabine, et

(1) Nos lecteurs n'ignorent pas sans doute que c'est le premier nom donné à Saint-Domingue par Christophe Colomb, à l'époque de la découverte, en décembre 1492.

Sa gueule entr'ouverte et hideuse menaçait un jeune noir. (Page 10.)

me précipitai hors du pavillon. Marie, effrayée, tendait encore les bras pour me retenir, que déjà je m'étais enfoncé dans le taillis, du côté d'où la voix était venue. Je fouillai le bois dans tous les sens, je plongeai le canon de mon mousqueton dans l'épaisseur de toutes les broussailles, je fis le tour de tous les gros arbres, je remuai toutes les hautes herbes..... Rien! rien, et toujours rien. Cette recherche inutile, jointe à d'inutiles réflexions sur la romance que je venais d'entendre, mêla de la confusion à ma colère. Cet insolent rival échapperait donc toujours à mon bras comme à mon esprit. Je ne pourrais donc ni le deviner ni le rencontrer!... En ce moment un bruit de sonnettes vint me distraire de ma rêverie. Je me retournai. Le nain Habibrah était à côté de moi. — Bonjour, maître, me dit-il, et il s'inclina avec respect; mais son louche regard, obliquement relevé vers moi, paraissait remarquer avec une expression indéfinissable de malice et de triomphe l'anxiété peinte sur mon front. — Parle, lui criai-je brusquement; as-tu vu quelqu'un dans ce bois? — Nul autre que vous, *señor mio*, me répondit-il avec tranquillité. — Est-ce que tu n'as pas entendu une voix? repris-je. — L'esclave resta un moment comme cherchant ce qu'il pouvait me répondre. Je bouillais. — Vite, lui dis-je, réponds vite, malheureux, as-tu entendu ici une voix? — Il fixa hardiment sur mes yeux ses deux yeux ronds comme ceux d'un chat-tigre. — *Que quiere decir usted* (1) par une voix, maître? Il y a des voix partout et pour tout; il y a la voix des oiseaux, il y a la voix de l'eau, il y a la voix du vent dans les feuilles... — Je l'interrompis en le secouant rudement : — Misérable bouffon! cesse de me prendre pour ton jouet, ou je te fais écouter de près la voix qui sort d'un canon de carabine. Réponds en quatre mots. As-tu entendu dans ce bois un homme qui chantait un air espagnol? — Oui, *señor*, me répliqua-t-il sans paraître ému, et des paroles sur l'air... Tenez, maître, je vais vous conter la chose. Je me promenais sur la lisière de ce bosquet en écoutant ce que les grelots d'argent de ma *gorra* (2) me disaient à l'oreille. Tout à coup le vent est venu joindre à ce concert quelques mots d'une langue que vous appelez l'espagnol, la première que j'aie bégayée, lorsque mon âge se comptait par mois et non par années et que ma mère me suspendait

(1) Que voulez-vous dire?
(2) Le petit griffe espagnol désigne par ce nom son *bonnet*.

sur son dos à des bandelettes de laine rouge et jaune. J'aime cette langue; elle me rappelle le temps où je n'étais que petit et pas encore nain, qu'un enfant et pas encore un fou. Je me suis rapproché de la voix, et j'ai entendu la fin de la chanson. — Eh bien! est-ce là tout? repris-je impatienté. — Oui, maître *hermoso*, mais, si vous voulez, je vous dirai ce que c'est que l'homme qui chantait. — Je crus que j'allais embrasser le pauvre bouffon. — Oh! parle, m'écriai-je, parle, voici ma bourse, Habibrah! et dix bourses meilleures sont à toi si tu me dis quel est cet homme. — Il prit la bourse, l'ouvrit et sourit. — *Diez bolsas* meilleures que celle-ci! mais, *demonio!* cela ferait une pleine *fanega* de bons écus à l'image *del rey Luis quince*, autant qu'il en aurait fallu pour ensemencer le champ du magicien grenadin Altornino, lequel savait l'art d'y faire pousser de *buenos doblones;* mais ne vous fâchez pas, jeune maître, je viens au fait. Rappelez-vous, *señor*, les derniers mots de la chanson : « Tu es blanche et je suis noir; mais « le jour a besoin de s'unir à la nuit pour enfanter l'au- « rore et le couchant, qui sont plus beaux que lui. » Or, si cette chanson dit vrai, le griffe Habibrah, votre humble esclave, né d'une négresse et d'un blanc, est plus beau que vous, *señorito de amor*. Je suis le produit de l'union du jour et de la nuit, je suis l'aurore ou le couchant dont parle la chanson espagnole, et vous n'êtes que le jour. Donc je suis plus beau que vous, *si usted quiere* (1), plus beau qu'un blanc... — Le nain entremêlait cette divagation bizarre de longs éclats de rire. Je l'interrompis encore. — Où donc en veux-tu venir avec tes extravagances? tout cela me dira-t-il ce que c'est que l'homme qui chantait dans ce bois? — Précisément, maître, repartit le bouffon avec un regard malicieux. Il est évident que *el hombre* qui a pu chanter de telles *extravagances*, comme vous les appelez, ne peut être et n'est qu'un fou pareil à moi! J'ai gagné *las diez bolsas!* — Ma main se levait pour châtier l'insolente plaisanterie de l'esclave émancipé lorsqu'un cri affreux retentit tout à coup dans le bosquet, du côté du pavillon de la rivière. C'était la voix de Marie. — Je m'élance, je cours, je vole, m'interrogeant d'avance avec terreur sur le nouveau malheur que je pouvais avoir à redouter. J'arrive haletant au cabinet de verdure. Un spectacle effrayant m'y attendait. Un crocodile monstrueux, dont le corps était à demi caché sous les roseaux et les mangles de la rivière, avait passé sa tête énorme à travers l'une des arcades de verdure qui soutenaient le toit du pavillon. Sa gueule entr'ouverte et hideuse menaçait un jeune noir, d'une stature colossale, qui d'un bras soutenait la jeune fille épouvantée, de l'autre plongeait hardiment le fer d'une besaiguë entre les mâchoires acérées du monstre. Le crocodile luttait furieusement contre cette main audacieuse et puissante qui le tenait en respect. Au moment où je me présentai devant le seuil du cabinet, Marie poussa un cri de joie, s'arracha des bras du nègre, et vint tomber dans les miens en s'écriant : — Je suis sauvée! — A ce mouvement, à cette parole de Marie, le nègre se retourne brusquement, croise ses bras sur sa poitrine gonflée, et, attachant sur ma fiancée un regard douloureux, demeure immobile, sans paraître s'apercevoir que le crocodile est là, près de lui, qu'il s'est débarrassé de sa besaiguë, et qu'il va le dévorer. C'en était fait du courageux noir si, déposant rapidement Marie sur les genoux de sa nourrice, toujours assise sur un banc et plus morte que vive, je ne me fusse approché du monstre et je n'eusse déchargé à bout portant dans sa gueule la charge de ma carabine. L'animal foudroyé ouvrit et ferma encore deux ou trois fois sa gueule sanglante et ses yeux éteints, mais ce n'était plus qu'un mouvement convulsif, et tout à coup il se renversa à grand bruit sur le dos en roidissant ses deux pattes larges et écaillées. Il était mort.

Le nègre que je venais de sauver si heureusement détourna la tête, et vit les derniers tressaillements du monstre; alors il fixa ses yeux sur la terre, et, les relevant lentement vers Marie, qui était revenue achever de se rassurer sur mon cœur, il me dit, et l'accent de sa voix exprimait plus que le désespoir, il me dit : — *Porque le has matado* (2)? Puis il s'éloigna à grands pas sans attendre ma réponse, et rentra dans le bosquet, où il disparut.

(1) S'il vous plaît.
(2) Pourquoi l'as-tu tué?

IX

Cette scène terrible, ce dénoûment singulier, les émotions de tout genre qui avaient précédé, accompagné et suivi mes vaines recherches dans le bois, jetèrent un chaos dans ma tête. Marie était encore toute pensive de sa terreur, et il s'écoula un temps assez long avant que nous pussions nous communiquer nos pensées incohérentes autrement que par des regards et des serrements de mains. Enfin je rompis le silence. — Viens, dis-je, Marie, sortons d'ici! ce lieu a quelque chose de funeste! Elle se leva avec empressement, comme si elle n'eût attendu que ma permission, appuya son bras sur le mien, et nous sortîmes.

Je lui demandai alors comment lui était advenu le secours miraculeux de ce noir au moment du danger horrible qu'elle venait de courir, et si elle savait qui était cet esclave, car le grossier caleçon qui voilait à peine sa nudité montrait assez qu'il appartenait à la dernière classe des habitants de l'île.

— Cet homme, me dit Marie, est sans doute un des nègres de mon père, qui était à travailler aux environs de la rivière à l'instant où l'apparition du crocodile m'a fait pousser le cri qui t'a averti de mon péril. Tout ce que je puis te dire, c'est qu'au moment même il s'est élancé hors du bois pour voler à mon secours. — De quel côté est-il venu? lui demandai-je. — Du côté opposé à celui d'où partait la voix l'instant d'auparavant, et par lequel tu venais de pénétrer dans le bosquet. — Cet incident dérangea le rapprochement que mon esprit n'avait pu s'empêcher de faire entre les mots espagnols que m'avait adressés le nègre en se retirant et la romance qu'avait chantée dans la même langue mon rival inconnu. D'autres rapports d'ailleurs s'étaient déjà présentés à moi. Ce nègre, d'une taille presque gigantesque, d'une force prodigieuse, pouvait bien être le rude adversaire contre lequel j'avais lutté la nuit précédente. La circonstance de la nudité devenait d'ailleurs un indice frappant. Le chanteur du bosquet avait dit : « Je suis noir... » Similitude de plus. Il s'était déclaré roi, et celui-ci n'était qu'un esclave; mais je me rappelais, non sans étonnement, l'air de rudesse et de majesté empreint sur son visage au milieu des signes caractéristiques de la race africaine, l'éclat de ses yeux, la blancheur de ses dents sur le noir éclatant de sa peau, la largeur de son front, surprenante surtout chez un nègre, le gonflement dédaigneux qui donnait à l'épaisseur de ses lèvres et de ses narines quelque chose de si fier et de si puissant, la noblesse de son port, la beauté de ses formes, qui, quoique maigries et dégradées par la fatigue d'un travail journalier, avaient encore un développement pour ainsi dire herculéen; je me représentais dans son ensemble l'aspect imposant de cet esclave, et je me disais qu'il aurait bien pu convenir à un roi. Alors, calculant une foule d'autres incidents, mes conjectures s'arrêtaient avec un frémissement de colère sur ce nègre insolent; je voulais le faire rechercher et châtier... Et puis toutes mes indécisions me revenaient. En réalité, où était le fondement de tant de soupçons? L'île de Saint-Domingue étant en grande partie possédée par l'Espagne, il résultait de là que beaucoup de nègres, soit qu'ils eussent primitivement appartenu à des colons de Santo-Domingo, soit qu'ils y fussent nés, mêlaient la langue espagnole à leur jargon. Et parce que cet esclave m'avait adressé quelques mots en espagnol, était-ce une raison pour le supposer auteur d'une romance en cette langue, qui annonçait nécessairement un degré de culture d'esprit, selon mes idées, tout à fait inconnu aux nègres? Quant à ce reproche singulier qu'il m'avait adressé d'avoir tué le crocodile, il annonçait chez l'esclave un dégoût de la vie que sa position expliquait d'elle-même, sans qu'il fût besoin, certes, d'avoir recours à l'hypothèse d'un amour impossible pour la fille de son maître. Sa présence dans le bosquet du pavillon pouvait bien n'être que fortuite; sa force et sa taille étaient loin de suffire pour constater son identité avec mon antagoniste nocturne. Était-ce sur d'aussi frêles indices que je pouvais charger d'une accusation terrible devant mon oncle et livrer à la vengeance implacable de son orgueil un pauvre esclave qui avait montré tant de courage pour secourir Marie?... Au moment où ces idées se soulevaient contre ma colère, Marie la dissipa entièrement en me disant avec sa douce voix : — Mon Léopold, nous devons de la reconnaissance à ce brave nègre; sans lui, j'étais perdue!... Tu serais arrivé trop tard.

Ce peu de mots eut un effet décisif. Il ne changea pas mon intention de faire rechercher l'esclave qui avait sauvé Marie, mais il changea le but de cette recherche. C'était pour une punition : ce fut pour une récompense.

Mon oncle apprit de moi qu'il devait la vie de sa fille à l'un de ses esclaves, et me promit sa liberté si je pouvais le retrouver dans la foule de ces infortunés.

X

Jusqu'à ce jour, la disposition naturelle de mon esprit m'avait tenu éloigné des plantations où les noirs travaillaient. Il m'était trop pénible de voir souffrir des êtres que je ne pouvais soulager. Mais, dès le lendemain, mon oncle m'ayant proposé de l'accompagner dans sa ronde de surveillance, j'acceptai avec empressement, espérant rencontrer parmi les travailleurs le sauveur de ma bien-aimée Marie. J'eus lieu de voir dans cette promenade combien le regard d'un maître est puissant sur des esclaves, mais en même temps combien cette puissance s'achète cher! Les nègres, tremblants en présence de mon oncle, redoublaient, sur son passage, d'efforts et d'activité; mais qu'il y avait de haine dans cette terreur!

Irascible par habitude, mon oncle était prêt à se fâcher de n'en avoir pas sujet, quand son bouffon Habibrah, qui le suivait toujours, lui fit remarquer tout à coup un noir qui, accablé de lassitude, s'était endormi sous un bosquet de dattiers. Mon oncle court à ce malheureux, le réveille rudement, et lui ordonne de se remettre à l'ouvrage. Le nègre effrayé se lève, et découvre en se levant un jeune rosier du Bengale sur lequel il s'était couché par mégarde, et que mon oncle se plaisait à élever. L'arbuste était perdu. Le maître, déjà irrité de ce qu'il appelait la paresse de l'esclave, devint furieux à cette vue. Hors de lui, il détache de sa ceinture le fouet armé de lanières ferrées qu'il portait dans ses promenades, et lève le bras pour en frapper le nègre tombé à genoux. — Le fouet ne retomba pas. Je n'oublierai jamais ce moment. Une main puissante arrêta subitement la main du colon. Un noir (c'était celui-là même que je cherchais!) lui cria en français : — Punis-moi, car je viens de t'offenser; mais ne fais rien à mon frère, qui n'a touché qu'à ton rosier! — Cette intervention inattendue de l'homme à qui je devais le salut de Marie, son geste, son regard, l'accent impérieux de sa voix, me frappèrent de stupeur. Mais sa généreuse imprudence, loin de faire rougir mon oncle, n'avait fait que redoubler la rage du maître et la détourner du patient à son défenseur. Mon oncle, exaspéré, se dégagea des bras du grand nègre en l'accablant de menaces, et leva de nouveau son fouet pour l'en frapper à son tour. Cette fois le fouet lui fut arraché de la main. Le noir en brisa le manche garni de clous comme on brise une paille, et foula sous ses pieds ce honteux instrument de vengeance. J'étais immobile de surprise, mon oncle de fureur; c'était une chose inouïe pour lui que de voir son autorité ainsi outragée. Ses yeux s'agitaient comme prêts à sortir de leur orbite; ses lèvres bleues tremblaient. L'esclave le considéra un instant d'un air calme, puis tout à coup lui présentant avec dignité une cognée qu'il tenait à la main : — Blanc, dit-il, si tu veux me frapper, prends au moins cette hache. Mon oncle, qui ne se connaissait plus, aurait certainement exaucé son vœu, et se précipitait sur la hache quand j'intervins à mon tour. Je m'emparai lestement de la cognée, et la jetai dans le puits d'une *noria*, qui était voisine. — Que fais-tu? me dit mon oncle avec emportement. — Je vous sauve, lui répondis-je, du malheur de frapper le défenseur de votre fille. C'est à cet esclave que vous devez Marie : c'est le nègre dont vous m'avez promis la liberté. Le moment était mal choisi pour invoquer cette promesse. Mes paroles effleurèrent à peine l'esprit ulcéré du colon. — Sa liberté! me répliqua-t-il d'un air sombre. Oui, il a mérité la fin de son esclavage. Sa liberté! nous verrons de quelle nature sera celle que lui donneront les juges de la cour martiale. — Ces paroles sinistres me glacèrent. Marie et moi le suppliâmes inutilement. Le nègre dont la négligence avait causé cette scène fut puni de la bastonnade, et l'on plongea son défenseur dans les cachots du fort Galifet, comme coupable d'avoir porté la main sur un blanc. De l'esclave au maître, c'était un crime capital.

XI

Vous jugez, messieurs, à quel point toutes ces circonstances avaient dû éveiller mon intérêt et ma curiosité. Je pris des renseignements sur le compte du prisonnier. On me révéla des particularités singulières. On m'apprit que ses compagnons semblaient avoir le plus profond respect pour ce jeune nègre. Esclave comme eux, il lui suffisait d'un signe pour s'en faire obéir. Il n'était point né dans les cases; on ne lui connaissait ni père ni mère : il y avait même peu d'années, disait-on, qu'un vaisseau négrier l'avait jeté à Saint-Domingue. Cette circonstance rendait plus remarquable encore l'empire qu'il exerçait sur tous ses compagnons, sans même en excepter les noirs *créoles*, qui, vous ne l'ignorez sans doute pas, messieurs, professaient ordinairement le plus profond mépris pour les nègres *congos*, expression impropre et trop générale, par laquelle on désignait dans la colonie tous les esclaves amenés d'Afrique. Quoiqu'il parût absorbé dans une noire mélancolie, sa force extraordinaire, jointe à une adresse merveilleuse, en faisait un sujet du plus grand prix pour la culture des plantations. Il tournait plus vite et plus longtemps que ne l'aurait fait le meilleur cheval les roues des *norias*. Il lui arrivait souvent de faire en un jour l'ouvrage de dix de ses camarades, pour les soustraire aux châtiments réservés à la négligence ou à la fatigue. Aussi était-il adoré des esclaves; mais la vénération qu'ils lui portaient, toute différente de la terreur superstitieuse dont ils environnaient le fou Habibrah, semblait avoir aussi quelque cause cachée; c'était une espèce de culte.

Ce qu'il y avait d'étrange, reprenait-on, c'était de le voir aussi doux, aussi simple avec ses égaux, qui se faisaient gloire de lui obéir, que fier et hautain vis-à-vis de nos *commandeurs*. Il est juste de dire que ces esclaves privilégiés, anneaux intermédiaires qui liaient en quelque sorte la chaîne de la servitude à celle du despotisme, joignant à la bassesse de leur condition l'insolence de leur autorité, trouvaient un malin plaisir à l'accabler de travail et de vexations. Il paraît néanmoins qu'ils ne pouvaient s'empêcher de respecter le sentiment de fierté qui l'avait porté à outrager mon oncle. Aucun d'eux n'avait jamais osé lui infliger de punitions humiliantes. S'il leur arrivait de l'y condamner, vingt nègres se levaient pour les subir à sa place; et lui, immobile, assistait gravement à leur exécution, comme s'ils n'eussent fait que remplir un devoir. Cet homme bizarre était connu dans les cases sous le nom de *Pierrot*.

XII

Tous ces détails exaltèrent ma jeune imagination. Marie, pleine de reconnaissance et de compassion, applaudit et partagea mon enthousiasme, et Pierrot s'empara si vivement de notre intérêt, que je résolus de le voir et de le servir. Je rêvai aux moyens de lui parler.

Quoique fort jeune, comme neveu de l'un des plus riches colons du Cap, j'étais capitaine des milices de la paroisse de l'Acul. Le fort Galifet était confié à leur garde et à un détachement de dragons jaunes, dont le chef, qui était pour l'ordinaire un sous-officier de cette compagnie, avait le commandement du fort. Il se trouvait justement à cette époque que ce commandant était le frère d'un pauvre colon auquel j'avais eu le bonheur de rendre de très-grands services et qui m'était entièrement dévoué...

Ici tout l'auditoire interrompit d'Auverney en nommant *Thadée.* — Vous l'avez deviné, messieurs, reprit le capitaine. Vous comprenez sans peine qu'il ne me fut pas difficile d'obtenir de lui l'entrée du cachot du nègre. J'avais le droit de visiter le fort, comme capitaine des milices. Cependant, pour ne pas inspirer de soupçons à mon oncle, dont la colère était encore toute flagrante, j'eus soin de ne m'y rendre qu'à l'heure où il faisait sa méridienne : tous les soldats, excepté ceux de garde, étaient endormis. Guidé par Thadée, j'arrivai à la porte du cachot, Thadée l'ouvrit et se retira. J'entrai.

Le noir était assis, car il ne pouvait se tenir debout à cause de sa haute taille. Il n'était pas seul : un dogue énorme se leva en grondant et s'avança vers moi. — Rask! cria le noir. — Le jeune dogue se tut et revint se coucher aux pieds de son maître, où il acheva de dévorer quelques misérables aliments.

J'étais en uniforme : la lumière que répandait le soupirail dans cet étroit cachot était si faible, que Pierrot ne pouvait distinguer qui j'étais.

— Je suis prêt, me dit-il d'un ton calme. En achevant ces paroles, il se leva à demi. — Je suis prêt, répéta-t-il encore.

— Je croyais, lui dis-je, surpris de la liberté de ses mouvements, je croyais que vous aviez des fers.

L'émotion faisait trembler ma voix. Le prisonnier ne parut pas la reconnaître. Il poussa du pied quelques débris qui retentirent. — Des fers! je les ai brisés.

Il y avait dans l'accent dont il prononça ces dernières paroles quelque chose qui semblait dire : *Je ne suis pas fait pour porter des fers.* Je repris : — L'on ne m'avait pas dit qu'on vous eût laissé un chien.

— C'est moi qui l'ai fait entrer.

J'étais de plus en plus étonné. La porte du cachot était fermée en dehors d'un triple verrou. Le soupirail avait à peine six pouces de largeur, et était garni de deux barreaux de fer. Il paraît qu'il comprit le sens de mes réflexions; il se leva autant que la voûte basse le lui permettait, détacha sans effort une pierre énorme placée au-dessous du soupirail, enleva les deux barreaux scellés en dehors de cette pierre, et pratiqua ainsi une ouverture où deux hommes auraient facilement pu passer. Cette ouverture donnait de plain-pied sur le bois de bananiers et de cocotiers qui couvre le morne auquel le fort était adossé. La surprise me rendait muet; tout à coup un rayon du jour éclaira vivement mon visage. Le prisonnier se redressa comme s'il eût mis le pied par mégarde sur un serpent, et son front heurta les pierres de la voûte. Un mélange indéfinissable de mille sentiments opposés, une étrange expression de haine, de bienveillance et d'étonnement douloureux passa rapidement dans ses yeux. Mais, reprenant un subit empire sur ses pensées, sa physionomie, en moins d'un instant, redevint calme et froide, et il fixa avec indifférence son regard sur le mien. Il me regardait en face comme un inconnu.

— Je puis encore vivre deux jours sans manger, dit-il.

Je fis un geste d'horreur : je remarquai alors la maigreur de l'infortuné. Il ajouta :

— Mon chien ne peut manger que de ma main; si je n'avais pu élargir le soupirail, le pauvre Rask serait mort de faim. Il vaut mieux que ce soit moi que lui, puisqu'il faut toujours que je meure.

— Non, m'écriai-je, non, vous ne mourrez pas de faim! Il ne me comprit pas.

— Sans doute, reprit-il en souriant amèrement, j'aurais pu vivre encore deux jours sans manger : mais je suis prêt, monsieur l'officier; aujourd'hui vaut encore mieux que demain; ne faites pas de mal à Rask.

Je sentis alors ce que voulait dire son *je suis prêt.* Accusé d'un crime qui était puni de mort, il croyait que je venais pour le mener au supplice; et cet homme doué de forces colossales, quand tous les moyens de fuir lui étaient ouverts, doux et tranquille, répétait à un enfant : *Je suis prêt!* — Ne faites pas de mal à Rask, répéta-t-il encore.

Je ne pus me contenir. — Quoi! lui dis-je, non-seulement vous me prenez pour votre bourreau, mais encore vous doutez de mon humanité envers ce pauvre chien qui ne m'a rien fait!

Il s'attendrit, sa voix s'altéra. — Blanc, dit-il en me tendant la main, blanc, pardonne, j'aime mon chien, et, ajouta-t-il après un court silence, les tiens m'ont fait bien du mal.

Je l'embrassai, je lui serrai la main, je le détrompai. — Ne me connaissez-vous pas? lui dis-je.

— Je savais que tu étais un blanc, et pour les blancs, quelques bons qu'ils soient, un noir est si peu de chose! D'ailleurs, j'ai aussi à me plaindre de toi.

— Et de quoi? repris-je étonné.

— Ne m'as-tu pas conservé deux fois la vie?

Cette inculpation étrange me fit sourire. Il s'en aperçut et poursuivit avec amertume :

— Oui, je devrais t'en vouloir. Tu m'as sauvé d'un crocodile et d'un colon; et, ce qui est pis encore, tu m'as enlevé le droit de te haïr. Je suis bien malheureux!

La singularité de son langage et de ses idées ne me surprenait presque plus. Elle était en harmonie avec lui-même.

— Je vous dois bien plus que vous ne me devez, lui dis-je, je vous dois la vie de ma fiancée, de Marie.

Il éprouva comme une commotion électrique. — *Maria!* dit-il d'une voix étouffée; et sa tête tomba sur ses mains, qui se crispaient violemment, tandis que de pénibles soupirs soulevaient les larges parois de sa poitrine. J'avoue que mes soupçons assoupis se réveillèrent, mais sans colère et sans jalousie. J'étais trop près du bonheur, et lui trop près de la mort, pour qu'un pareil rival, s'il l'était en effet, pût exciter en moi d'autres sentiments que la bienveillance et la pitié. Il releva enfin sa tête. — Va! me dit-il, ne me remercie pas!

Il ajouta après une pause : — Je ne suis pourtant pas d'un rang inférieur au tien!

Cette parole paraissait révéler un ordre d'idées qui piquait vivement ma curiosité : je le pressai de me dire qui il était et ce qu'il avait souffert. Il garda un sombre silence. Ma démarche l'avait touché; mes offres de service, mes prières, parurent vaincre son dégoût de la vie. Il sortit et rapporta quelques bananes et une énorme noix de coco. Puis il referma l'ouverture et se mit à manger. En causant avec lui, je remarquai qu'il parlait avec facilité le français et l'espagnol, et que son esprit ne paraissait pas dénué de culture : il savait des romances espagnoles, qu'il chantait avec expression. Cet homme était si inexplicable sous tant d'autres rapports, que jusqu'alors la pureté de son langage ne m'avait pas frappé. J'essayai de nouveau d'en savoir la cause; il se tut. Enfin je le quittai, ordonnant à mon fidèle Thadée d'avoir pour lui tous les égards et tous les soins possibles.

XIII

Je le voyais tous les jours à la même heure. Son affaire m'inquiétait; malgré mes prières, mon oncle s'obstinait à le poursuivre. Je ne cachais pas mes craintes à Pierrot; il m'écoutait avec indifférence. Souvent Rask arrivait tandis que nous étions ensemble, portant une large feuille de palmier autour de son cou. Le noir la détachait, lisait des caractères inconnus qui y étaient tracés, puis la déchirait. J'étais habitué à ne pas lui faire de questions. Un jour j'entrai sans qu'il parût prendre garde à moi. Il tournait le dos à la porte de son cachot, et chantait d'un ton mélancolique l'air espagnol : *Yo que soy contrabandista* (1). Quand il eut fini, il se tourna brusquement vers moi et me cria : — Frère, promets, si jamais tu doutes de moi, d'écarter tous les soupçons quand tu m'entendras chanter cet air.

Son regard était imposant : je lui promis ce qu'il désirait, sans trop savoir ce qu'il entendait par ces mots : *Si jamais tu doutes de moi...* Il prit l'écorce profonde de la noix qu'il avait cueillie le jour de ma première visite, et conservée depuis, la remplit de vin de palmier, m'engagea

(1) Moi qui suis contrebandier.

à y porter les lèvres, et la vida d'un trait. A compter de ce jour, il ne m'appela plus que son *frère*.

Cependant je commençais à concevoir quelque espérance. Mon oncle n'était plus aussi irrité. Les réjouissances de mon prochain mariage avec sa fille avaient tourné son esprit vers de plus douces idées. Marie suppliait avec moi. Je lui représentais chaque jour que Pierrot n'avait point voulu l'offenser, mais seulement l'empêcher de commettre un acte de sévérité peut-être excessive; que ce noir avait, par son audacieuse lutte avec le crocodile, préservé Marie d'une mort certaine; que nous lui devions, lui sa fille, moi ma fiancée; que d'ailleurs Pierrot était le plus vigoureux de ses esclaves (car je ne songeais plus à obtenir sa liberté, il ne s'agissait que de sa vie); qu'il faisait à lui seul l'ouvrage de dix autres, et qu'il suffisait de son bras pour mettre en mouvement les cylindres d'un moulin à sucre. Il m'écoutait et me faisait entendre qu'il ne donnerait peut-être pas suite à l'accusation. Je ne disais rien au noir du changement de mon oncle, voulant jouir du plaisir de lui annoncer sa liberté tout entière, si je l'obtenais. Ce qui m'étonnait, c'était de voir que, se croyant dévoué à la mort, il ne profitait d'aucun des moyens de fuir qui étaient en son pouvoir. Je lui en parlai. — Je dois rester, me répondit-il froidement, on penserait que j'ai eu peur.

XIV

Un matin Marie vint à moi. Elle était rayonnante, et il y avait sur sa douce figure quelque chose de plus angélique encore que la joie d'un pur amour. C'était la pensée d'une bonne action. — Ecoute, me dit-elle, c'est dans trois jours le 22 août et notre noce. Nous allons bientôt... — Je l'interrompis : — Marie, ne dis pas bientôt, puisqu'il y a encore trois jours... Elle sourit et rougit. — Ne me trouble pas, Léopold, dit-elle; il m'est venu une idée qui te rendra content. Tu sais que je suis allée hier à la ville avec mon père pour acheter les parures de notre mariage. Ce n'est pas que je tienne à ces bijoux, à ces diamants, qui ne me rendront pas plus belle à tes yeux. Je donnerais toutes les perles du monde pour l'une de ces fleurs que m'a fanées le vilain homme au bouquet de soucis; mais n'importe. Mon père veut me combler de toutes ces choses-là, et j'ai l'air d'en avoir envie pour lui faire plaisir. Il y avait hier une *basquina* de satin chinois à grandes fleurs, qui était enfermée dans un coffre de bois de senteur, et que j'ai beaucoup regardée. Cela est bien cher; mais cela est bien singulier. Mon père a remarqué que cette robe frappait mon attention. En rentrant, je l'ai prié de me promettre l'octroi d'un don à la manière des anciens chevaliers; tu sais qu'il aime qu'on le compare aux anciens chevaliers. Il m'a juré sur son honneur qu'il m'accorderait la chose que je lui demanderais, quelle qu'elle fût. Il croit que c'est la basquina de satin chinois; point du tout, c'est la vie de Pierrot. Ce sera mon cadeau de noces. — Je ne pus m'empêcher de serrer cet ange dans mes bras. La parole de mon oncle était sacrée; et, tandis que Marie allait près de lui en réclamer l'exécution, je courus au fort Galifet annoncer à Pierrot son salut, désormais certain. — Frère! lui criai-je en entrant, frère! réjouis-toi! ta vie est sauvée. Marie l'a demandée à son père pour son présent de noces!

L'esclave tressaillit. — Marie! noces! ma vie! Comment tout cela peut-il aller ensemble?

— Cela est tout simple, repris-je. Marie, à qui tu as sauvé la vie, se marie...

— Avec qui? s'écria l'esclave; et son regard était égaré et terrible.

— Ne le sais-tu pas? répondis-je doucement, avec moi. Son visage formidable redevint bienveillant et résigné.

— Ah! c'est vrai, me dit-il, c'est avec toi! Et quel est le jour?

— C'est le 22 août.

— Le 22 août! es-tu fou? reprit-il avec une expression d'angoisse et d'effroi.

Il s'arrêta. Je le regardais, étonné. Après un silence, il me serra vivement la main. — Frère, je te dois tant qu'il faut que ma bouche te donne un avis. — Crois-moi, va au Cap, et marie-toi avant le 22.

Je voulus en vain connaître le sens de ces paroles énigmatiques. — Adieu, me dit-il avec solennité. J'en ai peut-être déjà trop dit; mais je hais encore plus l'ingratitude que le parjure.

Je le quittai, plein d'indécision et d'inquiétudes, qui s'effacèrent cependant bientôt dans mes pensées de bonheur Mon oncle retira sa plainte le jour même. Je retournai au fort pour en faire sortir Pierrot. Thadée, le sachant libre, entra avec moi dans la prison. Il n'y était plus. Rask, qui s'y trouvait seul, vint à moi d'un air caressant: à son cou était attachée une feuille de palmier; je la pris et j'y lus ces mots: ***Merci, tu m'as sauvé la vie une troisième fois. Frère, n'oublie pas ta promesse.*** Au-dessous étaient écrits, comme signature, les mots : ***Yo que soy contrabandista.*** Thadée était encore plus étonné que moi; il ignorait le secret du soupirail, et s'imaginait que le nègre s'était changé en chien. Je lui laissai croire ce qu'il voulut, me contentant d'exiger de lui le silence sur ce qu'il avait vu. Je voulais emmener Rask. En sortant du fort, il s'enfonça dans des haies voisines et disparut.

XV

Mon oncle fut outré de l'évasion de l'esclave. Il ordonna des recherches, et écrivit au gouverneur pour mettre Pierrot à son entière disposition si on le retrouvait.

Le 22 août arriva. Mon union avec Marie fut célébrée avec pompe à la paroisse de l'Acul. Quelle fut heureuse, cette journée de laquelle allaient dater tous mes malheurs! j'étais enivré d'une joie qu'on ne saurait faire comprendre à qui ne l'a point éprouvée. J'avais complétement oublié Pierrot et ses sinistres avis. Le soir, bien impatiemment attendu, vint enfin. Ma jeune épouse se retira dans la chambre nuptiale, où je ne pus la suivre aussi vite que je l'aurais voulu. Un devoir fastidieux, mais indispensable, me réclamait auparavant. Mon office de capitaine des milices exigeait de moi ce soir-là une ronde au poste de l'Acul : cette précaution était alors impérieusement commandée par les troubles de la colonie, par les révoltes partielles des noirs, qui, bien que promptement étouffées, avaient eu lieu aux mois précédents de juin et de juillet, même aux premiers jours d'août, dans les habitations Thibaud et Lagoscette, et surtout par les mauvaises dispositions des mulâtres libres, que le supplice récent du rebelle Ogé n'avait fait qu'aigrir. Mon oncle fut le premier à me rappeler mon devoir; il fallut me résigner. J'endossai mon uniforme et je partis. Je visitai les premières stations sans rencontrer de sujet d'inquiétude; mais, vers minuit, je me promenais en rêvant près des batteries de la baie, quand j'aperçus à l'horizon une lueur rougeâtre s'élever et s'étendre du côté de Limonade et de Saint-Louis du Morin. Les soldats et moi l'attribuâmes d'abord à quelque incendie accidentel; mais, un moment après, les flammes devinrent si apparentes, la fumée, poussée par le vent, grossit et s'épaissit à un tel point, que je repris promptement le chemin du fort pour donner l'alarme et envoyer des secours. En passant près des cases de nos noirs, je fus surpris de l'agitation extraordinaire qui y régnait. La plupart étaient encore éveillés et parlaient avec la plus grande vivacité. Un nom bizarre, ***Bug-Jargal***, prononcé avec respect, revenait souvent au milieu de leur jargon inintelligible. Je saisis pourtant quelqus paroles, dont le sens me parut être que les noirs de la plaine du nord étaient en pleine révolte, et livraient aux flammes les habitations et les plantations situées de l'autre côté du Cap. En traversant un fond marécageux, je heurtai du pied un amas de haches et de pioches cachées dans les joncs et les mangliers. Justement inquiet, je fis sur-le-champ mettre sous les armes les milices de l'Acul, et j'ordonnai de surveiller les esclaves :. tout rentra dans le calme.

Cependant les ravages semblaient croître à chaque instant et s'approcher du Limbé. On croyait même distinguer le bruit lointain de l'artillerie et des fusillades. Vers les deux heures du matin, mon oncle, que j'avais éveillé, ne pouvant contenir son inquiétude, m'ordonna de laisser dans l'Acul une partie des milices sous les ordres du lieutenant; et, pendant que ma pauvre Marie dormait ou m'attendait, obéissant à mon oncle, qui était, comme je l'ai déjà dit, membre de l'assemblée provinciale, je pris avec le reste des soldats le chemin du Cap. Je n'oublierai jamais l'aspect de cette ville quand j'en approchai. Les flammes, qui dévoraient les plantations autour d'elle, y répandaient une sombre lumière obscurcie par les torrents de fumée que le vent chassait dans les rues. Des tourbillons d'étincelles, formés par les menus débris embrasés des cannes à sucre, et emportés avec violence comme une neige abondante sur les toits des maisons et sur les agrès des vaisseaux mouillés dans la rade, menaçaient à chaque instant la ville du Cap d'un incendie non moins déplorable que celui dont ses environs étaient la proie. C'était un spectacle affreux et imposant que de voir d'un côté les pâles habitants exposant encore leur vie pour disputer au fléau terrible l'unique toit qui allait leur rester de tant de richesses; tandis que, de l'autre, les navires, redoutant le même sort, et favorisés du moins par ce vent si funeste aux malheureux colons, s'éloignaient à pleines voiles sur une mer teinte des feux sanglants de l'incendie.

XVI

Etourdi par le canon des forts, les clameurs des fuyards et le fracas lointain des écroulements, je ne savais de quel côté diriger mes soldats quand je rencontrai sur la place d'armes le capitaine des dragons jaunes qui nous servit de guide. Je ne m'arrêterai pas, messieurs, à vous décrire le tableau que nous offrit la plaine incendiée. Assez d'autres ont dépeint ces premiers désastres du Cap, et j'ai besoin de passer vite sur ces souvenirs, où il y a du sang et du feu. Je me bornerai à vous dire que les esclaves rebelles étaient, dit-on, déjà maîtres du Dondon, du Terrier-Rouge, du bourg d'Ouanaminte et même des malheureuses plantations du Limbé, ce qui me remplissait d'inquiétudes à cause du voisinage de l'Acul. Je me rendis en hâte à l'hôtel du gouverneur, monsieur de Blanchelande. Tout y était dans la confusion, jusqu'à la tête du maître. Je lui demandai des ordres en le priant de songer le plus vite possible à la sûreté de l'Acul, que l'on croyait déjà menacée. Il avait auprès de lui monsieur de Rouvray, maréchal de champ et l'un des principaux propriétaires de l'île, monsieur de Thouzard, lieutenant-colonel du régiment du Cap, quelques membres des assemblées coloniale et provinciale, et plusieurs des colons les plus notables. Au moment où je me présentai, cette espèce de conseil délibérait tumultueusement.

— Monsieur le gouverneur, disait un membre de l'assemblée provinciale, cela n'est que trop vrai; ce sont les esclaves, et non les sang-mêlés libres : il y a longtemps que nous l'avions annoncé et prédit.

— Vous le disiez sans y croire, repartit aigrement un membre de l'assemblée coloniale appelée *générale*. Vous le disiez pour vous donner crédit à nos dépens, et vous étiez si loin de vous attendre à une rébellion réelle des esclaves, que ce sont les intrigues de votre assemblée qui ont simulé, dès 1789, cette fameuse et ridicule révolte des trois mille noirs sur le morne du Cap; révolte où il n'y a eu qu'un volontaire national de tué, encore l'a-t-il été par ses propres camarades!

— Je vous le répète, reprit le *provincial*, que nous voyions plus clair que vous. Cela est simple. Nous restions ici pour observer les affaires de la colonie, tandis que votre assemblée en masse allait en France se faire décerner cette ovation risible, qui s'est terminée par les réprimandes de la représentation nationale. *Ridiculus mus!*

Le membre de l'assemblée coloniale répondit avec un dédain amer :

— Nos concitoyens nous ont réélus à l'unanimité!

— C'est vous, répliqua l'autre, ce sont vos exagérations qui ont fait promener la tête de ce malheureux qui s'était montré sans cocarde tricolore dans un café, et qui ont fait pendre le mulâtre Lacombe pour une pétition qui commençait par ces mots *inusités :* « Au nom du Père, du Fils, et « du Saint-Esprit! »

— Cela est faux! s'écria le membre de l'assemblée générale. C'est la lutte des principes et celle des priviléges, des *bossus* et des *crochus!*

— Je l'ai toujours pensé, monsieur, vous êtes un *indépendant!*

A ce reproche du membre de l'assemblée provinciale, son adversaire répondit d'un air de triomphe : — C'est confesser que vous êtes un *pompon blanc*. Je vous laisse sous le poids d'un pareil aveu!

La querelle eût peut-être été poussée plus loin, si le gouverneur ne fût intervenu.

— Eh! messieurs! en quoi cela a-t-il trait au danger imminent qui nous menace? Conseillez-moi, et ne vous injuriez pas. Voici les rapports qui me sont parvenus. La révolte a commencé cette nuit à dix heures du soir parmi les nègres de l'habitation Turpin. Les esclaves, commandés par un nègre anglais, nommé Bouckmann, ont entraîné les ateliers des habitations Clément, Trémès, Flaville et Noë. Ils ont incendié toutes les plantations et massacré les colons avec des cruautés inouïes. Je vous en ferai comprendre toute l'horreur par un seul détail. Leur étendard est le corps d'un enfant porté au bout d'une pique...

Un frémissement interrompit monsieur de Blanchelande.

—Voilà ce qui se passe au dehors, poursuivit-il. Au dedans, tout est bouleversé. Plusieurs habitants du Cap ont tué leurs esclaves; la peur les a rendus cruels. Les plus doux ou les plus braves se sont bornés à les enfermer sous bonne clef. Les *petits blancs* (1) accusent de ces désastres les *sang-mêlés* libres. Plusieurs mulâtres ont failli être victimes de la fureur populaire. Je leur ai fait donner pour asile une église gardée par un bataillon. Maintenant, pour prouver qu'ils ne sont point d'intelligence avec les noirs révoltés, les sang-mêlés me font demander un poste à défendre et des armes.

— N'en faites rien! cria une voix que je reconnus, c'était celle du planteur soupçonné d'être *sang-mêlé* avec qui j'avais eu un duel. N'en faites rien, monsieur le gouverneur, ne donnez point d'armes aux mulâtres.

— Vous ne voulez donc point vous battre? dit brusquement un colon.

L'autre ne parut point entendre, et continua : — Les sang-mêlés sont nos pires ennemis. Eux seuls sont à craindre pour nous; je conviens qu'on ne pouvait s'attendre qu'à une révolte de leur part et non de celle des esclaves. Est-ce que les esclaves sont quelque chose?

Le pauvre homme espérait par ces invectives contre les mulâtres s'en séparer tout à fait, et détruire dans l'esprit des blancs qui l'écoutaient l'opinion qui le rejetait dans cette caste méprisée. Il y avait trop de lâcheté dans cette combinaison pour qu'elle réussît. Un murmure de désapprobation le lui fit sentir.

— Oui, monsieur, dit le vieux maréchal de camp de Rouvray, oui, les esclaves sont quelque chose; ils sont quarante contre trois; et nous serions à plaindre si nous n'avions à opposer aux nègres et aux mulâtres que des blancs comme vous.

Le colon se mordit les lèvres. — Monsieur le général, reprit le gouverneur, que pensez-vous donc de la pétition des mulâtres? — Donnez-leur des armes, monsieur le gouverneur! répondit monsieur de Rouvray; faisons voile de toute étoffe! Et, se tournant vers le colon suspect: — Entendez-vous, monsieur? allez vous armer. Le colon humilié sortit avec tous les signes d'une rage concentrée.

Cependant la clameur d'angoisse qui éclatait dans toute la ville se faisait entendre de moments en moments jusque chez le gouverneur, et rappelait aux membres de cette conférence le sujet qui les rassemblait. Monsieur de Blanchelande remit à un aide de camp un ordre au crayon à la hâte, et rompit le silence sombre avec lequel l'assemblée écoutait cette effrayante rumeur. — Les sang-mêlés vont être armés, messieurs; mais il reste bien d'autres mesures à prendre. — Il faut convoquer l'assemblée provinciale, dit le membre de cette assemblée qui avait parlé au moment où j'étais entré. — L'assemblée provinciale! reprit son antagoniste de l'assemblée coloniale. Qu'est-ce que c'est que

(1) Blancs non propriétaires, exerçant dans la colonie une industrie quelconque.

l'assemblée provinciale? — Parce que vous êtes membre de l'assemblée coloniale! répliqua le *pompon blanc*...

L'*indépendant* l'interrompit : — Je ne connais pas plus la *coloniale* que la *provinciale*. Il n'y a que l'assemblée générale, entendez-vous, monsieur?

— Eh bien! repartit le pompon blanc, je vous dirai, moi, qu'il n'y a que l'assemblée nationale de Paris.

— Convoquer l'assemblée provinciale! répétait l'indépendant en riant; comme si elle n'était pas dissoute du moment où la générale a décidé qu'elle tiendrait ses séances ici.

Une réclamation universelle éclatait dans l'auditoire, ennuyé de cette discussion oiseuse.

— Messieurs nos députés, criait un entrepreneur de cultures, pendant que vous vous occupez de ces balivernes, que deviennent mes cotonniers et ma cochenille?

— Et mes quatre cent mille plants d'indigo au Limbé? ajoutait un planteur.

— Et mes nègres, payés trente dollars par tête l'un dans l'autre? disait un capitaine de négrier.

— Chaque minute que vous perdez, poursuivait un autre colon, me coûte, montre et tarif en main, dix quinteaux de sucre, ce qui, à dix-sept piastres fortes le quintal, fait cent trente livres dix sous, monnaie de France!

— La coloniale, que vous appelez générale, usurpe! reprenait l'autre disputeur, dominant le tumulte à force de voix; qu'elle reste au Port-au-Prince à fabriquer des décrets pour deux lieues de terrain et deux jours de durée, mais qu'elle nous laisse tranquilles ici. Le Cap appartient au congrès provincial du nord, à lui seul!

— Je prétends, reprenait l'indépendant, que Son Excellence monsieur le gouverneur n'a pas droit de convoquer une autre assemblée que l'assemblée générale des représentants de la colonie, présidée par monsieur de Cadusch.

— Mais où est-il, votre président monsieur de Cadusch? demanda le pompon blanc; où est votre assemblée? il n'y en a pas encore quatre membres d'arrivés, tandis que la provinciale est toute ici. Est-ce que vous voudriez par hasard représenter à vous seul toute une assemblée, toute une colonie?

Cette rivalité des deux députés, fidèles échos de leurs assemblées respectives, exigea encore une fois l'intervention du gouverneur.

— Messieurs, où voulez-vous donc enfin en venir avec vos éternelles assemblées *provinciale, générale, coloniale, nationale?*... Aidez-vous aux décisions de cette assemblée en lui en faisant invoquer trois ou quatre autres?

— Morbleu! criait d'une voix de tonnerre le général de Rouvray en frappant violemment sur la table du conseil, quels maudits bavards! j'aimerais mieux lutter de poumons avec une pièce de vingt-quatre. Que nous font ces deux assemblées, qui se disputent le pas comme deux compagnies de grenadiers qui vont monter à l'assaut! Eh bien! convoquez-les toutes deux, monsieur le gouverneur, j'en ferai deux régiments pour marcher contre les noirs; et nous verrons si leurs fusils feront autant de bruit que leurs langues.

Après cette vigoureuse sortie, il se pencha vers son voisin (c'était moi), et dit à demi-voix : — Que voulez-vous que fasse entre deux assemblées de Saint-Domingue, qui se prétendent souveraines, un gouverneur de par le roi de France? Ce sont les beaux parleurs et les avocats qui gâtent tout ici comme dans la métropole. Si j'avais l'honneur d'être monsieur le lieutenant général pour le roi, je jetterais toute cette canaille à la porte. Je dirais : Le roi règne, et moi je gouverne. J'enverrais la responsabilité par-devant les soi-disant représentants à tous les diables; et avec douze croix de Saint-Louis, promises au nom de Sa Majesté, je balayerais tous les rebelles dans l'île de la Tortue, qui a été habitée autrefois par des brigands comme eux, les boucaniers. Souvenez-vous de ce que je vous dis, jeune homme. Les *philosophes* ont enfanté les *philanthropes*, qui ont procréé les *négrophiles*, qui produisent les mangeurs de blancs, ainsi nommés en attendant qu'on leur trouve un nom grec ou latin. Ces prétendues idées libérales dont on s'enivre en France sont un poison sous les tropiques. Il fallait traiter les nègres avec douceur, non les appeler à un affranchissement subit. Toutes les horreurs que vous voyez aujourd'hui à Saint-Domingue sont nées au club Massiac, et l'insurrection des esclaves n'est qu'un contre-coup de la chute de la Bastille.

Pendant que le vieux soldat m'exposait ainsi sa politique étroite, mais pleine de franchise et de conviction, l'orageuse discussion continuait. Un colon, du petit nombre de ceux qui partageaient la frénésie révolutionnaire, qui se faisait appeler le citoyen général C***, pour avoir présidé à quelques sanglantes exécutions, s'était écrié : — Il faut plutôt des supplices que des combats. Les nations veulent des exemples terribles : épouvantons les noirs! C'est moi qui ai apaisé les révoltes de juin et de juillet en faisant planter cinquante têtes d'esclaves des deux côtés de l'avenue de mon habitation, en guise de palmiers. Que chacun se cotise pour la proposition que je vais faire. Défendons les approches du Cap avec les nègres qui nous restent encore! — Comment! quelle imprudence! répondit-on de toutes parts. — Vous ne me comprenez pas, messieurs, reprit le *citoyen général*. Faisons un cordon de têtes de nègres qui entoure la ville, du fort Picolet à la pointe de Caracol. Leurs camarades insurgés n'oseront approcher. Il faut se sacrifier pour la cause commune dans un semblable moment. Je me dévoue le premier. J'ai cinq cents esclaves non révoltés : je les offre.

Un mouvement d'horreur accueillit cette exécrable proposition. — C'est abominable! c'est horrible! s'écrièrent toutes les voix. — Ce sont des mesures de ce genre qui ont tout perdu, dit un colon. Si l'on ne s'était pas tant pressé d'exécuter les derniers révoltés de juin, de juillet et d'août, on aurait pu saisir le fil de leur conspiration, que la hache du bourreau a coupé.

Le citoyen C*** garda un moment le silence du dépit, puis il murmura entre ses dents : — Je croyais pourtant ne pas être suspect. Je suis lié avec des négrophiles; je corresponds avec Brissot et Pruneau de Pomme-Gouge, en France; Hans-Sloane, en Angleterre; Magaw, en Amérique; Pezll, en Allemagne; Olivarius, en Danemark; Wadstrohm, en Suède; Peter Paulus, en Hollande; Avendano, en Espagne; et l'abbé Pierre Tamburini, en Italie! Sa voix s'élevait à mesure qu'il avançait dans sa nomenclature de négrophiles. Il termina enfin en disant : — Mais il n'y a point ici de philosophes!

Monsieur de Blanchelande, pour la troisième fois, demanda à recueillir les conseils de chacun. — Monsieur le gouverneur, dit une voix, voici mon avis. Embarquons-nous tous sur le *Léopard*, qui est mouillé dans la rade. — Mettons à prix la tête de Bouckmann, dit un autre. — Informons de tout ceci le gouverneur de la Jamaïque, dit un troisième. — Oui, pour qu'il nous envoie encore une fois le secours dérisoire de cinq cents fusils! reprit un député de l'assemblée provinciale. Monsieur le gouverneur, envoyez un aviso en France, et attendons! — Attendre! attendre! interrompit monsieur de Rouvray avec force. Et les noirs, attendront-ils? Et la flamme, qui circonscrit déjà cette ville, attendra-t-elle? Monsieur de Thouzard, faites battre la générale, prenez du canon, et allez trouver le gros des rebelles avec vos grenadiers et vos chasseurs. Monsieur le gouverneur, faites faire des camps dans les paroisses de l'est; établissez des postes au Trou et à Vallières; je me charge, moi, des plaines du fort Dauphin. J'y dirigerai les travaux; mon grand-père, qui était mestre de camp du régiment de Normandie, a servi sous monsieur le maréchal de Vauban; j'ai étudié Folard et Bezout, et j'ai quelque pratique de la défense d'un pays. D'ailleurs, les plaines du fort Dauphin, presque enveloppées par la mer et les frontières espagnoles, ont la forme d'une presqu'île, et se protégeront en quelque sorte d'elles-mêmes; la presqu'île du Môle offre un semblable avantage. Usons de tout cela, et agissons!

Le langage énergique et positif du vétéran fit taire subitement toutes les discordances de voix et d'opinions. Le général était dans le vrai. Cette conscience que chacun a de son intérêt véritable rallia tous les avis à celui de monsieur de Rouvray; et, tandis que le gouverneur, par un serrement de main reconnaissant, témoignait au brave officier général qu'il sentait la valeur de ses conseils, bien

Et, guidé par le dragon, j'arrivai sur les domaines de mon oncle...

qu'ils fussent énoncés comme des ordres, et l'importance de son secours, tous les colons réclamaient la prompte exécution des mesures indiquées. Les deux députés des assemblées rivales, seuls, semblaient se séparer de l'adhésion générale, et murmuraient dans leur coin les mots d'*empiétement du pouvoir exécutif*, de *décision hâtive* et de *responsabilité*. Je saisis ce moment pour obtenir de monsieur de Blanchelande les ordres que je sollicitais impatiemment, et je sortis afin de rallier ma troupe et de reprendre sur-le-champ le chemin de l'Acul, malgré la fatigue que tous sentaient, excepté moi.

XVII

Le jour commençait à poindre. J'étais sur la place d'armes, réveillant les miliciens couchés sur leurs manteaux, pêle-mêle avec les dragons jaunes et rouges, les fuyards de la plaine, les bestiaux bêlant et mugissant, et les bagages de tout genre apportés dans la ville par les planteurs des environs. Je commençais à retrouver ma petite troupe dans ce désordre quand je vis un dragon jaune, couvert de sueur et de poussière, accourir vers moi à toute bride. J'allai à sa rencontre, et, au peu de paroles entrecoupées qui lui échappèrent, j'appris avec consternation que mes craintes s'étaient réalisées; que la révolte avait gagné les plaines de l'Acul, et que les noirs assiégeaient le fort Galifet, où s'étaient renfermés les milices et les colons. Il faut vous dire que ce fort Galifet était fort peu de chose; on appelait *fort* à Saint-Domingue tout ouvrage en terre. Il n'y avait donc pas un moment à perdre. Je fis prendre des chevaux à ceux de mes soldats pour qui je pus en trouver; et, guidé par le dragon, j'arrivai sur les domaines de mon oncle vers dix heures du matin.

Je donnai à peine un regard à ces immenses plantations qui n'étaient plus qu'une mer de flammes, bondissant sur la plaine avec de grosses vagues de fumée, à travers lesquelles le vent emportait de temps en temps, comme des étincelles, de grands troncs d'arbres hérissés de feux. Un petillement effrayant, mêlé de craquements et de murmures, semblait répondre aux hurlements lointains des noirs, que nous entendions déjà sans les voir encore. Moi, je n'avais qu'une pensée, et l'évanouissement de tant de richesses qui m'étaient réservées ne pouvait m'en distraire, c'était le salut de Marie. Marie sauvée, que m'importait le reste?

Une plume couleur de feu flottait sur son front. . (Page 19.)

Je la savais renfermée dans le fort, et je ne demandais à Dieu que d'arriver à temps. Cette espérance seule me soutenait dans mes angoisses, et me donnait un courage et des forces de lion.

Enfin, un tournant de la route nous laissa voir le fort Galifet. Le drapeau tricolore flottait encore sur la plate-forme, et un feu bien nourri couronnait le contour de ses murs. Je poussai un cri de joie. — Au galop! piquez des deux! lâchez les brides! criai-je à mes camarades. Et, redoublant de vitesse, nous nous dirigeâmes à travers champs vers le fort, au bas duquel on apercevait la maison de mon oncle, portes et fenêtres brisées, mais debout encore, et rouge des reflets de l'embrasement, qui ne l'avait pas atteinte, parce que le vent soufflait de la mer, et qu'elle était isolée des plantations. Une multitude de nègres, embusqués dans cette maison, se montraient à la fois à toutes les croisées et jusque sur le toit; et les torches, les piques, les haches, brillaient au milieu des coups de fusil qu'ils ne cessaient de tirer contre le fort, tandis qu'une autre foule de leurs camarades montait, tombait, et remontait sans cesse autour des murs assiégés qu'ils avaient chargés d'échelles. Ce flot de noirs, toujours repoussé et toujours renaissant sur ces murailles grises, ressemblait de loin à un essaim de fourmis essayant de gravir l'écaille d'une grande tortue, et dont le lent animal se débarrassait par une secousse d'intervalle en intervalle. Nous touchions enfin aux premières circonvallations du fort; les regards fixés sur le drapeau qui le dominait, j'encourageai mes soldats au nom de leurs familles renfermées, comme la mienne, dans ces murs que nous allions secourir. Une acclamation générale me répondit, et, formant mon petit escadron en colonne, je me préparai à donner le signal de charger le troupeau assiégeant. En ce moment, un grand cri s'éleva de l'enceinte du fort, un tourbillon de fumée enveloppa l'édifice tout entier, roula quelque temps ses plis autour des murs, d'où s'échappait une rumeur pareille au bruit d'une fournaise, et, en s'éclaircissant, nous laissa voir le fort Galifet surmonté d'un drapeau rouge. — Tout était fini!

XVIII

Je ne vous dirai pas ce qui se passa en moi à cet horrible spectacle. Ce fort pris, ses défenseurs égorgés, vingt familles massacrées, tout ce désastre général, je l'avouerai à ma honte, ne m'occupa pas un instant. Marie perdue pour moi! perdue pour moi peu d'heures après celle qui me l'avait donnée pour jamais! perdue pour moi par ma faute, puisque, si je ne l'avais pas quittée la nuit précédente pour courir au cap sur l'ordre de mon oncle, j'aurais pu du moins la défendre ou mourir près d'elle et avec elle, ce qui n'eût, en quelque sorte, pas été la perdre! Ces pensées de désolation égarèrent ma douleur jusqu'à la folie. Mon désespoir était du remords. Cependant mes compagnons exaspérés avaient crié : *Vengeance!* nous nous étions précipités, le sabre aux dents, les pistolets aux deux poings, au milieu des insurgés vainqueurs. Quoique bien supérieurs en nombre, les noirs fuyaient à notre approche; nous les voyions distinctement à droite et à gauche, devant et derrière nous, massacrant les blancs et se hâtant d'incendier le fort. Notre fureur s'accroissait de leur lâcheté. A une poterne du fort, Thadée, couvert de blessures, se présenta devant moi. — Mon capitaine, me dit-il, votre Pierrot est un sorcier, un *obi*, comme disent ces damnés nègres, ou au moins un diable. Nous tenions bon, vous arriviez, et tout était sauvé, quand il a pénétré dans le fort, je ne sais par où, et voyez!... Quant à monsieur votre oncle, à sa famille, à madame... — Marie! interrompis-je, où est Marie? — En ce moment un grand noir sortit de derrière une palissade enflammée, emportant une jeune femme qui criait et se débattait dans ses bras. La jeune femme était Marie, le noir était Pierrot. — Perfide! lui criai-je. Je dirigeai un pistolet vers lui : un des esclaves révoltés se jeta au-devant de la balle et tomba mort. Pierrot se retourna et parut m'adresser quelques paroles; puis il s'enfonça avec sa proie au milieu des touffes de cannes embrasées. Un instant après un chien énorme passa à sa suite, tenant dans sa gueule un berceau dans lequel était le dernier enfant de mon oncle. Je reconnus aussi le chien : c'était Rask. Transporté de rage, je déchargeai sur lui mon second pistolet; mais je le manquai.

Je me mis à courir comme un insensé sur sa trace; mais ma double course nocturne, tant d'heures passées sans prendre de repos et de nourriture, mes craintes pour Marie, le passage subit du comble du bonheur au dernier terme du malheur, toutes ces violentes émotions de l'âme m'avaient épuisé plus encore que les fatigues du corps. Après quelques pas je chancelai : un nuage se répandit sur mes yeux, et je tombai évanoui.

XIX

Quand je me réveillai, j'étais dans la maison dévastée de mon oncle et dans les bras de Thadée. Cet excellent Thadée fixait sur moi des yeux pleins d'anxiété. — Victoire! cria-t-il dès qu'il sentit mon pouls se ranimer sous sa main, victoire! les nègres sont en déroute, et le capitaine est ressuscité! J'interrompis son cri de joie par mon éternelle question : — Où est Marie? Je n'avais point encore rallié mes idées; il ne me restait que le sentiment et non le souvenir de mon malheur. Thadée baissa la tête. Alors toute ma mémoire me revint; je me retraçai mon horrible nuit des noces, et le grand nègre emportant Marie dans ses bras à travers les flammes s'offrit à moi comme une infernale vision. L'affreuse lumière qui venait d'éclater dans la colonie et de montrer à tous les blancs des ennemis dans leurs esclaves me fit voir dans ce Pierrot, si bon, si généreux, si dévoué, qui me devait trois fois la vie, un ingrat, un monstre, un rival. L'enlèvement de ma femme, la nuit même de notre union, me prouvait ce que j'avais d'abord soupçonné, et je reconnus enfin clairement que le chanteur du pavillon n'était autre que l'exécrable ravisseur de Marie. Pour si peu d'heures, que de changement! Thadée me dit qu'il avait vainement poursuivi Pierrot et son chien; que les nègres s'étaient retirés, quoique leur nombre eût pu facilement écraser ma faible troupe, et que l'incendie des propriétés de ma famille continuait sans qu'il fût possible de l'arrêter. Je lui demandai si l'on savait ce qu'était devenu mon oncle, dans la chambre duquel on m'avait apporté. Il me prit la main en silence, et, me conduisant vers l'alcôve, il en tira les rideaux.

Mon malheureux oncle était là, gisant sur son lit ensanglanté, un poignard profondément enfoncé dans le cœur. Au calme de sa figure, on voyait qu'il avait été frappé dans le sommeil. La couche du nain Habibrah, qui dormait habituellement à ses pieds, était aussi tachée de sang, et les mêmes souillures se faisaient remarquer sur la veste chamarrée du pauvre fou, jetée à terre à quelques pas du lit.

Je ne doutai pas que le bouffon ne fût mort victime de son attachement connu pour mon oncle, et n'eût été massacré par ses camarades, peut-être en défendant son maître. Je me reprochai amèrement ces préventions qui m'avaient fait porter de si faux jugements sur Habibrah et sur Pierrot; je mêlai aux larmes que m'arracha la fin prématurée de mon oncle quelques regrets pour son fou. D'après mes ordres, on rechercha son corps, mais en vain. Je supposai que les nègres avaient emporté et jeté le nain dans les flammes; et j'ordonnai que dans le service funèbre de mon beau-père des prières fussent dites pour le repos de l'âme du fidèle Habibrah.

XX

Le fort Galifet était détruit, nos habitations avaient disparu, un plus long séjour sur ces ruines était inutile et impossible. Dès le soir même nous retournâmes au Cap.

Là, une fièvre ardente me saisit. L'effort que j'avais fait sur moi-même pour dompter mon désespoir était trop violent. Le ressort, trop tendu, se brisa. Je tombai dans le délire. Toutes mes espérances trompées, mon amour profané, mon amitié trahie, mon avenir perdu, et par-dessus tout l'implacable jalousie, égarèrent ma raison. Il me semblait que des flammes ruisselaient dans mes veines; ma tête se rompait, j'avais des furies dans le cœur. Je me représentais Marie au pouvoir d'un autre amant, au pouvoir d'un maître, d'un esclave, de Pierrot! On m'a dit qu'alors je m'élançais de mon lit et qu'il fallait six hommes pour m'empêcher de me fracasser le crâne contre l'angle des murs. Que ne suis-je mort alors! Cette crise passa. Les médecins, les soins de Thadée, et je ne sais quelle force de la vie dans la jeunesse, vainquirent le mal, ce mal qui aurait pu être un si grand bien! Je guéris au bout de dix jours, et je ne m'en affligeai pas. Je fus content de pouvoir vivre encore quelque temps pour la vengeance!

A peine convalescent, j'allai chez monsieur de Blanchelande demander du service. Il voulait me donner un poste à défendre; je le conjurai de m'incorporer comme volontaire dans l'une des colonnes mobiles que l'on envoyait de temps en temps contre les noirs pour balayer le pays.

On avait fortifié le Cap à la hâte. L'insurrection faisait des progrès effrayants. Les nègres de Port-au-Prince commençaient à s'agiter; Biassou commandait ceux du Limbé, du Dondon et de l'Acul; Jean-François s'était fait proclamer généralissime des révoltés de la plaine de Maribarou; Bouckmann, célèbre depuis par sa fin tragique, parcourait avec ses brigands les bords de la Limonade, et enfin les bandes du Morne-Rouge avaient reconnu pour chef un nègre nommé Bug-Jargal. Le caractère de ce dernier, si l'on en croyait les relations, contrastait d'une manière singulière avec la férocité des autres. Tandis que Bouckmann et Biassou inventaient mille genres de mort pour les prisonniers qui tombaient entre leurs mains, Bug-Jargal s'empressait de leur fournir les moyens de quitter l'île. Les premiers contractaient des marchés avec les lanches espagnoles qui croisaient autour des côtes, et leur vendaient d'avance les dépouilles des malheureux qu'ils forçaient à fuir. Bug-Jargal coula à fond plusieurs de ces corsaires. Monsieur Colas de Maigné et huit autres colons distingués furent détachés par ses ordres de la roue où Bouckmann les avait fait lier. On citait de lui mille autres traits de générosité qu'il serait trop long de vous rapporter.

Mon espoir de vengeance ne paraissait pas près de s'accomplir. Je n'entendais plus parler de Pierrot. Les rebelles commandés par Biassou continuaient d'inquiéter le Cap. Ils avaient même une fois osé aborder le morne qui domine la ville, et le canon de la citadelle avait eu de la peine à les repousser. Le gouverneur résolut de les refouler dans l'intérieur de l'île. Les milices de l'Acul, du

Limbé, d'Ouanaminte et de Maribarou, réunies au régiment du Cap et aux redoutables compagnies jaune et rouge, constituaient notre armée active. Les milices du Dondon et du Quartier-Dauphin, renforcées d'un corps de volontaires sous les ordres du négociant Poncignon, formaient la garnison de la ville. Le gouverneur voulut d'abord se délivrer de Bug-Jargal, dont la diversion l'alarmait. Il envoya contre lui les milices d'Ouanaminte et un bataillon du Cap. Ce corps rentra deux jours après, complétement battu. Le gouverneur s'obstina à vouloir vaincre Bug-Jargal; il fit repartir le même corps avec un renfort de cinquante dragons jaunes et de quatre cents miliciens de Maribarou. Cette seconde armée fut encore plus maltraitée que la première. Thadée, qui était de cette expédition, en conçut un violent dépit, et me jura à son retour qu'il s'en vengerait sur Bug-Jargal.

Une larme roula dans les yeux de d'Auverney; il croisa les bras sur sa poitrine et parut durant quelques minutes plongé dans une rêverie douloureuse; enfin il reprit :

XXI

La nouvelle arriva que Bug-Jargal avait quitté le Morne-Rouge et dirigeait sa troupe par les montagnes pour se joindre à Biassou. Le gouverneur sauta de joie : — Nous les tenons, dit-il en se frottant les mains. Le lendemain l'armée coloniale était à une lieue en avant du Cap. Les insurgés, à notre approche, abandonnèrent précipitamment Port-Margot et le fort Galifet, où ils avaient établi un poste défendu par de grosses pièces d'artillerie de siége, enlevées à des batteries de la côte; toutes les bandes se replièrent vers les montagnes. Le gouverneur était triomphant. Nous poursuivîmes notre marche. Chacun de nous, en passant dans ces plaines arides et désolées, cherchait à saluer encore d'un triste regard le lieu où étaient ses champs, ses habitations, ses richesses; souvent il n'en pouvait reconnaître la place. Quelquefois notre marche était arrêtée par des embrasements qui des champs cultivés s'étaient communiqués aux forêts et aux savanes. Dans ces climats, où la terre est encore vierge, où la végétation est surabondante, l'incendie d'une forêt est accompagné de phénomènes singuliers. On l'entend de loin, souvent même avant de le voir, sourdre et bruire avec le fracas d'une cataracte diluviale. Les troncs d'arbres qui éclatent, les branches qui petillent, les racines qui craquent dans le sol, les grandes herbes qui frémissent, le bouillonnement des lacs et des marais enfermés dans la forêt, le sifflement de la flamme qui dévore l'air, jettent une rumeur qui tantôt s'apaise, tantôt redouble avec les progrès de l'embrasement. Parfois on voit une verte lisière d'arbres encore intacts entourer longtemps le foyer flamboyant. Tout à coup une langue de feu débouche par l'une des extrémités de cette fraîche ceinture ? un serpent de flamme bleuâtre court rapidement le long des tiges, et en un clin d'œil le front de la forêt disparaît sous un voile d'or mouvant. Tout brûle à la fois. Alors un dais de fumée s'abaisse de temps à autre sous le souffle du vent et enveloppe les flammes. Il se roule et se déroule, s'élève et s'affaisse, se dissipe et s'épaissit, devient tout à coup noir; puis une sorte de frange de feu en découpe vivement tous les bords : un grand bruit se fait entendre, la frange s'efface, la fumée remonte, et verse en s'envolant un flot de cendre rouge, qui pleut longtemps sur la terre.

XXII

Le soir du troisième jour, nous entrâmes dans les gorges de la Grande-Rivière. On estimait que les noirs étaient à vingt lieues dans la montagne. Nous assîmes notre camp sur un mornet qui paraissait leur avoir servi au même usage, à la manière dont il était dépouillé. Cette position n'était pas heureuse : il est vrai que nous étions tranquilles. Le mornet était dominé de tous côtés par des rochers à pic, couverts d'épaisses forêts. L'aspérité de ces escarpements avait fait donner à ce lieu le nom de ***Dompte-Mulâtre***. La Grande-Rivière coulait derrière le camp; resserrée entre deux côtes, elle était dans cet endroit étroite et profonde. Ses bords, brusquement inclinés, se hérissaient de touffes de buissons impénétrables à la vue. Souvent même ses eaux étaient cachées par des guirlandes de lianes qui, s'accrochant aux branches des érables à fleurs rouges semés parmi les buissons, mariaient leurs jets d'une rive à l'autre, et, se croisant de mille manières, formaient sur le fleuve de larges tentes de verdure. L'œil qui les contemplait du haut des roches voisines croyait voir des prairies humides encore de rosée. Un bruit sourd ou quelquefois une sarcelle sauvage, perçant tout à coup ce rideau fleuri, décelaient seuls le cours de la rivière. Le soleil cessa bientôt de dorer la cime aiguë des monts lointains du Dondon; peu à peu l'ombre s'étendit sur le camp, et le silence ne fut plus troublé que par les cris de la grue et les pas mesurés des sentinelles. Tout à coup les redoutables chants d'***Oua-Nassé*** et du ***Camp de Grand-Pré*** se firent entendre sur nos têtes; les palmiers, les acomas et les cèdres qui couronnaient les rocs s'embrasèrent, et les clartés livides de l'incendie nous montrèrent sur les sommets voisins de nombreuses bandes de nègres et de mulâtres, dont le teint cuivré paraissait rouge à la lueur des flammes. C'étaient ceux de Biassou.

Le danger était imminent. Les chefs, s'éveillant en sursaut, coururent rassembler leurs soldats; le tambour battit la générale : la trompette sonna l'alarme; nos lignes se formèrent en tumulte, et les révoltés, au lieu de profiter du désordre où nous étions, immobiles, nous regardaient en chantant ***Oua-Nassé***. Un noir gigantesque parut seul sur le plus élevé des pics secondaires qui encaissent la Grande-Rivière; une plume couleur de feu flottait sur son front; une hache était dans sa main droite, un drapeau rouge dans sa main gauche; je reconnus Pierrot! Si une carabine se fût trouvée à ma portée, la rage m'aurait peut être fait commettre une lâcheté. Le noir répéta le refrain d'***Oua-Nassé***, planta son drapeau sur le pic, lança sa hache au milieu de nous, et s'engloutit dans les flots du fleuve. Un regret s'éleva en moi, car je crus qu'il ne mourrait plus de ma main. Alors les noirs commencèrent à rouler sur nos colonnes d'énormes quartiers de rochers; une grêle de balles et de flèches tomba sur le mornet. Nos soldats, furieux de ne pouvoir atteindre les assaillants, expiraient en désespérés, écrasés par les rochers, criblés de balles ou percés de flèches. Une horrible confusion régnait dans l'armée. Soudain un bruit affreux parut sortir du milieu de la Grande-Rivière. Une scène extraordinaire s'y passait : les dragons jaunes, extrêmement maltraités par les masses que les rebelles poussaient du haut des montagnes, avaient conçu l'idée de se réfugier, pour y échapper, sous les voûtes flexibles de lianes dont le fleuve était couvert. Thadée avait le premier mis en avant ce moyen, d'ailleurs ingénieux... Ici le narrateur fut soudainement interrompu.

XXIII

Il y avait plus d'un quart d'heure que le sergent Thadée, le bras droit en écharpe, s'était glissé, sans être vu de personne, dans un coin de la tente, où ses gestes avaient seuls exprimé la part qu'il prenait aux récits de son capitaine, jusqu'à ce moment où, ne croyant pas que le respect lui permît de laisser passer un éloge aussi direct sans en remercier d'Auverney, il se prit à balbutier d'un ton confus : — Vous êtes bien bon, mon capitaine. Un éclat de rire général s'éleva. D'Auverney se retourna et lui cria d'un ton sévère : — Comment! vous ici, Thadée! et votre bras?

A ce langage si nouveau pour lui, les traits du vieux soldat se rembrunirent; il chancela et leva la tête en arrière, comme pour arrêter les larmes qui roulaient dans ses yeux. — Je ne croyais pas, dit-il enfin à voix basse, je n'aurais jamais cru que mon capitaine pût manquer à son vieux sergent jusqu'à lui dire *vous*.

Le capitaine se leva précipitamment. — Pardonne, mon vieil ami, pardonne, je ne sais ce que j'ai dit; tiens, Thad, me pardonnes-tu? Les larmes jaillirent des yeux du sergent malgré lui. — Voilà la troisième fois, balbutia-t-il; mais celles-ci sont de joie. La paix était faite. Un court silence s'ensuivit. — Mais, dis-moi, Thad, demanda le capitaine doucement, pourquoi as-tu quitté l'ambulance pour venir ici? — C'est que, avec votre permission, j'étais venu pour vous demander, mon capitaine, s'il faudrait faire mettre demain la housse galonnée à votre cheval de bataille.

Henri se mit à rire : — Vous auriez mieux fait, Thadée, de demander au chirurgien major s'il faudrait mettre demain deux onces de charpie sur votre bras malade. — Ou de vous informer, reprit Paschal, si vous pourriez boire un peu de vin pour vous rafraîchir; en attendant, voici de l'eau-de-vie qui ne peut que vous faire du bien : goûtez-en, mon brave sergent.

Thadée s'avança, fit un salut respectueux, s'excusa de prendre le verre de la main gauche, et le vida à la santé de la compagnie. Il s'anima. — Vous en étiez, mon capitaine, au moment où... Eh bien ! oui, ce fut moi qui proposai d'entrer sous les lianes pour empêcher des chrétiens d'être tués par des pierres. Notre officier, qui, ne sachant pas nager, craignait de se noyer, et cela était bien naturel, s'y opposait de toutes ses forces, jusqu'à ce qu'il vit, avec votre permission, messieurs, un gros caillou, qui manqua de l'écraser, tomber sur la rivière sans pouvoir s'y enfoncer, à cause des herbes. Il vaut encore mieux, dit-il alors, mourir comme Pharaon d'Egypte que comme saint Etienne. Nous ne sommes pas des saints, et Pharaon était un militaire comme nous. Mon officier, un savant, comme vous voyez, voulut donc bien se rendre à mon avis, à condition que j'essayerais le premier de l'exécuter. Je vais. Je descends le long du bord, je saute sous le berceau en me tenant aux branches d'en haut, et, dites, mon capitaine, je me sens tirer par la jambe : je me débats, je crie au secours, je reçois plusieurs coups de sabre, et voilà tous les dragons, qui étaient des diables, qui se précipitent pêle-mêle sous les lianes. C'étaient les noirs du Morne-Rouge qui s'étaient cachés là sans qu'on s'en doutât, probablement pour nous tomber sur le dos, comme un sac trop chargé, le moment d'après. — Cela n'aurait pas été un bon moment pour pêcher. — On se battait, on jurait, on criait. Etant nus, ils étaient plus alertes que nous; mais nos coups portaient mieux que les leurs. Nous nagions d'un bras et nous nous battions de l'autre, comme cela se pratique toujours dans ce cas-là. — Ceux qui ne savaient pas nager, dites, mon capitaine, se suspendaient d'une main aux lianes, et les noirs les tiraient par les pieds. Au milieu de la bagarre, je vis un grand nègre qui se défendait comme un Belzébuth contre huit ou dix de mes camarades; je nageai là, et je reconnus Pierrot, autrement dit Bug... Mais cela ne doit se découvrir qu'après, n'est-ce pas, mon capitaine? Je reconnus Pierrot. Depuis la prise du fort, nous étions brouillés ensemble; je le saisis à la gorge; il allait se délivrer de moi d'un coup de poignard, quand il me regarda et se rendit au lieu de me tuer; ce qui fut très-malheureux, mon capitaine, car s'il ne s'était pas rendu... — Mais cela se saura plus tard. — Sitôt que les nègres le virent pris, ils sautèrent sur nous pour le délivrer; si bien que les milices allaient aussi entrer dans l'eau pour nous secourir, quand Pierrot, voyant sans doute que les nègres allaient tous être massacrés, dit quelques mots qui étaient un vrai grimoire, puisque cela les mit tous en fuite. Ils plongèrent, et disparurent en un clin d'œil... Cette bataille sous l'eau aurait eu quelque chose d'agréable et m'aurait bien amusé si je n'y avais pas perdu un doigt et mouillé dix cartouches, et si... pauvre homme! mais cela était écrit, mon capitaine... — Et le sergent, après avoir respectueusement appuyé le revers de sa main gauche sur la grenade de son bonnet de police, l'éleva vers le ciel d'un air inspiré.

D'Auverney paraissait violemment agité. — Oui, dit-il, oui, tu as raison, mon vieux Thadée, cette nuit-là fut une nuit fatale. Il serait tombé dans une de ces profondes rêveries qui lui étaient habituelles, si l'assemblée ne l'eût vivement pressé de continuer. Il poursuivit.

XXIV

Tandis que la scène que Thadée vient de décrire... — Thadée, triomphant, vint se placer derrière le capitaine; — tandis que la scène que Thadée vient de décrire se passait derrière le mornet, j'étais parvenu, avec quelques-uns des miens, à grimper de broussaille en broussaille sur un pic nommé le *Pic du Paon*, à cause des teintes irisées que le mica répandu à sa surface présentait aux rayons du soleil. Ce pic était de niveau avec les positions des noirs. Le chemin une fois frayé, le sommet fut bientôt couvert de milices; nous commençâmes une vive fusillade. Les nègres, moins bien armés que nous, ne purent nous riposter aussi chaudement; ils commencèrent à se décourager; nous redoublâmes d'acharnement, et bientôt les rocs les plus voisins furent évacués par les rebelles, qui cependant eurent d'abord soin de faire rouler les cadavres de leurs morts sur le reste de l'armée, encore rangée en bataille sur le mornet. Alors nous abattîmes et liâmes ensemble avec des feuilles de palmier et des cordes plusieurs troncs de ces énormes cotonniers sauvages dont les premiers habitants de l'île faisaient des pirogues de cent rameurs. A l'aide de ce pont improvisé, nous passâmes sur les pics abandonnés, et une partie de l'armée se trouva ainsi avantageusement postée. Cet aspect ébranla le courage des insurgés. Notre feu se soutenait; des clameurs lamentables, auxquelles se mêlait le nom de Bug-Jargal, retentirent soudain dans l'armée de Biassou. Une grande épouvante s'y manifesta. Plusieurs noirs du Morne-Rouge parurent sur le roc où flottait le drapeau écarlate; ils se prosternèrent, enlevèrent l'étendard, et se précipitèrent avec lui dans les gouffres de la Grande-Rivière. Cela semblait signifier que leur chef était mort ou pris.

Notre audace s'en accrut à un tel point, que je résolus de chasser à l'arme blanche les rebelles des rochers qu'ils occupaient encore. Je fis jeter un pont de troncs d'arbres entre notre pic et le roc le plus voisin, et je m'élançai le premier au milieu des nègres. Les miens allaient me suivre, quand un des rebelles, d'un coup de hache, fit voler le pont en éclats. Les débris tombèrent dans l'abîme, en battant les rocs avec un bruit épouvantable. Je tournai la tête : en même temps, je me sentis saisir par six ou sept noirs qui me désarmèrent. Je me débattais comme un lion; ils me lièrent avec des cordes d'écorce, sans s'inquiéter des balles que mes gens faisaient pleuvoir autour d'eux. Mon désespoir ne fut adouci que par les cris de Victoire que j'entendis pousser autour de moi un instant après; je vis bientôt les noirs et les mulâtres gravir pêle-mêle les sommets les plus escarpés, en jetant des clameurs de détresse. Mes gardiens les imitèrent; le plus vigoureux d'entre eux me chargea sur ses épaules, et m'emporta vers les forêts, en sautant de roche en roche avec l'agilité d'un chamois. La lueur des flammes cessa bientôt de le guider; la faible lumière de la lune lui suffit; il se mit à marcher avec moins de rapidité.

XXV

Après avoir traversé des halliers et franchi des torrents, nous arrivâmes dans une haute vallée d'un aspect singulièrement sauvage. Ce lieu m'était absolument inconnu. Cette vallée était située dans le cœur même des mornes, dans ce qu'on appelle à Saint-Domingue les *doubles montagnes*. C'était une grande savane verte, emprisonnée dans des murailles de roches nues, parsemée de bouquets de pins, de gayacs et de palmistes. Le froid vif qui règne presque continuellement dans cette région de l'île, bien qu'il n'y gèle pas, était encore augmenté par la fraîcheur de la nuit, qui finissait à peine. L'aube commençait à faire revivre la blancheur des hauts sommets environnants, et la vallée, encore plongée dans une obscurité profonde, n'était éclairée que par une multitude de feux allumés par les nègres; car c'était là leur point de ralliement. Les membres disloqués de leur armée s'y rassemblaient en désordre. Les noirs et les mulâtres arrivaient de moment en moment par troupes effarées avec des cris de détresse ou des hurlements de rage. De nouveaux feux, brillants comme des yeux de tigre dans la sombre savane, marquaient à chaque instant que le cercle du camp s'agrandissait.

Le nègre dont j'étais le prisonnier m'avait déposé au

pied d'un chêne, d'où j'observais avec insouciance ce bizarre spectacle. Le noir m'attacha par la ceinture au tronc de l'arbre auquel j'étais adossé, resserra les nœuds redoublés qui comprimaient tous mes mouvements, mit sur ma tête son bonnet de laine rouge, sans doute pour indiquer que j'étais sa propriété, et, après qu'il se fut ainsi assuré que je ne pourrais ni m'échapper ni lui être enlevé par d'autres, il se disposa à s'éloigner. Je me décidai alors à lui adresser la parole, et je lui demandai en patois créole s'il était de la bande du Dondon ou de celle du Morne-Rouge. Il s'arrêta et me répondit d'un air d'orgueil : Morne-Rouge! Une idée me vint. J'avais entendu parler de la générosité du chef de cette bande, Bug-Jargal, et, quoique résolu sans peine à une mort qui devait finir tous mes malheurs, l'idée des tourments qui m'attendaient si je la recevais de Biassou ne laissait pas que de m'inspirer quelque horreur. Je n'aurais pas mieux demandé que de mourir sans ces tortures. C'était peut-être une faiblesse, mais je crois qu'en de pareils moments notre nature d'homme se révolte toujours. Je pensais donc que, si je pouvais me soustraire à Biassou, j'obtiendrais peut-être de Bug-Jargal une mort sans supplices, une mort de soldat. Je demandai à ce nègre du Morne-Rouge de me conduire à son chef, Bug-Jargal. Il tressaillit. Bug-Jargal! dit-il en se frappant le front avec désespoir; puis, passant rapidement à l'expression de la fureur, il me cria, en me montrant le poing : — Biassou! Biassou! Après ce nom menaçant, il me quitta. La colère et la douleur du nègre me rappelèrent cette circonstance du combat de laquelle nous avions conclu la prise ou la mort du chef des bandes du Morne-Rouge. Je n'en doutai plus, et je me résignai à cette vengeance de Biassou dont le noir semblait me menacer.

XXVI

Cependant les ténèbres couvraient encore la vallée, où la foule des noirs et le nombre des feux s'accroissaient sans cesse. Un groupe de négresses vint allumer un foyer près de moi. Aux nombreux bracelets de verre bleu, rouge et violet qui brillaient échelonnés sur leurs bras et leurs jambes, aux anneaux qui chargeaient leurs oreilles, aux bagues qui ornaient tous les doigts de leurs mains et de leurs pieds, aux amulettes attachées sur leur sein, au *collier de charmes* suspendu à leur cou, au tablier de plumes bariolées, seul vêtement qui voilât leur nudité, et surtout à leurs clameurs cadencées, à leurs regards vagues et hagards, je reconnus des *griotes*. Vous ignorez peut-être qu'il existe parmi les noirs de diverses contrées de l'Afrique des nègres doués de je ne sais quel grossier talent de poésie et d'improvisation qui ressemble à la folie. Ces nègres, errant de royaume en royaume, sont, dans ces pays barbares, ce qu'étaient les rapsodes antiques, et dans le moyen âge les *minstrels* d'Angleterre, les *minnesinger* d'Allemagne et les *trouverres* de France. On les appelle *griots*. Leurs femmes, les griotes, possédées comme eux d'un démon insensé, accompagnent les chansons barbares de leurs maris par des danses lubriques, et présentent une parodie grotesque des bayadères de l'Hindoustan et des almées égyptiennes. C'étaient donc quelques-unes de ces femmes qui venaient de s'asseoir en rond, à quelques pas de moi, les jambes repliées à la mode africaine, autour d'un grand amas de branchages desséchés, qui brûlait en faisant trembler sur leurs visages hideux la lueur rouge de ses flammes. Dès que leur cercle fut formé, elles se prirent toutes la main, et la plus vieille, qui portait une plume de héron plantée dans ses cheveux, se mit à crier : *Ouanga!* Je compris qu'elles allaient opérer un de ces sortiléges qu'elles désignent sous ce nom. Toutes répétèrent : *Ouanga!* La plus vieille, après un silence de recueillement, arracha une poignée de ses cheveux, et la jeta dans le feu en disant ces paroles sacramentelles : *Malé o guiab!* qui, dans le jargon des nègres créoles, signifient : J'irai au diable. Toutes les griotes, imitant leur doyenne, livrèrent aux flammes une mèche de leurs cheveux, et redirent gravement : *Malé o guiab!*

Cette invocation étrange et les grimaces burlesques qui l'accompagnaient m'arrachèrent cette espèce de convulsion involontaire qui saisit souvent malgré lui l'homme le plus sérieux ou le plus pénétré de douleur, et qu'on appelle le *fou rire*. Je voulus en vain le réprimer, il éclata. Ce rire, échappé à un cœur bien triste, fit naître une scène singulièrement sombre et effrayante. Toutes les négresses, troublées dans leur mystère, se levèrent comme réveillées en sursaut. Elles ne s'étaient pas aperçues jusque-là de ma présence. Elles coururent tumultueusement vers moi en hurlant : *Blanco! blanco!* Je n'ai jamais vu une réunion de figures plus diversement horribles que ne l'étaient dans leur fureur tous ces visages noirs avec leurs dents blanches et leurs yeux blancs traversés de grosses veines sanglantes. Elles m'allaient déchirer. La vieille à la plume de héron fit un signe, et cria à plusieurs reprises : *Zoté cordé! zoté cordé* (1)! Les forcenées s'arrêtèrent subitement, et je les vis, non sans surprise, détacher toutes ensemble leurs tabliers de plumes, les jeter sur l'herbe, et commencer autour de moi cette danse lascive que les noirs appellent la *chica*. Cette danse, dont les attitudes grotesques et la vive allure n'expriment que le plaisir et la gaieté, empruntait ici de diverses circonstances accessoires un caractère sinistre. Les regards foudroyants que me lançaient les griotes au milieu de leurs folâtres évolutions, l'accent lugubre qu'elles donnaient à l'air joyeux de la *chica*, le gémissement aigu et prolongé que la vénérable présidente du sanhédrin noir arrachait de temps en temps à son balafo, espèce d'épinette qui murmure comme un petit orgue, et se compose d'une vingtaine de tuyaux de bois dont la grosseur et la longueur vont en diminuant graduellement, et surtout l'horrible rire que chaque sorcière nue, à certaines pauses de la danse, venait me présenter à son tour, en appuyant presque son visage sur le mien, ne m'annonçaient que trop à quels affreux châtiments devait s'attendre le *blanco* profanateur de leur ouanga. Je me rappelai la coutume de ces peuplades sauvages, qui dansent autour des prisonniers avant de les massacrer, et je laissai patiemment ces femmes exécuter le ballet du drame dont je devais ensanglanter le dénoûment. Cependant je ne pus m'empêcher de frémir quand je vis, à un moment marqué par le balafo, chaque griote mettre dans le brasier la pointe d'une lame de sabre ou le fer d'une hache, l'extrémité d'une longue aiguille à voilure, les pinces d'une tenaille ou les dents d'une scie.

La danse touchait à sa fin; les instruments de torture étaient rouges. A un signal de la vieille, les négresses allèrent processionnellement chercher, l'une après l'autre, quelque arme horrible dans le feu.

Celles qui ne purent se munir d'un fer ardent prirent un tison enflammé. Alors je compris clairement quel supplice m'était réservé, et que j'aurais un bourreau dans chaque danseuse. A un autre commandement de leur coryphée, elles recommencèrent une dernière ronde en se lamentant d'une manière effrayante. Je fermai les yeux pour ne plus voir du moins les ébats de ces démons femelles, qui, haletant de fatigue et de rage, entrechoquaient en cadence sur leurs têtes leurs ferrailles flamboyantes, d'où s'échappaient un bruit aigu et des myriades d'étincelles. J'attendis en me roidissant l'instant où je sentirais mes chairs se tourmenter, mes os se calciner, mes nerfs se tordre sous les morsures brûlantes des tenailles et des scies, et un frisson courut sur tous mes membres. Ce fut un moment affreux. Il ne dura heureusement pas longtemps. La chica des griotes atteignait son dernier période, quand j'entendis de loin la voix du nègre qui m'avait fait prisonnier. Il accourait en criant : *¿ Que haceis, mugeres de demonio? ¿ que haceis allí? Dexais mi prisoniero* (2)! Je rouvris les yeux. Il était déjà grand jour. Le nègre se hâtait avec mille gestes de colère. Les griotes s'étaient arrêtées; mais elles paraissaient moins émues de ces menaces qu'interdites par la présence d'un personnage assez bizarre dont le noir était accompagné.

C'était un homme très-gros et très-petit, une sorte de nain, dont le visage était caché par un voile blanc percé

(1) Accordez-vous! accordez-vous!

(2) Que faites-vous, femmes du démon? que faites-vous là? Laissez mon prisonnier!

de trois trous pour la bouche et les yeux, à la manière des pénitents. Ce voile, qui tombait sur son cou et ses épaules, laissait nue sa poitrine velue, dont la couleur me parut être celle des griffes, et sur laquelle brillait, suspendu à une chaîne d'or, le soleil d'un ostensoir d'argent tronqué. On voyait le manche en croix d'un poignard grossier passer au-dessus de sa ceinture écarlate, qui soutenait un jupon rayé de vert, de jaune et de noir, dont la frange descendait jusqu'à ses pieds larges et difformes. Ses bras, nus comme sa poitrine, agitaient un bâton blanc; un chapelet, dont les grains étaient d'adrézarach, pendait à sa ceinture, près du poignard; et son front était surmonté d'un bonnet pointu orné de sonnettes, dans lequel, lorsqu'il s'approcha, je ne fus pas peu surpris de reconnaître la *gorra* d'Habibrah. Seulement, parmi les hiéroglyphes dont cette espèce de mitre était couverte, on remarquait des taches de sang. C'était sans doute le sang du fidèle bouffon. Ces traces de meurtre me parurent une nouvelle preuve de sa mort, et réveillèrent dans mon cœur un dernier regret. Au moment où les griotes aperçurent cet héritier du bonnet d'Habibrah, elles s'écrièrent toutes ensemble : L'*obi!* et tombèrent prosternées. Je devinai que c'était le sorcier de l'armée de Biassou. — *Basta! basta!* dit-il en arrivant près d'elles, avec une voix sourde et grave, *dexais el prisionero de Biassu* (1)! Toutes les négresses, se relevant en tumulte, jetèrent les instruments de mort dont elles étaient chargées, reprirent leurs tabliers de plumes, et, à un geste de l'obi, elles se dispersèrent comme une nuée de sauterelles. En ce moment le regard de l'obi parut se fixer sur moi; il tressaillit, recula d'un pas, et reporta son bâton blanc vers les griotes, comme s'il eût voulu les rappeler. Cependant, après avoir grommelé entre ses dents le mot *maldicho* (2), et dit quelques paroles à l'oreille du nègre, il se retira lentement en croisant les bras et dans l'attitude d'une profonde méditation.

XXVII

Mon gardien m'apprit alors que Biassou demandait à me voir, et qu'il fallait me préparer à soutenir dans une heure une entrevue avec ce chef.

C'était sans doute encore une heure de vie. En attendant qu'elle fût écoulée, mes regards erraient sur le camp des rebelles, dont le jour me laissait voir dans ses moindres détails la singulière physionomie. Dans une autre disposition d'esprit, je n'aurais pu m'empêcher de rire de l'inepte vanité des noirs, qui étaient presque tous chargés d'ornements militaires et sacerdotaux, dépouilles de leurs victimes. La plupart de ces parures n'étaient plus que des haillons déchiquetés et sanglants. Il n'était pas rare de voir briller un hausse-col sous un rabat, ou une épaulette sur une chasuble. Sans doute, pour se délasser des travaux auxquels ils avaient été condamnés toute leur vie, les nègres restaient dans une inaction inconnue à nos soldats, même retirés sous la tente. Quelques-uns dormaient au grand soleil, la tête près d'un feu ardent; d'autres, l'œil tour à tour terne et furieux, chantaient un air monotone, accroupis sur le seuil de leurs *ajoupas*, espèce de huttes couvertes de feuilles de bananier ou de palmier, dont la forme conique ressemble à nos tentes canonnières. Leurs femmes noires ou cuivrées, aidées des négrillons, préparaient la nourriture des combattants. Je les voyais remuer avec des fourches l'igname, les bananes, la patate, les pois, le coco, le maïs, ce chou caraïbe qu'ils appellent tayo, et une foule d'autres fruits indigènes qui bouillonnaient autour des quartiers de porc, de tortue et de chien, dans de grandes chaudières volées aux cases des planteurs. Dans le lointain, aux limites du camp, les griots et les griotes formaient de grandes rondes autour des feux, et le vent m'apportait par lambeaux leurs chants barbares mêlés aux sons des guitares et des balafos. Quelques vedettes, placées aux sommets des rochers voisins, éclairaient les alentours du quartier général de Biassou, dont le seul retranchement, en cas d'attaque, était un cordon circulaire de cabrouets, chargés de butin et de munitions. Ces sentinelles noires, debout sur la pointe aiguë des pyramides de granit dont les mornes sont hérissés, tournaient fréquemment sur elles-mêmes, comme les girouettes sur les flèches gothiques, et se renvoyaient l'une à l'autre, de toute la force de leurs poumons, le cri qui maintenait la sécurité du camp : *Nada! nada* (1)! De temps en temps, des attroupements de nègres curieux se formaient autour de moi. Tous me regardaient d'un air menaçant.

(1) Il suffit! il suffit! Laissez le prisonnier de Biassou!
(2) Maudit!

XXVIII

Enfin, un peloton de soldats de couleur, assez bien armés, arriva vers moi. Le noir à qui je semblais appartenir me détacha du chêne auquel j'étais lié, et me remit au chef de l'escouade, des mains duquel il reçut en échange un assez gros sac, qu'il ouvrit sur-le-champ. C'étaient des piastres. Pendant que le nègre, agenouillé sur l'herbe, les comptait avidement, les soldats m'entraînaient. Je considérai avec curiosité leur équipement. Ils portaient un uniforme de gros drap brun-rouge et jaune, coupé à l'espagnole. Une espèce de *montera* castillane, ornée d'une large cocarde rouge (2), cachait leurs cheveux de laine. Ils avaient, au lieu de giberne, une façon de carnassière attachée sur le côté. Leurs armes étaient un lourd fusil, un sabre et un poignard. J'ai su depuis que cet uniforme était celui de la garde particulière de Biassou. Après plusieurs circuits entre les rangées irrégulières d'ajoupas qui encombraient le camp, nous parvînmes à l'entrée d'une grotte taillée par la nature, au pied de l'un de ces immenses pans de roches dont la savane était murée. Un grand rideau d'une étoffe thibétaine qu'on appelle le katchmir, et qui se distingue moins par l'éclat de ses couleurs que par ses plis moelleux et ses dessins variés, fermait à l'œil l'intérieur de cette caverne. Elle était entourée de plusieurs lignes redoublées de soldats équipés comme ceux qui m'avaient amené. Après l'échange du mot d'ordre avec les deux sentinelles qui se promenaient devant le seuil de la grotte, le chef de l'escouade souleva le rideau de katchmir, et m'introduisit en le laissant retomber derrière moi.

Une lampe de cuivre à cinq becs, pendue par des chaînes à la voûte, jetait une lumière vacillante sur les parois humides de cette caverne fermée au jour. Entre deux haies de soldats mulâtres, j'aperçus un homme de couleur, assis sur un énorme tronc d'acajou, que recouvrait à demi un tapis de plumes de perroquet. Cet homme appartenait à l'espèce des *sacatras*, qui n'est séparée des nègres que par une nuance, souvent imperceptible. Son costume était ridicule. Une ceinture magnifique de tresse de soie, à laquelle pendait une croix de Saint-Louis, retenait à la hauteur du nombril un caleçon bleu, de toile grossière; une veste de basin blanc, trop courte pour descendre jusqu'à la ceinture, complétait son vêtement. Il portait des bottes grises, un chapeau rond, surmonté d'une cocarde rouge, et des épaulettes, dont l'une était d'or avec les deux étoiles d'argent des maréchaux de camp, l'autre de laine jaune. Deux étoiles de cuivre, qui paraissaient avoir été des mollettes d'éperons, avaient été fixées sur la dernière, sans doute pour la rendre digne de figurer auprès de sa brillante compagne. Ces deux épaulettes, n'étant point bridées à leur place naturelle par des ganses transversales, pendaient des deux côtés de la poitrine du chef. Un sabre et des pistolets richement damasquinés étaient posés sur le tapis de plumes auprès de lui.

Derrière son siége se tenaient, silencieux et immobiles, deux enfants revêtus du caleçon des esclaves, et portant chacun un large éventail de plumes de paon. Ces deux enfants esclaves étaient blancs. Deux carreaux de velours cramoisi, qui paraissaient avoir appartenu à quelque prie-dieu de presbytère, marquaient deux places à droite et à gauche du bloc d'acajou. L'une de ces places, celle de droite, était occupée par l'obi qui m'avait arraché à la fureur des griotes. Il était assis les jambes repliées, tenant sa baguette droite, immobile comme une idole de porcelaine

(1) Rien! rien!
(2) On sait que cette couleur est celle de la cocarde espagnole.

dans une pagode chinoise. Seulement, à travers les trous de son voile, je voyais briller ses yeux flamboyants constamment attachés sur moi. De chaque côté du chef étaient des faisceaux de drapeaux, de bannières et de guidons de toute espèce, parmi lesquels je remarquai le drapeau blanc fleurdelisé, le drapeau tricolore et le drapeau d'Espagne. Les autres étaient des enseignes de fantaisie. On y voyait un grand étendard noir. Dans le fond de la salle, au-dessus de la tête du chef, un autre objet attira encore mon attention. C'était le portrait de ce mulâtre Ogé, qui avait été roué l'année précédente au Cap, pour crime de rébellion, avec son lieutenant Jean-Baptiste Chavanne, et vingt autres noirs ou sang-mêlés. Dans ce portrait, Ogé, fils d'un boucher du Cap, était représenté comme il avait coutume de se faire peindre, en uniforme de lieutenant-colonel, avec la croix de Saint-Louis, et l'ordre du Mérite du Lion, qu'il avait acheté en Europe du prince de Limbourg.

Le chef sacatra devant lequel j'étais introduit était d'une taille moyenne. Sa figure ignoble offrait un rare mélange de finesse et de cruauté. Il me fit approcher, et me considéra quelque temps en silence; enfin il se mit à ricaner à la manière de l'hyène. — Je suis Biassou, me dit-il. Je m'attendais à ce nom, mais je ne pus l'entendre de cette bouche, au milieu de ce rire féroce, sans frémir intérieurement. Mon visage pourtant resta calme et fier. Je ne répondis rien. — Eh bien! reprit-il en assez mauvais français, est-ce que tu viens déjà d'être empalé, pour ne pouvoir plier l'épine du dos en présence de Jean Biassou, généralissime des pays conquis, et le maréchal de camp des armées de *su magestad catolica?* (La tactique des principaux chefs rebelles était de faire croire qu'ils agissaient, tantôt pour le roi de France, tantôt pour la révolution, tantôt pour le roi d'Espagne.)

Je croisai les bras sur ma poitrine, et le regardai fixement. Il commença à ricaner. Ce *tic* lui était familier. — Oh! oh! *me parecces hombre de buen corazon* (1). Eh bien! écoute ce que je vais te dire : Es-tu créole? — Non, répondis-je, je suis Français. Mon assurance lui fit froncer le sourcil. Il reprit en ricanant : — Tant mieux; je vois à ton uniforme que tu es officier. Quel âge as-tu? — Vingt ans. — Quand les as-tu atteints?

A cette question, qui réveillait en moi de bien douloureux souvenirs, je restai un moment absorbé dans mes pensées. Il la répéta vivement. Je lui répondis : — Le jour où ton compagnon Léogri fut pendu. La colère contracta ses traits; son ricanement se prolongea. Il se contint cependant. — Il y a vingt-trois jours que Léogri fut pendu, me dit-il. Français, tu lui diras ce soir, de ma part, que tu as vécu vingt-quatre jours de plus que lui. Je veux te laisser au monde encore cette journée, afin que tu puisses lui conter où en est la liberté de ses frères, ce que tu as vu dans le quartier général de Jean Biassou, maréchal de camp, et quelle est l'autorité de ce généralissime sur les *gens du roi*.

C'était sous ce titre que Jean-François, qui se faisait appeler *grand amiral de France*, et son camarade Biassou, désignaient leurs hordes de nègres et de mulâtres révoltés. Alors il ordonna que l'on me fît asseoir entre deux gardes dans un coin de la grotte, et, adressant un signe de la main à quelques nègres affublés de l'habit d'aide de camp : — Qu'on batte le rappel, que toute l'armée se rassemble autour de notre quartier général, pour que nous la passions en revue. Et vous, monsieur le chapelain, dit-il en se tournant vers l'obi, couvrez-vous de vos vêtements sacerdotaux, et célébrez pour nous et nos soldats le saint sacrifice de la messe.

L'obi se leva, s'inclina profondément devant Biassou, et lui dit à l'oreille quelques paroles que le chef interrompit brusquement à haute voix. — Vous n'avez point d'autel, dites-vous, *señor cura!* cela est-il étonnant dans ces montagnes? Mais qu'importe! depuis quand le *bon Giu* (2) a-t-il besoin pour son culte d'un temple magnifique, d'un autel orné d'or et de dentelles? Gédéon et Josué l'ont adoré devant des monceaux de pierres; faisons comme eux, *bon per* (1)! il suffit au *bon Giu* que les cœurs soient fervents. Vous n'avez point d'autel! Eh bien! ne pouvez-vous pas en faire un de cette grande caisse de sucre, prise avant-hier par les gens du roi dans l'habitation Dubuisson? L'intention de Biassou fut promptement exécutée. En un clin d'œil l'intérieur de la grotte fut disposé pour cette parodie du divin mystère. On apporta un tabernacle et un saint-ciboire enlevés à la paroisse de l'Acul, au même temple où mon union avec Marie avait reçu du ciel une bénédiction si promptement suivie de malheur. On érigea en autel la caisse de sucre volée, qui fut couverte d'un drap blanc, en guise de nappe, ce qui n'empêchait pas de lire sur les faces latérales de cet autel : ***Dubuisson et Cᵉ, pour Nantes.***

Quand les vases sacrés furent placés sur la nappe, l'obi s'aperçut qu'il manquait une croix; il tira son poignard, dont la garde horizontale présentait cette forme, et le planta debout entre le calice et l'ostensoir, devant le tabernacle. Alors, sans ôter son bonnet de sorcier et son voile de pénitent, il jeta promptement la chape volée au prieur de l'Acul sur son dos et sa poitrine nue, ouvrit auprès du tabernacle le missel à fermoirs d'argent sur lequel avaient été lues les prières de mon fatal mariage, et, se tournant vers Biassou, dont le siége était à quelques pas de l'autel, annonça par une salutation profonde qu'il était prêt. Sur-le-champ, à un signe du chef, les rideaux de katchmir furent tirés et nous découvrirent toute l'armée noire rangée en carrés épais devant l'ouverture de la grotte. Biassou ôta son chapeau rond et s'agenouilla devant l'autel. — A genoux! cria-t-il d'une voix forte. — A genoux! répétèrent les chefs de chaque bataillon. Un roulement de tambours se fit entendre. Toutes les hordes étaient agenouillées. Seul, j'étais resté immobile sur mon siége, révolté de l'horrible profanation qui allait se commettre sous mes yeux; mais les deux vigoureux mulâtres qui me gardaient dérobèrent mon siége sous moi, me poussèrent rudement par les épaules, et je tombai à genoux comme les autres, contraint de rendre un simulacre de respect à ce simulacre de culte. L'obi officia gravement. Les deux petits pages blancs de Biassou faisaient les offices de diacre et de sous-diacre. La foule des rebelles, toujours prosternée, assistait à la cérémonie avec un recueillement dont le *généralissime* donnait le premier l'exemple. Au moment de l'exaltation, l'obi, élevant entre ses mains l'hostie consacrée, se tourna vers l'armée, et cria en jargon créole : ***Zoté coné bon Giu; ce li mo fé zoté voer. Blan touyé li, touyé blan yo toute*** (2)! A ces mots, prononcés d'une voix forte, mais qu'il me semblait avoir déjà entendue quelque part et en d'autres temps, toute la horde poussa un rugissement; ils entrechoquèrent longtemps leurs armes, et il ne fallut rien moins que la sauvegarde de Biassou pour empêcher que ce bruit sinistre ne sonnât ma dernière heure. Je compris à quels excès de courage et d'atrocité pouvaient se porter des hommes pour qui un poignard était une croix, et sur l'esprit desquels toute impression est prompte et profonde.

XXIX

La cérémonie terminée, l'obi se retourna vers Biassou avec une révérence respectueuse. Alors le chef se leva, et, s'adressant à moi, il me dit en français : — On nous accuse de n'avoir pas de religion, tu vois que c'est une calomnie, et que nous sommes bons catholiques. Je ne sais s'il parlait ironiquement ou de bonne foi. Un moment après, il se fit apporter un vase de verre, plein de grains de maïs noir, il y jeta quelques grains de maïs blanc; puis, élevant le vase au-dessus de sa tête, pour qu'il fût mieux vu de toute son armée : — Frères, vous êtes le maïs noir, les blancs vos ennemis sont le maïs blanc! A ces paroles, il remua le vase, et quand presque tous les grains blancs eurent disparu sous les noirs, il s'écria d'un air d'inspiration et

(1) Tu me parais homme de bon courage.
(2) Patois créole. Le bon Dieu.

(1) Patois créole. Bon père.
(2) Vous connaissez le bon Dieu; c'est lui que je vous fais voir. Les blancs l'ont tué; tuez tous les blancs. Depuis, Toussaint-Louverture avait coutume d'adresser la même allocution aux nègres après avoir communié.

de triomphe : *Guetté blan ci la la* (1) ! Une nouvelle acclamation, répétée par tous les échos des montagnes, accueillit la parabole du chef. Biassou continua en mêlant fréquemment son méchant français de phrases créoles et espagnoles : — *El tiempo de la mansuetud es pasado* (2). Nous avons été longtemps patients comme les moutons dont les blancs comparent la laine à nos cheveux; soyons maintenant implacables comme les panthères et les jaguars des pays d'où ils nous ont arrachés. La force peut seule acquérir les droits : tout appartient à qui se montre fort et sans pitié. Saint Loup a deux fêtes dans le calendrier grégorien, l'Agneau pascal n'en a qu'une! N'est-il pas vrai, monsieur le chapelain? L'obi s'inclina en signe d'adhésion.

— ... Ils sont venus, poursuivit Biassou, ils sont venus, les ennemis de la régénération de l'humanité, ces blancs, ces colons, ces planteurs, ces hommes de négoce, *verdaderos demonios* vomis de la bouche d'Alecto! *Son venidos con insolencia* (3); ils étaient couverts, les superbes, d'armes, de panaches et d'habits magnifiques à l'œil, et nous méprisaient parce que nous sommes noirs et nus. Ils pensaient, dans leur orgueil, pouvoir nous disperser aussi aisément que ces plumes de paon chassent les noirs essaims des moustiques et des maringouins!... En achevant cette comparaison, il avait arraché des mains d'un esclave blanc un des éventails qu'il faisait porter derrière lui, et l'agitait sur sa tête avec mille gestes véhéments. Il reprit : — ... Mais, ô mes frères! notre armée a fondu sur la leur comme les bigailles sur un cadavre; ils sont tombés avec leurs beaux uniformes sous les coups de ces bras nus qu'ils croyaient sans vigueur, ignorant que le bon bois est plus dur quand il est dépouillé d'écorce. Ils tremblent maintenant, ces tyrans exécrés! *yo gagné peur* (4)!

Un hurlement de joie et de triomphe répondit à ce cri du chef, et toutes les hordes répétèrent longtemps : *Yo gagné peur!* — ... Noirs, créoles et congos, ajouta Biassou, vengeance et liberté! Sang-mêlés, ne vous laissez pas attiédir par les séductions *de los diabolos blancos*. Vos pères sont dans leurs rangs, mais vos mères sont dans les nôtres. Au reste, *o hermanos de mi alma* (5)! ils ne vous ont jamais traités en pères, mais bien en maîtres : vous étiez esclaves comme les noirs. Pendant qu'une misérable pagne couvrait à peine vos flancs brûlés par le soleil, vos barbares pères se pavanaient sous de *buenos sombreros*, et portaient des vestes de nankin les jours de travail, et les jours de fête des habits de bouracan ou de velours, *a diez y siete quartos la vara* (6). Maudissez ces êtres dénaturés. Mais, comme les saints commandements du *bon Giu* le défendent, ne frappez pas vous-même votre propre père. Si vous le rencontrez dans les rangs ennemis, qui vous empêche, *amigos*, de vous dire l'un à l'autre : « *Touyé papa moé, ma touyé quena toué* (7)! » Vengeance, gens du roi! Liberté à tous les hommes! Ce cri a son écho dans toutes les îles : il est parti de *Quisqueya* (8), il réveille Tabago et Cuba. C'est un chef des cent vingt-cinq nègres marrons de la montagne Bleue, c'est un noir de la Jamaïque, Bouckmann, qui a levé l'étendard parmi nous. Une victoire a été son premier acte de fraternité avec les noirs de Saint-Domingue. Suivons son glorieux exemple, la torche d'une main, la hache de l'autre! Point de grâce pour les blancs, pour les planteurs! Massacrons leurs familles, dévastons leurs plantations, ne laissons point dans leurs domaines un arbre qui n'ait la racine en haut. Bouleversons la terre pour qu'elle engloutisse les blancs! Courage donc, amis et frères! nous irons bientôt combattre et exterminer. Nous triompherons ou nous mourrons. Vainqueurs, nous jouirons à notre tour de toutes les joies de la vie; morts, nous irons dans le ciel, où les saints nous attendent, dans le paradis, où chaque brave recevra une double mesure d'*aguardiente* (1) et une piastre-gourde par jour!

(1) Voyez ce que sont les blancs relativement à vous!
(2) Le temps de la mansuétude est passé.
(3) Ils sont venus avec insolence.
(4) Jargon créole. Ils ont peur.
(5) O frères de mon âme.
(6) A dix-sept *quartos* la *vara* (mesure espagnole qui équivaut à peu près à l'aune).
(7) *Tue mon père, je tuerai le tien.* On a entendu en effet des mulâtres, capitulant en quelque sorte avec le parricide, prononcer ces exécrables paroles.
(8) Ancien nom de Saint-Domingue, qui signifie *Grande-Terre.* Les indigènes l'appelaient aussi *Aïty.*

Cette sorte de sermon soldatesque, qui ne vous semble que ridicule, messieurs, produisit sur les rebelles un effet prodigieux. Il est vrai que la pantomime extraordinaire de Biassou, l'accent inspiré de sa voix, le ricanement étrange qui entrecoupait ses paroles, donnaient à sa harangue je ne sais quelle puissance de prestige et de fascination. L'art avec lequel il entremêlait sa déclaration de détails faits pour flatter la passion ou l'intérêt des révoltés ajoutait un degré de force à cette éloquence, appropriée à cet auditoire. Je n'essayerai donc pas de vous décrire quel sombre enthousiasme se manifesta dans l'armée insurgée après l'allocution de Biassou. Ce fut un concert discordant de cris, de plaintes, de hurlements. Les uns se frappaient la poitrine, les autres heurtaient leurs massues et leurs sabres. Plusieurs, à genoux ou prosternés, conservaient l'attitude d'une immobile extase. Des négresses se déchiraient les seins et les bras avec les arêtes de poisson dont elles se servent en guise de peigne pour démêler leurs cheveux. Les guitares, les tamtams, les tambours, les balafos, mêlaient leur bruit aux décharges de mousqueterie. C'était quelque chose d'un sabbat. Biassou fit un signe de la main : le tumulte cessa comme par un prodige; chaque nègre reprit son rang en silence. Cette discipline, à laquelle Biassou avait plié ses égaux, par le simple ascendant de la pensée et de la volonté, me frappa, pour ainsi dire, d'admiration. Tous les soldats de cette armée de rebelles paraissaient parler et se mouvoir sous la main du chef, comme les touches du clavecin sous les doigts du musicien.

XXX

Un autre spectacle, un autre genre de charlatanisme et de fascination, excita alors mon attention : c'était le pansement de blessés. L'obi, qui remplissait dans l'armée les doubles fonctions de médecin de l'âme et de médecin du corps, avait commencé l'inspection des malades. Il avait dépouillé ses ornements sacerdotaux, et avait fait apporter auprès de lui une grande caisse à compartiments, dans laquelle étaient ses drogues et ses instruments. Il usait fort rarement de ses outils chirurgicaux, et, excepté une lancette en arête de poisson avec laquelle il pratiquait fort adroitement une saignée, il me paraissait assez gauche dans le maniement de la tenaille qui lui servait de pince et du couteau qui lui tenait lieu de bistouri. Il se bornait, la plupart du temps, à prescrire des tisanes d'orange des bois, des breuvages de squine et de salsepareille, et quelques gorgées de vieux tafia. Son remède favori, et qu'il disait souverain, se composait de trois verres de vin rouge, où il mêlait la poudre d'une noix muscade et d'un jaune d'œuf bien cuits sous la cendre. Il employait ce spécifique pour guérir toute espèce de plaie ou de maladie. Vous concevez aisément que cette médecine était aussi dérisoire que le culte dont il se faisait le ministre; et il est probable que le petit nombre de cures qu'elle opérait par hasard n'eût point suffi pour conserver à l'obi la confiance des noirs, s'il n'eût joint des jongleries à ses drogues et s'il n'eût cherché à agir d'autant plus sur l'imagination des nègres qu'il agissait moins sur leurs maux. Ainsi, tantôt il se bornait à toucher leurs blessures en faisant quelques signes mystiques; d'autres fois, usant habilement de ce reste d'anciennes superstitions qu'ils mêlaient à leur catholicisme de fraîche date, il mettait dans les plaies une petite pierre fétiche enveloppée de charpie, et le malade attribuait à la pierre les bienfaisants effets de la charpie. Si l'on venait lui annoncer que tel blessé, soigné par lui, était mort de sa blessure, et peut-être de son pansement : — Je l'avais prévu, répondait-il d'une voix solennelle. C'était un traître : dans l'incendie de telle habitation, il avait sauvé un blanc. Sa mort est un châtiment! — Et la foule de rebelles ébahis applaudissait, de plus en plus ulcérée dans ses sentiments de haine et de vengeance. Le charlatan employa,

(1) Eau-de-vie.

Jean Biassou.

entre autres, un moyen de guérison dont la singularité me frappa. C'était pour un des chefs noirs, assez dangereusement blessé dans le dernier combat. Il examina longtemps la plaie, la pansa de son mieux, puis, montant à l'autel : — Tout cela n'est rien, dit-il. Alors il déchira trois ou quatre feuillets du missel, les brûla à la flamme des flambeaux dérobés à l'église de l'Acul, et, mêlant la cendre de ce papier consacré à quelques gouttes de vin versées dans le calice : Buvez, dit-il au blessé, ceci est la guérison (1). — L'autre but stupidement, fixant des yeux pleins de confiance sur le jongleur, qui avait les mains levées sur lui, comme pour appeler les bénédictions du ciel; et peut-être la conviction qu'il était guéri contribua-t-elle à le guérir.

XXXI

Une autre scène, dont l'obi voilé était encore le principal acteur, succéda à celle-ci : le médecin avait remplacé le prêtre, le sorcier remplaça le médecin. — ***Hombres, escuchate*** (1) ! s'écria l'obi, sautant avec une incroyable agilité sur l'autel improvisé, où il tomba assis, les jambes repliées dans son jupon bariolé; ***escuchate, hombres!*** Que ceux qui voudront lire au livre du destin le mot de leur vie s'approchent, je leur dirai : ***Hé estudiado la ciencia de los Gitanos*** (2). Une foule de noirs et de mulâtres s'avancèrent précipitamment. — L'un après l'autre ! dit l'obi, dont la voix sourde et intérieure reprenait quelquefois cet accent criard qui me frappait comme un souvenir; si vous venez tous ensemble, vous entrerez tous ensemble au tombeau. — Ils s'arrêtèrent. En ce moment, un homme de couleur, vêtu d'une veste et d'un pantalon blancs, coiffé d'un madras, à la manière des riches colons, arriva près de Biassou. La consternation était peinte sur sa figure. —

(1) Ce remède est encore assez fréquemment pratiqué en Afrique, notamment par les Maures de Tripoli, qui jettent souvent dans leurs breuvages la cendre d'une page du livre de Mahomet; cela compose un philtre auquel ils attribuent des vertus souveraines. Un voyageur anglais, je ne sais plus lequel, appelle ce breuvage *une infusion d'Alcoran*.

(1) Hommes, écoutez ! Le sens que les Espagnols attachent au mot *hombre*, dans ce cas, ne peut se traduire. C'est plus qu'*homme*, et moins qu'*ami*.

(2) J'ai étudié la science des Egyptiens.

Eh bien! dit le *généralissime* à voix basse, qu'est-ce, qu'avez-vous, Rigaud? — C'était le chef mulâtre du rassemblement des Cayes, depuis connu sous le nom de *général Rigaud*, homme rusé sous des dehors candides, cruel sous un air de douceur. Je l'examinai avec attention. — Général, répondit Rigaud (et il parlait très-bas; mais j'étais placé près de Biassou, et j'entendais), il y a là, aux limites du camp, un émissaire de Jean-François. Bouckmann vient d'être tué dans un engagement avec monsieur de Touzard, et les blancs ont dû exposer sa tête comme un trophée dans leur ville. — N'est-ce que cela? dit Biassou; et ses yeux brillaient de la secrète joie de voir diminuer le nombre des chefs, et, par conséquent, croître son importance. — L'émissaire de Jean-François a en outre un message à vous remettre. — C'est bon, reprit Biassou. Quittez cette mine de déterré, mon cher Rigaud. — Mais, objecta Rigaud, ne craignez-vous pas, général, l'effet de la mort de Bouckmann sur votre armée? — Vous n'êtes pas si simple que vous le paraissez, Rigaud, répliqua le chef; vous allez juger Biassou. Faites retarder seulement d'un quart d'heure l'admission du messager.

Alors il s'approcha de l'obi, qui, durant ce dialogue, entendu de moi seul, avait commencé son office de devin, interrogeant les nègres émerveillés, examinant les signes de leurs fronts et de leurs mains, et leur distribuant plus ou moins de bonheur à venir, suivant le son, la couleur et la grosseur de la pièce de monnaie jetée par chaque nègre à ses pieds dans une patène d'argent doré. Biassou lui dit quelques mots à l'oreille. Le sorcier, sans s'interrompre, continua ses opérations métoposcopiques.

« Celui, disait-il, qui porte au milieu du front, sur la « ride du soleil, une petite figure carrée ou un triangle, « fera une grande fortune sans peine et sans travaux.

« La figure de trois *S* rapprochés, en quelque endroit « du front qu'ils se trouvent, est un signe bien funeste : « celui qui porte ce signe se noiera infailliblement, s'il n'é- « vite l'eau avec le plus grand soin.

« Quatre lignes partant du nez, et se recourbant deux à « deux sur le front, au-dessus des yeux, annoncent qu'on « sera un jour prisonnnier de guerre et qu'on gémira « captif aux mains de l'étranger. »

Ici l'obi fit une pause. — Compagnons, ajouta-t-il gravement, j'avais observé ce signe sur le front de Bug-Jargal, chef des braves du Morne-Rouge.

Ces paroles, qui me confirmaient encore la prise de Bug-Jargal, furent suivies des lamentations d'une horde qui ne se composait que de noirs, et dont les chefs portaient des caleçons écarlates : c'était la bande du Morne-Rouge. Cependant l'obi recommençait : « Si vous avez dans la partie « droite du front, sur la ligne de la lune, quelque figure « qui ressemble à une fourche, craignez de demeurer oisif « ou de trop rechercher la débauche.

« Un petit signe bien important, la figure arabe du « chiffre 3, sur la ligne du soleil, présage des coups de « bâton... »

Un vieux nègre espagnol-dominguois interrompit le sorcier. Il se traînait vers lui en implorant un pansement. Il avait été blessé au front, et l'un de ses yeux, arraché de son orbite, pendait tout sanglant. L'obi l'avait oublié dans sa revue médicale. Au moment où il l'aperçut, il s'écria : « Des figures rondes dans la partie droite du front, sur la « ligne de la lune, annoncent des maladies aux yeux. » — ***Hombre!*** dit-il au misérable blessé, ce signe est bien apparent sur ton front, voyons ta main. — ***Alas! exelentissimo senor***, repartit l'autre, ***mir'usted mi ojo*** (1)! — Fatras (2), répliqua l'obi avec humeur, j'ai bien besoin de voir ton œil... ta main, te dis-je!

Le malheureux livra sa main en murmurant toujours : ***Mi ojo!*** — Bon! dit le sorcier. « Si l'on trouve sur la ligne « de vie un point entouré d'un petit cercle, on sera bor- « gne, parce que cette figure annonce la perte d'un œil. » C'est cela, voici le point et le petit cercle, tu seras borgne.

— ***Ya le soy*** (3), répondit le fatras en gémissant pitoyablement. Mais l'obi, qui n'était plus chirurgien, l'avait repoussé rudement et poursuivait sans se soucier de la plainte du pauvre borgne. — *Escuchate, hombres!* « Si « les sept lignes du front sont petites, tortueuses, faible- « ment marquées, elles annoncent un homme dont la vie « sera courte.

« Celui qui aura entre les deux sourcils, sur la ligne de « la lune, la figure de deux flèches croisées, mourra dans « une bataille.

« Si la ligne de vie qui traverse la main présente une « croix à son extrémité près de la jointure, elle présage « qu'on paraîtra sur l'échafaud... » Et ici, reprit l'obi, je dois vous le dire, ***hermanos***, l'un des plus braves appuis de l'indépendance, Bouckmann, porte ces trois signes funestes.

A ces mots, tous les nègres retinrent leur haleine : leurs yeux immobiles, attachés sur le jongleur, exprimaient cette sorte d'attention qui ressemble à la stupeur. — Seulement, ajouta l'obi, je ne puis accorder ce double signe qui menace à la fois Bouckmann d'une bataille et d'un échafaud. Pourtant, mon art est infaillible.

Il s'arrêta et échangea un regard avec Biassou. Biassou dit quelques mots à l'oreille d'un de ses aides de camp, qui sortit sur-le-champ de la grotte. « Une bouche béante « et fanée, » reprit l'obi, se retournant vers son auditoire avec son accent malicieux et goguenard, « une attitude « insipide, les bras pendants, et la main gauche tournée « en dehors sans qu'on en devine le motif, annoncent la « stupidité naturelle, la nullité, le vide, une curiosité hé- « bétée. »

Biassou ricanait. — En cet instant l'aide de camp revint; il amenait un nègre couvert de fange et de poussière, dont les pieds, déchirés par les ronces et les cailloux, prouvaient qu'il avait fait une longue course. C'était le messager annoncé par Rigaud. Il tenait d'une main un paquet cacheté, de l'autre un parchemin déployé qui portait un sceau dont l'empreinte figurait un cœur enflammé. Au milieu était un chiffre formé de lettres caractéristiques ***M*** et ***N*** entrelacées, pour désigner sans doute la réunion des mulâtres libres et des nègres esclaves. A côté de ce chiffre, je lus cette légende : « Le préjugé vaincu, la verge de fer brisée; *vive le roi!* » Ce parchemin était un passe-port délivré par Jean-François. L'émissaire le présenta à Biassou, et, après s'être incliné jusqu'à terre, lui remit le papier cacheté. Le généralissime l'ouvrit vivement, parcourut les dépêches qu'il renfermait, en mit une dans la poche de sa veste, et, froissant l'autre dans ses mains, s'écria d'un air désolé : — Gens du roi!... Les nègres saluèrent profondément. — Gens du roi! voilà ce que mande à Jean Biassou, généralissime des pays conquis, maréchal des camps et armées de Sa Majesté catholique, Jean-François, grand amiral de France, lieutenant général des armées de Sadite Majesté, le roi des Espagnes et des Indes :

« Bouckmann, chef des cent vingt noirs de la montagne « Bleue, à la Jamaïque, reconnus indépendants par le gou- « verneur général de Belle-Combe, Bouckmann vient de « succomber dans la glorieuse lutte de la liberté et de l'hu- « manité contre le despotisme de la barbarie. Ce généreux « chef a été tué dans un engagement avec les brigands « blancs de l'infâme Touzard. Les monstres ont coupé sa « tête, et ont annoncé qu'ils allaient l'exposer ignominieu- « sement sur un échafaud dans la place d'armes de leur « ville du Cap. — Vengeance! »

Le sombre silence du découragement succéda un moment dans l'armée à cette lecture. Mais l'obi s'était dressé debout sur l'autel, et il s'écriait en agitant sa baguette blanche avec des gestes triomphants : — Salomon, Zorobabel, Eléazar Thaleb, Cardan, Judas Bowtharicht, Averroès, Albert le Grand, Bohabdil, Jean de Hagen, Anna Baratro, Daniel Ogrumof, Rachel Flintz, Altornino! je vous rends grâces. La *ciencia* des voyants ne m'a pas trompé. ***Hijos, amigos, hermanos, muchachos, mozos, madres, y vosotros todos qui me escuchais aqui*** (1), qu'avais-je prédit? *¿qué habia dicho?* Les signes du front de Bouckmann

(1) Hélas! très-excellent seigneur, regardez mon œil.
(2) Nom sous lequel on désignait un vieux nègre hors de service.
(3) Je le suis déjà.

(1) Fils, amis, frères, garçons, enfants, mères, et vous tous qui m'écoutez ici.

m'avaient annoncé qu'il vivrait peu, et qu'il mourrait dans un combat; les lignes de sa main, qu'il paraîtrait sur un échafaud. Les révélations de mon art se réalisent fidèlement, et les événements s'arrangent d'eux-mêmes pour exécuter jusqu'aux circonstances que nous ne pouvions concilier, la mort sur le champ de bataille et l'échafaud! Frères, admirez!

Le découragement des noirs s'était changé, durant ce discours, en une sorte d'effroi merveilleux. Ils écoutaient l'obi avec une confiance mêlée de terreur; celui-ci, enivré de lui-même, se promenait de long en large sur la caisse de sucre, dont la surface offrait assez d'espace pour que ses petits pas pussent s'y déployer fort à l'aise. Biassou ricanait. Il adressa la parole à l'obi. — Monsieur le chapelain, puisque vous savez les choses à venir, il nous plairait que vous voulussiez bien lire ce qu'il adviendra de notre fortune, à nous Jean Biassou, *mariscal de campo.*

L'obi, s'arrêtant fièrement sur l'autel grotesque où la crédulité des noirs le divinisait, dit au *mariscal de campo: Venga vuestra merced* (1)! En ce moment l'obi était l'homme important de l'armée. Le pouvoir militaire céda devant le pouvoir sacerdotal. Biassou s'approcha. On lisait dans ses yeux quelque dépit. — Votre main, général, dit l'obi en se baissant pour la saisir. *Empezo* (2)! — La *ligne de la jointure*, également marquée dans toute sa longueur, vous promet des richesses et du bonheur. — La *ligne de vie*, longue, marquée, vous présage une vie exempte de maux, une verte vieillesse; étroite, elle désigne votre sagesse, votre esprit ingénieux, la *generosidad* de votre cœur; enfin, j'y vois ce que les *chiromancos* appellent le plus heureux de tous les signes, une foule de petites rides qui lui donnent la forme d'un arbre chargé de rameaux et qui s'élèvent vers le haut de la main; c'est le pronostic assuré de l'opulence et des grandeurs. — La *ligne de santé*, très-longue, confirme les indices de la ligne de vie; elle indique aussi le courage; recourbée vers le petit doigt, elle forme une sorte de crochet. Général, c'est le signe d'une sévérité utile. A ce mot, l'œil brillant du petit obi se fixa sur moi à travers les ouvertures de son voile, et je remarquai encore une fois un accent connu, caché en quelque sorte sous la gravité habituelle de sa voix. Il continuait avec la même intention de geste et d'intonation.

—... Chargée de petits cercles, la *ligne de santé* vous annonce un grand nombre d'exécutions nécessaires que vous devrez ordonner. Elle s'interrompt vers le milieu pour former un demi-cercle : signe que vous serez exposé à de grands périls avec les bêtes féroces, c'est-à-dire avec les blancs, si vous ne les exterminez. La *ligne de fortune*, entourée, comme la ligne de vie, de petits rameaux qui s'élèvent vers le haut de la main, confirme l'avenir de puissance et de suprématie auquel vous êtes appelé; droite et déliée dans sa partie supérieure, elle annonce le talent de gouverner. — La cinquième ligne, celle du *triangle*, prolongée jusque vers la racine du doigt du milieu, vous promet le plus heureux succès dans toute entreprise. — Voyons les doigts. — Le pouce, traversé dans sa longueur de petites lignes qui vont de l'ongle à la jointure, vous promet un grand héritage : celui de la gloire de Bouckmann sans doute! ajouta l'obi d'une voix haute. — La petite éminence qui forme la racine de l'index est chargée de petites rides doucement marquées : honneurs et dignités! — Le doigt du milieu n'annonce rien. — Votre doigt annulaire est sillonné de lignes croisées les unes sur les autres : vous vaincrez tous vos ennemis, vous dominerez tous vos rivaux! Ces lignes forment des croix de Saint-André : signe de génie et de croyance! — La jointure qui unit le petit doigt à la main offre des rides tortueuses : la fortune vous comblera de faveurs. J'y vois encore la figure d'un cercle : présage à ajouter aux autres, qui vous annonce puissance et dignités!

« Heureux, dit Eléazar Thaleb, celui qui porte tous ces « signes! le destin est chargé de sa prospérité, et son étoile « lui amènera le génie qui donne la gloire. » — Maintenant, général, laissez-moi interroger votre front. — « Ce« lui, dit Rachel Flintz la bohémienne, qui porte au mi« lieu du front sur la ride du soleil une petite figure carrée « ou un triangle, fera une grande fortune... » La voici, bien prononcée. « Si ce signe est à droite, il promet une « importante succession... » Toujours celle de Bouckmann! « Le signe d'un fer à cheval entre les deux sour« cils, au-dessus de la ride de la lune, annonce qu'on saura « se venger de l'injure et de la tyrannie. » Je porte ce signe; vous le portez aussi...

La manière dont l'obi prononça les mots, *je porte ce signe*, me frappa encore. — On le remarque, ajouta-t-il du même ton, chez les braves qui savent méditer une révolte courageuse et briser la servitude dans un combat. La griffe de lion que vous avez empreinte au-dessous du sourcil prouve votre brillant courage. Enfin, général Jean Biassou, votre front présente le plus éclatant de tous les signes de prospérité : c'est une combinaison de lignes qui forment la lettre *M*, la première du nom de la Vierge. En quelque partie du front, sur quelque ride que cette figure paraisse, elle annonce le génie, la gloire et la puissance. Celui qui la porte fera toujours triompher la cause qu'il embrassera; ceux dont il sera le chef n'auront jamais à regretter aucune perte : il vaudra à lui seul tous les défenseurs de son parti. Vous êtes cet élu du destin! — *Gratias*, monsieur le chapelain, dit Biassou, se préparant à retourner à son trône d'acajou. — Attendez, général, reprit l'obi, j'oubliais encore un signe. La ligne du soleil, fortement prononcée sur votre front, prouve du savoir-vivre, le désir de faire des heureux, beaucoup de libéralité, et un penchant à la magnificence.

Biassou parut comprendre que l'oubli venait plutôt de sa part que de celle de l'obi. Il tira de sa poche une bourse assez lourde et la jeta dans le plat d'argent, pour ne pas faire mentir la *ligne du soleil.* Cependant l'éblouissant horoscope du chef avait produit son effet dans l'armée. Tous les rebelles, sur lesquels la parole de l'obi était devenue plus puissante que jamais depuis les nouvelles de la mort de Bouckmann, passèrent du découragement à l'enthousiasme, et, se confiant aveuglément à leur sorcier infaillible et à leur général prédestiné, se mirent à hurler à l'envi : *Vive l'obi! vive Biassou!* L'obi et Biassou se regardèrent, et je crus entendre le rire étouffé de l'obi répondant au ricanement du généralissime. Je ne sais pourquoi cet obi tourmentait ma pensée; il me semblait que j'avais déjà vu ou entendu ailleurs quelque chose qui ressemblait à cet être singulier. Je voulus le faire parler. — Monsieur l'obi, *señor cura, doctor médico*, monsieur le chapelain, *bon per!* lui dis-je. Il se retourna brusquement. — Il y a encore ici quelqu'un dont vous n'avez point tiré l'horoscope : c'est moi. Il croisa ses bras sur le soleil d'argent qui couvrait sa poitrine velue, et ne me répondit pas. Je repris : — Je voudrais bien savoir ce que vous augurez de mon avenir; mais vos honnêtes camarades m'ont enlevé ma montre et ma bourse, et vous n'êtes pas sorcier à prophétiser *gratis.*

Il s'avança précipitamment jusqu'auprès de moi, et me dit sourdement à l'oreille : — Tu te trompes! Voyons ta main. Je la lui présentai en le regardant en face. Ses yeux étincelaient; il parut examiner ma main.

— « Si la ligne de vie, me dit-il, est coupée vers le mi« lieu par deux petites lignes transversales et bien appa« rentes, c'est le signe d'une mort prochaine. » Ta mort est prochaine!

« Si la ligne de santé ne se trouve pas au milieu de la « main, et qu'il n'y ait que la ligne de vie et la ligne de « fortune réunies à leur origine de manière à former un « angle, on ne doit pas s'attendre, avec ce signe, à une « mort naturelle... » Ne t'attends point à une mort naturelle!

« Si le dessous de l'index est traversé d'une ligne dans « toute sa longueur, on mourra de mort violente... » Entends-tu? prépare-toi à une mort violente!

Il y avait quelque chose de joyeux dans cette voix sepulcrale qui annonçait la mort; je l'écoutai avec indifférence et mépris. — Sorcier, lui dis-je avec un sourire de dédain, tu es habile, tu pronostiques à coup sûr. Il se rapprocha

(1) Vienne votre grâce!
(2) Je commence.

encore de moi. — Tu doutes de ma science! eh bien! écoute encore : « La rupture de la ligne du soleil sur ton « front m'annonce que tu prends un ennemi pour un ami, « et un ami pour un ennemi... »

Le sens de ces paroles semblait concerner ce perfide Pierrot, que j'aimais et qui m'avait trahi, ce fidèle Habibrah, que je haïssais, et dont les vêtements ensanglantés attestaient la mort courageuse et dévouée. — Que veux-tu dire? m'écriai-je... — Écoute jusqu'au bout, poursuivit l'obi. Je t'ai dit de l'avenir, voici du passé : « La ligne de « la lune est légèrement courbée sur ton front;... » cela signifie que ta femme t'a été enlevée... Je tressaillis; je voulais m'élancer de mon siége; mes gardiens me retinrent. — Tu n'es pas patient, reprit le sorcier; écoute donc jusqu'à la fin. « La petite croix qui coupe l'extrémité de cette « courbure complète l'éclaircissement. » Ta femme t'a été enlevée la nuit même de tes noces... — Misérable, m'écriai-je, tu sais où elle est! Qui es-tu? — Je tentai encore de me délivrer et de lui arracher son voile; mais il fallut céder au nombre et à la force, et je vis avec rage le mystérieux obi s'éloigner en me disant : — Me crois-tu maintenant? Prépare-toi à ta mort prochaine!

XXXII

Il fallut, pour me distraire un moment des perplexités où m'avait jeté cette scène étrange, le nouveau drame qui succéda sous mes yeux à la comédie ridicule que Biassou et l'obi venaient de jouer devant leur bande ébahie.

Biassou s'était replacé sur son siége d'acajou, l'obi s'était assis à sa droite, Rigaud à sa gauche, sur les deux carreaux qui accompagnaient le trône du chef. L'obi, les bras croisés sur la poitrine, paraissait absorbé dans une profonde contemplation; Biassou et Rigaud mâchaient du tabac, et un aide de camp était venu demander au *mariscal de campo* s'il fallait faire défiler l'armée, quand trois groupes tumultueux de noirs arrivèrent ensemble à l'entrée de la grotte avec des clameurs furieuses. Chacun de ces attroupements amenait un prisonnier qu'ils voulaient remettre à la disposition de Biassou, moins pour savoir s'il lui conviendrait de leur faire grâce, que pour connaître son bon plaisir sur le genre de mort que les malheureux devaient endurer. Leurs cris sinistres ne l'annonçaient que trop : — Mort! mort! ***Muerte! muerte!*** — ***Death! death!*** criaient quelques nègres anglais, sans doute de la horde de Bouckmann, qui étaient déjà venus rejoindre les noirs espagnols et français de Biassou. Le *mariscal de campo* leur imposa silence d'un signe de main, et fit avancer les trois captifs sur le seuil de la grotte. J'en reconnus deux avec surprise; l'un était ce *citoyen-général* C***, ce philanthrope correspondant de tous les négrophiles du globe, qui avait émis un avis si cruel pour les esclaves dans le conseil, chez le gouverneur; l'autre était le planteur équivoque qui avait tant de répugnance pour les mulâtres, au nombre desquels les blancs le comptaient. Le troisième paraissait appartenir à la classe des ***petits blancs;*** il portait un tablier de cuir, et avait les manches retroussées au-dessus du coude. Tous trois avaient été surpris séparément, cherchant à se cacher dans les montagnes. Le petit blanc fut interrogé le premier. — Qui es-tu, toi? lui dit Biassou. — Je suis Jacques Belin, charpentier de l'hôpital des Pères, au Cap. Une surprise mêlée de honte se peignit dans les yeux du ***généralissime des pays conquis.*** — Jacques Belin! dit-il en se mordant les lèvres. — Oui, reprit le charpentier; est-ce que tu ne me reconnais pas? — Commence, toi, dit le ***mariscal de campo***, par me reconnaître et me saluer. — Je ne salue pas mon esclave! répondit le charpentier. — Ton esclave, misérable! s'écria le ***généralissime.*** — Oui, répliqua le charpentier, oui, je suis ton premier maître. Tu feins de me méconnaître; mais souviens-toi, Jean Biassou, je t'ai vendu treize piastres-gourdes à un marchand dominguois. Un violent dépit contracta tous les traits de Biassou. — Eh quoi! poursuivit le petit blanc, tu parais honteux de m'avoir servi! Est-ce que Jean Biassou ne doit pas s'honorer d'avoir appartenu à Jacques Belin? Ta propre mère, la vieille folle! a bien souvent balayé mon échoppe; mais à présent je l'ai vendue à monsieur le majordome de l'hôpital des Pères; elle est si décrépite, qu'il ne m'en a voulu donner que trente-deux livres, et six sous pour l'appoint. Voilà cependant ton histoire et la sienne; mais il paraît que vous êtes devenus fiers, vous autres nègres et mulâtres, et que tu as oublié le temps où tu servais, à genoux, maître Jacques Belin, charpentier au Cap. Biassou l'avait écouté avec ce ricanement féroce qui lui donnait l'air d'un tigre. — Bien! dit-il. Alors il se tourna vers les nègres qui avaient amené maître Belin : — Emportez deux chevalets, deux planches et une scie, et emmenez cet homme. — Jacques Belin, charpentier au Cap, remercie-moi, je te procure une mort de charpentier. Son rire acheva d'expliquer de quel horrible supplice allait être puni l'orgueil de son ancien maître. Je frissonnai; mais Jacques Belin ne fronça pas le sourcil; il se tourna fièrement vers Biassou : — Oui, dit-il, je dois te remercier, car je t'ai vendu pour le prix de treize piastres, et tu m'as rapporté certainement plus que tu ne vaux. On l'entraîna.

XXXIII

Les deux autres prisonniers avaient assisté plus morts que vifs à ce prologue effrayant de leur propre tragédie. Leur attitude humble et effrayée contrastait avec la fermeté un peu fanfaronne du charpentier : ils tremblaient de tous leurs membres. Biassou les considéra l'un après l'autre avec son air de renard; puis, se plaisant à prolonger leur agonie, il entama avec Rigaud une conversation sur les différentes espèces de tabac, affirmant que le tabac de la Havane n'était bon qu'à fumer en cigares, et qu'il ne connaissait pas pour priser de meilleur tabac d'Espagne que celui dont feu Bouckmann lui avait envoyé deux barils, pris chez monsieur Lebattu, propriétaire de l'île de la Tortue. Puis, s'adressant brusquement au citoyen général C*** : — Qu'en penses-tu? lui dit-il.

Cette apostrophe inattendue fit chanceler le citoyen. Il répondit en balbutiant : — Je m'en rapporte, général, à l'opinion de Votre Excellence... — Propos de flatteur! répliqua Biassou. Je te demande ton avis et non le mien. Est-ce que tu connais un tabac meilleur à prendre en prise que celui de monsieur Lebattu? — Non, vraiment, monseigneur, dit C***, dont le trouble amusait Biassou. — ***Général! excellence! monseigneur!*** reprit le chef d'un air impatienté; tu es un aristocrate! — Oh! vraiment non! s'écria le citoyen général; je suis bon patriote de 91 et fervent négrophile... — ***Négrophile***, interrompit le généralissime; qu'est-ce que c'est qu'un négrophile?... — C'est un ami des noirs, balbutia le citoyen. — Il ne suffit pas d'être ami des noirs, repartit sévèrement Biassou, il faut l'être aussi des hommes de couleur.

Je crois avoir dit que Biassou était sacatra. — Des hommes de couleur, c'est ce que je voulais dire, répondit humblement le négrophile. Je suis lié avec tous les plus fameux partisans des nègres et des mulâtres...

Biassou, heureux d'humilier un blanc, l'interrompit encore : — ***Nègres*** et ***mulâtres!*** qu'est-ce que cela veut dire? Viens-tu ici nous insulter avec ces noms odieux, inventés par le mépris des blancs? Il n'y a ici que des hommes de couleur et des noirs, entendez-vous, monsieur le colon? — C'est une mauvaise habitude contractée dès l'enfance, reprit C***; pardonnez-moi, je n'ai point eu l'intention de vous offenser, monseigneur... — Laisse-là ton ***monseigneur;*** je te répète que je n'aime point ces façons d'aristocrates.

C*** voulut encore s'excuser; il se mit à bégayer une nouvelle explication : — Si vous me connaissiez, citoyen... — Citoyen! pour qui me prends-tu? s'écria Biassou avec colère. Je déteste ce jargon des jacobins. Est-ce que tu serais un jacobin, par hasard? songe que tu parles au généralissime des gens du roi! ***Citoyen!***..... l'insolent!

Le pauvre négrophile ne savait plus sur quel ton parler à cet homme, qui repoussait également les titres de ***monseigneur*** et de ***citoyen***, le langage des aristocrates et celui des patriotes; il était atterré. Biassou, dont la colère n'était que simulée, jouissait cruellement de son embarras. — Hélas! dit enfin le citoyen général, vous me jugez bien mal, noble défenseur des droits imprescriptibles de la moitié du genre humain...

Dans l'embarras de donner une qualification quelconque à ce chef qui paraissait les refuser toutes, il avait eu recours à l'une de ces périphrases sonores que les révolutionnaires substituent volontiers au nom et au titre de la personne qu'ils haranguent.

Biassou le regarda fixement et lui dit : — Tu aimes donc les noirs et les sang-mêlés? — Si je les aime! s'écria le citoyen C*** ; je corresponds avec Brissot et...

Biassou l'interrompit en ricanant. — Ah! ah! je suis charmé de voir en toi un ami de notre cause. En ce cas, tu dois détester les misérables colons qui ont puni notre juste insurrection par les plus cruels supplices; tu dois penser avec nous que ce ne sont pas les noirs, mais les blancs, qui sont les véritables rebelles, puisqu'ils se révoltent contre la nature et l'humanité : tu dois exécrer ces monstres! — Je les exècre! répondit C***. — Eh bien! poursuivit Biassou, que penserais-tu d'un homme qui aurait, pour étouffer les dernières tentatives des esclaves, planté cinquante têtes de noirs des deux côtés de l'avenue de son habitation?

La pâleur de C*** devint effrayante. — Que penserais-tu d'un blanc qui aurait proposé de ceindre la ville du Cap d'un cordon de têtes d'esclaves?... — Grâce! grâce! dit le citoyen-général terrifié. — Est-ce que je te menace? reprit froidement Biassou. Laisse-moi achever... D'un cordon de têtes qui environnât la ville du fort Picolet au cap Caracol! Que penserais-tu de cela, hein? réponds!

Le mot de Biassou, ***Est-ce que je te menace?*** avait rendu quelque espérance à C***; il songea que peut-être le chef savait ces horreurs sans en connaître l'auteur, et répondit avec quelque fermeté pour prévenir toute présomption qui lui fût contraire : — Je pense que ce sont des crimes atroces. Biassou ricanait. — Bon! Et quel châtiment infligerais-tu au coupable? Ici le malheureux C*** hésita. — Eh bien! reprit Biassou, es-tu l'ami des noirs ou non?

Des deux alternatives, le négrophile choisit la moins menaçante; et, ne remarquant rien d'hostile pour lui-même dans les yeux de Biassou, il dit d'une voix faible : — Le coupable mérite la mort. — Fort bien répondu, dit tranquillement Biassou en jetant le tabac qu'il mâchait.

Cependant son air d'indifférence avait rendu quelque assurance au pauvre négrophile; il fit un effort pour écarter tous les supçons qui pouvaient peser sur lui : — Personne, s'écria-t-il, n'a fait de vœux plus ardents que les miens pour le triomphe de votre cause. Je corresponds avec Brissot et Pruneau de Pomme-Gouge, en France; Magaw, en Amérique; Peter Paulus, en Hollande; l'abbé Tamburini, en Italie..... Il continuait d'étaler complaisamment cette litanie philanthropique, qu'il récitait volontiers, et qu'il avait notamment débitée en d'autres circonstances et dans un autre but chez monsieur de Blanchelande, quand Biassou l'arrêta. — Eh! que me font à moi tous tes correspondants! Indique-moi seulement où sont tes magasins, tes dépôts : mon armée a besoin de munitions. Tes plantations sont sans doute riches, ta maison de commerce doit être forte, puisque tu corresponds avec tous les négociants du monde.

Le citoyen C*** hasarda une observation timide. — Héros de l'humanité, ce ne sont point des négociants, ce sont des philosophes, des philanthropes, des négrophiles. — Allons, dit Biassou en hochant la tête, le voilà revenu à ses diables de mots inintelligibles! Eh bien! si tu n'as ni dépôts ni magasins à piller, à quoi donc es-tu bon?

Cette question présentait une lueur d'espoir que C*** saisit avidement. — Illustre guerrier, répondit-il, avez-vous un économiste dans votre armée? — Qu'est-ce encore que cela? demanda le chef. — C'est, dit le prisonnier avec autant d'emphase que sa crainte le lui permettait, c'est un homme nécessaire par excellence, celui qui seul apprécie, suivant leurs valeurs respectives, les ressources matérielles d'un empire, qui les échelonne dans l'ordre de leur importance, les classe suivant leur valeur, les bonifie et les améliore en combinant leurs sources et leurs résultats, et les distribue à propos, comme autant de ruisseaux fécondateurs, dans le grand fleuve de l'utilité générale, qui vient grossir à son tour la mer de la prospérité publique.

— *Caramba!* dit Biassou en se penchant vers l'obi. Que diantre veut-il dire avec ses mots, enfilés les uns aux autres comme les grains de votre chapelet?

L'obi haussa les épaules en signe d'ignorance et de dédain. Cependant le citoyen C*** continuait : — «.. J'ai étudié, daignez m'entendre, vaillant chef des braves régénérateurs de Saint-Domingue, j'ai étudié les grands économistes, Turgot, Raynal et Mirabeau, l'ami des hommes! J'ai mis leur théorie en pratique. Je sais la science indispensable au gouvernement des royaumes et des Etats quelconques... — L'économiste n'est pas économe de paroles! dit Rigaud avec son sourire doux et goguenard.

Biassou s'était écrié : —Dis-moi donc, bavard! est-ce que j'ai des royaumes et des Etats à gouverner? — Pas encore, grand homme, repartit C***, mais cela peut venir; et d'ailleurs ma science descend, sans déroger, à des détails utiles pour la gestion d'une armée. Le généralissime l'arrêta encore brusquement. — Je ne gère pas mon armée, monsieur le planteur, je la commande. — Fort bien, observa le citoyen; vous serez le général, je serai l'intendant. J'ai des connaissances spéciales pour la multiplication des bestiaux... — Crois-tu que nous élevons les bestiaux? dit Biassou en ricanant : nous les mangeons. Quand le bétail de la colonie française me manquera, je passerai les mornes de la frontière et j'irai prendre les bœufs et les moutons espagnols qu'on élève dans les hattes des grandes plaines de Cotuy, de la Vega, de Saint-Jago et sur les bords de la Yuna; j'irai encore chercher, s'il le faut, ceux qui paissent dans la presqu'île de Samana et aux revers de la montagne de Cibos, à partir des bouches du Neybe jusqu'au delà de Santo-Domingo. D'ailleurs, je serai charmé de punir ces damnés planteurs espagnols; ce sont eux qui ont livré Ogé! Tu vois que je ne suis pas embarrassé du défaut de vivres, et que je n'ai pas besoin de ta science *nécessaire par excellence!*

Cette vigoureuse déclaration déconcerta le pauvre économiste; il essaya pourtant encore une dernière planche de salut. — Mes études ne se sont pas bornées à l'éducation du bétail. J'ai d'autres connaissances spéciales qui peuvent vous être fort utiles. Je vous indiquerai les moyens d'exploiter la braie et les mines de charbon de terre. — Que m'importe! dit Biassou. Quand j'ai besoin de charbon, je brûle trois lieues de forêts. — Je vous enseignerai à quel emploi est propre chaque espèce de bois, poursuivit le prisonnier; le chicaron et le sabiecca pour les quilles de navire; les yabas pour les courbes; les tocumas (1) pour les membrures; les hacamas, les gaïacs, les cèdres, les acomas... — ***Que te lleven todos los demonios de los diez y siete infiernos*** (2)! s'écria Biassou impatienté. — Plait-il, mon gracieux patron? dit l'économiste tout tremblant, et qui n'entendait pas l'espagnol. — Ecoute, reprit Biassou, je n'ai pas besoin de vaisseaux. Il n'y a qu'un emploi vacant dans ma suite; ce n'est pas la place de *mayor-domo*, c'est la place de valet de chambre. Vois, *señor filosofo*, si elle te convient. Tu me serviras à genoux; tu m'apporteras la pipe, le calalou (3) et la soupe de tortue; et tu porteras derrière moi un éventail de plumes de paon ou de perroquet, comme ces deux pages que tu vois. Hum! réponds : veux-tu être mon valet de chambre?

Le citoyen C***, qui ne songeait qu'à sauver sa vie, se courba jusqu'à terre avec mille démonstrations de joie et de reconnaissance. — Tu acceptes donc? demanda Biassou. — Pouvez-vous douter, mon généreux maître, que j'hésite un moment devant une si insigne faveur que celle de servir votre personne?

A cette réponse, le ricanement diabolique de Biassou devint éclatant. Il croisa les bras, se leva d'un air de triomphe, et, repoussant du pied la tête du blanc prosterné devant lui, il s'écria d'une voix haute : — J'étais bien aise d'éprouver jusqu'où peut aller la lâcheté des blancs, après avoir vu jusqu'où peut aller leur cruauté! Citoyen C***, c'est à toi que je dois ce double exemple. Je te connais! comment as-tu été assez stupide pour ne pas t'en aperce-

(1) Néfliers.
(2) Que puissent t'emporter tous les démons des dix-sept enfers.
(3) Ragoût créole.

voir? C'est toi qui as présidé aux supplices de juin, de juillet et d'août; c'est toi qui as fait planter cinquante têtes de noirs des deux côtés de ton avenue, en place de palmiers; c'est toi qui voulais égorger les cinq cents nègres restés dans les fers après la révolte, et ceindre la ville du Cap d'un cordon de têtes d'esclaves, du fort Picolet à la pointe de Caracol. Tu aurais fait, si tu l'avais pu, un trophée de ma tête : maintenant tu t'estimerais heureux que je voulusse de toi pour valet de chambre. Non! non! j'ai plus de soin de ton honneur que toi-même; je ne te ferai pas cet affront. Prépare-toi à mourir!

Il fit un geste, et les noirs déposèrent auprès de moi le malheureux négrophile, qui, sans pouvoir prononcer une parole, était tombé à ses pieds comme foudroyé.

XXXIV

— A ton tour à présent! dit le chef en se tournant vers le dernier des prisonniers, le colon soupçonné par les blancs d'être sang-mêlé, et qui m'avait envoyé un cartel pour cette injure. Une clameur générale des rebelles étouffa la réponse du colon. — *Muerte! muerte!* Mort! *Death! Touyé! touyé!* s'écriaient-ils en grinçant les dents et en montrant les poings au malheureux captif.

— Général, dit un mulâtre qui s'exprimait plus clairement que les autres, c'est un blanc; il faut qu'il meure!

Le pauvre planteur, à force de gestes et de cris, parvint à faire entendre quelques paroles : — Non, non, monsieur le général! non, mes frères, je ne suis pas un blanc! C'est une abominable calomnie! Je suis un mulâtre, un sang-mêlé comme vous, fils d'une négresse comme vos mères et vos sœurs! — Il ment! disaient les nègres furieux. C'est un blanc. Il a toujours détesté les noirs et les hommes de couleur. — Jamais! reprenait le prisonnier. Ce sont les blancs que je déteste. Je suis un de vos frères. J'ai toujours dit avec vous : *Nègre cé blan, blan cé nègre* (1). — Point! point! criait la multitude : *touyé blan, touyé blan* (2)! Le malheureux répétait en se lamentant misérablement : — Je suis un mulâtre! je suis un des vôtres. — La preuve? dit froidement Biassou. — La preuve, répondit l'autre dans son égarement, c'est que les blancs m'ont toujours méprisé. — Cela peut être vrai, répliqua Biassou; mais tu es un insolent. Un jeune sang-mêlé adressa vivement la parole au colon. — Les blancs te méprisaient, c'est juste; mais, en revanche, tu affectais, toi, de mépriser les sang-mêlés, parmi lesquels ils te rangeaient. On m'a même dit que tu avais provoqué en duel un blanc qui t'avait un jour reproché d'appartenir à notre caste.

Une rumeur universelle s'éleva dans la foule indignée, et les cris de mort, plus violents que jamais, couvrirent la justification du colon, qui, jetant sur moi un regard oblique de désappointement et de prière, redisait en pleurant : — C'est une calomnie! Je n'ai point d'autre gloire et d'autre bonheur que d'appartenir aux noirs. Je suis un mulâtre. — Si tu étais un mulâtre en effet, observa Rigaud paisiblement, tu ne te servirais pas de ce mot (3). — Hélas! sais-je ce que je dis? reprenait le misérable. Monsieur le général en chef, la preuve que je suis sang-mêlé, c'est ce cercle noir que vous pouvez voir autour de mes ongles (4). Biassou repoussa cette main suppliante. — Je n'ai pas la science de monsieur le chapelain, qui devine qui vous êtes à l'inspection de votre main. Mais écoute : nos soldats t'accusent, les uns d'être blanc, les autres d'être un faux frère. Si cela est, tu dois mourir. Tu soutiens que tu appartiens à notre caste, et que tu ne l'as jamais reniée. Il ne te reste qu'un moyen de prouver ce que tu avances et de te sauver. — Lequel, mon général, lequel? demanda le colon avec empressement. Je suis prêt. — Le voici, dit Biassou froidement. Prends ce stylet, et poignarde toi-même ces deux prisonniers blancs.

En parlant ainsi, il nous désignait du regard et de la main. Le colon recula d'horreur devant le stylet que Biassou lui présentait avec un sourire infernal. — Eh bien! dit le chef, tu balances! C'est pourtant l'unique moyen de me prouver, ainsi qu'à mon armée, que tu n'es pas un blanc, et que tu es des nôtres. Allons, décide-toi, tu me fais perdre mon temps. Les yeux du prisonnier étaient égarés. Il fit un pas vers le poignard, puis laissa retomber ses bras, et s'arrêta en détournant la tête. Un frémissement faisait trembler tout son corps. — Allons donc! s'écria Biassou d'un ton d'impatience et de colère. Je suis pressé. Choisis, ou de les tuer toi-même, ou de mourir avec eux. Le colon restait immobile et comme pétrifié. — Fort bien! dit Biassou en se tournant vers les nègres; il ne veut pas être le bourreau; il sera le patient. Je vois que c'est un blanc; emmenez-le, vous autres...

Les noirs s'avançaient pour saisir le colon. Ce mouvement décida son choix entre la mort à donner et la mort à recevoir. L'excès de la lâcheté a aussi son courage. Il se précipita sur le poignard que lui offrait Biassou, puis, sans se donner le temps de réfléchir à ce qu'il allait faire, le misérable se jeta comme un tigre sur le citoyen C***, qui était couché près de moi. Alors commença une horrible lutte. Le négrophile, que le dénoûment de l'interrogatoire dont l'avait tourmenté Biassou venait de plonger dans un désespoir morne et stupide, avait vu la scène entre le chef et le planteur sang-mêlé d'un œil fixe, et tellement absorbé dans la terreur de son supplice prochain, qu'il n'avait point paru la comprendre; mais, quand il vit le colon fondre sur lui et le fer briller sur sa tête, l'imminence du danger le réveilla en sursaut. Il se dressa debout et arrêta le bras du meurtrier en criant d'une voix lamentable : — Grâce! grâce! Que me voulez-vous donc? Que vous ai-je fait? — Il faut mourir, monsieur, répondit le sang-mêlé, cherchant à dégager son bras et fixant sur sa victime des yeux effarés. Laissez-moi faire, je ne vous ferai point de mal. — Mourir de votre main! disait l'économiste, pourquoi donc? Epargnez-moi! Vous m'en voulez peut-être de ce que j'ai dit autrefois que vous étiez un sang-mêlé? Mais laissez-moi la vie, je vous proteste que je vous reconnais pour un blanc. Oui, vous êtes un blanc, je le dirai partout, mais grâce...

Le négrophile avait mal choisi son moyen de défense. — Tais-toi! tais-toi! cria le sang-mêlé furieux, et craignant que les nègres n'entendissent cette déclaration. Mais l'autre hurlait, sans l'écouter, qu'il le savait blanc et de fort bonne race. Le sang-mêlé fit un dernier effort pour le réduire au silence, écarta violemment les deux mains qui le retenaient, et fouilla de son poignard à travers les vêtements du citoyen C***. L'infortuné sentit la pointe du fer, et mordit avec rage le bras qui l'enfonçait. — Monstre! scélérat! tu m'assassines! — Il jeta un regard vers Biassou. — Défendez-moi, vengeur de l'humanité!... — Mais le meurtrier appuya fortement sur le poignard, un flot de sang jaillit autour de sa main et jusqu'à son visage. Les genoux du malheureux négrophile plièrent subitement, ses bras s'affaissèrent, ses yeux s'éteignirent, sa bouche poussa un sourd gémissement. Il tomba mort.

XXXV

Cette scène, dans laquelle je m'attendais à jouer bientôt mon rôle, m'avait glacé d'horreur. Le *vengeur de l'humanité* avait contemplé la lutte de ses deux victimes d'un œil impassible. Quand ce fut fini, il se tourna vers ses pages épouvantés : — Apportez-moi d'autre tabac, dit-il, et il se remit à mâcher paisiblement. L'obi et Rigaud étaient immobiles, et les nègres paraissaient eux-mêmes effrayés de l'horrible spectacle que leur chef venait de leur donner.

Il restait cependant encore un blanc à poignarder, c'était moi; mon tour était venu. Je jetai un regard sur cet assassin, qui allait être mon bourreau. Il me fit pitié. Ses lèvres étaient violettes, ses dents claquaient; un mouve-

(1) Dicton populaire chez les nègres révoltés, dont voici la traduction littérale : « Les nègres sont les blancs, les blancs sont les nègres. » On rendrait mieux le sens en traduisant ainsi : *Les nègres sont les maîtres, les blancs sont les esclaves*.

(2) Tuez le blanc! tuez le blanc!

(3) Il faut se souvenir que les hommes de couleur rejetaient avec colère cette qualification, inventée, disaient-ils, par le mépris des blancs.

(4) Plusieurs sang-mêlés présentent en effet à l'origine des ongles ce signe, qui s'efface avec l'âge, mais renaît chez leurs enfants

ment convulsif, dont tremblaient tous ses membres, le faisait chanceler; sa main revenait sans cesse, et comme machinalement, sur son front pour en essuyer les traces de sang, et il regardait d'un air insensé le cadavre fumant étendu à ses pieds. Ses yeux hagards ne se détachaient pas de sa victime. J'attendais le moment où il achèverait sa tâche par ma mort. J'étais dans une position singulière avec cet homme : il avait déjà failli me tuer pour prouver qu'il était blanc; il allait maintenant m'assassiner pour démontrer qu'il était mulâtre. — Allons, lui dit Biassou, c'est bien, je suis content de toi, l'ami! Il jeta un coup d'œil sur moi et ajouta : — Je te fais grâce de l'autre. Va-t'en. Nous te déclarons bon frère, et nous te nommons bourreau de notre armée.

A ces paroles du chef, un nègre sortit des rangs, s'inclina trois fois devant Biassou et s'écria en son jargon, que je traduirai en français pour vous en faciliter l'intelligence : — Et moi, mon général? — Eh bien! toi, que veux-tu dire? demanda Biassou. — Est-ce que vous ne ferez rien pour moi, mon général? dit le nègre. Voilà que vous donnez de l'avancement à ce chien de blanc, qui assassine pour se faire reconnaître des nôtres. Est-ce que vous ne m'en donnerez pas aussi, à moi qui suis un bon noir?

Cette requête inattendue parut embarrasser Biassou; il se pencha vers Rigaud, et le chef du rassemblement des Cayes lui dit en français : — On ne peut le satisfaire, tâchez d'éluder sa demande. — Te donner de l'avancement? dit alors Biassou au *bon noir;* je ne demande pas mieux. Quel grade désires-tu? — Je voudrais être *oficial* (1). — Officier! reprit le généralissime; eh bien! quels sont tes titres pour obtenir l'épaulette? — C'est moi, répondit le noir avec emphase, qui ai mis le feu à l'habitation Lagoscette, dès les premiers jours d'août. C'est moi qui ai massacré monsieur Clément, le planteur, et porté la tête de son raffineur au bout d'une pique. J'ai égorgé dix femmes blanches et sept petits enfants; l'un d'entre eux a même servi d'enseigne aux braves noirs de Bouckmann. Plus tard j'ai brûlé quatre familles de colons dans une chambre du fort Galifet, que j'avais fermée à double tour avant de l'incendier. Mon père a été roué au Cap, mon frère a été pendu au Rocrou, et j'ai failli moi-même être fusillé. J'ai brûlé trois plantations de café, six plantations d'indigo, deux cents carreaux de cannes à sucre; j'ai tué mon maître, monsieur Noë, et sa mère..... — Epargne-nous tes états de services, dit Rigaud, dont la feinte mansuétude cachait une cruauté réelle, mais qui était féroce avec décence et ne pouvait souffrir le cynisme du brigandage. — Je pourrais en citer encore bien d'autres, repartit le nègre avec orgueil; mais vous trouverez sans doute que cela suffit pour mériter le grade d'*oficial* et pour porter une épaulette d'or sur ma veste, comme nos camarades que voilà.

Il montrait les aides de camp et l'état-major de Biassou. Le généralissime parut réfléchir un moment, puis il adressa gravement ces paroles au nègre : — Je serais charmé de t'accorder un grade; je suis satisfait de tes services; mais il faut encore autre chose. — Sais-tu le latin?

Le brigand ébahi ouvrit de grands yeux, et dit : — Plaît-il, mon général? — Eh bien! oui, reprit vivement Biassou, sais-tu le latin?—Le... latin?... répéta le noir stupéfait.—Oui, oui, oui, le latin! sais-tu le latin? poursuivit le rusé chef. Et, déployant un étendard sur lequel était écrit le verset du psaume : *In exitu Israël de Ægypto*, il ajouta : — Explique-nous ce que veulent dire ces mots.

Le noir, au comble de la surprise, restait immobile et muet, et froissait machinalement la pagne de son caleçon, tandis que ses yeux effarés allaient du général au drapeau et du drapeau au général. — Allons, répondras-tu? dit Biassou avec impatience.

Le noir, après s'être gratté la tête, ouvrit et ferma plusieurs fois la bouche, et laissa enfin tomber ces mots embarrassés : — Je ne sais pas ce que veut dire le général. Le visage de Biassou prit une subite expression de colère et d'indignation. —Comment! misérable drôle! s'écria-t-il, comment! tu veux être officier, et tu ne sais pas le latin!

(1) Officier.

— Mais, notre général... balbutia le nègre confus et tremblant. — Tais-toi! reprit Biassou, dont l'emportement semblait croître. Je ne sais à quoi tient que je ne te fasse fusiller sur l'heure pour ta présomption. Comprenez-vous, Rigaud, ce plaisant officier qui ne sait seulement pas le latin? Eh bien! drôle, puisque tu ne comprends point ce qui est écrit sur ce drapeau, je vais te l'expliquer : *In exitu*, tout soldat, *Israël*, qui ne sait pas le latin, *de Ægypto*, ne peut être nommé officier. — N'est-ce point cela, monsieur le chapelain?

Le petit obi fit un signe affirmatif. Biassou continua : — Ce frère, que je viens de nommer bourreau de l'armée, et dont tu es jaloux, sait le latin. Il se tourna vers le nouveau *bourreau*. — N'est-il pas vrai, l'ami? Prouvez à ce butor que vous en savez plus que lui... *Dominus vobiscum?*

Le malheureux colon sang-mêlé, arraché de sa sombre rêverie par cette voix redoutable, leva la tête, et, quoique ses esprits fussent encore tout égarés par le lâche assassinat qu'il venait de commettre, la terreur le décida à l'obéissance. Il y avait quelque chose d'étrange dans l'air dont cet homme cherchait à retrouver un souvenir de collége parmi ses pensées d'épouvante et de remords, et dans la manière lugubre dont il prononça l'explication enfantine : — *Dominus vobiscum*... cela veut dire :... « Que le Seigneur soit avec vous! » — *Et cum spiritu tuo!* ajouta solennellement le mystérieux obi. — *Amen!* dit Biassou. Puis, reprenant son accent irrité et mêlant à son courroux simulé quelques phrases de mauvais latin à la façon de Sganarelle, pour convaincre les noirs de la science de leur chef : — Rentre le dernier dans ton rang! cria-t-il au nègre ambitieux. *Sursum corda!* ne t'avise plus à l'avenir de prétendre monter au rang de tes chefs, qui savent le latin, *orate, fratres*, ou je te fais pendre! *Bonus, bona, bonum.*

Le nègre, émerveillé et terrifié tout ensemble, retourna à son rang en baissant honteusement la tête, au milieu des huées générales de tous ses camarades, qui s'indignaient de ses prétentions si mal fondées, et fixaient des yeux d'admiration sur leur docte généralissime. Il y avait un côté burlesque dans cette scène, qui acheva cependant de m'inspirer une haute idée de l'habileté de Biassou. Le moyen ridicule qu'il venait d'employer avec tant de succès (1) pour déconcerter les ambitions toujours si exigeantes dans une bande de rebelles me donnait à la fois la mesure de la stupidité des nègres et de l'adresse de leur chef.

XXXVI

Cependant l'heure de l'*almuerzo* (2) de Biassou était venue. On apporta devant le *mariscal de campo de Su Magestad católica* une grande écaille de tortue dans laquelle fumait une espèce d'*olla podrida*, abondamment assaisonnée de tranches de lard, où la chair de tortue remplaçait le *carnero* (3), et la patate les *garganzas* (4). Un énorme chou caraïbe flottait à la surface de ce *puchero*. Des deux côtés de l'écaille, qui servait à la fois de marmite et de soupière, étaient deux coupes d'écorce de coco pleines de raisins secs, de *sandias* (5), d'ignames et de figues: c'était le *postre* (6). Un pain de maïs et une outre de vin goudronné complétaient l'appareil du festin. Biassou tira de sa poche quelques gousses d'ail et en frotta lui-même le pain; puis, sans même faire enlever le cadavre palpitant couché devant ses yeux, il se mit à manger, et invita Rigaud à en faire autant. L'appétit de Biassou avait quelque chose d'effrayant. L'obi ne partagea point leur repas. Je compris que, comme tous ses pareils, il ne mangeait jamais en public, afin de faire croire aux nègres qu'il était d'une essence surnaturelle et qu'il vivait sans nourriture.

Tout en déjeunant, Biassou ordonna à un aide de camp de faire commencer la revue, et les bandes se mirent à défiler en bon ordre devant la grotte. Les noirs du Morne-

(1) Toussaint-Louverture s'est servi plus tard du même expédient avec le même avantage.
(2) Déjeuner.
(3) L'agneau.
(4) Les pois-chiches.
(5) Melons d'eau.
(6) Dessert.

L'infortuné sentit la pointe du fer... (Page 30.)

Rouge passèrent les premiers; ils étaient environ quatre mille, divisés en petits pelotons serrés que conduisaient des chefs ornés, comme je l'ai déjà dit, de caleçons ou de ceintures écarlates. Ces noirs, presque tous grands et forts, portaient des fusils, des haches et des sabres : un grand nombre d'entre eux avaient des arcs, des flèches et des zagaies, qu'ils s'étaient forgés à défaut d'autres armes. Ils n'avaient point de drapeau, et marchaient en silence d'un air consterné. En voyant défiler cette horde, Biassou se pencha à l'oreille de Rigaud, et lui dit en français : — Quand donc la mitraille de Blanchelande et de Rouvray me débarrassera-t-elle de ces bandits du Morne-Rouge? Je les hais : ce sont presque tous des congos! Et puis ils ne savent tuer que dans le combat; ils suivaient l'exemple de leur chef imbécile, de leur idole Bug-Jargal, jeune fou qui voulait faire le généreux et le magnanime. Vous ne le connaissez pas, Rigaud? vous ne le connaîtrez jamais, je l'espère. Les blancs l'ont fait prisonnier, et ils me délivreront de lui comme ils m'ont délivré de Bouckmann. — A propos de Bouckmann, répondit Rigaud, voici les noirs marrons de Macaya qui passent, et je vois dans leurs rangs le nègre que Jean-François vous a envoyé pour vous annoncer la mort de Bouckmann. Savez-vous bien que cet homme pourrait détruire tout l'effet des prophéties de l'obi sur la fin de ce chef, s'il disait qu'on l'a arrêté pendant une demi-heure aux avant-postes, et qu'il m'avait confié sa nouvelle avant l'instant où vous l'avez fait appeler? — *Diabalo!* dit Biassou, vous avez raison, mon cher; il faut fermer la bouche à cet homme-là. Attendez! Alors, élevant la voix : — Macaya! cria-t-il. Ce chef des nègres marrons s'approcha et présenta son tromblon au col evasé en signe de respect. — Faites sortir de vos rangs, reprit Biassou, ce noir que j'y vois là-bas, et qui ne doit pas en faire partie.

C'était le messager de Jean-François. Macaya l'amena au généralissime, dont le visage prit subitement cette expression de colère qu'il savait si bien simuler. — Qui es-tu? demanda-t-il au nègre interdit. — Notre général, je suis un noir. — *Caramba!* je le vois bien! Mais comment t'appelles-tu? — Mon nom de guerre est Vavelan; mon patron chez les bienheureux est saint Sabas, diacre et martyr, dont la fête viendra le vingtième jour avant la Nativité de Notre-Seigneur.

Biassou l'interrompit. — De quel front oses-tu te pré-

Recommande ton âme à saint Sabas, diacre et martyr, ton patron.

senter à la parade, au milieu des espingoles luisantes et des baudriers blancs, avec ton sabre sans fourreau, ton caleçon déchiré, tes pieds couverts de boue? — Notre général, répondit le noir, ce n'est pas ma faute : j'ai été chargé par le grand amiral Jean-François de vous porter la nouvelle de la mort du chef des marrons anglais, Bouckmann ; et si mes vêtements sont déchirés, si mes pieds sont sales, c'est que j'ai couru à perdre haleine pour vous l'apporter plus tôt ; mais on m'a retenu au camp, et...

Biassou fronça le sourcil.—Il ne s'agit point de cela, *gavacho!* mais de ton audace d'assister à la revue dans ce désordre. Recommande ton âme à saint Sabas, diacre et martyr, ton patron. Va te faire fusiller. Ici j'eus encore une nouvelle preuve du pouvoir moral de Biassou sur les rebelles. L'infortuné, chargé d'aller lui-même se faire exécuter, ne se permit pas un murmure ; il baissa la tête, croisa les bras sur sa poitrine, salua trois fois son juge impitoyable, et, après s'être agenouillé devant l'obi, qui lui donna gravement une absolution sommaire, il sortit de la grotte. Quelques minutes après, une détonation de mousqueterie annonça à Biassou que le nègre avait obéi et vécu! Le chef, débarrassé de toute inquiétude, se tourna alors vers Rigaud, l'œil étincelant de plaisir, et avec un ricanement de plaisir qui semblait dire : Admirez (1)!

XXXVII

Cependant la revue continuait. Cette armée, dont le désordre m'avait offert un tableau si extraordinaire quelques heures auparavant, n'était pas moins bizarre sous les armes. C'étaient tantôt des nègres absolument nus, munis

(1) Toussaint-Louverture, qui s'était formé à l'école de Biassou, et qui, s'il ne lui était pas supérieur en habileté, était du moins fort loin de l'égaler en perfidie et en cruauté, Toussaint-Louverture a donné plus tard le spectacle du même pouvoir sur les nègres fanatisés. Ce chef, issu, dit-on, d'une race royale africaine, avait reçu, comme Biassou, quelque instruction grossière, à laquelle il ajoutait du génie. Il s'était dressé une façon de trône républicain à Saint-Domingue dans le même temps où Bonaparte se fondait en France une monarchie sur la victoire Toussaint admirait naïvement le premier consul ; mais le premier consul, ne voyant dans Toussaint qu'un parodiste gênant de sa fortune, repoussa toujours dédaigneusement toute correspondance avec l'esclave affranchi qui osait lui écrire : *Au premier des blancs le premier des noirs.*

de massues, de tomahawks, de casse-têtes, marchant au son de la corne à bouquin, comme les sauvages; tantôt des bataillons de mulâtres, équipés à l'espagnole ou à l'anglaise, bien armés et bien disciplinés, réglant leurs pas sur le roulement d'un tambour; puis des cohues de négresses, de négrillons, chargés de fourches et de broches; des fatras courbés sous de vieux fusils sans chien et sans canon; des griotes avec leurs parures bariolées; des griots, effroyables de grimaces et de contorsion, chantant des airs incohérents sur la guitare, le tamtam et le balafo. Cette étrange procession était de temps à autre coupée par des détachements hétérogènes de griffes, de marabouts, de sacatras, de mamelouks, de quarterons, de sang-mêlés libres; ou par des hordes nomades de noirs marrons à l'attitude fière, aux carabines brillantes, traînant dans leurs rangs leurs cabrouets tout chargés ou quelques canons pris aux blancs, qui leur servaient moins d'arme que de trophée, et hurlant à pleine voix les hymnes du camp du Grand-Pré et d'Oua-Nassé. Au-dessus de toutes ces têtes flottaient des drapeaux de toutes couleurs, de toutes devises, blancs, rouges, tricolores, fleurdelisés, surmontés du bonnet de liberté, portant pour inscriptions : — *Mort aux prêtres et aux aristocrates! — Vive la religion! — Liberté! Egalité! — Vive le roi! — A bas la métropole!* — Viva España! — *Plus de tyrans!* etc. Confusion frappante qui indiquait que toutes les forces des rebelles n'étaient qu'un amas de moyens sans but, et qu'en cette armée il n'y avait pas moins de désordre dans les idées que dans les hommes.

En passant tour à tour devant la grotte, les bandes inclinaient leur bannière, et Biassou rendait le salut. Il adressait à chaque troupe quelque réprimande ou quelque éloge; et chaque parole de sa bouche, sévère ou flatteuse, était recueillie par les siens avec un respect fanatique et une sorte de crainte superstitieuse. Ce flot de barbares et de sauvages passa enfin. J'avoue que la vue de tant de brigands, qui m'avait distrait d'abord, finissait par me peser. Cependant le jour tombait, et, au moment où les derniers rangs défilèrent, le soleil ne jetait plus qu'une teinte de cuivre rouge sur le front granitique des montagnes de l'orient.

XXXVIII

Biassou paraissait rêveur. Quand la revue fut terminée, qu'il eut donné ses derniers ordres, et que tous les rebelles furent rentrés sous leurs ajoupas, il m'adressa la parole. — Jeune homme, me dit-il, tu as pu juger à ton aise de mon génie et de ma puissance. Voici que l'heure est venue pour toi d'en aller rendre compte à Léogri. — Il n'a pas tenu à moi qu'elle ne vînt plus tôt, lui répondis-je froidement. — Tu as raison, répliqua Biassou. Il s'arrêta un moment comme pour épier l'effet que produirait sur moi ce qu'il allait me dire, et il ajouta : — Mais il ne tient qu'à toi qu'elle ne vienne pas. — Comment! m'écriai-je étonné, que veux-tu dire? — Oui, continua Biassou, ta vie dépend de toi; tu peux la sauver si tu le veux.

Cet accès de clémence, le premier et le dernier sans doute que Biassou ait jamais eu, me parut un prodige. L'obi, surpris comme moi, s'était élancé du siége où il avait conservé si longtemps la même attitude extatique, à la mode des fakirs indous. Il se plaça en face du généralissime, et éleva la voix avec colère : — *Qué dice el excelentísimo señor mariscal de campo* (1)? Se souvient-il de ce qu'il m'a promis? Il ne peut, ni lui ni le *bon Giu*, disposer maintenant de cette vie : elle m'appartient.

En ce moment encore, à cet accent irrité, je crus me ressouvenir de ce maudit petit homme; mais ce moment fut insaisissable, et aucune lumière n'en jaillit pour moi.

Biassou se leva sans s'émouvoir, parla bas un instant avec l'obi, lui montra le drapeau noir que j'avais déjà remarqué, et, après quelques mots échangés, le sorcier remua la tête de haut en bas et la releva de bas en haut, en signe d'adhésion. Tous deux reprirent leurs places et leurs attitudes.

— Ecoute, me dit alors le généralissime en tirant de la poche de sa veste l'autre dépêche de Jean-François, qu'il y avait déposée : nos affaires vont mal; Bouckmann vient de périr dans un combat. Les blancs ont exterminé deux mille noirs révoltés dans le district du Cul-de-Sac. Les colons continuent de se fortifier et de hérisser la plaine de postes militaires. Nous avons perdu, par notre faute, l'occasion de prendre le Cap : elle ne se représentera pas de longtemps. Du côté de l'est, la route principale est coupée par une rivière : les blancs, afin d'en défendre le passage, y ont établi une batterie sur des pontons, et ont formé sur chaque bord deux petits camps. Au sud, il y a une grande route qui traverse ce pays montueux appelé le Haut-du-Cap; ils l'ont couverte de troupes et d'artillerie. La position est également fortifiée du côté de la terre par une bonne palissade, à laquelle tous les habitants ont travaillé, et l'on y a ajouté des chevaux de frise. Le Cap est donc à l'abri de nos armes. Notre embuscade aux gorges de Dompte-Mulâtre a manqué son effet. A tous nos échecs se joint la fièvre de Siam, qui dépeuple le camp de Jean-François. En conséquence, le grand amiral de France (1) pense, et nous partageons son avis, qu'il conviendrait de traiter avec le gouverneur Blanchelande et l'assemblée coloniale. Voici la lettre que nous adressons à l'assemblée à ce sujet : écoute!

« Messieurs les députés,

« De grands malheurs ont affligé cette riche et importante colonie; nous y avons été enveloppés, et il ne nous reste plus rien à dire pour notre justification. Un jour vous nous rendrez toute la justice que mérite notre position. Nous devons être compris dans l'amnistie générale que le roi Louis XVI a prononcée pour tous indistinctement. Sinon, comme le roi d'Espagne est un bon roi, qui nous traite fort bien et nous *témoigne des récompenses*, nous continuerons de le servir avec zèle et dévouement. Nous voyons, par la loi du 28 septembre 1791, que l'Assemblée nationale et le roi vous accordent de prononcer définitivement sur l'état des personnes non libres et l'état politique des hommes de couleur. Nous défendrons les décrets de l'Assemblée nationale et les vôtres, revêtus des formalités requises, jusqu'à la dernière goutte de notre sang. Il serait même intéressant que vous *déclariez*, par un arrêté sanctionné de monsieur le général, que votre intention est de vous occuper du sort des esclaves. Sachant qu'ils sont l'objet de votre sollicitude, par leurs chefs, à qui vous ferez parvenir ce travail, ils seraient satisfaits, et l'équilibre rompu se rétablirait en peu de temps.

« Ne comptez pas cependant, messieurs les représentants, que nous consentions à nous armer pour les volontés des assemblées révolutionnaires. Nous sommes sujets de trois rois : le roi de Congo, maître-né de tous les noirs; le roi de France, qui représente nos pères; et le roi d'Espagne, qui représente nos mères. Ces trois rois sont les descendants de ceux qui, conduits par une étoile, ont été adorer l'Homme-Dieu. Si nous servions les assemblées, nous serions peut-être entraînés à faire la guerre contre nos frères, les sujets de ces trois rois, à qui nous avons promis fidélité. Et puis, nous ne savons ce qu'on entend par volonté de la nation; vu que, *depuis que le monde règne*, nous n'avons exécuté que celle d'un roi. Le prince de France nous aime, celui d'Espagne ne cesse de nous secourir. Nous les aidons, ils nous aident : c'est la cause de l'humanité. Et d'ailleurs, ces majestés viendraient à nous manquer, que nous aurions bien vite *trôné un roi*. Telles sont nos intentions, moyennant quoi nous consentirons à faire la paix.

Signé : Jean-François, général; Biassou, maréchal de camp; Desprez, Manzeau, Toussaint, Aubert, commissaires *ad hoc* (2). »

— Tu vois, ajouta Biassou après la lecture de cette pièce de diplomatie nègre, dont le souvenir s'est fixé mot pour mot dans ma tête, tu vois que nous sommes pacifiques. Or, voilà ce que je veux de toi. Ni Jean-François ni moi n'avons été élevés dans les écoles des blancs, où l'on ap-

(1) Que dit le très-excellent seigneur maréchal de camp?

(1) Nous avons déjà dit que Jean-François prenait ce titre.

(2) Il paraîtrait que cette lettre, ridiculement caractéristique, fut en effet envoyée à l'Assemblée.

prend le beau langage. Nous savons nous battre, mais nous ne savons point écrire. Cependant nous ne voulons pas qu'il reste rien dans notre lettre à l'assemblée qui puisse exciter les *burlerias* orgueilleuses de nos anciens maîtres. Tu parais avoir appris cette science frivole qui nous manque. Corrige les fautes qui pourraient, dans notre dépêche, prêter à rire aux blancs : à ce prix, je t'accorde la vie.

Il y avait dans ce rôle de correcteur des fautes d'orthographe diplomatique de Biassou quelque chose qui répugnait trop à ma fierté pour que je balançasse un moment. Et d'ailleurs, que me faisait la vie? Je refusai son offre.

Il parut surpris. — Comment! s'écria-t-il, tu aimes mieux mourir que de redresser quelques traits de plume sur un morceau de parchemin? — Oui, lui répondis-je.

Ma résolution semblait l'embarrasser. Il me dit après un instant de rêverie : — Ecoute bien, jeune fou, je suis moins obstiné que toi. Je te donne jusqu'à demain soir pour te décider à m'obéir; demain, au coucher du soleil, tu seras ramené devant moi. Pense alors à me satisfaire. Adieu; la nuit porte conseil. Songes-y bien, chez nous la mort n'est pas seulement la mort.

Le sens de ces dernières paroles, accompagné d'un rire affreux, n'était pas équivoque; et les tourments que Biassou avait coutume d'inventer pour ses victimes achevaient de l'expliquer. — Candi, remmenez le prisonnier, poursuivit Biassou; confiez-en la garde aux noirs du Morne-Rouge; je veux qu'il vive encore un tour de soleil, et mes autres soldats n'auraient peut-être pas la patience d'attendre que les vingt-quatre heures fussent écoulées. Le mulâtre Candi, qui était le chef de sa garde, me fit lier les bras derrière le dos. Un soldat prit l'extrémité de la corde, et nous sortîmes de la grotte.

XXXIX

Quand les événements extraordinaires, les angoisses et les catastrophes viennent fondre tout à coup au milieu d'une vie heureuse et délicieusement uniforme, ces émotions inattendues, ces coups du sort, interrompent brusquement le sommeil de l'âme, qui se reposait dans la monotonie de la prospérité. Cependant le malheur qui arrive de cette manière ne semble pas un réveil, mais seulement un songe. Pour celui qui a toujours été heureux, le désespoir commence par la stupeur. L'adversité imprévue ressemble à la torpille; elle secoue, mais engourdit; et l'effrayante lumière qu'elle jette soudainement devant nos yeux n'est point le jour. Les hommes, les choses, les faits, passent alors devant nous avec une physionomie en quelque sorte fantastique, et se meuvent comme dans un rêve. Tout est changé dans l'horizon de notre vie, atmosphère et perspective : mais il s'écoule un long temps avant que nos yeux aient perdu cette sorte d'image lumineuse du bonheur passé qui les suit, et, s'interposant sans cesse entre eux et le sombre présent, en change la couleur et donne je ne sais quoi de faux à la réalité. Alors tout ce qui est nous parait impossible et absurde : nous croyons à peine à notre propre existence, parce que, ne trouvant rien autour de nous de ce qui composait notre être, nous ne comprenons pas comment tout cela aurait disparu sans nous entraîner, et pourquoi de notre vie il ne serait resté que nous. Si cette position violente de l'âme se prolonge, elle dérange l'équilibre de la pensée et devient folie, état peut-être heureux, dans lequel la vie n'est plus pour l'infortuné qu'une vision dont il est lui-même le fantôme.

XL

J'ignore, messieurs, pourquoi je vous expose ces idées. Ce ne sont point de celles que l'on comprend et que l'on fait comprendre. Il faut les avoir senties. Je les ai éprouvées. C'était l'état de mon âme au moment où les gardes de Biassou me remirent aux nègres du Morne-Rouge. Il me semblait que c'étaient des spectres qui me livraient à des spectres, et, sans opposer de résistance, je me laissai lier par la ceinture au tronc d'un arbre. Ils m'apportèrent quelques patates cuites dans l'eau, que je mangeai par cette sorte d'instinct machinal que la bonté de Dieu laisse à l'homme au milieu des préoccupations de l'esprit. Cependant la nuit était venue : mes gardiens se retirèrent dans leurs ajoupas, et six d'entre eux seulement restèrent près de moi, assis ou couchés devant un grand feu qu'ils avaient allumé pour se préserver du froid nocturne. Au bout de quelques instants, tous s'endormirent profondément. L'accablement physique dans lequel je me trouvais alors ne contribuait pas peu aux vagues rêveries qui égaraient ma pensée. Je me rappelais les jours sereins et toujours les mêmes que, peu de semaines auparavant, je passais encore auprès de Marie, sans même entrevoir dans l'avenir une autre possibilité que celle d'un bonheur éternel. Je les comparais à la journée qui venait de s'écouler, journée où tant de choses étranges s'étaient déroulées devant moi, comme pour me faire douter de leur existence, où ma vie avait été trois fois condamnée, et n'avait pas été sauvée. Je méditais sur mon avenir présent, qui ne se composait plus que d'un lendemain, et ne m'offrait plus d'autre certitude que le malheur et la mort, heureusement prochaine. Il me semblait lutter contre un cauchemar affreux. Je me demandais s'il était possible que tout ce qui s'était passé fût passé, que ce qui m'entourait fût le camp du sanguinaire Biassou, que Marie fût pour jamais perdue pour moi, et que ce prisonnier gardé par six barbares, garrotté et dévoué à une mort certaine, ce prisonnier que me montrait la lueur d'un feu de brigands, fût bien moi. Et, malgré tous mes efforts pour fuir l'obsession d'une pensée bien plus déchirante encore, mon cœur revenait à Marie. Je m'interrogeais avec angoisse sur son sort; je me roidissais dans mes liens comme pour voler à son secours, espérant toujours que le rêve horrible se dissiperait, et que Dieu n'aurait pas voulu faire entrer toutes les horreurs sur lesquelles je n'osais m'arrêter dans la destinée de l'ange qu'il m'avait donné pour épouse. L'enchaînement douloureux de mes idées ramenait alors Pierrot devant moi, et la rage me rendait presque insensé; les artères de mon front me semblaient prêtes à se rompre; je me haïssais, je me maudissais, je me méprisais pour avoir un moment uni mon amitié pour Pierrot à mon amour pour Marie; et, sans chercher à m'expliquer quel motif avait pu le pousser à se jeter lui-même dans les eaux de la Grande-Rivière, je pleurais de ne point l'avoir tué. Il était mort; j'allais mourir; et la seule chose que je regrettasse de sa vie et de la mienne, c'était ma vengeance.

Toutes ces émotions m'agitaient au milieu d'un demi-sommeil dans lequel l'épuisement m'avait plongé. Je ne sais combien de temps il dura ; mais j'en fus soudainement arraché par le retentissement d'une voix mâle qui chantait distinctement, mais de loin : *Yo que soy contrabandista.* J'ouvris les yeux en tressaillant; tout était noir, les nègres dormaient, le feu mourait. Je n'entendais plus rien : je pensai que cette voix était une illusion du sommeil, et mes paupières alourdies se refermèrent. Je les ouvris une seconde fois précipitamment; la voix avait recommencé et chantait avec tristesse et de plus près ce couplet d'une romance espagnole :

> En los campos de Ocaña,
> Prisionero caí ;
> Me llevan á Cotadilla :
> Desdichado fuí (1).

Cette fois il n'y avait plus de rêve. C'était la voix de Pierrot! Un moment après, elle s'éleva encore dans l'ombre et le silence, et fit entendre pour la deuxième fois, presque à mon oreille, l'air connu : *Yo que soy contrabandista.* Un dogue vint joyeusement se rouler à mes pieds, c'était Rask. Je levai les yeux. Un noir était devant moi, et la lueur du foyer projetait à côté du chien son ombre colossale : c'était Pierrot. La vengeance me transporta, la surprise me rendit immobile et muet. Je ne dormais pas. Les morts revenaient donc! Ce n'était plus un songe, mais une apparition. Je me détournai avec horreur. A cette vue, sa tête tomba sur sa poitrine. — Frère, murmura-t-il à voix basse, tu m'avais promis de ne jamais

(1) Dans les champs d'Ocaña
Je tombai prisonnier :
Ils m'emmenèrent à Cotadilla ;
Je fus malheureux!

douter de moi quand tu m'entendrais chanter cet air; frère, dis, as-tu oublié ta promesse?

La colère me rendit la parole. — Monstre! m'écriai-je, je te retrouve donc enfin; bourreau, assassin de mon oncle, ravisseur de Marie! oses-tu m'appeler ton frère? Tiens, ne m'approche pas!... J'oubliais que j'étais attaché de manière à ne pouvoir faire presque aucun mouvement. J'abaissai comme involontairement les yeux sur mon côté pour y chercher mon épée. Cette intention visible le frappa. Il prit un air ému, mais doux. — Non, dit-il, non, je n'approcherai pas. Tu es malheureux, je te plains; toi, tu ne me plains pas, quoique je le sois plus que toi. Je haussai les épaules. Il comprit ce reproche muet. Il me regarda d'un air rêveur. — Oui, tu as beaucoup perdu; mais, crois-moi, j'ai perdu plus que toi. Cependant ce bruit de voix avait réveillé les six nègres qui me gardaient. Apercevant un étranger, ils se levèrent précipitamment en saisissant leurs armes; mais, dès que leurs regards se furent arrêtés sur Pierrot, ils poussèrent un cri de surprise et de joie, et tombèrent prosternés en battant la terre de leurs fronts.

Mais les respects que ces nègres rendaient à Pierrot, les caresses que Rask portait alternativement de son maître à moi, en me regardant avec inquiétude, comme étonné de mon froid accueil, rien ne faisait impression sur moi en ce moment; j'étais tout entier à l'émotion de ma rage, rendue impuissante par les liens qui me chargeaient. — Oh! m'écriai-je enfin en pleurant de fureur sous les entraves qui me retenaient, oh! que je suis malheureux!... Je regrettais que ce misérable se fût fait justice à lui-même; je le croyais mort, et je me désolais pour ma vengeance. Et maintenant le voilà qui vient me narguer lui-même; il est là, vivant, sous mes yeux, et je ne puis jouir du bonheur de le poignarder. Oh! qui me délivrera de ces exécrables nœuds! Pierrot se retourna vers les nègres, toujours en adoration devant lui: — Camarades, dit-il, détachez le prisonnier!

XLI

Il fut promptement obéi. Mes six gardiens coupèrent avec empressement les cordes qui m'entouraient. Je me levai debout et libre, mais je restai immobile; l'étonnement m'enchaînait à son tour. — Ce n'est pas tout, reprit alors Pierrot. Et, arrachant le poignard de l'un des nègres, il me le présenta en disant: — Tu peux te satisfaire. A Dieu ne plaise que je te dispute le droit de disposer de ma vie. Tu l'as sauvée trois fois; elle est bien à toi maintenant; frappe, si tu veux frapper. Il n'y avait ni reproche ni amertume dans sa voix. Il n'était que triste et résigné.

Cette voie inattendue ouverte à ma vengeance par celui même qu'elle brûlait d'atteindre avait quelque chose de trop étrange et de trop facile. Je sentis que toute ma haine pour Pierrot, tout mon amour pour Marie, ne suffisaient pas pour me porter à un assassinat; d'ailleurs, quelles que fussent les apparences, une voix me criait au fond du cœur qu'un ennemi et un coupable ne vient pas de cette manière au-devant de la vengeance et du châtiment. Vous le dirai-je enfin? il y avait dans le prestige impérieux dont cet être extraordinaire était environné quelque chose qui me subjuguait moi-même malgré moi dans ce moment. Je repoussai le poignard. — Malheureux! lui dis-je, je veux bien te tuer dans un combat, mais non t'assassiner; défends-toi! — Que je me défende! répondit-il étonné; et contre qui? — Contre moi. Il fit un geste de stupeur. — Contre toi! C'est la seule chose pour laquelle je ne puisse t'obéir. Vois-tu Rask? je puis bien l'égorger; il se laissera faire: mais je ne saurais le contraindre à lutter contre moi; il ne me comprendrait pas. Je ne te comprends pas; je suis Rask pour toi. Il ajouta, après un silence: — Je vois la haine dans tes yeux, comme tu l'as pu voir un jour dans les miens. Je sais que tu as éprouvé bien des malheurs; ton oncle a été massacré, tes champs incendiés, tes amis égorgés; on a saccagé tes maisons, dévasté ton héritage; mais ce n'est pas moi, ce sont les miens. Ecoute, je t'ai dit un jour que les tiens m'avaient fait bien du mal; tu m'as répondu que ce n'était pas toi: qu'ai-je fait alors?

Son visage s'éclaircit; il s'attendait à me voir tomber dans ses bras. Je le regardai d'un air farouche. — Tu désavoues tout ce que m'ont fait les tiens, lui dis-je avec l'accent de la fureur, et tu ne parles pas de ce que tu m'as fait, toi! — Quoi donc? demanda-t-il. — Je m'approchai violemment de lui, et ma voix devint un tonnerre: — Où est Marie? Qu'as-tu fait de Marie? A ce nom, un nuage passa sur son front: il parut un moment embarrassé. Enfin, rompant le silence: — *Maria!* répondit-il. Oui, tu as raison... mais trop d'oreilles nous écoutent.

Son embarras, ces mots; *tu as raison*, rallumèrent un enfer dans mon cœur. Je crus voir qu'il éludait ma question. En ce moment il me regarda avec son visage ouvert, et me dit avec une émotion profonde: — Ne me soupçonne pas, je t'en conjure. Je te dirai tout cela ailleurs. Tiens, aime-moi comme je t'aime, avec confiance. Il s'arrêta un instant pour observer l'effet de ses paroles, et ajouta avec attendrissement: — Puis-je t'appeler frère? Mais ma colère jalouse avait repris toute sa violence, et ces paroles tendres, qui me parurent hypocrites, ne firent que l'exaspérer. — Oses-tu bien me rappeler ce temps, m'écriai-je, misérable ingrat? Il m'interrompit. De grosses larmes roulèrent dans ses yeux: — Ce n'est pas moi qui suis ingrat. — Eh bien! parle, repris-je avec emportement. Qu'as-tu fait de Marie? — Ailleurs, ailleurs! me répondit-il. Ici nos oreilles n'entendent pas seules ce que nous disons. Au reste, tu ne me croirais pas sans doute sur parole, et puis le temps presse. Voilà qu'il fait jour, et il faut que je te tire d'ici. Ecoute, tout est fini, puisque tu doutes de moi, et tu feras aussi bien de m'achever avec un poignard; mais attends encore un peu avant d'exécuter ce que tu appelles ta vengeance: je dois d'abord te délivrer. Viens avec moi trouver Biassou. Cette manière d'agir et de parler cachait un mystère que je ne pouvais comprendre. Malgré toutes mes préventions contre cet homme, sa voix faisait toujours vibrer une corde dans mon cœur. En l'écoutant, je ne sais quelle puissance me dominait. Je me surprenais balançant entre la vengeance et la pitié, la défiance et un aveugle abandon. Je le suivis.

XLII

Nous sortîmes du quartier des nègres du Morne-Rouge. Je m'étonnais de marcher libre dans ce camp barbare où la veille chaque brigand semblait avoir soif de mon sang. Loin de chercher à nous arrêter, les noirs et les mulâtres se prosternaient sur notre passage avec des acclamations de surprise, de joie et de respect. J'ignorais quel rang Pierrot occupait dans l'armée des révoltés; mais je me rappelais l'empire qu'il exerçait sur ses compagnons d'esclavage, et je m'expliquais sans peine l'importance dont il paraissait jouir parmi ses camarades de rébellion. Arrivés à la ligne de gardes qui veillait devant la grotte de Biassou, le mulâtre Candi, leur chef, vint à nous, nous demandant de loin, avec menaces, pourquoi nous osions avancer si près du général; mais, quand il fut à portée de voir distinctement les traits de Pierrot, il ôta subitement sa montera brodée en or, et, comme terrifié de sa propre audace, il s'inclina jusqu'à terre, et nous introduisit près de Biassou, en balbutiant mille excuses auxquelles Pierrot ne répondit que par un geste de dédain. Le respect des simples soldats nègres pour Pierrot ne m'avait pas étonné; mais, en voyant Candi, l'un de leurs principaux officiers, s'humilier ainsi devant l'esclave de mon oncle, je commençai à me demander quel pouvait être cet homme dont l'autorité semblait si grande. Ce fut bien autre chose quand je vis le généralissime, qui était seul au moment où nous entrâmes, et mangeait tranquillement un calalou, se lever précipitamment à l'aspect de Pierrot, et, dissimulant une surprise inquiète et un violent dépit sous des apparences de profond respect, s'incliner humblement devant mon compagnon, et lui offrir son propre trône d'acajou. Pierrot refusa. — Jean Biassou, dit-il, je ne suis pas venu vous prendre votre place, mais simplement vous demander une grâce. — *Alteza*, répondit Biassou en redoublant ses salutations, vous savez que vous devez disposer de tout ce qui dépend de Jean Biassou, de tout ce qui appartient à Jean Biassou, de Jean Biassou lui-même.

Ce titre d'*alteza*, qui équivaut à celui d'*altesse* ou de *hautesse*, donné à Pierrot par Biassou, accrut encore mon étonnement. — Je n'en veux pas tant, reprit vivement Pierrot : je ne vous demande que la vie et la liberté de ce prisonnier. Il me désignait de la main. Biassou parut un moment interdit : cet embarras fut court. — Vous désolez votre serviteur, *Alteza;* vous exigez de lui bien plus qu'il ne peut vous accorder, à son grand regret. Ce prisonnier n'est point à Jean Biassou, n'appartient pas à Jean Biassou, et ne dépend pas de Jean Biassou. — Que voulez-vous dire? demanda Pierrot sévèrement. De qui dépend-il donc? Y a-t-il ici un autre pouvoir que vous? — Hélas! oui, *Alteza*. — Et lequel? — Mon armée.

L'air caressant et rusé avec lequel Biassou éludait les questions hautaines et franches de Pierrot annonçait qu'il était déterminé à n'accorder à l'autre que les respects auxquels il paraissait obligé. — Comment! s'écria Pierrot, votre armée! Et ne la commandez-vous pas? Biassou, conservant son avantage, sans quitter pourtant son attitude d'infériorité, répondit avec une apparence de sincérité : — *Su Alteza* pense-t-elle que l'on puisse réellement commander à des hommes qui ne se révoltent que pour ne pas obéir?

J'attachais trop peu de prix à la vie pour rompre le silence; mais ce que j'avais vu la veille de l'autorité illimitée de Biassou sur ces bandes aurait pu me fournir l'occasion de le démentir et de montrer à nu sa duplicité. Pierrot lui répliqua : — Eh bien! si vous ne savez pas commander à votre armée, et si vos soldats sont vos chefs, quels motifs de haine peuvent-ils avoir contre ce prisonnier? — Bouckmann vient d'être tué par les troupes du gouvernement, dit Biassou en composant tristement son visage féroce et railleur; les miens ont résolu de venger sur ce blanc la mort du chef des nègres marrons de la Jamaïque; ils veulent opposer trophée à trophée, et que la tête de ce jeune officier serve de contre-poids à la tête de Bouckmann dans la balance où le *bon Giu* pèse les deux partis. — Comment avez-vous pu, dit Pierrot, adhérer à ces horribles représailles? Ecoutez-moi, Jean Biassou : ce sont ces cruautés qui perdront notre juste cause. Prisonnier au camp des blancs, d'où j'ai réussi à m'échapper, j'ignorais la mort de Bouckmann, que vous m'apprenez. C'est un juste châtiment du ciel pour ses crimes. Je vais vous apprendre une autre nouvelle : Jeannot, ce même chef des noirs qui avait servi de guide aux blancs pour les attirer dans l'embuscade de Dompte-Mulâtre, Jeannot vient aussi de mourir. Vous savez, ne m'interrompez pas, Biassou, qu'il rivalisait d'atrocité avec Bouckmann et vous; or, faites attention à ceci, ce n'est point la foudre du ciel, ce ne sont point les blancs qui l'ont frappé : c'est Jean-François lui-même qui a fait cet acte de justice. Biassou, qui écoutait avec un sombre respect, fit une exclamation de surprise. En ce moment Rigaud entra, salua profondément Pierrot, et parla bas à l'oreille du généralissime On entendait au dehors une grande agitation dans le camp. Pierrot continuait :

—..... Oui, Jean-François, qui n'a d'autre défaut qu'un luxe funeste, et l'étalage ridicule de cette voiture à six chevaux qui le mène chaque jour de son camp à la messe du curé de la Grande-Rivière. Jean-François a puni les fureurs de Jeannot. Malgré les lâches prières du brigand, quoiqu'à son dernier moment il se soit cramponné au curé de la Marmelade, chargé de l'exhorter, avec tant de terreur qu'on a dû l'arracher de force, le monstre a été fusillé hier, au pied même de l'arbre armé de crochets de fer auxquels il suspendait ses victimes vivantes. Biassou, méditez cet exemple! Pourquoi ces massacres qui contraignent les blancs à la férocité? Pourquoi encore user de jongleries afin d'exciter la fureur de nos malheureux camarades, déjà trop exaspérés? Il y a au Trou-Coffi un charlatan mulâtre, nommé Romaine la Prophétesse, qui fanatise une bande de noirs : il profane la sainte messe; il leur persuade qu'il est en rapport avec la Vierge, dont il écoute les prétendus oracles en mettant sa tête dans le tabernacle; et il pousse ses camarades au meurtre et au pillage au nom de Marie!...

Il y avait peut-être une expression plus tendre encore que la vénération religieuse dans la manière dont Pierrot prononça ce nom. Je ne sais comment cela se fit, mais je m'en sentis offensé et irrité. — ..... Eh bien! poursuivit l'esclave, vous avez dans votre camp je ne sais quel obi, je ne sais quel jongleur comme ce Romaine la Prophétesse! Je n'ignore point qu'ayant à conduire une armée composée d'hommes de tous pays, de toutes familles, de toutes couleurs, un lien commun vous est nécessaire; mais ne pouvez-vous le trouver autre part que dans un fanatisme féroce et des superstitions ridicules? Croyez-moi, Biassou, les blancs sont moins cruels que nous. J'ai vu beaucoup de planteurs défendre les jours de leur esclave : je n'ignore pas que, pour plusieurs d'entre eux, ce n'était pas sauver la vie d'un homme, mais une somme d'argent; du moins leur intérêt leur donnait une vertu. Ne soyons pas moins cléments qu'eux : c'est aussi notre intérêt. Notre cause sera-t-elle plus sainte et plus juste quand nous aurons exterminé des femmes, égorgé des enfants, torturé des vieillards, brûlé des colons dans leurs maisons? Ce sont là pourtant nos exploits de chaque jour. Faut-il, répondez, Biassou, que le seul vestige de notre passage soit toujours une trace de sang ou une trace de feu? Il se tut. L'éclat de son regard, l'accent de sa voix, donnaient à ses paroles une force de conviction et d'autorité impossible à reproduire. Comme un renard pris par un lion, l'œil obliquement baissé de Biassou semblait chercher par quelle ruse il pourrait échapper à tant de puissance. Pendant qu'il méditait, le chef de la bande des Cayes, ce même Rigaud qui la veille avait vu d'un front tranquille tant d'horreurs se commettre devant lui, paraissait s'indigner des attentats dont Pierrot avait tracé le tableau, et s'écriait avec une hypocrite consternation : — Eh! mon bon Dieu! qu'est-ce que c'est qu'un peuple en fureur!

XLIII

Cependant la rumeur extérieure s'accroissait et paraissait inquiéter Biassou. J'ai appris plus tard que cette rumeur provenait des nègres du Morne-Rouge, qui parcouraient le camp en annonçant le retour de mon libérateur, et exprimaient l'intention de le seconder, quel que fût le motif pour lequel il s'était rendu près de Biassou. Rigaud venait d'informer le généralissime de cette circonstance; et c'est la crainte d'une scission funeste qui détermina le chef rusé à l'espèce de concession qu'il fit aux désirs de Pierrot. — *Alteza*, dit-il avec un air de dépit, si nous sommes sévères pour les blancs, vous êtes sévère pour nous. Vous avez tort de m'accuser de la violence du torrent : il m'entraîne. Mais enfin *¿ qué podria hacer ahora* (1) qui vous fût agréable? — Je vous l'ai déjà dit, *señor* Biassou, répondit Pierrot : laissez-moi emmener ce prisonnier. Biassou demeura un moment pensif, puis s'écria, donnant à l'expression de ses traits le plus de franchise qu'il put : — Allons, *alteza*, je veux vous prouver quel est mon désir de vous plaire. Permettez-moi seulement de dire deux mots en secret au prisonnier; il sera libre ensuite de vous suivre. — Vraiment, qu'à cela ne tienne, répondit Pierrot. Et son visage, jusqu'alors fier et mécontent, rayonnait de joie. Il s'éloigna de quelques pas.

Biassou m'entraîna dans un coin de la grotte, et me dit à voix basse : — Je ne puis t'accorder la vie qu'à une condition; tu la connais, y souscris-tu? Il me montrait la dépêche de Jean-François. Un consentement m'eût paru une bassesse. — Non! lui dis-je. — Ah! reprit-il avec son ricanement. Toujours aussi décidé! Tu comptes donc beaucoup sur ton protecteur? Sais-tu qui il est? — Oui, lui répliquai-je vivement; c'est un monstre comme toi, seulement plus hypocrite encore! Il se redressa avec étonnement, et, cherchant à deviner dans mes yeux si je parlais sérieusement : — Comment! dit-il, tu ne le connais donc pas? Je répondis avec dédain : — Je ne reconnais en lui qu'un esclave de mon oncle, nommé Pierrot. Biassou se remit à ricaner. — Ah! ah! Voilà qui est singulier! Il demande ta vie et ta liberté, et tu l'appelles « un monstre comme moi! » — Que m'importe! répondis-je. Si j'obtenais un moment de liberté, ce ne serait pas pour lui de-

(1) Que pourrais-je faire maintenant?

mander ma vie, mais la sienne ! — Qu'est-ce que cela ? dit Biassou. Tu parais pourtant parler comme tu penses, et je ne suppose pas que tu veuilles plaisanter avec la vie. Il y a là-dessous quelque chose que je ne comprends pas. Tu es protégé par un homme que tu hais ; il plaide pour ta vie, et tu veux sa mort ! Au reste, cela m'est égal à moi. Tu désires un moment de liberté, c'est la seule chose que je puisse t'accorder ; je te laisserai libre de le suivre : donne-moi seulement d'abord ta parole d'honneur de venir te remettre dans mes mains deux heures avant le coucher du soleil. — Tu es Français, n'est-ce pas ?

Vous le dirai-je, messieurs ? la vie m'était à charge ; je répugnais d'ailleurs à la recevoir de ce Pierrot, que tant d'apparences désignaient à ma haine ; je ne sais pas si même il n'entra pas dans ma résolution la certitude que Biassou, qui ne lâchait pas aisément une proie, ne consentirait jamais à ma délivrance ; je ne désirais réellement que quelques heures de liberté pour achever, avant de mourir, d'éclaircir le sort de ma bien-aimée Marie et le mien. La parole que Biassou, confiant en l'honneur français, me demandait, était un moyen sûr et facile d'obtenir encore un jour : je la donnai. Après m'avoir lié de la sorte, le chef se rapprocha de Pierrot. — *Alteza*, dit-il d'un ton obséquieux, le prisonnier blanc est à vos ordres ; vous pouvez l'emmener, il est libre de vous accompagner. Je n'avais jamais vu autant de bonheur dans les yeux de Pierrot. — Merci, Biassou, s'écria-t-il en lui tendant la main, merci ! Tu viens de me rendre un service qui te fait maître désormais de tout exiger de moi ! Continue à disposer de mes frères du Morne-Rouge jusqu'à mon retour. Il se tourna vers moi. — Puisque tu es libre, dit-il, viens ! Et il m'entraîna avec une énergie singulière. Biassou nous regarda sortir d'un air étonné, qui perçait même à travers les démonstrations de respect dont il accompagna le départ de mon compagnon.

XLIV

Il me tardait d'être seul avec Pierrot. Son trouble, quand je l'avais questionné sur le sort de Marie, l'insolente tendresse avec laquelle il osait prononcer son nom, avaient encore enraciné les sentiments d'exécration et de jalousie qui germèrent en mon cœur au moment où je le vis enlever à travers l'incendie du fort Galifet celle que je pouvais à peine appeler mon épouse. Que m'importait, après cela, les reproches généreux qu'il avait adressés devant moi au sanguinaire Biassou, les soins qu'il avait pris de ma vie, et même cette empreinte extraordinaire qui marquait toutes ses paroles et toutes ses actions ? Que m'importait ce mystère qui semblait l'envelopper ; qui le faisait apparaître vivant à mes yeux quand je croyais avoir assisté à sa mort ; qui me le montrait captif chez les blancs quand je l'avais vu s'ensevelir dans la Grande-Rivière ; qui changeait l'esclave en altesse, le prisonnier en libérateur ? De toutes ces choses incompréhensibles, la seule qui fût claire pour moi, c'était le rapt odieux de Marie, un outrage à venger, un crime à punir. Ce qui s'était déjà passé d'étrange sous mes yeux suffisait à peine pour me faire suspendre mon jugement, et j'attendais avec impatience l'instant où je pourrais contraindre mon rival à s'expliquer. Ce moment vint enfin. Nous avions traversé les triples haies de noirs prosternés sur notre passage, et s'écriant avec surprise : *Miraculo ! yo no esta prisionero* (1) ! J'ignore si c'est de moi ou de Pierrot qu'ils voulaient parler. Nous avions franchi les dernières limites du camp ; nous avions perdu de vue derrière les arbres et les rochers les dernières vedettes de Biassou : Rask, joyeux, nous devançait, puis revenait à nous ; Pierrot marchait avec rapidité : je l'arrêtai brusquement. — Écoute, lui dis-je, il est inutile d'aller plus loin. Les oreilles que tu craignais ne peuvent plus nous entendre : parle, qu'as-tu fait de Marie ?

Une émotion concentrée faisait haleter ma voix. Il me regarda avec douceur. — Toujours ! me répondit-il. — Oui, toujours ! m'écriai-je furieux, toujours ! Je te ferai cette question jusqu'à ton dernier souffle, jusqu'à mon dernier soupir : où est Marie ? — Rien ne peut donc dissiper tes doutes sur ma foi ? Tu le sauras bientôt. — Bientôt, monstre ! répliquai-je. C'est maintenant que je veux le savoir. Où est Marie ? où est Marie ? entends-tu ! Réponds, ou échange ta vie contre la mienne ! Défends-toi ! — Je t'ai déjà dit, reprit-il avec tristesse, que cela ne se pouvait pas. Le torrent ne lutte pas contre sa source ; ma vie, que tu as sauvée trois fois, ne peut combattre contre ta vie. Je le voudrais d'ailleurs, que la chose serait encore impossible. Nous n'avons qu'un poignard pour nous deux. En parlant ainsi il tira un poignard de sa ceinture, et me le présenta. — Tiens, dit-il.

J'étais hors de moi. Je saisis le poignard et le fis briller sur sa poitrine. Il ne songeait pas à s'y soustraire. — Misérable, lui dis-je, ne me force point à un assassinat. Je te plonge cette lame dans le cœur si tu ne me dis pas où est ma femme à l'instant. Il me répondit sans colère : — Tu es le maître. Mais, je t'en prie à mains jointes, laisse-moi encore une heure de vie, et suis-moi. Tu doutes de celui qui te doit trois vies, de celui que tu nommais ton frère ; mais écoute, si dans une heure tu en doutes encore, tu seras libre de me tuer. Il sera toujours temps. Tu vois bien que je ne veux pas te résister. Je t'en conjure au nom même de *Maria*..... Il ajouta péniblement : de ta femme. — Encore une heure ; et si je te supplie ainsi, va, ce n'est pas pour moi, c'est pour toi ! Son accent avait une expression ineffable de persuasion et de douleur. Quelque chose sembla m'avertir qu'il disait peut-être vrai, que l'intérêt seul de sa vie ne suffirait pas pour donner à sa voix cette tendresse pénétrante, cette suppliante douceur, et qu'il plaidait pour plus que lui-même. Je cédais encore une fois à cet ascendant secret qu'il exerçait sur moi, et qu'en ce moment je rougissais de m'avouer. — Allons, dis-je, je t'accorde ce sursis d'une heure ; je te suivrai. Je voulus lui rendre le poignard. — Non, répondit-il, garde-le, tu te défies de moi. Mais viens, ne perdons pas de temps.

XLV

Il recommença à me conduire. Rask, qui, pendant notre entretien, avait fréquemment essayé de se remettre en marche, puis était revenu chaque fois vers nous, nous demandant en quelque sorte du regard pourquoi nous nous arrêtions, Rask reprit joyeusement sa course. Nous nous enfonçâmes dans une forêt vierge. Au bout d'une demi-heure environ, nous débouchâmes sur une jolie savane verte, arrosée d'une eau de roche et bordée par la lisière fraîche et profonde des grands arbres centenaires de la forêt. Une caverne, dont une multitude de plantes grimpantes, la clématite, la liane, le jasmin, verdissaient le front grisâtre, s'ouvrait sur la savane. Rask allait aboyer, Pierrot le fit taire d'un signe, et, sans dire une parole, m'entraîna par la main dans la caverne. Une femme, le dos tourné à la lumière, était assise dans cette grotte sur un tapis de sparterie. Au bruit de nos pas, elle se retourna... — Mes amis, c'était Marie ! Elle était vêtue d'une robe blanche, comme le jour de notre union, et portait encore dans ses cheveux la couronne de fleurs d'oranger, dernière parure virginale de la jeune épouse, que mes mains n'avaient pas détachée de son front. Elle m'aperçut, me reconnut, jeta un cri et tomba dans mes bras mourante de joie et de surprise. J'étais éperdu.

A ce cri, une vieille femme qui portait un enfant dans ses bras accourut d'une dernière chambre pratiquée dans un enfoncement de la caverne. C'était la nourrice de Marie et le dernier enfant de mon malheureux oncle. Pierrot était allé chercher de l'eau à la source voisine. Il en jeta quelques gouttes sur le visage de Marie. Leur fraîcheur rappela la vie ; elle ouvrit les yeux. — Léopold, dit-elle, mon Léopold ! — Marie ! répondis-je. Et le reste de nos paroles s'acheva dans un baiser. — Pas devant moi au moins ! s'écria une voix déchirante. Nous levâmes les yeux : c'était Pierrot. Il était là, assistant à nos caresses comme à un supplice. Son sein gonflé haletait, une sueur glacée tombait à grosses gouttes de son front. Tous ses membres tremblaient. Tout à coup il cacha son visage de ses deux mains, et s'enfuit hors de la grotte en répétant avec un ac-

(1) Miracle ! il n'est déjà plus prisonnier !

cent terrible : — Pas devant moi! Marie se souleva de mes bras à demi, et s'écria en le suivant des yeux : — Grand Dieu! mon Léopold, notre amour paraît lui faire mal. Est-ce qu'il m'aimerait?

Le cri de l'esclave m'avait prouvé qu'il était mon rival; l'exclamation de Marie me prouvait qu'il était aussi mon ami. — Marie! répondis-je, et une félicité inouïe entra dans mon cœur en même temps qu'un mortel regret, Marie! est-ce que tu l'ignorais? — Mais je l'ignore encore, me dit-elle avec une chaste rougeur. Comment! il m'aime! Je ne m'en étais jamais aperçue. Je la pressai sur mon cœur avec ivresse. — Je retrouve ma femme et mon ami! m'écriai-je; que je suis heureux et que je suis coupable! J'avais douté de lui. — Comment! reprit Marie étonnée, de lui! de Pierrot! Oh! oui, tu es bien coupable. Tu lui dois deux fois ma vie, et peut-être plus encore, ajouta-t-elle en baissant les yeux. Sans lui le crocodile de la rivière m'aurait dévorée; sans lui les nègres..... C'est Pierrot qui m'a arrachée de leurs mains, au moment où ils allaient sans doute me rejoindre à mon malheureux père! Elle s'interrompit et pleura. — Et pourquoi, lui demandai-je, Pierrot ne t'a-t-il pas renvoyée au Cap, à ton mari? — Il l'a tenté, répondit-elle, mais ne l'a pu. Obligé de se cacher également des noirs et des blancs, cela lui était fort difficile. Et puis, on ignorait ce que tu étais devenu. Quelques-uns disaient t'avoir vu tomber mort, mais Pierrot m'assurait que non, et j'étais bien certaine du contraire, car quelque chose m'en aurait avertie; et, si tu étais mort, je serais morte aussi en même temps. — Pierrot, lui dis-je, t'a donc amenée ici? — Oui, mon Léopold; cette grotte isolée est connue de lui seul. Il avait sauvé en même temps que moi tout ce qui restait de la famille, ma bonne nourrice et mon petit frère; il nous y a cachés. Je t'assure qu'elle est bien commode; et sans la guerre, qui fouille tout le pays, maintenant que nous sommes ruinés, j'aimerais à l'habiter avec toi. Pierrot pourvoyait à tous nos besoins. Il venait souvent; il avait une plume rouge sur la tête. Il me consolait, me parlait de toi, m'assurait que je te serais rendue. Cependant, ne l'ayant pas vu depuis trois jours, je commençais à m'inquiéter lorsqu'il est revenu avec toi. Ce pauvre ami, il a donc été te chercher? — Oui, lui répondis-je. — Mais comment se fait-il avec cela, reprit-elle, qu'il soit amoureux de moi? En es-tu sûr? — Sûr maintenant, lui dis-je. C'est lui qui, sur le point de me poignarder, s'est laissé fléchir par la crainte de t'affliger; c'est lui qui te chantait ces chansons d'amour dans le pavillon de la rivière. — Vraiment! reprit Marie avec une naïve surprise, c'est ton rival! Le méchant homme aux soucis est ce bon Pierrot! Je ne puis croire cela. Il était avec moi si humble, si respectueux! plus que lorsqu'il était notre esclave! Il est vrai qu'il me regardait quelquefois d'un air singulier; mais ce n'était que de la tristesse, et je l'attribuais à mon malheur. Si tu savais avec quel dévouement passionné il m'entretenait de mon Léopold! Son amitié parlait de toi presque comme mon amour.

Ces explications de Marie m'enchantaient et me désolaient à la fois. Je me rappelais avec quelle cruauté j'avais traité ce généreux Pierrot, et je sentais toute la force de son reproche tendre et résigné : — *Ce n'est pas moi qui suis ingrat.* En ce moment Pierrot rentra. Sa physionomie était sombre et douloureuse. On aurait dit un condamné qui revient de la torture, mais qui en a triomphé. Il s'avança vers moi à pas lents, et me dit d'une voix grave, en me montrant le poignard que j'avais placé dans ma ceinture : — L'heure est écoulée. — L'heure! Quelle heure? lui dis-je. — Celle que tu m'avais accordée; elle m'était nécessaire pour te conduire ici. Je t'ai supplié alors de me laisser la vie, maintenant je te conjure de me l'ôter. Les sentiments les plus doux du cœur, l'amour, l'amitié, la reconnaissance, s'unissaient en ce moment pour me déchirer. Je tombai aux pieds de l'esclave sans pouvoir dire un mot, en sanglotant amèrement. Il me releva avec précipitation. — Que fais-tu? me dit-il. — Je te rends l'hommage que je te dois, je ne suis plus digne d'une amitié comme la tienne. Ta reconnaissance ne peut aller jusqu'à me pardonner mon ingratitude. Sa figure eut quelque temps encore une expression de rudesse; il paraissait éprouver de violents combats; il fit un pas vers moi et recula, il ouvrit la bouche et se tut. Ce moment fut de courte durée; il m'ouvrit ses bras en disant : — Puis-je à présent t'appeler frère? Je ne lui répondis qu'en me jetant sur son cœur. Il ajouta après une légère pause : — Tu es bon, mais le malheur t'avait rendu injuste. — J'ai retrouvé mon frère, lui dis-je, je ne suis plus malheureux, mais je suis bien coupable. — Coupable, frère! Je l'ai été aussi, et plus que toi. Tu n'es plus malheureux; moi, je le serai toujours.

XLVI

La joie que les premiers transports de l'amitié avaient fait briller sur son visage s'évanouit; ses traits prirent une expression de tristesse singulière et énergique. — Ecoute, me dit-il d'un ton froid, mon père était roi au pays de Kakongo. Il rendait la justice à ses sujets devant sa porte, et, à chaque jugement qu'il portait, il buvait, suivant l'usage des rois, une pleine coupe de vin de palmier. Nous vivions heureux et puissants. Des Européens vinrent; ils me donnèrent ces connaissances futiles qui t'ont frappé. Leur chef était un capitaine espagnol; il promit à mon père des pays plus vastes que les siens, et des femmes blanches : mon père le suivit avec sa famille... — Frère, ils nous vendirent! La poitrine du noir se gonfla, ses yeux étincelaient; il brisa machinalement un jeune néflier qui se trouvait près de lui; puis il continua sans paraître s'adresser à moi : — Le maître du pays de Kakongo eut un maître, et son fils se courba en esclave sur les sillons de Santo-Domingo. — On sépara le jeune lion de son vieux père pour les dompter plus aisément. — On enleva la jeune épouse à son époux pour en tirer plus de profit en les unissant là à d'autres. — Les petits enfants cherchèrent la mère qui les avait nourris, le père qui les baignait dans les torrents; ils ne trouvèrent que des tyrans barbares, et couchèrent parmi les chiens!

Il se tut : ses lèvres remuaient sans qu'il parlât, son regard était fixe et égaré. Il me saisit enfin le bras brusquement. — Frère, entends-tu? J'ai été vendu à différents maîtres comme une pièce de bétail. — Tu te souviens du supplice d'Ogé; ce jour-là j'ai revu mon père, écoute : — c'était sur la roue! Je frémis. Il ajouta : — Ma femme a été prostituée à des blancs. Ecoute, frère : elle est morte et m'a demandé vengeance. Te le dirai-je? continua-t-il en hésitant et en baissant les yeux; j'ai été coupable, j'en ai aimé une autre... Mais passons! Tous les miens me pressaient de les délivrer et de me venger. Rask m'apportait leurs messages. Je ne pouvais les satisfaire, j'étais moi-même dans les prisons de ton oncle. Le jour où tu obtins ma grâce, je partis pour arracher mes enfants des mains d'un maître féroce; j'arrivai. — Frère, le dernier des petits-fils du roi de Kakongo venait d'expirer sous les coups d'un blanc! les autres l'avaient précédé. Il s'interrompit et me demanda froidement : — Frère, qu'aurais-tu fait?

Ce déplorable récit m'avait glacé d'horreur. Je répondis à sa question par un geste menaçant. Il me comprit et se mit à sourire avec amertume. Il poursuivit : — Les esclaves se révoltèrent contre leurs maîtres, et les punirent du meurtre de mes enfants. Ils m'élurent pour leur chef. Tu sais les malheurs qu'entraîna cette rébellion. J'appris que ceux de ton oncle se préparaient à suivre le même exemple. J'arrivai dans l'Acul la nuit même de l'insurrection. Tu étais absent. Ton oncle venait d'être poignardé dans son lit. Les noirs incendiaient déjà les plantations. Ne pouvant calmer leur fureur, parce qu'ils croyaient me venger en brûlant les propriétés de ton oncle, je dus sauver ce qui restait de la famille. Je pénétrai dans le fort par l'issue que j'y avais pratiquée. Je confiai la nourrice de ta femme à un noir fidèle. J'eus plus de peine à sauver ta Marie. Elle avait couru vers la partie embrasée du fort pour en tirer le plus jeune de ses frères, seul échappé au massacre. Des noirs l'entouraient; ils allaient la tuer. Je me présentai et leur ordonnai de me laisser me venger moi-même. Ils se retirèrent; je pris ta femme dans mes bras, je confiai l'enfant à Rask, et je les déposai tous deux dans cette caverne, dont je connaissais seul l'existence et l'accès... Frère, voilà mon crime. De plus en plus pénétré

Marie jeta un cri et tomba dans mes bras... (Page 38.)

de remords et de reconnaissance, je voulus me jeter encore une fois aux pieds de Pierrot; il m'arrêta d'un air offensé. — Allons, viens, dit-il un moment après en me prenant la main, emmène ta femme et partons tous les cinq. Je lui demandai avec surprise où il voulait nous conduire. — Au camp des blancs, me répondit-il. Cette retraite n'est plus sûre. Demain, à la pointe du jour, les blancs doivent attaquer le camp de Biassou; la forêt sera certainement incendiée. Et puis nous n'avons pas un moment à perdre; dix têtes répondent de la mienne. Nous pouvons nous hâter, car tu es libre; nous le devons, car je ne le suis pas. Ces paroles accrurent ma surprise; je lui en demandai l'explication — N'as-tu pas entendu raconter que Bug-Jargal était prisonnier? dit-il avec impatience. — Oui, mais qu'as-tu de commun avec ce Bug-Jargal? Il parut à son tour étonné, et répondit gravement : — Je suis ce Bug-Jargal.

XLVII

J'étais habitué, pour ainsi dire, à la surprise avec cet homme. Ce n'était pas sans étonnement que je venais de voir un instant auparavant l'esclave Pierrot se transformer en roi africain. Mon admiration était au comble d'avoir maintenant à reconnaître en lui le redoutable et magnanime Bug-Jargal, chef des révoltés du Morne-Rouge. Je comprenais enfin d'où venaient les respects que rendaient tous les rebelles, et même Biassou, au chef Bug-Jargal, au roi de Kakongo. Il ne parut pas s'apercevoir de l'impression qu'avaient produite sur moi ses dernières paroles. — L'on m'avait dit, reprit-il, que tu étais de ton côté prisonnier au camp de Biassou; j'étais venu pour te délivrer. — Pourquoi me disais-tu donc tout à l'heure que tu n'étais pas libre? Il me regarda, comme cherchant à deviner ce qui amenait cette question toute naturelle. — Ecoute, me dit-il, ce matin j'étais prisonnier parmi les tiens. J'entendis annoncer dans le camp que Biassou avait déclaré son intention de faire mourir avant le coucher du soleil un jeune captif nommé Léopold d'Auverney. On renforça les gardes autour de moi. J'appris que mon exécution suivrait la tienne, et qu'en cas d'évasion dix de mes camarades répondraient de moi. Tu vois que je suis pressé. Je le retins encore. — Tu t'es donc échappé? lui dis-je. — Et comment serais-je ici? Ne fallait-il pas te sauver? Ne te dois-je pas la vie? Allons, suis-moi maintenant. Nous sommes à une

C'en était fait de moi! quand je me sentis saisir par derrière... (Page 46.)

heure de marche du camp des blancs comme du camp de Biassou. Vois, l'ombre de ces cocotiers s'allonge, et leur tête ronde paraît sur l'herbe comme l'œuf énorme du condor. Dans trois heures le soleil sera couché. Viens, frère, le temps presse.

Dans trois heures le soleil sera couché! Ces paroles si simples me glacèrent comme une apparition funèbre. Elles me rappelèrent la promesse fatale que j'avais faite à Biassou. Hélas! en revoyant Marie, je n'avais plus pensé à notre séparation éternelle et prochaine; je n'avais été que ravi et enivré: tant d'émotions m'avaient enlevé la mémoire, et j'avais oublié ma mort dans mon bonheur. Le mot de mon ami me rejeta violemment dans mon infortune. *Dans trois heures le soleil sera couché!* Il fallait une heure pour me rendre au camp de Biassou... Mon devoir était impérieusement prescrit; le brigand avait ma parole, et il valait mieux encore mourir que de donner à ce barbare le droit de mépriser la seule chose à laquelle il parût se fier encore, l'honneur d'un Français. L'alternative était terrible; je choisis ce que je devais choisir; mais, je l'avouerai, messieurs, j'hésitai un moment. Étais-je coupable?

XLVIII

Enfin, poussant un soupir, je pris d'une main la main de Bug-Jargal, de l'autre celle de ma pauvre Marie, qui observait avec anxiété le nuage sinistre répandu sur tous mes traits. — Bug-Jargal, dis-je avec effort, je te confie le seul être au monde que j'aime plus que toi, Marie... Retournez au camp sans moi, car je ne puis vous suivre. — Mon Dieu! s'écria Marie respirant à peine, quelque nouveau malheur! Bug-Jargal avait tressailli. Un étonnement douloureux se peignait dans ses yeux. — Frère, que dis-tu? La terreur qui oppressait Marie à la seule idée d'un malheur que sa trop prévoyante tendresse semblait deviner me faisait une loi de lui en cacher la réalité, et de lui épargner des adieux si déchirants; je me penchai à l'oreille de Bug-Jargal et lui dis à voix basse: — Je suis captif. J'ai juré à Biassou de revenir me mettre en son pouvoir deux heures avant la fin du jour: j'ai promis de mourir.

Il bondit de fureur: sa voix devint éclatante. — Le monstre! Voilà pourquoi il a voulu t'entretenir secrètement; c'était pour t'arracher cette promesse. J'aurais dû me défier de ce misérable Biassou. Comment n'ai-je pas prévu quelque perfidie? Ce n'est pas un noir, c'est un mulâtre.—Qu'est-ce donc? quelle perfidie? Quelle promesse? dit Marie épouvantée; qui est ce Biassou? — Tais-toi, tais-toi, répétai-je à Bug-Jargal, n'alarmons pas Marie. — Bien, me dit-il d'un ton sombre. Mais comment as-tu pu consentir à cette promesse? pourquoi l'as-tu donnée? — Je te croyais ingrat, je croyais Marie perdue pour moi. Que m'importait la vie? — Mais une promesse de bouche ne peut t'engager avec ce brigand. — J'ai donné ma parole d'honneur.

Il parut chercher à comprendre ce que je voulais dire. — Ta parole d'honneur! Qu'est-ce que cela? Vous n'avez pas bu à la même coupe? Vous n'avez pas rompu ensemble un anneau ou une branche d'érable à fleurs rouges? — Non. — Eh bien! que nous dis-tu donc? Qu'est-ce qui peut t'engager? — Mon honneur, répondis-je. — Je ne sais pas ce que cela signifie. Rien ne te lie avec Biassou. Viens avec nous. — Je ne puis, frère, j'ai promis. — Non! tu n'as pas promis, s'écria-t-il avec emportement; puis, élevant la voix : — Sœur, joignez-vous à moi, empêchez votre mari de nous quitter; il veut retourner au camp des nègres d'où je l'ai tiré, sous prétexte qu'il a promis sa mort à leur chef, à Biassou. — Qu'as-tu fait? m'écriai-je. Il était trop tard pour prévenir l'effet de ce mouvement généreux qui lui faisait implorer pour la vie de son rival l'auxiliaire de celle qu'il aimait. Marie s'était jetée dans mes bras avec un cri de désespoir. Ses mains jointes autour de mon cou la suspendaient sur mon cœur, car elle était sans force et presque sans haleine. — Oh! murmurait-elle péniblement, que dit-il là, mon Léopold? N'est-il pas vrai qu'il me trompe, et que ce n'est pas au moment qui vient de nous réunir que tu veux me quitter, et me quitter pour mourir? Réponds-moi vite ou je meurs. Tu n'as pas le droit de donner ta vie, parce que tu ne dois pas donner la mienne. Tu ne voudrais pas te séparer de moi pour ne me revoir jamais. — Marie, repris-je, ne le crois pas; je vais te quitter en effet; il le faut; mais nous nous reverrons ailleurs. — Ailleurs, reprit-elle avec effroi; ailleurs! où?... — Dans le ciel, répondis-je, ne pouvant mentir à cet ange.

Elle s'évanouit encore une fois, mais alors c'était de douleur. L'heure pressait; ma résolution était prise. Je la déposai entre les bras de Bug-Jargal, dont les yeux étaient pleins de larmes. — Rien ne peut donc te retenir? me dit-il. Je n'ajouterai rien à ce que tu vois. Comment peux-tu résister à *Maria?* Pour une seule des paroles qu'elle t'a dites, je lui aurais sacrifié un monde, et toi tu ne veux pas lui sacrifier ta mort? — L'honneur! répondis-je. Adieu, Bug-Jargal; adieu, frère, je te la lègue. Il me prit la main; il était pensif, et semblait à peine m'entendre. — Frère, il y a au camp des blancs un de tes parents, je lui remettrai *Maria;* quant à moi, je ne puis accepter ton legs. Il me montra un pic dont le sommet dominait toute la contrée environnante. — Vois ce rocher : quand le signe de ta mort y apparaîtra, le bruit de la mienne ne tardera pas à se faire entendre. — Adieu. Sans m'arrêter au sens inconnu de ces dernières paroles, je l'embrassai; je déposai un baiser sur le front pâle de Marie, que les soins de sa nourrice commençaient à ranimer, et je m'enfuis précipitamment, de peur que son premier regard, sa première plainte, ne m'enlevassent toute ma force.

XLIX

Je m'enfuis, je me plongeai dans la profonde forêt en suivant la trace que nous y avions laissée, sans même oser jeter un coup d'œil derrière moi. Comme pour étourdir les pensées qui m'obsédaient, je courus sans relâche à travers les taillis, les savanes et les collines, jusqu'à ce qu'enfin, à la crête d'une roche, le camp de Biassou, avec ses lignes de cabrouets, ses rangées d'ajoupas et sa fourmilière de noirs, apparût sous mes yeux. Là je m'arrêtai. Je touchais au terme de ma course et de mon existence. La fatigue et l'émotion rompirent mes forces; je m'appuyai contre un arbre pour ne pas tomber, et je laissai errer mes yeux sur le tableau qui se développait à mes pieds dans la fatale savane. Jusqu'à ce moment je croyais avoir goûté toutes les coupes d'amertume et de fiel. Je ne connaissais pas le plus cruel de tous les malheurs; c'est d'être contraint par une force morale, plus puissante que celle des événements, à renoncer volontairement, heureux, au bonheur, vivant, à la vie. Quelques heures auparavant, que m'importait d'être au monde? Je ne vivais pas; l'extrême désespoir est une espèce de mort qui fait désirer la véritable. Mais j'avais été tiré de ce désespoir; Marie m'avait été rendue; ma félicité morte avait été pour ainsi dire ressuscitée; mon passé était redevenu mon avenir, et tous mes rêves éclipsés avaient reparu plus éblouissants que jamais; la vie enfin, une vie de jeunesse, d'amour et d'enchantement, s'était de nouveau déployée radieuse devant moi dans un immense horizon. Cette vie, je pouvais la recommencer; tout m'y invitait en moi et hors de moi. Nul obstacle matériel, nulle entrave visible. J'étais libre, j'étais heureux, et pourtant il fallait mourir. Je n'avais fait qu'un pas dans cet Eden, et je ne sais quel devoir, qui n'était pas même éclatant, me forçait à reculer vers un supplice. La mort est peu de chose pour une âme flétrie et durcie, glacée par l'adversité; mais que sa main est poignante, qu'elle semble froide, quand elle tombe sur un cœur épanoui et comme réchauffé par les joies de l'existence! Je l'éprouvais! j'étais sorti un moment du sépulcre; j'avais été enivré dans ce court moment de ce qu'il y a de plus céleste sur la terre, l'amour, le dévouement, la liberté; et maintenant il fallait brusquement redescendre au tombeau!

L

Quand l'affaissement du regret fut passé, une sorte de rage s'empara de moi; je m'enfonçai à grands pas dans la vallée; je sentais le besoin d'abréger. Je me présentai aux avant-postes des nègres. Ils parurent surpris et refusaient de m'admettre. Chose bizarre! je fus contraint presque de les prier. Deux d'entre eux enfin s'emparèrent de moi, et se chargèrent de me conduire à Biassou. J'entrai dans la grotte de ce chef. Il était occupé à faire jouer les ressorts de quelques instruments de torture dont il était entouré. Au bruit que firent ses gardes en m'introduisant, il tourna la tête; ma présence ne parut pas l'étonner. — Vois-tu? dit-il en m'étalant l'appareil horrible qui l'environnait. Je demeurai calme; je connaissais la cruauté du *héros de l'humanité*, et j'étais déterminé à tout endurer sans pâlir. — N'est-ce pas, reprit-il en ricanant, n'est-ce pas que Léogri a été bien heureux de n'être que pendu? Je le regardai sans répondre, avec un froid dédain. — Faites avertir monsieur le chapelain, dit-il alors à un aide de camp. Nous restâmes un moment tous deux silencieux, nous regardant en face. Je l'observais; il m'épiait. En ce moment Rigaud entra; il paraissait agité, et parla bas au généralissime. — Qu'on rassemble tous les chefs de mon armée, dit tranquillement Biassou. Un quart d'heure après, tous les chefs, avec leurs costumes diversement bizarres, étaient réunis devant la grotte. Biassou se leva. — Ecoutez, *amigos!* les blancs comptent nous attaquer ici, demain au point du jour. La position est mauvaise; il faut la quitter. Mettons-nous tous en marche au coucher du soleil, et gagnons la frontière espagnole. — Macaya, vous formerez l'avant-garde avec vos noirs marrons. — Padrejan, vous enclouerez les pièces prises à l'artillerie de Praloto; elles ne pourraient nous suivre dans les mornes. Les braves de la Croix-des-Bouquets s'ébranleront après Macaya. — Toussaint suivra avec les noirs de Léogane et du Trou. — Si les griots et les griotes font le moindre bruit, j'en charge le bourreau de l'armée. — Le lieutenant-colonel Cloud distribuera les fusils débarqués au cap Cabron, et conduira les sang-mêlés ci-devant libres par les sentiers de la Vista. — On égorgera les prisonniers, s'il en reste; on mâchera les balles; on empoisonnera les flèches. Il faudra jeter trois tonnes d'arsenic dans la source où l'on puise l'eau du camp; les coloniaux prendront cela pour du sucre, et boiront sans défiance. — Les troupes du Limbé, du Dondon et de l'Acul marcheront après Cloud et Toussaint. — Obstruez avec des rochers toutes les avenues de la savane; carabinez tous les chemins; incendiez les forêts. — Rigaud, vous resterez près de nous. — Candi, vous rassemblerez ma garde autour de moi. — Les noirs du Morne-Rouge formeront l'arrière-garde, et n'évacueront la savane qu'au soleil levant.

Il se pencha vers Rigaud, et dit à voix basse : — Ce sont les noirs de Bug-Jargal ; s'ils pouvaient être écrasés ici ! *Muerta la tropa, muerto el gefe* (1) ! — Allez, *hermanos*, reprit-il en se redressant. Candi vous portera le mot d'ordre. Les chefs se retirèrent.—Général, dit Rigaud, il faudrait expédier la dépêche de Jean-François. Nous sommes mal dans nos affaires; elle pourrait arrêter les blancs. Biassou la tira précipitamment de sa poche.—Vous m'y faites penser; mais il y a tant de fautes de grammaire, comme ils disent, qu'ils en riront.— Il me présenta le papier.—Écoute, veux-tu sauver ta vie? ma bonté le demande encore une fois à ton obstination. Aide-moi à refaire cette lettre : je te dicterai mes idées; tu écriras cela en *style blanc*. Je fis un signe de tête négatif. Il parut impatienté. — Est-ce non? me dit-il. — Non! répondis-je. Il insista. — Réfléchis bien. Et son regard semblait attirer le mien sur l'attirail de bourreau avec lequel il jouait. — C'est parce que j'ai réfléchi, repris-je, que je refuse. Tu me parais craindre pour toi et les tiens; tu comptes sur ta lettre à l'assemblée pour retarder la marche et la vengeance des blancs. Je ne veux pas d'une vie qui servirait peut-être à sauver la tienne. Fais commencer mon supplice.—Ah ! ah! *muchacho !* répliqua Biassou en poussant du pied les instruments de torture, il me semble que tu te familiarises avec cela. J'en suis fâché, mais je n'ai pas le temps de t'en faire faire l'essai. Cette position est dangereuse; il faut que j'en sorte au plus vite.—Ah ! tu refuses de me servir de secrétaire ! aussi bien, tu as raison, car je ne t'en aurais pas moins fait mourir après. On ne saurait vivre avec un secret de Biassou ; et puis, mon cher, j'avais promis ta mort à monsieur le chapelain. Il se tourna vers l'obi, qui venait d'entrer.—*Bon per*, votre escouade est-elle prête ? Celui-ci fit un signe de tête affirmatif. — Avez-vous pris pour la composer des noirs du Morne-Rouge? Ce sont les seuls de l'armée qui ne soient point encore forcés de s'occuper des apprêts du départ. L'obi répondit *oui* par un second signe.

Biassou alors me montra du doigt le grand drapeau noir que j'avais déjà remarqué, et qui figurait dans un coin de la grotte. — Voici qui doit avertir les tiens du moment où ils pourront donner ton épaulette à ton lieutenant. — Tu sens que, dans cet instant-là, je dois déjà être en marche. — A propos, tu viens de te promener, comment as-tu trouvé les environs? — J'y ai remarqué, répondis-je froidement, assez d'arbres pour y pendre toi et toute ta bande. — Eh bien! répliqua-t-il avec un ricanement forcé, il est un endroit que tu n'as sans doute pas vu, et avec lequel le *bon per* te fera faire connaissance. — Adieu, jeune capitaine, bonsoir à Léogri. Il me salua avec ce rire qui me rappelait le bruit du serpent à sonnettes, fit un geste, me tourna le dos, et les nègres m'entraînèrent. L'obi voilé nous accompagnait, son chapelet à la main.

LI

Je marchais au milieu d'eux sans faire de résistance, il est vrai qu'elle eût été inutile. Nous montâmes sur la croupe d'un mont situé à l'ouest de la savane, où nous nous reposâmes un instant; là je jetai un dernier regard sur ce soleil couchant qui ne devait plus se lever pour moi. Mes guides se levèrent. je les suivis. Nous descendîmes dans une petite vallée qui m'eût enchanté dans tout autre instant. Un torrent la traversait dans sa largeur et communiquait au sol une humidité féconde; ce torrent se jetait, à l'extrémité du vallon, dans un de ces lacs bleus dont abonde l'intérieur des mornes à Saint-Domingue. Que de fois, dans des temps plus heureux, je m'étais assis pour rêver sur le bord de ces beaux lacs, à l'heure du crépuscule, quand leur azur se change en une nappe d'argent où le reflet des premières étoiles du soir sème des paillettes d'or! Cette heure allait bientôt venir, mais il fallait passer! Que cette vallée me sembla belle! on y voyait des platanes à fleurs d'érable d'une force et d'une hauteur prodigieuses; des bouquets touffus de *mauritias*, sorte de palmier qui exclut toute autre végétation sous son ombrage, des dattiers, des magnolias avec leurs larges calices, de grands catalpas montrant leurs feuilles polies et découpées parmi les grappes d'or des faux ébéniers. L'odier du Canada y mêlait ses fleurs d'un jaune pâle aux auréoles bleues dont se charge cette espèce de chèvrefeuille sauvage que les nègres nomment *coali*. Des rideaux verdoyants de lianes dérobaient à la vue les flancs bruns des rochers voisins. Il s'élevait de tous les points de ce sol vierge un parfum primitif comme celui que devait respirer le premier homme sur les premières roses de l'Eden. — Nous marchions cependant le long d'un sentier tracé sur le bord du torrent. Je fus surpris de voir ce sentier aboutir brusquement au pied d'un roc à pic, au bas duquel je remarquai une ouverture en forme d'arche, d'où s'échappait le torrent. Un bruit sourd, un vent impétueux sortaient de cette arche naturelle. Les nègres prirent à gauche un chemin tortueux et inégal, qui semblait avoir été creusé par les eaux d'un torrent desséché depuis longtemps. Une voûte se présenta, à demi bouchée par les ronces, les houx et les épines sauvages qui y croissaient. Un bruit pareil à celui de l'arche de la vallée se faisait entendre sous cette voûte. Les noirs m'y entraînèrent. Au moment où je fis le premier pas dans ce souterrain, l'obi s'approcha de moi, et me dit d'une voix étrange : —Voici ce que j'ai à te prédire maintenant: un de nous deux seulement sortira de cette voûte et repassera par ce chemin. — Je dédaignai de répondre. Nous avançâmes dans l'obscurité. Le bruit devenait de plus en plus fort; nous ne nous entendions plus marcher. Je jugeai qu'il devait être produit par une chute d'eau : je ne me trompais pas.

Après dix minutes de marche dans les ténèbres, nous arrivâmes sur une espèce de plate-forme intérieure, formée par la nature dans le centre même de la montagne. La plus grande partie de cette plate-forme demi-circulaire était inondée par le torrent qui jaillissait des veines du mont avec un bruit épouvantable. Au-dessus de cette salle souterraine, la voûte formait une sorte de dôme tapissé de lierre d'une couleur jaunâtre. Cette voûte était traversée presque dans toute sa largeur par une crevasse à travers laquelle le jour pénétrait, et dont le bord était couronné d'arbustes verts, dorés en ce moment des rayons du soleil. A l'extrémité nord de la plate-forme, le torrent se perdait avec fracas dans un gouffre au fond duquel semblait flotter, sans pouvoir y pénétrer, la vague lueur qui descendait de la crevasse. Sur l'abîme se penchait un vieil arbre, dont les plus hautes branches se mêlaient à l'écume de la cascade, et dont la souche noueuse perçait le roc, un ou deux pieds au-dessous du bord. Cet arbre, baignant ainsi à la fois dans le torrent sa tête et sa racine, qui se projetait sur ce gouffre comme un bras décharné, était si dépouillé de verdure, qu'on n'en pouvait reconnaître l'espèce. Il offrait un phénomène singulier : l'humidité qui imprégnait ses racines l'empêchait seule de mourir, tandis que la violence de la cataracte lui arrachait successivement ses branches nouvelles, et le forçait de conserver éternellement les mêmes rameaux.

LII

Les noirs s'arrêtèrent en cet endroit terrible, et je vis qu'il fallait mourir. Alors, près de ce gouffre dans lequel je me précipitais en quelque sorte volontairement, l'image du bonheur auquel j'avais renoncé peu d'heures auparavant revint m'assaillir comme un regret, presque comme un remords. Toute prière était indigne de moi; une plainte m'échappa pourtant. — Amis, dis-je aux noirs qui m'entouraient, savez-vous que c'est une triste chose que de périr à vingt ans, quand on est plein de force et de vie, qu'on est aimé de ceux qu'on aime, et qu'on laisse derrière soi des yeux qui pleureront jusqu'à ce qu'ils se ferment? Un rire horrible accueillit ma plainte. C'était celui du petit obi. Cette espèce de malin esprit, cet être impénétrable, s'approcha brusquement de moi. — Ah ! ah ! ah ! Tu regrettes la vie. *Labado sea Dios!* Ma seule crainte, c'était que tu n'eusses pas peur de la mort! C'était cette même voix, ce même rire qui avaient déjà fatigué mes conjectures. — Misérable! lui

(1) Morte la bande, mort le chef!

dis-je, qui es-tu donc? — Tu vas le savoir! me répondit-il d'un accent terrible. Puis, écartant le soleil d'argent qui parait sa brune poitrine : — Regarde!

Je me penchai jusqu'à lui. Deux noms étaient gravés sur le sein velu de l'obi en lettres blanchâtres, traces hideuses et ineffaçables qu'imprimait un fer ardent sur la poitrine des esclaves. L'un de ces noms était *Effingham*, l'autre était celui de mon oncle, le mien, *d'Auverney!* Je demeurai muet de surprise. — Eh bien! Léopold d'Auverney, me demanda l'obi, ton nom te dit-il le mien? — Non, répondis-je étonné de m'entendre nommer par cet homme, et cherchant à rallier mes souvenirs. Ces deux noms ne furent jamais réunis que sur la poitrine du bouffon... Mais il est mort, le pauvre nain; et d'ailleurs il nous était attaché, lui. Tu ne peux pas être Habibrah! — Lui-même! s'écria-t-il d'un voix effrayante. Et, soulevant la sanglante *gorra*, il détacha son voile. Le visage difforme du nain de la maison s'offrit à mes yeux; mais à l'air de folle gaieté que je lui connaissais avait succédé une expression menaçante et sinistre. — Grand Dieu! m'écriai-je frappé de stupeur, tous les morts reviennent-ils? C'est Habibrah, le bouffon de mon oncle! Le nain mit la main sur son poignard, et dit sourdement : — Son bouffon... et son meurtrier. Je reculai avec horreur. — Son meurtrier!... Scélérat! est-ce donc ainsi que tu as reconnu ses bontés? Il m'interrompit : — Ses bontés? dis ses outrages! — Comment! repris-je, c'est toi qui l'as frappé, misérable? — Moi, répondit-il avec une expression horrible. Je lui ai enfoncé le couteau si profondément dans le cœur, qu'à peine a-t-il eu le temps de sortir du sommeil pour entrer dans la mort. Il a crié faiblement : *A moi, Habibrah!...* J'étais à lui.

Son atroce récit, son atroce sang-froid, me révoltèrent. — Malheureux! lâche assassin! tu avais donc oublié les faveurs qu'il n'accordait qu'à toi? tu mangeais près de sa table, tu dormais près de son lit... — Comme un chien! interrompit brusquement Habibrah; *como un perro!* Va! je ne me suis que trop souvenu de ces faveurs qui sont des affronts! Je m'en suis vengé sur lui, je vais m'en venger sur toi. Ecoute. Crois-tu donc que pour être mulâtre, nain et difforme, je ne sois pas homme? Ah! j'ai une âme, et une âme plus profonde et plus forte que celle dont je vais délivrer ton corps de jeune fille! J'ai été donné à ton oncle comme un sapajou. Je servais à ses plaisirs, j'amusais ses mépris. Il m'aimait, dis-tu; j'avais une place dans son cœur; oui, entre sa guenon et son perroquet. Je m'en suis choisi une autre avec mon poignard!

Je frémissais. — Oui, continua le nain, c'est moi, c'est bien moi! regarde-moi en face, Léopold d'Auverney! Tu as assez ri de moi, tu peux frémir maintenant. Et, dis-moi, tu me rappelles la honteuse prédilection de ton oncle pour celui qu'il nommait son bouffon! Quelle prédilection! *bon Giu!* Si j'entrais dans vos salons, mille rires dédaigneux m'accueillaient; ma taille, mes difformités, mes traits, mon costume dérisoire, jusqu'aux infirmités déplorables de ma nature, tout en moi prêtait aux railleries de ton exécrable oncle et de ses exécrables amis. Et moi, je ne pouvais pas même me taire; il fallait, *o rabia!* il fallait mêler mon rire aux rires que j'excitais! Réponds, crois-tu que de pareilles humiliations soient un titre à la reconnaissance d'une créature humaine? Crois-tu qu'elles ne vaillent pas les misères des autres esclaves; les travaux sans relâche, les ardeurs du soleil, les carcans de fer et le fouet des commandeurs? Crois-tu qu'elles ne suffisent pas pour faire germer dans un cœur d'homme une haine ardente, implacable, éternelle, comme le stigmate d'infamie qui flétrit ma poitrine! Oh! pour avoir souffert si longtemps, que ma vengeance a été courte! Que n'ai-je pu faire endurer à mon odieux tyran tous les tourments qui renaissaient pour moi à tous les moments de tous les jours! Que n'a-t-il pu avant de mourir connaître l'amertume de l'orgueil blessé, et sentir quelles traces brûlantes laissent les larmes de honte et de rage sur un visage condamné à un rire perpétuel! Hélas! il est bien dur d'avoir tant attendu l'heure de punir, et d'en finir d'un coup de poignard! Encore s'il avait pu savoir quelle main le frappait! Mais j'étais trop impatient d'entendre son dernier râle; j'ai enfoncé trop vite le couteau; il est mort sans m'avoir reconnu, et ma fureur a trompé ma vengeance. Cette fois, du moins, elle sera plus complète. Tu me vois bien, n'est-ce pas? Il est vrai que tu dois avoir peine à me reconnaître dans le nouveau jour qui me montre à toi. Tu ne m'avais jamais vu que sous un air rieur et joyeux; maintenant que rien n'interdit à mon âme de paraître dans mes yeux, je ne dois plus me ressembler. Tu ne connaissais que mon masque : voici mon visage!

Il était horrible. — Monstre! m'écriai-je, tu te trompes, il y a encore quelque chose du baladin dans l'atrocité de tes traits et de ton cœur.. — Ne parle pas d'atrocité! interrompit Habibrah. Songe à la cruauté de ton oncle... — Misérable! repris-je indigné; s'il était cruel, c'était par toi! Tu plains le sort des malheureux esclaves; mais pourquoi alors tournais-tu contre tes frères le crédit que la faiblesse de ton maître t'accordait? Pourquoi n'as-tu jamais essayé de le fléchir en leur faveur? — J'en aurais été bien fâché! Moi, empêcher un blanc de se souiller d'une atrocité! non, non! Je l'engageais au contraire à redoubler de mauvais traitements envers ses esclaves, afin d'avancer l'heure de la révolte, afin que l'excès de l'oppression amenât enfin la vengeance! En paraissant nuire à mes frères, je les servais. Je restai confondu devant une si profonde combinaison de la haine. — Eh bien! continua le nain, trouves-tu que j'aie su méditer et exécuter? Que dis-tu du bouffon Habibrah? Que dis-tu du fou de ton oncle? — Achève ce que tu as si bien commencé, lui répondis-je. Fais-moi mourir, mais hâte-toi.

Il se mit à se promener de long en large sur la plateforme, en se frottant les mains. — Et, s'il ne me plaît pas de me hâter, à moi? si je veux jouir à mon aise de tes angoisses? Vois-tu, Biassou me devait ma part dans le butin du dernier pillage. Quand je t'ai vu au camp des noirs, je ne lui ai demandé que ta vie. Il me l'a accordée volontiers, et maintenant elle est à moi! Je m'en amuse. Tu vas bientôt suivre cette cascade dans ce gouffre, sois tranquille; mais je dois te dire auparavant qu'ayant découvert la retraite où ta femme avait été cachée, j'ai inspiré aujourd'hui à Biassou de faire incendier la forêt, cela doit être commencé à présent. Ainsi ta famille est anéantie. Ton oncle a péri par le fer; tu vas périr par l'eau, ta Marie par le feu. — Misérable! misérable! m'écriai-je. Et je fis un mouvement pour me jeter sur lui. Il se tourna vers les nègres : — Allons, attachez-le! il avance son heure. Alors les nègres commencèrent à me lier en silence avec des cordes qu'ils avaient apportées. Tout à coup je crus entendre les aboiements lointains d'un chien; je pris ce bruit pour une illusion causée par le mugissement de la cascade. Les nègres achevèrent de m'attacher, et m'approchèrent du gouffre qui devait m'engloutir. Le nain, croisant les bras, me regardait avec une joie triomphante. Je levai les yeux vers la crevasse pour fuir son odieuse vue, et pour découvrir encore le ciel. En ce moment, un aboiement plus fort et plus prononcé se fit entendre. La tête énorme de Rask passa par l'ouverture. Je tressaillis. Le nain s'écria : *Allons!* Les noirs, qui n'avaient pas remarqué les aboiements, se préparèrent à me lancer au milieu de l'abîme...

LIII

— Camarades! cria une voix tonnante. Tous se retournèrent : — c'était Bug-Jargal. Il était debout sur le bord de la crevasse; une plume rouge flottait sur sa tête. — Camarades, répéta-t-il, arrêtez! Les noirs se prosternèrent. Il continua : Je suis Bug-Jargal. Les noirs frappèrent la terre de leurs fronts, en poussant des cris dont il était difficile de distinguer l'expression. — Déliez le prisonnier! cria le chef. Ici le nain parut se réveiller de la stupeur où l'avait plongé cette apparition inattendue. Il arrêta brusquement les bras des noirs prêts à couper mes liens. — Comment! qu'est-ce? s'écria-t-il. *Que quiere decir eso?* Puis, levant la tête vers Bug-Jargal : — Chef du Morne-Rouge, que venez-vous faire ici? Bug-Jargal répondit : — Je viens commander à mes frères! — En effet, dit le nain avec une rage concentrée, ce sont des noirs du Morne-Rouge! Mais de quel droit, ajouta-t-il en haussant la voix, disposez-vous de mon prisonnier? Le chef répondit : — Je suis Bug-Jargal! Les noirs frappèrent la terre de leurs fronts. — Bug-Jargal, reprit Habibrah, ne peut pas défaire ce qu'a fait Biassou. Ce blanc m'a été donné par Biassou. Je veux qu'il meure; il mourra. — *Vosotros*, dit-il aux noirs, obéissez! jetez-le dans le gouffre.

A la voix puissante de l'obi, les noirs se relevèrent et firent un pas vers moi. Je crus que c'en était fait. — Déliez le prisonnier, cria Bug-Jargal. Alors il s'exhala en imprécations et en menaces. En un clin d'œil je fus libre. Ma surprise égalait la rage de l'obi. Il voulut se jeter sur moi. Les noirs l'arrêtèrent. — *Demonios! rabia! infierno de mi alma!* Comment! misérables! vous refusez de m'obéir! vous méconnaissez *mi voz!* Pourquoi ai-je perdu *el tiempo* à écouter *este maldicho?* J'aurais dû le faire jeter tout de suite aux poissons *del baratro!* A force de vouloir une vengeance complète, je la perds. *O rabia de Satan! Escuchate vosotros!* Si vous ne m'obéissez pas, si vous ne précipitez pas cet exécrable blanc dans le torrent, je vous maudis! Vos cheveux deviendront blancs; les maringouins et les bigailles vous dévoreront tout vivants; vos jambes et vos bras plieront comme des roseaux; votre haleine brûlera votre gosier comme un sable ardent; vous mourrez bientôt, et après votre mort vos esprits seront condamnés à tourner sans cesse une meule grosse comme une montagne, dans la lune où il fait froid!

Cette scène produisait sur moi un effet singulier. Seul de mon espèce dans cette caverne humide et noire, environné de ces nègres pareils à des démons, balancé en quelque sorte au penchant de cet abîme sans fond, tour à tour menacé par ce nain hideux, par ce sorcier difforme, dont un jour pâle laissait à peine entrevoir le vêtement bariolé et la mitre pointue, et protégé par le grand noir, qui m'apparaissait au seul point d'où l'on pût voir le ciel, il me semblait être aux portes de l'enfer, attendre la perte ou le salut de mon âme, et assister à une lutte opiniâtre entre mon bon ange et mon mauvais génie. Les noirs paraissaient terrifiés des malédictions de l'obi. Il voulut profiter de leur indécision, et s'écria : — Je veux que le blanc meure; vous obéirez : il mourra! Bug-Jargal répondit gravement : — Il vivra! Je suis Bug-Jargal. Mon père était roi au pays de Kakongo, et rendait la justice sur le seuil de sa porte. Les noirs s'étaient prosternés de nouveau. Le chef poursuivit : — Frères! allez dire à Biassou de ne pas déployer sur la montagne le drapeau noir qui doit annoncer aux blancs la mort de ce captif, car ce captif a sauvé la vie à Bug-Jargal, et Bug-Jargal veut qu'il vive. Ils se relevèrent. Bug-Jargal jeta sa plume rouge au milieu d'eux. Le chef du détachement croisa les bras sur sa poitrine, et ramassa le panache avec respect; puis ils sortirent sans proférer une parole. L'obi disparut avec eux dans les ténèbres de l'avenue souterraine. Je n'essayerai pas de vous peindre, messieurs, la situation où je me trouvais. Je fixai des yeux humides sur Pierrot, qui de son côté me contemplait avec une singulière expression de reconnaissance et de fierté. — Dieu soit béni! dit-il enfin, tout est sauvé. Frère, retourne par où tu es venu. Tu me trouveras dans la vallée.

Il me fit un signe de la main, et se retira.

LIV

Pressé d'arriver à ce rendez-vous et de savoir par quel merveilleux bonheur mon sauveur m'avait été ramené si à propos, je me disposai à sortir de l'effrayante caverne. Cependant de nouveaux dangers m'y étaient réservés. A l'instant où je me dirigeais vers la galerie souterraine, un obstacle imprévu m'en barra tout à coup l'entrée. C'était encore Habibrah. Le rancuneux obi n'avait pas suivi les nègres comme je l'avais cru; il s'était caché derrière un pilier de roches, attendant un moment plus propice pour sa vengeance. Ce moment était venu. Le nain se montra subitement et rit. J'étais seul, désarmé; un poignard, le même qui lui tenait lieu de crucifix, brillait dans sa main. A sa vue, je reculai involontairement. — Ah! ah! *maldicho!* tu croyais donc m'échapper! mais le fou est moins fou que toi. Je te tiens, et cette fois je ne te ferai pas attendre. Ton ami Bug-Jargal ne t'attendra pas non plus en vain. Tu iras au rendez-vous dans la vallée, mais c'est le flot de ce torrent qui se chargera de t'y conduire. En parlant ainsi, il se précipita vers moi le poignard levé. — Monstre! lui dis-je en reculant sur la plate-forme, tout à l'heure tu n'étais qu'un bourreau, maintenant tu es un assassin! — Je me venge! répondit-il en grinçant des dents.

En ce moment j'étais sur le bord du précipice; il fondit brusquement sur moi afin de m'y pousser d'un coup de poignard. J'esquivai le choc. Le pied lui manqua sur cette mousse glissante dont les rochers humides sont en quelque sorte enduits : il roula sur la pente arrondie par les flots. — Mille démons! s'écria-t-il en rugissant : il était tombé dans l'abîme. Je vous ai dit qu'une racine du vieil arbre sortait d'entre les fentes du granit, un peu au-dessous du bord. Le nain la rencontra dans sa chute : sa jupe chamarrée s'embarrassa dans les nœuds de la souche, et, saisissant ce dernier appui, il s'y cramponna avec une énergie extraordinaire. Son bonnet aigu se détacha de sa tête; il fallut lâcher son poignard; et cette arme d'assassin et la gorra sonnante du bouffon disparurent ensemble, en se heurtant, dans les profondeurs de la cataracte. Habibrah, suspendu sur l'horrible gouffre, essaya d'abord de remonter sur la plate-forme; mais ses petits bras ne pouvaient atteindre jusqu'à l'arête de l'escarpement, et ses ongles s'usaient en efforts impuissants pour entamer la surface visqueuse du roc qui surplombait dans le ténébreux abîme. Il hurlait de rage. La moindre secousse de ma part eût suffi pour le précipiter; mais c'eût été une lâcheté, et je n'y songeai pas un moment. Cette modération le frappa. Remerciant le ciel du salut qu'il m'envoyait d'une manière si inespérée, je me décidais à l'abandonner à son sort, et j'allais sortir de la salle souterraine quand j'entendis tout à coup la voix du nain sortir de l'abîme, suppliante et douloureuse. — Maître, criait-il, maître! ne vous en allez pas, de grâce! Au nom du *bon Giu*, ne laissez pas mourir, impénitente et coupable, une créature humaine que vous pouvez sauver. Hélas!... les forces me manquent, la branche glisse et plie dans mes mains, le poids de mon corps m'entraîne, je vais la lâcher ou elle va se rompre..... Hélas! maître! l'effroyable gouffre tourbillonne au-dessous de moi! *Nombre santo de Dios!* n'aurez-vous aucune pitié pour votre pauvre bouffon? Il est bien criminel; mais ne lui prouverez-vous pas que les blancs valent mieux que les mulâtres, les maîtres que les esclaves?

Je m'étais rapproché du précipice presque ému, et la terne lumière qui descendait de la crevasse me montrait sur le visage repoussant du nain une expression que je ne lui connaissais pas encore, celle de la prière et de la détresse. — *Señor* Léopold, continua-t-il, encouragé par le mouvement de pitié qui m'était échappé, serait-il vrai qu'un être humain vît son semblable dans une position aussi horrible, pût le secourir, et ne le fît pas? Hélas! tendez-moi la main, maître. Il ne faudrait qu'un peu d'aide pour me sauver. Ce qui est tout pour moi est si peu de chose pour vous! Tirez-moi à vous, de grâce! Ma reconnaissance égalera mes crimes... Je l'interrompis : — Malheureux! ne rappelle pas ce souvenir! — C'est pour le détester, maître, reprit-il. Ah! soyez plus généreux que moi! O ciel! ô ciel! je faiblis! je tombe!..... *Ay desdichado!* La main! votre main! tendez-moi la main! au nom de la mère qui vous a porté.

Je ne saurais vous dire à quel point était lamentable cet accent de terreur et de souffrance! J'oubliai tout. Ce n'était plus un ennemi, un traître, un assassin, c'était un malheureux qu'un léger effort de ma part pouvait arracher à une mort affreuse. Il m'implorait si pitoyablement! Toute parole, tout reproche eût été inutile et ridicule : le besoin d'aide paraissait urgent. Je me baissai, et, m'agenouillant le long du bord, l'une de mes mains appuyée sur le tronc de l'arbre dont la racine soutenait l'infortuné Habibrah, je lui tendis l'autre... — Dès qu'elle fut à sa portée, il la saisit de ses deux mains avec une force prodigieuse, et, loin de se prêter au mouvement d'ascension que je voulais lui donner, je le sentis qui cherchait à m'entraîner avec lui dans l'abîme. Si le tronc de l'arbre ne m'eût pas prêté un aussi solide appui, j'aurais été infailliblement arraché du bord par la secousse violente et inattendue que me donna le misérable. — Scélérat! m'écriai-je, que fais-tu? — Je me venge! répondit-il avec un rire éclatant et infernal. Ah! je te tiens enfin! imbécile! tu t'es livré toi-même! Je te tiens! Tu étais sauvé, j'étais perdu; et c'est toi qui rentres volontairement dans la gueule du caïman, parce qu'elle a gémi après avoir rugi! Me voilà consolé, puisque ma mort est une vengeance! Tu es pris au piége, *amigo!* et j'aurai un compagnon humain chez les poissons du lac. — Ah! traître! disais-je en me roidissant, voilà comme tu me récompenses d'avoir voulu te tirer du péril! —Oui, reprenait-il, je sais que j'aurais pu me sauver avec toi, mais j'aime mieux que tu périsses avec moi. J'aime mieux ta mort que ma vie! Viens!

En même temps ses deux mains bronzées et calleuses se crispaient sur la mienne avec des efforts inouïs; ses yeux flamboyaient, sa bouche écumait; ses forces, dont il déplorait si douloureusement l'abandon un moment auparavant, lui étaient revenues, exaltées par la rage et la vengeance; ses pieds s'appuyaient ainsi que deux leviers aux parois perpendiculaires du rocher, et il bondissait comme un tigre sur la racine, qui, mêlée à ses vêtements, le soutenait malgré lui; car il eût voulu la briser afin de peser de tout son poids sur moi et de m'entraîner plus vite. Il interrompait quelquefois, pour la mordre avec fureur, le rire épouvantable que m'offrait son monstrueux visage. On eût dit l'horrible démon de cette caverne cherchant à attirer une proie dans son palais d'abîmes et de ténèbres. Un de mes genoux s'était heureusement arrêté dans une anfractuosité du rocher; mon bras s'était en quelque sorte noué à l'arbre qui m'appuyait; et je luttais contre les efforts du nain avec toute l'énergie que le sentiment de la conservation peut donner dans un semblable moment. De temps en temps je soulevais péniblement ma poitrine, et j'appelais de toutes mes forces : ***Bug-Jargal!*** Mais le fracas de la cascade et l'éloignement me laissaient bien peu d'espoir qu'il pût entendre une voix. Cependant le nain, qui ne s'était pas attendu à tant de résistance, redoublait ses furieuses secousses. Je commençais à perdre mes forces, bien que cette lutte eût duré bien moins de temps qu'il ne m'en faut pour vous la raconter. Un tiraillement insupportable paralysait presque mon bras; ma vue se troublait; des lueurs livides et confuses se croisaient devant mes yeux; des tintements remplissaient mes oreilles; j'entendais crier la racine prête à rompre, rire le monstre prêt à tomber, et il me semblait que le gouffre hurlant se rapprochait de moi.

Avant de tout abandonner à l'épuisement et au désespoir, je tentai un dernier appel : je rassemblai mes forces éteintes, et je criai encore une fois : ***Bug-Jargal!*** Un aboiement me répondit... J'avais reconnu Rask, je tournai les yeux. Bug-Jargal et son chien étaient au bord de la crevasse. Je ne sais s'il avait entendu ma voix ou si quelque inquiétude l'avait ramené. Il vit mon danger. — Tiens bon! me cria-t-il. Habibrah, craignant mon salut, me criait de son côté en écumant de fureur : — Viens donc! viens! Et il ramassait, pour en finir, le reste de sa vigueur surnaturelle. En ce moment, mon bras fatigué se détacha de l'arbre. C'en était fait de moi! quand je me sentis saisir par derrière : c'était Rask. A un signe de son maître il avait sauté de la crevasse sur la plate-forme, et sa gueule me retenait puissamment par les basques de mon habit. Ce secours inattendu me sauva. Habibrah avait consumé toute sa force dans son dernier effort; je rappelai la mienne pour lui arracher ma main. Ses doigts engourdis et roides furent enfin contraints de me lâcher; la racine, si longtemps tourmentée, se brisa sous son poids; et, tandis que Rask me retirait violemment en arrière, le misérable nain s'engloutit dans l'écume de la sombre cascade, en me jetant une malédiction que je n'entendis pas, et qui retomba avec lui dans l'abîme. — Telle fut la fin du bouffon de mon oncle.

LV

Cette scène effrayante, cette lutte forcenée, son dénoûment terrible, m'avaient accablé. J'étais presque sans force et sans connaissance. La voix de Bug-Jargal me ranima.— Frère! me criait-il, hâte-toi de sortir d'ici! Le soleil sera couché dans une demi-heure. Je vais t'attendre là-bas. Suis Rask. Cette parole amie me rendit tout à la fois espérance, vigueur et courage. Je me relevai. Le dogue s'enfonça rapidement dans l'avenue souterraine; je le suivis : son jappement me guidait dans l'ombre. Après quelques instants je revis le jour devant moi; enfin, nous atteignîmes l'issue, et je respirai librement. En sortant de dessous la voûte humide et noire, je me rappelai la prédiction du nain, au moment où nous y étions entrés : — « L'un de « nous deux seulement repassera par ce chemin. » Son attente avoit été trompée, mais sa prophétie s'était réalisée.

LVI

Parvenu dans la vallée, je revis Bug-Jargal; je me jetai dans ses bras, et j'y demeurai oppressé, ayant mille questions à lui faire et ne pouvant parler. — Écoute, me dit-il, ta femme, ma sœur, est en sûreté. Je l'ai remise au camp des blancs, à l'un de vos parents, qui commande les avant-postes; je voulais me rendre prisonnier, de peur qu'on ne sacrifiât en ma place les dix têtes qui répondent de la mienne. Ton parent m'a dit de fuir et de tâcher de prévenir ton supplice, les dix noirs ne devant être exécutés que si tu l'étais, ce que Biassou devait faire annoncer en arborant un drapeau noir sur la plus haute de nos montagnes. Alors j'ai couru, Rask m'a conduit, et je suis arrivé à temps, grâce au ciel! Tu vivras et moi aussi. Il me tendit la main et ajouta : — Frère, es-tu content? Je le serrai de nouveau dans mes bras; je le conjurai de ne plus me quitter, de rester avec moi parmi les blancs; je lui promis un grade dans l'armée coloniale. Il m'interrompit d'un air farouche : — Frère, est-ce que je te propose de t'enrôler parmi les miens? Je gardai le silence, je sentais mon tort. Il ajouta avec gaieté : — Allons, viens vite revoir et rassurer ta femme! Cette proposition répondait à un besoin pressant de mon cœur; je me levai ivre de bonheur; nous partîmes. Le noir connaissait le chemin; il marchait devant moi; Rask nous suivait!... Ici d'Auverney s'arrêta et jeta un sombre regard autour de lui. La sueur coulait à grosses gouttes de son front. Il couvrit son visage avec sa main. Rask le regardait d'un air inquiet. — Oui, c'est ainsi que tu me regardais! murmura-t-il.

Un instant après, il se leva violemment agité, et sortit de la tente. Le sergent et le dogue l'accompagnèrent.

LVII

— Je gagerais, s'écria Henri, que nous approchons de la catastrophe! Je serais vraiment fâché qu'il arrivât quelque chose à Bug-Jargal; c'était un fameux homme! Paschal ôta de ses lèvres le goulot de sa bouteille revêtue d'osier, et dit : — J'aurais voulu, pour douze paniers de Porto, voir la noix de coco qu'il vida d'un trait. Alfred, qui était en train de rêver à un air de guitare, s'interrompit, et pria le lieutenant Henri de lui rattacher ses aiguillettes; il ajouta : — Ce nègre m'intéresse beaucoup. Seulement je n'ai pas encore osé demander à d'Auverney s'il savait aussi l'air de la *Hermosa Padilla.* — Biassou est bien plus remarquable, reprit Paschal; son vin goudronné ne devait pas valoir grand'chose, mais du moins cet homme-là savait ce que c'est qu'un Français. Si j'avais été son prisonnier, j'aurais laissé pousser ma moustache pour qu'il me prêtât quelques piastres dessus, comme la ville de Goa à ce capitaine portugais. Je vous déclare que mes créanciers sont plus impitoyables que Biassou. — A propos, capitaine, voilà quatre louis que je vous dois, s'écria Henri en jetant sa bourse à Paschal. Le capitaine regarda d'un œil étonné son généreux débiteur, qui aurait à plus juste titre pu se dire son créancier. Henri se hâta de poursuivre. — Voyons, messieurs, que pensez-vous jusqu'ici de l'histoire que nous raconte le capitaine? — Ma foi, dit Alfred, je n'ai pas écouté fort attentivement, mais je vous avoue que j'aurais espéré quelque chose de plus intéressant de la bouche du rêveur d'Auverney. Et puis il y a une romance en prose, et je n'aime pas les romances en prose : sur quel air chanter cela? En somme, l'histoire de Bug-Jargal m'ennuie, c'est trop long. — Vous avez raison, dit l'aide de camp Paschal; c'est trop long. Si je n'avais pas eu ma pipe et mon flacon, j'aurais passé une méchante nuit. Remarquez en outre qu'il y a beaucoup de choses absurdes. Comment croire, par exemple, que ce petit magot de sorcier..... comment l'appelle-t-il déjà?... *Habitbas?* comment croire qu'il veuille, pour noyer son ennemi, se noyer lui-même?...

Henri l'interrompit en souriant : — Dans de l'eau surtout! n'est-ce pas, capitaine Paschal? Quant à moi, ce qui m'amusait le plus pendant le récit de d'Auverney, c'était de voir son chien boiteux lever le tête chaque fois qu'il prononçait le nom de Bug-Jargal. — Et en cela, interrompit Paschal, il faisait précisément le contraire de ce que j'ai vu faire aux vieilles bonnes femmes de Celadas quand le prédicateur prononçait le nom de Jésus; j'entrais dans l'église avec une douzaine de cuirassiers... Le bruit du fusil du factionnaire avertit que d'Auverney rentrait. Tout le monde se tut. Il se promena quelque temps les bras croisés, en silence. Le vieux Thadée, qui s'était rassis dans un coin, l'observait à la dérobée, et s'efforçait de paraître caresser Rask, pour que le capitaine ne s'aperçût pas de son inquiétude. D'Auverney reprit enfin :

LVIII

— Rask nous suivait. Le rocher le plus élevé de la vallée n'était plus éclairé par le soleil : une lueur s'y peignit tout à coup, et passa. Le noir tressaillit; il me serra fortement la main. — Ecoute, me dit-il. Un bruit sourd, semblable à la décharge d'une pièce d'artillerie, se fit entendre alors dans les vallées, et se prolongea d'échos en échos. — C'est le signal, dit le nègre d'une voix sombre. Il reprit : — C'est un coup de canon, n'est-ce pas? Je fis un signe de tête affirmatif. En deux bonds il fut sur une roche élevée : je l'y suivis. Il croisa les bras et se mit à sourire tristement. — Vois-tu? me dit-il. Je regardai du côté qu'il m'indiquait, et je vis le pic qu'il m'avait montré lors de mon entrevue avec Marie, le seul que le soleil éclairât encore, surmonté d'un grand drapeau noir. Ici d'Auverney fit une pause. J'ai su depuis que Biassou, pressé de partir et me croyant mort, avait fait arborer l'étendard avant le retour du détachement qui avait dû m'exécuter.

Bug-Jargal était toujours là, debout, les bras croisés, et contemplant le lugubre drapeau. Soudain, il se retourna vivement et fit quelques pas, comme pour descendre du roc. — Dieu! Dieu! mes malheureux compagnons! Il revint à moi : — As-tu entendu le canon? me demanda-t-il. Je ne répondis point. — Eh bien! frère, c'était le signal. On les conduit maintenant. Sa tête tomba sur sa poitrine. Il se rapprocha encore de moi. — Va retrouver ta femme, frère, Rask te conduira. — Il siffla un air africain, le chien se mit à remuer la queue, et parut vouloir se diriger vers un point de la vallée. Bug-Jargal me prit la main et s'efforça de sourire; mais ce sourire était convulsif. — Adieu! me cria-t-il d'une voix forte; et il se perdit dans les touffes d'arbres qui nous entouraient. J'étais pétrifié. Le peu que je comprenais à ce qui venait d'avoir lieu me faisait prévoir tous les malheurs. Rask voyant son maître disparaître, s'avança sur le bord du roc, et se mit à secouer la tête avec un hurlement plaintif. Il revint en baissant la queue; ses grands yeux étaient humides; il me regarda d'un air inquiet, puis il retourna vers l'endroit d'où son maître était parti, et aboya à plusieurs reprises. Je le compris : je sentais les mêmes craintes que lui. Je fis quelques pas de son côté; alors il partit comme un trait en suivant les traces de Bug-Jargal; je l'aurais eu bientôt perdu de vue, quoique je courusse aussi de toutes mes forces, si de temps en temps, il ne se fût arrêté, comme pour me donner le temps de le joindre — Nous traversâmes ainsi plusieurs vallées, nous franchîmes des collines couvertes de bouquets de bois. Enfin!...

La voix de d'Auverny s'éteignit. Un sombre désespoir se manifesta sur tous ses traits; il put à peine articuler ces mots : — Poursuis, Thadée, car je n'ai pas plus de force qu'une vieille femme. Le vieux sergent n'était pas moins ému que le capitaine; il se mit pourtant en devoir de lui obéir. — Avec votre permission... — Puisque vous le désirez, mon capitaine. — Il faut vous dire, mes officiers, que, quoique Bug-Jargal, dit Pierrot, fût un grand nègre, bien doux, bien fort, bien courageux, et le premier brave de la terre, après vous, s'il vous plaît, mon capitaine, je n'en étais pas moins bien animé contre lui, ce que je ne me pardonnerai jamais, quoique mon capitaine me l'ait pardonné. Si bien, mon capitaine, qu'après avoir entendu annoncer votre mort pour le soir du second jour j'entrai dans une furieuse colère contre ce pauvre homme, et ce fut avec un vrai plaisir infernal que je lui annonçai que ce serait lui, ou, à son défaut, dix des siens, qui vous tiendraient compagnie, et qui seraient fusillés en manière de représailles, comme on dit. A cette nouvelle, il ne manifesta rien, sinon qu'une heure après il se sauva en pratiquant un grand trou... D'Auverney fit un geste d'impatience. Thadée reprit : — Soit! Quand on vit le grand drapeau noir sur la montagne, comme il n'était pas revenu, ce qui ne nous étonnait pas, avec votre permission, mes officiers, on tira le coup de canon de signal, et je fus chargé de conduire les dix nègres au lieu de l'exécution, appelé la Bouche-du-Grand-Diable, et éloigné du camp d'environ... Enfin, qu'importe! Quand nous fûmes là, vous sentez bien, messieurs, que ce n'était pas pour leur donner la clef des champs : je les fis lier, comme cela se pratique, et je disposai mes pelotons. — Voilà que je vois arriver de la forêt le grand nègre. Les bras m'en tombèrent. Il vint à moi tout essoufflé. — J'arrive à temps, dit-il. Bonjour, Thadée. — Non, messieurs, il ne dit que cela, et il alla délier ses compatriotes. J'étais là, moi, stupéfait. Alors, avec votre permission, mon capitaine, il s'engagea un grand combat de générosité entre les noirs et lui, lequel aurait bien dû durer un peu plus longtemps... N'importe! oui, je m'en accuse, ce fut moi qui le fis cesser. Il prit la place des noirs. En ce moment son grand chien... Pauvre Rask! il arriva et me sauta à la gorge. — Il aurait bien dû, mon capitaine, s'y tenir quelques moments de plus! — Mais Pierrot fit un signe, et le pauvre dogue me lâcha; Bug-Jargal ne put pourtant pas empêcher qu'il ne vînt se coucher à ses pieds. Alors, je vous croyais mort, mon capitaine... J'étais en colère... — Je criai...

Le sergent étendit la main, regarda le capitaine, mais ne put articuler le mot fatal. — Bug-Jargal tomba. — Une balle avait cassé la patte de son chien... Depuis ce temps-là, nos officiers (et le sergent secouait la tête tristement), depuis ce temps-là il est boiteux. J'entendis des gémissements dans le bois voisin, j'y entrai ; c'était vous, mon capitaine; une balle vous avait atteint au moment où vous accouriez pour sauver le grand nègre. — Oui, mon capitaine, vous gémissiez ; mais c'était sur lui; Bug-Jargal était mort! — Vous, mon capitaine, on vous rapporta au camp. Vous étiez blessé moins dangereusement que lui, car vous guérites, grâce aux bons soins de madame Marie.

Le sergent s'arrêta. D'Auverney reprit d'une voix solennelle et douloureuse : — Bug-Jargal était mort! Thadée baissa la tête. — Oui, dit-il; et il m'avait laissé la vie, et c'est moi qui l'ai tué!

FIN DE BUG-JARGAL

NOTE

Comme les lecteurs ont en général l'habitude d'exiger des éclaircissements définitifs sur le sort de chacun des personnages auxquels on a tenté de les intéresser, il a été fait des recherches, dans l'intention de satisfaire à cette habitude, sur la destinée ultérieure du capitaine Léopold d'Auverney, de son sergent et de son chien. Le lecteur se rappelle peut-être que la sombre mélancolie du capitaine provenait d'une double cause : la mort de Bug-Jargal, dit Pierrot, et la perte de sa chère Marie, laquelle n'avait été sauvée de l'incendie du fort Galifet que pour périr peu de temps après dans le premier incendie du Cap. Quant au capitaine lui-même, voilà ce qu'on a découvert sur son compte.

Le lendemain d'une grande bataille gagnée par les troupes de la République française sur l'armée de l'Europe, le général divisionnaire M***, chargé du commandement en chef, était dans sa tente, seul, et rédigeant, d'après les notes de son chef d'état-major, le rapport qui devait être envoyé à la Convention nationale, sur la victoire de la veille. Un aide de camp vint lui dire que le représentant du peuple en mission près de lui demandait à lui parler. Le général abhorrait ces espèces d'ambassadeurs à bonnets rouges, que la Montagne députait dans les camps pour les dégrader et les décimer, délateurs attitrés, chargés par des bourreaux d'espionner la gloire. Cependant il eût été dangereux de refuser la visite de l'un d'entre eux, surtout après une victoire. L'idole sanglante de ces temps-là aimait les victimes illustres; et les sacrificateurs de la place de la Révolution étaient joyeux quand ils pouvaient, d'un même coup, faire tomber une tête et une couronne, ne fût-elle que d'épines, comme celle de Louis XVI, de fleurs, comme celles des jeunes filles de Verdun, ou de lauriers, comme celle de Custine et d'André Chénier. Le général ordonna donc qu'on introduisit le représentant.

Après quelques félicitations louches et restrictives sur le récent triomphe des armées républicaines, le représentant, se rapprochant du général, lui dit à demi-voix :

— Ce n'est pas tout, citoyen général : il ne suffit pas de vaincre les ennemis du dehors, il faut encore exterminer les ennemis du dedans. — Que voulez-vous dire, citoyen représentant? répondit le général étonné. — Il y a dans votre armée, reprit mystérieusement le commissaire de la Convention, un capitaine nommé Léopold d'Auverney; il sert dans la 32ᵉ demi-brigade. Général, le connaissez-vous? — Oui, vraiment! repartit le général. Je lisais précisément un rapport de l'adjudant général, chef de la 32ᵉ demi-brigade, qui le concerne. La 32ᵉ avait en lui un excellent capitaine. — Comment, citoyen général! dit le représentant avec hauteur. Est-ce que vous lui auriez donné un autre grade? — Je ne vous cacherai pas, citoyen représentant, que telle était en effet mon intention...

Ici le commissaire interrompit impétueusement le général. — La victoire vous aveugle, général M***! Prenez garde à ce que vous faites et à ce que vous dites. Si vous réchauffez dans votre sein les serpents ennemis du peuple, tremblez que le peuple ne vous écrase en écrasant les serpents! Ce Léopold d'Auverney est un aristocrate, un contre-révolutionnaire, un royaliste, un feuillant, un girondin! La justice publique le réclame! Il faut me le livrer sur l'heure. Le général répondit froidement : — Je ne puis. — Comment, vous ne pouvez! reprit le commissaire, dont l'emportement redoublait. Ignorez-vous, général M***, qu'il n'existe ici de pouvoir illimité que le mien? La République vous ordonne, et vous ne pouvez! Ecoutez-moi : je veux, par condescendance pour vos succès, vous lire la note qui m'a été donnée sur ce d'Auverney, et que je dois envoyer avec sa personne à l'accusateur public. C'est l'extrait d'une liste de noms que vous ne voudrez pas me forcer de clore par le vôtre. Écoutez. — « Léopold Auverney (ci-devant de), « capitaine dans la 32ᵉ demi-brigade, convaincu, *primo*, « d'avoir raconté dans un conciliabule de conspirateurs « une prétendue histoire contre-révolutionnaire, tendant à « ridiculiser les principes de l'égalité et de la liberté, et à « exalter les anciennes superstitions connues sous les noms « de *royauté* et de *religion;* convaincu, *secundo*, de s'être « servi d'expressions réprouvées par tous les bons sans-culottes pour caractériser divers événements mémorables, « notamment l'affranchissement des ci-devant noirs de « Saint-Domingue; convaincu, *tertio*, de s'être toujours « servi du mot *monsieur* dans son récit, et jamais du mot « *citoyen;* enfin, *quarto*, d'avoir, par ledit récit, conspiré « ouvertement le renversement de la République au profit « de la faction des girondins et des brissotistes. Il mérite « la mort. » — Eh bien! général, que dites-vous de cela? Protégerez-vous encore ce traître? Balancerez-vous à livrer au châtiment cet ennemi de la patrie? — Cet ennemi de la patrie, répliqua le général avec dignité, s'est sacrifié pour elle. A l'extrait de votre rapport je répondrai par un extrait du mien; écoutez à votre tour : — « Léopold d'Auverney, capitaine dans la 32ᵉ demi-brigade, a décidé la « nouvelle victoire que nos armes ont obtenue. Une redoute formidable avait été établie par les coalisés; elle « était la clef de la bataille; il fallait l'emporter. La mort « du brave qui l'attaquerait le premier était certaine. Le « capitaine d'Auverney s'est dévoué; il a pris la redoute, « s'y est fait tuer, et nous avons vaincu. Le sergent Thadée, de la 32ᵉ, et un chien, ont été trouvés morts près « de lui. Nous proposons à la Convention nationale de décréter que le capitaine Léopold d'Auverney a bien mérité de la patrie. » — Vous voyez, représentant, continua le général avec tranquillité, la différence de nos missions; nous envoyons tous deux, chacun de notre côté, une liste à la Convention. Le même nom se trouve dans les deux listes. Vous le dénoncez comme le nom d'un traître, moi comme celui d'un héros; vous le vouez à l'ignominie, moi à la gloire; vous faites dresser un échafaud, moi un trophée : chacun son rôle. Il est heureux pourtant que ce brave ait pu échapper dans une bataille à vos supplices. Dieu merci! celui que vous voulez faire mourir est mort. Il ne vous a pas attendu.

Le commissaire, furieux de voir s'évanouir sa conspiration avec son conspirateur, murmura entre ses dents : — Il est mort! c'est dommage! Le général l'entendit et s'écria indigné : — Il vous reste encore une ressource, citoyen représentant du peuple! Allez chercher le corps du capitaine d'Auverney dans les décombres de la redoute. Qui sait? les boulets ennemis auront peut-être laissé la tête du cadavre à la guillotine nationale!

FIN DE LA NOTE DE BUG-JARGAL.

LIBRAIRIE MARESCQ ET Ce, 5, rue du Pont-de-Lodi. | J. HETZEL ÉDITEUR. | LIBRAIRIE BLANCHARD, 78, rue de Richelieu.

OEUVRES DE VICTOR HUGO

LE DERNIER JOUR D'UN CONDAMNÉ

ILLUSTRÉ PAR GAVARNI.

Il n'y avait en tête des premières éditions de cet ouvrage, publié d'abord sans nom d'auteur, que les quelques lignes qu'on va lire :

« Il y a deux manières de se rendre compte de l'exis-
« tence de ce livre. Ou il y a eu, en effet, une liasse de pa-
« piers jaunes et inégaux, sur lesquels on a trouvé, enre-
« gistrées une à une, les dernières pensées d'un misérable;
« ou il s'est rencontré un homme, un rêveur, occupé à ob-
« server la nature au profit de l'art, un philosophe, un
« poëte, que sais-je? dont cette idée a été la fantaisie. qui
« l'a prise, ou plutôt s'est laissé prendre par elle, et n'a pu
« s'en débarrasser qu'en la jetant dans un livre.

« De ces deux explications, le lecteur choisira celle qu'il
« voudra. »

Comme on le voit, à l'époque où ce livre fut publié, l'auteur ne jugea pas à propos de dire dès lors toute sa pensée. Il aima mieux attendre qu'elle fût comprise et voir si elle le serait. Elle l'a été. L'auteur aujourd'hui peut démasquer l'idée politique, l'idée sociale, qu'il avait voulu populariser sous cette innocente et candide forme littéraire. Il déclare donc, ou plutôt il avoue hautement que le *Dernier Jour d'un Condamné* n'est autre chose qu'un plaidoyer, direct ou indirect, comme on voudra, pour l'abolition de la peine de mort. Ce qu'il a eu dessein de faire, ce qu'il voudrait que la postérité vît dans son œuvre, si jamais elle s'occupe de si peu, ce n'est pas la défense spéciale, et toujours facile, et toujours transitoire, de tel ou tel criminel choisi, de tel ou tel accusé d'élection; c'est la plaidoirie générale et permanente pour tous les accusés présents et à venir; c'est le grand point du droit de l'humanité allégué et plaidé à toute voix devant la société, qui est la grande cour de cassation; c'est cette suprême fin de non-recevoir *abhorrescere a sanguine,* construite à tout jamais en avant de tous les procès criminels; c'est la sombre et fatale question qui palpite obscurément au fond de toutes les causes capitales sous les triples épaisseurs de pathos dont l'enveloppe la rhétorique sanglante des gens du roi; c'est la question de vie et de mort, dis-je, déshabillée, dénudée, dépouillée des entortillages sonores du parquet, brutalement mise au jour, et posée où il faut qu'on la voie, où il faut qu'elle soit, où elle est réellement, dans son vrai milieu, dans son milieu horrible, non au tribunal, mais à l'échafaud ; non chez le juge, mais chez le bourreau.

Voilà ce qu'il a voulu faire. Si l'avenir lui décernait un jour la gloire de l'avoir fait, ce qu'il n'ose espérer, il ne voudrait pas d'autre couronne.

Il le déclare donc, et il le répète, il occupe, au nom de tous les accusés possibles, innocents ou coupables, devant toutes les cours, tous les prétoires, tous les jurys, toutes les justices. Ce livre est adressé à quiconque juge. Et, pour que le plaidoyer soit aussi vaste que la cause, il a dû, et c'est pour cela que le *Dernier Jour d'un Condamné* est ainsi fait, élaguer de toutes parts, dans son sujet, le contingent, l'accident, le particulier, le spécial, le relatif, le modifiable, l'épisode, l'anecdote, l'événement, le nom propre, et se borner (si c'est là se borner) à plaider la cause d'un condamné quelconque, exécuté un jour quelconque, pour un crime quelconque. Heureux si, sans autre outil que sa pensée, il a fouillé assez avant pour faire saigner un cœur sous l'*æs triplex* du magistrat! heureux s'il a rendu pitoyables ceux qui se croient justes! heureux si, à force de creuser dans le juge, il a réussi quelquefois à y retrouver un homme!

Il y a trois ans, quand ce livre parut, quelques personnes imaginèrent que cela valait la peine d'en contester l'idée à l'auteur. Les uns supposèrent un livre anglais, les autres un livre américain. Singulière manie de chercher à mille lieues les origines des choses, et de faire couler des sources du Nil le ruisseau qui lave votre rue! Hélas! il n'y a en ceci ni livre anglais, ni livre américain, ni livre chinois. L'auteur a pris l'idée du *Dernier Jour d'un Condamné*, non dans un livre, il n'a pas l'habitude d'aller chercher ses idées si loin, mais là où vous pouviez tous la prendre, où vous l'avez prise peut-être (car qui n'a fait ou rêvé dans son esprit le *dernier jour d'un condamné?*), tout bonnement sur la place publique, sur la place de Grève. C'est là qu'un jour en passant il a ramassé cette idée fatale, gisante dans une mare de sang, sous les rouges moignons de la guillotine.

Depuis, chaque fois qu'au gré des funèbres jeudis de la cour de cassation, il arrivait un de ces jours où le cri d'un arrêt de mort se fait dans Paris, chaque fois que l'auteur entendait passer sous ses fenêtres ces hurleurs enroués qui ameutent des spectateurs pour la Grève, chaque fois, la douloureuse idée lui revenait, s'emparait de lui, lui emplissait la tête de gendarmes, de bourreaux et de foule, lui expliquait heure par heure les dernières souffrances du misérable agonisant : en ce moment on le confesse, en ce moment on lui coupe les cheveux, en ce moment on lui lie les mains; — le sommait, lui, pauvre poëte, de dire tout cela à la société qui fait ses affaires pendant que cette chose monstrueuse s'accomplit; le pressait, le poussait, le secouait, lui arrachait ses vers de l'esprit, s'il était en train d'en faire, et les tuait à peine ébauchés; barrait tous ses travaux, se mettait en travers de tout, l'investissait, l'obsédait, l'assiégeait. C'était un supplice, un supplice qui commençait avec le jour, et qui durait, comme celui du misérable qu'on torturait au même moment, jusqu'à *quatre heures*. Alors seulement, une fois le *ponens caput expiravit* crié par la voix sinistre de l'horloge, l'auteur respirait et retrouvait quelque liberté d'esprit. Un jour enfin, c'était à ce qu'il croit, le lendemain de l'exécution d'Ulbach, il se mit à écrire ce livre. Depuis lors, il a été soulagé. Quand un de ces crimes publics qu'on nomme exécutions judiciaires a été commis, sa conscience lui a dit qu'il n'en était plus solidaire; et il n'a plus senti à son front cette goutte de sang qui rejaillit de la Grève sur la tête de tous les membres de la communauté sociale.

Toutefois, cela ne suffit pas. Se laver les mains est bien, empêcher le sang de couler serait mieux.

Aussi ne connaîtrait-il pas de but plus élevé, plus saint, plus auguste, que celui-là : concourir à l'abolition de la peine de mort. Aussi est-ce du fond du cœur qu'il adhère aux vœux et aux efforts des hommes généreux de toutes les nations qui travaillent depuis plusieurs années à jeter bas l'arbre patibulaire, le seul arbre que les révolutions ne déracinent pas. C'est avec joie qu'il vient à son tour, lui chétif, donner son coup de cognée, et élargir de son mieux l'entaille que Beccaria a faite, il y a soixante-six ans, au vieux gibet dressé depuis tant de siècles sur la chrétienté.

Nous venons de dire que l'échafaud est le seul édifice que les révolutions ne démolissent pas. Il est rare, en effet, que les révolutions soient sobres de sang humain, et, venues qu'elles sont venues pour émonder, pour ébrancher, pour étêter la société, la peine de mort est une des serpes dont elles se dessaisissent le plus malaisément.

Nous l'avouerons cependant, si jamais révolution nous parut digne et capable d'abolir la peine de mort, c'est la Révolution de juillet. Il semble, en effet, qu'il appartenait au mouvement populaire le plus clément des temps modernes de raturer la pénalité barbare de Louis XI, de Richelieu et de Robespierre, et d'inscrire au front de la loi l'inviolabilité de la vie humaine. 1830 méritait de briser le couperet de 93.

Nous l'avons espéré un moment. En août 1830, il y avait tant de générosité dans l'air, un tel esprit de douceur et de civilisation flottait dans les masses, on se sentait le cœur si bien épanoui par l'approche d'un bel avenir, qu'il nous sembla que la peine de mort était abolie de droit, d'emblée, d'un consentement tacite et unanime, comme le reste des choses mauvaises qui nous avaient gênés. Le peuple venait de faire un feu de joie des guenilles de l'ancien régime. Celle-là était la guenille sanglante, nous la crûmes dans le tas. Nous la crûmes brûlée comme les autres. Et, pendant quelques semaines, confiant et crédule, nous eûmes foi pour l'avenir à l'inviolabilité de la vie, comme à l'inviolabilité de la liberté.

Et, en effet, deux mois s'étaient à peine écoulés qu'une tentative fut faite pour résoudre en réalité légale l'utopie sublime de César Bonesana.

Malheureusement, cette tentative fut gauche, maladroite, presque hypocrite, et faite dans un autre intérêt que l'intérêt général.

Au mois d'octobre 1830, on se le rappelle, quelques jours après avoir écarté par l'ordre du jour la proposition d'ensevelir Napoléon sous la colonne, la Chambre tout entière se mit à pleurer et à brâmer. La question de la peine de mort fut remise sur le tapis, nous allons dire quelques lignes plus bas à quelle occasion, et alors il sembla que toutes ces entrailles de législateurs étaient prises d'une subite et merveilleuse miséricorde. Ce fut à qui parlerait, à qui gémirait, à qui lèverait les mains au ciel. La peine de mort, grand Dieu! quelle horreur! Tel vieux procureur général, blanchi dans la robe rouge, qui avait mangé toute sa vie le pain trempé de sang des réquisitoires, se composa tout à coup un air piteux et attesta les dieux qu'il était indigné de la guillotine. Pendant deux jours, la tribune ne désemplit pas de harangueurs en pleureuses. Ce fut une lamentation, une myriologie, un concert de psaumes lugubres, un *Super flumina Babylonis*, un *Stabat mater dolorosa*, une grande symphonie en ut, avec chœurs, exécutée par tout cet orchestre d'orateurs qui garnit les premiers bancs de la Chambre, et rend de si beaux sons dans les grands jours. Tel vint avec sa basse, tel avec son fausset.

Rien n'y manqua. La chose fut on ne peut plus pathétique et pitoyable. La séance de nuit surtout fut tendre, paterne et déchirante comme un cinquième acte de Lachaussée. Le bon public, qui n'y comprenait rien, avait les larmes aux yeux (1).

De quoi s'agissait-il donc? D'abolir la peine de mort?

Oui et non.

Voici le fait :

Quatre hommes du monde, quatre hommes comme il faut, de ces hommes qu'on a pu rencontrer dans un salon, et avec qui peut-être on a échangé quelques paroles polies, quatre de ces hommes, dis-je, avaient tenté, dans les hautes régions politiques, un de ces coups hardis que Bacon appelle *crimes*, et que Machiavel appelle *entreprises*. Or, crime ou entreprise, la loi, brutale pour tous, punit cela de mort. Et les quatre malheureux étaient là, prisonniers, captifs de la loi, gardés par trois cents cocardes tricolores sous les belles ogives de Vincennes. Que faire et comment faire? Vous comprenez qu'il est impossible d'envoyer à la Grève, dans une charrette, ignoblement liés avec de grosses cordes, dos à dos avec ce fonctionnaire qu'il ne faut pas seulement nommer, quatre hommes comme vous et moi, quatre *hommes du monde!* Encore s'il y avait une guillotine en acajou!

Eh! il n'y a qu'à abolir la peine de mort!

Et, là-dessus, la Chambre se met en besogne!

Remarquez, messieurs, qu'hier encore vous traitiez cette abolition d'utopie, de théorie, de rêve, de folie, de poésie. Remarquez que ce n'est pas la première fois qu'on cherche à appeler votre attention sur la charrette, sur les grosses cordes et sur l'horrible machine écarlate, et qu'il est étrange que ce hideux attirail vous saute ainsi aux yeux tout à coup.

Bah! c'est bien de cela qu'il s'agit! Ce n'est pas à cause de vous, peuple, que nous abolissons la peine de mort, mais à cause de nous, députés, qui pouvons être ministres. Nous ne voulons pas que la mécanique de Guillotin morde les hautes classes. Nous la brisons. Tant mieux si cela arrange tout le monde, mais nous n'avons songé qu'à nous. Ucalégon brûle. Eteignons le feu. Vite, supprimons le bourreau, biffons le Code.

Et c'est ainsi qu'un alliage d'égoïsme altère et dénature les plus belles combinaisons sociales. C'est la veine noire dans le marbre blanc; elle circule partout, et apparaît à tout moment à l'improviste sous le ciseau. Votre statue est à refaire.

Certes, il n'est pas besoin que nous le déclarions ici, nous ne sommes pas de ceux qui réclamaient les têtes des quatre ministres. Une fois ces infortunés arrêtés, la colère indignée que nous avait inspirée leur attentat s'est changée, chez nous comme chez tout le monde, en une profonde pitié. Nous avons songé aux préjugés d'éducation de quelques-uns d'entre eux, au cerveau peu développé de leur chef, relaps fanatique et obstiné des conspirations de 1804, blanchi avant l'âge sous l'ombre humide des prisons d'Etat, aux nécessités fatales de leur position commune, à l'impossibilité d'enrayer sur cette pente rapide où la monarchie s'était lancée elle-même à toute bride le 8 août 1829, à l'influence trop peu calculée par nous jusqu'alors de la personne royale, surtout à la dignité que l'un d'entre eux répandait comme un manteau de pourpre sur le malheur. Nous sommes de ceux qui leur souhaitaient bien sincèrement la vie sauve, et qui étaient prêts à se dévouer pour cela. Si jamais, par impossible, leur échafaud eût été dressé un jour en Grève, nous ne doutons pas, et, si c'est une illusion nous voulons la conserver, nous ne doutons pas qu'il n'y eût eu une émeute pour le renverser, et celui qui écrit ces lignes eût été de cette sainte émeute. Car, il faut bien le dire aussi, dans les crises sociales, de tous les échafauds l'échafaud politique est le plus abominable, le plus funeste, le plus vénéneux, le plus nécessaire à extirper. Cette espèce de guillotine-là prend racine dans le pavé, et en peu de temps repousse de bouture sur tous les points du sol.

En temps de révolution, prenez garde à la première tête qui tombe. Elle met le peuple en appétit.

Nous étions donc personnellement d'accord avec ceux qui voulaient épargner les quatre ministres, et d'accord de toutes les manières, par les raisons sentimentales comme par les raisons politiques. Seulement, nous eussions mieux aimé que la Chambre choisît une autre occasion pour proposer l'abolition de la peine de mort.

Si on l'avait proposée, cette souhaitable abolition, non à propos de quatre ministres tombés des Tuileries à Vincennes, mais à propos du premier voleur de grands chemins venu, à propos d'un de ces misérables que vous regardez à peine quand ils passent près de vous dans la rue, auxquels vous ne parlez pas, dont vous évitez instinctivement le coudoiement poudreux; malheureux dont l'enfance déguenillée a couru pieds nus dans la boue des carrefours, grelottant l'hiver au rebord des quais, se chauffant au soupirail des cuisines de monsieur Véfour chez qui vous dînez, déterrant çà et là une croûte de pain dans un tas d'ordures et l'essuyant avant de la manger, grattant tout le jour le ruisseau avec un clou pour y trouver un liard, n'ayant d'autre amusement que le spectacle gratis de la fête du roi et les exécutions en Grève, cet autre spectacle gratis; pauvres diables, que la faim pousse au vol, et le vol au reste; enfants déshérités d'une société marâtre, que la maison de force prend à douze ans, le bagne à dix-huit, l'échafaud à quarante; infortunés qu'avec une école et un atelier vous auriez pu rendre bons, moraux, utiles, et dont vous ne savez que faire, les versant, comme un fardeau inutile, tantôt dans la rouge fourmilière de Toulon, tantôt dans le muet enclos de Clamart, leur retranchant la vie après leur avoir ôté la liberté; si c'eût été à propos d'un de ces hommes que vous eussiez proposé d'abolir la peine de mort, oh! alors, votre séance eût été vraiment digne, grande, sainte, majestueuse, vénérable. Depuis les augustes pères de Trente invitant les hérétiques au concile au nom des entrailles de Dieu, *per viscera Dei*, parce qu'on espère leur conversion, *quoniam sancta synodus sperat hæreticorum conversionem*, jamais assemblée d'hommes n'aurait présenté au monde spectacle plus sublime, plus illustre, et plus miséricordieux. Il a toujours appartenu à ceux qui sont vraiment forts et vraiment grands d'avoir souci du faible et du petit. Un conseil de brahmines serait beau prenant en main la cause du paria. Et ici la cause du paria, c'était la cause du peuple. En abolissant la peine de mort, à cause de lui et sans attendre que vous fussiez intéressés dans la question, vous faisiez plus qu'une œuvre politique, vous faisiez une œuvre sociale.

Tandis que vous n'avez pas même fait une œuvre politique en essayant de l'abolir, non pour l'abolir, mais pour sauver quatre malheureux ministres pris la main dans le sac des coups d'Etat!

Qu'est-il arrivé? c'est que, comme vous n'étiez pas sincères, on a été défiant. Quand le peuple a vu qu'on voulait lui donner le change, il s'est fâché contre toute la question

(1) Nous ne prétendons pas envelopper dans le même dédain *tout* ce qui a été dit à cette occasion à la Chambre. Il s'est bien prononcé çà et là quelques belles et dignes paroles. Nous avons applaudi, comme tout le monde, au discours grave et simple de monsieur de la Fayette, et, dans une autre nuance, à la remarquable improvisation de monsieur Villemain.

en masse, et, chose remarquable! il a pris fait et cause pour cette peine de mort dont il supporte pourtant tout le poids. C'est votre maladresse qui l'a amené là. En abordant la question de biais et sans franchise, vous l'avez compromise pour longtemps. Vous jouiez une comédie. On l'a sifflée.

Cette farce pourtant, quelques esprits avaient eu la bonté de la prendre au sérieux. Immédiatement après la fameuse séance, ordre avait été donné aux procureurs généraux par un garde des sceaux honnête homme de suspendre indéfiniment toutes exécutions capitales. C'était en apparence un grand pas. Les adversaires de la peine de mort respirèrent. Mais leur illusion fut de courte durée.

Le procès des ministres fut mené à fin. Je ne sais quel arrêt fut rendu. Les quatre vies furent épargnées. Ham fut choisi comme juste milieu entre la mort et la liberté. Ces divers arrangements une fois faits, toute peur s'évanouit dans l'esprit des hommes d'Etat dirigeants, et avec la peur l'humanité s'en alla. Il ne fut plus question d'abolir le supplice capital; et, une fois qu'on n'eut plus besoin d'elle, l'utopie redevint utopie, la théorie, théorie, la poésie, poésie.

Il y avait pourtant toujours dans les prisons quelques malheureux condamnés vulgaires qui se promenaient dans les préaux depuis cinq ou six mois, respirant l'air, tranquilles désormais, sûrs de vivre, prenant leur sursis pour leur grâce. Mais attendez.

Le bourreau, à vrai dire, avait eu grand'peur. Le jour où il avait entendu nos faiseurs de lois parler humanité, philanthropie, progrès, il s'était cru perdu. Il s'était caché, le misérable, il s'était blotti sous sa guillotine, mal à l'aise au soleil de juillet comme un oiseau de nuit en plein jour, tâchant de se faire oublier, se bouchant les oreilles et n'osant souffler. On ne le voyait plus depuis six mois. Il ne donnait plus signe de vie. Peu à peu cependant il s'était rassuré dans ses ténèbres. Il avait écouté du côté des Chambres et n'avait plus entendu prononcer son nom. Plus de ces grands mots sonores dont il avait eu si grande frayeur. Plus de commentaires déclamatoires du *Traité des Délits et des Peines*. On s'occupait de tout autre chose, de quelque grave intérêt social, d'un chemin vicinal, d'une subvention pour l'Opéra-Comique, ou d'une saignée de cent mille francs sur un budget apoplectique de quinze cents millions. Personne ne songeait plus à lui, coupe-tête. Ce que voyant, l'homme se tranquillise, il met sa tête hors de son trou, et regarde de tous côtés; il fait un pas, puis deux, comme je ne sais plus quelle souris de la Fontaine, puis il se hasarde à sortir tout à fait de dessous son échafaudage, puis il saute dessus, le raccommode, le restaure, le fourbit, le caresse, le fait jouer, le fait reluire, se remet à suiver la vieille mécanique rouillée que l'oisiveté détraquait; tout à coup il se retourne, saisit au hasard par les cheveux, dans la première prison venue, un de ces infortunés qui comptaient sur la vie, le tire à lui, le dépouille, l'attache, le boucle, et voilà les exécutions qui recommencent.

Tout cela est affreux, mais c'est de l'histoire.

Oui, il y a eu un sursis de six mois accordé à de malheureux captifs, dont on a gratuitement aggravé la peine de cette façon en les faisant reprendre à la vie; puis, sans raison, sans nécessité, sans trop savoir pourquoi, *pour le plaisir*, on a un beau matin révoqué le sursis, et l'on a remis froidement toutes ces créatures humaines en coupe réglée. Eh! mon Dieu! je vous le demande, qu'est-ce que cela nous faisait à tous que ces hommes vécussent? Est-ce qu'il n'y a pas en France assez d'air à respirer pour tout le monde?

Pour qu'un jour un misérable commis de la chancellerie, à qui cela était égal, se soit levé de sa chaise en disant : —Allons! personne ne songe plus à l'abolition de la peine de mort. Il est temps de se remettre à guillotiner! — il faut qu'il se soit passé dans le cœur de cet homme-là quelque chose de bien monstrueux.

Du reste, disons-le, jamais les exécutions n'ont été accompagnées de circonstances plus atroces que depuis cette révocation du sursis de juillet. Jamais l'anecdote de la Grève n'a été plus révoltante et n'a mieux prouvé l'exécration de la peine de mort. Ce redoublement d'horreur est le juste châtiment des hommes qui ont remis le code du sang en vigueur. Qu'ils soient punis par leur œuvre. C'est bien fait.

Il faut citer ici deux ou trois exemples de ce que certaines exécutions ont eu d'épouvantable et d'impie. Il faut donner mal aux nerfs aux femmes des procureurs du roi. Une femme, c'est quelquefois une conscience.

Dans le midi, vers la fin du mois de septembre dernier, nous n'avons pas bien présents à l'esprit le lieu, le jour, ni le nom du condamné, mais nous les retrouverons si l'on conteste le fait, et nous croyons que c'est à Pamiers; vers la fin de septembre donc, on vient trouver un homme dans sa prison, où il jouait tranquillement aux cartes; on lui signifie qu'il faut mourir dans deux heures, ce qui le fait trembler de tous ses membres; car, depuis six mois qu'on l'oubliait, il ne comptait plus sur la mort; on le rase, on le tond, on le garrotte, on le confesse; puis on le brouette entre quatre gendarmes, et à travers la foule, au lieu de l'exécution. Jusqu'ici rien que de simple. C'est comme cela que cela se fait. Arrivé à l'échafaud, le bourreau le prend au prêtre, l'emporte, le ficelle sur la bascule, l'*enfourne*, je me sers ici du mot d'argot, puis il lâche le couperet. Le lourd triangle de fer se détache avec peine, tombe en cahotant dans ses rainures, et, voici l'horrible qui commence, entaille l'homme sans le tuer. L'homme pousse un cri affreux. Le bourreau, déconcerté, relève le couperet et le laisse retomber. Le couperet mord le cou du patient une seconde fois, mais ne le tranche pas. Le patient hurle, la foule aussi. Le bourreau rehisse encore le couperet, espérant mieux du troisième coup. Point. Le troisième coup fait jaillir un troisième ruisseau de sang de la nuque du condamné, mais ne fait pas tomber la tête. Abrégeons. Le couteau remonta et retomba cinq fois, cinq fois il entama le condamné, cinq fois le condamné hurla sous le coup et secoua sa tête vivante en criant grâce! Le peuple indigné prit des pierres, et se mit dans sa justice à lapider le bourreau. Le bourreau s'enfuit sous la guillotine et s'y tapit derrière les chevaux des gendarmes. Mais vous n'êtes pas au bout. Le supplicié, se voyant seul sur l'échafaud, s'était redressé sur la planche, et là, debout, effroyable, ruisselant de sang, soutenant sa tête à demi coupée qui pendait sur son épaule, il demandait avec de faibles cris qu'on vînt le détacher. La foule, pleine de pitié, était sur le point de forcer les gendarmes et de venir à l'aide du malheureux qui avait subi cinq fois son arrêt de mort. C'est en ce moment-là qu'un valet de bourreau, jeune homme de vingt ans, monte sur l'échafaud, dit au patient de se tourner pour qu'il le délie, et, profitant de la posture du mourant qui se livrait à lui sans défiance, saute sur son dos, et se met à lui couper péniblement ce qui lui restait de cou avec je ne sais quel couteau de boucher. Cela s'est fait. Cela s'est vu. Oui.

Aux termes de la loi, un juge a dû assister à cette exécution! D'un signe il pouvait tout arrêter. Que faisait-il donc au fond de sa voiture, cet homme, pendant qu'on massacrait un homme? Que faisait-il, ce punisseur d'assassins, pendant qu'on assassinait en plein jour, sous ses yeux, sous le souffle de ses chevaux, sous la vitre de sa portière?

Et le juge n'a pas été mis en jugement, et le bourreau n'a pas été mis en jugement! Et aucun tribunal ne s'est enquis de cette monstrueuse extermination de toutes les lois sur la personne sacrée d'une créature de Dieu!

Au dix-septième siècle, à l'époque de barbarie du code criminel, sous Richelieu, sous Christophe Fouquet, quand M. de Chalais fut mis à mort devant le Bouffay de Nantes par un soldat maladroit qui, au lieu d'un coup d'épée, lui donna trente-quatre coups (1) d'une doloire de tonnelier, du moins cela parut-il irrégulier au parlement de Paris; il y eut enquête et procès, et, si Richelieu ne fut pas puni, si Christophe Fouquet ne fut pas puni, le soldat le fut. Injustice sans doute, mais au fond de laquelle il y avait de la justice.

Ici, rien. La chose a eu lieu après Juillet, dans un temps de douces mœurs et de progrès, un an après la célèbre lamentation de la Chambre sur la peine de mort. Eh bien! le fait a passé absolument inaperçu. Les journaux de Paris l'ont publié comme une anecdote. Personne n'a été inquiété. On a su seulement que la guillotine avait été disloquée exprès par quelqu'un *qui voulait nuire à l'exécuteur des hautes œuvres*. C'était un valet du bourreau, chassé par son maître, qui, pour se venger, lui avait fait cette malice.

Ce n'était qu'une espièglerie. Continuons.

A Dijon, il y a trois mois, on a mené au supplice une femme. (Une femme!) Cette fois encore, le couteau du docteur Guillotin a mal fait son service. La tête n'a pas été tout à fait coupée. Alors les valets de l'exécuteur se sont attelés aux pieds de la femme, et à travers les hurlements de la malheureuse, et à force de tiraillements et de soubresauts, ils lui ont séparé la tête du corps par arrachement.

A Paris, nous revenons au temps des exécutions secrètes. Comme on n'ose plus décapiter en Grève depuis Juillet, comme on a peur, comme on est lâche, voici ce qu'on fait. On a pris dernièrement à Bicêtre un homme, un condamné à mort, un nommé Désandrieux, je crois; on l'a mis dans une espèce de panier traîné sur deux roues, clos de toutes parts, cadenassé et verrouillé; puis, un gendarme en tête, un gendarme en queue, à petit bruit et sans foule, on a été déposer le paquet à la barrière déserte de Saint-Jacques. Arrivés là, il était huit heures du matin, à peine jour, il y avait une guillotine toute fraîche dressée, pour public quelque douzaine de petits garçons groupés sur les tas de pierres voisins autour de la machine inattendue: vite, on a tiré l'homme du panier, et, sans lui donner le temps de respirer, furtivement, sournoisement, honteusement, on lui a escamoté sa tête. Cela s'appelle un acte public et solennel de haute justice. Infâme dérision!

Comment donc les gens du roi comprennent-ils le mot civilisation? Où en sommes-nous? La justice ravalée aux stratagèmes et aux supercheries! la loi aux expédients! monstreux!

C'est donc une chose bien redoutable qu'un condamné à mort, pour que la société le prenne en traître de cette façon?

Soyons justes pourtant, l'exécution n'a pas été tout à fait secrète. Le matin on a crié et vendu, comme de coutume, l'arrêt de mort dans les carrefours de Paris. Il paraît qu'il y a des gens qui vivent de cette vente. Vous entendez? du crime d'un infortuné, de son châtiment, de ses tortures, de son agonie, on fait une denrée, un papier qu'on vend un sou. Concevez-vous rien de plus hideux que ce sou vertdegrisé dans le sang? Qui est-ce donc qui le ramasse?

Voilà assez d'exemples. En voilà trop. Est-ce que tout cela n'est pas horrible, et qu'avez-vous à alléguer pour la peine de mort?

Nous posons cette question sérieusement; nous la faisons pour qu'on nous réponde, nous la faisons aux criminalistes et non aux lettrés bavards. Nous savons qu'il y a des gens qui prennent l'excellence de la peine de mort pour texte à paradoxes comme tout autre thème. Il y en a d'autres qui n'aiment la peine de mort que parce qu'ils haïssent tel ou tel qui l'attaque. C'est pour eux une question quasi littéraire, une question de personnes, une question de noms propres. Ceux-là sont les envieux qui ne font pas plus faute aux bons jurisconsultes qu'aux grands artistes. Les Joseph Grippa ne manquent pas plus aux Filangieri que les Torregiani aux Michel-Ange, et les Scuderi aux Corneille.

Ce n'est pas à eux que nous nous adressons, mais aux hommes de loi proprement dits, aux dialecticiens, aux raisonneurs, à ceux qui aiment la peine de mort pour la peine de mort, pour sa beauté, pour sa bonté, pour sa grâce.

Voyons: qu'ils donnent leurs raisons.

Ceux qui jugent et qui condamnent disent la peine de mort nécessaire, d'abord: — parce qu'il importe de retrancher de la communauté sociale un membre qui lui a déjà nui et qui pourrait lui nuire encore. — S'il ne s'agissait que de cela, la prison perpétuelle suffirait. A quoi bon la mort? Vous objectez qu'on peut s'échapper d'une prison; faites mieux votre ronde. Si vous ne croyez pas à la solidité des barreaux de fer, comment osez-vous avoir des ménageries?

Pas de bourreau où le geôlier suffit.

Mais, reprend-on, — il faut que la société se venge, que la société punisse. — Ni l'un ni l'autre. Se venger est de l'individu, punir est de Dieu.

La société est entre deux. Le châtiment est au-dessus d'elle, la vengeance au-dessous. Rien de si grand et de si petit ne lui sied. Elle ne doit pas « punir pour se venger; » elle doit *corriger pour améliorer*. Transformez de cette façon la formule des criminalistes, nous la comprenons et nous y adhérons.

Reste la troisième et dernière raison, la théorie de l'exemple. — Il faut faire des exemples! il faut épouvanter par le spectacle du sort réservé aux criminels ceux qui seraient tentés de les imiter! — Voilà bien à peu près textuellement la phrase éternelle dont tous les réquisitoires des cinq cents parquets de France ne sont que des variations plus ou moins sonores. Eh quoi! nous nions d'abord qu'il y ait exemple. Nous nions que le spectacle des supplices produise l'effet qu'on en attend. Loin d'édifier le peuple, il le démoralise et ruine en lui toute sensibilité, partant toute vertu. Les preuves abondent et encombreraient notre raisonnement si nous voulions en citer. Nous signalerons pourtant un fait entre mille, parce qu'il est le plus récent: au moment où nous écrivons, il n'a que dix jours de date. Il est du 5 mars, dernier jour du carnaval. A Saint-Pol, immédiatement après l'exécution d'un incendiaire nommé Louis Camus, une troupe de masques est venue danser autour de l'échafaud encore fumant. Faites donc des exemples! le mardi gras vous rit au nez.

Que si, malgré l'expérience, vous tenez à votre théorie routinière de l'exemple, alors rendez-nous le seizième siècle, soyez vraiment formidables, rendez-nous la variété des supplices, rendez-nous Farinacci, rendez-nous les tourmenteurs-jurés, rendez-nous le gibet, la roue, le bûcher, l'estrapade, l'essorillement, l'écartellement, la fosse à enfouir vif, la cuve à bouillir vif; rendez-nous, dans tous les

(1) La Porte dit vingt-deux, mais Aubery dit trente-quatre. Monsieur de Chalais cria jusqu'au vingtième.

carrefours de Paris, comme une boutique de plus ouverte parmi les autres, le hideux étal du bourreau, sans cesse garni de chair fraiche. Rendez-nous Montfaucon, ses seize piliers de pierre, ses brutes assises, ses caves à ossements, ses poutres, ses crocs, ses chaînes, ses brochettes de squelettes, son éminence de plâtre tachetée de corbeaux, ses potences succursales, et l'odeur de cadavre que, par le vent du nord-est, il répand à larges bouffées sur tout le faubourg du Temple; rendez-nous, dans sa permanence et dans sa puissance, ce gigantesque appentis du bourreau de Paris. A la bonne heure! voilà de l'exemple en grand. Voilà de la peine de mort bien comprise. Voilà un système de supplices qui a quelque proportion; voilà qui est horrible, mais qui est terrible.

Ou bien faites comme en Angleterre. En Angleterre, pays de commerce, on prend un contrebandier sur la côte de Douvres, on le pend *pour l'exemple, pour l'exemple* on le laisse accroché au gibet; mais, comme les intempéries de l'air pourraient détériorer le cadavre, on l'enveloppe soigneusement d'une toile enduite de goudron, afin d'avoir à le renouveler moins souvent. O terre d'économie! goudronner les pendus!

Cela pourtant a encore quelque logique. C'est la façon la plus humaine de comprendre la théorie de l'exemple.

Mais vous, est-ce bien sérieusement que vous croyez faire un exemple quand vous égorgillez misérablement un pauvre homme dans le recoin le plus désert des boulevards extérieurs? En Grève, en plein jour, passe encore; mais à la barrière Saint-Jacques! mais à huit heures du matin! Qui est-ce qui passe là? Qui est-ce qui va là? Qui est-ce qui sait que vous tuez un homme là? Qui est-ce qui se doute que vous faites un exemple là? Un exemple pour qui? pour les arbres du boulevard, apparemment.

Ne voyez-vous donc pas que vos exécutions publiques se font en tapinois? Ne voyez-vous donc pas que vous vous cachez? que vous avez peur et honte de votre œuvre? que vous balbutiez ridiculement votre *discite justitiam moniti?* qu'au fond, vous êtes ébranlés, interdits, inquiets, peu certains d'avoir raison, gagnés par le doute général, coupant des têtes par routine et sans trop savoir ce que vous faites? Ne sentez-vous pas au fond du cœur que vous avez tout au moins perdu le sentiment moral et social de la mission de sang que vos prédécesseurs, les vieux parlementaires, accomplissaient avec une conscience si tranquille? La nuit, ne retournez-vous pas plus souvent qu'eux la tête sur votre oreiller? D'autres avant vous ont ordonné des exécutions capitales, mais ils s'estimaient dans le droit, dans le juste, dans le bien. Jouvenel des Ursins se croyait un juge; Elie de Thorette se croyait un juge; Laubardemont, Lareynie et Laffemas eux-mêmes se croyaient des juges; vous, dans votre for intérieur, vous n'êtes pas bien sûrs de ne pas être des assassins!

Vous quittez la Grève pour la barrière Saint-Jacques, la foule pour la solitude, le jour pour le crépuscule. Vous ne faites plus fermement ce que vous faites. Vous vous cachez, vous dis-je!

Toutes les raisons pour la peine de mort, les voilà donc démolies. Voilà tous les syllogismes de parquet mis à néant. Tous ces copeaux de réquisitoires, les voilà balayés et réduits en cendres. Le moindre attouchement de la logique dissout tous les mauvais raisonnements.

Que les gens du roi ne viennent donc plus nous demander des têtes, à nous jurés, à nous hommes, en nous adjurant d'une voix caressante au nom de la société à protéger, de la vindicte publique à assurer, des exemples à faire. Rhétorique, ampoule, et néant que tout cela! un coup d'épingle dans ces hyperboles, et vous les désenflez. Au fond de ce doucereux verbiage, vous ne trouvez que dureté de cœur, cruauté, barbarie, envie de prouver son zèle, nécessité de gagner ses honoraires. Taisez-vous, mandarins! Sous la patte de velours du juge on sent les ongles du bourreau.

Il est difficile de songer de sang-froid à ce que c'est qu'un procureur royal criminel. C'est un homme qui gagne sa vie à envoyer les autres à l'échafaud. C'est le pourvoyeur titulaire des places de Grève. Du reste, c'est un monsieur qui a des prétentions au style et aux lettres, qui est beau parleur ou croit l'être, qui récite au besoin un vers latin ou deux avant de conclure à la mort, qui cherche à faire de l'effet, qui intéresse son amour-propre, ô misère! là où d'autres ont leur vie engagée, qui a ses modèles à lui, ses types désespérants à atteindre, ses classiques, son Bellart, son Marchangy, comme tel poëte a Racine et tel autre Boileau. Dans le débat, il tire du côté de la guillotine : c'est son rôle, c'est son état. Son réquisitoire, c'est son œuvre littéraire, il le fleurit de métaphores, il le parfume de citations; il faut que cela soit beau à l'audience, que cela plaise aux dames. Il a son bagage de lieux communs encore très-neufs pour la province, ses élégances d'élocution, ses recherches, ses raffinements d'écrivain. Il hait le mot propre presque autant que nos poëtes tragiques de l'école de Delille. N'ayez pas peur qu'il appelle les choses par leur nom. Fi donc! il a pour toute idée, dont la nudité vous révolterait, des déguisements complets d'épithètes et d'adjectifs. Il rend monsieur Samson présentable. Il gaze le couperet. Il estompe la bascule. Il entortille le panier rouge dans une périphrase. On ne sait plus ce que c'est. C'est douceâtre et décent. Vous le représentez-vous, la nuit, dans son cabinet, élaborant à loisir et de son mieux cette harangue qui fera dresser un échafaud dans six semaines? Le voyez-vous suant sang et eau pour emboîter la tête d'un accusé dans le plus fatal article du Code? Le voyez-vous scier avec une loi mal faite le cou d'un misérable? Remarquez-vous comme il fait infuser dans un gâchis de tropes et de synecdoches deux ou trois textes vénéneux pour en exprimer et en extraire à grand'peine la mort d'un homme? N'est-il pas vrai que, tandis qu'il écrit, sous sa table, dans l'ombre, il a probablement le bourreau accroupi à ses pieds, et qu'il arrête de temps en temps sa plume pour lui dire, comme le maître à son chien : — Paix là! paix là! tu vas avoir ton os!

Du reste, dans la vie privée, cet homme du roi peut être un honnête homme, bon père, bon fils, bon mari, bon ami, comme disent toutes les épitaphes du Père-Lachaise.

Espérons que le jour est prochain où la loi abolira ces fonctions funèbres. L'air seul de notre civilisation doit dans un temps donné user la peine de mort.

On est parfois tenté de croire que les défenseurs de la peine de mort n'ont pas bien réfléchi à ce que c'est. Mais pesez donc un peu à la balance de quelque crime que ce soit ce droit exorbitant que la société s'arroge d'ôter ce qu'elle n'a pas donné, cette peine, la plus irréparable des peines irréparables!

De deux choses l'une :

Ou l'homme que vous frappez est sans famille, sans parents, sans adhérents dans ce monde. Et, dans ce cas, il n'a reçu ni éducation, ni instruction, ni soins pour son esprit, ni soins pour son cœur; et alors de quel droit tuez-vous ce misérable orphelin? Vous le punissez de ce que son enfance a rampé sur le sol sans tige et sans tuteur! Vous lui imputez à forfait l'isolement où vous l'avez laissé! De son malheur vous faites son crime! Personne ne lui a appris à savoir ce qu'il faisait. Cet homme ignore. Sa faute est à sa destinée, non à lui. Vous frappez un innocent.

Ou cet homme a une famille; et alors croyez-vous que le coup dont vous l'égorgez ne blesse que lui seul? que son père, que sa mère, que ses enfants, n'en saigneront pas? Non. En le tuant, vous décapitez toute sa famille. Et ici encore vous frappez des innocents.

Gauche et aveugle pénalité, qui, de quelque côté qu'elle se tourne, frappe l'innocent!

Cet homme, ce coupable qui a une famille, séquestrez-le. Dans sa prison il pourra travailler encore pour les siens. Mais comment les fera-t-il vivre du fond de son tombeau? Et songez-vous sans frissonner à ce que deviendront ces petits garçons, ces petites filles, auxquels vous ôtez leur père, c'est-à-dire leur pain? Est-ce que vous comptez sur cette famille pour approvisionner dans quinze ans, eux le bagne, elles le musico? Oh! les pauvres innocents!

Aux colonies, quand un arrêt de mort tue un esclave, il y a mille francs d'indemnité pour le propriétaire de l'homme. Quoi! vous dédommagez le maître, et vous n'indemnisez pas la famille! Ici aussi ne prenez-vous pas un homme à ceux qui le possèdent? N'est-il pas, à un titre bien autrement sacré que l'esclave vis-à-vis du maître, la propriété de son père, le bien de sa femme, la chose de ses enfants?

Nous avons déjà convaincu votre loi d'assassinat. La voici convaincue de vol.

Autre chose encore. L'âme de cet homme, y songez-vous? Savez-vous dans quel état elle se trouve? Osez-vous bien l'expédier si lestement? Autrefois du moins, quelque foi circulait dans le peuple; au moment suprême, le souffle religieux qui était dans l'air pouvait amollir le plus endurci; un patient était en même temps un pénitent; la religion lui ouvrait un monde au moment où la société lui en fermait un autre; toute âme avait conscience de Dieu; l'échafaud n'était qu'une frontière du ciel. Mais quelle espérance mettez-vous sur l'échafaud maintenant que la grosse foule ne croit plus? maintenant que toutes les religions sont attaquées du dry-rot, comme ces vieux vaisseaux qui pourrissent dans nos ports, et qui jadis peut-être ont découvert des mondes? maintenant que les petits-enfants se moquent de Dieu? De quel droit lancez-vous dans quelque chose dont vous doutez vous-mêmes les âmes obscures de vos condamnés, ces âmes telles que Voltaire et Pigault-Lebrun les ont faites? Vous les livrez à votre aumônier de prison, excellent vieillard sans doute; mais croit-il et fait-il croire? Ne grossoie-t-il pas comme une corvée son œuvre sublime? Est-ce que vous le prenez pour un prêtre, ce bonhomme qui coudoie le bourreau dans la charrette? Un écrivain plein d'âme et de talent l'a dit avant nous : *C'est une horrible chose de conserver le bourreau après avoir ôté le confesseur!*

Ce ne sont là, sans doute, que des « raisons sentimentales, » comme disent quelques dédaigneux qui ne prennent leur logique que dans leur tête. À nos yeux, ce sont les meilleures. Nous préférons souvent les raisons du sentiment aux raisons de la raison. D'ailleurs, les deux séries se tiennent toujours, ne l'oublions pas. Le *Traité des Délits* est greffé sur l'*Esprit des Lois*. Montesquieu a engendré Beccaria.

La raison est pour nous, le sentiment est pour nous, l'expérience est aussi pour nous. Dans les Etats modèles, où la peine de mort est abolie, la masse des crimes capitaux suit d'année en année une baisse progressive. Pesez ceci.

Nous ne demandons cependant pas pour le moment une brusque et complète abolition de la peine de mort, comme celle où s'était si étourdiment engagée la Chambre des députés. Nous désirons au contraire tous les essais, toutes les précautions, tous les tâtonnements de la prudence. D'ailleurs, nous ne voulons pas seulement l'abolition de la peine de mort, nous voulons un remaniement complet de la pénalité sous toutes ses formes, du haut en bas, depuis le verrou jusqu'au couperet, et le temps est un des ingrédients qui doivent entrer dans une pareille œuvre pour qu'elle soit bien faite. Nous comptons développer ailleurs, sur cette matière, le système d'idées que nous croyons applicable. Mais, indépendamment des abolitions partielles pour les cas de fausses monnaies, d'incendie, de vols qualifiés, etc., nous demandons que, dès à présent, dans toutes les affaires capitales, le président soit tenu de poser au jury cette question : *L'accusé a-t-il agi par passion ou par intérêt?* et que, dans le cas où le jury répondrait : *L'accusé a agi par passion*, il n'y ait pas condamnation à mort. Ceci nous épargnerait du moins quelques exécutions révoltantes. Ulbach et Débacker seraient sauvés. On ne guillotinerait plus Othello.

Au reste, qu'on ne s'y trompe pas, cette question de la peine de mort mûrit tous les jours. Avant peu, la société entière la résoudra comme nous.

Que les criminalistes les plus entêtés y fassent attention, depuis un siècle la peine de mort va s'amoindrissant. Elle se fait presque douce. Signe de décrépitude. Signe de faiblesse. Signe de mort prochaine. La torture a disparu. La roue a disparu. La potence a disparu. Chose étrange! la guillotine est un progrès!

M. Guillotin était un philanthrope.

Oui, l'horrible Thémis dentue et vorace de Farinace et de Vouglans, de Delancre et d'Isaac Loisel, de d'Oppède et de Machault, dépérit. Elle maigrit. Elle se meurt.

Voici déjà la Grève qui n'en veut plus. La Grève se réhabilite. La vieille buveuse de sang s'est bien conduite en Juillet. Elle veut mener désormais meilleure vie et rester digne de sa dernière belle action. Elle qui s'était prostituée depuis trois siècles à tous les échafauds, la pudeur la prend. Elle a honte de son ancien métier. Elle veut perdre son vilain nom. Elle répudie le bourreau. Elle lave son pavé.

A l'heure qu'il est, la peine de mort est déjà loin de Paris. Or, disons-le bien ici, sortir de Paris, c'est sortir de la civilisation.

Tous les symptômes sont pour nous. Il semble aussi qu'elle se rebute et qu'elle rechigne, cette hideuse machine, ou plutôt ce monstre fait de bois et de fer qui est à Guillotin ce que Galatée est à Pygmalion. Vues d'un certain côté, les effroyables exécutions que nous avons détaillées plus haut sont d'excellents signes. La guillotine hésite. Elle en est à manquer son coup. Tout le vieil échafaudage de la peine de mort se détraque.

L'infâme machine partira de France, nous y comptons, et, s'il plaît à Dieu, elle partira en boitant, car nous tâcherons de lui porter de rudes coups.

Qu'elle aille demander l'hospitalité ailleurs, à quelque peuple barbare, non à la Turquie, qui se civilise, non aux sauvages, qui ne voudraient pas d'elle (1); mais qu'elle descende quelques échelons encore de l'échelle de la civilisation, qu'elle aille en Espagne ou en Russie.

L'édifice social du passé reposait sur trois colonnes : le prêtre, le roi, le bourreau. Il y a déjà longtemps qu'une voix a dit : *Les dieux s'en vont!* Dernièrement une autre voix s'est élevée et a crié : *Les rois s'en vont!* Il est temps maintenant qu'une troisième voix s'élève et dise : *Le bourreau s'en va!*

Ainsi l'ancienne société sera tombée pierre à pierre; ainsi la Providence aura complété l'écroulement du passé.

A ceux qui ont regretté les dieux, on a pu dire : Dieu reste. A ceux qui regrettent les rois, on peut dire : La pa-

(1) Le « parlement » d'Otahiti vient d'abolir la peine de mort.

Le philosophe.

trie reste. A ceux qui regretteraient le bourreau, on n'a rien à dire.

Et l'ordre ne disparaîtra pas avec le bourreau; ne le croyez point. La voûte de la société future ne croulera pas pour n'avoir point cette clef hideuse. La civilisation n'est autre chose qu'une série de transformations successives. A quoi donc allez-vous assister? à la transformation de la pénalité. La douce loi du Christ pénétrera enfin le Code et rayonnera à travers. On regardera le crime comme une maladie, et cette maladie aura ses médecins qui remplaceront vos juges, ses hôpitaux qui remplaceront vos bagnes. La liberté et la santé se ressembleront. On versera le baume et l'huile où l'on appliquait le fer et le feu. On traitera par la charité ce mal qu'on traitait par la colère. Ce sera simple et sublime. La croix substituée au gibet. Voilà tout.

15 mars 1832.

Le poëte élégiaque

UNE COMÉDIE A PROPOS D'UNE TRAGÉDIE

PERSONNAGES

MADAME DE BLINVAL.
LE CHEVALIER.
ERGASTE.
UN POÈTE ÉLÉGIAQUE.
UN PHILOSOPHE.
UN GROS MONSIEUR.
UN MONSIEUR MAIGRE.
DES FEMMES.
UN LAQUAIS.

UN SALON

UN POÈTE ÉLÉGIAQUE, *lisant.*

. . . .
. . . .

Le lendemain, des pas traversaient la forêt,
Un chien le long du fleuve en aboyant errait :
Et, quand la bachelette en larmes
Revint s'asseoir, le cœur rempli d'alarmes,
Sur la tant vieille tour de l'antique châtel,
Elle entendit les flots gémir, la triste Isaure :
Mais plus n'entendit la mandore
Du gentil ménestrel !

TOUT L'AUDITOIRE.

Bravo ! charmant ! ravissant !

On bat des mains.

MADAME DE BLINVAL.

Il y a dans cette fin un mystère indéfinissable qui tire les larmes des yeux.

LE POÈTE ÉLÉGIAQUE.

La catastrophe est voilée...

LE CHEVALIER, *hochant la tête.*

Mandore, ménestrel, c'est du romantique, ça!

LE POÈTE ÉLÉGIAQUE.

Oui, monsieur, mais du romantique raisonnable; du vrai romantique. Que voulez-vous? il faut bien faire quelques concessions.

LE CHEVALIER.

Des concessions! des concessions! c'est comme cela qu'on perd le goût. Je donnerais tous les vers romantiques seulement pour ce quatrain :

De par le Pinde et par Cythère,
Gentil-Bernard est averti
Que l'Art d'Aimer doit samedi
Venir souper chez l'Art de Plaire

Voilà la vraie poésie! *L'Art d'aimer qui soupe samedi chez l'Art de plaire!* à la bonne heure! Mais aujourd'hui c'est la *mandore*, le *ménestrel*. On ne fait plus de *poésies fugitives*. Si j'étais poète, je ferais des *poésies fugitives;* mais je ne suis pas poète, moi.

LE POÈTE ÉLÉGIAQUE.

Cependant, les élégies...

LE CHEVALIER.

Poésies fugitives, monsieur. (*Bas à madame de Blinval.*) Et puis, *châtel* n'est pas français, on dit *castel.*

QUELQU'UN, *au poète élégiaque.*

Une observation, monsieur. Vous dites l'*antique* châtel, pourquoi pas le *gothique?*

LE POÈTE ÉLÉGIAQUE.

Gothique ne se dit pas en vers.

LE QUELQU'UN.

Ah! c'est différent.

LE POÈTE ÉLÉGIAQUE, *poursuivant.*

Voyez-vous bien, monsieur, il faut se borner. Je ne suis pas de ceux qui veulent désorganiser le vers français, et nous ramener à l'époque des Ronsard et des Brébeuf. Je suis romantique, mais modéré. C'est comme pour les émotions. Je les veux douces, rêveuses, mélancoliques, mais jamais de sang, jamais d'horreurs. Voiler les catastrophes. Je sais qu'il y a des gens, des fous, des imaginations en délire qui... — Tenez, mesdames, avez-vous lu le nouveau roman?

LES DAMES.

Quel roman?

LE POÈTE ÉLÉGIAQUE.

Le *Dernier Jour...*

UN GROS MONSIEUR.

Assez, monsieur; je sais ce que vous voulez dire. Le titre seul me fait mal aux nerfs.

MADAME DE BLINVAL.

Et à moi aussi. C'est un livre affreux Je l'ai là.

LES DAMES.

Voyons, voyons.

On se passe le livre de main en main.

QUELQU'UN, *lisant.*

Le *Dernier Jour d'un...*

LE GROS MONSIEUR.

Grâce, madame!

MADAME DE BLINVAL.

En effet, c'est un livre abominable, un livre qui donne le cauchemar, un livre qui rend malade.

UNE FEMME, *bas.*

Il faudra que je lise cela.

LE GROS MONSIEUR.

Il faut convenir que les mœurs vont se dépravant de jour en jour. Mon Dieu, l'horrible idée! développer, creuser, analyser, l'une après l'autre, et sans en passer une seule, toutes les souffrances physiques, toutes les tortures morales que doit éprouver un homme condamné à mort, le jour de l'exécution! Cela n'est-il pas atroce? Comprenez-vous, mesdames, qu'il se soit trouvé un écrivain pour cette idée, et un public pour cet écrivain?

LE CHEVALIER.

Voilà en effet qui est souverainement impertinent.

MADAME DE BLINVAL.

Qu'est-ce que c'est que l'auteur?

LE GROS MONSIEUR.

Il n'y avait pas de nom à la première édition.

LE POÈTE ÉLÉGIAQUE.

C'est le même qui a déjà fait deux autres romans. Ma foi, j'ai oublié les titres. Le premier commence à la Morgue et finit à la Grève. A chaque chapitre, il y a un ogre qui mange un enfant.

LE GROS MONSIEUR.

Vous avez lu cela, monsieur?

LE POÈTE ÉLÉGIAQUE.

Oui, monsieur; la scène se passe en Islande.

LE GROS MONSIEUR.

En Islande, c'est épouvantable!

LE POÈTE ÉLÉGIAQUE.

Il a fait en outre des odes, des ballades, je ne sais quoi, où il y a des monstres qui ont des *corps bleus.*

LE CHEVALIER, *riant.*

Corbleu! cela doit faire un furieux vers!

LE POÈTE ÉLÉGIAQUE.

Il a publié aussi un drame, — on appelle cela un drame, — où l'on trouve ce beau vers :

Demain vingt-cinq juin mil six cent cinquante-sept.

QUELQU'UN.

Ah! ce vers!

LE POÈTE ÉLÉGIAQUE.

Cela peut s'écrire en chiffres, voyez-vous, mesdames : — *Demain, 25 juin 1657.*

Il rit. On rit.

LE CHEVALIER.

C'est une chose particulière que la poésie d'à présent.

LE GROS MONSIEUR.

Ah çà! il ne sait pas versifier, cet homme-là! Comment donc s'appelle-t-il, déjà?

LE POÈTE ÉLÉGIAQUE.

Il a un nom aussi difficile à retenir qu'à prononcer. Il y a du goth, du visigoth, de l'ostrogoth dedans.

Il rit.

MADAME DE BLINVAL.

C'est un vilain homme.

LE GROS MONSIEUR.

Un abominable homme.

UNE FEMME.

Quelqu'un qui le connaît m'a dit...

LE GROS MONSIEUR.

Vous connaissez quelqu'un qui le connaît?

LA JEUNE FEMME.

Oui, et qui dit que c'est un homme doux, simple, qui vit dans la retraite, et passe ses journées à jouer avec ses petits enfants.

LE POÈTE ÉLÉGIAQUE.

Et ses nuits à rêver des œuvres de ténèbres. — C'est singulier; voilà un vers que j'ai fait tout naturellement. Mais c'est qu'il y est, le vers :

Et ses nuits à rêver des œuvres de ténèbres.

Avec une bonne césure. Il n'y a plus que l'autre rime à trouver! pardieu! *funèbres*.

MADAME DE BLINVAL.

Quidquid tentabat dicere, versus erat.

LE GROS MONSIEUR.

Vous disiez donc que l'auteur en question a de petits enfants. Impossible, madame. Quand on a fait cet ouvrage-là! un roman atroce!

QUELQU'UN.

Mais, ce roman, dans quel but l'a-t-il fait?

LE POÈTE ÉLÉGIAQUE.

Est-ce que je sais, moi?

LE PHILOSOPHE.

A ce qu'il paraît, dans le but de concourir à l'abolition de la peine de mort.

LE GROS MONSIEUR.

Une horreur, vous dis-je!

LE CHEVALIER.

Ah çà! c'est donc un duel avec le bourreau?

LE POÈTE ÉLÉGIAQUE.

Il en veut terriblement à la guillotine.

UN MONSIEUR MAIGRE.

Je vois cela d'ici : des déclamations.

LE GROS MONSIEUR.

Point. Il y a à peine deux pages sur ce texte de la peine de mort. Tout le reste, ce sont des sensations.

LE PHILOSOPHE.

Voilà le tort. Le sujet méritait le raisonnement. Un drame, un roman, ne prouvent rien. Et puis, j'ai lu le livre, et il est mauvais.

LE POÈTE ÉLÉGIAQUE.

Détestable! Est-ce que c'est là de l'art? C'est passer les bornes, c'est casser les vitres. Encore, ce criminel, si je le connaissais? mais point. Qu'a-t-il fait? on n'en sait rien. C'est peut-être un fort mauvais drôle. On n'a pas le droit de m'intéresser à quelqu'un que je ne connais pas.

LE GROS MONSIEUR.

On n'a pas le droit de faire éprouver à son lecteur des souffrances physiques. Quand je vois des tragédies, on se tue; eh bien! cela ne me fait rien. Mais, ce roman, il vous fait dresser les cheveux sur la tête, il vous fait venir la chair de poule, il vous donne de mauvais rêves. J'ai été deux jours au lit pour l'avoir lu.

LE PHILOSOPHE.

Ajoutez à cela que c'est un livre froid et compassé.

LE POÈTE.

Un livre!... un livre!...

LE PHILOSOPHE.

Oui.— Et, comme vous disiez tout à l'heure, monsieur, ce n'est point là de véritable esthétique. Je ne m'intéresse pas à une abstraction, à une entité pure. Je ne vois point là une personnalité qui s'adéquate avec la mienne. Et puis le style n'est ni simple ni clair. Il sent l'archaïsme. C'est bien là ce que vous disiez, n'est-ce pas?

LE POÈTE.

Sans doute, sans doute. Il ne faut pas de personnalités.

LE PHILOSOPHE.

Le condamné n'est pas intéressant.

LE POÈTE.

Comment intéresserait-il? il a un crime et pas de remords. J'eusse fait le contraire. J'eusse conté l'histoire de mon condamné. Né de parents honnêtes. Une bonne éducation. De l'amour. De la jalousie. Un crime qui n'en soit pas un. Et puis des remords, des remords, beaucoup de remords. Mais les lois humaines sont implacables. Il faut qu'il meure; et là j'aurais traité ma question sur la peine de mort. A la bonne heure!

MADAME DE BLINVAL.

Ah! ah!

LE PHILOSOPHE.

Pardon. Le livre, comme l'entend monsieur, ne prouverait rien. La particularité ne régit pas la généralité.

LE POÈTE.

Eh bien! mieux encore; pourquoi n'avoir pas choisi pour héros, par exemple... Malesherbes, le vertueux Malesherbes? son dernier jour, son supplice? Oh! alors, beau et noble spectacle! j'eusse pleuré, j'eusse frémi, j'eusse voulu monter sur l'échafaud avec lui.

LE PHILOSOPHE.

Pas moi.

LE CHEVALIER.

Ni moi. C'était un révolutionnaire, au fond, que votre monsieur de Malesherbes.

LE PHILOSOPHE.

L'échafaud de Malesherbes ne prouve rien contre la peine de mort en général.

LE GROS MONSIEUR.

La peine de mort! à quoi bon s'occuper de cela? qu'est-ce que cela vous fait, la peine de mort? Il faut que cet auteur soit bien mal né, de venir nous donner le cauchemar à ce sujet avec son livre!

MADAME DE BLINVAL.

Ah! oui, un bien mauvais cœur!

LE GROS MONSIEUR.

Il nous force à regarder dans les prisons, dans les bagnes, dans Bicêtre. C'est fort désagréable. On sait bien que ce sont des cloaques; mais qu'importe à la société?

MADAME DE BLINVAL.

Ceux qui ont fait les lois n'étaient pas des enfants.

LE PHILOSOPHE.

Ah! cependant, en présentant les choses avec vérité...

LE MONSIEUR MAIGRE.

Eh! c'est justement ce qui manque, la vérité. Que voulez-vous qu'un poëte sache sur de pareilles matières! Il faudrait être au moins procureur du roi. Tenez : j'ai lu, dans une citation qu'un journal fait de ce livre, que le condamné ne dit rien quand on lui lit son arrêt de mort; eh bien! moi, j'ai vu un condamné qui, dans ce moment-là, a poussé un grand cri. — Vous voyez.

LE PHILOSOPHE.

Permettez...

LE MONSIEUR MAIGRE.

Tenez, messieurs, la guillotine, la Grève, c'est de mauvais goût;... et la preuve, c'est qu'il paraît que c'est un livre qui corrompt le goût, et vous rend incapable d'émotions pures, fraîches, naïves. Quand donc se lèveront les défenseurs de la saine littérature? Je voudrais être, et mes réquisitoires m'en donneraient peut-être le droit, membre de l'Académie française...—Voilà justement monsieur Ergaste, qui en est. Que pense-t-il du *Dernier Jour d'un Condamné?*

ERGASTE.

Ma foi, monsieur, je ne l'ai lu ni le lirai. Je dînais hier chez madame de Sénange, et la marquise de Morival en a parlé au duc de Melcourt. On dit qu'il y a des personnalités contre la magistrature, et surtout contre le président d'Alimont. L'abbé de Floricour aussi était indigné. Il paraît qu'il y a un chapitre contre la religion, et un chapitre contre la monarchie. Si j'étais procureur du roi!...

LE CHEVALIER.

Ah bien oui! procureur du roi! et la Charte, et la liberté de la presse! Cependant un poëte qui veut supprimer la peine de mort, vous conviendrez que c'est odieux. Ah! ah! dans l'ancien régime, quelqu'un qui se serait permis de publier un roman contre la torture!... — Mais depuis la prise de la Bastille on peut tout écrire... Les livres font un mal affreux.

LE GROS MONSIEUR.

Affreux. — On était tranquille, on ne pensait à rien. Il se coupait bien de temps en temps en France une tête par-ci par-là, deux tout au plus par semaine. Tout cela sans bruit, sans scandale. Ils ne disaient rien, personne n'y songeait... Pas du tout, voilà un livre... — Un livre qui vous donne un mal de tête horrible!

LE MONSIEUR MAIGRE.

Le moyen qu'un juré condamne après l'avoir lu!

ERGASTE.

Cela trouble les consciences.

MADAME DE BLINVAL.

Ah! les livres! les livres! Qui eût dit cela d'un roman?

LE POËTE.

Il est certain que les livres sont bien souvent un poison subversif de l'ordre social.

LE MONSIEUR MAIGRE.

Sans compter la langue, que messieurs les romantiques révolutionnent aussi.

LE POËTE.

Distinguons, monsieur, il y a romantiques et romantiques.

LE MONSIEUR MAIGRE.

Le mauvais goût, le mauvais goût.

ERGASTE.

Vous avez raison. Le mauvais goût.

LE MONSIEUR MAIGRE.

Il n'y a rien à répondre à cela.

LE PHILOSOPHE, *appuyé au fauteuil d'une dame.*

Ils disent là des choses qu'on ne dit même plus rue Mouffetard.

ERGASTE.

Ah! l'abominable livre!

MADAME DE BLINVAL.

Eh! ne le jetez pas au feu : il est à la loueuse.

LE CHEVALIER.

Parlez-moi de notre temps. Comme tout s'est dépravé depuis, le goût et les mœurs! Vous souvient-il de notre temps, madame de Blinval?

MADAME DE BLINVAL.

Non, monsieur, il ne m'en souvient pas.

LE CHEVALIER.

Nous étions le peuple le plus doux, le plus gai, le plus spirituel. Toujours de belles fêtes, de jolis vers; c'était charmant. Y a-t-il rien de plus galant que le madrigal de monsieur de la Harpe sur le grand bal que madame la maréchale de Mailly donna en mil sept cent... l'année de l'exécution de Damiens.

LE GROS MONSIEUR, *soupirant.*

Heureux temps! Maintenant les mœurs sont horribles, et les livres aussi. C'est le beau vers de Boileau :

Et la chute des arts suit la *décadence* des mœurs.

LE PHILOSOPHE, *bas au poëte.*

Soupe-t-on dans cette maison?

LE POËTE ÉLÉGIAQUE.

Oui, tout à l'heure.

LE MONSIEUR MAIGRE.

Maintenant on veut abolir la peine de mort, et pour cela on fait des romans cruels, immoraux et de mauvais goût, le *Dernier Jour d'un Condamné*, que sais-je?

LE GROS MONSIEUR.

Tenez, mon cher, ne parlons plus de ce livre atroce; et, puisque je vous rencontre, dites-moi, que faites-vous de cet homme dont nous avons rejeté le pourvoi depuis trois semaines?

LE MONSIEUR MAIGRE.

Ah! un peu de patience! je suis en congé ici; laissez-moi respirer. A mon tour! Si cela tarde trop pourtant, j'écrirai à mon substitut...

UN LAQUAIS, *entrant.*

Madame est servie.

Nous avons cru devoir réimprimer ici l'espèce de préface en dialogue qu'on vient de lire, et qui accompagnait la quatrième édition du DERNIER JOUR D'UN CONDAMNÉ. Il faut se rappeler en la lisant au milieu de quelles objections politiques, morales et littéraires, les premières éditions de ce livre furent publiées.

LE DERNIER JOUR D'UN CONDAMNÉ

I

Bicêtre.

Condamné à mort!

Voilà cinq semaines que j'habite avec cette pensée, toujours seul avec elle, toujours glacé de sa présence, toujours courbé sous son poids!

Autrefois, car il me semble qu'il y a plutôt des années que des semaines, j'étais un homme comme un autre homme. Chaque jour, chaque heure, chaque minute, avait son idée. Mon esprit, jeune et riche, était plein de fantaisies. Il s'amusait à me les dérouler les unes après les autres, sans ordre et sans fin, brodant d'inépuisables arabesques cette rude et mince étoffe de la vie. C'étaient des jeunes filles, de splendides chapes d'évêques, des batailles gagnées, des théâtres pleins de bruit et de lumières, et puis encore des jeunes filles et de sombres promenades la nuit sous les larges bras des marronniers. C'était toujours fête dans mon imagination. Je pouvais penser à ce que je voulais, j'étais libre.

Maintenant je suis captif. Mon corps est aux fers dans un cachot, mon esprit est en prison dans une idée. Une horrible, une sanglante, une implacable idée! Je n'ai plus qu'une pensée, qu'une conviction, qu'une certitude: — condamné à mort!

Quoi que je fasse, elle est toujours là, cette pensée infernale, comme un spectre de plomb à mes côtés, seule et jalouse, chassant toute distraction, face à face avec moi misérable, et me secouant de ses deux mains de glace, quand je veux détourner la tête ou fermer les yeux. Elle se glisse sous toutes les formes où mon esprit voudrait la fuir, se mêle comme un refrain horrible à toutes les paroles qu'on m'adresse, se colle avec moi aux grilles hideuses de mon cachot, m'obsède éveillé, épie mon sommeil convulsif, et reparaît dans mes rêves sous la forme d'un couteau.

Je viens de m'éveiller en sursaut, poursuivi par elle en me disant: — Ah! ce n'est qu'un rêve! — Eh bien! avant même que mes yeux lourds aient eu le temps de s'entr'ouvrir assez pour voir cette fatale pensée écrite dans l'horrible réalité qui m'entoure, sur la dalle mouillée et suante de ma cellule, dans les rayons pâles de ma lampe de nuit, dans la trame grossière de la toile de mes vêtements, sur la sombre figure du soldat de garde dont la giberne reluit à travers la grille du cachot, il me semble que déjà une voix a murmuré à mon oreille: — Condamné à mort!

II

C'était par une belle matinée d'août.

Il y avait trois jours que mon procès était entamé; trois jours que mon nom et mon crime ralliaient chaque matin une nuée de spectateurs, qui venaient s'abattre sur les bancs de la salle d'audience comme des corbeaux autour d'un cadavre; trois jours que toute cette fantasmagorie des juges, des témoins, des avocats, des procureurs du roi, passait et repassait devant moi, tantôt grotesque, tantôt sanglante, toujours sombre et fatale. Les deux premières nuits, d'inquiétude et de terreur, je n'en avais pu dormir; la troisième, j'en avais dormi d'ennui et de fatigue. A minuit, j'avais laissé les jurés délibérant. On m'avait ramené sur la paille de mon cachot, et j'étais tombé sur-le-champ dans un sommeil profond, dans un sommeil d'oubli. C'étaient les premières heures de repos depuis bien des jours.

J'étais encore au plus profond de ce profond sommeil lorsqu'on vint me réveiller. Cette fois il ne suffit point du pas lourd et des souliers ferrés du guichetier, du cliquetis de son nœud de clefs, du grincement rauque des verrous; il fallut pour me tirer de ma léthargie sa rude voix à mon oreille et sa main rude sur mon bras. — Levez-vous donc! — J'ouvris les yeux; je me dressai effaré sur mon séant. En ce moment, par l'étroite et haute fenêtre de ma cellule, je vis au plafond du corridor voisin, seul ciel qu'il me fût donné d'entrevoir, ce reflet jaune où des yeux habitués aux ténèbres d'une prison savent si bien reconnaître le soleil. J'aime le soleil.

— Il fait beau, dis-je au guichetier. — Il resta un moment sans me répondre, comme ne sachant si cela valait la peine de dépenser une parole; puis avec quelque effort il murmura brusquement: — C'est possible.

Je demeurais immobile, l'esprit à demi endormi, la bouche souriante, l'œil fixé sur cette douce réverbération dorée qui diaprait le plafond. — Voilà une belle journée, répétai-je. — Oui, me répondit l'homme, on vous attend.

Ce peu de mots, comme le fil qui rompt le vol de l'insecte, me rejeta violemment dans la réalité. Je revis soudain, comme dans la lumière d'un éclair, la sombre salle des assises, le fer à cheval des juges chargé de haillons ensanglantés, les trois rangs de témoins aux faces stupides, les deux gendarmes aux deux bouts de mon banc, et les robes noires s'agiter, et les têtes de la foule fourmiller au fond dans l'ombre, et s'arrêter sur moi le regard fixe de ces douze jurés, qui avaient veillé pendant que je dormais!

Je me levai; mes dents claquaient, mes mains tremblaient et ne savaient où trouver mes vêtements, mes jambes étaient faibles. Au premier pas que je fis, je trébuchai comme un portefaix trop chargé. Cependant je suivis le geôlier.

Les deux gendarmes m'attendaient au seuil de la cellule. On me remit les menottes. Cela avait une petite serrure compliquée qu'ils fermèrent avec soin. Je laissai faire: c'était une machine sur une machine.

Nous traversâmes une cour intérieure. L'air vif du matin me ranima. Je levai la tête. Le ciel était bleu, et les rayons chauds du soleil, découpés par les longues cheminées, traçaient de grands angles de lumière au faîte des murs hauts et sombres de la prison. Il faisait beau en effet.

Nous montâmes un escalier tournant en vis; nous passâmes un corridor, puis un autre, puis un troisième; puis une porte basse s'ouvrit. Un air chaud, mêlé de bruit, vint me frapper au visage; c'était le souffle de la foule dans la salle des assises. J'entrai.

Il y eut à mon apparition une rumeur d'armes et de voix. Les banquettes se déplacèrent bruyamment, les cloisons craquèrent; et, pendant que je traversais la longue salle, entre deux masses de peuple murées de soldats, il me semblait que j'étais le centre auquel se rattachaient les fils qui faisaient mouvoir toutes ces faces béantes et penchées.

En cet instant je m'aperçus que j'étais sans fers; mais je ne pus me rappeler où ni quand on me les avait ôtés.

Alors il se fit un grand silence. J'étais parvenu à ma place. Au moment où le tumulte cessa dans la foule, il cessa aussi dans mes idées. Je compris tout à coup clairement ce que je n'avais fait qu'entrevoir confusément jusqu'alors, que le moment décisif était venu, et que j'étais là pour entendre ma sentence.

L'explique qui pourra, de la manière dont cette idée me vint, elle ne me causa pas de terreur. Les fenêtres étaient ouvertes; l'air et le bruit de la ville arrivaient librement du dehors: la salle était claire comme pour une noce; les gais rayons du soleil traçaient çà et là la figure lumineuse des croisées, tantôt allongée sur le plancher, tantôt développée sur les tables, tantôt brisée à l'angle des murs; et de ces losanges éclatantes aux fenêtres chaque rayon découpait dans l'air un grand prisme de poussière d'or.

Les juges, au fond de la salle, avaient l'air satisfait, probablement de la joie d'avoir bientôt fini. Le visage du président, doucement éclairé par le reflet d'une vitre, avait quelque chose de calme et de bon; et un jeune assesseur causait presque gaiement, en chiffonnant son rabat, avec une jolie dame en chapeau rose, placée par faveur derrière lui.

Les jurés seuls paraissaient blêmes et abattus, mais c'était apparemment de fatigue d'avoir veillé toute la nuit. Quelques-uns bâillaient; rien, dans leur contenance, n'annonçait des hommes qui viennent de porter une sentence de mort, et sur les figures de ces bons bourgeois je ne devinais qu'une grande envie de dormir.

En face de moi une fenêtre était toute grande ouverte. J'entendais rire sur le quai des marchandes de fleurs; et, au bord de la croisée, une jolie petite plante jaune, toute pénétrée d'un rayon de soleil, jouait avec le vent dans une fente de la pierre.

Comment une idée sinistre aurait-elle pu poindre parmi tant de gracieuses sensations? Inondé d'air et de soleil, il me fut impossible de penser à autre chose qu'à la liberté; l'espérance vint rayonner en moi, comme le jour autour de moi, et, confiant, j'attendis ma sentence comme on attend la délivrance et la vie.

Cependant mon avocat arriva. On l'attendait. Il venait de déjeuner copieusement et de bon appétit. Parvenu à sa place, il se pencha vers moi avec un sourire. — J'espère, me dit-il. — N'est-ce pas? répondis-je, léger et souriant aussi. — Oui, reprit-il; je ne sais rien encore de leur déclaration, mais ils auront sans doute écarté la préméditation, et alors ce ne sera que les travaux forcés à perpétuité. — Que me dites-vous là, monsieur? répliquai-je indigné; plutôt cent fois la mort!

Oui, la mort! — Et d'ailleurs, me répétait je ne sais quelle voix intérieure, qu'est-ce que je risque à dire cela? A-t-on jamais prononcé sentence de mort autrement qu'à minuit, aux flambeaux, dans une salle sombre et noire, et par une froide nuit de pluie et d'hiver? Mais au mois d'août, à huit heures du matin, un si beau jour, ces bons jurés, c'est impossible! Et mes yeux revenaient se fixer sur la jolie fleur jaune au soleil.

Tout à coup le président, qui n'attendait que l'avocat, m'invita à me lever. La troupe porta les armes; comme par un mouvement électrique, toute l'assemblée fut debout au même instant. Une figure insignifiante et nulle, placée à une table au-dessous du tribunal, c'était, je pense, le greffier, prit la parole, et lut le verdict que les jurés avaient prononcé en mon absence. Une sueur froide sortit de tous mes membres; je m'appuyai au mur pour ne pas tomber.

— Avocat, avez-vous quelque chose à dire sur l'application de la peine? demanda le président.

J'aurais eu, moi, tout à dire; mais rien ne me vint. Ma langue resta collée à mon palais.

Le défenseur se leva.

Je compris qu'il cherchait à atténuer la déclaration du jury, et à mettre dessous, au lieu de la peine qu'elle provoquait, l'autre peine, celle que j'avais été si blessé de lui voir espérer.

Il fallut que l'indignation fût bien forte pour se faire jour à travers les mille émotions qui se disputaient ma pensée. Je voulus répéter à haute voix ce que je lui avais déjà dit: *Plutôt cent fois la mort!* mais l'haleine me manqua, et je ne pus que l'arrêter rudement par le bras, en criant avec une force convulsive: — Non!

Le procureur général combattit l'avocat, et je l'écoutai avec une satisfaction stupide. Puis les juges sortirent, puis ils rentrèrent, et le président me lut mon arrêt.

— Condamné à mort! dit la foule. Et, tandis qu'on m'emmenait, tout ce peuple se rua sur mes pas avec le fracas d'un édifice qui se démolit. Moi, je marchais, ivre et stupéfait. Une révolution venait de se faire en moi. Jusqu'à l'arrêt de mort, je m'étais senti respirer, palpiter, vivre dans le même milieu que les autres hommes; maintenant je distinguais clairement comme une clôture entre le monde et moi. Rien ne m'apparaissait plus sous le même aspect qu'auparavant. Ces larges fenêtres lumineuses, ce beau soleil, ce ciel pur, cette jolie fleur, tout cela était blanc et pâle, de la couleur d'un linceul. Ces hommes, ces femmes, ces enfants qui se pressaient sur mon passage, je leur trouvais des airs de fantômes.

Au bas de l'escalier, une noire et sale voiture grillée m'attendait. Au moment d'y monter, je regardai au hasard dans la place. — Un condamné à mort! criaient les passants en courant vers la voiture. — A travers le nuage qui me semblait s'être interposé entre les choses et moi, je distinguai deux jeunes filles qui me suivaient avec des yeux avides. — Bon, dit la plus jeune en battant des mains, ce sera dans six semaines!

III

Condamné à mort!

Eh bien! pourquoi non? *Les hommes*, je me rappelle l'avoir lu dans je ne sais quel livre où il n'y avait que cela de bon, *les hommes sont tous condamnés à mort avec des sursis indéfinis*. Qu'y a-t-il donc de si changé à ma situation?

Depuis l'heure où mon arrêt m'a été prononcé, combien sont morts qui s'arrangeaient pour une longue vie! Combien m'ont devancé qui, jeunes, libres et sains, comptaient bien aller voir tel jour tomber ma tête en place de Grève! Combien d'ici là peut-être, qui marchent et respirent au grand air, entrent et sortent à leur gré, et qui me devanceront encore!

Et puis, qu'est-ce que la vie a donc de si regrettable

pour moi? En vérité, le jour sombre et le pain noir du cachot, la portion de bouillon maigre puisée au baquet des galériens, être rudoyé, moi qui suis raffiné par l'éducation, être brutalisé des guichetiers et des gardes-chiourmes, ne pas voir un être humain qui me croie digne d'une parole et à qui je la rende, sans cesse tressaillir et de ce que j'ai fait et de ce qu'on me fera : voilà à peu près les seuls biens que puisse m'enlever le bourreau.

Ah! n'importe! c'est horrible!

IV

La voiture noire me transporta ici, dans ce hideux Bicêtre.

Vu de loin, cet édifice a quelque majesté. Il se déroule à l'horizon, au front d'une colline, et à distance garde quelque chose de son ancienne splendeur, un air de château de roi. Mais à mesure que vous approchez le palais devient masure. Les pignons dégradés blessent l'œil. Je ne sais quoi de honteux et d'appauvri salit ces royales façades : on dirait que les murs ont une lèpre. Plus de vitres, plus de glaces aux fenêtres; mais de massifs barreaux de fer entre-croisés, auxquels se colle çà et là quelque hâve figure d'un galérien ou d'un fou.

C'est la vie vue de près.

V

A peine arrivé, des mains de fer s'emparèrent de moi. On multiplia les précautions : point de couteau, point de fourchette pour mes repas; la *camisole de force*, une espèce de sac de toile à voilure, emprisonna mes bras; on répondait de ma vie. Je m'étais pourvu en cassation. On pouvait avoir pour six ou sept semaines de cette affaire onéreuse, et il importait de me conserver sain et sauf à la place de Grève.

Les premiers jours on me traita avec une douceur qui m'était horrible. Les égards d'un guichetier sentent l'échafaud. Par bonheur, au bout de peu de jours, l'habitude reprit le dessus; ils me confondirent avec les autres prisonniers dans une commune brutalité, et n'eurent plus de ces distinctions inaccoutumées de politesse qui me remettaient sans cesse le bourreau sous les yeux. Ce ne fut pas la seule amélioration. Ma jeunesse, ma docilité, les soins de l'aumônier de la prison, et surtout quelques mots en latin que j'adressai au concierge, qui ne les comprit pas, m'ouvrirent la promenade une fois par semaine avec les autres détenus, et firent disparaître la camisole où j'étais paralysé. Après bien des hésitations, on m'a aussi donné de l'encre, du papier, des plumes et une lampe de nuit.

Tous les dimanches, après la messe, on me lâche dans le préau, à l'heure de la récréation. Là, je cause avec les détenus; il le faut bien. Ils sont bonnes gens, les misérables. Ils me content leurs tours, ce serait à faire horreur; mais je sais qu'ils se vantent. Ils m'apprennent à parler argot, à *rouscailler bigorne*, comme ils disent. C'est toute une langue entée sur la langue générale comme une espèce d'excroissance hideuse, comme une verrue. Quelquefois une énergie singulière, un pittoresque effrayant : *il y a du résiné sur le trimar* (du sang sur le chemin), *épouser la veuve* (être pendu), comme si la corde du gibet était veuve de tous les pendus. La tête d'un voleur a deux noms : la *sorbonne*, quand elle médite, raisonne et conseille le crime; la *tronche*, quand le bourreau la coupe. Quelquefois de l'esprit de vaudeville : un *cachemire d'osier* (une hotte de chiffonnier), la *menteuse* (la langue); et puis partout, à chaque instant, des mots bizarres, mystérieux, laids et sordides, venus on ne sait d'où : le *taule* (le bourreau), la *cône* (la mort), la *placarde* (la place des exécutions). On dirait des crapauds et des araignées. Quand on entend parler cette langue, cela fait l'effet de quelque chose de sale et de poudreux, d'une liasse de haillons que l'on secouerait devant vous.

Du moins ces hommes-là me plaignent, ils sont les seuls. Les geôliers, les guichetiers, les porte-clefs, — je ne leur en veux pas, — causent et rient, et parlent de moi, devant moi, comme d'une chose.

VI

Je me suis dit :

— Puisque j'ai le moyen d'écrire, pourquoi ne le ferais-je pas? Mais quoi écrire? Pris entre quatre murailles de pierre nue et froide, sans liberté pour mes pas, sans horizon pour mes yeux, pour unique distraction, machinalement occupé tout le jour à suivre la marche lente de ce carré blanchâtre que le judas de ma porte découpe vis-à-vis sur le mur sombre, et, comme je le disais tout à l'heure, seul à seul avec une idée, une idée de crime et de châtiment, de meurtre et de mort! Est-ce que je puis avoir quelque chose à dire, moi qui n'ai plus rien à faire dans ce monde? Et que trouverai-je dans ce cerveau flétri et vide qui vaille la peine d'être écrit?

Pourquoi non? Si tout, autour de moi, est monotone et décoloré, n'y a-t-il pas en moi une tempête, une lutte, une tragédie? Cette idée fixe qui me possède ne se présente-t-elle pas à moi à chaque heure, à chaque instant, sous une nouvelle forme, toujours plus hideuse et plus ensanglantée à mesure que le terme approche? Pourquoi n'essayerais-je pas de me dire à moi-même tout ce que j'éprouve de violent et d'inconnu dans la situation abandonnée où me voilà? Certes, la matière est riche; et, si abrégée que soit ma vie, il y aura bien encore dans les angoisses, dans les terreurs, dans les tortures qui la rempliront de cette heure à la dernière, de quoi user cette plume et tarir cet encrier. — D'ailleurs ces angoisses, le seul moyen d'en moins souffrir, c'est de les observer, et les peindre m'en distraira.

Et puis, ce que j'écrirai ainsi ne sera peut-être pas inutile. Ce journal de mes souffrances, heure par heure, minute par minute, supplice par supplice, si j'ai la force de le mener jusqu'au moment où il me sera *physiquement* impossible de continuer; cette histoire, nécessairement inachevée, mais aussi complète que possible, de mes sensations, ne portera-t-elle point avec elle un grand et profond enseignement? N'y aurait-il pas dans ce procès-verbal de la pensée agonisante, dans cette progression toujours croissante de douleurs, dans cette espèce d'autopsie intellectuelle d'un condamné, plus d'une leçon pour ceux qui condamnent! Peut-être cette lecture leur rendra-t-elle la main moins légère quand il s'agira quelque autre fois de jeter une tête qui pense, une tête d'homme, dans ce qu'ils appellent la balance de la justice! Peut-être n'ont-ils jamais réfléchi, les malheureux, à cette lente succession de tortures que renferme la formule expéditive d'un arrêt de mort! Se sont-ils jamais seulement arrêtés à cette idée poignante que dans l'homme qu'ils retranchent il y a une intelligence, une intelligence qui avait compté sur la vie, une âme qui ne s'est point disposée pour la mort? Non. Ils ne voient dans tout cela que la chute verticale d'un couteau triangulaire, et pensent sans doute que pour le condamné il n'y a rien avant, rien après.

Ces feuilles les détromperont. Publiées peut-être un jour,

Comptons ce qui me reste.

elles arrêteront quelques moments leur esprit sur les souffrances de l'esprit; car ce sont celles-là qu'ils ne soupçonnent pas. Ils sont triomphants de pouvoir tuer sans presque faire souffrir le corps. Eh! c'est bien de cela qu'il s'agit! qu'est-ce que la douleur physique près de la douleur morale? Horreur et pitié, des lois faites ainsi! Un jour viendra, et peut-être ces Mémoires, derniers confidents d'un misérable, y auront-ils contribué... —

A moins qu'après ma mort le vent ne joue dans le préau avec ces morceaux de papier souillés de boue, ou qu'ils n'aillent pourrir à la pluie, collés en étoiles à la vitre cassée d'un guichetier.

VII

Que ce que j'écris ici puisse être un jour utile à d'autres, que cela arrête le juge prêt à juger, que cela sauve des malheureux, innocents ou coupables, de l'agonie à laquelle je suis condamné, pourquoi? à quoi bon? qu'importe? Quand ma tête aura été coupée, qu'est-ce que cela me fait qu'on en coupe d'autres? Est-ce que vraiment j'ai pu penser ces folies? Jeter bas l'échafaud après que j'y aurai monté! je vous demande un peu ce qui m'en reviendra?

Quoi! le soleil, le printemps, les champs pleins de fleurs, les oiseaux qui s'éveillent le matin, les nuages, les arbres, la nature, la liberté, la vie, tout cela n'est plus à moi.

Ah! c'est moi qu'il faudrait sauver! — Est-il bien vrai que cela ne se peut, qu'il faudra mourir demain, aujourd'hui peut-être; que cela est ainsi? O Dieu! l'horrible idée à se briser la tête au mur de son cachot!

VIII

Comptons ce qui me reste :

Trois jours de délai après l'arrêt prononcé pour le pourvoi en cassation.

Il faut pourtant que cette affaire finisse.

Huit jours d'oubli au parquet de la cour d'assises; après quoi les *pièces*, comme ils disent, sont envoyées au ministre.

Quinze jours d'attente chez le ministre, qui ne sait seulement pas qu'elles existent, et qui cependant est supposé les transmettre, après examen, à la cour de cassation.

Là, classement, numérotage, enregistrement; car la guillotine est encombrée, et chacun ne doit passer qu'à son tour.

Quinze jours pour veiller à ce qu'il ne vous soit pas fait de passe-droit.

Enfin, la cour s'assemble d'ordinaire un jeudi, rejette vingt pourvois en masse, et renvoie le tout au ministre, qui renvoie au procureur général, qui renvoie au bourreau. Trois jours.

Le matin du quatrième jour le substitut du procureur général se dit en mettant sa cravate : — Il faut pourtant que cette affaire finisse. Alors, si le substitut du greffier n'a pas quelque déjeuner d'amis qui l'en empêche, l'ordre d'exécution est minuté, rédigé, mis au net, expédié, et le lendemain dès l'aube on entend dans la place de Grève clouer une charpente, et dans les carrefours hurler à pleines voix des crieurs enroués.

En tout six semaines. La petite fille avait raison.

Or, voilà cinq semaines au moins, six peut-être, je n'ose compter, que je suis dans ce cabanon de Bicêtre, et il me semble qu'il y a trois jours, c'était jeudi.

IX

Je viens de faire mon testament.

A quoi bon? Je suis condamné aux frais, et tout ce que j'ai y suffira à peine. La guillotine, c'est fort cher.

Je laisse une mère, je laisse une femme, je laisse un enfant.

Une petite fille de trois ans, douce, rose, frêle, avec de grands yeux noirs et de longs cheveux châtains.

PARIS. — TYP. SIMON RAÇON ET Cᵉ, RUE D'ERFURTH, 1.

Elle avait deux ans et un mois quand je l'ai vue pour la dernière fois.

Ainsi, après ma mort, trois femmes sans fils, sans mari, sans père; trois orphelines de différente espèce; trois veuves du fait de la loi.

J'admets que je sois justement puni, ces innocentes, qu'ont-elles fait? N'importe; on les déshonore, on les ruine; c'est la justice.

Ce n'est pas que ma pauvre vieille mère m'inquiète; elle a soixante-quatre ans, elle mourra du coup. Ou. si elle va quelques jours encore, pourvu que, jusqu'au dernier moment, elle ait un peu de cendre chaude dans sa chaufferette, elle ne dira rien.

Ma femme ne m'inquiète pas non plus, elle est déjà d'une mauvaise santé et d'un esprit faible, elle mourra aussi.

A moins qu'elle ne devienne folle. On dit que cela fait vivre; mais du moins l'intelligence ne souffre pas; elle dort; elle est comme morte.

Mais ma fille, mon enfant, ma pauvre petite Marie, qui rit, qui joue, qui chante à cette heure, et ne pense à rien, c'est celle-là qui me fait mal.

X

Voici ce que c'est que mon cachot :

Huit pieds carrés; quatre murailles de pierre de taille qui s'appuient à angle droit sur un pavé de dalles exhaussé d'un degré au-dessus du corridor extérieur.

A droite de la porte, en entrant, une espèce d'enfoncement qui fait la dérision d'une alcôve. On y jette une botte de paille où le prisonnier est censé reposer et dormir, vêtu d'un pantalon de toile et d'une veste de coutil, hiver comme été.

Au-dessus de ma tête, en guise de ciel, une noire voûte en *ogive* — c'est ainsi que cela s'appelle — à laquelle d'épaisses toiles d'araignées pendent comme des haillons.

Du reste, pas de fenêtres, pas même de soupirail; une porte où le fer cache le bois.

Je me trompe : au centre de la porte, vers le haut, une ouverture de neuf pouces carrés, coupée d'une grille en croix, et que le guichetier peut fermer la nuit.

Au dehors, un assez long corridor, éclairé, aéré au moyen de soupiraux étroits au haut du mur, et divisé en compartiments de maçonnerie qui communiquent entre eux par une série de portes cintrées et basses; chacun de ces compartiments sert en quelque sorte d'antichambre à un cachot pareil au mien. C'est dans ces cachots que l'on met les forçats condamnés par le directeur de la prison à des peines de discipline. Les trois premiers cabanons sont réservés aux condamnés à mort, parce qu'étant plus voisins de la geôle ils sont plus commodes pour le geôlier.

Ces cachots sont tout ce qui reste de l'ancien château de Bicêtre, tel qu'il fut bâti dans le quinzième siècle par le cardinal de Winchester, le même qui fit brûler Jeanne d'Arc. J'ai entendu dire cela à des *curieux* qui sont venus me voir l'autre jour dans ma loge, et qui me regardaient à distance comme une bête de la Ménagerie. Le guichetier a eu cent sous.

J'oubliais de dire qu'il y a nuit et jour un factionnaire de garde à la porte de mon cachot, et que mes yeux ne peuvent se lever vers la lucarne carrée sans rencontrer ses deux yeux fixes toujours ouverts.

Du reste, on suppose qu'il y a de l'air et du jour dans cette boîte de pierre.

XI

Puisque le jour ne paraît pas encore, que faire de la nuit? Il m'est venu une idée. Je me suis levé et j'ai promené ma lampe sur les quatre murs de ma cellule. Ils sont couverts d'écritures, de dessins, de figures bizarres, de noms qui se mêlent et s'effacent les uns les autres. Il semble que chaque condamné ait voulu laisser trace, ici du moins. C'est du crayon, de la craie, du charbon, des lettres noires, blanches, grises, souvent de profondes entailles dans la pierre, çà et là des caractères rouillés qu'on dirait écrits avec du sang. Certes, si j'avais l'esprit plus libre, je prendrais intérêt à ce livre étrange qui se développe page à page à mes yeux sur chaque pierre de ce cachot. J'aimerais à recomposer un tout de ces fragments de pensée épars sur la dalle; à retrouver chaque homme sous chaque nom; à rendre le sens et la vie à ces inscriptions mutilées, à ces phrases démembrées, à ces mots tronqués, corps sans tête, comme ceux qui les ont écrits.

A la hauteur de mon chevet, il y a deux cœurs enflammés, percés d'une flèche, et au-dessus : *Amour pour la vie.* Le malheureux ne prenait pas un long engagement.

A côté, une espèce de chapeau à trois cornes avec une petite figure grossièrement dessinée au-dessous, et ces mots : *Vive l'empereur !* 1824.

Encore des cœurs enflammés avec cette inscription caractéristique dans une prison : *J'aime et j'adore Mathieu Danvin.* Jacques.

Sur le mur opposé on lit ce nom : *Papavoine.* Le P majuscule est brodé d'arabesques et enjolivé avec soin.

Un couplet d'une chanson obscène.

Un bonnet de liberté sculpté assez profondément dans la pierre, avec ceci dessous : — *Bories.* — *La République.* C'était un des quatre sous-officiers de la Rochelle. Pauvre jeune homme ! Que leurs prétendues nécessités politiques sont hideuses ! pour une idée, pour une rêverie, pour une abstraction, cette horrible réalité qu'on appelle la guillotine ! — Et moi qui me plaignais, moi misérable qui ai commis un véritable crime, qui ai versé du sang !

Je n'irai pas plus loin dans ma recherche. — Je viens de voir, crayonnée en blanc au coin du mur, une image épouvantable, la figure de cet échafaud qui, à l'heure qu'il est, se dresse peut-être pour moi. — La lampe a failli me tomber des mains.

XII

Je suis revenu m'asseoir précipitamment sur ma paille, la tête dans les genoux. Puis mon effroi d'enfant s'est dissipé, et une étrange curiosité m'a repris de continuer la lecture de mon mur.

A côté du nom de Papavoine, j'ai arraché une énorme toile d'araignée, tout épaissie par la poussière et tendue à l'angle de la muraille. Sous cette toile, il y avait quatre ou cinq noms parfaitement lisibles, parmi d'autres dont il ne reste rien qu'une tache sur le mur. — Dautun, 1815. — Poulain, 1818. — Jean Martin, 1821. — Castaing, 1823. J'ai lu ces noms, et de lugubres souvenirs me sont venus. Dautun, celui qui a coupé son frère en quartiers, et qui allait la nuit dans Paris jetant la tête dans une fontaine et le tronc dans un égout; Poulain, celui qui a assassiné sa femme; Jean Martin, celui qui a tiré un coup de pistolet à son père au moment où le vieillard ouvrait une fenêtre; Castaing, ce médecin qui a empoisonné son ami, et qui, le soignant dans cette dernière maladie qu'il lui avait faite, au lieu de remède lui redonnait du poison; et auprès de ceux-là Papavoine, l'horrible fou qui tuait les enfants à coups de couteau sur la tête!

Voilà, me disais-je, et un frisson de fièvre me montait dans les reins, voilà quels ont été avant moi les hôtes de cette cellule. C'est ici, sur la même dalle où je suis, qu'ils ont pensé leurs dernières pensées, ces hommes de meurtre et de sang! C'est autour de ce mur, dans ce carré étroit, que leurs derniers pas ont tourné comme ceux d'une bête fauve. Ils se sont succédé à de courts intervalles; il paraît que ce cachot ne désemplit pas. Ils ont laissé la place chaude, et c'est à moi qu'ils l'ont laissée. J'irai à mon tour les rejoindre au cimetière de Clamart, où l'herbe pousse si bien!

Je ne suis ni visionnaire ni superstitieux. Il est probable que ces idées me donnaient un accès de fièvre; mais, pendant que je rêvais ainsi, il m'a semblé tout à coup que ces noms fatals étaient écrits avec du feu sur le mur noir; un tintement de plus en plus précipité a éclaté dans mes oreilles; une lueur rousse a rempli mes yeux: et puis il m'a paru que le cachot était plein d'hommes, d'hommes étranges qui portaient leur tête dans leur main gauche, et la portaient par la bouche parce qu'il n'y avait pas de chevelure. Tous me montraient le poing, excepté le parricide.

J'ai fermé les yeux avec horreur, alors j'ai tout vu plus distinctement.

Rêve, vision ou réalité, je serais devenu fou si une impression brusque ne m'eût réveillé à temps. J'étais près de tomber à la renverse lorsque j'ai senti se traîner sur mon pied nu un ventre froid et des pattes velues. C'était l'araignée que j'avais dérangée et qui s'enfuyait.

Cela m'a dépossédé. — Oh! les épouvantables spectres! — Non, c'était une fumée, une imagination de mon cerveau vide et convulsif. Chimère à la Macbeth! les morts sont morts; ceux-là surtout. Ils sont bien cadenassés dans le sépulcre. Ce n'est pas là une prison dont on s'évade. Comment se fait-il donc que j'aie eu peur ainsi?

La porte du tombeau ne s'ouvre pas en dedans.

XIII

J'ai vu ces jours passés une chose hideuse.

Il était à peine jour, et la prison était pleine de bruit. On entendait ouvrir et fermer les lourdes portes, grincer les verrous et les cadenas de fer, carillonner les trousseaux de clefs entrechoqués à la ceinture des geôliers, trembler les escaliers du haut en bas sous des pas précipités, et des voix s'appeler et se répondre des deux bouts des longs corridors. Mes voisins de cachots, les forçats en punition, étaient plus gais qu'à l'ordinaire. Tout Bicêtre semblait rire, chanter, courir, danser.

Moi, seul muet dans ce vacarme, seul immobile dans ce tumulte, étonné et attentif, j'écoutais.

Un geôlier passa.

Je me hasardai à l'appeler et à lui demander si c'était fête dans la prison. — Fête si l'on veut! me répondit-il. C'est aujourd'hui qu'on ferre les forçats qui doivent partir demain pour Toulon. Voulez-vous voir? cela vous amusera. C'était en effet, pour un reclus solitaire, une bonne fortune qu'un spectacle, si odieux qu'il fût. J'acceptai l'amusement.

Le guichetier prit les précautions d'usage pour s'assurer de moi, puis me conduisit dans une petite cellule vide et absolument démeublée, qui avait une fenêtre grillée, mais une véritable fenêtre à hauteur d'appui, et à travers laquelle on apercevait réellement le ciel.

— Tenez, me dit-il, d'ici vous verrez et vous entendrez. Vous serez seul dans votre loge, comme le roi.

Puis il sortit et referma sur moi serrures, cadenas et verrous.

La fenêtre donnait sur une cour carrée assez vaste, et autour de laquelle s'élevait des quatre côtés, comme une muraille, un grand bâtiment de pierre de taille à six étages. Rien de plus dégradé, de plus nu, de plus misérable à l'œil que cette quadruple façade percée d'une multitude de fenêtres grillées, auxquelles se tenaient collés, du bas en haut, une foule de visages maigres et blêmes, pressés les uns au-dessus des autres, comme les pierres d'un mur, et tous pour ainsi dire encadrés dans les entre-croisements des barreaux de fer. C'étaient les prisonniers, spectateurs de la cérémonie en attendant leur jour d'être acteurs. On eût dit des âmes en peine aux soupiraux du purgatoire qui donnent sur l'enfer.

Tous regardaient en silence la cour vide encore. Ils attendaient. Parmi ces figures éteintes et mornes, çà et là brillaient quelques yeux perçants et vifs comme des points de feu.

Le carré de prisons qui enveloppe la cour ne se referme pas sur lui-même. Un des quatre pans de l'édifice (celui qui regarde le levant) est coupé vers son milieu, et ne se rattache au pan voisin que par une grille de fer. Cette grille s'ouvre sur une seconde cour, plus petite que la première, et, comme elle, est bloquée de murs et de pignons noirâtres.

Tout autour de la cour principale, des bancs de pierre s'adossent à la muraille. Au milieu se dresse une tige de fer courbée, destinée à porter une lanterne.

Midi sonna. Une grande porte cochère, cachée sous un enfoncement, s'ouvrit brusquement. Une charrette, escortée d'espèces de soldats sales et honteux, en uniformes bleus, à épaulettes rouges et à bandoulières jaunes, entra lourdement dans la cour avec un bruit de ferraille. C'était la chiourme et les chaînes.

Au même instant, comme si ce bruit réveillait tout le bruit de la prison, les spectateurs des fenêtres, jusqu'alors silencieux et immobiles, éclatèrent en cris de joie, en chansons, en menaces, en imprécations mêlées d'éclats de rire poignants à entendre. On eût cru voir des masques de démons. Sur chaque visage parut une grimace, tous les poings sortirent des barreaux, toutes les voix hurlèrent, tous les yeux flamboyèrent, et je fus épouvanté de voir tant d'étincelles reparaître dans cette cendre.

Cependant les argousins, parmi lesquels on distinguait, à leurs vêtements propres et à leur effroi, quelques curieux venus de Paris, les argousins se mirent tranquillement à leur besogne. L'un d'eux monta sur la charrette, et jeta à ses camarades les chaînes, les colliers de voyage, et les liasses de pantalons de toile. Alors ils se dépecèrent le travail; les uns allèrent étendre dans un coin de la cour les longues chaînes qu'ils nommaient dans leur argot les *ficelles*; les autres déployèrent sur le pavé les *taffetas*, les chemises et les pantalons; tandis que les plus sagaces examinaient un à un, sous l'œil de leur capitaine, petit vieillard trapu, les carcans de fer, qu'ils éprouvaient ensuite en les faisant étinceler sur le pavé. Le tout aux acclamations railleuses des prisonniers, dont la voix n'était dominée que par les rires bruyants des forçats pour qui cela se préparait, et qu'on voyait relégués aux croisées de la vieille prison qui donne sur la petite cour.

Quand ces apprêts furent terminés, un monsieur brodé en argent, qu'on appelait *monsieur l'inspecteur*, donna un ordre au *directeur* de la prison; et un moment après voilà que deux ou trois portes basses vomirent presque en même temps, et comme par bouffées, dans la cour, des nuées d'hommes hideux, hurlants et déguenillés. C'étaient les forçats.

A leur entrée, redoublement de joie aux fenêtres. Quelques-uns d'entre eux, les grands noms du bagne, furent salués d'acclamations et d'applaudissements qu'ils recevaient avec une sorte de modestie fière. La plupart avaient des espèces de chapeaux tressés de leurs propres mains, avec la paille du cachot, et toujours d'une forme étrange, afin que, dans les villes où l'on passerait, le chapeau fit remarquer la tête. Ceux-là étaient plus applaudis encore. Un surtout excita des transports d'enthousiasme : un jeune homme de dix-sept ans, qui avait un visage de jeune fille. Il sortait du cachot, où il était au secret depuis huit jours; de sa botte de paille il s'était fait un vêtement qui l'enveloppait de la tête aux pieds, et il entra dans la cour en faisant la roue sur lui-même avec l'agilité d'un serpent. C'était un baladin condamné pour vol. Il y eut une rage de battements de mains et de cris de joie. Les galériens y répondaient, et c'était une chose effrayante que cet échange de gaietés entre les forçats en titre et les forçats aspirants. La société avait beau être là, représentée par les geôliers et les curieux épouvantés, le crime la narguait en face, et de ce châtiment horrible faisait une fête de famille.

A mesure qu'ils arrivaient, on les poussait, entre deux haies de gardes-chiourmes, dans la petite cour grillée, où la visite des médecins les attendait. C'est là que tous tentaient un dernier effort pour éviter le voyage, alléguant quelque excuse de santé : les yeux malades, la jambe boiteuse, la main mutilée. Mais presque toujours on les trouvait bons pour le bagne; et alors chacun se résignait avec insouciance, oubliant en peu de minutes sa prétendue infirmité de toute la vie.

La grille de la petite cour se rouvrit. Un gardien fit l'appel par ordre alphabétique; et alors ils sortirent un à un, et chaque forçat s'alla ranger debout dans un coin de la grande cour, près d'un compagnon donné par le hasard de sa lettre initiale. Ainsi chacun se voit réduit à lui-même; chacun porte sa chaîne pour soi, côte à côte avec un inconnu; et si par hasard un forçat a un ami, la chaîne l'en sépare. Dernière des misères.

Quand il y en eut à peu près une trentaine de sortis, on referma la grille. Un argousin les aligna avec son bâton, jeta devant chacun d'eux une chemise, une veste et un pantalon de grosse toile, puis fit un signe, et tous commencèrent à se déshabiller. Un incident inattendu vint, comme à point nommé, changer cette humiliation en torture.

Jusqu'alors le temps avait été assez beau; et si la bise d'octobre refroidissait l'air, de temps en temps aussi elle ouvrait çà et là dans les brumes grises du ciel une crevasse par où tombait un rayon de soleil. Mais à peine les forçats se furent-ils dépouillés de leurs haillons de prison, au moment où ils s'offraient nus et debout à la visite soupçonneuse des gardiens et aux regards curieux des étrangers, qui tournaient autour d'eux pour examiner leurs épaules, le ciel devint noir, une froide averse d'automne éclata brusquement, et se déchargea à torrents dans la cour carrée, sur les têtes découvertes, sur les membres nus des galériens, sur leurs misérables sayons étalés sur le pavé.

En un clin d'œil le préau se vida de tout ce qui n'était pas argousin ou galérien. Les curieux de Paris allèrent s'abriter sous les auvents des portes.

Cependant la pluie tombait à flots. On ne voyait plus dans la cour que les forçats nus et ruisselants sur le pavé noyé. Un silence morne avait succédé à leurs bruyantes bravades. Ils grelottaient, leurs dents claquaient; leurs jambes maigries, leurs genoux noueux, s'entre-choquaient, et c'était pitié de les voir appliquer sur leurs membres bleus ces chemises trempées, ces vestes, ces pantalons dégouttants de pluie. La nudité eût été meilleure.

Un seul, un vieux, avait conservé quelque gaieté. Il s'écria, en s'essuyant avec sa chemise mouillée, que *cela n'était pas dans le programme*, puis se prit à rire en montrant le poing au ciel.

Quand ils eurent revêtu les habits de route, on les mena par bande de vingt ou trente à l'autre coin du préau, où les cordons allongés à terre les attendaient. Ces cordons sont de longues et fortes chaînes coupées transversalement de deux en deux pieds par d'autres chaînes plus courtes, à l'extrémité desquelles se rattache un carcan carré, qui s'ouvre au moyen d'une charnière pratiquée à l'un des angles, et se ferme à l'angle opposé par un boulon de fer, rivé pour tout le voyage sur le cou du galérien. Quand ces cordons sont développés à terre, ils figurent assez bien la grande arête d'un poisson.

On fit asseoir les galériens dans la boue, sur les pavés inondés; on leur essaya les colliers; puis deux forgerons de la chiourme, armés d'enclumes portatives, les leur rivèrent à froid à grands coups de masses de fer. C'est un moment affreux, où les plus hardis pâlissent. Chaque coup de marteau, asséné sur l'enclume appuyée à leur dos, fait rebondir le menton du patient; le moindre mouvement d'avant en arrière lui ferait sauter le crâne comme une coquille de noix.

Après cette opération, ils devinrent sombres. On n'entendait plus que le grelottement des chaînes, et par intervalles un cri et le bruit sourd du bâton des gardes-chiourmes sur les membres des récalcitrants. Il y en eut qui pleurèrent; les vieux frissonnaient et se mordaient les lèvres. Je regardais avec terreur tous ces profils sinistres dans leurs cadres de fer.

Ainsi, après la visite des médecins, la visite des geôliers; après la visite des geôliers, le ferrage. Trois actes à ce spectacle.

Un rayon de soleil reparut. On eût dit qu'il mettait le feu à tous ces cerveaux. Les forçats se levèrent à la fois, comme par un mouvement convulsif. Les cinq cordons se rattachèrent par les mains, et tout à coup se formèrent en ronde immense autour de la branche de la lanterne. Ils tournaient à fatiguer les yeux. Ils chantaient une chanson du bagne, une romance d'argot, sur un air tantôt plaintif, tantôt furieux et gai; on entendait par intervalles des cris grêles, des éclats de rire déchirés et haletants se mêler aux mystérieuses paroles; puis des acclamations furibondes, et les chaînes qui s'entre-choquaient en cadence servaient d'orchestre à ce chant plus rauque que leur bruit. Si je cherchais une image du sabbat, je ne la voudrais ni meilleure ni pire.

On apporta dans le préau un large baquet. Les gardes-chiourmes rompirent la danse des forçats à coups de bâton, et les conduisirent à ce baquet, dans lequel on voyait nager je ne sais quelles herbes dans je ne sais quel liquide fumant et sale. Ils mangèrent.

Puis, ayant mangé, ils jetèrent sur le pavé ce qui restait de leur soupe et de leur pain bis, et se remirent à danser et à chanter. Il paraît qu'on leur laisse cette liberté le jour du ferrage et la nuit qui le suit.

J'observais ce spectacle étrange avec une curiosité si avide, si palpitante, si attentive, que je m'étais oublié moi-même. Un profond sentiment de pitié me remuait jusqu'aux entrailles, et leurs rires me faisaient pleurer.

Tout à coup, à travers la rêverie profonde où j'étais tombé, je vis la ronde hurlante s'arrêter et se taire. Puis tous les yeux se tournèrent vers la fenêtre que j'occupais. — Le condamné! le condamné! crièrent-ils tous en me montrant du doigt; et les explosions de joie redoublèrent.

Je restai pétrifié.

J'ignore d'où ils me connaissaient et comment ils m'avaient reconnu.

— Bonjour! bonsoir! me crièrent-ils avec leur ricanement atroce. Un des plus jeunes, condamné aux galères perpétuelles, face luisante et plombée, me regarda d'un air d'envie en disant : — Il est heureux ! il sera *rogné!* Adieu, camarade!

Je ne puis dire ce qui se passait en moi. J'étais leur camarade en effet. La Grève est sœur de Toulon. J'étais même placé plus bas qu'eux : ils me faisaient honneur. Je frissonnai.

Oui, leur camarade! et, quelques jours plus tard, j'aurais pu aussi, moi, être un spectacle pour eux.

J'étais demeuré à la fenêtre, immobile, perclus, paralysé. Mais, quand je vis les cinq cordons s'avancer, se ruer vers moi avec des paroles d'une infernale cordialité; quand j'entendis le tumultueux fracas de leurs chaînes, de leurs clameurs, de leurs pas, au pied du mur, il me sembla que cette nuée de démons escaladait ma misérable cellule; je poussai un cri, je me jetai sur la porte d'une violence à la briser; mais pas moyen de fuir : les verrous étaient tirés en dehors. Je heurtai, j'appelai avec rage. Puis il me sembla entendre de plus près encore les effrayantes voix des forçats. Je crus voir leurs têtes hideuses paraître déjà au bord de ma fenêtre, je poussai un second cri d'angoisse et je tombai évanoui.

XIV

Quand je revins à moi il était nuit. J'étais couché dans un grabat; une lanterne qui vacillait au plafond me fit voir d'autres grabats alignés des deux côtés du mien. Je compris qu'on m'avait transporté à l'infirmerie.

Je restai quelques instants éveillé, mais sans pensée et sans souvenir, tout entier au bonheur d'être dans un lit. Certes, en d'autres temps, ce lit d'hôpital et de prison m'eût fait reculer de dégoût et de pitié; mais je n'étais plus le même homme. Les draps étaient gris et rudes au toucher, la couverture maigre et trouée; on sentait la paillasse à travers le matelas; qu'importe! mes membres pouvaient se déroidir à l'aise entre ces draps grossiers; sous cette couverture, si mince qu'elle fût, je sentais se dissiper peu à peu cet horrible froid de la moelle des os, dont j'avais pris l'habitude. — Je me rendormis.

Un grand bruit me réveilla; il faisait petit jour. Ce bruit venait du dehors : mon lit était à côté de la fenêtre, je me levai sur mon séant pour voir ce que c'était.

La fenêtre donnait sur la grande cour de Bicêtre. Cette cour était pleine de monde; deux haies de vétérans avaient peine à maintenir libre, au milieu de cette foule, un étroit chemin qui traversait la cour. Entre ce double rang de soldats cheminaient lentement, cahotées à chaque pavé, cinq longues charrettes chargées d'hommes : c'étaient les forçats qui partaient.

Ces charrettes étaient découvertes. Chaque cordon en occupait une. Les forçats étaient assis de côté sur chacun des bords, adossés les uns aux autres, séparés par la chaîne commune, qui se développait dans la longueur du chariot, et sur l'extrémité de laquelle un argousin debout, fusil chargé, tenait le pied. On entendait bruire leurs fers, et, à chaque secousse de la voiture, on voyait sauter leurs têtes et ballotter leurs jambes pendantes.

Une pluie fine et pénétrante glaçait l'air et collait sur leurs genoux leurs pantalons de toile, de gris devenus noirs. Leurs longues barbes, leurs cheveux courts, ruisselaient; leurs visages étaient violets; on les voyait grelotter, et leurs dents grinçaient de rage et de froid. Du reste, pas de mouvements possible. Une fois rivé à cette chaîne, on n'est plus qu'une fraction de ce tout hideux qu'on appelle le cordon, et qui se meut comme un seul homme. L'intelligence doit abdiquer; le carcan du bagne la condamne à mort; et, quant à l'animal lui-même, il ne doit plus avoir de besoins et d'appétits qu'à heures fixes. Ainsi, immobiles, la plupart demi-nus, têtes découvertes et pieds pendants, ils commençaient leur voyage de vingt-cinq jours, chargés sur les mêmes charrettes, vêtus des mêmes vêtements pour le soleil à plomb de juillet et pour les froides pluies de novembre. On dirait que les hommes veulent mettre le ciel de moitié dans leur office de bourreaux.

Il s'était établi entre la foule et les charrettes je ne sais quel horrible dialogue : injures d'un côté, bravades de l'autre, imprécations des deux parts; mais, à un signe du capitaine, je vis les coups de bâton pleuvoir au hasard dans les charrettes, sur les épaules ou sur les têtes; et tout rentra dans cette espèce de calme extérieur qu'on appelle l'*ordre*. Mais les yeux étaient pleins de vengeance, et les poings des misérables se crispaient sur leurs genoux.

Les cinq charrettes, escortées de gendarmes à cheval et d'argousins à pied, disparurent successivement sous la haute porte cintrée de Bicêtre; une sixième les suivit, dans laquelle ballottaient pêle-mêle les chaudières, les gamelles de cuivre et les chaînes de rechange. Quelques gardes-chiourmes, qui s'étaient attardés à la cantine, sortirent en courant pour rejoindre leur escouade. La foule s'écoula. Tout ce spectacle s'évanouit comme une fantasmagorie. On entendit s'affaiblir par degrés dans l'air le bruit lourd des roues et des pieds de chevaux sur la route pavée de Fontainebleau, le claquement des fouets, le cliquetis des chaînes, et les hurlements du peuple, qui souhaitait malheur au voyage des galériens.

Et c'est là pour eux le commencement!

— Que me disait-il donc, l'avocat? Les galères! Ah! oui, plutôt mille fois la mort, plutôt l'échafaud que le bagne, plutôt le néant que l'enfer; plutôt livrer mon cou au couteau de Guillotin qu'au carcan de la chiourme! Les galères, juste ciel!

XV

Malheureusement je n'étais pas malade. Le lendemain il fallut sortir de l'infirmerie. Le cachot me reprit.

Pas malade! en effet, je suis jeune, sain et fort. Le sang coule librement dans mes veines; tous mes membres obéissent à tous mes caprices; je suis robuste de corps et d'esprit, constitué pour une longue vie; oui, tout cela est vrai: et cependant j'ai une maladie, une maladie mortelle, une maladie faite de la main des hommes.

Depuis que je suis sorti de l'infirmerie, il m'est venu une idée poignante, une idée à me rendre fou, c'est que j'aurais peut-être pu m'évader si on m'y avait laissé. Ces médecins, ces sœurs de charité, semblaient prendre intérêt à moi. Mourir si jeune et d'une telle mort! On eût dit qu'ils me plaignaient, tant ils étaient empressés autour de mon chevet. Bah! curiosité! Et puis ces gens qui guérissent vous guérissent bien d'une fièvre, mais non d'une sentence de mort. Et pourtant cela leur serait si facile! une porte ouverte! Qu'est-ce que cela leur ferait?

Plus de chances maintenant! mon pourvoi sera rejeté, parce que tout est en règle; les témoins ont bien témoigné, les plaideurs ont bien plaidé, les juges ont bien jugé. Je n'y compte pas, à moins que .. Non, folie! plus d'espérance! Le pourvoi, c'est une corde qui vous tient suspendu au-dessus de l'abîme, et qu'on entend craquer à chaque instant, jusqu'à ce qu'elle se casse. C'est comme si le couteau de la guillotine mettait six semaines à tomber.

Si j'avais ma grâce? — Avoir ma grâce! Et par qui? et pour quoi? et comment? Il est impossible qu'on me fasse grâce. L'exemple! comme ils disent.

Je n'ai plus que trois pas à faire: Bicêtre, la Conciergerie, la Grève.

XVI

Pendant le peu d'heures que j'ai passées à l'infirmerie, je m'étais assis près d'une fenêtre, au soleil — il avait reparu — , ou du moins recevant du soleil tout ce que les grilles de la croisée m'en laissaient.

J'étais là, ma tête pesante et embrasée dans mes deux mains, qui en avaient plus qu'elles n'en pouvaient porter, mes coudes sur mes genoux, les pieds sur les barreaux de ma chaise; car l'abattement fait que je me courbe et me replie sur moi-même comme si je n'avais plus ni os dans les membres ni muscles dans la chair.

L'odeur étouffée de la prison me suffoquait plus que jamais, j'avais encore dans l'oreille tout ce bruit de chaînes des galériens, j'éprouvais une grande lassitude de Bicêtre. Il me semblait que le bon Dieu devrait bien avoir pitié de moi et m'envoyer au moins un petit oiseau pour chanter là, en face, au bord du toit.

Je ne sais si ce fut le bon Dieu ou le démon qui m'exauça; mais presque au même moment j'entendis s'élever sous ma fenêtre une voix, non celle d'un oiseau, mais bien mieux : la voix pure, fraîche, veloutée, d'une jeune fille de quinze ans. Je levai la tête comme en sursaut, j'écoutai avidement la chanson qu'elle chantait. C'était un air lent et langoureux, une espèce de roucoulement triste et lamentable; voici les paroles :

C'est dans la rue du Mail
Où j'ai été coltigé
 Maluré,
Par trois coquins de railles,
 Lirlonfa malurette,
Sur mes sique' ont foncé,
 Lirlonfa maluré.

Je ne saurais dire combien fut amer mon désappointement. La voix continua :

Sur mes sique' ont foncé,
 Maluré.
Ils m'ont mis la tartouve,
 Lirlonfa malurette,
Grand Meudon est aboulé,
 Lirlonfa maluré.
Dans mon trimin rencontre,
 Lirlonfa malurette,
Un peigre du quartier,
 Lirlonfa maluré.

Un peigre du quartier,
 Maluré.
Va-t'en dire à ma largue,
 Lirlonfa malurette,
Que je suis enfourraillé,
 Lirlonfa maluré.
Ma largue tout en colère,
 Lirlonfa malurette,
M' dit : Qu'as-tu donc morfillé?
 Lirlonfa maluré.

M' dit : Qu'as-tu donc morfillé?
 Maluré.
J'ai fait suer un chêne,
 Lirlonfa malurette,
Son auberg j'ai enganté,
 Lirlonfa maluré.
Son auberg et sa toquante,
 Lirlonfa malurette,
Et ses attach's de cés,
 Lirlonfa maluré.

Et ses attach's de cés,
 Maluré.
Ma largu' part pour Versailles,
 Lirlonfa malurette,
Aux pieds d' Sa Majesté,
 Lirlonfa maluré.
Elle lui fonce un babillard,
 Lirlonfa malurette,
Pour m' fair' défourrailler,
 Lirlonfa maluré.

Pour m' fair' défourrailler,
 Maluré.
Ah! si j'en défourraille,
 Lirlonfa malurette,
Ma largue j'entiferai,
 Lirlonfa maluré.
J' li ferai porter fontange,
 Lirlonfa malurette,
Et souliers galuchés,
 Lirlonfa maluré.

Et souliers galuchés,
 Maluré.
Mais grand dabe qui s' fâche,
 Lirlonfa malurette,
Dit : Par mon caloquet!
 Lirlonfa maluré,
J' li ferai danser une danse,
 Lirlonfa malurette,
Où n'y a pas de plancher.
 Lirlonfa maluré.

Je n'en ai pas entendu et n'aurais pu en entendre davantage. Le sens à demi compris et à demi caché de cette horrible complainte, cette lutte du brigand avec le guet, ce voleur qu'il rencontre et qu'il dépêche à sa femme, cet épouvantable message : J'ai assassiné un homme et je suis arrêté, *j'ai fait suer un chêne, et je suis enfourraillé;* cette femme qui court à Versailles avec un placet, et cette *Majesté* qui s'indigne et menace le coupable de lui faire danser *la danse où il n'y a pas de plancher;* et tout cela chanté sur l'air le plus doux et par la plus douce voix qui ait jamais endormi l'oreille humaine!... J'en suis resté navré, glacé, anéanti. C'était une chose repoussante que toutes ces monstrueuses paroles sortant de cette bouche vermeille et fraîche. On eût dit la bave d'une limace sur une rose.

Je ne saurais rendre ce que j'éprouvais; j'étais à la fois blessé et caressé. Le patois de la caverne et du bagne, cette langue ensanglantée et grotesque, ce hideux argot, marié à une voix de jeune fille, gracieuse transition de la voix d'enfant à la voix de femme! tous ces mots difformes et mal faits, chantés, cadencés, perlés!

Ah! qu'une prison est quelque chose d'infâme! Il y a un venin qui y salit tout. Tout s'y flétrit, même la chanson d'une fille de quinze ans! Vous y trouvez un oiseau, il a de la boue sur son aile : vous y cueillez une jolie fleur, vous la respirez, elle pue.

XVII

Oh! si je m'évadais, comme je courrais à travers champs!

Non, il ne faudrait pas courir. Cela fait regarder et soupçonner. Au contraire, marcher lentement, tête levée, en chantant. Tâcher d'avoir quelque vieux sarrau bleu à dessins rouges, cela déguise bien. Tous les maraîchers des environs en portent.

Je sais auprès d'Arcueil un fourré d'arbres à côté d'un marais, où, étant au collége, je venais avec mes camarades pêcher des grenouilles tous les jeudis. C'est là que je me cacherais jusqu'au soir.

La nuit tombée, je reprendrais ma course. J'irais à Vincennes. Non, la rivière m'empêcherait. J'irais à Arpajon. — Il aurait mieux valu prendre du côté de Saint-Germain, et aller au Havre, et m'embarquer pour l'Angleterre. — N'importe! j'arrive à Longjumeau, un gendarme passe; il me demande mon passe-port... je suis perdu.

— Ah! malheureux rêveur, brise donc d'abord le mur épais de trois pieds qui t'emprisonne! la mort! la mort!

Quand je pense que je suis venu tout enfant ici à Bicêtre, voir le grand puits et les fous!

XVIII

Pendant que j'écrivais tout ceci, ma lampe a pâli, le jour est venu, l'horloge de la chapelle a sonné six heures.—

Qu'est-ce que cela veut dire? le guichetier de garde vient d'entrer dans mon cachot; il a ôté sa casquette, m'a salué, s'est excusé de me déranger, et m'a demandé, en adoucissant de son mieux sa rude voix, ce que je désirais à déjeuner.

Il m'a pris un frisson. — Est-ce que ce serait pour aujourd'hui?

XIX

C'est pour aujourd'hui!

Le directeur de la prison lui-même vient de me rendre visite. Il m'a demandé en quoi il pourrait m'être agréable ou utile, a exprimé le désir que je n'eusse pas à me plaindre de lui ou de ses subordonnés, s'est informé avec intérêt de ma santé et de la façon dont j'avais passé la nuit; en me quittant, il m'a appelé *monsieur*.

XX

Il ne croit pas, ce geôlier, que j'ai à me plaindre de lui et de ses sous-geôliers. Il a raison, ce serait mal à moi de me plaindre; ils ont fait leur métier, ils m'ont bien gardé; et puis ils ont été polis à l'arrivée et au départ. Ne dois-je pas être content?

Ce bon geôlier, avec son sourire bénin, ses paroles caressantes, son œil qui flatte et qui espionne, ses grosses et larges mains, c'est la prison incarnée, c'est Bicêtre qui s'est fait homme.

Tout est prison autour de moi; je retrouve la prison sous toutes les formes, sous la forme humaine comme sous la forme de grille ou de verrou.

Ce mur, c'est de la prison en pierre; cette porte, c'est de la prison en bois; ces guichetiers, c'est de la prison en chair et en os.

La prison est une espèce d'être horrible, complet, indivisible, moitié maison, moitié homme. Je suis sa proie; elle me couve, elle m'enlace de tous ses replis; elle m'enferme dans ses murailles de granit, me cadenasse sous ses serrures de fer, et me surveille avec ses yeux de geôlier.

Ah! misérable, que vais-je devenir? qu'est-ce qu'ils vont faire de moi?

XXI

Je suis calme maintenant, tout est fini, bien fini. Je suis sorti de l'horrible anxiété où m'avait jeté la visite du directeur.

Car, je l'avoue, j'espérais encore... Maintenant, Dieu merci, je n'espère plus!

Voici ce qui vient de se passer :

Au moment où six heures et demie sonnaient, — non, c'était l'avant-quart, — la porte de mon cachot s'est rouverte. Un vieillard à tête blanche, vêtu d'une redingote brune, est entré. Il a entr'ouvert sa redingote, j'ai vu une soutane, un rabat. C'était un prêtre.

Ce prêtre n'était pas l'aumônier de la prison, cela était sinistre.

Il s'est assis en face de moi avec un sourire bienveillant, puis a secoué la tête et levé les yeux au ciel, c'est-à-dire à la voûte du cachot. Je l'ai compris. — Mon fils, m'a-t-il dit, êtes-vous préparé?

Je lui ai répondu d'une voix faible : — Je ne suis pas préparé, mais je suis prêt.

Cependant ma vue s'est troublée, une sueur glacée est sortie à la fois de tous mes membres, j'ai senti mes tempes se gonfler, et j'avais les oreilles pleines de bourdonnements.

Pendant que je vacillais sur ma chaise comme endormi, le bon vieillard parlait. C'est du moins ce qu'il m'a semblé, et je crois me souvenir que j'ai vu ses lèvres remuer, ses mains s'agiter, ses yeux reluire.

La porte s'est rouverte une seconde fois. Le bruit des verrous nous a arrachés, moi à ma stupeur, lui à son discours. Une espèce de monsieur, en habit noir, accompagné du directeur de la prison, s'est présenté, et m'a salué profondément. Cet homme avait sur le visage quelque chose de la tristesse officielle des employés des pompes funèbres. Il tenait un rouleau de papier à la main.

— Monsieur, m'a-t-il dit avec un sourire de courtoisie, je suis huissier près la cour royale de Paris. J'ai l'honneur de vous apporter un message de la part de monsieur le procureur général.

La première secousse était passée. Toute ma présence d'esprit m'était revenue.

— C'est monsieur le procureur général, lui ai-je répondu, qui a demandé si instamment ma tête? Bien de l'honneur pour moi qu'il m'écrive. J'espère que ma mort lui va faire grand plaisir; car il me serait dur de penser qu'il l'a sollicitée avec tant d'ardeur, et qu'elle lui était indifférente.

J'ai dit tout cela, et j'ai repris d'une voix ferme : — Lisez, monsieur!

Il s'est mis à me lire un long texte, en chantant à la fin de chaque ligne, et en hésitant au milieu de chaque mot. C'était le rejet de mon pourvoi.

— L'arrêt sera exécuté aujourd'hui en place de Grève, a-t-il ajouté quand il a eu terminé, sans lever les yeux de

J'ai l'honneur de vous apporter un message de la part de monsieur le procureur général. (Page 23.)

dessus son papier timbré. Nous partons à sept heures et demie précises pour la Conciergerie. Mon cher monsieur, aurez-vous l'extrême bonté de me suivre?

Depuis quelques instants je ne l'écoutais plus. Le directeur causait avec le prêtre; lui avait l'œil fixé sur son papier; je regardais la porte, qui était restée entr'ouverte... — Ah! misérable! quatre fusiliers dans le corridor!

L'huissier a répété sa question en me regardant cette fois. — Quand vous voudrez, lui ai-je répondu. A votre aise!

Il a salué en disant : — J'aurai l'honneur de venir vous chercher dans une demi-heure.

Alors ils m'ont laissé seul.

— Un moyen de fuir, mon Dieu! un moyen quelconque! Il faut que je m'évade! il le faut! sur-le-champ! par les portes, par les fenêtres, par la charpente du toit! quand même je devrais laisser de ma chair après les poutres!

O rage! démons! malédiction! Il faudrait des mois pour percer ce mur avec de bons outils, et je n'ai ni un clou ni une heure!

XXII

De la Conciergerie.

Me voici *transféré*, comme dit le procès-verbal. Mais le voyage vaut la peine d'être compté.

Sept heures et demie sonnaient lorsque l'huissier s'est présenté de nouveau au seuil de mon cachot. — Monsieur, m'a-t-il dit, je vous attends. — Hélas! lui et d'autres!

Je me suis levé, j'ai fait un pas; il m'a semblé que je n'en pourrais faire un second, tant ma tête était lourde et mes jambes faibles. Cependant je me suis remis et j'ai continué d'une allure assez ferme. Avant de sortir du cabanon, j'y ai promené un dernier coup d'œil. — Je l'aimais, mon cachot. — Et puis, je l'ai laissé vide et ouvert : ce qui donne à un cachot un air singulier.

Au reste, il ne le sera pas longtemps. Ce soir on y attend quelqu'un, disaient les porte-clefs, un condamné que la cour d'assises est en train de faire à l'heure qu'il est.

Un vieillard moribond m'a crié : Au revoir !

Au détour du corridor, l'aumônier nous a rejoints. Il venait de déjeuner.

Au sortir de la geôle, le directeur m'a pris affectueusement la main, et a renforcé mon escorte de quatre vétérans.

Devant la porte de l'infirmerie, un vieillard moribond m'a crié : Au revoir !

Nous sommes arrivés dans la cour. J'ai respiré : cela m'a fait du bien.

Nous n'avons pas marché longtemps à l'air. Une voiture attelée de chevaux de poste stationnait dans la première cour : c'est la même voiture qui m'avait amené ; une espèce de cabriolet oblong, divisé en deux sections par une grille transversale de fil de fer si épaisse qu'on la dirait tricotée. Les deux sections ont chacune une porte, l'une devant, l'autre derrière la carriole. Le tout si sale, si noir, si poudreux, que le corbillard des pauvres est un carrosse du sacre en comparaison.

Avant de m'ensevelir dans cette tombe à deux roues, j'ai jeté un regard dans la cour, un de ces regards désespérés devant lesquels il semble que les murs devraient crouler. La cour, espèce de petite place plantée d'arbres, était plus encombrée encore de spectateurs que pour les galériens. Déjà la foule.

Comme le jour du départ de la chaine, il tombait une pluie de la saison, une pluie fine et glacée qui tombe encore à l'heure où j'écris, qui tombera sans doute toute la journée, qui durera plus que moi.

Les chemins étaient effondrés, la cour pleine de fange et d'eau. J'ai eu du plaisir à voir cette foule dans cette boue.

Nous avons monté, l'huissier et un gendarme dans le compartiment de devant ; le prêtre, moi et un gendarme dans l'autre. Quatre gendarmes à cheval autour de la voiture. Ainsi, sans le postillon, huit hommes pour un homme.

Pendant que je montais, il y avait une vieille aux yeux gris qui disait : « J'aime encore mieux cela que la chaine. »

Je conçois. C'est un spectacle qu'on embrasse plus aisément d'un coup d'œil ; c'est plus tôt vu. C'est tout aussi beau et plus commode. Rien ne vous distrait. Il n'y a qu'un homme, et sur cet homme seul autant de misère que sur tous les forçats à la fois. Seulement cela est moins éparpillé : c'est une liqueur concentrée, bien plus savoureuse.

La voiture s'est ébranlée. Elle a fait un bruit sourd en passant sous la voûte de la grande porte, puis a débouché dans l'avenue ; et les lourds battants de Bicêtre se sont refermés derrière elle. Je me sentais emporter avec stupeur, comme un homme tombé en léthargie, qui ne peut ni remuer, ni crier, et qui entend qu'on l'enterre. J'écoutais vaguement les paquets de sonnettes pendus au cou des chevaux de poste sonner en cadence et comme par hoquets, les roues ferrées bruire sur le pavé ou cogner la caisse en changeant d'ornières, le galop sonore des gendarmes autour de la carriole, le fouet claquant du postillon. Tout cela me semblait comme un tourbillon qui m'emportait.

A travers le grillage d'un judas percé en face de moi, mes yeux s'étaient fixés machinalement sur l'inscription gravée en grosses lettres au-dessus de la grande porte de Bicêtre : HOSPICE DE LA VIEILLESSE.

— Tiens, me disais-je, il paraît qu'il y a des gens qui vieillissent là.

Et, comme on fait entre la veille et le sommeil, je retournais cette idée en tout sens dans mon esprit engourdi de douleur. Tout à coup la carriole, en passant de l'avenue dans la grande route, a changé le point de vue de la lucarne. Les tours de Notre-Dame sont venues s'y encadrer, bleues et à demi effacées dans la brume de Paris. Sur-le-champ le point de vue de mon esprit a changé aussi ; j'étais devenu machine comme la voiture. A l'idée de Bicêtre a succédé l'idée des tours de Notre-Dame.—Ceux qui seront sur la tour où est le drapeau verront bien, me suis-je dit en souriant stupidement.

Je crois que c'est à ce moment-là que le prêtre s'est remis à me parler ; je l'ai laissé dire patiemment. J'avais déjà dans l'oreille le bruit des roues, le galop des chevaux, le fouet du postillon. C'était un bruit de plus.

J'écoutais en silence cette chute de paroles monotones qui assoupissaient ma pensée comme le murmure d'une fontaine, et qui passaient devant moi, toujours diverses et toujours les mêmes, comme les ormeaux tortus de la grande route, lorsque la voix brève et saccadée de l'huissier, placé sur le devant, est venue subitement me secouer. — Eh bien ! monsieur l'abbé, disait-il avec un accent presque gai, qu'est-ce que vous savez de nouveau ?

C'est vers le prêtre qu'il se retournait en parlant ainsi.

L'aumônier, qui me parlait sans relâche, et que la voiture assourdissait, n'a pas répondu.

— Hé ! hé ! a repris l'huissier en haussant la voix pour avoir le dessus sur le bruit des roues : infernale voiture !

Infernale ! en effet.

Il a continué :

—Sans doute, c'est le cahot ; on ne s'entend pas. Qu'est-ce que je voulais dire ? Faites-moi le plaisir de m'apprendre ce que je voulais dire, monsieur l'abbé ? — Ah ! savez-vous la grande nouvelle de Paris, aujourd'hui ?

J'ai tressailli, comme s'il parlait de moi.

— Non, a dit le prêtre, qui avait enfin entendu, je n'ai pas eu le temps de lire les journaux ce matin ; je verrai cela ce soir. Quand je suis occupé comme cela toute la journée, je recommande au portier de me garder mes journaux, et je les lis en rentrant.

—Bah ! a repris l'huissier, il est impossible que vous ne sachiez pas cela. La nouvelle de Paris ! la nouvelle de ce matin !

J'ai pris la parole : — Je crois la savoir.

L'huissier m'a regardé : — Vous ! vraiment ! — En ce cas, qu'en dites-vous ?

— Vous êtes curieux ! lui ai-je dit.

— Pourquoi, monsieur ? a répliqué l'huissier. Chacun a son opinion politique. Je vous estime trop pour croire que vous n'avez pas la vôtre. Quant à moi, je suis tout à fait d'avis du rétablissement de la garde nationale. J'étais sergent de ma compagnie, et, ma foi, c'était fort agréable.

Je l'ai interrompu. — Je ne croyais pas que ce fût de cela qu'il s'agissait.

— Et de quoi donc ? vous disiez savoir la nouvelle...

— Je parlais d'une autre, dont Paris s'occupe aussi aujourd'hui.

L'imbécile n'a pas compris ; sa curiosité s'est éveillée.

— Une autre nouvelle ? Où diable avez-vous pu apprendre des nouvelles ? laquelle, de grâce, mon cher monsieur ? Savez-vous ce que c'est, monsieur l'abbé ? êtes-vous plus au courant que moi ? Mettez-moi au fait, je vous prie. De quoi s'agit-il ? Voyez-vous, j'aime les nouvelles ; je les conte à monsieur le président, et cela l'amuse.

Et mille billevesées ! Il se tournait tour à tour vers le prêtre et vers moi, et je ne répondais qu'en haussant les épaules.

— Eh bien ! m'a-t-il dit, à quoi pensez-vous donc ?

— Je pense, ai-je répondu, que je ne penserai plus ce soir.

— Ah ! c'est cela ? a-t-il répliqué. Allons, vous êtes trop triste. Monsieur Castaing causait.

Puis, après un silence : — J'ai conduit monsieur Papavoine ; il avait sa casquette de loutre et fumait son cigare. Quant aux jeunes gens de la Rochelle, ils ne parlaient qu'entre eux, mais ils parlaient.

Il a fait encore une pause, et a poursuivi :

— Des fous, des enthousiastes ! ils avaient l'air de mépriser tout le monde. Pour ce qui est de vous, je vous trouve vraiment bien pensif, jeune homme.

— Jeune homme, lui ai-je dit, je suis plus vieux que vous ; chaque quart d'heure qui s'écoule me vieillit d'une année.

Il s'est retourné, m'a regardé quelques minutes avec un étonnement inepte, puis s'est mis à ricaner lourdement.

— Allons, vous voulez rire, plus vieux que moi ! je serais votre grand-père.

— Je ne veux pas rire, lui ai-je répondu gravement.

Il a ouvert sa tabatière.

— Tenez, cher monsieur, ne vous fâchez pas ; une prise de tabac, et ne me gardez pas rancune.

— N'ayez pas peur ; je n'aurai pas longtemps à vous la garder.

En ce moment sa tabatière, qu'il me tendait, a rencontré le grillage qui nous séparait. Un cahot a fait qu'elle l'a heurté assez violemment, et est tombée tout ouverte sous les pieds du gendarme.

— Maudit grillage ! s'est écrié l'huissier.

Il s'est tourné vers moi.

— Eh bien ! ne suis-je pas malheureux ? tout mon tabac est perdu !

— Je perds plus que vous, ai-je répondu en souriant.

Il a essayé de ramasser son tabac, en grommelant entre ses dents : — Plus que moi ! cela est facile à dire. Pas de tabac jusqu'à Paris ! c'est terrible !

L'aumônier alors lui a adressé quelques paroles de consolation, et je ne sais si j'étais préoccupé, mais il m'a semblé que c'était la suite de l'exhortation dont j'avais eu le commencement. Peu à peu la conversation s'est engagée entre le prêtre et l'huissier ; je les ai laissés parler de leur côté, et je me suis mis à penser du mien.

En abordant la barrière j'étais toujours préoccupé sans doute, mais Paris m'a paru faire un plus grand bruit qu'à l'ordinaire.

La voiture s'est arrêtée un moment devant l'octroi. Les douaniers de ville l'ont inspectée. Si c'eût été un mouton ou un bœuf qu'on eût mené à la boucherie, il aurait fallu leur jeter une bourse d'argent ; mais une tête humaine ne paye pas de droit. Nous avons passé.

Le boulevard franchi, la carriole s'est enfoncée au grand trot dans ces vieilles rues tortueuses du faubourg Saint-Marceau et de la Cité, qui serpentent et s'entre-coupent comme les mille chemins d'une fourmilière. Sur le pavé de ces rues étroites, le roulement de la voiture est devenu si bruyant et si rapide, que je n'entendais plus rien du bruit extérieur. Quand je jetais les yeux par la petite lucarne carrée, il me semblait que le flot des passants s'arrêtait pour regarder la voiture, et que des bandes d'enfants couraient sur sa trace. Il m'a semblé aussi voir de temps en temps dans les carrefours çà et là un homme ou une vieille en haillons, quelquefois les deux ensemble, tenant en main une liasse de feuilles imprimées que les passants se disputaient, en ouvrant la bouche comme pour un grand cri.

Huit heures et demie sonnaient à l'horloge du Palais au moment où nous sommes arrivés dans la cour de la Conciergerie. La vue de ce grand escalier, de cette noire chapelle, de ces guichets sinistres, m'a glacé. Quand la voiture s'est arrêtée, j'ai cru que les battements de mon cœur allaient s'arrêter aussi.

J'ai recueilli mes forces; la porte s'est ouverte avec la rapidité de l'éclair; je suis sauté à bas du cachot roulant, et je me suis enfoncé à grands pas sous la voûte entre deux haies de soldats. Il s'était déjà formé une foule sur mon passage!

XXIII

Tant que j'ai marché dans les galeries publiques du Palais de Justice, je me suis senti presque libre et à l'aise; mais toute ma résolution m'a abandonné quand on a ouvert devant moi des portes basses, des escaliers secrets, des couloirs intérieurs, de longs corridors étouffés et sourds, où il n'entre que ceux qui condamnent ou ceux qui sont condamnés.

L'huissier m'accompagnait toujours. Le prêtre m'avait quitté pour revenir dans deux heures: il avait ses affaires.

On m'a conduit au cabinet du directeur, entre les mains duquel l'huissier m'a remis. C'était un échange. Le directeur l'a prié d'attendre un instant, lui annonçant qu'il allait avoir du *gibier* à lui remettre, afin qu'il le conduisit sur-le-champ à Bicêtre par le retour de la carriole. Sans doute le condamné d'aujourd'hui, celui qui doit coucher ce soir sur la botte de paille que je n'ai pas eu le temps d'user. — C'est bon, a dit l'huissier au directeur, je vais attendre un moment; nous ferons les deux procès-verbaux à la fois, cela s'arrange bien.

En attendant, on m'a déposé dans un petit cabinet attenant à celui du directeur. Là on m'a laissé seul, bien verrouillé.

Je ne sais à quoi je pensais, ni depuis combien de temps j'étais là, quand un brusque et violent éclat de rire à mon oreille m'a réveillé de ma rêverie.

J'ai levé les yeux en tressaillant. Je n'étais plus seul dans la cellule : un homme s'y trouvait avec moi, un homme d'environ cinquante-cinq ans, de moyenne taille; ridé, voûté, grisonnant, à membres trapus; avec un regard louche dans des yeux gris; un rire amer sur le visage; sale, en guenilles, demi-nu, repoussant à voir.

Il paraît que la porte s'était ouverte, l'avait vomi, puis s'était refermée sans que je m'en fusse aperçu. Si la mort pouvait venir ainsi!

Nous nous sommes regardés quelques secondes fixement, l'homme et moi : lui, prolongeant son rire, qui ressemblait à un râle; moi, demi-étonné, demi-effrayé.

— Qui êtes-vous? lui ai-je dit enfin.

— Drôle de demande! a-t-il répondu. Un friauche.

— Un friauche? Qu'est-ce que cela veut dire?

Cette question a redoublé sa gaieté.

— Cela veut dire, s'est-il écrié au milieu d'un éclat de rire, que le taule jouera au panier avec ta sorbonne dans six semaines, comme il va faire avec ta tronche dans six heures. Ah! ah! il paraît que tu comprends maintenant.

En effet, j'étais pâle, et mes cheveux se dressaient : c'était l'autre condamné, le condamné du jour, celui qu'on attendait à Bicêtre, mon héritier.

Il a continué :

— Que veux-tu? voilà mon histoire, à moi : je suis fils d'un bon peigre; c'est dommage que Charlot (1) ait pris la peine un jour de lui attacher sa cravate. C'était quand régnait la potence, par la grâce de Dieu. A six ans, je n'avais plus ni père ni mère; l'été, je faisais la roue dans la poussière au bord des routes, pour qu'on me jetât un sou par la portière des chaises de poste; l'hiver, j'allais pieds nus dans la boue en soufflant dans mes doigts tout rouges; on voyait mes cuisses à travers mon pantalon. A neuf ans, j'ai commencé à me servir de mes louches (2) : de temps en temps je vidais une fouillouse (3), je filais une pelure (4); à dix ans, j'étais un marlou (5). Puis j'ai fait des connaissances; à dix-sept ans, j'étais un grinche (6). Je forçais une boutanche, je faussais une tournante (7). On m'a pris. J'avais l'âge; on m'a envoyé ramer dans la petite marine (8). Le bagne, c'est dur : coucher sur une planche, boire de l'eau claire, manger du pain noir, traîner un imbécile de boulet qui ne sert à rien; des coups de bâton et des coups de soleil. Avec cela on est tondu, et moi qui avais de beaux cheveux châtains!... N'importe! j'ai fait mon temps; quinze ans, cela s'arrache! J'avais trente-deux ans; un beau matin on me donna une feuille de route et soixante-six francs que je m'étais amassés dans mes quinze ans de galères, en travaillant seize heures par jour, trente jours par mois, et douze mois par année. C'est égal, je voulais être honnête homme avec mes soixante-six francs, et j'avais de plus beaux sentiments sous mes guenilles qu'il n'y en a sous une serpillère de ratichon (9). Mais que les diables soient avec le passe-port! il était jaune, et on avait écrit dessus : *forçat libéré :* il fallait montrer cela partout où je passais et le présenter tous les huit jours au maire du village où l'on me forçait de tapiquer (10). La belle recommandation! un galérien! Je faisais peur, et les petits enfants se sauvaient, et l'on fermait les portes. Personne ne voulait me donner d'ouvrage. Je mangeai mes soixante-six francs; et puis il fallut vivre. Je montrai mes bras bons au travail, on ferma les portes. J'offris ma journée pour quinze sous, pour dix sous, pour cinq sous. Point. Que faire? Un jour, j'avais faim, je donnai un coup de coude dans le carreau d'un boulanger; j'empoignai un pain, et le boulanger m'empoigna : je ne mangeai pas le pain, et j'eus les galères à perpétuité, avec trois lettres de feu sur l'épaule; — je te montrerai, si tu veux. — On appelle cette justice-là la *récidive*. Me voilà donc cheval de retour (11). On me remit à Toulon; cette fois avec les bonnets verts (12). Il fallait m'évader. Pour cela je n'avais que trois murs à percer, deux chaînes à couper, et j'avais un clou. Je m'évadai. On tira le canon d'alerte; car, nous autres, nous sommes, comme les cardinaux de Rome, habillés de rouge, et on tire le canon quand nous partons. Leur poudre alla aux moineaux. Cette fois pas de passe-port jaune, mais pas d'argent non plus. Je rencontrai des camarades qui avaient aussi fait leur temps ou cassé leur ficelle. Leur coire (13) me pro-

(1) Le bourreau.
(2) Mes mains.
(3) Une poche.
(4) Je volais un manteau.
(5) Un filou.
(6) Un voleur.
(7) Je forçais une boutique. Je faussais une clef.
(8) Aux galères.
(9) Une soutane d'abbé.
(10) Habiter.
(11) Ramené au bagne.
(12) Les condamnés à perpétuité.
(13) Leur chef.

posa d'être des leurs; on faisait la grande soulasse sur le trimar (1). J'acceptai, et je me mis à tuer pour vivre. C'était tantôt une diligence, tantôt une chaise de poste, tantôt un marchand de bœufs à cheval. On prenait l'argent; on laissait aller au hasard la bête ou la voiture, et l'on enterrait l'homme sous un arbre, en ayant soin que les pieds ne sortissent pas; et puis on dansait sur la fosse, pour que la terre ne parût pas fraîchement remuée. J'ai vieilli comme cela, gîtant dans les broussailles, dormant aux belles étoiles, traqué de bois en bois, mais du moins libre et à moi. Tout a une fin, et autant celle-là qu'une autre. Les marchands de lacets (2), une belle nuit, nous ont pris au collet. Mes fanandels (3) se sont sauvés; mais moi, le plus vieux, je suis resté sous la griffe de ces chats à chapeaux galonnés. On m'a amené ici. J'avais déjà passé par tous les échelons de l'échelle, excepté un. Avoir volé un mouchoir ou tué un homme, c'était tout un pour moi désormais : il y avait encore une récidive à m'appliquer; je n'avais plus qu'à passer par le faucheur (4). Mon affaire a été courte. Ma foi, je commençais à vieillir et à n'être plus bon à rien. Mon père a épousé la veuve (5), moi je me retire à l'abbaye de Mont'-à-Regret (6). — Voilà, camarade.

J'étais resté stupide en l'écoutant. Il s'est remis à rire plus haut encore qu'en commençant, et a voulu me prendre la main. J'ai reculé avec horreur.

— L'ami, m'a-t-il dit, tu n'as pas l'air brave. Ne va pas faire le sinvre devant la carline (7) : vois-tu? il y a un mauvais moment à passer sur la placarde (8); mais cela est si tôt fait! Je voudrais être là pour te montrer la culbute. Mille dieux! j'ai envie de ne pas me pourvoir, si l'on veut me faucher aujourd'hui avec toi. Le même prêtre nous servira à tous deux; çà m'est égal d'avoir tes restes. Tu vois que je suis un bon garçon. Hein? dis, veux-tu? d'amitié!

Il a encore fait un pas pour s'approcher de moi.

— Monsieur, lui ai-je répondu en le repoussant, je vous remercie.

Nouveaux éclats de rire à ma réponse.

— Ah! ah! monsieur, vousailles (9) êtes un marquis! c'est un marquis!

Je l'ai interrompu : — Mon ami, j'ai besoin de me recueillir, laissez-moi.

La gravité de ma parole l'a rendu pensif tout à coup. Il a remué sa tête grise et presque chauve; puis, creusant avec ses ongles sa poitrine velue, qui s'offrait nue sous sa chemise ouverte : — Je comprends, a-t-il murmuré entre ses dents; au fait, le sanglier (10)!...

Puis, après quelques minutes de silence :

— Tenez, m'a-t-il dit presque timidement, vous êtes un marquis, c'est fort bien; mais vous avez là une belle redingote qui ne vous servira plus à grand'chose! le taule la prendra. Donnez-la-moi, je la vendrai pour avoir du tabac.

J'ai ôté ma redingote et je la lui ai donnée. Il s'est mis à battre des mains avec une joie d'enfant. Puis, voyant que j'étais en chemise et que je grelottais : — Vous avez froid, monsieur, mettez ceci; il pleut, et vous seriez mouillé; et puis il faut être décemment sur la charrette.

En parlant ainsi, il ôtait sa grosse veste de laine grise et la passait dans mes bras; je le laissais faire.

Alors j'ai été m'appuyer contre le mur, et je ne saurais dire quel effet me faisait cet homme. Il s'était mis à examiner la redingote que je lui avais donnée, et poussait à chaque instant des cris de joie. — Les poches sont toutes neuves!... le collet n'est pas usé!... j'en aurai au moins quinze francs. Quel bonheur! du tabac pour mes six semaines!

La porte s'est rouverte. On venait nous chercher tous deux, moi, pour me conduire à la chambre où les condamnés attendent l'heure; lui, pour le mener à Bicêtre. Il s'est placé en riant au milieu du piquet qui devait l'emmener, et il disait aux gendarmes : — Ah çà! ne vous trompez pas! nous avons changé de pelure, monsieur et moi; mais ne me prenez pas à sa place. Diable! cela ne m'arrangerait pas, maintenant que j'ai de quoi avoir du tabac.

(1) On assassinait sur les grands chemins.
(2) Les gendarmes.
(3) Camarades.
(4) Le bourreau.
(5) A été pendu.
(6) La guillotine.
(7) Le poltron devant la mort.
(8) La place de Grève.
(9) Vous.
(10) Le prêtre.

XXIV

Ce vieux scélérat, il m'a pris ma redingote, car je ne la lui ai pas donnée, et puis il m'a laissé cette guenille, sa veste infâme. De qui vais-je avoir l'air?

Je ne lui ai pas laissé prendre ma redingote par insouciance ou par charité. Non; mais parce qu'il était plus fort que moi. Si j'avais refusé, il m'aurait battu avec ses gros poings.

Ah bien oui, charité! j'étais plein de mauvais sentiments. J'aurais voulu pouvoir l'étrangler de mes mains, le vieux voleur! pouvoir le piler sous mes pieds.

Je me sens le cœur plein de rage et d'amertume. Je crois que la poche au fiel a crevé. La mort rend méchant.

XXV

Ils m'ont amené dans une cellule où il n'y a que les quatre murs, avec beaucoup de barreaux à la fenêtre et beaucoup de verrous à la porte; cela va sans dire.

J'ai demandé une table, une chaise, et ce qu'il faut pour écrire. On m'a apporté tout cela.

Puis j'ai demandé un lit. Le guichetier m'a regardé de ce regard étonné qui semble dire : — A quoi bon?

Cependant ils ont dressé un lit de sangle dans le coin. Mais en même temps un gendarme est venu s'installer dans ce qu'ils appellent *ma chambre*. Est-ce qu'ils ont peur que je ne m'étrangle avec le matelas?

XXVI

Il est dix heures.

O ma pauvre petite fille! encore six heures, et je serai mort! je serai quelque chose d'immonde qui traînera sur la table froide des amphithéâtres; une tête qu'on moulera d'un côté, un tronc qu'on disséquera de l'autre; puis de ce qui restera on en mettra plein une bière, et le tout ira à Clamart!

Voilà ce qu'ils vont faire de ton père, ces hommes dont aucun ne me hait, qui tous me plaignent et tous pourraient me sauver. Ils vont me tuer. Comprends-tu cela,

Marie? me tuer de sang-froid, en cérémonie, pour le bien de la chose! Ah! grand Dieu!

Pauvre petite! ton père qui t'aimait tant, ton père qui baisait ton petit cou blanc et parfumé, qui passait la main sans cesse dans les boucles de tes cheveux comme sur de la soie, qui prenait ton joli visage rond dans sa main, qui te faisait sauter sur ses genoux, et le soir joignait tes deux petites mains pour prier Dieu!

Qui est-ce qui te fera tout cela maintenant? Qui est-ce qui t'aimera? Tous les enfants de ton âge auront des pères, excepté toi. Comment te déshabitueras-tu, mon enfant, du jour de l'An, des étrennes, des beaux joujoux, des bonbons et des baisers? — Comment te déshabitueras-tu, malheureuse orpheline, de boire et de manger?

Oh! si ces jurés l'avaient vue, au moins, ma jolie petite Marie, ils auraient compris qu'il ne faut pas tuer le père d'un enfant de trois ans.

Et quand elle sera grande, si elle va jusque-là, que deviendra-t-elle? Son père sera un des souvenirs du peuple de Paris. Elle rougira de moi et de mon nom; elle sera méprisée, repoussée, vile, à cause de moi, de moi qui l'aime de toutes les tendresses de mon cœur. O ma petite Marie bien-aimée! est-il bien vrai que tu auras honte et horreur de moi?

Misérable! quel crime j'ai commis et quel crime je fais commettre à la société!

Oh! est-il bien vrai que je vais mourir avant la fin du jour? Est-il bien vrai que c'est moi? ce bruit sourd de cris que j'entends au dehors, ce flot de peuple joyeux qui déjà se hâte sur les quais, ces gendarmes qui s'apprêtent dans leurs casernes, ce prêtre en robe noire, cet autre homme aux mains rouges, c'est pour moi! c'est moi qui vais mourir! moi, le même qui est ici, qui vit, qui se meut, qui respire, qui est assis à cette table, laquelle ressemble à une autre table, et pourrait bien être ailleurs; moi, enfin, ce moi que je touche et que je sens, et dont le vêtement fait les plis que voilà!

XXVII

Encore si je savais comment cela est fait, et de quelle façon on meurt là-dessus; mais c'est horrible, je ne le sais pas.

Le nom de la chose est effroyable, et je ne comprends point comment j'ai pu jusqu'à présent l'écrire et le prononcer.

La combinaison de ces dix lettres, leur aspect, leur physionomie est bien faite pour réveiller une idée épouvantable, et le médecin de malheur qui a inventé la chose avait un nom prédestiné.

L'image que j'y attache, à ce mot hideux, est vague, indéterminée, et d'autant plus sinistre. Chaque syllabe est comme une pièce de la machine. J'en construis et j'en démolis sans cesse dans mon esprit la monstrueuse charpente.

Je n'ose faire une question là-dessus, mais il est affreux de ne savoir ce que c'est, ni comment s'y prendre. Il paraît qu'il y a une bascule et qu'on vous couche sur le ventre... — Ah! mes cheveux blanchiront avant que ma tête ne tombe!

XXVIII

Je l'ai cependant entrevue une fois.

Je passais sur la place de Grève, en voiture, un jour, vers onze heures du matin. Tout à coup la voiture s'arrêta.

Il y avait foule sur la place. Je mis la tête à la portière. Une populace encombrait la Grève et le quai, et des femmes, des hommes, des enfants, étaient debout sur le parapet. Au-dessus des têtes, on voyait une espèce d'estrade en bois rouge que trois hommes échafaudaient.

Un condamné devait être exécuté le jour même, et l'on bâtissait la machine.

Je détournai la tête avant d'avoir vu. A côté de la voiture, il y avait une femme qui disait à un enfant: — Tiens, regarde! le couteau coule mal, ils vont graisser la rainure avec un bout de chandelle.

C'est probablement là qu'ils sont aujourd'hui. Onze heures viennent de sonner. Ils graissent sans doute la rainure.

Ah! cette fois, malheureux, je ne détournerai pas la tête.

XXIX

Oh! ma grâce! ma grâce! on me fera peut être grâce. Le roi ne m'en veut pas. Qu'on aille chercher mon avocat! vite l'avocat! je veux bien des galères. Cinq ans de galères, et que tout soit dit, — ou vingt ans, — ou à perpétuité avec le fer rouge. Mais grâce de la vie!

Un forçat, cela marche encore, cela va et vient, cela voit le soleil.

XXX

Le prêtre est revenu.

Il a des cheveux blancs, l'air très-doux, une bonne et respectable figure: c'est en effet un homme excellent et charitable. Ce matin, je l'ai vu vider sa bourse dans les mains des prisonniers. D'où vient que sa voix n'a rien qui émeuve et qui soit ému? D'où vient qu'il ne m'a rien dit encore qui m'ait pris par l'intelligence ou par le cœur?

Ce matin, j'étais égaré. J'ai à peine entendu ce qu'il m'a dit. Cependant ses paroles m'ont semblé inutiles, et je suis resté indifférent: elles ont glissé comme cette pluie froide sur cette vitre glacée.

Cependant, quand il est rentré tout à l'heure près de moi, sa vue m'a fait du bien. C'est parmi tous ces hommes le seul qui soit encore homme pour moi, me suis-je dit. Et il m'a pris une ardente soif de bonnes et consolantes paroles.

Nous nous sommes assis, lui sur la chaise, moi sur le lit. Il m'a dit: Mon fils... — Ce mot m'a ouvert le cœur. Il a continué:

— Mon fils, croyez-vous en Dieu?

— Oui, mon père, lui ai-je répondu.

— Croyez-vous en la sainte Église catholique, apostolique et romaine?

— Volontiers, lui ai-je dit.

— Mon fils, a-t-il repris, vous avez l'air de douter. Alors il s'est mis à parler. Il a parlé longtemps; il a dit beaucoup de paroles; puis, quand il a cru avoir fini, il s'est levé et m'a regardé pour la première fois depuis le commencement de son discours, en m'interrogeant : — Eh bien?

Je proteste que je l'avais écouté avec avidité d'abord, puis avec dévouement.

Je me suis levé aussi. — Monsieur, lui ai-je répondu, laissez-moi seul, je vous prie.

Il m'a demandé : — Quand reviendrai-je?

— Je vous le ferai savoir.

Alors il est sorti sans rien dire, mais en hochant la tête, comme se disant à lui-même : Un impie!

Non, si bas que je sois tombé, je ne suis pas un impie; et Dieu m'est témoin que je crois en lui. Mais que m'a-t-il dit, ce vieillard? rien de senti, rien d'attendri, rien de pleuré, rien d'arraché de l'âme, rien qui vint de son cœur pour aller au mien, rien qui fût de lui à moi. Au contraire, je ne sais quoi de vague, d'inaccentué, d'applicable à tout et à tous; emphatique où il eût été besoin de profondeur, plat où il eût fallu être simple; une espèce de sermon sentimental et d'élégie théologique. Çà et là, une citation latine en latin. Saint Augustin, saint Grégoire, que sais-je? Et puis, il avait l'air de réciter une leçon déjà vingt fois récitée, de repasser un thème oblitéré dans sa mémoire à force d'être su. Pas un regard dans l'œil, pas un accent dans la voix, pas un geste dans les mains.

Et comment en serait-il autrement? Ce prêtre est l'aumônier en titre de la prison. Son état est de consoler et d'exhorter, et il vit de cela. Les forçats, les patients, sont du ressort de son éloquence. Il les confesse et les assiste, parce qu'il a sa place à faire. Il a vieilli à mener des hommes mourir. Depuis longtemps il est habitué à ce qui fait frissonner les autres; ses cheveux, bien poudrés à blanc, ne se dressent plus; le bagne et l'échafaud sont de tous les jours pour lui. Il est blasé. Probablement il a son cahier : telle page les galériens; telle page les condamnés à mort. On l'avertit la veille qu'il y aura quelqu'un à consoler le lendemain à telle heure; il demande ce que c'est, galérien ou supplicié, et relit la page; et puis il vient. De cette façon, il advient que ceux qui vont à Toulon et ceux qui vont à la Grève sont un lieu commun pour lui, et qu'il est un lieu commun pour eux.

Oh! qu'on m'aille donc, au lieu de cela, chercher quelque jeune vicaire, quelque vieux curé, au hasard, dans la première paroisse venue; qu'on le prenne au coin de son feu, lisant son livre et ne s'attendant à rien, et qu'on lui dise : — Il y a un homme qui va mourir, et il faut que ce soit vous qui le consoliez. Il faut que vous soyez là quand on lui liera les mains, là quand on lui coupera les cheveux; que vous montiez dans sa charrette avec votre crucifix pour lui cacher le bourreau; que vous soyez cahoté avec lui par le pavé jusqu'à la Grève, que vous traversiez avec lui l'horrible foule buveuse de sang; que vous l'embrassiez au pied de l'échafaud, et que vous restiez jusqu'à ce que la tête soit ici et le corps là. — Alors qu'on me l'amène, tout palpitant, tout frissonnant de la tête aux pieds; qu'on me jette entre ses bras, à ses genoux, et il pleurera, et nous pleurerons, et il sera éloquent, et je serai consolé, et mon cœur se dégonflera dans le sien, et il prendra mon âme, et je prendrai son Dieu.

Mais, ce bon vieillard, qu'est-il pour moi? que suis-je pour lui? un individu de l'espèce malheureuse, une ombre comme il en a déjà tant vu, une unité à ajouter au chiffre des exécutions.

J'ai peut-être tort de le repousser ainsi; c'est lui qui est bon et moi qui suis mauvais. Hélas! ce n'est pas ma faute. C'est mon souffle de condamné qui gâte et flétrit tout.

On vient de m'apporter de la nourriture; ils ont cru que je devais avoir besoin. Une table délicate et recherchée, un poulet, il me semble, et autre chose encore. Eh bien! j'ai essayé de manger; mais, à la première bouchée, tout est tombé de ma bouche, tant cela m'a paru amer et fétide!

XXXI

Il vient d'entrer un monsieur, le chapeau sur la tête, qui m'a à peine regardé, puis a ouvert un pied de roi et s'est mis à mesurer de bas en haut les pierres du mur, parlant d'une voix très-haute pour dire tantôt : *C'est cela;* tantôt : *Ce n'est pas cela.*

J'ai demandé au gendarme qui c'était. Il paraît que c'est une espèce de sous-architecte employé à la prison.

De son côté, sa curiosité s'est éveillée sur mon compte. Il a échangé quelques demi-mots avec le porte-clefs qui l'accompagnait; puis a fixé un instant les yeux sur moi, a secoué la tête d'un air insouciant, et s'est remis à parler à haute voix et à prendre des mesures.

Sa besogne finie, il s'est approché de moi en me disant avec sa voix éclatante : — Mon bon ami, dans six mois cette prison sera beaucoup mieux.

Et son geste semblait ajouter : — Vous n'en jouirez pas, c'est dommage.

Il souriait presque. J'ai cru voir le moment où il allait me railler doucement, comme on plaisante une jeune mariée le soir de ses noces.

Mon gendarme, vieux soldat à chevrons, s'est chargé de la réponse. — Monsieur, lui a-t-il dit, on ne parle pas si haut dans la chambre d'un mort.

L'architecte s'en est allé. — Moi, j'étais là, comme une des pierres qu'il mesurait.

XXXII

Et puis, il m'est arrivé une chose ridicule!

On est venu relever mon bon vieux gendarme, auquel, ingrat égoïste que je suis, je n'ai seulement pas serré la main. Un autre l'a remplacé : homme à front déprimé, des yeux de bœuf, une figure inepte.

Au reste, je n'y avais fait aucune attention. Je tournais le dos à la porte, assis devant la table; je tâchais de rafraîchir mon front avec ma main, et mes pensées troublaient mon esprit.

Un léger coup, frappé sur mon épaule, m'a fait tourner la tête. C'était le nouveau gendarme, avec qui j'étais seul.

Voici à peu près de quelle façon il m'a adressé la parole :

— Criminel, avez-vous bon cœur?

— Non, lui ai-je dit.

La brusquerie de ma réponse a paru le déconcerter. Cependant il a repris en hésitant :

— On n'est pas méchant pour le plaisir de l'être.

— Pourquoi non? ai-je répliqué. Si vous n'avez que cela à me dire, laissez-moi. Où voulez-vous en venir?

— Pardon, mon criminel, a-t-il répondu. Deux mots seulement. Voici : si vous pouviez faire le bonheur d'un pauvre homme, et que cela ne vous coûtât rien, est-ce que vous ne le feriez pas?

J'ai haussé les épaules. — Est-ce que vous arrivez de Charenton? Vous choisissez un singulier vase pour y puiser du bonheur. Moi, faire le bonheur de quelqu'un?

Il a baissé la voix et pris un air mystérieux, qui n'allait pas à sa figure idiote.

— Oui, criminel, oui, bonheur! oui, fortune! Tout cela me sera venu de vous. Voici : je suis un pauvre gendarme. Le service est lourd, la paye est légère; mon cheval est à moi et me ruine. Or, je mets à la loterie pour contre-balancer. Il faut bien avoir une industrie. Jusqu'ici il ne m'a manqué pour gagner que d'avoir de bons numéros. J'en cherche partout de sûrs; je tombe toujours à côté. Je mets le 76; il sort le 77. J'ai beau les nourrir, ils ne viennent pas... — Un peu de patience, s'il vous plaît; je suis à la fin. — Or, voici une belle occasion pour moi. Il paraît, pardon, criminel, que vous passez aujourd'hui. Il est certain que les morts qu'on fait périr comme cela voient la loterie d'avance. Promettez-moi de venir demain soir, qu'est-ce que cela vous fait? me donner trois numéros, trois bons. Hein? — Je n'ai pas peur des revenants, soyez tranquille. — Voici mon adresse : Caserne Popincourt; escalier A, n. 26, au fond du corridor. Vous me reconnaîtrez bien, n'est-ce pas? — Venez même ce soir, si cela vous est plus commode.

J'aurais dédaigné de lui répondre, à cet imbécile, si une espérance folle ne m'avait traversé l'esprit. Dans la position désespérée où je suis, on croit par moments qu'on briserait une chaîne avec un cheveu.

— Ecoute, lui ai-je dit en faisant le comédien autant que le peut faire celui qui va mourir, je puis en effet te rendre plus riche que le roi, te faire gagner des millions, à une condition.

Il ouvrit des yeux stupides.

— Laquelle? laquelle? tout pour vous plaire, mon criminel.

— Au lieu de trois numéros, je t'en promets quatre. Change d'habits avec moi.

— Si ce n'est que cela! s'est-il écrié en défaisant les premières agrafes de son uniforme.

Je m'étais levé de ma chaise. J'observais tous ses mouvements, mon cœur palpitait; je voyais déjà les portes s'ouvrir devant l'uniforme de gendarme, et la place, et la rue, et le Palais de Justice derrière moi!

Mais il s'est retourné d'un air indécis : — Ah çà! ce n'est pas pour sortir d'ici?

J'ai compris que tout était perdu. Cependant j'ai tenté un dernier effort, bien inutile et bien insensé!

— Si fait, lui ai-je dit! mais ta fortune est faite...

Il m'a interrompu.

— Ah bien non! tiens! et mes numéros! pour qu'ils soient bons il faut que vous soyez mort.

Je me suis rassis, muet et plus désespéré de toute l'espérance que j'avais eue.

XXXIII

J'ai fermé les yeux, et j'ai mis les mains dessus, et j'ai tâché d'oublier le présent dans le passé. Tandis que je rêve, les souvenirs de mon enfance et de ma jeunesse me reviennent un à un, doux, calmes, riants, comme des îles de fleurs sur ce gouffre de pensées noires et confuses qui tourbillonnent dans mon cerveau.

Je me revois enfant, écolier rieur et frais, jouant, courant, criant avec mes frères dans la grande allée verte de ce jardin sauvage où ont coulé mes premières années, ancien enclos de religieuses que domine de sa tête de plomb le sombre dôme du Val-de-Grâce.

Et puis, quatre ans plus tard, m'y voilà encore, toujours enfant, mais déjà rêveur et passionné. Il y a une jeune fille dans le solitaire jardin.

La petite Espagnole, avec ses grands yeux et ses grands cheveux, sa peau brune et dorée, ses lèvres rouges et ses joues roses, l'Andalouse de quatorze ans, Pepa.

Nos mères nous ont dit d'aller courir ensemble : nous sommes venus nous promener.

On nous a dit de jouer et nous causons, enfants du même âge, non du même sexe.

Pourtant, il n'y a encore qu'un an, nous courions, nous luttions ensemble. Je disputais à Pepita la plus belle pomme du pommier; je la frappais pour un nid d'oiseau. Elle pleurait; je disais : C'est bien fait! et nous allions tous deux nous plaindre ensemble l'un de l'autre à nos mères, qui nous donnaient tort tout haut et raison tout bas.

Maintenant elle s'appuie sur mon bras, et je suis tout fier et tout ému. Nous marchons lentement, nous parlons bas. Elle laisse tomber son mouchoir; je le lui ramasse. Nos mains tremblent en se touchant. Elle me parle des petits oiseaux, de l'étoile qu'on voit là-bas, du couchant vermeil derrière les arbres, ou bien de ses amies de pension, de sa robe et de ses rubans. Nous disons des choses innocentes, et nous rougissons tous deux. La petite fille est devenue jeune fille.

Ce soir-là, c'était un soir d'été. Nous étions sous les marronniers, au fond du jardin. Après un de ces longs silences qui remplissaient nos promenades, elle quitta tout à coup mon bras et me dit : Courons!

Je la vois encore; elle était tout en noir, en deuil de sa grand'mère. Il lui passa par la tête une idée d'enfant; Pepa redevint Pepita, elle me dit : Courons!

Et elle se mit à courir devant moi avec sa taille fine comme le corset d'une abeille, et ses petits pieds qui relevaient sa robe jusqu'à mi-jambe. Je la poursuivis, elle fuyait; le vent de sa course soulevait par moments sa pèlerine noire, et me laissait voir son dos brun et frais.

J'étais hors de moi. Je l'atteignis près du vieux puisard en ruine; je la pris par la ceinture, du droit de victoire, et je la fis asseoir sur un banc de gazon; elle ne résista pas. Elle était essoufflée et riait. Moi, j'étais sérieux, et je regardais ses prunelles noires à travers ses cils noirs.

— Asseyez-vous là, me dit-elle. Il fait encore grand jour, lisons quelque chose. Avez-vous un livre?

J'avais sur moi le tome second des Voyages de Spallanzani. J'ouvris au hasard, je me rapprochai d'elle, elle appuya son épaule à mon épaule, et nous nous mîmes à lire chacun de notre côté, tout bas, la même page. Avant de tourner le feuillet, elle était toujours obligée de m'attendre. Mon esprit allait moins vite que le sien. — Avez-vous fini? me disait-elle, que j'avais à peine commencé.

Cependant nos têtes se touchaient, nos cheveux se mêlaient; nos haleines peu à peu se rapprochèrent, et nos bouches tout à coup.

Quand nous voulûmes continuer notre lecture, le ciel était étoilé.

— Oh! maman, maman, dit-elle en rentrant, si tu savais comme nous avons couru!

Moi, je gardais le silence. — Tu ne dis rien, me dit ma mère, tu as l'air triste. J'avais le paradis dans le cœur.

C'est une soirée que je me rappellerai toute ma vie.

Toute ma vie!

Un homme d environ cinquante-cinq ans. (Page 27.)

XXXIV

Une heure vient de sonner, je ne sais laquelle : j'entends mal le marteau de l'horloge. Il me semble que j'ai un bruit d'orgue dans les oreilles ; ce sont mes dernières pensées qui bourdonnent.

A ce moment suprême où je me recueille dans mes souvenirs, j'y retrouve mon crime avec horreur ; mais je voudrais me repentir davantage encore. J'avais plus de remords avant ma condamnation ; depuis, il semble qu'il n'y ait plus de place que pour les pensées de mo ʻ. Pourtant, je voudrais bien me repentir beaucoup.

Quand j'ai rêvé une minute à ce qu'il y a de passé dans ma vie, et que j'en reviens au coup de hache qui doit la terminer tout à l'heure, je frissonne comme d'une chose nouvelle. Ma belle enfance ! ma belle jeunesse ! étoffe dorée, dont l'extrémité est sanglante. Entre alors et à présent il y a une rivière de sang : le sang de l'autre et le mien.

Si on lit un jour mon histoire, après tant d'années d'innocence et de bonheur, on ne voudra pas croire à cette année exécrable, qui s'ouvre par un crime et se clôt par un supplice : elle aura l'air dépareillée.

Et pourtant, misérables lois et misérables hommes, je n'étais pas un méchant !

Oh ! mourir dans quelques heures, et penser qu'il y a un an, à pareil jour, j'étais libre et pur, que je faisais mes promenades d'automne, que j'errais sous les arbres, et que je marchais dans les feuilles !

XXXV

En ce moment même, il y a tout auprès de moi, dans ces maisons qui font cercle autour du Palais et de la Grève, et partout dans Paris, des hommes qui vont et viennent,

C'était lui. (Page 37.)

(Page 37.)

causent et rient, lisent le journal, pensent à leurs affaires; des marchands qui vendent; des jeunes filles qui préparent leurs robes de bal pour ce soir; des mères qui jouent avec leurs enfants!

XXXVI

Je me souviens qu'un jour, étant enfant, j'allai voir le bourdon de Notre-Dame.

J'étais déjà étourdi d'avoir monté le sombre escalier en colimaçon, d'avoir parcouru la frêle galerie qui lie les deux tours, d'avoir eu Paris sous les pieds, quand j'entrai dans la cage de pierre et de charpente où pend le bourdon avec son battant, qui pèse un millier.

J'avançai en tremblant sur les planches mal jointes, regardant à distance cette cloche si fameuse parmi les enfants et le peuple de Paris, et ne remarquant pas sans effroi que les auvents couverts d'ardoises qui entourent le clocher de leurs plans inclinés étaient au niveau de mes pieds. Dans les intervalles, je voyais, en quelque sorte à vol d'oiseau, la place du Parvis Notre-Dame, et les passants comme des fourmis.

Tout à coup l'énorme cloche tinta; une vibration profonde remua l'air, fit osciller la lourde tour. Le plancher sautait sur les poutres. Le bruit faillit me renverser; je chancelai, prêt à tomber, prêt à glisser sur ces auvents d'ardoises en pente. De terreur, je me couchai sur les planches, les serrant étroitement de mes deux bras, sans parole, sans haleine, avec ce formidable tintement dans les oreilles, et sous les yeux ce précipice, cette place profonde, où se croisaient tant de passants paisibles et enviés.

Eh bien! il me semble que je suis encore dans la tour du bourdon. C'est tout ensemble un étourdissement et un éblouissement. Il y a comme un bruit de cloche qui ébranle les cavités de mon cerveau, et autour de moi je n'aperçois plus cette vie plane et tranquille que j'ai quittée, et où les

 PARIS. — TYP. SIMON RAÇON ET Cᵉ, RUE D'ERFURTH, 1.

autres hommes cheminent encore, que de loin et à travers les crevasses d'un abime.

XXXVII

L'Hôtel de Ville est un édifice sinistre.

Avec son toit aigu et roide, son clocheton bizarre, son grand cadran blanc, ses étages à petites colonnes, ses mille croisées, ses escaliers usés par les pas, ses deux arches à droite et à gauche, il est là de plain-pied avec la Grève, sombre, lugubre, la face toute rongée de vieillesse, et si noir, qu'il est noir au soleil.

Les jours d'exécution, il vomit des gendarmes de toutes ses portes et regarde le condamné avec toutes ses fenêtres.

Et le soir, son cadran, qui a marqué l'heure, reste lumineux sur sa façade ténébreuse.

XXXVIII

Il est une heure et quart.

Voici ce que j'éprouve maintenant :

Une violente douleur de tête, les reins froids, le front brûlant. Chaque fois que je me lève ou que je me penche, il me semble qu'il y a un liquide qui flotte dans mon cerveau, et qui fait battre ma cervelle contre les parois du crâne.

J'ai des tressaillements convulsifs, et de temps en temps la plume tombe de mes mains comme par une secousse galvanique.

Les yeux me cuisent comme si j'étais dans la fumée.

J'ai mal dans mes coudes.

Encore deux heures et quarante-cinq minutes, et je serai guéri.

XXXIX

Ils disent que ce n'est rien, qu'on ne souffre pas, que c'est une fin douce, que la mort de cette façon est bien simplifiée.

Eh! qu'est-ce donc que cette agonie de six semaines et ce râle de tout un jour? Qu'est-ce que les angoisses de cette journée irréparable, qui s'écoule si lentement et si vite? Qu'est-ce que cette échelle de tortures qui aboutit à l'échafaud?

Apparemment ce n'est pas là souffrir.

Ne sont-ce pas les mêmes convulsions, que le sang s'épuise goutte à goutte, ou que l'intelligence s'éteigne pensée à pensée?

Et puis, on ne souffre pas, en sont-ils sûrs? Qui le leur a dit? Conte-t-on que jamais une tête coupée se soit dressée sanglante au bord du panier, et qu'elle ait crié au peuple : Cela ne fait pas de mal!

Y a-t-il des morts de leur façon qui soient venus les remercier et leur dire : C'est bien inventé. Tenez-vous-en là. La mécanique est bonne.

Non, rien! Moins qu'une minute, moins qu'une seconde, et la chose est faite. — Se sont-ils jamais mis, seulement en pensée, à la place de celui qui est là, au moment où le lourd tranchant qui tombe mord la chair, rompt les nerfs, brise les vertèbres... Mais quoi! une demi-seconde! la douleur est escamotée... Horreur!

XL

Il est singulier que je pense sans cesse au roi. J'ai beau faire, beau secouer la tête, j'ai une voix dans l'oreille qui me dit toujours :

— Il y a dans cette même ville, à cette même heure, et pas bien loin d'ici, dans un autre palais, un homme qui a aussi des gardes à toutes ses portes, un homme unique comme toi dans le peuple, avec cette différence qu'il est aussi haut que tu es bas. Sa vie entière, minute par minute, n'est que gloire, grandeur, délices, enivrement. Tout est autour de lui amour, respect, vénération. Les voix les plus hautes deviennent basses en lui parlant, et les fronts les plus fiers ploient. Il n'a que de la soie et de l'or sous les yeux. A cette heure, il tient quelque conseil de ministres où tous sont de son avis; ou bien songe à la chasse de demain, au bal de ce soir, sûr que la fête viendra à l'heure, et laissant à d'autres le travail de ses plaisirs. Eh bien! cet homme est de chair et d'os comme toi! — Et pour qu'à l'instant même l'horrible échafaud s'écroulât, pour que tout te fût rendu, vie, liberté, fortune, famille, il suffirait qu'il écrivît avec cette plume les sept lettres de son nom au bas d'un morceau de papier, ou même que son carrosse rencontrât ta charrette! — Et il est bon, et il ne demanderait pas mieux peut-être, et il n'en sera rien!

XLI

Eh bien donc! ayons courage avec la mort, prenons cette horrible idée à deux mains, et considérons-la en face. Demandons-lui compte de ce qu'elle est, sachons ce qu'elle nous veut, retournons-la en tous sens, épelons l'énigme, et regardons d'avance dans le tombeau.

Il me semble que, dès que mes yeux seront fermés, je verrai une grande clarté et des abîmes de lumière où mon esprit roulera sans fin. Il me semble que le ciel sera lumineux de sa propre essence, que les astres y feront des taches obscures, et qu'au lieu d'être, comme pour les yeux vivants des paillettes d'or sur du velours noir, ils sembleront des points noirs sur du drap d'or.

Ou bien, misérable que je suis, ce sera peut-être un gouffre hideux, profond, dont les parois seront tapissées de ténèbres, et où je tomberai sans cesse en voyant des formes remuer dans l'ombre.

Ou bien, en m'éveillant après le coup, je me trouverai peut-être sur quelque surface plane et humide, rampant dans l'obscurité et tournant sur soi-même comme une tête qui roule. Il me semble qu'il y aura un grand vent qui me poussera, et que je serai heurté çà et là par d'autres têtes roulantes. Il y aura par places des mares et des ruisseaux d'un liquide inconnu et tiède; tout sera noir. Quand mes yeux, dans leur rotation, seront tournés en haut, ils ne verront qu'un ciel d'ombre, dont les couches épaisses péseront sur eux, et au loin dans le fond de grandes arches de fumée plus noires que les ténèbres. Ils verront aussi voltiger dans la nuit de petites étincelles rouges, qui, en s'approchant, deviendront des oiseaux de feu; — et ce sera ainsi toute l'éternité.

Il se peut bien aussi qu'à certaines dates les morts de la Grève se rassemblent par de noires nuits d'hiver sur la place qui est à eux. Ce sera une foule pâle et sanglante, et je n'y manquerai pas. Il n'y aura pas de lune, et l'on parlera à voix basse. L'Hôtel de Ville sera là, avec sa façade vermoulue, son toit déchiqueté, et son cadran qui aura été sans pitié pour tous. Il y aura sur la place une guillotine de l'enfer, où un démon exécutera un bourreau : ce sera à quatre heures du matin. A notre tour nous ferons foule autour.

Il est probable que cela est ainsi. Mais, si ces morts-là reviennent, sous quelle forme reviennent-ils? Que gardent-ils de leur corps incomplet et mutilé? Que choisissent-ils? Est-ce la tête ou le tronc qui est spectre?

Hélas! qu'est-ce que la mort fait avec notre âme? quelle nature lui laisse-t-elle? qu'a-t-elle à lui prendre ou à lui donner? où la met-elle? lui prête-t-elle quelquefois des yeux de chair pour regarder sur la terre et pleurer?

Ah! un prêtre! un prêtre qui sache cela! Je veux un prêtre et un crucifix à baiser!

Mon Dieu, toujours le même!

XLII

Je l'ai prié de me laisser dormir, et je me suis jeté sur le lit.

En effet, j'avais un flot de sang dans la tête, qui m'a fait dormir. C'est mon dernier sommeil, de cette espèce.

J'ai fait un rêve.

J'ai rêvé que c'était la nuit. Il me semblait que j'étais dans mon cabinet avec deux ou trois de mes amis, je ne sais plus lesquels.

Ma femme était couchée dans la chambre à coucher, à côté, et dormait avec son enfant.

Nous parlions à voix basse, mes amis et moi, et ce que nous disions nous effrayait.

Tout à coup il me sembla entendre un bruit quelque part dans les autres pièces de l'appartement : un bruit faible, étrange, indéterminé.

Mes amis avaient entendu comme moi. Nous écoutâmes : c'était comme une serrure qu'on ouvre sourdement, comme un verrou qu'on scie à petit bruit.

Il y avait quelque chose qui nous glaçait : nous avions peur. Nous pensâmes que peut-être c'étaient des voleurs qui s'étaient introduits chez moi, à cette heure si avancée de la nuit.

Nous résolûmes d'aller voir. Je me levai, je pris la bougie; mes amis me suivaient un à un.

Nous traversâmes la chambre à coucher, à côté; ma femme dormait avec son enfant.

Puis nous arrivâmes dans le salon. Rien. Les portraits étaient immobiles dans leur cadre d'or sur la tenture rouge. Il me sembla que la porte du salon à la salle à manger n'était point à sa place ordinaire.

Nous entrâmes dans la salle à manger; nous en fîmes le tour. Je marchais le premier. La porte sur l'escalier était bien fermée, les fenêtres aussi. Arrivé près du poêle, je vis que l'armoire au linge était ouverte, et que la porte de cette armoire était tirée sur l'angle du mur, comme pour le cacher.

Cela me surprit. Nous pensâmes qu'il y avait quelqu'un derrière la porte.

Je portai la main à cette porte pour refermer l'armoire, elle résista. Etonné, je tirai plus fort, elle céda brusquement, et nous découvrît une petite vieille, les mains pendantes, les yeux fermés, immobile, debout, et comme collée dans l'angle du mur.

Cela avait quelque chose de hideux, et mes cheveux se dressent d'y penser.

Je demandai à la vieille : — Que faites-vous là?

Elle ne répondit pas.

Je lui demandai : — Qui êtes-vous?

Elle ne répondit pas, ne bougea pas et resta les yeux fermés.

Mes amis dirent : — C'est sans doute la complice de ceux qui sont entrés avec de mauvaises pensées; ils se sont échappés en nous entendant venir; elle n'aura pu fuir, et s'est cachée là.

Je l'ai interrogée de nouveau; elle est demeurée sans voix, sans mouvement, sans regard.

Un de nous l'a poussée à terre, elle est tombée.

Elle est tombée tout d'une pièce, comme un morceau de bois, comme une chose morte.

Nous l'avons remuée du pied, puis deux de nous l'ont relevée et de nouveau appuyée au mur. Elle n'a donné aucun signe de vie. On lui a crié dans l'oreille, et elle est restée muette comme si elle était sourde.

Cependant, nous perdions patience, et il y avait de la colère dans notre terreur. Un de nous m'a dit : — Mettez-lui la bougie sous le menton.— Je lui ai mis la mèche enflammée sous le menton. Alors elle a ouvert un œil à demi, un œil vide, terne, affreux, et qui ne regardait pas.

J'ai ôté la flamme et j'ai dit : — Ah! enfin! répondras-tu, vieille sorcière? Qui es-tu?

L'œil s'est refermé comme de lui-même.

— Pour le coup, c'est trop fort! ont dit les autres. Encore la bougie! encore! il faudra bien qu'elle parle.

J'ai replacé la lumière sous le menton de la vieille.

Alors, elle a ouvert ses deux yeux lentement, nous a regardés tous les uns après les autres, puis, se baissant brusquement, a soufflé la bougie avec un souffle glacé. Au même moment j'ai senti trois dents aiguës s'imprimer sur ma main, dans les ténèbres.

Je me suis réveillé, frissonnant et baigné d'une sueur froide.

Le bon aumônier était assis au pied de mon lit, et lisait des prières.

— Ai-je dormi longtemps? lui ai-je demandé.

— Mon fils, m'a-t-il dit, vous avez dormi une heure. On vous a amené votre enfant; elle est là dans la pièce voisine qui vous attend. Je n'ai pas voulu qu'on vous éveillât.

— Oh! ai-je crié. Ma fille! qu'on m'amène ma fille!

XLIII

Elle est fraîche, elle est rose, elle a de grands yeux, elle est belle!

On lui a mis une petite robe qui lui va bien.

Je l'ai prise, je l'ai enlevée dans mes bras, je l'ai assise sur mes genoux, je l'ai baisée sur ses cheveux.

Pourquoi pas avec sa mère? — Sa mère est malade, sa grand'mère aussi. C'est bien.

Elle me regardait d'un air étonné. Caressée, embrassée,

dévorée de baisers et se laissant faire, mais jetant de temps en temps un coup d'œil inquiet sur sa bonne, qui pleurait dans un coin.

Enfin j'ai pu parler.

— Marie! ai-je dit, ma petite Marie!

Je la serrais violemment contre ma poitrine enflée de sanglots. Elle a poussé un petit cri.

— Oh! vous me faites du mal, monsieur, m'a-t-elle dit.

Monsieur! Il y a bientôt un an qu'elle ne m'a vu, la pauvre enfant! Elle m'a oublié, visage, parole, accent; et puis, qui me reconnaîtrait avec cette barbe, ces habits et cette pâleur? Quoi! déjà effacé de cette mémoire, la seule où j'eusse voulu vivre! Quoi! déjà plus père! être condamné à ne plus entendre ce mot, ce mot de la langue des enfants, si doux qu'il ne peut rester dans celle des hommes : *papa!*

Et pourtant l'entendre de cette bouche, encore une fois, une seule fois, voilà tout ce que j'eusse demandé pour les quarante ans de vie qu'on me prend.

— Ecoute, Marie, lui ai-je dit en joignant ses deux petites mains dans les miennes, est-ce que tu ne me connais point?

Elle m'a regardé avec ses beaux yeux, et a répondu : — Ah bien non!

— Regarde bien, ai-je répété. Comment, tu ne sais pas qui je suis?

— Si, a-t-elle dit. Un monsieur.

Hélas! n'aimer ardemment qu'un seul être au monde, l'aimer avec tout son amour, et l'avoir devant soi, qui vous voit et vous regarde, vous parle et vous répond, et ne vous connaît pas! Ne vouloir de consolation que de lui, et qu'il soit le seul qui ne sache pas qu'il vous en faut parce que vous allez mourir.

— Marie, ai-je repris, as-tu un papa?

— Oui, monsieur, a dit l'enfant.

— Eh bien! où est-il?

Elle a levé ses grands yeux étonnés : — Ah! vous ne savez donc pas? il est mort.

Puis elle a crié : j'avais failli la laisser tomber.

— Mort! disais-je. Marie, sais-tu ce que c'est qu'être mort?

— Oui, monsieur, a-t-elle répondu. Il est dans la terre et dans le ciel.

Elle a continué d'elle-même.

— Je prie le bon Dieu pour lui matin et soir sur les genoux de maman.

Je l'ai baisée au front. — Marie, dis-moi ta prière.

— Je ne peux pas, monsieur. Une prière, cela ne se dit pas dans le jour. Venez ce soir dans ma maison; je la dirai.

C'était assez de cela. Je l'ai interrompue :

— Marie, c'est moi qui suis ton papa.

— Ah! m'a-t-elle dit.

J'ai ajouté : — Veux-tu que je sois ton papa?

L'enfant s'est détournée. — Non, mon papa était bien plus beau.

Je l'ai couverte de baisers et de larmes. Elle a cherché à se dégager de mes bras en criant : — Vous me faites mal avec votre barbe.

Alors je l'ai replacée sur mes genoux, en la couvant des yeux, et puis je l'ai questionnée :

— Marie, sais-tu lire?

— Oui, a-t-elle répondu. Je sais bien lire. Maman me fait lire mes lettres.

— Voyons, lis un peu, lui ai-je dit en lui montrant un papier qu'elle tenait chiffonné dans une de ses petites mains.

Elle a hoché sa jolie tête. — Ah bien! je ne sais lire que des fables.

— Essaye toujours. Voyons, lis.

Elle a déployé le papier, et s'est mise à épeler avec son doigt : — A, R, *ar*, R, E, T, *rêt*, ARRÊT...

Je lui ai arraché cela des mains. C'est ma sentence de mort qu'elle me lisait. Sa bonne avait eu le papier pour un sou. Il me coûtait plus cher, à moi.

Il n'y a pas de parole pour ce que j'éprouvais. Ma violence l'avait effrayée; elle pleurait presque.

Tout à coup elle m'a dit : — Rendez-moi donc mon papier; tiens! c'est pour jouer.

Je l'ai remise à sa bonne. — Emportez-la.

Et je suis retombé sur ma chaise, sombre, désert, désespéré. A présent ils devraient venir; je ne tiens plus à rien; la dernière fibre de mon cœur est brisée. Je suis bon pour ce qu'ils vont faire.

XLIV

Le prêtre est bon, le geôlier aussi. Je crois qu'ils ont versé une larme quand j'ai dit qu'on m'emportât mon enfant.

C'est fait. Maintenant il faut que je me roidisse en moi-même, et que je pense fermement au bourreau, à la charrette, aux gendarmes, à la foule sur le pont, à la foule sur le quai, à la foule aux fenêtres, et à ce qu'il y aura exprès pour moi sur cette lugubre place de Grève, qui pourrait être pavée des têtes qu'elle a vues tomber.

Je crois que j'ai encore une heure pour m'habituer à tout cela.

XLV

Tout ce peuple rira, battra des mains, applaudira, et parmi tous les hommes libres et inconnus des geôliers, qui courent pleins de joie à une exécution, dans cette foule de têtes qui couvrira la place, il y aura plus d'une tête prédestinée qui suivra la mienne tôt ou tard dans le panier rouge.

Plus d'un qui y vient pour moi y viendra pour soi.

Pour ces êtres fatals il y a sur un certain point de la place de Grève un lieu fatal, un centre d'attraction, un piége. Ils tournent autour jusqu'à ce qu'ils y soient.

XLVI

Ma petite Marie! — On l'a remmenée jouer: elle regarde la foule par la portière du fiacre, et ne pense déjà plus à ce *monsieur*.

Peut-être aurai-je encore le temps d'écrire quelques pages pour elle, afin qu'elle les lise un jour, et qu'elle pleure dans quinze ans pour aujourd'hui.

Oui, il faut qu'elle sache par moi mon histoire, et pourquoi le nom que je lui laisse est sanglant.

XLVII

MON HISTOIRE.

Note de l'Éditeur. — On n'a pu encore retrouver les feuillets qui se rattachaient à celui-ci. Peut-être, comme ceux qui suivent semblent l'indiquer, le condamné n'a-t-il pas eu le temps de les écrire. Il était tard quand cette pensée lui est venue.

XLVIII

D'une chambre de l'Hôtel de Ville.

De l'Hôtel de Ville!..... — Ainsi j'y suis. Le trajet exécrable est fait. La place est là, et au-dessous de la fenêtre l'horrible peuple qui aboie, et m'attend, et rit.

J'ai eu beau me roidir, beau me crisper, le cœur m'a failli. Quand j'ai vu au-dessus des têtes ces deux bras rouges avec leur triangle noir au bout, dressés entre les deux lanternes du quai, le cœur m'a failli. J'ai demandé à faire une dernière déclaration. On m'a déposé ici, et l'on est allé chercher quelque procureur du roi. Je l'attends, c'est toujours cela de gagné.

Voici :

Trois heures sonnaient, on est venu m'avertir qu'il était temps. J'ai tremblé, comme si j'eusse pensé à autre chose depuis six heures, depuis six semaines, depuis six mois. Cela m'a fait l'effet de quelque chose d'inattendu.

Ils m'ont fait traverser leurs corridors et descendre leurs escaliers. Ils m'ont poussé entre deux guichets de rez-de-chaussée, salle sombre, étroite, voûtée, à peine éclairée d'un jour de pluie et de brouillard. Une chaise était au milieu. Ils m'ont dit de m'asseoir; je me suis assis.

Il y avait près de la porte et le long des murs quelques personnes debout, outre le prêtre et les gendarmes, et il y avait aussi trois hommes.

Le premier, le plus grand, le plus vieux, était gras et avait la face rouge. Il portait une redingote et un chapeau à trois cornes déformé. C'était lui.

C'était le bourreau, le valet de la guillotine. Les deux autres étaient ses valets, à lui.

A peine assis, les deux autres se sont approchés de moi, par derrière, comme des chats; puis tout à coup j'ai senti un froid d'acier dans mes cheveux, et les ciseaux ont grincé à mes oreilles.

Mes cheveux, coupés au hasard, tombaient par mèches sur mes épaules, et l'homme en chapeau à trois cornes les époussetait doucement avec sa grosse main.

Autour, on parlait à voix basse.

Il y avait un grand bruit au dehors, comme un frémissement qui ondulait dans l'air. J'ai cru d'abord que c'était la rivière, mais, à des rires qui éclataient, j'ai reconnu que c'était la foule.

Un jeune homme, près de la fenêtre, qui écrivait, avec un crayon, sur un portefeuille, a demandé à un des guichetiers comment s'appelait ce qu'on faisait là. — La toilette du condamné, a répondu l'autre.

J'ai compris que cela serait demain dans le journal.

Tout à coup l'un des valets m'a enlevé ma veste, et l'autre a pris mes deux mains qui pendaient, les a ramenées derrière mon dos, et j'ai senti les nœuds d'une corde se rouler lentement autour de mes poignets rapprochés. En même temps, l'autre détachait ma cravate. Ma chemise de batiste, seul lambeau qui me restât d'autrefois, l'a fait en quelque sorte hésiter un moment, puis il s'est mis à en couper le col.

A cette précaution horrible, au saisissement de l'acier qui touchait mon cou, mes coudes ont tressailli, et j'ai laissé échapper un rugissement étouffé; la main de l'exécuteur a tremblé. — Monsieur, m'a-t-il dit, pardon! Est-ce que je vous ai fait mal? — Ces bourreaux sont des hommes très-doux.

La foule hurlait plus haut au dehors.

Le gros homme au visage bourgeonné m'a offert à respirer un mouchoir imbibé de vinaigre. — Merci, lui ai-je dit de la voix la plus forte que j'ai pu, c'est inutile; je me me trouve bien.

Alors l'un d'eux s'est baissé et m'a lié les deux pieds, au moyen d'une corde fine et lâche, qui ne me laissait à faire que de petits pas. Cette corde est venue se rattacher à celle de mes mains.

Puis le gros homme a jeté la veste sur mon dos, et a noué les manches ensemble sous mon menton. Ce qu'il y avait à faire là était fait.

Alors le prêtre s'est approché avec son crucifix. — Allons, mon fils! m'a-t-il dit.

Les valets m'ont pris sous les aisselles; je me suis levé, j'ai marché; mes pas étaient mous et fléchissaient comme si j'avais eu deux genoux à chaque jambe.

En ce moment la porte extérieure s'est ouverte à deux battants. Une clameur furieuse, et l'air froid, et la lumière blanche, ont fait irruption jusqu'à moi dans l'ombre. Du fond du sombre guichet, j'ai vu brusquement tout à la fois, à travers la pluie, les mille têtes hurlantes du peuple entassées pêle-mêle sur la rampe du grand escalier du Palais; à droite, de plain-pied avec le seuil, un rang de chevaux de gendarmes, dont la porte basse ne me découvrait que les pieds de devant et les poitrails; en face, un détachement de soldats en bataille; à gauche, l'arrière d'une charrette, auquel s'appuyait une roide échelle. Tableau hideux, bien encadré dans une porte de prison.

C'est pour ce moment redouté que j'avais gardé mon courage. J'ai fait trois pas, et j'ai paru sur le seuil du guichet.

— Le voilà! le voilà! a crié la foule. Il sort, enfin! Et les plus près de moi battaient des mains. Si fort qu'on aime un roi, ce serait moins de fête.

C'était une charrette ordinaire, avec un cheval étique, et un charretier en sarrau bleu à dessins rouges, comme ceux des maraîchers des environs de Bicêtre.

Le gros homme en chapeau à trois cornes est monté le

premier. — Bonjour, monsieur Samson! criaient les enfants pendus à des grilles. Un valet l'a suivi. — Bravo, Mardi! ont crié de nouveau les enfants. Ils se sont assis tous deux sur la banquette de devant.

C'était mon tour : j'ai monté d'une allure assez ferme. — Il va bien, a dit une femme à côté des gendarmes. Cet atroce éloge m'a donné du courage. Le prêtre est venu se placer auprès de moi. On m'avait assis sur la banquette de derrière, le dos tourné au cheval. J'ai frémi de cette dernière attention.

Ils mettent de l'humanité là-dedans.

J'ai voulu regarder autour de moi : gendarmes devant, gendarmes derrière; puis de la foule, de la foule et de la foule : une mer de têtes sur la place.

Un piquet de gendarmerie à cheval m'attendait à la porte de la grille du Palais.

L'officier a donné l'ordre. La charrette et son cortége se sont mis en mouvement, comme poussés en avant par un hurlement de la populace.

On a franchi la grille. Au moment où la charrette a tourné vers le pont au Change, la place a éclaté en bruits, du pavé aux toits, et les ponts et les quais ont répondu à faire un tremblement de terre.

C'est là que le piquet qui attendait s'est rallié à l'escorte.

— Chapeaux bas! chapeaux bas! criaient mille bouches ensemble. — Comme pour le roi.

Alors j'ai ri horriblement aussi, moi, et j'ai dit au prêtre : — Eux les chapeaux, moi la tête.

On allait au pas.

Le quai aux Fleurs embaumait; c'est jour de marché. Les marchandes ont quitté leurs bouquets pour moi.

Vis-à-vis, un peu avant la tour carrée qui fait le coin du Palais, il y a des cabarets dont les entresols étaient pleins de spectateurs heureux de leurs belles places, surtout des femmes. La journée doit être bonne pour les cabaretiers.

On louait des tables, des chaises, des échafaudages, des charrettes. Tout pliait de spectateurs. Des marchands de sang humain criaient à tue-tête : — Qui veut des places? Une rage m'a pris contre ce peuple. J'ai eu envie de leur crier : Qui veut la mienne?

Cependant la charrette avançait. A chaque pas qu'elle faisait, la foule se démolissait derrière elle, et je la voyais de mes yeux égarés qui s'allait reformer plus loin sur d'autres points de mon passage.

En entrant sur le pont au Change, j'ai par hasard jeté les yeux à ma droite en arrière. Mon regard s'est arrêté sur l'autre quai, au-dessus des maisons, à une tour noire, isolée, hérissée de sculptures, au sommet de laquelle je voyais deux monstres de pierre assis de profil. Je ne sais pourquoi j'ai demandé au prêtre ce que c'était que cette tour. — Saint-Jacques-la-Boucherie, a répondu le bourreau.

J'ignore comment cela se faisait, dans la brume et malgré la pluie fine et blanche qui rayait l'air comme un réseau de fils d'araignée, rien de ce qui se passait autour de moi ne m'a échappé. Chacun de ces détails m'apportait sa torture. Les mots manquent aux émotions.

Vers le milieu de ce pont au Change, si large et si encombré que nous cheminions à grand'peine, l'horreur m'a pris violemment. J'ai craint de défaillir : dernière vanité! Alors je me suis étourdi moi-même pour être aveugle et pour être sourd à tout, excepté au prêtre, dont j'entendais à peine les paroles, entrecoupées de rumeurs.

J'ai pris le crucifix et je l'ai baisé. — Ayez pitié de moi, ai-je dit, ô mon Dieu! et j'ai tâché de m'abîmer dans cette pensée.

Mais chaque cahot de la dure charrette me secouait. Puis tout à coup je me suis senti un grand froid. La pluie avait traversé mes vêtements, et mouillait la peau de ma tête à travers mes cheveux coupés et courts. — Vous tremblez de froid, mon fils? m'a demandé le prêtre. — Oui, ai-je répondu. Hélas! pas seulement de froid.

Au détour du pont, des femmes m'ont plaint d'être si jeune.

Nous avons pris le fatal quai. Je commençais à ne plus voir, à ne plus entendre. Toutes ces voix, toutes ces têtes aux fenêtres, aux portes, aux grilles des boutiques, aux branches des lanternes, ces spectateurs avides et cruels; cette foule où tous me connaissent et où je ne connais personne; cette route pavée et murée de visages humains... J'étais ivre, stupide, insensé. C'est une chose insupportable que le poids de tant de regards appuyés sur vous.

Je vacillais donc sur le banc, ne prêtant même plus d'attention au prêtre et au crucifix.

Dans le tumulte qui m'enveloppait, je ne distinguais plus les cris de pitié des cris de joie, les rires des plaintes, les voix du bruit; tout cela était une rumeur qui résonnait dans ma tête comme dans un écho de cuivre.

Mes yeux lisaient machinalement les enseignes des boutiques.

Une fois l'étrange curiosité me prit de tourner la tête et de regarder vers quoi j'avançais. C'était une dernière bravade de l'intelligence; mais le corps ne voulut pas, ma nuque resta paralysée, et d'avance comme morte.

J'entrevis seulement de côté, à ma gauche, au delà de la rivière, la tour de Notre-Dame, qui, vue de là, cache l'autre. C'est celle où est le drapeau. Il y avait beaucoup de monde, et qui devait bien voir.

Et la charrette allait, allait, et les boutiques passaient, et les enseignes se succédaient, écrites, peintes, dorées, et la populace riait et trépignait dans la boue, et je me laissais aller, comme à leurs rêves ceux qui sont endormis.

Tout à coup la série des boutiques qui occupait mes yeux s'est coupée à l'angle d'une place; la voix de la foule est devenue plus vaste, plus glapissante, plus joyeuse encore; la charrette s'est arrêtée subitement, et j'ai failli tomber la face sur les planches. Le prêtre m'a soutenu. — Courage! a-t-il murmuré. Alors on a apporté une échelle à l'arrière de la charrette; il m'a donné le bras, je suis descendu, puis j'ai fait un pas, puis je me suis retourné pour en faire un autre, et je n'ai pu. Entre les deux lanternes du quai j'avais vu une chose sinistre.

Oh! c'était la réalité!

Je me suis arrêté, comme chancelant déjà d'un coup.

— J'ai une dernière déclaration à faire! ai-je crié faiblement.

On m'a monté ici.

J'ai demandé qu'on me laissât écrire mes dernières volontés. Ils m'ont délié les mains, mais la corde est ici toute prête, et le reste est en bas.

XLIX

Un juge, un commissaire, un magistrat, je ne sais de quelle espèce, vient de venir. Je lui ai demandé ma grâce en joignant les deux mains et en me traînant sur les deux genoux. Il m'a répondu, en souriant fatalement, si c'est là tout ce que j'avais à lui dire.

—Ma grâce! ma grâce! ai-je répété, ou, par pitié, cinq minutes encore!

Qui sait? elle viendra peut-être! cela est si horrible à mon âge, de mourir ainsi! Des grâces qui arrivent au dernier moment, on l'a vu souvent. Et à qui fera-t-on grâce, monsieur, si ce n'est à moi?

Cet exécrable bourreau! il s'est approché du juge pour lui dire que l'exécution devait être faite à une certaine heure, que cette heure approchait, qu'il était responsable; que d'ailleurs il pleut, et que cela risque de se rouiller.

— Eh! par pitié! une minute pour attendre ma grâce! ou je me défends, je mords!

Le juge et le bourreau sont sortis. Je suis seul. — Seul avec deux gendarmes.

Oh! l'horrible peuple avec ses cris d'hyène!

— Qui sait si je ne lui échapperai pas? si je ne serai pas sauvé? si ma grâce... Il est impossible qu'on ne me fasse pas grâce.

Ah! les misérables! il me semble qu'on monte l'escalier...

QUATRE HEURES.

FIN DU DERNIER JOUR D'UN CONDAMNÉ.

Claude Gueux.

CLAUDE GUEUX *

Il y a sept ou huit ans, un homme nommé Claude Gueux, pauvre ouvrier, vivait à Paris. Il avait avec lui une fille qui était sa maitresse, et un enfant de cette fille. Je dis les choses comme elles sont, laissant le lecteur ramasser les moralités à mesure que les faits les sèment sur leur chemin. L'ouvrier était capable, habile, intelligent, fort maltraité par l'éducation, fort bien traité par la nature, ne sachant pas lire et sachant penser. Un hiver, l'ouvrage manqua. Pas de feu ni de pain dans le galetas. L'homme, la fille et l'enfant eurent froid et faim. L'homme vola. Je ne

* *Note des Editeurs.* — La lettre ci-dessous, dont l'original est déposé aux bureaux de la *Revue de Paris*, fait trop d'honneur à son auteur pour que nous ne la reproduisions pas ici Elle est désormais liée à toutes les réimpressions de *Claude Gueux*.

Dunkerque, le 30 juillet 1834.

Monsieur le directeur de la *Revue de Paris*.

Claude Gueux, de Victor Hugo, par vous inséré dans votre livraison du 6 courant, est une grande leçon ; aidez-moi, je vous prie, à la faire profiter.

Rendez-moi, je vous prie, le service d'en faire tirer à mes frais autant d'exemplaires qu'il y a de députés en France, et de les leur adresser individuellement et bien exactement.

J'ai l'honneur de vous saluer.

CHARLES CARLIER, *négociant.*

Monsieur D.

sais ce qu'il vola, je ne sais où il vola. Ce que je sais, c'est que de ce vol il résulta trois jours de pain et de feu pour la femme et pour l'enfant, et cinq ans de prison pour l'homme.

L'homme fut envoyé faire son temps à la maison centrale de Clairvaux. Clairvaux, abbaye dont on a fait une bastille, cellule dont on a fait un cabanon, autel dont on a fait un pilori. Quand nous parlons de progrès, c'est ainsi que certaines gens le comprennent et l'exécutent. Voilà la chose qu'ils mettent sous notre mot.

Poursuivons :

Arrivé là, on le mit dans un cachot pour la nuit, et dans un atelier pour le jour. Ce n'est pas l'atelier que je blâme.

Claude Gueux, honnête ouvrier naguère, voleur désormais, était une figure digne et grave. Il avait le front haut, déjà ridé, quoique jeune encore, quelques cheveux gris perdus dans les touffes noires, l'œil doux et fort puissamment enfoncé sous une arcade sourcilière bien modelée, les narines ouvertes, le menton avancé, la lèvre dédaigneuse. C'était une belle tête. On va voir ce que la société en a fait.

Il avait la parole rare, le geste peu fréquent, quelque chose d'impérieux dans toute sa personne et qui faisait obéir, l'air pensif, sérieux plutôt que souffrant. Il avait pourtant bien souffert.

Dans le dépôt où Claude Gueux était enfermé, il y avait un directeur des ateliers, espèce de fonctionnaire propre aux prisons, qui tient tout ensemble du guichetier et du marchand, qui fait en même temps une commande à l'ouvrier et une menace au prisonnier, qui vous met l'outil aux mains et les fers aux pieds. Celui-là était lui-même une variété de l'espèce, un homme bref, tyrannique, obéissant à ses idées, toujours à courte bride sur son autorité; d'ailleurs, dans l'occasion, bon compagnon, bon prince, jovial même et raillant avec grâce; dur plutôt que ferme; ne raisonnant avec personne, pas même avec lui; bon père, bon mari sans doute, ce qui est devoir et non vertu; en un mot, pas méchant, mauvais. C'était un de ces hommes qui n'ont rien de vibrant ni d'élastique, qui sont composés de molécules inertes, qui ne résonnent au choc d'aucune idée, au contact d'aucun sentiment, qui ont des colères glacées, des haines mornes, des emportements sans émotion, qui prennent feu sans s'échauffer, dont la capacité de calorique est nulle, et qu'on dirait souvent faits de bois : ils flambent par un bout et sont froids par l'autre. La ligne principale, la ligne diagonale du caractère de cet homme, c'était la ténacité. Il était fier d'être tenace, et se comparait à Napoléon. Ceci n'est qu'une illusion d'optique. Il y a nombre de gens qui en sont dupes et qui, à certaine distance, prennent la ténacité pour de la volonté, et une chandelle pour une étoile. Quand cet homme donc avait une fois ajusté ce qu'il appelait *sa volonté* à une chose absurde, il allait tête haute et à travers toute broussaille jusqu'au bout de la chose absurde. L'entêtement sans l'intelligence, c'est la sottise soudée au bout de la bêtise et lui servant de rallonge. Cela va loin. En général, quand une catastrophe privée ou publique s'est écroulée sur nous, si nous examinons, d'après les décombres qui en gisent à terre, de quelle façon elle s'est échafaudée, nous trouvons presque toujours qu'elle a été aveuglément construite par un homme médiocre et obstiné qui avait foi en lui et qui s'admirait. Il y a par le monde beaucoup de ces petites fatalités têtues qui se croient des providences.

Voilà donc ce que c'était que le directeur des ateliers de la prison centrale de Clairvaux. Voilà de quoi était fait le briquet avec lequel la société frappait chaque jour sur les prisonniers pour en tirer des étincelles.

L'étincelle que de pareils briquets arrachent à de pareils cailloux allume souvent des incendies.

Nous avons dit qu'une fois arrivé à Clairvaux Claude Gueux fut numéroté dans un atelier et rivé à une besogne. Le directeur de l'atelier fit connaissance avec lui, le reconnut bon ouvrier, et le traita bien. Il paraît même qu'un jour, étant de bonne humeur, et voyant Claude Gueux fort triste, car cet homme pensait toujours à celle qu'il appelait *sa femme*, il lui conta, par manière de jovialité et de passe-temps, et aussi pour le consoler, que cette malheureuse s'était faite fille publique. Claude demanda froidement ce qu'était devenu l'enfant. On ne savait.

Au bout de quelques mois, Claude s'acclimata à l'air de la prison et parut ne plus songer à rien. Une certaine sérénité sévère, propre à son caractère, avait repris le dessus.

Au bout du même espace de temps à peu près, Claude avait acquis un ascendant singulier sur tous ses compagnons. Comme par une sorte de convention tacite, et sans que personne sût pourquoi, pas même lui, tous ces hommes le consultaient, l'écoutaient, l'admiraient et l'imitaient, ce qui est le dernier degré ascendant de l'admiration. Ce n'était pas une médiocre gloire d'être obéi par toutes ces natures désobéissantes. Cet empire lui était venu sans qu'il y songeât. Cela tenait au regard qu'il avait dans les yeux. L'œil de l'homme est une fenêtre par laquelle on voit les pensées qui vont et viennent dans sa tête.

Mettez un homme qui contient des idées parmi des hommes qui n'en contiennent pas, au bout d'un temps donné, et par une loi d'attraction irrésistible, tous les cerveaux ténébreux graviteront humblement et avec adoration autour du cerveau rayonnant. Il y a des hommes qui sont fer et des hommes qui sont aimant. Claude était aimant.

En moins de trois mois donc, Claude était devenu l'âme, la loi et l'ordre de l'atelier. Toutes ces aiguilles tournaient sur son cadran. Il devait douter lui-même par moments s'il était roi ou prisonnier. C'était une sorte de pape captif avec ses cardinaux.

Et, par une réaction toute naturelle, dont l'effet s'accomplit sur toutes les échelles, aimé des prisonniers, il était détesté des geôliers. Cela est toujours ainsi. La popularité ne va jamais sans la défaveur. L'amour des esclaves est toujours doublé de la haine des maîtres.

Claude Gueux était grand mangeur. C'était une particularité de son organisation. Il avait l'estomac fait de telle sorte, que la nourriture de deux hommes ordinaires suffisait à peine à sa journée. M. de Cotadilla avait un de ces appétits-là, et en riait; mais ce qui est une occasion de gaieté pour un duc, grand d'Espagne, qui a cinq cent mille moutons, est une charge pour un ouvrier et un malheur pour un prisonnier.

Claude Gueux, libre dans son grenier, travaillait tout le jour, gagnait son pain de quatre livres et le mangeait. Claude Gueux, en prison, travaillait tout le jour et recevait invariablement pour sa peine une livre et demie de pain et quatre onces de viande. La ration est inexorable. Claude avait donc habituellement faim dans la prison de Clairvaux.

Il avait faim, et c'était tout. Il n'en parlait pas. C'était sa nature ainsi.

Un jour, Claude venait de dévorer sa maigre pitance, et s'était remis à son métier croyant tromper la faim par le travail. Les autres prisonniers mangeaient joyeusement. Un jeune homme, pâle, blanc, faible, vint se placer près de lui. Il tenait à la main sa ration, à laquelle il n'avait pas encore touché, et un couteau. Il restait là debout, près de Claude, ayant l'air de vouloir parler et de ne pas oser. Cet homme, et son pain, et sa viande, importunaient Claude. — Que veux-tu? dit-il enfin brusquement. — Que tu me rendes un service, dit timidement le jeune homme. — Quoi? reprit Claude. — Que tu m'aides à manger cela. J'en ai trop. Une larme roula dans l'œil hautain de Claude. Il prit le couteau, partagea la ration du jeune homme en deux parts égales, en prit une, et se mit à manger. — Merci, dit le jeune homme. — Si tu veux, nous partagerons comme cela tous les jours. — Comment t'appelles-tu? dit Claude Gueux. — Albin. — Pourquoi es-tu ici? reprit Claude. — J'ai volé. — Et moi aussi, dit Claude.

Ils partagèrent en effet de la sorte tous les jours. Claude Gueux avait trente-six ans, et par moments il en paraissait cinquante, tant sa pensée habituelle était sévère. Albin avait vingt ans, on lui en eût donné dix-sept, tant il y avait encore d'innocence dans le regard de ce voleur. Une étroite amitié se noua entre ces deux hommes, amitié de père à fils plutôt que de frère à frère. Albin était encore presque un enfant; Claude était déjà presque un vieillard.

Ils travaillaient dans le même atelier, ils couchaient sous la même clef de voûte, ils se promenaient dans le même préau, ils mordaient au même pain. Chacun des deux amis était l'univers pour l'autre. Il paraît qu'ils étaient heureux.

Nous avons déjà parlé du directeur des ateliers. Cet homme, haï des prisonniers, était souvent obligé, pour se faire obéir d'eux, d'avoir recours à Claude Gueux, qui en était aimé. Dans plus d'une occasion, lorsqu'il s'était agi d'empêcher une rébellion ou un tumulte, l'autorité sans titre de Claude Gueux avait prêté main-forte à l'autorité officielle du directeur. En effet, pour contenir les prisonniers, dix paroles de Claude valaient dix gendarmes. Claude avait maintes fois rendu ce service au directeur. Aussi le directeur le détestait-il cordialement. Il était jaloux de ce voleur. Il avait au fond du cœur une haine secrète, envieuse, implacable, contre Claude, une haine de souverain de droit à souverain de fait, de pouvoir temporel à pouvoir spirituel.

Ces haines-là sont les pires.

Claude aimait beaucoup Albin, et ne songeait pas au directeur.

Un jour, un matin, au moment où les porte-clefs transvasaient les prisonniers deux à deux du dortoir dans l'atelier, un guichetier appela Albin, qui était à côté de Claude, et le prévint que le directeur le demandait. — Que te veut-on? dit Claude. — Je ne sais pas, dit Albin. Le guichetier emmena Albin.

La matinée se passa, Albin ne revint pas à l'atelier. Quand arriva l'heure du repas, Claude pensa qu'il retrouverait Albin au préau. Albin n'était pas au préau. On rentra dans l'atelier, Albin ne reparut pas dans l'atelier. La journée s'écoula ainsi. Le soir, quand on ramena les prisonniers dans leur dortoir, Claude y chercha des yeux Albin, et ne le vit pas. Il paraît qu'il souffrait beaucoup dans ce moment-là, car il adressa la parole à un guichetier, ce qu'il ne faisait jamais : — Est-ce qu'Albin est malade? dit-il. — Non, répondit le guichetier. — D'où vient donc, reprit Claude, qu'il n'a pas reparu aujourd'hui? — Ah! dit négligemment le porte-clefs, c'est qu'on l'a changé de quartier. — Les témoins qui ont déposé de ces faits plus tard remarquèrent qu'à cette réponse du guichetier la main de Claude, qui portait une chandelle allumée, trembla légèrement. Il reprit avec calme : — Qui a donné cet ordre-là? — Le guichetier répondit : — Monsieur D.

Le directeur des ateliers s'appelait monsieur D.

La journée du lendemain se passa comme la journée précédente, sans Albin.

Le soir, à l'heure de la clôture des travaux, le directeur, monsieur D., vint faire sa ronde habituelle dans l'atelier. Du plus loin que Claude le vit, il ôta son bonnet de grosse laine, il boutonna sa veste grise, triste livrée de Clairvaux, car il est de principe dans les prisons qu'une veste respectueusement boutonnée prévient favorablement les supérieurs, et il se tint debout et son bonnet à la main à l'entrée de son banc, attendant le passage du directeur. Le directeur passa. — Monsieur! dit Claude. — Le directeur s'arrêta et se détourna à demi. — Monsieur, reprit Claude, est-ce que c'est vrai qu'on a changé Albin de quartier? — Oui, répondit le directeur. — Monsieur, poursuivit Claude, j'ai besoin d'Albin pour vivre. — Il ajouta : — Vous savez que je n'ai pas assez de quoi manger avec la ration de la maison, et qu'Albin partageait son pain avec moi. — C'était son affaire, dit le directeur. — Monsieur, est-ce qu'il n'y aurait pas moyen de faire remettre Albin dans le même quartier que moi? — Impossible. Il y a décision prise. — Par qui? — Par moi. — Monsieur D., reprit Claude, c'est la vie ou la mort pour moi, et cela dépend de vous. — Je ne reviens jamais sur mes décisions. — Monsieur, est-ce que je vous ai fait quelque chose? — Rien. — En ce cas, dit Claude, pourquoi me séparez-vous d'Albin? — Parce que, dit le directeur.

Cette explication donnée, le directeur passa outre.

Claude baissa la tête et ne répliqua pas. Pauvre lion en cage à qui l'on ôtait son chien!

Nous sommes forcé de dire que le chagrin de cette séparation n'altéra en rien la voracité en quelque sorte maladive du prisonnier. Rien d'ailleurs ne parut sensiblement changé en lui. Il ne parlait d'Albin à aucun de ses camarades. Il se promenait seul dans le préau aux heures de récréation, et il avait faim. Rien de plus.

Cependant ceux qui le connaissaient bien remarquaient quelque chose de sinistre et de sombre qui s'épaississait chaque jour de plus en plus sur son visage. Du reste, il était plus doux que jamais.

Plusieurs voulurent partager leur ration avec lui : il refusa en souriant.

Tous les soirs, depuis l'explication que lui avait donnée le directeur, il faisait une espèce de chose folle qui étonnait de la part d'un homme aussi sérieux. Au moment où le directeur, ramené à heure fixe par sa tournée habituelle, passait devant le métier de Claude, Claude levait les yeux et le regardait fixement; puis il lui adressait d'un ton plein d'angoisse et de colère, qui tenait à la fois de la prière et de la menace, ces deux mots seulement : ***Et Albin?*** Le directeur faisait semblant de ne pas entendre ou s'éloignait en haussant les épaules.

Cet homme avait tort de hausser les épaules, car il était évident pour tous les spectateurs de ces scènes étranges que Claude Gueux était intérieurement déterminé à quelque chose. Toute la prison attendait avec anxiété quel serait le résultat de cette lutte entre une ténacité et une résolution.

Il a été constaté qu'une fois entre autres Claude dit au directeur : — Ecoutez, monsieur, rendez-moi mon camarade. Vous ferez bien, je vous assure. Remarquez que je vous dis cela.

Une autre fois, un dimanche, comme il se tenait dans le préau, assis sur une pierre, les coudes sur les genoux et son front dans ses mains, immobile depuis plusieurs heures dans la même attitude, le condamné Faillette s'approcha de lui, et lui cria en riant : — Que diable fais-tu donc là, Claude? — Claude leva lentement sa tête sévère, et dit : — ***Je juge quelqu'un.***

Un soir enfin, le 25 octobre 1831, au moment où le directeur faisait sa ronde, Claude brisa sous son pied avec bruit un verre de montre qu'il avait trouvé le matin dans un corridor. Le directeur demanda d'où venait ce bruit. — Ce n'est rien, dit Claude, c'est moi. Monsieur le directeur, rendez-moi mon camarade. — Impossible, dit le maître. — Il le faut pourtant, dit Claude d'une voix basse et ferme; et, regardant le directeur en face, il ajouta : — Réfléchissez. Nous sommes aujourd'hui le 25 octobre. Je vous donne jusqu'au 4 novembre.

Un guichetier fit remarquer à monsieur D. que Claude le menaçait, et que c'était un cas de cachot. — Non, point de cachot, dit le directeur avec un sourire dédaigneux; il faut être bon avec ces gens-là!

Le lendemain, le condamné Pernot aborda Claude, qui se promenait seul et pensif, laissant les autres prisonniers s'ébattre dans un petit carré de soleil à l'autre bout de la cour. — Eh bien! Claude, à quoi songes-tu? tu parais triste. — ***Je crains***, dit Claude, ***qu'il n'arrive bientôt quelque malheur à ce bon monsieur D.***

Il y a neuf jours pleins du 25 octobre au 4 novembre. Claude n'en laissa pas passer un sans avertir gravement le directeur de l'état de plus en plus douloureux où le mettait la disparition d'Albin. Le directeur, fatigué, lui infligea une fois vingt-quatre heures de cachot, parce que la prière ressemblait trop à une sommation. Voilà tout ce que Claude obtint.

Le 4 novembre arriva. Ce jour-là, Claude s'éveilla avec un visage serein qu'on ne lui avait pas encore vu depuis le jour où la *décision* de monsieur D. l'avait séparé de son ami. En se levant, il fouilla dans une espèce de caisse de bois blanc qui était au pied de son lit, et qui contenait ses quelques guenilles. Il en tira une paire de ciseaux de couturière. C'était, avec un volume dépareillé de l'***Emile***, la seule chose qui lui restât de la femme qu'il avait aimée, de la mère de son enfant, de son heureux petit ménage d'autrefois. Deux meubles bien inutiles pour Claude; les ciseaux ne pouvaient servir qu'à une femme, le livre qu'à un lettré. Claude ne savait ni coudre ni lire.

Au moment où il traversait le vieux cloître déshonoré et blanchi à la chaux qui sert de promenoir l'hiver, il s'approcha du condamné Ferrari, qui regardait avec attention les énormes barreaux d'une croisée. Claude tenait à la main la petite paire de ciseaux; il la montra à Ferrari en disant : — Ce soir je couperai ces barreaux-ci avec ces ciseaux-là.

Ferrari, incrédule, se mit à rire, et Claude aussi.

Ce matin-là, il travailla avec plus d'ardeur qu'à l'ordinaire; jamais il n'avait fait si vite et si bien. Il parut attacher un certain prix à terminer dans la matinée un chapeau de paille que lui avait payé d'avance un honnête bourgeois de Troyes, M. Bressier.

Un peu avant midi, il descendit sous un prétexte à l'atelier des menuisiers, situé au rez-de-chaussée, au-dessous de l'étage où il travaillait. Claude était aimé là comme ailleurs, mais il y entrait rarement. Aussi : — Tiens! voilà Claude! — On l'entoura. Ce fut une fête. Claude jeta un coup d'œil rapide dans la salle. Pas un des surveillants n'y était. — Qui est-ce qui a une hache à me prêter? dit-il. — Pourquoi faire? lui demanda-t-on. — Il répondit : — C'est pour tuer ce soir le directeur des ateliers. — On lui présenta plusieurs haches à choisir. Il prit la plus petite, qui était fort tranchante, la cacha dans son pantalon, et sortit. Il y avait là vingt-sept prisonniers. Il ne leur avait pas recommandé le secret. Tous le gardèrent.

Ils ne causèrent même pas de la chose entre eux.

Chacun attendit de son côté ce qui arriverait. L'affaire était terrible, droite et simple. Pas de complication possible. Claude ne pouvait être ni conseillé ni dénoncé.

Une heure après, il aborda un jeune condamné de seize ans qui bâillait dans le promenoir, et lui conseilla d'apprendre à lire. En ce moment, le détenu Faillette accosta Claude, et lui demanda ce que diable il cachait là dans son pantalon. Claude dit : — C'est une hache pour tuer monsieur D. ce soir. — Il ajouta : — Est-ce que cela se voit? — Un peu, dit Faillette.

Le reste de la journée fut à l'ordinaire. A sept heures du soir, on renferma les prisonniers, chaque section dans l'atelier qui lui était assigné; et les surveillants sortirent des salles de travail, comme il paraît que c'est l'habitude, pour ne rentrer qu'après la ronde du directeur.

Claude Gueux fut donc verrouillé comme les autres dans son atelier avec ses compagnons de métier.

Alors il se passa dans cet atelier une scène extraordinaire, une scène qui n'est ni sans majesté ni sans terreur, la seule de ce genre qu'aucune histoire puisse raconter.

Il y avait là, ainsi que l'a constaté l'instruction judiciaire qui a eu lieu depuis, quatre-vingt-deux voleurs, y compris Claude.

Une fois que les surveillants les eurent laissés seuls, Claude se leva debout sur son banc, et annonça à toute la chambrée qu'il avait quelque chose à dire. On fit silence.

Alors Claude haussa la voix et dit : — Vous savez tous qu'Albin était mon frère. Je n'ai pas assez de ce qu'on me donne ici pour manger. Même en n'achetant que du pain avec le peu que je gagne, cela ne suffirait pas. Albin partageait sa ration avec moi ; je l'ai aimé d'abord parce qu'il m'a nourri, ensuite parce qu'il m'a aimé. Le directeur, monsieur D., nous a séparés, cela ne lui faisait rien que nous fussions ensemble; mais c'est un méchant homme, qui jouit de tourmenter. Je lui ai redemandé Albin. Vous avez vu, il n'a pas voulu. Je lui ai donné jusqu'au 4 novembre pour me rendre Albin. Il m'a fait mettre au cachot pour avoir dit cela. Moi, pendant ce temps-là je l'ai jugé et je l'ai condamné à mort (1), nous sommes au 4 novembre. Il viendra dans deux heures faire sa tournée. Je vous préviens que je vais le tuer. Avez-vous quelque chose à dire à cela ?

Tous gardèrent le silence.

Claude reprit. Il parla, à ce qu'il parait, avec une éloquence singulière, qui d'ailleurs lui était naturelle. Il déclara qu'il savait bien qu'il allait faire une action violente, mais qu'il ne croyait pas avoir tort. Il attesta la conscience des quatre-vingt-un voleurs qui l'écoutaient :

Qu'il était dans une rude extrémité ;

Que la nécessité de se faire justice soi-même était un cul-de-sac où l'on se trouvait engagé quelquefois;

Qu'à la vérité il ne pouvait prendre la vie du directeur sans donner la sienne propre, mais qu'il trouvait bon de donner sa vie pour une chose juste ;

Qu'il avait mûrement réfléchi, et à cela seulement, depuis deux mois ;

Qu'il croyait bien ne pas se laisser entraîner par le ressentiment, mais que, dans le cas que cela serait, il suppliait qu'on l'en avertît;

Qu'il soumettait honnêtement ses raisons aux hommes justes qui l'écoutaient;

Qu'il allait donc tuer monsieur D., mais que, si quelqu'un avait une objection à lui faire, il était prêt à l'écouter.

Une voix seulement s'éleva, et dit qu'avant de tuer le directeur, Claude devait essayer une dernière fois de lui parler et de le fléchir.

— C'est juste! dit Claude, et je le ferai.

Huit heures sonnèrent à la grande horloge. Le directeur devait venir à neuf heures.

Une fois que cette étrange cour de cassation eut en quelque sorte ratifié la sentence qu'il avait portée, Claude reprit toute sa sérénité. Il mit sur une table tout ce qu'il possédait en linge et en vêtements, la pauvre dépouille du prisonnier, et, appelant l'un après l'autre ceux de ses compagnons qu'il aimait le plus après Albin, il leur distribua tout. Il ne garda que la petite paire de ciseaux.

Puis il les embrassa tous. Quelques-uns pleuraient, il souriait à ceux-là.

Il y eut, dans cette heure dernière, des instants où il causa avec tant de tranquillité et même de gaieté, que plusieurs de ses camarades espéraient intérieurement, comme ils l'ont déclaré depuis, qu'il abandonnerait peut-être sa résolution. Il s'amusa même une fois à éteindre une des rares chandelles qui éclairaient l'atelier avec le souffle de sa narine, car il avait de mauvaises habitudes d'éducation qui dérangeaient sa dignité naturelle plus souvent qu'il n'aurait fallu. Rien ne pouvait faire que cet ancien gamin des rues n'eût point par moments l'odeur du ruisseau de Paris.

Il aperçut un jeune condamné qui était pâle, qui le regardait avec des yeux fixes, et qui tremblait, sans doute de l'attente de ce qu'il allait voir. — Allons, du courage, jeune homme ! lui dit Claude doucement, ce ne sera que l'affaire d'un instant.

Quand il eut distribué toutes ses hardes, fait tous ses adieux, serré toutes les mains, il interrompit quelques causeries inquiètes qui se faisaient çà et là dans les coins obscurs de l'atelier, et il commanda qu'on se remît au travail. Tous obéirent en silence.

L'atelier où ceci se passait était une salle oblongue, un long parallélogramme percé de fenêtres sur ses deux grands côtés, et de deux portes qui se regardaient à ses deux extrémités. Les métiers étaient rangés de chaque côté près des fenêtres, les bancs touchant le mur à angle droit, et l'espace resté libre entre les deux rangées de métiers formait une sorte de longue voie qui allait en ligne droite de l'une des deux portes à l'autre et traversait ainsi toute la salle. C'était cette longue voie, assez étroite, que le directeur avait à parcourir en faisant son inspection; il devait entrer par la porte sud et ressortir par la porte nord, après avoir regardé les travailleurs à droite et à gauche. D'ordinaire il faisait ce trajet assez rapidement et sans s'arrêter.

Claude s'était replacé lui-même à son banc, et il s'était remis au travail, comme Jacques Clément se fût remis à la prière.

Tous attendaient. Le moment approchait. Tout à coup on entendit un coup de cloche. Claude dit : C'est l'avant-quart. — Alors il se leva, traversa gravement une partie de la salle, et alla s'accouder sur l'angle du premier métier à gauche, tout à côté de la porte d'entrée. Son visage était parfaitement calme et bienveillant.

Neuf heures sonnèrent. La porte s'ouvrit. Le directeur entra.

En ce moment-là, il se fit dans l'atelier un silence de statues.

Le directeur était seul comme d'habitude.

Il entra avec sa figure joviale, satisfaite et inexorable, ne vit pas Claude qui était debout à gauche de la porte, la main droite cachée dans son pantalon, et passa rapidement devant les premiers métiers, hochant la tête, mâchant ses paroles, et jetant çà et là son regard banal, sans s'apercevoir que tous les yeux qui l'entouraient étaient fixés sur une idée terrible.

Tout à coup il se détourna brusquement, surpris d'entendre un pas derrière lui.

C'était Claude, qui le suivait en silence depuis quelques instants.

— Que fais-tu là, toi? dit le directeur; pourquoi n'es-tu pas à ta place?

Car un homme n'est plus un homme là, c'est un chien, on le tutoie.

Claude Gueux répondit respectueusement : — C'est que j'ai à vous parler, monsieur le directeur.

— De quoi?

— D'Albin.

— Encore! dit le directeur.

— Toujours! dit Claude.

— Ah çà ! reprit le directeur continuant de marcher, tu n'as donc pas eu assez de vingt-quatre heures de cachot?

(1) Textuel.

Claude répondit en continuant de le suivre : — Monsieur le directeur, rendez-moi mon camarade.

— Impossible !

— Monsieur le directeur, dit Claude avec une voix qui eût attendri le démon, je vous en supplie, remettez Albin avec moi, vous verrez comme je travaillerai bien. Vous qui êtes libre, cela vous est égal, vous ne savez pas ce que c'est qu'un ami; mais, moi, je n'ai que les quatre murs de la prison. Vous pouvez aller et venir, vous; moi je n'ai qu'Albin. Rendez-le-moi. Albin me nourrissait, vous le savez bien. Cela ne vous coûterait que la peine de dire oui. Qu'est-ce que cela vous fait qu'il y ait dans la la même salle un homme qui s'appelle Claude Gueux et un autre qui s'appelle Albin? Car ce n'est pas plus compliqué que cela. Monsieur le directeur, mon bon monsieur D., je vous supplie vraiment au nom du ciel !

Claude n'en avait peut-être jamais tant dit à la fois à un geôlier. Après cet effort, épuisé, il attendit. Le directeur répliqua avec un geste d'impatience : — Impossible. C'est dit. Voyons, ne m'en reparle plus. Tu m'ennuies.

Et, comme il était pressé, il doubla le pas. Claude aussi. En parlant ainsi, ils étaient arrivés tous deux près de la porte de sortie; les quatre-vingts voleurs regardaient et écoutaient, haletants.

Claude toucha doucement le bras du directeur. — Mais au moins que je sache pourquoi je suis condamné à mort. Dites-moi pourquoi vous l'avez séparé de moi.

— Je te l'ai déjà dit, répondit le directeur. Parce que.

Et, tournant le dos à Claude, il avança la main vers le loquet de la porte de sortie.

A la réponse du directeur, Claude avait reculé d'un pas. Les quatre-vingts statues qui étaient là virent sortir de son pantalon sa main droite avec la hache. Cette main se leva, et, avant que le directeur eût pu pousser un cri, trois coups de hache, chose affreuse à dire, assénés tous les trois dans la même entaille, lui avaient ouvert le crâne. Au moment où il tombait à la renverse, un quatrième coup lui balafra le visage; puis, comme une fureur lancée ne s'arrête pas court, Claude Gueux lui fendit la cuisse droite d'un cinquième coup inutile. Le directeur était mort.

Alors Claude jeta la hache et cria : *A l'autre maintenant!* L'autre, c'était lui. On le vit tirer de sa veste les petits ciseaux de « sa femme »; et, sans que personne songeât à l'en empêcher, il se les enfonça dans la poitrine. La lame était courte, la poitrine était profonde. Il y fouilla longtemps et à plus de vingt reprises en criant : « Cœur de damné, je ne te trouverai donc pas? » et enfin il tomba baigné dans son sang, évanoui sur le mort.

Lequel des deux était la victime de l'autre?

Quand Claude reprit connaissance, il était dans un lit, couvert de linges et de bandages, entouré de soins. Il avait auprès de son chevet de bonnes sœurs de charité, et de plus un juge d'instruction qui instrumentait et qui lui demanda avec beaucoup d'intérêt : *Comment vous trouvez-vous?*

Il avait perdu une grande quantité de sang, mais les ciseaux avec lesquels il avait eu la superstition touchante de se frapper avaient mal fait leur devoir, aucun des coups qu'il s'était portés n'était dangereux. Il n'y avait de mortelles pour lui que les blessures qu'il avait faites à monsieur D.

Les interrogatoires commencèrent. On lui demanda si c'était lui qui avait tué le directeur des ateliers de la prison de Clairvaux. Il répondit : *Oui*. On lui demanda pourquoi. Il répondit : *Parce que*.

Cependant, à un certain moment, ses plaies s'envenimèrent; il fut pris d'une fièvre mauvaise dont il faillit mourir.

Novembre, décembre, janvier et février, se passèrent en soins et en préparatifs; médecins et juges s'empressaient autour de Claude; les uns guérissaient ses blessures, les autres dressaient son échafaud.

Abrégeons. Le 16 mars 1832, il parut, étant parfaitement guéri, devant la cour d'assises de Troyes. Tout ce que la ville peut donner de foule était là.

Claude eut une bonne attitude devant la cour; il s'était fait raser avec soin, il avait la tête nue, il portait ce morne habit des prisonniers de Clairvaux, mi-parti de deux espèces de gris.

Le procureur du roi avait encombré la salle de toutes les baïonnettes de l'arrondissement, « afin, dit-il à l'audience, de contenir tous les scélérats qui devaient figurer comme témoins dans cette affaire. »

Lorsqu'il fallut entamer le débat, il se présenta une difficulté singulière. Aucun des témoins des événements du 4 novembre ne voulait déposer contre Claude. Le président les menaça de son pouvoir discrétionnaire. Ce fut en vain. Claude alors leur commanda de déposer. Toutes les langues se délièrent. Ils dirent ce qu'ils avaient vu.

Claude les écoutait tous avec une profonde attention. Quand l'un d'eux, par oubli ou par affection pour Claude, omettait des faits à la charge de l'accusé, Claude les rétablissait.

De témoignage en témoignage, la série des faits que nous venons de développer se déroula devant la cour.

Il y eut un moment où les femmes qui étaient là pleurèrent. L'huissier appela le condamné Albin. C'était son tour de déposer. Il entra en chancelant; il sanglotait. Les gendarmes ne purent empêcher qu'il n'allât tomber dans les bras de Claude. Claude le soutint et dit en souriant au procureur du roi : « Voilà un scélérat qui partage son pain avec ceux qui ont faim. » Puis il baisa la main d'Albin.

La liste des témoins épuisée, monsieur le procureur du roi se leva et prit la parole en ces termes : « Messieurs les jurés, la société serait ébranlée jusque dans ses fondements, si la vindicte publique n'atteignait pas les grands coupables comme celui qui, etc. »

Après ce discours mémorable, l'avocat de Claude parla. La plaidoirie contre et la plaidoirie pour firent, chacune à leur tour, les évolutions qu'elles ont coutume de faire dans cette espèce d'hippodrome qu'on appelle un procès criminel.

Claude jugea que tout n'était pas dit. Il se leva à son tour. Il parla de telle sorte, qu'une personne intelligente qui assistait à cette audience s'en revint frappée d'étonnement.

Il paraît que ce pauvre ouvrier contenait bien plutôt un orateur qu'un assassin. Il parla debout, avec une voix pénétrante et bien ménagée, avec un œil clair, honnête et résolu, avec un geste presque toujours le même, mais plein d'empire. Il dit les choses comme elles étaient, simplement, sérieusement, sans charger ni amoindrir, convint de tout, regarda l'article 296 en face, et posa sa tête dessous. Il eut des moments de véritable haute éloquence qui faisaient remuer la foule, et où l'on se répétait à l'oreille dans l'auditoire ce qu'il venait de dire.

Cela faisait un murmure pendant lequel Claude reprenait haleine en jetant un regard fier sur les assistants.

Dans d'autres instants, cet homme, qui ne savait pas lire, était doux, poli, choisi comme un lettré; puis, par moments encore, modeste, mesuré, attentif, marchant pas à pas dans la partie irritante de la discussion, bienveillant pour les juges.

Une fois seulement il se laissa aller à une secousse de colère. Le procureur du roi avait établi, dans le discours que nous avons cité en entier, que Claude Gueux avait assassiné le directeur des ateliers sans voie de fait ni violence de la part du directeur, par conséquent *sans provocation*.

— Quoi! s'écria Claude, je n'ai pas été provoqué! Ah! oui, vraiment, c'est juste, je vous comprends. Un homme ivre me donne un coup de poing, je le tue, j'ai été provoqué, vous me faites grâce, vous m'envoyez aux galères. Mais un homme qui n'est pas ivre et qui a toute sa raison me comprime le cœur pendant quatre ans, m'humilie pendant quatre ans, me pique tous les jours, toutes les heures, toutes les minutes, d'un coup d'épingle à quelque place inattendue pendant quatre ans! J'avais une femme pour qui j'ai volé, il me torture avec cette femme; j'avais un enfant pour qui j'ai volé, il me torture avec cet enfant; je n'ai pas assez de pain, un ami m'en donne, il m'ôte mon ami et mon pain. Je redemande mon ami, il me met au cachot. Je lui dit *vous*, à lui mouchard, il me dit *tu*. Je lui dis que je souffre, il me dit que je l'ennuie. Alors que voulez-vous que je fasse? Je le tue. C'est bien, je suis un monstre, j'ai tué cet homme, je n'ai pas été provoqué, vous me coupez la tête. Faites.

Mouvement sublime, selon nous, qui faisait tout à coup surgir, au-dessus du système de la provocation matérielle, sur lequel s'appuie l'échelle mal proportionnée des circonstances atténuantes, toute une théorie de la provocation morale oubliée par la loi.

Les débats fermés, le président fit son résumé impartial et lumineux. Il en résulta ceci : une vilaine vie; un monstre en effet; Claude Gueux avait commencé par vivre en concubinage avec une fille publique; puis il avait volé; puis il avait tué. Tout cela était vrai.

Au moment d'envoyer les jurés dans leur chambre, le président demanda à l'accusé s'il avait quelque chose à dire sur la position des questions.

— Peu de chose, dit Claude. Voici, pourtant. Je suis un voleur et un assassin, j'ai volé et j'ai tué. Mais pourquoi ai-je volé, pourquoi ai-je tué? Posez ces deux questions à côté des autres, messieurs les jurés.

Après un quart d'heure de délibération, sur la déclaration des douze Champenois qu'on appelait *messieurs les jurés*, Claude Gueux fut condamné à mort.

Il est certain que, dès l'ouverture des débats, plusieurs d'entre eux avaient remarqué que l'accusé s'appelait *Gueux*, ce qui leur avait fait une impression profonde.

On lut son arrêt à Claude, qui se contenta de dire : *C'est bien. Mais pourquoi cet homme a-t-il volé? Pourquoi cet homme a-t-il tué? Voilà deux questions auxquelles ils ne répondent pas.*

Rentré dans la prison, il soupa gaiement et dit : « Trente-six ans de faits! »

Il ne voulut pas se pourvoir en cassation. Une des sœurs qui l'avaient soigné vint l'en prier avec larmes. Il se pourvut par complaisance pour elle. Il paraît qu'il résista jusqu'au dernier instant, car, au moment où il signa son pourvoi sur le registre du greffe, le délai légal des trois jours était expiré depuis quelques minutes.

La pauvre fille reconnaissante lui donna cinq francs. Il prit l'argent et la remercia.

Pendant que son pourvoi pendait, des offres d'évasion lui furent faites par les prisonniers de Troyes, qui s'y dévouaient tous. Il refusa.

Les détenus jetèrent successivement dans son cachot, par le soupirail, un clou, un morceau de fil de fer et une anse de seau. Chacun de ces trois outils eût suffi à un homme aussi intelligent que l'était Claude, pour limer ses fers. Il remit l'anse, le fil de fer et le clou au guichetier.

Le 8 juin 1832, sept mois et quatre jours après le fait, l'expiation arriva, *pede claudo*, comme on voit. Ce jour-là, à sept heures du matin, le greffier du tribunal entra dans le cachot de Claude, et lui annonça qu'il n'avait plus qu'une heure à vivre.

Son pourvoi était rejeté.

— Allons, dit Claude froidement, j'ai bien dormi cette nuit sans me douter que je dormirais encore mieux la prochaine.

Il paraît que les paroles des hommes forts doivent toujours recevoir de l'approche de la mort une certaine grandeur.

Le prêtre arriva, puis le bourreau. Il fut humble avec le prêtre, doux avec l'autre. Il ne refusa ni son âme, ni son corps.

Il conserva une liberté d'esprit parfaite. Pendant qu'on lui coupait les cheveux, quelqu'un parla, dans un coin du cachot, du choléra qui menaçait Troyes en ce moment.

— Quant à moi, dit Claude avec un sourire, je n'ai pas peur du choléra.

Il écoutait d'ailleurs le prêtre avec une attention extrême, en s'accusant beaucoup et en regrettant de n'avoir pas été instruit dans la religion,

Sur sa demande, on lui avait rendu les ciseaux avec lesquels il s'était frappé. Il y manquait une lame, qui s'était brisée dans sa poitrine. Il pria le geôlier de faire porter de sa part ces ciseaux à Albin. Il dit aussi qu'il désirait qu'on ajoutât à ce legs la ration de pain qu'il aurait dû manger ce jour-là.

Il pria ceux qui lui lièrent les mains de mettre dans sa main droite la pièce de cinq francs que lui avait donnée la sœur, la seule chose qui lui restât désormais.

A huit heures moins un quart, il sortit de la prison, avec tout le lugubre cortége ordinaire des condamnés. Il était à pied, pâle, l'œil fixé sur le crucifix du prêtre, mais marchant d'un pas ferme.

On avait choisi ce jour-là pour l'exécution, parce que c'était jour de marché, afin qu'il y eût le plus de regards possible sur son passage; car il paraît qu'il y a encore en France des bourgades à demi sauvages où, quand la société tue un homme, elle s'en vante.

Il monta sur l'échafaud gravement, l'œil toujours fixé sur le gibet du Christ. Il voulut embrasser le prêtre, puis le bourreau, remerciant l'un, pardonnant à l'autre. Le bourreau *le repoussa doucement*, dit une relation. Au moment où l'aide le liait sur la hideuse mécanique, il fit signe au prêtre de prendre la pièce de cinq francs qu'il avait dans sa main droite, et lui dit :

— *Pour les pauvres.*

Comme huit heures sonnaient en ce moment, le bruit du beffroi de l'horloge couvrit sa voix, et le confesseur lui répondit qu'il n'entendait pas. Claude attendit l'intervalle de deux coups et répéta avec douceur :

— *Pour les pauvres.*

Le huitième coup n'était pas encore sonné que cette noble et intelligente tête était tombée.

Admirable effet des exécutions publiques! ce jour-là même, la machine étant encore debout au milieu d'eux et pas lavée, les gens du marché s'ameutèrent pour une question de tarif et faillirent massacrer un employé de l'octroi. Le doux peuple que vous font ces lois-là!

Nous avons cru devoir raconter en détail l'histoire de Claude Gueux, parce que, selon nous, tous les paragraphes de cette histoire pourraient servir de têtes de chapitre au livre où serait résolu le grand problème du peuple au dix-neuvième siècle.

Dans cette vie importante il y a deux phases principales : avant la chute, après la chute; et, sous ces deux phases, deux questions : question de l'éducation, question de la pénalité; et, entre ces deux questions, la société tout entière.

Cet homme, certes, était bien né, bien organisé, bien doué. Que lui a-t-il donc manqué? Réfléchissez.

C'est là le grand problème de proportion dont la solution, encore à trouver, donnera l'équilibre universel : *Que la société fasse toujours pour l'individu autant que la nature.*

Voyez Claude Gueux. Cerveau bien fait, cœur bien fait, sans nul doute. Mais le sort le met dans une société si mal faite, qu'il finit par voler; la société le met dans une prison si mal faite, qu'il finit par tuer.

Qui est réellement coupable? Est-ce lui? Est-ce nous?

Questions sévères, questions poignantes, qui sollicitent à cette heure toutes les intelligences, qui nous tirent tous tant que nous sommes par le pan de notre habit, et qui nous barreront un jour si complétement le chemin, qu'il faudra bien les regarder en face et savoir ce qu'elles nous veulent.

Celui qui écrit ces lignes essayera de dire bientôt peut-être de quelle façon il les comprend.

Quand on est en présence de pareils faits, quand on songe à la manière dont ces questions nous pressent, on se demande à quoi pensent ceux qui gouvernent, s'ils ne pensent pas à cela.

Les Chambres, tous les ans, sont gravement occupées. Il est sans doute très-important de désenfler les sinécures et d'écheniller le budget; il est très-important de faire des lois pour que j'aille, déguisé en soldat, monter patriotiquement la garde à la porte de monsieur le comte de Lobau, que je ne connais pas et que je ne veux pas connaître, ou pour me contraindre à parader au carré Marigny, sous le bon plaisir de mon épicier, dont on a fait mon officier (1).

Il est important, députés ou ministres, de fatiguer et de tirailler toutes les choses et toutes les idées de ce pays dans des discussions pleines d'avortements; il est essentiel, par exemple, de mettre sur la sellette et d'interroger et de questionner à grands cris, et sans savoir ce qu'on dit, l'art du dix-neuvième siècle, ce grand et sévère accusé qui ne daigne pas répondre et qui fait bien; il est expédient de passer son temps, gouvernants et législateurs, en conférences classiques qui font hausser les épaules aux maîtres d'école de la banlieue; il est utile de déclarer que c'est le drame moderne qui a inventé l'inceste, l'adultère, le parricide, l'infanticide et l'empoisonnement, et de prouver par là qu'on ne connait ni Phèdre, ni Jocaste, ni OEdipe, ni Médée, ni Rodogune; il est indispensable que les orateurs politiques de ce pays ferraillent, trois grands jours durant, à propos du budget, pour Corneille et Racine, contre on ne sait qui, et profitent de cette occasion littéraire pour s'enfoncer les uns les autres à qui mieux mieux dans la gorge de grandes fautes de français jusqu'à la garde.

Tout cela est important; nous croyons cependant qu'il pourrait y avoir des choses plus importantes encore.

Que dirait la Chambre, au milieu des futiles démêlés qui font si souvent colleter le ministère par l'opposition et l'opposition par le ministère, si, tout à coup, des bancs de la Chambre ou de la tribune publique, qu'importe? quelqu'un se levait et disait ces sérieuses paroles :

« Taisez-vous, qui que vous soyez, vous qui parlez ici, taisez-vous! vous croyez être dans la question, vous n'y êtes pas.

« La question, la voici : La justice vient, il y a un an à peine, de déchiqueter un homme à Pamiers avec un eustache; à Dijon, elle vient d'arracher la tête à une femme; à Paris, elle fait, barrière Saint-Jacques, des exécutions inédites.

« Ceci est la question. Occupez-vous de ceci.

« Vous vous querellerez après pour savoir si les boutons de la garde nationale doivent être blancs ou jaunes, et si l'*assurance* est une plus belle chose que la *certitude*.

« Messieurs des centres, messieurs des extrémités, le gros du peuple souffre!

« Que vous l'appeliez république ou que vous l'appeliez monarchie, le peuple souffre, ceci est un fait.

« Le peuple a faim, le peuple a froid. La misère le pousse au crime ou au vice, selon le sexe. Ayez pitié du peuple, à qui le bagne prend ses fils, et le lupanar ses filles. Vous avez trop de forçats, vous avez trop de prostituées.

« Que prouvent ces deux ulcères?

« Que le corps social a un vice dans le sang.

« Vous voilà réunis en consultation au chevet du malade; occupez-vous de la maladie.

(1) Il va sans dire que nous n'entendons pas attaquer ici la patrouille urbaine, chose utile, qui garde la rue, le seuil et le foyer, mais seulement la parade, le pompon, la gloriole et le tapage militaire, choses ridicules, qui ne servent qu'à faire du bourgeois une parodie du soldat.

« Cette maladie, vous la traitez mal. Etudiez-la mieux. Les lois que vous faites, quand vous en faites, ne sont que des palliatifs et des expédients. Une moitié de vos codes est routine, l'autre moitié empirisme.

« La flétrissure était une cautérisation qui gangrénait la plaie; peine insensée que celle qui pour la vie scellait et rivait le crime sur le criminel! qui en faisait deux amis, deux compagnons, deux inséparables!

« Le bagne est un vésicatoire absurde qui laisse résorber, non sans l'avoir rendu pire encore, presque tout le mauvais sang qu'il extrait. La peine de mort est une amputation barbare.

« Or, flétrissure, bagne, peine de mort, trois choses qui se tiennent. Vous avez supprimé la flétrissure; si vous êtes logiques, supprimez le reste.

« Le fer rouge, le boulet et le couperet, c'étaient les trois parties d'un syllogisme.

« Vous avez ôté le fer rouge; le boulet et le couperet n'ont plus de sens. Farinace était atroce; mais il n'était pas absurde.

« Démontez-moi cette vieille échelle boiteuse des crimes et des peines, et refaites-la. Refaites votre pénalité, refaites vos codes, refaites vos prisons, refaites vos juges. Remettez les lois au pas des mœurs.

« Messieurs, il se coupe trop de têtes par an en France. Puisque vous êtes en train de faire des économies, faites-en là-dessus.

« Puisque vous êtes en verve de suppressions, supprimez le bourreau. Avec la solde de vos quatre-vingts bourreaux, vous payerez six cents maîtres d'école.

« Songez au gros du peuple. Des écoles pour les enfants, des ateliers pour les hommes.

« Savez-vous que la France est un des pays de l'Europe où il y a le moins de natifs qui sachent lire? Quoi! la Suisse sait lire, la Belgique sait lire, le Danemark sait lire, la Grèce sait lire, l'Irlande sait lire, et la France ne sait pas lire! c'est une honte.

« Allez dans les bagnes. Appelez autour de vous toute la chiourme. Examinez un à un tous ces damnés de la loi humaine. Calculez l'inclinaison de tous ces profils, tâtez tous ces crânes. Chacun de ces hommes tombés a au-dessous de lui son type bestial; il semble que chacun d'eux soit le point d'intersection de telle ou telle espèce animale avec l'humanité. Voici le loup-cervier, voici le chat, voici le singe, voici le vautour, voici la hyène. Or, de ces pauvres têtes mal conformées, le premier tort est à la nature sans doute, le second à l'éducation.

« La nature a mal ébauché, l'éducation a mal retouché l'ébauche. Tournez vos soins de ce côté. Une bonne éducation au peuple. Développez de votre mieux ces malheureuses têtes, afin que l'intelligence qui est dedans puisse grandir.

« Les nations ont le crâne bien ou mal fait selon leurs institutions.

« Rome et la Grèce avaient le front haut. Ouvrez le plus que vous pourrez l'angle facial du peuple.

« Quand la France saura lire, ne laissez pas sans direction cette intelligence que vous aurez développée. Ce serait un autre désordre. L'ignorance vaut encore mieux que la mauvaise science. Non. Souvenez-vous qu'il y a un livre plus philosophique que le *Compère Mathieu*, plus populaire que le *Constitutionnel*, plus éternel que la Charte de 1830; c'est l'Ecriture sainte. Et ici un mot d'explication.

« Quoi que vous fassiez, le sort de la grande foule, de la multitude, de la *majorité*, sera toujours relativement pauvre, et malheureux et triste. A elle le dur travail, les fardeaux à pousser, les fardeaux à trainer, les fardeaux à porter.

« Examinez cette balance : toutes les jouissances dans le plateau du riche, toutes les misères dans le plateau du pauvre. Les deux parts ne sont-elles pas inégales? La balance ne doit-elle pas nécessairement pencher, et l'Etat avec elle?

« Et maintenant dans le lot du pauvre, dans le plateau des misères, jetez la certitude d'un avenir céleste, jetez

Vous n'aurez pas besoin de la couper.

l'aspiration au bonheur éternel, jetez le paradis, contrepoids magnifique! Vous rétablissez l'équilibre. La part du pauvre est aussi riche que la part du riche.

« C'est ce que savait Jésus, qui en savait plus long que Voltaire.

« Donnez au peuple qui travaille et qui souffre, donnez au peuple, pour qui ce monde-ci est mauvais, la croyance à un meilleur monde fait pour lui.

« Il sera tranquille, il sera patient. La patience est faite d'espérance.

« Donc ensemencez les villages d'Evangiles. Une Bible par cabane. Que chaque livre et chaque champ produisent à eux deux un travailleur moral.

« La tête de l'homme du peuple, voilà la question. Cette tête est pleine de germes utiles. Employez pour la faire mûrir et venir à bien ce qu'il y a de plus lumineux et de mieux tempéré dans la vertu.

« Tel a assassiné sur les grandes routes qui, mieux dirigé, eût été le plus excellent serviteur de la cité.

« Cette tête de l'homme du peuple, cultivez-la, défrichez-la, arrosez-la, fécondez-la, éclairez-la, moralisez-la, utilisez-la; vous n'aurez pas besoin de la couper. »

FIN DE CLAUDE GUEUX

PARIS. — IMP. SIMON RAÇON ET COMP., RUE D'ERFURTH, 1.

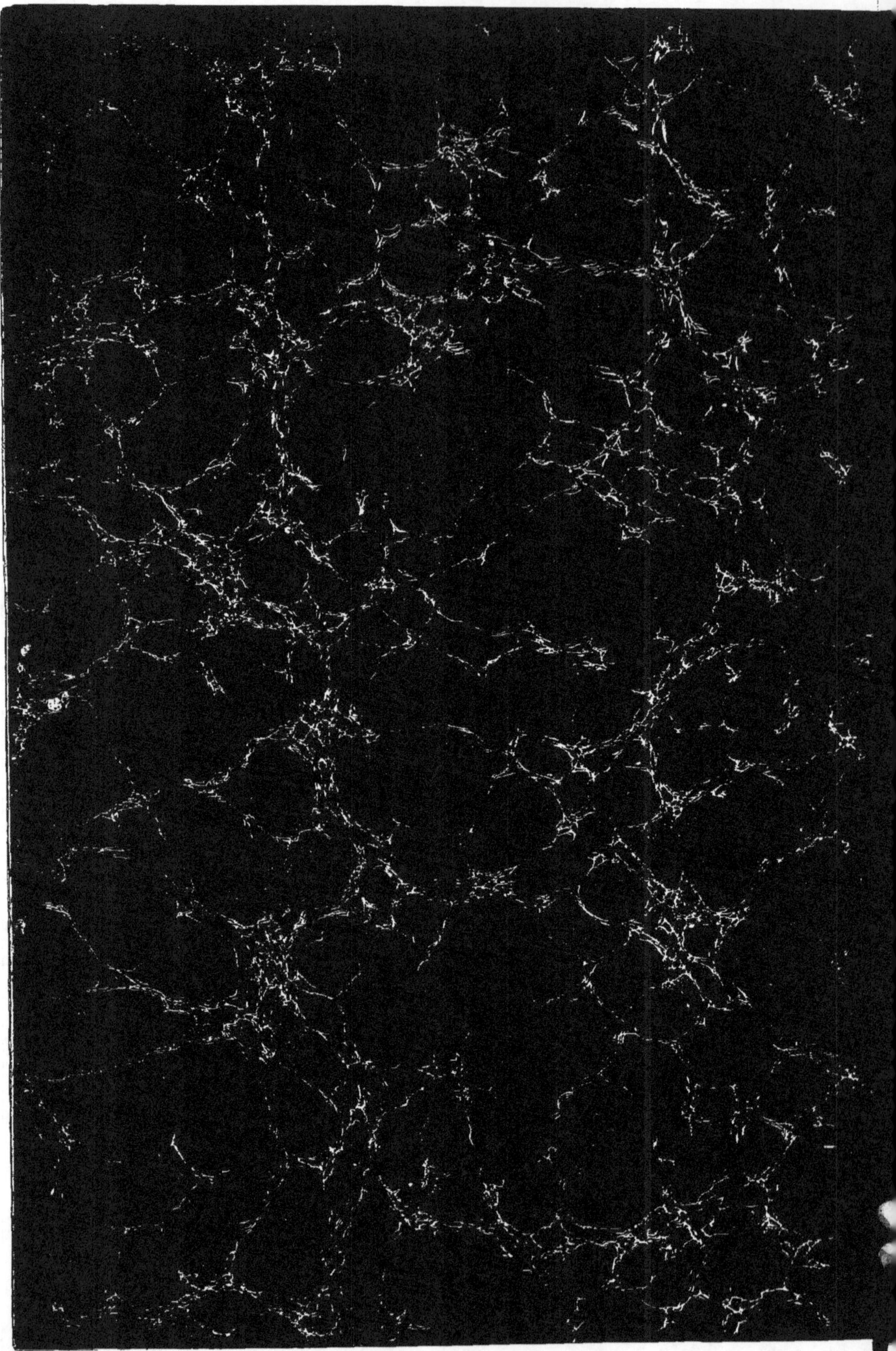

www.ingramcontent.com/pod-product-compliance
Lightning Source LLC
Chambersburg PA
CBHW050302030726
47505CB00003B/538

* 9 7 8 2 0 1 1 8 7 3 2 2 4 *